I0655124

MEIN KAMPF

by ADOLF HITLER

Zwei Bände in einem Band Ungekürzte Ausgabe

Copyright © 2014 by White Wolf
All Rights Reserved

All rights reserved. No part of this book shell be reproduces or transmitted in any form or by any means, electronic or mechanical, including photocopying, recording, or by any information or retrieval system, without written permission form the Publisher.
The scanning, uploading and distribution of this book via internet or via any other means without the permission of the publisher is illegal and punishable by law.
Please purchase only authorized editions, and do not participate in or encourage electronic piracy of copyrighted materials. Your support to the author's rights is appreciated.

First Edition

Clothes - CDs - Books
..AND EVERYTHING ELSE FOR WHITES

WWW.MIDGAARD.ORG

Inhaltsverzeichnis

VORWORT

Am 1.April 1924 hatte ich, auf Grund des Urteilsspruches des Münchner Volksgerichts von diesem Tage, meine Festungshaft zu Landsberg am Lech anzutreten. Damit bot sich mir nach Jahren ununterbrochener Arbeit zum ersten Male die Möglichkeit, an ein Werk heranzugehen, das von vielen gefordert und von mir selbst als zweckmäßig für die Bewegung empfunden wurde. So habe ich mich entschlossen, in zwei Bänden nicht nur die Ziele unserer Bewegung klarzulegen, sondern auch ein Bild der Entwicklung derselben zu zeichnen. Aus ihr wird mehr zu lernen sein als aus jeder rein doktrinären Abhandlung. Ich hatte dabei auch die Gelegenheit, eine Darstellung meines eigenen Werdens zu geben, soweit dies zum Verständnis sowohl des ersten als auch des zweiten Bandes nötig ist und zur Zerstörung der von der jüdischen Presse betriebenen üblen Legendenbildung über meine Person dienen kann.

Ich wende mich dabei mit diesem Werk nicht an Fremde, sondern an diejenigen Anhänger der Bewegung, die mit dem Herzen ihr gehören und deren Verstand nun nach innigerer Aufklärung strebt.

Ich weiß, daß man Menschen weniger durch das geschriebene Wort als vielmehr durch das gesprochene zu gewinnen vermag, daß jede große Bewegung auf dieser Erde ihr Wachsen den großen Rednern und nicht den großen Schreibern verdankt.

Dennoch muß zur gleichmäßigen und einheitlichen Vertretung einer Lehre das Grundsätzliche derselben niedergelegt werden für immer. Hierbei sollen diese beiden Bände als Bausteine gelten, die ich dem gemeinsamen Werke beifüge.

Landsberg am Lech,
Festungshaftanstalt.

Der Verfasser

Am 9.November 1923, 12 Uhr 30 Minuten nachmittags, fielen vor der Feldherrnhalle sowie im Hofe des ehemaligen Kriegsministeriums zu München folgende Männer im treuen Glauben an die Wiederauferstehung ihres Volkes.

Alfarth, Felix, Kaufmann, geb. 5. Juli 1901

Bauriedl, Andreas, Hutmacher, geb. 4. Mai 1879

Casella, Theodor, Bankbeamter, geb. 8. Aug. 1900

Ehrlich, Wilhelm, Bankbeamter, geb. 19. Aug. 1894

Faust, Martin, Bankbeamter, geb. 27. Januar 1901

Hechenberger, Ant., Schlosser, geb. 28. Sept. 1902

Körner, Oskar, Kaufmann, geb. 4. Januar 1875

Kuhn, Karl, Oberkellner, geb. 26. Juli 1897

Laforce, Karl, stud. ing., geb. 28. Oktober 1904

Neubauer, Kurt, Diener, geb. 27. März 1899

Pape, Claus von, Kaufmann, geb. 16. Aug. 1904

Pfordten, Theodor von der, Rat am obersten Landesgericht, geb. 14. Mai 1873

Rickmers, Joh., Rittmeister a.D., geb. 7. Mai 1881

Scheubner-Richter, Max Erwin von, Dr. ing., geb. 9. Januar 1884

Stransky, Lorenz, Ritter von, Ingenieur, geb. 14. März 1899

Wolf, Wilhelm, Kaufmann, geb. 19. Oktober 1898

Sogenannte nationale Behörden verweigerten den toten Helden ein gemeinsames Grab.

So widme ich ihnen zur gemeinsamen Erinnerung den ersten Band dieses Werkes, als dessen Blutzeugen sie den Anhängern unserer Bewegung dauernd voranleuchten mögen.

Landsberg a.L., Festungshaftanstalt, 16.Oktober 1924

Adolf Hitler

ERSTER BAND

EINE ABRECHNUNG

1. Kapitel

Im Elternhaus

Als glückliche Bestimmung gilt es mir heute, daß das Schicksal mir zum Geburtsort gerade Braunau am Inn zuwies. Liegt doch dieses Städtchen an der Grenze jener zwei deutschen Staaten, deren Wiedervereinigung mindestens uns Jüngeren als eine mit allen Mitteln durchzuführende Lebensaufgabe erscheint!

Deutschösterreich muß wieder zurück zum großen deutschen Mutterlande, und zwar nicht aus Gründen irgendwelcher wirtschaftlichen Erwägungen heraus. Nein, nein: Auch wenn diese Vereinigung, wirtschaftlich gedacht, gleichgültig, ja selbst wenn sie schädlich wäre, sie müßte dennoch stattfinden. Gleiches Blut gehört in ein gemeinsames Reich. Das deutsche Volk besitzt solange kein moralisches Recht zu kolonialpolitischer Tätigkeit, solange es nicht einmal seine eigenen Söhne in einem gemeinsamen Staat zu fassen vermag. Erst wenn des Reiches Grenze auch den letzten Deutschen umschließt, ohne mehr die Sicherheit seiner Ernährung bieten zu können, ersteht aus der Not des eigenen Volkes das moralische Recht zur Erwerbung fremden Grund und Bodens. Der Pflug ist dann das Schwert, und aus den Tränen des Krieges erwächst für die Nachwelt das tägliche Brot. So scheint mir dieses kleine Grenzstädtchen das Symbol einer großen Aufgabe zu sein. Allein auch noch in einer anderen Hinsicht ragt es mahnend in unsere heutige Zeit. Vor mehr als hundert Jahren hatte dieses unscheinbare Nest, als Schauplatz eines die ganze deutsche Nation ergreifenden tragischen Unglücks, den Vorzug, für immer in den Annalen wenigstens der deutschen Geschichte verewigt zu werden. In der Zeit der tiefsten Erniedrigung unseres Vaterlandes fiel dort für sein auch im Unglück heißgeliebtes Deutschland der Nürnberger Johannes Palm, bürgerlicher Buchhändler, verstockter „Nationalist" und Franzosenfeind. Hartnäckig hatte er sich geweigert, seine Mit-, besser Hauptschuldigen anzugeben. Also wie Leo Schlageter. Er wurde allerdings auch, genau wie dieser, durch einen Regierungsvertreter an Frankreich denunziert. Ein Augsburger Polizeidirektor erwarb sich diesen traurigen Ruhm und gab so das Vorbild neudeutscher Behörden im Reiche des Herrn Severing.

In diesem von den Strahlen deutschen Märtyrertums vergoldeten Innstädtchen, bayerisch dem Blute, österreichisch dem Staate nach, wohnten am Ende der achtziger Jahre des vergangenen Jahrhunderts meine Eltern; der Vater als pflichtgetreuer Staatsbeamter, die Mutter im Haushalt aufgehend und vor allem uns Kindern in ewig gleicher liebevoller Sorge zugetan. Nur wenig haftet aus dieser Zeit noch in meiner Erinnerung, denn schon nach wenigen Jahren mußte der Vater das liebgewonnene Grenzstädtchen wieder verlassen, um innabwärts zu gehen und in Passau eine neue Stelle zu beziehen; also in Deutschland selber.

Allein das Los eines österreichischen Zollbeamten hieß damals häufig „wandern". Schon kurze Zeit später kam der Vater nach Linz und ging endlich dort auch in Pension. Freilich „Ruhe" sollte dies für den alten Herrn nicht bedeuten. Als Sohn eines armen, kleinen Häuslers hatte es ihn schon einst nicht zu Hause gelitten. Mit noch nicht einmal dreizehn Jahren schnürte der damalige kleine Junge sein Ränzlein und lief aus der Heimat, dem Waldviertel, fort. Trotz des Abratens „erfahrener" Dorfinsassen war er nach Wien gewandert, um dort ein Handwerk zu lernen. Das war in den fünfziger Jahren des vergangenen Jahrhunderts. Ein bitterer Entschluß, sich mit drei Gulden Wegzehrung so auf die Straße zu machen ins Ungewisse hinein. Als der Dreizehnjährige aber siebzehn alt geworden war, hatte er seine Gesellenprüfung abgelegt, jedoch nicht die Zufriedenheit gewonnen. Eher das Gegenteil. Die lange Zeit der damaligen Not, des ewigen Elends und Jammers festigte den Entschluß, das Handwerk nun doch wieder aufzugeben, um etwas „Höheres" zu werden. Wenn einst dem armen

Jungen im Dorfe der Herr Pfarrer als Inbegriff aller menschlich erreichbaren Höhe erschien, so nun in der den Gesichtskreis mächtig erweiternden Großstadt die Würde eines Staatsbeamten. Mit der ganzen Zähigkeit eines durch Not und Harm schon in halber Kindheit „alt" Gewordenen verbohrte sich der Siebzehnjährige in seinen neuen Entschluß – und wurde Beamter. Nach fast dreiundzwanzig Jahren, glaube ich, war das Ziel erreicht. Nun schien auch die Voraussetzung zu einem Gelübde erfüllt, das sich der arme Junge einst gelobt hatte, nämlich nicht eher in das liebe väterliche Dorf zurückzukehren, als bis er etwas geworden wäre.

Jetzt war das Ziel erreicht, allein aus dem Dorfe konnte sich niemand mehr des einstigen kleinen Knaben erinnern, und ihm selber war das Dorf fremd geworden.

Da er endlich als Sechsundfünfzigjähriger in den Ruhestand ging, hätte er doch diese Ruhe keinen Tag als „Nichtstuer" zu ertragen vermocht. Er kaufte in der Nähe des oberösterreichischen Marktfleckens Lambach ein Gut, bewirtschaftete es und kehrte so im Kreislauf eines langen, arbeitsreichen Lebens wieder zum Ursprung seiner Väter zurück.

In dieser Zeit bildeten sich mir wohl die ersten Ideale. Das viele Herumtollen im Freien, der weite Weg zur Schule, sowie ein besonders die Mutter manchmal mit bitterer Sorge erfüllender Umgang mit äußerst robusten Jungen, ließ mich zu allem anderen eher werden als zu einem Stubenhocker. Wenn ich mir also auch damals kaum ernstliche Gedanken über meinen einstigen Lebensberuf machte, so lag doch von vornherein meine Sympathie auf keinen Fall in der Linie des Lebenslaufes meines Vaters. Ich glaube, daß schon damals mein rednerisches Talent sich in Form mehr oder minder eindringlicher Auseinandersetzungen mit meinen Kameraden schulte. Ich war ein kleiner Rädelsführer geworden, der in der Schule leicht und damals auch sehr gut lernte, sonst aber ziemlich schwierig zu behandeln war. Da ich in meiner freien Zeit im Chorherrenstift zu Lambach Gesangsunterricht erhielt, hatte ich beste Gelegenheit, mich oft und oft am feierlichen Prunke der äußerst glanzvollen kirchlichen Feste zu berauschen. Was war natürlicher, als daß, genau so wie einst dem Vater der kleine Herr Dorfpfarrer nun mir der Herr Abt als höchst erstrebenswertes Ideal erschien. Wenigstens zeitweise war dies der Fall Nachdem aber der Herr Vater bei seinem streitsüchtigen Jungen die rednerischen Talente aus begreiflichen Gründen nicht so zu schätzen vermochte, um aus ihnen etwas günstige Schlüsse für die Zukunft seines Sprößlings zu ziehen, konnte er natürlich auch ein Verständnis für solche Jugendgedanken nicht gewinnen. Besorgt beobachtete er wohl diesen Zwiespalt der Natur.

Tatsächlich verlor sich denn auch die zeitweilige Sehnsucht nach diesem Berufe sehr bald, um nun meinem Temperamente besser entsprechenden Hoffnungen Platz zu machen. Beim Durchstöbern der väterlichen Bibliothek war ich über verschiedene Bücher militärischen Inhalts gekommen, darunter eine Volksausgabe des Deutsch-Französischen Krieges 1870/71. Es waren zwei Bände einer illustrierten Zeitschrift aus diesen Jahren, die nun meine Lieblingslektüre wurden. Nicht lange dauerte es, und der große Heldenkampf war mir zum größten inneren Erlebnis geworden. Von nun an schwärmte ich mehr und mehr für alles, was irgendwie mit Krieg oder doch mit Soldatentum zusammenhing.

Aber auch in anderer Hinsicht sollte dies von Bedeutung für mich werden. Zum ersten Male wurde mir, wenn auch in noch so unklarer Vorstellung, die Frage aufgedrängt, ob und welch ein Unterschied denn zwischen den diese Schlachten schlagenden Deutschen und den anderen sei? Warum hat denn nicht auch Österreich mitgekämpft in diesem Kriege, warum nicht der Vater und nicht all die anderen auch?

Sind wir denn nicht auch dasselbe wie eben alle anderen Deutschen?

Gehören wir denn nicht alle zusammen? Dieses Problem begann zum ersten Male in meinem kleinen Gehirn zu wühlen. Mit innerem Neide mußte ich auf vorsichtige Fragen die Antwort vernehmen, daß nicht jeder Deutsche das Glück besitze, dem Reich Bismarcks anzugehören.

Ich konnte dies nicht begreifen.

X X X

Ich sollte studieren.

Aus meinem ganzen Wesen und noch mehr aus meinem Temperament glaubte der Vater den Schluß ziehen zu können, daß das humanistische Gymnasium einen Widerspruch zu meiner Veranlagung darstellen würde. Besser schien ihm eine Realschule zu entsprechen. Besonders wurde er in dieser Meinung noch bestärkt durch eine ersichtliche Fähigkeit zum Zeichnen; ein Gegenstand, der in den österreichischen Gymnasien seiner Überzeugung nach vernachlässigt wurde. Vielleicht war aber auch seine eigene schwere Lebensarbeit noch mitbestimmend, die ihn das humanistische Studium, als in seinen Augen unpraktisch, weniger schätzen ließ. Grundsätzlich war er aber der Willensmeinung, daß, so wie er, natürlich auch sein Sohn Staatsbeamter werden würde, ja müßte. Seine bittere Jugend ließ ihm ganz natürlich das später Erreichte um so größer erscheinen, als dieses doch nur ausschließliches Ergebnis seines eisernen Fleißes und eigener Tatkraft war. Es war der Stolz des Selbstgewordenen, der ihn bewog, auch seinen Sohn in die gleiche, wenn möglich natürlich höhere Lebensstellung bringen zu wollen, um so mehr, als er doch durch den Fleiß des eigenen Lebens seinem Kinde das Werden um so viel zu erleichtern vermochte.

Der Gedanke einer Ablehnung dessen, was ihm einst zum Inhalt eines ganzen Lebens wurde, erschien ihm doch als unfaßbar. So war der Entschluß des Vaters einfach, bestimmt und klar, in seinen eigenen Augen selbstverständlich. Endlich wäre es seiner in dem bitteren Existenzkampfe eines ganzen Lebens herrisch gewordenen Natur aber auch ganz unerträglich vorgekommen, in solchen Dingen etwa die letzte Entscheidung dem in seinen Augen unerfahrenen und damit eben noch nicht verantwortlichen Jungen selber zu überlassen. Es würde dies auch als schlecht und verwerfliche Schwäche in der Ausübung der ihm zukommenden väterlichen Autorität und Verantwortung für das spätere Leben seines Kindes unmöglich zu seiner sonstigen Auffassung von Pflichterfüllung gepaßt haben.

Und dennoch sollte es anders kommen.

Zum ersten Male in meinem Leben wurde ich, als damals noch kaum Elfjähriger, in Opposition gedrängt. So hart und entschlossen auch der Vater sein mochte in der Durchsetzung einmal ins Auge gefaßter Pläne und Absichten, so verbohrt und widerspenstig war aber auch sein Junge in der Ablehnung eines ihm nicht oder nur wenig zusagenden Gedankens.

Ich wollte nicht Beamter werden.

Weder Zureden noch „ernste" Vorstellungen vermochten an diesem Widerstande etwas zu ändern. Ich wollte nicht Beamter werden, nein und nochmals nein. Alle Versuche, mir durch Schilderungen aus des Vaters eigenem Leben Liebe oder Lust zu diesem Berufe erwecken zu wollen, schlugen in das Gegenteil um. Mir wurde gähnend übel bei dem Gedanken, als unfreier Mann einst in einem Bureau sitzen zu dürfen; nicht Herr sein zu können der eigenen Zeit, sondern in auszufüllende Formulare den Inhalt eines ganzen Leben zwängen zu müssen.

Welche Gedanken konnte dies auch erwecken bei einem Jungen, der wirklich alles andere war, aber nur nicht „brav" im landläufigen Sinne! Das lächerliche leichte Lernen in der Schule gab mir so viel freie Zeit, daß mich mehr die Sonne als das Zimmer sah. Wenn mir heute durch meine politischen Gegner in liebevoller Aufmerksamkeit mein Leben durchgeprüft wird bis in die Zeit meiner damaligen Jugend, um endlich mit Erleichterung feststellen zu können, welch unerträgliche Streiche dieser „Hitler" schon in seiner Jugend verübt hatte, so danke ich dem Himmel, daß er mir so auch jetzt noch etwas abgibt aus den Erinnerungen dieser glückseligen Zeit. Wiese und Wald waren damals der Fechtboden, auf dem die immer vorhandenen „Gegensätze" zur Austragung kamen.

Auch der nun erfolgende Besuch der Realschule konnte dem wenig Einhalt tun.

Freilich mußte nun aber auch ein anderer Gegensatz ausgefochten werden.

Solange der Absicht des Vaters, mich Staatsbeamter werden zu lassen, nur meine prinzipielle Abneigung zum Beamtenberuf an sich gegenüber stand, war der Konflikt leicht erträglich. Ich konnte solange auch mit meinen inneren Anschauungen etwas zurückhalten, brauchte ja nicht immer gleich zu widersprechen. Es genügte mein eigener fester Entschluß, später einmal nicht Beamter zu werden, um mich innerlich vollständig zu beruhigen. Diesen Entschluß besaß ich aber unabänderlich. Schwerer wurde die Frage, wenn dem Plane des Vaters ein eigener gegenübertrat. Schon mit zwölf Jahren traf dies ein. Wie es nun kam, weiß ich heute selber nicht, aber eines Tages war mir klar, daß ich Maler werden würde, Kunstmaler. Mein Talent zum Zeichnen stand allerdings fest, war es doch sogar mit ein Grund für den Vater, mich auf die Realschule zu schicken, allein nie und niemals hätte dieser daran gedacht, mich etwa beruflich in einer solchen Richtung ausbilden zu lassen. Im Gegenteil. Als ich zum ersten Male, nach erneuter Ablehnung des väterlichen Lieblingsgedankens, die Frage gestellt bekam, was ich denn nun eigentlich selber werden wollte und ziemlich unvermittelt mit meinem unterdessen fest gefaßten Entschluß herausplatzte, war der Vater zunächst sprachlos.

„Maler? Kunstmaler?"

Er zweifelte an meiner Vernunft, glaubte vielleicht auch nicht recht gehört oder verstanden zu haben. Nachdem er allerdings darüber aufgeklärt war und besonders die Ernsthaftigkeit meiner Absicht fühlte, warf er sich denn auch mit der ganzen Entschlossenheit seines Wesens dagegen. Seine Entscheidung war hier nur sehr einfach, wobei irgendein Abwägen meiner etwa wirklich vorhandenen Fähigkeiten gar nicht in Frage kommen konnte.

„Kunstmaler, nein, solange ich lebe, niemals." Da nun aber sein Sohn eben mit verschiedenen sonstigen Eigenschaften wohl auch die einer ähnlichen Starrheit geerbt haben mochte, so kam auch eine ähnliche Antwort zurück. Nur natürlich umgekehrt den Sinne nach.

Auf beiden Seiten blieb es dabei bestehen. Der Vater verließ nicht sein "Niemals" und ich verstärkte mein „Trotzdem".

Freilich hatte dies nun nicht sehr erfreuliche Folgen. Der alte Herr ward verbittert und, so sehr ich ihn auch liebte, ich auch. Der Vater verbat sich jede Hoffnung, daß ich jemals zum Maler ausgebildet werden würde. Ich ging einen Schritt weiter und erklärte, daß ich dann überhaupt nicht mehr lernen wollte. Da ich nun natürlich mit solchen „Erklärungen" doch den Kürzeren zog, insofern der alte Herr jetzt seine Autorität rücksichtslos durchzusetzen sich anschickte, schwieg ich künftig, setzte meine Drohung aber in die Wirklichkeit um. Ich glaubte, daß, wenn der Vater erst den mangelnden Fortschritt in der Realschule sähe, er gut oder übel eben doch mich meinem erträumten Glück würde zugehen lassen.

Ich weiß nicht, ob diese Rechnung gestimmt hätte. Sicher war zunächst nur mein ersichtlicher Mißerfolg in der Schule. Was mich freute, lernte ich, vor allem auch alles, was ich meiner Meinung nach später als Maler brauchen würde. Was mir in dieser Hinsicht bedeutungslos erschien, oder mich auch sonst nicht so anzog, sabotierte ich vollkommen. Meine Zeugnisse dieser Zeit stellten, je nach dem Gegenstande und seiner Einschätzung, immer Extreme dar. Neben „lobenswert" und „vorzüglich" „genügend" oder auch „nicht genügend". Am weitaus besten waren meine Leistungen in Geographie und mehr noch in Weltgeschichte. Die beiden Lieblingsfächer, in denen ich der Klasse vorschoß.

Wenn ich nun nach so viel Jahren mir das Ergebnis dieser Zeit prüfend vor Augen halte, so sehe ich zwei hervorstehende Tatsachen als besonders bedeutungsvoll an:

Erstens: ich wurde Nationalist.

Zweitens: ich lernte Geschichte ihrem Sinne nach verstehen und begreifen.

Das alte Österreich war ein „Nationalitätenstaat".

Der Angehörige des Deutschen Reiches konnte im Grunde genommen, wenigstens damals, gar nicht erfassen, welche Bedeutung dies Tatsache für das alltägliche Leben des einzelnen in einem solchen Staate besitzt. Man hatte sich nach dem wundervollen Siegeszuge der Heldenheere im Deutsch Französischen Kriege allmählich immer mehr dem Deutschtum des Auslandes entfremdet, zum Teil dieses auch gar nicht mehr zu würdigen vermocht oder wohl auch nicht mehr gekonnt. Man verwechselte besonders in bezug auf den Deutschösterreicher nur zu leicht die verkommene Dynastie mit dem im Kerne urgesunden Volke.

Man begriff nicht, daß, wäre nicht der Deutsche in Österreich wirklich noch von bestem Blute, er niemand die Kraft hätte besitzen können, einem 52-Millionen-Staate so sehr seinen Stempel aufzuprägen, daß ja gerade in Deutschland sogar die irrige Meinung entstehen konnte, Österreich wäre ein deutscher Staat. Ein Unsinn von schwersten Folgen, aber ein doch glänzendes Zeugnis für die zehn Millionen Deutschen der Ostmark. Von dem ewigen unerbittlichen Kampfe um die deutsche Sprache, um deutsche Schule und deutsches Wesen hatten nur ganz wenige Deutsche aus dem Reiche eine Ahnung. Erst heut, da diese traurige Not vielen Millionen unseres Volkes aus dem Reiche selber aufgezwungen ist, die unter fremder Herrschaft vom gemeinsamen Vaterlande träumen und, sich sehnend nach ihm, wenigstens das heilige Anspruchsrecht der Muttersprache zu erhalten versuchen, versteht man in größerem Kreise, was es heißt, für sein Volkstum kämpfen zu müssen. Nun vermag auch vielleicht der eine oder andere die Größe des Deutschtums aus der alten Ostmark des Reiches zu messen, das, nur auf sich selbst gestellt, Jahrhunderte lang das Reich erst nach Osten beschirmte, um endlich in zermürbendem Kleinkrieg die deutsche Sprachgrenze zu halten, in einer Zeit, da das Reich sich wohl für Kolonien interessierte, aber nicht für das eigene Fleisch und Blut vor seinen Toren.

Wie überall und immer, in jeglichem Kampf, gab es auch im Sprachenkampf des alten Österreich drei Schichten: die Kämpfer, die Lauen und die Verräter.

Schon in der Schule begann diese Siebung einzutreten. Denn es ist das Bemerkenswerte des Sprachenkampfes wohl überhaupt, daß seine Wellen vielleicht am schwersten gerade die Schule, als Pflanzstätte der kommenden Generation, umspülen. Um das Kind wird dieser Kampf geführt, und an das Kind richtet sich der erste Appell dieses Streites:

„Deutscher Knabe, vergiß nicht, daß du ein Deutscher bist", und „Mädchen, gedenke, daß du eine deutsche Mutter werden sollst!"

Wer der Jugend Seele kennt, der wird verstehen können, daß gerade sie am freudigsten die Ohren für einen solchen Kampfruf öffnet. In hunderterlei Formen pflegt sie diesen Kampf dann zu führen, auf ihre Art und mit ihren Waffen. Sie lehnt es ab, undeutsche Lieder zu singen, schwärmt um so mehr für deutsche Heldengröße, je mehr man versucht, sie dieser zu entfremden; sammelt an vom Munde abgesparten Hellern zu Kampfschatz der Großen; sie ist unglaublich hellhörig dem undeutschen Lehrer gegenüber und widerhaarig zugleich; trägt die verbotenen Abzeichen des eigenen Volkstums und ist glücklich, dafür bestraft oder gar geschlagen zu werden. Sie ist also im kleinen ein getreues Spiegelbild der Großen, nur oft in besserer und aufrichtigerer Gesinnung.

Auch ich hatte so einst die Möglichkeit, schon in verhältnismäßig früher Jugend am Nationalitätenkampf des alten Österreich teilzunehmen. Für Südmark und Schulverein wurde da gesammelt, durch Kornblumen und schwarzrotgoldne Farben die Gesinnung betont, mit „Heil" begrüßt, und statt des Kaiserliedes lieber „Deutschland über alles" gesungen, trotz Verwarnung und Strafen. Der Junge ward dabei politisch geschult in einer Zeit, da der Angehörige seines sogenannten Nationalstaates meist noch von seinem Volkstum wenig mehr als die Sprache kennt. Daß ich damals schon nicht zu den Lauen gehört habe, versteht sich von selbst. In kurzer Zeit war ich zum fanatischen „Deutsch nationalen" geworden, wobei dies allerdings nicht identisch ist mit unserem heutigen Parteibegriff.

Diese Entwicklung machte bei mir sehr schnelle Fortschritte, so daß ich schon mit fünfzehn Jahren zum Verständnis des Unterschiedes von dynastischem „Patriotismus" und völkischem „Nationalismus" gelangte; und ich kannte damals schon nur mehr den letzteren.

Für den, der sich niemals die Mühe nahm, die inneren Verhältnisse der Habsburgermonarchie zu studieren, mag ein solcher Vorgang vielleicht nicht ganz erklärlich sein. Nur der Unterricht in der Schule über die Weltgeschichte mußte in diesem Staate schon den Keim zu dieser Entwicklung legen, gibt es doch eine spezifisch österreichische Geschichte nur in kleinsten Maße. Das Schicksal dieses Staates ist so sehr mit dem Leben und Wachsen des ganzen Deutschtums verbunden, daß eine Scheidung der Geschichte etwa in eine deutsche und österreichische gar nicht denkbar erscheint. Ja, als endlich Deutschland sich in zwei Machtbereiche zu trennen begann, wurde eben diese Trennung zur deutschen Geschichte.

Die zu Wien bewahrten Kaiserinsignien einstiger Reichsherrlichkeit scheinen als wundervoller Zauber weiter zu wirken als Unterpfand einer ewigen Gemeinschaft.

Der elementare Aufschrei des deutschösterreichischen Volkes in den Tagen des Zusammenbruches des Habsburgerstaates nach Vereinigung mit dem deutschen Mutterland war ja nur das Ergebnis eines tief im Herzen des gesamten Volkes schlummernden Gefühls der Sehnsucht nach dieser Rückkehr in das nie vergessene Vaterhaus. Niemals aber würde dies erklärlich sein, wenn nicht die geschichtliche Erziehung des einzelnen Deutschösterreichers Ursache einer solchen allgemeinen Sehnsucht gewesen wäre. In ihr liegt ein Brunnen, der nie versiegt; der besonders in Zeiten des Vergessens als stiller Mahner, über augenblickliches Wohlleben hinweg, immer wieder durch die Erinnerung an die Vergangenheit von neuer Zukunft raunen wird.

Der Unterricht über Weltgeschichte in den sogenannten Mittelschulen liegt nun freilich auch heute noch sehr im argen. Wenige Lehrer begreifen, daß das Ziel gerade des geschichtlichen Unterrichtes nie und nimmer im Auswendiglernen und Herunterhaspeln geschichtlicher Daten und Ereignisse liegen kann; daß es nicht darauf ankommt, ob der Junge nun genau weiß, wann dies oder jene Schlacht geschlagen, ein Feldherr geboren wurde, oder gar ein (meistens sehr unbedeutender) Monarch die Krone seiner Ahnen auf das Haupt gesetzt erhielt. Nein, wahrhaftiger Gott, darauf kommt es wenig an.

Geschichte „lernen" heißt die Kräfte suchen und finden, die als Ursachen zu jenen Wirkungen führen, die wir dann als geschichtliche Ereignisse vor unseren Augen sehen. Die Kunst des Lesens wie des Lernens ist auch hier: Wesentliches behalten, Unwesentliches vergessen.

Es wurde vielleicht bestimmend für mein ganzes späteres Leben, daß mir das Glück einst gerade für Geschichte einen Lehrer gab, der es als einer der ganz wenigen verstand, für Unterricht und Prüfung diesen Gesichtspunkt zum beherrschenden zu machen. In meinem damaligen Professor Dr. Leopold Pötsch, an der Realschule zu Linz, war diese Forderung in wahrhaft idealer Weise verkörpert. Ein alter Herr, von ebenso gütigem als aber auch bestimmten Auftreten, vermocht er besonders durch eine blendende Beredsamkeit uns nicht nur zu fesseln, sondern wahrhaft mitzureißen. Noch heute erinnere ich mich mit leiser Rührung an den grauen Mann, der uns im Feuer seiner Darstellung manchmal die Gegenwart vergessen ließ, uns zurückzauberte in vergangene Zeiten und aus dem Nebelschleier der Jahrtausende die trockene geschichtliche Erinnerung zur lebendigen Wirklichkeit formte. Wir saßen dann da, oft zu heller Glut begeistert, mitunter sogar zu Tränen gerührt.

Das Glück ward um so größer, als dieser Lehrer es verstand, aus Gegenwart Vergangenes zu erleuchten, aus Vergangenheit aber die Konsequenzen für die Gegenwart zu ziehen. So brachte er denn auch, mehr als sonst einer, Verständnis für all die Tagesprobleme, die uns damals in Atem hielten. Unser kleiner nationaler Fanatismus ward ihm ein Mittel zu unserer Erziehung, indem er, öfter als einmal an das nationale Ehrgefühl appellierend, dadurch allein uns Rangen schneller in Ordnung brachte, als dies durch andere Mittel je möglich gewesen wäre.

Mir hat dieser Lehrer Geschichte zum Lieblingsfach gemacht.

Freilich wurde ich, wohl ungewollt von ihm, auch damals schon zum jungen Revolutionär.

Wer konnte auch unter einem solchen Lehrer deutsche Geschichte studieren, ohne zum Feinde des Staates zu werden, der durch sein Herrscherhaus in so unheilvoller Weise die Schicksale der Nation beeinflußte?

Wer endlich konnte noch Kaisertreue bewahren einer Dynastie gegenüber, die in Vergangenheit und Gegenwart die Belange des deutschen Volkes immer und immer wieder um schmählicher eigener Vorteile wegen verriet?

Wußten wir nicht als Jungen schon, daß dieser österreichische Staat keine Liebe zu uns Deutschen besaß, ja überhaupt gar nicht besitzen konnte?

Die geschichtliche Erkenntnis des Wirkens des Habsburgerhauses wurde noch unterstützt durch die tägliche Erfahrung. Im Norden und im Süden fraß das fremde Völkergift am Körper unseres Volkstums, und selbst Wien wurde zusehends mehr und mehr zur undeutschen Stadt. Das „Erzhaus" tschechisierte, wo immer nur möglich, und es war die Faust der Göttin ewigen Rechtes und unerbittlicher Vergeltung, die den tödlichsten Feind des österreichischen Deutschtums, Erzherzog Franz Ferdinand, gerade durch die Kugeln fallen ließ, die er selber mithalf zu gießen. War er doch der Patronatsherr der von oben herunter betätigten Slawisierung Österreichs.

Ungeheuer waren die Lasten, die man dem deutschen Volke zumutete, unerhört seine Opfer an Steuern und an Blut, und dennoch mußte jeder nicht gänzlich Blinde erkennen, daß dieses alles umsonst sein würde. Was uns dabei am meisten schmerzte, war noch die Tatsache, daß dieses ganze System moralisch gedeckt wurde durch das Bündnis mit Deutschland, womit der langsamen Ausrottung des Deutschtums in der alten Monarchie auch noch gewissermaßen von Deutschland aus selber die Sanktion erteilt wurde. Die habsburgische Heuchelei, mit der man es verstand, nach außen den Anschein zu erwecken, als ob Österreich noch immer ein deutscher Staat wäre, steigerte den Haß gegen dieses Haus zur hellen Empörung und Verachtung zugleich.

Nur im Reiche selber sahen die auch damals schon allein „Berufenen" von all dem nichts. Wie mit Blindheit geschlagen wandelten sie an der Seite eines Leichnams und glaubten in den Anzeichen der Verwesung gar noch Merkmale „neuen" Lebens zu entdecken.

In der unseligen Verbindung des jungen Reiches mit dem österreichischen Scheinstaat lag der Keim zum späteren Weltkrieg, aber auch zum Zusammenbruch.

Ich werde im Verlaufe dieses Buches mich noch gründlich mit diesem Problem zu beschäftigen haben. Es genügt hier, nur festzustellen, daß ich im Grunde genommen schon in der frühesten Jugend zu einer Einsicht kam, die mich niemals mehr verließ, sondern sich nur noch vertiefte:

Daß nämlich die Sicherung des Deutschtums die Vernichtung Österreichs voraussetzte, und daß weiter Nationalgefühl in nicht identisch ist mit dynastischem Patriotismus; daß vor allem das habsburgische Erzhaus zum Unglück der deutschen Nation bestimmt war.

Ich hatte schon damals die Konsequenzen aus dieser Erkenntnis gezogen: heiße Liebe zu meiner deutsch-österreichischen Heimat, tiefen Haß gegen den österreichischen Staat.

X X X

Die Art des geschichtlichen Denkens, die mir so in der Schule beigebracht wurde, hat mich in der Folgezeit nicht mehr verlassen. Weltgeschichte ward mir immer mehr zu einem unerschöpflichen Quell des Verständnisses für das geschichtliche Handeln der Gegenwart, also für Politik. Ich will sie dabei nicht „lernen", sondern sie soll mich lehren.

War ich so frühzeitig zum politischen „Revolutionär" geworden, so nicht minder früh auch zum künstlerischen.

Die österreichische Landeshauptstadt besaß damals ein verhältnismäßig nicht schlechtes Theater. Gespielt wurde so ziemlich alles. Mit zwölf Jahren sah ich da zum ersten Male „Wilhelm Tell", wenige Monate darauf als erste Oper meines Lebens „Lohengrin". Mit einem Schlage war ich gefesselt. Die jugendliche Begeisterung für den Bayreuther Meister kannte keine Grenzen. Immer wieder zog es mich zu seinen Werken, und ich empfinde es heute als besonderes Glück, daß mir durch die Bescheidenheit der provinzialen Aufführung die Möglichkeit einer späteren Steigerung erhalten blieb.

Dies alles festigte, besonders nach Überwindung der Flegeljahre (was bei mir sich nur sehr schmerzlich vollzog), meine tiefinnere Abneigung gegen einen Beruf, wie ihn der Vater für mich erwählt hatte. Immer mehr kam ich zur Überzeugung, daß ich als Beamter niemals glücklich werden würde. Seit nun auch in der Realschule meine zeichnerische Begabung anerkannt wurde, stand mein Entschluß nur noch fester.

Daran konnte weder Bitten noch Drohungen mehr etwas ändern.

Ich wollte Maler werden und um keine Macht der Welt Beamter.

Eigentümlich war es nur, daß mit steigenden Jahren sich immer mehr Interesse für Baukunst einstellte.

Ich hielt dies damals für die selbstverständliche Ergänzung meiner malerischen Befähigung und freute mich nur innerlich über die Erweiterung meines künstlerischen Rahmens.

Daß es einmal anders kommen sollte, ahnte ich nicht.

X X X

Die Frage meines Berufes sollte nun doch schneller entschieden werden, als ich vorher erwarten durfte.

Mit dem dreizehnten Lebensjahr verlor ich urplötzlich den Vater. Ein Schlaganfall traf den sonst noch so rüstigen Herrn Tod der Eltern 16 und beendete auf schmerzloseste Weise seine irdische Wanderung, uns alle in tiefstes Leid versenken. Was er am meisten ersehnte, seinem Kinde die Existenz mitzuschaffen, um es so vor dem eigenen bitteren Werdegang zu bewahren, schien ihm damals wohl nicht gelungen zu sein. Allein er legte, wenn auch gänzlich unbewußt, die Keime für eine Zukunft, die damals weder er noch ich begriffen hätte.

Zunächst änderte sich ja äußerlich nichts.

Die Mutter fühlte sich wohl verpflichtet, gemäß dem Wunsche des Vaters meine Erziehung weiter zu leiten, d.h. also mich für die Beamtenlaufbahn studieren zu lassen. Ich selber war mehr als je zuvor entschlossen, unter keinen Umständen Beamter zu werden. In eben dem Maße nun, in dem die Mittelschule sich in Lehrstoff und Ausbildung von meinem Ideal entfernte, wurde ich innerlich gleichgültiger. Da kam mir plötzlich eine Krankheit zu Hilfe und entschied die Streitfrage des väterlichen Hauses. Mein schweres Lungenleiden ließ einen Arzt der Mutter auf das dringendste anraten, mich später einmal unter keinen Umständen in ein Bureau zu geben. Der Besuch der Realschule mußte ebenfalls auf mindestens ein Jahr eingestellt werden. Was ich so lange im stillen ersehnt, für was ich immer gestritten hatte, war nun durch dieses Ereignis mit einem Male fast von selber zur Wirklichkeit geworden.

Unter dem Eindruck meiner Erkrankung willigte die Mutter endlich ein, mich später aus der Realschule nehmen zu wollen und die Akademie besuchen zu lassen.

Es waren die glücklichsten Tage, die mir nahezu als ein schöner Traum erschienen; und ein Traum sollte es ja auch nur sein. Zwei Jahre später machte der Tod der Mutter all den schönen Plänen ein jähes Ende.

Es war der Abschluß einer langen, schmerzhaften Krankheit, die von Anfang an wenig Aussicht auf Genesung ließ. Dennoch traf besonders mich der Schlag entsetzlich. Ich hatte den Vater verehrt, die Mutter jedoch geliebt.

Not und harte Wirklichkeit zwangen mich nun, einen schnellen Entschluß zu fassen. Die geringen väterlichen Mittel waren durch die schwere Krankheit der Mutter zum großen Teile verbraucht worden; die mir zukommende Waisenpension genügte nicht, um auch nur leben zu können, als war ich nun angewiesen, mir irgendwie mein Brot selber zu verdienen.

Einen Koffer mit Kleidern und Wäsche in den Händen, mit einem unerschütterlichen Willen im Herzen, fuhr ich so nach Wien. Was dem Vater 50 Jahre vorher gelungen, hoffte auch ich dem Schicksal abzujagen; auch ich wollte „etwas" werden, allerdings – auf keinen Fall Beamter.

2. Kapitel

Wiener Lehr-und Leidensjahre

Als die Mutter starb, hatte das Schicksal in einer Hinsicht bereits seine Entscheidung getroffen.

In deren letzten Leidensmonaten war ich nach Wien gefahren, um die Aufnahmeprüfung in die Akademie zu machen. Ausgerüstet mit einem dicken Pack von Zeichnungen, hatte ich mich damals auf den Weg gemacht, überzeugt, die Prüfung spielend leicht bestehen zu können. In der Realschule war ich schon weitaus der beste Zeichner meiner Klasse gewesen; seitdem war meine Fähigkeit noch ganz außerordentlich weiter entwickelt worden, so daß meine eigene Zufriedenheit mich stolz und glücklich das Beste hoffen ließ.

Eine einzige Trübung trat manchmal ein: mein malerisches Talent schien übertroffen zu werden von meinem zeichnerischen, besonders auf fast allen Gebieten der Architektur. Ebenso aber wuchs auch mein Interesse für die Baukunst an und für sich immer mehr. Beschleunigt wurde dies noch, seit ich, noch nicht 16 Jahre alt, zum ersten Male zu einem Besuche auf zwei Wochen nach Wien fahren durfte. Ich fuhr hin, um die Gemäldegalerie des Hofmuseums zu studieren, hatte aber fast nur Augen für das Museum selber. Ich lief die Tage vom frühen Morgen bis in die späte Nacht von einer Sehenswürdigkeit zu anderen, allein es waren immer nur Bauten, die mich in erster Linie fesselten. Stundenlang konnte ich so vor der Oper stehen, stundenlang das Parlament bewundern; die ganze Ringstraße wirkte auf mich wie ein Zauber aus Tausendundeiner Nacht.

Nun also war ich zum zweiten Male in der schönen Stadt und wartete mit brennender Ungeduld, aber auch stolzer Zuversicht auf das Ergebnis meiner Aufnahmeprüfung. Ich war vom Erfolge so überzeugt, daß die mir verkündete Ablehnung mich wie ein jäher Schlag aus heiterem Himmel traf. Und doch war es so. Als ich mich dem Rektor vorstellen ließ und die Bitte um Erklärung der Gründe wegen meiner Nichtaufnahme in die allgemeine Malerschule der Akademie vorbrachte, versicherte mir der Herr, daß aus meinen mitgebrachten Zeichnungen einwandfrei meine Nichteignung zum Maler hervorgehe, sondern meine Fähigkeit doch ersichtlich auf dem Gebiete der Architektur liege; für mich käme niemals die Malerschule, sondern nur die Architekturschule der Akademie in Frage. Daß ich bisher weder eine Bauschule besucht noch sonst einen Unterricht in Architektur erhalten hatte, konnte man zunächst gar nicht verstehen.

Geschlagen verließ ich den Hansenschen Prachtbau am Schillerplatz, zum ersten Male in meinem jungen Leben uneins mit mir selber. Denn was ich über meine Fähigkeit gehört hatte, schien mir nun auf einmal wie ein greller Blitz einen Zwiespalt aufzudecken, unter dem ich schon längst gelitten hatte, ohne bisher mir eine klare Rechenschaft über das Warum und Weshalb geben zu können.

In wenigen Tagen wußte ich nun auch selber, daß ich einst Baumeister werden würde.

Freilich war der Weg unerhört schwer; denn was ich bisher aus Trotz in der Realschule versäumt hatte, sollte sich nun bitter rächen. Der Besuch der Architekturschule der Akademie war abhängig vom Besuch der Bauschule der Technik, und den Eintritt in diese bedingte eine vorher abgelegte Matura an einer Mittelschule. Dieses alles fehlte mir vollständig. Nach menschlichem Ermessen also war eine Erfüllung meines Künstlertraumes nicht mehr möglich.

Als ich nun nach dem Tode der Mutter zum dritten Male nach Wien und dieses Mal für viele Jahre zog, war bei mir mit der unterdessen verstrichenen Zeit Ruhe und Entschlossenheit zurückgekehrt. Der frühere Trotz war wieder gekommen, und mein Ziel endgültig ins Auge gefaßt. Ich wollte Baumeister werden, und Widerstände sind nicht da, daß man vor ihnen kapituliert, sondern daß man sie bricht. Und brechen wollte ich diese Widerstände, immer das Bild des Vaters vor Augen, der sich einst vom armen Dorfund Schusterjungen zum Staatsbeamten emporgerungen hatte. Da war mein Boden doch schon besser, die Möglichkeit des Kampfes um so viel leichter; und was damals mir als Härte des Schicksals erschien, preise ich heute als Weisheit der Vorsehung. Indem mich die Göttin der Not in ihre Arme nahm und mich oft zu zerbrechen drohte, wuchs der Wille zum Widerstand, und endlich blieb der Wille Sieger.

Das danke ich der damaligen Zeit, daß ich hart geworden bin und hart sein kann. Und mehr noch als dieses preise ich sie dafür, daß sie mich losriß von der Hohlheit des gemächlichen Lebens, daß sie das Muttersöhnchen aus den weichen Daunen zog und ihm Frau Sorge zur neuen Mutter gab, daß sie den Widerstrebenden hineinwarf in die Welt des Elends und der Armut und ihn so die kennenlernen ließ, für die er später kämpfen sollte.

X X X

In dieser Zeit sollte mir auch da Auge geöffnet werden für zwei Gefahren, die ich beide vordem kaum dem Namen nach kannte, auf keinen Fall aber in ihrer entsetzlichen Bedeutung für die Existenz des deutschen Volkes begriff: Marxismus und Judentum.

Wien, die Stadt, die so vielen als Inbegriff harmloser Fröhlichkeit gilt, als festlicher Raum vergnügter Menschen, ist für mich leider nur die lebendige Erinnerung an die traurigste Zeit meines Lebens.

Auch heute noch kann diese Stadt nur trübe Gedanken in mir erwecken. Fünf Jahre Elend und Jammer sind im Namen dieser Phäakenstadt für mich enthalten. Fünf Jahre, in denen ich erst als Hilfsarbeiter, dann als kleiner Maler mir mein Brot verdienen mußte; mein wahrhaft kärglich Brot, das doch nie langte, um auch nur den gewöhnlichen Hunger zu stillen. Er war damals mein getreuer Wächter, der mich als einziger fast nie verließ, der in allem redlich mit mir teilte. Jedes Buch, das ich mir erwarb, erregte seine Teilnahme; ein Besuch der Oper ließ ihn mir dann wieder Gesellschaft leisten auf Tage hinaus; es war ein dauernder Kampf mit meinem mitleidslosen Freunde. Und doch habe ich in dieser Zeit gelernt, wie nie zuvor. Außer meiner Baukunst, dem seltenen, vom Munde abgesparten Besuch der Oper, hatte ich als einzige Freude nur mehr Bücher.

Ich las damals unendlich viel, und zwar gründlich. Was mir so an freier Zeit von meiner Arbeit übrig blieb, ging restlos für mein Studium auf. In wenigen Jahren schuf ich mir damit die Grundlagen meines Wissens, von denen ich auch heute noch zehre.

Aber mehr noch als dieses.

In dieser Zeit bildete sich mir ein Weltbild und eine Weltanschauung, die zum granitenen Fundament meines derzeitigen Handelns wurden. Ich habe zu dem, was ich mir so einst schuf, nur weniges hinzulernen müssen, zu ändern brauchte ich nichts.

Im Gegenteil.

Ich glaube heute fest daran, daß im allgemeinen sämtliche schöpferischen Gedanken schon in der Jugend grundsätzlich erscheinen, soferne solche überhaupt vorhanden sind. Ich unterscheide zwischen der Weisheit des Alters, die nur in einer größeren Gründlichkeit und Vorsicht als Ergebnis der Erfahrungen eines langen Lebens gelten kann, und der Genialität der Jugend, die in unerschöpflicher Fruchtbarkeit Gedanken und Ideen ausschüttet, ohne sie zunächst auch nur verarbeiten zu könne, infolge der Fülle ihrer Zahl. Sie liefert die Baustoffe und Zukunftspläne, aus denen das weisere Alter die Steine nimmt, behaut und den Bau aufführt, soweit nicht die sogenannte Weisheit des Alters die Genialität der Jugend erstickt hat.

X X X

Das Leben, das ich bis dorthin im väterlichen Hause geführt hatte, unterschied sich eben wenig oder in nichts von dem all der anderen. Sorgenlos konnte ich den neuen Tag erwarten, und ein soziales Problem gab es für mich nicht. Die Umgebung meiner Jugend setzte sich zusammen aus den Kreisen kleinen Bürgertums, also aus einer Welt, die zu dem reinen Handarbeiter nur sehr wenig Beziehungen besitzt. Denn so sonderbar es auch auf den ersten Blick scheinen mag, so ist doch die Kluft gerade zwischen diesen durchaus wirtschaftlich nicht glänzend gestellten Schichten und dem Arbeiter der Faust oft tiefer, als man denkt. Der Grund dieser, sagen wir fast Feindschaft, liegt in der Furcht einer Gesellschaftsgruppe, die sich erst ganz kurze Zeit aus dem Niveau der Handarbeiter herausgehoben hat, wieder zurückzusinken in den alten, wenig geachteten Stand, oder wenigstens noch zu ihm gerechnet zu werden. Dazu kommt noch bei vielen die widerliche Erinnerung an das kulturelle Elend dieser unteren Klasse, die häufige Roheit des Umgangs unter einander, wobei die eigene, auch noch so geringe Stellung im gesellschaftlichen Leben jede Berührung mit dieser überwundenen Kultur- und Lebensstufe zu einer unerträglichen Belastung werden läßt.

So kommt es, daß häufig der Höherstehende unbefangener zu seinem letzten Mitmenschen herabsteigt, als es dem „Emporkömmling" auch nur möglich erscheint.

Denn Emporkömmling ist nun einmal jeder, der sich durch eigene Tatkraft aus einer bisherigen Lebensstellung in eine höhere emporringt. Endlich aber läßt dieser häufig sehr herbe Kampf das Mitleid absterben. Das eigene schmerzliche Ringen um das Dasein tötet die Empfindung für das Elend der Zurückgebliebenen.

Mit mir besaß das Schicksal in dieser Hinsicht Erbarmen. Indem es mich zwang, wieder in diese Welt der Armut und der Unsicherheit zurückzukehren, die einst der Vater im Laufe seines Lebens schon verlassen hatte, zog es mir die Scheuklappen einer beschränkten kleinbürgerlichen Erziehung von den Augen. Nun erst lernte ich die Menschen kennen; lernte unterscheiden zwischen hohem Scheine oder brutalem Äußeren und ihrem inneren Wesen.

Wien gehörte nach der Jahrhundertwende schon zu den sozial ungünstigsten Städtchen.

Strahlender Reichtum und abstoßende Armut lösten einander in schroffem Wechsel ab. Im Zentrum und in den inneren Bezirken fühlte man so recht den Pulsschlag des 52-Millionen-Reiches, mit all dem bedenklichen Zauber des Nationalitätenstaates. Der Hof in seiner blendenden Pracht wirkte ähnlich einem Magneten auf Reichtum und Intelligenz des übrigen Staates. Dazu kam noch die starke Zentralisierung der Habsburgermonarchie an und für sich.

In ihr bot sich die einzige Möglichkeit, diesen Völkerbrei in fester Form zusammenzuhalten. Die Folge davon aber war eine außerordentliche Konzentration von hohen und höchsten Behörden in der Haupt- und Residenzstadt.

Doch Wien war nicht nur politisch und geistig die Zentrale der alten Donaumonarchie, sondern auch wirtschaftlich. Dem Heer von hohen Offizieren, Staatsbeamten, Künstlern und Gelehrten stand eine noch größere Armee von Arbeitern gegenüber, dem Reichtum der Aristokratie und des Handels eine blutige Armut. Vor den Palästen der Ringstraße lungerten Tausende von Arbeitslosen, und unter dieser via triumphalis des alten Österreich hausten im Zwielicht und Schlamm der Kanäle die Obdachlosen.

Kaum in einer deutschen Stadt war die soziale Frage besser zu studieren als in Wien. Aber man täusche sich nicht. Dieses „Studieren" kann nicht von oben herunter geschehen. Wer nicht selber in den Klammern dieser würgenden Natter sich befindet, lernt ihre Giftzähne niemals kennen. Im anderen Falle kommt nichts heraus als oberflächliches Geschwätz oder verlogene Sentimentalität. Beides ist von Schaden. Das eine, weil nie bis zum Kerne des Problems zu dringen vermag, das andere, weil es an ihm vorübergeht. Ich weiß nicht, was verheerender ist: die Nichtbeachtung der sozialen Not, wie dies die Mehrzahl der vom Glück Begünstigten oder auch durch eigenes Verdienst Gehobenen tagtäglich sehen läßt, oder jene ebenso hochnäsige wie manchmal wieder zudringlich taktlose, aber immer gnädige Herablassung gewisser mit dem „Volk empfindender" Modeweiber in Röcken und Hosen. Diese Menschen sündigen jedenfalls mehr, als sie in ihrem instinktlosen Verstande überhaupt nur zu begreifen vermögen. Daher ist dann zu ihrem eigenen Erstaunen das Ergebnis einer durch sie betätigten sozialen "Gesinnung" immer null, häufig aber sogar empörte Ablehnung; was dann freilich als Beweis der Undankbarkeit des Volkes gilt.

Daß eine soziale Tätigkeit damit gar nichts zu tun hat, vor allem auf Dank überhaupt keinen Anspruch erheben darf, da sie ja nicht Gnaden verteilen, sondern Rechte herstellen soll, leuchtet einer solchen Art von Köpfen nur ungern ein.

Ich wurde bewahrt davor, die soziale Frage in solcher Weise zu lernen. Indem sie mich in den Bannkreis ihres Leidens zog, schien sie mich nicht zum „Lernen" einzuladen, als vielmehr sich an mir selber erproben zu wollen. Es war nicht ihr Verdienst, daß das Kaninchen dennoch heil und gesund die Operationen überstand.

X X X

Wenn ich nun versuchen will, die Reihe meiner damaligen Empfindungen heute wiederzugeben, so kann dies niemals auch nur annähernd vollständig sein; nur die wesentlichsten und für mich oft erschütterndsten Eindrücke sollen hier dargestellt werden mit den wenigen Lehren, wie ich sie in dieser Zeit schon zog.

X X X

Es wurde mir damals meist nicht sehr schwer, Arbeit an sich zu finden, da ich ja nicht gelernter Handwerker war, sondern nur als sogenannter Hilfsarbeiter und manches Mal als Gelegenheitsarbeiter versuchen mußte, mir das tägliche Brot zu schaffen.

Ich stellte mich dabei auf den Standpunkt aller jener, die den Staub Europas von den Füßen schütteln, mit dem unerbittlichen Vorsatz, sich in der Neuen Welt auch eine neue Existenz zu gründen, eine neue Heimat zu erobern. Losgelöst von allen bisherigen lähmenden Vorstellungen des Berufes und Standes, von Umgebung und Tradition, greifen sie nun nach jedem Verdienst, der sich ihnen bietet, packen jede Arbeit an, sich so immer mehr zur Auffassung durchringend, daß ehrliche Arbeit niemals schändet, ganz gleich, welcher Art sie auch sein möge. So war auch ich entschlossen, mit beiden Füßen in die für mich neue Welt hineinzuspringen und mich durchzuschlagen.

Daß es da irgendeine Arbeit immer gibt, lernte ich bald kennen, allein ebenso schnell auch, wie leicht sie wieder zu verlieren ist.

Die Unsicherheit des täglichen Brotverdienstes erschien mir in kurzer Zeit als eine der schwersten Schattenseiten des neuen Lebens.

Wohl wird der „gelernte" Arbeiter nicht so häufig auf die Straße gesetzt sein, als dies beim ungelernten der Fall ist; allein ganz ist doch auch er nicht vor diesem Schicksal gefeit. Bei ihm tritt eben an Stelle des Brotverlustes aus Arbeitsmangel die Aussperrung oder sein eigener Streik.

Hier rächt sich die Unsicherheit des täglichen Verdienstes schon auf das bitterste an der ganzen Wirtschaft selber.

Der Bauernbursche, der in die Großstadt wandert, angezogen von der vermeintlich oder wohl auch wirklich leichteren Arbeit, der kürzeren Arbeitszeit, am meisten aber durch das blendende Licht, das die Großstadt nun einmal auszustrahlen vermag, ist noch an eine gewisse Sicherheit des Verdienstes gewöhnt. Er pflegt den alten Posten auch nur dann zu verlassen, wenn ein neuer mindestens in Aussicht steht. Endlich ist der Mangel an Landarbeitern groß, die Wahrscheinlichkeit eines längeren Arbeitsmangels also an und für sich sehr gering. Es ist nun ein Fehler, zu glauben, daß der sich in die Großstadt begebende junge Bursche etwa schon von vornherein aus schlechterem Holze geschnitzt wäre als der sich auch weiter redlich auf der bäuerlichen Scholle ernährende. Nein, im Gegenteil: die Erfahrung zeigt, daß alle auswandernden Elemente eher aus den gesündesten und tatkräftigsten Naturen bestehen, als etwa umgekehrt. Zu diesen „Auswanderern" aber zählt nicht nur der Amerikawanderer, sondern auch schon der junge Knecht, der sich entschließt, das heimatliche Dorf zu verlassen, um nach der fremden Großstadt zu ziehen. Auch er ist bereit, ein ungewisses Schicksal auf sich zu nehmen. Meist kommt er mit etwas Geld in die große Stadt, braucht also nicht schon am ersten Tage zu verzagen, wenn das Unglück ihn längere Zeit keine Arbeit finden läßt. Schlimmer aber wird es, wenn er eine gefundene Arbeitsstelle in kurzer Zeit wieder verliert. Das Finden einer neuen ist besonders im Winter häufig schwer, wenn nicht unmöglich. Die ersten Wochen geht es dann noch.

Er erhält Arbeitslosenunterstützung aus den Kassen seiner Gewerkschaft und schlägt sich durch so gut als eben möglich. Allein, wenn der letzte eigene Heller und Pfennig verbraucht ist, die Kasse infolge der langen Dauer der Arbeitslosigkeit die Unterstützung auch einstellt, kommt die große Not. Nun lungert er hungernd herum, versetzt und verkauft oft noch das Letzte, kommt so in seiner Kleidung immer mehr herunter und sinkt damit auch äußerlich in eine Umgebung herab, die ihn nun zum körperlichen Unglück noch seelisch vergiftet. Wird er dann noch obdachlos, und ist dies (wie es oft der Fall zu sein pflegt) im Winter, so wird der Jammer schon sehr groß. Endlich findet er wieder irgendeine Arbeit. Allein, das Spiel wiederholt sich. Ein zweites Mal trifft es ihn ähnlich, ein drittes Mal vielleicht noch schwerer, so daß er das ewig Unsichere nach und nach gleichgültiger ertragen lernt. Endlich wird die Wiederholung zur Gewohnheit.

So lockert sich der sonst fleißige Mensch in seiner ganzen Lebensauffassung, um allmählich zum Instrument jener heranzureifen, die sich seiner nur bedienen um niedriger Vorteile willen. Er war so oft ohne eigenes Verschulden arbeitslos, daß es nun auf einmal mehr oder weniger auch nicht ankommt, selbst wenn es sich dabei nicht mehr um das Erkämpfen wirtschaftlicher Rechte, sondern um das Vernichten staatlicher, gesellschaftlicher oder allgemein kultureller Werte handelt. Er wird, wenn schon nicht streiklustig, so doch streikgleichgültig sein.

Diesen Prozeß konnte ich an tausend Beispielen mit offenen Augen verfolgen. Je länger ich das Spiel sah, um so mehr wuchs meine Abneigung gegen die Millionenstadt, die die Menschen erst gierig an sich zog, um sie dann so grausam zu zerreiben.

Wenn sie kamen, zählten sie noch immer zu ihrem Volke; wenn sie blieben, gingen sie ihm verloren.

Auch ich war so vom Leben in der Weltstadt herumgeworfen worden und konnte also am eigenen Leibe die Wirkungen dieses Schicksals erproben und seelisch durchkosten. Ich sah da noch eines: der schnelle Wechsel von Arbeit zur Nichtarbeit und umgekehrt, sowie die dadurch bedingte ewige Schwankung des Ein und Auskommens, zerstört auf die Dauer bei vielen das Gefühl für Sparsamkeit ebenso wie das Verständnis für eine kluge Lebenseinteilung. Der Körper gewöhnt sich scheinbar langsam daran, in guten Zeiten aus dem Vollen zu leben und in schlechten zu hungern. Ja, der Hunger wirft jeden Vorsatz für spätere vernünftige Einteilung in der besseren Zeit des Verdienstes um, indem er dem von ihm Gequälten in einer dauernden Fata Morgana die Bilder eines satten Wohllebens vorgaukelt und diesen Traum zu einer solchen Sehnsucht zu steigern versteht, daß solch ein krankhaftes Verlangen zum Ende jeder Selbstbeschränkung wird, sobald Verdienst und Lohn dies irgendwie gestatten. Daher kommt es, daß der kaum eine Arbeit Erlangende sofort auf das unvernünftigste jede Einteilung vergißt, um statt dessen aus vollen Zügen in den Tag hinein zu leben. Dies führt selbst bis zur Umstoßung des kleinen Wochenhaushaltes, da sogar hier die kluge Einteilung ausbleibt; es langt anfangs noch für fünf Tage statt für sieben, später nur mehr für drei, endlich für kaum noch einen Tag, um am Schlusse in der ersten Nacht schon verjubelt zu werden.

Zu Hause sind dann oft Weib und Kinder. Manches Mal werden auch sie von diesem Leben angesteckt, besonders wenn der Mann zu ihnen an und für sich gut ist, ja sie auf seine Art und Weise sogar liebt. Dann wird der Wochenlohn in zwei, drei Tagen zu Hause gemeinsam vertan; es wird gegessen und getrunken, solange das Geld hält, und die letzten Tage werden ebenso gemeinsam durchgehungert. Dann schleicht die Frau in die Nachbarschaft und Umgebung, borgt sich ein weniges aus, macht kleine Schulden beim Krämer und sucht so die bösen letzten Tage der Woche durchzuhalten. Mittags sitzen sie alle beisammen vor mageren Schüsseln, manchmal auch vor nichts, und warten auf den kommenden Lohntag, reden von ihm, machen Pläne, und während sie hungern, träumen sie schon wieder vom kommenden Glück.

So werden die kleinen Kinder in ihrer frühesten Jugend mit diesem Jammer vertraut gemacht.

Übel aber endet es, wenn der Mann von Anfang an seine eigenen Wege geht und das Weib, gerade den Kindern zuliebe, dagegen auftritt. Dann gibt es Streit und Hader, und in dem Maße, in dem der Mann der Frau nun fremder wird, kommt er dem Alkohol näher. Jeden Samstag ist er nun betrunken, und im Selbsterhaltungstrieb für sich und ihre Kinder rauft sich das Weib und die wenigen Groschen, die sie ihm, noch dazu meistens auf dem Wege von der Fabrik zur Spelunke, abjagen muß. Kommt er endlich Sonntag oder Montag nachts selber nach Hause, betrunken und brutal, immer aber befreit vom letzten Heller und Pfennig, dann spielen sich oft Szenen ab, daß Gott erbarm.

In Hunderten von Beispielen habe ich dieses alles miterlebt, anfangs angewidert oder wohl auch empört, um später die ganze Tragik dieses Leides zu begreifen, die tieferen Ursachen zu verstehen. Unglückliche Opfer schlechter Verhältnisse.

Fast trüber noch waren damals die Wohnungsverhältnisse. das Wohnungselend des Wiener Hilfsarbeiters war ein entsetzliches. Mich schaudert noch heute, wenn ich an diese jammervollen Wohnhöhlen denke, an Herberge und Massenquartier, an dies düsteren Bilder von Unrat, widerlichem Schmutz und Ärgerem.

Wie mußte und wie muß dies einst werden, wenn aus diesen Elendshöhlen der Strom losgelassener Sklaven über die andere, so gedankenlose Mitwelt und Mitmenschen sich ergießt!

Denn gedankenlos ist diese andere Welt.

Gedankenlos läßt sie die Dinge eben treiben, ohne in ihrer Instinktlosigkeit auch nur zu ahnen, daß früher oder später das Schicksal zur Vergeltung schreiten muß, wenn nicht die Menschen zur Zeit noch das Schicksal versöhnen.

Wie bin ich heute dankbar jener Vorsehung, die mich in diese Schule gehen ließ. In ihr konnte ich nicht mehr sabotieren, was mir nicht gefiel. Sie hat mich schnell und gründlich erzogen.

Wollte ich nicht verzweifeln an den Menschen meiner Umgebung von damals, mußte ich unterscheiden lernen zwischen ihrem äußeren Wesen und Leben und den Gründen ihrer Entwicklung. Nur dann ließ sich dies alles ertragen, ohne verzagen zu müssen. Dann wuchsen aus all dem Unglück und Jammer, aus Unrat und äußerer Verkommenheit nicht mehr Menschen heraus, sondern traurige Ergebnisse trauriger Gesetze; wobei mich die Schwere des eigenen, doch nicht leichteren Lebenskampfes davor bewahrte, nun etwa in jämmerlicher Sentimentalität vor den verkommenen Schlußprodukten dieses Entwicklungsprozesses zu kapitulieren.

Nein, so soll dies nicht verstanden werden.

Schon damals ersah ich, daß hier nur ein doppelter Weg zum Ziele einer Besserung dieser Zustände führen könne:

Tiefstes soziales Verantwortungsgefühl zur Herstellung besserer Grundlagen unserer Entwicklung, gepaart mit brutaler Entschlossenheit in der Niederbrechung unverbesserlicher Auswüchslinge.

So wie die Natur ihre größte Aufmerksamkeit nicht auf die Erhaltung des Bestehenden, sondern auf die Züchtung des Nachwuchses, als des Trägers der Art, konzentriert, so kann es sich auch im menschlichen Leben weniger darum handeln, bestehendes Schlechtes künstlich zu veredeln, was bei der Veranlagung des Menschen zu neunundneunzig Prozent unmöglich ist, als darum, einer kommenden Entwicklung gesündere Bahnen von Anfang an zu sichern.

Schon währen meines Wiener Existenzkampfes war mir klar geworden, daß

die soziale Tätigkeit nie und nimmer in ebenso lächerlichen wie zwecklosen Wohlfahrtsduseleien ihre Aufgabe zu erblicken hat, als vielmehr in der Beseitigung solcher grundsätzlicher Mängel in der Organisation unseres Wirtschaftsund Kulturlebens, die zu Entartungen einzelner führen müssen oder wenigstens verleiten können.

Die Schwierigkeit des Vorgehens mit letzten und brutalsten Mitteln gegen das staatsfeindliche Verbrechertum liegt ja nicht zu wenigsten gerade in der Unsicherheit des Urteils über die inneren Beweggründe oder Ursachen solcher Zeiterscheinungen.

Diese Unsicherheit ist nur zu begründet im Gefühl einer eigenen Schuld an solchen Tragödien der Verkommenheit; sie lähmt aber nun jeden ernsten und festen Entschluß und hilft so mit an der, weil schwankend, auch schwachen und halben Durchführung selbst der notwendigsten Maßnahmen der Selbsterhaltung.

Erst wenn einmal eine Zeit nicht mehr von den Schatten des eigenen Schuldbewußtseins umgeistert ist, erhält sie mit der inneren Ruhe auch die äußere Kraft, brutal und rücksichtslos die wilden Schößlinge herauszuschneiden, das Unkraut auszujäten.

Da der österreichische Staat eine soziale Rechtsprechung und Gesetzgebung überhaupt so gut als gar nicht kannte, war auch seine Schwäche in der Niederkämpfung selbst böser Auswüchse in die Augen springend groß.

X X X

Ich weiß nicht, was mich nun zu dieser Zeit am meisten entsetzte: das wirtschaftliche Elend meiner damaligen Mitgefährten, dies sittliche und moralische Rohheit oder der Tiefstand ihrer geistigen Kultur.

Wie oft fährt nicht unser Bürgertum in aller moralischen Entrüstung empor, wenn es aus dem Munde irgendeines jämmerlichen Landstreichers die Äußerung vernimmt, daß es sich ihm gleich bleibe, Deutscher zu sein oder auch nicht, daß er sich überall gleich wohl fühle, sofern er nur sein nötiges Auskommen habe.

Dieser Mangel an „Nationalstolz" wird dann auf das tiefste beklagt und dem Abscheu vor einer solchen Gesinnung kräftig Ausdruck gegeben.

Wie viele haben sich aber schon die Frage vorgelegt, was denn nun eigentlich bei ihnen selber die Ursache ihrer besseren Gesinnung bildet?

Wie viele begreifen denn die Unzahl einzelner Erinnerungen an die Größe des Vaterlandes, der Nation, auf allen Gebieten des kulturellen und künstlerischen Lebens, die ihnen als Sammelergebnis eben den berechtigten Stolz vermitteln, Angehörige eines so begnadeten Volkes sein zu dürfen?

Wie viele ahnen denn, wie sehr der Stolz auf das Vaterland abhängig ist von der Kenntnis der Größe desselben auf allen diesen Gebieten?

Denken nun unsere bürgerlichen Kreise darüber nach, in welch lächerlichem Umfange diese Voraussetzung zum Stolz auf das Vaterland dem „Volke" vermittelt wird?

Man rede sich nicht darauf hinaus, daß in „anderen Ländern dies ja auch nicht anders" sei, der Arbeiter dort aber „dennoch" zu seinem Volkstum stände. Selbst wenn dies so wäre, würde es nicht zur Entschuldigung eigener Versäumnisse dienen können. Es ist aber nicht so. Denn was wir immer mit einer „chauvinistischen" Erziehung z.B. des französischen Volkes bezeichnen, ist doch nichts anderes, als das übermäßige Herausheben der Größe Frankreichs auf allen Gebieten der Kultur, oder wie der Franzose zu sagen pflegt, der „Zivilisation". Der junge Franzose wird eben nicht zur Objektivität erzogen, sondern zur subjektivsten Ansicht, die man sich nur denken kann, soferne es sich um die Bedeutung der politischen oder kulturellen Größe seines Vaterlandes handelt.

Diese Erziehung wird sich dabei immer auf allgemeine, ganz große Gesichtspunkte zu beschränken haben, die, wenn nötig, in ewiger Wiederholung dem Gedächtnis und dem Empfinden des Volkes einzuprägen sind.

Nun kommt aber bei uns zur negativen Unterlassungssünde noch die positive Zerstörung des Wenigen, das der einzelne das Glück hat, in der Schule zu lernen. Die Ratten der politischen Vergiftung unseres Volkes fressen auch dieses Wenige noch aus dem Herzen und der Erinnerung der breiten masse heraus, soweit nicht Not und Jammer schon das ihrige besorgten.

Man stelle sich doch einmal folgendes vor:

In einer Kellerwohnung, aus zwei dumpfen Zimmern bestehend, haust eine siebenköpfige Arbeiterfamilie. Unter den fünf Kindern auch ein Junge von, nehmen wir an, drei Jahren. Es ist dies das Alter, in dem die ersten Eindrücke einem Kinde zum Bewußtsein kommen. Bei Begabten finden sich noch bis in das hohe Alter Spuren der Erinnerung aus dieser Zeit. Schon die Enge und Überfüllung des Raumes führt nicht zu günstigen Verhältnissen. Streit und Hader werden sehr häufig schon auf diese Weise entstehen. Die Menschen leben ja so nicht miteinander, sondern drücken aufeinander. Jede, wenn auch kleinste Auseinandersetzung, die in geräumiger Wohnung schon durch ein leichtes Absondern ausgeglichen werden kann, sich so von selbst wieder löst, führt hier zu einem nicht mehr ausgehenden widerlichen Streit. Bei den Kindern ist dies natürlich noch erträglich; sie streiten in solchen Verhältnissen ja immer und vergessen es untereinander wieder schnell und gründlich. Wenn dieser Kampf unter den Eltern selber ausgefochten wird, und zwar fast jeden Tag, in Formen, die an innerer Roheit oft wirklich nichts zu wünschen übriglassen, dann müssen sich, wenn auch noch so langsam, endlich die Resultate eines solchen Anschauungsunterrichtes bei den Kleinen zeigen. Welcher Art sie sein müssen, wenn dieser gegenseitige Zwist die Form roher Ausschreitungen des Vaters gegen die Mutter annimmt, zu Mißhandlungen in betrunkenem Zustande führt, kann sich der ein solches Milieu eben nicht Kennende nur schwer vorstellen. Mit sechs Jahren ahnt der kleine, zu bedauernde Junge Dinge, vor denen auch ein Erwachsener nur Grauen empfinden kann. Moralisch angegiftet, körperlich unterernährt, das arme Köpfchen verlaust, so wandert der junge „Staatsbürger" in die Volksschule. Das es mit Ach und Krach bis zum Lesen und Schreiben kommt, ist auch so ziemlich alles. Von einem Lernen zu Hause kann keine Rede sein. Im Gegenteil. Mutter und Vater reden ja selbst, und zwar den Kindern gegenüber, in nicht wiederzugebender Weise über Lehrer und Schule, sind viel eher bereit, jenen Grobheiten zu sagen, als etwa ihren kleinen Sprößling über da Knie zu legen und zur Vernunft zu bringen. Was der kleine Kerl sonst noch alles zu Hause hört, führt auch nicht zu einer Stärkung der Achtung vor der lieben Mitwelt. Nichts Gutes wird hier an der Menschheit gelassen, keine Institution bleibt unangefochten; vom Lehrer angefangen bis hinauf zur Spitze des Staates. Mag es sich um Religion handeln oder um Moral an sich, um den Staat oder die Gesellschaft, einerlei, es wird alles beschimpft, in der unflätigsten Weise in den Schmutz einer niedrigsten Gesinnung gezerrt. Wenn der junge Mensch nun mit vierzehn Jahren aus der Schule entlassen wird, ist es schon schwer mehr zu entscheiden, was größer ist an ihm: die unglaubliche Dummheit, insofern es sich um wirkliches Wissen und Können handelt, oder die ätzende Frechheit seines Auftretens, verbunden mit einer Unmoral schon in diesem Alter, daß einem die Haare zu Berge stehen könnten.

Welche Stellung aber kann dieser Mensch, dem jetzt schon kaum mehr etwas heilig ist, der eben so sehr nichts Großes kennen gelernt hat, wie er umgekehrt jede Niederung des Lebens ahnt und weiß, im Leben einnehmen, in das er ja nun hinauszutreten sich anschickt?

Aus dem dreijährigen Kinde ist ein fünfzehnjähriger Verächter jeder Autorität geworden. Der junge Mensch ist nur mit Schmutz und Unrat in Berührung gekommen und hat noch nichts kennengelernt, das ihn zu irgendeiner höheren Begeisterung anzuregen vermöchte.

Jetzt aber kommt er erst noch in die hohe Schule dieses Daseins.

Nun setzt das gleiche Leben ein, daß er vom Vater die Jahre der Kindheit entlang in sich aufgenommen hatte. Er streunt herum und kommt weiß Gott wann nach Hause, prügelt zur Abwechslung auch noch selber das zusammengerissene Wesen, das einst seine Mutter war, flucht über Gott und die Welt und wird endlich aus irgendeinem besonderen Anlaß verurteilt und in ein Jugendlichengefängnis verbracht.

Dort erhält er den letzten Schliff.

Die liebe bürgerliche Mitwelt aber ist ganz erstaunt über die mangelnde „nationale Begeisterung" dieses jungen „Staatsbürgers".

Sie sieht, wie in Theater und Kino, in Schundliteratur und Schmutzpresse Tag für Tag das Gift kübelweise in das Volk hineingeschüttet wird und staunt dann über den geringen „sittlichen Gehalt", die „nationale Gleichgültigkeit" der Massen dieses Volkes. Als ob Kinokitsch, Schundpresse und Ähnliches die Grundlagen der Erkenntnis vaterländischer Größe abgeben würden. Von der früheren Erziehung des einzelnen ganz abgesehen.

Was ich ehedem nie geahnt hatte, lernte ich damals schnell und gründlich verstehen:

Die Frage der „Nationalisierung" eines Volkes ist mit in erster Linie eine Frage der Schaffung gesunder sozialer Verhältnisse als Fundament einer Erziehungsmöglichkeit des einzelnen. Denn nur wer durch Erziehung und Schule die kulturelle, wirtschaftliche, vor allem aber politische Größe des eigenen Vaterlandes kennen lernt, vermag und wird auch jenen inneren Stolz gewinnen, Angehöriger eines solchen Volkes sein zu dürfen. Und kämpfen kann ich nur für etwas, das ich liebe, lieben nur, was ich Zeichner und Aquarellist 35 achte, und achten, was ich mindestens kenne.

X X X

Soweit mein Interesse für die soziale Frage erweckt war, begann ich sie auch mit aller Gründlichkeit zu studieren. Es war eine neue, bisher unbekannte Welt, die sich mir so erschloß.

In den Jahren 1909 auf 1910 hatte sich auch meine eigene Lage insofern etwas geändert, als ich nun selber nicht mehr als Hilfsarbeiter mir mein tägliches Brot zu verdienen brauchte. Ich arbeitete damals schon selbständig als kleiner Zeichner und Aquarellist. So bitter dies in bezug auf den Verdienst war – es langte wirklich kaum zum Leben – so gut war es aber für meinen erwählten Beruf. Nun war ich nicht mehr wie früher des Abends nach der Rückkehr von der Arbeitsstelle todmüde, unfähig, in ein Buch zu sehen, ohne in kurzer Zeit einzunicken. Meine jetzige Arbeit verlief ja parallel meinem künftigen Berufe. Auch konnte ich nun als Herr meiner eigenen Zeit mir diese wesentlich besser einteilen, als dies früher möglich war.

Ich malte zum Brotverdienen und lernte zur Freude.

So war es mir auch möglich, zu meinem Anschauungsunterricht über das soziale Problem die notwendige theoretische Ergänzung gewinnen zu können. Ich studierte so ziemlich alles, was ich über dieses ganze Gebiet an Büchern erhalten konnte, und vertiefte mich im übrigen in meine eigenen Gedanken.

Ich glaube, meine Umgebung von damals hielt mich wohl für einen Sonderling.

Daß ich dabei mit Feuereifer meiner Liebe zur Baukunst diente, war natürlich. Sie erschien mir neben der Musik als die Königin der Künste: meine Beschäftigung mit ihr war unter solchen Umständen auch keine „Arbeit", sondern höchstes Glück. Ich konnte bis in die späte Nacht hinein lesen oder zeichnen, müde wurde ich da nie. So verstärkte sich mein Glaube, daß mir mein schöner Zukunftstraum, wenn auch nach langen Jahren, doch Wirklichkeit werden würde. Ich war fest überzeugt, als Baumeister mir dereinst einen Namen zu machen.

Daß ich nebenbei auch das größte Interesse für alles, was mit Politik zusammenhing, besaß, schien mir nicht viel zu bedeuten. Im Gegenteil: dies war in meinen Augen ja die selbstverständliche Pflicht jedes denkenden Menschen überhaupt. Wer dafür kein Verständnis besaß, verlor eben das Recht zu jeglicher Kritik und jeglicher Beschwerde.

Auch hier las und lernte ich also viel.

Freilich verstehe ich unter „lesen" vielleicht etwas anderes als der große Durchschnitt unserer sogenannten „Intelligenz".

Ich kenne Menschen, die unendlich viel „lesen", und zwar Buch für Buch, Buchstaben um Buchstaben, und die ich doch nicht als „belesen" bezeichnen möchte. Sie besitzen freilich eine Unmenge von „Wissen", allein ihr Gehirn versteht nicht, eine Einteilung und Registratur dieses in sich aufgenommenen Materials durchzuführen. Es fehlt ihnen die Kunst, im Buche das für sie Wertvolle vom Wertlosen zu sondern, das eine dann im Kopfe zu behalten für immer, das andere, wenn möglich, gar nicht zu sehen, auf jeden Fall aber nicht als zwecklosen Ballast mitzuschleppen. Auch das Lesen ist ja nicht Selbstzweck, sondern Mittel zu einem solchen. Es soll in erster Linie mithelfen, den Rahmen zu füllen, den Veranlagung und Befähigung jedem ziehen; mithin soll es Werkzeug und Baustoffe liefern, die der einzelne in seinem Lebensberuf nötig hat, ganz gleich, ob dieser nur dem primitiven Broterwerb dient oder die Befriedigung einer höheren Bestimmung darstellt; in zweiter Linie aber soll es ein allgemeines Weltbild vermitteln. In beiden Fällen ist es aber nötig, daß der Inhalt des jeweilig Gelesenen nicht in der Reihenfolge des Buches oder gar der Bücherfolge dem Gedächtnis zur Aufbewahrung übergeben wird, sondern als Mosaiksteinchen in dem allgemeinen Weltbilde seinen Platz an der ihm zukommenden Stelle erhält und so eben mithilft, dieses Bild im Kopfe des Lesers zu formen. Im anderen Falle entsteht ein wirres Durcheinander von eingelerntem Zeug, das ebenso wertlos ist, wie es andererseits den unglücklichen Besitzer eingebildet macht. Denn dieser glaubt nun wirklich allen Ernstes, „gebildet" zu sein, vom Leben etwas zu verstehen, Kenntnisse zu besitzen, während er mit jedem neuen Zuwachs dieser Art von „Bildung" in Wahrheit der Welt sich mehr und mehr entfremdet, bis er nicht selten entweder in einem Sanatorium oder als „Politiker" in einem Parlament endet.

Niemals wird es so einem Kopfe gelingen, aus dem Durcheinander seines „Wissens" das für die Forderung einer Stunde Passende herauszuholen, da ja sein geistiger Ballast nicht in den Linien des Lebens geordnet liegt, sondern in der Reihenfolge der Bücher, wie er sie las und wie ihr Inhalt ihm nun im Kopf sitzt. Würde das Schicksal bei seinen Anforderungen des täglichen Lebens ihn immer an die richtige Anwendung des einst Gelesenen erinnern, so müßte es aber auch noch Buch und Seitenzahl erwähnen, da der arme Tropf sonst in aller Ewigkeit das Richtige nicht finden würde. Da es dies nun aber nicht tut, geraten diese neunmal Klugen bei jeder kritischen Stunde in die schrecklichste Verlegenheit, suchen krampfhaft nach analogen Fällen und erwischen mit tödlicher Sicherheit natürlich die falschen Rezepte.

Wäre es nicht so, könnte man die politischen Leistungen unserer gelehrten Regierungsheroen in höchsten Stellen nicht begreifen, außer man entschlösse sich, anstatt pathologischer Veranlagung schurkenhaft Niedertracht anzunehmen.

Wer aber die Kunst des richtigen Lesens inne hat, den wird das Gefühl beim Studieren jedes Buches, jeder Zeitschrift oder Broschüre augenblicklich auf all das aufmerksam machen, was seiner Meinung nach für ihn zur dauernden Festhaltung geeignet ist, weil entweder zweckmäßig oder allgemein wissenswert. Sowie das auf solche Weise Gewonnene seine sinngemäße Eingliederung in das immer schon irgendwie vorhandene Bild, das sich die Vorstellung von dieser oder jener Sache geschaffen hat, findet, wird es entweder korrigierend oder ergänzend wirken, also entweder die Richtigkeit oder Deutlichkeit desselben erhöhen. Legt nun das Leben plötzlich irgendeine Frage zur Prüfung oder Beantwortung vor, so wird bei einer solchen Art des Lesens das Gedächtnis augenblicklich zum Maßstabe des schon vorhandenen Anschauungsbildes greifen und aus ihm alle die in Jahrzehnten gesammelten einzelnen diese Fragen betreffenden Beiträge herausholen, dem Verstande unterbreiten zur Prüfung und neuen Einsichtnahme, bis die Frage geklärt oder beantwortet ist.

Nur so hat das Lesen dann Sinn und Zweck.

Ein Redner zum Beispiel, der nicht auf solche Weise seinem Verstande die nötigen Unterlagen liefert, wird nie in der Lage sein, bei Widerspruch zwingend seine Ansicht zu vertreten, mag sie auch tausendmal der Wahrheit oder Wirklichkeit entsprechen. Bei jeder Diskussion wird ihn das Gedächtnis schnöde im Stiche lassen: er wird weder Gründe zur Erhärtung des von ihm Behaupteten, noch solche zur Widerlegung des Gegners finden. Solange es sich dabei, wie bei einem Redner, in erster Linie nur um die Blamage der eigenen Person handelt, mag dies noch hingehen, böse aber wird es, wenn das Schicksal einen solchen Vielwisser aber Nichtskönner zum Leiter eines Staates bestellt.

Ich habe mich seit früher Jugend bemüht, auf richtige Art zu lesen und wurde dabei in glücklichster Weise von Gedächtnis und Verstand unterstützt. Und in solchem Sinne betrachtet, war für mich besonders die Wiener Zeit fruchtbar und wertvoll. Die Erfahrungen des täglichen Lebens bildeten die Anregung zu immer neuem Studium der verschiedensten Probleme. Indem ich endlich so in der Lage war, die Wirklichkeit theoretisch zu begründen, die Theorie an der Wirklichkeit zu prüfen, wurde ich davor bewahrt, entweder in der Theorie zu ersticken oder in der Wirklichkeit zu verflachen.

So wurde in dieser Zeit in zwei wichtigsten Fragen, außer der sozialen, die Erfahrung des täglichen Lebens bestimmend und anregend für gründlichstes theoretisches Studium.

Wer weiß, wann ich mich in die Lehren und das Wesen des Marxismus einmal vertieft hätte, wenn mich nicht die damalige Zeit förmlich mit dem Kopfe auf dieses Problem gestoßen hätte!

X X X

Was ich in meiner Jugend von der Sozialdemokratie wußte, war herzlich wenig und reichlich unrichtig.

Daß sie den Kampf um das allgemeine und geheime Wahlrecht führte, freute mich innerlich. Sagte mir doch mein Verstand schon damals, daß dies zu einer Schwächung des mir so sehr verhaßten Habsburgerregiments führen müßte. In der Überzeugung, daß der Donaustaat, außer unter Opferung des Deutschtums, doch nie zu halten sein werde, daß aber selbst der Preis einer langsamen Slawisierung des deutschen Elements noch keineswegs die Garantie eines dann auch wirklich lebensfähigen Reiches bedeutet hätte, da die staatserhaltende Kraft des Slawentums höchst zweifelhaft eingeschätzt werden muß, begrüßte ich jede Entwicklung, die meiner Überzeugung nach zum Zusammenbruch dieses unmöglichen, das Deutschtum in zehn Millionen Menschen zum Tode verurteilenden Staates führen mußte. Je mehr das Sprachentohuwabohu auch das Parlament zerfraß und zersetzte, mußte die Stunde des Zerfalles dieses babylonischen Reiches näherrücken und damit aber auch die Stunde der Freiheit meines deutschösterreichischen Volkes. Nur so konnte dann dereinst der Anschluß an das alte Mutterland wieder kommen.

So war mir also diese Tätigkeit der Sozialdemokratie nicht unsympathisch. Daß sie endlich, wie mein damaliges harmloses Gemüt noch dumm genug war zu glauben, die Lebensbedingungen des Arbeiters zu heben trachtete, schien mir ebenfalls eher für sie als gegen sie zu sprechen. Was mich am meisten abstieß, war ihre feindselige Stellung gegenüber dem Kampf um die Erhaltung des Deutschtums, das jämmerliche Buhlen um die Gunst der slawischen „Genossen", die diese Liebeswerbung, sofern sie mit praktischen Zugeständnissen verbunden war, wohl entgegennahmen, sonst sich aber arrogant hochnäsig zurückhielten, den zudringlichen Bettlern auf diese Weise den verdienten Lohn gebend.

So war mir im Alter von siebzehn Jahren das Wort „Marxismus" noch wenig bekannt, während mir „Sozialdemokratie" und Sozialismus als identische Begriffe erschienen. Es bedurfte auch hier erst der Faust des Schicksals, um mir das Auge über diesen unerhörtesten Völkerbetrug zu öffnen.

Hatte ich bis dorthin die sozialdemokratische Partei nur als Zuschauer bei einigen Massendemonstrationen kennengelernt, ohne auch nur den geringsten Einblick in die Mentalität ihrer Anhänger oder gar in das Wesen der Lehre zu besitzen, so kam ich nun mit einem Schlage mit den Produkten ihrer Erziehung und „Weltanschauung" in Berührung. Und was sonst vielleicht erst nach Jahrzehnten eingetreten wäre, erhielt ich jetzt im Laufe weniger Monate: das Verständnis für eine unter der Larve sozialer Tugend und Nächstenliebe wandelnde Pestilenz, von der möglichst die Menschheit schnell die Erde befreien möge, da sonst gar leicht die Erde von der Menschheit frei werden könnte.

Am Bau fand mein erstes Zusammentreffen mit Sozialdemokraten statt.

Es war schon von Anfang an nicht sehr erfreulich. Meine Kleidung war noch etwas in Ordnung, meine Sprache gepflegt und mein Wesen zurückhaltend. Ich hatte mit meinem Schicksal noch so viel zu tun, daß ich mich um meine Umwelt nur wenig zu kümmern vermochte. Ich suchte nur nach Arbeit, um nicht zu verhungern, um damit die Möglichkeit einer, wenn auch noch so langsamen, Weiterbildung zu erhalten. Ich würde mich um meine neue Umgebung vielleicht überhaupt nicht gekümmert haben, wenn nicht schon am dritten oder vierten Tage ein Ereignis eingetreten wäre, das mich sofort zu einer Stellungnahme zwang. Ich wurde aufgefordert, in die Organisation einzutreten.

Meine Kenntnisse der gewerkschaftlichen Organisation waren damals noch gleich Null. Weder die Zweckmäßigkeit noch die Unzweckmäßigkeit ihres Bestehens hätte ich zu beweisen vermocht. Da man mir erklärte, daß ich eintreten müsse, lehnte ich ab. Ich begründete dies damit, daß ich die Sache nicht verstünde, mich aber überhaupt zu nichts zwingen lasse. Vielleicht war das erstere der Grund, warum man mich nicht sofort hinauswarf. Man mochte vielleicht hoffen, mich in einigen Tagen bekehrt oder mürbe gemacht zu haben. Jedenfalls hatte man sich darin gründlich getäuscht. Nach vierzehn Tagen konnte ich dann aber nicht mehr, auch wenn ich sonst noch gewollt hätte. In diesen vierzehn Tagen lernte ich meine Umgebung näher kennen, so daß mich keine Macht der Welt mehr zum Eintritt in eine Organisation hätte bewegen können deren Träger mir inzwischen in so ungünstigem Lichte erschienen waren.

Die ersten Tage war ich ärgerlich.

Mittags ging ein Teil in die zunächst gelegenen Wirtshäuser, während ein anderer am Bauplatz verblieb und dort ein meist sehr ärmliches Mittagsmahl verzehrte. Es waren dies die Verheirateten, denen ihre Frauen in armseligen Geschirren die Mittagssuppe brachten. Gegen Ende der Woche wurde diese Zahl immer größer; warum, begriff ich erst später. Nun wurde politisiert.

Ich trank meine Flasche Milch und aß mein Stück Brot irgendwo seitwärts und studierte vorsichtig meine neue Umgebung oder dachte über mein elendes Los nach. Dennoch hörte ich mehr als genug; auch schien es mir oft, als ob man mit Absicht an mich heranrückte, um mich so vielleicht zu einer Stellungnahme zu veranlassen. Jedenfalls war das, was ich so vernahm, geeignet, mich aufs äußerste aufzureizen. Man lehnte da alles ab: die Nation, als eine Erfindung der „kapitalistischen" – wie oft mußte ich nur allein dieses Wort hören! – Klassen; das Vaterland, als Instrument der Bourgeoisie zur Ausbeutung der Arbeiterschaft; die Autorität des Gesetzes als Mittel zur Unterdrückung des Proletariats; die Schule, als Institut zur Züchtung des Sklavenmaterials, aber auch der Sklavenhalter; die Religion, als Mittel der Verblödung des zur Ausbeutung bestimmten Volkes; die Moral, als Zeichen dummer Schafsgeduld usw. Es gab da aber rein gar nichts, was nicht in den Kot einer entsetzlichen Tiefe gezogen wurde.

Anfangs versuchte ich zu schweigen. Endlich ging es aber nicht mehr. Ich begann Stellung zu nehmen, begann zu widersprechen. Da mußte ich allerdings erkennen, daß dies so lange vollkommen aussichtslos war, solange ich nicht wenigstens bestimmte Kenntnisse über die nun einmal umstrittenen Punkte besaß. So begann ich in den Quellen zu spüren, aus denen sie ihre vermeintliche Weisheit zogen. Buch um Buch, Broschüre um Broschüre kam jetzt an die Reihe.

Am Bau aber ging es nun oft heiß her. Ich stritt, von Tag zu Tag besser auch über ihr eigenes Wissen informiert als meine Widersacher selber, bis eines Tages jenes Mittel zur Anwendung kam, das freilich die Vernunft am leichtesten besiegt: der Terror, die Gewalt. Einige der Wortführer der Gegenseite zwangen mich, entweder den Bau sofort zu verlassen oder vom Gerüst hinunterzufliegen. Da ich allein war, Widerstand aussichtslos erschien, zog ich es, um eine Erfahrung reicher, vor, dem ersten Rat zu folgen.

Ich ging, von Ekel erfüllt, aber zugleich doch so ergriffen, daß es mir ganz unmöglich gewesen wäre, der ganzen Sache nun den Rücken zu kehren. Nein, nach dem Aufschießen der ersten Empörung gewann die Halsstarrigkeit wieder die Oberhand. Ich war fest entschlossen, dennoch wieder auf einen Bau zu gehen. Bestärkt wurde ich in diesem Entschlusse noch durch die Not, die einige Wochen später, nach dem Verzehren des geringen ersparten Lohnes, mich in ihre herzlosen Arme schloß. Nun mußte ich, ob ich wollte oder nicht. Und das Spiel ging denn auch wieder von vorne los, um ähnlich wie beim ersten Male zu enden.

Damals rang ich in meinem Innern: Sind dies noch Menschen, wert, einem großen Volke anzugehören?

Eine qualvolle Frage; denn wird sie mit Ja beantwortet, so ist der Kampf um ein Volkstum wirklich nicht mehr der Mühen und Opfer wert, die die Besten für einen solchen Auswurf zu bringen haben; heißt die Antwort aber Nein, dann ist unser Volk schon arm an M e n s c h e n.

Mit unruhiger Beklommenheit sah ich in solchen Tagen des Grübelns und Hineinbohrens die Masse der nicht mehr zu ihrem Volke zu Rechnenden anschwellen zu einem bedrohlichen Heere.

Mit welch anderen Gefühlen starrte ich nun in die endlosen Viererreihen einer eines Tages stattfindenden Massendemonstration Wiener Arbeiter! Fast zwei Stunden lang stand ich so da und beobachtete mit angehaltenem Atem den ungeheuren menschlichen Drachenwurm, der sich da langsam vorbeiwälzte. In banger Gedrücktheit verließ ich endlich den Platz und wanderte heimwärts. Unterwegs erblickte ich in einem Tabakladen die „Arbeiterzeitung", das Zentralorgan der alten österreichischen Sozialdemokratie. In einem billigen Volkscafé, in das ich öfters ging, um Zeitungen zu lesen, lag sie auch auf; allein ich konnte es bisher nicht über mich bringen, in das elende Blatt, dessen ganzer Ton auf mich wie geistiges Vitriol wirkte, länger als zwei Minuten hineinzusehen. Unter dem deprimierenden Eindruck der Demonstration trieb mich nun eine innere Stimme an, das Blatt einmal zu kaufen und es dann gründlich zu lesen. Abends besorgte ich dies denn auch unter Überwindung des in mir manchmal aufsteigenden Jähzorns über diese konzentrierte Lügenlösung.

Mehr als aus aller theoretischen Literatur konnte ich nun aus dem täglichen Lesen der sozialdemokratischen Presse das innere Wesen dieser Gedankengänge studieren.

Denn welch ein Unterschied zwischen den in der theore tischen Literatur schillernden Phrasen von Freiheit, Schönheit und Würde, dem irrlichternden, scheinbar tiefste Weisheit mühsam ausdrückenden Wortgeflunker, der widerlich humanen Moral – alles mit der eisernen Stirne einer prophetischen Sicherheit hingeschrieben – und der brutalen, vor keiner Niedertracht zurückschreckenden, mit jedem Mittel der Verleumdung und einer wahrhaft balkenbiegenden Lügenvirtuosität arbeitenden Tagespresse dieser Heilslehre der neuen Menschheit! Das eine ist bestimmt für die dummen Gimpel aus mittleren und natürlich auch höheren „Intelligenzschichten", das andere für die Masse.

Für mich bedeutete das Vertiefen in Literatur und Presse dieser Lehre und Organisation das Wiederfinden zu meinem Volke.

Was mir erst als unüberbrückbare Kluft erschien, sollte nun Anlaß zu einer größeren Liebe als jemals zuvor werden.

Nur ein Narr vermag bei Kenntnis dieser ungeheuren Vergiftungsarbeit das Opfer auch noch zu verdammen. Je mehr ich mich in den nächsten Jahren selbständig machte, um so mehr wuchs mit steigender Entfernung der Blick für die inneren Ursachen der sozialdemokratischen Erfolge. Nun begriff ich die Bedeutung der brutalen Forderung, nur rote Zeitungen zu halten, nur rote Versammlungen zu besuchen, rote Bücher zu lesen usw. In plastischer Klarheit sah ich das zwangsläufige Ergebnis dieser Lehre der Unduldsamkeit vor Augen.

Die Psyche der breiten Masse ist nicht empfänglich für alles Halbe und Schwache.

Gleich dem Weibe, dessen seelisches Empfinden weniger durch Gründe abstrakter Vernunft bestimmt wird als durch solche einer undefinierbaren, gefühlsmäßigen Sehnsucht nach ergänzender Kraft, und das sich deshalb lieber dem Starken beugt als den Schwächling beherrscht, liebt auch die Masse mehr den Herrscher als den Bittenden und fühlt sich im Innern mehr befriedigt durch eine Lehre, die keine andere neben sich duldet, als durch die Genehmigung liberaler Freiheit; sie weiß mit ihr auch meist nur wenig anzufangen und fühlt sich sogar leicht verlassen. Die Unverschämtheit ihrer geistigen Terrorisierung kommt ihr ebensowenig zum Bewußtsein wie die empörende Mißhandlung ihrer menschlichen Freiheit, ahnt sie doch den inneren Irrsinn der ganzen Lehre in keiner Weise. So sieht sie nur die rücksichtslose Kraft und Brutalität ihrer zielbewußten Äußerungen, der sie sich endlich immer beugt.

Wird der Sozialdemokratie eine Lehre von besserer Wahrhaftigkeit, aber gleicher Brutalität der Durchführung entgegen gestellt, wird diese siegen, wenn auch nach schwerstem Kampfe.

Ehe nur zwei Jahre vergangen waren, war mir sowohl die Lehre als auch das technische Werkzeug der Sozialdemokratie klar.

Ich begriff den infamen geistigen Terror, den diese Bewegung vor allem auf das solchen Angriffen weder moralisch noch seelisch gewachsene Bürgertum ausübt, indem sie auf ein gegebenes Zeichen immer ein förmliches Trommelfeuer von Lügen und Verleumdungen gegen den ihr am gefährlichsten erscheinenden Gegner losprasseln läßt, so lange, bis die Nerven der Angegriffenen brechen und sie, um nur wieder Ruhe zu haben, den Verhaßten opfern.

Allein die Ruhe erhalten diese Toren dennoch nicht.

Das Spiel beginnt von neuem und wird so oft wiederholt, bis die Furcht vor dem wilden Köter zur suggestiven Lähmung wird.

Da die Sozialdemokratie den Wert der Kraft aus eigener Erfahrung am besten kennt, läuft sie auch am meisten Sturm gegen diejenigen, in deren Wesen sie etwas von diesem ohnehin so seltenen Stoffe wittert. Umgekehrt lobt sie jeden Schwächling der anderen Seite, bald vorsichtig, bald lauter, je nach der erkannten oder vermuteten geistigen Qualität.

Sie fürchtet ein ohnmächtiges, willenloses Genie weniger als eine Kraftnatur, wenn auch bescheidenen Geistes.

Am eindringlichsten empfiehlt sie Schwächlinge an Geist und Kraft zusammen.

Sie versteht den Anschein zu erwecken, als ob nur so die Ruhe zu erhalten wäre, während sie dabei in kluger Vorsicht, aber dennoch unentwegt, eine Position nach der anderen erobert, bald durch stille Erpressung, bald durch tatsächlichen Diebstahl in Momenten, da die allgemeine Aufmerksamkeit anderen Dingen zugewendet, entweder nicht gestört sein will oder die Angelegenheit für zu klein hält, um großes Aufsehen zu erregen und den bösen Gegner neu zu reizen.

Es ist eine unter genauer Berechnung aller menschlichen Schwächen gefundene Taktik, deren Ergebnis fast mathematisch zum Erfolge führen muß, wenn eben nicht auch die Gegenseite lernt, gegen Giftgas mit Giftgas zu kämpfen.

Schwächlichen Naturen muß dabei gesagt werden, daß es sich hierbei eben um Sein oder Nichtsein handelt.

Nicht minder verständlich wurde mir die Bedeutung des körperlichen Terrors dem einzelnen, der Masse gegenüber.

Auch hier genaue Berechnung der psychologischen Wirkung.

Der Terror auf der Arbeitsstätte, in der Fabrik, im Versammlungslokal und anläßlich von Massenkundgebung wird immer von Erfolg begleitet sein, solange ihm nicht ein gleich großer Terror entgegentritt.

Dann freilich wird die Partei in entsetzlichem Geschrei Zeter und Mordio jammern, wird als alte Verächterin jeder Staatsautorität kreischend nach dieser rufen, um in den meisten Fällen in der allgemeinen Verwirrung tatsächlich das Ziel zu erreichen – nämlich: sie wird das Hornvieh eines höheren Beamten finden, der, in der blödseligen Hoffnung, sich vielleicht dadurch für später den gefürchteten Gegner geneigt zu machen, den Widersacher dieser Weltpest brechen hilft.

Welchen Eindruck ein solcher Schlag auf die Sinne der breiten Masse sowohl der Anhänger als auch der Gegner ausübt, kann dann nur der ermessen, der die Seele eines Volkes nicht aus Büchern, sondern aus dem Leben kennt. Denn während in den Reihen ihrer Anhänger der erlangte Sieg nunmehr als ein Triumph des Rechtes der eigenen Sache gilt, verzweifelt der geschlagene Gegner in den meisten Fällen am Gelingen eines weiteren Widerstandes überhaupt.

Je mehr ich vor allem die Methoden des körperlichen Terrors kennenlernte, um so größer wurde meine Abbitte den Hunderttausenden gegenüber, die ihm erlagen.

Das danke ich am inständigsten meiner damaligen Lebenszeit, daß sie allein mir mein Volk wiedergegeben hat, daß ich die Opfer unterscheiden lernte von den Verführern.

Anders als Opfer sind die Ergebnisse dieser Menschenverführung nicht zu bezeichnen. Denn wenn ich nun in einigen Bildern mich bemühte, das Wesen dieser „untersten" Schichten aus dem Leben heraus zu zeichnen, so würde dies nicht vollständig sein, ohne die Versicherung, daß ich aber in diesen Tiefen auch wieder Lichter fand in den Formen einer oft seltenen Opferwilligkeit, treuester Kameradschaft, außerordentlicher Genügsamkeit und zurückhaltender Bescheidenheit, besonders soweit es die damals ältere Arbeiterschaft betraf. Wenn auch diese Tugenden in der jungen Generation mehr und mehr, schon durch die allgemeinen Einwirkungen der Großstadt, verloren wurden, so gab es selbst hier noch viele, bei denen das vorhandene kerngesunde Blut über die gemeinen Niederträchtigkeiten des Lebens Herr wurde. Wenn dann diese oft seelenguten, braven Menschen in ihrer politischen Betätigung dennoch in die Reihen der Todfeinde unseres Volkstums eintraten und diese so schließen halfen, dann lag dies daran, daß sie ja die Niedertracht der neuen Lehre weder verstanden noch verstehen konnten, daß niemand sonst sich die Mühe nahm, sich um sie zu kümmern, und daß endlich die sozialen Verhältnisse stärker waren als aller sonstige etwa vorhandene gegenteilige Wille. Die Not, der sie eines Tages so oder so verfielen, trieb sie in das Lager der Sozialdemokratie doch noch hinein.

Da nun das Bürgertum unzählige Male in der ungeschicktesten, aber auch unmoralischsten Weise gegen selbst allgemein menschlich berechtigte Forderungen Front machte, ja oft ohne einen Nutzen aus einer solchen Haltung zu erlangen oder gar überhaupt erwarten zu dürfen, wurde selbst der anständigste Arbeiter aus der gewerkschaftlichen Organisation in die politische Tätigkeit hineingetrieben.

Millionen von Arbeitern waren sicher in ihrem Inneren anfangs Feinde der sozialdemokratischen Partei, wurden aber in ihrem Widerstande besiegt durch eine manches Mal denn doch irrsinnige Art und Weise, in der seitens der bürgerlichen Parteien gegen jede Forderung sozialer Art Stellung genommen wurde. Die einfach borniert Ablehnung aller Versuche einer Besserung der Arbeitsverhältnisse, der Schutzvorrichtungen an Maschinen, der Unterbindung von Kinderarbeit sowie des Schutzes der Frau wenigstens in den Monaten, da sie unter dem Herzen schon den kommenden Volksgenossen trägt, half mit, der Sozialdemokratie, die dankbar jeden solchen Fall erbärmlicher Gesinnung aufgriff, die Massen in das Netz zu treiben. Niemals kann unser politisches „Bürgertum" wieder gut machen, was so gesündigt wurde. Denn indem es gegen alle Versuche einer Beseitigung sozialer Mißstände Widerstand leistete, säte es Haß und rechtfertigte scheinbar selber die Behauptungen der Todfeinde des ganzen Volkstums, daß nur die sozialdemokratische Partei allein die Interessen des schaffenden Volkes verträte.

Es schuf so in erster Linie die moralische Begründung für den tatsächlichen Bestand der Gewerkschaften, der Organisation, die der politischen Partei die größten Zutreiberdienste von jeher geleistet hat.

In meinen Wiener Lehrjahren wurde ich gezwungen, ob ich wollte oder nicht, auch zur Frage der Gewerkschaften Stellung zu nehmen.

Da ich sie als einen unzertrennlichen Bestandteil der sozialdemokratischen Partei an sich ansah, war meine Entscheidung schnell und – falsch.

Ich lehnte sie selbstverständlich glatt ab.

Auch in dieser so unendlich wichtigen Frage gab mir das Schicksal selber Unterricht.

Das Ergebnis war ein Umsturz meines ersten Urteils.

Mit zwanzig Jahren hatte ich unterscheiden gelernt zwischen der Gewerkschaft als Mittel zur Verteidigung allgemeiner sozialer Rechte des Arbeitnehmers und zur Erkämpfung besserer Lebensbedingungen desselben im einzelnen und der Gewerkschaft als Instrument der Partei des politischen Klassenkampfes.

Daß die Sozialdemokratie die enorme Bedeutung der gewerkschaftlichen Bewegung begriff, sicherte ihr das Instrument und damit den Erfolg; daß das Bürgertum dies nicht verstand, kostete es seine politische Stellung. Es glaubte, mit einer naseweisen „Ablehnung" einer logischen Entwicklung den Garaus machen zu können, um in Wirklichkeit dieselbe nun in unlogische Bahnen zu zwingen. Denn daß die Gewerkschaftsbewegung etwa an sich vaterlandsfeindlich sei, ist ein Unsinn und außerdem eine Unwahrheit. Richtig ist eher das Gegenteil. Wenn eine gewerkschaftliche Betätigung als Ziel die Besserstellung eines mit zu den Grundpfeilern der Nation gehörenden Standes im Auge hat und durchführt, wirkt sie nicht nur nicht vaterlands oder staatsfeindlich, sondern im wahrsten Sinne des Wortes „national". Hilft sie doch so mit, die sozialen Voraussetzungen zu schaffen, ohne die eine allgemeine nationale Erziehung gar nicht zu denken ist. Sie erwirbt sich höchstes Verdienst, indem sie durch Beseitigung sozialer Krebsschäden sowohl geistigen als aber auch körperlichen Krankheitserregern an den Leib rückt und so zu einer allgemeinen Gesundheit des Volkskörpers mit beiträgt.

Die Frage nach ihrer Notwendigkeit also ist wirklich überflüssig.

Solange es unter Arbeitgebern Menschen mit geringem sozialen Verständnis oder gar mangelndem Rechts und Billigkeitsgefühl gibt, ist es nicht nur das Recht, sondern die Pflicht der von ihnen Angestellten, die doch einen Teil unseres Volkstums bilden, die Interessen der Allgemeinheit gegenüber der Habsucht oder der Unvernunft eines einzelnen zu schützen; denn die Erhaltung von Treu und Glauben an einem Volkskörper ist im Interesse der Nation genau so wie die Erhaltung der Gesundheit des Volkes.

Beides wird durch unwürdige Unternehmer, die sich nicht als Glied der ganzen Volksgemeinschaft fühlen, schwer bedroht. Aus dem üblen Wirken ihrer Habsucht oder Rücksichtslosigkeit erwachsen tiefe Schäden für die Zukunft.

Die Ursachen einer solchen Entwicklung beseitigen, heißt sich ein Verdienst um die Nation erwerben, und nicht etwa umgekehrt.

Man sage dabei nicht, daß es ja jedem einzelnen freistünde, die Folgerungen aus einem ihm tatsächlich oder vermeintlich zugefügten Unrecht zu ziehen, also zu gehen. Nein! Dies ist Spiegelfechterei und muß als Versuch angesehen werden, die Aufmerksamkeit abzulenken. Entweder ist die Beseitigung schlechter, unsozialer Vorgänge im Interesse der Nation gelegen oder nicht. Wenn ja, dann muß der Kampf gegen sie mit den Waffen aufgenommen werden, die die Aussicht auf Erfolg bieten. Der einzelne Arbeiter aber ist niemals in der Lage, sich gegenüber der Macht des großen Unternehmers durchzusetzen, da es sich hier nicht um eine Frage des Sieges des höheren Rechtes handeln kann – da ja bei Anerkennung desselben der ganze Streit infolge des Mangels jeder Veranlassung gar nicht vorhanden wäre –, sondern um die Frage der größeren Macht. Im anderen Falle würde das vorhandene Rechtsgefühl allein schon den Streit in ehrlicher Weise beenden, oder richtiger, es könnte nie zu einem solchen kommen.

Nein, wenn unsoziale oder unwürdige Behandlung von Menschen zum Widerstande auffordert, dann kann dieser Kampf, solange nicht gesetzliche, richterliche Behörden zur Beseitigung dieser Schäden geschaffen werden, nur durch die größere Macht zur Entscheidung kommen. Damit aber ist es selbstverständlich, daß der Einzelperson und mithin konzentrierten Kraft des Unternehmens allein die zur Einzelperson zusammengefaßte Zahl der Arbeitnehmer gegenübertreten kann, um nicht von Anbeginn schon auf die Möglichkeit des Sieges verzichten zu müssen.

So kann die gewerkschaftliche Organisation zu einer Stärkung des sozialen Gedankens in dessen praktischer Auswirkung im täglichen Leben führen und damit zu einer Beseitigung von Reizursachen, die immer wieder die Veranlassung zur Unzufriedenheit und zu Klagen geben.

Daß es nicht so ist, kommt zu einem sehr großen Teil auf das Schuldkonto derjenigen, die jeder gesetzlichen Regelung sozialer Mißstände Hindernisse in den Weg zu legen verstanden oder sie mittels ihres politischen Einflusses unterbanden.

In eben dem Maße, in dem das politische Bürgertum dann die Bedeutung der gewerkschaftlichen Organisation nicht verstand oder, besser, nicht verstehen wollte und sich zum Widerstand dagegen stemmte, nahm sich die Sozialdemokratie der umstrittenen Bewegung an. Sie schuf damit weitschauend eine feste Unterlage, die sich schon einigemal in kritischen Stunden als letzte Stütze bewährte. Freilich ging damit der innere Zweck allmählich unter, um neuen Zielen Raum zu geben.

Die Sozialdemokratie dachte nie daran, die von ihr umfaßte Berufsbewegung der ursprünglichen Aufgabe zu erhalten.

Nein, so meinte sie dies allerdings nicht.

In wenigen Jahrzehnten war unter ihrer kundigen Hand aus dem Hilfsmittel einer Verteidigung sozialer Menschenrechte das Instrument zur Zertrümmerung der nationalen Wirtschaft geworden. Die Interessen der Arbeiter sollten sie dabei nicht im geringsten behindern. Denn auch politisch gestattet die Anwendung wirtschaftlicher Druckmittel, jederzeit Erpressungen auszuüben, sowie nur die nötige Gewissenlosigkeit auf der einen und dumme Schafsgeduld auf der anderen Seite in ausreichendem Maße vorhanden ist. Etwas, das in diesem Falle beiderseits zutrifft.

X X X

Schon um die Jahrhundertwende hatte die Gewerkschaftsbewegung längst aufgehört, ihrer früheren Aufgabe zu dienen. Von Jahr zu Jahr war sie mehr und mehr in den Bannkreis sozialdemokratischer Politik geraten, um endlich nur noch als Ramme des Klassenkampfes Anwendung zu finden. Sie sollte den ganzen, mühselig aufgebauten Wirtschaftskörper durch dauernde Stöße endlich zum Einsturz bringen, um so dem Staatsbau, nach Entzug seiner wirtschaftlichen Grundmauern, das gleiche Schicksal leichter zufügen zu können. Die Vertretung aller wirklichen Bedürfnisse der Arbeiterschaft kam damit immer weniger in Frage, bis die politische Klugheit es endlich überhaupt nicht mehr als wünschenswert erscheinen ließ, die sozialen und gar kulturellen Nöte der breiten Masse zu beheben, da man sonst ja Gefahr lief, diese, in ihren Wünschen befriedigt, nicht mehr als willenlose Kampftruppe ewig weiterbenützen zu können.

Eine derartige, ahnungsvoll gewitterte Entwicklung jagte den klassenkämpferischen Führern solche Furcht ein, daß sie endlich kurzerhand jede wirklich segensvolle soziale Hebung ablehnten, ja auf das entschlossenste dagegen Stellung nahmen.

Um eine Begründung eines vermeintlich so unverständlichen Verhaltens brauchte ihnen dabei nie bange zu sein.

Indem man die Forderungen immer höher spannte, erschien die mögliche Erfüllung derselben so klein und unbedeutend, daß man der Masse jederzeit einzureden vermochte, es handle sich hierbei nur um den teuflischen Versuch, durch solch eine lächerliche Befriedigung heiligster Anrechte die Stoßkraft der Arbeiterschaft auf billige Weise zu schwächen, ja wenn möglich lahmzulegen. Bei der geringen Denkfähigkeit der breiten Masse wundere man sich nicht über den Erfolg.

Im bürgerlichen Lager war man empört über solche ersichtliche Unwahrhaftigkeit sozialdemokratischer Taktik, ohne daraus aber auch nur die geringsten Schlüsse zu ziehen für die Richtlinien eines eigenen Handelns. Gerade die Furcht der Sozialdemokratie vor jeder tatsächlichen Hebung der Arbeiterschaft aus der Tiefe ihres bisherigen kulturellen und sozialen

Elends hätte zu größten Anstrengungen eben in dieser Zielrichtung führen müssen, um nach und nach den Vertretern des Klassenkampfes das Instrument aus der Hand zu winden.

Dies geschah jedoch nicht.

Statt in eigenem Angriff die gegnerische Stellung zu nehmen, ließ man sich lieber drücken und drängen, um endlich zu gänzlich unzureichenden Aushilfen zu greifen, die, weil zu spät, wirkungslos blieben, weil zu unbedeutend, auch noch leicht abzulehnen waren. So blieb in Wahrheit alles beim alten, nur die Unzufriedenheit war größer als vorher.

Gleich einer drohenden Gewitterwolke hing schon damals die „freie Gewerkschaft" über dem politischen Horizont und über dem Dasein des einzelnen.

Sie war eines jener fürchterlichen Terrorinstrumente gegen die Sicherheit und Unabhängigkeit der nationalen Wirtschaft, die Festigkeit des Staates und die Freiheit der Person.

Sie war es vor allem, die den Begriff der Demokratie zu einer widerlich-lächerlichen Phrase machte, die Freiheit schändete und die Brüderlichkeit in dem Satze „Und willst du nicht Genosse sein, so schlagen wir dir den Schädel ein" unsterblich verhöhnte.

So lernte ich damals diese Menschheitsfreundin kennen. Im Laufe der Jahre hat sich meine Anschauung über sie erweitert und vertieft, zu ändern brauchte ich sie nicht.

X X X

Je mehr ich Einblick in das äußere Wesen der Sozialdemokratie erhielt, um so größer wurde die Sehnsucht, den inneren Kern dieser Lehre zu erfassen.

Die offizielle Parteiliteratur konnte hierbei freilich nur wenig nützen. Sie ist, soweit es sich um wirtschaftliche Fragen handelt, unrichtig in Behauptung und Beweis; soweit die politischen Ziele behandelt werden, verlogen. Dazu kam, daß ich mich besonders von der neueren rabulistischen Ausdrucksweise und der Art der Darstellung innerlich abgestoßen fühlte. Mit einem ungeheueren Aufwand von Worten unklaren Inhalts oder unverständlicher Bedeutung werden da Sätze zusammengestammelt, die ebenso geistreich sein sollen, wie sie sinnlos sind. Nur die Dekadenz unserer Großstadtbohème mag sich in diesem Irrgarten der Vernunft wohlig zu Hause fühlen, um aus dem Mist dieses literarischen Dadaismus „inneres Erleben" herauszuklauben, unterstützt von der sprichwörtlichen Bescheidenheit eines Teiles unseres Volkes, die im persönlich Unverständlichsten immer um so tiefere Weisheit wittert.

Allein, indem ich so theoretische Unwahrheiten und Unsinn dieser Lehre abwog mit der Wirklichkeit ihrer Erscheinung, bekam ich allmählich ein klares Bild ihres inneren Wollens.

In solchen Stunden beschlichen mich trübe Ahnungen und böse Furcht. Ich sah dann eine Lehre vor mir, bestehend aus Egoismus und Haß, die nach mathematischen Gesetzen zum Siege führen kann, der Menschheit aber damit auch das Ende bringen muß.

Ich hatte ja unterdessen den Zusammenhang zwischen dieser Lehre der Zerstörung und dem Wesen eines Volkes verstehen gelernt, das mir bis dahin so gut wie unbekannt war.

Nur die Kenntnis des Judentums allein bietet den Schlüssel zum Erfassen der inneren und damit wirklichen Absichten der Sozialdemokratie.

Wer diese Volk kennt, dem sinken die Schleier irriger Vorstellungen über Ziel und Sinn dieser Partei vom Auge, und aus dem Dunst und Nebel sozialer Phrasen erhebt sich grinsend die Fratze des Marxismus.

X X X

Es ist für mich heute schwer, wenn nicht unmöglich, zu sagen, wann mir zum ersten Mal das Wort „Jude" Anlaß zu besonderen Gedanken gab. Im väterlichen Hause erinnere ich mich überhaupt nicht, zu Lebzeiten des Vaters das Wort auch nur gehört zu haben. Ich glaube, der alte Herr würde schon in der besonderen Betonung dieser Bezeichnung eine kulturelle Rückständigkeit erblickt haben. Er war im Laufe seines Lebens zu mehr oder minder weltbürgerlichen Anschauungen gelangt, die sich bei schroffster nationaler Gesinnung nicht nur erhalten hatten, sondern auch auf mich abfärbten.

Auch in der Schule fand sich keine Veranlassung, die bei mir zu einer Veränderung diese übernommenen Bildes hätte führen können.

In der Realschule lernte ich wohl einen jüdischen Knaben kennen, der von uns allen mit Vorsicht behandelt wurde, jedoch nur, weil wir ihm in bezug auf seine Schweigsamkeit, durch verschiedene Erfahrungen gewitzigt, nicht sonderlich vertrauten; irgendein Gedanke kam mir dabei so wenig wie den anderen.

Erst in meinem vierzehnten bis fünfzehnten Jahre stieß ich öfters auf das Wort Jude, zum Teil im Zusammenhange mit politischen Gesprächen. Ich empfand dagegen eine leichte Abneigung und konnte mich eines unangenehmen Gefühls nicht erwehren, das mich immer beschlich, wenn konfessionelle Stänkereien vor mir ausgetragen wurden.

Als etwas anderes sah ich aber damals die Frage nicht an.

Linz besaß nur sehr wenig Juden. Im Laufe der Jahrhunderte hatte sich ihr Äußeres europäisiert und war menschlich geworden; ja, ich hielt sie sogar für Deutsche. Der Unsinn dieser Einbildung war mir wenig klar, weil ich das einzige

Unterscheidungsmerkmal ja nur in der fremden Konfession erblickte. Daß sie deshalb verfolgt worden waren, wie ich glaubte, ließ manchmal meine Abneigung gegenüber ungünstigen Äußerungen über sie fast zum Abscheu werden.

Vom Vorhandensein einer planmäßigen Judengegnerschaft ahnte ich überhaupt noch nichts.

So kam ich nach Wien.

Befangen von der Fülle der Eindrücke auf architektonischem Gebiete, niedergedrückt von der Schwere des eigenen Loses, besaß ich in der ersten Zeit keinen Blick für die innere Schichtung des Volkes in der Riesenstadt. Trotzdem Wien in diesen Jahren schon nahe an die zweihunderttausend Juden unter seinen zwei Millionen Menschen zählte, sah ich diese nicht. Mein Auge und mein Sinn waren dem Einstürmen so vieler Werte und Gedanken in den ersten Wochen noch nicht gewachsen. Erst als allmählich die Ruhe wiederkehrte und sich das aufgeregte Bild zu klären begann, sah ich mich in meiner neuen Welt gründlicher um und stieß nun auch auf die Judenfrage.

Ich will nicht behaupten, daß die Art und Weise, in der ich sie kennenlernen sollte, mir besonders angenehm erschien. Noch sah ich im Juden nur die Konfession und hielt deshalb aus Gründen menschlicher Toleranz die Ablehnung religiöser Bekämpfung auch in diesem Falle aufrecht. So erschien mir der Ton, vor allem der, den die antisemitische Wiener Presse anschlug, unwürdig der kulturellen Überlieferung eines großen Volkes. Mich bedrückte die Erinnerung an gewisse Vorgänge des Mittelalters, die ich nicht gerne wiederholt sehen wollte. Da die betreffenden Zeitungen allgemein als nicht hervorragend galten – woher dies kam, wußte ich damals selber nicht genau –, sah ich in ihnen mehr die Produkte ärgerlichen Neides als Ergebnisse einer grundsätzlichen, wenn auch falschen Anschauung überhaupt.

Bestärkt wurde ich in dieser meiner Meinung durch die, wie mir schien, unendlich würdigere Form, in der die wirklich große Presse auf all diese Angriffe antwortete oder sie, was mir noch dankenswerter vorkam, gar nicht erwähnte, sondern einfach totschwieg.

Ich las eifrig die sogenannte Weltpresse („Neue Freie Presse", „Wiener Tagblatt" usw.) und erstaunte über den Umfang des in ihr dem Leser Gebotenen sowie über die Objektivität der Darstellung im einzelnen. Ich würdigte den vornehmen Ton und war eigentlich nur von der Überschwenglichkeit des Stils manches Mal innerlich nicht recht befriedigt oder selbst unangenehm berührt. Doch mochte dies im Schwunge der ganzen Weltstadt liegen.

Da ich Wien damals für eine solche hielt, glaubte ich diese mir selbst gegebene Erklärung wohl aus Entschuldigung gelten lassen zu dürfen.

Was mich aber wiederholt abstieß, war die unwürdige Form, in der diese Presse den Hof umbuhlte. Es gab kaum ein Ereignis in der Hofburg, das da nicht dem Leser entweder in Tönen verzückter Begeisterung oder klagender Betroffenheit mitgeteilt wurde, ein Getue, das besonders, wenn es sich um den „weisesten Monarchen" aller Zeiten selber handelte, fast dem Balzen eines Auerhahnes glich.

Mir schien die Sache gemacht.

Damit erhielt die liberale Demokratie in meinen Augen Flecken.

Um die Gunst dieses Hofes buhlen und in so unanständigen Formen, hieß die Würde der Nation preisgeben.

Dies war der erste Schatten, der mein geistiges Verhältnis zur „großen" Wiener Presse trüben sollte.

Wie vorher schon immer, verfolgte ich auch in Wien alle Ereignisse in Deutschland mit größtem Feuereifer, ganz gleich, ob es sich dabei um politische oder kulturelle Fragen handeln mochte. In stolzer Bewunderung verglich ich den Aufstieg des Reiches mit dem Dahinsiechen des österreichischen Staates. Wenn aber die außenpolitischen Vorgänge meist ungeteilte Freude erregten, dann die nicht so erfreulichen des innerpolitischen Lebens oft trübe Bekümmernis. Der Kampf, der zu dieser Zeit gegen Wilhelm II. geführt wurde, fand damals nicht meine Billigung. Ich sah in ihm nicht nur den Deutschen Kaiser, sondern in erster Linie den Schöpfer einer deutschen Flotte. Die Redeverbote, die dem Kaiser vom Reichstag auferlegt wurden, ärgerten mich deshalb so außerordentlich, weil sie von einer Stelle ausgingen, die in meinen Augen dazu aber auch wirklich keine Veranlassung besaß, sintemalen doch in einer einzigen Sitzungsperiode diese parlamentarischen Gänseriche mehr Unsinn zusammenschnatterten, als dies einer ganzen Dynastie von Kaisern in Jahrhunderten, eingerechnet ihre allerschwächsten Nummern, je gelingen konnte.

Ich war empört, daß in einem Staat, in dem jeder Halbnarr nicht nur das Wort zu seiner Kritik für sich in Anspruch nahm, ja im Reichstag sogar als „Gesetzgeber" auf die Nation losgelassen wurde, der Träger der Kaiserkrone von der seichtesten Schwätzerinstitution aller Zeiten „Verweise" erhalten konnte.

Ich war aber noch mehr entrüstet, daß die gleiche Wiener Presse, die doch vor dem letzten Hofgaul noch die ehrerbietigste Verbeugung riß und über ein zufälliges Schweifwedeln außer Rand und Band geriet, nun mit scheinbar besorgter Miene, aber, wie mir schien, schlecht verhehlter Boshaftigkeit ihren Bedenken gegen den Deutschen Kaiser Ausdruck verlieh. Es läge ihr ferne, sich etwa in die Verhältnisse des Deutschen Reiches einmischen zu wollen – nein, Gott bewahre –, aber indem man in so freundschaftlicher Weise die Finger auf diese Wunden lege, erfülle man ebensosehr die Pflicht, die der Geist des gegenseitigen Bündnisses auferlege, wie man umgekehrt auch der journalistischen Wahrheit genüge usw. Und nun bohrte dann dieser Finger in der Wunde nach Herzenslust herum.

Mir schoß in solchen Fällen das Blut in den Kopf.

Das war es, was mich die große Presse schon nach und nach vorsichtiger betrachten ließ.

Daß eine der antisemitischen Zeitungen, das „Deutsche Volksblatt", anläßlich einer solchen Angelegenheit sich anständiger verhielt, mußte ich einmal anerkennen.

Was mir weiter auf die Nerven ging, war der doch widerliche Kult, den die große Presse schon damals mit Frankreich trieb. Man mußte sich geradezu schämen, Deutscher zu sein, wenn man diese süßlichen Lobeshymnen auf die „große Kulturnation" zu Gesicht bekam. Dieses erbärmliche Französeln ließ mich öfter als einmal eine dieser „Weltzeitungen" aus der Hand legen. Ich griff nun überhaupt manchmal nach dem „Volksblatt", das mir freilich viel kleiner, aber in diesen Dingen etwas reinlicher vorkam. Mit dem scharfen antisemitischen Tone war ich nicht einverstanden, allein ich las auch hin und wieder Begründungen, die mir einiges Nachdenken verursachten.

Jedenfalls lernte ich aus solchen Anlässen langsam den Mann und die Bewegung kennen, die damals Wiens Schicksal bestimmten: Dr. Karl Lueger und die christlichsoziale Partei.

Als ich nach Wien kam, stand ich beiden feindselig gegenüber.

Der Mann und die Bewegung galten in meinen Augen als „reaktionär".

Das gewöhnliche Gerechtigkeitsgefühl aber mußte dieses Urteil in eben dem Maße abändern, in dem ich Gelegenheit erhielt, Mann und Werk kennenzulernen; und langsam wuchs die gerechte Beurteilung zur unverhohlenen Bewunderung. Heute sehe ich in dem Manne mehr noch als früher den gewaltigsten deutschen Bürgermeister aller Zeiten.

Wie viele meiner vorsätzlichen Anschauungen wurden aber durch eine solche Änderung meiner Stellungnahme zur christlich-sozialen Bewegung umgeworfen!

Wenn dadurch langsam auch meine Ansichten in bezug auf den Antisemitismus dem Wechsel der Zeit unterlagen, dann war dies wohl meine schwerste Wandlung überhaupt.

Sie hat mir die meisten inneren seelischen Kämpfe gekostet, und erst nach monatelangem Ringen zwischen Verstand und Gefühl begann der Sieg sich auf die Seite des Verstandes zu schlagen. Zwei Jahre später war das Gefühl dem Verstande gefolgt, um von nun an dessen treuester Wächter und Warner zu sein.

In der Zeit dieses bitteren Ringens zwischen seelischer Erziehung und kalter Vernunft hatte mir der Anschauungsunterricht der Wiener Straße unschätzbare Dienste geleistet. Es kam die Zeit, da ich nicht mehr wie in den ersten Tagen blind durch die mächtige Stadt wandelte, sondern mit offenem Auge außer den Bauten auch die Menschen besah.

Als ich einmal so durch die innere Stadt strich, stieß ich plötzlich auf eine Erscheinung in langem Kaftan mit schwarzen Locken.

Ist dies auch ein Jude? war mein erster Gedanke.

So sahen sie freilich in Linz nicht aus. Ich beobachtete den Mann verstohlen und vorsichtig, allein je länger ich in dieses fremde Gesicht starrte und forschend Zug um Zug prüfte, um so mehr wandelte sich in meinem Gehirn die erste Frage zu einer anderen Frage:

Ist dies auch ein Deutscher?

Wie immer in solchen Fällen begann ich nun zu versuchen, mir die Zweifel durch Bücher zu beheben. Ich kaufte mir damals um wenige Heller die ersten antisemitischen Broschüren meines Lebens. Sie gingen leider nur alle von dem Standpunkt aus, daß im Prinzip der Leser wohl schon die Judenfrage bis zu einem gewissen Grade mindestens kenne oder gar begreife. Endlich war die Tonart meistens so, daß mir wieder Zweifel kamen infolge der zum Teil so flachen und außerordentlich unwissenschaftlichen Beweisführung für die Behauptung.

Ich wurde dann wieder rückfällig auf Wochen, ja einmal auf Monate hinaus.

Die Sache schien mir so ungeheuerlich, die Bezichtigung so maßlos zu sein, daß ich, gequält von der Furcht, Unrecht zu tun, wieder ängstlich und unsicher wurde.

Freilich daran, daß es sich hier nicht um Deutsche einer besonderen Konfession handelte, sondern um ein Volk für sich, konnte auch ich nicht mehr gut zweifeln; denn seit ich mich mit dieser Frage zu beschäftigen begonnen hatte, auf den Juden erst einmal aufmerksam wurde, erschien mir Wien in einem anderen Lichte als vorher. Wo immer ich ging, sah ich nun Juden, und je mehr ich sah, um so schärfer sonderten sie sich für das Auge von den anderen Menschen ab. Besonders die innere Stadt und die Bezirke nördlich des Donaukanals wimmelten von einem Volke, das schon äußerlich eine Ähnlichkeit mit dem deutschen nicht mehr besaß.

Aber wenn ich daran noch gezweifelt hätte, so wurde das Schwanken endgültig behoben durch die Stellungnahme eines Teiles der Juden selber.

Eine große Bewegung unter ihnen, die in Wien nicht wenig umfangreich war, trat auf das schärfste für die Bestätigung des völkischen Charakters der Judenschaft ein: der Zionismus.

Wohl hatte es den Anschein, als ob nur ein Teil der Juden diese Stellungnahme billigen würde, die große Mehrheit aber eine solche Festlegung verurteile, ja innerlich ablehne. Bei näherem Hinsehen zerflatterte aber dieser Anschein in einen üblen Dunst von aus reinen Zweckmäßigkeitsgründen vorgebrachten Ausreden, um nicht zu sagen Lügen. Denn das sogenannte Judentum liberaler Denkart lehnte ja die Zionisten nicht als Nichtjuden ab, sondern nur als Juden von einem unpraktischen, ja vielleicht sogar gefährlichen öffentlichen Bekenntnis zu ihrem Judentum.

An ihrer inneren Zusammengehörigkeit änderte sich gar nichts.

Dieser scheinbare Kampf zwischen zionistischen und liberalen Juden ekelte mich in kurzer Zeit schon an; war er doch durch und durch unwahr, mithin verlogen und dann aber wenig passend zu der immer behaupteten sittlichen Höhe und Reinheit dieses Volkes.

Überhaupt war die sittliche und sonstige Reinlichkeit dieses Volkes ein Punkt für sich. Daß es sich hier um keine Wasserliebhaber handelte, konnte man ihnen ja schon am Äußeren ansehen, leider sehr oft sogar bei geschlossenem Auge. Mir wurde bei dem Geruche dieser Kaftanträger später manchmal übel. Dazu kam noch die unsaubere Kleidung und die wenig heldische Erscheinung.

Dies alles konnte schon nicht sehr anziehend wirken; abgestoßen mußte man aber werden, wenn man über die körperliche Unsauberkeit hinaus plötzlich die moralischen Schmutzflecken des auserwählten Volkes entdeckte.

Nichts hatte mich in kurzer Zeit so nachdenklich gestimmt als die langsam aufsteigende Einsicht in die Art der Betätigung der Juden auf gewissen Gebieten.

Gab es denn da einen Unrat, eine Schamlosigkeit in irgendeiner Form, vor allem des kulturellen Lebens, an der nicht wenigstens ein Jude beteiligt gewesen wäre?

Sowie man nur vorsichtig in eine solche Geschwulst hineinschnitt, fand man, wie die Made im faulenden Leibe, oft ganz geblendet vom plötzlichen Lichte, ein Jüdlein.

Es war eine schwere Belastung, die das Judentum in meinen Augen erhielt, als ich seine Tätigkeit in der Presse, in Kunst, Literatur und Theater kennenlernte. Da konnten nun alle salbungsvollen Beteuerungen wenig oder nichts mehr nützen. Es genügte schon, eine der Anschlagsäulen zu betrachten, die Namen der geistigen Erzeuger dieser gräßlichen Machwerke für Kino und Theater, die da angepriesen wurden, zu studieren, um auf längere Zeit hart zu werden. Das war Pestilenz, geistige Pestilenz, schlimmer als der schwarze Tod von einst, mit der man da das Volk infizierte. Und in welcher Menge dabei dieses Gift erzeugt und verbreitet wurde! Natürlich, je niedriger das geistige und sittliche Niveau eines solchen Kunstfabrikanten ist, um so unbegrenzter aber seine Fruchtbarkeit, bis so ein Bursche schon mehr wie eine Schleudermaschine seinen Unrat der anderen Menschheit ins Antlitz spritzt. Dabei bedenke man noch die Unbegrenztheit ihrer Zahl; man bedenke, daß auf einen Goethe die Natur immer noch leicht zehntausend solcher Schmierer der Mitwelt in den Pelz setzt, die nun als Bazillenträger schlimmster Art die Seelen vergiften.

Es war entsetzlich, aber nicht zu übersehen, daß gerade der Jude in überreichlicher Anzahl von der Natur zu dieser schmachvollen Bestimmung auserlesen schien.

Sollte seine Auserwähltheit darin zu suchen sein?

Ich begann damals sorgfältig die Namen all der Erzeuger dieser unsauberen Produkte des öffentlichen Kunstlebens zu prüfen. Das Ergebnis war ein immer böseres für meine bisherige Haltung der Juden gegenüber. Mochte sich da das Gefühl auch noch tausendmal sträuben, der Verstand mußte seine Schlüsse ziehen.

Die Tatsache, daß neun Zehntel alles literarischen Schmutzes, künstlerischen Kitsches und theatralischen Blödsinns auf das Schuldkonto eines Volkes zu schreiben sind, das kaum ein Hundertstel aller Einwohner im Lande beträgt, ließ sich einfach nicht wegleugnen; es war eben so.

Auch meine liebe „Weltpresse" begann ich nun von solchen Gesichtspunkten aus zu prüfen.

Je gründlicher ich aber hier die Sonde anlegte, um so mehr schrumpfte der Gegenstand meiner einstigen Bewunderung zusammen. Der Stil war immer unerträglicher, den Inhalt mußte ich als innerlich seicht und flach ablehnen, die Objektivität der Darstellung schien mir nun mehr Lüge zu sein als ehrliche Wahrheit; die Verfasser aber waren – Juden.

Tausend Dinge, die ich früher kaum gesehen, fielen mir nun als bemerkenswert auf, andere wieder, die mir schon einst zu denken gaben, lernte ich begreifen und verstehen.

Die liberale Gesinnung dieser Presse sah ich nun in einem anderen Lichte, ihr vornehmer Ton im Beantworten von Angriffen sowie das Totschweigen derselben enthüllte sich mir jetzt als ebenso kluger wie niederträchtiger Trick; ihre verklärt geschriebenen Theaterkritiken galten immer dem jüdischen Verfasser, und nie traf ihre Ablehnung jemand anderen als den Deutschen. Das leise Sticheln gegen Wilhelm II. ließ in der Beharrlichkeit die Methode erkennen, genau so wie das Empfehlen französischer Kultur und Zivilisation. Der kitschige Inhalt der Novelle wurde nun zur Unanständigkeit, und aus der Sprache vernahm ich Laute eines fremden Volkes; der Sinn des Ganzen aber war dem Deutschtum so ersichtlich abträglich, daß dies nur gewollt sein konnte.

Wer aber besaß daran ein Interesse?

War dies alles nur Zufall?

So wurde ich langsam unsicher.

Beschleunigt wurde die Entwicklung aber durch Einblicke, die ich in eine Reihe anderer Vorgänge erhielt. Es war dies die allgemeine Auffassung von Sitte und Moral, wie man sie von einem großen Teil des Judentums ganz offen zur Schau getragen und betätigt sehen konnte.

Hier bot wieder die Straße einen manchmal wahrhaft bösen Anschauungsunterricht.

Das Verhältnis des Judentums zur Prostitution und mehr noch zum Mädchenhandel selber konnte man in Wien studieren wie wohl in keiner sonstigen westeuropäischen Stadt, südfranzösische Hafenorte vielleicht ausgenommen. Wenn man abends so durch die Straßen und Gassen der Leopoldstadt lief, wurde man auf Schritt und Tritt, ob man wollte oder nicht, Zeuge von Vorgängen, die dem Großteil des deutschen Volkes verborgen geblieben waren, bis der Krieg den Kämpfern an der Ostfront Gelegenheit gab, Ähnliches ansehen zu können, besser gesagt, ansehen zu müssen.

Als ich zum ersten Male den Juden in solcher Weise als den ebenso eisig kalten wie schamlos geschäftstüchtigen Dirigenten dieses empörenden Lasterbetriebes des Auswurfes der Großstadt erkannte, lief mir ein leichtes Frösteln über den Rücken.

Dann aber flammte es auf.

Nun wich ich der Erörterung der Judenfrage mich nicht mehr aus, nein, nun wollte ich sie. Wie ich aber so in allen Richtungen des kulturellen und künstlerischen Lebens und seinen verschiedenen Äußerungen nach dem Juden suchen lernte, stieß ich plötzlich an einer Stelle auf ihn, an der ich ihn am wenigsten vermutet hätte.

Indem ich den Juden als Führer der Sozialdemokratie erkannte, begann es mir wie Schuppen von den Augen zu fallen. Ein langer innerer Seelenkampf fand damit seinen Abschluß.

Schon im tagtäglichen Verkehr mit meinen Arbeitsgenossen fiel mir die erstaunliche Wandlungsfähigkeit auf, mit der sie zu einer gleichen Frage verschiedene Stellungen einnahmen, manchmal in einem Zeitraume von wenigen Tagen, oft auch nur wenigen Stunden. Ich konnte schwer verstehen, wie Menschen, die, allein gesprochen, immer noch vernünftige Anschauungen besaßen, diese plötzlich verloren, sowie sie in den Bannkreis der Masse gelangten. Es war oft zum Verzweifeln. Wenn ich nach stundenlangem Zureden schon überzeugt war, dieses Mal endlich das Eis gebrochen oder einen Unsinn aufgeklärt zu haben und mich schon des Erfolges herzlich freute, dann mußte ich zu meinem Jammer am nächsten Tage wieder von vorne beginnen; es war alles umsonst gewesen. Wie ein ewiges Pendel schien der Wahnsinn ihrer Anschauungen immer von neuem zurückzuschlagen.

Alles vermochte ich dabei noch zu begreifen: daß sie mit ihrem Lose unzufrieden waren, das Schicksal verdammten, welches sie oft so herbe schlug; die Unternehmer haßten, die ihnen als herzlose Zwangsvollstrecker dieses Schicksals erschienen; auf die Behörden schimpften, die in ihren Augen kein Gefühl für die Lage besaßen; daß sie gegen Lebensmittelpreise demonstrierten und für ihre Forderungen auf die Straße zogen, alles dies konnte man mit Rücksicht auf Vernunft mindestens noch verstehen. Was aber unverständlich bleiben mußte, war der grenzenlose Haß, mit dem sie ihr eigenes Volkstum belegten, die Größe desselben schmähten, seine Geschichte verunreinigten und große Männer in die Gosse zogen.

Dieser Kampf gegen die eigene Art, das eigene Nest, die eigene Heimat war ebenso sinnlos wie unbegreiflich. Das war unnatürlich.

Man konnte sie von diesem Laster vorübergehend heilen, jedoch nur auf Tage, höchstens Wochen. Traf man aber später den vermeintlich Bekehrten, dann war er wieder der alte geworden.

Die Unnatur hatte ihn wieder in ihrem Besitze.

X X X

Daß die sozialdemokratische Presse überwiegend von Juden geleitet war, lernte ich allmählich kennen; allein, ich schrieb diesem Umstande keine besondere Bedeutung zu, lagen doch die Verhältnisse bei den anderen Zeitungen genau so. Nur eines war vielleicht auffallend: es gab nicht ein Blatt, bei dem sich Juden befanden, das als wirklich national angesprochen hätte werden können, so wie dies in der Linie meiner Erziehung und Auffassung gelegen war.

Da ich mich nun überwand und diese Art von marxistischen Presseerzeugnissen zu lesen versuchte, die Abneigung aber in eben diesem Maße ins Unendliche wuchs, suchte ich nun auch die Fabrikanten dieser zusammengefaßten Schurkereien näher kennenzulernen.

Es waren, vom Herausgeber angefangen, lauter Juden.

Ich nahm die mir irgendwie erreichbaren sozialdemokratischen Broschüren und suchte die Namen ihrer Verfasser: Juden. Ich merkte mir die Namen fast aller Führer; es waren zum weitaus größten Teil ebenfalls Angehörige des „auserwählten Volkes", mochte es sich dabei um die Vertreter im Reichsrat handeln oder um die Sekretäre der Gewerkschaften, die Vorsitzenden der Organisationen oder die Agitatoren der Straße. Es ergab sich immer das gleiche unheimliche Bild. Die Namen der Austerlitz, David, Adler, Ellenbogen usw. werden mir ewig in Erinnerung bleiben. Das eine war mir nun klar geworden: die Partei, mit deren kleinen Vertretern ich seit Monaten den heftigsten Kampf auszufechten hatte, lag in ihrer Führung fast ausschließlich in den Händen eines fremden Volkes; denn daß der Jude kein Deutscher war, wußte ich zu meiner inneren glücklichen Zufriedenheit schon endgültig.

Nun aber erst lernte ich den Verführer unseres Volkes ganz kennen.

Schon ein Jahr meines Wiener Aufenthaltes hatte genügt, um mir die Überzeugung beizubringen, daß kein Arbeiter so verbohrt sein konnte, als daß er nicht besserem Wissen und besserer Erklärung erlegen wäre. Ich war langsam Kenner ihrer eigenen Lehre geworden und verwendete sie als Waffe im Kampfe für meine innere Überzeugung.

Fast immer legte sich nun der Erfolg auf meine Seite.

Die große Masse war zu retten, wenn auch nur nach schwersten Opfern an Zeit und Geduld.

Niemals aber war ein Jude von seiner Anschauung zu befreien.

Ich war damals noch kindlich genug, ihnen den Wahnsinn ihrer Lehre klarmachen zu wollen, redete mir in meinem kleinen Kreise die Zunge wund und die Kehle heiser, und vermeinte, es müßte mir gelingen, sie von der Verderblichkeit ihres marxistischen Irrsinns zu überzeugen; allein dann erreichte ich erst recht nur das Gegenteil. Es schien, als ob die steigende Einsicht von der vernichtenden Wirkung sozialdemokratischer Theorien und ihrer Erfüllung nur zur Verstärkung ihrer Entschlossenheit dienen würde.

Je mehr ich dann so mit ihnen stritt, um so mehr lernte ich ihre Dialektik kennen. Erst rechneten sie mit der Dummheit ihres Gegners, um dann, wenn sich ein Ausweg nicht mehr fand, sich selber einfach dumm zu stellen. Nützte alles nichts, so verstanden sie nicht recht oder sprangen, gestellt, augenblicklich auf ein anderes Gebiet über, brachten nun Selbstverständlichkeiten, deren Annahme sie aber sofort wieder auf wesentlich andere Stoffe bezogen, um nun, wieder angefaßt, auszuweichen und nichts Genaues zu wissen. Wo immer man so einen Apostel angriff, umschloß die Hand qualligen Schleim; das quoll einem geteilt durch die Finger, um sich im nächsten Moment schon wieder zusammenzuschließen. Schlug man aber einen wirklich so vernichtend, daß er, von der Umgebung beobachtet, nicht mehr anders als zustimmen konnte, und glaubte man, so wenigstens einen Schritt vorwärtsgekommen zu sein, so war das Erstaunen am nächsten Tag groß. Der Jude wußte nun von gestern nicht mehr das geringste, erzählte seinen alten Unfug wieder weiter, als ob überhaupt nichts vorgefallen wäre, und tat, empört zur Rede gestellt, erstaunt, konnte sich an rein gar nichts erinnern, außer an die doch schon am Vortage bewiesene Richtigkeit seiner Behauptungen.

Ich stand manches Mal starr da.

Man wußte nicht, was man mehr bestaunen sollte, ihre Zungenfertigkeit oder ihre Kunst der Lüge.

Ich begann sie allmählich zu hassen.

Dies alles hatte nun das eine Gute, daß in eben dem Umfange, in dem mir die eigentlichen Träger oder wenigstens die Verbreiter der Sozialdemokratie ins Auge fielen, die Liebe zu meinem Volke wachsen mußte. Wer konnte auch bei der teuflischen Gewandtheit dieser Verführer das unselige Opfer verfluchen? Wie schwer war es doch mir selber, der dialektischen Verlogenheit dieser Rasse Herr zu werden! Wie vergeblich aber war ein solcher Erfolg bei Menschen, die die Wahrheit im Munde verdrehen, das soeben gesprochene Wort glatt verleugnen, um es schon in der nächsten Minute für sich selbst in Anspruch zu nehmen!

Nein. Je mehr ich den Juden kennenlernte, um so mehr mußte ich dem Arbeiter verzeihen.

Die schwerste Schuld lag nun in meinen Augen nicht mehr bei ihm, sondern bei all denen, die es nicht der Mühe wert fanden, sich seiner zu erbarmen, in eiserner Gerechtigkeit dem Sohne des Volkes zu geben, was ihm gebührt, den Verführer und Verderber aber an die Wand zu schlagen.

Von der Erfahrung des täglichen Lebens angeregt, begann ich nunmehr, den Quellen der marxistischen Lehre selber nachzuspüren. Ihr Wirken war mir im einzelnen klar geworden, der Erfolg davon zeigte sich mir täglich vor dem aufmerksamen Blick, die Folgen vermochte ich bei einiger Phantasie mir auszumalen. Die Frage war nur noch, ob den Begründern das Ergebnis ihrer Schöpfung, schon in seiner letzten Form gesehen, vorschwebte, oder ob sie selber das Opfer eines Irrtums wurden.

Beides war nach meinem Empfinden möglich.

Im einen Falle war es Pflicht eines jeden denkenden Menschen, sich in die Front der unseligen Bewegung zu drängen, um so vielleicht doch das Äußerste zu verhindern, im anderen aber mußten die einstigen Urheber dieser Völkerkrankheit wahre Teufel gewesen sein; denn nur in dem Gehirne eines Ungeheuers – nicht eines Menschen – konnte dann der Plan zu einer Organisation sinnvolle Gestalt annehmen, deren Tätigkeit als Schlußergebnis zum Zusammenbruch der menschlichen Kultur und damit zur Verödung der Welt führen muß.

In diesem Falle blieb als letzte Rettung noch der Kampf, der Kampf mit allen Waffen, die menschlicher Geist, Verstand und Wille zu erfassen vermögen, ganz gleich, wem das Schicksal dann seinen Segen in die Waagschale senkt.

So begann ich nun, mich mit den Begründern dieser Lehre vertraut zu machen, um so die Grundlagen der Bewegung zu studieren. Daß ich hier schneller zum Ziele kam, als ich vielleicht erst selber zu denken wagte, hatte ich allein meiner nun gewonnenen, wenn auch damals noch wenig vertieften Kenntnis der Judenfrage zu danken. Sie allein ermöglichte mir den praktischen Vergleich der Wirklichkeit mit dem theoretischen Geflunker der Gründungsapostel der Sozialdemokratie, da sie mich die Sprache des jüdischen Volkes verstehen gelehrt hatte; das redet, um die Gedanken zu verbergen oder mindestens zu verschleiern; und sein wirkliches Ziel ist mithin nicht in den Zeilen zu finden, sondern schlummert wohlverborgen zwischen ihnen.

Es war für mich die Zeit der größten Umwälzung gekommen, die ich im Inneren jemals durchzumachen hatte.

Ich war vom schwächlichen Weltbürger zum fanatischen Antisemiten geworden.

Nur einmal noch – es war das letztemal – kamen mir in tiefster Beklommenheit ängstlich drückende Gedanken.

Als ich so durch lange Perioden menschlicher Geschichte das Wirken des jüdischen Volkes forschend betrachtete, stieg mir plötzlich die bange Frage auf, ob nicht doch vielleicht das unerforschliche Schicksal aus Gründen, die uns armseligen Menschen unbekannt, den Endsieg dieses kleinen Volkes in ewig unabänderlichem Beschlusse wünsche?

Sollte diesem Volke, das ewig nur auf dieser lebt, die Erde als Belohnung zugesprochen sein?

Haben wir objektives Recht zum Kampf für unsere Selbsterhaltung, oder ist auch dies nur subjektiv in uns begründet?

Indem ich mich in die Lehre des Marxismus vertiefte und so das Wirken des jüdischen Volkes in ruhiger Klarheit einer Betrachtung unterzog, gab mir das Schicksal selber seine Antwort.

Die jüdische Lehre des Marxismus lehnt das aristokratische Prinzip der Natur ab und setzt an Stelle des ewigen Vorrechts der Kraft und Stärke die Masse der Zahl und ihr totes Gewicht. Sie leugnet so im Menschen den Wert der Person, bestreitet die Bedeutung von Volkstum und Rasse und entzieht der Menschheit damit die Voraussetzung ihres Bestehens und ihrer Kultur. Sie würde als Grundlage des Universums zum Ende jeder gedanklich für Menschen faßlichen Ordnung führen. Und so wie in diesem größten erkennbaren Organismus nur Chaos das Ergebnis der Anwendung eines solchen Gesetzes sein könnte, so auf der Erde für die Bewohner dieses Sternes nur ihr eigener Untergang.

Siegt der Jude mit Hilfe seines marxistischen Glaubensbekenntnisses über die Völker dieser Welt, dann wird seine Krone der Totentanz der Menschheit sein, dann wird dieser Planet wieder wie einst vor Jahrmillionen menschenleer durch den Äther ziehen.

Die ewige Natur rächt unerbittlich die Übertretung ihrer Gebote.

So glaube ich heute im Sinne des allmächtigen Schöpfers zu handeln: Indem ich mich des Juden erwehre, kämpfe ich für das Werk des Herrn.

3. Kapitel

Allgemeine politische Betrachtungen aus meiner Wiener Zeit

Ich bin heute der Überzeugung, daß der Mann sich im allgemeinen, Fälle ganz besonderer Begabung ausgenommen, nicht vor seinem dreißigsten Jahre in der Politik öffentlich betätigen soll. Er soll dies nicht, da ja bis in diese Zeit hinein zumeist erst die Bildung einer allgemeinen Plattform stattfindet, von der aus er nun die verschiedenen politischen Probleme prüft und seine eigene Stellung zu ihnen endgültig festlegt. Erst nach dem Gewinnen einer solchen grundlegenden Weltanschauung und der dadurch erreichten Stetigkeit der eigenen Betrachtungsweise gegenüber den einzelnen Fragen des Tages soll oder darf der nun wenigstens innerlich ausgereifte Mann sich an der politischen Führung des Gemeinwesens beteiligen.

Ist dies anders, so läuft er Gefahr, eines Tages seine bisherige Stellung in wesentlichen Fragen entweder ändern zu müssen oder wider sein besseres Wissen und Erkennen bei einer Anschauung stehenzubleiben, die Verstand und Überzeugung bereits längst ablehnen. Im ersteren Falle ist dies sehr peinlich für ihn persönlich, da er nun, als selber schwankend, mit Recht nicht mehr erwarten darf, daß der Glaube seiner Anhänger ihm in gleicher unerschütterlicher Festigkeit gehöre wie vordem; für die von ihm Geführten jedoch bedeutet ein solcher Umfall des Führers Ratlosigkeit sowie nicht selten das Gefühl einer gewissen Beschämung den bisher von ihnen Bekämpften gegenüber. Im zweiten Falle aber tritt ein, was wir besonders heute so oft sehen: in eben dem Maße, in dem der Führer nicht mehr an das von ihm Gesagt glaubt, wird seine Verteidigung hohl und flach, dafür aber gemein in der Wahl der Mittel. Während er selber nicht mehr daran denkt, für seine politischen Offenbarungen ernstlich einzutreten (man stirbt nicht für etwas, an das man selber nicht glaubt), werden die Anforderungen an seine Anhänger jedoch in eben diesem Verhältnis immer größer und unverschämter, bis er endlich den letzten Rest des Führers opfert, um beim „Politiker" zu landen; das heißt bei jener Sorte von Menschen, deren einzige wirkliche Gesinnung die Gesinnungslosigkeit ist, gepaart mit frecher Aufdringlichkeit und einer oft schamlos entwickelten Kunst der Lüge.

Kommt so ein Bursche dann zum Unglück der anständigen Menschheit auch noch in ein Parlament, so soll man schon von Anfang an wissen, daß das Wesen der Politik für ihn nur noch im heroischen Kampf um den dauernden Besitz dieser Milchflasche seines Lebens und seiner Familie besteht. Je mehr dann Weib und Kind an ihr hängen, um so zäher wird er für sein Mandat streiten. Jeder sonstige Mensch mit politischen Instinkten ist damit allein schon sein persönlicher Feind; in jeder neuen Bewegung wittert er den möglichen Beginn seines Endes und in jedem größeren Manne die wahrscheinlich von diesem noch einmal drohende Gefahr.

Ich werde auf diese Sorte von Parlamentswanzen noch gründlich zu sprechen kommen.

Auch der Dreißigjährige wird im Laufe seines Lebens noch vieles zu lernen haben, allein es wird dies nur eine Ergänzung und Ausfüllung des Rahmens sein, den die grundsätzlich angenommene Weltanschauung ihm vorlegt. Sein Lernen wird kein prinzipielles Umlernen mehr sein, sondern ein Hinzulernen, und seine Anhänger werden nicht das beklommene Gefühl hinunterwürgen müssen, von ihm bisher falsch unterrichtet worden zu sein, sondern im Gegenteil: das ersichtliche organische Wachsen des Führers wird ihnen Befriedigung gewähren, da sein Lernen ja nur die Vertiefung ihrer eigenen Lehre bedeutet. Dies aber ist in ihren Augen ein Beweis für die Richtigkeit ihrer bisherigen Anschauungen.

Ein Führer, der die Plattform seiner allgemeinen Weltanschauung an sich, weil als falsch erkannt, verlassen muß, handelt nur dann mit Anstand, wenn er in der Erkenntnis seiner bisherigen fehlerhaften Einsicht die letzte Folgerung zu ziehen bereit ist. Er muß in einem solchen Falle mindestens der öffentlichen Ausübung einer weiteren politischen Betätigung entsagen.

Denn da er schon einmal in grundlegenden Erkenntnissen einem Irrtum verfiel, ist die Möglichkeit auch ein zweites Mal gegeben. Auf keinen Fall aber hat er noch das Recht, weiterhin das Vertrauen der Mitbürger in Anspruch zu nehmen oder gar ein solches zu fordern.

Wie wenig nun allerdings heute einem solchen Anstand entsprochen wird, bezeugt nur die allgemeine Verworfenheit des Packs, das sich zur Zeit berufen fühlt, in Politik zu „machen".

Auserwählt dazu ist von ihnen kaum einer.

Ich hatte mich einst gehütet, irgendwie öffentlich aufzutreten, obwohl ich glaube, mich mehr mit Politik beschäftigt zu haben als so viele andere. Nur im kleinsten Kreise sprach ich von dem, was mich innerlich bewegte oder anzog. Dieses Sprechen im engsten Rahmen hatte viel Gutes für sich: ich lernte so wohl weniger „reden", dafür aber die Menschen in ihren oft unendlich primitiven Anschauungen und Einwänden kennen. Dabei schulte ich mich, ohne Zeit und Möglichkeit zu verlieren, zur eigenen Weiterbildung. Die Gelegenheit dazu war sicher nirgends in Deutschland so günstig wie damals in Wien.

X X X

Das allgemeine politische Denken in der alten Donaumonarchie war zunächst seinem Umfange nach größer und umspannender als im alten Deutschland der gleichen Zeit – Teile von Preußen, Hamburg und die Küste der Nordsee ausgenommen. Ich verstehe nun allerdings unter der Bezeichnung „Österreich" in diesem Falle jenes Gebiet des großen Habsburgerreiches, das infolge seiner deutschen Besiedelung in jeglicher Hinsicht nicht nur die historische Veranlassung der Bildung dieses Staates überhaupt war, sondern das in seiner Bevölkerung auch ausschließlich jene Kraft aufwies, die diesem politisch so künstlichen Gebilde das innere kulturelle Leben auf viele Jahrhunderte zu schenken vermochte. Je mehr die Zeit Fortschritt, um so mehr war Bestand und Zukunft dieses Staates gerade von der Erhaltung dieser Keimzelle des Reiches abhängig.

Waren die alten Erblande das Herz des Reiches, das immer wieder frisches Blut in den Kreislauf des staatlichen und kulturellen Lebens trieb, dann aber war Wien Gehirn und Wille zugleich.

Schon in ihrer äußeren Aufmachung durfte man dieser Stadt die Kraft zusprechen, in einem solchen Völkerkonglomerat als einigende Königin zu thronen, um so durch die Pracht der eigenen Schönheit die bösen Alterserscheinungen des Gesamten vergessen zu lassen.

Mochte das Reich in seinem Inneren noch so heftig zucken unter den blutigen Kämpfen der einzelnen Nationalitäten, das Ausland, und besonders Deutschland, sah nur das liebenswürdige Bild dieser Stadt. Die Täuschung war um so größer, als Wien in dieser Zeit vielleicht den letzten und größten sichtbaren Aufschwung zu nehmen schien. Unter der Herrschaft eines wahrhaft genialen Bürgermeisters erwachte die ehrwürdige Residenz der Kaiser des alten Reiches noch einmal zu einem wundersamen jungen Leben. Der letzte große Deutsche, den das Kolonistenvolk der Ostmark aus seinen Reihen gebar, zählte offiziell nicht zu den sogenannten „Staatsmännern"; aber indem dieser Dr. Lueger als Bürgermeister der „Reichshauptund Residenzstadt" Wien eine unerhörte Leistung nach der anderen auf, man darf sagen, allen Gebieten kommunaler Wirtschaftsund Kulturpolitik hervorzauberte, stärkte er das Herz des gesamten Reiches und wurde über diesen Umweg zum größeren Staatsmann, als die sogenannten „Diplomaten" es alle zusammen damals waren.

Wenn das Völkergebilde, „Österreich" genannt, endlich dennoch zugrunde ging, dann spricht dies nicht im geringsten gegen die politische Fähigkeit des Deutschtums in der alten Ostmark, sondern war das zwangsläufige Ergebnis der Unmöglichkeit, mit zehn Millionen Menschen einen Fünfzig-Millionen-Staat von verschiedenen Nationen auf die Dauer halten zu können, wenn eben nicht ganz bestimmte Voraussetzungen rechtzeitig gegeben wurden.

Der Deutschösterreicher dachte mehr als groß.

Er war immer gewohnt, im Rahmen eines großen Reiches zu leben und hatte das Gefühl für die damit verbundenen Aufgaben nie verloren. Er war der einzige in diesem Staate, der über die Grenzen des engeren Kronlaubes hinaus noch die Reichsgrenze sah; ja, als das Schicksal ihn schließlich vom gemeinsamen Vaterlande trennen sollte, da versuchte er immer noch der ungeheuren Aufgabe Herr zu werden und dem Deutschtum zu erhalten, was die Väter in unendlichen Kämpfen dem Osten einst abgerungen hatten. Wobei noch zu bedenken ist, daß dies nur noch mit geteilter Kraft geschehen konnte; denn Herz und Erinnerung der Besten hörten niemals auf, für das gemeinsame Mutterland zu empfinden, und nur ein Rest blieb der Heimat. Schon der allgemeine Gesichtskreis des Deutschösterreichers war ein verhältnismäßig weiter. Seine wirtschaftlichen Beziehungen umfaßten häufig nahezu das ganze vielgestaltige Reich. Fast alle wirklich großen Unternehmungen befanden sich in seinen Händen, das leitende Personal an Technikern und Beamten ward zum größten Teil von ihm gestellt. Er war aber auch der Träger des Außenhandels, soweit nicht das Judentum auf diese ureigenste Domäne seine Hand gelegt hatte. Politisch hielt er allein noch den Staat zusammen.

Schon die Dienstzeit beim Heere war ihn über die engen Grenzen der Heimat weit hinaus. Der deutschösterreichische Rekrut rückte wohl vielleicht bei einem deutschen Regimente ein, allein das Regiment selber konnte ebensogut in der Herzegowina liegen wie in Wien oder Galizien. Das Offizierskorps war immer noch deutsch, das höhere Beamtentum vorherrschend. Deutsch aber waren endlich Kunst und Wissenschaft. Abgesehen vom Kitsch der neueren Kunstentwicklung, dessen Produktion allerdings auch einem Negervolke ohne weiteres möglich sein dürfte, war der Besitzer und auch Verbreiter wahrer Kunstgesinnung nur der Deutsche allein. In Musik, Baukunst, Bildhauerei und Malerei war Wien der Brunnen, der in unerschöpflicher Fülle die ganze Doppelmonarchie versorgte, ohne jemals selber sichtlich zu versiegen.

Das Deutschtum war endlich noch der Träger der gesamten Außenpolitik, wenn man von den der Zahl nach wenigen Ungarn absieht.

Dennoch war jeder Versuch, dieses Reich zu erhalten, vergeblich, da die wesentlichste Voraussetzung fehlte.

Für den österreichischen Völkerstaat gab es nur eine Möglichkeit, die zentrifugalen Kräfte bei den einzelnen Nationen zu überwinden. Der Staat wurde entweder zentral regiert und damit aber auch ebenso innerlich organisiert, oder er war überhaupt nicht denkbar.

In verschiedenen lichten Augenblicken kam diese Einsicht auch der „Allerhöchsten" Stelle, um aber zumeist schon nach kurzer Zeit vergessen oder als schwer durchführbar wieder beiseitegetan zu werden. Jeder Gedanke einer mehr föderativen Ausgestaltung des Reiches mußte zwangsläufig infolge des Fehlens einer starken staatlichen Keimzelle von überragender Macht fehlschlagen. Dazu kamen noch die wesentlich anderen inneren Voraussetzungen des österreichischen Staates gegenüber dem Deutschen Reiche Bismarckscher Fassung. In Deutschland handelte es sich nur darum, politische Traditionen zu überwinden, da kulturell eine gemeinsame Grundlage immer vorlag. Vor allem besaß das Reich, von kleinen fremden Splittern abgesehen, nur Angehörige eines Volkes.

In Österreich lagen die Verhältnisse umgekehrt.

Hier fiel die politische Erinnerung eigener Größe bei den einzelnen Ländern, von Ungarn abgesehen, entweder ganz fort, oder sie war vom Schwamm der Zeit gelöscht, mindestens aber verwischt und undeutlich. Dafür entwickelten sich nun im Zeitalter des Nationalitätenprinzips in den verschiedenen Ländern völkische Kräfte, deren Überwindung in eben dem Maße schwer werden mußte, als sich am Rande der Monarchie Nationalstaaten zu bilden begannen, deren Staatsvölker, rassisch mit den einzelnen österreichischen Volkssplittern verwandt oder gleich, nunmehr ihrerseits mehr Anziehungskraft auszuüben vermochten, als dies umgekehrt dem Deutschösterreicher noch möglich war.

Selbst Wien konnte auf die Dauer diesen Kampf nicht mehr bestehen.

Mit der Entwicklung von Budapest zur Großstadt hatte es zum ersten Male eine Rivalin erhalten, deren Aufgabe nicht mehr die Zusammenfassung der Gesamtmonarchie war, sondern vielmehr die Stärkung eines Teiles derselben. In kurzer Zeit schon sollte Prag dem Beispiel folgen, dann Lemberg, Laibach usw. Mit dem Aufstieg dieser einstmaligen Provinzstädte zu nationalen Hauptstädten einzelner Länder bildeten sich nun auch Mittelpunkte für ein mehr und mehr selbständiges Kulturleben derselben. Erst dadurch aber erhielten die völkisch-politischen Instinkte ihre geistige Grundlage und Vertiefung. Es mußte so einmal der Zeitpunkt herannahen, da diese Triebkräfte der einzelnen Völker mächtiger wurden als die Kraft der gemeinsamen Interessen, und dann war es um Österreich geschehen.

Diese Entwicklung ließ sich seit dem Tode Josephs II. in ihrem Laufe sehr deutlich feststellen. Ihre Schnelligkeit war von einer Reihe von Faktoren abhängig, die zum Teil in der Monarchie selber lagen, zum anderen Teil aber das Ergebnis der jeweiligen außenpolitischen Stellung des Reiches bildeten.

Wollte man den Kampf für die Erhaltung dieses Staates ernstlich aufnehmen und durchfechten, dann konnte nur eine ebenso rücksichtslose wie beharrliche Zentralisierung allein zum Ziele führen. Dann mußte aber vor allem durch die prinzipielle Festlegung einer einheitlichen Staatssprache die rein formelle Zusammengehörigkeit betont, der Verwaltung aber das technische Hilfsmittel in die Hand gedrückt werden, ohne das ein einheitlicher Staat nun einmal nicht zu bestehen vermag. Ebenso konnte nur dann auf die Dauer durch Schule und Unterricht eine einheitliche Staatsgesinnung herangezüchtet werden. Dies war nicht in zehn oder zwanzig Jahren zu erreichen, sondern hier mußte man mit Jahrhunderten rechnen, wie denn überhaupt in allen kolonisatorischen Fragen der Beharrlichkeit eine größere Bedeutung zukommt als der Energie des Augenblicks.

Daß dann die Verwaltung sowohl als auch die politische Leitung in strengster Einheitlichkeit zu führen sind, versteht sich von selbst.

Es war nun für mich unendlich lehrreich, festzustellen, warum dies nicht geschah, oder besser, warum man dies nicht getan. Nur der Schuldige an dieser Unterlassung war der Schuldige am Zusammenbruche des Reiches.

Das alte Österreich war mehr als ein anderer Staat gebunden an die Größe seiner Leitung. Hier fehlte ja das Fundament des Nationalstaates, der in der völkischen Grundlage immer noch eine Kraft der Erhaltung besitzt, wenn die Führung als solche auch noch so sehr versagt. Der einheitliche Volksstaat kann vermöge der natürlichen Trägheit seiner Bewohner und der damit verbundenen Widerstandskraft manchmal erstaunlich lange Perioden schlechtester Verwaltung oder Leitung ertragen, ohne daran innerlich zugrunde zu gehen. Es ist dann oft so, als befinde sich in einem solchen Körper keinerlei Leben mehr, als wäre er tot und abgestorben, bis plötzlich der Totgewähnte sich wieder erhebt und nun staunenswerte Zeichen seiner unverwüstlichen Lebenskraft der übrigen Menschheit gibt.

Anders aber ist dies bei einem Reiche, das, aus nicht gleichen Völkern zusammengesetzt, nicht durch das gemeinsame Blut, als vielmehr durch eine gemeinsame Faust gehalten wird. Hier wird jede Schwäche der Leitung nicht zu einem Winterschlaf des Staates führen, sondern zu einem Erwachen all der individuellen Instinkte Anlaß geben, die blutsmäßig vorhanden sind, ohne sich in Zeiten eines überragenden Willens entfalten zu können. Nur durch jahrhundertelange gemeinsame Erziehung, durch gemeinsame Tradition, gemeinsame Interessen usw. kann diese Gefahr gemildert werden.

Daher werden solche Staatsgebilde, je jünger sie sind, um so mehr von der Größe der Führung abhängen, ja als Werk überragender Gewaltmenschen und Geistesheroen oft schon nach dem Tode des einsamen großen Begründers wieder zerfallen. Aber noch nach Jahrhunderten können diese Gefahren nicht als überwunden gelten, sie schlummern nur, um oft ganz plötzlich zu erwachen, sobald die Schwäche der gemeinsamen Leitung und die Kraft der Erziehung, die Erhabenheit aller Tradition, nicht mehr den Schwung des eigenen Lebensdranges der verschiedenen Stämme zu überwinden vermag.

Dies nicht begriffen zu haben, ist die vielleicht tragische Schuld des Hauses Habsburg.

Einem einzigen unter ihnen hielt das Schicksal noch einmal die Fackel über die Zukunft seines Landes empor, dann verlosch sie für immer.

Joseph II., römischer Kaiser der deutschen Nation, sah in fliegender Angst, wie sein Haus, auf die äußerste Kante des Reiches gedrängt, dereinst im Strudel eines Völkerbabylons verschwinden müßte, wenn nicht in letzter Stunde das Versäumte der Väter wieder gutgemacht würde. Mit übermenschlicher Kraft stemmte sich der „Freund der Menschen" gegen die Fahrlässigkeit der Vorfahren und suchte in einem Jahrzehnt einzuholen, was Jahrhunderte vordem versäumten. Wären ihm nur vierzig Jahre vergönnt gewesen zu seiner Arbeit und hätten nach ihm auch nur zwei Generationen in gleicher Weise das begonnene Werk fortgeführt, so würde das Wunder wahrscheinlich gelungen sein. Als er aber nach kaum zehn Jahren Regierung, zermürbt an Leib und Seele, starb, sank mit ihm auch sein Werk in das Grab, um, nicht mehr wiedererweckt, in der Kapuzinergruft auf ewig zu entschlafen.

Seine Nachfolger waren der Aufgabe weder geistig noch willensmäßig gewachsen.

Als nun durch Europa die ersten revolutionären Wetterzeichen einer neuen Zeit flammten, da begann auch Österreich langsam nach und nach Feuer zu fangen. Allein als der Brand endlich ausbrach, da wurde die Glut schon weniger durch soziale, gesellschaftliche oder auch allgemeine politische Ursachen angefacht als vielmehr durch Triebkräfte völkischen Ursprungs.

Die Revolution des Jahres 1848 konnte überall Klassenkampf sein, in Österreich jedoch war sie schon der Beginn eines neuen Rassenstreites. Indem damals der Deutsche, diesen Ursprung vergessend oder nicht erkennend, sich in den Dienst der revolutionären Erhebung stellte, besiegelte er damit sein eigenes Los. Er half mit, den Geist der westlichen Demokratie zu erwecken, der in kurzer Zeit ihm die Grundlagen der eigenen Existenz entzog.

Mit der Bildung eines parlamentarischen Vertretungskörpers ohne die vorhergehende Niederlegung und Festigung einer gemeinsamen Staatssprache war der Grundstein zum Ende der Vorherrschaft des Deutschtums in der Monarchie gelegt worden. Von diesem Augenblick an war damit aber auch der Staat selber verloren. Alles, was nun noch folgte, war nur die historische Abwicklung eines Reiches.

Diese Auflösung zu verfolgen, war ebenso erschütternd wie lehrreich. In tausend und aber tausend Formen vollzog sich im einzelnen diese Vollstreckung eines geschichtlichen Urteils. Daß ein großer Teil der Menschen blind durch die Erscheinungen des Zerfalls wandelte, bewies nur den Willen der Götter zu Österreichs Vernichtung.

Ich will hier nicht in Einzelheiten mich verlieren, da dies nicht die Aufgabe dieses Buches ist. Ich will nur jene Vorgänge in den Kreis einer gründlicheren Betrachtung ziehen, die als immer gleichbleibende Ursachen des Verfalles von Völkern und Staaten auch für unsere heutige Zeit Bedeutung besitzen, und die endlich mithalfen, meiner politischen Denkweise die Grundlagen zu sichern. Unter den Einrichtungen, die am deutlichsten die Zerfressung der österreichischen Monarchie auch dem sonst nicht mit scharfen Augen gesegneten Spießbürger aufzeigen konnten, befand sich an der Spitze diejenige, die am meisten Stärke ihr eigen nennen sollte – das Parlament oder, wie es in Österreich hieß, der Reichsrat.

Ersichtlich war das Muster dieser Körperschaft in England, dem Lande der klassischen „Demokratie", gelegen. Von dort übernahm man die ganze beglückende Anordnung und setzte sie so unverändert als möglich nach Wien.

Im Abgeordnetenund Herrenhaus feierte das englische Zweikammersystem seine Wiederauferstehung. Nur die „Häuser" selber waren etwas verschieden. Als Barry einst seinen Parlamentspalast aus den Fluten der Themse herauswachsen ließ, da griff er in die Geschichte des britischen Weltreichs hinein und holte sich aus ihr den Schmuck für die 1200 Nischen, Konsolen und Säulen seines Prachtbaues heraus. In Bildwerk und Malerkunst wurde so das Haus der Lords und des Volkes zum Ruhmestempel der Nation.

Hier kam die erste Schwierigkeit für Wien. Denn als der Däne Hansen die letzten Giebel am Marmorhaus der neuen Volksvertretung vollendet hatte, da blieb ihm auch zur Zierde nichts anderes übrig, als Entlehnungen bei der Antike zu versuchen. Römische und griechische Staatsmänner und Philosophen verschönern nun dieses Theatergebäude der „westlichen Demokratie", und in symbolischer Ironie ziehen über den zwei Häusern die Quadrigen nach den vier Himmelsrichtungen auseinander, auf solche Art dem damaligen Treiben im Innern auch nach außen den besten Ausdruck verleihend.

Die „Nationalitäten" hatten es sich als Beleidigung und Provokation verbeten, daß in diesem Werke österreichische Geschichte verherrlicht würde, so wie man im Reiche selbst ja auch erst unter dem Donner der Weltkriegsschlachten wagte, den Wallotschen Bau des Reichstags durch Inschrift dem deutschen Volke zu weihen.

Als ich, noch nicht zwanzig Jahre alt, zum erstem Male in den Prachtbau am Franzensring ging, um als Zuschauer und Hörer einer Sitzung des Abgeordnetenhauses beizuwohnen, ward ich von den widerstrebendsten Gefühlen erfaßt.

Ich hatte schon von jeher das Parlament gehaßt, jedoch durchaus nicht als Institution an sich. Im Gegenteil, als freiheitlich empfindender Mensch konnte ich mir eine andere Möglichkeit der Regierung gar nicht vorstellen, denn der Gedanke irgendeiner Diktatur wäre mir bei meiner Haltung zum Hause Habsburg als Verbrechen wider die Freiheit und gegen jede Vernunft vorgekommen.

Nicht wenig trug dazu bei, daß mir als jungem Menschen infolge meines vielen Zeitungslesens, ohne daß ich dies wohl selber ahnte, eine gewisse Bewunderung für das englische Parlament eingeimpft worden war, die ich nicht so ohne weiteres zu verlieren vermochte. Die Würde, mit der dort auch das Unterhaus seinen Aufgaben oblag (wie dies unsere Presse so schön zu schildern verstand), imponierte mir mächtig. Konnte es denn überhaupt eine erhabenere Form der Selbstregierung eines Volkstums geben?

Gerade deshalb aber war ich ein Feind des österreichischen Parlaments. Ich hielt die Form des ganzen Auftretens für unwürdig des großen Vorbildes. Nun trat aber noch folgendes hinzu:

Das Schicksal des Deutschtums im österreichischen Staate war abhängig von seiner Stellung im Reichsrat. Bis zur Einführung des allgemeinen und geheimen Wahlrechts war noch eine, wenn auch unbedeutende deutsche Majorität im Parlament vorhanden. Schon dieser Zustand war bedenklich, da bei der national unzuverlässigen Haltung der Sozialdemokratie diese in kritischen, das Deutschtum betreffenden Fragen – um sich nicht die Anhänger in den einzelnen Fremdvölkern abspenstig zu machen – immer gegen die deutschen Belange auftrat. Die Sozialdemokratie konnte schon damals nicht als deutsche Partei betrachtet werden. Mit der Einführung des allgemeinen Wahlrechts aber hörte die deutsche Überlegenheit auch rein ziffernmäßig auf. Nun war der weiteren Entdeutschung des Staates kein Hindernis mehr im Wege.

Der nationale Selbsterhaltungstrieb ließ mich schon damals aus diesem Grunde eine Volksvertretung wenig lieben, in der das Deutschtum immer s t a t t vertreten verraten wurde. Allein dies waren Mängel, die, wie so vieles andere eben auch, nicht der Sache an sich, sondern dem österreichischen Staate zuzuschreiben waren. Ich glaubte früher noch, daß mit einer Wiederherstellung der deutschen Mehrheit in den Vertretungskörpern zu einer prinzipiellen Stellungnahme dagegen kein Anlaß mehr vorhanden wäre, solange der alte Staat eben überhaupt noch bestünde.

So also innerlich eingestellt, betrat ich zum ersten Male die ebenso geheiligten wie umstrittenen Räume. Allerdings waren sie mir nur geheiligt durch die erhabene Schönheit des herrlichen Baues. Ein hellenisches Wunderwerk auf deutschem Boden.

In wie kurzer Zeit aber war ich empört, als ich das jämmerliche Schauspiel sah, das sich nun unter meinen Augen abrollte!

Es waren einige Hundert dieser Volksvertreter anwesend, die eben zu einer Frage von wichtiger wirtschaftlicher Bedeutung Stellung zu nehmen hatten.

Mir genügte schon dieser erste Tag, um mich zum Denken auf Wochen hindurch anzuregen.

Der geistige Gehalt des Vorgebrachten lag auf einer wahrhaft niederdrückenden „Höhe", soweit man das Gerede überhaupt verstehen konnte; denn einige der Herren sprachen nicht deutsch, sondern in ihren slawischen Muttersprachen oder besser Dialekten. Was ich bis dahin nur aus dem Lesen der Zeitungen wußte, hatte ich nun Gelegenheit, mit meinen eigenen Ohren zu hören. Eine gestikulierende, in allen Tonarten durcheinander schreiende, wildbewegte Masse, darüber einen harmlosen alten Onkel, der sich im Schweiße seines Angesichts bemühte, durch heftiges Schwingen einer Glocke und bald begütigende, bald ermahnende ernste Zurufe die Würde des Hauses wieder in Fluß zu bringen.

Ich mußte lachen.

Einige Wochen später war ich neuerdings in dem Hause. Das Bild war verändert, nicht zum Wiedererkennen. Der Saal ganz leer. Man schlief da unten. Einige Abgeordnete waren auf ihrem Plätzen und gähnten sich gegenseitig an, einer „redete". Ein Vizepräsident des Hauses war anwesend und sah ersichtlich gelangweilt in den Saal.

Die ersten Bedenken stiegen mir auf. Nun lief ich, wenn mir die Zeit nur irgendwie die Möglichkeit bot, immer wieder hin und betrachtete mir still und aufmerksam das jeweilige Bild, hörte die Reden an, soweit sie zu verstehen waren, studierte die mehr oder minder intelligenten Gesichter dieser Auserkorenen der Nationen dieses traurigen Staates – und machte mir dann allmählich meine eigenen Gedanken.

Ein Jahr dieser ruhigen Beobachtung genügte, um meine frühere Ansicht über das Wesen dieser Institution aber auch restlos zu ändern oder zu beseitigen. Mein Inneres nahm nicht mehr Stellung gegen die mißgestaltete Form, die dieser Gedanke in Österreich angenommen hatte; nein, nun konnte ich das Parlament als solches nicht mehr anerkennen. Bis dahin sah ich das Unglück des österreichischen Parlaments im Fehlen einer deutschen Majorität, nun aber sah ich das Verhängnis in der ganzen Art und dem Wesen dieser Einrichtung überhaupt.

Eine ganze Reihe von Fragen stieg mir damals auf.

Ich begann mich mit dem demokratischen Prinzip der Mehrheitsbestimmung, als der Grundlage dieser ganzen Einrichtung, vertraut zu machen, schenkte aber auch nicht weniger Aufmerksamkeit den geistigen und moralischen Werten der Herren, die als Auserwählte der Nationen diesem Zwecke dienen sollten.

So lernte ich Institutionen und Träger derselben zugleich kennen.

Im Verlauf einiger Jahre bildete sich mir dann in Erkenntnis und Einsicht der Typ der würdevollsten Erscheinung der neueren Zeit in plastischer Deutlichkeit aus: der Parlamentarier. Er begann sich mir einzuprägen in einer Form, die niemals mehr einer wesentlichen Änderung unterworfen wurde.

Auch dieses Mal hatte mich der Anschauungsunterricht der praktischen Wirklichkeit davor bewahrt, in einer Theorie zu ersticken, die auf den ersten Blick so vielen verführerisch erscheint, die aber nichtsdestoweniger zu den Verfallserscheinungen der Menschheit zu rechnen ist.

Die Demokratie des heutigen Westens ist der Vorläufer des Marxismus, der ohne sie gar nicht denkbar wäre. Sie gibt erst dieser Weltpest den Nährboden, auf dem sich dann die Seuche auszubreiten vermag. In ihrer äußeren Ausdrucksform, dem Parlamentarismus, schuf sie sich noch eine „Spottgeburt aus Dreck und Feuer", bei der mir nur leider das „Feuer" im Augenblick ausgebrannt zu sein scheint.

Ich muß dem Schicksal mehr als dankbar sein, daß es mir auch diese Frage noch in Wien zur Prüfung vorlegte, denn ich fürchte, daß ich mir in Deutschland damals die Antwort zu leicht gemacht haben würde. Hätte ich die Lächerlichkeit dieser Institution, „Parlament" genannt, zuerst in Berlin kennengelernt, so würde ich vielleicht in das Gegenteil verfallen sein und mich, nicht ohne scheinbar guten Grund, auf die Seite derjenigen gestellt haben, die des Volkes und Reiches Heil in der ausschließlichen Förderung der Macht des Kaisergedankens allein erblickten und so der Zeit und den Menschen dennoch fremd und blind zugleich gegenüberstanden.

In Österreich war dies unmöglich.

Hier konnte man nicht so leicht von einem Fehler in den anderen verfallen. Wenn das Parlament nichts taugte, dann taugten die Habsburger noch viel weniger – auf gar keinen Fall mehr. Mit der Ablehnung des „Parlamentarismus" war es hier allein nicht getan; denn dann blieb immer noch die Frage offen: Was nun? Die Ablehnung und Beseitigung des Reichsrates würde als einzige Regierungsgewalt ja nur das Haus Habsburg übriggelassen haben, ein besonders für mich ganz unerträglicher Gedanke.

Die Schwierigkeit dieses besonderen Falles führte mich zu einer gründlicheren Betrachtung des Problems an sich, als dies sonst wohl in so jungen Jahren eingetreten wäre.

Was mir zuallererst und am allermeisten zu denken gab, war das ersichtliche Fehlen jeder Verantwortlichkeit einer einzelnen Person.

Das Parlament faßt irgendeinen Beschluß, dessen Folgen noch so verheerend sein mögen – niemand trägt dafür eine Verantwortung, niemand kann je zur Rechenschaft gezogen werden. Denn heißt dies etwa Verantwortung übernehmen, wenn nach einem Zusammenbruch sondergleichen die schuldige Regierung zurücktritt? Oder die Koalition sich ändert, ja das Parlament sich auflöst?

Kann den überhaupt eine schwankende Mehrheit von Menschen jemals verantwortlich gemacht werden?

Ist denn nicht der Gedanke jeder Verantwortlichkeit an die Person gebunden?

Kann man aber praktisch die leitende Person einer Regierung haftbar machen für Handlungen, deren Werden und Durchführung ausschließlich auf das Konto des Wollens und der Geneigtheit einer Vielheit von Menschen zu setzen sind?

Oder: Wird nicht die Aufgabe des leitenden Staatsmannes, statt in der Geburt des schöpferischen Gedankens oder Planes an sich, vielmehr nur in der Kunst gesehen, die Genialität seiner Entwürfe einer Hammelherde von Hohlköpfen verständlich zu machen, um dann deren gütige Zustimmung zu erbetteln?

Ist dies das Kriterium des Staatsmannes, daß er die Kunst der Überredung in ebenso hohem Maße besitze wie die der staatsmännischen Klugheit im Fassen großer Richtlinien oder Entscheidungen?

Ist die Unfähigkeit eines Führers dadurch bewiesen, daß es ihm nicht gelingt, die Mehrheit eines durch mehr oder minder saubere Zufälle zusammengebeulten Haufens für eine bestimmte Idee zu gewinnen?

Ja, hat denn dieser Haufe überhaupt schon einmal eine Idee begriffen, ehe der Erfolg zum Verkünder ihrer Größe wurde?

Ist nicht jede geniale Tat auf dieser Welt der sichtbare Protest des Genies gegen die Trägheit der Masse?

Was aber soll der Staatsmann tun, dem es nicht gelingt, die Gunst dieses Haufens für seine Pläne zu erschmeicheln?

Soll er sie erkaufen?

Oder soll er angesichts der Dummheit seiner Mitbürger auf die Durchführung der als Lebensnotwendigkeiten erkannten Aufgaben verzichten, sich zurückziehen, oder soll er dennoch bleiben?

Kommt nicht in einem solchen Falle der wirkliche Charakter in einen unlösbaren Konflikt zwischen Erkenntnis und Anstand oder, besser gesagt, ehrlicher Gesinnung?

Wo liegt hier die Grenze, die die Pflicht der Allgemeinheit gegenüber scheidet von der Verpflichtung der persönlichen Ehre?

Muß nicht jeder wahrhaftige Führer es sich verbitten, auf solche Weise zum politischen Schieber degradiert zu werden?

Und muß nicht umgekehrt jeder Schieber sich nun berufen fühlen, in Politik zu „machen", da die letzte Verantwortung niemals er, sondern irgendein unfaßbarer Haufe zu tragen hat?

Muß nicht unser parlamentarisches Mehrheitsprinzip zur Demolierung des Führergedankens überhaupt führen?

Glaubt man aber, daß der Fortschritt dieser Welt etwa aus dem Gehirn von Mehrheiten stammt und nicht aus den Köpfen einzelner?

Oder vermeint man, vielleicht für die Zukunft dieser Voraussetzung menschlicher Kultur entbehren zu können?

Scheint sie nicht im Gegenteil heute nötiger zu sein als je?

Indem das parlamentarische Prinzip der Majoritätsbestimmung die Autorität der Person ablehnt und an deren Stelle die Zahl des jeweiligen Haufens setzt, sündigt es wider den aristokratischen Grundgedanken der Natur, wobei allerdings deren Anschauung vom Adel in keinerlei Weise etwa in der heutigen Dekadenz unserer oberen Zehntausend verkörpert zu sein braucht.

Welche Verwüstungen diese Einrichtung moderner demokratischer Parlamentsherrschaft anrichtet, kann sich freilich der Leser jüdischer Zeitungen schwer vorstellen, sofern er nicht selbständig denken und prüfen gelernt hat. Sie ist in erster Linie der Anlaß für die unglaubliche Überschwemmung des gesamten politischen Lebens mit den minderwertigsten Erscheinungen unserer Tage. So sehr sich der wahrhaftige Führer von einer politischen Betätigung zurückziehen wird, die zu ihrem größten Teile nicht in schöpferischer Leistung und Arbeit bestehen kann, als vielmehr im Feilschen und Handeln um die Gunst einer Mehrheit, so sehr wird gerade diese Tätigkeit dem kleinen Geist entsprechen und diesen mithin auch anziehen.

Je zwergenhafter ein solcher Lederhändler heute an Geist und Können ist, je klarer ihm die eigene Einsicht die Jämmerlichkeit seiner tatsächlichen Erscheinung zum Bewußtsein bringt, um so mehr wird er ein System preisen, das von ihm gar nicht die Kraft und Genialität eines Riesen verlangt, sondern vielmehr mit der Pfiffigkeit eines Dorfschulzen vorliebnimmt, ja, eine solche Art von Weisheit lieber sieht als die eines Perikles. Dabei braucht solch ein Tropf sich nie mit der Verantwortung seines Wirkens abzuquälen. Er ist dieser Sorge schon deshalb gründlich enthoben, da er ja genau weiß, daß, ganz gleich, wie immer auch das Ergebnis seiner „staatsmännischen" Murkserei sein wird, sein Ende ja doch schon längst in den Sternen verzeichnet steht: er wird eines Tages einem anderen, ebenso großen Geist den Platz zu räumen haben. Denn dies ist mit ein Kennzeichen eines solchen Verfalls, daß die Menge großer Staatsmänner in eben dem Maße zunimmt, in dem der Maßstab des einzelnen zusammenschrumpft. Er wird aber mit zunehmender Abhängigkeit von parlamentarischen Mehrheiten immer kleiner werden müssen, da sowohl die großen Geister es ablehnen werden, die Büttel blöder Nichtskönner und Schwätzer zu sein, wie umgekehrt die Repräsentanten der Majorität, das ist also der Dummheit, nicht inständiger hassen als den überlegenen Kopf.

Es ist immer ein tröstliches Gefühl für solch eine Ratsversammlung Schildaer Stadtverordneter, einen Führer an der Spitze zu wissen, dessen Weisheit dem Niveau der Anwesenden entspricht: hat doch so jeder die Freude, von Zeit zu Zeit auch seinen Geist dazwischen blitzen lassen zu können – und vor allem aber, wenn Hinze Meister sein kann, warum dann nicht auch einmal Peter?

Am innigsten entspricht diese Erfindung der Demokratie aber einer Eigenschaft, die in letzter Zeit zu einer wahren Schande ausgewachsen ist, nämlich der Feigheit eines großen Teils unseres sogenannten „Führertums". Welch ein Glück, sich in allen wirklichen Entscheidungen von einiger Bedeutung hinter den Rockschößen einer sogenannten Majorität verstecken zu können!

Man sehe sich nur solch einen politischen Strauchdieb einmal an, wie er besorgt zu jeder Verrichtung sich die Zustimmung der Mehrheit erbettelt, um sich so die notwendigen Spießgesellen zu sichern und damit jederzeit die Verantwortung abladen zu können. Dies aber ist mit der Hauptgrund, warum eine solche Art von politischer Betätigung einem innerlich anständigen und damit aber auch mutigen Mann widerlich und verhaßt ist, während es alle elenden Charaktere – und wer nicht für seine Handlung persönlich auch die Verantwortung übernehmen will, sondern nach Deckung sucht, ist ein feiger Lump – anzieht. Sowie aber erst einmal die Leiter einer Nation aus solchen Jämmerlingen bestehen, dann wird sich dies schon in kurzer Zeit böse rächen. Man wird dann zu keiner entschlossenen Handlung mehr den Mut aufbringen, wird jede, auch noch so schmähliche Entehrung lieber hinnehmen, als sich zu einem Entschlusse aufzuraffen; ist doch niemand mehr da, der von sich aus bereit ist, seine Person und seinen Kopf für die Durchführung einer rücksichtslosen Entscheidung einzusetzen.

Denn eines soll und darf man nie vergessen: Die Majorität kann auch hier den Mann niemals ersetzen. Sie ist nicht nur immer eine Vertreterin der Dummheit, sondern auch der Feigheit. Und so wenig hundert Hohlköpfe einen Weisen ergeben, so wenig kommt aus hundert Feiglingen ein heldenhafter Entschluß.

Je leichter aber die Verantwortung des einzelnen Führers ist, um so mehr wird die Zahl derjenigen wachsen, die selbst bei jämmerlichsten Ausmaßen sich berufen fühlen werden, ebenfalls der Nation ihre unsterblichen Kräfte zur Verfügung zu stellen. Ja, sie werden es gar nicht mehr erwarten können, endlich einmal auch an die Reihe zu kommen; sie stehen an in einer langen Kolonne und zählen mit schmerzlichem Bedauern die Zahl der vor ihnen Wartenden und rechnen die Stunde fast aus, die menschlichem Ermessen nach sie zum Zuge bringen wird. Daher ersehnen sie jeden Wechsel in dem ihnen vorschwebenden Amte und sind dankbar für jeden Skandal, der die Reihe vor ihnen lichtet. Will jedoch einmal einer nicht von der eingenommenen Stelle wieder weichen, so empfinden sie dies fast als Bruch eines heiligen Abkommens gemeinsamer Solidarität. Dann werden sie bösartig und ruhen nicht eher, als bis der Unverschämte, endlich gestürzt, seinen warmen Platz der Allgemeinheit wieder zur Verfügung stellt. Er wird dafür nicht so schnell wieder an diese Stelle gelangen. Denn sowie eine dieser Kreaturen ihren Posten aufzugeben gezwungen ist, wird sie sich sofort wieder in die allgemeine Reihe der Wartenden einzuschieben versuchen, sofern nicht das dann anhebende Geschrei und Geschimpfe der anderen sie davon abhält.

Die Folge von dem allen ist der erschreckend schnelle Wechsel in den wichtigsten Stellen und Ämtern eines solchen Staatswesens, ein Ergebnis, das in jedem Falle ungünstig, manchmal aber geradezu katastrophal wirkt. Denn nun wird ja nicht nur der Dummkopf und Unfähige dieser Sitte zum Opfer fallen, sondern noch mehr der wirkliche Führer, wenn das

Schicksal einen solchen an diese Stelle zu setzen überhaupt noch fertigbringt. Sowie man nur einmal dieses erkannt hat, wird sich sofort eine geschlossene Front zur Abwehr bilden, besonders, wenn ein solcher Kopf, ohne aus den eigenen Reihen zu stammen, dennoch sich untersteht, in diese erhabene Gesellschaft einzudringen. Man will da grundsätzlich nur unter sich sein und haßt als gemeinsamen Feind jeden Schädel, der unter den Nullen etwa einen Einser ergeben könnte. Und in dieser Richtung ist der Instinkt um so schärfer, je mehr er auch in allem anderen fehlen mag.

So wird die Folge eine immer mehr um sich greifende geistige Verarmung der führenden Schichten sein. Was dabei für die Nation und den Staat herauskommt, kann jeder selbst ermessen, soweit er nicht persönlich zu dieser Sorte von „Führern" gehört.

Das alte Österreich besaß das parlamentarische Regiment bereits in Reinkultur.

Wohl wurden die jeweiligen Ministerpräsidenten vom Kaiser und König ernannt, allein schon diese Ernennung war nichts anderes als die Vollstreckung parlamentarischen Wollens. Das Feilschen und Handeln aber um die einzelnen Ministerposten war schon westliche Demokratie von reinstem Wasser. Die Ergebnisse entsprachen auch den angewandten Grundsätzen. Besonders der Wechsel der einzelnen Persönlichkeiten trat schon in immer kürzeren Fristen ein, um endlich zu einem wahrhaftigen Jagen zu werden. In demselben Maße sank die Größe der jeweiligen „Staatsmänner" immer mehr zusammen, bis endlich überhaupt nur jener kleine Typ von parlamentarischen Schiebern übrigblieb, deren staatsmännischer Wert nur mehr nach ihrer Fähigkeit gemessen und anerkannt wurde, mit der es ihnen gelang, die jeweiligen Koalitionen zusammenzukleistern, also jene kleinsten politischen Handelsgeschäfte durchzuführen, die ja allein die Eignung dieser Volksvertreter für praktische Arbeit zu begründen vermögen.

So konnte einem die Wiener Schule auf diesem Gebiete die besten Eindrücke vermitteln.

Was mich nicht weniger anzog, war der Vergleich zwischen dem vorhandenen Können und Wissen dieser Volksvertreter und den Aufgaben, die ihrer harrten. Freilich mußte man sich dann aber, man mochte wollen oder nicht, mit dem geistigen Horizont dieser Auserwählten der Völker selber näher beschäftigen, wobei es sich dann gar nicht mehr umgehen ließ, auch den Vorgängen, die zur Entdeckung dieser Prachterscheinungen unseres öffentlichen Lebens führen, die nötige Beachtung zu schenken.

Auch die Art und Weise, in der das wirkliche Können dieser Herren in den Dienst des Vaterlandes gestellt und angewendet wurde, also der technische Vorgang ihrer Betätigung, war wert, gründlich untersucht und geprüft zu werden.

Das gesamte Bild des parlamentarischen Lebens ward dann um so jämmerlicher, je mehr man sich entschloß, in diese inneren Verhältnisse einzudringen, Personen und fachliche Grundlagen mit rücksichtslos scharfer Objektivität zu studieren. Ja, dies ist sehr angezeigt einer Institution gegenüber, die sich veranlaßt sieht, durch ihre Träger in jedem zweiten Satz auf „Objektivität" als die einzige gerechte Grundlage zu jeglicher Prüfung und Stellungnahme überhaupt hinzuweisen. Man prüfe diese Herren selber und die Gesetze ihres bitteren Daseins, und man wird über das Ergebnis nur staunen.

Es gibt gar kein Prinzip, das, objektiv betrachtet, so unrichtig ist wie das parlamentarische.

Man darf dabei noch ganz absehen von der Art, in der die Wahl der Herren Volksvertreter stattfindet, wie sie überhaupt zu ihrem Amte und zu ihrer neuen Würde gelangen. Daß es sich herbei nur zu einem wahrhaft winzigen Bruchteil um die Erfüllung eines allgemeinen Wunsches oder gar eines Bedürfnisses handelt, wird jedem sofort einleuchten, der sich klarmacht, daß das politische Verständnis der breiten Masse gar nicht so entwickelt ist, um von sich aus zu bestimmten allgemein politischen Anschauungen zu gelangen und die dafür in Frage kommenden Personen auszusuchen.

Was wir immer mit dem Worte „öffentliche Meinung" bezeichnen, beruht nur zu einem kleinen Teile auf selbstgewonnenen Erfahrungen oder gar Erkenntnissen der einzelnen, zum größten Teil dagegen auf der Vorstellung, die durch eine oft ganz unendlich eindringliche und beharrliche Art von sogenannter „Aufklärung" hervorgerufen wird.

So wie die konfessionelle Einstellung das Ergebnis der Erziehung ist und nur das religiöse Bedürfnis an sich im Innern des Menschen schlummert, so stellt auch die politische Meinung der Masse nur das Endresultat einer manchmal ganz unglaublich zähen und gründlichen Bearbeitung von Seele und Verstand dar.

Der weitaus gewaltigste Anteil an der politischen „Erziehung", die man in diesem Falle mit dem Wort Propaganda sehr treffend bezeichnet, fällt auf das Konto der Presse. Sie besorgt in erster Linie diese „Aufklärungsarbeit" und stellt damit eine Art von Schule für die Erwachsenen dar. Nur liegt dieser Unterricht nicht in der Hand des Staates, sondern in den Klauen von zum Teil höchst minderwertigen Kräften. Ich hatte gerade in Wien schon als junger Mensch die allerbeste Gelegenheit, Inhaber und geistige Fabrikanten dieser Massenerziehungsmaschine richtig kennenzulernen. Ich mußte im Anfang staunen, in wie kurzer Zeit es dieser schlimmen Großmacht im Staate möglich wurde, eine bestimmte Meinung zu erzeugen, auch wenn es sich dabei um die vollständige Umfälschung sicher vorhandener innerer Wünsche und Anschauungen der Allgemeinheit handeln mochte. In wenigen Tagen war da aus einer lächerlichen Sache eine bedeutungsvolle Staatsaktion gemacht, während umgekehrt zu gleicher Zeit lebenswichtige Probleme dem allgemeinen Vergessen anheimfielen, besser aber einfach aus dem Gedächtnis und der Erinnerung der Masse gestohlen wurden.

So gelang es, im Verlaufe weniger Wochen Namen aus dem Nichts hervorzuzaubern, unglaubliche Hoffnungen der breiten Öffentlichkeit an sie zu knüpfen, ja ihnen Popularität zu verschaffen, die dem wirklich bedeutenden Manne oft in seinem ganzen Leben nicht zuteil zu werden vermag; Namen, die dabei noch vor einem Monat überhaupt kein Mensch aber auch nur dem Hören nach kannte, während in der gleichen Zeit alte, bewährte Erscheinungen des staatlichen oder sonstigen öffentlichen Lebens bei bester Gesundheit einfach für die Mitwelt abstarben oder mit solch elenden Schmähungen überhäuft wurde, daß ihr Name in kurzem drohte, zum Symbol einer ganz bestimmten Niedertracht oder Schurkerei zu werden. Man muß diese infame jüdische Art, ehrlichen Menschen mit einem Male und wie auf Zauberspruch zugleich von hundert und aller hundert Stellen aus die Schmutzkübel niedrigster Verleumdungen und Ehrabschneidungen über das saubere Kleid zu gießen, studieren, um die ganze Gefahr dieser Presselumpen richtig würdigen zu können.

Es gibt dann nichts, das solch einem geistigen Raubritter nicht passend wäre, um zu seinen sauberen Zielen zu kommen.

Er wird dann bis in die geheimsten Familienangelegenheiten hineinschnüffeln und nicht eher ruhen, als bis sein Trüffelsuchinstinkt irgendeinen armseligen Vorfall aufstöbert, der dann bestimmt ist, dem unglücklichen Opfer den Garaus zu machen. Findet sich aber weder im öffentlichen noch im privaten Leben selbst bei gründlichstem Abriechen rein gar nichts, dann greift so ein Bursche einfach zur Verleumdung in der festen Überzeugung, daß nicht nur an und für sich auch bei tausendfältigem Widerrufe doch immer etwas hängen bleibt, sondern daß infolge der hundertfachen Wiederholung, die die Ehrabschneidung durch alle seine sonstigen Spießgesellen sofort findet, ein Kampf des Opfers dagegen in den meisten Fällen gar nicht möglich ist; wobei aber dieses Lumpenpack niemals etwa aus Motiven, wie sie vielleicht bei der anderen Menschheit glaubhaft oder wenigstens verständlich wären, etwas unternimmt. Gott bewahre! Indem so ein Strolch die liebe Mitwelt in der schurkenhaftesten Weise angreift, hüllt sich dieser Tintenfisch in eine wahre Wolke von Biederkeit und salbungsvollen Phrasen, schwatzt von „journalistischer Pflicht" und ähnlichem verlogenen Zeug, ja versteigt sich sogar noch dazu, bei Tagungen und Kongressen, also Anlässen, die diese Plage in größerer Zahl beisammensehen, von einer ganz besonderen, nämlich der journalistischen „Ehre" zu salbadern, die sich das versammelte Gesindel dann gravitätisch gegenseitig bestätigt.

Dieses Pack aber fabriziert zu mehr als zwei Dritteln die sogenannte „öffentliche Meinung", deren Schaum dann die parlamentarische Aphrodite entsteigt.

Um dieses Verfahren richtig zu schildern und in seiner ganzen verlogenen Unwahrhaftigkeit darzustellen, müßte man Bände schreiben. Allein, auch wenn man von dem ganz absieht und nur das gegebene Produkt samt seiner Tätigkeit betrachtet, so scheint mir dies genügend, um den objektiven Irrsinn dieser Einrichtung auch für das strenggläubige Gemüt aufdämmern zu lassen.

Man wird diese ebenso unsinnige wie gefährliche menschliche Verwirrung am ehesten und auch am leichtesten verstehen, sobald man den demokratischen Parlamentarismus in Vergleich bringt mit einer wahrhaften germanischen Demokratie.

Das Bemerkenswerte des ersteren liegt darin, daß eine Zahl von sagen wir fünfhundert Männern, oder in letzter Zeit auch Frauen, gewählt wird, denen nun in allem und jedem auch die endgültige Entscheidung zu treffen obliegt. Sie sind so praktisch allein die Regierung; denn wenn auch von ihnen ein Kabinett gewählt wird, das nach außen hin die Leitung der Staatsgeschäfte vornimmt, so ist dies trotzdem nur zum Scheine da. In Wirklichcit kann dicse sogenannte Regierung nicht einen Schritt tun, ohne sich nicht vorher erst die Genehmigung von der allgemeinen Versammlung geholt zu haben. Sie ist aber damit auch für gar nichts verantwortlich zu machen, da die letzte Entscheidung ja niemals bei ihr liegt, sondern bei der Majorität des Parlaments. Sie ist in jedem Falle nur die Vollstreckerin des jeweiligen Mehrheitswillens. Man könnte ihre politische Fähigkeit eigentlich nur beurteilen nach der Kunst, mit der sie es versteht, sich entweder dem Willen der Mehrheit anzupassen oder die Mehrheit zu sich herüberzuziehen. Sie sinkt damit aber von der Höhe einer tatsächlichen Regierung herunter zu einer Bettlerin gegenüber der jeweiligen Majorität. Ja, ihre vordringlichste Aufgabe hat nun überhaupt nur mehr darin zu bestehen, von Fall zu Fall sich entweder die Gunst der bestehenden Mehrheit zu sichern oder die Bildung einer besser geneigten neuen zu übernehmen. Gelingt dies, dann darf sie wieder eine kleine Zeit weiter „regieren", gelingt es nicht, dann kann sie gehen. Die Richtigkeit ihrer Absichten an und für sich spielt dabei gar keine Rolle.

Damit aber wird jede Verantwortlichkeit praktisch ausgeschaltet.

Zu welchen Folgen die führt, geht schon aus einer ganz einfachen Betrachtung hervor:

Die innere Zusammensetzung der fünfhundert gewählten Volksvertreter nach Beruf oder gar nach den Fähigkeiten der einzelnen ergibt ein ebenso zerrissenes wie meist auch noch kümmerliches Bild. Denn man wird doch nicht etwa glauben, daß diese Auserwählten der Nation auch ebenso Auserwählte des Geistes oder auch nur des Verstandes sind! Man wird hoffentlich nicht meinen, daß aus den Stimmzetteln einer alles eher als geistreichen Wählerschaft die Staatsmänner gleich zu Hunderten herauswachsen. Überhaupt kann man dem Unsinn gar nicht scharf genug entgegentreten, daß aus allgemeinen Wahlen Genies geboren würden. Zum ersten gibt es in einer Nation nur alle heiligen Zeiten einmal einen wirklichen Staatsmann und nicht gleich an die hundert und mehr auf einmal; und zum zweiten ist die Abneigung der Masse gegen jedes überragende Genie eine geradezu instinktive. Eher geht auch ein Kamel durch ein Nadelöhr, ehe ein großer Mensch durch eine Wahl „entdeckt" wird.

Was wirklich über das Normalmaß des breiten Durchschnitts hinausragt, pflegt sich in der Weltgeschichte meistens persönlich anzumelden.

So aber stimmen fünfhundert Menschen von mehr als bescheidenen Ausmaßen über die wichtigsten Belange der Nation ab, setzen Regierungen ein, die sich dann selber wieder in jedem einzelnen Falle und jeder besonderen Frage die Zustimmung der erlauchten Ratsversammlung zu holen haben, mithin wird also tatsächlich die Politik von fünfhundert gemacht.

Und danach sieht sie auch meistens aus.

Aber selbst die Genialität dieser Volksvertreter ganz aus dem Spiele gelassen, bedenke man doch, welch verschiedener Art die Probleme sind, die einer Erledigung harren, auf welch auseinanderliegenden Gebieten Lösungen und Entscheidungen getroffen werden müssen, und man wird wohl begreifen, wie untauglich hierzu eine Regierungseinrichtung sein muß, die das letzte Bestimmungsrecht einer Massenversammlung von Menschen überträgt, von der immer nur ein ganz winziger Bruchteil Kenntnisse und Erfahrung in der zur Behandlung stehenden Angelegenheit besitzt. Die wichtigsten wirtschaftlichen Maßnahmen werden so einem Forum unterbreitet, das nur zu einem Zehntel seiner Mitglieder wirtschaftliche Vorbildung aufzuweisen hat. Das heißt aber doch nichts anderes, als die letzte Entscheidung in einer Sache in die Hände von Männern legen, denen jegliche Voraussetzung hierzu vollkommen fehlt.

So ist es aber mit jeder anderen Frage auch. Immer wird durch eine Mehrheit von Nichtswissern und Nichtskönnern der Ausschlag gegeben werden, da ja die Zusammensetzung dieser Einrichtung unverändert bleibt, während sich die zur Behandlung stehenden Probleme auf fast alle Gebiete des öffentlichen Lebens erstrecken, mithin einen dauernden Wechsel der über sie urteilenden und bestimmenden Abgeordneten voraussetzen würden. Es ist doch unmöglich, über Verkehrsangelegenheiten dieselben Menschen verfügen zu lassen wie, sagen wir, über eine Frage hoher Außenpolitik. Es müßten dies anders denn lauter Universalgenies sein, wie sie in Jahrhunderten kaum einmal in wirkliche Erscheinung treten. Leider handelt es sich hier aber zumeist überhaupt um keine „Köpfe", sondern um ebenso beschränkte wie eingebildete und aufgeblasene Dilettanten, geistige Halbwelt übelster Sorte. Daher kommt auch die so oft unverständliche Leichtsinnigkeit, mit der diese Herrschaften über Dinge reden und beschließen, die selbst den größten Geistern sorgenvolle Überlegung bereiten würden. Maßnahmen von der schwersten Bedeutung für die Zukunft eines ganzen Staates, ja einer Nation werden da getroffen, als ob eine ihnen sicher besser zustehende Partie Schafskopf oder Tarock auf dem Tische läge und nicht das Schicksal einer Rasse.

Nun wäre es sicher ungerecht, zu glauben, daß jeder der Abgeordneten eines solchen Parlaments von sich aus schon immer mit so geringen Gefühlen für Verantwortung behaftet gewesen sei.

Nein, durchaus nicht.

Aber indem dieses System den einzelnen zwingt, zu solchen ihm gar nicht liegenden Fragen Stellung zu nehmen, verdirbt es allmählich den Charakter. Keiner wird den Mut aufzubringen vermögen, zu erklären: „Meine Herren, ich glaube, wir verstehen von dieser Angelegenheit nichts. Ich persönlich wenigstens auf keinen Fall." (Im übrigen würde dies nur wenig ändern, denn sicher bliebe diese Art von Aufrichtigkeit nicht nur gänzlich unverstanden, sondern man ließe sich auch wohl kaum durch solch einen ehrlichen Esel das allgemeine Spiel verderben.) Wer die Menschen nun aber kennt, wird begreifen, daß in einer so illustren Gesellschaft nicht gerne einer der Dümmste sein möchte, und in gewissen Kreisen ist Ehrlichkeit immer gleichbedeutend mit Dummheit.

So wird auch der zunächst noch ehrenhafte Vertreter zwangsläufig in diese Bahn der allgemeinen Verlogenheit und Betrügerei geworfen. Gerade die Überzeugung, daß das Nichtmittun eines einzelnen an der Sache an und für sich gar nichts ändern würde, tötet jede ehrliche Regung, die dem einen oder anderen etwa noch aufsteigen mag. Er wird sich zum Schlusse noch einreden, daß er persönlich noch lange nicht der Schlechteste unter den anderen sei und durch sein Mittun nur vielleicht Ärgeres verhüte.

Freilich wird man den Einwand bringen, daß allerdings der einzelne Abgeordnete in dieser oder jener Sache kein besonderes Verständnis besitze, aber seine Stellungnahme ja von der Fraktion als Leiterin der Politik des betreffenden Herrn doch beraten werde; diese habe ihre besonderen Ausschüsse, die von Sachverständigen ohnehin mehr als genügend erleuchtet würden.

Dies scheint auf den ersten Blick zu stimmen. Aber die Frage wäre doch dann die: warum wählt man fünfhundert, wenn doch nur einige die nötige Weisheit zur Stellungnahme in den wichtigsten Belangen besitzen?

Ja, darin liegt eben des Pudels Kern.

Es ist nicht das Ziel unseres heutigen demokratischen Parlamentarismus, etwa eine Versammlung von Weisen zu bilden, als vielmehr eine Schar geistig abhängiger Nullen zusammenzustellen, deren Leitung nach bestimmten Richtlinien um so leichter wird, je größer die persönliche Beschränktheit des einzelnen ist. Nur so kann Parteipolitik im heutigen üblen Sinne gemacht werden. Nur so aber ist es auch möglich, daß der eigentliche Drahtzieher immer vorsichtig im Hintergrund zu bleiben vermag, ohne jemals persönlich zur Verantwortung gezogen werden zu können. Denn nun wird jede der Nation auch noch so schädliche Entscheidung ja nicht auf das Konto eines allen sichtbaren Lumpen kommen, sondern auf die Schultern einer ganzen Fraktion abgeladen werden.

Damit aber fällt jede praktische Verantwortung weg, denn diese kann nur in der Verpflichtung einer einzelnen Person liegen und nicht in der einer parlamentarischen Schwätzervereinigung.

Diese Einrichtung kann nur den allerverlogensten und zugleich besonders das Tageslicht scheuenden Schliefern lieb und wert sein, während sie jedem ehrlichen, geradlinigen, zur persönlichen Verantwortung bereiten Kerl verhaßt sein muß.

Daher ist diese Art von Demokratie auch das Instrument derjenigen Rasse geworden, die ihren inneren Zielen nach die Sonne zu scheuen hat, jetzt und in allen Zeiten der Zukunft. Nur der Jude kann eine Einrichtung preisen, die schmutzig und unwahr ist wie er selber.

X X X

Dem steht gegenüber die wahrhaftige germanische Demokratie der freien Wahl des Führers, mit dessen Verpflichtung zur vollen Übernahme aller Verantwortung für sein Tun und Lassen. In ihr gibt es keine Abstimmung einer Majorität zu einzelnen Fragen, sondern nur die Bestimmung eines einzigen, der dann mit Vermögen und Leben für seine Entscheidung einzutreten hat.

Wenn man mit dem Einwand kommen wird, daß unter solchen Voraussetzungen sich schwerlich jemand bereitfinden dürfte, seine Person einer so riskanten Aufgabe zu widmen, so muß darauf nur eines geantwortet werden:

Gott sei gedankt, darin liegt ja eben der Sinn einer germanischen Demokratie, daß nicht der nächstbeste unwürdige Streber und moralische Drückeberger auf Umwegen zur Regierung seiner Volksgenossen kommt, sondern daß schon durch die Größe der zu übernehmenden Verantwortung Nichtskönner und Schwächlinge zurückgeschreckt werden.

Sollte sich aber dennoch einmal ein solcher Bursche einzustehlen versuchen, dann kann man ihn leichter finden und rücksichtslos anfahren: Hinweg, feiger Lump! Ziehe den Fuß zurück, du beschmutzest die Stufen; denn der Vorderaufstieg in das Pantheon der Geschichte ist nicht für Schleicher da, sondern für Helden!

X X X

Zu dieser Anschauung hatte ich mich nach zweijährigem Besuch des Wiener Parlaments durchgerungen.

Ich ging dann nicht mehr weiter hinein.

Das parlamentarische Regiment hatte mit ein Hauptverdienst an der in den letzten Jahren immer mehr zunehmenden Schwäche des alten habsburgischen Staates. Je mehr durch sein Wirken die Vorherrschaft des Deutschtums gebrochen wurde, um so mehr verfiel man nun einem System der Ausspielung der Nationalitäten untereinander. Im Reichsrat selber ging dies immer auf Kosten der Deutschen und damit allerdings in letzter Linie auf Kosten des Reiches; denn um die Jahrhundertwende schon mußte auch dem Allereinfältigsten einleuchten, daß die Anziehungskraft der Monarchie die Loslösungsbestrebungen der Länder nicht mehr zu bannen vermochte.

Im Gegenteil.

Je armseliger die Mittel wurden, die der Staat zu seiner Erhaltung aufzuwenden hatte, um so mehr stieg die allgemeine Verachtung für ihn. Nicht nur in Ungarn, sondern auch in den einzelnen slawischen Provinzen fühlte man sich mit der gemeinsamen Monarchie so wenig mehr identisch, daß ihre Schwäche keineswegs als eigene Schande empfunden wurde. Man freute sich eher noch über solche Anzeichen des eintretenden Alters; hoffte man doch mehr auf ihren Tod als auf ihre Gesundung.

Im Parlament wurde der vollkommene Zusammenbruch noch verhindert durch ein würdeloses Nachgeben und Erfüllen aber auch jeder Erpressung, die dann der Deutsche zu bezahlen hatte; im Lande durch ein möglichst geschicktes Ausspielen der einzelnen Völker gegeneinander. Allein die allgemeine Linie der Entwicklung war dennoch gegen die Deutschen gerichtet. Besonders, seit die Thronfolgerschaft dem Erzherzog Franz Ferdinand einen gewissen Einfluß einzuräumen begann, kam in die von oben herunter betriebene Tschechisierung Plan und Ordnung. Mit allen nur möglichen Mitteln versuchte dieser zukünftige Herrscher der Doppelmonarchie der Entdeutschung Vorschub zu leisten oder sie selber zu fördern, mindestens aber zu decken. Rein deutsche Orte wurden so über den Umweg der staatlichen Beamtenschaft langsam, aber unbeirrt sicher in die gemischtsprachliche Gefahrenzone hineingeschoben. Selbst in Niederösterreich begann dieser Prozeß immer schnellere Fortschritte zu machen, und Wien galt vielen Tschechen schon als ihr größte Stadt.

Der leitende Gedanke dieses neuen Habsburgers, dessen Familie nur mehr tschechisch sprach (die Gemahlin des Erzherzogs war als ehemalige tschechische Gräfin dem Prinzen morganatisch angetraut; sie stammte aus Kreisen, deren deutschfeindliche Stellung Tradition bildete), war, in Mitteleuropa allmählich einen slawischen Staat aufzurichten, der zum Schutz gegen das orthodoxe Rußland auf streng katholische Grundlage gestellt werden sollte. Damit wurde, wie schon öfters bei den Habsburgern, die Religion wieder einmal in den Dienst eines rein politischen Gedankens, noch dazu eines — wenigstens von deutschen Gesichtspunkten aus betrachtet — unseligen Gedankens, gestellt.

Das Ergebnis war ein mehr als trauriges in vielfacher Hinsicht.

Weder das Haus Habsburg noch die katholische Kirche bekamen den erwarteten Lohn.

Habsburg verlor den Thron, Rom einen großen Staat.

Denn indem die Krone auch religiöse Momente in den Dienst ihrer politischen Erwägungen stellte, rief sie einen Geist wach, den sie selber zunächst freilich nicht für möglich gehalten hatte.

Aus dem Versuch, mit allen Mitteln das Deutschtum in der alten Monarchie auszurotten, erwuchs als Antwort die alldeutsche Bewegung in Österreich.

Mit den achtziger Jahren hatte der manchesterliche Liberalismus jüdischer Grundeinstellung auch in der Monarchie den Höhepunkt erreicht, wenn nicht schon überschritten. Die Reaktion dagegen kam jedoch, wie bei allem im alten Österreich, nicht aus in erster Linie sozialen Gesichtspunkten heraus, sondern aus nationalen. Der Selbsterhaltungstrieb zwang das Deutschtum, in schärfster Form sich zur Wehr zu setzen. Erst in zweiter Linie begannen langsam auch wirtschaftliche Erwägungen maßgebenden Einfluß zu gewinnen. So schälten sich zwei Parteigebilde aus dem allgemeinen politischen

Durcheinander heraus, das eine mehr national, das andere mehr sozial eingestellt, beide aber hochinteressant und lehrreich für die Zukunft.

Nach dem niederdrückenden Ende des Krieges 1866 trug das Haus Habsburg sich mit dem Gedanken einer Wiedervergeltung auf dem Schlachtfelde. Nur der Tod des Kaisers Max von Mexiko, dessen unglückliche Expedition man in erster Linie Napoleon III. zuschrieb, und dessen Fallenlassen durch den Franzosen allgemeine Empörung wachrief, verhinderte ein engeres Zusammengehen mit Frankreich. Dennoch lag Habsburg damals auf der Lauer. Wäre der Krieg von 1870/71 nicht zu einem so einzigartigen Siegeszug geworden, so hätte der Wiener Hof wohl doch noch das blutige Spiel um die Rache für Sadowa gewagt. Als aber die ersten Heldenmären von den Schlachtfeldern eintrafen, wundersam und kaum zu glauben, aber dennoch wahr, da erkannte der „weiseste" aller Monarchen die unpassende Stunde und machte eine möglichst gute Miene zum bösen Spiel.

Der Heldenkampf dieser beiden Jahre hatte aber noch ein viel gewaltigeres Wunder vollbracht; denn bei den Habsburgern entsprach die veränderte Stellungnahme niemals dem Drang des inneren Herzens, sondern dem Zwang der Verhältnisse. Das deutsche Volk in der alten Ostmark aber wurde von dem Siegesrausche des Reiches mitgerissen und sah mit tiefer Ergriffenheit das Wiederauferstehen des Traumes der Väter zur herrlichsten Wirklichkeit.

Denn man täusche sich nicht: der wahrhaft deutschgesinnte Österreicher hatte auch in Königgrätz von diesen Stunden an nur mehr die ebenso tragische wie aber auch notwendige Voraussetzung erkannt zur Wiederaufrichtung eines Reiches, das nicht mehr mit dem faulen Marasmus des alten Bundes behaftet sein sollte – und es auch nicht mehr war. Er lernte vor allem auch am gründlichsten am eigenen Leibe zu fühlen, daß das Haus Habsburg seine geschichtliche Sendung endlich beendet hatte und das neue Reich nur mehr den zum Kaiser küren dürfe, der in seiner heldischen Gesinnung der „Krone des Rheines" ein würdiges Haupt zu bieten habe. Wieviel mehr noch aber war das Schicksal zu preisen, da es diese Belehnung an dem Sprossen eines Hauses vollzog, das in Friedrich dem Großen schon einmal der Nation in verschwommener Zeit ein leuchtendes Sinnbild zur Erhebung für immer geschenkt hatte.

Als aber nach dem großen Kriege das Haus Habsburg mit der letzten Entschlossenheit daranging, das gefährliche Deutschtum der Doppelmonarchie (dessen innere Gesinnung nicht zweifelhaft sein konnte) langsam, aber unerbittlich auszurotten – denn dies mußte das Ende der Slawisierungspolitik sein –, da brannte der Widerstand des zum Ende bestimmten Volkes empor in einer Art, wie die deutsche Geschichte der neueren Zeit dies noch nicht kannte.

Zum ersten Male wurden national und patriotisch gesinnte Männer Rebellen.

Rebellen nicht gegen die Nation, auch nicht gegen den Staat an sich, sondern Rebellen gegen eine Art der Regierung, die ihrer Überzeugung nach zum Untergang des eigenen Volkstums führen mußte.

Zum ersten Male in der neueren deutschen Geschichte schied sich der landläufige dynastische Patriotismus von nationaler Vaterlandsund Volksliebe.

Es ist das Verdienst der alldeutschen Bewegung Deutschösterreichs der neunziger Jahre gewesen, in klarer und eindeutiger Weise festgestellt zu haben, daß eine Staatsautorität nur dann das Recht hat, Achtung und Schutz zu verlangen, wenn sie den Belangen eines Volkstums entspricht, mindestens ihm nicht Schaden zufügt.

Staatsautorität als Selbstzweck kann es nicht geben, da in diesem Falle jede Tyrannei auf dieser Welt unangreifbar und geheiligt wäre.

Wenn durch die Hilfsmittel der Regierungsgewalt ein Volkstum dem Untergang entgegengeführt wird, dann ist die Rebellion eines jeden Angehörigen eines solchen Volkes nicht nur Recht, sondern Pflicht.

Die Frage aber, wann ein solcher Fall gegeben sei, wird nicht entschieden durch theoretische Abhandlungen, sondern durch die Gewalt und – den Erfolg.

Da jede Regierungsgewalt selbstverständlich die Pflicht der Erhaltung der Staatsautorität für sich in Anspruch nimmt, mag sie auch noch so schlecht sein und die Belange eines Volkstums tausendmal verraten, so wird der völkische Selbsterhaltungstrieb bei Niederkämpfung einer solchen Macht, zur Erringung der Freiheit oder Unabhängigkeit, dieselben Waffen zu führen haben, mittels deren der Gegner sich zu halten versucht. Der Kampf wird demnach so lange mit „legalen" Mitteln gekämpft werden, solange auch die zu stürzende Gewalt sich solcher bedient; es wird aber auch nicht vor illegalen zurückzuschrecken sein, wenn auch der Unterdrücker solche anwendet.

Im allgemeinen aber soll nie vergessen werden, daß nicht die Erhaltung eines Staates oder gar die einer Regierung höchster Zweck des Daseins der Menschen ist, sondern die Bewahrung ihrer Art.

Ist aber einmal diese selber in Gefahr, unterdrückt oder gar beseitigt zu werden, dann spielt die Frage der Legalität nur mehr eine untergeordnete Rolle. Es mag dann sein, daß sich die herrschende Macht tausendmal sogenannter „legaler" Mittel in ihrem Vorgehen bedient, so ist dennoch der Selbsterhaltungstrieb der Unterdrückten immer die erhabenste Rechtfertigung für ihren Kampf mit allen Waffen.

Nur aus der Anerkennung dieses Satzes allein sind die Freiheitskämpfe gegen innere und auch äußere Versklavung von Völkern auf dieser Erde in so gewaltigen historischen Beispielen geliefert worden.

Menschenrecht bricht Staatsrecht.

Unterliegt aber ein Volk in seinem Kampf um die Rechte des Menschen, dann wurde es eben auf der Schicksalswaage zu leicht befunden für das Glück der Forterhaltung auf der irdischen Welt. Denn wer nicht bereit oder fähig ist, für sein Dasein zu streiten, dem hat die ewig gerechte Vorsehung schon das Ende bestimmt.

Die Welt ist nicht da für feige Völker.

X X X

Wie leicht es einer Tyrannei aber ist, sich das Mäntelchen einer sogenannten „Legalität" umzuhängen, zeigte wieder am klarsten und eindringlichsten das Beispiel Österreichs.

Die legale Staatsgewalt fußte damals auf dem deutschfeindlichen Boden des Parlaments mit seinen nichtdeutschen Majoritäten – und dem ebenso deutschfeindlichen Herrscherhaus. In diesen beiden Faktoren war die gesamte Staatsautorität verkörpert. Von dieser Stelle aus das Los des deutschösterreichischen Volkes ändern zu wollen, war Unsinn. Damit aber wäre nun nach den Meinungen unserer Anbeter des einzig möglichen „legalen" Weges und der Staatsautorität an sich jeder Widerstand, weil mit legalen Mitteln nicht durchführbar, zu unterlassen gewesen. Dieses aber würde das Ende des deutschen Volkes in der Monarchie mit zwingender Notwendigkeit – und zwar in kurzer Zeit – bedeutet haben. Tatsächlich ist das Deutschtum vor diesem Schicksal auch nur durch den Zusammenbruch dieses Staates allein gerettet worden.

Der bebrillte Theoretiker freilich würde immer noch lieber für seine Doktrin sterben als für sein Volk.

Da die Menschen sich erst Gesetze schaffen, glaubt er, sie wären später für diese da.

Mit diesem Unsinn zum Entsetzen aller theoretischen Prinzipienreiter sowie sonstiger staatlicher Fetischinsulaner gründlich aufgeräumt zu haben, war das Verdienst der damaligen alldeutschen Bewegung in Österreich.

Indem die Habsburger versuchten, mit allen Mitteln dem Deutschtum auf den Leib zu rücken, griff diese Partei das „erhabene" Herrscherhaus selber, und zwar rücksichtslos an. Sie hat zum ersten Male die Sonde an diesen faulen Staat gelegt und Hunderttausenden die Augen geöffnet. Es ist ihr Verdienst, den herrlichen Begriff der Vaterlandsliebe aus der Umarmung dieser traurigen Dynastie erlöst zu haben.

Ihr Anhang war in der ersten Zeit ihres Auftretens außerordentlich groß, ja drohte zu einer förmlichen Lawine zu werden. Allein, der Erfolg hielt nicht an. Als ich nach Wien kam, war die Bewegung schon längst von der inzwischen zur Macht gelangten christlich-sozialen Partei überflügelt, ja zu einer nahezu vollständigen Bedeutungslosigkeit herabgedrückt worden.

Dieser ganze Vorgang des Werdens und Vergehens der alldeutschen Bewegung einerseits und des unerhörten Aufstiegs der christlich-sozialen Partei andererseits sollte als klassisches Studienobjekt für mich von tiefster Bedeutung werden.

Als ich nach Wien kam, standen meine Sympathien voll und ganz auf der Seite der alldeutschen Richtung.

Daß man den Mut aufbrachte, im Parlament den Ruf „Hoch Hohenzollern" auszustoßen, imponierte mir ebenso sehr, wie es mich freute; daß man sich immer noch als bloß vorübergehend getrennten Bestandteil des Deutschen Reiches betrachtete und keinen Augenblick vergehen ließ, um dieses auch öffentlich zu bekunden, erweckte in mir freudige Zuversicht; daß man in allen das Deutschtum betreffenden Fragen rücksichtslos Farbe bekannte und niemals zu Kompromissen sich herbeiließ, schien mir der einzige noch gangbare Weg zur Rettung unseres Volkes zu sein; daß aber die Bewegung nach ihrem erst so herrlichen Aufstieg nun so sehr niedersank, konnte ich nicht verstehen. Noch weniger aber, daß die christlich-soziale Partei in dieser gleichen Zeit zu so ungeheurer Macht zu gelangen vermochte. Sie war damals gerade am Gipfel ihres Ruhmes angelangt.

Indem ich daranging, beide Bewegungen zu vergleichen, gab mir auch hier das Schicksal, durch meine sonstige traurige Lage beschleunigt, den besten Unterricht zum Verständnis der Ursachen dieses Rätsels.

Ich beginne mein Abwägen zuerst bei den beiden Männern, die als Führer und Begründer der zwei Parteien anzusehen sind: Georg v. Schönerer und Dr. Karl Lueger.

Rein menschlich genommen ragen sie, einer wie der andere, weit über den Rahmen und das Ausmaß der sogenannten parlamentarischen Erscheinungen hinaus. Im Sumpfe einer allgemeinen politischen Korruption blieb ihr ganzes Leben rein und unantastbar. Dennoch lag meine persönliche Sympathie zuerst auf seiten des Alldeutschen Schönerer, um sich nur nach und nach dem christlich-sozialen Führer ebenfalls zuzuwenden.

In ihren Fähigkeiten verglichen schien mir schon damals Schönerer als der bessere und gründlichere Denker in prinzipiellen Problemen zu sein. Er hat das zwangsläufige Ende des österreichischen Staates richtiger und klarer erkannt als irgendein anderer. Würde man besonders im Reiche seine Warnungen vor der Habsburgermonarchie besser gehört haben, so wäre das Unglück des Weltkrieges Deutschlands gegen ganz Europa nie gekommen.

Allein wenn Schönerer die Probleme ihrem inneren Wesen nach erkannte, dann irrte er sich um so mehr in den Menschen.

Hier lag wieder die Stärke Dr. Luegers.

Dieser war ein seltener Menschenkenner, der sich besonders hütete, die Menschen besser zu sehen, als sie nun einmal sind. Daher rechnete er auch mehr mit den realen Möglichkeiten des Lebens, während Schönerer hierfür nur wenig Verständnis aufbrachte. Alles, was der Alldeutsche auch dachte, war, theoretisch genommen, richtig, allein indem die Kraft und das Verständnis fehlte, die theoretische Erkenntnis der Masse zu vermitteln, sie also in solche Form zu bringen, daß sie damit der Aufnahmefähigkeit des breiten Volkes, die nun einmal eine begrenzte ist und bleibt, entsprach, war eben alles Erkennen nur seherische Weisheit, ohne jemals praktische Wirklichkeit werden zu können.

Dieses Fehlen tatsächlicher Menschenkenntnis führte aber im weiteren Verlaufe zu einem Irrtum in der Krafteinschätzung ganzer Bewegungen sowie uralter Institutionen. Endlich hat Schönerer allerdings erkannt, daß es sich hier um Weltanschauungsfragen handelt, aber nicht begriffen, daß sich zum Träger solcher nahezu religiöser Überzeugungen in erster Linie immer nur die breiten Massen eines Volkes eignen.

Er sah in leider nur sehr kleinem Umfang die außerordentliche Begrenztheit des Kampfwillens der sogenannten „bürgerlichen" Kreise schon infolge ihrer wirtschaftlichen Stellung, die den einzelnen zuviel zu verlieren befürchten läßt und ihn deshalb auch mehr zurückhält.

Und doch wird im allgemeinen eine Weltanschauung nur dann Aussicht auf den Sieg haben, wenn sich die breite Masse als Trägerin der neuen Lehre bereit erklärt, den notwendigen Kampf auf sich zu nehmen.

Diesem Mangel an Verständnis für die Bedeutung der unteren Volksschichten entsprang dann aber auch die vollständig unzureichende Auffassung über die soziale Frage.

In all dem war Dr. Lueger das Gegenteil Schönerers.

Die gründliche Menschenkenntnis ließ ihn die möglichen Kräfte ebenso richtig beurteilen, wie er dadurch aber auch bewahrt blieb vor einer zu niederen Einschätzung vorhandener Institutionen, ja vielleicht gerade aus diesem Grunde sich eher noch solcher als Hilfsmittel zur Erreichung seiner Absichten bedienen lernte.

Er verstand auch nur zu genau, daß die politische Kampfkraft des oberen Bürgertums in der heutigen Zeit nur gering und nicht ausreichend war, einer neuen großen Bewegung den Sieg zu erkämpfen. Daher legte er das Hauptgewicht seiner politischen Tätigkeit auf die Gewinnung von Schichten, deren Dasein bedroht war und mithin eher zu einem Ansporn als zu einer Lähmung des Kampfwillens wurde. Ebenso war er geneigt, sich all der einmal schon vorhandenen Machtmittel zu bedienen, bestehende mächtige Einrichtungen sich geneigt zu machen, um aus solchen alten Kraftquellen für die eigene Bewegung möglichst großen Nutzen ziehen zu können.

So stellte er seine neue Partei in erster Linie auf den vom Untergang bedrohten Mittelstand ein und sicherte sich dadurch eine nur sehr schwer zu erschütternde Anhängerschaft von ebenso großer Opferwilligkeit wie zäher Kampfkraft. Sein unendlich klug ausgestaltetes Verhältnis zur katholischen Kirche aber gewann ihm in kurzer Zeit die jüngere Geistlichkeit in einem Umfange, daß die alte klerikale Partei entweder das Kampffeld zu räumen gezwungen war, oder, noch klüger, sich der neuen Partei anschloß, um so langsam Position um Position wieder zu gewinnen.

Würde aber dies allein als das charakteristische Wesen des Mannes angesehen werden, dann geschähe ihm schweres Unrecht. Denn zum klugen Taktiker kamen auch die Eigenschaften eines wahrhaft großen und genialen Reformators. Freilich auch hier begrenzt durch eine genaue Kenntnis der nun einmal vorhandenen Möglichkeiten sowie auch der Fähigkeit der eigenen Person.

Es war ein unendlich praktisches Ziel, daß sich dieser wahrhaft bedeutende Mann gestellt hatte. Er wollte Wien erobern. Wien war das Herz der Monarchie, von dieser Stadt ging noch das letzte Leben in den krankhaft und alt gewordenen Körper des morschen Reiches hinaus. Je gesünder das Herz würde, um so frischer mußte auch der übrige Körper aufleben. Ein prinzipiell richtiger Gedanke, der aber doch nur eine bestimmte, begrenzte Zeit zur Anwendung kommen konnte.

Und hierin lag die Schwäche dieses Mannes.

Was er als Bürgermeister der Stadt Wien geleistet hat, ist im besten Sinne des Wortes unsterblich; die Monarchie aber vermochte er dadurch nicht mehr zu retten – es war zu spät.

Dieses hatte sein Widersacher Schönerer klarer gesehen.

Was Dr. Lueger praktisch angriff, gelang in wundervoller Weise; was er sich davon erhoffte, blieb aus.

Was Schönerer wollte, gelang ihm nicht, was er befürchtete, traf aber leider in furchtbarer Weise ein.

So haben beide Männer ihr weiteres Ziel nicht erreicht. Lueger konnte Österreich nicht mehr retten und Schönerer das deutsche Volk nicht mehr vor dem Niedergang bewahren.

Es ist unendlich lehrreich für unsere heutige Zeit, die Ursachen des Versagens beider Parteien zu studieren. Es ist dies besonders für meine Freunde zweckmäßig, da in vielen Punkten die Verhältnisse heute ähnliche sind wie damals und Fehler dadurch vermieden werden können, die schon einst zum Ende der einen Bewegung und zur Fruchtlosigkeit der anderen geführt hatten.

Der Zusammenbruch der alldeutschen Bewegung in Österreich hatte in meinen Augen drei Ursachen:

Erstens die unklare Vorstellung der Bedeutung des sozialen Problems gerade für eine neue, ihrem inneren Wesen nach revolutionäre Partei.

Indem sich Schönerer und sein Anhang in erster Linie an die bürgerlichen Schichten wandten, konnte das Ergebnis nur ein sehr schwächliches, zahmes sein.

Das deutsche Bürgertum ist besonders in seinen höheren Kreisen, wenn auch von einzelnen ungeahnt, pazifistisch bis zur förmlichen Selbstverleugnung, wenn es sich um innere Angelegenheiten der Nation oder des Staates handelt. In guten Zeiten, das heißt in diesem Falle also in Zeiten einer guten Regierung, ist eine solche Gesinnung ein Grund des außerordentlichen Wertes dieser Schichten für den Staat; in Zeiten schlechterer Herrschaft aber wirkt sie geradezu verheerend. Schon um die Durchführung eines wirklich ernsten Kampfes überhaupt zu ermöglichen, mußte die alldeutsche

Bewegung sich vor allem der Gewinnung der Massen widmen. Daß sie dies nicht tat, nahm ihr von vornherein den elementaren Schwung, den eine solche Welle nun einmal braucht, wenn sie nicht in kurzer Zeit schon verebben soll.

Sowie aber dieser Grundsatz nicht von Anfang an ins Auge gefaßt und auch durchgeführt wird, verliert die neue Partei für später jede Möglichkeit eines Nachholens des Versäumten. Denn mit der Aufnahme überaus zahlreicher gemäßigt-bürgerlicher Elemente wird sich die innere Einstellung der Bewegung immer nach diesen richten und so jede weitere Aussicht zum Gewinnen nennenswerter Kräfte aus dem breiten Volke einbüßen. Damit aber wird eine solche Bewegung über bloßes Nörgeln und Kritisieren nicht mehr hinauskommen. Der mehr oder minder fast religiöse Glaube, verbunden mit einer ebensolchen Opferwilligkeit, wird nimmermehr zu finden sein; an dessen Stelle wird aber das Bestreben treten, durch „positive" Mitarbeit, das heißt in diesem Falle aber durch Anerkennung des Gegebenen, die Härten des Kampfes allmählich abzuschleifen, um endlich bei einem faulen Frieden zu landen.

So ging es auch der alldeutschen Bewegung, weil sie nicht von vornherein das Hauptgewicht auf die Gewinnung ihrer Anhänger aus den Kreisen der breiten Masse gelegt hatte. Sie wurde „bürgerlich, vornehm, gedämpft radikal".

Aus diesem Fehler erwuchs ihr aber die zweite Ursache des schnellen Untergangs.

Die Lage in Österreich für das Deutschtum war zur Zeit des Auftretens der alldeutschen Bewegung schon verzweifelt. Von Jahr zu Jahr war das Parlament mehr zu einer Einrichtung der langsamen Vernichtung des deutschen Volkes geworden. Jeder Versuch einer Rettung in zwölfter Stunde konnte nur in der Beseitigung dieser Institution eine wenn auch kleine Aussicht auf Erfolg bieten.

Damit trat an die Bewegung eine Frage von prinzipieller Bedeutung heran:

Sollte man, um das Parlament zu vernichten, in das Parlament gehen, um dasselbe, wie man sich auszudrücken pflegte, „von innen heraus auszuhöhlen", oder sollte man diesen Kampf von außen angriffsweise gegen diese Einrichtung an und für sich führen?

Man ging hinein und kam geschlagen heraus.

Freilich, man mußte hineingehen.

Den Kampf gegen eine solche Macht von außen durchführen, heißt, sich mit unerschütterlichem Mute rüsten, aber auch zu unendlichen Opfern bereit sein. Man greift den Stier damit an den Hörnern an und wird viele schwere Stöße erhalten, wird manchmal zu Boden stürzen, um sich vielleicht einmal nur mit gebrochenen Gliedern wieder erheben zu können, und erst nach schwerstem Ringen wird sich der Sieg dem kühnen Angreifer zuwenden. Nur die Größe der Opfer wird neue Kämpfer der Sache gewinnen, bis endlich der Beharrlichkeit der Lohn des Erfolges wird.

Dazu aber braucht man die Kinder des Volkes aus den breiten Massen.

Sie allein sind entschlossen und zähe genug, diesen Streit bis zum blutigen Ende durchzufechten.

Diese breite Masse aber besaß die alldeutsche Bewegung eben nicht; so blieb ihr auch nichts anderes übrig, als in das Parlament zu gehen.

Es wäre falsch, zu glauben, daß dieser Entschluß das Ergebnis langer innerer seelischer Qualen oder auch nur Überlegungen gewesen wäre; nein, man dachte an gar nichts anderes. Die Teilnahme an diesem Unsinn war nur der Niederschlag allgemeiner, unklarer Vorstellungen über die Bedeutung und die Wirkung einer solchen eigenen Beteiligung an der im Prinzip ja schon als falsch erkannten Einrichtung. Im allgemeinen erhoffte man sich wohl eine Erleichterung der Aufklärung breiterer Volksmassen, indem man ja nun vor dem „Forum der ganzen Nation" zu sprechen Gelegenheit bekam. Auch schien es einzuleuchten, daß der Angriff an der Wurzel des Übels erfolgreicher sein müsse als das Anstürmen von außen. Durch den Schutz der Immunität glaubte man die Sicherheit des einzelnen Vorkämpfers gestärkt, so daß die Kraft des Angriffes sich dadurch nur erhöhen konnte.

In der Wirklichkeit allerdings kamen die Dinge wesentlich anders.

Das Forum, vor dem die alldeutschen Abgeordneten sprachen, war nicht größer, sondern eher kleiner geworden; denn es spricht jeder nur vor dem Kreis, der ihn zu hören vermag, oder der durch die Berichte der Presse eine Wiedergabe des Gesprochenen erhält.

Das größte unmittelbare Forum von Zuhörern stellt aber nicht der Hörsaal eines Parlamentes dar, sondern die große öffentliche Volksversammlung.

Denn in ihr befinden sich Tausende von Menschen, die nur gekommen sind, um zu vernehmen, was der Redner ihnen zu sagen habe, während im Sitzungssaale des Abgeordnetenhauses nur wenige hundert sind, zumeist auch nur da, um Diäten in Empfang zu nehmen, keineswegs, um etwa die Weisheit des einen oder anderen Herrn „Volksvertreters" in sich hineinleuchten zu lassen.

Vor allem aber: Es ist dies ja immer das gleiche Publikum, das niemals mehr etwas hinzulernen wird, da ihm außer dem Verstande ja auch der hierzu nötige, wenn auch noch so bescheidene Wille fehlt.

Niemals wird einer dieser Volksvertreter von sich aus der besseren Wahrheit die Ehre geben, um sich dann auch in ihren Dienst zu stellen. Nein, dies wird nicht ein einziger tun, außer er hat Grund zu hoffen, durch eine solche Wendung sein Mandat für eine weitere Session noch retten zu können. Erst also, wenn es in der Luft liegt, daß die bisherige Partei bei einer kommenden Wahl schlecht abschneiden wird, werden sich diese Zierden von Mannhaftigkeit auf den Weg machen und sehen, ob und wie sie zur anderen, vermutlich besser abschneidenden Partei oder Richtung zu kommen vermögen, wobei dieser Positionswechsel allerdings unter einem Wolkenbruch moralischer Begründungen vor sich zu gehen pflegt. Daher wird immer, wenn eine bestehende Partei der Ungunst des Volkes in so großem Umfange verfallen erscheint, daß die Wahrscheinlichkeit einer vernichtenden Niederlage droht, ein großes Wandern anheben: die parlamentarischen Ratten verlassen das Parteischiff.

Mit besserem Wissen oder Wollen aber hat dies nichts zu tun, sondern nur mit jener hellseherischen Begabung, die solch eine Parlamentswanze gerade noch zur rechten Zeit warnt und so immer wieder auf ein anderes warmes Parteibett fallen läßt.

Vor einem solchen „Forum" zu sprechen, heißt aber doch wirklich Perlen vor die bekannten Tiere werfen. Das lohnt sich wahrhaftig nicht! Der Erfolg kann hier gar nicht anders als Null sein.

Und so war es auch. Die alldeutschen Abgeordneten mochten sich die Kehlen heiser reden: die Wirkung blieb völlig aus.

Die Presse aber schwieg sie entweder tot oder zerriß ihre Reden so, daß jeglicher Zusammenhang, ja oft sogar der Sinn verdreht wurde oder ganz verlorenging und dadurch die öffentliche Meinung ein nur sehr schlechtes Bild von den Absichten der neuen Bewegung erhielt. Es war ganz bedeutungslos, was die einzelnen Herren sprachen; die Bedeutung lag in dem, was man von ihnen zu lesen bekam. Dies aber war ein Auszug aus ihren Reden, der in seiner Zerrissenheit nur unsinnig wirken konnte und – sollte. Dabei aber bestand das einzige Forum, vor dem sie nun in Wahrheit sprachen, aus knapp fünfhundert Parlamentariern, und dies besagt genug.

Das schlimmste aber war folgendes:

Die alldeutsche Bewegung konnte nur dann auf Erfolg rechnen, wenn sie vom ersten Tage an begriff, daß es sich hier nicht um eine neue Partei handeln durfte, als vielmehr um eine neue Weltanschauung. Nur eine solche allein vermochte die innere Kraft aufzubringen, diesen riesenhaften Kampf auszufechten. Dazu aber taugen nun einmal als Führer nur die allerbesten und auch mutigsten Köpfe.

Wenn der Kampf für eine Weltanschauung nicht von aufopferungsbereiten Helden geführt wird, werden sich in kurzer Zeit auch keine todesmutigen Kämpfer mehr finden. Wer hier für sein eigenes Dasein ficht, kann für die Allgemeinheit nicht mehr viel übrig haben.

Um aber diese Voraussetzung sich zu erhalten, ist es notwendig für jedermann, zu wissen, daß die neue Bewegung Ehre und Ruhm vor der Nachwelt, in der Gegenwart aber nichts bieten kann. Je mehr eine Bewegung zu vergeben hat an leicht zu erringenden Posten und Stellen, um so größer wird der Zulauf an Minderwertigen sein, bis endlich diese politischen Gelegenheitsarbeiter eine erfolgreiche Partei in solcher Zahl überwuchern, daß der redliche Kämpfer von einst die alte Bewegung gar nicht mehr wiedererkennt und die neu Hinzugekommenen ihn selber als lästigen „Unberufenen" entschieden ablehnen. Damit aber ist die „Mission" einer solchen Bewegung erledigt.

Sowie die alldeutsche Bewegung sich dem Parlament verschrieb, erhielt sie eben auch „Parlamentarier" statt Führer und Kämpfer. Sie sank damit auf das Niveau einer der gewöhnlichen politischen Tagesparteien hinab und verlor die Kraft, einem verhängnisvollen Schicksal mit dem Trotz des Märtyrertums entgegenzutreten. Statt zu fechten, lernte sie nun auch „reden" und „verhandeln". Der neue Parlamentarier aber empfand es schon in kurzer Zeit als schönere, weil risikolosere, Pflicht, die neue Weltanschauung mit den „geistigen" Waffen parlamentarischer Beredsamkeit auszufechten, als sich, wenn nötig, unter Einsatz des eigenen Lebens in einen Kampf zu stürzen, dessen Ausgang unsicher war, auf alle Fälle jedoch nichts einbringen konnte.

Da man nun einmal im Parlamente saß, begannen die Anhänger draußen auf Wunder zu hoffen und zu warten, die natürlich nicht eintraten und auch gar nicht eintreten konnten. Man wurde deshalb schon in kurzer Zeit ungeduldig; denn auch das, was man so von den eigenen Abgeordneten zu hören bekam, entsprach in keiner Weise den Erwartungen der Wähler. Dies war leicht erklärlich, da sich die feindliche Presse wohl hütete, ein wahrheitsgetreues Bild des Wirkens der alldeutschen Vertreter dem Volke zu vermitteln.

Je mehr aber die neuen Volksvertreter Geschmack an der doch etwas milderen Art des „revolutionären" Kampfes in Parlament und Landtagen erhielten, um so weniger fanden sie sich noch bereit, in die gefährlichere Aufklärungsarbeit der breiten Schichten des Volkes zurückzukehren.

Die Massenversammlung, der einzige Weg einer wirklich wirkungsvollen, weil unmittelbar persönlichen Beeinflussung und dadurch allein möglichen Gewinnung großer Volksteile, wurde daher immer mehr zurückgestellt.

Sowie der Biertisch des Versammlungssaales endgültig mit der Tribüne des Parlaments vertauscht war, um von diesem Forum aus die Reden statt in das Volk in die Häupter seiner sogenannten „Auserwählten" zu gießen, hörte die alldeutsche Bewegung auch auf, eine Volksbewegung zu sein und sank in kurzer Zeit zu einem mehr oder minder ernst zu nehmenden Klub akademischer Erörterungen zusammen.

Der durch die Presse vermittelte schlechte Eindruck wurde demgemäß in keiner Weise mehr durch persönliche Versammlungstätigkeit der einzelnen Herren berichtigt, so daß endlich das Wort „alldeutsch" einen sehr üblen Klang in den Ohren des breiten Volkes bekam.

Denn das mögen sich alle die schriftstellernden Ritter und Gecken von heute besonders gesagt sein lassen: die größten Umwälzungen auf dieser Welt sind nie durch einen Gänsekiel geleitet worden!

Nein, der Feder blieb es immer nur vorbehalten, sie theoretisch zu begründen.

Die Macht aber, die die großen historischen Lawinen religiöser und politischer Art ins Rollen brachte, war seit urewig nur die Zauberkraft des gesprochenen Wortes.

Die breite Masse eines Volkes vor allem unterliegt immer nur der Gewalt der Rede. Alle großen Bewegungen aber sind Volksbewegungen, sind Vulkanausbrüche menschlicher Leidenschaften und seelischer Empfindungen, aufgerührt entweder durch die grausame Göttin der Not oder durch die Brandfackel des unter die Masse geschleuderten Wortes und sind nicht limonadige Ergüsse ästhetisierender Literaten und Salonhelden.

Völkerschicksale vermag nur ein Sturm von heißer Leidenschaft zu wenden, Leidenschaft erwecken aber kann nur, wer sie selbst im Innern trägt.

Sie allein schenkt dann dem von ihr Erwählten die Worte, die Hammerschlägen ähnlich die Tore zum Herzen eines Volkes zu öffnen vermögen.

Wem aber Leidenschaft versagt und der Mund verschlossen bleibt, den hat der Himmel nicht zum Verkünder seines Willens ausersehen.

Daher möge jeder Schreiber bei seinem Tintenfasse bleiben, um sich „theoretisch" zu betätigen, wenn Verstand und Können hierfür genügen; zum Führer aber ist er weder geboren noch erwählt.

Eine Bewegung mit großen zielen muß deshalb ängstlich bemüht sein, den Zusammenhang mit dem breiten Volke nicht zu verlieren.

Sie hat jede Frage in erster Linie von diesem Gesichtspunkte aus zu prüfen und in dieser Richtung ihre Entscheidung zu treffen.

Sie muß weiter alles vermeiden, was ihre Fähigkeit, auf die Masse zu wirken, mindern oder auch nur schwächen könnte, nicht etwa aus „demagogischen" Gründen heraus, nein, sondern aus der einfachen Erkenntnis, daß ohne die gewaltige Kraft der Masse eines Volkes keine große Idee, mag sie auch noch so hehr und hoch erscheinen, zu verwirklichen ist.

Die harte Wirklichkeit allein muß den Weg zum Ziel bestimmen; unangenehme Wege nicht gehen wollen, heißt auf dieser Welt nur zu oft auf das Ziel verzichten; man mag dann dies wollen oder nicht.

Sowie die alldeutsche Bewegung durch ihre parlamentarische Einstellung das Schwergewicht ihrer Tätigkeit statt in das Volk in das Parlament verlegte, verlor sie die Zukunft und gewann dafür billige Erfolge des Augenblicks.

Sie wählte den leichteren Kampf und war damit aber des letzten Sieges nicht mehr wert.

Ich habe gerade diese Fragen schon in Wien auf das gründlichste durchgedacht und in ihrem Nichterkennen eine der Hauptursachen des Zusammenbruches der Bewegung gesehen, die in meinen Augen damals berufen war, die Führung des Deutschtums in ihre Hand zu nehmen.

Die beiden ersten Fehler, die die alldeutsche Bewegung scheitern ließen, standen in verwandtschaftlichem Verhältnis zueinander. Die mangelnde Kenntnis der inneren Triebkräfte großer Umwälzungen führte zu einer ungenügenden Einschätzung der Bedeutung der breiten Massen des Volkes; daraus ergab sich das geringe Interesse an der sozialen Frage, das mangelhafte und ungenügende Werben um die Seele der unteren Schichten der Nation sowie auch die dies nur begünstigende Einstellung zum Parlament.

Hätte man die unerhörte Macht erkannt, die der Masse als Trägerin revolutionären Widerstandes zu allen Zeiten zukommt, so würde man in sozialer wie in propagandistischer Richtung anders gearbeitet haben. Dann wäre auch nicht das Hauptgewicht der Bewegung in das Parlament verlegt worden, sondern auf Werkstatt und Straße.

Aber auch der dritte Fehler trägt den letzten Keim in der Nichterkenntnis des Wertes der Masse, die, durch überlegene Geister erst einmal in einer bestimmten Richtung in Bewegung gesetzt, dann aber auch, einem Schwungrade ähnlich, der Stärke des Angriffs Wucht und gleichmäßige Beharrlichkeit gibt.

Der schwere Kampf, den die alldeutsche Bewegung mit der katholischen Kirche ausfocht, ist nur erklärlich aus dem ungenügenden Verständnis, das man der seelischen Veranlagung des Volkes entgegenzubringen vermochte.

Die Ursachen des heftigen Angriffs der neuen Partei gegen Rom lagen in folgendem:

Sobald das Haus Habsburg sich endgültig entschlossen hatte, Österreich zu einem slawischen Staate umzugestalten, griff man zu jedem Mittel, das in dieser Richtung als irgendwie geeignet erschien. Auch religiöse Institutionen wurden von diesem gewissenlosesten Herrscherhaus skrupellos in den Dienst der neuen „Staatsidee" gestellt.

Die Verwendung tschechischer Pfarreien und ihrer geistlichen Seelsorger war nur eines der vielen Mittel, um zu diesem Ziele, einer allgemeinen Verslawung Österreichs, zu kommen.

Der Vorgang spielte sich etwa wie folgt ab:

In rein deutschen Gemeinden wurden tschechische Pfarrer eingesetzt, die langsam aber sicher die Interessen des tschechischen Volkes über die Interessen der Kirchen zu stellen begannen und zu Keimzellen des Entdeutschungsprozesses wurden.

Die deutsche Geistlichkeit versagte einem solchen Vorgehen gegenüber leider fast vollständig. Nicht nur, daß sie selber zu einem ähnlichen Kampfe im deutschen Sinne gänzlich unbrauchbar war, vermochte sie auch den Angriffen der anderen nicht mit dem nötigen Widerstande zu begegnen. So wurde das Deutschtum, über den Umweg konfessionellen Mißbrauchs auf der einen Seite und durch ungenügende Abwehr auf der anderen, langsam aber unaufhörlich zurückgedrängt.

Fand dies im kleinen wie dargelegt statt, so lagen leider die Verhältnisse im großen nicht viel anders.

Auch hier erfuhren die antideutschen Versuche der Habsburger, durch den höheren Klerus vor allem, nicht die gebotene Abwehr, während die Vertretung der deutschen Interessen selber vollständig in den Hintergrund trat.

Der allgemeine Eindruck konnte nicht anders sein, als daß hier eine grobe Verletzung deutscher Rechte durch die katholische Geistlichkeit als solche vorläge.

Damit aber schien die Kirche eben nicht mit dem deutschen Volke zu fühlen, sondern sich in ungerechter Weise auf die Seite der Feinde desselben zu stellen. Die Wurzel des ganzen Übels aber lag, vor allem nach der Meinung Schönerers, in der nicht in Deutschland befindlichen Leitung der katholischen Kirche sowie der dadurch schon allein bedingten Feindseligkeit den Belangen unseres Volkstums gegenüber.

Die sogenannten kulturellen Probleme traten dabei, wie damals fast bei allem in Österreich, beinahe ganz in den Hintergrund. Maßgebend für die Einstellung der alldeutschen Bewegung zur katholischen Kirche war viel weniger die Haltung derselben etwa zur Wissenschaft usw. als vielmehr ihre ungenügende Vertretung deutscher Rechte und umgekehrt dauernde Förderung besonders slawischer Anmaßung und Begehrlichkeit.

Georg Schönerer war nun nicht der Mann, eine Sache halb zu tun. Er nahm den Kampf gegen die Kirche auf in der Überzeugung, nur durch ihn allein das deutsche Volk noch retten zu können. Die „Los-von-Rom-Bewegung" schien das gewaltigste, aber freilich auch schwerste Angriffsverfahren, das die feindliche Hochburg zertrümmern mußte. War es erfolgreich, dann war auch die unselige Kirchenspaltung in Deutschland überwunden, und die innere Kraft des Reiches und der deutschen Nation konnte durch einen solchen Sieg nur auf das ungeheuerlichste gewinnen.

Allein weder die Voraussetzung noch die Schlußfolgerung dieses Kampfes war richtig.

Ohne Zweifel war die nationale Widerstandskraft der katholischen Geistlichkeit deutscher Nationalität in allen das Deutschtum betreffenden Fragen geringer als die ihrer nichtdeutschen, besonders tschechischen Amtsbrüder.

Ebenso konnte nur ein Ignorant nicht sehen, daß dem deutschen Klerus eine offensive Vertretung deutscher Interessen fast nie auch nur einfiel.

Allein ebenso mußte jeder nicht Verblendete zugeben, daß dies in erster Linie einem Umstande zuzuschreiben ist, unter dem wir Deutsche alle insgesamt auf das schwerste zu leiden haben: es ist dies unsere Objektivität in der Einstellung zu unserem Volkstum genau so wie zu irgend etwas anderem.

So wie der tschechische Geistliche subjektiv seinem Volke gegenüberstand und nur objektiv der Kirche, so war der deutsche Pfarrer subjektiv der Kirche ergeben und blieb objektiv gegenüber der Nation. Eine Erscheinung, die wir in tausend anderen Fällen zu unserem Unglück genau so beobachten können.

Es ist dies keineswegs nur ein besonderes Erbteil des Katholizismus, sondern frißt bei uns in kurzer Zeit fast jede, besonders staatliche oder ideelle Einrichtung an.

Man vergleiche nur die Stellung, die z.B. unser Beamtentum gegenüber den Versuchen einer nationalen Wiedergeburt einnimmt, mit der, wie sie in solchem Falle die Beamtenschaft eines anderen Volkes einnehmen würde. Oder glaubt man, daß das Offizierskorps der ganzen anderen Welt etwa in ähnlicher Weise die Belange der Nation unter der Phrase der „Staatsautorität" zurückstellen würde, wie dies bei uns seit fünf Jahren selbstverständlich ist, ja sogar noch als besonders verdienstvoll gilt? Nehmen z.B. in der Judenfrage nicht beide Konfessionen heute einen Standpunkt ein, der weder den Belangen der Nation noch den wirklichen Bedürfnissen der Religion entspricht? Man vergleiche doch die Haltung eines jüdischen Rabbiners in allen Fragen von nur einiger Bedeutung für das Judentum als Rasse mit der Einstellung des weitaus größten Teils unserer Geistlichkeit, aber gefälligst beider Konfessionen!

Wir haben diese Erscheinung immer dann, wenn es sich um die Vertretung einer abstrakten Idee an sich handelt.

„Staatsautorität", „Demokratie", „Pazifismus", „Internationale Solidarität" usw. sind lauter Begriffe, die bei uns fast immer zu so starren, rein doktrinären Vorstellungen werden, daß jede Beurteilung allgemeiner nationaler Lebensnotwendigkeiten ausschließlich nur mehr von ihrem Gesichtspunkte aus erfolgt.

Diese unselige Art der Betrachtung aller Belange unter dem Gesichtswinkel einer einmal vorgefaßten Meinung tötet jedes Vermögen, sich in eine Sache subjektiv hineinzudenken, die objektiv der eigenen Doktrin widerspricht, und führt am Ende zu einer vollständigen Umkehrung von Mittel und Zweck. Man wird sich gegen jeden Versuch einer nationalen Erhebung wenden, wenn diese nur unter vorhergehender Beseitigung eines schlechten, verderblichen Regiments stattfinden könnte, da dies ja ein Verstoß gegen die „Staatsautorität" wäre, die „Staatsautorität" aber nicht ein Mittel zum Zweck ist, als vielmehr in den Augen eines solchen Objektivitäts-Fanatikers den Zweck selber darstellt, der genügend ist, um sein ganzes klägliches Leben auszufüllen. So würde man sich z.B. mit Entrüstung gegen den Versuch einer Diktatur stemmen, selbst wenn ihr Träger ein Friedrich der Große und die augenblicklichen Staatskünstler einer Parlamentsmehrheit nur unfähige Zwerge oder gar minderwertige Subjekte wären, weil das Gesetz der Demokratie einem solchen Prinzipienbock eben heiliger erscheint als die Wohlfahrt einer Nation. Es wird also der eine die schlechteste Tyrannei, die ein Volk zugrunde richtet, beschirmen, da die „Staatsautorität" sich augenblicklich in ihr verkörpert, während der andere selbst die segensreichste Regierung ablehnt, sowie sie nicht seiner Vorstellung von „Demokratie" entspricht.

Genau so wird unser deutscher Pazifist zu jeder auch noch so blutigen Vergewaltigung der Nation, sie mag ruhig von den ärgsten Militärgewalten ausgehen, schweigen, wenn eine Änderung dieses Loses nur durch Widerstand, also Gewalt, zu erreichen wäre, denn dieses würde ja dem Geiste seiner Friedensgesellschaft widersprechen. Der internationale deutsche

Sozialist aber kann von der anderen Welt solidarisch ausgeplündert werden, er selber quittiert es mit brüderlicher Zuneigung und denkt nicht an Vergeltung oder auch nur Verwahrung, weil er eben ein – Deutscher ist. –

Dies mag traurig sein, aber eine Sache ändern wollen, heißt, sie vorher erkennen müssen.

Ebenso verhält es sich mit der schwächlichen Vertretung deutscher Belange durch einen Teil des Klerus.

Es ist dies weder boshafter, schlechter Wille an sich, noch bedingt durch, sagen wir Befehle von „oben", sondern wir sehen in einer solchen mangelhaften nationalen Entschlossenheit nur die Ergebnisse einer ebenso mangelhaften Erziehung zum Deutschtum von Jugend auf, wie andererseits aber einer restlosen Unterwerfung unter die zum Idol gewordene Idee.

Die Erziehung zur Demokratie, zum Sozialismus internationaler Art, zum Pazifismus usw. ist eine so starre und ausschließliche, mithin, von ihnen aus betrachtet, rein subjektive, daß damit auch das allgemeine Bild der übrigen Welt unter dieser grundsätzlichen Vorstellung beeinflußt wird, während die Stellung zum Deutschtum ja von Jugend auf nur eine sehr objektive war. So war der Pazifist, indem er sich subjektiv seiner Idee restlos ergibt, bei jeder auch noch so ungerechten und schweren Bedrohung seines Volkes (sofern er eben ein Deutscher ist) immer erst nach dem objektiven Recht suchen und niemals aus reinem Selbsterhaltungstrieb sich in die Reihe seiner Herde stellen und mitfechten.

Wie sehr dies auch für die einzelnen Konfessionen gilt, mag noch folgendes zeigen:

Der Protestantismus vertritt von sich aus die Belange des Deutschtums besser, soweit dies in seiner Geburt und späterer Tradition überhaupt schon begründet liegt; er versagt jedoch in dem Augenblick, wo diese Verteidigung nationaler Interessen auf einem Gebiete stattfinden müßte, das in der allgemeinen Linie seiner Vorstellungswelt und traditionellen Entwicklung entweder fehlt oder gar aus irgendeinem Grunde abgelehnt wird.

So wird der Protestantismus immer für die Förderung alles Deutschtums an sich eintreten, sobald es sich um Dinge der inneren Sauberkeit oder auch nationalen Vertiefung, um die Verteidigung deutschen Wesens, deutscher Sprache und auch deutscher Freiheit handelt, da dieses alles ja fest in ihm selber mit begründet liegt; er bekämpft aber sofort auf das feindseligste jeden Versuch, die Nation aus der Umklammerung ihres tödlichsten Feindes zu retten, da seine Stellung zum Judentum nun einmal mehr oder weniger fest dogmatisch festgelegt ist. Dabei aber dreht es sich hierbei um die Frage, ohne deren Lösung alle anderen Versuche einer deutschen Wiedergeburt oder einer Erhebung vollkommen unsinnig und unmöglich sind und bleiben. Ich besaß in meiner Wiener Zeit Muße und Gelegenheit genug, auch diese Frage unvoreingenommen zu prüfen und konnte dabei noch im täglichen Verkehr die Richtigkeit dieser Anschauung tausendfältig feststellen.

In diesem Brennpunkt der verschiedensten Nationalitäten zeigte sich sofort am klarsten, daß eben nur der deutsche Pazifist die Belange der eigenen Nation immer objektiv zu betrachten versucht, aber niemals der Jude etwa die des jüdischen Volkes; daß nur der deutsche Sozialist „international" in einem Sinne ist, der ihm dann verbietet, seinem eigenen Volke Gerechtigkeit anders als durch Winseln und Flennen bei den internationalen Genossen zu erbetteln, niemals aber auch der Tscheche oder Pole usw.; kurz, ich erkannte schon damals, daß das Unglück nur zum Teil in diesen Lehren an sich liegt, zum anderen Teil aber in unserer gänzlich ungenügenden Erziehung zum eigenen Volkstum überhaupt und in einer dadurch bedingten minderen Hingabe an dasselbe.

Damit entfiel die erste rein theoretische Begründung des Kampfes der alldeutschen Bewegung gegen den Katholizismus an sich.

Man erziehe das deutsche Volk schon von Jugend an mit jener ausschließlichen Anerkennung der Rechte des eigenen Volkstums und verpeste nicht schon die Kinderherzen mit dem Fluche unserer „Objektivität" auch in Dingen der Erhaltung des eigenen Ichs, so wird es sich in kurzer Zeit zeigen, daß (eine dann aber auch radikale nationale Regierung vorausgesetzt) ebenso wie in Irland, Polen oder Frankreich, auch in Deutschland der Katholik immer Deutscher sein wird.

Den gewaltigsten Beweis hierfür hat aber jene Zeit geliefert, die zum letzten Male unser Volk zum Schutze seines Daseins vor dem Richterstuhl der Geschichte antreten ließ zu seinem Kampfe auf Leben und Tod.

Solange nicht die Führung damals von oben fehlte, hat das Volk seine Pflicht und Schuldigkeit in überwältigendster Weise erfüllt. Ob protestantischer Pastor oder katholischer Pfarrer, sie trugen beide gemeinsam unendlich bei zum so langen Erhalten unserer Widerstandskraft, nicht nur an der Front, sondern noch mehr zu Hause. In diesen Jahren, und besonders im ersten Aufflammen, gab es wirklich in beiden Lagern nur ein einziges heiliges Deutsches Reich, für dessen Bestehen und Zukunft sich jeder eben an seinen Himmel wandte.

Eine Frage hätte sich die alldeutsche Bewegung in Österreich einst vorlegen müssen: Ist die Erhaltung des österreichischen Deutschtums unter einem katholischen Glauben möglich oder nicht? Wenn ja, dann durfte sich die politische Partei nicht um religiöse oder gar konfessionelle Dinge kümmern; wenn aber nein, dann mußte eine religiöse Reformation einsetzen und niemals eine politische Partei.

Wer über den Umweg einer politischen Organisation zu einer religiösen Reformation kommen zu können glaubt, zeigt nur, daß ihm auch jeder Schimmer vom Werden religiöser Vorstellungen oder gar Glaubenslehren und deren kirchlichen Auswirkungen abgeht.

Man kann hier wirklich nicht zwei Herren dienen. Wobei ich die Gründung oder Zerstörung einer Religion denn doch als wesentlich größer halte als die Gründung oder Zerstörung eines Staates, geschweige denn einer Partei.

Man sage ja nicht, daß besagte Angriffe nur die Abwehr von Angriffen der anderen Seite waren!

Sicherlich haben zu allen Zeiten gewissenlose Kerle sich nicht gescheut, auch die Religion zum Instrument ihrer politischen Geschäfte (denn um dies handelt es sich bei solchen Burschen fast immer und ausschließlich) zu machen; allein ebenso sicher ist es falsch, die Religion oder auch die Konfession für eine Anzahl von Lumpen, die mit ihr genau so Mißbrauch treiben, wie sie sonst eben wahrscheinlich irgend etwas anderes in den Dienst ihrer niederen Instinkte stellen würden, verantwortlich zu machen.

Nichts kann solch einem parlamentarischen Taugenichts und Tagedieb besser passen, als wenn ihm so Gelegenheit geboten wird, wenigstens nachträglich noch die Rechtfertigung zu seiner politischen Schiebung zu erlangen. Denn sobald man die Religion oder auch die Konfession für seine persönliche Schlechtigkeit verantwortlich macht und sie deshalb angreift, ruft der verlogene Bursche sofort unter riesigem Geschrei alle Welt zum Zeugen an, wie berechtigt sein Vorgehen bisher war, und wie nur ihm und seiner Mundfertigkeit allein die Rettung von Religion und Kirche zu danken sei. Die ebenso dumme wie vergeßliche Mitwelt erkennt dann den wahren Urheber des ganzen Kampfes schon des großen Geschreies wegen meistens nicht oder erinnert sich seiner nicht mehr, und der Lump hat ja nun eigentlich sein Ziel erreicht.

Daß dies mit Religion gar nichts zu tun hat, weiß so ein listiger Fuchs ganz genau; er wird also um so mehr im stillen in das Fäustchen lachen, während sein ehrlicher, aber ungeschickter Gegner das Spiel verliert, um eines Tages, an Treu und Glauben der Menschheit verzweifelnd, sich von allem zurückzuziehen.

Es wäre aber auch in anderer Hinsicht nur unrecht, die Religion als solche oder selbst die Kirche für die Verfehlungen einzelner verantwortlich zu machen. Man vergleiche die Größe der vor dem Auge stehenden sichtbaren Organisation mit der durchschnittlichen Fehlerhaftigkeit der Menschen im allgemeinen und wird zugeben müssen, daß das Verhältnis von Gutem und Schlechtem dabei besser ist als wohl irgendwo anders. Sicher gibt es auch unter den Priestern selber solche, denen ihr heiliges Amt nur ein Mittel zur Befriedigung ihres politischen Ehrgeizes ist, ja, die im politischen Kampfe in oft mehr als beklagenswerter Weise vergessen, daß sie denn doch die Hüter einer höheren Wahrheit sein sollten und nicht Vertreter von Lüge und Verleumdung – allein auf einen solchen Unwürdigen treffen doch auch wieder tausend und mehr ehrenhafte, ihrer Mission auf das treueste ergebene Seelsorger, die in unserer heutigen ebenso verlogenen als verkommenen Zeit wie kleine Inseln aus einem allgemeinen Sumpfe herausragen.

So wenig ich die Kirche als solche verurteile und verurteilen darf, wenn einmal ein verkommenes Subjekt im Priesterrock sich in schmutziger Weise an der Sittlichkeit verfehlt, so wenig aber auch, wenn ein anderer unter den vielen sein Volkstum besudelt und verrät, in Zeitläuften, in denen dies ohnehin geradezu alltäglich ist. Besonders heute möge man dann nicht vergessen, daß auf einen solchen Ephialtes auch Tausende treffen, die mit blutendem Herzen das Unglück ihres Volkes mitempfinden und genau so wie die Besten unserer Nation die Stunde herbeisehnen, in der auch uns der Himmel wieder einmal lächeln wird.

Wer aber zur Antwort gibt, daß es sich hier nicht um so kleine Probleme des Alltags handelt, sondern um Fragen grundsätzlicher Wahrhaftigkeit oder dogmatischen Inhalts überhaupt, dem kann man nur mit einer anderen Frage die nötige Antwort geben:

Glaubst du dich vom Schicksal ausersehen, hier die Wahrheit zu verkünden, dann tue es; aber habe dann auch den Mut, dies nicht über den Umweg einer politischen Partei tun zu wollen – denn dies ist auch eine Schiebung –, sondern stelle eben an Stelle des Schlechteren von jetzt dein Besseres der Zukunft auf.

Fehlt es dir hier an Mut, oder ist dir dein Besseres selber nicht ganz klar, dann lasse die Finger davon; auf alle Fälle aber versuche nicht, was du mit offenem Visier nicht zu tun dir getraust, über den Umweg einer politischen Bewegung zu erschleichen.

Politische Parteien haben mit religiösen Problemen, solange sie nicht als volksfremd die Sitte und Moral der eigenen Rasse untergraben, nichts zu schaffen; genau so wie Religion nicht mit politischem Parteiunfug zu verquicken ist. Wenn kirchliche Würdenträger sich religiöser Einrichtungen oder auch Lehren bedienen, um ihr Volkstum zu schädigen, so darf man ihnen auf diesem

Wege niemals folgen und mit gleichen Waffen kämpfen.

Dem politischen Führer haben religiöse Lehren und Einrichtungen seines Volkes immer unantastbar zu sein, sonst darf er nicht Politiker sein, sondern soll Reformator werden, wenn er das Zeug hierzu besitzt!

Eine andere Haltung würde vor allem in Deutschland zu einer Katastrophe führen.

Bei dem Studium der alldeutschen Bewegung und ihres Kampfes gegen Rom bin ich damals und besonders im Laufe späterer Jahre zu folgender Überzeugung gelangt: Das geringe Verständnis dieser Bewegung für die Bedeutung des sozialen Problems kostete sie die wahrhaft kampfkräftige Masse des Volkes; das Hineingehen in das Parlament nahm ihr den gewaltigen Schwung und belastete sie mit allen dieser Institution eigenen Schwächen; der Kampf gegen die katholische Kirche machte sie in zahlreichen kleinen und mittleren Kreisen unmöglich und raubte ihr damit unzählige der besten Elemente, die die Nation überhaupt ihr eigen nennen kann.

Das praktische Ergebnis des österreichischen Kulturkampfes war fast gleich Null.

Wohl gelang es, der Kirche gegen hunderttausend Mitglieder zu entreißen, allein ohne daß diese dadurch auch nur einen besonderen Schaden erlitten hätte. Sie brauchte den verlorenen „Schäflein" in diesem Falle wirklich keine Träne nachzuweinen; denn sie verlor nur, was ihr vorher schon längst innerlich nicht mehr voll gehörte. Dies war der Unterschied der neuen Reformation gegenüber der einstigen: daß einst viele der Besten der Kirche sich von ihr wendeten aus innerer religiöser Überzeugung heraus, während jetzt nur die ohnehin Lauen gingen, und zwar aus „Erwägungen" politischer Natur.

Gerade vom politischen Gesichtspunkte aus aber war das Ergebnis ebenso lächerlich wie doch wieder traurig. Wieder war eine erfolgversprechende politische Heilsbewegung der deutschen Nation zugrunde gegangen, weil sie nicht mit der nötigen rücksichtslosen Nüchternheit geführt worden war, sondern sich auf Gebiete verlor, die nur zu einer Zersplitterung führen mußten.

Denn eines ist sicher wahr:

Die alldeutsche Bewegung würde diesen Fehler wohl nie gemacht haben, wenn sie nicht zu wenig Verständnis für die Psyche der breiten Masse besessen hätte. Würde ihren Führern bekannt gewesen sein, daß man, um überhaupt Erfolge erringen zu können, schon aus rein seelischen Erwägungen heraus der Masse niemals zwei und mehr Gegner zeigen darf, da dies sonst zu einer vollständigen Zersplitterung der Kampfkraft führt, so wäre schon aus diesem Grunde die Stoßrichtung der alldeutschen Bewegung nur auf einen Gegner allein eingestellt worden. Es ist nichts gefährlicher für eine politische Partei, als wenn sie sich in ihren Entschließungen von jenen Hansdampfgesellen in allen Gassen leiten läßt, die alles wollen, ohne auch nur das Geringste je wirklich erreichen zu können.

Auch wenn an der einzelnen Konfession noch soviel wirklich auszustellen wäre, so darf die politische Partei doch nicht einen Augenblick die Tatsache aus dem Auge verlieren, daß es nach aller bisherigen Erfahrung der Geschichte noch niemals einer rein politischen Partei in ähnlichen Lagen gelungen war, zu einer religiösen Reformation zu kommen. Man studiert aber nicht Geschichte, um dann, wenn sie zur praktischen Anwendung kommen sollte, sich ihrer Lehren nicht zu erinnern oder zu glauben, daß nun die Dinge eben anders lägen, mithin ihre urewigen Wahrheiten nicht mehr anzuwenden wären, sondern man lernt aus ihr gerade die Nutzanwendung für die Gegenwart. Wer dies nicht fertigbringt, der bilde sich nicht ein, politischer Führer zu sein; er ist in Wahrheit ein seichter, wenn auch meist sehr eingebildeter Tropf, und aller gute Wille entschuldigt nicht seine praktische Unfähigkeit.

Überhaupt besteht die Kunst aller wahrhaft großen Volksführer zu allen Zeiten in erster Linie mit darin, die Aufmerksamkeit eines Volkes nicht zu zersplittern, sondern immer auf einen einzigen Gegner zu konzentrieren. Je einheitlicher dieser Einsatz des Kampfwillens eines Volkes stattfindet, um so größer wird die magnetische Anziehungskraft einer Bewegung sein, und um so gewaltiger die Wucht des Stoßes. Es gehört zur Genialität eines großen Führers, selbst auseinanderliegende Gegner immer als nur zu einer Kategorie gehörend erscheinen zu lassen, weil die Erkenntnis verschiedener Feinde bei schwächlichen und unsicheren Charakteren nur zu leicht zum Anfang des Zweifels am eigenen Rechte führt.

Sowie die schwankende Masse sich im Kampfe gegen zu viele Feinde sieht, wird sich sofort die Objektivität einstellen und die Frage aufwerfen, ob wirklich alle anderen unrecht haben und nur das eigene Volk oder die eigene Bewegung allein sich im Rechte befinde.

Damit aber kommt auch schon die erste Lähmung der eigenen Kraft. Daher muß eine Vielzahl von innerlich verschiedenen Gegnern immer zusammengefaßt werden, so daß in der Einsicht der Masse der eigenen Anhänger der Kampf nur gegen einen Feind allein geführt wird. Dies stärkt den Glauben an das eigene Recht und steigert die Erbitterung gegen den Angreifer auf dasselbe.

Daß die alldeutsche Bewegung von einst dies nicht begriff, kostete sie den Erfolg.

Ihr Ziel war richtig gesehen, das Wollen rein, der eingeschlagene Weg aber falsch. Sie glich einem Bergsteiger, der den zu erklimmenden Gipfel wohl im Auge behält, auch mit größter Entschiedenheit und Kraft sich auf den Weg macht, allein diesem selber keine Beachtung schenkt, sondern, immer den Blick auf das Ziel gerichtet, die Beschaffenheit des Aufstiegs weder sieht noch prüft und daran endlich scheitert.

Umgekehrt schien das Verhältnis bei der großen Konkurrentin, der christlich-sozialen Partei, zu liegen.

Der Weg, den sie einschlug, war klug und richtig gewählt, allein es fehlte die klare Erkenntnis über das Ziel. In fast allen Belangen, in denen die alldeutsche Bewegung fehlte, war die Einstellung der christlich-sozialen Partei richtig und planvoll.

Sie besaß das nötige Verständnis für die Bedeutung der Masse und sicherte sich wenigstens einen Teil derselben durch offensichtliche Betonung ihres sozialen Charakters vom ersten Tage an. Indem sie sich in wesentlicher Weise auf die Gewinnung des kleinen und unteren Mittelund Handwerkerstandes einstellte, erhielt sie eine ebenso treue wie ausdauernde und opferwillige Gefolgschaft. Sie vermied jeden Kampf gegen eine religiöse Einrichtung und sicherte sich dadurch die Unterstützung einer so mächtigen Organisation, wie sie die Kirche nun einmal darstellt. Sie besaß demzufolge auch nur einen einzigen wahrhaft großen Hauptgegner. Sie erkannte den Wert einer großzügigen Propaganda und war Virtuosin im Einwirken auf die seelischen Instinkte der breiten Masse ihrer Anhänger.

Daß auch sie dennoch nicht das erträumte Ziel einer Rettung Österreichs zu erreichen vermochte, lag in zwei Mängeln ihres Weges sowie in der Unklarheit über das Ziel selber.

Der Antisemitismus der neuen Bewegung war statt auf rassischer Erkenntnis auf religiöser Vorstellung aufgebaut. Der Grund, warum dieser Fehler unterlief, war der gleiche, der auch den zweiten Irrtum veranlaßte.

Wollte die christlich-soziale Partei Österreich retten, dann durfte sie sich, nach der Meinung ihrer Begründer, nicht auf den Standpunkt des Rassenprinzips stellen, da sonst in kurzer Zeit eine allgemeine Auflösung des Staates eintreten mußte. Besonders aber die Lage in Wien selber erforderte, nach der Ansicht der Führer der Partei, eine möglichst große Beiseitelassung aller trennenden Momente und an deren Stelle ein Hervorheben aller einigenden Gesichtspunkte.

Wien war zu dieser Zeit schon so stark, besonders mit tschechischen Elementen, durchsetzt, daß nur größte Toleranz in bezug auf alle Rassenprobleme diese noch in einer nicht von vornherein deutsch-feindlichen Partei zu halten vermochte. Wollte man Österreich retten, durfte auf sie nicht verzichtet werden. So versuchte man die besonders sehr zahlreichen tschechischen Kleingewerbetreibenden in Wien zu gewinnen durch den Kampf gegen das liberale Manchestertum und glaubte dabei eine über alle Völkerunterschiede des alten Österreich hinwegführende Parole im Kampf gegen das Judentum auf religiöser Grundlage gefunden zu haben.

Daß eine solche Bekämpfung auf solcher Grundlage der Judenheit nur begrenzte Sorge bereitete, liegt auf der Hand. Im schlimmsten Falle rettete ein Guß Taufwasser immer noch Geschäft und Judentum zugleich.

Mit einer solchen oberflächlichen Begründung kam man auch niemals zu einer ernstlichen wissenschaftlichen Behandlung des ganzen Problems und stieß dadurch nur zu viele, denen diese Art von Antisemitismus unverständlich sein mußte, überhaupt zurück. Die werbende Kraft der Idee war damit fast ausschließlich an geistig beschränkte Kreise gebunden, wenn man nicht vom rein gefühlsmäßigen Empfinden hinweg zu einer wirklichen Erkenntnis kommen wollte. Die Intelligenz verhielt sich grundsätzlich ablehnend. Die Sache erhielt so mehr und mehr den Anstrich, als handle es sich bei der ganzen Angelegenheit nur um den Versuch einer neuen Judenbekehrung oder gar um den Ausdruck eines gewissen Konkurrenzneides. Damit aber verlor der Kampf das Merkmal einer inneren und höheren Weihe und erschien vielen, und nicht gerade den Schlechtesten, als unmoralisch und verwerflich. Es fehlte die Überzeugung, daß es sich hier um eine Lebensfrage der gesamten Menschheit handle, von deren Lösung das Schicksal aller nichtjüdischen Völker abhänge.

An dieser Halbheit ging der Wert der antisemitischen Einstellung der christlich-sozialen Partei verloren.

Es war ein Scheinantisemitismus, der fast schlimmer war als überhaupt keiner; denn so wurde man in Sicherheit eingelullt, glaubte den Gegner an den Ohren zu haben, wurde jedoch selbst an der Nase geführt.

Der Jude aber hatte sich schon in kurzer Zeit auch an diese Art von Antisemitismus so gewöhnt, daß ihm sein Wegfall sicher mehr gefehlt haben würde, als ihn sein Vorhandensein behinderte.

Mußte man hier schon dem Nationalitätenstaat ein schweres Opfer bringen, so noch viel mehr der Vertretung des Deutschtums an sich.

Man durfte nicht „nationalistisch" sein, wollte man nicht in Wien selber den Boden unter den Füßen verlieren. Man hoffte durch ein sanftes Umgehen dieser Frage den Habsburgerstaat noch zu retten und trieb ihn gerade dadurch in das Verderben. Die Bewegung aber verlor damit die gewaltige Kraftquelle, die allein auf die Dauer eine politische Partei mit innerer Triebkraft aufzufüllen vermag. Die christlich-soziale Bewegung wurde gerade dadurch zu einer Partei wie eben jede andere auch.

Ich habe beide Bewegungen einst auf das aufmerksamste verfolgt, die eine aus dem Pulsschlag des inneren Herzens heraus, die andere, hingerissen von Bewunderung für den seltenen Mann, der mir schon damals wie ein bitteres Symbol des ganzen österreichischen Deutschtums erschien.

Als der gewaltige Leichenzug den toten Bürgermeister vom Rathaus hinweg der Ringstraße zu fuhr, befand auch ich mich unter den vielen Hunderttausenden, die dem Trauerspiel zusahen. In innerer Ergriffenheit sagte mir dabei das Gefühl, daß auch das Werk dieses Mannes vergeblich sein müßte durch das Verhängnis, das diesen Staat unweigerlich dem Untergang entgegenführen würde. Hätte Dr. Karl Lueger in Deutschland gelebt, würde er in die Reihe der großen Köpfe unseres Volkes gestellt worden sein; daß er in diesem unmöglichen Staate wirkte, war das Unglück seines Werkes und seiner selbst.

Als er starb, zuckten bereits die Flämmchen auf dem Balkan von Monat zu Monat gieriger hervor, so daß ihm das Schicksal gnädig das zu sehen erließ, was er noch glaubte verhüten zu können.

Ich aber versuchte, aus dem Versagen der einen Bewegung und dem Mißlingen der zweiten die Ursachen herauszufinden und kam zur sicheren Überzeugung, daß, ganz abgesehen von der Unmöglichkeit, im alten Österreich noch eine Festigung des Staates zu erreichen, die Fehler der beiden Parteien folgende waren:

Die alldeutsche Bewegung hatte wohl recht in ihrer prinzipiellen Ansicht über das Ziel einer deutschen Erneuerung, war jedoch unglücklich in der Wahl des Weges. Sie war nationalistisch, allein leider nicht sozial genug, um die Masse zu gewinnen. Ihr Antisemitismus aber beruhte auf der richtigen Erkenntnis der Bedeutung des Rassenproblems und nicht auf religiösen Vorstellungen. Ihr Kampf gegen eine bestimmte Konfession war dagegen tatsächlich und taktisch falsch.

Die christlich-soziale Bewegung besaß eine unklare Vorstellung über das Ziel einer deutschen Wiedergeburt, hatte aber Verstand und Glück beim Suchen ihrer Wege als Partei. Sie begriff die Bedeutung der sozialen Frage, irrte in ihrem Kampf gegen das Judentum und besaß keine Ahnung von der Macht des nationalen Gedankens.

Hätte die christlich-soziale Partei zu ihrer klugen Kenntnis der breiten Masse noch die richtige Vorstellung von der Bedeutung des Rassenproblems, wie dies die alldeutsche Bewegung erfaßt hatte, besessen, und wäre sie selber endlich nationalistisch gewesen, oder würde die alldeutsche Bewegung zu ihrer richtigen Erkenntnis des Zieles der Judenfrage und der Bedeutung des Nationalgedankens noch die praktische Klugheit der christlich-sozialen Partei, besonders aber deren Einstellung zum Sozialismus, angenommen haben, dann würde dies jene Bewegung ergeben haben, die schon damals meiner Überzeugung nach mit Erfolg in das deutsche Schicksal hätte eingreifen können.

Daß dies nicht so war, lag zum weitaus größten Teil aber am Wesen des österreichischen Staates.

Da ich meine Überzeugung in keiner anderen Partei verwirklicht sah, konnte ich mich in der Folgezeit auch nicht mehr entschließen, in eine der bestehenden Organisationen einzutreten oder gar mitzukämpfen. Ich hielt schon damals sämtliche der politischen Bewegungen für verfehlt und für unfähig, eine nationale Wiedergeburt des deutschen Volkes in größerem und nicht äußerlichem Umfange durchzuführen.

Meine innere Abneigung aber dem habsburgischen Staate gegenüber wuchs in dieser Zeit immer mehr an. Je mehr ich mich besonders auch mit außenpolitischen Fragen zu beschäftigen begann, um so mehr gewann meine Überzeugung Boden, daß dieses Staatsgebilde nur zum Unglück des Deutschtums werden müßte. Immer klarer sah ich endlich auch, daß das Schicksal der deutschen Nation nicht mehr von dieser Stelle aus entschieden würde, sondern im Reiche selber. Dies galt aber nicht nur für allgemeine politische Fragen, sondern nicht minder auch für alle Erscheinungen des gesamten Kulturlebens überhaupt. Der österreichische Staat zeigte auch hier auf dem Gebiete rein kultureller oder künstlerischer Angelegenheiten alle Merkmale der Erschlaffung, mindestens aber der Bedeutungslosigkeit für die deutsche Nation. Am meisten galt dies für das Gebiet der Architektur. Die neuere Baukunst konnte schon deshalb in Österreich nicht zu besonders großen Erfolgen kommen, weil die Aufgaben seit dem Ausbau der Ringstraße wenigstens in Wien nur mehr unbedeutende waren gegenüber den in Deutschland aufsteigenden Plänen.

So begann ich immer mehr ein Doppelleben zu führen; Verstand und Wirklichkeit hießen mich in Österreich eine ebenso bittere wie segensreiche Schule durchmachen, allein das Herz weilte wo anders.

Eine beklemmende Unzufriedenheit hatte damals von mir Besitz ergriffen, je mehr ich die innere Hohlheit dieses Staates erkannte, die Unmöglichkeit, ihn noch zu retten, aber dabei mit aller Sicherheit empfand, daß er in allem und jedem nur noch das Unglück des deutschen Volkes darstellen konnte.

Ich war überzeugt, daß dieser Staat jeden wahrhaft großen Deutschen ebenso beengen und behindern mußte, wie er umgekehrt jede undeutsche Erscheinung fördern würde. Widerwärtig war mir das Rassenkonglomerat, das die Reichshauptstadt zeigte, widerwärtig dieses ganze Völkergemisch von Tschechen, Polen, Ungarn, Ruthenen, Serben und Kroaten usw., zwischen allem aber als ewiger Spaltpilz der Menschheit – Juden und wieder Juden.

Mir erschien die Riesenstadt als die Verkörperung der Blutschande.

Mein Deutsch der Jugendzeit war der Dialekt, den auch Niederbayern spricht; ich vermochte ihn weder zu vergessen, noch den Wiener Jargon zu lernen. Je länger ich in dieser Stadt weilte, um so mehr stieg mein Haß gegen das fremde Völkergemisch, das diese alte deutsche Kulturstätte zu zerfressen begann.

Der Gedanke aber, daß dieser Staat noch längere Zeit zu halten wäre, erschien mir geradezu lächerlich.

Österreich war damals wie ein altes Mosaikbild, dessen Kitt, der die einzelnen Steinchen zusammenbindet, alt und bröcklig geworden; solange das Kunstwerk nicht berührt wird, vermag es noch sein Dasein weiter vorzutäuschen, sowie es jedoch einen Stoß erhält, bricht es in tausend Scherbchen auseinander. Die Frage war also nur die, wann der Stoß kommen würde. –

Da mein Herz niemals für eine österreichische Monarchie, sondern immer nur für ein Deutsches Reich schlug, konnte mir die Stunde des Zerfalls dieses Staates nur als der Beginn der Erlösung der deutschen Nation erscheinen.

Aus all diesen Gründen entstand immer stärker die Sehnsucht, endlich dorthin zu gehen, wo seit so früher Jugend mich heimliche Wünsche und heimliche Liebe hinzogen.

Ich hoffte, dereinst als Baumeister mir einen Namen zu machen und so, in kleinem oder großem Rahmen, den mir das Schicksal dann eben schon zuweisen würde, der Nation meinen redlichen Dienst zu weihen.

Endlich aber wollte ich das Glücks teilhaftig werden, an der Stelle sein und wirken zu dürfen, von der einst ja auch mein brennendster Herzenswunsch in Erfüllung gehen mußte: der Anschluß meiner geliebten Heimat an das gemeinsame Vaterland, das Deutsche Reich.

Viele werden die Größe einer solchen Sehnsucht auch heute noch nicht begreifen vermögen, allein ich wende mich an die, denen das Schicksal entweder bisher dieses Glück verweigert oder in grausamer Härte wieder genommen hat; ich wende mich an alle die, die, losgelöst vom Mutterlande, selbst um das heilige Gut der Sprache zu kämpfen haben, die wegen ihrer Gesinnung der Treue dem Vaterlande gegenüber verfolgt und gepeinigt werden, und die nun im schmerzlicher Ergriffenheit die Stunde ersehnen, die sie wieder an das Herz der teuren Mutter zurückkehren läßt; ich wende mich an alle diese und weiß: Sie werden mich verstehen!

Nur wer selber am eigenen Leibe fühlt, was es heißt, Deutscher zu sein, ohne dem lieben Vaterlande angehören zu dürfen, vermag die tiefe Sehnsucht zu ermessen, die zu allen Zeiten im Herzen der vom Mutterlande getrennten Kinder brennt. Sie quält die von ihr Erfaßten und verweigert ihnen Zufriedenheit und Glück so lange, bis die Tore des Vaterhauses sich öffnen und im gemeinsamen Reiche das gemeinsame Blut Frieden und Ruhe wiederfindet.

Wien aber war und blieb für mich die schwerste, wenn auch gründlichste Schule meines Lebens. Ich hatte diese Stadt einst betreten als ein halber Junge noch und verließ sie als still und ernst gewordener Mensch. Ich erhielt in ihr die Grundlagen für eine Weltanschauung im großen und eine politische Betrachtungsweise im kleinen, die ich später nur noch im einzelnen zu ergänzen brauchte, die mich aber nie mehr verließen. Den rechten Wert der damaligen Lehrjahre vermag ich freilich selber erst heute voll zu schätzen.

Deshalb habe ich diese Zeit etwas ausführlicher behandelt, da sie mir gerade in jenen Fragen den ersten Anschauungsunterricht erteilte, die mit zu den Grundlagen der Partei gehören, die, aus kleinsten Anfängen entstehend, sich im Laufe von kaum fünf Jahren zu einer großen Massenbewegung zu entwickeln anschickt. Ich weiß nicht, wie meine Stellung zum Judentum, zur Sozialdemokratie, besser zum gesamten Marxismus, zur sozialen Frage usw. heute wäre, wenn nicht schon ein Grundstock persönlicher Anschauungen in so früher Zeit durch den Druck des Schicksals – und durch eigenes Lernen sich gebildet hätte.

Denn, wenn auch das Unglück des Vaterlandes Tausende und aber Tausende zum Denken anzuregen vermag über die inneren Gründe des Zusammenbruches, so kann dies doch niemals zu jener Gründlichkeit und tieferen Einsicht führen, die sich dem erschließt, der selber erst nach jahrelangem Ringen Herr des Schicksals wurde.

4. Kapitel

München

Im Frühjahr 1912 kam ich endgültig nach München.

Die Stadt selber war mir so gut bekannt, als ob ich schon seit Jahren in ihrem Mauern geweilt hätte. Es lag dies begründet in meinem Studium, das mich auf Schritt und Tritt ja auf diese Metropole der deutschen Kunst hinwies. Man hat nicht nur Deutschland nicht gesehen, wenn man München nicht kennt, nein, man kennt vor allem die deutsche Kunst nicht, wenn man München nicht sah.

Jedenfalls war diese Zeit vor dem Kriege die glücklichste und weitaus zufriedenste meines Lebens. Wenn auch mein Verdienst immer noch sehr kärglich war, so lebte ich ja nicht, um malen zu können, sondern malte, um mir dadurch nur die Möglichkeit meines Lebens zu sichern, besser, um mir damit mein weiteres Studium zu gestatten. Ich besaß die Überzeugung, mein Ziel, das ich mir gesteckt hatte, einst eben dennoch zu erreichen. Und dies ließ mich allein schon alle sonstigen kleinen Sorgen des täglichen Daseins leicht und unbekümmert ertragen.

Dazu aber kam noch die innere Liebe, die mich zu dieser Stadt mehr als zu einem anderen mir bekannten Orte fast schon von der ersten Stunde meines Aufenthaltes erfaßte. Eine deutsche Stadt!! Welch ein Unterschied gegen Wien! Mir wurde schlecht, wenn ich an dieses Rassenbabylon auch nur zurückdachte. Dazu der mir viel näher liegende Dialekt, der mich besonders im Umgang mit Niederbayern an meine einstige Jugendzeit erinnern konnte. Es gab wohl tausend und mehr Dinge, die mir innerlich lieb und teuer waren oder wurden. Am meisten aber zog mich die wunderbare Vermählung von urwüchsiger Kraft und seiner künstlerischer Stimmung, diese einzige Linie vom Hofbräuhaus zum Odeon, Oktoberfest zur Pinakothek usw. an. Daß ich heute an dieser Stadt hänge, mehr als an irgendeinem anderen Flecken Erde auf dieser Welt, liegt wohl mitbegründet in der Tatsache, daß sie mit der Entwicklung meines eigenen Lebens unzertrennlich verbunden ist und bleibt; daß ich aber damals schon das Glück einer wahrhaft inneren Zufriedenheit erhielt, war nur dem Zauber zuzuschreiben, den die wunderbare Wittelsbacherresidenz wohl auf jeden nicht nur mit einem rechnerischen Verstande, sondern auch mit gefühlvollem Gemüte gesegneten Menschen ausübt.

Was mich außer meiner beruflichen Arbeit am meisten anzog, war auch hier wieder das Studium der politischen Tagesereignisse, darunter besonders außenpolitischer Vorgänge. Ich kam zu den letzteren über den Umweg der deutschen Bündnispolitik, die ich von meinen österreichischen Zeiten her schon für unbedingt falsch hielt. Immerhin war mir in Wien der volle Umfang dieser Selbsttäuschung des Reiches noch nicht ganz klar geworden. Ich war damals geneigt, anzunehmen – oder redete mir es vielleicht auch selber bloß als Entschuldigung vor –, daß man möglicherweise in Berlin schon wisse, wie schwach und wenig verläßlich der Bundesgenosse in Wirklichkeit sein würde, jedoch aus mehr oder minder geheimnisvollen Gründen mit dieser Einsicht zurückhalte, um eine Bündnispolitik zu stützen, die ja Bismarck selber einst begründet hatte und deren plötzlicher Abbruch nicht wünschenswert sein konnte, schon um das lauernde Ausland nicht irgendwie aufzuschrecken oder den inneren Spießer zu beunruhigen.

Freilich, der Umgang, vor allem im Volke selber, ließ mich zu meinem Entsetzen schon in kurzer Zeit sehen, daß dieser Glaube falsch war. Zu meinem Erstaunen mußte ich überall feststellen, daß über das Wesen der Habsburgermonarchie selbst in den sonst gut unterrichteten Kreisen aber auch kein blasser Schimmer vorhanden war. Gerade im Volke war man in dem Wahne verfangen, den Bundesgenossen als eine ernste Macht ansehen zu dürfen, die in der Stunde der Not sicher sofort ihren Mann stellen würde. Man hielt in der Masse die Monarchie immer für einen „deutschen" Staat und glaubte darauf auch bauen zu können. Man war der Meinung, daß die Kraft auch hier nach den Millionen gemessen werden könnte, so wie etwa in Deutschland selber, und vergaß vollständig, daß ersten: Österreich schon längst aufgehört hatte, ein deutsches Staatswesen zu sein; daß aber zweitens: die inneren Verhältnisse dieses Reiches von Stunde zu Stunde mehr der Auflösung entgegendrängten.

Ich hatte damals dieses Staatsgebilde besser gekannt als diese sogenannte offizielle „Diplomatie", die blind, wie fast immer, dem Verhängnis entgegentaumelte; denn die Stimmung des Volkes war immer nur der Ausfluß dessen, was man von oben in die öffentliche Meinung hineinrichtete. Von oben aber trieb man mit dem „Bundesgenossen" einen Kult wie um das goldene Kalb. Man hoffte wohl, durch Liebenswürdigkeit zu ersetzen, was an Aufrichtigkeit fehlte. Dabei nahm man immer Worte für bare Werte.

Mich packte schon in Wien der Zorn, wenn ich den Unterschied betrachtete, der zwischen den Reden der offiziellen Staatsmänner und dem Inhalt der Wiener Presse von Zeit zu Zeit in Erscheinung trat. Dabei war Wien aber doch noch, wenigstens dem Scheine nach, eine deutsche Stadt. Wie anders aber lagen die Dinge, wenn man von Wien oder besser von Deutschösterreich weg, in die slawischen Provinzen des Reiches kam! Man brauchte nur Prager Zeitungen in die Hand zu nehmen, um zu wissen, wie das ganze erhabene Gaukelspiel des Dreibundes dort beurteilt wurde. Da war für dieses „staatsmännische Meisterwerk" schon nichts mehr vorhanden als blutiger Spott und Hohn. Man machte im tiefsten Frieden, als die beiden Kaiser gerade die Freundschaftsküsse einander auf die Stirne drückten, gar kein Hehl daraus, daß dieses Bündnis erledigt sei an dem Tage, an dem man versuchen würde, es aus dem Schimmer des Nibelungen-Ideals in die praktische Wirklichkeit zu überführen.

Wie hatte man sich doch einige Jahre später aufgeregt, als in der endlich gekommenen Stunde, da die Bündnisse sich bewähren sollten, Italien aus dem Dreibunde aussprang und die beiden Genossen ziehen ließ, ja zum Schlusse noch selber zum Feinde wurde! Daß man überhaupt auch nur eine Minute an die Möglichkeit eines solchen Wunders früher zu glauben wagte, nämlich an das Wunder, daß Italien mit Österreich gemeinsam kämpfen würde, konnte jedem eben nicht mit diplomatischer Blindheit Geschlagenen nur einfach unverständlich sein. Allein die Dinge lagen ja in Österreich selber um kein Haar anders.

Träger des Bündnisgedankens waren in Österreich nur die Habsburger und die Deutschen. Die Habsburger aus Berechnung und Zwang, die Deutschen aus gutem Glauben und politischer – Dummheit. Aus gutem Glauben, denn sie vermeinten, durch den Dreibund dem Deutschen Reiche selber einen großen Dienst zu erweisen, es stärken und sichern zu helfen; aus politischer Dummheit aber, weil weder das erst Gemeinte zutraf, sondern im Gegenteil sie dadurch mithalfen, das Reich an einen Staatskadaver zu ketten, der beide in den Abgrund reißen mußte, vor allem aber, weil sie ja selber nur durch dieses Bündnis immer mehr der Entdeutschung anheimfielen. Denn indem die Habsburger durch das Bündnis mit dem Reiche vor einer Einmengung von dieser Seite aus sicher sein zu können glaubten und leider auch mit Recht sein konnten, vermochten sie ihre innere Politik der langsamen Verdrängung des Deutschtums schon wesentlich leichter und risikoloser durchzuführen. Nicht nur, daß man bei der bekannten „Objektivität" einen Einspruch von seiten der Reichsregierung gar nicht zu befürchten brauchte, konnte man auch dem österreichischen Deutschtum selber jederzeit mit dem Hinweis auf das Bündnis den vorlauten Mund, der gegen eine etwa zu niederträchtige Art der Slawisierung sich auftun wollte, sofort zum Schweigen zu bringen.

Was sollte denn auch der Deutsche in Österreich noch tun, wenn doch das Deutschtum des Reiches selber der Habsburgerregierung Anerkennung und Vertrauen aussprach? Sollte er Widerstand leisten, um dann in der ganzen deutschen Öffentlichkeit als Verräter am eigenen Volkstum gebrandmarkt zu werden? Er, der seit Jahrzehnten die unerhörtesten Opfer gerade für sein Volkstum gebracht hatte?

Was aber besaß dieses Bündnis für einen Wert, wenn erst das Deutschtum der Habsburger Monarchie ausgerottet worden wäre? War nicht der Wert des Dreibundes für Deutschland geradezu abhängig von der Erhaltung der deutschen Vormachtstellung in Österreich? Oder glaubte man wirklich, auch mit einem slawischen Habsburgerreich noch in einem Bündnis leben zu können?

Die Einstellung der offiziellen deutschen Diplomatie sowie auch die der ganzen öffentlichen Meinung zum innerösterreichischen Nationalitätenproblem war schon nicht mehr dumm, sondern einfach irrsinnig! Man baute auf ein Bündnis, stellte die Zukunft und Sicherheit eines Siebzig-Millionen-Volkes darauf ein – und sah zu, wie die einzige Grundlage für diesen Bund beim Partner von Jahr zu Jahr planmäßig und unbeirrt sicher zerstört wurde. Eines Tages mußte dann ein „Vertrag" mit der Wiener Diplomatie übrigbleiben, die Bundeshilfe eines Reiches aber verloren sein.

Bei Italien war dies ohnehin von Anfang an der Fall.

Hätte man in Deutschland nur etwas klarer Geschichte studiert und Völkerpsychologie getrieben, dann hätte man wohl keine Stunde glauben können, daß jemals Quirinal und Wiener Hofburg in einer gemeinsamen Kampffront stehen würden. Italien wäre ja eher zu einem Vulkan geworden, ehe eine Regierung es hätte wagen dürfen, dem so fanatisch verhaßten Habsburgerstaat aber auch nur einen einzigen Italiener auf das Schlachtfeld zu stellen, außer als Feind. Ich habe die leidenschaftliche Verachtung sowie den bodenlosen Haß, mit dem der Italiener dem österreichischen Staate „zugetan" war, öfter als einmal in Wien aufbrennen sehen. Was das Haus Habsburg an der italienischen Freiheit und Unabhängigkeit im Laufe der Jahrhunderte gesündigt hatte, war zu groß, als daß man dies hätte vergessen können, auch wenn der Wille dazu vorhanden gewesen wäre. Er war aber gar nicht vorhanden; weder im Volke noch bei der italienischen Regierung. Für Italien gab es deshalb auch nur zwei Möglichkeiten im Zusammenleben mit Österreich: entweder Bündnis oder Krieg.

Indem man das erstere wählte, vermochte man sich in Ruhe zum zweiten vorzubereiten.

Besonders seitdem das Verhältnis Österreichs zu Rußland immer mehr einer kriegerischen Auseinandersetzung entgegentrieb, war die deutsche Bündnispolitik ebenso sinnlos wie gefährlich.

Es war dies ein klassischer Fall, an dem sich das Fehlen jeder großen und richtigen Linie des Denkens aufzeigen ließ.

Warum schloß man denn überhaupt ein Bündnis? Doch nur, um so die Zukunft des Reiches besser wahren zu können, als es, auf sich allein gestellt, in der Lage gewesen wäre. Diese Zukunft des Reiches aber war doch nichts anderes als die Frage der Erhaltung der Existenzmöglichkeit des deutschen Volkes.

Mithin aber konnte die Frage dann nur lauten: Wie muß das Leben der deutschen Nation in einer greifbaren Zukunft sich gestalten, und wie kann man dieser Entwicklung dann die nötigen Grundlagen und die erforderliche Sicherheit gewährleisten im Rahmen der allgemeinen europäischen Machtverhältnisse?

Bei klarer Betrachtung der Voraussetzungen für die außenpolitische Betätigung der deutschen Staatskunst mußte man zu folgender Überzeugung gelangen:

Deutschland hat eine jährliche Bevölkerungszunahme von nahezu neunhunderttausend Seelen. Die Schwierigkeit der Ernährung dieser Armee von neuen Staatsbürgern muß von Jahr zu Jahr größer werden und einmal bei einer Katastrophe enden, falls eben nicht Mittel und Wege gefunden werden, noch rechtzeitig der Gefahr dieser Hungerverelendung vorzubeugen.

Es gab vier Wege, um einer solchen entsetzlichen Zukunftsentwicklung zu entgehen:

1. Man konnte, nach französischem Vorbilde, die Zunahme der Geburten künstlich einschränken und damit einer Überbevölkerung begegnen.

Die Natur selber pflegt ja in Zeiten großer Not oder böser klimatischer Verhältnisse sowie bei armem Bodenertrag ebenfalls zu einer Einschränkung der Vermehrung der Bevölkerung von bestimmten Ländern oder Rassen zu schreiten; allerdings in ebenso weiser wie rücksichtsloser Methode. Sie behindert nicht die Zeugungsfähigkeit an sich, wohl aber die Forterhaltung des Gezeugten, indem sie dieses so schweren Prüfungen und Entbehrungen aussetzt, daß alles minder Starke, weniger Gesunde, wieder in den Schoß des ewig Unbekannten zurückzukehren gezwungen wird. Was sie dann dennoch die Unbilden des Daseins überdauern läßt, ist tausendfältig erprobt, hart und wohl geeignet, wieder weiter zu zeugen, auf daß die gründliche Auslese von vorne wieder zu beginnen vermag. Indem sie so gegen den einzelnen brutal vorgeht und ihn augenblicklich wieder zu sich ruft, sowie er dem Sturme des Lebens nicht gewachsen ist, erhält sie die Rasse und Art selber kraftvoll, ja steigert sie zu höchsten Leistungen.

Damit ist aber die Verminderung der Zahl eine Stärkung der Person, mithin aber letzten Endes eine Kräftigung der Art.

Anders ist es, wenn der Mensch eine Beschränkung seiner Zahl vorzunehmen sich anschickt. Er ist nicht aus dem Holze der Natur geschnitzt, sonder „human". Er versteht es besser als diese grausame Königin aller Weisheit. Er beschränkt nicht die Forterhaltung des einzelnen als vielmehr die Fortpflanzung selber. Dieses erscheint ihm, der ja immer nur sich selbst und nie die Rasse sieht, menschlicher und gerechtfertigter zu sein als der umgekehrte Weg. Allein leider sind auch die Folgen umgekehrt:

Während die Natur, indem sie die Zeugung freigibt, jedoch die Forterhaltung einer schwersten Prüfung unterwirft, aus einer Überzahl der Einzelwesen die besten sich als wert zum Leben auserwählt, sie also allein erhält und ebenso zu Trägern der Forterhaltung ihrer Art werden läßt, schränkt der Mensch die Zeugung ein, sorgt jedoch krampfhaft dafür, daß jedes einmal geborene Wesen um jeden Preis auch erhalten werde. Diese Korrektur des göttlichen Willens scheint ihm ebenso weise wie human zu sein, und er freut sich, wieder einmal in einer Sache die Natur übertrumpft, ja ihre Unzulänglichkeit bewiesen zu haben. Daß in Wirklichkeit allerdings wohl die Zahl eingeschränkt, aber dafür auch der Wert des einzelnen vermindert wurde, will das liebe Äffchen des Allvaters freilich nur ungern sehen oder hören.

Denn sowie erst einmal die Zeugung als solche eingeschränkt und die Zahl der Geburten vermindert wird, tritt an Stelle des natürlichen Kampfes um das Dasein, der nur den Allerstärksten und Gesündesten am Leben läßt, die selbstverständliche Sucht, auch das Schwächlichste, ja Krankhafteste um jeden Preis zu „retten", womit der Keim zu einer Nachkommenschaft gelegt wird, die immer jämmerlicher werden muß, je länger diese Verhöhnung der Natur und ihres Willens anhält.

Das Ende aber wird sein, daß einem solchen Volke eines Tages das Dasein auf dieser Welt genommen werden wird; denn der Mensch kann wohl eine gewisse Zeit den ewigen Gesetzen des Forterhaltungswillens trotzen, allein die Rache kommt früher oder später doch. Ein stärkeres Geschlecht wird die Schwachen verjagen, da der Drang zum Leben in seiner letzten Form alle lächerlichen Fesseln einer sogenannten Humanität der einzelnen immer wieder zerbrechen wird, um an seine Stelle die Humanität der Natur treten zu lassen, die die Schwäche vernichtet, um der Stärke den Platz zu schenken.

Wer also dem deutschen Volke das Dasein sichern will auf dem Wege einer Selbstbeschränkung seiner Vermehrung, raubt ihm damit die Zukunft.

2. Ein zweiter Weg wäre der, den wir auch heute wieder oft und oft vorgeschlagen und angepriesen hören: die innere Kolonisation. Es ist dies ein Vorschlag, der von ebenso vielen gut gemeint ist, als er von den meisten aber schlecht verstanden zu werden pflegt, um den denkbar größten Schaden anzurichten, den man sich nur vorzustellen vermag.

Ohne Zweifel kann die Erträgnisfähigkeit eines Bodens bis zu einer bestimmten Grenze erhöht werden. Allein eben nur bis zu einer bestimmten Grenze und nicht endlos weiter. Eine gewisse Zeit wird man also ohne Hungersgefahr die Vermehrung des deutschen Volkes durch eine Nutzungssteigerung unseres Bodens auszugleichen vermögen. Allein dem steht die Tatsache gegenüber, daß die Anforderungen an das Leben im allgemeinen schneller steigen als selbst die Zahl der Bevölkerung. Die Anforderungen der Menschen in bezug auf Nahrung und Kleidung werden von Jahr zu Jahr größer und stehen schon jetzt zum Beispiel in keinem Verhältnis mehr zu den Bedürfnissen unserer Vorfahren etwa vor hundert Jahren. Es ist also irrig, zu meinen, daß jede Erhöhung der Produktion einer Vermehrung der Bevölkerung die Voraussetzung schaffe: Nein; dies trifft nur bis zu einem gewissen Grad zu, indem mindestens ein Teil der Mehrerzeugnisse des Bodens zur Befriedigung der erhöhten Bedürfnisse der Menschen aufgebraucht wird. Allein selbst bei größter Einschränkung einerseits und emsigstem Fleiße andererseits wird dennoch auch hier einmal eine Grenze kommen, die durch den Boden dann selber gezogen wird. Es wird bei allem Fleiße nicht mehr gelingen, mehr aus ihm herauszuwirtschaften, und dann tritt, wenn auch eine gewisse Zeit hinausgeschoben, das Verhängnis abermals in Erscheinung. Der Hunger wird zunächst von Zeit zu Zeit, wenn Mißernten usw. kommen, sich wieder einstellen. Er wird dies mit steigender Volkszahl immer öfter tun, so daß er endlich nur dann nicht mehr auftritt, wenn seltene reichste Jahre die Speicher füllen. Aber es naht endlich die Zeit, in der auch dann die Not nicht mehr zu befriedigen sein wird und der Hunger zum ewigen Begleiter eines solchen Volkes geworden ist. Nun muß wieder die Natur helfen und Auswahl treffen unter den von ihr zum Leben Auserwählten; oder es hilft sich der Mensch wieder selbst, das heißt, er greift zur künstlichen Behinderung seiner Vermehrung mit allen ihren schon angedeuteten schweren Folgen für Rasse und Art.

Man wird noch einzuwenden vermögen, daß diese Zukunft ja der ganzen Menschheit einmal so oder so bevorstehe, mithin auch das einzelne Volk diesem Verhängnis natürlich nicht zu entgehen vermöge.

Dies ist auf den ersten Blick ohne weiteres richtig. Dennoch ist aber hier folgendes zu bedenken:

Sicherlich wird zu einem bestimmten Zeitpunkt die gesamte Menschheit gezwungen sein, infolge der Unmöglichkeit, die Fruchtbarkeit des Bodens der weitersteigenden Volkszahl noch länger anzugleichen, die Vermehrung des menschlichen Geschlechtes einzustellen und entweder die Natur wieder entscheiden zu lassen oder durch Selbsthilfe, wenn möglich, dann freilich schon auf dem richtigeren Wege als heute, den notwendigen Ausgleich zu schaffen. Allein dieses wird dann eben alle Völker treffen, während zur Zeit nur diejenigen Rassen von solcher Not betroffen werden, die nicht mehr Kraft und Stärke genug besitzen, um sich den für sie nötigen Boden auf dieser Welt zu sichern. Denn die Dinge liegen doch so, daß auf dieser Erde zur Zeit noch immer Boden in ganz ungeheuren Flächen ungenützt vorhanden ist und nur des Bebauers harrt. Ebenso aber ist es auch richtig, daß dieser Boden nicht von der Natur an und für sich einer bestimmten Nation oder Rasse als Reservatfläche für die Zukunft aufgehoben wurde, sondern er ist Land und Boden für das Volk, daß die Kraft besitzt, ihn zu nehmen, und den Fleiß, ihn zu bebauen.

Die Natur kennt keine politischen Grenzen. Sie setzt die Lebewesen zunächst auf diesen Erdball und sieht dem freien Spiel der Kräfte zu. Der Stärkste an Mut und Fleiß erhält dann als ihr liebstes Kind das Herrenrecht des Daseins zugesprochen.

Wenn ein Volk sich auf innere Kolonisation beschränkt, da andere Rassen sich auf immer größeren Bodenflächen dieser Erde festklammern, wird es zur Selbstbeschränkung schon zu einer Zeit zu greifen gezwungen sein, da die übrigen Völker sich noch dauernd fortvermehren. Einmal tritt aber dieser Fall ein, und zwar um so früher, je kleiner der zur Verfügung stehende Lebensraum eines Volkes ist. Da im allgemeinen leider nur zu häufig die besten Nationen oder, noch richtiger, die einzigen wahrhaften Kulturrassen, die Träger alles menschlichen Fortschrittes, sich in ihrer pazifistischen Verblendung entschließen, auf neuen Bodenerwerb Verzicht zu leisten, um sich mit „innerer" Kolonisation zu begnügen, minderwertige Nationen aber ungeheure Lebensflächen auf dieser Welt sich zu sichern verstehen, würde dies zu folgendem Endergebnis führen:

Die kulturell besseren, allein minder rücksichtslosen Rassen müßten schon zu einer Zeit ihre Vermehrung infolge ihres beschränkten Bodens begrenzen, da die kulturell tieferen, aber naturhaft-brutaleren Völker infolge größter Lebensflächen noch ins Unbegrenzte hinein sich fortzuvermehren in der Lage sein würden. Mit anderen Worten: Die Welt wird damit eines Tages in den Besitz der kulturell minderwertigeren, jedoch tatkräftigeren Menschheit kommen.

Dann gibt es in einer, wenn auch noch so fernen Zukunft nur zwei Möglichkeiten: Entweder die Welt wird regiert nach den Vorstellungen unserer modernen Demokratie, dann fällt das Schwergewicht jeder Entscheidung zugunsten der zahlenmäßig stärkeren Rassen aus, oder die Welt wird beherrscht nach den Gesetzen der natürlichen Kraftordnung, dann siegen die Völker des brutalen Willens und mithin eben wieder nicht die Nation der Selbstbeschränkung.

Daß aber diese Welt dereinst noch schwersten Kämpfen um das Dasein der Menschheit ausgesetzt sein wird, kann niemand bezweifeln. Am Ende siegt ewig nur die Sucht der Selbsterhaltung. Unter ihr schmilzt die sogenannte Humanität als Ausdruck einer Mischung von Dummheit, Feigheit und eingebildetem Besserwissen, wie Schnee in der Märzensonne. Im ewigen Kampfe ist die Menschheit groß geworden – im ewigen Frieden geht sie zugrunde.

Für uns Deutsche aber ist die Parole der „inneren Kolonisation" schon deshalb unselig, da sie bei uns sofort die Meinung verstärkt, ein Mittel gefunden zu haben, das der pazifistischen Gesinnung entsprechend gestattet, in sanftem Schlummerleben sich das Dasein „erarbeiten" zu können. Diese Lehre, bei uns erst einmal ernst genommen, bedeutet das Ende jeder

Anstrengung, sich auf dieser Welt den Platz zu bewahren, der auch uns gebührt. Sowie erst der Durchschnittsdeutsche die Überzeugung erhielte, auch auf solchem Wege sich das Leben und die Zukunft sichern zu können, würde jeder Versuch einer aktiven und damit allein fruchtbaren Vertretung deutscher Lebensnotwendigkeiten erledigt sein. Jede wirklich nützliche Außenpolitik aber könnte durch eine solche Einstellung der Nation als begraben angesehen werden und mit ihr die Zukunft des deutschen Volkes überhaupt.

In Erkenntnis dieser Folgen ist es nicht zufällig in erster Linie immer der Jude, der solche todgefährlichen Gedankengänge in unser Volk hineinzupflanzen versucht und versteht. Er kennt seine Pappenheimer nur zu gut, um nicht zu wissen, daß sie dankbar jedem spanischen Schatzschwindler zum Opfer fallen, der ihnen weiszumachen versteht, daß das Mittel gefunden wäre, der Natur ein Schnippchen zu schlagen, den harten, unerbittlichen Kampf ums Dasein überflüssig zu machen, um an seiner Stelle bald durch Arbeit, manchmal auch schon durch bloßes Nichtstun, je nachdem „wie's trefft", zum Herrn des Planeten aufzusteigen.

Es kann nicht scharf genug betont werden, daß jede deutsche innere Kolonisation in erster Linie nur dazu zu dienen hat, soziale Mißstände zu beseitigen, vor allem den Boden der allgemeinen Spekulation zu entziehen, niemals aber genügen kann, etwa die Zukunft der Nation ohne neuen Grund und Boden sicherzustellen.

Handeln wir anders, so werden wir in kurzer Zeit nicht nur am Ende unseres Bodens angelangt sein, sondern auch am Ende unserer Kraft.

Schließlich muß noch folgendes festgestellt werden:

Die in der inneren Kolonisation liegende Beschränkung auf eine bestimmte kleine Bodenfläche sowie auch die durch Einengung der Fortpflanzung erfolgende gleiche Schlußwirkung führt zu einer außerordentlich ungünstigen militärpolitischen Lage der betreffenden Nation.

In der Größe des Wohnsitzes eines Volkes liegt allein schon ein wesentlicher Faktor zur Bestimmung seiner äußeren Sicherheit. Je größer die Raummenge ist, die einem Volk zur Verfügung steht, um so größer ist auch dessen natürlicher Schutz; denn noch immer ließen sich militärische Entscheidungen gegen Völker auf kleiner zusammengepreßter Bodenfläche in schnellerer und damit aber auch leichterer und besonders wirksamerer und vollständigerer Weise erzielen, wie dies umgekehrt gegen territorial umfangreiche Staaten möglich sein kann. In der Größe des Staatsgebietes liegt damit immer noch ein gewisser Schutz gegen leichtfertige Angriffe, da ein Erfolg dabei nur nach langen, schweren Kämpfen zu erzielen ist, mithin das Risiko eines übermütigen Überfalles zu groß erscheinen wird, sofern nicht ganz außerordentliche Gründe vorliegen. Daher liegt schon in der Größe des Staates an sich ein Grund zur leichteren Erhaltung der Freiheit und Unabhängigkeit eines Volkes, während umgekehrt die Kleinheit eines solchen Gebildes zur Inbesitznahme geradezu herausfordert.

Tatsächlich wurden auch die beiden ersten Möglichkeiten zur Schaffung eines Ausgleiches zwischen der steigenden Volkszahl und dem gleichgroß bleibenden Boden in den sogenannten nationalen Kreisen des Reiches abgelehnt. Die Gründe zu dieser Stellungnahme waren freilich andere als die oben angeführten: Zur Einschränkung der Geburten verhielt man sich in erster Linie ablehnend aus einem gewissen moralischen Gefühl heraus; die innere Kolonisation wies man mit Entrüstung zurück, da man in ihr einen Angriff gegen den Großgrundbesitz witterte und darin den Beginn eines allgemeinen Kampfes gegen das Privateigentum überhaupt sah. Bei der Form, in der besonders diese letztere Heilslehre empfohlen wurde, konnte man auch ohne weiteres mit einer solchen Annahme recht haben.

Im allgemeinem war die Abwehr der breiten Masse gegenüber nicht sehr geschickt und traf auch in keinerlei Weise den Kern des Problems.

Somit blieben nur noch zwei Wege, der steigenden Volkszahl Arbeit und Brot zu sichern.

3. Man konnte entweder neuen Boden erwerben, um die überschüssigen Millionen jährlich abzuschieben, und so die Nation auch weiter auf der Grundlage einer Selbsternährung erhalten, oder man ging

4. dazu über, durch Industrie und Handel für fremden Bedarf zu schaffen, um vom Erlös das Leben zu bestreiten.

Also: entweder Bodenoder Kolonialund Handelspolitik.

Beide Wege wurden von verschiedenen Richtungen ins Auge gefaßt, geprüft, empfohlen und bekämpft, bis endlich der letzte endgültig gegangen wurde.

Der gesündere Weg von beiden wäre freilich der erstere gewesen.

Die Erwerbung von neuem Grund und Boden zur Ansiedelung der überlaufenden Volkszahl besitzt unendlich viel Vorzüge, besonders wenn man nicht die Gegenwart, sondern die Zukunft ins Auge faßt.

Schon die Möglichkeit der Erhaltung eines gesunden Bauernstandes als Fundament der gesamten Nation kann niemals hoch genug eingeschätzt werden. Viele unserer heutigen Leiden sind nur die Folge des ungesunden Verhältnisses zwischen Landund Stadtvolk. Ein fester Stock kleiner und mittlerer Bauern war noch zu allen Zeiten der beste Schutz gegen soziale Erkrankungen, wie wir sie heute besitzen. Dies ist aber auch die einzige Lösung, die eine Nation das tägliche Brot im inneren Kreislauf einer Wirtschaft finden läßt. Industrie und Handel treten von ihrer ungesunden führenden Stellung zurück und gliedern sich in den allgemeinen Rahmen einer nationalen Bedarfsund Ausgleichswirtschaft ein. Beide sind damit nicht mehr die Grundlage der Ernährung der Nation, sondern ein Hilfsmittel derselben. Indem sie nur mehr den Ausgleich zwischen eigener Produktion und Bedarf auf allen Gebieten zur Aufgabe haben, machen sie die gesamte Volksernährung mehr oder weniger unabhängig vom Auslande, helfen also mit, die Freiheit des Staates und die Unabhängigkeit der Nation, besonders in schweren Tagen, sicherzustellen.

Allerdings, eine solche Bodenpolitik kann nicht etwa in Kamerun ihre Erfüllung finden, sondern heute fast ausschließlich nur mehr in Europa. Man muß sich damit kühl und nüchtern auf den Standpunkt stellen, daß es sicher nicht Absicht des Himmels sein kann, dem einen Volke fünfzigmal so viel an Grund und Boden auf dieser Welt zu geben als dem anderen. Man darf in diesem Falle sich nicht durch politische Grenzen von den Grenzen des ewigen Rechtes abbringen lassen. Wenn diese Erde wirklich für alle Raum zum Leben hat, dann möge man uns also den uns zum Leben notwendigen Boden geben.

Man wird das freilich nicht gerne tun. Dann jedoch tritt das Recht der Selbsterhaltung in seine Wirkung; und was der Güte verweigert wird, hat eben die Faust sich zu nehmen. Hätten unsere Vorfahren einst ihre Entscheidungen von dem gleichen pazifistischen Unsinn abhängig gemacht wie die heutige Gegenwart, dann würden wir überhaupt nur ein Drittel unseres jetzigen Bodens zu eigen besitzen; ein deutsches Volk aber dürfte dann kaum mehr Sorgen in Europa zu tragen haben. Nein – der natürlichen Entschlossenheit zum Kampfe für das eigene Dasein verdanken wir die beiden Ostmarken des Reiches und damit jene innere Stärke der Größe unseres Staatsund Volksgebietes, die überhaupt allein uns bis heute bestehen ließ.

Auch aus einem anderen Grunde wäre diese Lösung die richtige gewesen:

Viele europäischen Staaten gleichen heute auf die Spitze gestellten Pyramiden. Ihre europäische Grundfläche ist lächerlich klein gegenüber ihrer übrigen Belastung in Kolonien, Außenhandel usw. Man darf sagen: Spitze in Europa, Basis in der ganzen Welt; zum Unterschiede der amerikanischen Union, die die Basis noch im eigenen Kontinent besitzt und nur mit der Spitze die übrige Erde berührt. Daher kommt aber auch die unerhörte innere Kraft dieses Staates und die Schwäche der meisten europäischen Kolonialmächte. Auch England ist kein Beweis dagegen, da man nur zu leicht angesichts des britischen Imperiums die angelsächsische Welt als solche vergißt. Die Stellung Englands kann infolge seiner Sprachund Kulturgemeinschaft mit der amerikanischen Union allein schon mit keinem sonstigen Staat in Europa verglichen werden.

Für Deutschland lag demnach die einzige Möglichkeit zur Durchführung einer gesunden Bodenpolitik nur in der Erwerbung von neuem Lande in Europa selber. Kolonien können diesem Zwecke so lange nicht dienen, als sie nicht zur Besiedelung mit Europäern in größtem Maße geeignet erscheinen. Auf friedlichem Wege aber waren solche Kolonialgebiete im neunzehnten Jahrhundert nicht mehr zu erlangen. Es würde mithin auch eine solche Kolonialpolitik nur auf dem Wege eines schweren Kampfes durchzuführen gewesen sein, der aber dann zweckmäßiger nicht für außereuropäische Gebiete, sondern vielmehr für Land im Heimatkontinent selbst ausgefochten worden wäre.

Ein solcher Entschluß erfordert dann freilich ungeteilte Hingabe. Es geht nicht an, mit halben Mitteln oder auch nur zögernd an eine Aufgabe heranzutreten, deren Durchführung nur unter Anspannung aber auch der letzten Energie möglich erscheint. Dann mußte auch die gesamte politische Leitung des Reiches diesem ausschließlichen Zwecke huldigen; niemals durfte ein Schritt erfolgen, von anderen Erwägungen geleitet, als von der Erkenntnis dieser Aufgabe und ihrer Bedingungen. Man hatte sich Klarheit zu verschaffen, daß dieses Ziel nur unter Kampf zu erreichen war, und mußte dem Waffengange dann aber auch ruhig und gefaßt ins Auge sehen.

So waren die gesamten Bündnisse ausschließlich von diesem Gesichtspunkte aus zu prüfen und ihrer Verwertbarkeit nach zu schätzen. Wollte man in Europa Grund und Boden, dann konnte dies im großen und ganzen nur auf Kosten Rußlands geschehen, dann mußte sich das neue Reich wieder auf der Straße der einstigen Ordensritter in Marsch setzen, um mit dem deutschen Schwert dem deutschen Pflug die Scholle, der Nation aber das tägliche Brot zu geben.

Für eine solche Politik allerdings gab es in Europa nur einen einzigen Bundesgenossen: England.

Nur mit England allein vermochte man, den Rücken gedeckt, den neuen Germanenzug zu beginnen. Das Recht hierzu wäre nicht geringer gewesen als das Recht unserer Vorfahren. Keiner unserer Pazifisten weigert sich, das Brot des Ostens zu essen, obwohl der erste Pflug einst „Schwert" hieß!

Englands Geneigtheit zu gewinnen, durfte dann aber kein Opfer zu groß sein. Es war auf Kolonien und Seegeltung zu verzichten, der britischen Industrie aber die Konkurrenz zu ersparen.

Nur unbedingte klare Einstellung allein konnte zu einem solchen Ziele führen. Verzicht auf Welthandel und Kolonien, Verzicht auf eine deutsche Kriegsflotte, Konzentration der gesamten Machtmittel des Staates auf das Landheer.

Das Ergebnis wäre wohl eine augenblickliche Beschränkung gewesen, allein eine große und mächtige Zukunft.

Es gab eine Zeit, da England in diesem Sinne hätte mit sich reden lassen. Da es sehr wohl begriffen hatte, daß Deutschland infolge seiner Bevölkerungszunahme nach irgendeinem Ausweg suchen müsse und entweder mit England diesen in Europa fände oder ohne England in der Welt.

Dieser Ahnung war es wohl auch in erster Linie zuzuschreiben, wenn um die Jahrhundertwende von London selber aus versucht wurde, Deutschland näherzutreten. Zum ersten Male zeigte sich damals, was wir in den letzten Jahren in wahrhaft erschreckender Weise beobachten konnten. Man war unangenehm berührt bei dem Gedanken, für England Kastanien aus dem Feuer holen zu müssen; als ob es überhaupt ein Bündnis auf einer anderen Grundlage als der eines gegenseitigen Geschäftes geben könnte. Mit England ließ sich aber ein solches Geschäft sehr wohl machen. Die britische Diplomatie war noch immer klug genug, zu wissen, daß ohne Gegenleistung keine Leistung zu erwarten ist.

Man stelle sich aber vor, daß eine kluge deutsche Außenpolitik die Rolle Japans im Jahre 1904 übernommen hätte, und man kann kaum ermessen, welche Folgen dies für Deutschland gehabt haben würde.

Es wäre niemals zu einem „Weltkriege" gekommen.

Das Blut im Jahre 1904 hätte das Zehnfache der Jahre 1914 bis 1918 erspart.

Welche Stellung aber würde Deutschland heute in der Welt einnehmen!

Allerdings, das Bündnis mit Österreich war dann ein Unsinn.

Denn diese staatliche Mumie verband sich mit Deutschland nicht zum Durchfechten eines Krieges, sondern zur Erhaltung eines ewigen Friedens, der dann in kluger Weise zur langsamen, aber sicheren Ausrottung des Deutschtums der Monarchie verwendet werden konnte.

Dieses Bündnis aber war auch deshalb eine Unmöglichkeit, weil man doch mit einem Staate so lange gar keine offensive Vertretung nationaler deutscher Interessen erwarten durfte, als dieser nicht einmal die Kraft und Entschlossenheit besaß, dem Entdeutschungsprozeß an seiner unmittelbaren Grenze ein Ende zu bereiten. Wenn Deutschland nicht soviel nationale Besinnung und auch Rücksichtslosigkeit besaß, dem unmöglichen Habsburgerstaat die Verfügung über das Schicksal der zehn Millionen Stammesgenossen zu entreißen, dann durfte man wahrlich nicht erwarten, daß es jemals zu solch weitausschauenden und verwegenen Plänen die Hand bieten würde. Die Haltung des alten Reiches zur österreichischen Frage war der Prüfstein für sein Verhalten im Schicksalskampf der ganzen Nation.

Auf alle Fälle durfte man nicht zusehen, wie Jahr um Jahr das Deutschtum mehr zurückgedrängt wurde, da ja der Wert der Bündnisfähigkeit Österreichs ausschließlich von der Erhaltung des deutschen Elements bestimmt wurde.

Allein, man beschritt diesen Weg ja überhaupt nicht.

Man fürchtete nichts so sehr als den Kampf, um endlich in der ungünstigsten Stunde dennoch zu ihm gezwungen zu werden.

Man wollte dem Schicksal enteilen und wurde von ihm ereilt. Man räumte von der Erhaltung des Weltfriedens und landete beim Weltkrieg.

Und dies war der bedeutendste Grund, warum man diesen dritten Weg der Gestaltung einer deutschen Zukunft gar nicht einmal ins Auge faßte. Man wußte, daß die Gewinnung neuen Bodens nur im Osten zu erreichen war, sah den dann nötigen Kampf und wollte um jeden Preis doch den Frieden; denn die Parole der deutschen Außenpolitik hieß schon längst nicht mehr: Erhaltung der deutschen Nation auf allen Wegen, als vielmehr: Erhaltung des Weltfriedens mit allen Mitteln. Wie dies dann gelang, ist bekannt.

Ich werde darauf noch besonders zurückkommen.

So blieb also noch die vierte Möglichkeit: Industrie und Welthandel, Seemacht und Kolonien.

Eine solche Entwicklung war allerdings zunächst leichter und auch wohl schneller zu erreichen. Die Besiedelung von Grund und Boden ist ein langsamer Prozeß, der oft Jahrhunderte dauert; ja, darin ist gerade seine innere Stärke zu suchen, daß es sich dabei nicht um ein plötzliches Aufflammen, sondern um ein allmähliches, aber gründliches und andauerndes Wachsen handelt, zum Unterschiede von einer industriellen Entwicklung, die im Laufe weniger Jahre aufgeblasen werden kann, um dann aber auch mehr einer Seifenblase als einer gediegenen Stärke zu ähneln. Eine Flotte ist freilich schneller zu bauen, als im zähen Kampfe Bauernhöfe aufzurichten und mit Farmern zu besiedeln; allein, sie ist auch schneller zu vernichten als letztere.

Wenn Deutschland dennoch diesen Weg beschritt, dann mußte man aber wenigstens klar erkennen, daß auch diese Entwicklung eines Tages beim Kampfe enden würde. Nur Kinder konnten vermeinen, durch freundliches und gesittetes Betragen und dauerndes Betonen friedlicher Gesinnung ihre Bananen holen zu können im „friedlichen Wettbewerb der Völker", wie man so schön und salbungsvoll daherschwätzte; ohne also je zur Waffe greifen zu müssen.

Nein, wenn wir diesen Weg beschritten, dann mußte eines Tages England unser Feind werden. Es war mehr als unsinnig, sich darüber zu entrüsten – entsprach aber ganz unserer eigenen Harmlosigkeit –, daß England sich die Freiheit nahm, eines Tages unserem friedlichen Treiben mit der Roheit des gewalttätigen Egoisten entgegenzutreten. Wir hätten dies allerdings nie getan.

Wenn europäische Bodenpolitik nur zu treiben war gegen Rußland mit England im Bunde, dann war aber umgekehrt Kolonialund Welthandelspolitik nur denkbar gegen England mit Rußland. Dann mußte man aber auch hier rücksichtslos die Konsequenzen ziehen – und vor allem Österreich schleunigst fahren lassen.

Nach jeder Richtung hin betrachtet war dieses Bündnis mit Österreich um die Jahrhundertwende schon ein wahrer Wahnsinn.

Allein man dachte ja auch gar nicht daran, sich mit Rußland gegen England zu verbünden, so wenig wie mit England gegen Rußland, denn in beiden Fällen wäre das Ende ja Krieg gewesen, und um diesen zu verhindern, entschloß man sich ja doch überhaupt erst zur Handelsund Industriepolitik. Man besaß ja nun in der „wirtschaftsfriedlichen" Eroberung der Welt eine Gebrauchsanweisung, die der bisherigen Gewaltpolitik ein für allemal das Genick brechen sollte. Man war sich manchmal der Sache vielleicht doch wieder nicht ganz sicher, besonders, wenn aus England von Zeit zu Zeit ganz unmißverständliche Drohungen herüberkamen; darum entschloß man sich auch zum Bau einer Flotte, jedoch auch wieder nicht zum Angriff und zur Vernichtung Englands, sondern zur „Verteidigung" des schon benannten „Weltfriedens" und der

„friedlichen" Eroberung der Welt. Daher wurde sie auch in allem und jedem etwas bescheidener gehalten, nicht nur der Zahl, sondern auch dem Tonnengehalt der einzelnen Schiffe sowie der Armierung nach, um auch so wieder die letzten Endes doch „friedliche" Absicht durchleuchten zu lassen.

Das Gerede der „wirtschaftsfriedlichen" Eroberung der Welt war wohl der größte Unsinn, der jemals zum leitenden Prinzip der Staatspolitik erhoben wurde. Dieser Unsinn wurde noch größer dadurch, daß man sich nicht scheute, England als Kronzeugen für die Möglichkeit einer solchen Leistung anzurufen. Was dabei unsere professorale Geschichtslehre und Geschichtsauffassung mitverbrochen hat, kann kaum wieder gutgemacht werden und ist nur der schlagende Beweis dafür, wie viele Leute Geschichte „lernen", ohne sie zu verstehen oder gar zu begreifen. Gerade in England hätte man die schlagende Widerlegung dieser Theorie erkennen müssen; hat doch kein Volk mit größter Brutalität seine wirtschaftlichen Eroberungen mit dem Schwerte besser vorbereitet und später rücksichtslos verteidigt, als das englische. Ist es nicht geradezu das Merkmal britischer Staatskunst, aus politischer Kraft wirtschaftliche Erwerbungen zu ziehen und jede wirtschaftliche Stärkung sofort wieder in politische Macht umzugießen? Dabei welch ein Irrtum, zu meinen, daß England etwa persönlich zu feige wäre, für seine Wirtschaftspolitik auch das eigene Blut einzusetzen! Daß das englische Volk kein „Volksheer" besaß, bewies hier in keiner Weise das Gegenteil; denn nicht auf die jeweilige militärische Form der Wehrmacht kommt es hierbei an, als vielmehr auf den Willen und die Entschlossenheit, die vorhandene einzusetzen. England besaß immer die Rüstung, die es eben nötig hatte. Es kämpfte immer mit den Waffen, die der Erfolg verlangte. Es schlug sich mit Söldnern, solange Söldner genügten; es griff aber auch tief hinein in das wertvolle Blut der ganzen Nation, wenn nur mehr ein solches Opfer den Sieg bringen konnte; immer aber blieb die Entschlossenheit zum Kampf und die Zähigkeit wie rücksichtslose Führung desselben die gleiche.

In Deutschland aber züchtete man allmählich über den Weg der Schule, Presse und Witzblätter von dem Wesen des Engländers und noch mehr fast seines Reiches eine Vorstellung, die zu einer der bösesten Selbsttäuschungen führen mußte; denn von diesem Unsinn ward langsam alles angesteckt, und die Folge dessen war eine Unterschätzung, die sich dann auch auf das bitterste rächte. Die Tiefe dieser Fälschung war so groß, daß man überzeugt war, im Engländer den ebenso gerissenen wie aber persönlich ganz unglaublich feigen Geschäftsmann vor sich zu haben. Daß man ein Weltreich von der Größe des englischen nicht gut nur zusammenschleichen und -schwindeln konnte, leuchtete unseren erhabenen Lehrern professoraler Wissenschaft leider nicht ein. Die wenigen Warner wurden überhört oder totgeschwiegen. Ich erinnere mich noch genau, wie erstaunt bei meinen Kameraden die Gesichter waren, als wir nun in Flandern den Tommies persönlich gegenübertraten. Schon nach den ersten Schlachttagen dämmerte da wohl im Gehirn eines jeden die Überzeugung auf, daß diese Schottländer nicht gerade denen entsprachen, die man uns in Witzblättern und Depeschenberichten vorzumalen für richtig gefunden hatte.

Ich habe damals meine ersten Betrachtungen über die Zweckmäßigkeit der Form der Propaganda angestellt.

Diese Fälschung aber hatte für die Verbreiter freilich etwas Gutes: man vermochte an diesem, wenn auch unrichtigen Beispiel ja die Richtigkeit der wirtschaftlichen Eroberung der Welt zu demonstrieren. Was dem Engländer gelang, mußte auch uns gelingen, wobei dann als ein ganz besonderes Plus unsere doch bedeutend größere Redlichkeit, das Fehlen jener spezifisch englischen „Perfidie", angesehen wurde. Hoffte man doch, dadurch die Zuneigung vor allem der kleineren Nationen sowie das Vertrauen der großen nur um so leichter zu gewinnen.

Daß unsere Redlichkeit den anderen ein innerer Greuel war, leuchtete uns dabei schon deshalb nicht ein, weil wir dieses alles ganz ernsthaft selber glaubten, während die andere Welt ein solches Gebaren als Ausdruck einer ganz geriebenen Verlogenheit ansah, bis erst, wohl zum größten Erstaunen, die Revolution einen tieferen Einblick in die unbegrenzte Dummheit unserer „aufrichtigen" Gesinnung vermittelte.

Allein aus dem Unsinn dieser „wirtschaftsfriedlichen Eroberung" der Welt heraus war auch sofort der Unsinn des Dreibundes klar und verständlich. Mit welchem Staate konnte man sich denn da überhaupt sonst verbünden? Mit Österreich zusammen vermochte man allerdings nicht auf kriegerische Eroberung, selbst nur in Europa, auszugehen. Gerade darin aber bestand ja vom ersten Tage an die innere Schwäche des Bundes. Ein Bismarck konnte sich diesen Notbehelf erlauben, allein dann noch lange nicht jeder stümperhafte Nachfolger, am wenigsten jedoch zu einer Zeit, da wesentliche Voraussetzungen auch zu dem Bismarckschen Bündnis längst nicht mehr vorhanden waren; denn Bismarck glaube noch in Österreich einen deutschen Staat vor sich zu haben. Mit der allmählichen Einführung des allgemeinen Wahlrechtes aber war dieses Land zu einem parlamentarisch regierten, undeutschen Wirrwarr herabgesunken.

Nun war das Bündnis mit Österreich auch rassepolitisch einfach verderblich. Man duldete das Werden einer neuen slawischen Großmacht an der Grenze des Reiches, die sich früher oder später ganz anders gegen Deutschland einstellen mußte als z.B. Rußland. Dabei mußte das Bündnis selber von Jahr zu Jahr innerlich hohler und schwächer werden, in demselben Verhältnis, in dem die einzigen Träger dieses Gedankens in der Monarchie an Einfluß verloren und aus den maßgebendsten Stellen verdrängt wurden.

Schon um die Jahrhundertwende war das Bündnis mit Österreich in genau das gleiche Stadium eingetreten wie der Bund Österreichs mit Italien.

Auch hier gab es nur zwei Möglichkeiten: Entweder man war im Bunde mit der Habsburgermonarchie, oder man mußte gegen die Verdrängung des Deutschtums Einspruch erheben. Wenn man aber mit so etwas erst einmal beginnt, pflegt das Ende meistens der offene Kampf zu sein.

Der Wert des Dreibundes war auch schon psychologisch ein bescheidener, da die Festigkeit eines Bundes in eben dem Maße abnimmt, je mehr er sich auf die Erhaltung eines bestehenden Zustandes an sich beschränkt. Ein Bund wird aber umgekehrt um so stärker sein, je mehr die einzelnen Kontrahenten zu hoffen vermögen, durch ihn bestimmte, greifbare, expansive Ziele erreichen zu können. Auch hier wie überall liegt die Stärke nicht in der Abwehr, sondern im Angriff.

Dies wurde auch von verschiedenen Seiten schon damals erkannt, leider nur nicht von den sogenannten „Berufenen". Besonders der damalige Oberst Ludendorff, Offizier im Großen Generalstab, wies in einer Denkschrift des Jahres 1912 auf diese Schwächen hin. Natürlich wurde der Sache von seiten der „Staatsmänner" keinerlei Wert und Bedeutung zuerkannt; wie denn überhaupt klare Vernunft anscheinend nur für gewöhnliche Sterbliche zweckmäßig in Erscheinung zu treten hat, grundsätzlich aber ausscheiden darf, soweit es sich um „Diplomaten" handelt.

Es war für Deutschland nur ein Glück, daß der Krieg im Jahre 1914 auf dem Umwege über Österreich ausbrach, die Habsburger also mitmachen mußten; wäre es nämlich umgekehrt gekommen, so wäre Deutschland allein gewesen. Niemals hätte der Habsburgerstaat sich an einem Kampfe zu beteiligen vermocht oder auch selbst beteiligen wollen, der durch Deutschland entstanden wäre. Was man später an Italien so verurteilte, wäre dann schon früher bei Österreich eingetreten: man würde „neutral" geblieben sein, um so wenigstens den Staat vor einer Revolution gleich zu Beginn zu retten. Das österreichische Slawentum würde eher die Monarchie schon im Jahre 1914 zerschlagen haben, als daß es die Hilfe für Deutschland zugelassen hätte.

Wie groß aber die Gefahren und Erschwerungen, die der Bund mit der Donaumonarchie mit sich brachte, waren, vermochten damals nur sehr wenige zu begreifen.

Erstens besaß Österreich zu viel Feinde, die den morschen Staat zu beerben gedachten, als daß nicht im Laufe der Zeit ein gewisser Haß gegen Deutschland entstehen mußte, in dem man nun einmal die Ursache der Verhinderung des allseits erhofften und ersehnten Zerfalles der Monarchie erblickte. Man kam zur Überzeugung, daß Wien zum Schlusse eben nur auf dem Umweg über Berlin zu erreichen sei.

Damit aber verlor zweitens Deutschland die besten und aussichtsreichsten Bundesmöglichkeiten. Ja, an ihre Stelle trat immer größere Spannung mit Rußland und selbst Italien. Dabei war in Rom die allgemeine Stimmung ebensosehr deutschfreundlich, wie sie österreichfeindlich im Herzen auch des letzten Italieners schlummerte, öfters sogar hellauf brannte.

Weil man sich nun einmal auf Handelsund Industriepolitik geworfen hatte, war zu einem Kampfe gegen Rußland ebenfalls nicht der leiseste Anstoß mehr vorhanden. Nur die Feinde beider Nationen konnten daran noch ein lebendiges Interesse besitzen. Tatsächlich waren es auch in erster Linie Juden und Marxisten, die hier mit allen Mitteln zum Kriege zwischen den zwei Staaten schürten und hetzten.

Endlich aber mußte drittens dieser Bund für Deutschland eine ganz unendliche Gefahr deshalb in sich bergen, weil es nun einer dem Bismarckschen Reiche tatsächlich feindlich gegenüberstehenden Großmacht jederzeit mit Leichtigkeit gelingen konnte, eine ganze Reiche von Staaten gegen Deutschland mobil zu machen, indem man ja für jeden auf Kosten des österreichischen Verbündeten Bereicherungen in Aussicht zu stellen in der Lage war.

Gegen die Donaumonarchie war der gesamte Osten Europas in Aufruhr zu bringen, insbesondere aber Rußland und Italien. Niemals würde die sich seit König Eduards einleitendem Wirken bildende Weltkoalition zustande gekommen sein, wenn eben nicht Österreich als der Verbündete Deutschlands ein zu verlockendes Erbe dargestellt hätte. Nur so ward es möglich, Staaten mit sonst heterogenen Wünschen und Zielen in eine einzige Angriffsfront zu bringen. Jeder konnte hoffen, bei einem allgemeinen Vorgehen gegen Deutschland auch seinerseits eine Bereicherung auf Kosten Österreichs zu erhalten. Daß nun diesem Unglücksbunde auch noch die Türkei als stiller Teilhaber anzugehören schien, verstärkte diese Gefahr auf das außerordentlichste.

Die internationale jüdische Weltfinanz brauchte aber diese Lockmittel, um den langersehnten Plan einer Vernichtung des in die allgemeine überstaatliche Finanzund Wirtschaftskontrolle noch nicht sich fügenden Deutschlands durchführen zu können. Nur damit konnte man eine Koalition zusammenschmieden, stark und mutig gemacht durch die reine Zahl der nun marschierenden Millionenheere, bereit, dem gehörnten Siegfried endlich auf den Leib zu rücken.

Das Bündnis mit der Habsburgermonarchie, das mich schon in Österreich immer mit Mißmut erfüllt hatte, begann nun zur Ursache langer innerer Prüfungen zu werden, die mich in der Folgezeit nur noch mehr in der schon vorgefaßten Meinung bestärkten.

Ich machte schon damals in den kleinen Kreisen, in denen ich überhaupt verkehrte, kein Hehl aus meiner Überzeugung, daß dieser unselige Vertrag mit einem zum Untergange bestimmten Staat auch zu einem katastrophalen Zusammenbruch Deutschlands führen werde, wenn man sich nicht noch zur rechten Zeit loszulösen verstünde. Ich habe in dieser meiner felsenfesten Überzeugung auch keinen Augenblick geschwankt, als endlich der Sturm des Weltkrieges jede vernünftige Überlegung ausgeschaltet zu haben schien und der Taumel der Begeisterung die Stellen mitergriffen hatte, für die es nur kälteste Wirklichkeitsbetrachtung geben durfte. Auch während ich selbst an der Front stand, vertrat ich, wo immer über diese Probleme gesprochen wurde, meine Meinung, daß der Bund je schneller desto besser für die deutsche Nation abgebrochen werden müßte, und daß die Preisgabe der habsburgischen Monarchie überhaupt kein Opfer wäre, wenn Deutschland dadurch eine Beschränkung seiner Gegner erreichen könnte; denn nicht für die Erhaltung einer verluderten Dynastie hatten sich die Millionen den Stahlhelm aufgebunden, sondern vielmehr für die Rettung der deutschen Nation.

Einige Male vor dem Kriege schien es, als ob wenigstens in einem Lager ein leiser Zweifel an der Richtigkeit der eingeschlagenen Bündnispolitik auftauchen wollte. Deutschkonservative Kreise begannen von Zeit zu Zeit vor zu großer Vertrauensseligkeit zu warnen, allein es war dies, wie eben alles Vernünftige, in den Wind geschlagen worden. Man war überzeugt, auf dem rechten Weg zu einer „Eroberung" der Welt zu sein, deren Erfolg ungeheuer, deren Opfer gleich Null sein würden.

Den bekannten „Unberufenen" aber blieb wieder einmal nichts anderes übrig, als schweigend zuzusehen, warum und wie die „Berufenen" geradewegs in das Verderben marschierten, das liebe Volk wie der Rattenfänger von Hameln hinter sich herziehend.

X X X

Die tiefere Ursache für die Möglichkeit, den Unsinn einer „wirtschaftlichen Eroberung" als praktischen politischen Weg, die Erhaltung des „Weltfriedens" aber als politisches Ziel einem ganzen Volke hinzustellen, ja begreiflich zu machen, lag in der allgemeinen Erkrankung unseres gesamten politischen Denkens überhaupt.

Mit dem Siegeszuge der deutschen Technik und Industrie, den aufstrebenden Erfolgen des deutschen Handels verlor sich immer mehr die Erkenntnis, daß dies alles doch nur unter der Voraussetzung eines starken Staates möglich sei. Im Gegenteil, man ging schon in vielen Kreisen so weit, die Überzeugung zu vertreten, daß der Staat selber nur diesen Erscheinungen sein Dasein verdanke, daß er selber in erster Linie eine wirtschaftliche Institution darstelle, nach wirtschaftlichen Belangen zu regieren sei und demgemäß auch in seinem Bestande von der Wirtschaft abhänge, welcher Zustand dann als der weitaus gesündeste wie natürlichste angesehen und gepriesen wurde.

Der Staat hat aber mit einer bestimmten Wirtschaftsauffassung oder Wirtschaftsentwicklung gar nichts zu tun.

Er ist nicht eine Zusammenfassung wirtschaftlicher Kontrahenten in einem bestimmt umgrenzten Lebensraum zur Erfüllung wirtschaftlicher Aufgaben, sondern die Organisation einer Gemeinschaft physisch und seelisch gleicher Lebewesen zur besseren Ermöglichung der Forterhaltung ihrer Art sowie der Erreichung des dieser von der Vorsehung vorgezeichneten Zieles ihres Daseins. Dies und nichts anderes ist der Zweck und Sinn eines Staates. Die Wirtschaft ist dabei nur eines der vielen Hilfsmittel, die zur Erreichung dieses Zieles eben erforderlich sind. Sie ist aber niemals Ursache oder Zweck eines Staates, sofern eben dieser nicht von vornherein auf falscher, weil unnatürlicher Grundlage beruht. Nur so ist es erklärlich, daß der Staat als solcher nicht einmal eine territoriale Begrenzung als Voraussetzung zu haben braucht. Es wird dies nur bei den Völkern vonnöten sein, die aus sich selbst heraus die Ernährung der Artgenossen sicherstellen wollen, also durch eigene Arbeit den Kampf mit dem Dasein auszufechten bereit sind. Völker, die sich als Drohnen in die übrige Menschheit einzuschleichen vermögen, um diese unter allerlei Vorwänden für sich schaffen zu lassen, können selbst ohne jeden eigenen, bestimmt begrenzten Lebensraum Staaten bilden. Dies trifft in erster Linie zu bei dem Volke, unter dessen Parasitentum besonders heute die ganze ehrliche Menschheit zu leiden hat: dem Judentum.

Der jüdische Staat war nie in sich räumlich begrenzt, sondern universell unbegrenzt auf den Raum, aber beschränkt auf die Zusammenfassung einer Rasse. Daher bildete dieses Volk auch immer einen Staat innerhalb der Staaten. Es gehört zu den genialsten Tricks, die jemals erfunden worden sind, diesen Staat als „Religion" segeln zu lassen und ihn dadurch der Toleranz zu versichern, die der Arier dem religiösen Bekenntnis immer zuzubilligen bereit ist. Denn tatsächlich ist die mosaische Religion nichts anderes als eine Lehre der Erhaltung der jüdischen Rasse. Sie umfaßt daher auch nahezu alle soziologischen, politischen sowie wirtschaftlichen Wissensgebiete, die hierfür überhaupt nur in Frage zu kommen vermögen.

Der Trieb der Arterhaltung ist die erste Ursache zur Bildung menschlicher Gemeinschaften. Damit aber ist der Staat ein völkischer Organismus und nicht eine wirtschaftliche Organisation. Ein Unterschied, der ebenso groß ist, als er besonders den heutigen sogenannten „Staatsmännern" allerdings unverständlich bleibt. Daher glauben dann diese auch, den Staat durch Wirtschaft aufbauen zu können, während er in Wahrheit ewig nur das Ergebnis der Betätigung jener Eigenschaften ist, die in der Linie des Erhaltungswillens der Art und Rasse liegen. Diese sind aber immer heldische Tugenden und niemals krämerischer Egoismus, da ja die Erhaltung des Daseins einer Art die Bereitwilligkeit zur Aufopferung des einzelnen voraussetzt. Darin liegt ja eben der Sinn des Dichterwortes „Und setzet ihr nicht das Leben ein, nie wird euch das Leben gewonnen sein", daß die Hingabe des persönlichen Daseins notwendig ist, um die Erhaltung der Art zu sichern. Somit aber ist die wesentlichste Voraussetzung zur Bildung und Erhaltung eines Staates das Vorhandensein eines bestimmten Zusammengehörigkeitsgefühls auf Grund gleichen Wesens und gleicher Art sowie die Bereitwilligkeit, dafür sich mit allen Mitteln einzusetzen. Dies wird bei Völkern auf eigenem Boden zur Bildung heldischer Tugenden, bei Schmarotzern zu verlogener Heuchelei und heimtückischer Grausamkeit führen, wenn nicht diese Eigenschaften schon als Voraussetzung ihres der Form nach so verschiedenen staatlichen Daseins nachweisbar vorhanden sein müssen. Immer aber wird schon die Bildung eines Staates nur durch den Einsatz dieser Eigenschaften mindestens ursprünglich erfolgen, wobei dann im Ringen um die Selbsterhaltung diejenigen Völker unterliegen werden, das heißt der Unterjochung und damit dem früheren oder späteren Aussterben anheimfallen, die im gegenseitigen Kampf das wenigste an heldischen Tugenden ihr eigen nennen oder

der verlogenen List des feindlichen Schmarotzers nicht gewachsen sind. Aber auch in diesem Falle ist dies fast immer nicht so sehr einem Mangel an Klugheit als vielmehr einem Mangel an Entschlossenheit und Mut zuzuschreiben, der sich nur unter dem Mantel humaner Gesinnung zu verbergen trachtet.

Wie wenig aber die staatsbildenden und staaterhaltenden Eigenschaften mit Wirtschaft im Zusammenhang stehen, zeigt am klarsten die Tatsache, daß die innere Stärke eines Staates nur in den allerseltensten Fällen mit der sogenannten wirtschaftlichen Blüte zusammenfällt, wohl aber diese in unendlich vielen Beispielen den bereits nahenden Verfall des Staates anzuzeigen scheint. Würde nun aber die Bildung menschlicher Gemeinwesen in erster Linie wirtschaftlichen Kräften oder auch Antrieben zuzuschreiben sein, dann müßte die höchste wirtschaftliche Entfaltung auch zugleich die gewaltigste Stärke des Staates bedeuten und nicht umgekehrt.

Der Glaube an die staatsbildende und staaterhaltende Kraft der Wirtschaft mutet besonders unverständlich an, wenn er in einem Lande Geltung hat, das in allem und jedem das geschichtliche Gegenteil klar und eindringlich aufzeigt. Gerade Preußen erweist in wundervoller Schärfe, daß nicht materielle Eigenschaften, sondern ideelle Tugenden allein zur Bildung eines Staates befähigen. Erst unter ihrem Schutze vermag dann auch die Wirtschaft emporzublühen, so lange, bis mit dem Zusammenbruche der reinen staatsbildenden Fähigkeiten auch die Wirtschaft wieder zusammenbricht; ein Vorgang, den wir gerade jetzt in so entsetzlich trauriger Weise beobachten können. Immer vermögen die materiellen Interessen der Menschen so lange am besten zu gedeihen, als sie im Schatten heldischer Tugenden bleiben; sowie sie aber in den ersten Kreis des Daseins zu treten versuchen, zerstören sie sich die Voraussetzung zum eigenen Bestand.

Stets, wenn in Deutschland ein Aufschwung machtpolitischer Art stattfand, begann sich auch die Wirtschaft zu heben; immer aber, wenn die Wirtschaft zum einzigen Inhalt des Lebens unseres Volkes wurde und darunter die ideellen Tugenden erstickte, brach der Staat wieder zusammen und riß in einiger Zeit die Wirtschaft mit sich.

Wenn man sich jedoch die Frage vorlegt, was nun die staatsbildenden oder auch nur staaterhaltenden Kräfte in Wirklichkeit sind, so kann man sie unter einer einzigen Bezeichnung zusammenfassen: Aufopferungsfähigkeit und Aufopferungswille des einzelnen für die Gesamtheit. Daß diese Tugenden mit Wirtschaft auch nicht das geringste zu tun haben, geht aus der einfachen Erkenntnis hervor, daß der Mensch sich ja nie für diese aufopfert, das heißt: man stirbt nicht für Geschäfte, sondern nur für Ideale. Nichts bewies die psychologische Überlegenheit des Engländers in der Erkenntnis der Volksseele besser als die Motivierung, die er seinem Kampfe zu geben verstand. Während wir für Brot fochten, stritt England für die „Freiheit", und nicht einmal für die eigene, nein, für die der kleinen Nationen. Man lachte bei uns über diese Frechheit oder ärgerte sich darüber und bewies damit, wie gedankenlos dumm die sogenannte Staatskunst Deutschlands schon vor dem Kriege geworden war. Keine blasse Ahnung war mehr vorhanden über das Wesen der Kraft, die Männer aus freiem Willen und Entschluß in den Tod zu führen vermag.

Solange das deutsche Volk im Jahre 1914 noch für Ideale zu fechten glaube, hielt es stand; sowie man es nur mehr um das tägliche Brot kämpfen ließ, gab es das Spiel lieber auf. Unsere geistvollen „Staatsmänner" aber staunten über diesen Wechsel der Gesinnung. Es wurde ihnen niemals klar, daß ein Mensch von dem Augenblick an, in dem er für ein wirtschaftliches Interesse ficht, den Tod möglichst meidet, da ja dieser ihn um den Genuß des Lohnes seines Kampfes für immer bringen würde. Die Sorge um die Rettung des eigenen Kindes läßt die schwächlichste Mutter zur Heldin werden, und nur der Kampf um die Erhaltung der Art und des sie schützenden Herdes oder auch Staates trieb die Männer zu allen Zeiten in die Speere der Feinde. Man darf folgenden Satz als ewig gültige Wahrheit aufstellen:

Noch niemals wurde ein Staat durch friedliche Wirtschaft gegründet, sondern immer nur durch die Instinkte der Erhaltung der Art, mögen diese nun auf dem Gebiete heldischer Tugend oder listiger Verschlagenheit liegen; das eine ergibt dann eben arische Arbeits-und Kulturstaaten, das andere jüdische Schmarotzerkolonien. Sowie jedoch erst bei einem Volke oder in einem Staate die Wirtschaft als solche diese Triebe zu überwuchern beginnt, wird sie selber zur lockenden Ursache der Unterjochung und Unterdrückung.

Der Glaube der Vorkriegszeit, durch Handels-und Kolonialpolitik auf friedlichem Wege die Welt dem deutschen Volke erschließen oder gar erobern zu können, war ein klassisches Zeichen für den Verlust der wirklichen staatsbildenden und staaterhaltenden Tugenden und aller daraus folgenden Einsicht, Willenskraft und Tatentschlossenheit; die naturgesetzliche Quittung hierfür aber war der Weltkrieg mit seinen Folgen.

Für den nicht tiefer Forschenden konnte allerdings diese Einstellung der deutschen Nation – denn sie war wirklich so gut als allgemein – nur ein unlösbares Rätsel darstellen: war doch gerade Deutschland ein ganz wundervolles Beispiel eines aus rein machtpolitischen Grundlagen hervorgegangenen Reiches. Preußen, des Reiches Keimzelle, entstand durch strahlendes Heldentum und nicht durch Finanzoperationen oder Handelsgeschäfte, und das Reich selber war wieder nur der herrlichste Lohn machtpolitischer Führung und soldatischen Todesmutes. Wie konnte gerade das deutsche Volk zu einer solchen Erkrankung seines politischen Instinkts kommen? Denn hier handelte es sich nicht um eine einzelne Erscheinung, sondern um Verfallsmomente, die in wahrhaft erschreckender Unzahl bald wie Irrlichter aufflackerten und dem Volkskörper auf und ab strichen oder als giftige Geschwüre bald da, bald dort die Nation anfraßen. Es schien, als ob ein immerwährender Giftstrom bis in die äußersten Blutgefäße dieses einstigen Heldenleibes von einer geheimnisvollen Macht getrieben würde, um nun zu immer größeren Lähmungen der gesunden Vernunft, des einfachen Selbsterhaltungstriebes zu führen.

Indem ich alle dies Fragen, bedingt durch meine Stellungnahme zur deutschen Bündnispolitik und Wirtschaftspolitik des Reiches, in den Jahren 1912 bis 1914 zahllose Male an mir vorüberziehen ließ, blieb als des Rätsels Lösung immer mehr jene Macht übrig, die ich schon vordem in Wien, von ganz anderen Gesichtspunkten bestimmt, kennengelernt hatte: die marxistische Lehre und Weltanschauung sowie ihre organisatorische Auswirkung.

Zum zweiten Male in meinem Leben bohrte ich mich in diese Lehre der Zerstörung hinein – und diesmal freilich nicht mehr geleitet durch die Eindrücke und Wirkungen meiner tagtäglichen Umgebung, sondern hingewiesen durch die Beobachtung allgemeiner Vorgänge des politischen Lebens. Indem ich neuerdings mich in die theoretische Literatur dieser neuen Welt vertiefte und mir deren mögliche Auswirkungen klarzumachen versuchte, verglich ich diese dann mit den tatsächlichen Erscheinungen und Ereignissen ihrer Wirksamkeit im politischen, kulturellen und auch wirtschaftlichen Leben.

Zum ersten Male aber wendete ich nun meine Aufmerksamkeit auch den Versuchen zu, dieser Weltpest Herr zu werden.

Ich studierte die Bismarcksche Ausnahmegesetzgebung in Absicht, Kampf und Erfolg. Allmählich erhielt ich dann eine für meine eigene Überzeugung allerdings geradezu granitene Grundlage, so daß ich seit dieser Zeit eine Umstellung meiner inneren Anschauung in dieser Frage niemals mehr vorzunehmen gezwungen wurde. Ebenso ward das Verhältnis von Marxismus und Judentum einer weiteren gründlichen Prüfung unterzogen.

Wenn mir aber früher in Wien vor allem Deutschland als ein unerschütterlicher Koloß erschienen war, so begannen nun doch manchmal bange Bedenken bei mir einzutreten. Ich haderte im stillen und in den kleinen Kreisen meiner Bekannten mit der deutschen Außenpolitik ebenso wie mit der, wie mir schien, unglaublich leichtfertigen Art, in der man das wichtigste Problem, das es überhaupt für Deutschland damals gab, den Marxismus, behandelte. Ich konnte wirklich nicht begreifen, wie man nur so blind einer Gefahr entgegenzutaumeln vermochte, deren Auswirkungen der eigenen Absicht des Marxismus entsprechend einst ungeheuerliche sein mußten. Ich habe schon damals in meiner Umgebung, genau so wie heute im großen, vor dem Beruhigungsspruch aller feigen Jämmerlinge „Uns kann nichts geschehen!" gewarnt. Eine ähnliche GesinnungsPestilenz hatte schon einst ein Riesenreich zerstört. Sollte Deutschland allein nicht genau den gleichen Gesetzen unterworfen sein wie alle anderen menschlichen Gemeinschaften?

In den Jahren 1913 und 1914 habe ich denn auch zum ersten Male in verschiedenen Kreisen, die heute zum Teil treu zur nationalsozialistischen Bewegung stehen, die Überzeugung ausgesprochen, daß die Frage der Zukunft der deutschen Nation die Frage der Vernichtung des Marxismus ist.

In der unseligen deutschen Bündnispolitik sah ich nur eine der durch die Zersetzungsarbeit dieser Lehre hervorgerufenen Folgeerscheinungen; denn das Fürchterliche war ja eben, daß dieses Gift fast unsichtbar sämtliche Grundlagen einer gesunden Wirtschaftsund Staatsauffassung zerstörte, ohne daß die davon Ergriffenen häufig auch nur selber ahnten, wie sehr ihr Handeln und Wollen bereits der Ausfluß dieser sonst auf das schärfste abgelehnten Weltanschauung war.

Der innere Niedergang des deutschen Volkes hatte damals schon längst begonnen, ohne daß die Menschen, wie so oft im Leben, sich über den Vernichter ihres Daseins klargeworden wären. Manchmal dokterte man wohl auch an der Krankheit herum, verwechselte jedoch dann die Formen der Erscheinung mit dem Erreger. Da man diesen nicht kannte oder erkennen wollte, besaß aber auch der Kampf gegen den Marxismus nur den Wert einer kurpfuscherischen Salbaderei.

5. Kapitel

Der Weltkrieg

Als jungen Wildfang hatte mich in meinen ausgelassenen Jahren nichts so sehr betrübt, als gerade in einer Zeit geboren zu sein, die ersichtlich ihre Ruhmestempel nur mehr Krämern oder Staatsbeamten errichten würde. Die Wogen der geschichtlichen Ereignisse schienen sich schon so gelegt zu haben, daß wirklich nur dem „friedlichen Wettbewerb der Völker", das heißt also einer geruhsamen gegenseitigen Begaunerung unter Ausschaltung gewaltsamer Methoden der Abwehr, die Zukunft gehören zu schien. Die einzelnen Staaten begannen immer mehr Unternehmen zu gleichen, die sich gegenseitig den Boden abgraben, die Kunden und Aufträge wegfangen und einander auf jede Weise zu übervorteilen versuchen, und dies alles unter einem ebenso großen wie harmlosen Geschrei in Szene setzen. Diese Entwicklung aber schien nicht nur anzuhalten, sondern sollte dereinst (nach allgemeiner Empfehlung) die ganze Welt zu einem einzigen großen Warenhaus ummodeln, in dessen Vorhallen dann die Büsten der geriebensten Schieber und harmlosesten Verwaltungsbeamten der Unsterblichkeit aufgespeichert würden. Die Kaufleute könnten dann die Engländer stellen, die Verwaltungsbeamten die Deutschen, zu Inhabern aber müßten sich wohl die Juden aufopfern, da sie nach eigenem Geständnis doch nie etwas verdienen, sondern ewig nur „bezahlen" und außerdem die meisten Sprachen sprechen.

Warum konnte man denn nicht hundert Jahre früher geboren sein? Etwa zur Zeit der Befreiungskriege, da der Mann wirklich, auch ohne „Geschäft", noch etwas wert war?!

Ich hatte mir so über meine, wie mir vorkam, zu spät angetretene irdische Wanderschaft oft ärgerliche Gedanken gemacht und die mir bevorstehende Zeit „der Ruhe und Ordnung" als eine unverdiente Niedertracht des Schicksals angesehen. Ich war eben schon als Junge kein „Pazifist", und alle erzieherischen Versuche in dieser Richtung wurden zu Nieten.

Wie ein Wetterleuchten kam mir da der Burenkrieg vor. Ich lauerte jeden Tag auf die Zeitungen und verschlang Depeschen und Berichte und war schon glücklich, Zeuge dieses Heldenkampfes wenigstens aus der Ferne sein zu dürfen.

Der Russisch-Japanische Krieg sah mich schon wesentlich reifer, allein auch aufmerksamer. Ich hatte dort bereits aus mehr nationalen Gründen Partei ergriffen und mich damals beim Austrag unserer Meinungen sofort auf Seite der Japaner gestellt. Ich sah in einer Niederlage der Russen auch eine Niederlage des österreichischen Slawentums.

Seitdem waren viele Jahre verflossen, und was mir einst als Junge wie faules Siechtum erschien, empfand ich nun als Ruhe vor dem Sturme. Schon während meiner Wiener Zeit lag über dem Balkan jene fahle Schwüle, die den Orkan anzuzeigen pflegt, und schon zuckte manchmal auch ein hellerer Lichtschein auf, um jedoch rasch in das unheimliche Dunkel sich wieder zuzückzuverlieren. Dann aber kam der Balkankrieg, und mit ihm fegte der erste Windstoß über das nervös gewordene Europa hinweg. Die nun kommende Zeit lag wie ein schwerer Alpdruck auf den Menschen, brütend wie fiebrige Tropenglut, so daß das Gefühl der herannahenden Katastrophe infolge der ewigen Sorge endlich zur Sehnsucht wurde: der Himmel möge endlich dem Schicksal, das nicht mehr zu hemmen war, den freien Lauf gewähren. Da fuhr denn auch schon der erste gewaltige Blitzstrahl auf die Erde nieder: das Wetter brach los, und in den Donner des Himmels mengte sich das Dröhnen der Batterien des Weltkrieges.

Als die Nachricht von der Ermordung des Erzherzogs Franz Ferdinand in München eintraf (ich saß gerade zu Hause und hörte nur ungenau den Hergang der Tat), faßte mich zunächst Sorge, die Kugeln möchten vielleicht aus den Pistolen deutscher Studenten stammen, die aus Empörung über die dauernde Verslawungsarbeit des Thronfolgers das deutsche Volk von diesem inneren Feinde befreien wollten. Was die Folge davon gewesen wäre, konnte man sich sofort ausdenken: eine neue Welle von Verfolgungen, die nun vor der ganzen Welt „gerechtfertigt" und „begründet" gewesen wären. Als ich jedoch gleich darauf schon die Namen der vermutlichen Täter hörte und außerdem ihre Feststellung als Serben las, begann mich leises Grauen zu beschleichen über diese Rache des unerforschlichen Schicksals.

Der größte Slawenfreund fiel unter den Kugeln slawischer Fanatiker.

Wer in den letzten Jahren das Verhältnis Österreichs zu Serbien dauernd zu beobachten Gelegenheit besaß, der konnte wohl kaum einen Augenblick darüber im Zweifel sein, daß der Stein in das Rollen gekommen war, bei dem es ein Aufhalten nicht mehr geben konnte.

Man tut der Wiener Regierung Unrecht, sie heute mit Vorwürfen zu überschütten über Form und Inhalt des von ihr gestellten Ultimatums. Keine andere Macht der Welt hätte an gleicher Stelle und in gleicher Lage anders zu handeln vermocht. Österreich besaß an seiner Südgrenze einen unerbittlichen Todfeind, der in immer kürzeren Perioden die Monarchie herausforderte, und der nimmer locker gelassen hätte, bis endlich der günstige Augenblick zur Zertrümmerung des Reiches doch eingetreten wäre. Man hatte Grund zur Befürchtung, daß dieser Fall spätestens mit dem Tode des alten Kaisers kommen mußte; dann aber war die Monarchie vielleicht überhaupt nicht mehr in der Lage, ernstlichen Widerstand zu leisten. Der ganze Staat stand in den letzten Jahren schon so sehr auf den beiden Augen Franz Josephs, daß der Tod dieser uralten Verkörperung des Reiches in dem Gefühl der breiten Masse von vornherein als der Tod des Reiches selber galt. Ja, es gehörte mit zu den schlauesten Künsten besonders slawischer Politik, den Anschein zu erwecken, daß der österreichische Staat ohnehin nur mehr der ganz wundervollen, einzigartigen Kunst dieses Monarchen sein Dasein verdanke; eine Schmeichelei, die in der Hofburg um so wohler tat, als sie den wirklichen Verdiensten dieses Kaisers am wenigsten entsprach. Den Stachel, der in dieser Lobpreisung versteckt lauerte, vermochte man nicht herauszufinden. Man sah nicht oder wollte vielleicht auch dort nicht mehr sehen, dass, je mehr die Monarchie nur noch auf die überragende Regierungskunst, wie man sich auszudrücken pflegte, dieses „weisesten Monarchen" aller Zeiten eingestellt war, um so katastrophaler die Lage werden mußte, wenn eines Tages auch hier das Schicksal an die Türe pochte, um seinen Tribut zu holen.

War das alte Österreich ohne den alten Kaiser dann überhaupt noch denkbar?!

Würde sich nicht sofort die Tragödie, die einst Maria Theresia betroffen hatte, wiederholt haben?

Nein, man tut den Wiener Regierungskreisen wirklich Unrecht, wenn ihnen der Vorwurf gemacht wird, daß sie nun zum Kriege trieben, der sonst vielleicht doch noch zu vermeiden gewesen wäre. Er war nicht mehr zu vermeiden, sondern konnte höchstens noch ein oder zwei Jahre hinausgeschoben werden. Allein dies war ja der Fluch der deutschen sowohl als auch der österreichischen Diplomatie, daß sie eben immer schon versucht hatte, die unausbleibliche Abrechnung hinauszuschieben, bis sie endlich gezwungen war, zu der unglücklichsten Stunde loszuschlagen. Man kann überzeugt sein, daß ein nochmaliger Versuch, den Frieden zu retten, den Krieg zu noch ungünstigerer Zeit erst recht gebracht haben würde.

Nein, wer diesen Krieg nicht wollte, mußte auch den Mut aufbringen, die Konsequenzen zu ziehen. Diese aber hätten nur in der Opferung Österreichs bestehen können. Der Krieg wäre auch dann noch gekommen, allein wohl nicht mehr als Kampf aller gegen uns, dafür jedoch in der Form einer Zerreißung der Habsburgermonarchie. Dabei mußte man sich dann entschließen, mitzutun oder eben zuzusehen, um mit leeren Händen dem Schicksal seinen Lauf zu lassen.

Gerade diejenigen aber, die heute über den Beginn des Krieges am allermeisten fluchen und am weisesten urteilen, waren diejenigen, die am verhängnisvollsten mithalfen, in ihn hineinzusteuern.

Die Sozialdemokratie hatte seit Jahrzehnten die schurkenhafteste Kriegshetze gegen Rußland getrieben, das Zentrum aber hatte aus religiösen Gesichtspunkten den österreichischen Staat am meisten zum Angelund Drehpunkt der deutschen Politik gemacht. Nun hatte man die Folgen dieses Irrsinns zu tragen. Was kam, mußte kommen und war unter keinen Umständen mehr zu vermeiden. Die Schuld der deutschen Regierung war dabei, daß sie, um den Frieden nur ja zu erhalten, die günstigen Stunden des Losschlagens immer versäumte, sich in das Bündnis zur Erhaltung des Weltfriedens verstrickte und so endlich das Opfer einer Weltkoalition wurde, die eben dem Drang nach Erhaltung des Weltfriedens die Entschlossenheit zum Weltkrieg entgegenstemmte.

Hätte aber die Wiener Regierung damals dem Ultimatum eine andere, mildere Form gegeben, so würde dies an der Lage gar nichts mehr geändert haben als höchstens das eine, daß sie selber von der Empörung des Volkes weggefegt worden wäre. Denn in den Augen der breiten Masse war der Ton des Ultimatums noch viel zu rücksichtsvoll und keineswegs etwa zu weitgehend oder gar zu brutal. Wer dies heute wegzuleugnen versucht, ist entweder ein vergeßlicher Hohlkopf oder ein ganz bewußter Lügner.

Der Kampf des Jahres 1914 wurde den Massen, wahrhaftiger Gott, nicht aufgezwungen, sondern von dem gesamten Volke selbst begehrt.

Man wollte einer allgemeinen Unsicherheit endlich ein Ende bereiten. Nur so kann man auch verstehen, daß zu diesem schwersten Ringen sich über zwei Millionen deutscher Männer und Knaben freiwillig zur Fahne stellten, bereit, sie zu schirmen mit dem letzten Tropfen Blutes.

Mir selber kamen die damaligen Stunden wie eine Erlösung aus den ärgerlichen Empfindungen der Jugend vor. Ich schäme mich auch heute nicht, es zu sagen, daß ich, überwältigt von stürmischer Begeisterung, in die Knie gesunken war und dem Himmel aus übervollem Herzen dankte, daß er mir das Glück geschenkt, in dieser Zeit leben zu dürfen.

Ein Freiheitskampf war angebrochen, wie die Erde noch keinen gewaltigeren bisher gesehen; denn sowie das Verhängnis seinen Lauf auch nur begonnen hatte, dämmerte auch schon den breitesten Massen die Überzeugung auf, daß es sich dieses Mal nicht um Serbiens oder auch Österreichs Schicksal handelte, sondern um Sein oder Nichtsein der deutschen Nation.

Zum letzten Male auf viele Jahre war das Volk hellseherisch über seine eigene Zukunft geworden. So kam denn auch gleich zu Beginn des ungeheueren Ringens in den Rausch einer überschwenglichen Begeisterung der nötige ernste Unterton: denn diese Erkenntnis allein ließ die nationale Erhebung mehr werden als ein bloßes Strohfeuer. Der Ernst aber war nur zu sehr erforderlich; machte man sich doch damals allgemein auch nicht die geringste Vorstellung von der möglichen Länge und Dauer des nun beginnenden Kampfes. Man träumte, den Winter wieder zu Hause zu sein, um dann in erneuter friedlicher Arbeit fortzufahren.

Was der Mensch will, das hofft und glaubt er. Die überwältigende Mehrheit der Nation war des ewigen unsicheren Zustandes schon längst überdrüssig; so war es auch nur zu verständlich, daß man an eine friedliche Beilegung des österreichisch-serbischen Konfliktes gar nicht mehr glaubte, die endgültige Auseinandersetzung aber erhoffte. Zu diesen Millionen gehörte auch ich.

Kaum war die Kunde des Attentats in München bekannt geworden, so zuckten mir auch sofort zwei Gedanken durch den Kopf: erstens, daß der Krieg endlich unvermeidlich sein würde, weiter aber, daß nun der habsburgische Staat gezwungen sei, den Bund auch zu halten; denn was ich immer am meisten gefürchtet hatte, war die Möglichkeit, daß Deutschland selber eines Tages, vielleicht gerade infolge dieses Bündnisses, in einen Konflikt geraten konnte, ohne daß aber Österreich die direkte Veranlassung hierzu gegeben hätte, und so der österreichische Staat aus innerpolitischen Gründen nicht die Kraft des Entschlusses aufbringen würde, sich hinter den Bundesgenossen zu stellen. Die slawische Majorität des Reiches würde eine solche selbst gefaßte Absicht sofort zu sabotieren begonnen haben und hätte immer noch lieber den ganzen Staat in Trümmer geschlagen, als dem Bundesgenossen die geforderte Hilfe gewährt. Diese Gefahr war nun aber beseitigt. Der alte Staat mußte fechten, man mochte wollen oder nicht.

Meine eigene Stellung zum Konflikt war mir ebenfalls sehr einfach und klar; für mich stritt nicht Österreich für irgendeine serbische Genugtuung, sondern Deutschland um seinen Bestand, die deutsche Nation um Sein oder Nichtsein, um Freiheit und Zukunft. Bismarcks Werk mußte sich nun schlagen; was die Väter einst mit ihrem Heldenblute in den Schlachten von Weißenburg bis Sedan und Paris erstritten hatten, mußte nun das junge Deutschland sich aufs neue verdienen. Wenn dieser Kampf aber siegreich bestanden wurde, dann war unser Volk in den Kreis der großen Nationen auch wieder an äußerer Macht eingetreten, dann erst wieder konnte das Deutsche Reich als ein mächtiger Hort des Friedens sich bewähren, ohne seinen Kindern das tägliche Brot um des lieben Friedens willen kürzen zu müssen.

Ich hatte einst als Junge und junger Mensch so oft den Wunsch gehabt, doch wenigstens einmal auch durch Taten bezeugen zu können, daß mir die nationale Begeisterung kein leerer Wahn sei. Mir kam es oft fast als Sünde vor, Hurra zu schreien, ohne vielleicht auch nur das innere Recht hierzu zu besitzen; denn wer durfte dieses Wort gebrauchen, ohne es einmal dort erprobt zu haben, wo alle Spielerei zu Ende ist und die unerbittliche Hand der Schicksalsgöttin Völker und Menschen zu wägen beginnt auf Wahrheit und Bestand ihrer Gesinnung? So quoll mir, wie Millionen anderen, denn auch das Herz über vor stolzem Glück, mich nun endlich von dieser lähmenden Empfindung erlösen zu können. Ich hatte so oft „Deutschland über alles" gesungen und aus voller Kehle Heil gerufen, daß es mir fast wie eine nachträglich gewährte Gnade erschien, nun im Gottesdienst des ewigen Richters als Zeuge antreten zu dürfen zur Bekundung der Wahrhaftigkeit dieser

Gesinnung. Denn es stand bei mir von der ersten Stunde an fest, daß ich im Falle eines Krieges – der mir unausbleiblich schien – so oder so die Bücher sofort verlassen würde. Ebenso aber wußte ich auch, daß mein Platz dann dort sein mußte, wo mich die innere Stimme nun einmal hinwies.

Aus politischen Gründen hatte ich Österreich in erster Linie verlassen; was war aber selbstverständlicher, als daß ich nun, da der Kampf begann, dieser Gesinnung erst recht Rechnung tragen mußte! Ich wollte nicht für den habsburgischen Staat fechten, war aber bereit, für mein Volk und das dieses verkörpernde Reich jederzeit zu sterben.

Am 3. August reichte ich ein Immediatgesuch an Seine Majestät König Ludwig III. ein mit der Bitte, in ein bayerisches Regiment eintreten zu dürfen. Die Kabinettskanzlei hatte in diesen Tagen sicherlich nicht wenig zu tun; um so größer war meine Freude, als ich schon am Tage darauf die Erledigung meines Ansuchens erhielt. Als ich mit zitternden Händen das Schreiben geöffnet hatte und die Genehmigung meiner Bitte mit der Aufforderung las, mich bei einem bayerischen Regiment zu melden, kannten Jubel und Dankbarkeit keine Grenzen. Wenige Tage später trug ich dann den Rock, den ich erst nach nahezu sechs Jahren wieder ausziehen sollte.

So, wie wohl für jeden Deutschen, begann nun auch für mich die unvergeßlichste und größte Zeit meines irdischen Lebens. Gegenüber den Ereignissen dieses gewaltigsten Ringens fiel alles Vergangene in ein schales Nichts zurück. Mit stolzer Wehmut denke ich gerade in diesen Tagen, da sich zum zehnten Male das gewaltige Geschehen jährt, zurück an diese Wochen des beginnenden Heldenkampfes unseres Volkes, den mitzumachen mir das Schicksal gnädig erlaubte.

Wie gestern erst zieht an mir Bild um Bild vorbei, sehe ich mich im Kreise meiner lieben Kameraden eingekleidet, dann zum ersten Male ausrücken, exerzieren usw., bis endlich der Tag des Ausmarsches kam.

Eine einzige Sorge quälte mich in dieser Zeit, mich wie so viele andere auch, ob wir nicht zu spät zur Front kommen würden. Dies allein ließ mich oft und oft nicht Ruhe finden. So blieb in jedem Siegesjubel über eine neue Heldentat ein leiser Tropfen Bitternis verborgen, schien doch mit jedem neuen Siege die Gefahr unseres Zuspätkommens zu steigen.

Und so kam endlich der Tag, an dem wir München verließen, um anzutreten zur Erfüllung unserer Pflicht. Zum ersten Male sah ich so den Rhein, als wir an seinen stillen Wellen entlang dem Westen entgegenfuhren, um ihn, den deutschen Strom der Ströme, zu schirmen vor der Habgier des alten Feindes. Als durch den zarten Schleier des Frühnebels die milden Strahlen der ersten Sonne das Niederwalddenkmal auf uns herabschimmern ließen, da brauste aus dem endlos langen Transportzuge die alte Wacht am Rhein in den Morgenhimmel hinaus, und mir wollte die Brust zu enge werden.

Und dann kommt eine feuchte, kalte Nacht in Flandern, durch die wir schweigend marschieren, und als der Tag sich dann aus den Nebeln zu lösen beginnt, da zischt plötzlich ein eiserner Gruß über unsere Köpfe uns entgegen und schlägt in scharfem Knall die kleinen Kugeln zwischen unsere Reihen, den nassen Boden aufpeitschend; ehe aber die kleine Wolke sich noch verzogen, dröhnt aus zweihundert Kehlen dem ersten Boten des Todes das erste Hurra entgegen. Dann aber begann es zu knattern und zu dröhnen, zu singen und zu heulen, und mit fiebrigen Augen zog es nun jeden nach vorne, immer schneller, bis plötzlich über Rübenfelder und Hecken hinweg der Kampf einsetzte, der Kampf Mann gegen Mann. Aus der Ferne aber drangen die Klänge eines Liedes an unser Ohr und kamen immer näher und näher, sprangen über von Kompanie zu Kompanie, und da, als der Tod gerade geschäftig hineingriff in unsere Reihen, da erreichte das Lied auch uns, und wir gaben es nun wieder weiter: Deutschland, Deutschland über alles, über alles in der Welt!

Nach vier Tagen kehrten wir zurück. Selbst der Tritt war jetzt anders geworden. Siebzehnjährige Knaben sahen nun Männern ähnlich.

Die Freiwilligen des Regiments List hatten vielleicht nicht recht kämpfen gelernt, allein zu sterben wußten sie wie alte Soldaten.

Das war der Beginn.

So ging es nun weiter Jahr für Jahr; an Stelle der Schlachtenromantik aber war das Grauen getreten. Die Begeisterung kühlte allmählich ab, und der überschwengliche Jubel wurde erstickt von der Todesangst. Es kam die Zeit, da jeder zu ringen hatte zwischen dem Trieb der Selbsterhaltung und dem Mahnen der Pflicht. Auch mir blieb dieser Kampf nicht erspart. Immer, wenn der Tod auf Jagd war, versuchte ein unbestimmtes Etwas zu revoltieren, war bemüht, sich als Vernunft dem schwachen Körper vorzustellen und war aber doch nur die Feigheit, die unter solchen Verkleidungen den einzelnen zu umstricken versuchte. Ein schweres Ziehen und Warnen hub dann an, und nur der letzte Rest des Gewissens gab oft noch den Ausschlag. Je mehr sich aber diese Stimme, die zur Vorsicht mahnte, mühte, je lauter und eindringlicher sie lockte, um so schärfer ward dann der Widerstand, bis endlich nach langem innerem Streite das Pflichtbewußtsein den Sieg davontrug. Schon im Winter 1915/16 war bei mir dieser Kampf entschieden. Der Wille war endlich restlos Herr geworden. Konnte ich die ersten Tage mit Jubel und Lachen mitstürmen, so war ich jetzt ruhig und entschlossen. Dieses aber war das Dauerhafte. Nun erst konnte das Schicksal zu den letzten Proben schreiten, ohne daß die Nerven rissen oder der Verstand versagte.

Aus dem jungen Kriegsfreiwilligen war ein alter Soldat geworden.

Dieser Wandel aber hatte sich in der ganzen Armee vollzogen. Sie war alt und hart aus den ewigen Kämpfen hervorgegangen, und was dem Sturme nicht standzuhalten vermochte, wurde eben von ihm gebrochen. Nun aber erst mußte man dieses Heer beurteilen.

Nun, nach zwei, drei Jahren, während deren es von einer Schlacht heraus in die andere hineingeworfen wurde, immer fechtend gegen Übermacht an Zahl und Waffen, Hunger leidend und Entbehrungen ertragend, nun war die Zeit, die Güte dieses einzigen Heeres zu prüfen.

Mögen Jahrtausende vergehen, so wird man nie von Heldentum reden und sagen dürfen, ohne des deutschen Heeres des Weltkrieges zu gedenken. Dann wird aus dem Schleier der Vergangenheit heraus die eiserne Front des grauen Stahlhelms sichtbar werden, nicht wankend und nicht weichend, ein Mahnmal der Unsterblichkeit. Solange aber Deutsche leben, werden sie bedenken, daß dies einst Söhne ihres Volkes waren.

Ich war damals Soldat und wollte nicht politisieren. Es war hierzu auch wirklich nicht die Zeit. Ich hege heute noch die Überzeugung, daß der letzte Fuhrknecht dem Vaterlande noch immer mehr an wertvollen Diensten geleistet hat als selbst der erste, sagen wir „Parlamentarier". Ich haßte diese Schwätzer niemals mehr als gerade in der Zeit, da jeder wahrhaftige Kerl, der etwas zu sagen hatte, dies dem Feinde in das Gesicht schrie oder sonst zweckmäßig sein Mundwerk zu Hause ließ und schweigend irgendwo seine Pflicht tat. Ja, ich haßte damals alle diese „Politiker", und wäre es auf mich angekommen, so würde sofort ein parlamentarisches Schipperbataillon gebildet worden sein; dann hätten sie unter sich nach Herzenslust und Bedürfnis zu schwätzen vermocht, ohne die anständige und ehrliche Menschheit zu ärgern oder gar zu schädigen.

Ich wollte also damals von Politik nichts wissen, konnte aber doch nicht anders, als zu gewissen Erscheinungen Stellung zu nehmen, die nun einmal die ganze Nation betrafen, besonders aber uns Soldaten angingen.

Zwei Dinge waren es, die mich damals innerlich ärgerten und die ich für schädlich hielt.

Schon nach den ersten Siegesnachrichten begann eine gewisse Presse langsam und vielleicht für viele zunächst unerkennbar einige Wermuttropfen in die allgemeine Begeisterung fallen zu lassen. Es geschah dies unter der Maske eines gewissen Wohlwollens und Gutmeinens, ja einer gewissen Besorgtheit sogar. Man hatte Bedenken gegen eine zu große Überschwenglichkeit im Feiern der Siege. Man befürchtete, daß dieses in dieser Form einer so großen Nation nicht würdig und damit auch nicht entsprechend sei. Die Tapferkeit und der Heldenmut des deutschen Soldaten wären ja etwas ganz Selbstverständliches, so daß man darüber sich nicht so sehr von unüberlegten Freudenausbrüchen hinreißen lassen dürfe, schon um des Auslandes willen, dem eine stille und würdige Form der Freude mehr zusage als ein unbändiges Jauchzen usw. Endlich sollten wir Deutsche doch auch jetzt nicht vergessen, daß der Krieg nicht unsere Absicht war, mithin wir auch uns nicht zu schämen hätten, offen und männlich zu gestehen, daß wir jederzeit zu einer Versöhnung der Menschheit unseren Teil beitragen würden. Deshalb aber wäre es nicht klug, die Reinheit der Taten des Heeres durch zu großes Geschrei zu verrußen, da ja die übrige Welt für ein solches Gehaben nur wenig Verständnis aufbringen würde. Nichts bewundere man mehr als die Bescheidenheit, mit der ein wahrer Held seine Taten schweigend und ruhig – vergesse, denn darauf kam das Ganze hinaus.

Statt daß man nun so einen Burschen bei seinen langen Ohren nahm und zu einem langen Pfahl hinund an einem Strick aufzog, damit dem Tintenritter die feiernde Nation nicht mehr sein ästhetisches Empfinden zu beleidigen vermochte, begann man tatsächlich gegen die „unpassende" Art des Siegesjubels mit Ermahnungen vorzugehen.

Man hatte keine blasse Ahnung, daß die Begeisterung, erst einmal geknickt, nicht mehr nach Bedarf zu erwecken ist. Sie ist ein Rausch und ist in diesem Zustande weiter zu erhalten. Wie aber sollte man ohne diese Macht der Begeisterung einen Kampf bestehen, der nach menschlichem Ermessen die ungeheuersten Anforderungen an die seelischen Eigenschaften der Nation stellen würde?

Ich kannte die Psyche der breiten Masse nur zu genau, um nicht zu wissen, daß man hier mit „ästhetischer" Gehobenheit nicht das Feuer würde schüren können, das notwendig war, um dieses Eisen in Wärme zu halten. Man war in meinen Augen verrückt, daß man nichts tat, um die Siedehitze der Leidenschaft zu steigern; daß man aber die glücklich vorhandene auch noch beschnitt, vermochte ich schlechterdings nicht zu verstehen.

Was mich dann zum zweiten ärgerte, war die Art und Weise, in der man nun für gut hielt, sich dem Marxismus gegenüberzustellen. Man bewies damit in meinen Augen nur, daß man von dieser Pestilenz aber auch nicht die geringste Ahnung besaß. Man schien allen Ernstes zu glauben, durch die Versicherung, nun keine Parteien mehr zu kennen, den Marxismus zur Einsicht und Zurückhaltung gebracht zu haben.

Daß es sich hier überhaupt um keine Partei handelt, sondern um eine Lehre, die zur Zerstörung der gesamten Menschheit führen muß, begriff man um so weniger, als dies ja nicht auf den verjudeten Universitäten zu hören ist, sonst aber nur zu viele, besonders unserer höheren Beamten aus anerzogenem blödem Dünkel es ja nicht der Mühe wert finden, ein Buch zur Hand zu nehmen und etwas zu lernen, was eben nicht zum Unterrichtsstoff ihrer Hochschule gehörte. Die gewaltigste Umwälzung geht an diesen „Köpfen" gänzlich spurlos vorüber, weshalb auch die staatlichen Einrichtungen zumeist den privaten nachhinken. Von ihnen gilt, wahrhaftiger Gott, am allermeisten das Volkssprichwort: Was der Bauer nicht kennt, das frißt er nicht. Wenige Ausnahmen bestätigen auch hier nur die Regel.

Es war ein Unsinn sondergleichen, in den Tagen des August 1914 den deutschen Arbeiter mit dem Marxismus zu identifizieren. Der deutsche Arbeiter hatte in den damaligen Stunden sich ja aus der Umarmung dieser giftigen Seuche gelöst, da er sonst eben niemals hätte zum Kampf überhaupt auch nur anzutreten vermocht. Man war aber dumm genug, zu vermeinen, daß nun vielleicht der Marxismus „national" geworden sei; ein Geistesblitz, der nur zeigt, daß in diesen langen

Jahren es niemand von diesen beamteten Staatslenkern auch nur der Mühe wert gefunden hatte, das Wesen dieser Lehre zu studieren, da sonst denn doch ein solcher Irrsinn schwerlich unterlaufen sein würde.

Der Marxismus, dessen letztes Ziel die Vernichtung aller nichtjüdischen Nationalstaaten ist und bleibt, mußte zu seinem Entsetzen sehen, daß in den Julitagen des Jahres 1914 die von ihm umgarnte deutsche Arbeiterschaft erwachte und sich von Stunde zu Stunde schneller in den Dienst des Vaterlandes zu stellen begann. In wenigen Tagen war der ganze Dunst und Schwindel dieses infamen Volksbetruges zerflattert, und einsam und verlassen stand das jüdische Führerpack nun plötzlich da, als ob nicht eine Spur von dem in sechzig Jahren den Massen eingetrichterten Unsinn und Irrwahn mehr vorhanden gewesen wäre. Es war ein böser Augenblick für die Betrüger der Arbeiterschaft des deutschen Volkes. Sowie aber erst die Führer die ihnen drohende Gefahr erkannten, zogen sie schleunigst die Tarnkappe der Lüge über die Ohren und mimten frech die nationale Erhebung mit.

Nun wäre aber der Zeitpunkt gekommen gewesen, gegen die ganze betrügerische Genossenschaft dieser jüdischen Volksvergifter vorzugehen. Jetzt mußte ihnen kurzerhand der Prozeß gemacht werden, ohne die geringste Rücksicht auf etwa einsetzendes Geschrei und Gejammer. Im August des Jahres 1914 war das Gemauschel der internationalen Solidarität mit einem Schlage aus den Köpfen der deutschen Arbeiterschaft verschwunden, und statt dessen begannen schon wenige Wochen später amerikanische Schrapnells die Segnungen der Brüderlichkeit über die Helme der Marschkolonnen hinabzugießen. Es wäre die Pflicht einer besorgten Staatsregierung gewesen, nun, da der deutsche Arbeiter wieder den Weg zum Volkstum gefunden hatte, die Verhetzer dieses Volkstums unbarmherzig auszurotten.

Wenn an der Front die Besten fielen, dann konnte man zu Hause wenigstens das Ungeziefer vertilgen.

Statt dessen aber streckte Seine Majestät der Kaiser selber den alten Verbrechern die Hand entgegen und gab den hinterlistigen Meuchelmördern der Nation damit Schonung und Möglichkeit der inneren Fassung.

Nun konnte also die Schlange wieder weiterarbeiten, vorsichtiger als früher, allein nur desto gefährlicher. Während die Ehrlichen vom Burgfrieden träumten, organisierten die meineidigen Verbrecher die Revolution.

Daß man damals sich zu dieser entsetzlichen Halbheit entschloß, machte mich innerlich immer unzufriedener; daß das Ende dessen aber ein so entsetzliches sein würde, hätte auch ich damals noch nicht für möglich gehalten.

Was aber mußte man nun tun? Die Führer der ganzen Bewegung sofort hinter Schloß und Riegel setzen, ihnen den Prozeß machen und sie der Nation vom Halse schaffen. Man mußte rücksichtslos die gesamten militärischen Machtmittel einsetzen zur Ausrottung dieser Pestilenz. Die Parteien waren aufzulösen, der Reichstag wenn nötig mit Bajonetten zur Vernunft zu bringen, am besten aber sofort aufzuheben. So wie die Republik heute Parteien aufzulösen vermag, so hätte man damals mit mehr Grund zu diesem Mittel greifen müssen. Stand doch Sein oder Nichtsein eines ganzen Volkes auf dem Spiele!

Freilich kam dann aber eine Frage zur Geltung: Kann man denn geistige Ideen überhaupt mit dem Schwerte ausrotten? Kann man mit der Anwendung roher Gewalt „Weltanschauungen" bekämpfen?

Ich habe mir diese Frage schon zu jener Zeit öfter als einmal vorgelegt.

Beim Durchdenken analoger Fälle, die sich besonders auf religiöser Grundlage in der Geschichte auffinden lassen, ergibt sich folgende grundsätzliche Erkenntnis:

Vorstellungen und Ideen sowie Bewegungen mit bestimmter geistiger Grundlage, mag diese nun falsch sein oder wahr, können von einem gewissen Zeitpunkt ihres Werdens an mit Machtmitteln technischer Art nur mehr dann gebrochen werden, wenn diese körperlichen Waffen zugleich selber Träger eines neuen zündenden Gedankens, einer Idee oder Weltanschauung sind.

Die Anwendung von Gewalt allein, ohne die Triebkraft einer geistigen Grundvorstellung als Voraussetzung, kann niemals zur Vernichtung einer Idee und deren Verbreitung führen, außer in Form einer restlosen Ausrottung aber auch des letzten Trägers und der Zerstörung der letzten Überlieferung. Dies bedeutet jedoch zumeist das Ausscheiden eines solchen Staatskörpers aus dem Kreise machtpolitischer Bedeutung auf oft endlose Zeit, manchmal auch für immer; denn ein solches Blutopfer trifft ja erfahrungsgemäß den besten Teil des Volkstums, da nämlich jede Verfolgung, die ohne geistige Voraussetzung stattfindet, als sittlich nicht berechtigt erscheint und nun die gerade wertvolleren Bestände eines Volkes zum Protest aufpeitscht, der sich aber in einer Aneignung des geistigen Inhalts der ungerecht verfolgten Bewegung auswirkt. Dies geschieht bei vielen dann einfach aus dem Gefühl der Opposition gegen den Versuch der Niederknüppelung einer Idee durch brutale Gewalt.

Dadurch aber wächst die Zahl der inneren Anhänger in eben dem Maße, in dem die Verfolgung zunimmt. Mithin wird die restlose Vernichtung der neuen Lehre nur auf dem Wege einer so großen und sich immer steigernden Ausrottung durchzuführen sein, daß darüber endlich dem betreffenden Volke oder auch Staate alles wahrhaft wertvolle Blut überhaupt entzogen wird. Dies aber rächt sich, indem nun wohl eine sogenannte „innere" Reinigung stattfinden kann, allein auf Kosten einer allgemeinen Ohnmacht. Immer aber wird ein solcher Vorgang von vornherein schon vergeblich sein, wenn die zu bekämpfende Lehre einen gewissen kleinen Kreis schon überschritten hat.

Daher ist auch hier, wie bei allem Wachstum, die erste Zeit der Kindheit noch am ehesten der Möglichkeit einer Vernichtung ausgesetzt, während mit steigenden Jahren die Widerstandskraft zunimmt, um erst bei herannahender Altersschwäche wieder neuer Jugend zu weichen, wenn auch in anderer Form und aus anderen Gründen.

Tatsächlich führen aber fast sämtliche Versuche, durch Gewalt ohne geistige Grundlage eine Lehre und deren organisatorische Auswirkung auszurotten, zu Mißerfolgen, ja enden nicht selten gerade mit dem Gegenteil des Gewünschten aus folgendem Grunde:

Die allererste Voraussetzung zu einer Kampfesweise mit den Waffen der nackten Gewalt ist und bleibt die Beharrlichkeit. Das heißt, daß nur in der dauernd gleichmäßigen Anwendung der Methoden zur Unterdrückung einer Lehre usw. die Möglichkeit des Gelingens der Absicht liegt. Sobald hier aber auch nur schwankend Gewalt mit Nachsicht wechselt, wird nicht nur die zu unterdrückende Lehre sich immer wieder erholen, sondern sie wird sogar aus jeder Verfolgung neue Werte zu ziehen in der Lage sein, indem nach Abflauen einer solchen Welle des Druckes die Empörung über das erduldete Leid der alten Lehre neue Anhänger zuführt, die bereits vorhandenen aber mit größerem Trotz und tieferem Haß als vordem an ihr hängen werden, ja schon abgesplitterte Abtrünnige wieder nach Beseitigung der Gefahr zur alten Einstellung zurückzukehren versuchen. In der ewig gleichmäßigen Anwendung der Gewalt allein liegt die allererste Voraussetzung zum Erfolge. Diese Beharrlichkeit jedoch ist immer nur das Ergebnis einer bestimmten geistigen Überzeugung. Jede Gewalt, die nicht einer festen geistigen Grundlage entsprießt, wird schwankend und unsicher sein. Ihr fehlt die Stabilität, die nur in einer fanatischen Weltanschauung zu ruhen vermag. Sie ist der Ausfluß der jeweiligen Energie und brutalen Entschlossenheit eines einzelnen, mithin aber eben dem Wechsel der Persönlichkeit und ihrer Wesensart und Stärke unterworfen.

Es kommt aber hierzu noch etwas anderes:

Jede Weltanschauung, mag sie mehr religiöser oder politischer Art sein – manchmal ist hier die Grenze nur schwer festzustellen –, kämpft weniger für die negative Vernichtung der gegnerischen Ideenwelt, als vielmehr für die positive Durchsetzung der eigenen. Damit aber ist ihr Kampf weniger Abwehr als Angriff. Sie ist dabei schon in der Bestimmung des Zieles im Vorteil, da ja dieses Ziel den Sieg der eigenen Idee darstellt, während umgekehrt es nur schwer zu bestimmen ist, wann das negative Ziel der Vernichtung einer feindlichen Lehre als erreicht und gesichert angesehen werden darf. Schon deshalb wird der Angriff der Weltanschauung planvoller, aber auch gewaltiger sein als die Abwehr einer solchen; wie denn überhaupt auch hier die Entscheidung dem Angriff zukommt und nicht der Verteidigung. Der Kampf gegen eine geistige Macht mit Mitteln der Gewalt ist aber solange nur Verteidigung, als das Schwert nicht selber als Träger, Verkünder und Verbreiter einer neuen geistigen Lehre auftritt.

Man kann also zusammenfassend folgendes festhalten:

Jeder Versuch, eine Weltanschauung mit Machtmitteln zu bekämpfen, scheitert am Ende, solange nicht der Kampf die Form des Angriffes für eine neue geistige Einstellung erhält. Nur im Ringen zweier Weltanschauungen miteinander vermag die Waffe der brutalen Gewalt, beharrlich und rücksichtslos eingesetzt, die Entscheidung für die von ihr unterstützte Seite herbeizuführen.

Daran aber war bislang noch immer die Bekämpfung des Marxismus gescheitert.

Das war der Grund, warum auch Bismarcks Sozialistengesetzgebung endlich trotz allem versagte und versagen mußte. Es fehlte die Plattform einer neuen Weltanschauung, für deren Aufstieg der Kampf hätte gekämpft werden können. Denn daß das Gefasel von einer sogenannten „Staatsautorität" oder der „Ruhe und Ordnung" eine geeignete Grundlage für den geistigen Antrieb eines Kampfes auf Leben und Tod sein könnte, wird nur die sprichwörtliche Weisheit höherer Ministerialbeamter zu vermeinen fertigbringen.

Weil aber eine wirklich geistige Trägerin dieses Kampfes fehlte, mußte Bismarck auch die Durchführung seiner Sozialistengesetzgebung dem Ermessen und Wollen derjenigen Institution anheimstellen, die selber schon Ausgeburt marxistischer Denkart war. Indem der eiserne Kanzler das Schicksal seines Marxistenkrieges dem Wohlwollen der bürgerlichen Demokratie überantwortete, macht er den Bock zum Gärtner.

Dieses alles aber war nur die zwangsläufige Folge des Fehlens einer grundsätzlichen, dem Marxismus entgegengesetzten neuen Weltanschauung von stürmischem Eroberungswillen.

So war das Ergebnis des Bismarckschen Kampfes nur eine schwere Enttäuschung.

Lagen aber die Verhältnisse während des Weltkrieges oder zu Beginn desselben etwa anders? Leider nein.

Je mehr ich mich damals mit dem Gedanken einer notwendigen Änderung der Haltung der staatlichen Regierung zur Sozialdemokratie als der augenblicklichen Verkörperung des Marxismus beschäftige, um so mehr erkannte ich das Fehlen eines brauchbaren Ersatzes für diese Lehre. Was wollte man denn den Massen geben, wenn, angenommen, die Sozialdemokratie gebrochen worden wäre? Nicht eine Bewegung war vorhanden, von der man hätte erwarten können, daß es ihr gelingen würde, die großen Scharen der nun mehr oder weniger führerlos gewordenen Arbeiter in ihren Bann zu ziehen. Es ist unsinnig und mehr als dumm, zu meinen, daß der aus der Klassenpartei ausgeschiedene internationale Fanatiker nun augenblicklich in eine bürgerliche Partei, also in eine neue Klassenorganisation, einrücken werde. Denn so unangenehm dies verschiedenen Organisationen auch sein mag, so kann doch nicht weggeleugnet werden, daß den bürgerlichen Politikern die Klassenscheidung zu einem sehr großen Teile so lange als ganz selbstverständlich erscheint, solange sie sich nicht politisch zu ihren Ungunsten auszuwirken beginnt.

Das Ableugnen dieser Tatsache beweist nur die Frechheit, aber auch die Dummheit der Lügner.

Man soll sich überhaupt hüten, die breite Masse für dümmer zu halten, als sie ist. In politischen Angelegenheiten entscheidet nicht selten das Gefühl richtiger als der Verstand. Die Meinung aber, daß für die Unrichtigkeit dieses Gefühls der Masse doch deren dumme internationale Einstellung genügend spräche, kann sofort auf das gründlichste widerlegt werden durch den einfachen Hinweis, daß die pazifistische Demokratie nicht minder irrsinnig ist, ihre Träger aber fast ausschließlich dem bürgerlichen Lager entstammen. Solange noch Millionen von Bürgern jeden Morgen andächtig ihre jüdische Demokratenpresse anbeten, steht es den Herrschaften sehr schlecht an, über die Dummheit des „Genossen" zu witzeln, der zum Schluß nur den gleichen Mist, wenn auch eben in anderer Aufmachung, verschlingt. In beiden Fällen ist der Fabrikant ein und derselbe Jude.

Man soll sich also sehr wohl hüten, Dinge abzustreiten, die nun einmal sind. Die Tatsache, daß es sich bei der Klassenfrage keinesfalls nur um ideelle Probleme handelt, wie man besonders vor Wahlen immer gerne weismachen möchte, kann nicht weggeleugnet werden. Der Standesdünkel eines großen Teiles unseres Volkes ist, ebenso wie vor allem die mindere Einschätzung des Handarbeiters, eine Erscheinung, die nicht aus der Phantasie eines Mondsüchtigen stammt.

Es zeigt aber, ganz abgesehen davon, die geringe Denkfähigkeit unserer sogenannten Intelligenz an, wenn gerade in diesen Kreisen nicht begriffen wird, daß ein Zustand, der das Emporkommen einer Pest, wie sie der Marxismus nun einmal ist, nicht zu verhindern vermochte, jetzt aber erst recht nicht mehr in der Lage sein wird, das Verlorene wieder zurückzugewinnen.

Die „bürgerlichen" Parteien, wie sie sich selbst bezeichnen, werden niemals mehr die „proletarischen" Massen an ihr Lager zu fesseln vermögen, da sich hier zwei Welten gegenüberstehen, teils natürlich, teils künstlich getrennt, deren Verhaltungszustand zueinander nur der Kampf sein kann. Siegen aber wird hier der Jüngere – und dies wäre der Marxismus.

Tatsächlich war ein Kampf gegen die Sozialdemokratie im Jahre 1914 wohl denkbar, allein, wie lange dieser Zustand bei dem Fehlen jedes praktischen Ersatzes aufrechtzuerhalten gewesen wäre, konnte zweifelhaft sein. Hier war eine große Lücke vorhanden.

Ich besaß diese Meinung schon längst vor dem Kriege und konnte mich deshalb auch nicht entschließen, an eine der bestehenden Parteien heranzutreten. Im Verlaufe der Ereignisse des Weltkrieges wurde ich in dieser Meinung noch bestärkt durch die ersichtliche Unmöglichkeit, gerade infolge dieses Fehlens einer Bewegung, die eben mehr sein mußte als „parlamentarische" Partei, den Kampf gegen die Sozialdemokratie rücksichtslos aufzunehmen.

Ich habe mich gegenüber meinen engeren Kameraden offen darüber ausgesprochen.

Im übrigen kamen mir nun auch die ersten Gedanken, mich später einmal doch noch politisch zu betätigen.

Gerade dieses aber war der Anlaß, daß ich nun öfters dem kleinen Kreise meiner Freunde versicherte, nach dem Kriege als Redner neben meinem Berufe wirken zu wollen.

Ich glaube, es war mir damit auch sehr ernst.

6. Kapitel

Kriegspropaganda

Bei meinem aufmerksamen Verfolgen aller politischen Vorgänge hatte mich schon immer die Tätigkeit der Propaganda außerordentlich interessiert. Ich sah in ihr ein Instrument, das gerade die sozialistisch-marxistischen Organisationen mit meisterhafter Geschicklichkeit beherrschten und zur Anwendung zu bringen verstanden. Ich lernte dabei schon frühzeitig verstehen, daß die richtige Verwendung der Propaganda eine wirkliche Kunst darstellt, die den bürgerlichen Parteien fast so gut wie unbekannt war und blieb. Nur die christlich-soziale Bewegung, besonders zu Luegers Zeit, brachte es auch auf diesem Instrument zu einer gewissen Virtuosität und verdankte dem auch sehr viele ihrer Erfolge.

Zu welch ungeheuren Ergebnissen aber eine richtig angewendete Propaganda zu führen vermag, konnte man erst während des Krieges ersehen. Leider war jedoch hier wieder alles auf der anderen Seite zu studieren, denn die Tätigkeit auf unserer Seite blieb ja in dieser Beziehung mehr als bescheiden. Allein, gerade das so vollständige Versagen der gesamten Aufklärung auf deutscher Seite, das besonders jedem Soldaten grell in die Augen springen mußte, wurde bei mir der Anlaß, mich nun noch viel eindringlicher mit der Propagandafrage zu beschäftigen.

Zeit zum Denken war dabei oft mehr als genug vorhanden, den praktischen Unterricht aber erteilte uns der Feind, leider nur zu gut.

Denn was bei uns hier versäumt ward, holte der Gegner mit unerhörter Geschicklichkeit und wahrhaft genialer Berechnung ein. An dieser feindlichen Kriegspropaganda habe auch ich unendlich gelernt. An den Köpfen derjenigen allerdings, die am ehesten sich dies zur Lehre hätten sein lassen müssen, ging die Zeit spurlos vorüber; man dünkte sich dort zum Teil zu klug, um von den anderen Belehrungen entgegenzunehmen, zum anderen Teil aber fehlte der ehrliche Wille hierzu.

Gab es bei uns überhaupt eine Propaganda?

Leider kann ich darauf nur mit Nein antworten. Alles, was in dieser Richtung wirklich unternommen wurde, war so unzulänglich und falsch von Anfang an, daß es zum mindesten nichts nützte, manchmal aber geradezu Schaden anstiftete.

In der Form ungenügend, im Wesen psychologisch falsch: dies mußte das Ergebnis einer aufmerksamen Prüfung der deutschen Kriegspropaganda sein.

Schon über die erste Frage scheint man sich nicht ganz klar geworden zu sein, nämlich: Ist die Propaganda Mittel oder Zweck?

Sie ist ein Mittel und muß demgemäß beurteilt werden vom Gesichtspunkt des Zweckes aus. Ihre Form wird mithin eine der Unterstützung des Zieles, dem sie dient, zweckmäßig angepaßt sein müssen. Es ist auch klar, daß die Bedeutung des Zieles eine verschiedene sein kann vom Standpunkte des allgemeinen Bedürfnisses aus, und daß damit auch die Propaganda in ihrem inneren Wert verschieden bestimmt wird. Das Ziel, für das im Verlaufe des Krieges aber gekämpft wurde, war das erhabenste und gewaltigste, das sich für Menschen denken läßt: es war die Freiheit und Unabhängigkeit unseres Volkes, die Sicherheit der Ernährung für die Zukunft und – die Ehre der Nation; etwas, das trotz der gegenteiligen Meinung von heute dennoch vorhanden ist oder besser sein sollte, da eben Völker ohne Ehre die Freiheit und Unabhängigkeit früher oder später zu verlieren pflegen, was wieder nur einer höheren Gerechtigkeit entspricht, da ehrlose Lumpengenerationen keine Freiheit verdienen. Wer aber feiger Sklave sein will, darf und kann gar keine Ehre haben, da ja diese sonst der allgemeinen Mißachtung in kürzester Zeit anheimfiele.

Im Streit für ein menschliches Dasein kämpfte das deutsche Volk, und diesen Streit zu unterstützen, wäre der Zweck der Propaganda des Krieges gewesen; ihm zum Siege zu verhelfen, mußte das Ziel sein.

Wenn aber Völker um ihre Existenz auf diesem Planeten kämpfen, mithin die Schicksalsfrage von Sein oder Nichtsein an sie herantritt, fallen alle Erwägungen von Humanität oder Ästhetik in ein Nichts zusammen; denn alle diese Vorstellungen schweben nicht im Weltäther, sondern stammen aus der Phantasie des Menschen und sind an ihn gebunden. Sein Scheiden von dieser Welt löst auch diese Begriffe wieder in Nichts auf, denn die Natur kennt sie nicht. Sie sind aber auch unter den Menschen nur wenigen Völkern oder besser Rassen zu eigen, und zwar in jenem Maße, in dem sie dem Gefühl derselben selbst entstammen. Humanität und Ästhetik würden sogar in einer menschlich bewohnten Welt vergehen, sowie diese die Rassen verlöre, die Schöpfer und Träger dieser Begriffe sind.

Damit haben aber alle diese Begriffe beim Kampfe eines Volkes um sein Dasein auf dieser Welt nur untergeordnete Bedeutung, ja scheiden als bestimmend für die Formen des Kampfes vollständig aus, sobald durch sie die Selbsterhaltungskraft eines im Kampfe liegenden Volkes gelähmt werden könnte. Das aber ist immer das einzig sichtbare Ergebnis.

Was die Frage der Humanität betrifft, so hat sich schon Moltke dahin geäußert, daß diese beim Kriege immer in der Kürze des Verfahrens liege, also daß ihr die schärfste Kampfesweise am meisten entspräche.

Wenn man aber versucht, in solchen Dingen mit dem Gefasel von Ästhetik usw. anzurücken, dann kann es darauf wirklich nur eine Antwort geben: Schicksalsfragen von der Bedeutung des Existenzkampfes eines Volkes heben jede Verpflichtung zur Schönheit auf. Das Unschönste, was es im menschlichen Leben geben kann, ist und bleibt das Joch der Sklaverei. Oder empfindet diese Schwabinger Dekadenz etwa das heutige Los der deutschen Nation als „ästhetisch"? Mit den Juden, als den modernen Erfindern dieses Kulturparfüms, braucht man sich aber darüber wahrhaftig nicht zu unterhalten. Ihr ganzes Dasein ist der fleischgewordene Protest gegen die Ästhetik des Ebenbildes des Herrn.

Wenn aber diese Gesichtspunkte von Humanität und Schönheit für den Kampf erst einmal ausscheiden, dann können sie auch nicht als Maßstab für Propaganda Verwendung finden.

Die Propaganda war im Kriege ein Mittel zum Zweck, dieser aber war der Kampf um das Dasein des deutschen Volkes, und somit konnte die Propaganda auch nur von den hierfür gültigen Grundsätzen aus betrachtet werden. Die grausamsten Waffen waren dann human, wenn sie den schnelleren Sieg bedingten, und schön waren nur die Methoden allein, die der Nation die Würde der Freiheit sichern halfen.

Dies war die einzig mögliche Stellung in einem solchen Kampf auf Leben und Tod zur Frage der Kriegspropaganda.

Wäre man sich darüber an den sogenannten maßgebenden Stellen klargeworden, so hätte man niemals in jene Unsicherheit über die Form und Anwendung dieser Waffe kommen können; denn auch dies ist nur eine Waffe, wenn auch eine wahrhaft fürchterliche in der Hand des Kenners.

Die zweite Frage von geradezu ausschlaggebender Bedeutung war folgende: An wen hat sich die Propaganda zu wenden? An die wissenschaftliche Intelligenz oder an die weniger gebildete Masse?

Sie hat sich ewig nur an die Masse zu richten!

Für die Intelligenz, oder was sich heute leider häufig so nennt, ist nicht Propaganda da, sondern wissenschaftliche Belehrung. Propaganda aber ist so wenig Wissenschaft ihrem Inhalte nach, wie etwa ein Plakat Kunst in seiner Darstellung an sich. Die Kunst des Plakates liegt in der Fähigkeit des Entwerfers, durch Form und Farbe die Menge aufmerksam zu machen. Das Kunstausstellungsplakat hat nur auf die Kunst der Ausstellung hinzuweisen; je mehr ihm dies gelingt, um so größer ist dann die Kunst des Plakates selber. Das Plakat soll weiter der Masse eine Vorstellung von der Bedeutung der Ausstellung vermitteln, keineswegs aber ein Ersatz der in dieser gebotenen Kunst sein. Wer sich deshalb mit der Kunst selber beschäftigen will, muß schon mehr als das Plakat studieren, ja, für den genügt auch keineswegs bloßes „Durchwandern" der

Ausstellung. Von ihm darf erwartet werden, daß er in gründlichem Schauen sich in die einzelnen Werke vertiefe und sich dann langsam ein gerechtes Urteil bilde.

Ähnlich liegen die Verhältnisse auch bei dem, was wir heute mit dem Wort Propaganda bezeichnen.

Die Aufgabe der Propaganda liegt nicht in einer wissenschaftlichen Ausbildung des einzelnen, sondern in einem Hinweisen der Masse auf bestimmte Tatsachen, Vorgänge, Notwendigkeiten usw., deren Bedeutung dadurch erst in den Gesichtskreis der Masse gerückt werden soll.

Die Kunst liegt nun ausschließlich darin, dies in so vorzüglicher Weise zu tun, daß eine allgemeine Überzeugung von der Wirklichkeit einer Tatsache, der Notwendigkeit eines Vorganges, der Richtigkeit von etwas Notwendigem usw. entsteht. Da sie aber nicht Notwendigkeit an sich ist und sein kann, da ihre Aufgabe ja genau wie bei dem Plakat im Aufmerksammachen der Menge zu bestehen hat und nicht in der Belehrung der wissenschaftlich ohnehin Erfahrenen oder nach Bildung und Einsicht Strebenden, so muß ihr Wirken auch immer mehr auf das Gefühl gerichtet sein und nur sehr bedingt auf den sogenannten Verstand.

Jede Propaganda hat volkstümlich zu sein und ihr geistiges Niveau einzustellen nach der Aufnahmefähigkeit des Beschränktesten unter denen, an die sie sich zu richten gedenkt. Damit wird ihre rein geistige Höhe um so tiefer zu stellen sein, je größer die zu erfassende Masse der Menschen sein soll. Handelt es sich aber, wie bei der Propaganda für die Durchhaltung eines Krieges, darum, ein ganzes Volk in ihren Wirkungsbereich zu ziehen, so kann die Vorsicht bei der Vermeidung zu hoher geistiger Voraussetzungen gar nicht groß genug sein.

Je bescheidener dann ihr wissenschaftlicher Ballast ist, und je mehr sie ausschließlich auf das Fühlen der Masse Rücksicht nimmt, um so durchschlagender der Erfolg. Dieser aber ist der beste Beweis für die Richtigkeit oder Unrichtigkeit einer Propaganda und nicht die gelungene Befriedigung einiger Gelehrter oder ästhetischer Jünglinge.

Gerade darin liegt die Kunst der Propaganda, daß sie, die gefühlsmäßige Vorstellungswelt der großen Masse begreifend, in psychologisch richtiger Form den Weg zur Aufmerksamkeit und weiter zum Herzen der breiten Masse findet. Daß dies von unseren Neunmalklugen nicht begriffen wird, beweist nur deren Denkfaulheit oder Einbildung.

Versteht man aber die Notwendigkeit der Einstellung der Werbekunst der Propaganda auf die breite Masse, so ergibt sich weiter schon daraus folgende Lehre:

Es ist falsch, der Propaganda die Vielseitigkeit etwa des wissenschaftlichen Unterrichts geben zu wollen.

Die Aufnahmefähigkeit der großen Masse ist nur sehr beschränkt, das Verständnis klein, dafür jedoch die Vergeßlichkeit groß. Aus diesen Tatsachen heraus hat sich jede wirkungsvolle Propaganda auf nur sehr wenige Punkte zu beschränken und diese schlagwortartig so lange zu verwerten, bis auch bestimmt der Letzte unter einem solchen Worte das Gewollte sich vorzustellen vermag. Sowie man diesen Grundsatz opfert und vielseitig werden will, wird man die Wirkung zum Zerflattern bringen, da die Menge den gebotenen Stoff weder zu verdauen noch zu behalten vermag. Damit aber wird das Ergebnis wieder abgeschwächt und endlich aufgehoben.

Je größer so die Linie ihrer Darstellung zu sein hat, um so psychologisch richtiger muß die Feststellung ihrer Taktik sein.

Es war zum Beispiel grundfalsch, den Gegner lächerlich zu machen, wie dies die österreichische und deutsche Witzblattpropaganda vor allem besorgte. Grundfalsch deshalb, weil das Zusammentreffen in der Wirklichkeit dem Manne vom Gegner sofort eine ganz andere Überzeugung beibringen mußte, etwas, was sich dann auf das fürchterlichste rächte; denn nun fühlte sich der deutsche Staat unter dem unmittelbaren Eindruck des Widerstandes des Gegners von den Machern seiner bisherigen Aufklärung getäuscht, und an Stelle einer Stärkung seiner Kampfeslust oder auch nur Festigkeit trat das Gegenteil ein. Der Mann verzagte.

Demgegenüber war die Kriegspropaganda der Engländer und Amerikaner psychologisch richtig. Indem sie dem eigenen Volke den Deutschen als Barbaren und Hunnen vorstellte, bereitete sie den einzelnen Soldaten schon auf die Schrecken des Krieges vor und half so mit, ihn vor Enttäuschungen zu bewahren. Die entsetzlichste Waffe, die nun gegen ihn zur Anwendung kam, erschien ihm nur mehr als die Bestätigung seiner schon gewordenen Aufklärung und stärkte ebenso den Glauben an die Richtigkeit der Behauptungen seiner Regierung, wie sie andererseits Wut und Haß gegen den verruchten Feind steigerte. Denn die grausame Wirkung der Waffe, die er ja nun an sich von seien des Gegners kennenlernte, erschien ihm allmählich als Beweis der ihm schon bekannten „hunnenhaften" Brutalität des barbarischen Feindes, ohne daß er auch nur einen Augenblick so weit zum Nachdenken gebracht worden wäre, daß seine Waffen vielleicht, ja sogar wahrscheinlich, noch entsetzlicher wirken könnten.

So konnte sich der englische Soldat vor allem nie als von zu Hause unwahr unterrichtet fühlen, was leider beim deutschen so sehr der Fall war, daß er endlich überhaupt alles, was von dieser Seite kam, als „Schwindel" und „Krampf" ablehnte. Lauter Folgen davon, daß man glaubte, zur Propaganda den nächstbesten Esel (oder selbst „sonst" gescheiten Menschen) abkommandieren zu können, statt zu begreifen, daß hierfür die allergenialsten Seelenkenner gerade noch gut genug sind.

So bot die deutsche Kriegspropaganda ein unübertreffliches Lehr- und Unterrichtsbeispiel für eine in den Wirkungen geradezu umgekehrt arbeitende „Aufklärung" infolge vollkommenen Fehlens jeder psychologisch richtigen Überlegung.

Am Gegner aber war unendlich viel zu lernen für den, der mit offenen Augen und unverkalktem Empfinden die viereinhalb Jahre lang anstürmende Flutwelle der feindlichen Propaganda für sich verarbeitete.

Am allerschlechtesten jedoch begriff man die allererste Voraussetzung jeder propagandistischen Tätigkeit überhaupt: nämlich die grundsätzlich subjektiv einseitige Stellungnahme derselben zu jeder von ihr bearbeiteten Frage. Auf diesem Gebiete wurde in einer Weise gesündigt, und zwar gleich zu Beginn des Krieges von oben herunter, daß man wohl das Recht erhielt, zu zweifeln, ob soviel Unsinn wirklich nur reiner Dummheit zugeschrieben werden konnte.

Was würde man zum Beispiel über ein Plakat sagen, das eine neue Seife anpreisen soll, dabei jedoch auch andere Seifen als „gut" bezeichnet?

Man würde darüber nur den Kopf schütteln.

Genau so verhält es sich aber auch mit politischer Reklame.

Die Aufgabe der Propaganda ist z.B. nicht ein Abwägen der verschiedenen Rechte, sondern das ausschließliche Betonen des einen eben durch sie zu vertretenden. Sie hat nicht objektiv auch die Wahrheit, soweit sie den anderen günstig ist, zu erforschen, um sie dann der Masse in doktrinärer Aufrichtigkeit vorzusetzen, sondern ununterbrochen der eigenen zu dienen.

Es war grundfalsch, die Schuld am Kriege von dem Standpunkt aus zu erörtern, daß nicht nur Deutschland allein verantwortlich gemacht werden könnte für den Ausbruch dieser Katastrophe, sondern es wäre richtig gewesen, diese Schuld restlos dem Gegner aufzubürden, selbst wenn dies wirklich nicht so dem wahren Hergange entsprochen hätte, wie es doch nun tatsächlich der Fall war.

Was aber war die Folge dieser Halbheit?

Die breite Masse eines Volkes besteht nicht aus Diplomaten oder auch nur Staatsrechtslehrern, ja nicht einmal aus lauter vernünftig Urteilsfähigen, sondern aus ebenso schwankenden wie zu Zweifel und Unsicherheit geneigten Menschenkindern. Sowie durch die eigene Propaganda erst einmal nur der Schimmer eines Rechtes auch auf der anderen Seite zugegeben wird, ist der Grund zum Zweifel an dem eigenen Rechte schon gelegt. Die Masse ist nicht in der Lage, nun zu unterscheiden, wo das fremde Unrecht endet und das eigene beginnt. Sie wird in einem solchen Falle unsicher und mißtrauisch, besonders dann, wenn der Gegner eben nicht den gleichen Unsinn macht, sondern seinerseits alle und jede Schuld dem Feinde aufbürdet. Was ist da erklärlicher, als daß endlich das eigene Volk der feindlichen Propaganda, die geschlossener, einheitlicher vorgeht, sogar mehr glaubt als der eigenen? Und noch dazu bei einem Volke, das ohnehin so sehr am Objektivitätsfimmel leidet wie das deutsche! Denn bei ihm wird nun jeder sich bemühen, nur ja dem Feinde nicht Unrecht zu tun, selbst auf die Gefahr der schwersten Belastung, ja Vernichtung des eigenen Volkes und Staates.

Daß an den maßgebenden Stellen dies natürlich nicht so gedacht ist, kommt der Masse gar nicht zum Bewußtsein.

Das Volk ist in seiner überwiegenden Mehrheit so feminin veranlagt und eingestellt, daß weniger nüchterne Überlegung als vielmehr gefühlsmäßige Empfindung sein Denken und Handeln bestimmt.

Diese Empfindung aber ist nicht kompliziert, sondern sehr einfach und geschlossen. Sie gibt hierbei nicht viel Differenzierungen, sondern ein Positiv oder ein Negativ, Liebe oder Haß, Recht oder Unrecht, Wahrheit oder Lüge, niemals aber halb so und halb so oder teilweise usw.

Das alles hat besonders die englische Propaganda in der wahrhaft genialsten Weise verstanden – und berücksichtigt. Dort gab es wirklich keine Halbheiten, die etwa zu Zweifeln hätten anregen können.

Das Zeichen für die glänzende Kenntnis der Primitivität der Empfindung der breiten Masse lag in der diesem Zustande angepaßten Greuelpropaganda, die in ebenso rücksichtsloser wie genialer Art die Vorbedingungen für das moralische Standhalten an der Front sicherte, selbst bei größten tatsächlichen Niederlagen, sowie weiter in der ebenso schlagenden Festnagelung des deutschen Feindes als des allein schuldigen Teils am Ausbruch des Krieges: eine Lüge, die nur durch die unbedingte, freche, einseitige Sturheit, mit der sie vorgetragen wurde, der gefühlsmäßigen, immer extremen Einstellung des großen Volkes Rechnung trug und deshalb auch geglaubt wurde.

Wie sehr diese Art von Propaganda wirksam war, zeigte am schlagendsten die Tatsache, daß sie nach vier Jahren nicht nur den Gegner noch streng an der Stange zu halten vermochte, sondern sogar unser eigenes Volk anzufressen begann.

Daß unserer Propaganda dieser Erfolg nicht beschieden war, durfte einen wirklich nicht wundern. Sie trug den Keim der Unwirksamkeit schon in ihrer inneren Zweideutigkeit. Endlich war es schon infolge ihres Inhalts wenig wahrscheinlich, daß sie bei den Massen den notwendigen Eindruck erwecken würde. Zu hoffen, daß es mit diesem faden Pazifistenspülwasser gelingen könnte, Menschen zum Sterben zu berauschen, brachten nur unsere geistfreien „Staatsmänner" fertig.

So war dies elende Produkt zwecklos, ja sogar schädlich.

Aber alle Genialität der Aufmachung der Propaganda wird zu keinem Erfolg führen, wenn nicht ein fundamentaler Grundsatz immer gleich scharf berücksichtigt wird. Sie hat sich auf wenig zu beschränken und dieses ewig zu wiederholen. Die Beharrlichkeit ist hier wie bei so vielem auf der Welt die erste und wichtigste Voraussetzung zum Erfolg.

Gerade auf dem Gebiete der Propaganda darf man sich niemals von Ästheten oder Blasierten leiten lassen: Von den ersteren nicht, weil sonst der Inhalt in Form und Ausdruck in kurzer Zeit, statt für die Masse sich zu eignen, nur mehr für literarische Teegesellschaften Zugkraft entwickelt; vor den zweiten aber hüte man sich deshalb ängstlich, weil ihr Mangel an eigenem frischem Empfinden immer nach neuen Reizen sucht. Diesen Leuten wird in kurzer Zeit alles überdrüssig; sie wünschen Abwechslung und verstehen niemals, sich in die Bedürfnisse ihrer noch nicht so abgebrühten Mitwelt hineinzuversetzen oder diese gar zu begreifen. Sie sind immer die ersten Kritiker der Propaganda oder besser ihres Inhaltes, der ihnen zu althergebracht, zu abgedroschen, dann wieder zu überlebt usw. erscheint. Sie wollen immer Neues, suchen

Abwechslung und werden dadurch zu wahren Todfeinden jeder wirksamen politischen Massengewinnung. Denn sowie sich die Organisation und der Inhalt einer Propaganda nach ihren Bedürfnissen zu richten beginnen, verlieren sie jede Geschlossenheit und zerflattern statt dessen vollständig.

Propaganda ist jedoch nicht dazu da, blasierten Herrchen laufend interessante Abwechslung zu verschaffen, sondern zu überzeugen, und zwar die Masse zu überzeugen. Diese aber braucht in ihrer Schwerfälligkeit immer eine bestimmte Zeit, ehe sie auch nur von einer Sache Kenntnis zu nehmen bereit ist, und nur einer tausendfachen Wiederholung einfachster Begriffe wird sie endlich ihr Gedächtnis schenken.

Jede Abwechslung darf nie den Inhalt des durch die Propaganda zu Bringenden verändern, sondern muß stets zum Schlusse das gleiche besagen. So muß das Schlagwort wohl von verschiedenen Seiten aus beleuchtet werden, allein das Ende jeder Betrachtung hat immer von neuem beim Schlagwort selber zu liegen. Nur so kann und wird die Propaganda einheitlich und geschlossen wirken.

Diese große Linie allein, die nie verlassen werden darf, läßt bei immer gleichbleibender konsequenter Betonung den endgültigen Erfolg heranreifen. Dann aber wird man mit Staunen feststellen können, zu welch ungeheuren, kaum verständlichen Ergebnissen solch eine Beharrlichkeit führt.

Jede Reklame, mag sie auf dem Gebiete des Geschäftes oder der Politik liegen, trägt den Erfolg in der Dauer und gleichmäßigen Einheitlichkeit ihrer Anwendung.

Auch hier war das Beispiel der feindlichen Kriegspropaganda vorbildlich: auf wenige Gesichtspunkte beschränkt, ausschließlich berechnet für die Masse, mit unermüdlicher Beharrlichkeit betrieben. Während des ganzen Krieges wurden die einmal als richtig erkannten Grundgedanken und Ausführungsformen angewendet, ohne daß auch nur die geringste Änderung jemals vorgenommen worden wäre. Sie war im Anfang scheinbar verrückt in der Frechheit ihrer Behauptungen, wurde später unangenehm und ward endlich geglaubt. Nach viereinhalb Jahren brach in Deutschland eine Revolution aus, deren Schlagworte der feindlichen Kriegspropaganda entstammten.

In England aber begriff man noch etwas: daß nämlich für diese geistige Waffe der mögliche Erfolg nur in der Masse ihrer Anwendung liegt, der Erfolg jedoch alle Kosten reichlich deckt.

Die Propaganda galt dort als Waffe ersten Ranges, während sie bei uns das letzte Brot stellenloser Politiker und Druckpöstchen bescheidener Helden darstellte.

Ihr Erfolg war denn auch, alles in allem genommen, gleich Null.

7. Kapitel

Die Revolution

Mit dem Jahre 1915 hat die feindliche Propaganda bei uns eingesetzt, seit 1916 wurde sie immer intensiver, um endlich zu Beginn des Jahres 1918 zu einer förmlichen Flut anzuschwellen. Nun ließen sich auch schon auf Schritt und Tritt die Wirkungen dieses Seelenfanges erkennen. Die Armee lernte allmählich denken, wie der Feind es wollte.

Die deutsche Gegenwirkung aber versagte vollständig.

Die Armee besaß in ihrem damaligen geistigen und willensmäßigen Leiter wohl die Absicht und Entschlossenheit, den Kampf auch auf diesem Felde aufzunehmen, allein ihr fehlte das Instrument, das hierfür nötig gewesen wäre. Auch psychologisch war es falsch, diese Aufklärung durch die Truppe selber vornehmen zu lassen. Sie mußte, wenn sie wirkungsvoll sein sollte, aus der Heimat kommen. Nur dann durfte man auf Erfolg bei Männern rechnen, die zum Schlusse ja für diese Heimat unsterbliche Taten des Heldenmutes und der Entbehrungen seit schon bald vier Jahren vollbracht hatten.

Allein, was kam aus der Heimat?

War dieses Versagen Dummheit oder Verbrechen?

Im Hochsommer 1918, nach dem Räumen des südlichen Marneufers, benahm sich vor allem die deutsche Presse schon so elend ungeschickt, ja verbrecherisch dumm, daß mir mit täglich sich mehrendem Grimme die Frage aufstieg, ob denn wirklich gar niemand da wäre, der dieser geistigen Verprassung des Heldentums der Armee ein Ende bereiten würde.

Was geschah in Frankreich, als wir im Jahre 1914 in unerhörtem Siegessturme in dieses Land hineinfegten? Was tat Italien in den Tagen des Zusammenbruches seiner Isonzofront? Was Frankreich wieder im Frühjahr 1918, als der Angriff der deutschen Divisionen die Stellungen aus den Angeln zu heben schien, und der weitreichende Arm der schweren Fernkampfbatterien an Paris zu klopfen begann?

Wie war dort immer den zurückhastenden Regimentern die Siedehitze nationaler Leidenschaft in die Gesichter gepeitscht worden! Wie arbeiteten dann die Propaganda und geniale Massenbeeinflussung, um den Glauben an den endgültigen Sieg erst recht in die Herzen der gebrochenen Fronten wieder hineinzuhämmern!

Was geschah indessen bei uns?

Nichts oder gar noch Schlechteres als dieses!

Damals stiegen mir oft Zorn und Empörung auf, wenn ich die neuesten Zeitungen zu lesen erhielt und man diesen psychologischen Massenmord, der da verbrochen wurde, zu Gesicht bekam.

Öfter als einmal quälte mich der Gedanke, daß, wenn mich die Vorsehung an die Stelle dieser unfähigen oder verbrecherischen Nichtskönner oder Nichtwoller unseres Propagandadienstes gestellt hätte, dem Schicksal der Kampf anders angesagt worden wäre.

In diesen Monaten empfand ich zum ersten Male die ganze Tücke des Verhängnisses, das mich an der Front und in einer Stelle hielt, in der mich der Zufallsgriff jedes Negers zusammenschießen konnte, während ich dem Vaterlande an anderem Orte andere Dienste zu leisten vermocht hätte!

Denn daß mir dieses gelungen sein würde, war ich schon damals vermessen genug zu glauben.

Allein ich war ein Namenloser, einer unter acht Millionen!

So war es besser, den Mund zu halten und so gut als möglich seine Pflicht an dieser Stelle zu tun.

X X X

Im Sommer 1915 fielen uns die ersten feindlichen Flugblätter in die Hand.

Ihr Inhalt war fast stets, wenn auch mit einigen Abwechslungen in der Form der Darstellung, derselbe, nämlich: daß die Not in Deutschland immer größer werde; die Dauer des Krieges endlos sei, während die Aussicht, ihn zu gewinnen, immer mehr schwinde; das Volk in der Heimat sehne sich deshalb auch nach Frieden, allein der „Militarismus", sowie der „Kaiser" erlaubten dies nicht; die ganze Welt – der dies sehr wohl bekannt sei – führe deshalb auch nicht den Krieg gegen das deutsche Volk, sondern vielmehr ausschließlich gegen den einzig Schuldigen, den Kaiser; der Kampf werde daher nicht früher ein Ende nehmen, bis dieser Feind der friedlichen Menschheit beseitigt sei; die freiheitlichen und demokratischen Nationen würden aber nach Beendigung des Krieges das deutsche Volk in den Bund des ewigen Weltfriedens aufnehmen, der von der Stunde der Vernichtung des „preußischen Militarismus" an gesichert sei.

Zur besseren Illustration des so Vorgebrachten wurden dann nicht selten „Briefe aus der Heimat" abgedruckt, deren Inhalt diese Behauptungen zu bestätigen schien.

Im allgemeinen lachte man damals nur über alle diese Versuche. Die Flugblätter wurden gelesen, dann nach rückwärts geschickt zu den höheren Stäben und meist wieder vergessen, bis der Wind abermals eine Ladung von oben in die Gräben hineinbeförderte; es waren nämlich meistens Flugzeuge, die zum Herüberbringen der Blätter dienten.

Eines mußte bei dieser Art von Propaganda bald auffallen, daß nämlich in jedem Frontabschnitt, in dem sich Bayern befanden, mit außerordentlicher Konsequenz immer gegen Preußen Front gemacht wurde, mit der Versicherung, daß nicht nur einerseits Preußen der eigentlich Schuldige und Verantwortliche für den ganzen Krieg sei, sondern daß andererseits gegen Bayern im besonderen auch nicht das geringste an Feindschaft vorhanden wäre; freilich könnte man ihm aber auch nicht helfen, solange es eben im Dienste des preußischen Militarismus mittue, diesem die Kastanien aus dem Feuer zu holen.

Die Art der Beeinflussung begann tatsächlich schon im Jahre 1915 bestimmte Wirkungen zu erzielen. Die Stimmung gegen Preußen wuchs unter der Truppe ganz ersichtlich – ohne daß von oben herunter auch nur ein einziges Mal dagegen eingeschritten worden wäre. Dies war schon mehr als eine bloße Unterlassungssünde, die sich früher oder später einmal auf das unseligste rächen mußte, und zwar nicht an den „Preußen", sondern an dem deutschen Volke, und dazu gehört nicht zum allerletzten denn doch auch Bayern selber.

In dieser Richtung begann die feindliche Propaganda schon vom Jahre 1916 an unbedingte Erfolge zu zeitigen.

Ebenso übten die Jammerbriefe direkt aus der Heimat längst ihre Wirkung aus. Es war nun gar nicht mehr notwendig, daß der Gegner sie noch besonders durch Flugblätter usw. der Front übermittelte. Auch dagegen geschah, außer einigen psychologisch blitzdummen „Ermahnungen" von „Regierungsseite", nichts. Die Front wurde nach wie vor mit diesem Gift überschwemmt, das gedankenlose Weiber zu Hause zusammenfabrizierten, ohne natürlich zu ahnen, daß dies das Mittel war, dem Gegner die Siegeszuversicht auf das äußerste zu stärken, also mithin die Leiden ihrer Angehörigen an der Kampffront zu verlängern und zu verschärfen. Die sinnlosen Briefe deutscher Frauen kosteten in der Folgezeit Hunderttausenden von Männern das Leben.

So zeigten sich im Jahre 1916 bereits verschiedene bedenkliche Erscheinungen. Die Front schimpfte und „masselte", war schon in vielen Dingen unzufrieden und manchmal auch mit Recht empört. Während sie hungerte und duldete, die Angehörigen zu Hause im Elend saßen, gab es an anderer Stelle Überfluß und Prasserei. Ja, sogar an der Kampffront selber war in dieser Richtung nicht alles in Ordnung.

So kriselte es schon damals ganz leicht – allein, dies waren noch immer „interne" Angelegenheiten. Der gleiche Mann, der erst geschimpft und geknurrt hatte, tat wenige Minuten später schweigend seine Pflicht, als ob es selbstverständlich gewesen wäre. Dieselbe Kompanie, die erst unzufrieden war, klammerte sich an das Stück Graben, das sie zu schützen hatte, wie wenn Deutschlands Schicksal von diesen hundert Metern Schlammlöchern abhängig gewesen wäre. Es war noch die Front der alten, herrlichen Heldenarmee!

Den Unterschied zwischen ihr und der Heimat sollte ich in grellem Wechsel kennenlernen.

Ende September 1916 rückte meine Division in die Sommeschlacht ab. Sie war für uns die erste der nun folgenden ungeheuren Materialschlachten und der Eindruck denn auch ein nur schwer zu beschreibender – mehr Hölle als Krieg.

In wochenlangem Wirbelsturm des Trommelfeuers hielt die deutsche Front stand, manchmal etwas zurückgedrängt, dann wieder vorstoßend, niemals aber weichend.

Am 7. Oktober 1916 wurde ich verwundet.

Ich kam glücklich nach rückwärts und sollte mit einem Transport nach Deutschland.

Es waren nun zwei Jahre verflossen, seit ich die Heimat nicht mehr gesehen hatte, eine unter solchen Verhältnissen fast endlose Zeit. Ich konnte mir kaum mehr vorstellen, wie Deutsche aussehen, die nicht in Uniform stecken. Als ich in Hermies im Verwundeten-Sammellazarett lag, zuckte ich fast wie im Schreck zusammen, als plötzlich die Stimme einer deutschen Frau als Krankenschwester einen neben mir Liegenden ansprach.

Nach zwei Jahren zum erstenmal ein solcher Laut!

Je näher dann aber der Zug, der uns in die Heimat bringen sollte, der Grenze kam, um so unruhiger wurde es nun im Innern eines jeden. Alle die Orte zogen vorüber, durch die wir zwei Jahre vordem als junge Soldaten gefahren waren: Brüssel, Löwen, Lüttich, und endlich glaubten wir das erste deutsche Haus am hohen Giebel und seinen schönen Läden zu erkennen.

Das Vaterland!

Im Oktober 1914 brannten wir vor stürmischer Begeisterung, als wir die Grenze überfuhren, nun herrschte Stille und Ergriffenheit. Jeder war glücklich, daß ihn das Schicksal noch einmal schauen ließ, was er mit seinem Leben so schwer zu schützen hatte; und jeder schämte sich fast, den andern in sein Auge sehen zu lassen.

Fast am Jahrestage meines Ausmarsches kam ich in das Lazarett zu Beelitz bei Berlin.

Welcher Wandel! Vom Schlamm der Sommeschlacht in die weißen Betten dieses Wunderbaues! Man wagte ja anfangs kaum, sich richtig hineinzulegen. Erst langsam vermochte man sich an diese neue Welt wieder zu gewöhnen.

Leider aber war diese Welt auch in anderer Hinsicht neu.

Der Geist des Heeres an der Front schien hier schon kein Gast mehr zu sein. Etwas, das an der Front noch unbekannt war, hörte ich hier zum ersten Male: das Rühmen der eigenen Feigheit. Denn was man auch draußen schimpfen und „masseln" hören konnte, so war dies doch nie eine Aufforderung zur Pflichtverletzung oder gar eine Verherrlichung des Angsthasen. Nein! Der Feigling galt noch immer als Feigling, und sonst eben als weiter nichts; und die Verachtung, die ihn traf, war noch immer allgemein, genau so wie die Bewunderung, die man dem wirklichen Helden zollte. Hier aber im Lazarett war es schon zum Teil fast umgekehrt: Die gesinnungslosesten Hetzer führten das große Wort und versuchten mit allen Mitteln ihrer jämmerlichen Beredsamkeit, die Begriffe des anständigen Soldaten als lächerlich und die Charakterlosigkeit des Feiglings als vorbildlich hinzustellen. Ein paar elende Burschen vor allem gaben den Ton an. Der eine davon rühmte sich, die Hand selber durch das Drahtverhau gezogen zu haben, um so in das Lazarett zu kommen; er schien nun trotz dieser lächerlichen Verletzung schon endlose Zeit hier zu sein, wie er denn ja überhaupt nur durch einen Schwindel in den Transport nach Deutschland kam. Dieser giftige Kerl aber brachte es schon so weit, die eigene Feigheit mit frecher Stirne als den Ausfluß höherer Tapferkeit als den Heldentod des ehrlichen Soldaten hinzustellen. Viele hörten schweigend zu, andere gingen, einige aber stimmten auch bei.

Mir kroch der Ekel zum Halse herauf, allein der Hetzer wurde ruhig in der Anstalt geduldet. Was sollte man machen? Wer und was er war, mußte man bei der Leitung genau wissen und wußte es auch. Dennoch geschah nichts.

Als ich wieder richtig gehen konnte, erhielt ich Erlaubnis, nach Berlin fahren zu dürfen.

Die Not war ersichtlich überall sehr herbe. Die Millionenstadt litt Hunger. Die Unzufriedenheit war groß. In verschiedenen, von Soldaten besuchten Heimen war der Ton ähnlich dem des Lazaretts. Es machte ganz den Eindruck, als ob mit Absicht diese Burschen gerade solche Stellen aufsuchen würden, um ihre Anschauungen weiterzuverbreiten.

Noch viel, viel ärger waren jedoch die Verhältnisse in München selber!

Als ich nach Ausheilung aus dem Lazarett entlassen und dem Ersatzbataillon überwiesen wurde, glaubte ich, die Stadt nicht mehr wiederzuerkennen. Ärger, Mißmut und Geschimpfe, wohin man nur kam! Beim Ersatzbataillon selber war die Stimmung unter jeder Kritik. Hier wirkte noch mit die unendlich ungeschickte Art der Behandlung der Feldsoldaten von seiten alter Instruktionsoffiziere, die noch keine Stunde im Felde waren und schon aus diesem Grunde nur zu einem Teil ein anständiges Verhältnis zu den alten Soldaten herzustellen vermochten. Diese besaßen nun einmal gewisse Eigenheiten, die aus dem Dienst an der Front erklärlich waren, den Leitern dieser Ersatztruppenteile indessen gänzlich unverständlich blieben, während sie der ebenfalls von der Front gekommene Offizier sich wenigstens zu erklären wußte. Letzterer selbst war von den Mannschaften natürlich auch ganz anders geachtet als der Etappenkommandeur. Aber von dem ganz abgesehen, war die allgemeine Stimmung miserabel; die Drückebergerei galt schon fast als Zeichen höherer Klugheit, das treue Ausharren aber als Merkmal innerer Schwäche und Borniertheit. Die Kanzleien waren mit Juden besetzt. Fast jeder Schreiber ein Jude und jeder Jude ein Schreiber. Ich staunte über die Fülle von Kämpfern des auserwählten Volkes und konnte nicht anders, als sie mit den spärlichen Vertretern an der Front zu vergleichen.

Noch schlimmer lagen die Dinge bei der Wirtschaft. Hier war das jüdische Volk tatsächlich „unabkömmlich" geworden. Die Spinne begann, dem Volke langsam das Blut aus den Poren zu saugen. Auf dem Umwege über die Kriegsgesellschaften hatte man das Instrument gefunden, um der nationalen und freien Wirtschaft nach und nach den Garaus zu machen.

Es wurde die Notwendigkeit einer schrankenlosen Zentralisation betont.

So befand sich tatsächlich schon im Jahre 1916/17 fast die gesamte Produktion unter der Kontrolle des Finanzjudentums. Gegen wen aber richtete sich aber nun der Haß des Volkes?

In dieser Zeit sah ich mit Entsetzen ein Verhängnis herannahen, das, nicht zur richtigen Stunde noch abgewendet, zum Zusammenbruch führen mußte.

Während der Jude die gesamte Nation bestahl und unter seine Herrschaft preßte, hetzte man gegen die „Preußen". Genau wie an der Front geschah auch zu Hause von oben gegen diese Giftpropaganda nichts. Man schien gar nicht zu ahnen, daß der Zusammenbruch Preußens noch lange keinen Aufschwung Bayerns mit sich bringe, ja, daß im Gegenteil jeder Sturz des einen den anderen rettungslos mit sich in den Abgrund reißen mußte.

Mir tat dies Gebaren unendlich leid. Ich konnte in ihm nur den genialsten Trick des Juden sehen, der die allgemeine Aufmerksamkeit von sich abund auf andere hinlenken sollte. Während Bayer und Preuße stritten, zog er beiden die Existenz unter der Nase fort; während man in Bayern gegen den Preußen schimpfte, organisierte der Jude die Revolution und zerschlug Preußen und Bayern zugleich.

Ich konnte diesen verfluchten Hader unter den deutschen Stämmen nicht leiden und war froh, wieder an die Front zu kommen, zu der ich mich sofort nach meiner Ankunft in München von neuem meldete.

Anfang März 1917 war ich denn auch wieder bei meinem Regiment.

X X X

Gegen Ende des Jahres 1917 schien der Tiefpunkt der Niedergeschlagenheit des Heeres überwunden zu sein. Die ganze Armee schöpfte nach dem russischen Zusammenbruch wieder frische Hoffnung und frischen Mut. Die Überzeugung, daß der Kampf nun dennoch mit einem Siege Deutschlands enden würde, begann die Truppe immer mehr zu erfassen. Man konnte wieder singen hören, und die Unglücksraben wurden seltener. Man glaubte wieder an die Zukunft des Vaterlandes.

Besonders der italienische Zusammenbruch des Herbstes 1917 hatte die wundervollste Wirkung ausgeübt; sah man doch in diesem Siege den Beweis für die Möglichkeit, auch abseits des russischen Kriegsschauplatzes die Front durchbrechen zu können. Ein herrlicher Glaube strömte nun wieder in die Herzen der Millionen und ließ sie mit aufatmender Zuversicht dem Frühjahr 1918 entgegenharren. Der Gegner aber war ersichtlich deprimiert. In diesem Winter blieb es etwas ruhiger als sonst. Es trat die Ruhe vor dem Sturme ein.

Doch während gerade die Front die letzten Vorbereitungen zur endlichen Beendigung des ewigen Kampfes vornahm, endlose Transporte an Menschen und Material an die Westfront rollten und die Truppe die Ausbildung zum großen Angriff erhielt, brach in Deutschland das größte Gaunerstück des ganzen Krieges aus.

Deutschland sollte nicht siegen: in letzter Stunde, da der Sieg sich schon an die deutschen Fahnen zu heften drohte, griff man zu einem Mittel, das geeignet erschien, mit einem Schlage den deutschen Angriff des Frühjahrs im Keime zu ersticken, den Sieg unmöglich zu machen:

Man organisierte den Munitionsstreik.

Wenn er gelang, mußte die deutsche Front zusammenbrechen und der Wunsch des „Vorwärts", daß der Sieg sich dieses Mal nicht mehr an die deutschen Fahnen heften möge, in Erfüllung gehen. Die Front mußte unter dem Mangel an Munition in wenigen Wochen durchstoßen sein; die Offensive war damit verhindert, die Entente gerettet; das internationale Kapital aber zum Herrn Deutschlands gemacht, das innere Ziel des marxistischen Völkerbetruges erreicht.

Zerbrechung der nationalen Wirtschaft zur Aufrichtung der Herrschaft des internationalen Kapitals – ein Ziel, das dank der Dummheit und Gutgläubigkeit der einen Seite und der bodenlosen Feigheit der anderen ja auch erreicht ist.

Allerdings hatte der Munitionsstreik in bezug auf die Aushungerung der Front an Waffen nicht den letzten gehofften Erfolg: er brach zu frühzeitig zusammen, als daß der Munitionsmangel als solcher – so wie der Plan vorhanden war – das Heer zum Untergange verdammt hätte. Allein um wieviel entsetzlicher war der moralische Schaden, der angerichtet war! Erstens: Für was kämpfte das Heer noch, wenn die Heimat selber den Sieg gar nicht wollte? Für wen die ungeheuren Opfer und Entbehrungen? Der Soldat soll für den Sieg fechten, und die Heimat streikt dagegen?

Zweitens aber: Wie war die Wirkung auf den Feind? Im Winter 1917/18 stiegen zum ersten Male trübe Wolken am Firmament der alliierten Welt auf. Fast vier Jahre lang war man gegen den deutschen Recken angerannt und konnte ihn nicht zum Sturze bringen; dabei war es aber nur der Schildarm, den dieser frei zur Abwehr hatte, während das Schwert bald im Osten, bald im Süden zum Hiebe ausholen mußte. Nun endlich war der Riese im Rücken frei. Ströme von Blut waren geflossen, bis es ihm gelang, den einen der Gegner endgültig niederzuschlagen. Jetzt sollte im Westen zum Schild das Schwert kommen, und wenn es dem Feinde bisher nicht glückte, die Abwehr zu brechen, nun sollte der Angriff ihn selber treffen.

Man fürchtete ihn und bangte um den Sieg.

In London und Paris jagte eine Beratung die andere. Selbst die feindliche Propaganda tat sich schon schwer; es war nicht mehr so leicht, die Aussichtslosigkeit des deutschen Sieges nachzuweisen.

Das gleiche jedoch galt an den Fronten, an denen dösiges Schweigen herrschte, auch für die alliierten Truppen selber. Den Herrschaften war die Frechheit plötzlich vergangen. Auch ihnen begann langsam ein unheimliches Licht aufzugehen. Ihre innere Stellung zum deutschen Soldaten hatte sich jetzt geändert. Bisher mochte er ihnen als ein ja doch zur Niederlage bestimmter Narr gelten; nun aber stand vor ihnen der Vernichter des russischen Verbündeten. Die aus der Not geborene Beschränkung der deutschen Offensiven auf den Osten erschien nunmehr als geniale Taktik. Drei Jahre waren diese Deutschen gegen Rußland angerannt, anfangs scheinbar ohne auch nur den geringsten Erfolg. Man lachte fast über dieses zwecklose Beginnen; denn endlich mußte ja doch der russische Riese in der Überzahl seiner Menschen Sieger bleiben, Deutschland aber an Verblutung niederbrechen. Die Wirklichkeit schien dieses Hoffen zu bestätigen.

Seit den Septembertagen 1914, da sich zum ersten Male die endlosen Haufen russischer Gefangener aus der Schlacht von Tannenberg auf Straßen und Bahnen nach Deutschland zu wälzen begannen, nahm dieser Strom kaum mehr ein Ende – allein für jede geschlagene und vernichtete Armee stand eine neue auf. Unerschöpflich gab das Riesenreich dem Zaren immer neue Soldaten und dem Kriege seine neuen Opfer. Wie lange konnte Deutschland dieses Rennen mitmachen? Mußte nicht einmal der Tag kommen, an dem nach einem letzten deutschen Siege immer noch nicht die letzten russischen Armeen zur allerletzten Schlacht antreten würden? Und was dann? Nach menschlichem Ermessen konnte der Sieg Rußlands wohl hinausgeschoben werden, aber er mußte kommen.

Jetzt waren alle diese Hoffnungen zu Ende: der Verbündete, der die größten Blutopfer auf dem Altar der gemeinsamen Interessen niedergelegt hatte, war am Ende seiner Kraft und lag vor dem unerbittlichen Angreifer auf dem Boden. Furcht und Grauen schlichen in die Herzen der bisher blindgläubigen Soldaten ein. Man fürchtete das kommende Frühjahr. Denn wenn es bisher nicht gelang, den Deutschen zu besiegen, da er nur zum Teil sich auf der Westfront zu stellen vermochte, wie sollte man jetzt noch mit dem Siege rechnen, da die gesamte Kraft des unheimlichen Heldenstaates sich zum Angriff gegen den Westen zusammenzuballen schien?

Die Schatten der Südtiroler Berge legten sich beklemmend auf die Phantasie; bis in die flandrischen Nebel gaukelten die geschlagenen Heere Cadornas trübe Gesichte vor, und der Glaube an den Sieg wich der Furcht vor der kommenden Niederlage.

Da – als man aus den kühlen Nächten schon das gleichmäßige Rollen der anrückenden Sturmarmeen des deutschen Heeres zu vernehmen glaubte und in banger Sorge dem kommenden Gericht entgegenstarrte, da zuckte plötzlich ein grellrotes Licht aus Deutschland auf und warf den Schein bis in den letzten Granattrichter der feindlichen Front: im Augenblick, da die deutschen Divisionen den letzten Unterricht zum großen Angriff erhielten, brach in Deutschland der Generalstreik aus.

Zunächst war die Welt sprachlos. Dann aber stürzte sich die feindliche Propaganda erlöst aufatmend auf diese Hilfe in zwölfter Stunde. Mit einem Schlage war das Mittel gefunden, die sinkende Zuversicht der alliierten Soldaten wieder zu heben, die Wahrscheinlichkeit des Sieges aufs neue als sicher hinstellen zu lassen und die bange Sorge vor den kommenden Ereignissen in entschlossene Zuversicht umzuverwandeln. Nun durfte man den des deutschen Angriffs harrenden Regimentern die Überzeugung in die größte Schlacht aller Zeiten mitgeben, daß nicht der Verwegenheit des deutschen Sturmes die Entscheidung über das Ende dieses Krieges zukomme, sondern der Ausdauer seiner Abwehr. Mochten die Deutschen nun Siege erringen soviel sie noch wollten, in ihrer Heimat stand die Revolution vor dem Einzug und nicht die siegreiche Armee.

Diesen Glauben begannen englische, französische und amerikanische Zeitungen in die Herzen ihrer Leser zu pflanzen, während eine unendliche geschickte Propaganda die Truppen der Front emporriß.

„Deutschland vor der Revolution! Der Sieg der Alliierten unaufhaltbar!" Dies war die beste Medizin, um dem schwankenden Poilu und Tommy auf die Beine zu helfen. Nun konnten Gewehre und Maschinengewehre noch einmal zum Feuern gebracht werden, und an Stelle einer in panischem Schrecken davonjagenden Flucht trat hoffnungsvoller Widerstand.

Dieses war das Ergebnis des Munitionsstreiks. Er stärkte den Siegesglauben der feindlichen Völker und behob die lähmende Verzweiflung der alliierten Front – in der Folge hatten Tausende von deutschen Soldaten dies mit ihrem Blute zu bezahlen. Die Urheber dieses niederträchtigsten Schurkenstreiches aber waren die Anwärter auf die höchsten Staatsstellen des Deutschlands der Revolution.

Wohl konnte auf deutscher Seite zunächst die sichtbare Rückwirkung dieser Tat scheinbar überwunden werden, auf der Seite des Gegners jedoch blieben die Folgen nicht aus. Der Widerstand hatte die Ziellosigkeit einer alles verlorengebenden Armee verloren, und an seine Stelle trat die Erbitterung eines Kampfes um den Sieg.

Denn der Sieg mußte nun nach menschlichem Ermessen kommen, wenn die Westfront dem deutschen Angriff auch nur wenige Monate standhielt. In den Parlamenten der Entente aber erkannte man die Möglichkeit der Zukunft und bewilligte unerhörte Mittel zur Fortführung der Propaganda zur Zersetzung Deutschlands.

X X X

Ich hatte das Glück, die beiden ersten und die letzte Offensive mitmachen zu können.

Es sind dies die ungeheuersten Eindrücke meines Lebens geworden; ungeheuer deshalb, weil nun zum letzten Male ähnlich wie im Jahre 1914 der Kampf den Charakter der Abwehr verlor und den des Angriffs übernahm. Ein Aufatmen ging durch die Gräben und Stollen des deutschen Heeres, als endlich nach mehr als dreijährigem Ausharren in der feindlichen Hölle der Tag der Vergeltung kam. Noch einmal jauchzten die siegreichen Bataillone, und die letzten Kränze unsterblichen Lorbeers hingen sie an die siegumwitterten Fahnen. Noch einmal braustеn die Lieder des Vaterlandes die endlosen

Marschkolonnen entlang zum Himmel empor, und zum letzten Male lächelte die Gnade des Herrn seinen undankbaren Kindern.

X X X

Im Hochsommer des Jahres 1918 lag dumpfe Schwüle über der Front. Die Heimat stritt sich. Um was? Man erzählte sich vieles in den einzelnen Truppenteilen des Feldheeres. Der Krieg wäre nun aussichtslos, und nur Narren könnten noch an den Sieg glauben. Das Volk besäße kein Interesse mehr am weiteren Aushalten, sondern nur mehr das Kapital und die Monarchie – dies kam aus der Heimat und wurde auch an der Front besprochen.

Sie reagierte zunächst nur sehr wenig darauf. Was ging uns das allgemeine Wahlrecht an? Hatten wir etwa deshalb vier Jahre lang gekämpft? Es war ein niederträchtiger Banditenstreich, auf solche Weise den toten Helden das Kriegsziel im Grabe zu stehlen. Nicht mit dem Rufe „Es lebe das allgemeine und geheime Wahlrecht" waren die jungen Regimenter einst in Flandern in den Tod gegangen, sondern mit dem Schrei „Deutschland über alles in der Welt". Ein kleiner, aber doch nicht ganz unbedeutender Unterschied. Die aber nach dem Wahlrecht riefen, waren zum größten Teil nicht dort gewesen, wo sie dieses nun erkämpfen wollten. Die Front kannte das ganze politische Parteipack nicht. Man sah die Herren Parlamentarier nur zu einem Bruchteil dort, wo die anständigen Deutschen, wenn sie nur gerade Glieder besaßen, sich damals aufhielten.

So war denn die Front in ihren alten Beständen für dieses neue Kriegsziel der Herren Ebert, Scheidemann, Barth, Liebknecht usw. nur sehr wenig empfänglich. Man verstand gar nicht, warum auf einmal die Drückeberger das Recht besitzen konnten, über das Heer hinweg sich die Herrschaft im Staate anzumaßen.

Meine persönliche Einstellung war von Anfang an fest: Ich haßte das ganze Pack dieser elenden, volksbetrügerischen Parteilumpen auf das äußerste. Ich war mir längst darüber im klaren, daß es sich bei diesem Gelichter wahrlich nicht um das Wohl der Nation handelte, sondern um die Füllung leerer Taschen. Und daß sie jetzt selbst bereit waren, dafür das ganze Volk zu opfern und wenn nötig Deutschland zugrunde gehen zu lassen, machte sie in meinen Augen reif für den Strick. Auf ihre Wünsche Rücksicht nehmen, hieß die Interessen das arbeitenden Volkes zugunsten einer Anzahl von Taschendieben opfern, sie aber erfüllen konnte man nur dann, wenn man bereit war, Deutschland aufzugeben.

So aber dachten noch immer die weitaus meisten des kämpfenden Heeres. Nur der aus der Heimat kommende Nachschub wurde rapid schlechter und schlechter, so daß sein Kommen keine Verstärkung, sondern eine Schwächung der Kampfkraft bedeutete. Besonders der junge Nachschub war zum großen Teil wertlos. Es war oft nur schwer zu glauben, daß dies Söhne desselben Volkes sein sollten, das einst seine Jugend zum Kampf um Ypern ausgeschickt hatte.

Im August und September nahmen die Zersetzungserscheinungen immer schneller zu, trotzdem die feindliche Angriffswirkung mit dem Schrecken unserer Abwehrschlachten von einst nicht zu vergleichen war. Sommeschlacht und Flandern lagen demgegenüber grauenerregend in der Vergangenheit. Ende September kam meine Division zum drittenmal an die Stellen, die wir einst als junge KriegsfreiwilligenRegimenter gestürmt hatten.

Welch eine Erinnerung!

Im Oktober und November 1914 hatten wir dort die Feuertaufe erhalten. Vaterlandsliebe im Herzen und Lieder auf den Lippen war unser junges Regiment in die Schlacht gegangen wie in den Tanz. Teuerstes Blut gab sich da freudig hin im Glauben, dem Vaterlande so seine Unabhängigkeit und Freiheit zu bewahren.

Im Juli 1917 betraten wir zum zweiten Male den für uns alle geheiligten Boden. Schlummerten doch in ihm die besten Kameraden, Kinder noch fast, die einst mit strahlenden Augen für das einzige teure Vaterland in den Tod hineingelaufen waren.

Wir Alten, die mit dem Regiment einst ausgezogen, standen in ehrfürchtiger Ergriffenheit an dieser Schwurstätte von „Treue und Gehorsam bis in den Tod".

Diesen Boden, den das Regiment drei Jahre vorher gestürmt, sollte es nun in schwerer Abwehrschlacht verteidigen.

In dreiwöchigem Trommelfeuer bereitete der Engländer die große Flandernoffensive vor. Da schienen die Geister der Verstorbenen lebendig zu werden; das Regiment krallte sich in den schmutzigen Schlamm und biß sich hinein in die einzelnen Löcher und Krater und wich nicht und wankte nicht und wurde so wie schon einmal an dieser Stelle immer kleiner und dünner, bis der Angriff des Engländers am 31. Juli 1917 endlich losbrach.

In den ersten Augusttagen wurden wir abgelöst. Aus dem Regiment waren einige Kompanien geworden: die schwankten schlammüberkrustet zurück, mehr Gespenstern als Menschen ähnlich. Allein außer einigen hundert Meter Granatlöchern hatte der Engländer sich nur den Tod geholt.

Nun, im Herbste des Jahres 1918, standen wir zum drittenmal auf dem Sturmboden von 1914. Unser einstiges Ruhestädtchen Comines war jetzt zum Kampffeld geworden. Freilich, wenn auch das Kampfgelände das gleiche war, die Menschen hatten sich geändert: es wurde nunmehr in der Truppe auch „politisiert". Das Gift der Heimat begann, wie überall, so auch hier wirksam zu werden. Der jüngere Nachschub aber versagte vollständig – er kam von zu Hause.

In der Nacht vom 13. zum 14. Oktober ging das englische Gasschießen auf der Südfront vor Ypern los; man verwendete dabei Gelbkreuz, das uns in der Wirkung noch unbekannt war, soweit es sich um die Erprobung am eigenen Leibe handelte.

Ich sollte es noch in dieser Nacht selbst kennenlernen. Auf einem Hügel südlich von Wervick waren wir noch am Abend des 13. Oktober in ein mehrstündiges Trommelfeuer von Gasgranaten gekommen, das sich dann die ganze Nacht hindurch in mehr oder minder heftiger Weise fortsetzte. Schon gegen Mitternacht schied ein Teil von uns aus, darunter einige Kameraden gleich für immer. Gegen Morgen erfaßte auch mich der Schmerz von Viertelstunde zu Viertelstunde ärger, und um sieben Uhr früh stolperte und schwankte ich mit brennenden Augen zurück, meine letzte Meldung im Kriege noch mitnehmend.

Schon einige Stunden später waren die Augen in glühende Kohlen verwandelt, es war finster um mich geworden.

So kam ich in das Lazarett Pasewalk in Pommern, und dort mußte ich – die Revolution erleben!

X X X

Es lag etwas Unbestimmtes, aber Widerliches schon lange in der Luft. Man erzählte sich, daß es in den nächsten Wochen „los" gehe – ich vermochte mir nur nicht vorzustellen, was darunter zu verstehen sei. Ich dachte in erster Linie an einen Streik, ähnlich dem des Frühjahrs. Ungünstige Gerüchte kamen dauernd aus der Marine, in der es gären sollte. Allein auch dieses schien mir mehr die Ausgeburt der Phantasie einzelner Burschen als Angelegenheit größerer Massen zu sein. Im Lazarett selbst redete wohl jeder von der hoffentlich doch bald herbeieilenden Beendigung des Krieges, allein auf ein „Sofort" rechnete niemand. Zeitungen konnte ich nicht lesen.

Im November nahm die allgemeine Spannung zu.

Und dann brach eines Tages plötzlich und unvermittelt das Unglück herein. Matrosen kamen auf Lastkraftwagen und riefen zur Revolution auf, ein paar Judenjungen waren die „Führer" in diesem Kampf um die „Freiheit, Schönheit und Würde" unseres Volksdaseins. Keiner von ihnen war an der Front gewesen. Auf dem Umweg eines sogenannten „Tripperlazaretts" waren die drei Orientalen aus der Etappe der Heimat zurückgegeben worden. Nun zogen sie in ihr den roten Fetzen auf.

Mir war es in der letzten Zeit etwas besser ergangen. Der bohrende Schmerz in den Augenhöhlen ließ nach; es gelang mir langsam, meine Umgebung in groben Umrissen wieder unterscheiden zu lernen. Ich durfte Hoffnung hegen, wenigstens so weit wieder sehend zu werden, um später irgendeinem Berufe nachgehen zu können. Freilich, daß ich jemals wieder würde zeichnen können, durfte ich nicht mehr hoffen. So befand ich mich immerhin auf dem Wege der Besserung, als das Ungeheuerliche geschah.

Meine erste Hoffnung war noch immer, daß es sich bei dem Landesverrat nur um eine mehr oder minder örtliche Sache handeln konnte. Ich versuchte auch einige Kameraden in dieser Richtung zu bestärken. Besonders meine bayerischen Lazarettgenossen waren dem mehr als zugänglich.

Die Stimmung war da alles andere eher als „revolutionär". Ich konnte mir nicht vorstellen, daß auch in München der Wahnsinn ausbrechen würde. Die Treue zum ehrwürdigen Hause Wittelsbach schien mir denn doch fester zu sein als der Wille einiger Juden. So konnte ich nicht anders als glauben, daß es sich um einen Putsch der Marine handle, der in den nächsten Tagen niedergeschlagen werden würde.

Die nächsten Tage kamen, und mit ihnen die entsetzlichste Gewißheit meines Lebens. Immer drückender wurden nun die Gerüchte. Was ich für eine lokale Sache gehalten hatte, sollte eine allgemeine Revolution sein. Dazu kamen die schmachvollen Nachrichten von der Front. Man wollte kapitulieren. Ja, war so etwas überhaupt auch nur möglich?

Am 10. November kam der Pastor in das Lazarett zu einer kleinen Ansprache; nun erfuhren wir alles.

Ich war, auf das äußerste erregt, auch bei der kurzen Rede anwesend. Der alte, würdige Herr schien sehr zu zittern, als er uns mitteilte, daß das Haus Hohenzollern nun die deutsche Kaiserkrone nicht mehr tragen dürfe, daß das Vaterland „Republik" geworden sei, daß man den Allmächtigen bitten müsse, diesem Wandel seinen Segen nicht zu versagen und unser Volk in den kommenden Zeiten nicht verlassen zu wollen. Er konnte dabei wohl nicht anders, er mußte in wenigen Worten des königlichen Hauses gedenken, wollte dessen Verdienste in Pommern, in Preußen, nein, um das deutsche Vaterland würdigen, und – da begann er leise in sich hineinzuweinen – in dem kleinen Saale aber legte sich tiefste Niedergeschlagenheit wohl auf alle Herzen, und ich glaube, daß kein Auge die Tränen zurückzuhalten vermochte. Als aber der alte Herr weiter zu erzählen versuchte und mitzuteilen begann, daß wir den langen Krieg nun beenden müßten, ja, daß unser Vaterland für die Zukunft, da der Krieg jetzt verloren wäre und wir uns in die Gnade der Sieger begäben, schweren Bedrückungen ausgesetzt sein würde, daß der Waffenstillstand im Vertrauen auf die Großmut unserer bisherigen Feinde angenommen werden sollte – da hielt ich es nicht mehr aus. Mir wurde es unmöglich, noch länger zu bleiben. Während es mir um die Augen wieder schwarz ward, tastete und taumelte ich zum Schlafsaal zurück, warf mich auf mein Lager und grub den brennenden Kopf in Decke und Kissen.

Seit dem Tage, da ich am Grabe der Mutter gestanden, hatte ich nicht mehr geweint. Wenn mich in meiner Jugend das Schicksal unbarmherzig hart anfaßte, wuchs mein Trotz. Als sich in den langen Kriegsjahren der Tod so manchen lieben Kameraden und Freund aus unseren Reihen holte, wäre es mir fast wie eine Sünde erschienen, zu klagen – starben sie doch für Deutschland! Und als mich endlich selbst – noch in den letzten Tagen des fürchterlichen Ringens – das schleichende Gas anfiel und sich in die Augen zu fressen begann und ich unter dem Schrecken, für immer zu erblinden, einen Augenblick verzagen wollte, da donnerte mich die Stimme des Gewissens an: Elender Jämmerling, du willst wohl heulen, während es

Tausenden hundertmal schlechter geht als dir. Und so trug ich denn stumpf und stumm mein Los. Nun aber konnte ich nicht mehr anders. Nun sah ich erst, wie sehr alles persönliche Leid versinkt gegenüber dem Unglück des Vaterlandes.

Es war also alles umsonst gewesen. Umsonst all die Opfer und Entbehrungen, umsonst der Hunger und Durst von manchmal endlosen Monaten, vergeblich die Stunden, in denen wir, von Todesangst umkrallt, dennoch unsere Pflicht taten, und vergeblich der Tod von zwei Millionen, die dastarben. Mußten sich nicht die Gräber all der Hunderttausende öffnen, die im Glauben an das Vaterland einst hinausgezogen waren, um niemals wiederzukehren? Mußten sie sich nicht öffnen und die stummen, schlamm- und blutbedeckten Helden als Rachegeister in die Heimat senden, die sie um das höchste Opfer, das auf dieser Welt der Mann seinem Volke zu bringen vermag, so hohnvoll betrogen hatte? Waren sie dafür gestorben, die Soldaten des August und September 1914, zogen dafür die FreiwilligenRegimenter im Herbst desselben Jahres den alten Kameraden nach? Sanken dafür diese Knaben von siebzehn Jahren in die flandrische Erde? War dies der Sinn des Opfers, das die deutsche Mutter dem Vaterlande darbrachte, als sie mit wehem Herzen die liebsten Jungen damals ziehen ließ, um sie niemals wiederzusehen? Geschah dies alles dafür, daß nun ein Haufen elender Verbrecher die Hand an das Vaterland zu legen vermochte? Hatte also dafür der deutsche Soldat im Sonnenbrand und Schneesturm hungernd, dürstend und frierend, müde von schlaflosen Nächten und endlosen Märschen ausgeharrt?

Hatte er dafür in der Hölle des Trommelfeuers und im Fieber das Gaskampfes gelegen, ohne zu weichen, immer eingedenk der einzigen Pflicht, das Vaterland vor dem Einfall des Feindes zu bewahren?

Wahrlich, auch diese Helden verdienten einen Stein:

„Wanderer, der du nach Deutschland kommst, melde der Heimat, daß wir hier liegen, treu dem Vaterlande und gehorsam der Pflicht."

Und die Heimat – ?

Allein – war es nur das einzige Opfer, das wir zu wägen hatten? War das vergangene Deutschland weniger wert? Gab es nicht auch einer Verpflichtung der eigenen Geschichte gegenüber? Waren wir noch wert, den Ruhm der Vergangenheit auch auf uns zu beziehen? Wie aber war diese Tat der Zukunft zur Rechtfertigung zu unterbreiten?

Elende und verkommene Verbrecher!

Je mehr ich mir in dieser Stunde über das ungeheure Ereignis klar zu werden versuchte, um so mehr brannte mir die Scham der Empörung und der Schande in der Stirn. Was war der ganze Schmerz der Augen gegen diesen Jammer?

Was folgte, waren entsetzliche Tage und noch bösere Nächte – ich wußte, daß alles verloren war. Auf die Gnade des Feindes zu hoffen, konnten höchstens Narren fertigbringen oder – Lügner und Verbrecher. In diesen Nächten wuchs mir der Haß, der Haß gegen die Urheber dieser Tat.

In den Tagen darauf wurde mir auch mein Schicksal bewußt. Ich mußte nun lachen bei dem Gedanken an meine eigene Zukunft, die mir vor kurzer Zeit noch so bittere Sorgen bereitet hatte. War es nicht zum Lachen, Häuser bauen zu wollen auf solchem Grunde? Endlich wurde mir auch klar, daß doch nur eingetreten war, was ich so oft schon befürchtete, nur gefühlsmäßig nie zu glauben vermochte.

Kaiser Wilhelm II. hatte als erster deutscher Kaiser den Führern des Marxismus die Hand zur Versöhnung gereicht, ohne zu ahnen, daß Schurken keine Ehre besitzen. Während sie die kaiserliche Hand noch in der ihren hielten, suchte die andere schon nach dem Dolche.

Mit dem Juden gibt es kein Paktieren, sondern nur das harte Entweder-Oder.

Ich aber beschloß, Politiker zu werden.

8. Kapitel

Beginn meiner politischen Tätigkeit

Noch Ende November 1918 kam ich nach München zurück. Ich fuhr wieder zum Ersatzbataillon meines Regiments, das sich in der Hand von „Soldatenräten" befand. Der ganze Betrieb war mir so widerlich, daß ich mich sofort entschloß, wenn möglich wieder fortzugehen. Mit einem treuen Feldzugskameraden, Schmiedt Ernst, kam ich nach Traunstein und blieb bis zur Auflösung des Lagers dort.

Im März 1919 gingen wir wider nach München zurück.

Die Lage war unhaltbar und drängte zwangsläufig zu einer weiteren Fortsetzung der Revolution. Der Tod Eisners beschleunigte nur die Entwicklung und führte endlich zur Rätediktatur, besser ausgedrückt: zu einer vorübergehenden Judenherrschaft, wie sie ursprünglich den Urhebern der ganzen Revolution als Ziel vor Augen schwebte.

In dieser Zeit jagten in meinem Kopfe endlose Pläne einander. Tagelang überlegte ich, was man nur überhaupt tun könne, allein immer war das Ende jeder Erwägung die nüchterne Feststellung, daß ich als Namenloser selbst die geringste

Voraussetzung zu irgendeinem zweckmäßigen Handeln nicht besaß. Auf die Gründe, warum ich auch damals mich nicht entschließen konnte, zu einer der bestehenden Parteien zu gehen, werde ich noch zu sprechen kommen.

Im Laufe der neuen Räterevolution trat ich zum ersten Male so auf, daß ich mir das Mißfallen des Zentralrates zuzog. Am 27. April 1919 frühmorgens sollte ich verhaftet werden – die drei Burschen aber besaßen angesichts des vorgehaltenen Karabiners nicht den nötigen Mut und zogen wieder ab, wie sie gekommen waren.

Wenige Tage nach der Befreiung Münchens wurde ich zur Untersuchungskommission über die Revolutionsvorgänge beim 2. Infanterieregiment kommandiert.

Dies war meine erste mehr oder weniger rein politische aktive Tätigkeit.

Schon wenige Wochen darauf erhielt ich den Befehl, an einem „Kurs" teilzunehmen, der für Angehörige der Wehrmacht abgehalten wurde. In ihm sollte der Soldat bestimmte Grundlagen zu staatsbürgerlichem Denken erhalten. Für mich lag der Wert der ganzen Veranstaltung darin, daß ich nun die Möglichkeit erhielt, einige gleichgesinnte Kameraden kennenzulernen, mit denen ich die augenblickliche Lage gründlich durchzusprechen vermochte. Wir waren alle mehr oder minder fest überzeugt, daß Deutschland durch die Parteien des Novemberverbrechens, Zentrum und Sozialdemokratie, nicht mehr aus dem heranreifenden Zusammenbruche gerettet werden würde, daß aber auch die sogenannten „bürgerlichnationalen" Gebilde selbst bei bestem Wollen niemals mehr gutzumachen verständen, was geschehen. Hier fehlte eine ganze Reihe von Voraussetzungen, ohne die eine solche Arbeit eben nicht gelingen konnte. Die Folgezeit hat unserer damaligen Ansicht recht gegeben.

So wurde denn in unserem kleinen Kreise die Bildung einer neuen Partei erörtert. Die Grundgedanken, die uns dabei vorschwebten, waren dieselben, die dann später in der „Deutschen Arbeiterpartei" zur Verwirklichung kamen. Der Name der neuzugründenden Bewegung mußte von Anfang an die Möglichkeit bieten, an die breite Masse heranzukommen; denn ohne diese Eigenschaft schien die ganze Arbeit zwecklos und überflüssig. So kamen wir auf den Namen „Sozialrevolutionäre Partei"; dies deshalb, weil ja die sozialen Anschauungen der neuen Gründung tatsächlich eine Revolution bedeuteten.

Der tiefere Grund hierzu lag aber in folgendem:

Wie sehr ich mich auch schon früher mit wirtschaftlichen Problemen beschäftigt hatte, so war es doch mehr oder weniger immer in den Grenzen geblieben, die sich aus der Betrachtung der sozialen Fragen an sich ergaben. Erst später erweiterte sich dieser Rahmen infolge der Prüfung der deutschen Bündnispolitik. Sie war ja zu einem sehr großen Teil das Ergebnis einer falschen Einschätzung der Wirtschaft sowohl wie der Unklarheit über die möglichen Grundlagen einer Ernährung des deutschen Volkes in der Zukunft. Alle diese Gedanken aber fußten noch auf der Meinung, daß das Kapital in jedem Falle nur das Ergebnis der Arbeit wäre und mithin, wie diese selbst, der Korrektur all jener Faktoren unterläge, die die menschliche Tätigkeit entweder zu fördern oder zu hemmen vermögen. Darin läge dann auch die nationale Bedeutung des Kapitals, daß es selber so vollständig von Größe, Freiheit und Macht des Staates, also der Nation, abhänge, daß diese Gebundenheit allein schon zu einer Förderung des Staates und der Nation von seiten dieses Kapitals führen müsse, aus dem einfachen Trieb der Selbsterhaltung, bzw. der Weitervermehrung heraus. Dieses Angewiesensein des Kapitals auf den unabhängigen freien Staat zwänge dieses also seinerseits, für diese Freiheit, Macht, Stärke usw. der Nation einzutreten.

Damit war auch die Aufgabe des Staates dem Kapital gegenüber eine verhältnismäßig einfache und klare: er hatte nur dafür zu sorgen, daß es Dienerin des Staates bliebe und sich nicht einbilde, Herrin der Nation zu sein. Diese Stellungnahme konnte sich dann in zwei Grenzlinien halten: Erhaltung einer lebensfähigen nationalen und unabhängigen Wirtschaft auf der einen Seite, Sicherung der sozialen Rechte der Arbeitnehmer auf der anderen.

Den Unterschied dieses reinen Kapitals als letztes Ergebnis der schaffenden Arbeit gegenüber einem Kapital, dessen Existenz und Wesen ausschließlich auf Spekulation beruhen, vermochte ich früher noch nicht mit der wünschenswerten Klarheit zu erkennen. Es fehlte mir hierzu die erste Anregung, die eben nicht an mich herankam.

Dieses wurde nun auf das gründlichste besorgt von einem der verschiedenen in dem schon erwähnten Kurse vortragenden Herren: Gottfried Feder.

Zum ersten Male in meinem Leben vernahm ich eine prinzipielle Auseinandersetzung mit dem internationalen Börsenund Leihkapital.

Nachdem ich den ersten Vortrag Feders angehört hatte, zuckte mir auch sofort der Gedanke durch den Kopf, nun den Weg zu einer der wesentlichsten Voraussetzungen zur Gründung einer neuen Partei gefunden zu haben.

X X X

Das Verdienst Feders beruhte in meinen Augen darin, mit rücksichtsloser Brutalität den ebenso spekulativen wie volkswirtschaftlichen Charakter des Börsenund Leihkapitals festgelegt, seine urewige Voraussetzung des Zinses aber bloßgelegt zu haben. Seine Ausführungen waren in allen grundsätzlichen Fragen so richtig, daß die Kritiker derselben von vorneherein weniger die theoretische Richtigkeit der Idee bestritten, als vielmehr die praktische Möglichkeit ihrer Durchführung anzweifelten. Allein was so in den Augen anderer eine Schwäche der Federschen Darlegungen war, bildete in den meinen ihre Stärke.

X X X

Die Aufgabe des Programmatikers ist nicht, die verschiedenen Grade der Erfüllbarkeit einer Sache festzustellen, sondern die Sache als solche klarzulegen; das heißt: er hat sich weniger um den Weg als das Ziel zu kümmern. Hierbei aber entscheidet die prinzipielle Richtigkeit einer Idee und nicht die Schwierigkeit ihrer Durchführung. Sowie der Programmatiker versucht, an Stelle der absoluten Wahrheit der sogenannten „Zweckmäßigkeit" und „Wirklichkeit" Rechnung zu tragen, wird seine Arbeit aufhören, ein Polarstern der suchenden Menschheit zu sein, um statt dessen zu einem Rezept des Alltags zu werden. Der Programmatiker einer Bewegung hat das Ziel derselben festzulegen, der Politiker seine Erfüllung anzustreben. Der eine wird demgemäß in seinem Denken von der ewigen Wahrheit bestimmt, der andere in seinem Handeln mehr von der jeweiligen praktischen Wirklichkeit. Die Größe des einen liegt in der absoluten abstrakten Richtigkeit seiner Idee, die des anderen in der richtigen Einstellung zu den gegebenen Tatsachen und einer nützlichen Verwendung derselben, wobei ihm als Leitstern das Ziel des Programmatikers zu dienen hat. Während man als Prüfstein für die Bedeutung eines Politikers den Erfolg seiner Pläne und Taten ansehen darf, das heißt also das Zur-Wirklichkeit-Werden derselben, kann die Verwirklichung der letzten Absicht des Programmatikers nie erfolgen, da wohl der menschliche Gedanke Wahrheiten zu erfassen, kristallklare Ziele aufzustellen vermag, allein die restlose Erfüllung derselben an der allgemein menschlichen Unvollständigkeit und Unzulänglichkeit scheitern wird. Je abstrakt richtiger und damit gewaltiger die Idee sein wird, um so unmöglicher bleibt deren vollständige Erfüllung, solange sie nun einmal von Menschen abhängt. Daher darf auch die Bedeutung des Programmatikers nicht an der Erfüllung seiner Ziele gemessen werden, sondern an der Richtigkeit derselben und dem Einfluß, den sie auf die Entwicklung der Menschheit genommen haben. Wäre es anders, dürften nicht die Begründer von Religionen zu den größten Menschen auf dieser Erde gerechnet werden, da ja die Erfüllung ihrer ethischen Absichten niemals eine auch nur annähernd vollständige sein wird. Selbst die Religion der Liebe ist in ihrem Wirken nur ein schwacher Abglanz des Wollens ihres erhabenen Begründers; allein ihre Bedeutung liegt in der Richtung, die sie einer allgemeinen menschlichen Kultur-, Sittlichkeitsund Moralentwicklung zu geben versuchte.

Die überaus große Verschiedenheit der Aufgaben des Programmatikers und des Politikers ist auch die Ursache, warum fast nie eine Vereinigung von beiden in einer Person zu finden ist. Es gilt dies besonders vom sogenannten „erfolgreichen" Politiker kleine Formats, dessen Tätigkeit zumeist wirklich nur eine „Kunst des Möglichen" ist, wie Bismarck die Politik überhaupt etwas bescheiden bezeichnete. Je freier ein solcher „Politiker" sich von großen Ideen hält, um so leichter und häufig auch sichtbarer, immer jedoch schneller werden seine Erfolge sein. Freilich, sie sind damit auch der irdischen Vergänglichkeit geweiht und überleben manchmal nicht den Tod ihrer Väter. Das Werk solcher Politiker ist im großen und ganzen für die Nachwelt bedeutungslos, da ihre Erfolge in der Gegenwart ja nur auf dem Fernhalten aller wirklich großen und einschneidenden Probleme und Gedanken beruhen, die als solche auch für die späteren Generationen von Wert gewesen sein würden.

Die Durchführung derartiger Ziele, die noch für die fernsten Zeiten Wert und Bedeutung haben, ist für den Verfechter derselben meistens wenig lohnend und findet nur selten Verständnis bei der großen Masse, der Bierund Milcherlasse zunächst besser einleuchten als weitschauende Zukunftspläne, deren Verwirklichung erst später eintreten kann, deren Nutzen aber überhaupt erst der Nachwelt zugute kommt.

So wird schon aus einer gewissen Eitelkeit heraus, die immer eine Verwandte der Dummheit ist, die große Masse der Politiker sich fernhalten von allen wirklich schweren Zukunftsentwürfen, um nicht der Augenblickssympathie des großen Haufens verlustig zu gehen. Der Erfolg und die Bedeutung eines solchen Politikers liegen dann ausschließlich in der Gegenwart und sind für die Nachwelt nicht vorhanden. Die kleinen Köpfe pflegt dies ja auch wenig zu genieren; sie sind damit zufrieden.

Anders liegen die Verhältnisse bei dem Programmatiker. Seine Bedeutung liegt fast immer nur in der Zukunft, da er ja nicht selten das ist, was man mit dem Worte „weltfremd" bezeichnet. Denn wenn die Kunst des Politikers wirklich als eine Kunst des Möglichen gilt, dann gehört der Programmatiker zu jenen, von denen es heißt, daß sie den Göttern nur gefallen, wenn sie Unmögliches verlangen und wollen. Er wird auf die Anerkennung der Gegenwart fast immer Verzicht zu leisten haben, erntet aber dafür, falls seine Gedanken unsterblich sind, den Ruhm der Nachwelt.

Innerhalb langer Perioden der Menschheit kann es einmal vorkommen, daß sich der Politiker mit dem Programmatiker vermählt. Je inniger aber diese Verschmelzung ist, um so größer sind die Widerstände, die sich dem Wirken des Politikers dann entgegenstemmen. Er arbeitet nicht mehr für Erfordernisse, die jedem nächstbesten Spießbürger einleuchten, sondern für Ziele, die nur die wenigsten begreifen. Daher ist dann sein Leben zerrissen von Liebe und Haß. Der Protest der Gegenwart, die den Mann nicht begreift, ringt mit der Anerkennung der Nachwelt, für die er ja auch arbeitet.

Denn je größer die Werke eines Menschen für die Zukunft sind, um so schwerer vermag sie die Gegenwart zu erfassen, um so schwerer ist auch der Kampf und um so seltener der Erfolg. Blüht er aber dennoch in Jahrhunderten einem, dann kann ihn vielleicht in seinen späten Tagen schon ein leiser Schimmer des kommenden Ruhmes umstrahlen. Freilich sind diese Großen nur die Marathonläufer der Geschichte; der Lorbeerkranz der Gegenwart berührt nur mehr die Schläfen des sterbenden Helden.

Zu ihnen aber sind zu rechnen die großen Kämpfer auf dieser Welt, die, von der Gegenwart nicht verstanden, dennoch den Streit um ihre Idee und Ideale durchzufechten bereit sind. Sie sind diejenigen, die einst am meisten dem Herzen des Volkes nahestehen werden; es scheint fast so, als fühlte jeder einzelne dann die Pflicht, an der Vergangenheit gutzumachen, was die Gegenwart einst an den Großen gesündigt hatte. Ihr Leben und Wirken wird in rührend dankbarer Bewunderung verfolgt und vermag besonders in trüben Tagen gebrochene Herzen und verzweifelnde Seelen wieder zu erheben.

Hierzu gehören aber nicht nur die wirklich großen Staatsmänner, sondern auch alle sonstigen großen Reformatoren. Neben Friedrich dem Großen stehen hier Martin Luther sowie Richard Wagner.

Als ich den ersten Vortrag Gottfried Feders über die „Brechung der Zinsknechtschaft" anhörte, wußte ich sofort, daß es sich hier um eine theoretische Wahrheit handelt, die von immenser Bedeutung für die Zukunft des deutschen Volkes werden müßte. Die scharfe Scheidung des Börsenkapitals von der nationalen Wirtschaft bot die Möglichkeit, der Verinternationalisierung der deutschen Wirtschaft entgegenzutreten, ohne zugleich mit dem Kampf gegen das Kapital überhaupt die Grundlage einer unabhängigen völkischen Selbsterhaltung zu bedrohen. Mir stand die Entwicklung Deutschlands schon viel zu klar vor Augen, als daß ich nicht gewußt hätte, daß der schwerste Kampf nicht mehr gegen die feindlichen Völker, sondern gegen das internationale Kapital ausgefochten werden mußte. In Feders Vortrag spürte ich eine gewaltige Parole für dieses kommende Ringen.

Und auch hier bewies die spätere Entwicklung, wie richtig unsere damalige Empfindung war. Heute werden wir nicht mehr verlacht von den Schlauköpfen unserer bürgerlichen Politiker; heute sehen selbst diese, soweit sie nicht bewußte Lügner sind, daß das internationale Börsenkapital nicht nur der größte Hetzer zum Kriege war, sondern gerade jetzt nach des Kampfes Beendigung nichts unterläßt, den Frieden zur Hölle zu verwandeln.

Der Kampf gegen das internationale Finanzund Leihkapital ist zum wichtigsten Programmpunkt des Kampfes der deutschen Nation um ihre wirtschaftliche Unabhängigkeit und Freiheit geworden.

Was aber die Einwände der sogenannten Praktiker betrifft, so kann ihnen folgendes geantwortet werden: Alle Befürchtungen über die entsetzlichen wirtschaftlichen Folgen einer Durchführung der „Brechung der Zinsknechtschaft" sind überflüssig; denn erstens sind die bisherigen Wirtschaftsrezepte dem deutschen Volke sehr schlecht bekommen, die Stellungnahmen zu den Fragen der nationalen Selbstbehauptung erinnern uns sehr stark an die Gutachten ähnlicher Sachverständiger in früheren Zeiten, zum Beispiel des bayerischen Medizinalkollegiums anläßlich der Frage der Einführung der Eisenbahn. Alle Befürchtungen dieser erlauchten Korporation von damals sind später bekanntlich nicht eingetroffen; die Reisenden in den Zügen des neuen „Dampfrosses" wurden nicht schwindlig, die Zuschauer auch nicht krank, und auf die Bretterzäune, um die neue Einrichtung unsichtbar zu machen, hat man verzichtet – nur die Bretterwände vor den Köpfen aller sogenannten „Sachverständigen" blieben auch der Nachwelt erhalten.

Zweitens aber soll man sich folgendes merken: Jede und auch die beste Idee wird zur Gefahr, wenn sie sich einbildet, Selbstzweck zu sein, in Wirklichkeit jedoch nur ein Mittel zu einem solchen darstellt – für mich aber und alle wahrhaftigen Nationalsozialisten gibt es nur eine Doktrin: Volk und Vaterland.

Für was wir zu kämpfen haben, ist die Sicherung des Bestehens und der Vermehrung unserer Rasse und unseres Volkes, die Ernährung seiner Kinder und Reinhaltung des Blutes, die Freiheit und Unabhängigkeit des Vaterlandes, auf daß unser Volk zur Erfüllung der auch ihm vom Schöpfer des Universums zugewiesenen Mission heranzureifen vermag.

Jeder Gedanke und jede Idee, jede Lehre und alles Wissen haben diesem Zweck zu dienen. Von diesem Gesichtspunkte aus ist auch alles zu prüfen und nach seiner Zweckmäßigkeit zu verwenden oder abzulehnen. So kann keine Theorie zur tödlichen Doktrin erstarren, da alles ja nur dem Leben zu dienen hat.

So waren die Erkenntnisse Gottfried Feders die Veranlassung, mich in gründlicher Weise mit diesem mir ja bis dahin noch wenig vertrauten Gebiete überhaupt zu befassen.

Ich begann wieder zu lernen und kam nun erst recht zum Verständnis des Inhaltes des Wollens der Lebensarbeit des Juden Karl Marx. Sein „Kapital" wurde mir jetzt erst recht verständlich, genau so wie der Kampf der Sozialdemokratie gegen die nationale Wirtschaft, der nur den Boden für die Herrschaft des wirklich internationalen Finanzund Börsenkapitals vorzubereiten hat.

X X X

Allein noch in einer anderen Hinsicht waren diese Kurse für mich von größter Folgewirkung.

Ich meldete mich eines Tages zur Aussprache. Einer der Teilnehmer glaubte, für die Juden eine Lanze brechen zu müssen und begann sie in längeren Ausführungen zu verteidigen. Dieses reizte mich zu einer Entgegnung. Die weitaus überwiegende Anzahl der anwesenden Kursteilnehmer stellte sich auf meinen Standpunkt. Das Ergebnis aber war, daß ich wenige Tage später dazu bestimmt wurde, zu einem damaligen Münchener Regiment als sogenannter „Bildungsoffizier" einzurücken.

Die Disziplin der Truppe war zu dieser Zeit noch ziemlich schwach. Sie litt unter den Nachwirkungen der Soldatenratsperiode. Nur ganz langsam und vorsichtig konnte man dazu übergehen, an Stelle des „freiwilligen" Gehorsams – wie man den Saustall unter Kurt Eisner so schön zu bezeichnen pflegte – wieder die militärische Disziplin und Unterordnung einzuführen. Ebenso sollte die Truppe selber national und vaterländisch fühlen und denken lernen. In diesen beiden Richtungen lagen die Gebiete meiner neuen Tätigkeit.

Ich begann mit aller Lust und Liebe. Bot sich mir doch jetzt mit einem Male die Gelegenheit, vor einer größeren Zuhörerschaft zu sprechen; und was ich früher immer, ohne es zu wissen, aus dem reinen Gefühl heraus einfach angenommen hatte, traf nun ein: ich konnte „reden". Auch die Stimme war schon so viel besser geworden, daß ich wenigstens in kleinen Mannschaftszimmern überall genügend verständlich blieb.

Keine Aufgabe konnte mich glücklicher machen als diese, denn nun vermochte ich noch vor meiner Entlassung in der Institution nützliche Dienste zu leisten, die mir unendlich am Herzen gelegen hatte: im Heere.

Ich durfte auch von Erfolg sprechen: Viele Hunderte, ja wohl Tausende von Kameraden habe ich im Verlaufe meiner Vorträge wieder zu ihrem Volk und Vaterland zurückgeführt. Ich „nationalisierte" die Truppe und konnte auf diesem Wege mithelfen, die allgemeine Disziplin zu stärken.

Wieder lernte ich dabei eine Anzahl von gleichgesinnten Kameraden kennen, die später mit den Grundstock der neuen Bewegung zu bilden begannen.

9. Kapitel

Die „Deutsche Arbeiterpartei"

Eines Tages erhielt ich von der mir vorgesetzten Dienststelle den Befehl, nachzusehen, was es für eine Bewandtnis mit einem anscheinend politischen Verein habe, der unter dem Namen „Deutsche Arbeiterpartei" in den nächsten Tagen eine Versammlung abzuhalten beabsichtige, und in der ebenfalls Gottfried Feder sprechen sollte; ich müßte hingehen und mir den Verband einmal ansehen und dann Bericht erstatten.

Die Neugierde, die von seiten des Heeres damals den politischen Parteien entgegengebracht wurde, war mehr als verständlich. Die Revolution hatte dem Soldaten das Recht der politischen Betätigung gegeben, von dem nun auch gerade die Unerfahrensten den reichlichsten Gebrauch machten. Erst in dem Augenblick, da Zentrum und Sozialdemokratie zum eigenen Leidwesen erkennen mußten, daß die Sympathien der Soldaten sich von den revolutionären Parteien weg der nationalen Bewegung und Wiedererhebung zuzuwenden begannen, sah man sich veranlaßt, der Truppe das Wahlrecht wieder zu entziehen und die politische Betätigung zu untersagen.

Daß Zentrum und Marxismus zu dieser Maßnahme griffen, war einleuchtend, denn würde man diese Beschneidung der „staatsbürgerlichen Rechte" – wie man die politische Gleichberechtigung des Soldaten nach der Revolution nannte – nicht vorgenommen haben, hätte es schon wenige Jahre später keinen Novemberstaat, aber damit auch keine weitere nationale Entehrung und Schande mehr gegeben. Die Truppe war damals auf dem besten Wege, der Nation ihre Blutsauger und Handlanger der Entente im Innern vom Halse zu schaffen. Daß aber auch die sogenannten „nationalen" Parteien begeistert für die Korrektur der bisherigen Anschauungen der Novemberverbrecher stimmten und so mithalfen, das Instrument einer nationalen Erhebung unschädlich zu machen, zeigte wieder, wohin die immer nur doktrinären Vorstellungen dieser Harmlosesten der Harmlosen zu führen vermögen. Dieses wirklich an geistiger Altersschwäche krankende Bürgertum war allen Ernstes der Meinung, daß die Armee wieder das werde, was sie war, nämlich ein Hort deutscher Wehrhaftigkeit, während Zentrum und Marxismus ihr nur den gefährlichen nationalen Giftzahn auszubrechen gedachten, ohne den nun aber einmal eine Armee ewig Polizei bleibt, jedoch keine Truppe ist, die vor dem Feind zu kämpfen vermag; etwas, was sich in der Folgezeit wohl zur Genüge bewiesen hat.

Oder glaubten etwa unsere „nationalen Politiker", daß die Entwicklung der Armee anders als eine nationale hätte sein können? Das sähe diesen Herren verflucht ähnlich und kommt davon, wenn man im Kriege, statt Soldat zu sein, Schwätzer, also Parlamentarier ist und keine Ahnung mehr hat, was in der Brust von Männern vorgehen mag, die die gewaltigste Vergangenheit erinnert, einst die ersten Soldaten der Welt gewesen zu sein.

So entschloß ich mich, in die schon erwähnte Versammlung dieser mir bis dahin ebenfalls noch ganz unbekannten Partei zu gehen.

Als ich abends in das für uns später historisch gewordene „Leiberzimmer" des ehemaligen Sterneckerbräues in München kam, traf ich dort etwa 20 bis 25 Anwesende, hauptsächlich aus den unteren Schichten der Bevölkerung.

Der Vortrag Feders war mir schon von den Kursen her bekannt, so daß ich mich mehr der Betrachtung des Vereines selber widmen konnte.

Der Eindruck auf mich war weder gut noch schlecht; eine Neugründung, wie eben so viele andere auch. Es war gerade damals die Zeit, in der sich jeder berufen fühlte, eine neue Partei aufzumachen, der mit der bisherigen Entwicklung nicht zufrieden war und zu den gegebenen Parteien kein Vertrauen mehr besaß. So schossen denn überall diese Vereine nur so aus dem Boden, um nach einiger Zeit sangund klanglos wieder zu verschwinden. Die Begründer besaßen zumeist keine Ahnung davon, was es heißt, aus einem Verein eine Partei oder gar eine Bewegung zu machen. So erstickten diese Gründungen fast immer von selbst in ihrer lächerlichen Spießerhaftigkeit.

Nicht anders beurteilte ich nach etwa zweistündigem Zuhören die „Deutsche Arbeiterpartei". Als Feder endlich schloß, war ich froh. Ich hatte genug gesehen und wollte schon gehen, als die nun verkündete freie Aussprache mich doch bewog, noch zu bleiben. Allein auch hier schien alles bedeutungslos zu verlaufen, bis plötzlich ein „Professor" zu Worte kam, der erst an der Richtigkeit der Federschen Gründe zweifelte, sich dann aber – nach einer sehr guten Erwiderung Feders – plötzlich auf den „Boden der Tatsachen" stellte, nicht aber ohne der jungen Partei auf das angelegentlichste zu empfehlen, als besonders wichtigen Programmpunkt den Kampf um die „Lostrennung" Bayerns von „Preußen" aufzunehmen. Der Mann behauptete mit frecher Stirne, daß in diesem Falle sich besonders DeutschÖsterreich sofort an Bayern anschließen würde, daß der Friede dann viel besser würde und ähnlichen Unsinn mehr. Da konnte ich denn nicht anders, als mich ebenfalls zum Wort zu melden und dem gelahrten Herrn meine Meinung über diesen Punkt zu sagen – mit dem Erfolg, daß der Herr Vorredner, noch ehe ich fertig war, wie ein begossener Pudel das Lokal verließ. Als ich sprach, hatte man mit erstaunten Gesichtern zugehört, und erst als ich mich anschickte, der Versammlung gute Nacht zu sagen und mich zu entfernen, kam mir noch ein Mann nachgesprungen, stellte sich vor (ich hatte den Namen gar nicht richtig verstanden) und drückte mir ein kleines Heftchen, ersichtlich eine politische Broschüre, in die Hand, mit der dringenden Bitte, diese doch ja zu lesen.

Das war mir sehr angenehm, denn nun durfte ich hoffen, vielleicht auf einfachere Weise den langweiligen Verein kennenzulernen, ohne noch weiterhin so interessante Versammlungen besuchen zu müssen. Im übrigen hatte dieser augenscheinliche Arbeiter auf mich einen guten Eindruck gemacht. Damit also ging ich.

Ich wohnte zu jener Zeit noch in der Kaserne des 2. Infanterieregiments, in einem kleinen Stübchen, das die Spuren der Revolution noch sehr deutlich an sich trug. Tagsüber war ich fort, meistens bei dem Schützenregiment 41 oder auch in Versammlungen, auf Vorträgen bei irgendeinem anderen Truppenteil usw. Nur nachts schlief ich in meiner Behausung. Da ich jeden Morgen früh schon vor 5 Uhr aufzuwachen pflegte, hatte ich mir die Spielerei angewöhnt, den Mäuslein, die in der kleinen Stube ihre Unterhaltung trieben, ein paar Stücklein harte Brotreste oder -rinden auf den Fußboden zu legen und nun zuzusehen, wie sich die possierlichen Tierchen um diese paar Leckerbissen herumjagten. Ich hatte in meinem Leben schon so viel Not gehabt, daß ich mir den Hunger und daher auch das Vergnügen der kleinen Wesen nur zu gut vorzustellen vermochte.

Auch am Morgen nach dieser Versammlung lag ich gegen 5 Uhr wach in der Klappe und sah dem Treiben und Gehusche zu. Da ich nicht mehr einschlafen konnte, erinnerte ich mich plötzlich des vergangenen Abends, und nun fiel mir das Heft ein, das mir der eine Arbeiter mitgegeben hatte. So begann ich zu lesen. Es war eine kleine Broschüre, in der der Verfasser, eben dieser Arbeiter, schilderte, wie er aus dem Wirrwarr marxistischer und gewerkschaftlicher Phrasen wieder zu nationalem Denken gelangte; daher auch der Titel „Mein politisches Erwachen". Da ich erst angefangen hatte, las ich das Schriftchen mit Interesse durch; spiegelte sich ja in ihm ein Vorgang ab, den ich ähnlich zwölf Jahre vorher am eigenen Leibe auch durchzumachen hatte. Unwillkürlich sah ich meine eigene Entwicklung wieder vor mir lebendig werden. Ich dachte im Laufe des Tages noch einige Male über die Sache nach und wollte sie endlich schon wieder beiseitelegen, als ich noch keine Woche später zu meinem Erstaunen eine Postkarte erhielt des Inhalts, daß ich in die „Deutsche Arbeiterpartei" aufgenommen wäre: ich möchte mich dazu äußern und deshalb am nächsten Mittwoch zu einer Ausschußsitzung dieser Partei kommen.

Ich war über diese Art, Mitglieder zu „gewinnen", allerdings mehr als erstaunt und wußte nicht, ob ich mich darüber ärgern oder ob ich dazu lachen sollte. Ich dachte ja gar nicht daran, zu einer fertigen Partei zu gehen, sondern wollte meine eigene gründen. Dieses Ansinnen kam für mich wirklich nicht in Frage.

Schon wollte ich meine Antwort den Herren schriftlich zugehen lassen, als die Neugierde siegte und ich mich entschloß, am festgelegten Tage zu erscheinen, um meine Gründe mündlich auseinanderzulegen.

Der Mittwoch kam. Der Gasthof, in dem die bewußte Sitzung stattfinden sollte, war das „Alte Rosenbad" in der Herrnstraße; ein sehr ärmliches Lokal, in das sich nur alle heiligen Zeiten jemand zu verirren schien. Kein Wunder im Jahre 1919, da der Speisezettel auch der größeren Gaststätten nur sehr bescheiden und dürftig anzulocken vermochte. Diese Wirtschaft aber kannte ich bis dorthin überhaupt nicht.

Ich ging durch das schlecht beleuchtete Gastzimmer, in dem kein Mensch saß, suchte die Türe zum Nebenraum und hatte dann die „Tagung" vor mir. Im Zwielicht einer halb demolierten Gaslampe saßen an einem Tisch vier junge Menschen, darunter auch der Verfasser der kleinen Broschüre, der mich sofort auf das freudigste begrüßte und als neues Mitglied der „Deutschen Arbeiterpartei" willkommen hieß.

Ich war nun doch etwas verblüfft. Da mir mitgeteilt wurde, daß der eigentliche „Reichsvorsitzende" erst komme, so wollte ich auch mit meiner Erklärung noch warten. Endlich erschien dieser. Es war der Leitende der Versammlung im Sterneckerbräu anläßlich des Federschen Vortrags.

Ich war unterdessen wieder neugierig geworden und harrte der Dinge, die da kommen sollten. Nun lernte ich wenigstens die Namen der einzelnen Herren kennen. Der Vorsitzende der „Reichsorganisation" war ein Herr Harrer, der von München Anton Drexler.

Es wurde nun das Protokoll der letzten Sitzung verlesen und dem Schriftführer das Vertrauen ausgesprochen. Dann kam der Kassenbericht an die Reihe – es befanden sich in dem Besitze des Vereins insgesamt 7 Mark und 50 Pfennig –, wofür der Kassier die Versicherung allseitigen Vertrauens erhielt. Dies wurde wieder zu Protokoll gebracht. Dann kamen vom 1. Vorsitzenden die Antworten auf einen Brief aus Kiel, einen aus Düsseldorf und einen aus Berlin zur Verlesung, alles war mit ihnen einverstanden. Nun wurde der Einlauf mitgeteilt: ein Brief aus Berlin, einer aus Düsseldorf und einer aus Kiel, deren Ankunft mit großer Befriedigung aufgenommen zu werden schien. Man erklärte diesen steigenden Briefverkehr als bestes und sichtbares Zeichen der umsichgreifenden Bedeutung der „Deutschen Arbeiterpartei", und dann – dann fand eine lange Beratung über die zu erteilenden neuen Antworten statt.

Fürchterlich, fürchterlich! Das war ja eine Vereinsmeierei allerärgster Art und Weise. In diesen Klub also sollte ich eintreten?

Dann kamen die Neuaufnahmen zur Sprache, das heißt: es kam meine Einfangung zur Behandlung.

Ich begann nun zu fragen – jedoch außer einigen Leitsätzen war nichts vorhanden, kein Programm, kein Flugblatt, überhaupt nichts Gedrucktes, keine Mitgliedskarten, ja nicht einmal ein armseliger Stempel, nur ersichtlich guter Glaube und guter Wille.

Mir war das Lächeln wieder vergangen, denn was war dies anderes als das typische Zeichen der vollkommenen Ratlosigkeit und des gänzlichen Verzagtseins über alle die bisherigen Parteien, ihr Programme, ihre Absichten und ihre Tätigkeit? Was diese paar jungen Menschen da zusammentrieb, zu einem äußerlich so lächerlichen Tun, war doch nur der Ausfluß ihrer inneren Stimme, die ihnen, wohl mehr gefühlsmäßig als bewußt, das ganze bisherige Parteiwesen als nicht mehr geeignet zu einer Erhebung der deutschen Nation sowie zur Heilung ihrer inneren Schäden erscheinen ließ. Ich las mir schnell die Leitsätze durch, die in Maschinenschrift vorlagen, und ersah auch aus ihnen mehr ein Suchen als ein Wissen. Vieles war da verschwommen oder unklar, manches fehlte, aber nichts war vorhanden, das nicht wieder als Zeichen einer ringenden Erkenntnis hätte gelten können.

Was diese Menschen empfanden, das kannte auch ich: es war die Sehnsucht nach einer neuen Bewegung, die mehr sein sollte als Partei im bisherigen Sinne des Wortes.

Als ich an diesem Abend wieder nach der Kaserne ging, hatte ich mir mein Urteil über diesen Verein schon gebildet.

Ich stand vor der wohl schwersten Frage meines Lebens: sollte ich hier beitreten, oder sollte ich ablehnen?

Die Vernunft konnte nur zur Ablehnung raten, das Gefühl aber ließ mich nicht zur Ruhe kommen, und je öfter ich mir die Unsinnigkeit dieses ganzen Klubs vor Augen zu halten versuchte, um so öfter sprach wieder das Gefühl dafür.

In den nächsten Tagen war ich ruhelos.

Ich begann hin und her zu überlegen. Mich politisch zu betätigen, war ich schon längst entschlossen; daß dies nur in einer neuen Bewegung zu geschehen vermochte, war mir ebenso klar, nur der Anstoß zur Tat hatte mir bis dahin immer noch gefehlt. Ich gehörte nicht zu den Menschen, die heute etwas beginnen, um morgen wieder zu enden und, wenn möglich, zu einer neuen Sache überzugehen. Gerade diese Überzeugung aber war mit der Hauptgrund, warum ich mich so schwer zu einer solchen neuen Gründung zu entschließen vermochte, die entweder alles werden mußte oder sonst zweckmäßigerweise überhaupt unterblieb. Ich wußte, daß dies für mich eine Entscheidung für immer werden würde, bei der es ein „Zurück" niemals geben könnte. Für mich war es dann keine vorübergehende Spielerei, sondern blutiger Ernst. Ich habe schon damals immer eine instinktive Abneigung gegenüber Menschen besessen, die alles beginnen, ohne auch nur etwas durchzuführen. Diese Hansdampfe in allen Gassen waren mir verhaßt. Ich hielt die Tätigkeit dieser Leute für schlechter als Nichtstun.

Das Schicksal selbst schien mir jetzt einen Fingerzeig zu geben. Ich wäre nie zu einer der bestehenden großen Parteien gegangen und werde die Gründe dafür noch näher klarlegen. Diese lächerliche kleine Schöpfung mit ihren paar Mitgliedern schien mir den einen Vorzug zu besitzen, noch nicht zu einer „Organisation" erstarrt zu sein, sondern die Möglichkeit einer wirklichen persönlichen Tätigkeit dem einzelnen freizustellen. Hier konnte man noch arbeiten, und je kleiner die Bewegung war, um so eher war sie noch in die richtige Form zu bringen. Hier konnte noch der Inhalt, das Ziel und der Weg bestimmt werden, was bei den bestehenden großen Parteien von Anfang an schon wegfiel.

Je länger ich nachzudenken versuchte, um so mehr wuchs in mir die Überzeugung, daß gerade aus einer solchen kleinen Bewegung heraus dereinst die Erhebung der Nation vorbereitet werden konnte – niemals aber mehr aus den viel zu sehr an alten Vorstellungen hängenden oder gar am Nutzen des neuen Regiments teilnehmenden politischen Parlamentsparteien. Denn was hier verkündet werden mußte, war eine neue Weltanschauung und nicht eine neue Wahlparole.

Allerdings ein unendlich schwerer Entschluß, diese Absicht in die Wirklichkeit umsetzen zu wollen.

Welche Vorbedingungen brachte ich denn selber zu dieser Aufgabe mit?

Daß ich mittellos und arm war, schien mir noch das am leichtesten zu Ertragende zu sein, aber schwerer war es, daß ich nun einmal zu den Namenlosen zählte, einer von den Millionen war, die der Zufall eben leben läßt oder aus dem Dasein wieder ruft, ohne daß auch nur die nächste Umwelt davon Kenntnis zu nehmen geruht. Dazu kam noch die Schwierigkeit, die sich aus meinem Mangel an Schulen ergeben mußte.

Die sogenannte „Intelligenz" sieht ja ohnehin immer mit einer wahrhaft unendlichen Herablassung auf jeden herunter, der nicht durch die obligaten Schulen durchgezogen wurde und sich das nötige Wissen einpumpen ließ. Die Frage lautet ja doch nie: Was kann der Mensch, sondern: Was hat er gelernt? Diesen „Gebildeten" gilt der größte Hohlkopf, wenn er nur in genügend Zeugnisse eingewickelt ist, mehr als der hellste Junge, dem diese kostbaren Tüten eben fehlen. Ich konnte mir also leicht vorstellen, wie mir diese „gebildete" Welt entgegentreten würde, und habe mich dabei auch nur insofern getäuscht, als ich die Menschen damals doch noch für besser hielt, als sie leider in der nüchternen Wirklichkeit zum großen Teil sind. So wie sie sind, erstrahlen freilich die Ausnahmen, wie überall, immer heller. Ich aber lernte dadurch immer zwischen den ewigen Schülern und dem wirklichen Könnern zu unterscheiden.

Nach zweitägigem qualvollen Nachgrübeln und Überlegen kam ich endlich zur Überzeugung, den Schritt tun zu müssen. Es war der entscheidendste Entschluß meines Lebens.

Ein Zurück konnte und durfte es nicht mehr geben.

So meldete ich mich als Mitglied der „Deutschen Arbeiterpartei" an und erhielt einen provisorischen Mitgliedsschein mit der Nummer: sieben.

10. Kapitel

Ursachen des Zusammenbruchs

Die Tiefe des Falles irgendeines Körpers ist immer das Maß der Entfernung seiner augenblicklichen Lage von der ursprünglich eingenommenen. Dasselbe gilt auch über den Sturz von Völkern und Staaten. Damit aber kommt der vorherigen Lage oder besser Höhe eine ausschlaggebende Bedeutung zu. Nur was sich über die allgemeine Grenze zu heben pflegt, kann auch ersichtlich tief fallen und stürzen. Das macht für jeden Denkenden und Fühlenden den Zusammenbruch des Reiches so schwer und entsetzlich, daß er den Sturz aus einer Höhe brachte, die heute, angesichts des Jammers der jetzigen Erniedrigung, kaum mehr vorstellbar ist.

Schon die Begründung des Reiches schien umgoldet vom Zauber eines die ganze Nation erhebenden Geschehens. Nach einem Siegeslauf ohnegleichen erwächst endlich als Lohn unsterblichen Heldentums den Söhnen und Enkeln ein Reich. Ob bewußt oder unbewußt, ganz einerlei, die Deutschen hatten alle das Gefühl, daß dieses Reich, das sein Dasein nicht dem Gemogel parlamentarischer Fraktionen verdankte, eben schon durch die erhabene Art der Gründung über das Maß sonstiger Staaten emporragte; denn nicht im Geschnatter einer parlamentarischen Redeschlacht, sondern im Donner und Dröhnen der Pariser Einschließungsfront vollzog sich der feierliche Akt einer Willensbekundung, daß die Deutschen, Fürsten und Volk, entschlossen seien, in Zukunft ein Reich zu bilden und aufs neue die Kaiserkrone zum Symbol zu erheben. Und nicht durch Meuchelmord war es geschehen, nicht Deserteure und Drückeberger waren die Begründer des Bismarckschen Staates, sondern die Regimenter der Front.

Diese einzige Geburt und feurige Taufe allein schon umwoben das Reich mit dem Schimmer eines historischen Ruhmes, wie er nur den ältesten Staaten – selten – zuteil zu werden vermochte.

Und welch ein Aufstieg setzte nun ein!

Die Freiheit nach Außen gab das tägliche Brot im Innern. Die Nation wurde reich an Zahl und irdischen Gütern. Die Ehre des Staates aber und mit ihr die des ganzen Volkes war gehütet und beschirmt durch ein Heer, das am sichtbarsten den Unterschied zum einstigen deutschen Bunde aufzuzeigen vermochte.

So tief ist der Sturz, der das Reich und das deutsche Volk trifft, daß alles, wie vom Schwindel erfaßt, zunächst Gefühl und Besinnung verloren zu haben scheint; man kann sich kaum mehr der früheren Höhe erinnern, so traumhaft unwirklich gegenüber dem heutigen Elend erscheint die damalige Größe und Herrlichkeit.

So ist es denn auch erklärlich, daß man nur zu sehr geblendet wird vom Erhabenen und dabei vergißt, nach den Vorzeichen des ungeheuren Zusammenbruchs zu suchen, die doch irgendwie schon vorhanden gewesen sein mußten.

Natürlich gilt das nur für die, denen Deutschland mehr war als ein reiner Aufenthaltsraum zum Geldverdienen und -verzehren, da ja nur sie den heutigen Zustand als Zusammenbruch zu empfinden vermögen, während er den anderen die längst ersehnte Erfüllung ihrer bisher ungestillten Wünsche ist.

Die Vorzeichen aber waren damals sichtbar vorhanden, wenn auch nur sehr wenige versuchten, aus ihnen eine gewisse Lehre zu ziehen.

Heute aber ist dies nötiger denn je.

So wie man zur Heilung einer Krankheit nur zu kommen vermag, wenn der Erreger derselben bekannt ist, so gilt das gleiche auch vom Heilen politischer Schäden. Freilich pflegt man die äußere Form einer Krankheit, ihre in das Auge stechende Erscheinung, leichter zu sehen und zu entdecken als die innere Ursache. Dies ist ja der Grund, warum so viele Menschen über die Erkenntnis äußerer Wirkungen überhaupt nicht hinauskommen und sie sogar mit der Ursache verwechseln, ja das Vorhandensein einer solchen am liebsten ganz zu leugnen versuchen. So sehen auch jetzt die meisten unter uns den deutschen Zusammenbruch in erster Linie nur in der allgemeinen wirtschaftlichen Not und den daraus sich ergebenden Folgen. Diese hat fast jeder persönlich mit zu tragen – ein triftiger Grund also zum Verstehen der Katastrophe für jeden einzelnen. Viel weniger aber sieht die große Masse den Zusammenbruch in politischer, kultureller, sittlich-moralischer Hinsicht. Hier versagen bei vielen das Gefühl und auch der Verstand vollkommen.

Daß dies bei der großen Masse so ist, mag noch hingehen, daß aber auch in Kreisen der Intelligenz der deutsche Zusammenbruch in erster Linie als „wirtschaftliche Katastrophe" angesehen und mithin die Heilung von der Wirtschaft erwartet wird, ist mit eine der Ursachen, warum es bisher gar nicht zu einer Genesung kommen konnte. Erst dann, wenn man begreift, daß auch hier der Wirtschaft nur die zweite oder gar dritte Rolle zufällt und politischen, sittlich-moralischen sowie blutsmäßigen Faktoren die erste, wird man zu einem Verstehen der Ursachen des heutigen Unglücks kommen und damit auch die Mittel und Wege zu einer Heilung zu finden vermögen.

Die Frage nach den Ursachen des deutschen Zusammenbruchs ist mithin von ausschlaggebender Bedeutung, vor allem für eine politische Bewegung, deren Ziel ja eben die Überwindung der Niederlage sein soll.

Aber auch bei einem solchen Forschen in der Vergangenheit muß man sich sehr hüten, die mehr in das Auge springenden Wirkungen mit den weniger sichtbaren Ursachen zu verwechseln.

Die leichteste und daher auch am meisten verbreitete Begründung des heutigen Unglücks ist die, daß es sich dabei um die Folgen des eben verlorenen Krieges handle, mithin dieser die Ursache des jetzigen Unheils sei.

Es mag viele geben, die diesem Unsinn ernstlich glauben werden, es gibt aber noch mehr, aus deren Munde eine solche Begründung nur Lüge und bewußte Unwahrheit sein kann. Dieses letztere gilt für alle heute an den Futterkrippen der Regierung Befindlichen. Denn haben nicht gerade die Verkünder der Revolution einst dem Volke immer wieder auf das angelegentlichste vorgehalten, daß es sich für die breite Masse ganz gleichbleibe, wie dieser Krieg ausgehe? Haben sie nicht im Gegenteil auf das ernsteste versichert, daß höchstens der „Großkapitalist" ein Interesse an der siegreichen Beendigung des ungeheuren Völkerringens haben könne, niemals aber das deutsche Volk an sich oder gar der deutsche Arbeiter? Ja, erklärten denn diese Weltversöhnungsapostel nicht gerade im Gegenteil, daß durch die deutsche Niederlage nur der „Militarismus" vernichtet, das deutsche Volk aber seine herrlichste Auferstehung feiern würde? Pries man denn nicht in diesen Kreisen die Güte der Entente und schob man dort nicht die Schuld des ganzen blutigen Ringens auf Deutschland? Hätte man es aber zu tun vermocht ohne die Erklärung, daß auch die militärische Niederlage für die Nation ohne besondere Folgen sein würde? War denn nicht die ganze Revolution mit der Phrase verbrämt, daß durch sie der Sieg der deutschen Fahne verhindert würde, dadurch aber das deutsche Volk seiner inneren und auch äußeren Freiheit erst recht entgegengehen werde?

War dies etwa nicht so, ihr elenden und verlogenen Burschen?

Es gehört schon eine wahrhaft jüdische Frechheit dazu, nun der militärischen Niederlage die Schuld am Zusammenbruch beizumessen, während das Zentralorgan aller Landesverräter, der Berliner „Vorwärts", doch schrieb, daß das deutsche Volk dieses Mal seine Fahne nicht mehr siegreich nach Hause bringen dürfe!

Und jetzt soll es der Grund unseres Zusammenbruches sein?

Es wäre natürlich ganz wertlos, mit solchen vergeßlichen Lügnern streiten zu wollen, und ich würde deshalb auch gar keine Worte darüber verlieren, wenn nicht dieser Unsinn leider auch von so vielen völlig gedankenlosen Menschen nachgeplappert würde, ohne daß gerade Bosheit oder bewußte Unwahrhaftigkeit dazu die Veranlassung gäben. Weiter auch sollen diese Erörterungen für unsere Kämpfer der Aufklärung Hilfsmittel bieten, die ohnehin sehr nötig sind in einer Zeit, da einem das gesprochene Wort oft schon im Munde verdreht zu werden pflegt.

So ist zu der Behauptung, der verlorene Krieg trage die Schuld am deutschen Zusammenbruche, folgendes zu sagen:

Allerdings war der Verlust des Krieges von einer entsetzlichen Bedeutung für die Zukunft unseres Vaterlandes, allein sein Verlust ist nicht eine Ursache, sondern selber nur wieder eine Folge von Ursachen. Daß ein unglückliches Ende dieses Kampfes auf Leben und Tod zu sehr verheerenden Folgen führen mußte, war ja jedem Einsichtigen und nicht Böswilligen vollkommen klar. Leider aber gab es auch Menschen, denen diese Einsicht zur richtigen Zeit zu fehlen schien, oder die, entgegen ihrem besseren Wissen, dennoch diese Wahrheit erst abstritten und wegleugneten. Das waren zum größten Teil diejenigen, die nach der Erfüllung ihres geheimen Wunsches auf einmal die späte Einsicht in die Katastrophe, die durch sie mit angerichtet wurde, erhielten. Sie aber sind die Schuldigen am Zusammenbruch und nicht der verlorene Krieg, wie sie plötzlich zu sagen und zu wissen belieben. Denn der Verlust desselben war ja nur die Folge ihres Wirkens und nicht, wie sie jetzt behaupten wollen, das Ergebnis einer „schlechten" Führung. Auch der Gegner bestand nicht aus Feiglingen, auch er wußte zu sterben, seine Zahl war vom ersten Tage an größer als die des deutschen Heeres, und seiner technischen Rüstung standen die Arsenale der ganzen Welt zur Verfügung; mithin kann die Tatsache, daß die deutschen Siege, die vier Jahre lang gegen eine ganze Welt erfochten wurden, bei allem Heldenmut und aller „Organisation", nur der überlegenen Führung zu verdanken waren, nicht aus der Welt geleugnet werden. Die Organisation und Leitung des deutschen Heeres waren das Gewaltigste, was die Erde bisher je gesehen. Ihre Mängel lagen in der Grenze der allgemeinen menschlichen Zulänglichkeit überhaupt.

Daß dieses Heer zusammenbrach, war nicht die Ursache unseres heutigen Unglücks, sondern nur die Folge anderer Verbrechen, eine Folge, die allerdings selber wieder den Beginn eines weiteren und dieses Mal sichtbaren Zusammenbruchs einleitete.

Daß dem so ist, geht aus folgendem hervor:

Muß eine militärische Niederlage zu einem so restlosen Niederbruch einer Nation und eines Staates führen? Seit wann ist dies das Ergebnis eines unglücklichen Krieges? Gehen denn überhaupt Völker an verlorenen Kriegen an und für sich zugrunde?

Die Antwort darauf kann sehr kurz sein: Immer dann, wenn Völker in ihrer militärischen Niederlage die Quittung für ihre innere Fäulnis, Feigheit, Charakterlosigkeit, kurz Unwürdigkeit erhalten. Ist es nicht so, dann wird die militärische Niederlage eher zum Antrieb eines kommenden größeren Aufstieges als zum Leichenstein eines Völkerdaseins.

Die Geschichte bietet unendlich viele Beispiele für die Richtigkeit dieser Behauptung.

Leider ist die militärische Niederlage des deutschen Volkes nicht eine unverdiente Katastrophe, sondern eine verdiente Züchtigung der ewigen Vergeltung. Wir haben diese Niederlage mehr als verdient. Sie ist nur die größte äußere Verfallserscheinung unter einer Reihe von inneren, die vielleicht in ihrer Sichtbarkeit den Augen der meisten Menschen verborgen geblieben waren, oder die man nach der Vogel-Strauß-Manier nicht sehen wollte.

Man beachte doch einmal die Begleiterscheinungen, unter denen das deutsche Volk diese Niederlage entgegennahm. Hatte man nicht in vielen Kreisen in der schamlosesten Weise geradezu Freude über das Unglück des Vaterlandes geäußert? Wer aber tut dieses, wenn er nicht wirklich eine solche Strafe verdient? Ja, ging man nicht noch weiter und rühmte sich, die Front endlich zum Weichen gebracht zu haben? Und diese tat nicht etwa der Feind, nein, nein, solche Schande luden Deutsche auf ihr Haupt!

Traf sie etwa das Unglück zu Unrecht? Seit wann aber geht man dann noch her und mißt sich selbst auch noch die Schuld am Kriege zu? Und zwar wider bessere Erkenntnis und besseres Wissen!

Nein und nochmals nein: In der Art und Weise, in der das deutsche Volk seine Niederlage entgegennahm, vermag man am deutlichsten zu erkennen, daß die wahre Ursache unseres Zusammenbruches ganz woanders zu suchen ist als in dem rein militärischen Verlust einiger Stellungen oder dem Mißlingen einer Offensive; denn hätte wirklich die Front als solche versagt und wäre durch ihr Unglück das Verhängnis des Vaterlandes hervorgerufen worden, so würde das deutsche Volk die Niederlage ganz anders aufgenommen haben. Dann hätte man das nun folgende Unglück mit zusammengebissenen Zähnen ertragen oder von Schmerz überwältigt beklagt; dann würden Wut und Zorn die Herzen erfüllt haben gegen den durch die Tücke des Zufalls oder auch des Schicksals Willen zum Sieger gewordenen Feind; dann wäre die Nation ähnlich dem römischen Senat den geschlagenen Divisionen entgegengetreten mit dem Danke des Vaterlandes für die bisherigen Opfer und der Bitte, am Reiche nicht zu verzweifeln. Selbst die Kapitulation aber wäre nur mit dem Verstande unterzeichnet worden, während das Herz schon der kommenden Erhebung geschlagen hätte.

So würde eine Niederlage aufgenommen worden sein, die nur dem Verhängnis allein zu danken gewesen wäre. Dann hätte man nicht gelacht und getanzt, hätte sich nicht der Feigheit gerühmt und die Niederlage verherrlicht, hätte nicht die kämpfende Truppe verhöhnt und ihre Fahne und Kokarde in den Schmutz gezerrt, vor allem aber: dann wäre es nie zu jener entsetzlichen Erscheinung gekommen, die einen englischen Offizier, Oberst Repington, zu der verächtlichen Äußerung veranlaßte: „Von den Deutschen ist jeder dritte Mann ein Verräter." Nein, diese Pest hätte dann niemals zu jener erstickenden Flut anzusteigen vermocht, die nun seit fünf Jahren aber auch den letzten Rest von Achtung auf seiten der übrigen Welt für uns ertränkte.

Daran sieht man die Lüge der Behauptung, daß der verlorene Krieg die Ursache des deutschen Zusammenbruchs wäre, am allerbesten. Nein, dieser militärische Zusammenbruch war selber nur die Folge einer ganzen Reihe von Krankheitserscheinungen und ihrer Erreger, die schon in der Zeit des Friedens die deutsche Nation heimgesucht hatten. Es war dies die erste allen sichtbare katastrophale Folge einer sittlichen und moralischen Vergiftung, einer Minderung des Selbsterhaltungstriebes und der Voraussetzungen hierzu, die schon seit vielen Jahren die Fundamente des Volkes und Reiches zu unterhöhlen begonnen hatten.

Es gehörte aber die ganze bodenlose Verlogenheit des Judentums und seiner marxistischen Kampforganisation dazu, die Schuld am Zusammenbruche gerade dem Manne aufzubürden, der als einziger mit übermenschlicher Willensund Tatkraft versuchte, die von ihm vorausgesehene Katastrophe zu verhüten und der Nation die Zeit der tiefsten Erniedrigung und Schmach zu ersparen. Indem man Ludendorff zum Schuldigen am Verluste des Weltkrieges stempelte, nahm man dem einzigen gefährlichen Ankläger, der gegen die Verräter des Vaterlandes aufzustehen vermochte, die Waffen des moralischen Rechtes aus der Hand. Man ging dabei von dem sehr richtigen Grundsatze aus, daß in der Größe der Lüge immer ein gewisser Faktor des Geglaubtwerdens liegt, da die breite Masse eines Volkes im tiefsten Grunde ihres Herzens leichter verdorben als bewußt und absichtlich schlecht sein wird, mithin bei der primitiven Einfalt ihres Gemütes einer großen Lüge leichter zum Opfer fällt als einer kleinen, da sie selber ja wohl manchmal im kleinen lügt, jedoch vor zu großen Lügen sich doch zu sehr schämen würde. Eine solche Unwahrheit wird ihr gar nicht in den Kopf kommen, und sie wird an die Möglichkeit einer so ungeheuren Frechheit der infamsten Verdrehung auch bei anderen nicht glauben können, ja selbst bei Aufklärung darüber noch lange zweifeln und schwanken und wenigstens irgendeine Ursache doch noch als wahr annehmen; daher denn auch von der frechsten Lüge immer noch etwas übrig und hängen bleiben wird – eine Tatsache, die alle großen Lügenkünstler und Lügenvereine dieser Welt nur zu genau kennen und deshalb auch niederträchtig zur Anwendung bringen.

Die besten Kenner aber dieser Wahrheit über die Möglichkeiten der der Anwendung von Unwahrheit und Verleumdungen waren zu allen Zeiten die Juden; ist doch ihr ganzes Dasein schon auf einer einzigen großen Lüge aufgebaut, nämlich der, daß es sich bei ihnen um eine Religionsgenossenschaft handle, während es sich um eine Rasse – und zwar was für eine – dreht. Als solche aber hat sie einer der größten Geister der Menschheit für immer festgenagelt in einem ewig richtigen Satze von fundamentaler Wahrheit: er nannte sie „die großen Meister der Lüge". Wer dieses nicht erkennt oder nicht glauben will, der wird nimmermehr auf dieser Welt der Wahrheit zum Siege zu verhelfen vermögen.

Für das deutsche Volk darf man es fast als ein großes Glück betrachten, daß die Zeit seiner schleichenden Erkrankung plötzlich in einer so furchtbaren Katastrophe abgekürzt wurde, denn im anderen Falle wäre die Nation wohl langsamer, aber um so sicherer zugrunde gegangen. Die Krankheit wäre zu einer chronischen geworden, während sie in der akuten Form des Zusammenbruches mindestens den Augen einer größeren Menge klar und deutlich erkennbar wurde. Der Mensch wurde nicht durch Zufall der Pest leichter Herr als der Tuberkulose. Die eine kommt in schrecklichen, die Menschheit aufrüttelnden Todeswellen, die andere im langsamem Schleichen; die eine führt zur entsetzlichen Furcht, die andere zur allmählichen Gleichgültigkeit. Die Folge aber ist, daß der Mensch der einen mit der ganzen Rücksichtslosigkeit seiner Energie entgegentrat, während er die Schwindsucht mit schwächlichen Mitteln einzudämmen versucht. So wurde er der Pest Herr, während die Tuberkulose ihn selber beherrscht.

Genau so verhält es sich auch mit Erkrankungen von Volkskörpern. Wenn sie nicht katastrophal auftreten, beginnt sich der Mensch langsam an sie zu gewöhnen und geht endlich an ihnen, wenn auch erst nach Zeiten, so doch um so gewisser, zugrunde. Es ist dann schon ein – freilich bitteres – Glück, wenn das Schicksal sich entschließt, in diesen langsamen Fäulnisprozeß einzugreifen und mit plötzlichem Schlage das Ende der Krankheit dem von ihr Erfaßten vor Augen führt. Denn darauf kommt eine solche Katastrophe öfter als einmal hinaus. Sie kann dann leicht zur Ursache einer nun mit äußerster Entschlossenheit einsetzenden Heilung werden.

Aber auch in einem solchen Falle ist die Voraussetzung doch wieder das Erkennen der inneren Gründe, die zu der in Frage stehenden Erkrankung die Veranlassung gaben.

Das Wichtigste bleibt auch hier die Unterscheidung der Erreger von den durch sie hervorgerufenen Zuständen. Diese wird um so schwerer werden, je länger die Krankheitsstoffe in dem Volkskörper sich befinden und je mehr sie diesem schon zu einer selbstverständlichen Zugehörigkeit geworden waren. Denn es kann sehr leicht vorkommen, daß man nach einer bestimmten Zeit unbedingt schädliche Gifte als Bestandteil des eigenen Volkstums ansieht oder doch höchstens als notwendiges Übel duldet, so daß ein Suchen nach dem fremden Erreger gar nicht mehr für notwendig erachtet wird.

So waren im langen Frieden der Vorkriegsjahre sehr wohl gewisse Schäden aufgetreten und als solche erkannt worden, obwohl man sich um den Erreger derselben so gut wie gar nicht kümmerte, von einigen Ausnahmen abgesehen. Diese Ausnahmen waren auch hier wieder in erster Linie die Erscheinungen des wirtschaftlichen Lebens, die dem einzelnen stärker zum Bewußtsein kamen als etwa die Schäden auf einer ganzen Reihe von anderen Gebieten.

Es gab viele Verfallszeichen, die zum ernsten Nachdenken hätten anregen müssen.

X X X

In wirtschaftlicher Hinsicht wäre hierzu folgendes zu sagen:

Durch die rasende Vermehrung der deutschen Volkszahl vor dem Kriege trat die Frage der Schaffung des nötigen täglichen Brotes in immer schärfer werdender Weise in den Vordergrund alles politischen und wirtschaftlichen Denkens und Handelns. Leider konnte man sich nicht entschließen, auf billigerem Wege das Ziel auch erreichen zu können. Der Verzicht auf die Gewinnung neuen Bodens und ihr Ersatz durch den Wahn einer weltwirtschaftlichen Eroberung mußte am Ende zu einer ebenso schrankenlosen wie schädlichen Industrialisierung führen.

Die erste Folge von schwerster Bedeutung war die dadurch hervorgerufene Schwächung des Bauernstandes. In dem gleichen Maße, in dem dieser zurückging, wuchs die Masse des großstädtischen Proletariats immer mehr an, bis endlich das Gleichgewicht vollständig verloren wurde.

Nun kam auch der schroffe Wechsel von arm und reich so beieinander, daß die Folgen davon sehr traurige sein konnten und mußten. Not und häufige Arbeitslosigkeit begannen ihr Spiel mit den Menschen und ließen als Erinnerung Unzufriedenheit und Erbitterung zurück. Die Folge davon schien die politische Klassenspaltung zu sein. Bei aller wirtschaftlichen Blüte wurde so der Unmut dennoch immer größer und tiefer, ja es kam so weit, daß die Überzeugung „es könne so nicht mehr lange weitergehen", eine allgemeine wurde, ohne daß aber die Menschen sich eine bestimmte Vorstellung von dem, was hätte kommen sollen, machten oder gar nur machen konnten.

Es waren die typischen Zeichen einer tiefen Unzufriedenheit, die auf solche Weise sich zu äußern versuchten.

Schlimmer als diese aber waren andere Folgeerscheinungen, die die Verwirtschaftlichung der Nation mit sich brachte.

In eben dem Maße, in dem die Wirtschaft zur bestimmenden Herrin des Staates aufstieg, wurde das Geld der Gott, dem alles zu dienen und vor dem sich jeder zu beugen hatte. Immer mehr wurden die himmlischen Götter als veraltet und überlebt in die Ecke gestellt und statt ihnen der Weihrauch dem Götzen Mammon dargebracht. Eine wahrhaft schlimme Entartung setzte ein, schlimm besonders deshalb, weil sie zu einer Zeit eintrat, da die Nation höchste heldische Gesinnung nötiger denn je brauchen konnte. Deutschland mußte sich gefaßt machen, eines Tages mit dem Schwert für seinen Versuch, auf dem Wege einer „friedlichen, wirtschaftlichen Arbeit" sich das tägliche Brot zu sichern, einzustehen.

Die Herrschaft des Geldes wurde leider auch von der Stelle aus sanktioniert, die sich am meisten dagegen hätte auflehnen müssen: Seine Majestät der Kaiser handelte unglücklich, als er besonders den Adel in den Bannkreis des neuen Finanzkapitals hineinzog. Freilich mußte man ihm zugute rechnen, daß leider selbst Bismarck in dieser Hinsicht die drohende Gefahr nicht erkannte. Damit aber waren die ideellen Tugenden praktisch hinter den Wert des Geldes getreten, denn es war klar, daß, auf solchem Wege erst begonnen, der Schwertadel in kurzer Zeit schon hinter dem Finanzadel zurücktreten mußte. Geldoperationen gelingen leichter als Schlachten. So war es auch nicht mehr einladend für den wirklichen Helden oder auch Staatsmann, in Beziehung zum nächstbesten Bankjuden gebracht zu werden; der wirklich verdienstvolle Mann konnte kein Interesse an der Verleihung billiger Dekorationen mehr besitzen, sondern lehnte dankend für sich ab. Aber auch rein blutsmäßig betrachtet war eine solche Entwicklung tief traurig: der Adel verlor immer mehr die rassische Voraussetzung zu seinem Dasein, und zu einem großen Teile wäre viel eher die Bezeichnung „Unadel" für ihn am Platze gewesen.

Eine schwere wirtschaftliche Verfallserscheinung war das langsame Ausscheiden des persönlichen Besitzrechtes und allmähliche Übergehen der gesamten Wirtschaft in das Eigentum von Aktiengesellschaften.

Damit erst war die Arbeit so recht zum Spekulationsobjekt gewissenloser Schacherer herabgesunken; die Entfremdung des Besitzes gegenüber dem Arbeitnehmer aber wurde in das unendliche gesteigert. Die Börse begann zu triumphieren und schickte sich an, langsam, aber sicher das Leben der Nation in ihre Obhut und Kontrolle zu nehmen.

Die Internationalisierung der deutschen Wirtschaft war schon vor dem Kriege über dem Umwege der Aktie in die Wege geleitet worden. Freilich versuchte ein Teil der deutschen Industrie, sich noch mit Entschiedenheit vor diesem Schicksale zu bewahren. Sie fiel schließlich aber auch dem vereinigten Angriff des gierigen Finanzkapitals, das diesen Kampf besonders mit Hilfe seines treuesten Genossen, der marxistischen Bewegung, ausfocht, zum Opfer.

Der dauernde Krieg gegen die deutsche „Schwerindustrie" war der sichtbare Beginn der durch den Marxismus erstrebten Internationalisierung der deutschen Wirtschaft, die allerdings erst durch den Sieg des Marxismus in der Revolution ganz zu Ende geführt werden konnte. Während ich dieses niederschreibe, ist ja endlich auch der Generalangriff gegen die deutsche Reichsbahn gelungen, die nun zu Händen des internationalen Finanzkapitals überwiesen wird. Die „internationale" Sozialdemokratie hat damit wieder eines ihrer Hochziele erreicht.

Wie weit diese „Verwirtschaftung" des deutschen Volkes gelungen war, geht wohl am ersichtlichsten daraus hervor, daß endlich nach dem Kriege einer der führenden Köpfe der deutschen Industrie und vor allem des Handels die Meinung zu äußern vermochte, daß die Wirtschaft als solche allein in der Lage wäre, Deutschland wieder aufzurichten. Dieser Unsinn wurde in dem Augenblick verzapft, da Frankreich den Unterricht seiner Lehranstalten in erster Linie wieder auf die humanistischen Grundlagen stellte, um so dem Irrtum vorzubeugen, als ob die Nation und der Staat ihr Fortbestehen etwa der Wirtschaft und nicht ewigen ideellen Werten verdanken. Die Äußerung, die damals ein Stinnes in die Welt setzte, richtete die unglaublichste Verwirrung an; wurde sie doch sofort aufgegriffen, um nun in staunenswerter Schnelligkeit zum Leitmotiv all der Kurpfuscher und Salbader zu werden, die das Schicksal seit der Revolution als „Staatsmänner" über Deutschland losgelassen hatte.

Eine der bösesten Verfallserscheinungen war im Deutschland der Vorkriegszeit die allenthalben immer mehr um sich greifende Halbheit in allem und jedem.

Sie ist immer eine Folge von eigener Unsicherheit über irgendeine Sache, sowie einer aus diesen und anderen Gründen resultierenden Feigheit. Gefördert wurde diese Krankheit noch durch die Erziehung.

Die deutsche Erziehung vor dem Kriege war mit außerordentlich vielen Schwächen behaftet. Sie war in sehr einseitiger Weise auf die Anzüchtung von reinem „Wissen" zugeschnitten und weniger auf das „Können" eingestellt. Noch weniger Wert wurde auf die Ausbildung des Charakters des einzelnen gelegt – soweit diese überhaupt möglich –, ganz wenig auf die Förderung der Verantwortungsfreudigkeit und gar nicht auf die Erziehung des Willens und der Entschlußkraft. Ihre Ergebnisse waren wirklich nicht die starken Menschen, sondern vielmehr die gefügigen „Vielwisser", als die wir Deutsche vor dem Kriege ja allgemein galten und demgemäß auch eingeschätzt wurden. Man liebte den Deutschen, da er sehr gut zu verwenden war, allein man achtete ihn wenig, gerade infolge seiner willensmäßigen Schwäche. Nicht umsonst verlor gerade er am leichtesten unter fast allen Völkern Nationalität und Vaterland. Das schöne Sprichwort „Mit dem Hute in der Hand kommt man durch das ganze Land" besagt alles.

Geradezu verhängnisvoll wurde diese Gesellschaft aber, als sie auch die Form bestimmte, unter der allein es gestattet war, dem Monarchen entgegenzutreten. Die Form verlangte demgemäß: Nie widersprechen, sondern alles und jedes gutheißen, was Seine Majestät zu geruhen beliebt. Gerade an dieser Stelle aber war freie Manneswürde am nötigsten, die monarchische Institution mußte sonst eines Tages an dieser Kriecherei zugrunde gehen; denn es war Kriecherei und sonst nichts weiter! Und nur elenden Kriechern und Schliefern, kurz, der ganzen Dekadenz, die sich an den allerhöchsten Thronen von jeher wohler gefühlt hatte als die redlichen und anständig ehrlichen Seelen, vermag dies als die allein gegebene Form des Verkehrs mit den Trägern einer Krone zu gelten! Diese „alleruntertänigsten" Kreaturen haben allerdings, bei aller Demut vor ihrem Herrn und Brotgeber, schon von jeher die größte Unverfrorenheit der anderen Menschheit gegenüber bewiesen, am stärksten dann, wenn sie sich mit frecher Stirn als einzig „monarchisch" den übrigen Sündern vorzustellen beliebten; eine wirkliche Unverschämtheit, wie sie nur so ein geadelter oder auch ungeadelter Spulwurm fertigbringt! Denn in Wahrheit sind diese Menschen noch immer die Totengräber der Monarchie und besonders des monarchischen Gedankens gewesen. Es ist dies auch gar nicht anders denkbar: ein Mann, der bereit ist, für eine Sache einzustehen, wird und kann niemals ein Schleicher und charakterloser Kriecher sein. Wem es wirklich ernst ist um die Erhaltung und Förderung einer Institution, der wird mit der letzten Faser seines Herzens an ihr hängen und es gar nicht zu verwinden vermögen, wenn sich in ihr irgendwelche Schäden zeigen. Der wird dann allerdings nicht in aller Öffentlichkeit herumschreien, wie dies in genau so verlogener Weise die demokratischen „Freunde" der Monarchie taten, wohl aber Seine Majestät, den Träger der Krone selber, auf das ernstlichste warnen und zu bestimmen versuchen. Er wird sich dabei nicht auf den Standpunkt stellen und stellen dürfen, daß es Seiner Majestät dabei frei bleibe, doch noch nach seinem Willen zu handeln, auch wenn dies ersichtlich zu einem Unheil führen muß und wird, sondern er wird in einem solchen Falle die Monarchie vor dem Monarchen in Schutz zu nehmen haben, und zwar auf jede Gefahr hin. Wenn der Wert dieser Einrichtung in der jeweiligen Person des Monarchen läge, dann wäre dies die schlechteste Institution, die sich nur denken läßt; denn die Monarchen sind nur in den seltensten Fällen Auslesen der Weisheit und Vernunft oder auch nur des Charakters, wie man dies gerne hinstellen möchte. Das glauben nur die berufsmäßigen Kriecher und Schleicher, aber alle geraden Menschen – und dies sind denn doch noch die wertvollsten des Staates – werden sich durch das Vertreten eines solchen Unsinns nur zurückgestoßen fühlen. Für sie ist eben Geschichte Geschichte und Wahrheit Wahrheit, auch wenn es sich dabei um Monarchen handelt. Nein, das Glück, einen großen Monarchen als großen Menschen zu besitzen, wird den Völkern so selten zuteil, daß sie schon zufrieden sein müssen, wenn die Bosheit des Schicksals wenigstens vom allerärgsten Mißgriff absieht.

Somit kann der Wert und die Bedeutung der monarchischen Idee nicht in der Person des Monarchen selber liegen, außer der Himmel entschließt sich, die Krone einem genialen Helden wie Friedrich dem Großen oder einem weisen Charakter wie Wilhelm I. auf die Schläfen zu drücken. Dies kommt in Jahrhunderten einmal vor und kaum öfters. Sonst aber tritt die Idee hier vor die Person, indem nun der Sinn dieser Einrichtung ausschließlich in der Institution an sich zu liegen hat. Damit aber fällt der Monarch selber in den Kreis des Dienens. Auch er ist nun nur mehr ein Rad in diesem Werke und ist als solches demselben verpflichtet. Auch er hat sich nun dem höheren Zweck zu fügen und „monarchisch" ist dann nicht mehr, wer den Träger der Krone schweigend an derselben freveln läßt, sondern wer dies verhütet. Läge nicht der Sinn in der Idee, sondern in der „geheiligten" Person um jeden Preis, dürfte ja nicht einmal die Absetzung eines ersichtlich geisteskranken Fürsten vorgenommen werden.

Es ist notwendig, heute schon dies niederzulegen, tauchen doch in letzter Zeit immer mehr die Erscheinungen wieder aus dem Verborgenen hervor, deren jämmerlicher Haltung der Zusammenbruch der Monarchie nicht am wenigsten mit zuzuschreiben ist. Mit einer gewissen naiven Unverfrorenheit reden diese Leute jetzt wieder nur mehr von „ihrem" König – den sie aber denn doch vor wenigen Jahren erst in der kritischen Stunde auf das allerjämmerlichste im Stiche gelassen hatten – und beginnen, jeden Menschen, der es nicht fertigbringen will, in ihre verlogenen Tiraden mit einzustimmen, als schlechten Deutschen hinzustellen. Und in Wahrheit sind dies doch genau dieselben Hasenfüße, die im Jahre 1918 vor jeder roten Armbinde auseinanderund aufund davonsausten, ihren König König sein ließen, die Hellebarde schleunigst mit einem Spazierstock vertauschten, neutrale Krawatten umbanden und als friedliche „Bürger" aber auch schon spurlos verschwanden! Mit einem Schlage waren sie damals weg, diese königlichen Kämpen, und erst nachdem sich der revolutionäre Sturmwind, dank der Tätigkeit anderer, so weit wieder gelegt hatte, daß man sein „Heil dem König, Heil" wieder in die Lüfte hinausschmettern konnte, begannen diese „Diener und Ratgeber" der Krone wieder vorsichtig aufzutauchen. Nun aber sind sie alle da und äugen sehnsuchtsvoll nach den Fleischtöpfen Ägyptens zurück, können sich kaum mehr halten vor Königstreue und Tatendrang, bis wohl wieder die erste rote Binde eines Tages auftauchen wird und der ganze Interessentenspuk der alten Monarchie aufs neue, wie die Mäuse vor der Katze, ausreißt!

Wären die Monarchen nicht selber schuld an diesen Dingen, könnte man sie nur auf das herzlichste bedauern ob ihrer Verteidiger von heute. Sie dürfen aber jedenfalls überzeugt sein, daß man mit solchen Rittern wohl Throne verliert, aber keine Kronen erficht.

Diese Devotheit jedoch war ein Fehler unserer ganzen Erziehung, der sich nun an dieser Stelle in besonders entsetzlicher Weise rächte. Denn ihr zufolge konnten sich diese jammervollen Erscheinungen an allen Höfen halten und die Grundlagen der Monarchie allmählich aushöhlen. Als das Gebäude dann endlich ins Wanken kam, waren sie wie weggeblasen. Natürlich: Kriecher und Speichellecker lassen sich für ihren Herrn nicht totschlagen. Daß die Monarchen dies niemals wissen und fast grundsätzlich auch nicht lernen, ist von jeher zu ihrem Verderben geworden.

X X X

Eine Folgeerscheinung verkehrter Erziehung war Feigheit vor der Verantwortung und die daraus sich ergebende Schwäche in der Behandlung selbst lebenswichtiger Probleme.

Der Ausgangspunkt dieser Seuche liegt bei uns allerdings zu einem großen Teile in der parlamentarischen Institution, in der die Verantwortungslosigkeit geradezu in Reinkultur gezüchtet wird. Leider ging diese Erkrankung langsam aber auch auf das gesamte sonstige Leben über, am stärksten auf das staatliche. Man begann überall der Verantwortung auszuweichen und griff aus diesem Grunde am liebsten zu halben und ungenügenden Maßregeln; erscheint doch bei ihrer Anwendung das Maß der persönlich zu tragenden Verantwortung immer auf den kleinsten Umfang herabgedrückt.

Man betrachte nur die Haltung der einzelnen Regierungen gegenüber einer Reihe von wahrhaft schädlichen Erscheinungen unseres öffentlichen Lebens, und man wird die fürchterliche Bedeutung dieser allgemeinen Halbheit und Feigheit vor der Verantwortung leicht erkennen.

Ich nehme nur einige Fälle aus der Unmasse vorhandener Beispiele heraus:

Man pflegt gerade in Journalistenkreisen die Presse gerne als eine „Großmacht" im Staate zu bezeichnen. Tatsächlich ist ihre Bedeutung denn auch eine wahrhaft ungeheuerliche. Sie kann überhaupt gar nicht überschätzt werden; bewirkt sie doch wirklich die Fortsetzung der Erziehung im späteren Alter.

Man kann dabei ihre Leser im großen und ganzen in drei Gruppen einteilen:

erstens in die, die alles, was sie lesen, glauben;

zweitens in solche, die gar nichts mehr glauben;

drittens in die Köpfe, welche das Gelesene kritisch prüfen und danach beurteilen.

Die erste Gruppe ist ziffernmäßig die weitaus größte. Sie besteht aus der großen Masse des Volkes und stellt demgemäß den geistig einfachsten Teil der Nation vor. Sie kann aber nicht etwa in Berufen benannt werden, sondern höchstens in allgemeinen Intelligenzgraden. Ihr gehören alle an, denen selbständiges Denken weder angeboren noch anerzogen ist, und die teils aus Unfähigkeit, teils aus Nichtkönnen alles glauben, was man ihnen schwarz auf weiß gedruckt vorsetzt. Auch jene Sorte von Faulpelzen gehört dazu, die wohl selber denken könnte, aber aus reiner Denkfaulheit heraus dankbar alles aufgreift, was ein anderer schon gedacht hat, in der bescheidenen Voraussetzung, daß dieser sich schon richtig angestrengt haben wird. Bei all diesen Menschen nun, die die große Masse vorstellen, wird der Einfluß der Presse ein ganz ungeheurer sein. Sie sind nicht in der Lage oder nicht willens, das ihnen Dargebotene selber zu prüfen, so daß ihre gesamte Einstellung zu allen Tagesproblemen nahezu ausschließlich auf die äußere Beeinflussung durch andere zurückzuführen ist. Dies kann von Vorteil sein dann, wenn ihre Aufklärung von ernster und wahrheitsliebender Seite vorgenommen wird, ist jedoch von Unheil, sowie dies Lumpen und Lügner besorgen.

Die zweite Gruppe ist in der Zahl schon wesentlich kleiner. Sie ist zum Teil aus Elementen zusammengesetzt, die erst zur ersten Gruppe gehörten, um nach langen bitteren Enttäuschungen nun in das Gegenteil umzuschlagen und überhaupt nichts mehr zu glauben, soferne es nur gedruckt vor ihr Auge kommt. Sie hassen jede Zeitung, lesen sie entweder überhaupt nicht oder ärgern sich ausnahmslos über den Inhalt, da er ihrer Meinung nach ja doch nur aus Lüge und Unwahrheit zusammengesetzt ist. Diese Menschen sind sehr schwer zu behandeln, da sie auch der Wahrheit immer mißtrauisch gegenüberstehen werden. Sie sind damit für jede positive Arbeit verloren.

Die dritte Gruppe endlich ist die weitaus kleinste; sie besteht aus den geistig wirklich feinen Köpfen, die natürliche Veranlagung und Erziehung selbständig denken gelehrt hat, die sich über alles ihr eigenes Urteil zu bilden versuchen und die alles Gelesene auf das gründlichste noch einmal einer eigenen Prüfung und Weiterentwicklung unterziehen. Sie werden keine Zeitung anschauen, ohne in ihrem Gehirn dauernd mitzuarbeiten, und der Verfasser hat dann keinen leichten Stand. Die Journalisten lieben solche Leser denn auch nur mit Zurückhaltung.

Für die Angehörigen dieser dritten Gruppe ist allerdings der Unsinn, den eine Zeitung zusammenschmieren mag, wenig gefährlich oder auch nur bedeutungsvoll. Sie haben sich ohnehin zumeist im Laufe eines Lebens angewöhnt, in jedem Journalisten grundsätzlich eine Spitzbuben zu sehen, der nur manches Mal die Wahrheit spricht. Leider aber liegt die Bedeutung dieser prachtvollen Menschen eben nur in ihrer Intelligenz und nicht in der Zahl – ein Unglück in einer Zeit, in der die Weisheit nichts und die Majorität alles ist! Heute, da der Stimmzettel der Masse entscheidet, liegt der ausschlaggebende Wert eben bei der zahlreichsten Gruppe, und diese ist die erste: der Haufe der Einfältigen oder Leichtgläubigen.

Es ist ein Staatsund Volksinteresse ersten Ranges, zu verhindern, daß diese Menschen in die Hände schlechter, unwissender oder gar übelwollender Erzieher geraten. Der Staat hat deshalb die Pflicht, ihre Erziehung zu überwachen und jeden Unfug zu verhindern. Er muß dabei besonders der Presse auf die Finger sehen; denn ihr Einfluß ist auf diese Menschen der weitaus stärkste und eindringlichste, da er nicht vorübergehend, sondern fortgesetzt zur Anwendung kommt. In der Gleichmäßigkeit und ewigen Wiederholung dieses Unterrichts liegt seine ganz unerhörte Bedeutung. Wenn also irgendwo, dann darf gerade hier der Staat nicht vergessen, daß alle Mittel einem Zwecke zu dienen haben; er darf sich nicht durch das Geflunker einer sogenannten „Pressefreiheit" beirren und beschwätzen lassen, seine Pflicht zu versäumen und der Nation die Kost vorzuenthalten, die sie braucht und die ihr gut tut; er muß mit rücksichtsloser Entschlossenheit sich dieses Mittels der Volkserziehung versichern und es in den Dienst des Staates und der Nation stellen.

Welche Kost aber hat die deutsche Presse der Vorkriegszeit den Menschen vorgesetzt? War es nicht das ärgste Gift, das man sich nur vorzustellen vermag? Wurde dem Herzen unseres Volkes nicht schlimmster Pazifismus zu einer Zeit eingeimpft, da die andere Welt sich schon anschickte, Deutschland langsam, aber sicher abzudrosseln? Hatte die Presse nicht schon im Frieden dem Gehirn des Volkes den Zweifel an das Recht des eigenen Staates eingeflößt, um es so in der Wahl der Mittel zu seiner Verteidigung von vornherein zu beschränken? War es nicht die deutsche Presse, die den Unsinn der „westlichen Demokratie" unserem Volke schmackhaft zu machen verstand, bis dieses endlich, von all den begeisterten Tiraden gefangen, glaubte, seine Zukunft einem Völkerbunde anzuvertrauen zu können? Hat sie nicht mitgeholfen, unser Volk zu einer elenden Sittenlosigkeit zu erziehen? Wurden nicht Moral und Sitte von ihr lächerlich gemacht, als rückständig und spießig gedeutet, bis endlich auch unser Volk „modern" wurde? Hat sie nicht in dauerndem Angriff die Grundfesten der Staatsautorität so lange unterhöhlt, bis ein einziger Stoß genügte, um dieses Gebäude zum Einsturz zu bringen? Hat sie nicht einst gegen jeden Willen, dem Staate zu geben, was des Staates ist, mit allen Mitteln angekämpft, nicht in dauernder Kritik das Heer herabgesetzt, die allgemeine Wehrpflicht sabotiert, zur Verweigerung der militärischen Kredite aufgefordert usw., bis der Erfolg nicht mehr ausbleiben konnte?

Die Tätigkeit der sogenannten liberalen Presse war Totengräberarbeit am deutschen Volk und Deutschen Reich. Von den marxistischen Lügenblättern kann man dabei überhaupt schweigen; ihnen ist das Lügen genau so Lebensnotwendigkeit wie der Katze das Mausen; ist doch ihre Aufgabe nur, dem Volke das völkische und nationale Rückgrat zu brechen, um es so reif zu machen für das Sklavenjoch des internationalen Kapitals und seiner Herren, der Juden.

Was aber hat der Staat gegen diese Massenvergiftung der Nation unternommen? Nichts, aber rein gar nichts! Ein paar lächerliche Erlasse, ein paar Strafen gegen allzu heftige Niederträchtigkeit, und damit war Schluß. Dafür aber hoffte man, sich diese Seuche wohlgeneigt zu machen durch Schmeicheleien, durch Anerkennung des „Wertes" der Presse, ihre „Bedeutung", ihrer „erzieherischen Mission" und ähnlichen Blödsinns mehr – die Juden aber nahmen es schlau lächelnd entgegen und quittierten mit verschmitztem Dank.

Der Grund jedoch zu diesem schmählichen Versagen des Staates lag nicht so sehr im Nichterkennen der Gefahr, als vielmehr in einer zum Himmel schreienden Feigheit und der daraus geborenen Halbheit aller Entschlüsse und Maßnahmen. Es hatte niemand den Mut, durchgreifende Radikalmittel anzuwenden, sondern man pfuschte hier wie überall mit lauter halben Rezepten herum, und statt den Stoß ins Herz hinein zu führen, reizte man die Viper höchstens – mit dem Ergebnis, daß nicht nur alles beim alten blieb, sondern im Gegenteil die Macht der zu bekämpfenden Institutionen von Jahr zu Jahr zunahm.

Der Abwehrkampf der damaligen deutschen Regierung gegen die die Nation langsam verderbende Presse, hauptsächlich jüdischer Herkunft, war ohne jede gerade Linie, ohne Entschlossenheit, vor allem aber ohne jedes sichtbare Ziel. Hier versagte der geheimrätliche Verstand vollständig, sowohl in der Einschätzung der Bedeutung dieses Kampfes wie auch in der Wahl der Mittel und der Festlegung eines klaren Planes. Planlos dokterte man herum, sperrte manchmal, wenn man zu sehr gebissen wurde, eine solche journalistische Kreuzotter auf einige Wochen oder auch Monate ein, das Schlangennest als solches aber ließ man schön in Ruhe.

Freilich – zum Teil war dies auch die Folge der unendlich schlauen Taktik der Judenheit auf der einen und einer wirklich geheimrätlichen Dummheit oder Harmlosigkeit auf der anderen Seite. Der Jude war viel zu klug, als daß er seine gesamte Presse gleichmäßig hätte angreifen lassen. Nein, ein Teil derselben war da, um den anderen zu decken. Während die marxistischen Zeitungen in der gemeinsten Weise gegen alles, was Menschen heilig zu sein vermag, in das Feld zogen, Staat und Regierung in der infamsten Weise angriffen und große Volksteile gegeneinander hetzten, verstanden es die bürgerlich-demokratischen Judenblätter, sich den Anschein der berühmten Objektivität zu geben, mieden peinlich alle Kraftworte, genau wissend, daß alle Hohlköpfe nur nach dem Äußeren zu urteilen vermögen und nie die Fähigkeit besitzen, in das Innere einzudringen, so daß für sie der Wert einer Sache nach diesem Äußeren bemessen wird statt nach dem Inhalt; eine menschliche Schwäche, der sie auch die eigene Beachtung verdanken.

Für diese Leute war und ist freilich die „Frankfurter Zeitung" der Inbegriff aller Anständigkeit. Verwendet sie doch niemals rohe Ausdrücke, lehnt jede körperliche Brutalität ab und appelliert immer an den Kampf mit den „geistigen" Waffen, der eigentümlicherweise gerade den geistlosesten Menschen am meisten am Herzen liegt. Das ist ein Ergebnis unserer Halbbildung, die die Menschen von dem Instinkt der Natur loslöst, ihnen ein gewisses Wissen einpumpt, ohne sie aber zur letzten Erkenntnis führen zu können, da hierzu Fleiß und guter Wille allein nichts zu nützen vermögen, sondern der nötige Verstand, und zwar als angeboren, da sein muß. Die letzte Erkenntnis aber ist immer das Verstehen der Instinktursachen – das heißt: der Mensch darf niemals in den Irrsinn verfallen, zu glauben, daß er wirklich zum Herrn und Meister der Natur aufgerückt sei – wie der Dünkel einer Halbbildung dies so leicht vermittelt –, sondern er muß die fundamentale Notwendigkeit des Waltens der Natur verstehen und begreifen, wie sehr auch sein Dasein diesen Gesetzen des ewigen Kampfes und Ringens nach oben unterworfen ist. Er wird dann fühlen, daß in einer Welt, in der Planeten und Sonnen kreisen, Monde um Planeten ziehen, in der immer nur die Kraft Herrin der Schwäche ist und sie zum gehorsamen Diener zwingt oder zerbricht, für den Menschen nicht Sondergesetze gelten können. Auch für ihn walten die ewigen Grundsätze dieser letzten Weisheit. Er kann sie zu erfassen versuchen, sich von ihnen zu lösen vermag er niemals.

Gerade für unsere geistige Halbwelt aber schreibt der Jude seine sogenannte Intelligenzpresse. Für sie sind die „Frankfurter Zeitung" und das „Berliner Tageblatt" gemacht, für sie ist ihr Ton abgestimmt, und auf diese üben sie ihre Wirkung aus. Indem sie alle scheinbar äußerlich rohen Formen auf das sorgfältigste vermeiden, gießen sie das Gift aus anderen Gefäßen dennoch in die Herzen ihrer Leser. Unter einem Geseire von schönen Tönen und Redensarten lullen sie dieselben in den Glauben ein, als ob wirklich reine Wissenschaft oder gar Moral die Triebkräfte ihres Handelns seien, während es in Wahrheit nur die ebenso geniale wie gerissene Kunst ist, dem Gegner auf solche Weise die Waffe gegen die Presse überhaupt aus der Hand zu stehlen. Denn indem die einen vor Anstand triefen, glauben ihnen alle Schwachköpfe um so lieber, daß es sich bei den anderen nur um leichte Auswüchse handle, die aber niemals zu einer Verletzung der Pressefreiheit – wie man den Unfug dieser straflosen Volksbelügung und Volksvergiftung bezeichnet – führen dürften. So scheut man sich, gegen dieses Banditentum vorzugehen, fürchtet man doch, in einem solchen Falle auch sofort die „anständige" Presse gegen sich zu haben; eine Furcht, die auch nur zu begründet ist. Denn sobald man versucht, gegen eine dieser Schandzeitungen vorzugehen, werden sofort alle anderen deren Partei ergreifen, beileibe nicht etwa, um ihre Art des Kampfes gutzuheißen, Gott bewahre – nur um das Prinzip der Pressefreiheit und der Freiheit der öffentlichen Meinung dreht es sich; allein dieses soll verteidigt werden. Vor diesem Geschrei aber werden die stärksten Männer schwach, kommt es doch aus dem Munde von lauter „anständigen" Blättern.

So konnte dieses Gift ungehindert in den Blutlauf unseres Volkes eindringen und wirken, ohne daß der Staat die Kraft besaß, der Krankheit Herr zu werden. In den lächerlichen halben Mitteln, die er dagegen anwandte, zeigte sich der bereits drohende Verfall des Reiches. Denn eine Institution, die nicht mehr entschlossen ist, sich selbst mit allen Waffen zu schützen, gibt sich praktisch auf. Jede Halbheit ist das sichtbare Zeichen des inneren Verfalls, dem der äußere Zusammenbruch früher oder später folgen muß und wird. Ich glaube, daß die heutige Generation, richtig geleitet, dieser Gefahr leichter Herr werden wird. Sie hat verschiedene Dinge miterlebt, die die Nerven bei dem, der sie nicht überhaupt verlor, etwas zu stärken vermochten. Sicher wird auch in kommender Zeit der Jude in seinen Zeitungen ein gewaltiges Geschrei erheben, wenn sich erst einmal die Hand auf sein Lieblingsnest legt, dem Presseunfug ein Ende macht, auch dieses Erziehungsmittel in den Dienst des Staates stellt und nicht mehr in der Hand von Volksfremden und Volksfeinden beläßt. Allein ich glaube, daß dies uns Jüngere weniger belästigen wird als einstens unsere Väter. Eine Dreißig-Zentimeter-Granate zischte immer noch mehr als tausend jüdische Zeitungsvipern – also laßt sie denn nur zischen!

X X X

Ein weiteres Beispiel für Halbheit und Schwäche in den wichtigsten Lebensfragen der Nation bei der Leitung des Vorkriegsdeutschlands ist folgendes: Parallel der politischen, sittlichen und moralischen Verseuchung des Volkes lief schon seit vielen Jahren eine nicht minder entsetzliche gesundheitliche Vergiftung des Volkskörpers. Die Syphilis begann besonders in den Großstädten immer mehr zu grassieren, während die Tuberkulose gleichmäßig fast im ganzen Lande ihre Todesernte hielt.

Trotzdem in beiden Fällen die Folgen für die Nation entsetzliche waren, vermochte man sich nicht zu entscheidenden Maßnahmen dagegen aufzuraffen.

Besonders der Syphilis gegenüber kann man das Verhalten der Volks- und Staatsleitung nur mit vollkommener Kapitulation bezeichnen. Bei einer ernstgemeinten Bekämpfung mußte man schon etwas weiter ausgreifen, als dies in Wirklichkeit geschah. Die Erfindung eines Heilmittels fraglicher Art sowie dessen geschäftstüchtige Anwendung vermögen bei dieser Seuche nur wenig mehr zu helfen. Auch hier konnte nur der Kampf gegen die Ursachen in Frage kommen und nicht die Beseitigung der Erscheinungen. Die Ursache aber liegt in erster Linie in unserer Prostituierung der Liebe. Auch wenn ihr Ergebnis nicht diese natürliche Seuche wäre, wäre sie dennoch von tiefstem Schaden für das Volk, denn es genügen schon die moralischen Verheerungen, die diese Entartung mit sich bringt, um ein Volk langsam, aber sicher zugrunde zu richten. Diese Verjudung unseres Seelenlebens und Mammonisierung unseres Paarungstriebes werden früher oder später unseren gesamten Nachwuchs verderben, denn an Stelle kraftvoller Kinder eines natürlichen Gefühls werden nur mehr die Jammererscheinungen finanzieller Zweckmäßigkeit treten. Denn diese wird immer mehr die Grundlage und einzige Voraussetzung unserer Ehen. Die Liebe aber tobt sich wo anders aus.

Eine gewisse Zeit kann man natürlich auch hier die Natur verhöhnen, allein die Rache bleibt nicht aus, sie tritt hier nur später in Erscheinung, oder besser: sie wird von den Menschen oft zu spät erkannt.

Wie verheerend aber die Folgen einer dauernden Mißachtung der natürlichen Voraussetzungen für die Ehe sind, mag man an unserem Adel erkennen. Hier hat man die Ergebnisse einer Fortpflanzung vor sich, die zu einem Teile auf rein gesellschaftlichem Zwang, zum anderen auf finanziellen Gründen beruhte. Das eine führte zur Schwächung überhaupt, das andere zur Blutvergiftung, da jede Warenhausjüdin als geeignet gilt, die Nachkommenschaft Seiner Durchlaucht – die allerdings dann danach aussieht – zu ergänzen. In beiden Fällen ist vollkommene Degeneration die Folge.

Unser Bürgertum bemüht sich heute, den gleichen Weg zu gehen, und wird am gleichen Ziele enden.

Mit gleichgültiger Hast versucht man, an den unangenehmen Wahrheiten vorüberzugehen, als ob man durch ein solches Gehaben die Dinge selber ungeschehen machen könnte. Nein, die Tatsache, daß unsere großstädtische Bevölkerung immer mehr in ihrem Liebesleben prostituiert wird und gerade dadurch in immer weiterem Kreise der syphilistischen Seuche anheimfällt, kann nicht einfach weggeleugnet werden, sondern sie ist da. Die sichtbarsten Resultate dieser Massenverseuchung kann man auf der einen Seite in den Irrenanstalten finden, auf der anderen aber leider in unseren – Kindern. Besonders diese sind das traurige Elendserzeugnis der unaufhaltsam fortschreitenden Verpestung unseres Sexuallebens, in den Krankheiten der Kinder offenbaren sich die Laster der Eltern.

Es gibt verschiedene Wege, sich mit dieser unangeneh men, ja schrecklichen Tatsache abzufinden: Die einen sehen überhaupt nichts oder wollen, besser gesagt, nichts sehen; dieses ist natürlich die weitaus einfachste und billigste „Stellungnahme". Die anderen hüllen sich in den Heiligenmantel einer ebenso lächerlichen wie noch dazu verlogenen Prüderie, reden von dem ganzen Gebiete überhaupt nur als von einer großen Sünde und äußern vor allem vor jedem ertappten Sünder ihre tiefinnerlichste Entrüstung, um dann vor dieser gottlosen Seuche die Augen in frommer Abscheu zu schließen und den lieben Gott zu bitten, er möchte doch – wenn möglich nach ihrem eigenen Tode – in dieses ganze Sodom und Gomorrha Schwefel und Pech hineinregnen lassen, um so wieder einmal an dieser schamlosen Menschheit ein erbauliches Exempel zu statuieren. Die dritten endlich sehen sehr wohl die entsetzlichen Folgen, die diese Seuche dereinst mit sich bringen muß und wird, allein sie zucken nur mit den Achseln, überzeugt, ohnehin nichts gegen die Gefahr unternehmen zu können, so daß man die Dinge laufen lassen müsse, wie sie eben laufen.

Dieses alles ist freilich bequem und einfach, nur darf nicht vergessen werden, daß einer solchen Bequemlichkeit eine Nation zum Opfer fallen wird. Die Ausrede, daß es den anderen Völkern ja auch nicht besser gehe, vermag natürlich auch an der Tatsache des eigenen Untergangs kaum etwas zu ändern, es wäre denn, daß das Gefühl, auch andere vom Unglück betroffen zu sehen, allein schon für viele eine Milderung der eigenen Schmerzen mit sich brächte. Aber die Frage ist dann ja eben erst recht die, welches Volk von sich aus als erstes und selbst einziges dieser Pest Herr zu werden vermag, und welche Nationen daran zugrunde gehen. Darauf aber kommt es am Schlusse hinaus. Auch dies ist nur ein Prüfstein des Rassenwertes – die Rasse, welche die Probe nicht besteht, wird eben sterben und gesünderen oder doch zäheren und widerstandsfähigeren den Platz räumen. Denn da diese Frage in erster Linie den Nachwuchs betrifft, gehört sie zu denen, von welchen es mit so furchtbarem Recht heißt, daß die Sünden der Väter sich rächen bis in das zehnte Glied – eine Wahrheit, die nur von Freveln am Blute und an der Rasse gilt.

Die Sünde wider Blut und Rasse ist die Erbsünde dieser Welt und das Ende einer sich ihr ergebenden Menschheit.

Wie wahrhaft jammervoll aber stand das Vorkriegsdeutschland gerade dieser einen Frage gegenüber. Was geschah, um der Verpestung unserer Jugend in den Großstädten Einhalt zu gebieten? Was, um der Verseuchung und Mammonisierung unseres Liebeslebens auf den Leib zu rücken? Was, um die daraus resultierende Versyphilitisierung des Volkskörpers zu bekämpfen?

Die Antwort ergibt sich am leichtesten durch die Feststellung dessen, was hätte geschehen müssen.

Man durfte diese Frage zunächst nicht auf die leichte Schulter nehmen, sondern mußte verstehen, daß von ihrer Lösung das Glück oder Unglück von Generationen abhängen würde, ja, daß sie bestimmend für die ganze Zukunft unseres Volkes sein konnte, wenn nicht sein mußte. Eine solche Erkenntnis aber verpflichtete zu rücksichtslosen Maßnahmen und Eingriffen. An die Spitze aller Erwägungen hatte die Überzeugung zu treten, daß zu allererst die Aufmerksamkeit der gesamten Nation auf die entsetzliche Gefahr zu konzentrieren war, so daß jeder einzelne sich der Bedeutung dieses Kampfes innerlich bewußt zu werden vermochte. Man kann wahrhaft einschneidende und manchmal schwer zu ertragende Verpflichtungen und Lasten nur dann zu einer allgemeinen Wirksamkeit bringen, wenn dem einzelnen außer dem Zwang auch noch die Erkenntnis der Notwendigkeit vermittelt wird. Dazu gehört aber eine ungeheure Aufklärung unter Ausschaltung aller sonst noch ablenkend wirkenden Tagesfragen.

Es muß in allen Fällen, in denen es sich um die Erfüllung scheinbar unmöglicher Forderungen oder Aufgaben handelt, die gesamte Aufmerksamkeit eines Volkes nur auf diese eine Frage geschlossen vereinigt werden, so, als ob von ihrer Lösung tatsächlich Sein oder Nichtsein abhänge. Nur so wird man ein Volk zu wahrhaft großen Leistungen und Anstrengungen willig und fähig machen.

Dieser Grundsatz gilt auch für den einzelnen Menschen, sofern er große Ziele erreichen will. Auch er wird dies nur in stufenförmigen Abschnitten zu tun vermögen, auch er wird dann immer seine gesamten Anstrengungen auf die Erreichung einer bestimmt begrenzten Aufgabe zu vereinigen haben, so lange, bis diese Erfüllung erscheint und die Absteckung eines neuen Abschnittes vorgenommen werden kann. Wer nicht diese Teilung des zu erobernden Weges in einzelne Etappen vornimmt und diese dann planmäßig unter schärfster Zusammenfassung aller Kräfte einzeln zu überwinden trachtet, wird niemals bis zum Schlußziel zu gelangen vermögen, sondern irgendwo auf dem Wege, vielleicht sogar abseits desselben, liegen bleiben. Dieses Heranarbeiten an das Ziel ist eine Kunst und erfordert jeweils den Einsatz aber auch der letzten Energie, um so Schritt für Schritt den Weg zu überwinden.

Die allererste Vorbedingung also, die zum Angriff auf eine so schwere Teilstrecke des menschlichen Weges not tut, ist die, daß es der Führung gelingt, der Masse des Volkes gerade das jetzt zu erreichende, besser zu erkämpfende Teilziel als das einzig und allein der menschlichen Aufmerksamkeit würdige, von dessen Eroberung alles abhänge, hinzustellen. Die große Menge des Volkes kann ohnehin nie den ganzen Weg vor sich sehen, ohne zu ermüden und an der Aufgabe zu verzweifeln. Sie wird in einem gewissen Umfang das Ziel im Auge behalten, den Weg aber nur in kleinen Teilstrecken zu übersehen vermögen, ähnlich dem Wanderer, der ebenfalls wohl das Ende seiner Reise weiß und kennt, der aber die endlose Straße besser überwindet, wenn er sich dieselbe in Abschnitte zerlegt und auf jeden einzelnen losmarschiert, als ob er schon das ersehnte Ziel selber wäre. Nur so kommt er, ohne zu verzagen, dennoch vorwärts.

So hätte man unter Anwendung aller propagandistischen Hilfsmittel die Frage der Bekämpfung der Syphilis als die Aufgabe der Nation erscheinen lassen müssen, nicht als auch eine Aufgabe. Man hätte zu diesem Zwecke ihre Schäden als das entsetzlichste Unglück in vollem Umfange, und zwar unter Anwendung aller Hilfsmittel, den Menschen einhämmern müssen, bis die ganze Nation zur Überzeugung gekommen wäre, daß von der Lösung dieser Frage eben alles abhänge, Zukunft oder Untergang.

Erst nach einer solchen, wenn nötig, jahrelangen Vorbereitung wird die Aufmerksamkeit und damit aber auch Entschlossenheit eines ganzen Volkes so sehr geweckt sein, daß man nun auch zu sehr schweren und opfervollen Maßnahmen wird greifen können, ohne Gefahr laufen zu müssen, vielleicht nicht verstanden oder plötzlich vom Wollen der Masse im Stiche gelassen zu werden.

Denn um dieser Pest ernstlich an den Leib zu rücken, sind ungeheure Opfer und ebenso große Arbeiten nötig.

Der Kampf gegen die Syphilis erfordert einen Kampf gegen die Prostitution, gegen Vorurteile, alte Gewohnheiten, gegen bisherige Vorstellungen, allgemeine Ansichten, darunter nicht zum letzten gegen die verlogene Prüderie in gewissen Kreisen.

Die erste Voraussetzung zu einem, aber auch nur moralischen Rechte, gegen diese Dinge anzukämpfen, ist die Ermöglichung einer frühen Verehelichung der kommenden Generationen. Im späten Heiraten liegt allein schon der Zwang zur Beibehaltung einer Einrichtung, die, da kann man sich winden wie man will, eine Schande der Menschheit ist und bleibt, eine Einrichtung, die verflucht schlecht einem Wesen ansteht, das sich in sonstiger Bescheidenheit gern als das „Ebenbild" Gottes ansieht.

Die Prostitution ist eine Schmach der Menschheit, allein man kann sie nicht beseitigen durch moralische Vorlesungen, frommes Wollen usw., sondern ihre Einschränkung und ihr endlicher Abbau setzen eine Unzahl von Vorbedingungen voraus. Die erste aber ist und bleibt die Schaffung der Möglichkeit einer der menschlichen Natur entsprechenden frühzeitigen Heirat vor allem des Mannes, denn die Frau ist ja hier ohnehin nur der passive Teil.

Wie verirrt, ja unverständlich aber die Menschen heute zum Teil schon geworden sind, mag daraus hervorgehen, daß man nicht selten Mütter der sogenannten „besseren" Gesellschaft reden hört, sie wären dankbar, für ihr Kind einen Mann zu finden, der sich die „Hörner bereits abgestoßen habe" usw. Da daran meistens weniger Mangel ist als umgekehrt, so wird das arme Mädel schon glücklich einen solchen enthörnten Siegfried finden, und die Kinder werden das sichtbare Ergebnis dieser vernünftigen Ehe sein. Wenn man bedenkt, daß außerdem noch eine möglichst große Einschränkung der Zeugung an sich erfolgt, so daß der Natur jede Auslese unterbunden wird, da natürlich jedes auch noch so elende Wesen erhalten werden muß, so bleibt wirklich nur die Frage, warum eine solche Institution überhaupt noch besteht und welchen Zweck sie haben soll? Ist es dann nicht genau dasselbe wie die Prostitution an sich? Spielt die Pflicht der Nachwelt gegenüber überhaupt keine Rolle mehr? Oder weiß man nicht, welchen Fluch man sich bei Kind und Kindeskind auflädt durch eine derartige verbrecherisch leichtsinnige Weise in der Wahrung des letzten Naturrechtes, aber auch der letzten Naturverpflichtung?

So entarten die Kulturvölker und gehen allmählich unter.

Auch die Ehe kann nicht Selbstzweck sein, sondern muß dem einen größeren Ziele, der Vermehrung und Erhaltung der Art und Rasse, dienen. Nur das ist ihr Sinn und ihre Aufgabe.

Unter diesen Voraussetzungen aber kann ihre Richtigkeit nur an der Art gemessen werden, in der sie diese Aufgabe erfüllt. Daher schon ist die frühe Heirat richtig, gibt sie doch der jungen Ehe noch jene Kraft, aus der allein ein gesunder und widerstandsfähiger Nachwuchs zu kommen vermag. Freilich ist zu ihrer Ermöglichung eine ganze Reihe von sozialen Voraussetzungen nötig, ohne die an eine frühe Verehelichung gar nicht zu denken ist. Mithin kann eine Lösung dieser nur so kleinen Frage schon nicht stattfinden ohne einschneidende Maßnahmen in sozialer Hinsicht. Welche Bedeutung diesen zukommt, sollte man am meisten in einer Zeit begreifen, da die sogenannte „soziale" Republik durch ihre Unfähigkeit in der Lösung der Wohnungsfrage allein zahlreiche Ehen einfach verhindert und der Prostitution auf solche Weise Vorschub leistet.

Der Unsinn unserer Art der Gehaltseinteilung, die viel zu wenig Rücksicht nimmt auf die Frage der Familie und ihre Ernährung, ist ebenfalls ein Grund, der so manche frühe Ehe unmöglich macht.

Es kann also an eine wirkliche Bekämpfung der Prostitution nur herangegangen werden, wenn durch eine grundsätzliche Änderung der sozialen Verhältnisse eine frühere Verheiratung, als sie jetzt im allgemeinen stattfinden kann, ermöglicht wird. Dies ist die allerbeste Voraussetzung zu einer Lösung dieser Frage.

In zweiter Linie aber hat Erziehung und Ausbildung eine ganze Reihe von Schäden auszumerzen, um die man sich heute überhaupt fast nicht kümmert. Vor allem muß in der bisherigen Erziehung ein Ausgleich zwischen geistigem Unterricht und körperlicher Ertüchtigung eintreten. Was heute Gymnasium heißt, ist ein Hohn auf das griechische Vorbild. Man hat bei unserer Erziehung vollkommen vergessen, daß auf die Dauer ein gesunder Geist auch nur in einem gesunden Körper zu wohnen vermag. Besonders wenn man, von einzelnen Ausnahmen abgesehen, die große Masse eines Volkes ins Auge faßt, erhält dieser Satz unbedingte Gültigkeit.

Es gab im Vorkriegsdeutschland eine Zeit, in der man sich überhaupt um diese Wahrheit nicht mehr kümmerte. Man sündigte einfach auf den Körper los und vermeinte, in der einseitigen Ausbildung des „Geistes" eine sichere Gewähr für die Größe der Nation zu besitzen. Ein Irrtum, der sich schneller zu rächen begann, als man dachte. Es ist kein Zufall, daß die bolschewistische Welle nirgends besser Boden fand als dort, wo eine durch Hunger und dauernde Unterernährung degenerierte Bevölkerung haust: in Mitteldeutschland, Sachsen und im Ruhrgebiet. In allen diesen Gebieten findet aber auch von der sogenannten Intelligenz ein ernstlicher Widerstand gegen diese Judenkrankheit kaum mehr statt, aus dem einfachen Grunde, weil ja auch die Intelligenz selber körperlich vollständig verkommen ist, wenn auch weniger durch Gründe der Not als durch Gründe der Erziehung. Die ausschließlich geistige Einstellung unserer Bildung in den oberen Schichten macht diese unfähig in Zeiten, in denen nicht der Geist, sondern die Faust entscheidet, sich auch nur zu halten, geschweige denn durchzusetzen. In körperlichen Gebrechen liegt nicht selten der erste Grund zur persönlichen Feigheit.

Die übermäßige Betonung des rein geistigen Unterrichtes und die Vernachlässigung der körperlichen Ausbildung fördern aber auch in viel zu früher Jugend die Entstehung sexueller Vorstellungen. Der Junge, der in Sport und Turnen zu einer eisernen Abhärtung gebracht wird, unterliegt dem Bedürfnis sinnlicher Befriedigungen weniger als der ausschließlich mit geistiger Kost gefütterte Stubenhocker. Eine vernünftige Erziehung aber hat dies zu berücksichtigen. Sie darf ferner nicht aus dem Auge verlieren, daß die Erwartungen des gesunden jungen Mannes von der Frau andere sein werden als die eines vorzeitig verdorbenen Schwächlings.

So muß die ganze Erziehung darauf eingestellt werden, die freie Zeit des Jungen zu einer nützlichen Ertüchtigung seines Körpers zu verwenden. Er hat kein Recht, in diesen Jahren müßig herumzulungern, Straßen und Kinos unsicher zu machen, sondern soll nach seinem sonstigen Tageswerk den jungen Leib stählen und hart machen, auf daß ihn dereinst auch das Leben nicht zu weich finden möge. Dies anzubahnen und auch durchzuführen, zu lenken und zu leiten ist die Aufgabe der Jugenderziehung, und nicht das ausschließliche Einpumpen sogenannter Weisheit. Sie hat auch mit der Vorstellung aufzuräumen, als ob die Behandlung seines Körpers jedes einzelnen Sache selber wäre. Es gibt keine Freiheit, auf Kosten der Nachwelt und damit der Rasse zu sündigen.

Gleichlaufend mit der Erziehung des Körpers hat der Kampf gegen die Vergiftung der Seele einzusetzen. Unser gesamtes öffentliches Leben gleicht heute einem Treibhaus sexueller Vorstellungen und Reize. Man betrachte doch den Speisezettel unserer Kinos, Varietés und Theater, und man kann wohl kaum leugnen, daß dies nicht die richtige Kost, vor allem für die Jugend, ist. In Auslagen und an Anschlagsäulen wird mit den niedrigsten Mitteln gearbeitet, um die Aufmerksamkeit der Menge auf sich zu ziehen. Daß dies für die Jugend zu außerordentlich schweren Schädigungen führen muß, ist wohl jedem, der nicht die Fähigkeit, sich in ihre Seele hineinzudenken, verloren hat, verständlich. Diese sinnlich schwüle Atmosphäre führt zu Vorstellungen und Erregungen in einer Zeit, da der Knabe für solche Dinge noch gar kein Verständnis haben dürfte. Das Ergebnis dieser Art von Erziehung kann man an der heutigen Jugend in nicht gerade erfreulicher Weise studieren. Sie ist frühreif und damit auch vorzeitig alt geworden. Aus den Gerichtssälen dringen manches Mal Vorgänge an die Öffentlichkeit, die grauenhafte Einblicke in das Seelenleben unserer 14und 15jährigen gestatten. Wer will sich da wundern, daß schon in diesen Alterskreisen die Syphilis ihre Opfer zu suchen beginnt? Und ist es nicht ein Jammer, zu sehen, wie so mancher körperlich schwächliche, geistig aber verdorbene junge Mensch seine Einführung in die Ehe durch eine großstädtische Hure vermittelt erhält?

Nein, wer der Prostitution zu Leibe gehen will, muß in erster Linie die geistige Voraussetzung zu derselben beseitigen helfen. Er muß mit dem Unrat unserer sittlichen Verpestung der großstädtischen „Kultur" aufräumen, und zwar rücksichtslos und ohne Schwanken vor allem Geschrei und Gezeter, das natürlich losgelassen werden wird. Wenn wir die Jugend nicht aus dem Morast ihrer heutigen Umgebung herausheben, wird sie in demselben untersinken. Wer diese Dinge nicht sehen will, unterstützt sie und macht sich dadurch zum Mitschuldigen an der langsamen Prostituierung unserer Zukunft, die nun einmal in der werdenden Generation liegt. Dieses Reinemachen unserer Kultur hat sich auf fast alle Gebiete zu erstrecken. Theater, Kunst, Literatur, Kino, Presse, Plakat und Auslagen sind von den Erscheinungen einer verfaulenden Welt zu säubern und in den Dienst einer sittlichen Staatsund Kulturidee zu stellen. Das öffentliche Leben muß von dem erstickenden Parfüm unserer modernen Erotik befreit werden, genau so wie von jeder unmännlichen prüden Unaufrichtigkeit. In allen diesen Dingen muß das Ziel und der Weg bestimmt werden von der Sorge für die Erhaltung der Gesundheit unseres Volkes an Leib und Seele. Das Recht der persönlichen Freiheit tritt zurück gegenüber der Pflicht der Erhaltung der Rasse.

Erst nach der Durchführung dieser Maßnahmen kann der medizinische Kampf gegen die Seuche selber mit einiger Aussicht auf Erfolg durchgeführt werden. Allein auch dabei kann es sich nicht um halbe Maßregeln handeln, sondern auch hier wird man zu den schwersten und einschneidendsten Entschlüssen kommen müssen. Es ist eine Halbheit, unheilbar kranken Menschen die dauernde Möglichkeit einer Verseuchung der übrigen gesunden zu gewähren. Es entspricht dies einer Humanität, die, um dem einen nicht wehe zu tun, hundert andere zugrunde gehen läßt. Die Forderung, daß defekten Menschen die Zeugung anderer ebenso defekter Nachkommen unmöglich gemacht wird, ist eine Forderung klarster Vernunft und bedeutet in ihrer planmäßigen Durchführung die humanste Tat der Menschheit. Sie wird Millionen von Unglücklichen unverdiente Leiden ersparen, in der Folge aber zu einer steigenden Gesundung überhaupt führen. Die Entschlossenheit, in dieser Richtung vorzugehen, wird auch der Weiterverbreitung der Geschlechtskrankheiten einen Damm entgegensetzen. Denn hier wird man, wenn nötig, zur unbarmherzigen Absonderung unheilbar Erkrankter schreiten müssen – eine barbarische Maßnahme für den unglücklich davon Betroffenen, aber ein Segen für die Mitund Nachwelt. Der vorübergehende Schmerz eines Jahrhunderts kann und wird Jahrtausende vom Leid erlösen.

Der Kampf gegen die Syphilis und ihre Schrittmacherin, die Prostitution, ist eine der ungeheuersten Aufgaben der Menschheit, ungeheuer deshalb, weil es sich dabei nicht um die Lösung einer einzelnen Frage an sich handelt, sondern um die Beseitigung einer ganzen Reihe von Schäden, die eben als Folgeerscheinung zu dieser Seuche Veranlassung geben. Denn die Erkrankung des Leibes ist hier nur das Ergebnis einer Erkrankung der sittlichen, sozialen und rassischen Instinkte.

Wird dieser Kampf aber aus Bequemlichkeit oder auch Feigheit nicht ausgefochten, dann möge man sich in fünfhundert Jahren die Völker ansehen. Ebenbilder Gottes dürfte man nur mehr sehr wenige finden, ohne des Allerhöchsten freveln zu wollen.

Wie aber hatte man im alten Deutschland versucht, sich mit dieser Seuche auseinanderzusetzen? Bei ruhiger Prüfung ergibt sich darauf eine wirklich betrübliche Antwort. Sicher erkannte man in den Kreisen der Regierungen die entsetzlichen Schäden dieser Krankheit sehr wohl, wenn man sich auch vielleicht die Folgen nicht ganz zu überlegen vermochte; allein im Kampfe dagegen versagte man vollständig und griff statt zu durchgreifenden Reformen lieber zu jämmerlichen Maßnahmen. Man dokterte an der Krankheit herum und ließ die Ursachen Ursachen sein. Man unterzog die einzelne Prostituierte einer ärztlichen Untersuchung, beaufsichtigte sie, so gut es eben gehen mochte, und steckte sie im Falle einer festgestellten Krankheit in irgendein Lazarett, aus dem sie nach äußerlich erfolgter Heilung wieder auf die andere Menschheit losgelassen wurde.

Man hatte freilich einen „Schutzparagraphen" eingeführt, nach dem der nicht ganz Gesunde oder Geheilte bei Strafe den sexuellen Verkehr zu meiden habe. Sicher ist diese Maßnahme an sich richtig, allein in der praktischen Durchführung versagte sie so gut wie vollständig. Erstens wird es die Frau im Falle eines sie dadurch treffenden Unglückes – schon infolge unserer oder besser ihrer Erziehung – in den meisten Fällen wohl ablehnen, sich als Zeugin gegen den elenden Dieb ihrer Gesundheit – unter doch oft peinlichen Begleitumständen – auch noch in den Gerichtssaal hineinzerren zu lassen. Gerade ihr nützt dies sehr wenig, sie wird ohnehin in den meisten Fällen die darunter am meisten Leidende sein – trifft sie doch die Verachtung ihrer lieblosen Umgebung noch viel schwerer, als dies beim Manne der Fall wäre. Endlich stelle man sich ihre Lage vor, wenn der Überbringer der Krankheit der eigene Gatte ist! Soll sie nun klagen? Oder was soll sie dann tun?

Bei dem Manne aber kommt die Tatsache hinzu, daß er leider nur zu häufig gerade nach reichlichem Alkoholgenuß dieser Pest in den Weg läuft, da er in diesem Zustande am wenigsten in der Lage ist, die Qualitäten seiner „Schönen" zu beurteilen, was der ohnehin kranken Prostituierten auch nur zu genau bekannt ist und sie deshalb immer veranlaßt, gerade nach Männern in diesem idealen Zustande zu angeln. Das Ende aber ist, daß der später unangenehm Überraschte auch bei eifrigstem Nachdenken sich seiner barmherzigen Beglückerin nicht mehr zu erinnern vermag, was einen in einer Stadt wie Berlin oder selbst München nicht wundernehmen darf. Dazu kommt noch, daß es sich oft um Besucher aus der Provinz handelt, die dem ganzen Großstadtzauber ohnehin vollkommen ratlos gegenüberstehen.

Endlich aber: Wer kann denn wissen, ob er nun krank oder gesund ist? Kommen nicht zahlreiche Fälle vor, in denen ein scheinbar Geheilter wieder rückfällig wird und nun entsetzliches Unheil anrichtet, ohne es zunächst auch nur selber zu ahnen?

So ist also die praktische Wirkung dieses Schutzes durch die gesetzliche Bestrafung einer schuldigen Ansteckung in Wirklichkeit gleich Null. Ganz das gleiche gilt von der Beaufsichtigung der Prostituierten, und endlich ist auch die Heilung selber sogar heute noch unsicher und zweifelhaft. Sicher ist nur eines: die Seuche griff trotz aller Maßnahmen immer weiter um sich. Dadurch aber wird auf das schlagendste die Wirkungslosigkeit derselben bestärkt.

Denn alles, was sonst noch geschah, war ebenso ungenügend wie lächerlich. Die seelische Prostituierung des Volkes wurde nicht verhindert; man tat auch überhaupt nichts zur Verhinderung.

Wer aber geneigt ist, dies alles auf die leichte Schulter zu nehmen, der studiere nur einmal die statistischen Grundlagen über die Verbreitung dieser Pest, vergleiche ihr Wachstum seit den letzten hundert Jahren, denke sich dann in diese Weiterentwicklung hinein – und er müßte schon die Einfalt eines Esels besitzen, wenn ihm nicht ein unangenehmes Frösteln über den Rücken liefe!

Die Schwäche und Halbheit, mit der man schon im alten Deutschland zu einer so furchtbaren Erscheinung Stellung nahm, darf als sichtbares Verfallszeichen eines Volkes gewertet werden. Wenn die Kraft zum Kampfe um die eigene Gesundheit nicht mehr vorhanden ist, endet das Recht zum Leben in dieser Welt des Kampfes. Sie gehört nur dem kraftvollen „Ganzen" und nicht dem schwachen „Halben".

Eine der ersichtlichsten Verfallserscheinungen des alten Reiches war das langsame Herabsinken der allgemeinen Kulturhöhe, wobei ich unter Kultur nicht das meine, was man heute mit dem Worte Zivilisation bezeichnet. Diese scheint im Gegenteil eher eine Feindin wahrer Geistesund Lebenshöhe zu sein.

Schon vor der Jahrhundertwende begann sich in unsere Kunst ein Element einzuschieben, das bis dorthin als vollkommen fremd und unbekannt gelten durfte. Wohl fanden auch in früheren Zeiten manchmal Verirrungen des Geschmackes statt, allein es handelte sich in solchen Fällen doch mehr um künstlerische Entgleisungen, denen die Nachwelt wenigstens einen gewissen historischen Wert zuzubilligen vermochte, als um Erzeugnisse einer überhaupt nicht mehr künstlerischen, sondern vielmehr geistigen Entartung bis zur Geistlosigkeit. In ihnen begann sich der später freilich besser sichtbar werdende politische Zusammenbruch schon kulturell anzuzeigen.

Der Bolschewismus der Kunst ist die einzig mögliche kulturelle Lebensform und geistige Äußerung des Bolschewismus überhaupt.

Wem dieses befremdlich vorkommt, der braucht nur die Kunst der glücklich bolschewisierten Staaten einer Betrachtung zu unterziehen, und er wird mit Schrecken die krankhaften Auswüchse irrsinniger und verkommener Menschen, die wir unter den Sammelbegriffen des Kubismus und Dadaismus seit der Jahrhundertwende kennenlernten, dort als die offiziell staatlich anerkannte Kunst bewundern können. Selbst in der kurzen Periode der bayerischen Räterepublik war diese Erscheinung schon zutage getreten. Schon hier konnte man sehen, wie die gesamten offiziellen Plakate, Propagandazeichnungen in den Zeitungen usw. den Stempel nicht nur des politischen Verfalls, sondern auch den des kulturellen an sich trugen.

So wenig etwa noch vor sechzig Jahren ein politischer Zusammenbruch von der jetzt erreichten Größe denkbar gewesen wäre, so wenig auch ein kultureller, wie er sich in futuristischen und kubistischen Darstellungen seit 1900 zu zeigen begann. Vor sechzig Jahren wäre eine Ausstellung von sogenannten dadaistischen „Erlebnissen" als einfach unmöglich erschienen, und die Veranstalter würden in das Narrenhaus gekommen sein, während sie heute sogar in Kunstverbänden präsidieren. Diese Seuche konnte damals nicht auftauchen, weil weder die öffentliche Meinung dies geduldet, noch der Staat ruhig zugesehen hätte. Denn es ist Sache der Staatsleitung, zu verhindern, daß ein Volk dem geistigen Wahnsinn in die Arme getrieben wird. Bei diesem aber müßte eine derartige Entwicklung doch eines Tages enden. An dem Tage nämlich, an dem diese Art von Kunst wirklich der allgemeinen Auffassung entspräche, wäre eine der schwerwiegendsten Wandlungen der Menschheit eingetreten; die Rückentwicklung des menschlichen Gehirns hätte damit begonnen, das Ende aber vermöchte man sich kaum auszudenken.

Sobald man erst von diesem Gesichtspunkte aus die Entwicklung unseres Kulturlebens seit den letzten fünfundzwanzig Jahren vor dem Auge vorbeiziehen läßt, wird man mit Schrecken sehen, wie sehr wir bereits in dieser Rückbildung begriffen sind. Überall stoßen wir auf Keime, die den Beginn von Wucherungen verursachen, an denen unsere Kultur früher oder später zugrunde gehen muß. Auch in ihnen können wir die Verfallserscheinungen einer langsam abfaulenden Welt erkennen. Wehe den Völkern, die dieser Krankheit nicht mehr Herr zu werden vermögen!

Solche Erkrankungen konnte man in Deutschland fast auf allen Gebieten der Kunst und Kultur überhaupt feststellen. Alles schien hier den Höhepunkt schon überschritten zu haben und dem Abgrunde zuzueilen. Das Theater sank zusehends tiefer und wäre wohl schon damals restlos als Kulturfaktor ausgeschieden, hätten nicht wenigstens die Hoftheater sich noch gegen die Prostituierung der Kunst gewendet. Sieht man von ihnen und einigen weiteren rühmenswerten Ausnahmen ab, so waren die Darbietungen der Schaubühne derart, daß es für die Nation zweckmäßiger gewesen wäre, ihren Besuch ganz zu meiden. Es war ein trauriges Zeichen des inneren Verfalls, daß man die Jugend in die meisten dieser sogenannten „Kunststätten" gar nicht mehr schicken durfte, was auch ganz schamlos offen zugegeben wurde mit der allgemeinen PanoptikumWarnung: „Jugendliche haben keinen Zutritt!"

Man bedenke, daß man solche Vorsichtsmaßnahmen an den Stätten üben mußte, die in erster Linie für die Bildung der Jugend da sein müßten und nicht zur Ergötzung alter, blasierter Lebensschichten dienen dürften. Was würden wohl die großen Dramatiker aller Zeiten zu einer derartigen Maßregel gesagt haben, und was vor allem zu den Umständen, die dazu die Veranlassung gaben? Wie wäre Schiller aufgeflammt, wie würde sich Goethe empört abgewendet haben!

Aber freilich, was sind denn Schiller, Goethe oder Shakespeare gegenüber den Heroen der neueren deutschen Dichtkunst! Alte, abgetragene und überlebte, nein, überwundene Erscheinungen. Denn das war das Charakteristische dieser Zeit: nicht daß sie selber nur mehr Schmutz produzierte, besudelte sie obendrein alles wirklich Große der Vergangenheit. Das ist allerdings eine Erscheinung, die man immer zu solchen Zeiten beobachten kann. Je niederträchtiger und elender die Erzeugnisse einer Zeit und ihrer Menschen sind, um so mehr haßt man die Zeugen einer einstigen größeren Höhe und Würde. Am liebsten möchte man in solchen Zeiten die Erinnerung an die Vergangenheit der Menschheit überhaupt tilgen, um durch die Ausschaltung jeder Vergleichsmöglichkeit den eigenen Kitsch immerhin noch als „Kunst" vorzutäuschen. Daher wird jede neue Institution, je elender und miserabler sie ist, um so mehr die letzten Spuren der vergangenen Zeit zu löschen trachten, während jede wirklich wertvolle Erneuerung der Menschheit auch unbekümmert an die guten Errungenschaften vergangener Generationen anknüpfen kann, ja diese oft erst zur Geltung zu bringen versucht. Sie braucht nicht zu befürchten, etwa vor der Vergangenheit zu verblassen, sondern sie gibt von sich aus dem allgemeinen Schatz der menschlichen Kultur einen so wertvollen Beitrag, daß sie oft gerade zu dessen voller Würdigung die Erinnerung an die früheren Leistungen selber wachhalten möchte, um so der neuen Gabe erst recht das volle Verständnis der Gegenwart zu sichern. Nur wer der Welt von sich aus gar nichts Wertvolles zu schenken vermag, aber zu tun versucht, als ob er ihr weiß Gott was geben wollte, wird alles wirklich schon Gegebene hassen und am liebsten verneinen oder gar vernichten.

Dies gilt keineswegs bloß für Neuerscheinungen auf dem Gebiete der allgemeinen Kultur, sondern auch für solche der Politik. Revolutionäre neue Bewegungen werden die alten Formen um so mehr hassen, je minderwertiger sie selber sind. Auch hier kann man sehen, wie die Sorge, den eigenen Kitsch als etwas Beachtenswertes erscheinen zu lassen, zum blinden Haß gegen das überlegene Gute der Vergangenheit führt. Solange zum Beispiel die geschichtliche Erinnerung an Friedrich den Großen nicht erstorben ist, vermag Friedrich Ebert nur bedingtes Erstaunen hervorzurufen. Der Held von Sanssouci verhält sich zum ehemaligen Bremenser Kneipenwirt ungefähr wie die Sonne zum Mond; erst wenn die Strahlen der Sonne verlöschen, vermag der Mond zu glänzen. Es ist deshalb auch der Haß aller Neumonde der Menschheit gegen die Fixsterne nur zu begreiflich. Im politischen Leben pflegen solche Nullen, wenn ihnen das Schicksal die Herrschaft vorübergehend in den Schoß wirft, nicht nur mit unermüdlichem Eifer die Vergangenheit zu besudeln und zu beschmutzen, sondern sich selbst auch mit äußeren Mitteln der allgemeinen Kritik zu entziehen. Als Beispiel hierfür kann die Republik-Schutzgesetzgebung des neuen Deutschen Reiches gelten.

Wenn daher irgendeine neue Idee, eine Lehre, eine neue Weltanschauung oder auch politische sowie wirtschaftliche Bewegung die gesamte Vergangenheit zu leugnen versucht, sie schlecht und wertlos machen will, so muß man schon aus diesem Anlaß äußerst vorsichtig und mißtrauisch sein. Meistens ist der Grund zu solchem Haß entweder nur die eigene Minderwertigkeit oder gar eine schlechte Absicht an sich. Eine wirklich segensreiche Erneuerung der Menschheit wird immer und ewig dort weiter zu bauen haben, wo das letzte gute Fundament aufhört. Sie wird sich der Verwendung bereits bestehender Wahrheiten nicht zu schämen brauchen. Ist doch die gesamte menschliche Kultur sowie auch der Mensch selber nur das Ergebnis einer einzigen langen Entwicklung, in der jede Generation ihren Baustein zutrug und einfügte. Der Sinn und Zweck von Revolutionen ist dann nicht der, das ganze Gebäude einzureißen, sondern schlecht Gefügtes oder Unpassendes zu entfernen und an der dann wieder freigelegten gesunden Stelle weiterund anzubauen.

So allein wird man von einem Fortschritt der Menschheit sprechen können und dürfen. Im anderen Falle würde die Welt vom Chaos nie erlöst, da ja das Recht zur Ablehnung der Vergangenheit jeder Generation zukäme und mithin jede als Voraussetzung der eigenen Arbeit die Werke der Vergangenheit zerstören dürfte.

So war das Traurigste am Zustand unserer Gesamtkultur der Vorkriegszeit nicht nur die vollkommene Impotenz der künstlerischen und allgemeine kulturellen Schöpferkraft, sondern der Haß, mit dem die Erinnerung der größeren Vergangenheit besudelt und ausgelöscht wurde. Fast auf allen Gebieten der Kunst, besonders in Theater und Literatur, begann man um die Jahrhundertwende weniger bedeutendes Neues zu produzieren, als vielmehr das beste Alte herunterzusetzen und als minderwertig und überwunden hinzustellen; als ob diese Zeit der beschämendsten Minderwertigkeit überhaupt etwas zu überwinden vermöchte. Aus diesem Streben aber, die Vergangenheit dem Auge der Gegenwart zu entziehen, ging die böse Absicht dieser Apostel der Zukunft klar und deutlich hervor. Daran hätte man erkennen sollen, daß es sich hier nicht um neue, wenn auch falsche kulturelle Auffassungen handelte, sondern um einen Prozeß der Zerstörung der Grundlagen der Kultur überhaupt, um eine dadurch möglich werdende Vernarrung des gesunden Kunstempfindens – und um die geistige Vorbereitung des politischen Bolschewismus. Denn wenn das Perikleische Zeitalter durch den Parthenon verkörpert erscheint, dann die bolschewistische Gegenwart durch eine kubistische Fratze.

In diesem Zusammenhange muß auch auf die hierbei wieder sichtbare Feigheit bei dem Teil unseres Volkes hingewiesen werden, der auf Grund seiner Bildung und seiner Stellung verpflichtet gewesen wäre, gegen diese Kulturschande Front zu machen. Aus lauter Furcht vor dem Geschrei der bolschewistischen Kunstapostel, die jeden, der nicht in ihnen die Krone der Schöpfung erkennen wollte, auf das heftigste angriffen und als rückständigen Spießer festnagelten, verzichtete man auf allen ernstlichen Widerstand und fügte sich in das, wie es eben schien, ja doch Unvermeidliche. Man bekam förmlich Angst, von diesen Halbnarren oder Gaunern der Verständnislosigkeit gezogen zu werden; als ob es eine Schande wäre, die Produkte geistiger Degeneraten oder gerissener Betrüger nicht zu verstehen. Diese Kulturjünger besaßen freilich ein sehr einfaches Mittel, ihren Unsinn zu einer weiß Gott wie gewaltigen Sache zu stempeln; sie stellten jedes unverständliche und ersichtlich verrückte Zeug als sogenanntes inneres Erleben der staunenden Mitwelt vor, auf so billige Weise den meisten Menschen das Wort der Entgegnung von vornherein aus dem Munde nehmend. Denn daran, daß auch dies ein inneres Erleben sein könnte, war ja gar nicht zu zweifeln, wohl aber daran, ob es angängig ist, der gesunden Welt die Halluzinationen von Geisteskranken oder Verbrechern vorzusetzen. Die Werke eines Moritz von Schwind oder eines Böcklin waren auch inneres Erleben, nur eben von Künstlern gottbegnadeter Art und nicht von Hanswursten.

Da aber konnte man so recht die jammervolle Feigheit unserer sogenannten Intelligenz studieren, die sich um jeden ernstlichen Widerstand gegen diese Vergiftung des gesunden Instinktes unseres Volkes herumdrückte, und es dem Volke selber überließ, sich mit diesem frechen Unsinn abzufinden. Um nicht als kunstunverständig zu gelten, nahm man jede Kunstverhöhnung in Kauf, um endlich in der Beurteilung von gut und schlecht wirklich unsicher zu werden. Alles in allem genommen aber waren dies Zeichen einer böse werdenden Zeit.

X X X

Als bedenkliches Merkmal muß noch folgendes festgestellt werden:

Im neunzehnten Jahrhundert begannen unsere Städte immer mehr den Charakter von Kulturstätten zu verlieren und zu reinen Menschenansiedlungen herabzusinken. Die geringe Verbundenheit, die unser heutiges Großstadtproletariat mit seinem Wohnort besitzt, ist die Folge davon, daß es sich hier wirklich nur um den zufälligen örtlichen Aufenthaltsraum des einzelnen handelt und um weiter nichts. Zum Teil hängt dies mit dem durch die sozialen Verhältnisse bedingten häufigen Wechsel des Wohnortes zusammen, die dem Menschen nicht die Zeit zu einer engeren Verbindung mit seiner Stadt gibt, zum anderen aber ist die Ursache hierfür auch in der allgemeinen kulturellen Bedeutungslosigkeit und Ärmlichkeit unserer heutigen Städte an sich zu suchen.

Noch zur Zeit der Befreiungskriege waren die deutschen Städte nicht nur der Zahl nach gering, sondern auch der Größe nach bescheiden. Die wenigen wirklichen Großstädte waren zum größten Teil Residenzen und besaßen als solche fast immer einen bestimmten kulturellen Wert und meist auch ein bestimmtes künstlerisches Bild. Die paar Orte von mehr als fünfzigtausend Einwohnern waren gegen Städte mit gleicher Bevölkerung von heute reich an wissenschaftlichen und künstlerischen Schätzen. Als München sechzigtausend Seelen zählte, schickte es sich schon an, eine der ersten deutschen Kunststätten zu werden; heute hat fast jeder Fabrikort diese Zahl erreicht, wenn nicht schon vielfach überschritten, ohne manchmal aber auch nur das geringste an wirklichen Werten sein eigen nennen zu können. Reine Ansammlungen von Wohnund Mietskasernen, weiter nichts. Wie bei derartiger Bedeutungslosigkeit eine besondere Verbundenheit mit einem solchen Ort entstehen soll, muß ein Rätsel sein. Niemand wird an einer Stadt besonders hängen, die nichts weiter zu bieten hat als eben jede andere auch, der jede individuelle Note fehlt, und in der peinlich alles vermieden wurde, was nach Kunst oder ähnlichem auch nur aussehen könnte.

Aber nicht genug an dem, auch die wirklichen Großstädte werden mit der steigenden Zunahme der Volkszahl im Verhältnis immer ärmer an wirklichen Kunstwerken. Sie erscheinen immer abgeschliffener und ergeben ganz das gleiche Bild, wenn auch in größerem Umfange, wie die kleinen armseligen Fabrikorte. Was die neuere Zeit zu dem kulturellen Inhalt unserer Großstädte hinzugefügt hat, ist vollkommen unzulänglich. Alle unsere Städte zehren vom Ruhme und den Schätzen der Vergangenheit. Man nehme aus dem jetzigen München doch einmal alles weg, was unter Ludwig I. geschaffen wurde, und man wird mit Entsetzen sehen, wie armselig der Zuwachs seit dieser Zeit an bedeutenden künstlerischen Schöpfungen ist. Das gleiche gilt auch für Berlin und die meisten anderen Großstädte.

Das Wesentliche aber ist doch noch folgendes: Unsere heutigen Großstädte besitzen keine das ganze Stadtbild beherrschenden Denkmäler, die irgendwie als Wahrzeichen der ganzen Zeit angesprochen werden könnten. Dies aber war in den Städten des Altertums der Fall, da fast jede ein besonderes Monument ihres Stolzes besaß. Nicht in den Privatbauten lag das Charakteristische der antiken Stadt, sondern in den Denkmälern der Allgemeinheit, die nicht für den Augenblick, sondern für die Ewigkeit bestimmt schienen, weil sich in ihnen nicht der Reichtum eines einzelnen Besitzers, sondern die Größe und Bedeutung der Allgemeinheit widerspiegeln sollte. So entstanden Denkmäler, die sehr wohl geeignet waren, den einzelnen Bewohner in einer Weise mit seiner Stadt zu verbinden, die uns heute manchmal fast unverständlich vorkommt. Denn was dieser vor Augen hatte, waren weniger die ärmlichen Häuser privater Besitzer als die Prachtbauten der ganzen Gemeinschaft. Ihnen gegenüber sank das Wohnhaus wirklich zu einer unbedeutenden Nebensächlichkeit zusammen.

Wenn man die Größenverhältnisse der antiken Staatsbauten mit den gleichzeitigen Wohnhäusern vergleicht, so wird man erst die überragende Wucht und Gewalt dieser Betonung des Grundsatzes, den Werken der Öffentlichkeit in die erste Stellung zuzuweisen, verstehen. Was wir heute in den Trümmerhaufen und Ruinenfeldern der antiken Welt als wenige noch aufragende Kolosse bewundern, sind nicht einstige Geschäftspaläste, sondern Tempel und Staatsbauten; also Werke, deren Besitzer die Allgemeinheit war. Selbst im Prunke des Roms der Spätzeit nahmen den ersten Platz nicht die Villen und Paläste einzelner Bürger, sondern die Tempel und Thermen, die Stadien, Zirkusse, Aquädukte, Basiliken usw. des Staates, also des ganzen Volkes ein.

Sogar das germanische Mittelalter hielt den gleichen leitenden Grundsatz, wenn auch unter gänzlich anderen Kunstauffassungen, aufrecht. Was im Altertum in der Akropolis oder dem Pantheon seinen Ausdruck fand, hüllte sich nun in die Formen des gotischen Domes. Wie Riesen ragten diese Monumentalbauten über das kleine Gewimmel von Fachwerk-, Holzoder Ziegelbauten der mittelalterlichen Stadt empor und wurden zu Wahrzeichen, die selbst heute noch, da neben ihnen die Mietskasernen immer höher emporklettern, den Charakter und das Bild dieser Orte bestimmen. Münster, Rathäuser und Schrannenhallen sowie Wehrtürme sind das sichtbare Zeichen einer Auffassung, die im letzten Grunde wieder nur der der Antike entsprach.

Wie wahrhaft jammervoll aber ist das Verhältnis zwischen Staatsund Privatbau heute geworden! Würde das Schicksal Roms Berlin treffen, so könnten die Nachkommen als gewaltigste Werke unserer Zeit dereinst die Warenhäuser einiger Juden und die Hotels einiger Gesellschaften als charakteristischen Ausdruck der Kultur unserer Tage bewundern. Man vergleiche doch das böse Mißverhältnis, das in einer Stadt wie selbst Berlin zwischen den Bauten des Reiches und denen der Finanz und des Handels herrscht.

Schon der für die Staatsbauten aufgewendete Betrag ist meistens wahrhaft lächerlich und ungenügend. Es werden nicht Werke für die Ewigkeit geschaffen, sondern meistens nur für den augenblicklichen Bedarf. Irgendein höherer Gedanke herrscht dabei überhaupt nicht vor. Das Berliner Schloß war zur Zeit seiner Erbauung ein Werk von anderer Bedeutung als es etwa die neue Bibliothek im Rahmen der Gegenwart ist. Während ein einziges Schlachtschiff einen Wert von rund sechzig Millionen darstellte, wurde für den ersten Prachtbau des Reiches, der für die Ewigkeit bestimmt sein sollte, das Reichstagsgebäude, kaum die Hälfte bewilligt. Ja, als die Frage der inneren Ausstattung zur Entscheidung kam, stimmte das Hohe Haus gegen die Verwendung von Stein und befahl, die Wände mit Gips zu verkleiden; dieses Mal allerdings hatten die Parlamentarier ausnahmsweise wirklich recht gehandelt; Gipsköpfe gehören auch nicht zwischen Steinmauern.

So fehlt unseren Städten der Gegenwart das überragende Wahrzeichen der Volksgemeinschaft, und man darf sich deshalb auch nicht wundern, wenn diese in ihren Städten kein Wahrzeichen ihrer selbst sieht. Es muß zu einer Veröffung kommen, die sich in der gänzlichen Teilnahmslosigkeit des heutigen Großstädters am Schicksal seiner Stadt praktisch auswirkt.

Auch dieses ist ein Zeichen unserer sinkenden Kultur und unseres allgemeinen Zusammenbruches. Die Zeit erstickt in kleinster Zweckmäßigkeit, besser gesagt, im Dienste des Geldes. Da aber darf man sich auch nicht wundern, wenn unter einer solchen Gottheit wenig Sinn für Heroismus übrigbleibt. Die heutige Gegenwart erntet nur, was die letzte Vergangenheit gesät hat.

X X X

Alle diese Verfallserscheinungen sind im letzten Grunde nur Folgen des Mangels einer bestimmten, gleichmäßig anerkannten Weltanschauung sowie der daraus sich ergebenden allgemeinen Unsicherheit in der Beurteilung und der Stellungnahme zu den einzelnen großen Fragen der Zeit. Daher ist auch, angefangen bei der Erziehung, alles halb und schwankend, scheut die Verantwortung und endet so in feiger Duldung selbst erkannter Schäden. Der Humanitätsdusel wird Mode, und indem man den Auswüchsen schwächlich nachgibt und einzelne schont, opfert man die Zukunft von Millionen.

Wie sehr die allgemeine Zerrissenheit um sich greift, zeigt eine Betrachtung der religiösen Zustände vor dem Kriege. Auch hier war eine einheitliche und wirksame weltanschauungsmäßige Überzeugung in großen Teilen der Nation längst verlorengegangen. Dabei spielen die sich offiziell von den Kirchen lösenden Anhänger eine kleinere Rolle als die überhaupt Gleichgültigen. Während die beiden Konfessionen in Asien und Afrika Missionen aufrechterhalten, um neue Anhänger ihrer Lehre zuzuführen – eine Tätigkeit, die gegenüber dem Vordringen besonders des mohammedanischen Glaubens nur sehr bescheidene Erfolge aufzuweisen hat –, verlieren sie in Europa selber Millionen und abermals Millionen von innerlichen Anhängern, die dem religiösen Leben entweder überhaupt fremd gegenüberstehen oder doch ihre eigenen Wege wandeln. Die Folgen sind besonders in sittlicher Hinsicht keine günstigen.

Bemerkenswert ist auch der immer heftiger einsetzende Kampf gegen die dogmatischen Grundlagen der einzelnen Kirchen, ohne die aber auf dieser Welt von Menschen der praktische Bestand eines religiösen Glaubens nicht denkbar ist. Die breite Masse eines Volkes besteht nicht aus Philosophen; gerade aber für die Masse ist der Glaube häufig die einzige Grundlage einer sittlichen Weltanschauung überhaupt. Die verschiedenen Ersatzmittel haben sich im Erfolg nicht so zweckmäßig erwiesen, als daß man in ihnen eine nützliche Ablösung der bisherigen religiösen Bekenntnisse zu erblicken vermöchte. Sollen aber die religiöse Lehre und der Glaube die breiten Schichten wirklich erfassen, dann ist die unbedingte Autorität des Inhalts dieses Glaubens das Fundament jeder Wirksamkeit. Was dann für das allgemeine Leben der jeweilige Lebensstil ist, ohne den sicherlich auch Hunderttausende von hochstehenden Menschen vernünftig und klug leben würden, Millionen andere aber eben nicht, das sind für den Staat die Staatsgrundgesetze und für die jeweilige Religion die Dogmen. Durch sie erst wird die schwankende und unendlich auslegbare, rein geistige Idee bestimmt abgesteckt und in eine Form gebracht, ohne die sie niemals Glauben werden könnte. Im anderen Falle würde die Idee über eine metaphysische Anschauung, ja, kurz gesagt, philosophische Meinung nie hinauswachsen. Der Angriff gegen die Dogmen an sich gleicht deshalb auch sehr stark dem Kampfe gegen die allgemeinen gesetzlichen Grundlagen des Staates, und so wie dieser sein Ende in einer vollständigen staatlichen Anarchie finden würde, so der andere in einem wertlosen religiösen Nihilismus.

Für den Politiker aber darf die Abschätzung des Wertes einer Religion weniger durch die ihr etwa anhaftenden Mängel bestimmt werden als vielmehr durch die Güte eines ersichtlich besseren Ersatzes. Solange aber ein solcher anscheinend fehlt, kann das Vorhandene nur von Narren oder Verbrechern demoliert werden.

Freilich haben nicht die kleinste Schuld an den nicht sehr erfreulichen religiösen Zuständen diejenigen, die die religiöse Vorstellung zu sehr mit rein irdischen Dingen belasten und so häufig in einen gänzlich unnötigen Konflikt mit der sogenannten exakten Wissenschaft bringen. Hier wird der Sieg, wenn auch nach schwerem Kampfe, der letzteren fast immer zufallen, die Religion aber in den Augen all derjenigen, die sich über ein rein äußerliches Wissen nicht zu erheben vermögen, schweren Schaden leiden.

Am ärgsten sind jedoch die Verwüstungen, die durch den Mißbrauch der religiösen Überzeugung zu politischen Zwekken hervorgerufen werden. Man kann wirklich gar nicht scharf genug gegen jene elenden Schieber auftreten, die in der Religion ein Mittel sehen wollen, das ihnen politische, besser geschäftliche Dienste zu leisten habe. Diese frechen Lügenmäuler schreien freilich mit Stentorstimme, damit es ja die anderen Sünder hören können, ihr Glaubensbekenntnis in alle Welt hinaus, allein nicht, um dafür, wenn nötig, auch zu sterben, sondern um besser leben zu können. Für eine einzige politische Schiebung von entsprechendem Werte ist ihnen der Sinn eines ganzen Glaubens feil; für zehn Parlamentsmandate verbinden sie sich mit den marxistischen Todfeinden jeder Religion – und für einen Ministerstuhl gingen sie wohl auch die Ehe mit dem Teufel ein, sofern diesen nicht noch ein Rest von Anstand verscheuchen würde.

Wenn in Deutschland vor dem Kriege das religiöse Leben für viele einen unangenehmen Beigeschmack erhielt, so war dies dem Mißbrauch zuzuschreiben, der von seiten einer sogenannten „christlichen" Partei mit dem Christentum getrieben wurde, sowie der Unverschämtheit, mit der man den katholischen Glauben mit einer politischen Partei zu identifizieren versuchte.

Diese Unterschiebung war ein Verhängnis, das einer Reihe von Nichtsnutzen wohl Parlamentsmandate, der Kirche aber Schaden einbrachte.

Das Ergebnis jedoch hatte die gesamte Nation zu tragen, indem die Folgen der dadurch bedingten Lockerung des religiösen Lebens gerade in eine Zeit fielen, in der ohnehin alles zu weichen und zu wanken begann und die überlieferten Grundlagen von Sitte und Moral zusammenzubrechen drohten.

Auch dieses waren Risse und Sprünge in unserem Volkskörper, die so lange gefahrlos sein konnten, als keine besondere Belastung entstand, die aber zum Unheil werden mußten, wenn durch die Wucht großer Ereignisse die Frage der inneren Festigkeit der Nation eine ausschlaggebende Bedeutung erhielt.

X X X

Ebenso waren auf dem Gebiete der Politik für aufmerksame Augen Schäden vorhanden, die, wenn nicht in absehbarer Zeit eine Besserung oder Änderung vorgenommen wurde, als Zeichen eines kommenden Verfalls des Reiches gelten durften und mußten. Die Ziellosigkeit der deutschen Innenund Außenpolitik war für jeden sichtbar, der nicht absichtlich blind sein wollte. Die Kompromißwirtschaft schien am meisten der Bismarckschen Auffassung zu entsprechen, daß „die Politik eine Kunst des Möglichen" wäre. Nun war aber zwischen Bismarck und den späteren deutschen Kanzlern ein kleiner Unterschied vorhanden, der dem ersteren gestattete, eine solche Äußerung über das Wesen der Politik fallen zu lassen, während die gleiche Auffassung aus dem Munde seiner Nachfolger eine ganz andere Bedeutung erlangen mußte. Denn Bismarck wollte mit diesem Satze nur besagen, daß zur Erreichung eines bestimmten politischen Zieles alle Möglichkeiten zu verwenden bzw. nach allen Möglichkeiten zu verfahren wäre; seine Nachfolger aber sahen in dieser Äußerung die feierliche Entbindung von der Notwendigkeit, überhaupt politische Gedanken oder gar Ziele zu haben. Und politische Ziele waren für die Leitung des Reiches zu dieser Zeit wirklich nicht mehr vorhanden; fehlte hierzu doch die nötige Unterlage einer bestimmten Weltanschauung sowie die notwendige Klarheit über die inneren Entwicklungsgesetze des politischen Lebens überhaupt.

Es gab nicht wenige, die in dieser Richtung trübe sahen und die Planund Gedankenlosigkeit der Reichspolitik geißelten, ihre innere Schwäche und Hohlheit also sehr wohl erkannten, allein es waren dies nur die Außenseiter im politischen Leben; die offiziellen Stellen der Regierung gingen an den Erkenntnissen eines Houston Stewart Chamberlain genau so gleichgültig vorüber, wie es heute noch geschieht. Diese Leute sind zu dumm, selbst etwas zu denken, und zu eingebildet, von anderen das Nötige zu lernen – eine urewige Wahrheit, die Oxenstierna zu dem Ausruf veranlaßte: „Die Welt wird nur von einem Bruchteil der Weisheit regiert", von welchem Bruchteil freilich fast jeder Ministerialrat nur ein Atom verkörpert. Seit Deutschland Republik geworden, trifft dies allerdings nicht mehr zu – es ist deshalb auch durch das Republik-Schutzgesetz verboten worden, so etwas zu glauben oder gar auszusprechen. Für Oxenstierna aber war es ein Glück, schon damals und nicht in dieser gescheiten Republik von heute zu leben.

Als größtes Schwächemoment wurde schon in der Vorkriegszeit vielfach die Institution erkannt, in der sich die Stärke des Reiches verkörpern sollte: das Parlament, der Reichstag. Feigheit und Verantwortungslosigkeit gesellten sich hier in vollendeter Weise.

Es ist eine der Gedankenlosigkeiten, die man heute nicht selten zu hören bekommt, daß der Parlamentarismus in Deutschland „seit der Revolution" versagt habe. Es wird dadurch nur zu leicht der Anschein erweckt, als ob es etwa vor der Revolution anders gewesen wäre. In Wirklichkeit kann diese Einrichtung gar nicht anders als vernichtend wirken – und sie tat dies auch schon zu jener Zeit, da die meisten, noch mit Scheuklappen behangen, nichts sahen oder sehen wollten. Denn daß Deutschland gestürzt wurde, ist nicht zum kleinsten Teile dieser Einrichtung zu verdanken; daß aber die Katastrophe nicht schon früher eintrat, kann nicht als Verdienst des Reichstages gelten, sondern ist dem Widerstande zuzuschreiben, der sich der Tätigkeit dieses Totengräbers der deutschen Nation und des Deutschen Reiches in den Friedensjahren noch entgegenstemmte.

Aus der Unsumme der verheerenden Schäden, die dieser Institution direkt oder indirekt zu verdanken sind, will ich nur ein einziges Unheil herausgreifen, das am meisten dem inneren Wesen dieser verantwortungslosesten Einrichtung aller Zeit entspricht: die schauderhafte Halbheit und Schwäche der politischen Leitung des Reiches nach innen und außen, die, in erster Linie dem Wirken des Reichstages zuzuschreiben, zu einer Hauptursache des politischen Zusammenbruches wurde.

Halb war alles, was irgendwie dem Einfluß dieses Parlaments unterstand, man mag betrachten, was man nur will.

Halb und schwach war die Bündnispolitik des Reiches nach außen. Indem man den Frieden erhalten wollte, mußte man unweigerlich zum Kriege steuern.

Halb war die Polenpolitik. Man reizte, ohne jemals ernstlich durchzugreifen. Das Ergebnis war weder ein Sieg des Deutschtums noch eine Versöhnung der Polen, dafür aber Feindschaft mit Rußland.

Halb war die Lösung der elsaß-lothringischen Frage. Statt mit brutaler Faust einmal für immer der französischen Hydra den Kopf zu zermalmen, dem Elsässer aber dann gleiche Rechte zuzubilligen, tat man keines von beiden. Man konnte es auch gar nicht, saßen doch in den Reihen der größten Parteien auch die größten Landesverräter – im Zentrum z.B. Herr Wetterlé.

Alles dies aber wäre noch zu ertragen gewesen, wenn der allgemeinen Halbheit nicht auch die Macht zum Opfer gefallen wäre, von deren Dasein am Ende der Bestand des Reiches abhing: das Heer.

Was der sogenannte „Deutsche Reichstag" hier gesündigt hatte, genügt allein, um ihn für alle Zeiten mit dem Fluche der deutschen Nation zu beladen. Aus den erbärmlichsten Gründen haben diese parlamentarischen Parteilumpen der Nation die Waffe der Selbsterhaltung, den einzigen Schutz der Freiheit und Unabhängigkeit unseres Volkes, aus der Hand gestohlen und geschlagen. Öffneten sich heute die Gräber der flandrischen Ebene, so würden sich aus ihnen die blutigen Ankläger erheben, Hunderttausende der besten jungen Deutschen, die durch die Gewissenlosigkeit dieser parlamentarischen Verbrecher schlecht und halb ausgebildet dem Tod in die Arme getrieben wurden; sie und Millionen von Männern, die zu den Toten hinsanken oder zu Krüppeln wurden, hat das Vaterland verloren, einzig und allein, um einigen hundert Volksbetrügern politische Schiebungen, Erpressungen oder selbst das Herunterleiern doktrinärer Theorien zu ermöglichen.

Während das Judentum durch seine marxistische und demokratische Presse die Lüge vom deutschen „Militarismus" in die ganze Welt hinausrief und Deutschland so mit allen Mitteln zu belasten trachtete, verweigerten marxistische und demokratische Parteien jede umfassende Ausbildung der deutschen Volkskraft. Dabei mußte das ungeheure Verbrechen, das dadurch begangen wurde, jedem sofort klar werden, der nur bedachte, daß im Falle eines kommenden Krieges ja doch die gesamte Nation unter Waffen treten müsse, mithin also durch die Lumperei dieser sauberen Repräsentanten der eigenen sogenannten „Volksvertretung" Millionen von Deutschen in schlechter, halber Ausbildung vor den Feind getrieben würden. Aber selbst wenn man die hierdurch sich ergebenden Folgen der brutalen und rohen Gewissenlosigkeit dieser parlamentarischen Zuhälter ganz außer Betracht ließ: dieser Mangel an ausgebildeten Soldaten zu Beginn des Krieges konnte nur zu leicht zum Verlust desselben führen, was dann auch im großen Weltkrieg in so furchtbarer Weise sich bestätigte.

Der Verlust des Kampfes um die Freiheit und Unabhängigkeit der deutschen Nation ist das Ergebnis der schon im Frieden betätigten Halbheit und Schwäche in der Heranziehung der gesamten Volkskraft zur Verteidigung des Vaterlandes.

Wenn im Lande zu wenig Rekruten ausgebildet wurden, so war zur See die gleiche Halbheit am Werke, die Waffe der nationalen Selbsterhaltung mehr oder weniger wertlos zu machen. Leider aber wurde die Leitung der Marine selber vom Geist der Halbheit angesteckt. Die Tendenz, alle auf Stapel gelegten Schiffe, immer etwas kleiner als die zur gleichen Zeit vom Stapel gelassenen englischen zu bauen, war wenig weitschauend und noch weniger genial. Gerade eine Flotte, die von Anfang an rein zahlenmäßig nicht auf gleiche Höhe mit ihrem voraussichtlichen Gegner gebracht werden kann, muß den Mangel der Zahl zu ersetzen trachten durch die überragende Kampfkraft der einzelnen Schiffe. Auf die überlegene Kampfkraft kommt es an und nicht auf eine sagenhafte Überlegenheit an „Güte".

Tatsächlich ist die moderne Technik so fortgeschritten und zu so großer Übereinstimmung in den einzelnen Kulturstaaten gekommen, daß es als unmöglich gelten muß, Schiffe der einen Macht einen wesentlich größeren Gefechtswert zu geben als den Schiffen gleichen Tonnengehalts eines anderen Staates. Noch viel weniger aber ist es denkbar, eine Überlegenheit bei kleinerem Deplacement gegenüber einem größeren zu erzielen. Tatsächlich konnte der kleine Tonnengehalt der deutschen Schiffe nur auf Kosten der Schnelligkeit und Armierung erfolgen. Die Phrase, mit der man diese Tatsache zu rechtfertigen versuchte, zeigte allerdings schon einen sehr bösen Mangel an Logik bei der hierfür im Frieden maßgebenden Stelle. Man erklärte nämlich, daß das deutsche Geschützmaterial dem britischen so ernstlich überlegen sei, daß das deutsche 28-Zentimeter-Rohr dem britischen 30,5Zentimeter-Rohr an Schußleistung gar nicht nachstehe!!

Gerade deshalb aber wäre es Pflicht gewesen, nun ebenfalls zum 30,5-Zentimeter-Geschütz überzugehen, da das Ziel nicht die Erreichung gleicher, sondern überlegener Kampfkraft hätte sein müssen. Sonst wäre ja auch die Beistellung des 42-Zentimeter-Mörsers beim Heer überflüssig gewesen, da der deutsche 21-Zentimeter-Mörser jedem damals vorhandenen französischen Steilfeuergeschütz an und für sich schon weit überlegen war, die Festungen aber wohl auch dem 30,5-Zentimeter-Mörser ebenfalls zum Opfer gefallen wären. Allein die Leitung der Landarmee dachte richtig und die der Marine leider nicht.

Der Verzicht auf überragende Artilleriewirkung sowie auf überlegene Schnelligkeit lag aber ganz im grundfalschen sogenannten „Risikogedanken" begründet. Man verzichtete in der Marineleitung schon durch die Form des Ausbaues der Flotte auf den Angriff und verlegte sich so von Anfang an zwangsläufig auf die Defensive. Damit aber verzichtete man auch auf den letzten Erfolg, der doch ewig nur im Angriff liegt und liegen kann.

Ein Schiff mit kleinerer Schnelligkeit und schwächerer Armierung wird vom schnelleren und stärker bestückten Gegner meist in der für diesen günstigen Schußentfernung in den Grund geschossen werden. Das mußte eine ganze Anzahl unserer Kreuzer in der bittersten Weise fühlen. Wie grundfalsch die Friedensansicht der Marineleitung war, zeigte der Krieg, der, wo es nur anging, zur Umarmierung alter und Besserarmierung der neuen Schiffe zwang. Würden aber in der Seeschlacht am Skagerrak die deutschen Schiffe gleichen Tonnengehalt, gleiche Armierung und gleiche Schnelligkeit wie die englischen besessen haben, dann wäre unter dem Orkan der treffsicheren und wirkungsvolleren deutschen 38-Zentimeter-Granaten die britische Flotte ins nasse Grab gesunken.

Japan hat einst eine andere Flottenpolitik getrieben. Dort wurde grundsätzlich aller Wert darauf gelegt, in jedem einzelnen neuen Schiff eine überlegene Kampfkraft gegenüber dem voraussichtlichen Gegner zu gewinnen. Dem entsprach dann aber auch die dadurch ermöglichte offensive Einsetzung der Flotte.

Während sich das Landheer in seiner Leitung von so prinzipiell falschen Gedankengängen noch frei hielt, unterlag die Marine, die „parlamentarisch" leider schon besser vertreten war, dem Geiste des Parlaments. Sie war von halben Gesichtspunkten aus organisiert und wurde später nach ähnlichen eingesetzt. Was die Marine dann dennoch an unsterblichem Ruhm sich erwarb, war nur mehr dem Konto der guten deutschen Wehrmannsarbeit sowie der Fähigkeit und dem unvergleichlichen Heldentum der einzelnen Offiziere und Mannschaften gutzuschreiben. Hätte die frühere Oberste Leitung der Marine dem an Genialität entsprochen, so wären die Opfer nicht vergeblich gewesen.

So wurde vielleicht gerade die überlegene parlamentarische Geschicklichkeit des führenden Kopfes der Marine im Frieden zum Unheil derselben, indem leider auch in ihrem Aufbau statt rein militärischer parlamentarische Gesichtspunkte die maßgebende Rolle zu spielen begannen. Die Halbheit und Schwäche sowie die geringe Logik im Denken, die der parlamentarischen Institution zu eigen ist, färbten auf die Leitung der Flotte ab.

Das Landheer hielt sich, wie schon betont, von solchen grundsätzlich falschen Gedankengängen noch zurück. Besonders der damalige Oberst im Großen Generalstab, Ludendorff, führte einen verzweifelten Kampf gegen die verbrecherische Halbheit und Schwäche, mit der der Reichstag den Lebensfragen der Nation gegenübertrat und sie meistens verneinte. Wenn der Kampf, den dieser Offizier damals ausfocht, dennoch vergeblich war, so trug die Schuld zur einen Hälfte eben das Parlament, zur anderen aber die wenn möglich noch elendere Haltung und Schwäche des Reichskanzlers Bethmann Hollweg. Dieses hindert die Schuldigen am deutschen Zusammenbruch jedoch nicht im geringsten, heute gerade dem die Schuld zuschieben zu wollen, der als einziger sich gegen diese Verwahrlosung der nationalen Interessen wandte – auf einen Betrug mehr oder weniger kommt es diesen geborenen Schiebern niemals an.

Wer all die Opfer überdenkt, die durch den sträflichen Leichtsinn dieser Verantwortungslosesten der Nation aufgebürdet wurden, all die zwecklos geopferten Millionen von gesunden Männern sich vor Augen führt sowie die grenzenlose Schmach und Schande, das unermeßliche Elend, das uns jetzt getroffen hat, und weiß, daß dieses alles nur kam, um einem Haufen gewissenloser Streber und Stellenjäger die Bahn zu Ministerstühlen freizumachen, der wird verstehen, daß man diese Kreaturen wirklich nur mit Worten wie Schuft, Schurke, Lump und Verbrecher bezeichnen kann, sonst wären der Sinn und Zweck des Vorhandenseins dieser Ausdrücke im Sprachgebrauch ja unverständlich. Denn diesen Verrätern an der Nation gegenüber ist jeder Zuhälter noch ein Ehrenmann.

X X X

Alle wirklichen Schattenseiten des alten Deutschlands fielen aber eigentümlicherweise nur dann ins Auge, wenn dadurch die innere Festigkeit der Nation Schaden erleiden mußte. Ja, in solchen Fällen wurden die unangenehmen Wahrheiten geradezu in die breite Masse hinausgeschrien, während man sonst viele Dinge lieber schamhaft verschwieg, ja zum Teil einfach ableugnete. Dies war der Fall, wenn es durch die offene Behandlung einer Frage vielleicht zu einer Besserung hätte kommen können. Dabei verstanden die maßgebenden Stellen der Regierung soviel wie nichts vom Werte und vom Wesen der Propaganda. Daß durch kluge und dauernde Anwendung von Propaganda einem Volke selbst der Himmel als Hölle vorgemacht werden kann und umgekehrt das elendeste Leben als Paradies, wußte nur der Jude, der auch dementsprechend handelte; der Deutsche, besser seine Regierung, besaß davon keine blasse Ahnung.

Am schwersten sollte sich dies während des Krieges rächen.

X X X

Allen hier angedeuteten und zahllosen weiteren Schäden im deutschen Leben vor dem Kriege standen auch wieder viele Vorzüge gegenüber. Bei einer gerechten Prüfung muß man sogar erkennen, daß die meisten unserer Gebrechen zum größten Teile auch die anderen Länder und Völker ihr eigen nannten, ja in manchen uns noch weitaus in den Schatten stellten, während sie viele unserer tatsächlichen Vorzüge nicht besaßen.

An die Spitze dieser Vorzüge kann man unter anderem die Tatsache stellen, daß das deutsche Volk unter fast allen europäischen Völkern sich immer noch am meisten den nationalen Charakter seiner Wirtschaft zu bewahren versuchte und trotz mancher bösen Vorzeichen noch am wenigsten der internationalen Finanzkontrolle unterstand. Allerdings ein gefährlicher Vorzug, der später zum größten Erreger des Weltkrieges wurde.

Sieht man von dem und vielem anderen aber ab, so müssen drei Einrichtungen aus der Unzahl von gesunden Kraftquellen der Nation herausgenommen werden, die in ihrer Art als mustergültig, ja zum Teil unerreicht dastanden.

Als erstes die Staatsform an sich und die Ausprägung, die sie im Deutschland der neuen Zeit gefunden hatte.

Man darf hier wirklich von einzelnen Monarchen absehen, die als Menschen allen Schwächen unterworfen waren, die diese Erde und ihre Kinder heimzusuchen pflegen – wäre man hier nicht nachsichtig, müßte man sonst an der Gegenwart überhaupt verzweifeln: sind doch die Repräsentanten des jetzigen Regiments, gerade als Persönlichkeit betrachtet, wohl das geistig und moralisch Bescheidenste, das man sich selbst bei langem Nachdenken auch nur vorzustellen vermag. Wer den „Wert" der deutschen Revolution an dem Werte und der Größe der Personen mißt, die sie dem deutschen Volke seit dem November 1918 geschenkt hat, der wird sein Haupt verhüllen aus Scham vor dem Urteil der Nachwelt, der man nicht mehr das Maul wird verbinden können durch Schutzgesetze usw., und die deshalb das sagen wird, was wir ja doch alle schon heute erkennen, nämlich, daß Gehirn und Tugend bei unseren neudeutschen Führern im umgekehrten Verhältnis stehen zu ihren Mäulern und Lastern.

Gewiß war die Monarchie vielen, dem breiten Volke vor allem, entfremdet. Das war die Folge der Tatsache, daß die Monarchen nicht immer von den – sagen wir – hellsten und besonders nicht von den aufrichtigsten Köpfen umgeben waren. Sie liebten leider zum Teil die Schmeichler mehr als die geraden Naturen, und so wurden sie auch von diesen „unterrichtet". Ein sehr schwerer Schaden in einer Zeit, in der die Welt einen großen Wandel in vielen alten Anschauungen durchgemacht hatte, der natürlich auch nicht vor der Beurteilung mancher althergebrachten Überlieferungen der Höfe haltmachte.

So konnte um die Jahrhundertwende der gewöhnliche Mann und Mensch keine besondere Bewunderung mehr finden für die an der Front in Uniform entlang reitende Prinzessin. Über die Wirkung einer solchen Parade in den Augen des Volkes konnte man sich anscheinend gar keine richtige Vorstellung machen, denn sonst wäre es zu so unglücklichen Auftritten wohl nie gekommen. Auch die nicht immer ganz echte Humanitätsduselei dieser Kreise wirkte eher abstoßend als anziehend. Wenn zum Beispiel die Prinzessin X. geruhte, die Kostprobe in einer Volksküche mit dem bekannten Resultat vorzunehmen, so konnte das früher vielleicht ganz gut aussehen, damals aber war der Erfolg ein gegenteiliger. Es kann dabei ohne weiteres angenommen werden, daß die Hoheit wirklich keine Ahnung davon besaß, daß das Essen am Tage ihrer Prüfung eben ein klein wenig anders war, als es sonst zu sein pflegte; allein es genügte vollkommen, daß die Leute dies wußten.

So wurde die möglicherweise beste Absicht lächerlich, wenn nicht gerade aufreizend.

Schilderungen über die immer sprichwörtliche Genügsamkeit des Monarchen, sein viel zu frühes Aufstehen sowie sein förmliches Schuften bis in die späte Nacht hinein, noch dazu bei der dauernden Gefahr seiner drohenden Unterernährung, riefen doch sehr bedenkliche Äußerungen hervor. Man verlangte ja gar nicht zu wissen, was und wieviel der Monarch zu sich zu nehmen geruhte; man gönnte ihm schon eine „auskömmliche" Mahlzeit; man war auch nicht darauf aus, ihm etwa den nötigen Schlaf verweigern zu wollen; man war zufrieden, wenn er nur sonst als Mensch und Charakter dem Namen seines Geschlechtes und der Nation Ehre bereitete und als Regent seine Pflichten erfüllte. Das Märchenerzählen nützte nur wenig, schadete aber dafür um so mehr.

Dieses und vieles Ähnliche waren aber doch nur Kleinigkeiten. Schlimmer wirkte sich in leider sehr großen Teilen der Nation immer mehr die Überzeugung aus, daß man ohnehin von oben regiert werde und der einzelne sich mithin auch um nichts weiter zu kümmern habe. Solange die Regierung wirklich gut war oder doch wenigstens das Beste wollte, ging die Sache noch an. Aber wehe, wenn einmal an Stelle der an sich Gutes wollenden alten Regierung eine neue, weniger ordentliche, treten sollte; dann waren die willenlose Fügsamkeit und der kindliche Glaube das schwerste Unheil, das man sich nur auszudenken vermochte.

Allen diesen und vielen anderen Schwächen aber standen unbestreitbare Werte gegenüber.

Einmal die durch die monarchische Staatsform bedingte Stabilität der gesamten Staatsleitung sowie das Herausziehen der letzten Staatsstellen aus dem Trubel der Spekulation ehrgeiziger Politiker. Weiter die Ehrwürdigkeit der Institution an sich sowie die schon dadurch begründete Autorität derselben, ebenso das Emporheben des Beamtenkörpers und besonders des Heeres über das Niveau parteipolitischer Verpflichtungen. Dazu kam noch der Vorzug der persönlichen Verkörperung der Staatsspitze durch den Monarchen als Person und das Vorbild einer Verantwortung, die der Monarch stärker zu tragen hat als der Zufallshaufe einer parlamentarischen Majorität – die sprichwörtliche Sauberkeit der deutschen Verwaltung war in erster Linie dem zuzuschreiben. Endlich aber war der kulturelle Wert der Monarchie für das deutsche Volk ein hoher und vermochte sehr wohl andere Nachteile auszugleichen. Die deutschen Residenzen waren noch immer der Hort einer Kunstgesinnung, die in unserer vermaterialisierten Zeit ohnehin immer mehr auszusterben droht. Was die deutschen Fürsten für Kunst und Wissenschaft gerade im neunzehnten Jahrhundert taten, war vorbildlich. Die heutige Zeit darf jedenfalls damit nicht verglichen werden.

X X X

Als größten Wertfaktor in dieser Zeit der beginnenden und sich langsam weiterverbreitenden Zersetzung unseres Volkskörpers haben wir jedoch das Heer zu buchen. Es war die gewaltigste Schule der deutschen Nation, und nicht umsonst richtete sich der Haß aller Feinde gerade gegen diesen Schirm der nationalen Selbstverwaltung und Freiheit. Kein herrlicheres Denkmal kann dieser einzigen Einrichtung geschenkt werden als die Feststellung der Wahrheit, daß sie von allen Minderwertigen verleumdet, gehaßt, bekämpft, aber auch gefürchtet wurde. Daß sich die Wut der internationalen Volksausbeuter zu Versailles in erster Linie gegen das alte deutsche Heer richtete, läßt dieses erst recht als Hort der Freiheit unseres Volkes vor der Macht der Börse erkennen. Ohne diese warnende Macht wäre der Sinn von Versailles an unserem Volk schon längst vollzogen worden. Was das deutsche Volk dem Heere verdankt, läßt sich kurz zusammenfassen in ein einziges Wort, nämlich: Alles.

Das Heer erzog zur unbedingten Verantwortlichkeit in einer Zeit, da diese Eigenschaft schon sehr selten geworden war und das Drücken von derselben immer mehr an die Tagesordnung kam, ausgehend von dem Mustervorbild aller Verantwortungslosigkeit, dem Parlament; es erzog weiter zum persönlichen Mut in einem Zeitalter, da die Feigheit zu einer grassierenden Krankheit zu werden drohte und die Opferwilligkeit, sich für das allgemeine Wohl einzusetzen, schon fast als Dummheit angesehen wurde, und klug nur mehr derjenige zu sein schien, der das eigene „Ich" am besten zu schonen und zu fördern verstand; es war die Schule, die den einzelnen Deutschen noch lehrte, das Heil der Nation nicht in den verlogenen Phrasen einer internationalen Verbrüderung zwischen Negern, Deutschen, Chinesen, Franzosen, Engländern usw. zu suchen, sondern in der Kraft und Geschlossenheit des eigenen Volkstums.

Das Heer erzog zur Entschlußkraft, während im sonstigen Leben schon Entschlußlosigkeit und Zweifel die Handlungen der Menschen zu bestimmen begannen. Es wollte etwas heißen, in einem Zeitalter, da die Neunmalklugen überall den Ton angaben, den Grundsatz hochzuhalten, daß ein Befehl immer besser ist als keiner. In diesem einzigen Grundsatze steckte eine noch unverdorbene, robuste Gesundheit, die unserem sonstigen Leben schon längst abhanden gekommen wäre, wenn nicht das Heer und seine Erziehung für die immerwährende Erneuerung dieser Urkraft gesorgt hätten. Man braucht ja nur die entsetzliche Entschlußlosigkeit unserer jetzigen Reichsführung zu sehen, die sich zu keiner Tat aufzuraffen vermag, außer es handelt sich um die erzwungene Unterschreibung eines neuen Ausplünderungsdiktates; in diesem Falle lehnt sie dann freilich jede Verantwortung ab und unterschreibt mit der Fixigkeit eines Kammerstenographen alles, was man ihr auch nur vorzulegen für gut befindet, denn in diesem Falle ist der Entschluß leicht zu fassen: er wird ihr ja diktiert.

Das Heer erzog zum Idealismus und zur Hingabe an das Vaterland und seine Größe, während im sonstigen Leben Habsucht und Materialismus um sich gegriffen hatten. Es erzog ein einiges Volk gegenüber der Trennung in Klassen und hatte hier vielleicht als einzigen Fehler die Einjährigfreiwilligen-Einrichtung aufzuweisen. Fehler deshalb, weil durch sie das Prinzip der unbedingten Gleichheit durchbrochen und das Höhergebildete wieder außerhalb des Rahmens der allgemeinen Umgebung gestellt wurde, während gerade das Umgekehrte von Vorteil gewesen wäre. Bei der ohnehin so großen Weltfremdheit unserer oberen Schichten und der immer größer werdenden Entfremdung dem eigenen Volke gegenüber hätte gerade das Heer besonders segensreich zu wirken vermocht, wenn es wenigstens in seinen Reihen jede Absonderung der sogenannten Intelligenz vermied. Daß man dies nicht tat, war ein Fehler; allein welche Institution auf dieser Welt wird fehlerlos sein? Bei dieser aber überwog ohnehin das Gute so sehr, daß die wenigen Gebrechen weit unter dem Durchschnittsgrade der menschlichen Unzulänglichkeit lagen.

Als höchstes Verdienst aber muß dem Heere des alten Reiches angerechnet werden, daß es in einer Zeit der allgemeinen Majorisierung der Köpfe die Köpfe über die Majorität stellte. Das Heer hielt gegenüber dem jüdischdemokratischen Gedanken einer blinden Anbetung der Zahl den Glauben an die Persönlichkeit hoch. So erzog es denn auch das, was die neuere Zeit am nötigsten brauchte: Männer. – Im Sumpfe einer allgemein um sich greifenden Verweichlichung und Verweibung schossen aus den Reihen des Heeres alljährlich dreihundertfünfzigtausend kraftstrotzende junge Männer heraus, die in zweijähriger Ausbildung die Weichheit der Jugend verloren und stahlharte Körper gewonnen hatten. Der junge Mensch aber, der während dieser Zeit Gehorchen übte, konnte darauf erste Befehlen lernen. Am Tritt schon erkannte man den gedienten Soldaten.

Dies war die hohe Schule der deutschen Nation, und nicht umsonst konzentrierte sich auf sie der grimmige Haß derjenigen, die aus Neid und Habsucht die Ohnmacht des Reiches und die Wehrlosigkeit seiner Bürger brauchten und wünschten. Was viele Deutsche in Verblendung oder bösem Willen nicht sehen wollten, erkannte die fremde Welt: das deutsche Heer war die gewaltigste Waffe im Dienste der Freiheit der deutschen Nation und der Ernährung ihrer Kinder.

X X X

Zur Staatsform und zum Heere kam als Drittes im Bunde der unvergleichliche Beamtenkörper des alten Reiches.

Deutschland war das bestorganisierte und bestverwaltete Land der Welt. Man mochte dem deutschen Staatsbeamten leicht bürokratische Zopfigkeit nachsagen, in den anderen Staaten stand es darum nicht besser, eher sogar noch schlechter. Was aber die anderen Staaten nicht besaßen, das war die wundervolle Solidarität dieses Apparates sowie die unbestechlich ehrenhafte Gesinnung seiner Träger. Lieber noch etwas zopfig, aber redlich und treu, als aufgeklärt und modern, aber minderwertig von Charakter und, wie es sich heute häufig zeigt, unwissend und nichtskönnend. Denn wenn man jetzt gerne so tut, als ob die deutsche Verwaltung der Vorkriegszeit wohl bürokratisch gediegen, allein kaufmännisch schlecht gewesen wäre, so kann man darauf nur folgendes antworten: Welches Land der Welt hatte einen besser geleiteten und kaufmännischer organisierten Betrieb als Deutschland in seinen Staatsbahnen? Erst der Revolution blieb es vorbehalten, diesen Musterapparat so lange zu zerstören, bis er endlich reif zu sein schien, aus den Händen der Nation genommen und im Sinne der Begründer dieser Republik sozialisiert zu werden, das heißt, dem internationalen Börsenkapital, als dem Auftraggeber der deutschen Revolution, zu dienen.

Was dabei den deutschen Beamtenkörper und Verwaltungsapparat besonders auszeichnete, war seine Unabhängigkeit von den einzelnen Regierungen, deren jeweilige politische Gesinnung auf die Stellung des deutschen Staatsbeamten keinen Einfluß auszuüben vermochte. Seit der Revolution allerdings hat sich dies gründlich geändert. An Stelle des Könnens und der Fähigkeit trat die Parteistellung, und ein selbständiger, unabhängiger Charakter wurde eher hinderlich als fördernd. Auf der Staatsform, dem Heere und dem Beamtenkörper beruhte die wundervolle Kraft und Stärke des alten Reiches. Diese waren in erster Linie die Ursachen einer Eigenschaft, die dem heutigen Staate vollkommen fehlt: der Staatsautorität! Denn diese beruht nicht auf Schwätzereien in den Parlamenten oder Landtagen, auch nicht auf Gesetzen zu ihrem Schutze oder Gerichtsurteilen zur Abschreckung frecher Leugner derselben usw., sondern auf dem allgemeinen Vertrauen, das der Leitung und Verwaltung eines Gemeinwesens entgegengebracht werden darf und kann. Dieses Vertrauen jedoch ist wieder nur das Ergebnis einer unerschütterlichen inneren Überzeugung von der Uneigennützigkeit und Redlichkeit der Regierung und Verwaltung eines Landes sowie die Übereinstimmung des Sinnes der Gesetze mit dem Gefühl der allgemeinen Moralanschauung. Denn auf die Dauer werden Regierungssysteme nicht gehalten durch den Druck der Gewalt, sondern durch den Glauben an ihre Güte und an die Wahrhaftigkeit in der Vertretung und Förderung der Interessen eines Volkes.

X X X

So schwer also gewisse Schäden in der Vorkriegszeit die innere Stärke der Nation auch anfraßen und auszuhöhlen drohten, so darf man nicht vergessen, daß andere Staaten an den meisten dieser Krankheiten noch mehr litten als Deutschland und dennoch in der kritischen Stunde der Gefahr nicht versagten und zugrunde gingen. Wenn man aber bedenkt, daß den deutschen Schwächen vor dem Kriege auch ebenso große Stärken gegenüberstanden, so kann und muß die letzte Ursache des Zusammenbruches noch auf einem anderen Gebiete liegen; und dies ist auch der Fall.

Der tiefste und letzte Grund des Unterganges des alten Reiches lag im Nichterkennen des Rasseproblems und seiner Bedeutung für die geschichtliche Entwicklung der Völker. Denn alle Geschehnisse im Völkerleben sind nicht Äußerungen des Zufalls, sondern naturgesetzliche Vorgänge des Dranges der Selbsterhaltung und Mehrung von Art und Rasse, auch wenn sich die Menschen des inneren Grundes ihres Handelns nicht bewußt zu werden vermögen.

11. Kapitel

Volk und Rasse

Es gibt Wahrheiten, die so sehr auf der Straße liegen, daß sie gerade deshalb von der gewöhnlichen Welt nicht gesehen oder wenigstens nicht erkannt werden. Sie geht an solchen Binsenwahrheiten manchmal wie blind vorbei und ist auf das höchste erstaunt, wenn plötzlich jemand entdeckt, was doch alle wissen müßten. Es liegen die Eier des Kolumbus zu Hunderttausenden herum, nur die Kolumbusse sind eben seltener zu finden.

So wandern die Menschen ausnahmslos im Garten der Natur umher, bilden sich ein, fast alles zu kennen und zu wissen, und gehen doch mit wenigen Ausnahmen wie blind an einem der hervorstechendsten Grundsätze ihres Waltens vorbei: der inneren Abgeschlossenheit der Arten sämtlicher Lebewesen dieser Erde.

Schon die oberflächliche Betrachtung zeigt als nahezu ehernes Grundgesetz all der unzähligen Ausdrucksformen des Lebenswillens der Natur ihre in sich begrenzte Form der Fortpflanzung und Vermehrung. Jedes Tier paart sich nur mit einem Genossen der gleichen Art. Meise geht zu Meise, Fink zu Fink, der Storch zur Störchin, Feldmaus zu Feldmaus, Hausmaus zu Hausmaus, der Wolf zur Wölfin usw.

Nur außerordentliche Umstände vermögen dies zu ändern, in erster Linie der Zwang der Gefangenschaft sowie eine sonstige Unmöglichkeit der Paarung innerhalb der gleichen Art. Dann aber beginnt die Natur sich auch mit allen Mitteln dagegen zu stemmen, und ihr sichtbarster Protest besteht entweder in der Verweigerung der weiteren Zeugungsfähigkeit für die Bastarde, oder sie schränkt die Fruchtbarkeit der späteren Nachkommen ein; in den meisten Fällen aber raubt sie die Widerstandsfähigkeit gegen Krankheit oder feindliche Angriffe.

Das ist nur zu natürlich.

Jede Kreuzung zweier nicht ganz gleich hoher Wesen gibt als Produkt ein Mittelding zwischen der Höhe der beiden Eltern. Das heißt also: das Junge wird höher stehen als die rassisch niedrigere Hälfte des Elternpaares, allein nicht so hoch wie die höhere. Folglich wird es im Kampf gegen diese höhere später unterliegen. Solche Paarung widerspricht aber dem Willen der Natur zur Höherzüchtung des Lebens überhaupt. Die Voraussetzung hierzu liegt nicht im Verbinden von Höherund Minderwertigem, sondern im restlosen Siege des ersteren. Der Stärkere hat zu herrschen und sich nicht mit dem Schwächeren zu verschmelzen, um so die eigene Größe zu opfern. Nur der geborene Schwächling kann dies als grausam empfinden, dafür aber ist er auch nur ein schwacher und beschränkter Mensch; denn würde dieses Gesetz nicht herrschen, wäre ja jede vorstellbare Höherentwicklung aller organischen Lebewesen undenkbar.

Die Folge dieses in der Natur allgemein gültigen Triebes zur Rassenreinheit ist nicht nur die scharfe Abgrenzung der einzelnen Rassen nach außen, sondern auch ihre gleichmäßige Wesensart in sich selber. Der Fuchs ist immer ein Fuchs, die Gans eine Gans, der Tiger ein Tiger usw., und der Unterschied kann höchstens im verschiedenen Maße der Kraft, der Stärke, der Klugheit, Gewandtheit, Ausdauer usw. der einzelnen Exemplare liegen. Es wird aber nie ein Fuchs zu finden sein, der seiner inneren Gesinnung nach etwa humane Anwandlungen Gänsen gegenüber haben könnte, wie es ebenso auch keine Katze gibt mit freundlicher Zuneigung zu Mäusen.

Daher entsteht auch hier der Kampf untereinander weniger infolge innerer Abneigung etwa als vielmehr aus Hunger und Liebe. In beiden Fällen sieht die Natur ruhig, ja befriedigt zu. Der Kampf um das tägliche Brot läßt alles Schwache und Kränkliche, weniger Entschlossene unterliegen, während der Kampf der Männchen um das Weibchen nur dem Gesündesten das Zeugungsrecht oder doch die Möglichkeit hierzu gewährt. Immer aber ist der Kampf ein Mittel zur Förderung der Gesundheit und Widerstandskraft der Art und mithin eine Ursache zur Höherentwicklung derselben.

Wäre der Vorgang ein anderer, würde jede Weiterund Höherbildung aufhören und eher das Gegenteil eintreten. Denn da das Minderwertige der Zahl nach gegenüber dem Besten immer überwiegt, würde bei gleicher Lebenserhaltung und Fortpflanzungsmöglichkeit das Schlechtere sich so viel schneller vermehren, daß endlich das Beste zwangsläufig in den Hintergrund treten müßte. Eine Korrektur zugunsten des Besseren muß also vorgenommen werden. Diese aber besorgt die Natur, indem sie den schwächeren Teil so schweren Lebensbedingungen unterwirft, daß schon durch sie die Zahl beschränkt wird, den Überrest aber endlich nicht wahllos zur Vermehrung zuläßt, sondern hier eine neue, rücksichtslose Auswahl nach Kraft und Gesundheit trifft. So wenig sie aber schon eine Paarung von schwächeren Einzelwesen mit stärkeren wünscht, soviel weniger noch die Verschmelzung von höherer Rasse mit niederer, da ja andernfalls ihre ganze sonstige, vielleicht jahrhunderttausendelange Arbeit der Höherzüchtung mit einem Schlage wieder hinfällig wäre.

Die geschichtliche Erfahrung bietet hierfür zahllose Belege. Sie zeigt in erschreckender Deutlichkeit, daß bei jeder Blutsvermengung des Ariers mit niedrigeren Völkern als Ergebnis das Ende des Kulturträgers herauskam. Nordamerika, dessen Bevölkerung zum weitaus größten Teile aus germanischen Elementen besteht, die sich nur sehr wenig mit niedrigeren farbigen Völkern vermischten, zeigt eine andere Menschheit und Kultur als Zentral- und Südamerika, in dem die hauptsächlich romanischen Einwanderer sich in manchmal großem Umfange mit den Ureinwohnern vermengt hatten. An diesem einen Beispiele schon vermag man die Wirkung der Rassenvermischung klar und deutlich zu erkennen. Der rassisch rein und unvermischt gebliebene Germane des amerikanischen Kontinents ist zum Herrn desselben aufgestiegen; er wird der Herr so lange bleiben, so lange nicht auch er der Blutschande zum Opfer fällt.

Das Ergebnis jeder Rassenkreuzung ist also, ganz kurz gesagt, immer folgendes:

a) Niedersenkung des Niveaus der höheren Rasse,

b) körperlicher und geistiger Rückgang und damit der Beginn eines, wenn auch langsam, so doch sicher fortschreitenden Siechtums.

Eine solche Entwicklung herbeiführen, heißt aber denn doch nichts anderes, als Sünde treiben wider den Willen des ewigen Schöpfers.

Als Sünde aber wird diese Tat auch gelohnt.

Indem der Mensch versucht, sich gegen die eiserne Logik der Natur aufzubäumen, gerät er in Kampf mit den Grundsätzen, denen auch er selber sein Dasein als Mensch allein verdankt. So muß sein Handeln gegen die Natur zu seinem eigenen Untergang führen.

Hier freilich kommt der echt judenhaft freche, aber ebenso dumme Einwand des modernen Pazifisten: „Der Mensch überwindet eben die Natur!"

Millionen plappern diesen jüdischen Unsinn gedankenlos nach und bilden sich am Ende wirklich ein, selbst eine Art von Naturüberwindern darzustellen; wobei ihnen jedoch als Waffe nichts weiter als eine Idee zur Verfügung steht, noch dazu aber eine so miserable, daß sich nach ihr wirklich keine Welt vorstellen ließe.

Allein ganz abgesehen davon, daß der Mensch die Natur noch in keiner Sache überwunden hat, sondern höchstens das eine oder andere Zipfelchen ihres ungeheuren, riesenhaften Schleiers von ewigen Rätseln und Geheimnissen erwischte und emporzuheben versuchte, daß er in Wahrheit nichts erfindet, sondern alles nur entdeckt, daß er nicht die Natur beherrscht, sondern nur auf Grund der Kenntnis einzelner Naturgesetze und Geheimnisse zum Herrn derjenigen anderen Lebewesen aufgestiegen ist, denen dieses Wissen eben fehlt – also ganz abgesehen davon, kann eine Idee nicht die Voraussetzungen zum Werden und Sein der Menschheit überwinden, da die Idee selber ja nur vom Menschen abhängt. Ohne Menschen gibt es keine menschliche Idee auf dieser Welt, mithin ist die Idee als solche doch immer bedingt durch das Vorhandensein der Menschen und damit all der Gesetze, die zu diesem Dasein die Voraussetzung schufen.

Und nicht nur das! Bestimmte Ideen sind sogar an bestimmte Menschen gebunden. Dies gilt am allermeisten gerade für solche Gedanken, deren Inhalt nicht in einer exakten wissenschaftlichen Wahrheit, sondern in der Welt des Gefühls seinen Ursprung hat oder, wie man sich heute so schön und klar auszudrücken pflegt, ein „inneres Erleben" wiedergibt. All diese Ideen, die mit kalter Logik an sich nichts zu tun haben, sondern reine Gefühlsäußerungen, ethische Vorstellungen usw. darstellen, sind gefesselt an das Dasein der Menschen, deren geistiger Vorstellungs- und Schöpferkraft sie ihre eigene Existenz verdanken. Gerade dann aber ist doch die Erhaltung dieser bestimmten Rassen und Menschen die Vorbedingung zum Bestande dieser Ideen. Wer z. B. den Sieg des pazifistischen Gedankens in dieser Welt wirklich von Herzen wünschen wollte, müßte sich mit allen Mitteln für die Eroberung der Welt durch die Deutschen einsetzen; denn wenn es umgekehrt kommen sollte, würde sehr leicht mit dem letzten Deutschen auch der letzte Pazifist aussterben, da die andere Welt auf diesen natur- und vernunftwidrigen Unsinn kaum je so tief hereingefallen ist als leider unser eigenes Volk. Man müßte sich also wohl oder übel bei ernstem Willen entschließen, Kriege zu führen, um zum Pazifismus zu kommen. Dies und nichts anderes hatte der amerikanische Weltheiland Wilson auch beabsichtigt, so wenigstens glaubten unsere deutschen Phantasten – womit ja dann der Zweck erreicht war.

Tatsächlich ist die pazifistisch-humane Idee vielleicht ganz gut dann, wenn der höchststehende Mensch sich vorher die Welt in einem Umfange erobert und unterworfen hat, der ihn zum alleinigen Herrn dieser Erde macht. Es fehlt dieser Idee dann die Möglichkeit einer schädlichen Auswirkung in eben dem Maße, in dem ihre praktische Anwendung selten und endlich unmöglich wird. Also erst Kampf und dann vielleicht Pazifismus. Im anderen Falle hat die Menschheit den Höhepunkt ihrer Entwicklung überschritten, und das Ende ist nicht die Herrschaft irgendeiner ethischen Idee, sondern Barbarei und in der Folge Chaos. Es mag hier natürlich der eine oder andere lachen, allein dieser Planet zog schon Jahrmillionen durch den Äther ohne Menschen, und er kann einst wieder so dahinziehen, wenn die Menschen vergessen, daß sie ihr höheres Dasein nicht den Ideen einiger verrückter Ideologen, sondern der Erkenntnis und rücksichtslosen Anwendung eherner Naturgesetze verdanken.

Alles, was wir heute auf dieser Erde bewundern – Wissenschaft und Kunst, Technik und Erfindungen – ist nur das schöpferische Produkt weniger Völker und vielleicht ursprünglich einer Rasse. Von ihnen hängt auch der Bestand dieser ganzen Kultur ab. Gehen sie zugrunde, so sinkt mit ihnen die Schönheit dieser Erde ins Grab.

Wie sehr auch zum Beispiel der Boden die Menschen zu beeinflussen vermag, so wird doch das Ergebnis des Einflusses immer verschieden sein, je nach den in Betracht kommenden Rassen. Die geringe Fruchtbarkeit eines Lebensraumes mag die eine Rasse zu höchsten Leistungen anspornen, bei einer anderen wird sie nur die Ursache zu bitterster Armut und endlicher Unterernährung mit all ihren Folgen. Immer ist die innere Veranlagung der Völker bestimmend für die Art der Auswirkung äußerer Einflüsse. Was bei den einen zum Verhungern führt, erzieht die anderen zu harter Arbeit.

Alle großen Kulturen der Vergangenheit gingen nur zugrunde, weil die ursprünglich schöpferische Rasse an Blutvergiftung abstarb.

Immer war die letzte Ursache eines solchen Unterganges das Vergessen, daß alle Kultur von Menschen abhängt und nicht umgekehrt, daß also, um eine bestimmte Kultur zu bewahren, der sie erschaffende Mensch erhalten werden muß.

Diese Erhaltung aber ist gebunden an das eherne Gesetz der Notwendigkeit und des Rechtes des Sieges des Besten und Stärkeren.

Wer leben will, der kämpfe also, und wer nicht streiten will in dieser Welt des ewigen Ringens, verdient das Leben nicht.

Selbst wenn dies hart wäre – es ist nun einmal so! Sicher jedoch ist das weitaus härteste Schicksal jenes, das den Menschen trifft, der die Natur glaubt überwinden zu können und sie im Grunde genommen doch nur verhöhnt. Not, Unglück und Krankheiten sind dann ihre Antwort!

Der Mensch, der die Rassengesetze verkennt und mißachtet, bringt sich wirklich um das Glück, das ihm bestimmt erscheint. Er verhindert den Siegeszug der besten Rasse und damit aber auch die Vorbedingung zu allem menschlichen Fortschritt. Er begibt sich in der Folge, belastet mit der Empfindlichkeit des Menschen, ins Bereich des hilflosen Tieres.

X X X

Es ist ein müßiges Beginnen, darüber zu streiten, welche Rasse oder Rassen die ursprünglichen Träger der menschlichen Kultur waren und damit die wirklichen Begründer dessen, was wir mit dem Worte Menschheit alles umfassen. Einfacher ist es, sich diese Frage für die Gegenwart zu stellen, und hier ergibt sich auch die Antwort leicht und deutlich. Was wir heute an menschlicher Kultur, an Ergebnissen von Kunst, Wissenschaft und Technik vor uns sehen, ist nahezu ausschließlich schöpferisches Produkt des Ariers. Gerade diese Tatsache aber läßt den nicht unbegründeten Rückschluß zu, daß er allein der Begründer höheren Menschentums überhaupt war, mithin den Urtyp dessen darstellt, was wir unter dem Worte „Mensch" verstehen. Er ist der Prometheus der Menschheit, aus dessen lichter Stirne der göttliche Funke des Genies zu allen Zeiten hervorsprang, immer von neuem jenes Feuer entzündend, das als Erkenntnis die Nacht der schweigenden Geheimnisse aufhellte und den Menschen so den Weg zum Beherrscher der anderen Wesen dieser Erde emporsteigen ließ. Man schalte ihn aus – und tiefe Dunkelheit wird vielleicht schon nach wenigen Jahrtausen den sich abermals auf die Erde senken, die menschliche Kultur würde vergehen und die Welt veröden.

Würde man die Menschheit in drei Arten einteilen: in Kulturbegründer, Kulturträger und Kulturzerstörer, dann käme als Vertreter der ersten wohl nur der Arier in Frage. Von ihm stammen die Fundamente und Mauern aller menschlichen Schöpfungen, und nur die äußere Form und Farbe sind bedingt durch die jeweiligen Charakterzüge der einzelnen Völker. Er liefert die gewaltigen Bausteine und Pläne zu allem menschlichen Fortschritt, und nur die Ausführung entspricht der Wesensart der jeweiligen Rassen. In wenigen Jahrzehnten wird zum Beispiel der ganze Osten Asiens eine Kultur sein eigen nennen, deren letzte Grundlage ebenso hellenischer Geist und germanische Technik sein wird wie dies bei uns der Fall ist. Nur die äußere Form wird – zum Teil wenigstens – die Züge asiatischer Wesensart tragen. Es ist nicht so, wie manche meinen, daß Japan zu seiner Kultur europäische Technik nimmt, sondern die europäische Wissenschaft und Technik wird mit japanischen Eigenarten verbrämt. Die Grundlage des tatsächlichen Lebens ist nicht mehr die besondere japanische Kultur, obwohl sie – weil äußerlich infolge des inneren Unterschiedes für den Europäer mehr in die Augen springend – die Farbe des Lebens bestimmt, sondern die gewaltige wissenschaftlich-technische Arbeit Europas und Amerikas, also arischer Völker. Auf diesen Leistungen allein kann auch der Osten dem allgemeinen menschlichen Fortschritt folgen. Dies ergibt die Grundlage des Kampfes um das tägliche Brot, schafft Waffen und Werkzeuge dafür, und nur die äußere Aufmachung wird allmählich dem japanischen Wesen angepaßt.

Würde ab heute jede weitere arische Einwirkung auf Japan unterbleiben, angenommen Europa und Amerika zugrunde gehen, so könnte eine kurze Zeit noch der heutige Aufstieg Japans in Wissenschaft und Technik anhalten; allein schon in wenigen Jahren würde der Bronnen versiegen, die japanische Eigenart gewinnen, aber die heutige Kultur erstarren und wieder in den Schlaf zurücksinken, aus dem sie vor sieben Jahrzehnten durch die arische Kulturwelle aufgescheucht wurde. Daher ist, genau so wie die heutige japanische Entwicklung arischem Ursprung das Leben verdankt, auch einst in grauer Vergangenheit fremder Einfluß und fremder Geist der Erwecker der damaligen japanischen Kultur gewesen. Den besten Beweis hierfür liefert die Tatsache der späteren Verknöcherung und vollkommenen Erstarrung derselben. Sie kann bei einem Volke nur eintreten, wenn der ursprünglich schöpferische Rassekern verlorenging oder die äußere Einwirkung später fehlte, die den Anstoß und das Material zur ersten Entwicklung auf kulturellem Gebiet gab. Steht aber fest, daß ein Volk seine

Kultur in den wesentlichsten Grundstoffen von fremden Rassen erhält, aufnimmt und verarbeitet, um dann nach dem Ausbleiben weiterer äußeren Einflusses immer wieder zu erstarren, kann man solch eine Rasse wohl als eine „kulturtragende", aber niemals als eine „kulturschöpferische" bezeichnen.

Eine Prüfung der einzelnen Völker von diesem Gesichtspunkte aus ergibt die Tatsache, daß es sich fast durchweg nicht um ursprünglich kulturbegründende, sondern fast immer um kulturtragende handelt.

Immer ergibt sich etwa folgendes Bild ihrer Entwicklung: Arische Stämme unterwerfen – häufig in wahrhaft lächerlich geringer Volkszahl – fremde Völker und entwickeln nun, angeregt durch die besonderen Lebensverhältnisse des neuen Gebietes (Fruchtbarkeit, klimatische Zustände usw.) sowie begünstigt durch die Menge der zur Verfügung stehenden Hilfskräfte an Menschen niederer Art, ihre in ihnen schlummernden geistigen und organisatorischen Fähigkeiten. Sie erschaffen in oft wenigen Jahrtausenden, ja Jahrhunderten, Kulturen, die ursprünglich vollständig die inneren Züge ihres Wesens tragen, angepaßt den oben schon angedeuteten besonderen Eigenschaften des Bodens sowie der unterworfenen Menschen. Endlich aber vergehen sich die Eroberer gegen das im Anfang eingehaltene Prinzip der Reinhaltung ihres Blutes, beginnen sich mit den unterjochten Einwohnern zu vermischen und beenden damit ihr eigenes Dasein; denn dem Sündenfall im Paradiese folgte noch immer die Vertreibung aus demselben.

Nach tausend Jahren und mehr zeigt sich dann oft die letzte sichtbare Spur des einstigen Herrenvolkes im helleren Hautton, den sein Blut der unterjochten Rasse hinterließ, und in einer erstarrten Kultur, die es als ursprüngliche Schöpferin einst begründet hatte. Denn so wie der tatsächliche und geistige Eroberer im Blut der Unterworfenen verlorenging, verlor sich auch der Brennstoff für die Fackel des menschlichen Kulturfortschrittes! Wie die Farbe durch das Blut der ehemaligen Herren einen leisen Schimmer als Erinnerung an diese beibehielt, so ist auch die Nacht des kulturellen Lebens milde aufgehellt durch die gebliebenen Schöpfungen der einstigen Lichtbringer. Die leuchten durch all die wiedergekommene Barbarei hindurch und erwecken bei dem gedankenlosen Betrachter des Augenblickes nur zu oft die Meinung, das Bild des jetzigen Volkes vor sich zu sehen, während es nur der Spiegel der Vergangenheit ist, in den er blickt.

Es kann dann vorkommen, daß solch ein Volk ein zweites Mal, ja selbst noch öfter, während seiner Geschichte mit der Rasse seiner einstigen Kulturbringer in Berührung gerät, ohne daß eine Erinnerung an frühere Begegnungen noch vorhanden zu sein braucht. Unbewußt wird der Rest des einstigen Herrenblutes sich der neuen Erscheinung zuwenden, und was erst nur dem Zwange möglich war, kann nun dem eigenen Willen gelingen. Eine neue Kulturwelle hält ihren Einzug und dauert so lange an, bis ihre Träger wieder im Blute fremder Völker untergehen.

Es wird die Aufgabe einer künftigen Kultur- und Weltgeschichte sein, in diesem Sinne zu forschen und nicht in der Wiedergabe äußerer Tatsachen zu ersticken, wie dies bei unserer heutigen Geschichtswissenschaft leider nur zu oft der Fall ist.

Schon aus dieser Skizze der Entwicklung „kulturtragender" Nationen ergibt sich aber auch das Bild des Werdens, Wirkens und – Vergehens der wahrhaften Kulturbegründer dieser Erde, der Arier selber.

So wie im täglichen Leben das sogenannte Genie eines besonderen Anlassen, ja oft eines förmlichen Anstoßes bedarf, um zum Leuchten gebracht zu werden, so im Völkerleben auch die geniale Rasse. Im Einerlei des Alltags pflegen oft auch bedeutende Menschen unbedeutend zu erscheinen und kaum über den Durchschnitt ihrer Umgebung herauszuragen; sobald jedoch eine Lage an sie herantritt, in der andere verzagen oder irre würden, wächst aus dem unscheinbaren Durchschnittskind die geniale Natur ersichtlich empor, nicht selten zum Erstaunen aller derjenigen, die es bisher in der Kleinheit des bürgerlichen Lebens sahen – daher denn auch der Prophet im eigenen Lande selten etwas zu gelten pflegt. Dies zu beobachten, hat man nirgends mehr Gelegenheit als im Kriege. Aus scheinbar harmlosen Kindern schießen plötzlich in Stunden der Not, da andere verzagen, Helden empor von todesmutiger Entschlossenheit und eisiger Kühle der Überlegung. Wäre diese Stunde der Prüfung nicht gekommen, so hätte kaum jemand geahnt, daß in dem bartlosen Knaben ein junger Held verborgen ist. Fast immer bedarf es irgendeines Anstoßes, um das Genie auf den Plan zu rufen. Der Hammerschlag des Schicksals, der den einen zu Boden wirft, schlägt bei dem anderen plötzlich auf Stahl, und indem die Hülle des Alltags zerbricht, liegt vor den Augen der staunenden Welt der bisher verborgene Kern offen zutage. Diese sträubt sich dann und will es nicht glauben, daß die ihr scheinbar gleiche Art plötzlich ein anderes Wesen sein soll; ein Vorgang, der sich wohl bei jedem bedeutenden Menschenkinde wiederholt.

Obwohl ein Erfinder zum Beispiel seinen Ruhm erst am Tage seiner Erfindung begründet, so ist es doch irrig, zu denken, daß auch die Genialität an sich erst zu dieser Stunde in den Mann gefahren wäre – der Funke des Genies ist seit der Stunde der Geburt in der Stirne des wahrhaft schöpferisch veranlagten Menschen vorhanden. Wahre Genialität ist immer angeboren und niemals anerzogen oder gar angelernt.

Dies gilt aber, wie schon betont, nicht nur für den einzelnen Menschen, sondern auch für dir Rasse. Schöpferisch tätige Völker sind von jeher und von Grund aus schöpferisch veranlagt, auch wenn dies den Augen oberflächlicher Betrachter nicht erkenntlich sein sollte. Auch hier ist die äußere Anerkennung immer nur im Gefolge vollbrachter Taten möglich, da die übrige Welt ja nicht fähig ist, die Genialität an sich zu erkennen, sondern nur deren sichtbare Äußerungen in der Form von Erfindungen, Entdeckungen, Bauten, Bildern usw. sieht; aber auch hier dauert es oft noch lange Zeit, bis sie sich zu dieser Kenntnis durchzuringen vermag. Genau so wie im Leben des einzelnen bedeutenden Menschen die geniale oder doch außerordentliche Veranlagung, erst durch besondere Anlässe angetrieben, nach ihrer praktischen Verwirklichung strebt, kann auch im Leben der Völker die wirkliche Verwertung vorhandener schöpferischer Kräfte und Fähigkeiten oft erst erfolgen, wenn bestimmte Voraussetzungen hierzu einladen.

Am deutlichsten sehen wir dieses an der Rasse, die Träger der menschlichen Kulturentwicklung war und ist – an den Ariern. Sobald sie das Schicksal besonderen Verhältnissen entgegenführt, beginnen sich ihre vorhandenen Fähigkeiten in immer schnellerer Folge zu entwickeln und in greifbare Formen zu gießen. Die Kulturen, die sie in solchen Fällen begründen, werden fast immer maßgebend bestimmt durch den vorhandenen Boden, das gegebene Klima und – die unterworfenen Menschen. Dieses letzte allerdings ist fast das ausschlaggebendste. Je primitiver die technischen Voraussetzungen zu einer Kulturbetätigung sind, um so notwendiger ist das Vorhandensein menschlicher Hilfskräfte, die dann, organisatorisch zusammengefaßt und angewandt, die Kraft der Maschine zu ersetzen haben. Ohne diese Möglichkeit der Verwendung niederer Menschen hätte der Arier niemals die ersten Schritte zu seiner späteren Kultur zu machen vermocht; genau so, wie er ohne die Hilfe einzelner geeigneter Tiere, die er sich zu zähmen verstand, nicht zu einer Technik gekommen wäre, die ihm jetzt gerade diese Tiere langsam zu entbehren gestattet. Das Wort: „Der Mohr hat seine Schuldigkeit getan, der Mohr kann gehen" hat leider seine nur zu tiefe Bedeutung. Jahrtausendelang mußte das Pferd dem Menschen dienen und mithelfen, die Grundlagen einer Entwicklung zu legen, die nun infolge des Kraftwagens das Pferd selber überflüssig macht. In wenigen Jahren wird es seine Tätigkeit eingestellt haben, allein ohne seine frühere Mitarbeit wäre der Mensch vielleicht nur schwer dorthin gekommen, wo er heute ist.

So war für die Bildung höherer Kulturen das Vorhandensein niederer Menschen eine der wesentlichsten Voraussetzungen, indem nur sie den Mangel technischer Hilfsmittel, ohne die aber eine höhere Entwicklung gar nicht denkbar ist, zu ersetzen vermochten. Sicher fußte die erste Kultur der Menschheit weniger auf dem gezähmten Tier als vielmehr auf der Verwendung niederer Menschen.

Erst nach der Versklavung unterworfener Rassen begann das gleiche Schicksal auch Tiere zu treffen und nicht umgekehrt, wie manche wohl glauben möchten. Denn zuerst ging der Besiegte vor dem Pfluge – und erst nach ihm das Pferd. Nur pazifistische Narren aber vermögen dies wieder als Zeichen menschlicher Verworfenheit anzusehen, ohne sich darüber klar zu werden, daß diese Entwicklung eben stattfinden mußte, um endlich an die Stelle zu gelangen, von wo aus heute diese Apostel ihre Salbaderei in die Welt setzen können.

Der Fortschritt der Menschheit gleicht dem Aufstiege auf einer endlosen Leiter; man kommt eben nicht höher, ohne erst die unteren Stufen genommen zu haben. So mußte der Arier den Weg schreiten, den ihm die Wirklichkeit wies, und nicht den, von dem die Phantasie eines modernen Pazifisten träumt. Der Weg der Wirklichkeit aber ist hart und schwer, allein er führt endlich dorthin, wo der andere die Menschen gerne hinträumen möchte, von wo er sie aber leider in Wahrheit eher noch entfernt, als daß er sie näherbringt.

Es ist also kein Zufall, daß die ersten Kulturen dort entstanden, wo der Arier im Zusammentreffen mit niederen Völkern diese unterjochte und seinem Willen untertan machte. Sie waren dann das erste technische Instrument im Dienste einer werdenden Kultur.

Damit aber war der Weg, den der Arier zu gehen hatte, klar vorgezeichnet. Als Eroberer unterwarf er sich die niederen Menschen und regelte dann deren praktische Betätigung unter seinem Befehl, nach seinem Wollen und für seine Ziele. Allein, indem er sie so einer nützlichen, wenn auch harten Tätigkeit zuführte, schonte er nicht nur das Leben der Unterworfenen, sondern gab ihnen vielleicht sogar ein Los, das besser war als das ihrer früheren sogenannten „Freiheit". Solange er den Herrenstandpunkt rücksichtslos aufrechterhielt, blieb er nicht nur wirklich der Herr, sondern auch der Erhalter und Vermehrer der Kultur. Denn diese beruhte ausschließlich auf seinen Fähigkeiten und damit auf seiner Erhaltung an sich. Sowie die Unterworfenen sich selber zu heben begannen und wahrscheinlich auch sprachlich dem Eroberer näherten, fiel die scharfe Scheidewand zwischen Herr und Knecht. Der Arier gab die Reinheit seines Blutes auf und verlor dafür den Aufenthalt im Paradiese, das er sich selbst geschaffen hatte. Er sank unter in der Rassenvermischung, verlor allmählich immer mehr seine kulturelle Fähigkeit, bis er endlich nicht nur geistig, sondern auch körperlich den Unterworfenen und Ureinwohnern mehr zu gleichen begann als seinen Vorfahren. Eine Zeitlang konnte er noch von den vorhandenen Kulturgütern zehren, dann aber trat Erstarrung ein, und er verfiel endlich der Vergessenheit.

So brechen Kulturen und Reiche zusammen, um neuen Gebilden den Platz freizugeben.

Die Blutsvermischung und das dadurch bedingte Senken des Rassenniveaus ist die alleinige Ursache des Absterbens aller Kulturen; denn die Menschen gehen nicht an verlorenen Kriegen zugrunde, sondern am Verlust jener Widerstandskraft, die nur dem reinen Blute zu eigen ist.

Was nicht gute Rasse ist auf dieser Welt, ist Spreu.

Alles weltgeschichtliche Geschehen ist aber nur die Äußerung des Selbsterhaltungstriebes der Rassen im guten oder schlechten Sinne.

X X X

Die Frage nach den inneren Ursachen der überragenden Bedeutung des Ariertums kann dahin beantwortet werden, daß diese weniger in einer stärkeren Veranlagung des Selbsterhaltungstriebes an sich zu suchen sind, als vielmehr in der besonderen Art der Äußerung desselben. Der Wille zum Leben ist, subjektiv betrachtet, überall gleich groß und nur in der Form der tatsächlichen Auswirkung verschieden.

Bei den ursprünglichsten Lebewesen geht der Selbsterhaltungstrieb über die Sorge um das eigene Ich nicht hinaus. Der Egoismus, wie wir diese Sucht bezeichnen, geht hier so weit, daß er selbst die Zeit umfaßt, so daß der Augenblick selber wieder alles beansprucht und nichts den kommenden Stunden gönnen will. Das Tier lebt in diesem Zustande nur für sich, sucht Futter nur für den jeweiligen Hunger und kämpft nur um das eigene Leben. Solange sich aber der Selbsterhaltungstrieb in dieser Weise äußert, fehlt jede Grundlage zur Bildung eines Gemeinwesens, und wäre es selbst die primitivste Form der Familie. Schon die Gemeinschaft zwischen Männchen und Weibchen über die reine Paarung hinaus fordert eine Erweiterung des Selbsterhaltungstriebes, indem die Sorge und der Kampf um das eigene Ich sich auch dem zweiten Teile zuwendet; das Männchen sucht manchmal auch für das Weibchen Futter, meist aber suchen beide für die Jungen Nahrung. Für den Schutz des einen tritt fast immer das andere ein, so daß sich hier die ersten, wenn auch unendlich einfachen Formen eines Opfersinnes ergeben. Sowie sich dieser Sinn über die Grenzen des engen Rahmens der Familie erweitert, ergibt sich die Voraussetzung zur Bildung größerer Verbände und endlich förmlicher Staaten.

Bei den niedrigsten Menschen der Erde ist diese Eigenschaft nur in sehr geringem Umfange vorhanden, so daß es über Bildung der Familie nicht hinauskommt. Je größer dann die Bereitwilligkeit des Zurückstellens rein persönlicher Interessen wird, um so mehr steigt auch die Fähigkeit zur Errichtung umfassender Gemeinwesen.

Dieser Aufopferungswille zum Einsatz der persönlichen Arbeit und, wenn nötig, des eigenen Lebens für andere ist am stärksten beim Arier ausgebildet. Der Arier ist nicht in seinen geistigen Eigenschaften an sich am größten, sondern im Ausmaße der Bereitwilligkeit, alle Fähigkeiten in den Dienst der Gemeinschaft zu stellen. Der Selbsterhaltungstrieb hat bei ihm die edelste Form erreicht, indem er das eigene Ich dem Leben der Gesamtheit willig unterordnet und, wenn die Stunde es erfordert, auch zum Opfer bringt.

Nicht in den intellektuellen Gaben liegt die Ursache der kulturbildenden und -aufbauenden Fähigkeit des Ariers. Hätte er nur diese allein, würde er damit immer nur zerstörend wirken können, auf keinen Fall aber organisierend; denn das innerste Wesen jeder Organisation beruht darauf, daß der einzelne auf die Vertretung seiner persönlichen Meinung sowohl als seiner Interessen verrichtet und beides zugunsten einer Mehrzahl von Menschen opfert. Erst über dem Umweg dieser Allgemeinheit erhält er dann seinen Teil wieder zurück. Er arbeitet nun z. B. nicht mehr unmittelbar für sich selbst, sondern gliedert sich mit seiner Tätigkeit in den Rahmen der Gesamtheit ein, nicht nur zum eigenen Nutzen, sondern zum Nutzen aller. Die wunderbarste Erläuterung dieser Gesinnung bietet sein Wort „Arbeit", unter dem er keineswegs eine Tätigkeit zum Lebenserhalt an sich versteht, sondern nur ein Schaffen, das nicht den Interessen der Allgemeinheit widerspricht. Im anderen Falle bezeichnet er das menschliche Wirken, sofern es dem Selbsterhaltungstriebe ohne Rücksicht auf das Wohl der Mitwelt dient, als Diebstahl, Wucher, Raub, Einbruch usw.

Diese Gesinnung, die das Interesse des eigenen Ichs zugunsten der Erhaltung der Gemeinschaft zurücktreten läßt, ist wirklich die erste Voraussetzung für jede wahrhaft menschliche Kultur. Nur aus ihr heraus vermögen alle die großen Werke der Menschheit zu entstehen, die dem Gründer wenig Lohn, der Nachwelt aber reichsten Segen bringen. Ja, aus ihr allein heraus kann man verstehen, wie so viele ein kärgliches Leben in Redlichkeit zu ertragen vermögen, das ihnen selber nur Armut und Bescheidenheit auferlegt, der Gesamtheit aber die Grundlagen des Daseins sichert. Jeder Arbeiter, jeder Bauer, jeder Erfinder, Beamte usw., der schafft, ohne selber je zu Glück und Wohlstand gelangen zu können, ist ein Träger dieser hohen Idee, auch wenn der tiefere Sinn seines Handelns ihm immer verborgen bliebe.

Was aber für die Arbeit als Grundlage menschlicher Ernährung und alles menschlichen Fortschrittes gilt, trifft in noch höherem Maße zu für den Schutz des Menschen und seiner Kultur. In der Hingabe des eigenen Lebens für die Existenz der Gemeinschaft liegt die Krönung alles Opfersinnes. Nur dadurch wird verhindert, daß, was Menschenhände bauten, Menschenhände wieder stürzen oder die Natur vernichtet.

Gerade unsere deutsche Sprache aber besitzt ein Wort, das in herrlicher Weise das Handeln nach diesem Sinne bezeichnet: Pflichterfüllung, das heißt, nicht sich selbst genügen, sondern der Allgemeinheit dienen.

Die grundsätzliche Gesinnung, aus der ein solches Handeln erwächst, nennen wir zum Unterschied vom Egoismus, vom Eigennutz – Idealismus. Wir verstehen darunter nur die Aufopferungsfähigkeit des einzelnen für die Gesamtheit, für seine Mitmenschen.

Wie nötig aber ist es, immer wieder zu erkennen, daß der Idealismus nicht etwa eine überflüssige Gefühlsäußerung darstellt, sondern daß er in Wahrheit die Voraussetzung zu dem war, ist und sein wird, was wir mit menschlicher Kultur bezeichnen, ja, daß er allein erst den Begriff „Mensch" geschaffen hat. Dieser inneren Gesinnung verdankt der Arier seine Stellung auf dieser Welt, und ihr verdankt die Welt den Menschen; denn sie allein hat aus dem reinen Geist die schöpferische Kraft geformt, die in einzigartiger Vermählung von roher Faust und genialem Intellekt die Denkmäler der menschlichen Kultur erschuf.

Ohne seine ideale Gesinnung wären alle, auch die blendendsten Fähigkeiten des Geistes nur Geist an sich, äußerer Schein ohne inneren Wert, jedoch niemals schöpferische Kraft.

Da aber wahrer Idealismus nichts weiter ist als die Unterordnung der Interessen und des Lebens des einzelnen unter die Gesamtheit, dies aber wieder die Voraussetzung für die Bildung organisatorischer Formen jeder Art darstellt, entspricht er im innersten Grunde dem letzten Wollen der Natur. Er allein führt die Menschen zur freiwilligen Anerkennung des Vorrechtes der Kraft und der Stärke und läßt sie so zu einem Stäubchen jener Ordnung werden, die das ganze Universum formt und bildet.

Reinster Idealismus deckt sich unbewußt mit tiefster Erkenntnis.

Wie sehr dies zutrifft und wie wenig wahrer Idealismus mit spielerischer Phantasterei zu tun hat, kann man sofort erkennen, wenn man das unverdorbene Kind, den gesunden Knaben z. B., urteilen läßt. Der gleiche Junge, der den Tiraden eines „idealen" Pazifisten verständnislos und ablehnend gegenübersteht, ist bereit, für das Ideal seines Volkstums das junge Leben hinzuwerfen.

Unbewußt gehorcht hier der Instinkt der Erkenntnis der tieferen Notwendigkeit der Erhaltung der Art, wenn nötig auf Kosten des einzelnen, und protestiert gegen die Phantasterei des pazifistischen Schwätzers, der in Wahrheit als, wenn auch geschminkter, so doch feiger Egoist wider die Gesetze der Entwicklung verstößt; denn diese ist bedingt durch die Opferwilligkeit des einzelnen zugunsten der Allgemeinheit und nicht durch krankhafte Vorstellungen feiger Besserwisser und Kritiker der Natur.

Gerade in Zeiten, in denen die ideale Gesinnung zu verschwinden droht, können wir deshalb auch sofort ein Sinken jener Kraft erkennen, die die Gemeinschaft bildet und so der Kultur die Voraussetzungen schafft. Sowie erst der Egoismus zum Regenten eines Volkes wird, lösen sich die Bande der Ordnung, und im Jagen nach dem eigenen Glück stürzen die Menschen aus dem Himmel erst recht in die Hölle.

Ja, selbst die Nachwelt vergißt der Männer, die nur dem eigenen Nutzen dienten, und rühmt die Helden, welche auf eigenes Glück verzichteten.

Den gewaltigsten Gegensatz zum Arier bildet der Jude. Bei kaum einem Volke der Welt ist der Selbsterhaltungstrieb stärker entwickelt als beim sogenannten auserwählten. Als bester Beweis hierfür darf die einfache Tatsache des Bestehens dieser Rasse allein schon gelten. Wo ist das Volk, das in den letzten zweitausend Jahren so wenigen Veränderungen der inneren Veranlagung, des Charakters usw. ausgesetzt gewesen wäre als das jüdische? Welches Volk endlich hat größere Umwälzungen mitgemacht als dieses – und ist dennoch immer als dasselbe aus den gewaltigsten Katastrophen der Menschheit hervorgegangen? Welch ein unendlich zäher Wille zum Leben, zur Erhaltung der Art spricht aus diesen Tatsachen!

Die intellektuellen Eigenschaften des Juden haben sich im Verlaufe der Jahrtausende geschult. Er gilt heute als „gescheit" und war es in einem gewissen Sinne zu allen Zeiten. Allein sein Verstand ist nicht das Ergebnis eigener Entwicklung, sondern eines Anschauungsunterrichtes durch Fremde. Auch der menschliche Geist vermag nicht ohne Stufen zur Höhe emporzuklimmen; er braucht zu jedem Schritt nach aufwärts das Fundament der Vergangenheit, und zwar in jenem umfassenden Sinne, in dem es sich nur in der allgemeinen Kultur zu offenbaren vermag. Alles Denken beruht nur zum geringen Teile auf eigener Erkenntnis, zum größten aber auf den Erfahrungen der vorhergegangenen Zeit. Das allgemeine Kulturniveau versorgt den einzelnen Menschen, ohne daß es dieser meistens beachtet, mit einer solchen Fülle von Vorkenntnissen, daß er, so gerüstet, leichter weiter eigene Schritte machen kann. Der Knabe von heute zum Beispiel wächst unter einer wahren Unmenge technischer Errungenschaften der letzten Jahrhunderte auf, so daß er vieles, das vor hundert Jahren noch den größten Geistern ein Rätsel war, als selbstverständlich gar nicht mehr beachtet, obwohl es für ihn zum Verfolgen und Verstehen unserer Fortschritte auf dem betreffenden Gebiete von ausschlaggebender Bedeutung ist. Würde selbst ein genialer Kopf aus den zwanziger Jahren des vorigen Jahrhunderts heute plötzlich sein Grab verlassen, so wäre sein auch nur geistiges Zurechtfinden in der jetzigen Zeit schwerer, als dies für einen mittelmäßig begabten fünfzehnjährigen Knaben von heute der Fall ist. Denn ihm würde all die unendliche Vorbildung fehlen, die der Zeitgenosse von heute während seines Aufwachsens inmitten der Erscheinungen der jeweiligen allgemeinen Kultur sozusagen unbewußt in sich aufnimmt.

Da nun der Jude – aus Gründen, die sich sofort ergeben werden – niemals im Besitze einer eigenen Kultur war, sind die Grundlagen seines geistigen Arbeitens immer von anderen gegeben worden. Sein Intellekt hat sich zu allen Zeiten an der ihn umgebenden Kulturwelt entwickelt.

Niemals fand der umgekehrte Vorgang statt.

Denn wenn auch der Selbsterhaltungstrieb des jüdischen Volkes nicht kleiner, sondern eher noch größer ist als der anderer Völker, wenn auch seine geistigen Fähigkeiten sehr leicht den Eindruck zu erwecken vermögen, daß sie der intellektuellen Veranlagung der übrigen Rassen ebenbürtig wären, so fehlt doch vollständig die allerwesentlichste Voraussetzung für ein Kulturvolk, die idealistische Gesinnung.

Der Aufopferungswille im jüdischen Volke geht über den nackten Selbsterhaltungstrieb des einzelnen nicht hinaus. Das scheinbar große Zusammengehörigkeitsgefühl ist in einem sehr primitiven Herdeninstinkt begründet, wie er sich ähnlich bei vielen anderen Lebewesen auf dieser Welt zeigt. Bemerkenswert ist dabei die Tatsache, daß Herdentrieb stets nur so lange zu gegenseitiger Unterstützung führt, als eine gemeinsame Gefahr dies zweckmäßig oder unvermeidlich erscheinen läßt. Das gleiche Rudel Wölfe, das soeben noch gemeinsam seinen Raub überfällt, löst sich bei nachlassendem Hunger wieder in seine einzelnen Tiere auf. Das gleiche gilt von Pferden, die sich des Angreifers geschlossen zu erwehren suchen, um nach überstandener Gefahr wieder auseinanderzustieben.

Ähnlich verhält es sich auch beim Juden. Sein Aufopferungssinn ist nur ein scheinbarer. Es besteht nur so lange, als die Existenz jedes einzelnen dies unbedingt erforderlich macht. Sobald jedoch der gemeinsame Feind besiegt, die allen drohende Gefahr beseitigt, der Raub geborgen ist, hört die scheinbare Harmonie der Juden untereinander auf, um den ursächlich vorhandenen Anlagen wider Platz zu geben. Der Jude ist nur einig, wenn eine gemeinsame Gefahr ihn dazu zwingt oder eine gemeinsame Beute lockt; fallen beide Gründe weg, so treten die Eigenschaften eines krassesten Egoismus in ihre Rechte, und aus dem einigen Volk wird im Handumdrehen eine sich blutig bekämpfende Rotte von Ratten.

Wären die Juden auf dieser Welt allein, so würden sie ebensosehr in Schmutz und Unrat ersticken wie in haßerfülltem Kampfe sich gegenseitig zu übervorteilen und auszurotten versuchen, sofern nicht der sich in ihrer Feigheit ausdrückende restlose Mangel jedes Aufopferungssinnes auch hier den Kampf zum Theater werden ließe.

Es ist also grundfalsch, aus der Tatsache des Zusammenstehens der Juden im Kampfe, richtiger ausgedrückt in der Ausplünderung ihrer Mitmenschen, bei ihnen auf einen gewissen idealen Aufopferungssinn schließen zu wollen.

Auch hier leitet den Juden weiter nichts als nackter Egoismus des einzelnen.

Daher ist auch der jüdische Staat – der der lebendige Organismus zur Erhaltung und Vermehrung einer Rasse sein soll – territorial vollständig unbegrenzt. Denn eine bestimmte räumliche Fassung eines Staatsgebildes setzt immer eine idealistische Gesinnung der Staatsrasse voraus, besonders aber eine richtige Auffassung des Begriffes Arbeit. In eben dem Maße, in dem es an dieser Einstellung mangelt, versagt auch jeder Versuch zur Bildung, ja sogar zur Erhaltung eines räumlich begrenzten Staates. Damit entfällt jedoch die Grundlage, auf der eine Kultur allein entstehen kann.

Daher ist das jüdische Volk bei allen scheinbaren intellektuellen Eigenschaften dennoch ohne jede wahre Kultur, besonders aber ohne jede eigene. Denn was der Jude heute an Scheinkultur besitzt, ist das unter seinen Händen meist schon verdorbene Gut der anderen Völker.

Als wesentliches Merkmal bei der Beurteilung des Judentums in seiner Stellung zur Frage der menschlichen Kultur muß man sich immer vor Augen halten, daß es eine jüdische Kunst niemals gab und demgemäß auch heute nicht gibt, daß vor allem die beiden Königinnen aller Künste, Architektur und Musik, dem Judentum nichts Ursprüngliches zu verdanken haben. Was es auf dem Gebiete der Kunst leistet, ist entweder Verbalhornung oder geistiger Diebstahl. Damit aber fehlen dem Juden jene Eigenschaften, die schöpferisch und damit kulturell begnadete Rassen auszeichnen.

Wie sehr der Jude nur nachempfindend, besser aber verderbend fremde Kultur übernimmt, geht daraus hervor, daß er am meisten in der Kunst zu finden ist, die auch am wenigsten auf eigene Erfindung eingestellt erscheint, der Schauspielkunst. Allein selbst hier ist er wirklich nur der „Gaukler", besser der Nachäffer; denn selbst hier fehlt ihm der allerletzte Wurf zur wirklichen Größe; selbst hier ist er nicht der geniale Gestalter, sondern äußerlicher Nachahmer, wobei alle dabei angewendeten Mätzchen und Tricks eben doch nicht über die innere Leblosigkeit seiner Gestaltungsgabe hinwegzutäuschen vermögen. Hier hilft nur die jüdische Presse in liebevollster Weise nach, indem sie über jeden, aber auch den mittelmäßigsten Stümper, sofern er eben nur Jude ist, ein solches Hosiannnageschrei erhebt, daß die übrige Mitwelt endlich wirklich vermeint, einen Künstler vor sich zu sehen, während es sich in Wahrheit nur um einen jammervollen Komödianten handelt.

Nein, der Jude besitzt keine irgendwie kulturbildende Kraft, da der Idealismus, ohne den es eine wahrhafte Höherentwicklung des Menschen nicht gibt, bei ihm nicht vorhanden ist und nie vorhanden war. Daher wird sein Intellekt niemals aufbauend wirken, sondern zerstörend und in ganz seltenen Fällen vielleicht höchstens aufpeitschend, dann aber als das Urbild der „Kraft, die stets das Böse will und stets das Gute schafft". Nicht durch ihn findet irgendein Fortschritt der Menschheit statt, sondern trotz ihm. Da der Jude niemals einen Staat mit bestimmter territorialer Begrenzung besaß und damit auch nie eine Kultur sein eigen nannte, entstand die Vorstellung, als handle es sich hier um ein Volk, das in die Reihe der Nomaden zu rechnen wäre. Dies ist ein ebenso großer wie gefährlicher Irrtum. Der Nomade besitzt sehr wohl einen bestimmt umgrenzten Lebensraum, nur bebaut er ihn nicht als seßhafter Bauer, sondern lebt vom Ertrage seiner Herden, mit denen er in seinem Gebiete wandert. Der äußere Grund hierfür ist in der geringen Fruchtbarkeit eines Bodens zu sehen, der eine Ansiedlung einfach nicht gestattet. Die tiefere Ursache aber liegt im Mißverhältnis zwischen der technischen Kultur einer Zeit oder eines Volkes und der natürlichen Armut eines Lebensraumes. Es gibt Gebiete, in denen auch der Arier nur durch seine im Laufe von mehr denn tausend Jahren entwickelte Technik in der Lage ist, in geschlossenen Siedelungen des weiten Bodens Herr zu werden und die Erfordernisse des Lebens aus ihm zu bestreiten. Besäße er diese Technik nicht, so müßte er entweder diese Gebiete meiden oder ebenfalls als Nomade in dauernder Wanderschaft das Leben fristen, vorausgesetzt, daß nicht seine tausendjährige Erziehung und Gewöhnung an Seßhaftigkeit dies für ihn einfach unerträglich erscheinen ließe. Man muß bedenken, daß in der Zeit der Erschließung des amerikanischen Kontinents zahlreiche Arier sich ihr Leben als Fallensteller, Jäger usw. erkämpften, und zwar häufig in größeren Trupps mit Weib und Kind, immer herumziehend, so daß ihr Dasein vollkommen dem der Nomaden glich. Sobald aber ihre steigende Zahl und bessere Hilfsmittel gestatteten, den wilden Boden auszuroden und den Ureinwohnern standzuhalten, schossen immer mehr Siedlungen in dem Lande empor.

Wahrscheinlich war auch der Arier erst Nomade und wurde im Laufe der Zeit seßhaft, allein deshalb war er doch niemals Jude! Nein, der Jude ist kein Nomade; denn auch der Nomade hatte schon eine bestimmte Stellung zum Begriffe „Arbeit", die als Grundlage für eine spätere Entwicklung dienen konnte, sofern die notwendigen geistigen Voraussetzungen hierzu vorhanden waren. Die idealistische Grundanschauung aber ist bei ihm, wenn auch in unendlicher Verdünnung, gegeben, daher erscheint er auch in seinem ganzen Wesen den arischen Völkern vielleicht fremd, allein nicht unsympathisch. Bei den Juden hingegen ist diese Einstellung überhaupt nicht vorhanden; er war deshalb auch nie Nomade, sondern immer nur Parasit im Körper anderer Völker. Daß er dabei manchmal seinen bisherigen Lebensraum verläßt, hängt nicht mit seiner Absicht zusammen, sondern ist das Ergebnis des Hinauswurfes, den er von Zeit zu Zeit durch die mißbrauchten Gastvölker erfährt. Sein Sich-Weiterverbreiten aber ist eine typische Erscheinung für alle Parasiten; er sucht immer neuen Nährboden für seine Rasse.

Dies hat aber mit Nomadentum deshalb nichts zu tun, weil der Jude gar nicht daran denkt, ein von ihm besetztes Gebiet wieder zu räumen, sondern bleibt, wo er sitzt, und zwar so seßhaft, daß er selbst mit Gewalt nur mehr sehr schwer zu vertreiben ist. Sein Ausdehnen auf immer neue Länder erfolgt erst in dem Augenblick, in dem dort gewisse Bedingungen für sein Dasein gegeben sind, ohne daß er dadurch – wie der Nomade – seinen bisherigen Wohnsitz verändern würde. Er ist und bleibt der ewige Parasit, ein Schmarotzer, der wie ein schädlicher Bazillus sich immer mehr ausbreitet, sowie nur ein günstiger Nährboden dazu einlädt. Die Wirkung seines Daseins aber gleicht ebenfalls der von Schmarotzern: wo er auftritt, stirbt das Wirtsvolk nach kürzerer oder längerer Zeit ab.

So lebte der Jude zu allen Zeiten in den Staaten anderer Völker und bildete dort seinen eigenen Staat, der allerdings so lange unter der Bezeichnung „Religionsgemeinschaft" maskiert zu segeln pflegte, als die äußeren Umstände kein vollständiges Enthüllen seines Wesens angezeigt sein ließen. Glaubte er sich aber einmal stark genug, um der Schutzdecke entbehren zu können, dann ließ er noch immer den Schleier fallen und war plötzlich das, was so viele andere früher nicht glauben und sehen wollten: der Jude.

Im Leben des Juden als Parasit im Körper anderer Nationen und Staaten liegt eine Eigenart begründet, die Schopenhauer einst zu dem schon erwähnten Ausspruch veranlaßte, der Jude sei der „große Meister im Lügen". Das Dasein treibt den Juden zur Lüge, und zwar zur immerwährenden Lüge, wie es den Nordländer zur warmen Kleidung zwingt.

Sein Leben innerhalb anderer Völker kann auf die Dauer nur währen, wenn es ihm gelingt, die Meinung zu erwecken, als handle es sich bei ihm um kein Volk, sondern um eine, wenn auch besondere „Religionsgemeinschaft".

Dies ist aber die erste große Lüge.

Er muß, um sein Dasein als Völkerparasit führen zu können, zur Verleugnung seiner inneren Wesensart greifen. Je intelligenter der einzelne Jude ist, um so mehr wird ihm diese Täuschung auch gelingen. Ja, es kann so weit kommen, daß große Teile des Wirtsvolkes endlich ernstlich glauben werden, der Jude sei wirklich ein Franzose oder Engländer, ein Deutscher oder Italiener, wenn auch von besonderer Konfession. Besonders staatliche Stellen, die ja immer von dem historischen Bruchteil der Weisheit beseelt zu sein scheinen, fallen diesem infamen Betrug am leichtesten zum Opfer. Das selbständige Denken gilt in diesen Kreisen ja manchmal als eine wahre Sünde wider das heilige Fortkommen, so daß es einen nicht wundernehmen darf, wenn z. B. ein bayerisches Staatsministerium auch heute noch keine Blasse Ahnung davon besitzt, daß die Juden Angehörige eines Volkes sind und nicht einer „Konfession", obwohl nur ein Blick in die dem Judentum eigene Zeitungswelt dies selbst dem bescheidensten Geist sofort aufzeigen müßte. Allerdings ist das „Jüdische Echo" ja noch nicht das Amtsblatt und folglich für den Verstand eines solchen Regierungspotentaten unmaßgeblich.

Das Judentum war immer ein Volk mit bestimmten rassischen Eigenarten und niemals eine Religion, nur sein Fortkommen ließ es schon frühzeitig nach einem Mittel suchen, das die unangenehme Aufmerksamkeit in bezug auf seine Angehörigen zu zerstreuen vermochte. Welches Mittel aber wäre zweckmäßiger und zugleich harmloser gewesen als die Einschiebung des geborgten Begriffs der Religionsgemeinschaft? Denn auch hier ist alles entlehnt, besser gestohlen – aus dem ursprünglichen eigenen Wesen kann der Jude eine religiöse Einrichtung schon deshalb nicht besitzen, da ihm der Idealismus in jeder Form fehlt und damit auch der Glaube an ein Jenseits vollkommen fremd ist. Man kann sich aber eine Religion nach arischer Auffassung nicht vorstellen, der die Überzeugung des Fortlebens nach dem Tode in irgendeiner Form mangelt. Tatsächlich ist auch der Talmud kein Buch zur Vorbereitung für das Jenseits, sondern nur für ein praktisches und erträgliches Leben im Diesseits.

Die jüdische Religionslehre ist in erster Linie eine Anweisung zur Reinhaltung des Blutes des Judentums sowie zur Regelung des Verkehrs der Juden untereinander, mehr aber noch mit der übrigen Welt, mit den Nichtjuden also. Aber auch hier handelt es sich keineswegs um ethische Probleme, sondern um außerordentlich bescheidene wirtschaftliche. Über den sittlichen Wert des jüdischen Religionsunterrichtes gibt es heute und gab es zu allen Zeiten schon ziemlich eingehende Studien (nicht jüdischerseits; die Schwafeleien der Juden selber darüber sind natürlich dem Zweck angepaßt), die diese Art von Religion nach arischen Begriffen als geradezu unheimlich erscheinen lassen. Die beste Kennzeichnung jedoch gibt das Produkt dieser religiösen Erziehung, der Jude selber. Sein Leben ist nur von dieser Welt, und sein Geist ist dem wahren Christentum innerlich so fremd, wie sein Wesen es zweitausend Jahre vorher dem großen Gründer der neuen Lehre selber war. Freilich machte dieser aus seiner Gesinnung dem jüdischen Volke gegenüber kein Hehl, griff, wenn nötig, sogar zur Peitsche, um aus dem Tempel des Herrn diesen Widersacher jedes Menschentums zu treiben, der auch damals wie immer in der Religion nur ein Mittel zur geschäftlichen Existenz sah. Dafür wurde dann Christus freilich an das Kreuz geschlagen, während unser heutiges Parteichristentum sich herabwürdigt, bei den Wahlen um jüdische Stimmen zu betteln und später mit atheistischen Judenparteien politische Schiebungen zu vereinbaren sucht, und zwar gegen das eigene Volkstum.

Auf dieser ersten und größten Lüge, das Judentum sei nicht eine Rasse, sondern eine Religion, bauen sich dann in zwangsläufiger Folge immer weitere Lügen auf. Zu ihnen gehört auch die Lüge hinsichtlich der Sprache des Juden. Sie ist ihm nicht das Mittel, seine Gedanken auszudrücken, sondern das Mittel, sie zu verbergen. Indem er französisch redet, denkt er jüdisch, und während er deutsche Verse drechselt, lebt er nur das Wesen seines Volkstums aus.

Solange der Jude nicht der Herr der anderen Völker geworden ist, muß er wohl oder übel deren Sprachen sprechen, sobald diese jedoch seine Knechte wären, hätten sie alle eine Universalsprache (z.B. Esperanto!) zu lernen, so daß auch durch dieses Mittel das Judentum sie leichter beherrschen könnte!

Wie sehr das ganze Dasein dieses Volkes auf einer fortlaufenden Lüge beruht, wird in unvergleichlicher Art in den von den Juden so unendlich gehaßten „Protokollen der Weisen von Zion" gezeigt. Sie sollen auf einer Fälschung beruhen, stöhnt immer wieder die „Frankfurter Zeitung" in die Welt hinaus: der beste Beweis dafür, daß sie echt sind. Was viele Juden unbewußt tun mögen, ist hier bewußt klargelegt. Darauf aber kommt es an. Es ist ganz gleich, aus wessen Judenkopf diese Enthüllungen stammen, maßgebend aber ist, daß sie mit geradezu grauenerregender Sicherheit das Wesen und die Tätigkeit des Judenvolkes aufdecken und in ihren inneren Zusammenhängen sowie den letzten Schlußzielen darlegen. Die beste Kritik an ihnen jedoch bildet die Wirklichkeit. Wer die geschichtliche Entwicklung der letzten hundert Jahre von den Gesichtspunkten dieses Buches aus überprüft, dem wird auch das Geschrei der jüdischen Presse sofort verständlich werden. Denn wenn dieses Buch erst einmal Gemeingut des Volkes geworden sein wird, darf die jüdische Gefahr auch schon als gebrochen gelten.

X X X

Um den Juden kennenzulernen, ist es am besten, seinen Weg zu studieren, den er innerhalb der anderen Völker und im Laufe der Jahrhunderte genommen hat. Es genügt dabei, dies nur an einem Beispiele zu verfolgen, um zu den nötigen Erkenntnissen zu kommen. Da sein Werdegang immer und zu allen Zeiten derselbe war, wie ja auch die von ihm aufgefressenen Völker immer die gleichen sind, so empfiehlt es sich, bei einer solchen Betrachtung seine Entwicklung in bestimmte Abschnitte zu zerlegen, die ich in diesem Falle der Einfachheit halber mit Buchstaben bezeichne.

Die ersten Juden sind nach Germanien im Verlaufe des Vordringens der Römer gekommen, und zwar wie immer als Händler. In den Stürmen der Völkerwanderung aber sind sie anscheinend wieder verschwunden, und so darf als Beginn einer neuen und nun bleibenden Verjudung Mittelund Nordeuropas die Zeit der ersten germanischen Staatenbildung angesehen werden. Eine Entwicklung setzt ein, die immer dieselbe oder eine ähnliche war, wenn irgendwo Juden auf arische Völker stießen.

X X X

a) Mit dem Entstehen der ersten festen Siedelungen ist der Jude plötzlich „da". Er kommt als Händler und legt anfangs noch wenig Wert auf die Verschleierung seines Volkstums. Er ist noch Jude, zum Teil vielleicht auch deshalb, weil der äußere Rassenunterschied zwischen ihm und dem Gastvolk zu groß, seine sprachlichen Kenntnisse noch zu gering, die Abgeschlossenheit des Gastvolkes jedoch zu scharf sind, als daß er es wagen dürfte, als etwas anderes denn ein fremder Händler erscheinen zu wollen. Bei seiner Geschmeidigkeit und der Unerfahrenheit des Gastvolkes bedeutet die Beibehaltung seines Charakters als Jude auch keinen Nachteil für ihn, sondern eher einen Vorteil; man kommt dem Fremden freundlich entgegen.

b) Allmählich beginnt er sich langsam in der Wirtschaft zu betätigen, nicht als Produzent, sondern ausschließlich als Zwischenglied. In seiner tausendjährigen händlerischen Gewandtheit ist er den noch unbeholfenen, besonders aber grenzenlos ehrlichen Ariern weit überlegen, so daß schon in kurzer Zeit der Handel sein Monopol zu werden droht. Er beginnt mit dem Verleihen von Geld, und zwar wie immer zu Wucherzinsen. Tatsächlich führt er den Zins auch dadurch ein. Die Gefahr dieser neuen Einrichtung wird zunächst nicht erkannt, sondern um der augenblicklichen Vorteile wegen sogar begrüßt.

c) Der Jude ist vollkommen seßhaft geworden, d.h. er besiedelt in den Städten und Flecken besondere Viertel und bildet immer mehr einen Staat im Staate. Den Handel sowohl als sämtliche Geldgeschäfte faßt er als sein eigenes Privileg auf, das er rücksichtslos auswertet.

d) Das Geldgeschäft und der Handel sind restlos sein Monopol geworden. Seine Wucherzinsen erregen endlich Widerstand, seine zunehmende sonstige Frechheit aber Empörung, sein Reichtum Neid. Das Maß wird übervoll, als er auch den Grund und Boden in den Kreis seiner händlerischen Objekte einbezieht und ihn zur verkäuflichen, besser, handelbaren Ware erniedrigt. Da er selber den Boden nie bebaut, sondern bloß als ein Ausbeutungsgut betrachtet, auf dem der Bauer sehr wohl bleiben kann, allein unter den elendesten Erpressungen seitens seines nunmehrigen Herrn, steigert sich die Abneigung gegen ihn allmählich zum offenen Haß. Seine blutsaugerische Tyrannei wird so groß, daß es zu Ausschreitungen gegen ihn kommt. Man beginnt sich den Fremden immer näher anzusehen und entdeckt immer neue abstoßende Züge und Wesensarten an ihm, bis die Kluft unüberbrückbar wird.

In Zeiten bitterster Not bricht endlich die Wut gegen ihn aus, und die ausgeplünderten und zugrunde gerichteten Massen greifen zur Selbsthilfe, um sich der Gottesgeißel zu erwehren. Sie haben ihn im Laufe einiger Jahrhunderte kennengelernt und empfinden schon sein bloßes Dasein als gleiche Not wie die Pest.

e) Nun beginnt der Jude aber seine wahren Eigenschaften zu enthüllen. Mit widerlicher Schmeichelei macht er sich an die Regierungen heran, läßt sein Geld arbeiten und sichert sich auf solche Art immer wieder den Freibrief zu neuer Ausplünderung seiner Opfer. Wenn auch manchmal die Wut des Volkes gegen den ewigen Blutegel lichterloh aufbrennt, so hindert ihn dies nicht im geringsten, in wenigen Jahren schon wieder in dem kaum verlassenen Orte neuerdings aufzutauchen und das alte Leben von vorne zu beginnen. Keine Verfolgung kann ihn von seiner Art der Menschenausbeutung abbringen, keine ihn vertreiben, nach jeder ist er in kurzer Zeit wieder da, und zwar als der alte.

Um wenigstens das Allerärgste zu verhindern, beginnt man, den Boden seiner wucherischen Hand zu entziehen, indem man ihm die Erwerbung desselben einfach gesetzlich unmöglich macht.

f) In dem Maße, in dem die Macht der Fürsten zu steigen beginnt, drängt er sich immer näher an diese heran. Er bettelt um „Freibriefe" und „Privilegien", die er von den stets in Finanznöten befindlichen Herren gegen entsprechende Bezahlung gerne erhält. Was ihn dieses auch kostet, er bringt in wenigen Jahren das ausgegebene Geld mit Zins und Zinseszins wieder herein. Ein wahrer Blutegel, der sich an den Körper des unglücklichen Volkes ansetzt und nicht wegzubringen ist, bis die Fürsten selber wieder Geld brauchen und ihm das ausgesogene Blut höchst persönlich abzapfen.

Dieses Spiel wiederholt sich immer von neuem, wobei die Rolle der sogenannten „deutschen Fürsten" genau so erbärmlich wie die der Juden selber ist. Sie waren wirklich die Strafe Gottes für ihre lieben Völker, diese Herren, und finden ihre Parallele nur in verschiedenen Ministern der heutigen Zeit.

Den deutschen Fürsten ist es zu danken, daß die deutsche Nation sich von der jüdischen Gefahr nicht endgültig zu erlösen vermochte. Leider hat sich darin auch später nichts geändert, so daß ihnen vom Juden nur der tausendfach verdiente Lohn zuteil wurde für die Sünden, die sie an ihren Völkern einst verbrochen haben. Sie verbündeten sich mit dem Teufel und landeten bei ihm.

g) So führt seine Umgarnung der Fürsten zu deren Verderben. Langsam aber sicher lockert sich ihre Stellung zu den Völkern in dem Maße, in dem sie aufhören, den Interessen derselben zu dienen, und statt dessen zu Nutznießern ihrer Untertanen werden. Der Jude weiß ihr Ende genau und sucht es nach Möglichkeit zu beschleunigen. Er selber fördert ihre ewige Finanznot, indem er sie den wahren Aufgaben immer mehr entfremdet, in übelster Schmeichelei umkriecht, zu Lastern anleitet und sich dadurch immer unentbehrlicher macht. Seine Gewandtheit, besser Skrupellosigkeit in allen Geldangelegenheiten versteht es, immer neue Mittel aus den ausgeplünderten Untertanen herauszupressen, ja herauszuschinden, die in immer kürzeren Zeiträumen den Weg alles Irdischen gehen. So hat jeder Hof seinen „Hofjuden" – wie die Scheusale heißen, die das liebe Volk bis zur Verzweiflung quälen und den Fürsten das ewige Vergnügen bereiten. Wen will es da wundernehmen, daß diese Zierden des menschlichen Geschlechtes endlich auch äußerlich geziert werden und in den erblichen Adelsstand emporsteigen, so mithelfend, auch diese Einrichtung nicht nur der Lächerlichkeit preiszugeben, sondern sogar zu vergiften?

Nun vermag er natürlich erst recht seine Stellung zugunsten seines Fortkommens zu verwenden.

Endlich braucht er sich ja nur taufen zu lassen, um in den Besitz aller Möglichkeiten und Rechte der Landeskinder selber kommen zu können. Er besorgt dieses Geschäft denn auch nicht selten zur Freude der Kirchen über den gewonnenen Sohn und Israels über den gelungenen Schwindel.

h) In der Judenheit beginnt sich jetzt ein Wandel zu vollziehen. Sie waren bisher Juden, d.h. man legte keinen Wert darauf, als etwas anderes erscheinen zu wollen, und konnte dies auch nicht bei den so überaus ausgeprägten Rassemerkmalen auf beiden Seiten. Noch in der Zeit Friedrichs des Großen fällt es keinem Menschen ein, in den Juden etwas anderes als das „fremde" Volk zu sehen, und noch Goethe ist entsetzt bei dem Gedanken, daß künftig die Ehe zwischen Christen und Juden nicht mehr gesetzlich verboten sein soll. Goethe aber war denn doch, wahrhaftiger Gott, kein Rückschrittler oder gar Zelot; was aus ihm sprach, war nichts anderes als die Stimme des Blutes und der Vernunft. So erblickte – trotz aller schmachvollen Handlungen der Höfe – das Volk im Juden instinktiv den fremden Körper im eigenen Leibe und stellte sich demgemäß auch zu ihm ein.

Nun aber sollte dies anders werden. Im Laufe von mehr als tausend Jahren hat er die Sprache des Gastvolkes so weit beherrschen gelernt, daß er es nun wagen zu können glaubt, sein Judentum künftig etwas weniger zu betonen und sein „Deutschtum" mehr in den Vordergrund zu stellen; denn so lächerlich, ja aberwitzig es zunächst auch erscheinen mag, nimmt er sich dennoch die Frechheit heraus und verwandelt sich in einen „Germanen", in diesem Falle also in einen „Deutschen". Damit setzt eine der infamsten Täuschungen ein, die sich denken läßt. Da er vom Deutschtum wirklich nichts besitzt als die Kunst, seine Sprache – noch dazu in fürchterlicher Weise – zu radebrechen, im übrigen aber niemals sich mit ihm vermengte, beruht mithin sein ganzes Deutschtum nur auf der Sprache allein. Die Rasse aber liegt nicht in der Sprache, sondern ausschließlich im Blute, etwas, das niemand besser weiß als der Jude, der gerade auf die Erhaltung seiner Sprache nur sehr wenig Wert legt, hingegen allen Wert auf die Reinhaltung seines Blutes. Ein Mensch kann ohne weiteres die Sprache ändern, d.h. er kann sich einer anderen bedienen; allein er wird dann in seiner neuen Sprache die alten Gedanken ausdrücken; sein inneres Wesen wird nicht verändert. Dies zeigt am allerbesten der Jude, der in tausend Sprachen reden kann und dennoch immer der eine Jude bleibt. Seine Charaktereigenschaften sind dieselben geblieben, mochte er vor zweitausend Jahren als Getreidehändler in Ostia römisch sprechen oder mag er als Mehlschieber von heute deutsch mauscheln. Es ist immer der gleiche Jude. Daß diese Selbstverständlichkeit von einem normalen heutigen Ministerialrat oder höheren Polizeibeamten nicht begriffen wird, ist freilich auch selbstverständlich, läuft doch etwas Instinktund Geistloseres schwerlich herum als diese Diener unserer vorbildlichen Staatsautorität der Gegenwart.

Der Grund, warum sich der Jude entschließt, auf einmal zum „Deutschen" zu werden, liegt auf der Hand. Er fühlt, wie die Macht der Fürsten langsam ins Wanken gerät, und sucht deshalb frühzeitig eine Plattform unter seine Füße zu bekommen. Weiter aber ist seine geldliche Beherrschung der gesamten Wirtschaft schon so fortgeschritten, daß er ohne den Besitz aller „staatsbürgerlichen" Rechte das ganze ungeheure Gebäude nicht mehr länger zu stützen vermag, auf alle Fälle keine weitere Steigerung seines Einflusses mehr stattfinden kann. Beides aber wünscht er; denn je höher er klimmt, um so lockender steigt aus dem Schleier der Vergangenheit sein altes, ihm einst verheißenes Ziel heraus, und mit fiebernder Gier sehen seine hellsten Köpfe den Traum der Weltherrschaft schon wieder in faßbare Nähe rücken. So ist sein einziges Streben darauf gerichtet, sich in den Vollbesitz der „staatsbürgerlichen" Rechte zu setzen.

Dies ist der Grund der Emanzipation aus dem Ghetto.

i) So entwickelt sich aus dem Hofjuden langsam der Volksjude, das heißt natürlich: der Jude bleibt nach wie vor in der Umgebung der hohen Herren, ja, er sucht sich eher noch mehr in deren Kreis hineinzuschieben, allein zu gleicher Zeit biedert sich ein anderer Teil seiner Rasse an das liebe Volk an. Wenn man bedenkt, wie sehr er an der Masse im Laufe der Jahrhunderte gesündigt hatte, wie er sie immer von neuem unbarmherzig auspreßte und aussog, wenn man weiter bedenkt, wie ihn das Volk dafür allmählich hassen lernte und am Ende in seinem Dasein wirklich nur mehr eine Strafe des Himmels für die anderen Völker erblickte, so kann man verstehen, wie schwer dem Juden diese Umstellung werden muß. Ja, es ist eine mühsame Arbeit, sich den abgehäuteten Opfern auf einmal als „Freund der Menschen" vorzustellen.

Er geht denn auch zunächst daran, in den Augen des Volkes wieder gutzumachen, was er bisher an ihm verbrochen hatte. Er beginnt seine Wandlung als „Wohltäter" der Menschheit. Da seine neue Güte einen realen Grund hat, kann er sich auch nicht gut an das alte Bibelwort halten, daß die Linke nicht wissen solle, was die Rechte gibt, sondern er muß sich wohl oder übel damit abfinden, möglichst viele wissen zu lassen, wie sehr er die Leiden der Masse empfindet, und was alles er dagegen persönlich an Opfern bringt. In dieser ihm nun einmal angeborenen Bescheidenheit trommelt er seine Verdienste in die übrige Welt so lange hinaus, bis diese wirklich daran zu glauben beginnt. Wer nicht daran glaubt, tut ihm bitter Unrecht. In kurzer Zeit schon fängt er an, die Dinge so zu drehen, als ob bisher überhaupt nur ihm immer Unrecht zugefügt worden wäre und nicht umgekehrt. Besondere Dumme glauben dies und können dann nicht anders, als den armen „Unglücklichen" zu bedauern.

Im übrigen wäre hier noch zu bemerken, daß der Jude bei aller Opferfreudigkeit persönlich natürlich dennoch nie verarmt. Er versteht schon einzuteilen; ja, manchmal ist seine Wohltat wirklich nur mit dem Dünger zu vergleichen, der auch nicht aus Liebe zum Feld auf dieses gestreut wird, sondern aus Voraussicht für das spätere eigene Wohl. Auf jeden Fall aber weiß in verhältnismäßig kurzer Zeit alles, daß der Jude ein „Wohltäter und Menschenfreund" geworden ist. Welch ein eigentümlicher Wandel!

Was aber bei anderen mehr oder weniger als selbstverständlich gilt, erweckt schon deshalb höchstes Erstaunen, ja bei vielen ersichtliche Bewunderung, weil es bei ihm eben nicht selbstverständlich ist. So kommt es, daß man ihm auch jede solche Tat noch um vieles höher anrechnet als der übrigen Menschheit.

Aber noch mehr: Der Jude wird auf einmal auch liberal und fängt an, vom notwendigen Fortschritt der Menschheit zu schwärmen.

Langsam macht er sich so zum Wortführer einer neuen Zeit.

Freilich zerstört er auch immer gründlicher die Grundlagen einer wahrhaft volksnützlichen Wirtschaft. Über dem Umwege der Aktie schiebt er sich in den Kreislauf der nationalen Produktion ein, macht diese zum käuflichen, besser handelbaren Schacherobjekt und raubt damit den Betrieben die Grundlagen einer persönlichen Besitzerschaft. Damit erst tritt zwischen Arbeitgeber und Arbeitnehmer jene innere Entfremdung ein, die zur späteren politischen Klassenspaltung hinüberleitet.

Endlich aber wächst die jüdische Einflußnahme auf wirtschaftliche Belange über die Börse nun unheimlich schnell an. Er wird zum Besitzer oder doch zum Kontrolleur der nationalen Arbeitskraft.

Zur Stärkung seiner politischen Stellung versucht er, die rassischen und staatsbürgerlichen Schranken einzureißen, die ihn zunächst noch auf Schritt und Tritt beengen. Er kämpft zu diesem Zwecke mit aller ihm eigenen Zähigkeit für die religiöse Toleranz – und hat in der ihm vollständig verfallenen Freimaurerei ein vorzügliches Instrument zur Verfechtung wie aber auch zur Durchschiebung seiner Ziele. Die Kreise der Regierenden sowie die höheren Schichten des politischen und wirtschaftlichen Bürgertums gelangen durch maurerische Fäden in seine Schlingen, ohne daß sie es auch nur zu ahnen brauchen.

Nur das Volk als solches oder besser der Stand, der, im Erwachen begriffen, sich selber seine Rechte und die Freiheit erkämpft, kann dadurch in tieferen und breiteren Schichten noch nicht genügend erfaßt werden. Dieses aber ist nötiger als alles andere; denn der Jude fühlt, daß die Möglichkeit seines Aufstieges zu einer beherrschenden Rolle nur gegeben ist, wenn sich vor ihm ein „Schrittmacher" befindet; den aber vermeint er im Bürgertum, und zwar in den breitesten Schichten desselben, erkennen zu können. Die Handschuhmacher und Leineweber aber kann man nicht mit dem feinen Netz der Freimaurerei einfangen, sondern es müssen hier schon gröbere und dabei aber nicht minder eindringliche Mittel angesetzt werden. So kommt zur Freimaurerei als zweite Waffe im Dienste des Judentums: die Presse. In ihren Besitz setzt er sich mit aller Zähigkeit und Geschicklichkeit. Mit ihr beginnt er langsam das ganze öffentliche Leben zu umklammern und zu umgarnen, zu leiten und zu schieben, da er in der Lage ist, jene Macht zu erzeugen und zu dirigieren, die man unter der Bezeichnung „öffentliche Meinung" heute besser kennt als noch vor wenigen Jahrzehnten.

Dabei stellt er sich persönlich immer als unendlich wissensdurstig hin, lobt jeden Fortschritt, am meisten freilich den, der zum Verderben der anderen führt; denn jedes Wissen und jede Entwicklung beurteilt er immer nur nach der Möglichkeit der Förderung seines Volkstums, und wo diese fehlt, ist er der unerbittliche Todfeind jedes Lichtes, der Hasser jeder wahren Kultur. So verwendet er alles Wissen, das er in den Schulen der anderen aufnimmt, nur im Dienste seiner Rasse.

Dieses Volkstum aber hütet er wie nie zuvor. Während er von „Aufklärung", „Fortschritt", „Freiheit", „Menschentum" usw. überzufließen scheint, übt er selber strengste Abschließung seiner Rasse. Wohl hängt er seine Frauen manchmal einflußreichen Christen an, allein, er erhält seinen männlichen Stamm grundsätzlich immer rein. Er vergiftet das Blut der anderen, wahrt aber sein eigenes. Der Jude heiratet fast nie eine Christin, sondern der Christ die Jüdin. Die Bastarde aber schlagen dennoch nach der jüdischen Seite aus. Besonders ein Teil des höheren Adels verkommt vollständig. Der Jude weiß das ganz genau und betreibt deshalb diese Art der „Entwaffnung" der geistigen Führerschicht seiner rassischen Gegner planmäßig. Zur Maskierung des Treibens und zur Einschläferung seiner Opfer jedoch redet er immer mehr von der Gleichheit aller Menschen, ohne Rücksicht auf Rasse und Farbe. Die Dummen beginnen es ihm zu glauben.

Da jedoch sein ganzes Wesen immer noch zu stark den Geruch des allzu Fremden an sich haften hat, als daß besonders die breite Masse des Volkes ohne weiteres in sein Garn gehen würde, läßt er durch seine Presse ein Bild von sich geben, das der Wirklichkeit so wenig entspricht, wie es umgekehrt seinem verfolgten Zwecke dient. In Witzblättern besonders bemüht man sich, die Juden als ein harmloses Völkchen hinzustellen, das nun einmal seine Eigenarten besitzt – wie eben andere auch –, das aber doch, selbst in seinem vielleicht etwas fremd anmutenden Gebaren, Anzeichen einer möglicherweise komischen, jedoch immer grundehrlichen und gütigen Seele von sich gebe. Wie man sich überhaupt bemüht, ihn immer mehr unbedeutend als gefährlich erscheinen zu lassen.

Sein Endziel in diesem Stadium aber ist der Sieg der Demokratie oder, wie er es versteht: die Herrschaft des Parlamentarismus. Sie entspricht am meisten seinen Bedürfnissen; schaltet sie doch die Persönlichkeit aus – und setzt an ihre Stelle die Majorität der Dummheit, Unfähigkeit und nicht zum letzten aber der Feigheit.

Das Endergebnis wird der Sturz der Monarchie sein, der nun früher oder später eintreten muß.

j) Die ungeheure wirtschaftliche Entwicklung führt zu einer Änderung der sozialen Schichtung des Volkes. Indem das kleine Handwerk langsam abstirbt und damit die Möglichkeit der Gewinnung einer selbständigen Existenz für den Arbeiter immer seltener wird, verproletarisiert dieser zusehends. Es entsteht der industrielle „Fabrikarbeiter", dessen wesentlichstes Merkmal darin zu suchen ist, daß er kaum je in die Lage kommt, sich im späteren Leben eine eigene Existenz gründen zu können. Er ist im wahrsten Sinne des Wortes besitzlos, seine alten Tage sind eine Qual und kaum mehr mit Leben zu bezeichnen.

Schon früher wurde einmal eine ähnliche Lage geschaffen, die gebieterisch einer Lösung zudrängte und sie auch fand. Zum Bauern und Handwerker waren als weiterer Stand langsam der Beamte und Angestellte – besonders des Staates – gekommen. Auch sie waren Besitzlose im wahrsten Sinne des Wortes. Der Staat fand aus diesem ungesunden Zustand endlich dadurch einen Ausweg, daß er die Versorgung des Staatsangestellten, der selbst für seine alten Tage nicht vorbeugen konnte, übernahm und die Pension, das Ruhegehalt, einführte. Langsam folgten immer mehr private Betriebe diesem Beispiele, so daß heute fast jeder geistige Festangestellte seine spätere Pension bezieht, sofern der Betrieb eine bestimmte Größe schon erreicht oder überschritten hat. Und erst die Sicherung des Staatsbeamten im Alter vermochte diesen zu jener selbstlosen Pflichttreue zu erziehen, die in der Vorkriegszeit die vornehmste Eigenschaft des deutschen Beamtentums war.

So wurde ein ganzer Stand, der eigentumslos blieb, in kluge Weise dem sozialen Elend entrissen und damit dem Volksganzen eingegliedert.

Nun war diese Frage neuerdings und diesmal in viel größerem Umfange an den Staat und die Nation herangetreten. Immer neue, in die Millionen gehende Menschenmassen siedelten aus den bäuerlichen Orten in die größeren Städte über, um als Fabrikarbeiter in den neugegründeten Industrien das tägliche Brot zu verdienen. Arbeits- und Lebensverhältnisse des neuen Standes waren schlimmer als traurig. Schon die mehr oder minder mechanische Übertragung der früheren Arbeitsmethoden des alten Handwerkers oder auch Bauern auf die neue Form paßte in keinerlei Weise. Die Tätigkeit des einen wie des anderen ließ sich nicht mehr vergleichen mit den Anstrengungen, die der industrielle Fabrikarbeiter zu leisten hat. Bei dem alten Handwerk mochte die Zeit vielleicht weniger eine Rolle spielen, aber bei den neuen Arbeitsmethoden spielte sie diese um so mehr. Die formale Übernahme der alten Arbeitszeiten in den industriellen Großbetrieb wirkte geradezu verhängnisvoll; denn die tatsächliche Arbeitsleistung von einst war infolge des Fehlens der heutigen intensiven Arbeitsmethoden nur klein. Wenn man also vorher den Vierzehn- oder Fünfzehnstunden-Arbeitstag noch ertragen konnte, dann vermochte man ihn sicher nicht mehr zu ertragen in einer Zeit, da jede Minute auf das äußerste ausgenützt wird. Wirklich war das Ergebnis dieser sinnlosen

Übertragung alter Arbeitszeiten auf die neue industrielle Tätigkeit nach zwei Richtungen unglückselig: die Gesundheit wurde vernichtet und der Glauben an ein höheres Recht zerstört. Endlich kam hierzu noch die jämmerliche Entlohnung einerseits und die demgemäß ersichtlich um so viel bessere Stellung des Arbeitgebers andererseits.

Auf dem Lande konnte es eine soziale Frage nicht geben, da Herr und Knecht die gleiche Arbeit taten und vor allem aus gleicher Schüssel aßen. Aber auch dies änderte sich.

Die Trennung des Arbeitnehmers vom Arbeitgeber erscheint jetzt auf allen Gebieten des Lebens vollzogen. Wieweit dabei die innere Verjudung unseres Volkes schon fortgeschritten ist, kann man an der geringen Achtung, wenn nicht schon Verachtung ersehen, die man der Handarbeit an sich zollt. Deutsch ist dies nicht. Erst die Verwelschung unseres Lebens, die aber in Wahrheit eine Verjudung war, wandelte die einstige Achtung vor dem Handwerk in eine gewisse Verachtung jeder körperlichen Arbeit überhaupt.

So entsteht tatsächlich ein neuer, nur sehr wenig geachteter Stand, und es muß eines Tages die Frage auftauchen, ob die Nation die Kraft besitzen würde, von sich aus den neuen Stand in die allgemeine Gesellschaft wieder einzugliedern, oder ob sich der standesmäßige Unterschied zur klassenartigen Kluft erweitern würde.

Eines aber ist sicher: der neue Stand besaß nicht die schlechtesten Elemente in seinen Reihen, sondern im Gegenteil auf alle Fälle die tatkräftigsten. Die Überfeinerungen der sogenannten Kultur hatten hier noch nicht ihre zersetzenden und zerstörenden Wirkungen ausgeübt. Der neue Stand war in seiner breiten Masse noch nicht von dem Gifte pazifistischer Schwäche angekränkelt, sondern robust und, wenn nötig, auch brutal.

Während sich das Bürgertum um diese so schwerwiegende Frage überhaupt nicht kümmert, sondern gleichgültig die Dinge laufen läßt, erfaßt der Jude die unübersehbare Möglichkeit, die sich hier für die Zukunft bietet, und indem er auf der einen Seite die kapitalistischen Methoden der Menschenausbeutung bis zur letzten Konsequenz organisiert, macht er sich an die Opfer seines Geistes und Waltens selber heran und wird in kurzer Zeit schon der Führer ihres Kampfes gegen sich selbst. Das heißt freilich, nur bildlich gesprochen, „gegen sich selbst", denn der große Meister im Lügen versteht es, sich wie immer als den Reinen erscheinen zu lassen und die Schuld den anderen aufzubürden. Da er die Frechheit besitzt, die Masse selber zu führen, kommt diese auch gar nicht auf den Gedanken, daß es sich um den infamsten Betrug aller Zeiten handeln könnte.

Und doch war es so.

Kaum daß der neue Stand sich aus der allgemeinen wirtschaftlichen Umbildung herausentwickelt, sieht auch der Jude schon den neuen Schrittmacher zu seinem eigenen weiteren Fortkommen klar und deutlich vor sich. Erst benützte er das Bürgertum als Sturmbock gegen die feudale Welt, nun den Arbeiter gegen die bürgerliche. Wußte er aber einst im Schatten des Bürgertums sich die bürgerlichen Rechte zu erschleichen, so hofft er nun, im Kampfe des Arbeiters ums Dasein, den Weg zur eigenen Herrschaft zu finden.

Von jetzt ab hat der Arbeiter nur mehr die Aufgabe, für die Zukunft des jüdischen Volkes zu fechten. Unbewußt wird er in den Dienst der Macht gestellt, die er zu bekämpfen vermeint. Man läßt ihn scheinbar gegen das Kapital anrennen und kann ihn so am leichtesten gerade für dieses kämpfen lassen. Man schreit dabei immer gegen das internationale Kapital und meint in Wahrheit die nationale Wirtschaft. Diese soll demoliert werden, damit auf ihrem Leichenfeld die internationale Börse triumphieren kann.

Das Vorgehen des Juden dabei ist folgendes:

Er macht sich an den Arbeiter heran, heuchelt Mitleid mit dessen Schicksal oder gar Empörung über dessen Los des Elends und der Armut, um auf diesem Wege das Vertrauen zu gewinnen. Er bemüht sich, alle die einzelnen tatsächlichen oder auch eingebildeten Härten seines Lebens zu studieren – und die Sehnsucht nach Änderung eines solchen Daseins zu erwecken. Das in jedem arischen Menschen irgendwie schlummernde Bedürfnis nach sozialer Gerechtigkeit steigert er in unendlich kluger Weise zum Haß gegen die vom Glück besser Bedachten und gibt dabei dem Kampfe um die Beseitigung sozialer Schäden ein ganz bestimmtes weltanschauungsgemäßes Gepräge. Er begründet die marxistische Lehre.

Indem er sie als mit einer ganzen Anzahl von sozial gerechten Forderungen unzertrennlich verknüpft hinstellt, fördert er ebenso ihre Verbreitung wie umgekehrt die Abneigung der anständigen Menschheit, Forderungen nachzukommen, die, in solcher Form und Begleitung vorgebracht, von Anfang an als ungerecht, ja unmöglich erfüllbar erscheinen. Denn unter diesem Mantel rein sozialer Gedanken liegen wahrhaft teuflische Absichten verborgen, ja, sie werden mit frechster Deutlichkeit auch wohl in voller Öffentlichkeit vorgetragen. Diese Lehre stellt ein unzertrennliches Gemisch von Vernunft und menschlichem Aberwitz dar, aber immer so, daß nur der Wahnsinn zur Wirklichkeit zu werden vermag, niemals die Vernunft. Durch die kategorische Ablehnung der Persönlichkeit und damit der Nation und ihres rassischen Inhalts zerstört sie die elementaren Grundlagen der gesamten menschlichen Kultur, die gerade von diesen Faktoren abhängig ist. Dieses ist der wahre innere Kern der marxistischen Weltanschauung, sofern man diese Ausgeburt eines verbrecherischen Gehirns als „Weltanschauung" bezeichnen darf. Mit der Zertrümmerung der Persönlichkeit und der Rasse fällt das wesentliche Hindernis für die Herrschaft des Minderwertigen – dieses aber ist der Jude.

Gerade im wirtschaftlichen und politischen Wahnwitz liegt der Sinn dieser Lehre. Denn durch ihn werden alle wahrhaft Intelligenten abgehalten, sich in ihren Dienst zu stellen, während die minder geistig Tätigen und wirtschaftlich schlecht Gebildeten mit fliegenden Fahnen ihr zueilen. Die Intelligenz für die Bewegung aber – denn auch diese Bewegung braucht zu ihrem Bestehen Intelligenz – „opfert" der Jude aus seinen eigenen Reihen.

So entsteht eine reine Handarbeiterbewegung unter jüdischer Führung, scheinbar darauf ausgehend, die Lage des Arbeiters zu verbessern, in Wahrheit aber die Versklavung und damit die Vernichtung aller nichtjüdischen Völker beabsichtigend.

Was die Freimaurerei in den Kreisen der sogenannten Intelligenz an allgemein pazifistischer Lähmung des nationalen Selbsterhaltungstriebes einleitet, wird durch die Tätigkeit der großen, heute immer jüdischen Presse der breiteren Masse, vor allem aber dem Bürgertum, vermittelt. Zu diesen beiden Waffen der Zersetzung kommt nun als dritte und weitaus furchtbarste die Organisation der rohen Gewalt. Der Marxismus soll als Angriffsund Sturmkolonne vollenden, was die Zermürbungsarbeit der beiden ersten Waffen vorbereitend schon zum Zusammenbruch heranreifen ließ.

Es vollzieht sich damit ein wahrhaft meisterhaftes Zusammenspiel, so daß man sich wirklich nicht zu wundern braucht, wenn demgegenüber gerade diejenigen Institutionen am meisten versagen, die sich immer so gerne als die Träger der mehr oder minder sagenhaften staatlichen Autorität vorzustellen belieben. In unserem hohen und höchsten Beamtentum des Staates hat der Jude zu allen Zeiten (von wenigen Ausnahmen abgesehen) den willfährigsten Förderer seiner Zerstörungsarbeit gefunden. Kriechende Unterwürfigkeit nach „oben" und arrogante Hochnäsigkeit nach „unten" zeichnen diesen Stand ebensosehr aus wie eine oft himmelschreiende Borniertheit, die nur durch die manchmal geradezu erstaunliche Einbildung übertroffen wird.

Dieses aber sind Eigenschaften, die der Jude bei unseren Behörden braucht und demgemäß auch liebt.

Der praktische Kampf, der nun einsetzt, verläuft, in groben Strichen gezeichnet, folgendermaßen:

Entsprechend den Schlußzielen des jüdischen Kampfes, die sich nicht nur in der wirtschaftlichen Eroberung der Welt erschöpfen, sondern auch deren politische Unterjochung fordern, teilt der Jude die Organisation seiner marxistischen Weltlehre in zwei Hälften, die, scheinbar voneinander getrennt, in Wahrheit aber ein untrennbares Ganzes bilden: in die politische und die gewerkschaftliche Bewegung.

Die gewerkschaftliche Bewegung ist die werbende. Sie bietet dem Arbeiter in seinem schweren Existenzkampf, den er dank der Habgier und Kurzsichtigkeit vieler Unternehmer zu führen hat, Hilfe und Schutz und damit die Möglichkeit der Erkämpfung besserer Lebensbedingungen. Will der Arbeiter die Vertretung seiner menschlichen Lebensrechte in einer Zeit, da die organisierte Volksgemeinschaft, der Staat, sich um ihn so gut wie gar nicht kümmert, nicht der blinden Willkür von zum Teil wenig verantwortungsbewußten, oft auch herzlosen Menschen ausliefern, muß er deren Verteidigung selber in die Hand nehmen. In eben dem Maße nun, in dem das sogenannte nationale Bürgertum, von Geldinteressen geblendet, diesem Lebenskampfe die schwersten Hindernisse in den Weg legt, all den Versuchen um Kürzung der unmenschlich langen Arbeitszeit, Beendigung von Kinderarbeit, Sicherung und Schutz der Frau, Hebung der gesundheitlichen Verhältnisse in Werkstätten und Wohnungen, nicht nur Widerstand entgegensetzt, sondern sie häufig und tatsächlich sabotiert, nimmt sich der klügere Jude der so Unterdrückten an. Er wird allmählich zum Führer der Gewerkschaftsbewegung, und dies um so leichter, als es ihm nicht um eine wirkliche Behebung sozialer Schäden im ehrlichen Sinne zu tun ist, sondern nur um die Heranbildung einer ihm blind ergebenen wirtschaftlichen Kampftruppe zur Zertrümmerung der nationalen wirtschaftlichen Unabhängigkeit. Denn während die Führung einer gesunden Sozialpolitik dauernd zwischen den Richtlinien der Erhaltung der Volksgesundheit einerseits und der Sicherung einer unabhängigen nationalen Wirtschaft andererseits sich bewegen wird, fallen für den Juden in seinem Kampfe diese beiden Gesichtspunkte nicht nur weg, sondern ihre Beseitigung ist mit sein Lebensziel. Er wünscht nicht die Erhaltung einer unabhängigen nationalen Wirtschaft, sondern deren Vernichtung. Infolgedessen können ihn keinerlei Gewissensbisse davor bewahren, als Führer der Gewerkschaftsbewegung Forderungen zu stellen, die nicht nur über das Ziel hinausschießen, sondern deren Erfüllung praktisch entweder unmöglich ist oder den Ruin der nationalen Wirtschaft bedeutet. Er will aber auch kein gesundes, stämmiges Geschlecht vor sich haben, sondern eine morsche, unterjochungsfähige Herde. Dieser Wunsch gestattet ihm abermals, Forderungen sinnlosester Art zu stellen, deren praktische Erfüllung nach seinem eigenen Wissen unmöglich ist, die mithin zu gar keinem Wechsel der Dinge zu führen vermöchten, sondern höchstens zu einer wüsten Aufpeitschung der Masse. Darum aber ist es ihm zu tun und nicht um die wirkliche und ehrliche Verbesserung ihrer sozialen Lage.

Somit ist die Führung des Judentums in gewerkschaftlichen Dingen so lange eine unbestrittene, als nicht eine enorme Aufklärungsarbeit die breiten Massen beeinflußt, sie über ihr vermeintlich niemals endendes Elend eines Besseren belehrt, oder der Staat den Juden und seine Arbeit erledigt. Denn solange die Einsicht der Masse so gering bleibt wie jetzt und der Staat so gleichgültig wie heute, wird diese Masse stets dem am ersten folgen, der in wirtschaftlichen Dingen zunächst die unverschämtesten Versprechungen bietet. Darin aber ist der Jude Meister. Wird doch seine gesamte Tätigkeit durch keinerlei moralische Bedenken gehemmt.

So schlägt er denn auf diesem Gebiete zwangsläufig in kurzer Zeit jeden Konkurrenten aus dem Felde. Seiner ganzen inneren raubgierigen Brutalität entsprechend stellt er die gewerkschaftliche Bewegung zugleich auf brutalste Gewaltanwendung ein. Wessen Einsicht der jüdischen Lockung widersteht, dessen Trotz und Erkenntnis wird durch den Terror gebrochen. Die Erfolge einer solchen Tätigkeit sind ungeheuer.

Tatsächlich zertrümmert der Jude mittels der Gewerkschaft, die ein Segen für die Nation sein könnte, die Grundlagen der nationalen Wirtschaft.

Parallel damit schreitet die politische Organisation fort.

Sie spielt mit der Gewerkschaftsbewegung insofern zusammen, als diese die Massen auf die politische Organisation vorbereitet, ja sie mit Gewalt und Zwang in diese hineinpeitscht. Sie ist weiter die dauernde Finanzquelle, aus der die politische Organisation ihren enormen Apparat speist. Sie ist das Kontrollorgan für die politische Betätigung des einzelnen und leistet bei allen großen Demonstrationen politischer Art den Zutreiberdienst. Endlich aber tritt sie überhaupt nicht mehr für wirtschaftliche Belange ein, sondern stellt ihr Hauptkampfmittel, die Arbeitsniederlegung, als Massenund Generalstreik der politischen Idee zur Verfügung.

Durch die Schaffung einer Presse, deren Inhalt dem geistigen Horizont der am wenigsten gebildeten Menschen angepaßt ist, erhält die politische und gewerkschaftliche Organisation endlich die aufpeitschende Einrichtung, durch welche die untersten Schichten der Nation zu den verwegensten Taten reif gemacht werden. Ihre Aufgabe ist es nicht, die Menschen aus dem Sumpfe einer niederen Gesinnung herausund auf eine höhere Stufe emporzuführen, sondern ihren niedersten Instinkten entgegenzukommen. Ein ebenso spekulatives wie einträgliches Geschäft bei der ebenso denkfaulen wie manchmal anmaßenden Masse.

Diese Presse ist es vor allem, die in einem geradezu fanatischen Verleumdungskampf alles herunterreißt, was als Stütze der nationalen Unabhängigkeit, kulturellen Höhe und wirtschaftlichen Selbständigkeit der Nation angesehen werden kann.

Sie trommelt vor allem auf alle die Charaktere los, die sich der jüdischen Herrschaftsanmaßung nicht beugen wollen, oder deren geniale Fähigkeit dem Juden an sich schon als Gefahr erscheint. Denn um vom Juden gehaßt zu werden, ist es nicht nötig, daß man ihn bekämpft, sondern es genügt schon der Verdacht, daß der andere entweder einmal auf den Gedanken der Bekämpfung kommen könnte oder auf Grund seiner überlegenen Genialität ein Mehrer der Kraft und Größe eines dem Juden feindlichen Volkstums ist.

Sein in diesen Dingen untrüglicher Instinkt wittert in jedem die ursprüngliche Seele, und seine Feindschaft ist demjenigen sicher, der nicht Geist ist von seinem Geiste. Da nicht der Jude der Angegriffene, sondern der Angreifer ist, gilt als sein Feind nicht nur der, der angreift, sondern auch der, der ihm Widerstand leistet. Das Mittel aber, mit dem er so vermessene, aber aufrechte Seelen zu brechen versucht, heißt nicht ehrlicher Kampf, sondern Lüge und Verleumdung.

Hier schreckt er vor gar nichts zurück und wird in seiner Gemeinheit so riesengroß, daß sich niemand zu wundern braucht, wenn in unserem Volke die Personifikation des Teufels als Sinnbild alles Bösen die leibhaftige Gestalt des Juden annimmt.

Die Unkenntnis der breiten Masse über das innere Wesen des Juden, die instinktlose Borniertheit unserer oberen Schichten lassen das Volk leicht zum Opfer dieses jüdischen Lügenfeldzuges werden.

Während sich die oberen Schichten aus angeborener Feigheit heraus von einem Menschen abwenden, den der Jude auf solche Weise mit Lüge und Verleumdung angreift, pflegt die breite Masse aus Dummheit oder Einfalt alles zu glauben. Die staatlichen Behörden aber hüllen sich entweder in Schweigen, oder, was meist zutrifft, um dem jüdischen Pressefeldzug ein Ende zu bereiten, sie verfolgen den ungerecht Angegriffenen, was in den Augen eines solchen beamteten Esels als Wahrung der Staatsautorität und Sicherung der Ruhe und Ordnung erscheint.

Langsam legt sich die Furcht vor der marxistischen Waffe des Judentums wie ein Alpdruck auf Hirn und Seele der anständigen Menschen.

Man beginnt vor dem furchtbaren Feinde zu zittern und ist damit sein endgültiges Opfer geworden.

k) Die Herrschaft des Juden im Staate erscheint schon so gesichert, daß er sich jetzt nicht nur wieder als Jude bezeichnen darf, sondern auch seine völkischen und politischen letzten Gedankengänge rücksichtslos zugibt. Ein Teil seiner Rasse bekennt sich schon ganz offen als fremdes Volk, nicht ohne dabei auch wieder zu lügen. Denn indem der Zionismus der anderen Welt weiszumachen versucht, daß die völkische Selbstbesinnung des Juden in der Schaffung eines palästinensischen Staates seine Befriedigung fände, betölpeln die Juden abermals die dummen Gojim auf das gerissenste. Sie denken gar nicht daran, in Palästina einen jüdischen Staat aufzubauen, um ihn etwa zu bewohnen, sondern sie wünschen nur eine mit eigenen Hoheitsrechten ausgestattete, dem Zugriff anderer Staaten entzogene Organisationszentrale ihrer internationalen Weltbegaunerei; einen Zufluchtsort überführter Lumpen und eine Hochschule werdender Gauner.

Aber es ist das Zeichen nicht nur ihrer steigenden Zuversicht, sondern auch des Gefühls ihrer Sicherheit, wenn frech und offen zu einer Zeit, da der eine Teil noch verlogen den Deutschen, Franzosen oder Engländern mimt, der andere sich als jüdische Rasse dokumentiert.

Wie sehr sie den nahenden Sieg schon vor Augen sehen, geht aus der furchtbaren Art hervor, die ihr Verkehr mit den Angehörigen der anderen Völker annimmt.

Der schwarzhaarige Judenjunge lauert stundenlang, satanische Freude in seinem Gesicht, auf das ahnungslose Mädchen, das er mit seinem Blute schändet und damit seinem, des Mädchens, Volke raubt. Mit allen Mitteln versucht er die rassischen Grundlagen des zu unterjochenden Volkes zu verderben. So wie er selber planmäßig Frauen und Mädchen verdirbt, so schreckt er auch nicht davor zurück, selbst im größeren Umfange die Blutschranken für andere einzureißen. Juden waren und sind es, die den Neger an den Rhein bringen, immer mit dem gleichen Hintergedanken und klaren Ziele, durch die dadurch zwangsläufig eintretende Bastardierung die ihnen verhaßte weiße Rasse zu zerstören, von ihrer kulturellen und politischen Höhe zu stürzen und selber zu ihren Herren aufzusteigen.

Denn ein rassereines Volk, das sich seines Blutes bewußt ist, wird vom Juden niemals unterjocht werden können. Er wird auf dieser Welt ewig nur der Herr von Bastarden sein.

So versucht er planmäßig, das Rassenniveau durch eine dauernde Vergiftung der einzelnen zu senken.

Politisch aber beginnt er, den Gedanken der Demokratie abzulösen durch den der Diktatur des Proletariats.

In der organisierten Masse des Marxismus hat er die Waffe gefunden, die ihn die Demokratie entbehren läßt und ihm an Stelle dessen gestattet, die Völker diktatorisch mit brutaler Faust zu unterjochen und zu regieren.

Planmäßig arbeitet er auf die Revolutionierung in doppelter Richtung hin: in wirtschaftlicher und politischer.

Völker, die dem Angriff von innen zu heftigen Widerstand entgegensetzen, umspinnt er dank seiner internationalen Einflüsse mit einem Netz von Feinden, hetzt sie in Kriege und pflanzt endlich, wenn nötig, noch auf die Schlachtfelder die Flagge der Revolution.

Wirtschaftlich erschüttert er die Staaten so lange, bis die unrentabel gewordenen sozialen Betriebe entstaatlicht und seiner Finanzkontrolle unterstellt werden.

Politisch verweigert er dem Staate die Mittel zu seiner Selbsterhaltung, zerstört die Grundlagen jeder nationalen Selbstbehauptung und Verteidigung, vernichtet den Glauben an die Führung, schmäht die Geschichte und Vergangenheit und zieht alles wahrhaft Große in die Gosse.

Kulturell verseucht er Kunst, Literatur, Theater, vernarrt das natürliche Empfinden, stürzt alle Begriffe von Schönheit und Erhabenheit, von Edel und Gut und zerrt dafür die Menschen herab in den Bannkreis seiner eigenen niedrigen Wesensart.

Die Religion wird lächerlich gemacht, Sitte und Moral als überlebt hingestellt, so lange, bis die letzten Stützen eines Volkstums im Kampfe um das Dasein auf dieser Welt gefallen sind.

l) Nun beginnt die große, letzte Revolution. Indem der Jude die politische Macht erringt, wirft er die wenigen Hüllen, die er noch trägt, von sich. Aus dem demokratischen Volksjuden wird der Blutjude und Völkertyrann. In wenigen Jahren versucht er, die nationalen Träger der Intelligenz auszurotten, und macht die Völker, indem er sie ihrer natürlichen geistigen Führer beraubt, reif zum Sklavenlos einer dauernden Unterjochung.

Das furchtbarste Beispiel dieser Art bildet Rußland, wo er an dreißig Millionen Menschen in wahrhaft fanatischer Wildheit teilweise unter unmenschlichen Qualen tötete oder verhungern ließ, um einem Haufen jüdischer Literaten und Börsenbanditen die Herrschaft über ein großes Volk zu sichern.

Das Ende aber ist nicht nur das Ende der Freiheit der vom Juden unterdrückten Völker, sondern auch das Ende dieses Völkerparasiten selber. Nach dem Tode des Opfers stirbt auch früher oder später der Vampir.

X X X

Wenn wir all die Ursachen des deutschen Zusammenbruches vor unserem Auge vorbeiziehen lassen, dann bleibt als die letzte und ausschlaggebende das Nichterkennen des Rasseproblems und besonders der jüdischen Gefahr übrig.

Die Niederlagen auf dem Schlachtfelde im August 1918 wären spielend leicht zu ertragen gewesen. Sie standen in keinem Verhältnis zu den Siegen unseres Volkes. Nicht sie haben uns gestürzt, sondern gestürzt wurden wir von jener Macht, die diese Niederlagen vorbereitete, indem sie seit vielen Jahrzehnten planmäßig unserem Volke die politischen und moralischen Instinkte und Kräfte raubte, die allein Völker zum Dasein befähigen und damit auch berechtigen.

Indem das alte Reich an der Frage der Erhaltung der rassischen Grundlagen unseres Volkstums achtlos vorüberging, mißachtete es auch das alleinige Recht, das auf dieser Welt Leben gibt. Völker, die sich bastardieren oder bastardieren lassen, sündigen gegen den Willen der ewigen Vorsehung, und ihr durch einen Stärkeren herbeigeführter Untergang ist dann nicht ein Unrecht, das ihnen zugefügt wird, sondern nur die Wiederherstellung des Rechtes. Wenn ein Volk die ihm von der Natur gegebenen und in seinem Blute wurzelnden Eigenschaften seines Wesens nicht mehr achten will, hat es kein Recht mehr zur Klage über den Verlust seines irdischen Daseins.

Alles auf der Erde ist zu bessern. Jede Niederlage kann zum Vater eines späteren Sieges werden. Jede verlorene Krieg kann zur Ursache einer späteren Erhebung, jede Not zur Befruchtung menschlicher Energie, und aus jeder Unterdrückung vermögen die Kräfte zu einer neuen seelischen Wiedergeburt zu kommen – solange das Blut rein erhalten bleibt.

Die verlorene Blutsreinheit allein zerstört das innere Glück für immer, senkt den Menschen für ewig nieder, und die Folgen sind niemals mehr aus Körper und Geist zu beseitigen.

Wenn man dieser einzigen Frage gegenüber alle anderen Probleme des Lebens prüft und vergleicht, dann wird man erst sehen, wie lächerlich klein sie, hieran gemessen, sind. Sie alle sind zeitlich beschränkt – die Frage der BlutsReinerhaltung oder -Nichtreinerhaltung aber wird bestehen, solange es Menschen gibt.

Alle wirklich bedeutungsvollen Verfallserscheinungen der Vorkriegszeit gehen im letzten Grunde auf rassische Ursachen zurück.

Mag es sich um Fragen des allgemeinen Rechtes handeln oder um Auswüchse des wirtschaftlichen Lebens, um kulturelle Niedergangserscheinungen oder politische Entartungsvorgänge, um Fragen einer verfehlten Schulerziehung oder einer schlechten Beeinflussung der Erwachsenen durch Presse usw., immer und überall ist es im tiefsten Grunde die Nichtbeachtung rassischer Belange des eigenen Volkes oder das Nichtsehen einer fremden, rassischen Gefahr.

Daher waren auch alle Reformversuche, alle sozialen Hilfswerke und politischen Anstrengungen, aller wirtschaftliche Aufstieg und jede scheinbare Zunahme des geistigen Wissens in ihrer Folgeerscheinung dennoch belanglos. Die Nation und ihr das Leben auf dieser Erde befähigender und erhaltender Organismus, der Staat, wurden innerlich nicht gesünder, sondern krankten zusehends immer mehr dahin. Alle Scheinblüte des alten Reiches konnte die innere Schwäche nicht verbergen, und jeder Versuch einer wahrhaften Stärkung des Reiches scheiterte immer wieder am Vorbeigehen an der bedeutungsvollsten Frage.

Es wäre verfehlt, zu glauben, daß die Anhänger der verschiedenen politischen Richtungen, die am deutschen Volkskörper herumdokterten, ja selbst die Führer zu einem gewissen Teile, an sich schlechte oder übelwollende Menschen gewesen wären. Ihre Tätigkeit war nur deshalb zur Unfruchtbarkeit verdammt, weil sie im günstigsten Falle höchstens die Erscheinungsformen unserer allgemeinen Erkrankung sahen und diese zu bekämpfen versuchten, an dem Erreger aber blind vorübergingen. Wer die Linie der politischen Entwicklung des alten Reiches planvoll verfolgt, muß bei ruhiger Überprüfung zu der Einsicht kommen, daß selbst in der Zeit der Einigung und damit des Aufstiegs der deutschen Nation der innere Verfall bereits im vollen Gang war, und daß trotz aller scheinbaren politischen Erfolge und trotz steigenden wirtschaftlichen Reichtums die allgemeine Lage sich von Jahr zu Jahr verschlechterte. Selbst die Wahlen zum Reichstage zeigten in ihrem äußerlichen Anschwellen der marxistischen Stimmen den immer näher rückenden inneren und damit auch äußeren Zusammenbruch an. Alle Erfolge der sogenannten bürgerlichen Parteien waren wertlos, nicht nur weil sie das ziffernmäßige Anwachsen der marxistischen Flut selbst bei sogenannten bürgerlichen Wahlsiegen nicht zu hemmen vermochten, sondern weil sie vor allem selber schon die Fermente der Zersetzung in sich trugen. Ohne es zu ahnen, war die bürgerliche Welt vom Leichengift marxistischer Vorstellungen innerlich selbst schon angesteckt, und ihr Widerstand entsprang häufig mehr dem Konkurrenzneid ehrgeiziger Führer als einer prinzipiellen Ablehnung zum äußersten Kampf entschlossener Gegner. Ein einziger focht in diesen langen Jahren mit unerschütterlicher Gleichmäßigkeit, und dies war der Jude. Sein Davidstern stieg im selben Maße immer höher, in dem der Wille zur Selbsterhaltung unseres Volkes schwand.

Im August 1914 stürmte deshalb auch nicht ein zum Angriff entschlossenes Volk auf die Walstatt, sondern es erfolgte nur das letzte Aufflackern des nationalen Selbsterhaltungstriebes gegenüber der fortschreitenden pazifistisch-marxistischen Lähmung unseres Volkskörpers. Da man auch in diesen Schicksalstagen den inneren Feind nicht erkannte, war aller äußere Widerstand vergeblich, und die Vorsehung gab ihren Lohn nicht dem siegreichen Schwert, sondern folgte dem Gesetz der ewigen Vergeltung.

Aus dieser inneren Erkenntnis heraus sollten sich für uns die Leitsätze sowie die Tendenz der neuen Bewegung formen, die unserer Überzeugung nach allein befähigt waren, den Niedergang des deutschen Volkes nicht nur zum Stillstand zu bringen, sondern das granitene Fundament zu schaffen, auf dem dereinst ein Staat bestehen kann, der nicht einen volksfremden Mechanismus wirtschaftlicher Belange und Interessen, sondern einen völkischen Organismus darstellt:

Einen germanischen Staat deutscher Nation.

12. Kapitel

Die erste Entwicklungszeit der Nationalsozialistischen Deutschen Arbeiterpartei

Wenn ich am Schlusse diese Bandes die erste Entwicklungszeit unserer Bewegung schildere und eine Reihe von dadurch bedingten Fragen kurz erörtere, so geschieht dies nicht, um eine Abhandlung über die geistigen Ziele der Bewegung zu geben. Ziele und Aufgaben der neuen Bewegung sind so gewaltige, daß sie nur in einem eigenen Bande behandelt werden können. So werde ich in einem zweiten Bande die programmatischen Grundlagen der Bewegung eingehend erörtern und versuchen, ein Bild dessen zu zeichnen, was wir unter dem Worte „Staat" uns vorstellen. Ich meine dabei unter „uns" all die Hunderttausende, die im Grunde genommen das gleiche ersehnen, ohne im einzelnen die Worte zu finden, das innerlich vor Augen Schwebende zu schildern. Denn es ist das Bemerkenswerte aller großen Reformen, daß sie als Verfechter zunächst oft nur einen einzigen besitzen, als Träger jedoch viele Millionen. Ihr Ziel ist oft schon seit Jahrhunderten der innere, sehnsuchtsvolle Wunsch von Hunderttausenden, bis einer sich zum Verkünder eines solchen allgemeinen Wollens aufwirft und als Bannerträger der alten Sehnsucht in einer neuen Idee zum Siege verhilft.

Daß aber Millionen im Herzen den Wunsch nach einer grundsätzlichen Änderung der heute gegebenen Verhältnisse tragen, beweist die tiefe Unzufriedenheit, unter der sie leiden. Sie äußert sich in tausendfachen Erscheinungsformen, bei dem einen in Verzagtheit und Hoffnungslosigkeit, beim anderen in Widerwillen, in Zorn und Empörung, bei diesem in Gleichgültigkeit und bei jenem wieder in wütendem Überschwange. Als Zeugen für diese innere Unzufriedenheit dürfen ebenso die Wahlmüden gelten wie auch die vielen zum fanatischsten Extrem der linken Seite sich Neigenden.

Und an diese sollte sich auch die junge Bewegung in erster Linie wenden. Sie soll nicht eine Organisation der Zufriedenen, Satten bilden, sondern sie soll die Leidgequälten und Friedlosen, die Unglücklichen und Unzufriedenen zusammenfassen, und sie soll vor allem nicht auf der Oberfläche des Volkskörpers schwimmen, sondern im Grunde desselben wurzeln.

X X X

Rein politisch genommen, ergab sich im Jahre 1918 folgendes Bild: Ein Volk ist in zwei Teile zerrissen. Der eine, weitaus kleinere, umfaßt die Schichten der nationalen Intelligenz unter Ausschluß aller körperlich Tätigen. Sie ist äußerlich national, vermag sich aber unter diesem Worte etwas anderes als eine sehr fade und schwächliche Vertretung sogenannter staatlicher Interessen, die wieder identisch erscheinen mit dynastischen, nicht vorzustellen. Sie versucht, ihre Gedanken und Ziele mit geistigen Waffen zu verfechten, die ebenso lückenhaft wie oberflächlich sind, der Brutalität des Gegners gegenüber aber an sich schon versagen. Mit einem einzigen furchtbaren Hieb wird diese kurz vorher noch regierende Klasse zu Boden gestreckt und erträgt in zitternder Feigheit jede Demütigung von seiten des rücksichtslosen Siegers.

Ihr steht als zweite Klasse gegenüber die breite Masse der handarbeitenden Bevölkerung. Sie ist in mehr oder minder radikalmarxistischen Bewegungen zusammengefaßt, entschlossen, jeden geistigen Widerstand durch die Macht der Gewalt zu brechen. Sie will nicht national sein, sondern lehnt bewußt jede Förderung nationaler Interessen ebenso ab, wie sie umgekehrt jeder fremden Unterdrückung Vorschub leistet. Sie ist ziffernmäßig die stärkere, umfaßt aber vor allem diejenigen Elemente der Nation, ohne die eine nationale Wiedererhebung undenkbar und unmöglich ist.

Denn darüber mußte man sich im Jahre 1918 doch schon klar sein: Jeder Wiederaufstieg des deutschen Volkes führt nur über die Wiedergewinnung äußerer Macht. Die Voraussetzungen hierzu sind aber nicht, wie unsere bürgerlichen „Staatsmänner" immer herumschwätzen, Waffen, sondern die Kräfte des Willens. Waffen besaß das deutsche Volk einst mehr als genug. Sie haben die Freiheit nicht zu sichern vermocht, weil die Energien des nationalen Selbsterhaltungstriebes, der Selbsterhaltungswille, fehlten. Die beste Waffe ist totes, wertloses Material, solange der Geist fehlt, der bereit, gewillt und entschlossen ist, sie zu führen. Deutschland wurde wehrlos, nicht weil Waffen mangelten, sondern weil der Wille fehlte, die Waffe für die völkische Forterhaltung zu wahren.

Wenn heute besonders unsere linksseitigen Politiker auf die Waffenlosigkeit als die zwangsläufige Ursache ihrer willenlosen, nachgiebigen, in Wahrheit aber verräterischen Politik nach außen hinzuweisen sich bemühen, muß man ihnen darauf nur eines antworten: Nein, umgekehrt ist es richtig. Durch eure antinationale, verbrecherische Politik der Aufgabe nationaler Interessen habt ihr einst die Waffen ausgeliefert. Jetzt versucht ihr den Mangel an Waffen als begründende Ursache eurer elenden Jämmerlichkeit hinzustellen. Dies ist, wie alles an eurem Tun, Lüge und Fälschung.

Allein dieser Vorwurf trifft genau so die Politiker von rechts. Denn dank ihrer jämmerlichen Feigheit vermochte im Jahre 1918 das zur Herrschaft gekommene jüdische Gesindel der Nation die Waffen zu stehlen. Auch diese haben mithin keinen Grund und kein Recht, die heutige Waffenlosigkeit als Zwang zu ihrer klugen Vorsicht (sprich „Feigheit") anzuführen, sondern die Wehrlosigkeit ist die Folge ihrer Feigheit.

Damit aber lautet die Frage einer Wiedergewinnung deutscher Macht nicht etwa: Wie fabrizieren wir Waffen?, sondern: Wie erzeugen wir den Geist, der ein Volk befähigt, Waffen zu tragen? Wenn dieser Geist ein Volk beherrscht, findet der Wille tausend Wege, von denen jeder bei einer Waffe endet! Man gebe aber einem Feigling zehn Pistolen, und er wird bei einem Angriff dennoch nicht einen Schuß abzufeuern vermögen. Sie sind für ihn damit wertloser als für den mutigen Mann ein bloßer Knotenstock.

Die Frage der Wiedergewinnung der politischen Macht unseres Volkes ist schon deshalb in erster Linie eine Frage der Gesundung unseres nationalen Selbsterhaltungstriebes, weil jede vorbereitende Außenpolitik sowie jede Bewertung eines Staates an sich erfahrungsgemäß sich weniger nach den vorhandenen Waffen richtet als nach der erkannten oder doch vermuteten moralischen Widerstandsfähigkeit einer Nation. Die Bündnisfähigkeit eines Volkes wird viel weniger bestimmt durch vorhandene tote Waffenmengen als durch das ersichtliche Vorhandensein eines flammenden nationalen Selbsterhaltungswillens und heroischen Todesmutes. Denn ein Bund wird nicht mit Waffen geschlossen, sondern mit Menschen. So wird das englische Volk so lange als wertvollster Bundesgenosse auf der Welt zu gelten haben, solange es in seiner Führung und im Geiste der breiten Masse jene Brutalität und Zähigkeit erwarten läßt, die entschlossen sind, einen einmal begonnenen Kampf ohne Rücksicht auf Zeit und Opfer mit allen Mitteln bis zum siegreichen Ende durchzufechten, wobei die augenblicklich vorhandene militärische Rüstung in keinem Verhältnis zu der anderer Staaten zu stehen braucht.

Begreift man aber, daß die Wiedererhebung der deutschen Nation eine Frage der Wiedergewinnung unseres politischen Selbsterhaltungswillen darstellt, so ist es auch klar, daß dem nicht genügt wird durch eine Gewinnung von an sich schon wenigstens dem Wollen nach nationalen Elementen, sondern nur durch die Nationalisierung der bewußt antinationalen Masse.

Eine junge Bewegung, die sich als Ziel die Wiederaufrichtung eines deutschen Staates mit eigener Souveränität stellt, wird mithin ihren Kampf restlos auf die Gewinnung der breiten Massen einzustellen haben. So jämmerlich auch im allgemeinen unser sogenanntes „nationales Bürgertum" ist, so unzulänglich seine nationale Gesinnung auch erscheint, so sicher ist von dieser Seite ein ernstlicher Widerstand gegen eine kraftvolle nationale Innen- und Außenpolitik einst nicht zu erwarten. Selbst wenn aus den bekannt borniert-kurzsichtigen Gründen heraus das deutsche Bürgertum wie schon einst einem Bismarck gegenüber in der Stunde einer kommenden Befreiung in passiver Resistenz verharren sollte, so ist doch ein aktiver Widerstand dagegen bei seiner anerkannt sprichwörtlichen Feigheit niemals zu befürchten.

Anders verhält es sich bei der Masse unserer international eingestellten Volksgenossen. Sie sind nicht nur in ihrer primitiven Urwüchsigkeit mehr auf den Gedanken der Gewalt eingestellt, sondern ihre jüdische Führung ist brutaler und rücksichtsloser. Sie werden jede deutsche Erhebung genau so niederschlagen, wie sie einst dem deutschen Heer das Rückgrat zerbrachen. Vor allem aber: sie werden in diesem parlamentarisch regierten Staat kraft ihrer Majorität der Zahl jede nationale Außenpolitik nicht nur verhindern, sondern auch jede höhere Einschätzung der deutschen Kraft und damit jede Bündnisfähigkeit ausschließen. Denn wir sind uns des Schwächemoments, das in unseren 15 Millionen Marxisten, Demokraten, Pazifisten und Zentrümlern liegt, nicht nur selbst bewußt, sondern es wird noch mehr vom Ausland erkannt, das den Wert eines möglichen Bündnisses mit uns mißt nach dem Gewichte dieser Belastung. Man verbündet sich nicht mit einem Staat, dessen aktiver Volksteil jeder entschlossenen Außenpolitik zumindest passiv gegenübersteht.

Dazu kommt noch die Tatsache, daß die Führung dieser Parteien des nationalen Verrats jeder Erhebung schon aus bloßem Selbsterhaltungstrieb feindlich gegenüberstehen muß und wird. Es ist geschichtlich einfach nicht denkbar, daß das deutsche Volk noch einmal seine frühere Stellung einnehmen könnte, ohne mit denen abzurechnen, die die Ursache und Veranlassung zu dem unerhörten Zusammenbruch gaben, der unseren Staat heimsuchte. Denn vor dem Richterstuhle der Nachwelt wird der November 1918 nicht als Hoch-, sondern als Landesverrat gewertet werden. So ist jede Wiedergewinnung einer deutschen Selbständigkeit nach außen in erster Linie gebunden an die Wiedergewinnung der inneren willensmäßigen Geschlossenheit unseres Volkes.

Allein auch rein technisch betrachtet, erscheint der Gedanke einer deutschen Befreiung nach außen so lange als unsinnig, solange nicht in den Dienst dieses Freiheitsgedankens auch die breite Masse zu treten bereit ist. Rein militärisch gesehen, wird es vor allem jedem Offizier bei einigem Nachdenken einleuchten, daß man einen Kampf nach außen mit Studentenbataillonen nicht zu führen vermag, sondern daß man dazu außer den Gehirnen eines Volkes auch die Fäuste braucht. Man muß sich dabei noch vor Augen halten, daß eine Nationalverteidigung, die sich nur auf die Kreise der sogenannten Intelligenz stützte, einen wahren Raubbau an unersetzlichem Gute triebe. Die junge deutsche Intelligenz, die in den Kriegsfreiwilligenregimentern im Herbste 1914 in der flandrischen Ebene den Tod fand, fehlte später bitter. Sie war das beste Gut, das die Nation besaß, und ihr Verlust war im Verlaufe des Krieges nicht mehr zu ersetzen. Allein nicht nur der Kampf selbst ist undurchführbar, wenn die stürmenden Bataillone nicht die Massen der Arbeiter in ihren Reihen sehen, sondern auch die Vorbereitung technischer Art ist ohne die innere willensmäßige Einheit unseres Volkskörpers unausführbar. Gerade unser Volk, das unter den tausend Augen des Friedensvertrages von Versailles entwaffnet dahinleben muß, vermag irgendwelche technische Vorbereitungen zur Erringung der Freiheit und menschlichen Unabhängigkeit nur dann zu treffen, wenn das Heer innerer Spitzel auf diejenigen dezimiert wird, denen angeborene Charakterlosigkeit gestattet, für die bekannten dreißig Silberlinge alles und jedes zu verraten. Mit diesen aber wird man fertig. Unüberwindbar hingegen erscheinen die Millionen, die aus politischer Überzeugung der nationalen Erhebung entgegentreten – unüberwindbar so lange, als nicht die Ursache ihrer Gegnerschaft, die internationale marxistische Weltanschauung, bekämpft und ihnen aus Herz und Hirn gerissen wird.

Ganz gleich also, von welchem Gesichtspunkte aus man die Möglichkeit der Wiedererringung unserer staatlichen und völkischen Unabhängigkeit prüft, ob von dem der außenpolitischen Vorbereitung, dem der technischen Rüstung oder dem des Kampfes selber, immer bleibt als Voraussetzung zu allem die vorherige Gewinnung der breiten Masse unseres Volkes für den Gedanken unserer nationalen Selbständigkeit übrig.

Ohne die Wiedererlangung der äußeren Freiheit bedeutet aber jede innere Reform selbst im günstigsten Falle nur die Steigerung unserer Erträgnisfähigkeit als Kolonie. Die Überschüsse jeder sogenannten wirtschaftlichen Hebung kommen unseren internationalen Kontrollherren zugute, und jede soziale Besserung steigert im günstigsten Falle die Arbeitsleistung für diese. Kulturelle Fortschritte werden der deutschen Nation überhaupt nicht beschieden sein, sie sind zu sehr gebunden an die politische Unabhängigkeit und Würde eines Volkstums.

X X X

Wenn also die günstige Lösung der deutschen Zukunft gebunden ist an die nationale Gewinnung der breiten Masse unseres Volkes, dann muß diese auch die höchste und gewaltigste Aufgabe einer Bewegung sein, deren Tätigkeit sich nicht in der Befriedigung des Augenblickes erschöpfen soll, sondern die all ihr Tun und Lassen nur zu prüfen hat an den voraussichtlichen Folgen in der Zukunft.

So waren wir uns bereits im Jahre 1919 darüber klar, daß die neue Bewegung als oberstes Ziel zunächst die Nationalisierung der Massen durchführen muß.

Daraus ergab sich in taktischer Hinsicht eine Reihe von Forderungen.

1. Um die Masse der nationalen Erhebung zu gewinnen, ist kein soziales Opfer zu schwer.

Was auch immer unseren Arbeitnehmern heute für wirtschaftliche Konzessionen gemacht werden, so stehen diese in keinem Verhältnis zum Gewinne der gesamten Nation, wenn sie mithelfen, die breiten Schichten wieder ihrem Volkstume zu schenken. Nur kurzsichtige Borniertheit, wie man sie leider häufig in unseren Unternehmerkreisen findet, kann verkennen, daß es auf die Dauer keinen wirtschaftlichen Aufschwung für sie gibt und damit auch keinen wirtschaftlichen Nutzen mehr, wenn die innere völkische Solidarität unserer Nation nicht wiederhergestellt wird.

Hätten die deutschen Gewerkschaften im Kriege die Interessen der Arbeiterschaft auf das rücksichtsloseste gewahrt, hätten sie selbst während des Krieges dem damaligen dividendenhungrigen Unternehmertum tausendmal durch Streik die Bewilligung der Forderungen der von ihnen vertretenen Arbeiter abgepreßt, hätten sie aber in den Belangen der nationalen Verteidigung sich ebenso fanatisch zu ihrem Deutschtum bekannt, und hätten sie mit gleicher Rücksichtslosigkeit dem Vaterlande gegeben, was des Vaterlandes ist, so wäre der Krieg nicht verlorengegangen. Wie lächerlich aber würden alle und selbst die größten wirtschaftlichen Konzessionen gewesen sein gegenüber der ungeheuren Bedeutung des gewonnenen Krieges!

So hat eine Bewegung, die beabsichtigt, den deutschen Arbeiter wieder dem deutschen Volke zu geben, sich darüber klar zu werden, daß wirtschaftliche Opfer bei dieser Frage überhaupt keine Rolle spielen, solange nicht die Erhaltung und Unabhängigkeit der nationalen Wirtschaft durch sie bedroht werden.

2. Die nationale Erziehung der breiten Masse kann nur über den Umweg einer sozialen Hebung stattfinden, da ausschließlich durch sie jene allgemein wirtschaftlichen Voraussetzungen geschaffen werden, die dem einzelnen gestatten, auch an den kulturellen Gütern der Nation teilzunehmen.

3. Die Nationalisierung der breiten Masse kann niemals erfolgen durch Halbheiten, durch schwaches Betonen eines sogenannten Objektivitätsstandpunktes, sondern durch rücksichtslose und fanatisch einseitige Einstellung auf das nun einmal zu erstrebende Ziel. Das heißt also, man kann ein Volk nicht „national" machen im Sinne unseres heutigen Bürgertums, also mit soundso viel Einschränkungen, sondern nur nationalistisch mit der ganzen Vehemenz, die dem Extrem innewohnt. Gift wird nur durch Gegengift gebrochen, und nur die Schalheit eines bürgerlichen Gemüts kann die mittlere Linie als den Weg ins Himmelreich betrachten.

Die breite Masse eines Volkes besteht weder aus Professoren noch aus Diplomaten. Das geringe abstrakte Wissen, das sie besitzt, weist ihre Empfindungen mehr in die Welt des Gefühls. Dort ruht ihre entweder positive oder negative Einstellung. Sie ist nur empfänglich für eine Kraftäußerung in einer dieser beiden Richtungen und niemals für eine zwischen beiden schwebende Halbheit. Ihre gefühlsmäßige Einstellung aber bedingt zugleich ihre außerordentliche Stabilität. Der Glaube ist schwerer zu erschüttern als das Wissen, Liebe unterliegt weniger dem Wechsel als Achtung, Haß ist dauerhafter als Abneigung, und die Triebkraft zu den gewaltigsten Umwälzungen auf dieser Erde lag zu allen Zeiten weniger in einer die Masse beherrschenden wissenschaftlichen Erkenntnis als in einem sie beseelenden Fanatismus und manchmal in einer sie vorwärtsjagenden Hysterie.

Wer die breite Masse gewinnen will, muß den Schlüssel kennen, der das Tor zu ihrem Herzen öffnet. Er heißt nicht Objektivität, also Schwäche, sondern Wille und Kraft.

4. Die Gewinnung der Seele des Volkes kann nur gelingen, wenn man neben der Führung des positiven Kampfes für die eigenen Ziele den Gegner dieser Ziele vernichtet.

Das Volk sieht zu allen Zeiten im rücksichtslosen Angriff auf einen Widersacher den Beweis des eigenen Rechtes, und es empfindet den Verzicht auf die Vernichtung des anderen als Unsicherheit in bezug auf das eigene Recht, wenn nicht als Zeichen des eigenen Unrechtes.

Die breite Masse ist nur ein Stück der Natur, und ihr Empfinden versteht nicht den gegenseitigen Händedruck von Menschen, die behaupten, Gegensätzliches zu wollen. Was sie wünscht, ist der Sieg des Stärkeren und die Vernichtung des Schwachen oder seine bedingungslose Unterwerfung.

Die Nationalisierung unserer Masse wird nur gelingen, wenn bei allem positiven Kampf um die Seele unseres Volkes ihre internationalen Vergifter ausgerottet werden.

5. Alle großen Fragen der Zeit sind Fragen des Augenblicks und stellen nur Folgeerscheinungen bestimmter Ursachen dar. Ursächliche Bedeutung besitzt aber unter ihnen allen nur eine, die Frage der rassischen Erhaltung des Volkstums. Im Blute allein liegt sowohl die Kraft als auch die Schwäche des Menschen begründet. Völker, welche nicht die Bedeutung ihrer rassischen Grundlage erkennen und beachten, gleichen Menschen, die Möpsen die Eigenschaften von Windhunden anlernen möchten, ohne zu begreifen, daß die Schnelligkeit des Windhundes wie die Gelehrigkeit des Pudels keine angelernten, sondern in der Rasse liegende Eigenschaften sind. Völker, die auf die Erhaltung ihrer rassischen Reinheit verzichten, leisten damit auch Verzicht auf die Einheit ihrer Seele in all ihren Äußerungen. Die Zerrissenheit ihres Wesens ist die naturnotwendige Folge der Zerrissenheit ihres Blutes, und die Veränderung ihrer geistigen und schöpferischen Kraft ist nur die Wirkung der Änderung ihrer rassischen Grundlagen.

Wer das deutsche Volk von seinen ihm ursprünglich wesensfremden Äußerungen und Untugenden von heute befreien will, wird es erst erlösen müssen vom fremden Erreger dieser Äußerungen und Untugenden.

Ohne klarste Erkenntnis des Rassenproblems und damit der Judenfrage wird ein Wiederaufstieg der deutschen Nation nicht mehr erfolgen.

Die Rassenfrage gibt nicht nur den Schlüssel zur Weltgeschichte, sondern auch zur menschlichen Kultur überhaupt.

6. Die Eingliederung der heute im internationalen Lager stehenden breiten Masse unseres Volkes in eine nationale Volksgemeinschaft bedeutet keinen Verzicht auf die Vertretung berechtigter Standesinteressen. Auseinandergehende

Standesund Berufsinteressen sind nicht gleichbedeutend mit Klassenspaltung, sondern sind selbstverständlich Folgeerscheinungen unseres wirtschaftlichen Lebens. Die Berufsgruppierung steht in keinerlei Weise einer wahrhaften Volksgemeinschaft entgegen, denn diese besteht in der Einheit des Volkstums in allen jenen Fragen, die dieses Volkstum an sich betreffen.

Die Eingliederung eines Klasse gewordenen Standes in die Volksgemeinschaft oder auch nur in den Staat erfolgt nicht durch Herabsteigen höherer Klassen, sondern durch das Hinaufheben der unteren. Träger dieses Prozesses kann wieder niemals die höhere Klasse sein, sondern die für ihre Gleichberechtigung kämpfende untere. Das heutige Bürgertum wurde nicht durch Maßnahmen des Adels dem Staate eingegliedert, sondern durch eigene Tatkraft unter eigener Führung.

Der deutsche Arbeiter wird nicht über den Umweg schwächlicher Verbrüderungsszenen in den Rahmen der deutschen Volksgemeinschaft gehoben, sondern durch bewußtes Heben seiner sozialen und kulturellen Lage, so lange, bis die schwerwiegendsten Unterschiede als überbrückt gelten dürfen. Eine Bewegung, die sich diese Entwicklung zum Ziele setzt, wird ihre Anhängerschaft dabei in erster Linie aus dem Arbeiterlager zu holen haben. Sie darf auf Intelligenz nur in dem Maße zurückgreifen, in dem diese das zu erstrebende Ziel bereits restlos erfaßt hat. Dieser Umwandlungsund Annäherungsprozeß wird nicht in zehn oder zwanzig Jahren beendet sein, sondern umschließt erfahrungsgemäß viele Generationen.

Das schwere Hindernis für die Annäherung des heutigen Arbeiters an die nationale Volksgemeinschaft liegt nicht in seiner standesmäßigen Interessenvertretung, sondern in seiner internationalen volksund vaterlandsfeindlichen Führung und Einstellung. Die gleichen Gewerkschaften, fanatisch national in politischen und völkischen Belangen geleitet, würden Millionen Arbeiter zu wertvollsten Gliedern ihres Volkstums machen ohne Rücksicht auf die im einzelnen stattfindenden Kämpfe in rein wirtschaftlichen Belangen.

Eine Bewegung, die den deutschen Arbeiter in ehrlicher Weise seinem Volke wiedergeben und dem internationalen Wahn entreißen will, muß auf das schärfste Front machen gegen eine vor allem in Unternehmerkreisen herrschende Auffassung, die unter Volksgemeinschaft die widerstandslose wirtschaftliche Auslieferung des Arbeitnehmers dem Arbeitgeber gegenüber versteht, und die in jedem Versuch der Wahrung selbst berechtigter wirtschaftlicher Existenzinteressen des Arbeitnehmers einen Angriff auf die Volksgemeinschaft sehen will. Das Vertreten dieser Auffassung stellt das Vertreten einer bewußten Lüge dar; die Volksgemeinschaft legt ja nicht nur der einen Seite, sondern auch den anderen ihre Verpflichtungen auf.

So sicher ein Arbeiter wider den Geist einer wirklichen Volksgemeinschaft sündigt, wenn er ohne Rücksicht auf das gemeinsame Wohl und den Bestand einer nationalen Wirtschaft, gestützt auf seine Macht, erpresserisch Forderungen stellt, so sehr aber bricht auch ein Unternehmer diese Gemeinschaft, wenn er durch unmenschliche und ausbeuterische Art seiner Betriebsführung die nationale Arbeitskraft mißbraucht und aus ihrem Schweiße Millionen erwuchert. Er hat dann kein Recht, sich als national zu bezeichnen, kein Recht, von einer Volksgemeinschaft zu sprechen, sondern er ist ein egoistischer Lump, der durch das Hereintragen des sozialen Unfriedens spätere Kämpfe provoziert, die so oder so der Nation zum Schaden gereichen müssen.

Das Reservoir, aus dem die junge Bewegung ihre Anhänger schöpfen soll, wird also in erster Linie die Masse unserer Arbeitnehmer sein. Diese gilt es dem internationalen Wahne zu entreißen, aus ihrer sozialen Not zu befreien, dem kulturellen Elend zu entheben und als geschlossenen, wertvollen, national fühlenden und national sein wollenden Faktor in die Volksgemeinschaft zu überführen.

Finden sich in den Kreisen der nationalen Intelligenz Menschen mit wärmsten Herzen für ihr Volk und seine Zukunft, erfüllt von tiefster Erkenntnis für die Bedeutung des Kampfes um die Seele dieser Masse, sind sie in den Reihen dieser Bewegung als wertvolles geistiges Rückgrat hochwillkommen. Ein Gewinnen des bürgerlichen Wahlstimmviehs aber darf niemals das Ziel dieser Bewegung sein. Sie würde sich in einem solchen Falle mit einer Masse belasten, die ihrer ganzen Wesensart nach die Werbekraft den breiten Schichten gegenüber zum Erlahmen brächte. Denn ungeachtet der theoretischen Schönheit des Gedankens einer Zusammenführung breitester Massen von unten und oben schon innerhalb des Rahmens der Bewegung, steht dem doch die Tatsache gegenüber, daß man durch psychologische Beeinflussung bürgerlicher Massen in allgemeinen Kundgebungen wohl Stimmungen zu erzeugen, ja selbst Einsicht zu verbreiten vermag, aber nicht Charaktereigenschaften, oder besser gesagt, Untugenden zum Verschwinden bringt, deren Werden und Entstehen Jahrhunderte umfaßte. Der Unterschied in bezug auf das beiderseitige kulturelle Niveau und die beiderseitige Stellung zu den Fragen wirtschaftlicher Belange ist zur Zeit noch so groß, daß er, sobald der Rausch der Kundgebungen vergangen ist, sofort als hemmend in Erscheinung treten würde.

Endlich aber ist es nicht das Ziel, eine Umschichtung im an sich nationalen Lager vorzunehmen, sondern ein Gewinnen des antinationalen.

Und dieser Gesichtspunkt ist auch schließlich maßgebend für die taktische Einstellung der gesamten Bewegung.

7. Diese einseitige, aber dadurch klare Stellungnahme hat sich auch in der Propaganda der Bewegung auszudrücken und wird anderseits selber wieder durch propagandistische Gründe gefordert.

Soll die Propaganda für die Bewegung wirksam sein, muß sie sich nach einer Seite allein wenden, da sie im anderen Fall bei der Verschiedenheit der geistigen Vorbildung der beiden in Frage kommenden Lager entweder von der einen Seite nicht verstanden oder von der anderen als selbstverständlich und damit uninteressant abgelehnt würde.

Selbst die Ausdrucksweise und der Ton im einzelnen kann nicht für zwei so extreme Schichten gleich wirksam sein. Verzichtet die Propaganda auf die Urwüchsigkeit der Ausdrucksweise, findet sie nicht den Weg zum Empfinden der breiten Masse. Verwendet sie hingegen in Wort und Gebärde die Derbheit des Gefühls der Masse und seiner Äußerungen, so wird sie von der sogenannten Intelligenz als roh und ordinär abgelehnt. Es gibt unter hundert sogenannten Rednern kaum zehn, die in der Lage wären, gleich wirksam heute vor einem Publikum aus Straßenfegern, Schlossern, Kanalräumern usw. zu sprechen und morgen einen Vortrag mit notwendigerweise gleichem gedanklichem Inhalt vor einem Auditorium von Hochschulprofessoren und Studenten zu halten. Es gibt aber unter tausend Rednern vielleicht nur einen einzigen, der es fertigbringt, vor Schlossern und Hochschulprofessoren zugleich in einer Form zu sprechen, die beiden Teilen in ihrem Auffassungsvermögen nicht nur entspricht, sondern beide Teile auch gleich wirksam beeinflußt oder gar zum rauschenden Sturm des Beifalls mitreißt. Man muß sich aber immer vor Augen halten, daß selbst der schönste Gedanke einer erhabenen Theorie in den meisten Fällen seine Verbreitung nur durch kleine und kleinste Geister finden kann. Nicht darauf kommt es an, was der geniale Schöpfer einer Idee im Auge hat, sondern auf die Form und den Erfolg, mit denen die Verkünder dieser Idee der breiten Masse vermitteln.

Die starke werbende Kraft der Sozialdemokratie, ja der gesamten marxistischen Bewegung überhaupt, beruhte zum großen Teil in der Einheit und damit Einseitigkeit des Publikums, an das sie sich wandte. Je scheinbar beschränkter, ja bornierter ihre Gedankengänge dabei waren, um so leichter wurden sie von einer Masse aufgenommen und verarbeitet, deren geistiges Niveau dem des Vorgebrachten entsprach.

Damit aber ergab sich für diese neue Bewegung ebenfalls eine einfache und klare Linie:

Die Propaganda ist in Inhalt und Form auf die breite Masse anzusetzen und ihre Richtigkeit ist ausschließlich zu messen an ihrem wirksamen Erfolg.

In einer Volksversammlung der breiten Schichten spricht nicht der Redner am besten, der der anwesenden Intelligenz geistig am nächsten steht, sondern derjenige, der das Herz der Masse erobert.

Ein in solch einer Versammlung anwesender Intelligenzler, welcher trotz der ersichtlichen Wirkung des Redners auf die zu erobernden unteren Schichten die Rede hinsichtlich der geistigen Höhe bekrittelt, beweist die vollständige Unfähigkeit seines Denkens und die Wertlosigkeit seiner Person für die junge Bewegung. Für sie kommt nur derjenige Intellektuelle in Frage, der Aufgabe und Ziel der Bewegung schon so sehr erfaßt, daß er die Tätigkeit auch der Propaganda ausschließlich nach ihrem Erfolge zu beurteilen gelernt hat und nicht nach den Eindrücken, die sie auf ihn selber hinterläßt. Denn nicht zur Unterhaltung von an sich schon nationalgesinnten Menschen hat die Propaganda zu dienen, sondern zur Gewinnung der Feinde unseres Volkstums, sofern sie unseres Blutes sind.

Im allgemeinen sollten nun für die junge Bewegung jene Gedankengänge, die ich unter der Kriegspropaganda schon kurz zusammenfaßte, bestimmend und maßgebend werden für die Art und Durchführung ihrer eigenen Aufklärungsarbeit.

Daß sie richtig war, hat ihr Erfolg bewiesen.

8. Das Ziel einer politischen Reformbewegung wird nie erreicht werden durch Aufklärungsarbeit oder durch Beeinflussung herrschender Gewalten, sondern nur durch die Erringung der politischen Macht. Jede weltbewegende Idee hat nicht nur das Recht, sondern die Pflicht, sich derjenigen Mittel zu versichern, die die Durchführung ihrer Gedankengänge ermöglichen. Der Erfolg ist der einzige irdische Richter über das Recht oder Unrecht eines solchen Beginnens, wobei unter Erfolg nicht wie im Jahre 1918 die Erringung der Macht an sich zu verstehen ist, sondern die für ein Volkstum segensreiche Auswirkung derselben. So ist ein Staatsstreich nicht dann als gelungen anzusehen, wenn, wie gedankenlose Staatsanwälte in Deutschland heute meinen, den Revolutionären die Inbesitznahme der Staatsgewalt gelang, sondern nur dann, wenn in der Verwirklichung der einer solchen revolutionären Handlung zugrunde gelegten Absichten und Ziele der Nation mehr Heil erwächst als unter dem vergangenen Regiment. Etwas, das von der deutschen Revolution, wie sich der Banditenstreich des Herbstes 1918 bezeichnet, nicht gut behauptet werden kann.

Wenn aber die Erringung der politischen Macht die Voraussetzung für die praktische Durchführung reformatorischer Absichten bildet, dann muß eine Bewegung mit reformatorischen Absichten sich vom ersten Tage ihres Bestehens an als Bewegung der Masse fühlen und nicht als literarischer Teeklub oder spießbürgerliche Kegelgesellschaft.

9. Die junge Bewegung ist ihrem Wesen und ihrer inneren Organisation nach antiparlamentarisch, d.h. sie lehnt im allgemeinen wie in ihrem eigenen inneren Aufbau ein Prinzip der Majoritätsbestimmung ab, in dem der Führer nur zum Vollstrecker des Willens und der Meinung anderer degradiert wird. Die Bewegung vertritt im kleinsten wie im größten den Grundsatz der unbedingten Führerautorität, gepaart mit höchster Verantwortung.

Die praktischen Folgen dieses Grundsatzes in der Bewegung sind nachstehende:

Der erste Vorsitzende einer Ortsgruppe wird durch den nächsthöheren Führer eingesetzt, er ist der verantwortliche Leiter der Ortsgruppe. Sämtliche Ausschüsse unterstehen ihm und nicht er umgekehrt einem Ausschuß. AbstimmungsAusschüsse gibt es nicht, sondern nur Arbeits-Ausschüsse. Die Arbeit teilt der verantwortliche Leiter, der erste Vorsitzende, ein. Der gleiche Grundsatz gilt für die nächsthöhere Organisation, den Bezirk, den Kreis oder den Gau. Immer wird der Führer von oben eingesetzt und gleichzeitig mit unbeschränkter Vollmacht und Autorität bekleidet. Nur der Führer der Gesamtpartei wird aus vereinsgesetzlichen Gründen in der Generalmitgliederversammlung gewählt. Er ist aber der ausschließliche Führer der Bewegung. Sämtliche Ausschüsse unterstehen ihm und nicht er den Ausschüssen. Er bestimmt und trägt damit aber auch auf seinen Schultern die Verantwortung. Es steht den Anhängern der Bewegung frei, vor dem Forum einer neuen Wahl ihn zur Verantwortung zu ziehen, ihn seines Amtes zu entkleiden, insofern er gegen die Grundsätze der Bewegung verstoßen oder ihren Interessen schlecht gedient hat. An seine Stelle tritt dann der besserkönnende, neue Mann, jedoch mit gleicher Autorität und mit gleicher Verantwortlichkeit.

Es ist eine der obersten Aufgaben der Bewegung, dieses Prinzip zum bestimmenden nicht nur innerhalb ihrer eigenen Reihen, sondern auch für den gesamten Staat zu machen.

Wer Führer sein will, trägt bei höchster unumschränkter Autorität auch die letzte und schwerste Verantwortung.

Wer dazu nicht fähig oder für das Ertragen der Folgen seines Tuns zu feige ist, taugt nicht zum Führer. Nur der Held ist dazu berufen.

Der Fortschritt und die Kultur der Menschheit sind nicht ein Produkt der Majorität, sondern beruhen ausschließlich auf der Genialität und der Tatkraft der Persönlichkeit.

Diese heranzuzüchten und in ihre Rechte einzusetzen, ist eine der Vorbedingungen zur Wiedergewinnung der Größe und Macht unseres Volkstums.

Damit ist die Bewegung aber antiparlamentarisch, und selbst ihre Beteiligung an einer parlamentarischen Institution kann nur den Sinn einer Tätigkeit zu deren Zertrümmerung besitzen, zur Beseitigung einer Einrichtung, in der wir eine der schwersten Verfallserscheinungen der Menschheit zu erblicken haben.

10. Die Bewegung lehnt jede Stellungnahme zu Fragen, die entweder außerhalb des Rahmens ihrer politischen Arbeit liegen oder für sie als nicht von grundsätzlicher Bedeutung belanglos sind, entschieden ab. Ihre Aufgabe ist nicht die einer religiösen Reformation, sondern die einer politischen Reorganisation unseres Volkes. Sie sieht in beiden religiösen Bekenntnissen gleich wertvolle Stützen für den Bestand unseres Volkes und bekämpft deshalb diejenigen Parteien, die dieses Fundament einer sittlich-religiösen und moralischen Festigung unseres Volkskörpers zum Instrument ihrer Parteiinteressen herabwürdigen wollen.

Die Bewegung sieht endlich ihre Aufgabe nicht in der Wiederherstellung einer bestimmten Staatsform und im Kampfe gegen eine andere, sondern in der Schaffung derjenigen grundsätzlichen Fundamente, ohne die auf die Dauer weder Republik noch Monarchie bestehen können. Ihre Mission liegt nicht in der Begründung einer Monarchie oder der Festigung einer Republik, sondern in der Schaffung eines germanischen Staates.

Die Frage der äußeren Ausgestaltung dieses Staates, also seine Krönung, ist nicht von grundsätzlicher Bedeutung, sondern wird nur bedingt durch Fragen praktischer Zweckmäßigkeit.

Bei einem Volk, das erst die großen Probleme und Aufgaben seines Daseins begriffen hat, werden die Fragen äußerer Formalitäten nicht mehr zu inneren Kämpfen führen.

11. Die Frage der inneren Organisation der Bewegung ist eine solche der Zweckmäßigkeit und nicht des Prinzips.

Die beste Organisation ist nicht diejenige, die zwischen der Führung einer Bewegung und den einzelnen Anhängern den größten, sondern diejenige, die den kleinsten Vermittlerapparat einschiebt. Denn die Aufgabe der Organisation ist die Vermittlung einer bestimmten Idee – die zunächst immer dem Kopfe eines einzelnen entspringt – an eine Vielheit von Menschen sowie die Überwachung ihrer Umsetzung in die Wirklichkeit.

Die Organisation ist damit in allem und jedem nur ein notwendiges übel. Sie ist im besten Falle ein Mittel zum Zweck, im schlimmsten Falle Selbstzweck.

Da die Welt mehr mechanische Naturen hervorbringt als ideelle, pflegen sich die Formen der Organisation zumeist leichter zu bilden als Ideen an sich.

Der Gang jeder nach Verwirklichung strebenden Idee, besonders mit reformatorischem Charakter, ist in großen Zügen folgender: Irgendein genialer Gedanke entsteht im Gehirn eines Menschen, der sich berufen fühlt, seine Erkenntnis der übrigen Menschheit zu vermitteln. Er predigt seine Anschauung und gewinnt allmählich einen bestimmten Kreis von Anhängern. Dieser Vorgang der direkten und persönlichen Übermittlung der Ideen eines Menschen auf die andere Mitwelt ist der idealste und natürlichste. Bei steigender Zunahme von Anhängern der neuen Lehre ergibt sich allmählich die Unmöglichkeit für den Träger der Idee, persönlich auf die zahllosen Anhänger weiter direkt einzuwirken, sie zu führen und zu leiten. In eben dem Maße, in dem infolge des Wachstums der Gemeinde der direkte und kürzeste Verkehr ausgeschaltet wird, tritt die Notwendigkeit einer verbindenden Gliederung ein: der ideale Zustand wird damit beendet, und an seine Stelle tritt das notwendige Übel der Organisation. Es bilden sich kleine Untergruppen, die in der politischen Bewegung beispielsweise als Ortsgruppen die Keimzellen der späteren Organisation darstellen.

Diese Untergliederung darf jedoch, wenn nicht die Einheit der Lehre verlorengehen soll, immer erst dann stattfinden, wenn die Autorität des geistigen Begründers und der von ihm herangebildeten Schule als unbedingt anerkannt gelten darf. Die geopolitische Bedeutung eines zentralen Mittelpunktes einer Bewegung kann dabei nicht überschätzt werden. Nur das Vorhandensein eines solchen, mit dem magischen Zauber eines Mekka oder Rom umgebenen Ortes kann auf die Dauer einer Bewegung die Kraft schenken, die in der inneren Einheit und der Anerkennung einer diese Einheit repräsentierenden Spitze begründet liegt.

So darf bei der Bildung der ersten organisatorischen Keimzellen nie die Sorge aus dem Auge verloren werden, dem ursprünglichen Ausgangsort der Idee die Bedeutung nicht nur zu erhalten, sondern zu einer überragenden zu steigern. Diese

Steigerung der ideellen, moralischen und tatsächlichen Übergröße des Ausgangsund Leitpunktes der Bewegung muß in eben dem Maße stattfinden, in dem die zahllos gewordenen untersten Keimzellen der Bewegung neue Zusammenschlüsse in organisatorischen Formen erfordern.

Denn wie die zunehmende Zahl einzelner Anhänger und die Unmöglichkeit eines weiteren direkten Verkehrs mit ihnen zur Bildung der untersten Zusammenfassungen führt, so zwingt die endliche zahllose Vermehrung dieser untersten Organisationsformen wieder zu höheren Zusammenschlüssen, die man politisch etwa als Gauoder Bezirksverbände ansprechen kann.

So leicht es vielleicht noch ist, die Autorität der ursprünglichen Zentrale gegenüber den untersten Ortsgruppen aufrechtzuerhalten, so schwer wird es schon sein, diese Stellung den nunmehr sich bildenden höheren Organisationsformen gegenüber zu bewahren. Dieses aber ist die Voraussetzung für den einheitlichen Bestand einer Bewegung und damit für die Durchführung einer Idee.

Wenn endlich auch diese größeren Zwischengliederungen zu neuerlichen Organisationsformen zusammengeschlossen werden, steigert sich auch weiter die Schwierigkeit, selbst ihnen gegenüber den unbedingt führenden Charakter des ursprünglichen Gründungsortes, seiner Schule usw. sicherzustellen.

Deshalb dürfen die mechanischen Formen einer Organisation nur in eben dem Maße ausgebaut werden, in dem die geistige ideelle Autorität einer Zentrale bedingungslos gewahrt erscheint. Bei politischen Gebilden kann diese Garantie oft nur durch die praktische Macht als gegeben erscheinen.

Hieraus ergaben sich folgende Richtlinien für den inneren Aufbau der Bewegung:

a) Konzentration der gesamten Arbeit zunächst auf einen einzigen Ort: München. Heranbildung einer Gemeinde von unbedingt verläßlichen Anhängern und Ausbildung einer Schule für die spätere Verbreitung der Idee. Gewinnung der notwendigen Autorität für später durch möglichst große sichtbare Erfolge an diesem einen Ort.

Um die Bewegung und ihre Führer bekannt zu machen, war es nötig, den Glauben an die Unbesiegbarkeit der marxistischen Lehre an einem Orte für alle sichtbar nicht nur zu erschüttern, sondern die Möglichkeit einer entgegengesetzten Bewegung zu beweisen.

b) Bildung von Ortsgruppen erst dann, wenn die Autorität der Zentralleitung in München als unbedingt anerkannt gelten darf.

c) Die Bildung von Bezirks-, Gauoder Landesverbänden erfolgt ebenfalls nicht nur nach dem Bedarf an sich, sondern nach Erreichung der Sicherheit einer bedingungslosen Anerkennung der Zentrale.

Weiter aber ist die Bildung organisatorischer Formen abhängig von den vorhandenen, als Führer in Betracht kommenden Köpfen.

Es gibt dabei zwei Wege:

a) Die Bewegung verfügt über die notwendigen finanziellen Mittel zur Heranund Ausbildung befähigter Köpfe zum späteren Führertum. Sie setzt das dabei gewonnene Material dann planmäßig nach den Gesichtspunkten taktischer und sonstiger Zweckmäßigkeiten ein.

Dieser Weg ist der leichtere und schnellere; er erfordert jedoch große Geldmittel, da dieses Führermaterial nur besoldet in der Lage ist, für die Bewegung arbeiten zu können.

b) Die Bewegung ist infolge des Mangels an Geldmitteln nicht in der Lage, beamtete Führer einzusetzen, sondern ist zunächst auf ehrenamtlich tätige angewiesen.

Dieser Weg ist der langsamere und schwerere.

Die Führung der Bewegung muß große Gebiete unter Umständen brachliegen lassen, sofern sich nicht aus den Anhängern ein Kopf herausschält, fähig und gewillt, sich der Leitung zur Verfügung zu stellen und die Bewegung in dem betreffenden Gebiete zu organisieren und zu führen.

Es kann vorkommen, daß sich dann in großen Gebieten niemand findet, in anderen Orten dagegen wieder zwei oder gar drei annähernd gleich Fähige sind. Die Schwierigkeit, die in einer solchen Entwicklung liegt, ist groß und kann nur nach Jahren überwunden werden.

Immer aber ist und bleibt die Voraussetzung für die Bildung einer organisatorischen Form der zu ihrer Führung fähige Kopf.

So wertlos eine Armee in all ihren organisatorischen Formen ohne Offiziere ist, so wertlos ist eine politische Organisation ohne den entsprechenden Führer.

Für die Bewegung ist das Unterlassen der Bildung einer Ortsgruppe besser als das Mißglücken ihrer Organisierung, wenn eine leitende und vorwärtstreibende Führerpersönlichkeit fehlt.

Zum Führertum selber gehört nicht nur Wille, sondern auch Fähigkeit, wobei jedoch der Willensund Tatkraft eine größere Bedeutung zugemessen werden muß als der Genialität an sich, und am wertvollsten eine Verbindung von Fähigkeit, Entschlußkraft und Beharrlichkeit ist.

12. Die Zukunft einer Bewegung wird bedingt durch den Fanatismus, ja die Unduldsamkeit, mit der ihre Anhänger sie als die allein richtige vertreten und anderen Gebilden ähnlicher Art gegenüber durchsetzen.

Es ist der größte Fehler, zu glauben, daß die Stärke einer Bewegung zunimmt durch die Vereinigung mit einer anderen, ähnlich beschaffenen. Jede Vergrößerung auf solchem Weg bedeutet zunächst freilich eine Zunahme an äußerem Umfang und damit in den Augen oberflächlicher Betrachter auch an Macht, in Wahrheit jedoch übernimmt sie nur die Keime einer später wirksam werdenden inneren Schwächung.

Denn was immer man von der Gleichartigkeit zweier Bewegungen reden mag, so ist sie in Wirklichkeit doch nie vorhanden. Denn im anderen Falle gäbe es eben praktisch nicht zwei, sondern nur eine Bewegung. Und ganz gleich, worin die Unterschiede liegen – und wären sie nur begründet in den verschiedenen Fähigkeiten der Führung –, sie sind da. Dem Naturgesetz aller Entwicklung aber entspricht nicht das Verkuppeln zweier eben nicht gleicher Gebilde, sondern der Sieg des stärkeren und die durch den dadurch bedingten Kampf allein ermöglichte Höherzüchtung der Kraft und Stärke des Siegers.

Es mögen durch die Vereinigung zweier annähernd gleicher politischer Parteigebilde augenblickliche Vorteile erwachsen, auf die Dauer ist doch jeder auf solche Weise gewonnene Erfolg die Ursache später auftretender innerer Schwächen.

Die Größe einer Bewegung wird ausschließlich gewährleistet durch die ungebundene Entwicklung ihrer inneren Kraft und durch deren dauernde Steigerung bis zum endgültigen Siege über alle Konkurrenten.

Ja, man kann sagen, daß ihre Stärke und damit ihre Lebensberechtigung überhaupt nur so lange in Zunahme begriffen ist, solange sie den Grundsatz des Kampfes als die Voraussetzung ihres Werdens anerkennt, und daß sie in demselben Augenblick den Höhepunkt ihrer Kraft überschritten hat, in dem sich der vollkommene Sieg auf ihre Seite neigt.

Es ist mithin einer Bewegung nur nützlich, diesem Siege in einer Form nachzustreben, die zeitlich nicht zum augenblicklichen Erfolge führt, sondern die in einer durch unbedingte Unduldsamkeit herbeigeführten langen Kampfdauer auch ein langes Wachstum schenkt.

Bewegungen, die ihre Zunahme nur dem sogenannten Zusammenschluß ähnlicher Gebilde, also ihre Stärke Kompromissen verdanken, gleichen Treibhauspflanzen. Sie schießen empor, allein ihnen fehlt die Kraft, Jahrhunderten zu trotzen und schweren Stürmen zu widerstehen.

Die Größe jeder gewaltigen Organisation als Verkörperung einer Idee auf dieser Welt liegt im religiösen Fanatismus, in der sie sich unduldsam gegen alles andere, fanatisch überzeugt vom eigenen Recht, durchsetzt. Wenn eine Idee an sich richtig ist und, in solcher Weise gerüstet, den Kampf auf dieser Erde aufnimmt, ist sie unbesiegbar, und jede Verfolgung wird nur zu ihrer inneren Stärke führen.

Die Größe des Christentums lag nicht in versuchten Vergleichsverhandlungen mit etwa ähnlich gearteten philosophischen Meinungen der Antike, sondern in der unerbittlichen fanatischen Verkündung und Vertretung der eigenen Lehre.

Der scheinbare Vorsprung, den Bewegungen durch Zusammenschlüsse erreichen, wird reichlich eingeholt durch die dauernde Zunahme der Kraft einer unabhängig bleibenden, sich selbst verfechtenden Lehre und ihrer Organisation.

13. Die Bewegung hat grundsätzlich ihre Mitglieder so zu erziehen, daß sie im Kampfe nicht etwas lässig Auferzogenes, sondern das selbst Erstrebte erblicken. Sie haben die Feindschaft der Gegner mithin nicht zu fürchten, sondern als Voraussetzung zur eigenen Daseinsberechtigung zu empfinden. Sie haben den Haß der Feinde unseres Volkstums und unserer Weltanschauung und seine Äußerungen nicht zu scheuen, sondern zu ersehen. Zu den Äußerungen dieses Hasses aber gehören auch Lüge und Verleumdung.

Wer in den jüdischen Zeitungen nicht bekämpft, also verleumdet und verlästert wird, ist kein anständiger Deutscher und kein wahrer Nationalsozialist. Der beste Gradmesser für den Wert seiner Gesinnung, die Aufrichtigkeit seiner Überzeugung und die Kraft seines Wollens ist die Feindschaft, die ihm von seiten des Todfeindes unseres Volkes entgegengebracht wird.

Die Anhänger der Bewegung und in weiterem Sinne das ganze Volk müssen immer und immer wieder darauf hingewiesen werden, daß der Jude in seinen Zeitungen stets lügt, und daß selbst eine einmalige Wahrheit nur zur Deckung einer größeren Fälschung bestimmt und damit selber wieder gewollte Unwahrheit ist. Der Jude ist der große Meister im Lügen, und Lug und Trug sind seine Waffen im Kampfe.

Jede jüdische Verleumdung und jede jüdische Lüge ist eine Ehrennarbe am Körper unserer Kämpfer.

Wen sie am meisten verlästern, der steht uns am nächsten, und wen sie am tödlichsten hassen, der ist unser bester Freund.

Wer des Morgens die jüdische Zeitung ergreift, ohne sich in ihr verleumdet zu sehen, hat den vergangenen Tag nicht nützlich verwertet; denn wäre es so, würde er vom Juden verfolgt, gelästert, verleumdet, beschimpft, beschmutzt werden. Und nur wer diesen Todfeind unseres Volkstums und jeder arischen Menschheit und Kultur am wirksamsten gegenübertritt, darf erwarten, die Verleumdungen dieser Rasse und damit den Kampf dieses Volkes auch gegen sich gerichtet zu sehen.

Wenn diese Grundsätze in Fleisch und Blut unserer Anhänger übergehen, wird die Bewegung unerschütterlich und unbesiegbar werden.

14. Die Bewegung hat die Achtung vor der Person mit allen Mitteln zu fördern; sie hat nie zu vergessen, daß im persönlichen Wert der Wert alles Menschlichen liegt, daß jede Idee und jede Leistung das Ergebnis der schöpferischen Kraft eines Menschen ist, und daß die Bewunderung vor der Größe nicht nur einen Dankeszoll an diese darstellt, sondern auch ein einigendes Band um die Dankenden schlingt.

Die Person ist nicht zu ersetzen; sie ist es besonders dann nicht, wenn sie nicht das mechanische, sondern das kulturellschöpferische Element verkörpert. So wenig ein berühmter Meister ersetzt werden kann und ein anderer die

Vollendung seines halbfertig hinterlassenen Gemäldes zu übernehmen vermag, so wenig ist der große Dichter und Denker, der große Staatsmann und der große Feldherr zu ersetzen. Denn deren Tätigkeit liegt immer auf dem Gebiete der Kunst; sie ist nicht mechanisch anerzogen, sondern durch göttliche Gnade angeboren.

Die größten Umwälzungen und Errungenschaften dieser Erde, ihre größten kulturellen Leistungen, die unsterblichen Taten auf dem Gebiete der Staatskunst usw., sie sind für ewig unzertrennbar verknüpft mit einem Namen und werden durch ihn repräsentiert. Der Verzicht auf die Huldigung vor einem großen Geist bedeutet den Verlust einer immensen Kraft, die aus dem Namen aller großen Männer und Frauen strömt.

Dies weiß am besten der Jude. Gerade er, dessen Größen nur groß sind in der Zerstörung der Menschheit und ihrer Kultur, sorgt für ihre abgöttische Bewunderung. Nur die Verehrung der Völker für ihre eigenen Geister versucht er als unwürdig hinzustellen und stempelt sie zum „Personenkult".

Sobald ein Volk so feige wird, dieser jüdischen Anmaßung und Frechheit zu unterliegen, verzichtet es auf die gewaltige Kraft, die es besitzt; denn diese beruht nicht in der Achtung vor der Masse, sondern in der Verehrung des Genies und in der Erhebung und Erbauung an ihm.

Wenn Menschenherzen brechen und Menschenseelen verzweifeln, dann blicken aus dem Dämmerlicht der Vergangenheit die großen Überwinder von Not und Sorge, von Schmach und Elend, von geistiger Unfreiheit und körperlichem Zwange auf sie hernieder und reichen den verzagenden Sterblichen ihre ewigen Hände!

Wehe dem Volke, das sich schämt, sie zu erfassen!

X X X

In der ersten Zeit des Werdens unserer Bewegung hatten wir unter nichts so sehr zu leiden wie unter der Bedeutungslosigkeit und dem Nichtbekanntsein unserer Namen. Das schwerste in dieser ersten Zeit, da sich oft nur sechs, sieben und acht Köpfe zusammenfanden, um den Worten eines Redners zu lauschen, war, in diesem kleinsten Kreise den Glauben an die gewaltige Zukunft der Bewegung zu erwecken und zu erhalten.

Man bedenke, daß sich sechs oder sieben Männer, lauter namenlose, arme Teufel zusammenschließen mit der Absicht, eine Bewegung zu bilden, der es dereinst gelingen soll, was bisher den gewaltigen, großen Massenparteien mißlang, die Wiederaufrichtung eines Deutschen Reiches erhöhter Macht und Herrlichkeit. Hätte man uns damals angegriffen, ja, hätte man uns auch nur verlacht, wir wären glücklich gewesen in beiden Fällen. Denn das Niederdrükkende lag nur in der vollständigen Nichtbeachtung, die wir damals fanden, und unter der ich am meisten damals litt.

Als ich in den Kreis der paar Männer eintrat, konnte weder von einer Partei noch von einer Bewegung die Rede sein. Ich habe meine Eindrücke anläßlich meines ersten Zusammentreffens mit diesem kleinen Gebilde schon geschildert. Ich hatte in den damals folgenden Wochen dann Zeit und Gelegenheit, die zunächst unmögliche Erscheinung dieser sogenannten Partei zu studieren. Das Bild war, wahrhaftiger Gott, ein beklemmend niederdrückendes. Es war nichts, aber auch schon rein gar nichts vorhanden. Der Name einer Partei, deren Ausschuß praktisch die ganze Mitgliedschaft repräsentierte, war so oder so das, was sie zu bekämpfen versuchte, ein Parlament im kleinsten. Auch hier herrschte die Abstimmung, und wenn sich die großen Parlamente wenigstens noch über größere Probleme monatelang die Kehlen heiser schreien, in diesem kleinen Zirkel ging schon über die Beantwortung eines glücklich eingelaufenen Briefes endloses Zwiegespräch los!

Die Öffentlichkeit wußte von dem allem natürlich überhaupt nichts. Kein Mensch in München kannte die Partei auch nur dem Namen nach, außer ihren paar Anhängern und den wenigen Bekannten derselben.

Jeden Mittwoch fand in einem Münchener Café eine sogenannte Ausschußsitzung statt, einmal in der Woche ein Sprechabend. Da die gesamte Mitgliedschaft der „Bewegung" zunächst im Ausschuß vertreten war, waren die Personen natürlich immer dieselben. Es mußte sich jetzt darum handeln, endlich den kleinen Zirkel zu sprengen, neue Anhänger zu gewinnen, vor allem aber den Namen der Bewegung um jeden Preis bekanntzumachen.

Wir bedienten uns dabei folgender Technik:

In jedem Monat, später alle vierzehn Tage, versuchten wir eine „Versammlung" abzuhalten. Die Einladungen hierzu wurden auf einer Schreibmaschine oder zum Teil auch mit der Hand auf Zettel geschrieben und die ersten Male von uns selber verteilt bzw. ausgetragen. Jeder wendete sich an seinen Bekanntenkreis, um den einen oder anderen zu bewegen, eine dieser Veranstaltungen zu besuchen.

Der Erfolg war ein jämmerlicher.

Ich erinnere mich noch, wie ich selber in dieser ersten Zeit einmal an die achtzig dieser Zettel ausgetragen hatte, und wie wir nun am Abend auf die Volksmassen warteten, die da kommen sollten.

Mit einstündiger Verspätung mußte endlich der „Vorsitzende" die „Versammlung" eröffnen. Wir waren wieder sieben Mann, die alten Sieben.

Wir gingen dazu über, die Einladungszettel in einem Münchener Schreibwarengeschäft auf der Maschine schreiben und vervielfältigen zu lassen. Der Erfolg bestand bei der nächsten Versammlung in einigen Zuhörern mehr. So stieg die Zahl langsam von elf auf dreizehn, endlich auf siebzehn, auf dreiundzwanzig, auf vierundzwanzig Zuhörer.

Durch ganz kleine Geldsammlungen im Kreise von uns armen Teufeln wurden die Mittel aufgebracht, um endlich eine Versammlung durch eine Anzeige des damals unabhängigen „Münchener Beobachters" in München ankündigen lassen zu können. Der Erfolg war dieses Mal allerdings erstaunlich. Wir hatten die Versammlung im Münchener Hofbräuhauskeller angesetzt (nicht zu verwechseln mit dem Münchener Hofbräuhausfestsaal), einem kleinen Saal von knapp einhundertdreißig Personen Fassungsraum. Mir selber erschien der Raum wie eine große Halle, und jeder von uns bangte, ob es gelingen würde, an dem betreffenden Abend dieses „mächtige" Gebäude mit Menschen zu füllen.

Um sieben Uhr waren einhundertelf Personen anwesend, und die Versammlung wurde eröffnet.

Ein Münchener Professor hielt das Hauptreferat, und ich sollte als zweiter zum ersten Male öffentlich sprechen.

Dem damaligen ersten Vorsitzenden der Partei, Herrn Harrer, erschien die Sache als ein großes Wagnis. Der sonst sicherlich redliche Herr hatte nun einmal die Überzeugung, daß ich wohl verschiedenes könnte, aber nur nicht reden. Von dieser Meinung war er auch in der Folgezeit nicht abzubringen.

Die Sache kam anders. Mir waren in dieser ersten als öffentlich anzusprechenden Versammlung zwanzig Minuten Redezeit zugebilligt worden.

Ich sprach dreißig Minuten, und was ich früher, ohne es irgendwie zu wissen, einfach innerlich gefühlt hatte, wurde nun durch die Wirklichkeit bewiesen: ich konnte reden! Nach dreißig Minuten waren die Menschen in dem kleinen Raum elektrisiert, und die Begeisterung äußerte sich zunächst darin, daß mein Appell an die Opferwilligkeit der Anwesenden zur Spende von dreihundert Mark führte. Damit aber war eine große Sorge von uns genommen. Die finanzielle Beschränkung war ja in dieser Zeit so groß, daß wir nicht einmal die Möglichkeit besaßen, für die Bewegung Leitsätze drucken zu lassen oder gar Flugblätter herauszugeben. Nun war der Grundstock gelegt zu einem kleinen Fonds, aus dem dann wenigstens das Notdürftigste und Notwendigste bestritten werden konnte.

Allein auch in einer anderen Hinsicht war der Erfolg dieser ersten größeren Versammlung bedeutend.

Ich hatte damals begonnen, dem Ausschuß eine Anzahl frischer junger Kräfte zuzuführen. Während meiner langjährigen Militärzeit hatte ich eine größere Menge treuer Kameraden kennengelernt, die nun langsam auf Grund meines Zuredens in die Bewegung einzutreten begannen. Es waren lauter tatkräftige junge Menschen, an Disziplin gewöhnt und von ihrer Dienstzeit her in dem Grundsatz aufgewachsen: Unmöglich ist gar nichts, und es geht alles, wenn man will.

Wie nötig aber ein solcher Blutzufluß war, konnte ich selber schon nach wenigen Wochen Mitarbeit erkennen.

Der damalige erste Vorsitzende der Partei, Herr Harrer, war eigentlich Journalist und als solcher sicher umfassend gebildet. Doch hatte er eine für einen Parteiführer außerordentlich schwere Belastung: er war kein Redner für die Masse. So peinlich gewissenhaft und genau seine Arbeit an sich war, so fehlte ihr jedoch – vielleicht gerade infolge der fehlenden großen rednerischen Begabung – auch der größere Schwung. Herr Drexler, damals Vorsitzender der Ortsgruppe München, war einfacher Arbeiter, als Redner ebenfalls wenig bedeutend, im übrigen aber kein Soldat. Er hatte nicht beim Heer gedient, war auch während des Krieges nicht Soldat, so daß ihm, der seinem ganzen Wesen nach an sich schwächlich und unsicher war, die einzige Schule fehlte, die es fertigbringen konnte, aus unsicheren und weichlichen Naturen Männer zu machen. So waren beide Männer nicht aus einem Holz geschnitzt, daß sie befähigt hätte, nicht nur den fanatischen Glauben an den Sieg einer Bewegung im Herzen zu tragen, sondern auch mit unerschütterlicher Willensenergie und, wenn nötig, mit brutalster Rücksichtslosigkeit die Widerstände zu beseitigen, die sich dem Emporsteigen der neuen Idee in die Wege stellen mochten. Dazu paßten nur Wesen, in denen sich Geist und Körper jene militärischen Tugenden zu eigen gemachte hatten, die man vielleicht am besten so bezeichnen kann: Flink wie Windhunde, zäh wie Leder und hart wie Kruppstahl.

Ich war damals selber noch Soldat. Mein Äußeres und Inneres war nahezu sechs Jahre lang geschliffen worden, so daß ich zunächst in diesem Kreise wohl als fremd empfunden werden mußte. Auch ich hatte das Wort verlernt: Das geht nicht, oder das wird nicht gehen; das darf man nicht wagen, das ist noch zu gefährlich usw.

Denn gefährlich war die Sache natürlich. Im Jahre 1920 war in vielen Gegenden Deutschlands eine nationale Versammlung, die es wagte, ihren Appell an die breiten Massen zu richten und öffentlich zu ihrem Besuche einzuladen, einfach unmöglich. Die Teilnehmer an einer solchen wurden mit blutigen Köpfen auseinandergeschlagen und verjagt. Viel gehörte freilich zu einem solchen Kunststück nicht: pflegte doch die größte sogenannte bürgerliche Massenversammlung vor einem Dutzend Kommunisten auseinanderzulaufen und auszureißen wie die Hasen vor dem Hunde. Doch so wenig die Roten von einem solchen bürgerlichen Trätäklub Notiz nahmen, dessen innere Harmlosigkeit und damit Ungefährlichkeit für sich selbst sie besser kannten als dessen Mitglieder selber, so entschlossen waren sie aber, eine Bewegung mit allen Mitteln zu erledigen, die ihnen gefährlich schien – das Wirksamste in solchen Fällen bildete jedoch zu allen Zeiten der Terror, die Gewalt.

Am verhaßtesten aber mußte den marxistischen Volksbetrügern eine Bewegung sein, deren ausgesprochenes Ziel die Gewinnung derjenigen Masse war, die bisher im ausschließlichen Dienste der internationalen marxistischen Judenund Börsenparteien stand. Schon der Titel „Deutsche Arbeiterpartei" wirkte aufreizend. So konnte man sich leicht vorstellen, daß bei der ersten passenden Gelegenheit die Auseinandersetzung mit den damals noch siegestrunkenen marxistischen Antreibern beginnen würde.

Im kleinen Kreis der damaligen Bewegung hatte man vor einem solchen Kampfe denn auch eine gewisse Angst. Man wollte möglichst wenig an die Öffentlichkeit treten, aus Furcht, geschlagen zu werden. Man sah die erste große Versammlung im Geiste schon gesprengt und die Bewegung dann vielleicht für immer erledigt. Ich hatte einen schweren Stand mit meiner Auffassung, daß man diesem Kampf nicht ausweichen, sondern daß man ihm entgegentreten und sich deshalb diejenige

Rüstung zulegen müsse, die allein den Schutz vor der Gewalt gewährt. Terror bricht man nicht durch Geist, sondern durch Terror. Der Erfolg der ersten Versammlung stärkte in dieser Richtung meine Stellung. Man bekam Mut zu einer zweiten, schon etwas größer aufgezogenen.

Etwa Oktober 1919 fand im Eberlbräukeller die zweite größere Versammlung statt. Thema: Brest-Litowsk und Versailles. Als Redner traten vier Herren auf. Ich selber sprach nahezu eine Stunde, und der Erfolg war größer als bei der ersten Kundgebung. Die Besucherzahl war auf über einhundertdreißig gestiegen. Ein Störungsversuch wurde durch meine Kameraden sofort im Keime erstickt. Die Unruhestifter flogen mit zerbeulten Köpfen die Treppe hinunter.

Vierzehn Tage darauf fand eine weitere Versammlung im gleichen Saale statt. Die Besucherzahl war auf über einhundertsiebzig gestiegen – eine gute Besetzung des Raumes. Ich hatte wieder gesprochen, und wieder war der Erfolg größer als bei der vorhergegangenen Versammlung.

Ich drängte nach einem größeren Saal. Endlich fanden wir einen solchen am anderen Ende der Stadt, im „Deutschen Reich" an der Dachauer Straße. Die erste Versammlung im neuen Raum war schwächer besucht als die vorhergegangene: knapp einhundertvierzig Personen. Im Ausschuß begann die Hoffnung wieder zu sinken, und die ewigen Zweifler glaubten, als Ursache des schlechten Besuches die zu häufige Wiederholung unserer „Kundgebungen" ansehen zu müssen. Es gab heftige Auseinandersetzungen, in denen ich den Standpunkt vertrat, daß eine Siebenhunderttausend-Einwohner-Stadt nicht nur alle vierzehn Tage eine, sondern jede Woche zehn Versammlungen vertragen müßte, daß man sich durch Rückschläge nicht irre machen lassen dürfe, daß die eingeschlagene Bahn die richtige sei, und daß früher oder später bei immer gleichbleibender Beharrlichkeit der Erfolg kommen müsse. Überhaupt war diese ganze Zeit des Winters 1919/20 ein einziger Kampf, das Vertrauen in die siegende Gewalt der jungen Bewegung zu stärken und zu jenem Fanatismus zu steigern, der als Glaube dann Berge zu versetzen vermag.

Die nächste Versammlung im gleichen Saale gab mir schon wieder recht. Die Zahl der Besucher war auf über zweihundert gestiegen, der äußere sowohl als der finanzielle Erfolg glänzend.

Ich trieb zur sofortigen Ansetzung einer weiteren Veranstaltung. Sie fand kaum vierzehn Tage später statt, und die Zuhörermenge stieg auf über zweihundertsiebzig Köpfe.

Vierzehn Tage später riefen wir zum siebenten Male Anhänger und Freunde der jungen Bewegung zusammen, und derselbe Raum konnte die Menschen nur mehr schwer fassen, es waren über vierhundert geworden.

In dieser Zeit erfolgte die innere Formgebung der jungen Bewegung. Es gab dabei in dem kleinen Kreis manches Mal mehr oder weniger heftige Auseinandersetzungen. Von verschiedenen Seiten – wie auch heute, so schon damals – wurde die Bezeichnung der jungen Bewegung als Partei bekrittelt. Ich habe in einer solchen Auffassung immer nur den Beweis für die praktische Unfähigkeit und geistige Kleinheit des Betreffenden gesehen. Es waren und sind immer die Menschen, die Äußeres von Innerem nicht zu unterscheiden vermögen und die den Wert einer Bewegung nach möglichst schwulstig klingenden Bezeichnungen abzuschätzen versuchen, wobei zu allem Unglück der Wortschatz unserer Urväter am meisten herhalten muß.

Es war damals schwer, den Leuten begreiflich zu machen, daß jede Bewegung, solange sie nicht den Sieg ihrer Ideen und damit ihr Ziel erreicht hat, Partei ist, auch wenn sie sich tausendmal einen anderen Namen beilegt.

Wenn irgendein Mensch einen kühnen Gedanken, dessen Verwirklichung im Interesse seiner Mitmenschen nützlich erscheint, zur praktischen Durchführung bringen will, so wird er sich zunächst Anhänger zu suchen haben, die bereit sind, für seine Absichten einzutreten. Und wenn diese Absicht nur darin bestünde, das zur Zeit bestehende Parteiwesen zu vernichten, die Zersplitterung zu beenden, so sind die Vertreter dieser Anschauung und Verkünder dieses Entschlusses eben selber Partei, so lange, bis nicht das Ziel errungen ist. Es ist Wortklauberei und Spiegelfechterei, wenn irgendein bezopfter völkischer Theoretiker, dessen praktische Erfolge im umgekehrten Verhältnis zu seiner Weisheit stehen, sich einbildet, den Charakter, den jede junge Bewegung als Partei besitzt, zu ändern durch eine Änderung ihrer Bezeichnung.

Im Gegenteil.

Wenn irgend etwas unvölkisch ist, dann ist es dieses Herumwerfen mit besonders altgermanischen Ausdrücken, die weder in die heutige Zeit passen noch etwas Bestimmtes vorstellen, sondern leicht dazu führen können, die Bedeutung einer Bewegung im äußeren Sprachschatz derselben zu sehen. Das ist ein wahrer Unfug, den man aber heute unzählige Male beobachten kann.

Überhaupt habe ich schon damals und auch in der Folgezeit immer wieder vor jenen deutschvölkischen Wanderscholaren warnen müssen, deren positive Leistung immer gleich Null ist, deren Einbildung aber kaum übertroffen zu werden vermag. Die junge Bewegung mußte und muß sich vor einem Zustrom an Menschen hüten, deren einzige Empfehlung zumeist in ihrer Erklärung liegt, daß sie schon dreißig oder gar vierzig Jahre lang für die gleiche Idee gekämpft hätten. Wer aber vierzig Jahre lang für eine sogenannte Idee eintritt, ohne selbst den geringsten Erfolg herbeiführen zu können, ja ohne den Sieg des Gegenteils verhindert zu haben, hat den Wahrheitsbeweis für die eigene Unfähigkeit in vierzigjähriger Tätigkeit erbracht. Das Gefährliche liegt vor allem darin, daß solche Naturen sich nicht als Glieder in die Bewegung einfügen wollen, sondern von Führerkreisen faseln, in denen sie auf Grund ihrer uralten Tätigkeit allein eine passende Stelle zur weiteren Betätigung zu erblicken vermögen. Wehe aber, wenn man solchen Leuten eine junge Bewegung ausliefert! So wenig ein Geschäftsmann, der in vierzigjähriger Tätigkeit ein großes Geschäft konsequent vernichtete, zum Begründer eines neuen taugt, so wenig paßt ein völkischer Methusalem, der in eben dieser Zeit eine große Idee verkorkste und zum Verkalken brachte, zur Führung einer neuen, jungen Bewegung!

Im übrigen kommen alle diese Menschen nur zu einem Bruchteil in die neue Bewegung, um ihr zu dienen und der Idee der neuen Lehre zu nützen, in den meisten Fällen aber, um unter ihrem Schutze oder durch die Möglichkeiten, die sie bietet, die Menschheit noch einmal mit ihren eigenen Ideen unglücklich zu machen. Was aber das für Ideen sind, läßt sich nur schwer wiedergeben.

Es ist das Charakteristische dieser Naturen, daß sie von altgermanischem Heldentum, von grauer Vorzeit, Steinäxten, Ger und Schild schwärmen, in Wirklichkeit aber die größten Feiglinge sind, die man sich vorstellen kann. Denn die gleichen Leute, die mit altdeutschen, vorsorglich nachgemachten Blechschwertern in den Lüften herumfuchteln, ein präpariertes Bärenfell mit Stierhörnern über dem bärtigen Haupte, predigen für die Gegenwart immer nur den Kampf mit geistigen Waffen und fliehen vor jedem kommunistischen Gummiknüppel eiligst von dannen. Die Nachwelt wird einmal wenig Veranlassung besitzen, das Heldendasein dieser Rauschebärte in einem neuen Epos zu verherrlichen.

Ich habe diese Leute zu gut kennengelernt, um nicht vor ihrer elenden Schauspielerei den tiefsten Ekel zu empfinden. Auf die breite Masse aber wirken sie lächerlich, und der Jude hat allen Grund, diese völkischen Komödianten zu schonen, sie sogar den wirklichen Verfechtern eines kommenden deutschen Staates vorzuziehen. Dabei sind diese Menschen noch maßlos eingebildet, wollen, trotz aller Beweise ihrer vollkommenen Unfähigkeit, alles besser verstehen und werden zu einer wahren Plage für die geradlinigen und ehrlichen Kämpfer, denen Heldentum nicht nur in der Vergangenheit verehrungswürdig erscheint, sondern die sich auch bemühen, der Nachwelt durch eigenes Handeln ein gleiches Bild zu geben.

Auch läßt es sich oft nur schwer unterscheiden, wer von diesen Leuten aus innerer Dummheit oder Unfähigkeit handelt, oder wer aus bestimmten Gründen nur so tut. Besonders bei den sogenannten religiösen Reformatoren auf altgermanischer Grundlage habe ich immer die Empfindung, als seien sie von jenen Mächten geschickt, die den Wiederaufstieg unseres Volkes nicht wünschen. Führt doch ihre ganze Tätigkeit das Volk vom gemeinsamen Kampf gegen den gemeinsamen Feind, den Juden, weg, um es statt dessen seine Kräfte in ebenso unsinnigen wie unseligen inneren Religionsstreitigkeiten verzehren zu lassen. Gerade aus diesen Gründen aber ist die Aufrichtung einer starken Zentralgewalt im Sinne der unbedingten Autorität der Führung in der Bewegung nötig. Nur durch sie allein kann solchen verderblichen Elementen das Handwerk gelegt werden. Allerdings sind aus diesem Grunde die größten Feinde einer einheitlichen, stramm geführten und geleiteten Bewegung auch in den kreisen dieser völkischen Ahasvere zu finden. Sie hassen in der Bewegung die Macht, die ihren Unfug steuert.

Nicht umsonst hat die junge Bewegung sich einst auf ein bestimmtes Programm festgelegt und das Wort „völkisch" dabei nicht verwendet. Der Begriff völkisch ist infolge seiner begrifflichen Unbegrenztheit keine mögliche Grundlage für eine Bewegung und bietet keinen Maßstab für die Zugehörigkeit zu einer solchen. Je undefinierbarer dieser Begriff praktisch ist, je mehr und umfangreichere Deutungen er zuläßt, um so mehr steigt aber auch die Möglichkeit, sich auf ihn zu berufen. Die Einschiebung eines derart unbestimmbaren und so vielseitig auslegbaren Begriffes in den politischen Kampf führt zur Aufhebung jeder strammen Kampfgemeinschaft, da diese es nicht verträgt, dem einzelnen die Bestimmung seines Glaubens und Wollens selbst zu überlassen.

Es ist auch schandbar, wer sich heute alles mit dem Wort „völkisch" auf der Kappe herumtreibt, wieviel Leute ihre eigene Auffassung über diesen Begriff haben. Ein bekannter Professor in Bayern, ein berühmter Kämpfer mit geistigen Waffen und reich an ebenso geistigen Marschleistungen nach Berlin, setzt den Begriff völkisch monarchischer Einstellung gleich. Das gelahrte Haupt hat freilich bisher vergessen, die Identität unserer deutschen Monarchen der Vergangenheit mit einer völkischen Auffassung von heute näher zu erklären. ich fürchte auch, daß dies dem Herrn schwer gelingen würde. Denn etwas Unvölkischeres als die meisten deutschen monarchischen Staatsgebilde kann man sich gar nicht vorstellen. Wäre es anders, sie wären nie verschwunden, oder aber ihr Verschwinden böte den Beweis für die Unrichtigkeit der völkischen Weltanschauung.

So legt jeder diesen Begriff aus, wie er es eben versteht. Als Grundlage aber für eine politische Kampfbewegung kann eine solche Vielfältigkeit der Meinungen nicht in Frage kommen.

Von der Weltfremdheit und besonders der Unkenntnis der Volksseele dieser völkischen Johannesse des zwanzigsten Jahrhunderts will ich dabei ganz absehen. Sie wird genügend illustriert durch die Lächerlichkeit, mit der sie von links behandelt werden. Man läßt sie schwätzen und lacht sie aus.

Wer es aber auf dieser Welt nicht fertigbringt, von seinen Gegnern gehaßt zu werden, scheint mir als Freund nicht viel wert zu sein. Und so war auch die Freundschaft dieser Menschen für unsere Bewegung nicht nur wertlos, sondern immer nur schädlich, und es war auch der Hauptgrund, warum wir erstens den Namen „Partei" wählten – wir durften hoffen, daß dadurch allein schon ein ganzer Schwarm dieser völkischen Schlafwandler von uns zurückgescheucht würde –, und warum wir uns zweitens als Nationalsozialistische Deutsche Arbeiterpartei bezeichneten.

Der erste Ausdruck brachte uns die Altertumsschwärmer vom Leibe, die Wortmenschen und äußerlichen Sprücheklopfer der sogenannten „völkischen Idee", der zweite aber befreite uns von dem ganzen Troß der Ritter mit dem „geistigen Schwert", all der Jammerlappen, die die „geistige Waffe" als Schutzschild vor ihre tatsächliche Feigheit halten.

Es versteht sich von selbst, daß wir in der Folgezeit besonders von diesen letzteren am schwersten angegriffen wurden, natürlich nicht tätlich, sondern nur mit der Feder, wie dies von einem solchen völkischen Gänsekiel ja nicht anders zu erwarten ist. Für sie hatte freilich unser Grundsatz „Wer uns mit Gewalt entgegentritt, dessen erwehren wir uns mit Gewalt" etwas Unheimliches an sich. Sie warfen uns nicht nur die rohe Anbetung des Gummiknüppels, sondern den mangelnden Geist an sich auf das eindringlichste vor. Daß in einer Volksversammlung ein Demosthenes zum Schweigen gebracht werden kann, wenn nur fünfzig Idioten, gestützt auf ihr Mundwerk und ihre Fäuste, ihn nicht sprechen lassen wollen, berührt einen solchen Quacksalber allerdings nicht im geringsten. Die angeborene Feigheit läßt ihn nie in eine solche Gefahr geraten. Denn er arbeitet nicht „lärmend" und „aufdringlich", sondern im „stillen".

Ich kann auch heute unsere junge Bewegung nicht genug davor warnen, in das Netz dieser sogenannten „stillen Arbeiter" zu kommen. Sie sind nicht nur Feiglinge, sondern auch immer Nichtskönner und Nichtstuer. Ein Mensch, der eine Sache weiß, eine gegebene Gefahr kennt, die Möglichkeit einer Abhilfe mit seinen Augen sieht, hat die verdammte Pflicht und Schuldigkeit, nicht im „stillen" zu arbeiten, sondern vor der Öffentlichkeit gegen das Übel aufund für seine Heilung einzutreten. Tut er das nicht, dann ist er ein pflichtvergessener, elender Schwächling, der entweder aus Feigheit versagt oder aus Faulheit und Unvermögen. Der Großteil dieser „stillen Arbeiter" aber tut meistens nur so, als ob er weiß Gott was wüßte. Sie alle können nichts, versuchen aber die ganze Welt mit ihren Kunststücken zu bemogeln; sie sind faul, erwecken aber mit ihrer behaupteten „stillen" Arbeit den Eindruck einer ebenso enormen wie emsigen Tätigkeit, kurz und gut, sie sind Schwindler, politische Schiebernaturen, denen die ehrliche Arbeit der anderen verhaßt ist. Sobald solch ein völkischer Nachtfalter sich auf den Wert der „Stille" beruft, kann man tausend gegen eins wetten, daß er in ihr nicht produziert, sondern stiehlt, stiehlt von den Früchten der Arbeit anderer.

Dazu kommt noch die Arroganz, Einbildung und Frechheit, mit der dieses praktisch faulenzende, lichtscheue Gesindel über die Arbeit anderer herfällt, von oben herunter zu bekritteln versucht und so in Wahrheit den Todfeinden unseres Volkes hilft.

Jeder letzte Agitator, der den Mut besitzt, auf dem Wirtstisch unter seinen Gegnern stehend, männlich und offen seine Anschauung zu vertreten, leistet mehr als tausend dieser verlogenen, heimtückischen Duckmäuser. Er wird sicherlich den einen oder anderen bekehren und für die Bewegung gewinnen können. Man wird seine Leistung überprüfen und am Erfolg die Wirkung seines Tuns festzustellen vermögen. Nur die feigen Schwindler, die ihre Arbeit in der „Stille" preisen und sich mithin in den Schutzmantel einer zu verachtenden Anonymität hüllen, taugen zu gar nichts und dürfen im wahrsten Sinne des Wortes als Drohnen bei der Wiedererhebung unseres Volkes gelten.

X X X

Anfang des Jahres 1920 trieb ich zur Abhaltung der ersten ganz großen Massenversammlung. Darüber kam es zu Meinungsverschiedenheiten. Einige führende Parteimitglieder hielten die Sache für viel zu verfrüht und damit in der Wirkung für verhängnisvoll. Die rote Presse hatte sich mit uns zu beschäftigen angefangen, und wir waren glücklich genug, allmählich ihren Haß zu erringen. Wir hatten begonnen, als Diskussionsredner in anderen Versammlungen aufzutreten. Natürlich wurde jeder von uns sofort niedergeschrien. Allein ein Erfolg war doch vorhanden. Man lernte uns kennen, und in eben dem Maße, in dem sich diese Kenntnis vertiefte, stiegen die Abneigung und Wut gegen uns. So durften wir also wohl darauf hoffen, bei unserer ersten großen Massenversammlung den Besuch unserer Freunde aus dem roten Lager in größtem Umfange zu erhalten.

Auch ich war mir klar darüber, daß die Wahrscheinlichkeit einer Sprengung groß war. Allein der Kampf mußte eben ausgetragen werden, wenn nicht jetzt, dann einige Monate später. Es lag ganz bei uns, schon am ersten Tage die Bewegung durch blindes, rücksichtsloses Einstehen für sie zu verewigen. Ich kannte vor allem die Mentalität der Anhänger der roten Seiten nur zu gut, um nicht zu wissen, daß ein Widerstand bis zum äußersten am ehesten nicht nur Eindruck erweckt, sondern auch Anhänger gewinnt. Zu diesem Widerstand mußte man eben entschlossen sein.

Der damalige erste Vorsitzende der Partei, Herr Harrer, glaubte, meinen Ansichten in bezug auf den gewählten Zeitpunkt nicht beipflichten zu können und trat in der Folge als ehrlicher, aufrechter Mann von der Führung der Bewegung zurück. An seine Stelle rückte Herr Anton Drexler vor. Ich selber hatte mir die Organisation der Propaganda vorbehalten und führte diese nun auch rücksichtslos durch.

So wurde als Termin für die Abhaltung dieser ersten großen Volksversammlung der noch unbekannten Bewegung der 24. Februar 1920 bestimmt.

Die Vorbereitungen leitete ich persönlich. Sie waren sehr kurz. Überhaupt wurde der ganze Apparat darauf eingestellt, blitzschnelle Entscheidungen treffen zu können. Zu Tagesfragen sollte in Form von Massenversammlungen innerhalb vierundzwanzig Stunden Stellung genommen werden. Die Ankündigung derselben sollte durch Plakate und Flugblätter stattfinden, deren Tendenz nach jenen Gesichtspunkten bestimmt wurde, die ich in meiner Abhandlung über Propaganda in groben Umrissen schon niedergelegt habe. Wirkung auf die breite Masse, Konzentration auf wenige Punkte, immerwährende Wiederholung derselben, selbstsichere und selbstbewußte Fassung des Textes in den Formen einer apodiktischen Behauptung, größte Beharrlichkeit in der Verbreitung und Geduld im Erwarten der Wirkung.

Als Farbe wurde grundsätzlich Rot gewählt, sie ist die aufpeitschendste und mußte unsere Gegner am meisten empören und aufreizen und uns ihnen dadurch so oder so zur Kenntnis und in Erinnerung bringen.

In der Folgezeit zeigte sich auch in Bayern die innere Verbrüderung zwischen Marxismus und Zentrum als politischer Partei am klarsten in der Sorge, mit der die hier regierende Bayerische Volkspartei die Wirkung unserer Plakate auf die roten Arbeitermassen abzuschwächen und später zu unterbinden versuchte. Fand die Polizei kein anderes Mittel, dagegen einzuschreiten, dann mußten zum Schluß „Verkehrsrücksichten" herhalten, bis man endlich dem inneren, stillen, roten Bundesgenossen zuliebe unter fördernder Beihilfe einer sogenannten Deutschnationalen Volkspartei diese Plakate, die Hunderttausende von internationalen, verhetzten und verführten Arbeitern dem deutschen Volkstum wiedergegeben hatten, gänzlich verbot. Diese Plakate – der ersten und zweiten Auflage dieses Buches als Anhang beigefügt – können am besten das gewaltige Ringen belegen, das die junge Bewegung in dieser Zeit ausfocht.

Sie werden aber auch vor der Nachwelt Zeugnis ablegen für das Wollen und die Aufrichtigkeit unserer Gesinnung und die Willkür sogenannter nationaler Behörden in der Unterbindung einer ihnen unbequemen Nationalisierung und damit Wiedergewinnung breiter Massen unseres Volkstums. Sie werden auch die Meinung zerstören helfen, als ob sich in Bayern eine nationale Regierung an sich befände, und vor der Nachwelt noch dokumentieren, daß das nationale Bayern der Jahre 1919, 1920, 1921, 1922 und 1923 nicht etwa das Ergebnis einer nationalen Regierung war, sondern diese nur gezwungenerweise Rücksicht nehmen mußte auf ein allmählich national fühlendes Volk.

Die Regierungen selber taten alles, um diesen Gesundungsprozeß zu unterbinden und unmöglich zu machen.

Zwei Männer nur muß man dabei ausnehmen:

Der damalige Polizeipräsident Ernst Pöhner und sein treuer Berater, Oberamtmann Frick, waren die einzigen höheren Staatsbeamten, die schon damals den Mut besaßen, erste Deutsche und dann Beamte zu sein. An verantwortlicher Stelle war Ernst Pöhner der einzige, der nicht um die Gunst der Massen buhlte, sondern sich seinem Volkstum verantwortlich fühlte und bereit war, für die Wiederauferstehung des von ihm über alles geliebten deutschen Volkes alles, auch, wenn nötig, seine persönliche Existenz auf das Spiel zu setzen und zu opfern. Er war denn auch immer der lästige Dorn in den Augen jener käuflichen Beamtenkreaturen, denen nicht das Interesse ihres Volkes und die notwendige Freiheitserhebung desselben, sondern der Befehl des Brotgebers das Gesetz des Handelns vorschreibt, ohne Rücksicht auf das Wohl des ihnen anvertrauten nationalen Gutes.

Vor allem aber gehörte er zu jenen Naturen, die im Unterschied zu den meisten Hütern unserer sogenannten Staatsautorität die Feindschaft der Volks- und Landesverräter nicht fürchten, sondern sie als selbstverständliches Gut des anständigen Mannes ersehnen. Der Haß von Juden und Marxisten, ihr ganzer Kampf voll Lüge und Verleumdung waren für ihn das einzige Glück inmitten des Elends unseres Volkes.

Ein Mann von granitener Redlichkeit, von antiker Schlichtheit und deutscher Geradlinigkeit, bei dem das Wort „lieber tot als Sklave" keine Phrase, sondern den Inbegriff seines ganzen Wesens bildete.

Er und sein Mitarbeiter Dr. Frick sind in meinen Augen die einzigen, die von Männern in staatlicher Stellung das Recht besitzen, als Mithersteller eines nationalen Bayerns zu gelten. –

Ehe wir nun zur Abhaltung unserer ersten Massenversammlung schritten, mußte nicht nur das notwendige Propagandamaterial bereitgestellt, sondern mußten auch die Leitsätze des Programms im Druck niedergelegt werden.

Ich werde die Richtlinien, die uns besonders bei der Abfassung des Programms vor Augen schwebten, im zweiten Bande auf das gründlichste entwickeln. Ich will hier nur feststellen, daß es geschaffen wurde, nicht nur um der jungen Bewegung Form und Inhalt zu geben, sondern um deren Ziele der breiten Masse verständlich zu machen.

Aus sogenannten Intelligenzkreisen hat man darüber gewitzelt und gespöttelt und versucht, daran Kritik zu üben. Die Richtigkeit unserer damaligen Auffassung aber hat die Wirksamkeit dieses Programms ergeben.

Ich habe in diesen Jahren Dutzende von neuen Bewegungen erstehen sehen, und sie alle sind wieder spurlos verschwunden und verweht. Eine einzige blieb: die Nationalsozialistische Deutsche Arbeiterpartei. Und heute hege ich mehr denn je die Überzeugung, daß man sie bekämpfen kann, daß man versuchen mag, sie zu lähmen, daß kleine Parteiminister uns die Rede und das Wort verbieten können, den Sieg unserer Gedanken werden sie nimmermehr verhindern.

Wenn von der gesamten heutigen Staatsauffassung und ihren Vertretern nicht einmal die Erinnerung mehr die Namen künden wird, werden die Grundlagen des nationalsozialistischen Programms die Fundamente eines kommenden Staates sein.

Die viermonatige Versammlungtätigkeit vor dem Januar 1920 hatte uns langsam die kleinen Mittel erübrigen lassen, die wir zur Drucklegung unserer ersten Flugschrift, unseres ersten Plakates und unseres Programms benötigten.

Wenn ich als Abschluß dieses Bandes diese erste große Massenversammlung der Bewegung nehme, so geschieht es deshalb, weil mit ihr die Partei den engen Rahmen eines kleinen Vereins sprengte und an Stelle dessen zum ersten Male bestimmend auf den gewaltigen Faktor unserer Zeit, die öffentliche Meinung, einwirkte.

Ich selbst besaß damals nur eine einzige Sorge: Wird der Saal gefüllt sein, oder werden wir vor gähnender Leere sprechen? Ich hatte die felsenfeste innere Überzeugung, daß, wenn die Menschen kommen würden, der Tag ein großer Erfolg für die junge Bewegung werden müsse. So bangte ich dem damaligen Abend entgegen.

Um 7.30 Uhr sollte die Eröffnung stattfinden. 7.15 Uhr betrat ich den Festsaal des Hofbräuhauses am Platzl in München, und das Herz wollte mir fast vor Freude zerspringen. Der gewaltige Raum, denn gewaltig kam er mir damals noch vor, war mit Menschen überfüllt, Kopf an Kopf, eine fast zweitausend Menschen zählende Masse. Und vor allem – es waren die gekommen, an die wir uns wenden wollten. Weit über die Hälfte des Saales schien von Kommunisten und Unabhängigen besetzt. Unsere erste große Kundgebung war von ihnen zu einem schnellen Ende bestimmt worden.

Allein es kam anders. Nachdem der erste Redner geendet, ergriff ich das Wort. Wenige Minuten später hagelte es Zwischenrufe, im Saal kam es zu heftigen Zusammenstößen. Eine Handvoll treuester Kriegskameraden und sonstige Anhänger schlugen sich mit den Störenfrieden und vermochten erst nach und nach einige Ruhe herzustellen. Ich konnte wieder weitersprechen. Nach einer halben Stunde begann der Beifall das Schreien und Brüllen langsam zu übertönen.

Und nun ergriff ich das Programm und begann es zum ersten Male zu erläutern.

Von Viertelstunde zu Viertelstunde wurden die Zwischenrufe mehr und mehr zurückgedrängt von beifälligen Zurufen. Und als ich endlich die fünfundzwanzig Thesen Punkt für Punkt der Masse vorlegte und sie bat, selber das Urteil über sie zu sprechen, da wurden sie nun eine nach der anderen unter immer mehr sich erhebendem Jubel angenommen, einstimmig und immer wieder einstimmig, und als die letzte These so den Weg zum Herzen der Masse gefunden hatte, stand ein Saal voll Menschen vor mir, zusammengeschlossen von einer neuen Überzeugung, einem neuen Glauben, von einem neuen Willen.

Als sich nach fast vier Stunden der Raum zu leeren begann und die Masse sich Kopf an Kopf wie ein langsamer Strom dem Ausgange zuwälzte, zuschob und zudrängte, da wußte ich, daß nun die Grundsätze einer Bewegung in das deutsche Volk hinauswanderten, die nicht mehr zum Vergessen zu bringen waren.

Ein Feuer war entzündet, aus dessen Glut dereinst das Schwert kommen muß, das dem germanischen Siegfried die Freiheit, der deutschen Nation das Leben wiedergewinnen soll.

Und neben der kommenden Erhebung fühlte ich die Göttin der unerbittlichen Rache schreiten für die Meineidstat des 9. November 1918.

So leerte sich langsam der Saal.

Die Bewegung nahm ihren Lauf.

ZWEITER BAND

DIE NATIONALSOZIALISTISCHE BEWEGUNG

1. Kapitel

Weltanschauung und Partei

Am 24. Februar 1920 fand die erste große öffentliche Massenkundgebung unserer jungen Bewegung statt. Im Festsaale des Münchener Hofbräuhauses wurden die fünfundzwanzig Thesen des Programms der neuen Partei einer fast zweitausendköpfigen Menschenmenge unterbreitet und jeder einzelne Punkt unter jubelnder Zustimmung angenommen.

Damit waren die ersten Leitsätze und Richtlinien für einen Kampf ausgegeben, der mit einem wahren Wust althergebrachter Vorstellungen und Ansichten und mit unklaren, ja schädlichen Zielen aufräumen sollte. In die faule und feige bürgerliche Welt sowohl wie in den Siegeszug der marxistischen Eroberungswelle sollte eine neue Machterscheinung treten, um den Wagen des Verhängnisses in letzter Stunde zum Stehen zu bringen.

Es war selbstverständlich, daß die neue Bewegung nur dann hoffen durfte, die nötige Bedeutung und die erforderliche Stärke für diesen Riesenkampf zu erhalten, wenn es ihr vom ersten Tage an gelang, in den Herzen ihrer Anhänger die heilige Überzeugung zu erwecken, daß mit ihr dem politischen Leben nicht eine neue Wahlparole oktroyiert, sondern eine neue Weltanschauung von prinzipieller Bedeutung vorangestellt werden sollte.

Man muß bedenken, aus welch jämmerlichen Gesichtspunkten heraus sogenannte „Parteiprogramme" normal zusammengeschustert und von Zeit zu Zeit aufgeputzt oder umgemodelt werden. Man muß die treibenden Motive besonders dieser bürgerlichen „Programm-Kommissionen" unter die Lupe nehmen, um das nötige Verständnis für die Bewertung dieser programmatischen Ausgeburten zu gewinnen.

Es ist immer eine einzige Sorge, die entweder zur Neuaufstellung von Programmen oder zur Abänderung der vorhandenen antreibt: die Sorge um den nächsten Wahlausgang. Sowie in den Köpfen dieser parlamentarischen Staatskünstler die Ahnung aufzudämmern pflegt, daß das liebe Volk wieder einmal revoltiert und aus dem Geschirr des alten Parteiwagens entschlüpfen will, pflegen sie die Deichseln neu anzustreichen. Dann kommen die Sterngucker und Parteiastrologen, die sogenannten „erfahrenen" und „gewiegten", meistens alten Parlamentarier, die in ihrer „reichen politischen Lehrzeit" sich analoger Fälle zu erinnern vermögen, da auch der Masse endlich die Stränge ihrer Geduld gerissen, und die Ähnliches wieder bedrohlich nahe fühlen. So greifen sie zu den alten Rezepten, bilden eine „Kommission", horchen im lieben Volk herum, beschnüffeln die Presseerzeugnisse und riechen so langsam heraus, was das liebe breite Volk gerne haben möchte, was es verabscheut und was es sich erhofft. Jede Berufsgruppe, ja jede Angestelltenklasse wird genauestens studiert und in ihren geheimsten Wünschen erforscht. Auch die „üblen Schlagworte" der gefährlichen Opposition pflegen dann plötzlich reif für eine Überprüfung zu sein und tauchen nicht selten, zum größten Erstaunen ihrer ursprünglichen Erfinder und Verbreiter, ganz harmlos, wie selbstverständlich im Wissensschatz der alten Parteien auf.

So treten die Kommissionen zusammen und „revidieren" das alte Programm und verfassen ein neues (die Herrschaften wechseln dabei ihre Überzeugungen wie der Soldat im Felde das Hemd, nämlich immer dann, wenn das alte verlaust ist!), in dem jedem das Seine gegeben wird. Der Bauer erhält den Schutz seiner Landwirtschaft, der Industrielle den Schutz seiner Ware, der Konsument den Schutz seines Einkaufs, den Lehrern werden die Gehälter erhöht, den Beamten die Pensionen aufgebessert, Witwen und Waisen soll in reichlichstem Umfang der Staat versorgen, der Verkehr wird gefördert, die Tarife sollen erniedrigt und gar die Steuern, wenn auch nicht ganz, aber doch so ziemlich abgeschafft werden. Manches Mal passiert es, daß man doch einen Stand vergessen oder von einer im Volk umlaufenden Forderung nichts gehört hat. Dann wird in letzter Eile noch hineingeflickt, was Platz hat, so lange, bis man mit gutem Gewissen hoffen darf, das Heer der normalen

Spießer samt ihren Weibern wieder beruhigt zu haben und hochbefriedigt zu sehen. So kann man innerlich also gerüstet im Vertrauen auf den lieben Gott und die unerschütterliche Dummheit der wahlberechtigten Bürger den Kampf um die „neue Gestaltung" des Reiches, wie man sagt, beginnen. Wenn dann der Wahltag vorbei ist, die Parlamentarier für fünf Jahre ihre letzte Volksversammlung abgehalten haben, um sich von der Dressur des Plebs hinweg zur Erfüllung ihrer höheren und angenehmeren Aufgaben zu begeben, löst sich die Programm-Kommission wieder auf, und der Kampf um die Neugestaltung der Dinge erhält wieder die Formen des Ringens um das liebe tägliche Brot: Dieses heißt aber beim Parlamentarier Diäten.

Jeden Morgen begibt sich der Herr Volksvertreter in das Hohe Haus, und wenn schon nicht ganz hinein, so doch wenigstens bis in den Vorraum, in dem die Anwesenheitslisten aufliegen. Im angreifenden Dienste für das Volk trägt er dort seinen Namen ein und nimmt als wohlverdienten Lohn eine kleine Entschädigung für diese fortgesetzten zermürbenden Anstrengungen entgegen.

Nach vier Jahren oder in sonstigen kritischen Wochen, wenn die Auflösung der parlamentarischen Körperschaften wieder näher und näher zu rücken beginnt, beschleicht die Herren plötzlich ein unbezähmbarer Drang. So wie der Engerling nicht anders kann, als sich zum Maikäfer zu verwandeln, so verlassen diese parlamentarischen Raupen das große gemeinsame Puppenhaus und flattern flügelbegabt hinaus zum lieben Volk. Sie reden wieder zu ihren Wählern, erzählen von der eigenen enormen Arbeit und der böswilligen Verstocktheit der anderen, bekommen aber von der unverständigen Masse statt dankbaren Beifalls manches Mal rohe, ja gehässige Ausdrücke an den Kopf geworfen. Wenn sich diese Undankbarkeit des Volkes bis zu einem gewissen Grade steigert, kann nur ein einziges Mittel helfen: der Glanz der Partei muß wieder aufgebügelt werden, das Programm ist verbesserungsbedürftig, die Kommission tritt erneut ins Leben, und der Schwindel beginnt von vorne. Bei der granitenen Dummheit unserer Menschheit wundere man sich nicht über den Erfolg. Geleitet durch seine Presse und geblendet vom neuen verlockenden Programm, kehrt das „bürgerliche" wie das „proletarische" Stimmvieh wieder in den gemeinsamen Stall zurück und wählt seine alten Betrüger.

Damit verwandelt sich der Volksmann und Kandidat der schaffenden Stände wieder in die parlamentarische Raupe und frißt sich am Gezweig des staatlichen Lebens weiter dick und fett, um sich nach vier Jahren wieder in den schillernden Schmetterling zu verwandeln.

Es gibt kaum etwas Deprimierenderes, als diesen ganzen Vorgang in der nüchternen Wirklichkeit zu beobachten, diesem sich immer wiederholenden Betrug zusehen zu müssen.

Aus solchem geistigen Nährboden schöpft man im bürgerlichen Lager freilich nicht die Kraft, den Kampf mit der organisierten Macht des Marxismus auszufechten.

Ernstlich denken die Herrschaften auch nie daran. Bei aller zugegebenen Beschränktheit und geistigen Inferiorität dieser parlamentarischen Medizinmänner der weißen Rasse können sie selber sich nicht im Ernste einbilden, auf dem Wege einer westlichen Demokratie gegen eine Lehre anzukämpfen, für welche die Demokratie samt allem, was drum und dran hängt, im besten Falle ein Mittel zum Zweck ist, das man anwendet, um den Gegner zu lähmen und dem eigenen Handeln freie Bahn zu schaffen. Wenn nämlich ein Teil des Marxismus zur Zeit auch in äußerst kluger Weise die unzertrennliche Verbindung mit den Grundsätzen der Demokratie vorzutäuschen versucht, dann möge man doch gefälligst nicht vergessen, daß in der kritischen Stunde diese Herrschaften sich um eine Majoritätsentscheidung nach westlich-demokratischer Auffassung einen Pfifferling kümmerten! Es war dies in den Tagen, als die bürgerlichen Parlamentarier die Sicherheit des Reiches in der monumentalen Borniertheit einer überragenden Zahl garantiert sahen, während der Marxismus mit einem Haufen von Straßenstrolchen, Deserteuren, Parteibonzen und jüdischen Literaten kurzerhand die Macht an sich riß, der Demokratie solcher Art eine schallende Maulschelle versetzend. Daher gehört dann schon das gläubige Gemüt eines solchen parlamentarischen Zauberpriesters bürgerlicher Demokratie dazu, um zu wähnen, daß jetzt oder in der Zukunft die brutale Entschlossenheit der Interessenten und Träger jener Weltpest einfach durch die Beschwörungsformeln eines westlichen Parlamentarismus gebannt werden könnte.

Der Marxismus wird so lange mit der Demokratie marschieren, bis es ihm gelingt, auf indirektem Wege für seine verbrecherischen Ziele sogar noch die Unterstützung der von ihm zur Ausrottung bestimmten nationalen geistigen Welt zu erhalten. Käme er aber heute zu der Überzeugung, daß sich aus dem Hexenkessel unserer parlamentarischen Demokratie plötzlich eine Majorität zusammenbrauen ließe, die – und wäre es nur auf Grund ihrer zur Gesetzgebung berechtigten Mehrzahl – dem Marxismus ernstlich auf den Leib rückte, so wäre das parlamentarische Gaukelspiel gleich zu Ende. Die Bannerträger der roten Internationale würden dann, statt einen Appell an das demokratische Gewissen zu richten, einen brandigen Aufruf an die proletarischen Massen erlassen, und ihr Kampf würde sich mit einem Schlage aus der muffigen Luft der Sitzungssäle unserer Parlamente in die Fabriken und auf die Straße verpflanzen. Die Demokratie wäre damit sofort erledigt; und was der geistigen Gelenkigkeit jener Völkerapostel in den Parlamenten mißlungen war, würde dem Brecheisen und Schmiedehammer aufgehetzter Proletariermassen genau wie im Herbst 1918 blitzschnell gelingen: sie würden der bürgerlichen Welt schlagend beibringen, wie verrückt es ist, sich einzubilden, mit dem Mittel westlicher Demokratie der jüdischen Welteroberung entgegentreten zu können.

Wie gesagt, es gehört schon ein gläubiges Gemüt dazu, sich einem solchen Spieler gegenüber an Regeln zu binden, die für diesen immer nur zum Bluff oder zum eigenen Nutzen vorhanden sind, die über Bord geschleudert werden, sobald sie seinen Vorteilen nicht mehr entsprechen.

Da bei allen Parteien sogenannter bürgerlicher Einstellung in Wirklichkeit der ganze politische Kampf tatsächlich nur im Raufen um einzelne Parlamentsstühle besteht, wobei Einstellungen und Grundsätze je nach Zweckmäßigkeit wie Sandballast über Bord geworfen werden, so sind natürlich auch ihre Programme demgemäß abgestimmt und – umgekehrt allerdings – auch ihre Kräfte danach bemessen. Es fehlt ihnen jene große magnetische Anziehung, der die breite Masse immer nur folgt unter dem zwingenden Eindruck großer überragender Gesichtspunkte, der Überzeugungskraft bedingungslosen Glaubens an dieselben, gepaart mit dem fanatischen Kampfesmut, für sie einzustehen.

In einer Zeit aber, in welcher die eine Seite, ausgerüstet mit allen Waffen einer, wenn auch tausendmal verbrecherischen Weltanschauung zum Sturm gegen eine bestehende Ordnung antritt, kann die andere ewig nur Widerstand leisten, wenn sich dieser selber in den Formen eines neuen, in unserem Falle politischen Glaubens kleidet und die Parole einer schwächlichen und feigen Verteidigung mit dem Schlachtruf mutigen und brutalen Angriffs vertauscht. Wenn daher heute unserer Bewegung, besonders von seiten sogenannter nationaler bürgerlicher Minister, etwa des bayerischen Zentrums, der geistreiche Vorwurf gemacht wird, daß sie auf eine „Umwälzung" hinarbeite, kann man einem solchen politisierenden Dreikäsehoch nur eines zur Antwort geben: Jawohl, wir versuchen nachzuholen, was ihr in eurer verbrecherischen Dummheit versäumt habt. Ihr habt durch die Grundsätze eures parlamentarischen Kuhhandels mitgeholfen, die Nation in den Abgrund zu zerren; wir aber werden, und zwar in den Formen des Angriffs, durch die Aufstellung einer neuen Weltanschauung und der fanatischen unerschütterlichen Verteidigung ihrer Grundsätze unserem Volke die Stufen bauen, auf denen es dereinst in den Tempel der Freiheit wieder emporzusteigen vermag.

So mußte in der Gründungszeit unserer Bewegung unsere erste Sorge immer darauf gerichtet sein, zu verhüten, daß aus der Heerschar von Kämpfern für eine neue hehre Überzeugung bloß ein Verein zur Förderung parlamentarischer Interessen werde.

Die erste vorbeugende Maßnahme war die Schaffung eines Programms, das zielmäßig zu einer Entwicklung drängte, die schon in ihrer inneren Größe geeignet erschien, die kleinen und schwächlichen Geister unserer heutigen Parteipolitiker zu verscheuchen.

Wie richtig aber unsere Auffassung von der Notwendigkeit programmatischer Zielpunkte schärfster Prägung gewesen ist, ging am klarsten aus jenen verhängnisvollen Gebrechen hervor, die endlich zum Zusammenbruche Deutschlands geführt haben.

Aus ihrer Erkenntnis heraus mußte sich eine neue Staatsauffassung formen, die selber wieder ein wesentlicher Bestandteil einer neuen Weltauffassung ist.

X X X

Ich habe mich schon im ersten Bande mit dem Worte „völkisch" insofern auseinandergesetzt, als ich feststellen mußte, daß diese Bezeichnung begrifflich zu wenig begrenzt erscheint, um die Bildung einer geschlossenen Kampfgemeinschaft zu gestatten. Alles Mögliche, das in allem Wesentlichen seiner Ansichten himmelweit auseinanderklafft, treibt sich zur Zeit unter dem Deckwort „völkisch" herum. Ehe ich daher nun zu den Aufgaben und Zielen der Nationalsozialistischen Deutschen Arbeiterpartei übergehe, möchte ich eine Klarstellung des Begriffes „völkisch" sowie seines Verhältnisses zur Parteibewegung geben.

Der Begriff „völkisch" erscheint so wenig klar abgesteckt, so vielseitig auslegbar und so unbeschränkt in der praktischen Anwendung wie etwa das Wort „religiös". Man kann sich schwer auch unter dieser Bezeichnung etwas ganz Präzises vorstellen, weder im Sinne gedanklichen Erfassens noch in dem praktischen Auswirkens. Faßlich vorstellbar wird die Bezeichnung „religiös" erst in dem Augenblick, in dem sie sich mit einer bestimmt umrissenen Form dieses ihres Auswirkens verbindet. Es ist eine sehr schöne, meist aber auch billige Erklärung, wenn man das Wesen eines Menschen als „tiefinnerlich religiös" bezeichnet. Es wird vielleicht auch einige wenige geben, die durch eine solche ganz allgemeine Bezeichnung sich selbst befriedigt fühlen, ja, denen sie sogar ein bestimmtes, mehr oder minder scharfes Bild jenes Seelenzustandes zu vermitteln vermag. Da aber die große Masse weder aus Philosophen noch aus Heiligen besteht, wird eine solche ganz allgemeine religiöse Idee dem einzelnen meist nur die Freigabe seines individuellen Denkens und Handelns bedeuten, ohne indes zu jener Wirksamkeit zu führen, welche der religiösen inneren Sehnsucht in dem Augenblicke erwächst, da sich aus der rein metaphysischen unbegrenzten Gedankenwelt ein klar umgrenzter Glaube formt. Sicherlich ist dieser nicht der Zweck an sich, sondern nur ein Mittel zum Zweck; doch ist er das unumgänglich notwendige Mittel, um den Zweck überhaupt erreichen zu können. Dieser Zweck aber ist nicht nur ein ideeller, sondern im letzten Grunde genommen auch ein eminent praktischer. Wie man sich überhaupt darüber klar werden muß, daß die höchsten Ideale immer einer tiefsten Lebensnotwendigkeit entsprechen, genau so wie der Adel der erhabensten Schönheit im letzten Grunde auch nur im logisch Zweckmäßigsten liegt.

Indem der Glaube mithilft, den Menschen über das Niveau eines tierischen Dahinlebens zu erheben, trägt er in Wahrheit zur Festigung und Sicherung seiner Existenz bei. Man nehme der heutigen Menschheit die durch ihre Erziehung gestützten religiös-glaubensmäßigen, in ihrer praktischen Bedeutung aber sittlich-moralischen Grundsätze durch Ausscheidung dieser religiösen Erziehung und ohne dieselbe durch Gleichwertiges zu ersetzen, und man wird das Ergebnis in einer schweren Erschütterung der Fundamente ihres Daseins vor sich haben. Man darf also wohl feststellen, daß nicht nur der Mensch lebt, um höheren Idealen zu dienen, sondern daß diese höheren Ideale umgekehrt auch die Voraussetzung zu seinem Dasein als Mensch geben. So schließt sich der Kreis.

Natürlich liegen auch schon in der allgemeinen Bezeichnung „religiös" einzelne grundsätzliche Gedanken oder Überzeugungen, zum Beispiel die der Unzerstörbarkeit der Seele, der Ewigkeit ihres Daseins, der Existenz eines höheren Wesens usw. Allein alle diese Gedanken, und mögen sie für den einzelnen noch so überzeugend sein, unterliegen so lange der kritischen Prüfung dieses einzelnen und damit so lange einer schwankenden Bejahung oder Verneinung, bis eben nicht die gefühlsmäßige Ahnung oder Erkenntnis die gesetzmäßige Kraft apodiktischen Glaubens annimmt. Dieser vor allem ist der Kampffaktor, der der Anerkennung religiöser Grundanschauungen Bresche schlägt und die Bahn frei macht.

Ohne den klar begrenzten Glauben würde die Religiosität in ihrer unklaren Vielgestaltigkeit für das menschliche Leben nicht nur wertlos sein, sondern wahrscheinlich zur allgemeinen Zerrüttung beitragen.

Ähnlich wie mit dem Begriff „religiös" verhält es sich mit der Bezeichnung „völkisch". Auch in ihr liegen schon einzelne grundsätzliche Erkenntnisse. Sie sind jedoch, wenn auch von eminentester Bedeutung, ihrer Form nach so wenig klar bestimmt, daß sie sich über den Wert einer mehr oder minder anzuerkennenden Meinung erst dann erheben, wenn sie als Grundelemente in den Rahmen einer politischen Partei gefaßt werden. Denn die Verwirklichung weltanschauungsmäßiger Ideale und der aus ihnen abgeleiteten Forderungen erfolgt ebensowenig durch das reine Gefühl oder das innere Wollen der Menschen an sich, als etwa die Erringung der Freiheit durch die allgemeine Sehnsucht nach ihr. Nein, erst wenn der ideale Drang nach Unabhängigkeit in den Formen militärischer Machtmittel die kampfesmäßige Organisation erhält, kann der drängende Wunsch eines Volkes in herrliche Wirklichkeit umgesetzt werden.

Jede Weltanschauung, sie mag tausendmal richtig und von höchstem Nutzen für die Menschheit sein, wird so lange für die praktische Ausgestaltung eines Völkerlebens ohne Bedeutung bleiben, als ihre Grundsätze nicht zum Panier einer Kampfbewegung geworden sind, die ihrerseits wieder so lange Partei sein wird, als sich ihr Wirken nicht im Siege ihrer Ideen vollendet hat und ihre Parteidogmen die neuen Staatsgrundsätze der Gemeinschaft eines Volkes bilden.

Wenn aber eine geistige Vorstellung allgemeiner Art einer kommenden Entwicklung als Fundament dienen will, dann ist die erste Voraussetzung die Schaffung unbedingter Klarheit über Wesen, Art und Umfang dieser Vorstellung, da sich nur auf solcher Basis eine Bewegung bilden läßt, die in der inneren Homogenität ihrer Überzeugungen die nötige Kraft zum Kampfe zu entwickeln vermag. Aus allgemeinen Vorstellungen muß ein politisches Programm, aus einer allgemeinen Weltanschauung ein bestimmter politischer Glaube geprägt werden. Dieser wird, da sein Ziel ein praktisch erreichbares sein soll, nicht nur der Idee an sich zu dienen haben, sondern auch Rücksicht nehmen müssen auf die Kampfmittel, die zur Erringung des Sieges dieser Idee vorhanden sind und Verwendung finden müssen. Zu einer abstrakt richtigen geistigen Vorstellung, die der Programmatiker zu verkünden hat, muß sich die praktische Erkenntnis des Politikers gesellen. So muß sich ein ewiges Ideal als Leitstern einer Menschheit leider damit abfinden, die Schwächen dieser Menschheit zu berücksichtigen, um nicht an der allgemeinen menschlichen Unzulänglichkeit von vornherein zu scheitern. Zum Erforscher der Wahrheit hat sich der Kenner der Volkspsychose zu gesellen, um aus dem Reiche des Ewig-Wahren und Idealen das menschlich Mögliche für kleine Sterbliche herauszuholen und Gestalt werden zu lassen.

Diese Umsetzung einer allgemeinen weltanschauungsmäßigen idealen Vorstellung von höchster Wahrhaftigkeit in eine bestimmt begrenzte, straff organisierte, geistig und willensmäßig einheitliche politische Glaubensund Kampfgemeinschaft ist die bedeutungsvollste Leistung, da von ihrer glücklichen Lösung allein die Möglichkeit eines Sieges der Idee abhängt. Hier muß aus dem Heer von oft Millionen Menschen, die im einzelnen mehr oder weniger klar und bestimmt diese Wahrheiten ahnen, zum Teil vielleicht begreifen, einer hervortreten, um mit apodiktischer Kraft aus der schwankenden Vorstellungswelt der breiten Masse granitene Grundsätze zu formen und so lange den Kampf für ihre alleinige Richtigkeit aufzunehmen, bis sich aus dem Wellenspiel einer freien Gedankenwelt ein eherner Fels einheitlicher glaubensund willensmäßiger Verbundenheit erhebt.

Das allgemeine Recht zu einer solchen Handlung liegt begründet in ihrer Notwendigkeit, das persönliche Recht im Erfolg.

X X X

Wenn wir versuchen, aus dem Worte „völkisch" den sinngemäßen innersten Kern herauszuschälen, kommen wir zu folgender Feststellung:

Unsere heutige landläufige politische Weltauffassung beruht im allgemeinen auf der Vorstellung, daß dem Staate zwar an sich schöpferische, kulturbildende Kraft zuzusprechen sei, daß er aber mit rassischen Voraussetzungen nichts zu tun habe, sondern eher noch ein Produkt wirtschaftlicher Notwendigkeiten, bestenfalls aber das natürliche Ergebnis politischen Machtdranges sei. Diese Grundanschauung führt in ihrer logisch-konsequenten Weiterbildung nicht nur zu einer Verkennung rassischer Urkräfte, sondern auch zu einer Minderbewertung der Person. Denn die Ableugnung der Verschiedenheit der einzelnen Rassen in bezug auf ihre allgemeinen kulturbildenden Kräfte muß zwangsläufig diesen größten Irrtum auch auf die Beurteilung der Einzelperson übertragen. Die Annahme von der Gleichartigkeit der Rassen wird dann zur Grundlage einer gleichen Betrachtungsweise für die Völker und weiterhin für die einzelnen Menschen. Daher ist auch der internationale Marxismus selbst nur die durch den Juden Karl Marx vorgenommene Übertragung einer tatsächlich schon längst vorhandenen weltanschauungsmäßigen Einstellung und Auffassung in die Form eines bestimmten politischen Glaubensbekenntnisses. Ohne den Untergrund einer derartigen, allgemein bereits vorhandenen Vergiftung wäre der staunenswerte politische Erfolg dieser Lehre auch niemals möglich gewesen. Karl Marx war wirklich nur der eine unter den Millionen, der in dem Sumpfe einer langsam verkommenden Welt mit dem sicheren Blick des Propheten die wesentlichsten Giftstoffe erkannte, sie herausgriff, um sie, einem Schwarzkünstler gleich, in eine konzentrierte Lösung zur schnelleren Vernichtung des unabhängigen Daseins freier Nationen auf dieser Erde zu bringen. Dieses alles aber im Dienste seiner Rasse.

So ist die marxistische Lehre der kurzgefaßte geistige Extrakt der heute allgemein gültigen Weltanschauung. Schon aus diesem Grunde ist auch jeder Kampf unserer sogenannten bürgerlichen Welt gegen sie unmöglich, ja lächerlich, da auch diese bürgerliche Welt im wesentlichen von all diesen Giftstoffen durchsetzt ist und einer Weltanschauung huldigt, die sich von der marxistischen im allgemeinen nur mehr durch Grade und Personen unterscheidet. Die bürgerliche Welt ist marxistisch, glaubt aber an die Möglichkeit der Herrschaft bestimmter Menschengruppen (Bürgertum), während der Marxismus selbst die Welt planmäßig in die Hand des Judentums überzuführen trachtet.

Demgegenüber erkennt die völkische Weltanschauung die Bedeutung der Menschheit in deren rassischen Urelementen. Sie sieht im Staat prinzipiell nur ein Mittel zum Zweck und faßt als seinen Zweck die Erhaltung des rassischen Daseins der Menschen auf. Sie glaubt somit keineswegs an eine Gleichheit der Rassen, sondern erkennt mit ihrer Verschiedenheit auch ihren höheren oder minderen Wert und fühlt sich durch diese Erkenntnis verpflichtet, gemäß dem ewigen Wollen, das dieses Universum beherrscht, den Sieg des Besseren, Stärkeren zu fördern, die Unterordnung des Schlechteren und Schwächeren zu verlangen. Sie huldigt damit prinzipiell dem aristokratischen Grundgedanken der Natur und glaubt an die Geltung dieses Gesetzes bis herab zum letzten Einzelwesen. Sie sieht nicht nur den verschiedenen Wert der Rassen, sondern auch den verschiedenen Wert der Einzelmenschen. Aus der Masse schält sich für sie die Bedeutung der Person heraus, dadurch aber wirkt sie gegenüber dem desorganisierenden Marxismus organisatorisch. Sie glaubt an die Notwendigkeit einer Idealisierung des Menschentums, da sie wiederum nur in dieser die Voraussetzung für das Dasein der Menschheit erblickt. Allein sie kann auch einer ethischen Idee das Existenzrecht nicht zubilligen, sofern diese Idee eine Gefahr für das rassische Leben der Träger einer höheren Ethik darstellt; denn in einer verbastardierten und vernegerten Welt wären auch alle Begriffe des menschlich Schönen und Erhabenen sowie alle Vorstellungen einer idealisierten Zukunft unseres Menschentums für immer verloren.

Menschliche Kultur und Zivilisation sind auf diesem Erdteil unzertrennlich gebunden an das Vorhandensein des Ariers. Sein Aussterben oder Untergehen wird auf diesen Erdball wieder die dunklen Schleier einer kulturlosen Zeit senken.

Das Untergraben des Bestandes der menschlichen Kultur durch die Vernichtung ihres Trägers aber erscheint in den Augen einer völkischen Weltanschauung als das fluchwürdigste Verbrechen. Wer die Hand an das höchste Ebenbild des Herrn zu legen wagt, frevelt am gütigen Schöpfer dieses Wunders und hilft mit an der Vertreibung aus dem Paradiese.

Damit entspricht die völkische Weltanschauung dem innersten Wollen der Natur, da sie jenes freie Spiel der Kräfte wiederherstellt, das zu einer dauernden gegenseitigen Höherzüchtung führen muß, bis endlich dem besten Menschentum, durch den erworbenen Besitz dieser Erde, freie Bahn gegeben wird zur Betätigung auf Gebieten, die teils über, teils außer ihr liegen werden.

Wir alle ahnen, daß in ferner Zukunft Probleme an den Menschen herantreten können, zu deren Bewältigung nur eine höchste Rasse als Herrenvolk, gestützt auf die Mittel und Möglichkeiten eines ganzen Erdballs, berufen sein wird.

X X X

Es ist selbstverständlich, daß eine so allgemeine Feststellung des sinngemäßen Inhalts einer völkischen Weltanschauung zu tausendfältiger Auslegung führen kann. Tatsächlich finden wir ja auch kaum eine unserer jüngeren politischen Neugründungen, die sich nicht irgendwie auf diese Weltauffassung beruft. Sie beweist jedoch gerade durch ihre eigene Existenz gegenüber den vielen anderen die Unterschiedlichkeit ihrer Auffassungen. So tritt der von einer einheitlichen Spitzenorganisation geführten marxistischen Weltanschauung ein Gemengsel von Anschauungen entgegen, das schon ideenmäßig gegenüber der geschlossenen feindlichen Front wenig eindrucksvoll ist. Siege werden durch so schwächliche Waffen nicht erfochten! Erst wenn der – politisch durch den organisierten Marxismus geführten – internationalen Weltanschauung eine ebenso einheitlich organisierte und geleitete völkische gegenübertritt, wird sich bei gleicher Kampfesenergie der Erfolg auf die Seite der ewigen Wahrheit schlagen.

Die organisatorische Erfassung einer Weltanschauung kann aber ewig nur auf Grund einer bestimmten Formulierung derselben stattfinden, und was für den Glauben die Dogmen darstellen, sind für die sich bildende politische Partei die Parteigrundsätze.

Damit muß also der völkischen Weltanschauung ein Instrument geschaffen werden, das ihr die Möglichkeit einer kampfesmäßigen Vertretung gewährt, ähnlich wie die marxistische Parteiorganisation für den Internationalismus freie Bahn schafft.

Dieses Ziel verfolgt die Nationalsozialistische Deutsche Arbeiterpartei.

Daß eine solche parteimäßige Festlegung des völkischen Begriffes die Voraussetzung zum Siege der völkischen Weltanschauung ist, wird am schärfsten bewiesen durch eine Tatsache, die selbst von den Gegnern einer solchen parteimäßigen Bindung, wenigstens indirekt, zugegeben wird. Gerade diejenigen, die nicht müde werden zu betonen, daß die völkische Weltanschauung keineswegs „Erbpacht" eines einzelnen sei, sondern im Herzen von weiß Gott wie vielen Millionen schlummert oder „lebt", dokumentieren doch damit, daß die Tatsache des allgemeinen Vorhandenseins solcher Vorstellungen den Sieg der feindlichen Weltanschauung, die allerdings parteipolitisch klassisch vertreten wird, eben nicht im geringsten zu hindern vermochte. Wäre es anders, so müßte das deutsche Volk heute schon einen gigantischen Sieg errungen haben und nicht am Rande eines Abgrundes stehen. Was der internationalen Weltauffassung den Erfolg gab, war ihre Vertretung durch eine sturmabteilungsmäßig organisierte politische Partei; was die gegenteilige Weltanschauung unterliegen ließ, war der bisherige Mangel einer einheitlich geformten Vertretung derselben. Nicht in einer unbegrenzten Freigabe der Auslegung einer allgemeinen Anschauung, sondern nur in der begrenzten und damit zusammenfassenden Form einer politischen Organisation kann eine Weltanschauung kämpfen und siegen.

Deshalb sah ich meine eigene Aufgabe besonders darin, aus dem umfangreichen und ungestalteten Stoff einer allgemeinen Weltanschauung diejenigen Kernideen herauszuschälen und in mehr oder minder dogmatische Formen umzugießen, die in ihrer klaren Begrenztheit sich dazu eignen, jene Menschen, die sich darauf verpflichten, einheitlich zusammenzufassen. Mit anderen Worten: Die Nationalsozialistische Deutsche Arbeiterpartei übernimmt aus dem Grundgedankengang einer allgemeinen völkischen Weltvorstellung die wesentlichen Grundzüge, bildet aus denselben, unter Berücksichtigung der praktischen Wirklichkeit, der Zeit und des vorhandenen Menschenmaterials sowie seiner Schwächen, ein politisches Glaubensbekenntnis, das nun seinerseits in der so ermöglichten straffen organisatorischen Erfassung großer Menschenmassen die Voraussetzung für die siegreiche Durchfechtung dieser Weltanschauung selber schafft.

2. Kapitel

Der Staat

Schon in den Jahren 1920/21 wurde unserer jungen Bewegung aus den Kreisen der heutigen überlebten bürgerlichen Welt immer wieder vorgehalten, daß unsere Stellung zum heutigen Staat eine ablehnende sei, woraus das parteipolitische Strauchrittertum aller Richtungen die Berechtigung ableitete, den Unterdrückungskampf gegen die junge, unbequeme Verkünderin einer neuen Weltanschauung mit allen Mitteln aufnehmen zu dürfen. Man hat dabei freilich mit Absicht vergessen, daß sich die heutige bürgerliche Welt selber unter dem Begriff Staat gar nichts Einheitliches mehr vorzustellen vermag, daß es eine einheitliche Definition dafür nicht gibt und auch nicht geben kann. Pflegen doch die Erklärer auf unseren staatlichen Hochschulen oft in Gestalt von Staatsrechtslehrern zu sitzen, deren höchste Aufgabe es sein muß, für die jeweilige mehr oder minder glückliche Existenz ihres brotspendenden Nährquells Erklärungen und Deutungen zu finden. Je unmöglicher ein Staat beschaffen ist, um so undurchsichtiger, gekünstelter und unverständlicher sind die Definitionen über seinen Daseinszweck. Was sollte z. B. ein kaiserlich-königlicher Universitätsprofessor über Sinn und Zweck des Staates schreiben in einem Lande, dessen staatliches Dasein wohl die größte Mißgeburt aller Zeiten verkörperte? Eine schwere Aufgabe, wenn man bedenkt, daß es für den heutigen Lehrer in staatsrechtlichen Dingen weniger eine Verpflichtung zur Wahrheit, als vielmehr eine Bindung an einen bestimmten Zweck gibt. Der Zweck aber lautet: Erhaltung um jeden Preis des jeweils in Frage kommenden Monstrums von menschlichem Mechanismus, jetzt Staat genannt. Da wundere man sich dann nicht, wenn man bei der Erörterung dieses Problems reale Gesichtspunkte möglichst vermeidet, um sich statt dessen in ein Gemengsel von „ethischen", „sittlichen", „moralischen" und sonstigen ideellen Werten, Aufgaben und Zielen einzugraben.

Ganz allgemein kann man drei Auffassungen unterscheiden:

a) Die Gruppe derjenigen, die im Staat einfach eine mehr oder weniger freiwillige Zusammenfassung von Menschen unter einer Regierungsgewalt erblicken.

Diese Gruppe ist die zahlreichste. In ihren Reihen befinden sich besonders die Anbeter unseres heutigen Legitimitätsprinzips, in deren Augen der Wille der Menschen bei dieser ganzen Angelegenheit überhaupt keine Rolle spielt. In der Tatsache des Bestehens eines Staates liegt für sie allein schon eine geweihte Unverletzlichkeit begründet. Um diesen Wahnsinn menschlicher Gehirne zu schützen, braucht man eine geradezu hündische Verehrung der sogenannten

Staatsautorität. In den Köpfen solcher Leute wird im Handumdrehen aus einem Mittel der endgültige Zweck gemacht. Der Staat ist nicht mehr da, um den Menschen zu dienen, sondern die Menschen sind da, um eine Staatsautorität, die noch den letzten, irgendwie beamteten Geist umschließt, anzubeten. Damit der Zustand dieser stillen, verzückten Verehrung sich nicht in einen solchen der Unruhe verwandle, ist die Staatsautorität ihrerseits nur dazu da, die Ruhe und Ordnung aufrechtzuerhalten. Auch sie ist jetzt kein Zweck und kein Mittel mehr. Die Staatsautorität hat für Ruhe und Ordnung zu sorgen, und die Ruhe und Ordnung hat der Staatsautorität umgekehrt wieder das Dasein zu ermöglichen. Innerhalb dieser beiden Pole hat das ganze Leben zu kreisen.

In Bayern wird eine solche Auffassung in erster Linie von den Staatskünstlern des bayerischen Zentrums, genannt „Bayerische Volkspartei", vertreten; in Österreich waren es die schwarz-gelben Legitimisten, im Reiche selber sind es leider häufig sogenannte konservative Elemente, deren Vorstellung über den Staat sich in diesen Bahnen bewegt.

b) Die zweite Gruppe von Menschen ist der Zahl nach schon etwas kleiner, da zu ihr diejenigen gerechnet werden müssen, die an das Vorhandensein eines Staates wenigstens einige Bedingungen knüpfen. Sie wünschen nicht nur gleiche Verwaltung, sondern auch, wenn möglich, gleiche Sprache – wenn auch nur aus allgemein verwaltungstechnischen Gesichtspunkten heraus. Die Staatsautorität ist nicht mehr der alleinige und ausschließliche Zweck des Staates, sondern die Förderung des Wohles der Untertanen kommt hinzu. Gedanken von „Freiheit", und zwar meist mißverstandener Art, schieben sich in die Staatsauffassung dieser Kreise ein. Die Regierungsform erscheint nicht mehr unantastbar durch die Tatsache ihres Bestehens an sich, sondern wird auf ihre Zweckmäßigkeit hin geprüft. Die Heiligkeit des Alters schützt nicht vor der Kritik der Gegenwart. Im übrigen ist es eine Auffassung, die vom Staate vor allem die günstige Gestaltung des wirtschaftlichen Lebens des einzelnen erwartet, die mithin von praktischen Gesichtspunkten aus und nach allgemein wirtschaftlichen Rentabilitätsanschauungen urteilt. Die hauptsächlichsten Vertreter dieser Ansichten treffen wir in den Kreisen unseres normalen deutschen Bürgertums, besonders in denen unserer liberalen Demokratie.

c) Die dritte Gruppe ist ziffernmäßig die schwächste.

Sie erblickt im Staat bereits ein Mittel zur Verwirklichung von meist sehr unklar vorgestellten machtpolitischen Tendenzen eines sprachlich ausgeprägten und geeinten Staatsvolkes. Der Wille nach einer einheitlichen Staatssprache äußert sich dabei nicht nur in der Hoffnung, diesem Staat damit ein tragfähiges Fundament für äußeren Machtzuwachs zu schaffen, sondern nicht minder in der – übrigens grundfalschen – Meinung, dadurch in einer bestimmten Richtung eine Nationalisierung durchführen zu können.

Es war in den letzten hundert Jahren ein wahrer Jammer, sehen zu müssen, wie in diesen Kreisen, manchmal im besten Glauben, mit dem Worte „Germanisieren" gespielt wurde. Ich selbst erinnere mich noch daran, wie in meiner Jugend gerade diese Bezeichnung zu ganz unglaublich falschen Vorstellungen verleitete. Selbst in alldeutschen Kreisen konnte man damals die Meinung hören, daß dem österreichischen Deutschtum unter fördernder Mithilfe der Regierung sehr wohl eine Germanisation des österreichischen Slawentums gelingen könnte, wobei man sich nicht im geringsten darüber klar wurde, daß Germanisation nur am Boden vorgenommen werden kann und niemals an Menschen. Denn was man im allgemeinen unter diesem Wort verstand, war nur die erzwungene äußerliche Annahme der deutschen Sprache. Es ist aber ein kaum faßlicher Denkfehler, zu glauben, daß, sagen wir, aus einem Neger oder einem Chinesen ein Germane wird, weil er Deutsch lernt und bereit ist, künftighin die deutsche Sprache zu sprechen und etwa einer deutschen politischen Partei seine Stimme zu geben. Daß jede solche Germanisation in Wirklichkeit eine Entgermanisation ist, wurde unserer bürgerlichen nationalen Welt niemals klar. Denn wenn heute durch das Oktroyieren einer allgemeinen Sprache bisher sichtbar in die Augen springende Unterschiede zwischen verschiedenen Völkern überbrückt und endlich verwischt werden, so bedeutet dies den Beginn einer Bastardierung und damit in unserem Fall nicht eine Germanisierung, sondern eine Vernichtung germanischen Elementes. Es kommt in der Geschichte nur zu häufig vor, daß es den äußeren Machtmitteln eines Eroberervolkes zwar gelingt, den Unterdrückten ihre Sprache aufzuzwingen, daß aber nach tausend Jahren ihre Sprache von einem anderen Volk geredet wird und die Sieger dadurch zu den eigentlich Besiegten werden.

Da das Volkstum, besser die Rasse, eben nicht in der Sprache liegt, sondern im Blute, würde man von einer Germanisation erst dann sprechen dürfen, wenn es gelänge, durch einen solchen Prozeß das Blut der Unterlegenen umzuwandeln. Das aber ist unmöglich. Es sei denn, es erfolge durch eine Blutsvermischung eine Änderung, welche aber die Niedersenkung des Niveaus der höheren Rasse bedeutet. Das Endergebnis eines solchen Vorganges wäre also die Vernichtung gerade der Eigenschaften, welche das Eroberervolk einst zum Siege befähigt hatten. Besonders die kulturellen Kräfte würden bei einer Paarung mit einer minderen Rasse verschwinden, wenn auch das entstandene Mischprodukt tausendmal die Sprache der früher höheren Rasse spräche. Es wird eine Zeitlang noch ein gewisser Ringkampf der verschiedenen Geister stattfinden, und es kann sein, daß das immer tiefer sinkende Volk, gewissermaßen in einem letzten Aufbäumen, überraschende kulturelle Werte zutage fördert. Doch sind es nur die der höheren Rasse zugehörigen Einzelelemente oder auch Bastarde, bei denen in erster Kreuzung das bessere Blut noch überwiegt und sich durchzuringen versucht; niemals aber Schlußprodukte der Mischung. In diesen wird sich immer eine kulturell rückläufige Bewegung zeigen.

Es muß heute als ein Glück betrachtet werden, daß eine Germanisation im Sinne Josephs II. in Österreich unterblieb. Ihr Erfolg wäre wahrscheinlich die Erhaltung des österreichischen Staates gewesen, allein auch eine durch sprachliche Gemeinschaft herbeigeführte Niedersenkung des rassischen Niveaus der deutschen Nation. Im Laufe der Jahrhundert hätte sich wohl ein gewisser Herdentrieb herauskristallisiert, allein die Herde selbst wäre minderwertig geworden. Es wäre vielleicht ein Staatsvolk geboren worden, aber ein Kulturvolk verlorengegangen.

Für die deutsche Nation war es besser, daß dieser Vermischungsprozeß unterblieb, wenn auch nicht infolge einer edlen Einsicht, sondern durch die kurzsichtige Beschränktheit der Habsburger. Wäre es anders gekommen, würde das deutsche Volk heute kaum mehr als Kulturfaktor angesprochen werden können.

Aber nicht nur in Österreich, sondern auch in Deutschland selbst waren und sind die sogenannten nationalen Kreise von ähnlich falschen Gedankengängen bewegt. Die von so vielen geforderte Polenpolitik im Sinne einer Germanisation des Ostens fußte leider fast immer auf dem gleichen Trugschluß. Auch hier glaubte man eine Germanisation des polnischen Elements durch eine rein sprachliche Eindeutschung desselben herbeiführen zu können. Auch hier wäre das Ergebnis ein unseliges geworden: ein fremdrassiges Volk in deutscher Sprache seine fremden Gedanken ausdrückend, die Höhe und Würde unseres eigenen Volkstums durch seine eigene Minderwertigkeit kompromittierend.

Wie entsetzlich ist doch heute schon der Schaden, der auf indirektem Wege unserem Deutschtum zugefügt wird, dadurch, daß das deutsch mauschelnde Judentum beim Betreten des amerikanischen Bodens infolge der Unkenntnis vieler Amerikaner auf unser deutsches Konto geschrieben wird! Es wird aber doch niemand einfallen, in der rein äußerlichen Tatsache, daß diese verlauste Völkerwanderung aus dem Osten meistens deutsch spricht, den Beweis für ihre deutsche Abstammung und Volkszugehörigkeit zu erblicken.

Was in der Geschichte nutzbringend germanisiert wurde, war der Boden, den unsere Vorfahren mit dem Schwert erwarben und mit deutschen Bauern besiedelten. Soweit sie dabei unserem Volkskörper fremdes Blut zuführten, wirkten sie mit an jener unseligen Zersplitterung unseres inneren Wesens, die sich in dem – leider vielfach sogar noch gepriesenen – deutschen Überindividualismus auswirkt.

Auch in dieser dritten Gruppe gilt der Staat in gewissem Sinne noch immer als Selbstzweck, die Staatserhaltung mithin als die höchste Aufgabe des menschlichen Daseins.

Zusammenfassend kann festgestellt werden: Alle diese Anschauungen haben ihre tiefste Wurzel nicht in der Erkenntnis, daß die kulturund wertbildenden Kräfte wesentlich auf rassischen Elementen beruhen, und daß der Staat also sinngemäß als seine höchste Aufgabe die Erhaltung und Steigerung der Rasse zu betrachten hat, diese Grundbedingung aller menschlichen Kulturentwicklung.

Die äußerste Schlußfolgerung jener falschen Auffassungen und Ansichten über Wesen und Zweck eines Staates konnte dann durch den Juden Marx gezogen werden: indem die bürgerliche Welt den Staatsbegriff von rassischen Verpflichtungen loslöste, ohne zu irgendeiner anderen, gleichmäßig anerkannten Formulierung gelangen zu können, ebnete sie selbst einer Lehre den Weg, die den Staat an sich negiert.

Schon auf diesem Gebiet muß deshalb der Kampf der bürgerlichen Welt gegenüber der marxistischen Internationale glatt versagen. Sie hat die Fundamente selbst schon längst geopfert, die zur Stützung ihrer eigenen Ideenwelt unumgänglich notwendig wären. Ihr gerissener Gegner hat die Schwächen ihres eigenen Baues erkannt und stürmt nun mit den von ihnen selbst, wenn auch ungewollt, gelieferten Waffen dagegen an.

Es ist deshalb die erste Verpflichtung für eine auf dem Boden einer völkischen Weltanschauung beruhende neue Bewegung, dafür zu sorgen, daß die Auffassung über das Wesen und den Daseinszweck des Staates eine einheitliche klare Form erhält.

Die grundsätzliche Erkenntnis ist dann die, daß der Staat keinen Zweck, sondern ein Mittel darstellt. Er ist wohl die Voraussetzung zur Bildung einer höheren menschlichen Kultur, allein nicht die Ursache derselben. Diese liegt vielmehr ausschließlich im Vorhandensein einer zur Kultur befähigten Rasse. Es könnten sich auf der Erde Hunderte von mustergültigen Staaten befinden, im Falle des Aussterbens des arischen Kulturträgers würde doch keine Kultur vorhanden sein, die der geistigen Höhe der höchsten Völker von heute entspräche. Man kann noch weitergehen und sagen, daß die Tatsache menschlicher Staatenbildung nicht im geringsten die Möglichkeit der Vernichtung des menschlichen Geschlechtes ausschließen würde, sofern überlegene geistige Fähigkeit und Elastizität, infolge des Fehlens des rassischen Trägers derselben, verlorengingen.

Würde z.B. heute die Oberfläche der Erde durch irgendein tektonisches Ereignis in Unruhe kommen und aus den Fluten des Ozeans sich ein neuer Himalaja erheben, so wäre in einer einzigen grausamen Katastrophe der Menschheit Kultur vernichtet. Kein Staat würde mehr bestehen, aufgelöst die Bande aller Ordnung, zertrümmert die Dokumente einer tausendjährigen Entwicklung, ein einziges großes, wasserund schlammüberflutetes Leichenfeld. Allein wenn sich aus diesem Chaos des Grauens auch nur wenige Menschen einer bestimmten kulturfähigen Rasse erhalten hätten, würde, und wenn auch nach tausendjähriger Dauer, die Erde nach ihrer Beruhigung wieder Zeugnisse menschlicher, schöpferischer Kraft erhalten. Nur die Vernichtung der letzten kulturfähigen Rasse und ihrer einzelnen Träger würde die Erde endgültig veröden. Umgekehrt sehen wir selbst an Beispielen der Gegenwart, daß Staatsbildungen in ihren stammesmäßigen Anfängen bei mangelnder Genialität ihrer rassischen Träger diese nicht vor dem Untergang zu bewahren vermögen. So wie große Tierarten der Vorzeit anderen weichen mußten und restlos vergingen, so muß auch der Mensch weichen, wenn ihm eine bestimmte geistige Kraft fehlt, die ihn allein die nötigen Waffen zu seiner Selbsterhaltung finden läßt.

Nicht der Staat an sich schafft eine bestimmte kulturelle Höhe, sondern er kann nur die Rasse erhalten, welche diese bedingt. Im anderen Falle mag der Staat als solcher jahrhundertelang gleichmäßig weiterbestehen, während in der Folge einer vom ihm nicht verhinderten Rassenvermengung die kulturelle Fähigkeit und das dadurch bedingte allgemeine Lebensbild eines Volkes schon längst tiefgehende Veränderung erlitten haben. Der heutige Staat beispielsweise kann als formaler Mechanismus sehr wohl noch soundso lange Zeit sein Dasein vortäuschen, die rassenmäßige Vergiftung unseres Volkskörpers schafft jedoch einen kulturellen Niedergang, der schon jetzt erschreckend in Erscheinung tritt.

So ist die Voraussetzung zum Bestehen eines höheren Menschentums nicht der Staat, sondern das Volkstum, das hierzu befähigt ist.

Diese Fähigkeit wird grundsätzlich immer vorhanden sein und muß nur durch bestimmte äußere Bedingungen zur praktischen Auswirkung aufgeweckt werden. Kulturell und schöpferisch begabte Nationen oder besser Rassen tragen die Nützlichkeiten latent in sich, auch wenn im Augenblick ungünstige äußere Umstände eine Verwirklichung dieser Anlagen nicht zulassen. Daher ist es auch ein unglaublicher Unfug, die Germanen der vorchristlichen Zeit als „kulturlos“, als Barbaren hinzustellen. Sie sind es nie gewesen. Nur zwang sie die Herbheit ihrer nordischen Heimat unter Verhältnisse, die eine Entwicklung ihrer schöpferischen Kräfte behinderten. Wären sie, ohne irgendeine antike Welt, in die günstigeren Gefilde des Südens gekommen, und hätten sie in dem Material niederer Völker die ersten technischen Hilfsmittel erhalten, so würde die in ihnen schlummernde kulturbildende Fähigkeit genau so zur leuchtendsten Blüte erwachsen sein, wie dies zum Beispiel bei den Hellenen der Fall war. Allein diese kulturschaffende Urkraft selbst entspringt wieder nicht einzig ihrem nordischen Klima. Der Lappländer, nach dem Süden gebracht, würde so wenig kulturbildend wirken wie etwa der Eskimo. Nein, diese herrliche, schöpferisch gestaltende Fähigkeit ist eben gerade dem Arier verliehen, ob er sie schlummernd noch in sich trägt oder sie dem erwachenden Leben schenkt, je nachdem günstige Umstände dies gestatten oder eine unwirtliche Natur verhindert.

Daraus ergibt sich folgende Erkenntnis:

Der Staat ist ein Mittel zum Zweck. Sein Zweck liegt in der Erhaltung und Förderung einer Gemeinschaft physisch und seelisch gleichartiger Lebewesen. Diese Erhaltung selber umfaßt erstlich den rassenmäßigen Bestand und gestattet dadurch die freie Entwicklung aller in dieser Rasse schlummernden Kräfte. Von ihnen wird immer wieder ein Teil in erster Linie der Erhaltung des physischen Lebens dienen und nur der andere der Förderung einer geistigen Weiterentwicklung. Tatsächlich schafft aber immer der eine die Voraussetzung für das andere.

Staaten, die nicht diesem Zwecke dienen, sind Fehlerscheinungen, ja Mißgeburten. Die Tatsache ihres Bestehens ändert so wenig daran, als etwa der Erfolg einer Flibustiergemeinschaft die Räuberei zu rechtfertigen vermag.

Wir Nationalsozialisten dürfen als Verfechter einer neuen Weltanschauung uns niemals auf jenen berühmten „Boden der – noch dazu falschen – Tatsachen“ stellen. Wir wären in diesem Falle nicht mehr die Verfechter einer neuen großen Idee, sondern die Kulis der heutigen Lüge. Wir haben schärfstens zu unterscheiden zwischen dem Staat als einem Gefäß und der Rasse als dem Inhalt. Dieses Gefäß hat nur dann einen Sinn, wenn es den Inhalt zu erhalten und zu schützen vermag; im anderen Falle ist es wertlos.

Somit ist der höchste Zweck des völkischen Staates die Sorge um die Erhaltung derjenigen rassischen Urelemente, die, als kulturspendend, die Schönheit und Würde eines höheren Menschentums schaffen. Wir, als Arier, vermögen uns unter einem Staat also nur den lebendigen Organismus eines Volkstums vorzustellen, der die Erhaltung dieses Volkstums nicht nur sichert, sondern es auch durch Weiterbildung seiner geistigen und ideellen Fähigkeiten zur höchsten Freiheit führt.

Was man uns heute jedoch als Staat aufzudrängen versucht, ist meistens nur die Ausgeburt tiefster menschlicher Verirrung mit unsäglichem Leid als Folgeerscheinung.

Wir Nationalsozialisten wissen, daß wir mit dieser Auffassung als Revolutionäre in der heutigen Zeit stehen und auch als solche gebrandmarkt werden. Allein unser Denken und Handeln soll keineswegs von Beifall oder Ablehnung unserer Zeit bestimmt werden, sondern von der bindenden Verpflichtung an eine Wahrheit, die wir erkannten. Dann dürfen wir überzeugt sein, daß die höhere Einsicht einer Nachwelt unser heutiges Vorgehen nicht nur verstehen, sondern auch als richtig bestätigen und adeln wird.

X X X

Daraus ergibt sich für uns Nationalsozialisten auch der Maßstab für die Bewertung eines Staates. Dieser Wert wird ein relativer sein, vom Gesichtspunkt des einzelnen Volkstums aus; ein absoluter von dem der Menschheit an sich. Das heißt mit anderen Worten:

Die Güte eines Staates kann nicht bewertet werden nach der kulturellen Höhe oder der Machtbedeutung dieses Staates im Rahmen der übrigen Welt, sondern ausschließlich nur nach dem Grade der Güte dieser Einrichtung für das jeweils in Frage kommende Volkstum.

Ein Staat kann als mustergültig bezeichnet werden, wenn er den Lebensbedingungen eines durch ihn zu vertretenden Volkstums nicht nur entspricht, sondern dieses Volkstum gerade durch seine eigene Existenz praktisch am Leben erhält – ganz gleich, welche allgemein kulturelle Bedeutung diesem staatlichen Gebilde im Rahmen der übrigen Welt zukommt. Denn die Aufgabe des Staates ist es eben nicht, Fähigkeiten zu erzeugen, sondern nur die, vorhandenen Kräften freie Bahn zu schaffen. Also kann umgekehrt ein Staat als schlecht bezeichnet werden, wenn er, bei aller kulturellen Höhe, den Träger dieser Kultur in seiner rassischen Zusammensetzung dem Untergange weiht. Denn er zerstört damit praktisch die Voraussetzung für das Fortbestehen dieser Kultur, die ja nicht er geschaffen, sondern welche die Frucht eines durch die lebendige staatliche Zusammenfassung gesicherten kulturschöpferischen Volkstums ist. Der Staat stellt eben nicht einen Inhalt dar, sondern eine Form. Es gibt also die jeweilige Kulturhöhe eines Volkes nicht den Wertmesser für die Güte des Staates ab, in welchem es lebt. Es ist sehr begreiflich, daß ein kulturell hochbegnadetes Volk ein höherwertiges Bild abgibt als ein Negerstamm; trotzdem kann der staatliche Organismus des ersteren, seiner Zweckerfüllung nach betrachtet, schlechter sein als der des Negers. Wenngleich der beste Staat und die beste Staatsform nicht in der Lage sind, aus einem Volke Fähigkeiten herauszuholen, die einfach fehlen und nie vorhanden waren, so ist ein schlechter Staat sicherlich in der Lage, durch eine von ihm zugelassene oder gar geförderte Vernichtung des rassischen Kulturträgers ursprünglich vorhandene Fähigkeiten in der Folgezeit zum Absterben zu bringen.

Mithin kann das Urteil über die Güte eines Staates in erster Linie nur bestimmt werden von dem relativen Nutzen, den er für ein bestimmtes Volkstum besitzt, und keineswegs von der Bedeutung, die ihm an sich in der Welt zukommt.

Dieses relative Urteil kann rasch und gut gefällt werden, das Urteil über den absoluten Wert nur sehr schwer, da dieses absolute Urteil eigentlich schon nicht mehr bloß durch den Staat, sondern vielmehr durch die Güte und Höhe des jeweiligen Volkstums bestimmt wird.

Wenn man daher von einer höheren Mission des Staates spricht, darf man nie vergessen, daß die höhere Mission wesentlich im Volkstum liegt, dem der Staat, durch die organische Kraft seines Daseins nur die freie Entwicklung zu ermöglichen hat.

Wenn wir daher die Frage stellen, wie der Staat beschaffen sein soll, den wir Deutsche brauchen, dann müssen wir uns erst Klarheit darüber schaffen, was für Menschen er erfassen und welchem Zweck er dienen soll.

Unser deutsches Volkstum beruht leider nicht mehr auf einem einheitlichen rassischen Kern. Der Prozeß der Verschmelzung der verschiedenen Urbestandteile ist auch noch nicht so weit fortgeschritten, daß man von einer dadurch neugebildeten Rasse sprechen könnte. Im Gegenteil: die blutsmäßigen Vergiftungen, die unseren Volkskörper, besonders seit dem Dreißigjährigen Kriege, trafen, führten nicht nur zu einer Zersetzung unseres Blutes, sondern auch zu einer solchen unserer Seele. Die offenen Grenzen unseres Vaterlandes, das Anlehnen an ungermanische Fremdkörper längs dieser Grenzgebiete, vor allem aber der starke laufende Zufluß fremden Blutes ins Innere des Reiches selbst, lassen infolge seiner dauernden Erneuerung keine Zeit übrig für eine absolute Verschmelzung. Es wird keine neue Rasse mehr herausgekocht, sondern die Rassebestandteile bleiben nebeneinander, mit dem Ergebnis, daß besonders in kritischen Augenblicken, in denen sich sonst eine Herde zu sammeln pflegt, das deutsche Volk nach allen Windrichtungen auseinanderläuft. Nicht nur gebietsmäßig sind die rassischen Grundelemente verschieden gelagert, sondern auch im einzelnen, innerhalb des gleichen Gebietes. Neben nordischen Menschen ostische, neben ostischen dinarische, neben beiden westische und dazwischen Mischungen. Dies ist auf der einen Seite von großem Nachteil: Es fehlt dem deutschen Volk jener sichere Herdeninstinkt, der in der Einheit des Blutes begründet liegt und besonders in gefahrdrohenden Momenten Nationen vor dem Untergang bewahrt, insofern bei solchen Völkern dann alle kleineren inneren Unterschiede sofort zu verschwinden pflegen und dem gemeinsamen Feinde die geschlossene Front einer einheitlichen Herde gegenübertritt. In dem Nebeneinander unserer unvermischt gebliebenen rassischen Grundelemente verschiedenster Art liegt das begründet, was man bei uns mit dem Wort Überindividualismus bezeichnet. In friedlichen Zeitläuften mag er manchmal gute Dienste leisten, alles in allem genommen aber hat er uns um die Weltherrschaft gebracht. Würde das deutsche Volk in seiner geschichtlichen Entwicklung jene herdenmäßige Einheit besessen haben, wie sie anderen Völkern zugute kam, dann würde das Deutsche Reich heute wohl die Herrin des Erdballs sein. Die Weltgeschichte hätte einen anderen Lauf genommen, und kein Mensch vermag zu entscheiden, ob dann nicht auf diesem Wege eingetroffen wäre, was so viele verblendete Pazifisten heute durch Winseln und Flennen zu erbetteln hoffen: ein Friede, gestützt nicht durch die Palmwedel tränenreicher pazifistischer Klageweiber, sondern begründet durch das siegreiche Schwert eines die Welt in den Dienst einer höheren Kultur nehmenden Herrenvolkes.

Die Tatsache des Nichtvorhandenseins eines blutsmäßig einheitlichen Volkstums hat uns unsägliches Leid gebracht. Sie hat vielen kleinen deutschen Potentaten Residenzen geschenkt, dem deutschen Volk aber das Herrenrecht entzogen.

Auch heute noch leidet unser Volk unter dieser inneren Zerrissenheit; allein, was uns in Vergangenheit und Gegenwart Unglück brachte, kann für die Zukunft unser Segen sein. Denn so schädlich es auf der einen Seite auch war, daß eine restlose

Vermischung unserer ursprünglichen Rassenbestandteile unterblieb und dadurch die Bildung eines einheitlichen Volkskörpers verhindert wurde, so glücklich war es auf der anderen, als hierdurch wenigstens ein Teil unseres besten Blutes rein erhalten blieb und der rassischen Senkung entging.

Sicher würde bei einer restlosen Vermengung unserer rassischen Urelemente ein geschlossener Volkskörper entstanden sein, allein er wäre, wie jede Rassenkreuzung beweist, von einer geringeren Kulturfähigkeit erfüllt, als sie der höchststehende der Urbestandteile ursprünglich besaß. Dies ist der Segen des Unterbleibens restloser Vermischung: daß wir auch heute noch in unserem deutschen Volkskörper große unvermischt gebliebene Bestände an nordisch-germanischen Menschen besitzen, in denen wir den wertvollsten Schatz für unsere Zukunft erblicken dürfen. In der trüben Zeit der Unkenntnis aller rassischen Gesetze, da in völliger Gleichwertung Mensch eben als Mensch erschien, mochte die Klarheit über den verschiedenen Wert der einzelnen Urelemente fehlen. Heute wissen wir, daß eine restlose Durcheinandermischung der Bestandteile unseres Volkskörpers uns infolge der dadurch entstandenen Einheit vielleicht zwar die äußere Macht geschenkt hätte, daß jedoch das höchste Ziel der Menschheit unerreichbar gewesen wäre, da der einzige Träger, den das Schicksal ersichtlich zu dieser Vollendung ausersehen hat, im allgemeinen Rassenbrei des Einheitsvolkes untergegangen wäre.

Was aber ohne unser Zutun durch ein gütiges Schicksal verhindert wurde, haben wir heute, vom Gesichtspunkt unserer nun gewonnenen Erkenntnis, zu überprüfen und zu verwerten.

Wer von einer Mission des deutschen Volkes auf der Erde redet, muß wissen, daß sie nur in der Bildung eines Staates bestehen kann, der seine höchste Aufgabe in der Erhaltung und Förderung der unverletzt gebliebenen edelsten Bestandteile unseres Volkstums, ja der ganzen Menschheit sieht.

Damit erhält der Staat zum ersten Male ein inneres hohes Ziel. Gegenüber der lächerlichen Parole einer Sicherung von Ruhe und Ordnung zur friedlichen Ermöglichung gegenseitiger Begaunerei erscheint die Aufgabe der Erhaltung und Förderung eines durch die Güte des Allmächtigen dieser Erde geschenkten höchsten Menschentums als eine wahrhaft hohe Mission.

Aus einem toten Mechanismus, der nur um seiner selbst willen da zu sein beansprucht, soll ein lebendiger Organismus geformt werden mit dem ausschließlichen Zwecke: einer höheren Idee zu dienen.

Das Deutsche Reich soll als Staat alle Deutschen umschließen mit der Aufgabe, aus diesem Volke die wertvollsten Bestände an rassischen Urelementen nicht nur zu sammeln und zu erhalten, sondern langsam und sicher zur beherrschenden Stellung emporzuführen.

X X X

Damit tritt an die Stelle eines, im Grunde genommen erstarrten Zustandes eine Periode des Kampfes. Doch wie immer und in allem auf dieser Welt wird auch hier das Wort seine Geltung behalten, daß „wer rastet – rostet", und weiter, daß der Sieg ewig nur im Angriff liegt. Je größer dabei das Kampfziel, das uns vor Augen schwebt, und je geringer das Verständnis der breiten Masse im Augenblick dafür sein mag, um so ungeheurer sind aber, den Erfahrungen der Weltgeschichte nach, die Erfolge – und die Bedeutung dieser Erfolge dann, wenn das Ziel richtig erfaßt und der Kampf mit unerschütterlicher Beharrlichkeit durchgeführt wird.

Es mag freilich für viele unserer heutigen beamteten Staatslenker beruhigender sein, für die Erhaltung eines gegebenen Zustandes zu wirken, als für einen kommenden kämpfen zu müssen. Sie werden es als viel leichter empfinden, im Staate einen Mechanismus zu sehen, der einfach dazu da ist, sich selbst am Leben zu erhalten, so wie wiederum ihr Leben „dem Staate gehört" – wie sie sich auszudrücken pflegen. Als ob dem Volkstum Entsprossenes logisch anderem dienen könnte als eben dem Volkstum, oder der Mensch für anderes wirken könnte als eben wieder für den Menschen. Es ist, wie gesagt, natürlich leichter, in der Staatsautorität nur den formalen Mechanismus einer Organisation zu erblicken als die souveräne Verkörperung des Selbsterhaltungstriebes eines Volkstums auf der Erde. Denn in dem einen Fall ist für diese schwachen Geister der Staat sowohl als die Staatsautorität schon der Zweck an sich, im anderen aber nur die gewaltige Waffe im Dienste des großen ewigen Lebenskampfes um das Dasein, eine Waffe, der sich jeder zu fügen hat, weil sie nicht formal mechanisch ist, sondern Ausdruck eines gemeinsamen Willens zur Lebenserhaltung.

Daher werden wir auch im Kampfe für unsere neue Auffassung, die ganz dem Ursinn der Dinge entspricht, nur wenige Kampfgefährten aus einer Gesellschaft finden, die nicht nur körperlich, sondern leider nur zu oft auch geistig veraltet ist. Nur Ausnahmen, Greise mit jungen Herzen und frisch gebliebenem Sinn, werden aus jenen Schichten zu uns kommen, niemals die, welche in der Erhaltung eines gegebenen Zustandes den letzten Sinn ihrer Lebensaufgabe erblicken.

Uns gegenüber steht das unendliche Heer weniger der böswillig Schlechten als der denkfaul Gleichgültigen und gar der an der Erhaltung des heutigen Zustandes Interessierten. Allein gerade in dieser scheinbaren Aussichtslosigkeit unseres gewaltigen Ringens liegt die Größe unserer Aufgabe und auch die Möglichkeit des Erfolges begründet. Der Schlachtruf, der die kleinen Geister entweder von vornherein verscheucht oder bald verzagen läßt, er wird zum Signal des Zusammenfindens wirklicher Kampfnaturen. Und darüber muß man sich klar sein: Wenn aus einem Volke eine bestimmte Summe höchster Energie und Tatkraft auf ein Ziel vereint erscheint und mithin der Trägheit der breiten Massen endgültig entzogen ist, sind diese wenigen Prozente zu Herren der gesamten Zahl emporgestiegen. Weltgeschichte wird durch Minoritäten gemacht dann, wenn sich in dieser Minorität der Zahl die Majorität des Willens und der Entschlußkraft verkörpert.

Was deshalb heute vielen als erschwerend gelten mag, ist in Wirklichkeit die Voraussetzung für unseren Sieg. Gerade in der Größe und den Schwierigkeiten unserer Aufgabe liegt die Wahrscheinlichkeit, daß sich zu ihrem Kampfe nur die besten Kämpfer finden werden. In dieser Auslese aber liegt die Bürgschaft für den Erfolg.

X X X

Im allgemeinen pflegt schon die Natur in der Frage der rassischen Reinheit irdischer Lebewesen bestimmte korrigierende Entscheidungen zu treffen. Sie liebt die Bastarde nur wenig. Besonders die ersten Produkte solcher Kreuzungen, etwa im dritten, vierten, fünften Glied, haben bitter zu leiden. Es wird ihnen nicht nur die Bedeutung des ursprünglich höchsten Bestandteils der Kreuzung genommen, sondern es fehlt ihnen in der mangelnden Blutseinheit auch die Einheit der Willensund Entschlußkraft zum Leben überhaupt. In allen kritischen Augenblicken, in denen das rassisch einheitliche Wesen richtige, und zwar einheitliche Entschlüsse trifft, wird das rassisch zerrissene unsicher werden bzw. zu halben Maßnahmen gelangen. Zusammen bedeutet das nicht nur eine gewisse Unterlegenheit des rassisch Zerrissenen gegenüber dem rassisch Einheitlichen, sondern in der Praxis auch die Möglichkeit eines schnelleren Unterganges. In zahllosen Fällen, in denen die Rasse standhält, bricht der Bastard zusammen. Darin ist die Korrektur der Natur zu sehen. Sie geht aber häufig noch weiter. Sie schränkt die Möglichkeit einer Fortpflanzung ein. Dadurch verhindert sie die Fruchtbarkeit weitgehender Kreuzungen überhaupt und bringt sie so zum Aussterben.

Würde also beispielsweise in einer bestimmten Rasse von einem einzelnen Subjekt eine Verbindung mit einem rassisch niederstehenden eingegangen, so wäre das Ergebnis zunächst eine Niedersenkung des Niveaus an sich, weiter aber eine Schwächung der Nachkommenschaft gegenüber der rassisch unvermischt gebliebenen Umgebung. Bei der vollständigen Verhinderung eines weiteren Blutzusatzes von seiten der höchsten Rasse würden bei dauernder gegenseitiger Kreuzung die Bastarde entweder infolge ihrer durch die Natur weise verminderten Widerstandskraft aussterben oder im Laufe von vielen Jahrtausenden eine neue Mischung bilden, bei welcher die ursprünglichen Einzelelemente durch tausendfältige Kreuzung restlos vermischt, mithin nicht mehr erkennbar sind. Es hätte sich damit ein neues Volkstum gebildet von einer bestimmten herdenmäßigen Widerstandsfähigkeit, jedoch gegenüber der bei der ersten Kreuzung mitwirkenden höchsten Rasse in seiner geistig-kulturellen Bedeutung wesentlich vermindert. Aber auch in diesem letzten Falle würde im gegenseitigen Kampf um das Dasein das Mischprodukt unterliegen, solange eine höherstehende, unvermischt gebliebene Rasseneinheit als Gegner noch vorhanden ist. Alle herdenmäßige, im Laufe der tausend Jahre gebildete innere Geschlossenheit dieses neuen Volkskörpers würde infolge der allgemeinen Senkung des Rassenniveaus und der dadurch bedingten Minderung der geistigen Elastizität und schöpferischen Fähigkeit dennoch nicht genügen, um den Kampf mit einer ebenso einheitlichen, geistig und kulturell jedoch überlegenen Rasse siegreich zu bestehen.

Somit kann man folgenden gültigen Satz aufstellen:

Jegliche Rassenkreuzung führt zwangsläufig früher oder später zum Untergang des Mischproduktes, solange der höherstehende Teil dieser Kreuzung selbst noch in einer reinen irgendwie rassenmäßigen Einheit vorhanden ist. Die Gefahr für das Mischprodukt ist erst beseitigt im Augenblick der Bastardierung des letzten höherstehenden Rassereinen.

Darin liegt ein, wenn auch langsamer natürlicher Regenerationsprozeß begründet, der rassische Vergiftungen allmählich wieder ausscheidet, solange noch ein Grundstock rassisch reiner Elemente vorhanden ist und eine weitere Bastardierung nicht mehr stattfindet.

Ein solcher Vorgang kann von selbst eintreten bei Lebewesen mit starkem Rasseninstinkt, die nur durch besondere Umstände oder irgendeinen besonderen Zwang aus der Bahn der normalen rassereinen Vermehrung geworfen wurden. Sowie diese Zwangslage beendet ist, wird der noch rein gebliebene Teil sofort wieder nach Paarung unter Gleichen streben, der weiteren Vermischung dadurch Einhalt gebietend. Die Bastardierungsergebnisse treten damit von selbst wieder in den Hintergrund, es wäre denn, daß ihre Zahl sich schon so unendlich vermehrt hätte, daß ein ernstlicher Widerstand der reinrassig Übriggebliebenen nicht mehr in Frage käme.

Der Mensch, der einmal instinktlos geworden ist und seine ihm von der Not auferlegte Verpflichtung verkennt, darf im allgemeinen jedoch auf solche Korrektur von seiten der Natur so lange nicht hoffen, als er seinen verlorenen Instinkt nicht durch sehende Erkenntnis ersetzt hat; an ihr ist es dann, die erforderliche Wiedergutmachungsarbeit zu leisten. Doch ist die Gefahr sehr groß, daß der einmal blind gewordene Mensch die Rassenschranken immer mehr einreißt, bis endlich auch der letzte Rest seines besten Teiles verloren ist. Dann bleibt wirklich nur mehr ein Einheitsbrei übrig, wie er den famosen Weltverbesserern unserer Tage als Ideal vorschwebt; er würde aber aus dieser Welt in kurzer Zeit die Ideale verjagen. Freilich: eine große Herde könnte so gebildet werden, ein Herdentier kann man zusammenbrauen, einen Menschen als Kulturträger aber und besser noch als Kulturbegründer und Kulturschöpfer ergibt eine solche Mischung niemals. Die Mission der Menschheit könnte damit als beendigt angesehen werden.

Wer nicht will, daß die Erde diesem Zustand entgegengeht, muß sich zur Auffassung bekehren, daß es die Aufgabe vor allem der germanischen Staaten ist, in erster Linie dafür zu sorgen, daß einer weiteren Bastardierung grundsätzlich Einhalt geboten wird.

Die Generation unserer heutigen notorischen Schwächlinge wird selbstverständlich sofort dagegen aufschreien und über Eingriffe in die heiligsten Menschenrechte jammern und klagen. Nein, es gibt nur ein heiligstes Menschenrecht, und dieses Recht ist zugleich die heiligste Verpflichtung, nämlich: dafür zu sorgen, daß das Blut rein erhalten bleibt, um durch die Bewahrung des besten Menschentums die Möglichkeit einer edleren Entwicklung dieser Wesen zu geben.

Ein völkischer Staat wird damit in erster Linie die Ehe aus dem Niveau einer dauernden Rassenschande herauszuheben haben, um ihr die Weihe jener Institution zu geben, die berufen ist, Ebenbilder des Herrn zu zeugen und nicht Mißgeburten zwischen Mensch und Affe.

Der Protest dagegen aus sogenannten humanen Gründen steht besonders der Zeit verflucht schlecht an, die auf der einen Seite jedem verkommenen Degeneraten die Möglichkeit seiner Fortvermehrung gibt, den Produkten selber als auch den Zeitgenossen unsägliches Leid aufbürdend, während andererseits in jeder Drogerie und sogar bei Straßenhändlern die Hilfsmittel zur Verhinderung der Geburten bei selbst gesündesten Eltern feilgeboten werden. In diesem heutigen Staate der Ruhe und Ordnung, in den Augen seiner Vertreter, dieser tapferen bürgerlich-nationalen Welt, ist also die Verhinderung der Zeugungsfähigkeit bei Syphilitikern, Tuberkulosen, erblich Belasteten, Krüppeln und Kretins ein Verbrechen, dagegen wird die praktische Unterbindung der Zeugungsfähigkeit bei Millionen der Allerbesten nicht als etwas Schlechtes angesehen und verstößt nicht gegen die guten Sitten dieser scheinheiligen Gesellschaft, nützt vielmehr der kurzsichtigen Denkfaulheit. Denn andernfalls müßte man sich immerhin den Kopf wenigstens darüber zerbrechen, wie die Voraussetzungen zu schaffen seien für die Ernährung und Erhaltung derjenigen Wesen, die als gesunde Träger unseres Volkstums dereinst der gleichen Aufgabe bezüglich des kommenden Geschlechtes dienen sollen.

Wie grenzenlos unideal und unedel ist doch dieses ganze System! Man bemüht sich nicht mehr, das Beste für die Nachwelt heranzuzüchten, sondern läßt die Dinge laufen, wie sie eben laufen. Daß sich dabei auch unsere Kirchen am Ebenbilde des Herrn versündigen, dessen Bedeutung von ihnen noch am allermeisten betont wird, liegt ganz in der Linie ihres heutigen Wirkens, das immer vom Geiste redet und den Träger desselben, den Menschen, zum verkommenen Proleten degenerieren läßt. Dann allerdings staunt man mit blöden Gesichtern über die geringe Wirkung des christlichen Glaubens im eigenen Lande, über die entsetzliche „Gottlosigkeit" dieses körperlich verhunzten und damit natürlich auch geistig verlumpten Jammerpacks und sucht sich dafür mit Erfolg bei Hottentotten und Zulukaffern mit dem Segen der Kirche zu entschädigen. Während unsere europäischen Völker, Gott sei Lob und Dank, in den Zustand eines körperlichen und moralischen Aussatzes verfallen, wandert der fromme Missionar nach Zentralafrika und errichtet Negermissionen, bis unsere „höhere Kultur" aus gesunden, wenn auch primitiven und tiefstehenden Menschenkindern auch dort eine faulige Bastardbrut gemacht haben wird.

Es würde dem Sinne des Edelsten auf dieser Welt mehr entsprechen, wenn unsere beiden christlichen Kirchen, statt die Neger mit Missionen zu belästigen, die jene weder wünschen noch verstehen, unsere europäische Menschheit gütig, aber allen Ernstes belehren würden, daß es bei nicht gesunden Eltern ein Gott wohlgefälligeres Werk ist, sich eines gesunden armen kleinen Waisenkindes zu erbarmen, um diesem Vater und Mutter zu schenken, als selber ein krankes, sich und der anderen Welt nur Unglück und Leid bringendes Kind ins Leben zu setzen.

Was auf diesem Gebiete heute von allen Seiten versäumt wird, hat der völkische Staat nachzuholen. Er hat die Rasse in den Mittelpunkt des allgemeinen Lebens zu setzen. Er hat für ihre Reinerhaltung zu sorgen. Er hat das Kind zum kostbarsten Gut eines Volkes zu erklären. Er muß dafür Sorge tragen, daß nur, wer gesund ist, Kinder zeugt; daß es nur eine Schande gibt: bei eigener Krankheit und eigenen Mängeln dennoch Kinder in die Welt zu setzen; doch eine höchste Ehre: darauf zu verzichten. Umgekehrt aber muß es als verwerflich gelten: gesunde Kinder der Nation vorzuenthalten. Der Staat muß dabei als Wahrer einer tausendjährigen Zukunft auftreten, der gegenüber der Wunsch und die Eigensucht des einzelnen als nichts erscheinen und sich zu beugen haben. Er hat die modernsten ärztlichen Hilfsmittel in den Dienst dieser Erkenntnis zu stellen. Er hat, was irgendwie ersichtlich krank und erblich belastet und damit weiter belastend ist, zeugungsunfähig zu erklären und dies praktisch auch durchzusetzen. Er hat umgekehrt dafür zu sorgen, daß die Fruchtbarkeit des gesunden Weibes nicht beschränkt wird durch die finanzielle Luderwirtschaft eines Staatsregiments, das den Kindersegen zu einem Fluch für die Eltern gestaltet. Er hat mit jener faulen, ja verbrecherischen Gleichgültigkeit, mit der man heute die sozialen Voraussetzungen einer kinderreichen Familie behandelt, aufzuräumen und muß sich an Stelle dessen als oberster Schirmherr dieses köstlichsten Segens eines Volkes fühlen. Seine Sorge gehört mehr dem Kinde als dem Erwachsenen.

Wer körperlich und geistig nicht gesund und würdig ist, darf sein Leid nicht im Körper seines Kindes verewigen. Der völkische Staat hat hier die ungeheuerste Erziehungsarbeit zu leisten. Sie wird aber dereinst auch als eine größere Tat erscheinen als die siegreichsten Kriege unseres heutigen bürgerlichen Zeitalters sind. Er hat durch Erziehung den einzelnen zu belehren, daß es keine Schande, sondern nur ein bedauernswertes Unglück ist, krank und schwächlich zu sein, daß es aber ein Verbrechen und daher zugleich eine Schande ist, dieses Unglück durch eigenen Egoismus zu entehren, indem man es unschuldigen Wesen wieder aufbürdet; daß es demgegenüber von einem Adel höchster Gesinnung und bewundernswertester Menschlichkeit zeugt, wenn der unschuldig Kranke, unter Verzicht auf ein eigenes Kind, seine Liebe und Zärtlichkeit einem unbekannten armen, jungen Sprossen seines Volkstums schenkt, der in seiner Gesundheit verspricht, dereinst ein kraftvolles Glied einer kraftvollen Gemeinschaft zu werden. Und der Staat hat in dieser Erziehungsarbeit die rein geistige Ergänzung seiner praktischen Tätigkeit zu leisten. Er muß ohne Rücksicht auf Verständnis oder Unverständnis, Billigung oder Mißbilligung in diesem Sinne handeln.

Eine nur sechshundertjährige Verhinderung der Zeugungsfähigkeit und Zeugungsmöglichkeit seitens körperlich Degenerierter und geistig Erkrankter würde die Menschheit nicht nur von einem unermeßlichen Unglück befreien, sondern zu einer Gesundung beitragen, die heute kaum faßbar erscheint. Wenn so die bewußte planmäßige Förderung der Fruchtbarkeit der gesündesten Träger des Volkstums verwirklicht wird, so wird das Ergebnis eine Rasse sein, die, zunächst wenigstens, die Keime unseres heutigen körperlichen und damit auch geistigen Verfalls wieder ausgeschieden haben wird.

Denn hat erst ein Volk und ein Staat diesen Weg einmal beschritten, dann wird sich auch von selbst das Augenmerk darauf richten, gerade den rassisch wertvollsten Kern des Volkes und gerade seine Fruchtbarkeit zu steigern, um endlich das gesamte Volkstum des Segens eines hochgezüchteten Rassengutes teilhaftig werden zu lassen.

Der Weg hierzu ist vor allem der, daß ein Staat die Besiedelung gewonnener Neuländer nicht dem Zufall überläßt, sondern besonderen Normen unterwirft. Eigens gebildete Rassekommissionen haben den einzelnen das Siedlungsattest auszustellen; dieses aber ist gebunden an eine festzulegende bestimmte rassische Reinheit. So können allmählich Randkolonien begründet werden, deren Bewohner ausschließlich Träger höchster Rassenreinheit und damit höchster Rassentüchtigkeit sind. Sie sind damit ein kostbarer nationaler Schatz des Volksganzen; ihr Wachsen muß jeden einzelnen Volksgenossen mit Stolz und freudiger Zuversicht erfüllen, liegt doch in ihnen der Keim zu einer letzten großen Zukunftsentwicklung des eigenen Volkes, ja der Menschheit geborgen.

Der völkischen Weltanschauung muß es im völkischen Staat endlich gelingen, jenes edlere Zeitalter herbeizuführen, in dem die Menschen ihre Sorge nicht mehr in der Höherzüchtung von Hunden, Pferden und Katzen erblicken, sondern im Emporheben des Menschen selbst, ein Zeitalter, in dem der eine erkennend schweigend verzichtet, der andere freudig opfert und gibt.

Daß dies möglich ist, darf man in einer Welt nicht verneinen, in der sich hunderttausend und aber hunderttausend Menschen freiwillig das Zölibat auferlegen, durch nichts verpflichtet und gebunden als durch ein kirchliches Gebot.

Soll der gleiche Verzicht nicht möglich sein, wenn an seine Stelle die Mahnung tritt, der dauernd fortwirkenden Erbsünde einer Rassenvergiftung endlich Einhalt zu tun und dem allmächtigen Schöpfer Wesen zu geben, wie er sie selbst erschuf?

Freilich, das jammervolle Heer unserer heutigen Spießbürger wird dies niemals verstehen. Sie werden darüber lachen oder ihre schiefen Achseln zucken und ihre ewige Ausrede herausstöhnen: „Das wäre an sich ja ganz schön, aber das läßt sich ja doch nicht machen!" Mit euch läßt sich das freilich nicht mehr machen, eure Welt ist dafür nicht geeignet! Ihr kennt nur eine Sorge: euer persönliches Leben, und einen Gott: euer Geld! Allein, wir wenden uns auch nicht an euch, sondern wenden uns an die große Armee derjenigen, die zu arm sind, als daß ihr persönliches Leben höchstes Glück der Welt bedeuten könnte, an diejenigen, die den Regenten ihres Daseins nicht im Golde sehen, sondern an andere Götter glauben. Vor allem wenden wir uns an das gewaltige Heer unserer deutschen Jugend. Sie wächst in eine große Zeitwende hinein, und was die Trägheit und Gleichgültigkeit ihrer Väter verschuldete, wird sie selbst zum Kampfe zwingen. Die deutsche Jugend wird dereinst entweder der Bauherr eines neuen völkischen Staates sein, oder sie wird als letzter Zeuge den völligen Zusammenbruch, das Ende der bürgerlichen Welt erleben.

Denn wenn eine Generation unter Fehlern leidet, die sie erkennt, ja sogar zugibt, um sich dann trotzdem, wie dies heute von seiten unserer bürgerlichen Welt geschieht, mit der billigen Erklärung zu begnügen, daß dagegen doch nichts zu machen sein, dann ist eine solche Gesellschaft dem Untergang verfallen. Das Charakteristische an unserer bürgerlichen Welt ist es aber gerade, daß sie die Gebrechen an sich gar nicht mehr zu leugnen vermag. Sie muß zugeben, daß vieles faul und schlecht ist, aber sie findet den Entschluß nicht mehr, sich gegen das Übel aufzubäumen, die Kraft eines Sechzig- oder Siebzigmillionenvolkes mit verbissener Energie zusammenzuraffen und so der Gefahr entgegenzustemmen. Im Gegenteil: wenn es anderswo geschieht, dann werden noch blöde Glossen darüber gerissen, und man versucht wenigstens aus der Ferne die theoretische Unmöglichkeit des Verfahrens nachzuweisen und den Erfolg als undenkbar zu erklären. Kein Grund ist dabei einfältig genug, um nicht als Stütze für die eigene Zwerghaftigkeit und ihre geistige Einstellung zu dienen. Wenn zum Beispiel ein ganzer Kontinent der Alkoholvergiftung endlich den Kampf ansagt, um ein Volk aus den Klammern dieses verheerenden Lasters herauszulösen, dann hat unsere europäische bürgerliche Welt dafür nichts übrig als ein nichtssagendes Glotzen und Kopfschütteln, ein überlegenes Lächerlichfinden – das sich bei dieser lächerlichsten Gesellschaft besonders gut ausnimmt. Wenn aber alles nichts nützt und dem erhabenen, unantastbaren Schlendrian an irgendeiner Stelle der Welt dennoch entgegengetreten wird, und gar mit Erfolg, dann muß, wie gesagt, wenigstens dieser angezweifelt und heruntergesetzt werden, wobei man sich nicht einmal scheut, bürgerlich-moralische Gesichtspunkte gegen einen Kampf ins Treffen zu bringen, der mit der größten Unmoral aufzuräumen sucht.

Nein, darüber sollen wir uns alle gar keiner Täuschung hingeben: Unser derzeitiges Bürgertum ist für jede erhabene Aufgabe der Menschheit bereits wertlos geworden, einfach, weil es qualitätslos, zu schlecht ist; und es ist zu schlecht, weniger aus – meinetwegen – gewollter Schlechtigkeit heraus, als vielmehr infolge der unglaublichen Indolenz und allem, was aus ihr entspringt. Daher sind auch jene politischen Klubs, die unter dem Sammelbegriff „bürgerliche Parteien" sich herumtreiben, schon längst nichts anderes mehr als Interessengemeinschaften bestimmter Berufsgruppen und Standesklassen, und ihre erhabenste Aufgabe ist nur mehr die bestmögliche egoistische Interessenvertretung. Daß eine solche politisierende „Bourgeois"-Gilde zu allem eher taugt als zum Kampf, liegt auf der Hand; besonders aber, wenn die Gegenseite nicht aus vorsichtigen Pfeffersäcken, sondern aus Proletariermassen besteht, die zum äußersten aufgehetzt und zum letzten entschlossen sind.

<h1 style="text-align:center">X X X</h1>

Wenn wir als erste Aufgabe des Staates im Dienste und zum Wohle seines Volkstums die Erhaltung, Pflege und Entwicklung der besten rassischen Elemente erkennen, so ist es natürlich, daß sich diese Sorgfalt nicht nur bis zur Geburt des jeweiligen kleinen jungen Volksund Rassegenossen zu erstrecken hat, sondern daß sie aus dem jungen Sprößling auch ein wertvolles Glied für eine spätere Weitervermehrung erziehen muß.

Und so wie im allgemeinen die Voraussetzung geistiger Leistungsfähigkeit in der rassischen Qualität des gegebenen Menschenmaterials liegt, so muß auch im einzelnen die Erziehung zuallererst die körperliche Gesundheit ins Auge fassen und fördern; denn in der Masse genommen wird sich ein gesunder, kraftvoller Geist auch nur in einem gesunden und kraftvollen Körper finden. Die Tatsache, daß Genies manches Mal körperlich wenig gutgebildete, ja sogar kranke Wesen sind, hat nichts dagegen zu sagen. Hier handelt es sich um Ausnahmen, die – wie überall – die Regel nur bestätigen. Wenn ein Volk aber in seiner Masse aus körperlichen Degeneraten besteht, so wird sich aus diesem Sumpf nur höchst selten ein wirklich großer Geist erheben. Seinem Wirken aber wird wohl auf keinen Fall mehr ein großer Erfolg beschieden sein. Das heruntergekommene Pack wird ihn entweder überhaupt nicht verstehen, oder es wird willensmäßig so geschwächt sein, daß es dem Höhenflug eines solchen Adlers nicht mehr zu folgen vermag.

Der völkische Staat hat in dieser Erkenntnis seine gesamte Erziehungsarbeit in erster Linie nicht auf das Einpumpen bloßen Wissens einzustellen, sondern auf das Heranzüchten kerngesunder Körperbildung der geistigen Fähigkeiten. Hier aber wieder an der Spitze die Entwicklung des Charakters, besonders die Förderung der Willensund Entschlußkraft, verbunden mit der Erziehung zur Verantwortungsfreudigkeit, und erst als letztes die wissenschaftliche Schulung.

Der völkische Staat muß dabei von der Voraussetzung ausgehen, daß ein zwar wissenschaftlich wenig gebildeter, aber körperlich gesunder Mensch mit gutem, festem Charakter, erfüllt von Entschlußfreudigkeit und Willenskraft, für die Volksgemeinschaft wertvoller ist als ein geistreicher Schwächling. Ein Volk von Gelehrten wird, wenn diese dabei körperlich degenerierte, willensschwache und feige Pazifisten sind, den Himmel nicht zu erobern, ja nicht einmal auf dieser Erde sich das Dasein zu sichern vermögen. Im schweren Schicksalskampf unterliegt selten der, der am wenigsten weiß, sondern immer derjenige, der aus seinem Wissen die schwächsten Konsequenzen zieht und sie am kläglichsten in die Tat umsetzt. Endlich muß auch hier eine bestimmte Harmonie vorhanden sein. Ein verfaulter Körper wird durch einen strahlenden Geist nicht im geringsten ästhetischer gemacht, ja, es ließe sich höchste Geistesbildung gar nicht rechtfertigen, wenn ihre Träger gleichzeitig körperlich verkommene und verkrüppelte, im Charakter willensschwache, schwankende und feige Subjekte wären. Was das griechische Schönheitsideal unsterblich sein läßt, ist die wundervolle Verbindung herrlichster körperlicher Schönheit mit strahlendem Geist und edelster Seele.

Wenn der Moltkesche Ausspruch: „Glück hat auf die Dauer doch nur der Tüchtige" Geltung besitzt, so sicherlich für das Verhältnis von Körper und Geist: Auch der Geist wird, wenn er gesund ist, in der Regel und auf die Dauer nur in gesundem Körper wohnen.

Die körperliche Ertüchtigung ist daher im völkischen Staat nicht eine Sache des einzelnen, auch nicht eine Angelegenheit, die in erster Linie die Eltern angeht, und die erst in zweiter oder dritter die Allgemeinheit interessiert, sondern eine Forderung der Selbsterhaltung des durch den Staat vertretenen und geschützten Volkstums. So wie der Staat, was die rein wissenschaftliche Ausbildung betrifft, schon heute in das Selbstbestimmungsrecht des einzelnen eingreift und ihm gegenüber das Recht der Gesamtheit wahrnimmt, indem er, ohne Befragung des Wollens oder Nichtwollens der Eltern, das Kind dem Schulzwang unterwirft, so muß in noch viel höherem Maße der völkische Staat dereinst seine Autorität durchsetzen gegenüber der Unkenntnis oder dem Unverständnis des einzelnen in den Fragen der Erhaltung des Volkstums. Er hat seine Erziehungsarbeit so einzuteilen, daß die jungen Körper schon in ihrer frühesten Kindheit zweckentsprechend behandelt werden und die notwendige Stählung für das spätere Leben erhalten. Er muß vor allem dafür sorgen, daß nicht eine Generation von Stubenhockern herangebildet wird.

Diese Pflegeund Erziehungsarbeit hat schon einzusetzen bei der jungen Mutter. So wie es möglich wurde, im Laufe einer jahrzehntelangen sorgfältigen Arbeit infektionsfreie Reinlichkeit bei der Geburt zu erzielen und das Kindbettfieber auf wenige Fälle zu beschränken, so muß es und wird es möglich sein, durch gründliche Ausbildung von Schwestern und der Mütter selber schon in den ersten Jahren des Kindes eine Behandlung herbeizuführen, die als vorzügliche Grundlage für die spätere Entwicklung dient.

Die Schule als solche muß in einem völkischen Staat unendlich mehr Zeit frei machen für die körperliche Ertüchtigung. Es geht nicht an, die jungen Gehirne mit einem Ballast zu beladen, den sie erfahrungsgemäß nur zu einem Bruchteil behalten, wobei zudem meist anstatt des Wesentlichen die unnötigen Nebensächlichkeiten hängenbleiben, da das junge Menschenkind eine vernünftige Siebung des ihm eingetrichterten Stoffes gar nicht vorzunehmen vermag. Wenn heute, selbst im Lehrplan der Mittelschulen, Turnen in einer Woche mit knappen zwei Stunden bedacht und die Teilnahme daran sogar als nicht obligatorisch dem einzelnen freigegeben wird, so ist dies, verglichen zur rein geistigen Ausbildung, ein krasses Mißverhältnis. Es dürfte kein Tag vergehen, an dem der junge Mensch nicht mindestens vormittags und abends je eine Stunde lang körperlich geschult wird, und zwar in jeder Art von Sport und Turnen. Hierbei darf besonders ein Sport nicht vergessen werden, der in den Augen von gerade sehr vielen „Völkischen" als roh und unwürdig gilt: das Boxen. Es ist unglaublich, was für falsche Meinungen darüber in den „Gebildeten"kreisen verbreitet sind. Daß der junge Mensch fechten lernt und sich dann herumpaukt, gilt als selbstverständlich und ehrenwert, daß er aber boxt, das soll roh sein! Warum? Es gibt keinen Sport, der wie dieser den Angriffsgeist in gleichem Maße fördert, blitzschnelle Entschlußkraft verlangt, den Körper zu stählerner Geschmeidigkeit erzieht. Es ist nicht roher, wenn zwei junge Menschen eine Meinungsverschiedenheit mit den Fäusten ausfechten als mit einem geschliffenen Stück Eisen. Es ist auch nicht unedler, wenn ein Angegriffener sich seines Angreifers mit der Faust erwehrt, statt davonzulaufen und nach einem Schutzmann zu schreien. Vor allem aber, der junge, gesunde Knabe soll auch Schläge ertragen lernen. Das mag in den Augen unserer heutigen Geisteskämpfer natürlich als wild erscheinen. Doch hat der völkische Staat eben nicht die Aufgabe, eine Kolonie friedsamer Ästheten und körperlicher Degeneraten aufzuzüchten. Nicht im ehrbaren Spießbürger oder der tugendsamen alten Jungfer sieht er sein Menschheitsideal, sondern in der trotzigen Verkörperung männlicher Kraft und in Weibern, die wieder Männer zur Welt zu bringen vermögen.

So ist überhaupt der Sport nicht nur dazu da, den einzelnen stark, gewandt und kühn zu machen, sondern er soll auch abhärten und lehren, Unbilden zu ertragen.

Würde unsere gesamte geistige Oberschicht einst nicht so ausschließlich in vornehmen Anstandslehren erzogen worden sein, hätte sie an Stelle dessen durchgehends Boxen gelernt, so wäre eine deutsche Revolution von Zuhältern, Deserteuren und ähnlichem Gesindel niemals möglich gewesen; denn was dieser Erfolg schenkte, war nicht die kühne, mutige Tatkraft der Revolutionsmacher, sondern die feige, jämmerliche Entschlußlosigkeit derjenigen, die den Staat leiteten und für ihn verantwortlich waren. Allein unsere gesamte geistige Führung war nur mehr „geistig" erzogen worden und mußte damit in dem Augenblick wehrlos sein, in dem von der gegnerischen Seite statt geistiger Waffen eben das Brecheisen in Aktion trat. Das war aber alles nur möglich, weil besonders unsere höhere Schulbildung grundsätzlich nicht Männer heranzog, sondern vielmehr Beamte, Ingenieure, Techniker, Chemiker, Juristen, Literaten und, damit diese Geistigkeit nicht ausstirbt, Professoren.

Unsere geistige Führung hat immer Blendendes geleistet, während unsere willensmäßige meist unter aller Kritik blieb.

Sicherlich wird man durch Erziehung aus einem grundsätzlich feig veranlagten Menschen keinen mutigen zu machen vermögen, allein ebenso sicher wird auch ein an sich nicht mutloser Mensch in der Entfaltung seiner Eigenschaften gelähmt, wenn er durch Mängel seiner Erziehung in seiner körperlichen Kraft und Gewandtheit dem anderen von vornherein unterlegen ist. Wie sehr die Überzeugung körperlicher Tüchtigkeit das eigene Mutgefühl fördert, ja den Angriffsgeist erweckt, kann man am besten am Heer ermessen. Auch hier sind grundsätzlich nicht lauter Helden vorhanden gewesen, sondern breiter Durchschnitt. Allein die überlegene Ausbildung des deutschen Soldaten in der Friedenszeit impfte dem ganzen Riesenorganismus jenen suggestiven Glauben an die eigene Überlegenheit in einem Umfange ein, den selbst unsere Gegner nicht für möglich gehalten hatten. Denn was in den ganzen Monaten des Hochsommers und Herbstes 1914 von den vorwärtsfegenden deutschen Armeen an unsterblichem Angriffsgeist und Angriffsmut geleistet wurde, war das Ergebnis jener unermüdlichen Erziehung, die in den langen, langen Friedensjahren aus den oft schwächlichen Körpern die unglaublichsten Leistungen herausholte, und so jenes Selbstvertrauen erzog, das auch im Schrecken der größten Schlachten nicht verlorenging.

Gerade unser deutsches Volk, das heute zusammengebrochen den Fußtritten der anderen Welt preisgegeben daliegt, braucht jene suggestive Kraft, die im Selbstvertrauen liegt. Dieses Selbstvertrauen aber muß schon von Kindheit auf dem jungen Volksgenossen anerzogen werden. Seine gesamte Erziehung und Ausbildung muß darauf angelegt werden, ihm die Überzeugung zu geben, anderen unbedingt überlegen zu sein. Er muß in seiner körperlichen Kraft und Gewandtheit den

Glauben an die Unbesiegbarkeit seines ganzen Volkstums wiedergewinnen. Denn was die deutsche Armee einst zum Siege führte, war die Summe des Vertrauens, das jeder einzelne zu sich und alle gemeinsam zu ihrer Führung besaßen. Was das deutsche Volk wieder emporrichten wird, ist die Überzeugung von der Möglichkeit der Wiedererringung der Freiheit. Diese Überzeugung aber kann nur das Schlußprodukt der gleichen Empfindung von Millionen einzelner darstellen.

Auch hier gebe man sich keiner Täuschung hin:

Ungeheuerlich war der Zusammenbruch unseres Volkes, ebenso ungeheuerlich aber wird die Anstrengung sein müssen, um eines Tages diese Not zu beenden. Wer glaubt, daß unser Volk aus unserer jetzigen bürgerlichen Erziehungsarbeit zur Ruhe und Ordnung die Kraft erhält, eines Tages die heutige Weltordnung, die unseren Untergang bedeutet, zu zerbrechen und die Kettenglieder unserer Sklaverei den Gegnern ins Gesicht zu schlagen, der irrt bitter. Nur durch ein Übermaß an nationaler Willenskraft, an Freiheitsdurst und höchster Leidenschaft wird wieder ausgeglichen werden, was uns einst fehlte.

X X X

Auch die Kleidung der Jugend soll diesem Zwecke angepaßt werden. Es ist ein wahrer Jammer, sehen zu müssen, wie auch unsere Jugend bereits einem Modewahnsinn unterworfen ist, der so recht mithilft, den Sinn des alten Spruches: „Kleider machen Leute", in einen verderblichen umzukehren.

Gerade bei der Jugend muß auch die Kleidung in den Dienst der Erziehung gestellt werden. Der Junge, der im Sommer mit langen Röhrenhosen herumläuft, eingehüllt bis an den Hals, verliert schon in seiner Bekleidung ein Antriebsmittel für seine körperliche Ertüchtigung. Denn auch der Ehrgeiz und, sagen wir es ruhig, die Eitelkeit muß herangezogen werden. Nicht die Eitelkeit auf schöne Kleider, die sich nicht jeder kaufen kann, sondern die Eitelkeit auf einen schönen, wohlgeformten Körper, den jeder mithelfen kann, zu bilden.

Auch für später ist dies zweckmäßig. Das Mädchen soll seinen Ritter kennenlernen. Würde nicht die körperliche Schönheit heute vollkommen in den Hintergrund gedrängt durch unser laffiges Modewesen, wäre die Verführung von Hunderttausenden von Mädchen durch krummbeinige, widerwärtige Judenbankerte gar nicht möglich. Auch dies ist im Interesse der Nation, daß sich die schönsten Körper finden und so mithelfen, dem Volkstum neue Schönheit zu schenken.

Heute wäre dies alles freilich am allernötigsten, weil die militärische Erziehung fehlt und damit die einzige Einrichtung ausgeschieden ist, die im Frieden wenigstens teilweise einholte, was durch unsere sonstige Erziehung versäumt wurde. Und auch dort war der Erfolg nicht nur in der Ausbildung des einzelnen an sich zu suchen, sondern in dem Einfluß, den er auf das Verhältnis der beiden Geschlechter untereinander ausübte. Das junge Mädchen zog den Soldaten dem Nichtsoldaten vor.

Der völkische Staat hat die körperliche Ertüchtigung nicht nur in den offiziellen Schuljahren durchzuführen und zu überwachen, er muß auch in der Nachschulzeit dafür Sorge tragen, daß, solange ein Junge in der körperlichen Entwicklung begriffen ist, diese Entwicklung zu seinem Segen ausschlägt. Es ist ein Unsinn, zu glauben, daß mit dem Ende der Schulzeit das Recht des Staates auf die Beaufsichtigung seiner jungen Bürger plötzlich aussetzt, um mit der Militärzeit wiederzukommen. Dieses Recht ist eine Pflicht und als solche immer gleichmäßig vorhanden. Der heutige Staat, der kein Interesse an gesunden Menschen besitzt, hat nur diese Pflicht in verbrecherischer Weise außer acht gelassen. Er läßt die heutige Jugend auf Straßen und in Bordells verkommen, statt sie an die Zügel zu nehmen und körperlich so lange weiterzubilden, bis eines Tages ein gesunder Mann und ein gesundes Weib daraus erwachsen sind. In welcher Form der Staat diese Erziehung weiterführt, kann heute gleichgültig sein, das Wesentliche ist, daß er's tut und die Wege sucht, die dem nützen. Der völkische Staat wird genau so wie die geistige Erziehung auch die körperliche Ausbildung der Nachschulzeit als staatliche Aufgabe betrachten müssen und durch staatliche Einrichtungen durchzuführen haben. Dabei kann diese Erziehung in großen Zügen schon die Vorbildung für den späteren Heeresdienst sein. Das Heer soll dann dem jungen Mann nicht mehr wie bisher die Grundbegriffe des einfachsten Exerzierreglements beizubringen haben, es wird auch nicht Rekruten im heutigen Sinne zugeführt erhalten, es soll vielmehr den körperlich bereits tadellos vorgebildeten jungen Menschen nur mehr in den Soldaten verwandeln.

Im völkischen Staat soll also das Heer nicht mehr dem einzelnen Gehen und Stehen beibringen, sondern es hat als die letzte und höchste Schule vaterländischer Erziehung zu gelten. Der junge Rekrut soll im Heere die nötige Waffenausbildung erhalten, er soll aber zugleich auch weitergeformt werden für sein sonstiges späteres Leben. An der Spitze der militärischen Erziehung aber hat das zu stehen, was schon dem alten Heer als höchstes Verdienst angerechnet werden mußte: In dieser Schule soll der Knabe zum Mann gewandelt werden; und in dieser Schule soll er nicht nur gehorchen lernen, sondern dadurch auch die Voraussetzung zum späteren Befehlen erwerben. Er soll lernen zu schweigen, nicht nur, wenn er mit Recht getadelt wird, sondern soll auch lernen, wenn nötig, Unrecht schweigend zu ertragen.

Er soll weiter, gefestigt durch den Glauben an seine eigene Kraft, erfaßt von der Stärke des gemeinsam empfundenen Korpsgeistes, die Überzeugung von der Unüberwindlichkeit seines Volkstums gewinnen.

Nach Beendigung der Heeresdienstleistung sind ihm zwei Dokumente auszustellen: sein Staatsbürgerdiplom als Rechtsurkunde, die ihm nunmehr öffentliche Betätigung gestattet, und sein Gesundheitsattest als Bestätigung körperlicher Gesundheit für die Ehe.

Analog der Erziehung des Knaben kann der völkische Staat auch die Erziehung des Mädchens von den gleichen Gesichtspunkten aus leiten. Auch dort ist das Hauptgewicht vor allem auf die körperliche Ausbildung zu legen, erst dann auf die Förderung der seelischen und zuletzt der geistigen Werte. Das Ziel der weiblichen Erziehung hat unverrückbar die kommende Mutter zu sein.

X X X

Erst in zweiter Linie hat der völkische Staat die Bildung des Charakters in jeder Weise zu fördern.

Sicherlich sind die wesentlichen Charaktereigenschaften im einzelnen Menschen grundsätzlich vorgebildet: der egoistisch Veranlagte ist und bleibt dies einmal für immer, genau so wie der Idealist im Grunde seines Wesens stets Idealist sein wird. Allein zwischen den restlos ausgeprägten Charakteren stehen doch Millionen von verschwommen und unklar erscheinenden. Der geborene Verbrecher wird Verbrecher sein und bleiben; aber zahlreiche Menschen, bei denen bloß eine gewisse Hinneigung zum Verbrecherischen vorhanden ist, können durch richtige Erziehung noch zu wertvollen Gliedern der Volksgemeinschaft werden; während umgekehrt durch schlechte Erziehung aus schwankenden Charakteren wirklich schlechte Elemente erwachsen können.

Wie oft wurde im Kriege Klage darüber geführt, daß unser Volk so wenig schweigen könne! Wie schwer war es dadurch, selbst wichtige Geheimnisse der Kenntnis der Feinde zu entziehen! Allein man stelle sich doch die Frage: Was hat vor dem Kriege die deutsche Erziehung dafür getan, den einzelnen zur Verschwiegenheit zu bilden? Wurde nicht leider schon in der Schule der kleine Angeber manchesmal seinen verschwiegeneren Mitgefährten gegenüber vorgezogen? Wurde und wird nicht Angeberei als rühmliche „Offenheit" und Verschwiegenheit als schmähliche Verstocktheit angesehen? Hat man sich überhaupt bemüht, Verschwiegenheit als männlich wertvolle Tugend hinzustellen? Nein, denn in den Augen unserer heutigen Schulerziehung sind das Lappalien. Allein diese Lappalien kosten dem Staat ungezählte Millionen Gerichtskosten, denn 90 Prozent aller Beleidigungsund ähnlichen Prozesse entstanden nur aus Mangel an Verschwiegenheit. Verantwortungslos getane Äußerungen werden ebenso leichtsinnig weitergetratscht, unsere Volkswirtschaft wird ständig durch leichtfertige Preisgabe wichtiger Fabrikationsmethoden usw. geschädigt, ja sogar alle stillen Vorbereitungen einer Landesverteidigung werden illusorisch gemacht, da das Volk eben nicht schweigen gelernt hat, sondern alles weiterredet. Im Kriege aber kann diese Schwatzsucht bis zum Verlust von Schlachten führen und so wesentlich beitragen zum unglücklichen Ausgang des Kampfes. Man soll auch hier überzeugt sein, daß, was in der Jugend nicht geübt wurde, im Alter nicht gekonnt wird. Hierher gehört es auch, daß der Lehrer z.B. sich grundsätzlich nicht von dummen Jungenstreichen Kenntnis zu verschaffen sucht durch das Heranzüchten übler Angeberei. Die Jugend hat ihren Staat für sich, sie steht dem Erwachsenen in einer gewissen geschlossenen Solidarität gegenüber, und dies ist selbstverständlich. Die Bindung des Zehnjährigen zu seinem gleich alten Gefährten ist eine natürlichere und größere als die zu dem Erwachsenen. Ein Junge, der seinen Kameraden angibt, übt Verrat und betätigt damit eine Gesinnung, die, schroff ausgedrückt und ins Große übertragen, der des Landesverräters genau entspricht. So ein Knabe kann keineswegs als „braves, anständiges" Kind angesehen werden, sondern als ein Knabe von wenig wertvollen Charaktereigenschaften. Für den Lehrer mag es bequem sein, zur Erhöhung seiner Autorität sich derartiger Untugenden zu bedienen, allein in das jugendliche Herz wird damit der Keim einer Gesinnung gelegt, die sich später verhängnisvoll auswirken kann. Schon mehr als einmal ist aus einem kleinen Angeber ein großer Schuft geworden!

Dies soll nur ein Beispiel für viele sein. Heute ist die bewußte Entwicklung guter, edler Charaktereigenschaften in der Schule gleich Null. Dereinst muß darauf ganz anderes Gewicht gelegt werden. Treue, Opferwilligkeit, Verschwiegenheit sind Tugenden, die ein großes Volk nötig braucht, und deren Anerziehung und Ausbildung in der Schule wichtiger ist als manches von dem, was zur Zeit unsere Lehrpläne ausfüllt. Auch das Aberziehen von weinerlichem Klagen, von wehleidigem Heulen usw. gehört in dieses Gebiet. Wenn eine Erziehung vergißt, schon beim Kinde darauf hinzuwirken, daß auch Leiden und Unbill einmal schweigend ertragen werden müssen, darf sie sich nicht wundern, wenn später in kritischer Stunde, z.B. wenn einst der Mann an der Front steht, der ganze Postverkehr einzig der Beförderung von gegenseitigen Jammerund Winselbriefen dient. Wenn unserer Jugend in den Volksschulen etwas weniger Wissen eingetrichert worden wäre und dafür mehr Selbstbeherrschung, so hätte sich dies in den Jahren 1915/18 reich gelohnt.

So hat der völkische Staat in seiner Erziehungsarbeit neben der körperlichen gerade auf die charakterliche Ausbildung höchsten Wert zu legen. Zahlreiche moralische Gebrechen, die unser heutiger Volkskörper in sich trägt, können durch eine so eingestellte Erziehung wenn schon nicht ganz beseitigt, so doch sehr gemildert werden.

X X X

Von höchster Wichtigkeit ist die Ausbildung der Willensund Entschlußkraft sowie die Pflege der Verantwortungsfreudigkeit.

Wenn beim Heer einst der Grundsatz galt, daß ein Befehl immer besser ist als keiner, so muß dies bei der Jugend zunächst heißen: Eine Antwort ist immer besser als keine. Die Furcht, aus Angst Falsches zu sagen, keine Antwort zu geben, muß beschämender sein als eine unrichtig gegebene Antwort. Von dieser primitivsten Grundlage aus ist die Jugend dahingehend zu erziehen, daß sie den Mut zur Tat erhält.

Man hat sich oft beklagt, daß in den Zeiten des Novembers und Dezembers 1918 aber auch alle Stellen versagten, daß von den Monarchen angefangen bis herunter zum letzten Divisionär niemand mehr die Kraft zu einem selbständigen Entschluß aufzubringen vermochte. Diese furchtbare Tatsache ist ein Menetekel unserer Erziehung, denn in dieser grausamen Katastrophe hat sich nur in einem ins Riesengroße verzerrten Maßstab geäußert, was im Kleinen allgemein vorhanden war. Dieser Mangel an Wille ist es, und nicht der Mangel an Waffen, der uns heute zu jedem ernstlichen Widerstand unfähig macht. Er sitzt in unserem ganzen Volk drinnen, verhindert jeden Entschluß, mit dem ein Risiko verbunden ist, als ob die Größe einer Tat nicht gerade im Wagnis bestünde. Ohne es zu ahnen, hat ein deutscher General es fertiggebracht, für diese jammervolle Willenslosigkeit die klassische Formel zu finden: „Ich handle nur, wenn ich mit einundfünfzig Prozent Wahrscheinlichkeit des Erfolges zu rechnen vermag." In diesen „einundfünfzig Prozent" liegt die Tragik des deutschen Zusammenbruches begründet: wer vom Schicksal erst die Bürgschaft für den Erfolg fordert, verzichtet damit von selbst auf die Bedeutung einer heroischen Tat. Denn diese liegt darin, daß man in der Überzeugung von der Todesgefährlichkeit eines Zustandes den Schritt unternimmt, der vielleicht zum Erfolg führen kann. Ein Krebskranker, dessen Tod andernfalls gewiß ist, braucht nicht erst einundfünfzig Prozent auszurechnen, um eine Operation zu wagen. Und wenn diese auch nur mit einem halben Prozent Wahrscheinlichkeit Heilung verspricht, wird ein mutiger Mann sie wagen, im anderen Falle mag er nicht ums Leben wimmern.

Die Seuche der heutigen feigen Willens- und Entschlußlosigkeit ist aber, alles in allem genommen, hauptsächlich das Ergebnis unserer grundsätzlich verfehlten Jugenderziehung, deren verheerende Wirkung sich ins spätere Leben hinein fortpflanzt und in der mangelnden Zivilcourage der leitenden Staatsmänner ihren letzten Abschied und ihre letzte Krönung findet.

In die gleiche Linie fällt auch die heute grassierende Feigheit vor Verantwortung. Auch hier liegt der Fehler schon in der Jugenderziehung, durchsetzt dann das ganze öffentliche Leben und findet in der parlamentarischen Regierungsinstitution seine unsterbliche Vollendung.

Schon in der Schule legt man leider mehr Wert auf das „reumütige" Geständnis und das „zerknirschte Abschwören" des kleinen Sünders als auf ein freimütiges Bekenntnis. Letzteres erscheint manchem Volksbildner von heute sogar als sichtbarstes Merkmal einer unverbesserlichen Verworfenheit, und so manchem Jungen wird unglaublicherweise der Galgen wegen Eigenschaften prophezeit, die von unschätzbarem Werte wären, bildeten sie das Gemeingut eines ganzen Volkes.

Wie der völkische Staat dereinst der Erziehung des Willens und der Entschlußkraft höchste Aufmerksamkeit zu widmen hat, so muß er schon von klein an Verantwortungsfreudigkeit und Bekenntnismut in die Herzen der Jugend senken. Nur wenn er diese Notwendigkeit in ihrer vollen Bedeutung erkennt, wird er endlich, nach jahrhundertelanger Bildungsarbeit als Ergebnis einen Volkskörper erhalten, der nicht mehr jenen Schwächen unterliegen wird, die heute so verhängnisvoll zu unserem Untergange beigetragen haben.

X X X

Die wissenschaftliche Schulbildung, die heutzutage ja eigentlich das Um und Auf der gesamten staatlichen Erziehungsarbeit ist, wird mit nur geringen Veränderungen vom völkischen Staat übernommen werden können. Diese Änderungen liegen auf drei Gebieten.

Erstens soll das jugendliche Gehirn im allgemeinen nicht mit Dingen belastet werden, die es zu fünfundneunzig Prozent nicht braucht und daher auch wieder vergißt. Besonders der Lehrplan von Volks- und Mittelschulen stellt heute ein Zwitterding dar; in vielen Fällen der einzelnen Lehrgegenstände ist der Stoff des zu Lernenden so angeschwollen, daß nur ein Bruchteil davon im Kopfe des einzelnen erhalten bleibt und auch nur ein Bruchteil dieser Fülle Verwendung finden kann, während er anderseits doch wieder nicht für den Bedarf eines in einem bestimmten Fach Arbeitenden und sein Brot Verdienenden ausreicht. Man nehme zum Beispiel den normalen Staatsbeamten mit absolviertem Gymnasium oder absolvierter Oberrealschule in seinem fünfunddreißigsten oder vierzigsten Lebensjahr vor und prüfe dessen einst mühsam eingepauktes Schulwissen nach. Wie wenig ist von all dem damals eingetrichterten Zeug noch vorhanden! Man wird freilich zur Antwort bekommen: „Ja, die Menge des damals eingelernten Stoffes hatte eben nicht nur den Zweck späteren Besitzes vielfacher Kenntnisse, sondern auch den einer Schulung der geistigen Aufnahmefähigkeit, des Denkvermögens und besonders der Merkkraft des Gehirns." Dies ist zum Teil richtig. Dennoch liegt eine Gefahr darin, daß das jugendliche Gehirn mit einer Flut von Eindrücken überschwemmt wird, die es in den seltensten Fällen zu bewältigen und deren einzelne Elemente es nach ihrer größeren oder geringeren Wichtigkeit weder zu sichten noch zu werten versteht; wobei zudem meist nicht das Unwesentliche, sondern das Wesentliche vergessen und geopfert wird. So geht der hauptsächliche Zweck dieses Viel-Lernens schon wieder verloren; denn er kann doch nicht darin bestehen, durch ungemessene Häufung von Lehrstoff das Gehirn an sich lernfähig zu machen, sondern darin, dem späteren Leben jenen Schatz an Wissen mitzugeben, den der einzelne nötig hat und der durch ihn dann wieder der Allgemeinheit zugute kommt.

Dies wird aber illusorisch, wenn der Mensch infolge der Überfülle des in der Jugend ihm aufgedrängten Stoffes diesen später entweder überhaupt nicht mehr oder gerade das Wesentliche davon längst nicht mehr besitzt. Es ist zum Beispiel nicht einzusehen, warum Millionen von Menschen im Laufe der Jahre zwei oder drei fremde Sprachen lernen müssen, die sie dann nur zu einem Bruchteil verwerten können und deshalb auch in der Mehrzahl wieder vollkommen vergessen; denn von hunderttausend Schülern, die zum Beispiel Französisch lernen, werden kaum zweitausend für diese Kenntnisse später eine ernstliche Verwendung haben, während achtundneunzigtausend in ihrem ganzen weiteren Lebenslauf nicht mehr in die Lage kommen, das einst Gelernte praktisch zu verwenden. Sie haben in ihrer Jugend mithin Tausende von Stunden einer Sache hingegeben, die für sie später ohne Wert und Bedeutung ist. Auch der Einwand, daß dieser Stoff zur allgemeinen Bildung gehört, ist unrichtig, nachdem man das nur vertreten könnte, wenn die Menschen ihr ganzes Leben hindurch über das Gelernte verfügten. So müssen wirklich wegen der zweitausend Menschen, für welche die Kenntnis dieser Sprache von Nutzen ist, achtundneunzigtausend umsonst gequält werden und wertvolle Zeit opfern.

Dabei handelt es sich in diesem Fall um eine Sprache, von der man nicht einmal sagen kann, daß sie eine Schulung des scharfen logischen Denkens bedeute, wie es etwa auf das Lateinische zutrifft. Daher würde es wesentlich zweckmäßiger sein, wenn man dem jungen Studierenden eine solche Sprache nur in ihren allgemeinen Umrissen oder, besser gesagt, in ihrem inneren Aufriß vermittelte, ihm also Kenntnis des hervorstechenden Wesens dieser Sprache gäbe, ihn vielleicht einführte in das Grundsätzliche ihrer Grammatik und Aussprache, Satzbildung usw. an Musterbeispielen erörterte. Dies genügte für den allgemeinen Bedarf und wäre, weil leichter zu überblicken und zu merken, wertvoller als das heutige Einpauken der gesamten Sprache, die doch nicht wirklich beherrscht und später wieder vergessen wird. Dabei würde auch die Gefahr vermieden, daß aus der überwältigenden Fülle des Stoffes nur einzelne zufällige, unzusammenhängende Brocken im Gedächtnis bleiben, da der junge Mensch eben nur das Bemerkenswerteste zu lernen erhielte, mithin die Siebung nach Wert oder Unwert bereits vorweggenommen wäre.

Die hierdurch vermittelte allgemeine Grundlage dürfte den meisten überhaupt genügen, auch fürs weitere Leben, während sie jenem anderen, der diese Sprache später wirklich braucht, die Möglichkeit gibt, auf ihr weiterzubauen und in freier Wahl sich ihrem Erlernen gründlichst zu widmen.

Dadurch wird im Lehrplan die nötige Zeit gewonnen für körperliche Ertüchtigung sowie für die gesteigerten Forderungen auf den vorher bereits erwähnten Gebieten.

Besonders muß eine Änderung der bisherigen Unterrichtsmethode im Geschichtsunterricht vorgenommen werden. Es dürfte wohl kaum ein Volk mehr an Geschichte lernen als das deutsche; es wird aber kaum ein Volk geben, das sie schlechter anwendet als das unsere. Wenn Politik werdende Geschichte ist, dann ist unsere geschichtliche Erziehung durch die Art unserer politischen Betätigung gerichtet. Auch hier geht es nicht an, über die jämmerlichen Ergebnisse unserer politischen Leistungen zu maulen, wenn man nicht entschlossen ist, für eine bessere Erziehung zur Politik zu sorgen. Das Ergebnis unseres heutigen Geschichtsunterrichtes ist in neunundneunzig von hundert Fällen ein klägliches. Wenige Daten, Geburtsziffern und Namen pflegen da übrigzubleiben, während es an einer großen, klaren Linie gänzlich fehlt. Alles Wesentliche, auf das es eigentlich ankäme, wird überhaupt nicht gelehrt, sondern es bleibt der mehr oder minder genialen Veranlagung des einzelnen überlassen, aus der Flut von Daten, aus der Reihenfolge von Vorgängen die inneren Beweggründe herauszufinden. Man kann sich gegen diese bittere Feststellung sträuben soviel man will; man lese nur die während einer einzigen Sitzungsperiode von unseren Herren Parlamentariern zu politischen Problemen, etwa außenpolitischen Fragen, gehaltenen Reden aufmerksam durch; man bedenke dabei, daß es sich hier – wenigstens behauptungsweise – um die Auslese der deutschen Nation handelt, und daß jedenfalls ein großer Teil dieser Leute die Bänke unserer Mittelschulen drückte, teilweise sogar auf Hochschulen war, und man wird daraus so recht ersehen können, wie gänzlich ungenügend die geschichtliche Bildung dieser Menschen ist. Wenn sie gar nicht Geschichte studiert hätten, sondern nur gesunden Instinkt besäßen, würde es wesentlich besser und für die Nation von größerem Nutzen sein.

Gerade im Geschichtsunterricht muß eine Kürzung des Stoffes vorgenommen werden. Der Hauptwert liegt im Erkennen der großen Entwicklungslinien. Je mehr der Unterricht darauf beschränkt wird, um so mehr ist zu hoffen, daß dem einzelnen aus seinem Wissen später ein Vorteil erwächst, der summiert auch der Allgemeinheit zugute kommt. Denn man lernt eben nicht Geschichte, um nur zu wissen, was gewesen ist, sondern man lernt Geschichte, um in ihr eine Lehrmeisterin für die Zukunft und für den Fortbestand des eigenen Volkstums zu erhalten. Das ist der Zweck, und der geschichtliche Unterricht ist nur ein Mittel zu ihm. Heute ist aber auch hier das Mittel zum Zweck geworden, der Zweck scheidet vollkommen aus. Man sage nicht, daß gründliches Geschichtsstudium die Beschäftigung mit all diesen einzelnen Daten eben erfordere, da ja nur aus ihnen heraus eine Festlegung der großen Linie stattfinden könne. Diese Festlegung ist Aufgabe der Fachwissenschaft. Der normale Durchschnittsmensch ist aber kein Geschichtsprofessor. Für ihn ist die Geschichte in erster Linie dazu da, ihm jenes Maß geschichtlichen Einblicks zu vermitteln, das nötig ist für eine eigene Stellungnahme in den politischen Angelegenheiten seines Volkstums. Wer Geschichtsprofessor werden will, der mag sich diesem Studium später auf das gründlichste widmen. Er wird sich selbstverständlich auch mit allen und selbst den kleinsten Details zu beschäftigen haben. Dazu kann aber auch unser heutiger Geschichtsunterricht nicht genügen; denn der ist für den normalen Durchschnittsmenschen zu umfangreich, für den Fachgelehrten aber dennoch viel zu beschränkt.

Es ist im übrigen die Aufgabe eines völkischen Staates, dafür zu sorgen, daß endlich eine Weltgeschichte geschrieben wird, in der die Rassenfrage zur dominierenden Stellung erhoben wird.

Zusammenfassend: Der völkische Staat wird den allgemeinen wissenschaftlichen Unterricht auf eine gekürzte, das Wesentliche umschließende Form zu bringen haben. Darüber hinaus soll die Möglichkeit einer gründlichsten fachwissenschaftlichen Ausbildung geboten werden. Es genügt, wenn der einzelne Mensch ein allgemeines, in großen Zügen gehaltenes Wissen als Grundlage erhält, und nur auf dem Gebiet, welches dasjenige seines späteren Lebens wird, gründlichste Fachund Einzelausbildung genießt. Die allgemeine Bildung müßte hierbei in allen Fächern obligatorisch sein, die besondere Wahl dem einzelnen überlassen bleiben.

Die hierdurch erreichte Kürzung des Lehrplans und der Stundenzahl kommt der Ausbildung des Körpers, des Charakters, der Willensund Entschlußkraft zugute.

Wie belanglos unser heutiger Schulunterricht, besonders der Mittelschulen, für den Beruf des späteren Lebens ist, wird am besten durch die Tatsache bewiesen, daß heute in eine gleiche Stellung Menschen aus drei ganz verschieden gearteten Schulen kommen können. Ausschlaggebend ist eben wirklich nur die allgemeine Bildung und nicht das eingetrichterte Spezialwissen. Dort aber, wo – wie schon gesagt – wirklich ein Spezialwissen notwendig ist, kann es innerhalb der Lehrpläne unserer heutigen Mittelschulen selbstverständlich nicht erworben werden.

Mit solchen Halbheiten muß deshalb der völkische Staat einst aufräumen.

X X X

Die zweite Änderung im wissenschaftlichen Lehrplan muß für den völkischen Staat folgende sein:

Es liegt im Zuge unserer heutigen materialisierten Zeit, daß unsere wissenschaftliche Ausbildung sich immer mehr den nur realen Fächern zuwendet, also der Mathematik, Physik, Chemie usw. So nötig dies für eine Zeit auch ist, in welcher Technik und Chemie regieren und deren wenigstens äußerlich sichtbarste Merkmale im täglichen Leben sie darstellen, so gefährlich ist es aber auch, wenn die allgemeine Bildung einer Nation immer ausschließlich darauf eingestellt wird. Diese muß im Gegenteil stets eine ideale sein. Sie soll mehr den humanistischen Fächern entsprechen und nur die Grundlagen für eine spätere fachwissenschaftliche Weiterbildung bieten. Im anderen Fall verzichtet man auf Kräfte, welche für die Erhaltung der Nation immer noch wichtiger sind als alles technische und sonstige Können. Insbesondere soll man im Geschichtsunterricht sich nicht vom Studium der Antike abbringen lassen. Römische Geschichte, in ganz großen Linien richtig aufgefaßt, ist und bleibt die beste Lehrmeisterin nicht nur für heute, sondern wohl für alle Zeiten. Auch das hellenische Kulturideal soll uns in seiner vorbildlichen Schönheit erhalten bleiben. Man darf sich nicht durch Verschiedenheiten der einzelnen Völker die größere Rassegemeinschaft zerreißen lassen. Der Kampf, der heute tobt, geht um ganz große Ziele: eine Kultur kämpft um ihr Dasein, die Jahrtausende in sich verbindet und Griechenund Germanentum gemeinsam umschließt.

Es soll ein scharfer Unterschied zwischen allgemeiner Bildung und besonderem Fachwissen bestehen. Da letzteres gerade heute immer mehr in den Dienst des reinen Mammons zu sinken droht, muß die allgemeine Bildung, wenigstens in ihrer mehr idealen Einstellung, als Gegengewicht erhalten bleiben. Auch hier muß man unentwegt den Grundsatz einprägen, daß Industrie und Technik, Handel und Gewerbe immer nur zu blühen vermögen, solange eine idealistisch veranlagte Volksgemeinschaft die notwendigen Voraussetzungen bietet. Diese aber liegen nicht in materiellem Egoismus, sondern in verzichtfreudiger Opferbereitschaft.

X X X

Die heutige Ausbildung der Jugend hat sich im großen und ganzen als erstes Ziel gesetzt, dem jungen Menschen jenes Wissen einzupumpen, das er auf seinem späteren Lebenswege zu eigenem Fortkommen braucht. Man drückt dies so aus: „Der Junge muß dereinst ein nützliches Glied der menschlichen Gesellschaft werden." Darunter aber versteht man seine Fähigkeit, sich einmal auf ordentliche Weise sein tägliches Brot zu verdienen. Die oberflächliche staatsbürgerliche Ausbildung, die noch nebenherläuft, steht von vornherein auf schwachen Füßen. Da der Staat an sich nur eine Form darstellt, ist es auch sehr schwer, Menschen auf diese hin zu erziehen oder gar zu verpflichten. Eine Form kann zu leicht zerbrechen. Einen klaren Inhalt aber besitzt – wie wir sahen – der Begriff „Staat" heute nicht. So bleibt nichts übrig als die landläufige „patriotische" Erziehung. Im alten Deutschland lag ihr Hauptgewicht in einer oft wenig klugen, aber meist sehr faden Verhimmelung kleiner und kleinster Potentaten, deren Menge von vornherein zum Verzicht auf eine umfassende Würdigung der wirklich Großen unseres Volkes zwang. Das Ergebnis war daher bei unseren breiten Massen eine nur sehr ungenügende Kenntnis der deutschen Geschichte. Es fehlt auch hier die große Linie.

Daß man auf solche Weise nicht zu einer wahrhaftigen Nationalbegeisterung zu kommen vermochte, liegt auf der Hand. Es fehlte unserer Erziehung die Kunst, aus dem geschichtlichen Werden unseres Volkes einige wenige Namen herauszuheben und sie zum Allgemeingut des gesamten deutschen Volkes zu machen, um so durch gleiches Wissen und gleiche Begeisterung auch ein gleichmäßig verbindendes Band um die ganze Nation zu schlingen. Man hat es nicht verstanden, die wirklich bedeutsamen Männer unseres Volkes in den Augen der Gegenwart als überragende Heroen erscheinen zu lassen, die allgemeine Aufmerksamkeit auf sie zu konzentrieren und dadurch eine geschlossene Stimmung zu erzeugen. Man vermochte nicht, aus den verschiedenen Unterrichtsstoffen das für die Nation Ruhmvolle über das Niveau einer sachlichen Darstellung zu erheben und an solchen leuchtenden Beispielen den Nationalstolz zu entflammen. Es würde dies der damaligen Zeit als übler Chauvinismus erschienen sein, den man in dieser Form wenig geliebt hätte. Der biedere dynastische Patriotismus schien angenehmer und leichter erträglich als die brausende Leidenschaft höchsten nationalen Stolzes. Jener war immer bereit, zu dienen, diese konnte eines Tages zur Herrin werden. Der monarchistische Patriotismus endete in Veteranenvereinen, die nationale Leidenschaft wäre in ihrem Wege schwer zu bestimmen gewesen. Sie ist wie ein edles Pferd, das nicht jeden im Sattel trägt. Was Wunder, wenn man sich von einer solchen Gefahr lieber zurückhielt! Daß eines Tages ein Krieg kommen könnte, der in Trommelfeuer und Gasschwaden eine gründliche Prüfung der inneren Haltbarkeit patriotischer Gesinnung vornehmen würde, schien niemand für möglich zu halten. Als er dann aber da war, rächte sich der Mangel an höchster nationaler Leidenschaft und furchtbarster Weise. Für ihre kaiserlichen und königlichen Herren zu sterben, hatten die Menschen nur mehr wenig Lust, die „Nation" aber war den meisten unbekannt.

Seit die Revolution in Deutschland ihren Einzug gehalten hat und der monarchistische Patriotismus damit von selbst erlosch, ist der Zweck des Geschichtsunterrichts wirklich nur mehr der bloßer Wissensaneignung. Nationalbegeisterung kann dieser Staat nicht brauchen, was er aber gerne möchte, wird er nie erhalten. Denn so wenig es einen dynastischen Patriotismus von letzter Widerstandsfähigkeit in einem Zeitalter geben konnte, da das Nationalitätenprinzip regiert, so noch viel weniger eine republikanische Begeisterung. Denn darüber dürfte wohl kein Zweifel herrschen, daß unter dem Motto „Für die Republik" das deutsche Volk keine viereinhalb Jahre auf dem Schlachtfeld bleiben würde; am allerwenigsten blieben die, welche dieses Wundergebilde erschaffen haben.

Tatsächlich verdankt diese Republik ihren ungeschorenen Bestand nur der allseits versicherten Bereitwilligkeit zur freiwilligen Übernahme jeder Tributleistung und Unterzeichnung jedes Landesverzichts. Sie ist der anderen Welt sympathisch; wie jeder Schwächling angenehmer empfunden wird von denen, die ihn brauchen, als ein knorriger Mann. Freilich liegt in dieser Sympathie der Feinde für gerade diese bestimmte Staatsform auch die vernichtendste Kritik derselben. Man liebt die deutsche Republik und läßt sie leben, weil man einen besseren Verbündeten für die Versklavungsarbeit an unserem Volke gar nicht finden könnte. Nur dieser Tatsache allein verdankt dieses herrliche Gebilde sein heutiges Bestehen. Daher kann es Verzicht leisten auf jede wirklich nationale Erziehung und sich mit dem „Hoch"geschrei von Reichsbannerhelden begnügen, die übrigens, wenn sie dieses Banner mit ihrem Blut schirmen müßten, ausreißen würden wie Hasen.

Der völkische Staat wird für sein Dasein kämpfen müssen. Er wird es durch Dawesunterschriften weder erhalten, noch seinen Bestand durch sie verteidigen können. Er wird aber zu seiner Existenz und zu seinem Schutz gerade das brauchen, auf was man jetzt glaubt verzichten zu können. Je unvergleichlicher und wertvoller Form und Inhalt sein werden, um so größer auch der Neid und Widerstand der Gegner. Der beste Schutz wird dann nicht in seinen Waffen liegen, sondern in seinen Bürgern; nicht Festungswälle werden ihn beschirmen, sondern die lebendige Mauer von Männern und Frauen, erfüllt von höchster Vaterlandsliebe und fanatischer Nationalbegeisterung.

Als Drittes muß daher bei der wissenschaftlichen Erziehung berücksichtigt werden:

Auch in der Wissenschaft hat der völkische Staat ein Hilfsmittel zu erblicken zur Förderung des Nationalstolzes. Nicht nur die Weltgeschichte, sondern die gesamte Kulturgeschichte muß von diesem Gesichtspunkte aus gelehrt werden. Es darf ein Erfinder nicht nur groß erscheinen als Erfinder, sondern muß größer noch erscheinen als Volksgenosse. Die Bewunderung jeder großen Tat muß umgegossen werden in Stolz auf den glücklichen Vollbringer derselben als Angehörigen des eigenen Volkes. Aus der Unzahl all der großen Namen der deutschen Geschichte aber sind die größten herauszugreifen und der Jugend in so eindringlicher Weise vorzuführen, daß sie zu Säulen eines unerschütterlichen Nationalgefühles werden.

Planmäßig ist der Lehrstoff nach diesen Gesichtspunkten aufzubauen, planmäßig die Erziehung so zu gestalten, daß der junge Mensch beim Verlassen seiner Schule nicht ein halber Pazifist, Demokrat oder sonst was ist, sondern ein ganzer Deutscher.

Damit dieses Nationalgefühl von Anfang an echt sei und nicht bloß in hohlem Schein bestehe, muß schon in der Jugend ein eiserner Grundsatz in die noch bildungsfähigen Köpfe hineingehämmert werden: Wer sein Volk liebt, beweist es einzig durch die Opfer, die er für dieses zu bringen bereit ist. Nationalgefühl, das nur auf Gewinn ausgeht, gibt es nicht. Nationalismus, der nur Klassen umschließt, gibt es ebensowenig. Hurraschreien bezeugt nichts und gibt kein Recht, sich national zu nennen, wenn dahinter nicht die große liebende Sorge für die Erhaltung eines allgemeinen, gesunden Volkstums steht. Ein Grund zum Stolz auf sein Volk ist erst dann vorhanden, wenn man sich keines Standes mehr zu schämen braucht. Ein Volk aber, von dem die eine Hälfte elend und abgehärmt oder gar verkommen ist, gibt ein so schlechtes Bild, daß niemand Stolz darüber empfinden soll. Erst wenn ein Volkstum in allen seinen Gliedern, an Leib und Seele gesund ist, kann sich die Freude, ihm anzugehören, bei allen mit Recht zu jenem hohen

Gefühl steigern, das wir mit Nationalstolz bezeichnen. Diesen höchsten Stolz aber wird auch nur der empfinden, der eben die Größe seines Volkstums kennt.

Die innige Vermählung von Nationalismus und sozialem Gerechtigkeitssinn ist schon in das junge Herz hineinzupflanzen. Dann wird dereinst ein Volk von Staatsbürgern erstehen, miteinander verbunden und zusammengeschmiedet durch eine gemeinsame Liebe und einen gemeinsamen Stolz, unerschütterlich und unbesiegbar für immer.

Die Angst unserer Zeit vor Chauvinismus ist das Zeichen ihrer Impotenz. Da ihr jede überschäumende Kraft nicht nur fehlt, sondern sogar unangenehm erscheint, ist sie auch für eine große Tat vom Schicksal nicht mehr ausersehen. Denn die größten Umwälzungen auf dieser Erde wären nicht denkbar gewesen, wenn ihre Triebkraft statt fanatischer, ja hysterischer Leidenschaften nur die bürgerlichen Tugenden der Ruhe und Ordnung gewesen wären.

Sicher aber geht diese Welt einer großen Umwälzung entgegen. Und es kann nur die eine Frage sein, ob sie zum Heil der arischen Menschheit oder zum Nutzen des ewigen Juden ausschlägt.

Der völkische Staat wird dafür sorgen müssen, durch eine passende Erziehung der Jugend dereinst das für die letzten und größten Entscheidungen auf diesem Erdball reife Geschlecht zu erhalten.

Das Volk aber, das diesen Weg zuerst betritt, wird siegen.

X X X

Die gesamte Bildungsund Erziehungsarbeit des völkischen Staates muß ihre Krönung darin finden, daß sie den Rassesinn und das Rassegefühl instinktund verstandesmäßig in Herz und Gehirn der ihr anvertrauten Jugend hineinbrennt. Es soll kein Knabe und kein Mädchen die Schule verlassen, ohne zur letzten Erkenntnis über die Notwendigkeit und das Wesen der Blutreinheit geführt worden zu sein. Damit wird die Voraussetzung geschaffen für die Erhaltung der rassenmäßigen Grundlagen unseres Volkstums und durch sie wiederum die Sicherung der Vorbedingungen für die spätere kulturelle Weiterentwicklung.

Denn alle körperliche und alle geistige Ausbildung würde im letzten Grunde dennoch wertlos bleiben, wenn sie nicht einem Wesen zugute käme, das grundsätzlich bereit und entschlossen ist, sich selbst und seine Eigenart zu erhalten.

Im anderen Falle würde das eintreten, was wir Deutschen schon jetzt im großen beklagen müssen, ohne daß vielleicht der ganze Umfang dieses tragischen Unglücks bisher begriffen worden wäre: daß wir auch in Zukunft nur Kulturdünger bleiben, nicht nur im Sinne der begrenzten Auffassung unserer heutigen bürgerlichen Anschauung, die im einzelnen verlorenen Volksgenossen nur den verlorenen Staatsbürger sieht, sondern im Sinne der schmerzlichsten Erkenntnis, daß dann, trotz all unserm Wissen und Können, unser Blut doch zur Niedersenkung bestimmt ist. Indem wir uns immer wieder mit anderen Rassen paaren, erheben wir wohl diese aus ihrem bisherigen Kulturniveau auf eine höhere Stufe, sinken aber von unserer eigenen Höhe für ewig herab.

Übrigens hat auch diese Erziehung unter dem Gesichtspunkte der Rasse ihre letzte Vollendung im Heeresdienste zu erhalten. Wie denn überhaupt die Militärdienstzeit als Abschluß der normalen Erziehung des durchschnittlichen Deutschen gelten soll.

X X X

So große Bedeutung im völkischen Staat die Art der körperlichen und geistigen Erziehung haben wird, ebenso wichtig wird auch die Menschenauslese an sich für ihn sein. Heute tut man sich hierin leicht. Im allgemeinen sind es die Kinder höherstehender, zur Zeit gut situierter Eltern, die wieder einer höheren Ausbildung für würdig erachtet werden. Fragen des Talents spielen dabei eine untergeordnete Rolle. An sich kann das Talent immer nur relativ bewertet werden. Ein Bauernjunge kann weit mehr Talente besitzen als das Kind von Eltern aus einer seit vielen Generationen gehobenen Lebensstellung, wenn er auch im allgemeinen Wissen dem Bürgerkind nachsteht. Dessen größeres Wissen hat aber an sich mit größerem oder geringerem Talent gar nichts zu tun, sondern wurzelt in der wesentlich größeren Fülle von Eindrücken, die das Kind infolge seiner vielseitigeren Erziehung und reichen Lebensumgebung ununterbrochen erhält. Würde der talentierte Bauernknabe von klein auf ebenfalls in solcher Umgebung herangewachsen sein, so wäre seine geistige Leistungsfähigkeit eine ganz andere. Es gibt heute vielleicht ein einziges Gebiet, auf dem wirklich weniger die Herkunft als vielmehr die eigene angeborene Begabung entscheidet: das Gebiet der Kunst. Hier, wo man eben nicht bloß „lernen" kann, sondern alles schon ursprünglich angeboren sein muß und nur später einer mehr oder weniger günstigen Entwicklung unterliegt, kommt Geld und Gut der Eltern fast nicht in Betracht. Daher erweist sich hier auch am besten, daß Genialität nicht an höhere Lebensschichten oder gar an Reichtum gebunden ist. Die größten Künstler stammen nicht selten aus den ärmsten Häusern. Und mancher kleine Dorfjunge ward später ein vielseitiger Meister.

Es spricht nicht gerade für große Gedankentiefe der Zeit, daß man solche Erkenntnis nicht für das gesamte geistige Leben nützt. Man meint, das, was bei der Kunst nicht geleugnet werden kann, treffe für die sogenannten realen Wissenschaften nicht zu. Ohne Zweifel kann man bestimmte mechanische Fertigkeiten dem Menschen anerziehen, so wie es einer geschickten Dressur möglich ist, einem gelehrigen Pudel die unglaublichsten Kunststücke beizubringen. Allein, wie bei dieser Tierdressur nicht das Verständnis des Tieres aus sich selbst heraus zu solchen Übungen führt, so auch beim Menschen. Man kann ohne Rücksicht auf ein anderes Talent auch dem Menschen bestimmte wissenschaftliche Kunststücke beibringen, aber der Vorgang ist dann genau der gleich leblose, innerlich unbeseelte wie beim Tier. Man kann auf Grund eines bestimmten geistigen Drills einem Durchschnittsmenschen sogar Über-Durchschnittswissen einbleuen; allein das bleibt eben totes und, im letzten Grund, unfruchtbares Wissen. Es ergibt dann jenen Menschen, der zwar ein lebendiges Lexikon sein mag, aber trotzdem in allen besonderen Lagen und entscheidenden Augenblicken des Lebens jämmerlich versagt; er wird zu jeder, auch der bescheidensten Anforderung immer erst wieder abgerichtet werden müssen, dagegen aus sich heraus nicht imstande sein, den geringsten Beitrag zur Weiterbildung der Menschheit zu geben. Solch ein mechanisch eingedrilltes Wissen genügt höchstens zur Übernahme von Staatsämtern in unserer heutigen Zeit. Es ist selbstverständlich, daß sich in der Gesamtsumme der Volkszahl einer Nation für alle möglichen Gebiete des täglichen Lebens Talente finden werden.

Es ist weiter selbstverständlich, daß der Wert des Wissens um so größer sein wird, je mehr das tote Wissen vom entsprechenden Talent des einzelnen beseelt wird. S c h ö p f e r i s c h e   L e i s t u n g e n   s e l b s t   k ö n n e n   ü b e r h a u p t   n u r   e n t s t e h e n ,   w e n n   F ä h i g k e i t   u n d   W i s s e n   e i n e   E h e   b i l d e n .

Wie grenzenlos die heutige Menschheit in dieser Richtung sündigt, mag noch ein Beispiel zeigen. Von Zeit zu Zeit wird in illustrierten Blättern dem deutschen Spießer vor Augen geführt, daß da und dort zum erstenmal ein Neger Advokat, Lehrer, gar Pastor, ja Heldentenor oder dergleichen geworden ist. Während das blödselige Bürgertum eine solche Wunderdressur staunend zur Kenntnis nimmt, voll von Respekt für dieses fabelhafte Resultat heutiger Erziehungskunst, versteht der Jude sehr schlau, daraus einen neuen Beweis für die Richtigkeit seiner den Völkern einzutrichternden Theorie von der G l e i c h h e i t   d e r   M e n s c h e n zu konstruieren. Es dämmert dieser verkommenen bürgerlichen Welt nicht auf, daß es sich hier wahrhaftig um eine Sünde an jeder Vernunft handelt; daß es ein verbrecherischer Wahnwitz ist, einen geborenen Halbaffen so lange zu dressieren, bis man glaubt, aus ihm einen Advokaten gemacht zu haben, während Millionen Angehörige der höchsten Kulturrasse in vollkommen unwürdigen Stellungen verbleiben müssen; daß es eine Versündigung am Willen des ewigen Schöpfers ist, wenn man Hunderttausende und Hunderttausende seiner begabtesten Wesen im heutigen proletarischen Sumpf verkommen läßt, während man Hottentotten und Zulukaffern zu geistigen Berufen hinaufdressiert. Denn um eine Dressur handelt es sich dabei, genau so wie bei der des Pudels, und nicht um eine wissenschaftliche „Ausbildung". Die gleiche Mühe und Sorgfalt auf Intelligenzrassen angewendet, würde jeden einzelnen tausendmal eher zu gleichen Leistungen befähigen.

So unerträglich aber dieser Zustand wäre, wenn es sich dabei jemals um mehr als um Ausnahmen handeln würde, so unerträglich ist er schon heute da, wo nicht Talent und Veranlagung für die höhere Ausbildung entscheiden. Jawohl, unerträglich ist der Gedanke, daß alljährlich Hunderttausende vollständig talentloser Menschen einer höheren Ausbildung gewürdigt werden, während andere Hunderttausende von großer Begabung ohne jede höhere Ausbildung bleiben. Der Verlust, den die Nation dadurch erleidet, ist nicht abzuschätzen. Wenn in den letzten Jahrzehnten der Reichtum an bedeutenden Erfindungen besonders in Nordamerika außerordentlich zunahm, dann nicht zuletzt deshalb, weil dort wesentlich mehr Talente aus untersten Schichten die Möglichkeit einer höheren Ausbildung finden, als dies in Europa der Fall ist.

Zum Erfinden genügt eben nicht eingetrichtertes Wissen, sondern nur das vom Talent beseelte. Darauf aber legt man bei uns heute keinen Wert; die gute Note allein soll es ausmachen.

Auch hier wird der völkische Staat einst erziehend einzugreifen haben. Er hat nicht die Aufgabe, einer b e s t e h e n d e n   G e s e l l s c h a f t s k l a s s e   d e n   m a ß g e b e n d e n   E i n f l u ß   z u   w a h r e n ,   s o n d e r n   d i e   A u f g a b e ,   a u s   d e r   S u m m e   a l l e r   V o l k s g e n o s s e n   d i e   f ä h i g s t e n   K ö p f e   h e r a u s z u h o l e n   u n d   z u   A m t   u n d   W ü r d e n   z u   b r i n g e n . Er hat nicht nur die Verpflichtung, dem Durchschnittskind in der Volksschule eine bestimmte Erziehung zu geben, sondern auch die Pflicht, das Talent auf die Bahn zu bringen, auf die es gehört. Er hat es vor allem als seine höchste Aufgabe zu betrachten, die Tore der staatlichen höheren Unterrichtsanstalten jeder Begabung zu öffnen, ganz gleich, aus welchen Kreisen sie stammen möge. Er muß diese Aufgabe erfüllen, da nur so aus der Schicht von Repräsentanten eines toten Wissens die geniale Führung der Nation erwachsen kann.

Auch aus einem weiteren Grunde muß der Staat in dieser Richtung Vorsorge treffen: Unsere geistigen Schichten sind besonders in Deutschland so in sich abgeschlossen und verkalkt, daß ihnen die lebendige Verbindung nach unten fehlt. Dies rächt sich nach zwei Seiten hin: Erstens fehlt ihnen dadurch das Verständnis und die Empfindung für die breite Masse. Sie sind zu lange schon aus diesem Zusammenhang herausgerissen, als daß sie noch das nötige psychologische Verständnis für das Volk besitzen könnten. Sie sind volksfremd geworden. Es fehlt diesen oberen Schichten aber zweitens auch die nötige Willenskraft. Denn diese ist in abgekasteten Intelligenzkreisen immer schwächer als in der Masse des primitiven Volkes. An wissenschaftlicher Bildung aber hat es uns Deutschen wahrhaftiger Gott nie gefehlt, desto mehr jedoch an Willensund Entschlußkraft. Je „geistvoller" zum Beispiel unsere Staatsmänner waren, um so schwächlicher war meistens ihre wirkliche Leistung. Die politische Vorbereitung sowohl als die technische Rüstung für den Weltkrieg war nicht deswegen ungenügend, weil etwa zu wenig gebildete Köpfe unser Volk regieren, sondern vielmehr, weil die Regierenden überbildete

Menschen waren, vollgepfropft von Wissen und Geist, aber bar jedes gesunden Instinkts und ledig jeder Energie und Kühnheit. Es war ein Verhängnis, daß unser Volk seinen Daseinskampf ausfechten mußte unter der Reichskanzlerschaft eines philosophierenden Schwächlings. Hätten wir an Stelle eines Bethmann Hollweg einen robusteren Volksmann als Führer besessen, würde das Heldenblut des gemeinen Grenadiers nicht umsonst geflossen sein. Ebenso war die übertrieben reingeistige Hochzüchtung unseres Führermaterials der beste Bundesgenosse für die revolutionierenden Novemberlumpen. Indem diese Geistigkeit das ihr anvertraute nationale Gut in der schmählichsten Weise zurückhielt, statt es voll und ganz einzusetzen, schuf sie selber die Voraussetzung zum Erfolge der anderen.

Hier kann die katholische Kirche als vorbildliches Lehrbeispiel gelten. In der Ehelosigkeit ihrer Priester liegt der Zwang begründet, den Nachwuchs für die Geistlichkeit statt aus den eigenen Reihen immer wieder aus der Masse des breiten Volkes holen zu müssen. Gerade diese Bedeutung des Zölibats wird aber von den meisten gar nicht erkannt. Sie ist die Ursache der unglaublich rüstigen Kraft, die in dieser uralten Institution wohnt. Denn dadurch, daß dieses Riesenheer geistlicher Würdenträger sich ununterbrochen aus den untersten Schichten der Völker heraus ergänzt, erhält sich die Kirche nicht nur die Instinkt-Verbundenheit mit der Gefühlswelt des Volkes, sondern sichert sich auch eine Summe von Energie und Tatkraft, die in solcher Form ewig nur in der breiten Masse des Volkes vorhanden sein wird. Daher stammt die staunenswerte Jugendlichkeit dieses Riesenorganismus, die geistige Schmiegsamkeit und stählerne Willenskraft.

Es wird die Aufgabe eines völkischen Staates sein, in seinem Unterrichtswesen dafür Sorge zu tragen, daß eine dauernde Erneuerung der bestehenden geistigen Schichten durch frische Blutzufuhr von unten stattfindet. Der Staat hat die Verpflichtung, mit äußerster Sorgfalt und Genauigkeit aus der Gesamtzahl der Volksgenossen das von Natur aus ersichtlich befähigte Menschenmaterial herauszusieben und im Dienste der Allgemeinheit zu verwenden. Denn Staat und Staatsmänner sind nicht dazu da, einzelnen Klassen ein Unterkommen zu ermöglichen, sondern den ihnen zukommenden Aufgaben zu genügen. Das aber wird nur möglich sein, wenn zu ihren Trägern grundsätzlich nur fähige und willensstarke Persönlichkeiten herangebildet werden. Dies gilt nicht nur für alle Beamtenstellen, sondern für die geistige Führung der Nation überhaupt auf allen Gebieten. Auch darin liegt ein Faktor für die Größe eines Volkes, daß es gelingt, die fähigsten Köpfe für die ihnen liegenden Gebiete auszubilden und in den Dienst der Volksgemeinschaft zu stellen. Wenn zwei Völker miteinander konkurrieren, die an sich gleich gut veranlagt sind, so wird dasjenige den Sieg erringen, das in seiner gesamten geistigen Führung seine besten Talente vertreten hat, und dasjenige unterliegen, dessen Führung nur eine große gemeinsame Futterkrippe für bestimmte Stände oder Klassen darstellt, ohne Rücksicht auf die angeborenen Fähigkeiten der einzelnen Träger.

Freilich erscheint dies in unserer heutigen Welt zunächst unmöglich. Man wird sofort einwerfen, daß man dem Söhnchen, zum Beispiel eines höheren Staatsbeamten, doch nicht zumuten dürfe, sagen wir, Handwerker zu werden, weil irgendein anderer, dessen Eltern Handwerker waren, befähigter erscheint. Das mag bei der heutigen Einschätzung der Handarbeit zutreffen. Daher wird auch der völkische Staat zu einer prinzipiell anderen Einstellung dem Begriff Arbeit gegenüber gelangen müssen. Er wird, wenn notwendig selbst durch jahrhundertelange Erziehung, mit dem Unfug, körperliche Tätigkeit zu mißachten, brechen müssen. Er wird grundsätzlich den einzelnen Menschen nicht nach der Art seiner Arbeit, sondern nach Form und Güte der Leistung zu bewerten haben. Dies mag einer Zeit ganz ungeheuerlich erscheinen, welcher der geistloseste Kolonnenschreiber nur deshalb, weil er mit der Feder arbeitet, mehr gilt als der intelligenteste Feinmechaniker. Diese falsche Einschätzung liegt aber, wie gesagt, nicht in der Natur der Dinge, sondern ist künstlich anerzogen und war früher nicht vorhanden. Der jetzige unnatürliche Zustand beruht eben auf den allgemeinen Krankheitserscheinungen unserer vermaterialisierten Zeit.

Grundsätzlich ist der Wert jeder Arbeit ein doppelter: ein rein materieller und ein ideeller. Der materielle Wert beruht in der Bedeutung, und zwar der materiellen Bedeutung einer Arbeit für das Leben der Gesamtheit. Je mehr Volksgenossen aus einer bestimmten vollbrachten Leistung Nutzen ziehen, und zwar direkten und indirekten, um so größer ist der materielle Wert einzuschätzen. Diese Einschätzung findet ihrerseits den plastischen Ausdruck im materiellen Lohn, welchen der einzelne für seine Arbeit erhält. Diesem rein materiellen Wert steht nun gegenüber der ideelle. Er beruht nicht auf der Bedeutung der geleisteten Arbeit materiell gemessen, sondern auf ihrer Notwendigkeit an sich. So sicher der materielle Nutzen einer Erfindung größer sein kann als der eines alltäglichen Handlangerdienstes, so sicher ist die Gesamtheit doch auf diesen kleinsten Dienst genau so angewiesen wie auf jenen größten. Sie mag materiell einen Unterschied treffen in der Bewertung des Nutzens der einzelnen Arbeit für die Gesamtheit und kann dem durch die jeweilige Entlohnung Ausdruck verleihen; sie muß aber ideell die Gleichheit aller feststellen in dem Augenblick, in dem jeder einzelne sich bemüht, auf seinem Gebiete – welches immer es auch sein mag – sein Bestes zu tun. Darauf aber hat die Wertschätzung eines Menschen zu beruhen, und nicht auf der Entlohnung.

Da in einem vernünftigen Staat die Sorge dahin gehen soll, dem einzelnen die Tätigkeit zuzuweisen, die seiner Fähigkeit entspricht, oder, anders ausgedrückt, die fähigen Köpfe für die ihnen liegende Arbeit auszubilden, die Fähigkeit aber prinzipiell nicht anerzogen, sondern angeboren sein muß, mithin ein Geschenk der Natur und nicht ein Verdienst des Menschen ist, so kann sich die allgemeine bürgerliche Einschätzung auch nicht nach der dem einzelnen gewissermaßen überwiesenen Arbeit richten. Denn diese Arbeit fällt auf das Konto seiner Geburt sowie auf die dadurch veranlaßte

Ausbildung, die er durch die Allgemeinheit erhielt. Die Wertschätzung des Menschen muß begründet werden auf der Art und Weise, in der er seiner ihm von der Allgemeinheit überantworteten Aufgabe gerecht wird. Denn die Tätigkeit, welche der einzelne verrichtet, ist nicht der Zweck seines Daseins, sondern nur das Mittel dazu. Vielmehr soll er sich als Mensch weiterbilden und weiterveredeln, kann dies aber nur im Rahmen seiner Kulturgemeinschaft, die immer auf dem Fundament eines Staates beruhen muß. Zur Erhaltung dieses Fundamentes hat er seinen Beitrag zu leisten. Die Form dieses Beitrags bestimmt die Natur; an ihm liegt es nur, mit Fleiß und Redlichkeit der Volksgemeinschaft zurückzuerstatten, was sie ihm selbst gegeben hat. Wer dieses tut, verdient höchste Wertschätzung und höchste Achtung. Der materielle Lohn mag dem zugebilligt werden, dessen Leistung für die Gesamtheit entsprechenden Nutzen trägt; der ideelle jedoch muß in der Wertschätzung liegen, die jeder beanspruchen kann, der die Kräfte, welche die Natur ihm gab und die Volksgemeinschaft zur Ausbildung brachte, dem Dienste seines Volkstums widmet. Dann aber ist es keine Schande mehr, ein ordentlicher Handwerker zu sein, aber wohl eine, als unfähiger Beamter dem lieben Gott den Tag und dem guten Volk das tägliche Brot zu stehlen. Dann wird man es auch für selbstverständlich halten, daß ein Mensch nicht Aufgaben zugewiesen erhält, denen er von vornherein nicht gewachsen ist.

Im übrigen gibt solche Tätigkeit auch den einzigen Maßstab für das Recht bei der allgemeinen gleichen rechtlichen bürgerlichen Betätigung.

Die heutige Zeit baut sich ja selber ab; sie führt ein allgemeines Wahlrecht ein, schwätzt von gleichen Rechten, findet aber doch keine Begründung für dieselben. Sie sieht im materiellen Lohn den Ausdruck des Wertes eines Menschen und zertrümmert sich dadurch die Grundlage für die edelste Gleichheit, die es überhaupt geben kann. Denn Gleichheit beruht nicht und kann niemals beruhen auf den Leistungen der einzelnen an sich, aber sie ist möglich in der Form, in der jeder seine besonderen Verpflichtungen erfüllt. Nur dadurch wird der Zufall der Natur bei der Beurteilung des Wertes des Menschen ausgeschaltet und der einzelne selbst zum Schmied seiner Bedeutung gemacht.

In der heutigen Zeit, da sich ganze Menschengruppen gegenseitig nur mehr nach Gehaltsgruppen zu würdigen wissen, hat man dafür – wie schon gesagt – kein Verständnis. Allein für uns darf dies kein Grund sein, auf die Vertretung unserer Gedanken zu verzichten. Im Gegenteil: Wer diese Zeit, die innerlich krank und faul ist, heilen will, muß zunächst den Mut aufbringen, die Ursachen dieses Leides klarzulegen. Das aber soll die Sorge der nationalsozialistischen Bewegung sein: über alle Spießbürgerei hinweg, aus unserem Volkstum heraus, diejenigen Kräfte zu sammeln und zu ordnen, die als Vorkämpfer einer neuen Weltanschauung befähigt sind.

X X X

Allerdings wird man den Einwand bringen, daß sich im allgemeinen die ideelle Einschätzung von der materiellen schwer trennen lasse, ja, daß die sinkende Wertschätzung der körperlichen Arbeit gerade durch ihre mindere Entlohnung hervorgerufen würde. Diese mindere Entlohnung sei selber wieder die Ursache für eine Beschränkung der Teilnahme des einzelnen Menschen an den Kulturgütern seiner Nation. Dadurch aber werde gerade die ideelle Kultur des Menschen beeinträchtigt, die mit seiner Tätigkeit an sich nichts zu tun haben brauche. Die Scheu vor körperlicher Arbeit sei erst recht darin begründet, daß, infolge der schlechteren Entlohnung, das Kulturniveau des Handarbeiters zwangsläufig heruntergedrückt werde und dadurch die Rechtfertigung einer allgemeinen minderen Einschätzung gegeben sei.

Darin liegt sehr viel Wahrheit. Gerade deshalb wird man aber in der Zukunft sich vor einer zu großen Differenzierung der Lohnverhältnisse hüten müssen. Man sage nicht, daß damit die Leistungen ausbleiben würden. Das wäre das traurigste Zeichen des Verfalls einer Zeit, wenn der Antrieb zu einer höheren geistigen Leistung nur mehr im höheren Lohne läge. Wenn dieser Gesichtspunkt bisher auf dieser Welt der einzig maßgebende gewesen wäre, würde die Menschheit ihre größten wissenschaftlichen und kulturellen Güter niemals empfangen haben. Denn die größten Erfindungen, die größten Entdeckungen, die umwälzendsten wissenschaftlichen Arbeiten, die herrlichsten Denkmäler menschlicher Kultur sind nicht aus dem Drange nach Geld der Welt gegeben worden. Im Gegenteil, ihre Geburt bedeutete nicht selten geradezu den Verzicht auf das irdische Glück des Reichtums.

Es mag sein, daß heute das Geld der ausschließliche Regent des Lebens geworden ist, doch wird dereinst der Mensch sich wieder vor höheren Göttern beugen. Vieles mag heute nur dem Sehnen nach Geld und Vermögen sein Dasein verdanken, aber es ist wohl nur wenig darunter, dessen Nichtvorhandensein die Menschheit ärmer sein ließe.

Auch dies ist eine Aufgabe unserer Bewegung, daß sie schon heute von einer Zeit künde, die dem einzelnen das geben wird, was er zum Leben braucht, aber dabei den Grundsatz hochhält, daß der Mensch nicht ausschließlich um materieller Genüsse willen lebt. Dies soll dereinst seinen Ausdruck in einer weise beschränkten Staffelung der Verdienste finden, die auch dem letzten redlich Arbeitenden auf alle Fälle ein ehrliches, ordentliches Dasein als Volksgenosse und Mensch ermöglicht.

Man sage ja nicht, daß dies ein Idealzustand sei, wie ihn diese Welt praktisch nicht vertrüge und tatsächlich nie erreichen werde.

Auch wir sind nicht so einfältig, zu glauben, daß es gelingen könnte, jemals ein fehlerloses Zeitalter herbeizuführen. Allein dies entbindet nicht von der Verpflichtung, erkannte Fehler zu bekämpfen, Schwächen zu überwinden und dem Ideal zuzustreben. Die herbe Wirklichkeit wird von sich aus nur zu viele Einschränkungen herbeiführen. Gerade deshalb aber muß der Mensch erst recht versuchen, dem letzten Ziel zu dienen, und Fehlschläge dürfen ihn von seiner Absicht so wenig abbringen, als er auf eine Justiz verzichten kann, nur weil ihr auch Irrtümer unterlaufen, und so wenig man die Arznei verwirft, weil es dennoch immer Krankheit geben wird.

Man hüte sich, die Kraft eines Ideals zu niedrig einzuschätzen. Wer in dieser Hinsicht heute kleinmütig wird, den möchte ich, falls er einst Soldat war, zurückerinnern an eine Zeit, deren Heldentum das überwältigendste Bekenntnis zur Kraft idealer Motive darstellte. Denn, was die Menschen damals sterben ließ, war nicht die Sorge um das tägliche Brot, sondern die Liebe zum Vaterland, der Glaube an die Größe desselben, das allgemeine Gefühl für die Ehre der Nation. Und erst als das deutsche Volk sich von diesen Idealen entfernte, um den realen Versprechungen der Revolution zu folgen, und die Waffe mit dem Rucksack vertauschte, kam es, statt in einen irdischen Himmel, ins Fegfeuer der allgemeinen Verachtung und nicht minder der allgemeinen Not.

Deshalb ist es aber erst recht notwendig, den Rechenmeistern der derzeitigen realen Republik den Glauben an ein ideales Reich gegenüberzustellen.

3. Kapitel

Staatsangehöriger *und* *Staatsbürger*

Im allgemeinen kennt das Gebilde, das heute fälschlicherweise als Staat bezeichnet wird, nur zwei Arten von Menschen: Staatsbürger und Ausländer. Staatsbürger sind alle diejenigen, die entweder durch ihre Geburt oder durch spätere Einbürgerung das Staatsbürgerrecht besitzen; Ausländer sind alle diejenigen, die dieses gleiche Recht in einem anderen Staate genießen. Dazwischen gibt es dann noch kometenähnliche Erscheinungen, die sogenannten Staatenlosen. Das sind Menschen, die die Ehre haben, keinem der heutigen Staaten anzugehören, also nirgends ein Staatsbürgerrecht besitzen.

Das Staatsbürgerrecht wird heute, wie schon oben erwähnt, in erster Linie durch die Geburt innerhalb der Grenzen eines Staates erworben. Rasse oder Volkszugehörigkeit spielen dabei überhaupt keine Rolle. Ein Neger, der früher in den deutschen Schutzgebieten lebte, nun in Deutschland seinen Wohnsitz hat, setzt damit in seinem Kind einen „deutschen Staatsbürger" in die Welt. Ebenso kann jedes Judenoder Polen-, Afrikaneroder Asiatenkind ohne weiteres zum deutschen Staatsbürger deklariert werden.

Außer der Einbürgerung durch Geburt besteht noch die Möglichkeit der späteren Einbürgerung. Sie ist an verschiedene Vorbedingungen gebunden, zum Beispiel daran, daß der in Aussicht genommene Kandidat wenn möglich kein Einbrecher oder Zuhälter ist, daß er weiter politisch unbedenklich, d.h. also ein harmloser politischer Trottel ist, daß er endlich nicht seiner neuerlichen staatsbürgerlichen Heimat zur Last fällt. Gemeint ist damit in diesem realen Zeitalter natürlich nur die finanzielle Belastung. Ja, es gilt sogar als förderliche Empfehlung, einen vermutlich guten künftigen Steuerzahler vorzustellen, um die Erwerbung einer heutigen Staatsbürgerschaft zu beschleunigen.

Rassische Bedenken spielen dabei überhaupt keine Rolle.

Der ganze Vorgang der Erwerbung des Staatsbürgertums vollzieht sich nicht viel anders als der der Aufnahme zum Beispiel in einen Automobilklub. Der Mann macht seine Angaben, diese werden geprüft und begutachtet, und eines Tages wird ihm dann auf einem Handzettel zur Kenntnis gebracht, daß er Staatsbürger geworden sei, wobei man dies noch in eine witzig-ulkige Form kleidet. Man teilt dem in Frage kommenden bisherigen Zulukaffer nämlich mit: „Sie sind hiermit Deutscher geworden!"

Dieses Zauberstück bringt ein Staatspräsident fertig. Was kein Himmel schaffen könnte, das verwandelt solch ein beamteter Theophrastus Paracelsus im Handumdrehen. Ein einfacher Federwisch, und aus einem mongolischen Wenzel ist plötzlich ein richtiger „Deutscher" geworden.

Aber nicht nur, daß man sich um die Rasse eines solchen neuen Staatsbürgers nicht kümmert, man beachtet nicht einmal seine körperliche Gesundheit. Es mag so ein Kerl syphilitisch zerfressen sein wie er will, für den heutigen Staat ist er dennoch als Bürger hochwillkommen, sofern er, wie schon gesagt, finanziell keine Belastung und politisch keine Gefahr bedeutet.

So nehmen alljährlich diese Gebilde, Staat genannt, Giftstoffe in sich auf, die sie kaum mehr zu überwinden vermögen.

Der Staatsbürger selber unterscheidet sich dann vom Ausländer noch dadurch, daß ihm der Weg zu allen öffentlichen Ämtern freigegeben ist, daß er eventuell der Heeresdienstpflicht genügen muß und sich weiter dafür aktiv und passiv an Wahlen beteiligen kann. Im großen und ganzen ist dies alles. Denn den Schutz der persönlichen Rechte und der persönlichen

Freiheit genießt der Ausländer ebenso, nicht selten sogar mehr; jedenfalls trifft dies in unserer heutigen deutschen Republik zu.

Ich weiß, daß man dieses alles ungern hört; allein etwas Gedankenloseres, ja Hirnverbrannteres als unser heutiges Staatsbürgerrecht ist schwerlich vorhanden. Es gibt zur Zeit einen Staat, in dem wenigstens schwache Ansätze für eine bessere Auffassung bemerkbar sind. Natürlich ist dies nicht unsere vorbildliche deutsche Republik, sondern die amerikanische Union, in der man sich bemüht, wenigstens teilweise wieder die Vernunft zu Rate zu ziehen. Indem die amerikanische Union gesundheitlich schlechten Elementen die Einwanderung grundsätzlich verweigert, von der Einbürgerung aber bestimmte Rassen einfach ausschließt, bekennt sie sich in leisen Anfängen bereits zu einer Auffassung, die dem völkischen Staatsbegriff zu eigen ist.

D e r v ö l k i s c h e S t a a t teilt seine Bewohner in drei Klassen: in Staatsbürger, Staatsangehörige und Ausländer.

Durch die Geburt wird grundsätzlich nur die S t a a t s a n g e h ö r i g k e i t erworben. Die Staatsangehörigkeit als solche berechtigt noch nicht zur Führung öffentlicher Ämter, auch nicht zur politischen Betätigung im Sinne einer Teilnahme an Wahlen, in aktiver sowohl als in passiver Hinsicht. Grundsätzlich ist bei jedem Staatsangehörigen Rasse und Nationalität festzustellen. Es steht dem Staatsangehörigen jederzeit frei, auf seine Staatsangehörigkeit zu verzichten und Staatsbürger in dem Lande zu werden, dessen Nationalität der seinen entspricht. D e r A u s l ä n d e r unterscheidet sich vom Staatsangehörigen nur dadurch, daß er eine Staatsangehörigkeit in einem fremden Staate besitzt.

Der junge Staatsangehörige deutscher Nationalität ist verpflichtet, die jedem Deutschen vorgeschriebene Schulbildung durchzumachen. Er unterwirft sich damit der Erziehung zum rassenund nationalbewußten Volksgenossen. Er hat später den vom Staate vorgeschriebenen weiteren körperlichen Übungen zu genügen und tritt endlich in das Heer ein. Die Ausbildung im Heere ist eine allgemeine; sie hat jeden einzelnen Deutschen zu erfassen und für den seiner körperlichen und geistigen Fähigkeit nach möglichen militärischen Verwendungsbereich zu erziehen. Dem unbescholtenen gesunden jungen Mann wird daraufhin nach Vollendung seiner Heerespflicht in feierlichster Weise das S t a a t s b ü r g e r r e c h t verliehen. Es ist die wertvollste Urkunde für sein ganzes irdisches Leben. Er tritt damit ein in alle Rechte des Staatsbürgers und nimmt teil an allen Vorzügen desselben. Denn der Staat muß einen scharfen Unterschied zwischen denen machen, die als Volksgenossen Ursache und Träger seines Daseins und seiner Größe sind, und solchen, die nur als „verdienende" Elemente innerhalb eines Staates ihren Aufenthalt nehmen.

Die Verleihung der S t a a t s b ü r g e r u r k u n d e ist zu verbinden mit einer weihevollen Vereidigung auf die Volksgemeinschaft und auf den Staat. In dieser Urkunde muß ein alle sonstigen Klüfte überbrückendes gemeinsam umschlingendes Band liegen. Es muß eine größere Ehre sein, als Straßenfeger Bürger dieses Reiches zu sein, als König in einem fremden Staate.

Der Staatsbürger ist gegenüber dem Ausländer bevorrechtigt. Er ist der Herr des Reiches. Diese höhere Würde verpflichtet aber auch. Der Ehroder Charakterlose, der gemeine Verbrecher, der Vaterlandsverräter usw. kann dieser Ehre jederzeit entkleidet werden. Er wird damit wieder Staatsangehöriger.

Das deutsche Mädchen ist Staatsangehörige und wird mit ihrer Verheiratung erst Bürgerin. Doch kann auch den im Erwerbsleben stehenden weiblichen deutschen Staatsangehörigen das Bürgerrecht verliehen werden.

4. Kapitel

Persönlichkeit und völkischer Staatsgedanke

Wenn der völkisch-nationalsozialistische Staat seine Hauptaufgabe in der Heranbildung und Erhaltung des T r ä g e r s d e s S t a a t e s sieht, dann genügt es nicht allein, die rassischen Elemente als solche zu fördern, dann zu erziehen und endlich für das praktische Leben auszubilden, sondern es ist notwendig, daß er seine eigene Organisation mit dieser Aufgabe in Einklang bringt.

Es wäre ein Wahnwitz, den Wert des Menschen nach seiner Rassenzugehörigkeit abschätzen zu wollen, mithin dem marxistischen Standpunkt: M e n s c h i s t g l e i c h M e n s c h den Krieg zu erklären, wenn man dann doch nicht entschlossen ist, auch die letzten Konsequenzen zu ziehen. Die letzte Konsequenz der Anerkennung der Bedeutung des Blutes, also der rassenmäßigen Grundlage im allgemeinen, ist aber die Übertragung dieser Einschätzung auf die einzelne Person. So wie ich im allgemeinen die Völker auf Grund ihrer rassischen Zugehörigkeit verschieden bewerten muß, so auch die einzelnen Menschen innerhalb einer Volksgemeinschaft. Die Feststellung, daß Volk nicht gleich Volk ist, überträgt sich dann auf den einzelnen Menschen innerhalb einer Volksgemeinschaft etwa in dem Sinne, daß Kopf nicht gleich Kopf sein kann, weil auch hier die blutsmäßigen Bestandteile wohl in großen Linien die gleichen sind, allein im einzelnen doch tausendfältigen feinsten Differenzierungen unterliegen.

Die erste Konsequenz dieser Erkenntnis ist zugleich die, ich möchte sagen, gröbere, nämlich der Versuch, die innerhalb der Volksgemeinschaft als rassisch besonders wertvoll erkannten Elemente maßgeblichst zu fördern und für ihre besondere Vermehrung Sorge zu tragen.

Gröber ist diese Aufgabe deshalb, weil sie fast mechanisch erkannt und gelöst zu werden vermag. Schwieriger ist es, aus der Gesamtheit aller die geistig und ideell wirklich wertvollsten Köpfe zu erkennen und ihnen jenen Einfluß einzuräumen, der nicht nur diesen überlegenen Geistern an sich zukommt, sondern der vor allem der Nation von Nutzen ist. Diese Siebung nach Fähigkeit und Tüchtigkeit kann nicht mechanisch vorgenommen werden, sondern ist eine Arbeit, die der Kampf des täglichen Lebens ununterbrochen besorgt.

Eine Weltanschauung, die sich bestrebt, unter Ablehnung des demokratischen Massengedankens, dem besten Volk, also den höchsten Menschen, diese Erde zu geben, muß logischerweise auch innerhalb dieses Volkes wieder dem gleichen aristokratischen Prinzip gehorchen und den besten Köpfen die Führung und den höchsten Einfluß im betreffenden Volk sichern. Damit baut sie nicht auf dem Gedanken der Majorität, sondern auf dem der Persönlichkeit auf.

Wer heute glaubt, daß sich ein völkischer, nationalsozialistischer Staat etwa nur rein mechanisch durch eine bessere Konstruktion seines Wirtschaftslebens von anderen Staaten zu unterscheiden hätte, also durch einen besseren Ausgleich von Reichtum und Armut oder durch mehr Mitbestimmungsrecht breiter Schichten am Wirtschaftsprozeß oder durch gerechtere Entlohnung, durch Beseitigung von zu großen Lohndifferenzen, der ist im Alleräußerlichsten steckengeblieben und hat keine blasse Ahnung von dem, was wir als Weltanschauung zu bezeichnen haben. All das eben Geschilderte bietet nicht die geringste Sicherheit für dauernden Bestand und noch viel weniger den Anspruch auf Größe. Ein Volk, das nur in diesen wirklich äußeren Reformen haften bliebe, würde damit nicht im geringsten eine Garantie für den Sieg dieses Volkes im allgemeinen Völkerringen erhalten.

Eine Bewegung, die nur in einer derartigen allgemein ausgleichenden und sicherlich gerechten Entwicklung den Inhalt ihrer Mission empfindet, wird in Wahrheit keine gewaltige und keine wirkliche, weil nicht tiefe Reform der bestehenden Zustände herbeiführen, da ihr ganzes Handeln am Ende nur in Äußerlichkeiten steckenbleibt, ohne dem Volk jenes innere Gerüstetsein zu verschaffen, das es, ich möchte fast sagen, mit zwangsläufiger Sicherheit endgültig jene Schwächen überwinden läßt, unter denen wir heute zu leiden haben.

Um dies leichter zu verstehen, ist es vielleicht zweckmäßig, noch einmal einen Blick auf die wirklichen Ursprünge und Ursachen der menschlichen Kulturentwicklung zu werfen.

Der erste Schritt, der den Menschen äußerlich sichtbar vom Tiere entfernte, war der zur Erfindung. Die Erfindung selbst beruht ursprünglich auf dem Finden von Listen und Finten, deren Anwendung den Kampf um das Leben mit anderen Wesen erleichtert und manchesmal überhaupt erst günstig verlaufen läßt. Diese allerprimitivsten Erfindungen lassen die Person deshalb noch nicht genügend klar in Erscheinung treten, weil sie dem nachträglichen oder besser dem heutigen menschlichen Beobachter natürlich erst als Massenerscheinung zum Bewußtsein kommen. Gewisse Schliche und schlaue Maßregeln, die der Mensch zum Beispiel am Tier beobachten kann, fallen ihm erst summarisch als Tatsache ins Auge, und er ist nicht mehr in der Lage, ihren Ursprung festzustellen oder zu erforschen, sondern behilft sich einfach damit, daß er solche Vorgänge als „instinktiv" bezeichnet.

Dieses letztere Wort besagt nun in unserem Falle gar nichts. Denn wer an eine höhere Entwicklung der Lebewesen glaubt, der muß zugeben, daß jede Äußerung ihres Lebensdranges und -kampfes einmal einen Beginn gehabt haben muß; daß ein Subjekt damit angefangen haben wird, und daß sich dann ein solcher Vorgang immer öfter wiederholte und immer mehr ausbreitete, bis er endlich fast in das Unterbewußtsein aller Angehörigen einer bestimmten Art überging, um dann als Instinkt in Erscheinung zu treten.

Leichter wird man dies beim Menschen selbst verstehen und glauben. Seine ersten klugen Maßnahmen im Kampfe mit anderen Tieren – sie sind sicher ihrem Ursprunge nach Handlungen einzelner besonders fähiger Subjekte gewesen. Die Persönlichkeit war einst auch hier unbedingt das Veranlassende zu Entschlüssen und Ausführungen, die später als ganz selbstverständlich von der ganzen Menschheit übernommen wurden. Genau so wie irgendeine militärische Selbstverständlichkeit, die heute meinetwegen die Grundlage jedweder Strategie geworden ist, ursprünglich dennoch einem ganz bestimmten Kopf ihre Entstehung verdankte und nur im Laufe von vielen, vielleicht sogar Tausenden von Jahren einfach als vollkommen selbstverständlich allgemein geltend wurde.

Dieses erste Empfinden ergänzt der Mensch durch ein zweites: er lernt andere Dinge und auch Lebewesen in den Dienst seines eigenen Lebenserhaltungskampfes einstellen; und damit beginnt die eigentliche Erfindertätigkeit der Menschen, die wir heute allgemein sichtbar vor Augen haben. Diese materiellen Erfindungen, die von der Verwendung des Steines als Waffe ausgehen, die zur Zähmung von Tieren führen, das Feuer durch künstliche Erzeugung dem Menschen geben und so fort bis zu den vielfältigen und staunenswerten Erfindungen unserer Tage, lassen um so klarer die Person als Träger solchen Schaffens erkennen, je näher die einzelnen Erfindungen unserer heutigen Zeit liegen oder je bedeutender und einschneidender sie sind. Wir wissen also jedenfalls: Was wir an materiellen Erfindungen um uns sehen, ist alles das Ergebnis der schöpferischen Kraft und Fähigkeit der einzelnen Person. Und alle diese Erfindungen, sie helfen im letzten Grunde mit, den Menschen über das Niveau der Tierwelt mehr und mehr zu erheben, ja ihn endgültig davon zu entfernen. Sie dienen somit im tiefsten Grunde der sich dauernd vollziehenden höheren Menschwerdung. Aber selbst das, was einst als einfachste Finte den im Urwald jagenden Menschen den Kampf um das Dasein erleichterte, hilft in Gestalt geistvoller wissenschaftlicher Erkenntnisse der Jetztzeit wieder mit, den Kampf der Menschheit um ihr heutiges Dasein zu erleichtern und die Waffen zu schmieden für die Kämpfe der Zukunft. Alles menschliche Denken und Erfinden dient in seinen letzten Auswirkungen zunächst dem Lebenskampf des Menschen auf diesem Planeten, auch wenn der sogenannte reale Nutzen einer Erfindung oder einer Entdeckung oder einer tiefen wissenschaftlichen Einsicht in das Wesen der Dinge im Augenblicke nicht sichtbar ist. Indem alles zusammen mithilft, den Menschen mehr und mehr aus dem Rahmen der ihn umgebenden Lebewesen zu erheben, stärkt es und festigt es seine Stellung so, daß er in jeglicher Hinsicht zum dominierenden Wesen auf dieser Erde sich auswächst. Alle Erfindungen sind also das Ergebnis des Schaffens einer Person.

Alle diese Personen selbst sind, ob gewollt oder ungewollt, mehr oder minder große Wohltäter aller Menschen. Ihr Wirken gibt Millionen, ja Milliarden von menschlichen Lebewesen später Hilfsmittel zur Erleichterung der Durchführung ihres Lebenskampfes in die Hand.

Wenn wir im Ursprung der heutigen materiellen Kultur immer einzelne Personen als Erfinder sehen, die sich dann gegenseitig ergänzen und einer auf dem anderen wieder weiterbauen, dann aber genau so in der Ausübung und Durchführung der von den Erfindern erdachten und entdeckten Dinge. Denn auch sämtliche Produktionsprozesse sind in ihrem Ursprung selbst wieder Erfindungen gleichzusetzen und damit abhängig von der Person. Auch die rein theoretische gedankliche Arbeit, die, im einzelnen gar nicht meßbar, dennoch die Voraussetzung für alle weiteren materiellen Erfindungen ist, erscheint wieder als das ausschließliche Produkt der Einzelperson. Nicht die Masse erfindet und nicht die Majorität organisiert oder denkt, sondern in allem immer nur der einzelne Mensch, die Person.

Eine menschliche Gemeinschaft erscheint nur dann als gut organisiert, wenn sie diesen schöpferischen Kräften in möglichst entgegenkommender Weise ihre Arbeiten erleichtert und nutzbringend für die Gesamtheit anwendet. Das Wertvollste an der Erfindung selbst, mag sie nun im Materiellen oder in der Welt der Gedanken liegen, ist zunächst der Erfinder als Person. Ihn also für die Gesamtheit nutzbringend anzusetzen, ist erste und höchste Aufgabe der Organisation einer Volksgemeinschaft. Ja, die Organisation selbst hat nur eine Vollstreckung dieses Grundsatzes zu sein. Damit wird sie auch erst vom Fluche des Mechanismus erlöst und wird selbst zu etwas Lebendigem. Sie muß in sich selbst eine Verkörperung des Strebens sein, die Köpfe über die Masse zu stellen und diese mithin den Köpfen unterzuordnen.

Die Organisation darf also demnach das Heraustreten der Köpfe aus der Masse nicht nur nicht verhindern, sondern sie muß im Gegenteil durch die Art ihres eigenen Wesens dies im höchsten Grade ermöglichen und erleichtern. Sie hat dabei von dem Grundsatze auszugehen, daß für die Menschheit der Segen nie in der Masse lag, sondern in ihren schöpferischen Köpfen ruhte, die daher in Wirklichkeit als die Wohltäter des Menschengeschlechts anzusprechen sind. Ihnen den maßgebendsten Einfluß zu sichern und ihr Wirken zu erleichtern, liegt im Interesse der Gesamtheit. Sicher wird dieses Interesse nicht befriedigt, und es wird ihm nicht gedient durch die Herrschaft der nicht denkfähigen oder nicht tüchtigen, auf keinen Fall aber begnadeten Masse, sondern einzig durch die Führung der von Natur aus mit besonderen Gaben dazu Befähigten.

Das Aussuchen dieser Köpfe besorgt, wie schon gesagt, vor allem der harte Lebenskampf selbst. Vieles bricht und geht zugrunde, erweist sich also doch nicht als zum Letzten bestimmt, und wenige nur erscheinen zuletzt als auserwählt. Auf den Gebieten des Denkens, des künstlerischen Schaffens, ja selbst denen der Wirtschaft findet dieser Ausleseprozeß auch heute noch statt, obwohl er besonders auf dem letzteren schon einer schweren Belastung ausgesetzt ist. Die Verwaltung des Staates und ebenso die durch die organisierte Wehrkraft der Nation verkörperte Macht sind gleichfalls von diesem Gedanken beherrscht. Überall dominiert hier noch die Idee der Persönlichkeit, der Autorität derselben nach unten und der Verantwortlichkeit gegenüber der höheren Person nach oben. Nur das politische Leben hat sich heute bereits restlos von diesem natürlichsten Prinzip abgewendet. Während die gesamte menschliche Kultur nur das Ergebnis der schöpferischen Tätigkeit der Person ist, tritt in der gesamten, vor allem aber in der obersten Leitung der Volksgemeinschaft das Prinzip des Wertes der Majorität ausschlaggebend in Erscheinung und beginnt von dort herunter allmählich das ganze Leben zu vergiften, d.h. in Wirklichkeit: aufzulösen. Auch die destruktive Wirkung der Tätigkeit des Judentums in anderen Volkskörpern ist im Grunde nur seinen ewigen Versuchen zuzuschreiben, die Bedeutung der Person bei seinen Gastvölkern zu unterhöhlen und die der Masse an ihre Stelle zu setzen. Damit aber tritt an Stelle des organisatorischen Prinzips der arischen Menschheit das destruktive des Juden. Er wird dadurch „zum Ferment der Dekomposition" von Völkern und Rassen und im weiteren Sinne zum Auflöser der menschlichen Kultur.

Der Marxismus aber stellt sich als den in Reinkultur gebrachten Versuch des Juden dar, auf allen Gebieten des menschlichen Lebens die überragende Bedeutung der Persönlichkeit auszuschalten und durch die Zahl der Masse zu ersetzen. Dem entspricht politisch die parlamentarische Regierungsform, die wir, von den kleinsten Keimzellen der Gemeinde angefangen bis zur obersten Leitung des gesamten Reiches, so unheilvoll wirken sehen, und wirtschaftlich das System einer Gewerkschaftsbewegung, die nicht den wirklichen Interessen des Arbeitnehmers dient, sondern ausschließlich den zerstörenden Absichten des internationalen Weltjuden. In eben dem Maße, in welchem die Wirtschaft der Wirkung des

Persönlichkeitsprinzips entzogen und an Stelle dessen nur den Einflüssen und Einwirkungen der Masse ausgeliefert wird, muß sie die im Dienste aller stehende und für alle wertvolle Leistungsfähigkeit verlieren und allmählich einer sicheren Rückentwicklung ver-Fallen. Sämtliche Betriebsratsorganisationen, die, statt die Interessen der Arbeiter und Angestellten wahrzunehmen, Einfluß auf die Produktion selbst zu gewinnen versuchen, dienen dem gleichen zerstörenden Zwecke. Sie schädigen die Gesamtleistung, dadurch in Wirklichkeit aber den einzelnen. Denn die Befriedigung der Angehörigen eines Volkskörpers erfolgt auf die Dauer nicht ausschließlich durch bloße theoretische Phrasen, sondern vielmehr durch die auf den einzelnen entfallenden Güter des täglichen Lebens und die daraus endgültig resultierende Überzeugung, daß eine Volksgemeinschaft in ihren gesamten Leistungen die Interessen der einzelnen wahrt.

Es spielt auch keine Rolle, ob der Marxismus auf Grund seiner Massentheorie etwa fähig erscheint, die zur Zeit bestehende Wirtschaft zu übernehmen und weiterzuführen. Die Kritik über die Richtigkeit oder Unrichtigkeit dieses Prinzips wird nicht entschieden durch den Nachweis seiner Befähigung, das Bestehende für die Zukunft zu verwalten, sondern ausschließlich nur durch den Beweis, selbst eine solche Kultur schaffen zu können. Der Marxismus könnte tausendmal die heutige Wirtschaft übernehmen und unter seiner Führung weiterarbeiten lassen, so würde sogar ein Erfolg dieser Tätigkeit doch gar nichts beweisen gegenüber der Tatsache, daß er nicht in der Lage wäre, unter Anwendung seines Prinzips das selbst zu schaffen, was er als fertig heute unternimmt.

Und dafür hat der Marxismus den praktischen Beweis erbracht. Nicht nur, daß er nirgends eine Kultur oder auch nur eine Wirtschaft selbst schöpferisch zu begründen vermochte, er war ja tatsächlich nicht einmal in der Lage, die bestehende nach seinen Prinzipien weiter fortzuführen, sondern mußte schon nach kürzester Zeit auf dem Wege von Konzessionen zu den Gedankengängen des Persönlichkeitsprinzips zurückgreifen, genau so wie er auch in seiner eigenen Organisation dieser Grundsätze nicht entraten kann.

Das hat aber die völkische Weltanschauung von der marxistischen grundsätzlich zu unterscheiden, daß sie nicht nur den Wert der Rasse, sondern damit auch die Bedeutung der Person erkennt und mithin zu den Grundpfeilern ihres ganzen Gebäudes bestimmt. Das sind die tragenden Faktoren ihrer Weltauffassung.

Würde besonders die nationalsozialistische Bewegung die fundamentale Bedeutung dieser grundsätzlichen Erkenntnis nicht verstehen, sondern statt dessen am heutigen Staate äußerlich herumflicken oder gar den Massenstandpunkt als den ihren ansehen, dann würde sie in Wirklichkeit nur eine Konkurrenzpartei zum Marxismus darstellen; das Recht, sich eine Weltanschauung zu nennen, besäße sie damit nicht. Wenn das soziale Programm der Bewegung nur darin bestände, die Persönlichkeit zu verdrängen und an ihre Stelle die Masse zu setzen, dann wäre der Nationalsozialismus selbst bereits vom Gift des Marxismus angefressen, wie unsere bürgerliche Parteienwelt dies ist.

Der völkische Staat hat für die Wohlfahrt seiner Bürger zu sorgen, indem er in allem und jedem die Bedeutung des Wertes der Person anerkennt und so auf allen Gebieten jenes Höchstmaß produktiver Leistungsfähigkeit einleitet, die dem einzelnen auch ein Höchstmaß an Anteil gewährt. Und der völkische Staat hat demgemäß die gesamte, besonders aber die oberste, also die politische Leitung restlos vom parlamentarischen Prinzip der Majoritäts-, also Massenbestimmung zu befreien, um an Stelle dessen das Recht der Person einwandfrei sicherzustellen.

Daraus ergibt sich folgende Erkenntnis:

Die beste Staatsverfassung und Staatsform ist diejenige, die mit natürlichster Sicherheit die besten Köpfe der Volksgemeinschaft zu führender Bedeutung und zu leitendem Einfluß bringt.

Wie aber im Wirtschaftsleben die fähigen Menschen nicht von oben zu bestimmen sind, sondern sich selbst durchzuringen haben und so wie hier die unendliche Schulung vom kleinsten Geschäft bis zum größten Unternehmen selbst gegeben ist und nur das Leben dann die jeweiligen Prüfungen vornimmt, so können natürlich auch die politischen Köpfe nicht plötzlich „entdeckt" werden. Genies außerordentlicher Art lassen keine Rücksicht auf die normale Menschheit zu.

Der Staat muß in seiner Organisation, bei der kleinsten Zelle, der Gemeinde, angefangen bis zur obersten Leitung des gesamten Reiches, das Persönlichkeitsprinzip verankert haben.

Es gibt keine Majoritätsentscheidungen, sondern nur verantwortliche Personen, und das Wort „Rat" wird wieder zurückgeführt auf seine ursprüngliche Bedeutung. Jedem Manne stehen wohl Berater zur Seite, allein die Entscheidung trifft ein Mann.

Der Grundsatz, der das preußische Heer seinerzeit zum wundervollsten Instrument des deutschen Volkes machte, hat in übertragenem Sinne dereinst der Grundsatz des Aufbaues unserer ganzen Staatsauffassung zu sein: Autorität jedes Führers nach unten und Verantwortung nach oben.

Auch dann wird man nicht jener Korporationen entbehren können, die wir heute als Parlamente bezeichnen. Allein ihre Räte werden dann wirklich beraten, aber die Verantwortung kann und darf immer nur ein Träger besitzen und mithin auch nur dieser allein die Autorität und das Recht des Befehls.

Die Parlamente an sich sind notwendig, weil ja vor allem in ihnen die Köpfe die Möglichkeit haben, sich langsam emporzuheben, denen man später besondere verantwortliche Aufgaben überweisen kann.

Damit ergibt sich folgendes Bild:

Der völkische Staat hat, angefangen bei der Gemeinde bis hinauf zur Leitung des Reiches, keinen Vertretungskörper, der etwas durch Majorität beschließt, sondern nur Beratungskörper, die dem jeweilig gewählten Führer zur Seite stehen und von ihm in die Arbeit eingeteilt werden, um nach Bedarf selber auf gewissen Gebieten wieder unbedingte Verantwortung zu übernehmen, genau so, wie sie im größeren der Führer oder Vorsitzende der jeweiligen Korporation selbst besitzt.

Der völkische Staat duldet grundsätzlich nicht, daß über Belange besonderer, zum Beispiel wirtschaftlicher Art Menschen um Rat oder Urteil befragt werden, die auf Grund ihrer Erziehung und Tätigkeit nichts von der Sache verstehen können. Er gliedert deshalb seine Vertretungskörper von vornherein in politische und berufliche ständische Kammern.

Um ein ersprießliches Zusammenwirken beider zu gewährleisten, steht über ihnen als Auslese stets ein besonderer Senat.

In keiner Kammer und in keinem Senate findet jemals eine Abstimmung statt. Sie sind Arbeitseinrichtungen und keine Abstimmungsmaschinen. Das einzelne Mitglied hat beratende Stimme, aber niemals beschließende. Diese kommt ausschließlich nur dem jeweils dafür verantwortlichen Vorsitzenden zu.

Dieser Grundsatz unbedingter Verbindung von absoluter Verantwortlichkeit mit absoluter Autorität wird allmählich eine Führerauslese heranzuzüchten, wie dies heute im Zeitalter des verantwortungslosen Parlamentarismus gar nicht denkbar ist.

Damit wird die staatliche Verfassung der Nation in Übereinstimmung gebracht mit jenem Gesetz, dem sie schon auf kulturellem und wirtschaftlichem Gebiete ihre Größe verdankt.

X X X

Was nun die Durchführbarkeit dieser Erkenntnisse betrifft, so bitte ich, nicht zu vergessen, daß das parlamentarische Prinzip der demokratischen Majoritätsbestimmung keineswegs seit jeher die Menschheit beherrscht hat, sondern im Gegenteil nur in ganz kleinen Perioden der Geschichte zu finden ist, die aber immer Zeiträume des Verfalls von Völkern und Staaten sind.

Allerdings soll man nicht glauben, daß man durch rein theoretische Maßnahmen von oben herunter einen solchen Wandel herbeiführen könne, da er logischerweise nicht einmal bei der Verfassung des Staates haltmachen darf, sondern auch die gesamte übrige Gesetzgebung, ja das allgemeine bürgerliche Leben durchdringen muß. Solch eine Umwälzung kann und wird nur stattfinden durch eine Bewegung, die selbst bereits im Geiste dieser Gedanken aufgebaut ist und somit in sich selbst schon den kommenden Staat trägt.

Daher mag sich die nationalsozialistische Bewegung schon heute restlos in diese Gedanken einleben und sie zur praktischen Auswirkung innerhalb ihrer eigenen Organisation bringen, auf daß sie dereinst dem Staate nicht nur dieselben Richtlinien weisen mag, sondern ihm auch bereits den vollendeten Körper ihres eigenen Staates zur Verfügung stellen kann.

5. Kapitel

Weltanschauung und Organisation

Der völkische Staat, dessen allgemeines Bild ich in großen Linien aufzuzeichnen versuchte, wird durch die bloße Erkenntnis dessen, was diesem Staat notwendig ist, an sich noch nicht verwirklicht. Es genügt nicht, zu wissen, wie ein völkischer Staat aussehen soll. Viel wichtiger ist das Problem seiner Entstehung. Man darf nicht erwarten, daß die heutigen Parteien, die doch in erster Linie Nutznießer des derzeitigen Staates sind, von sich aus zu einer Umstellung gelangen und aus freien Stücken eine Änderung ihrer derzeitigen Haltung durchführen. Dies ist um so weniger möglich, als ihre tatsächlich leitenden Elemente ja immer nur Juden und wieder Juden sind. Die Entwicklung, die wir zur Zeit durchmachen, würde aber, ungehemmt weitergeführt, eines Tages bei der alljüdischen Prophezeiung landen – der Jude fräße tatsächlich die Völker der Erde, würde ihr Herr.

So verfolgt er gegenüber den Millionen deutscher „Bourgeois" und „Proleten", die größtenteils aus mit Feigheit gepaarter Indolenz und Dummheit in ihr Verderben trotten, im höchsten Bewußtsein seines Zukunftszieles, unweigerlich seinen Weg. Eine Partei, die von ihm geleitet wird, kann also keine anderen als seine Interessen verfechten, mit den Belangen arischer Völker aber haben diese nichts gemein.

Wenn man also versuchen will, das ideale Bild eines völkischen Staates in die reale Wirklichkeit zu überführen, dann muß man, unabhängig von den bisherigen Mächten des öffentlichen Lebens, nach einer neuen Kraft suchen, die gewillt und fähig ist, den Kampf für ein solches Ideal aufzunehmen. Denn um einen Kampf handelt es sich hierbei, insofern die erste Aufgabe nicht heißt: Schaffung einer völkischen Staatsauffassung, sondern vor allem: Beseitigung der vorhandenen jüdischen. Wie so oft in der Geschichte liegt die Hauptschwierigkeit nicht im Formen des neuen Zustandes, sondern im Platzmachen für denselben. Vorurteile und Interessen verbünden sich zu einer geschlossenen Phalanx und versuchen, den Sieg einer ihnen unangenehmen oder sie bedrohenden Idee mit allen Mitteln zu verhindern.

Dadurch ist der Kämpfer für ein solches neues Ideal leider Gottes gezwungen, bei aller positiven Betonung desselben, in erster Linie den negativen Teil des Kampfes durchzufechten, den, der zur Beseitigung des gegenwärtigen Zustandes führen soll.

Eine junge Lehre von großer und neuer prinzipieller Bedeutung wird, so unangenehm dies dem einzelnen auch sein mag, als erste Waffe die Sonde der Kritik in aller Schärfe ansetzen müssen.

Es zeugt von wenig tiefem Einblick in die geschichtlichen Entwicklungen, wenn heute von den sogenannten Völkischen immer wieder Wert darauf gelegt wird, zu versichern, daß sie sich keineswegs in negativer Kritik zu betätigen gedenken, sondern nur in aufbauender Arbeit; ein ebenso kindlich-blödsinniges als echt „völkisches" Gestammel und ein Beweis, wie spurlos an diesen Köpfen sogar die Geschichte der eigenen Zeit vorübergegangen ist. Auch der Marxismus hatte ein Ziel, und auch er kennt eine aufbauende Tätigkeit (wenn es sich dabei auch nur um die Errichtung einer Despotie des internationalen Weltfinanzjudentums handelt!); allein er hat vorher nichtsdestoweniger siebzig Jahre lang Kritik geübt, und zwar vernichtende, zersetzende Kritik und immer wieder Kritik, so lange, bis durch diese ewig fressende Säure der alte Staat zermürbt und zum Einsturz gebracht war. Dann erst begann sein sogenannter „Aufbau". Und das war selbstverständlich, richtig und logisch. Ein bestehender Zustand wird durch die bloße Betonung und Vertretung eines künftigen noch nicht beseitigt. Denn es ist nicht anzunehmen, daß die Anhänger oder gar die Interessenten des zur Zeit bereits bestehenden Zustandes allein durch die Festlegung einer Notwendigkeit restlos bekehrt und für den neuen gewonnen werden könnten. Es kann im Gegenteil nur zu leicht der Fall eintreten, daß dann eben zwei Zustände nebeneinander bestehen bleiben und damit die sogenannte Weltanschauung zur Partei wird, aus deren Rahmen sie sich nicht wieder zu erheben vermag. Denn die Weltanschauung ist unduldsam und kann sich mit der Rolle einer „Partei neben anderen" nicht begnügen, sondern fordert gebieterisch ihre eigene, ausschließliche und restlose Anerkennung sowie die vollkommene Umstellung des gesamten öffentlichen Lebens nach ihren Anschauungen. Sie kann also das gleichzeitige Weiterbestehen einer Vertretung des früheren Zustandes nicht dulden.

Das gilt genau so für Religionen.

Auch das Christentum konnte sich nicht damit begnügen, seinen eigenen Altar aufzubauen, sondern mußte zwangsläufig zur Zerstörung der heidnischen Altäre schreiten. Nur aus dieser fanatischen Unduldsamkeit heraus konnte sich der apodiktische Glauben bilden; diese Unduldsamkeit ist sogar die unbedingte Voraussetzung für ihn.

Man kann sehr wohl den Einwand bringen, daß es sich bei derartigen Erscheinungen in der Weltgeschichte meist um solche spezifisch jüdischer Denkart handelt; ja, daß diese Art von Unduldsamkeit und Fanatismus geradezu jüdische Wesensart verkörpere. Dies mag tausendmal richtig sein, und man kann diese Tatsache wohl tief bedauern und mit nur allzu berechtigtem Unbehagen ihr Erscheinen in der Geschichte der Menschheit als etwas feststellen, was dieser bis dahin fremd gewesen war – doch ändert dies nichts daran, daß dieser Zustand heute eben da ist. Die Männer, die unser deutsches Volk aus seinem jetzigen Zustand erlösen wollen, haben sich nicht den Kopf darüber zu zerbrechen, wie schön es wäre, wenn dieses und jenes nicht wäre, sondern müssen versuchen, festzustellen, wie man das Gegebene beseitigt. Eine von infernalischer Unduldsamkeit erfüllte Weltanschauung wird aber nur zerbrochen werden durch eine vom gleichen Geist vorwärtsgetriebene, vom gleichen stärksten Willen verfochtene, dabei aber in sich reine und durchaus wahrhafte neue Idee.

Der einzelne mag heute schmerzlich feststellen, daß in die viel freiere antike Welt mit dem Erscheinen des Christentums der erste geistige Terror gekommen ist, er wird die Tatsache aber nicht bestreiten können, daß die Welt seitdem von diesem Zwange bedrängt und beherrscht wird, und daß man Zwang nur wieder durch Zwang bricht und Terror nur mit Terror. Erst dann kann aufbauend ein neuer Zustand geschaffen werden.

Politische Parteien sind zu Kompromissen geneigt, Weltanschauungen niemals. Politische Parteien rechnen selbst mit Gegenspielern, Weltanschauungen proklamieren ihre Unfehlbarkeit.

Auch politische Parteien haben ursprünglich fast immer die Absicht, zu alleiniger despotischer Herrschaft zu kommen; ein kleiner Trieb zu einer Weltanschauung steckt fast immer in ihnen. Jedoch schon die Engigkeit ihres Programms raubt ihnen den Heroismus, den eine Weltanschauung fordert. Die Konzilianz ihres Wollens führt ihnen die kleinen und schwächlichen Geister zu, mit denen man keine Kreuzzüge zu führen imstande ist. So bleiben sie meist schon frühzeitig in ihrer eigenen erbärmlichen Kleinheit stecken. Damit geben sie aber den Kampf für eine Weltanschauung auf und versuchen, statt dessen durch sogenannte „positive Mitarbeit" möglichst eilig ein Plätzchen am Futtertrog bestehender Einrichtungen zu erobern und möglichst lange daran zu bleiben. Das ist ihr ganzes Streben. Und sollten sie je durch einen etwas brutal veranlagten konkurrierenden Kostgänger von dieser allgemeinen Futterkrippe weggedrängt werden, dann ist ihr Sinnen und Trachten nur darauf eingestellt, sich, sei es durch Gewalt oder List, in dem Rudel der Auch-Hungrigen wieder nach vorne zu dringen, um endlich, koste es auch ihre heiligste Überzeugung, sich an der geliebten Nährquelle laben zu können. Schakale der Politik!

Da eine Weltanschauung niemals bereit ist, mit einer zweiten zu teilen, so kann sie auch nicht bereit sein, an einem bestehenden Zustand, den sie verurteilt, mitzuarbeiten, sondern fühlt die Verpflichtung, diesen Zustand und die gesamte gegnerische Ideenwelt mit allen Mitteln zu bekämpfen, d.h. deren Einsturz vorzubereiten.

Sowohl dieser rein zersetzende Kampf, der von allen anderen sofort in seiner Gefahr erkannt wird und mithin auf gemeinsame Abwehr stößt, als auch der positive, der zur Durchsetzung der eigenen neuen Gedankenwelt angreift, erfordert entschlossene Kämpfer. So wird eine Weltanschauung ihre Idee nur dann zum Siege führen, wenn sie die Formen einer kampfkräftigen Organisation bringt. Dazu ist es jedoch erforderlich, daß sie, unter Berücksichtigung dieser Elemente, aus ihrem allgemeinen Weltbild bestimmte Gedanken herausgreift und sie in eine Form kleidet, die in ihrer präzisen, schlagwortähnlichen Kürze geeignet erscheint, einer neuen Gemeinschaft von Menschen als Glaubensbekenntnis zu dienen. Während das Programm einer nur politischen Partei das Rezept für einen gesunden nächsten Wahlausgang ist, bedeutet das Programm einer Weltanschauung die Formulierung einer Kriegserklärung gegen eine bestehende Ordnung, gegen einen bestehenden Zustand, kurz gegen eine bestehende Weltauffassung überhaupt.

Es ist dabei nicht nötig, daß jeder einzelne, der für diese Weltanschauung kämpft, vollen Einblick und genaue Kenntnis in die letzten Ideen und Gedankengänge der Führer der Bewegung erhält. Notwendig ist vielmehr, daß ihm einige wenige, ganz große Gesichtspunkte klargemacht werden und die wesentlichen Grundlinien sich ihm unauslöschlich einbrennen, so daß er von der Notwendigkeit des Sieges seiner Bewegung und ihrer Lehre restlos durchdrungen ist. Es wird auch der einzelne Soldat nicht in die Gedankengänge höherer Strategie eingeweiht. So wie er vielmehr zu straffer Disziplin und zur fanatischen Überzeugung von dem Recht und der Kraft seiner Sache und zu restloser Einstellung auf sie erzogen wird, so muß dies auch beim einzelnen Anhänger einer Bewegung von großem Ausmaß und großer Zukunft und größtem Wollen geschehen.

So wenig eine Armee taugen würde, deren einzelne Soldaten durchgehend Generäle wären, und sei es auch nur ihrer Bildung und ihrer Einsicht nach, so wenig taugt eine politische Bewegung als Vertretung einer Weltanschauung, wenn sie nur ein Sammelbecken „geistreicher" Menschen sein möchte. Nein, sie braucht auch den primitiven Soldaten, da sonst eine innere Disziplin nicht zu erzielen ist.

Es liegt im Wesen einer O r g a n i s a t i o n, daß sie nur bestehen kann, wenn einer höchsten geistigen Führung eine breite, mehr gefühlsmäßig eingestellte Masse dient. Eine Kompanie von zweihundert geistig ganz gleich fähigen Menschen wäre auf die Dauer schwerer zu disziplinieren als eine solche von hundertneunzig geistig weniger fähigen und zehn höhergebildeten.

Aus dieser Tatsache hat einst die Sozialdemokratie den größten Nutzen gezogen. Sie hat die aus dem Heeresdienst entlassenen und dort schon zur Disziplin erzogenen Angehörigen der breiten Schichten unseres Volkes erfaßt und in ihre ebenso stramme Parteidisziplin genommen. Auch ihre Organisation stellte eine Armee von Offizieren und Soldaten dar. Der aus dem Heeresdienst entlassene d e u t s c h e H a n d a r b e i t e r wurde der Soldat, der j ü d i s c h e I n t e l l e k t u e l l e d e r O f f i z i e r; die deutschen Gewerkschaftsbeamten kann man dabei als das Unteroffizierkorps ansehen. Was unser Bürgertum immer mit Kopfschütteln betrachtete, die Tatsache, daß dem Marxismus nur die sogenannten ungebildeten Massen angehörten, war in Wahrheit die Voraussetzung für den Erfolg desselben. Denn während die bürgerlichen Parteien in ihrer einseitigen Geistigkeit eine untaugliche, disziplinlose Bande darstellen, hatte der Marxismus in seinem weniggeistigen Menschenmaterial eine Armee von Parteisoldaten gebildet, die dem jüdischen Dirigenten nun genau so blind gehorchten wie einst ihrem deutschen Offizier. Das deutsche Bürgertum, das sich um psychologische Probleme, weil darüber hoch erhaben, grundsätzlich nie gekümmert hat, fand es auch hier nicht notwendig, nachzudenken, um den tieferen Sinn sowie die heimliche Gefahr dieser Tatsache zu erkennen. Man glaubte im Gegenteil, daß eine politische Bewegung, die nur aus Kreisen der „Intelligenz" gebildet wird, schon aus diesem Grunde wertvoller sei und mehr Anspruch, ja selbst mehr Wahrscheinlichkeit besitze, an die Regierung zu gelangen, als eine ungebildete Masse. M a n b e g r i f f n i e, d a ß d i e S t ä r k e e i n e r p o l i t i s c h e n P a r t e i k e i n e s w e g s i n e i n e r m ö g l i c h s t g r o ß e n u n d s e l b s t ä n d i g e n G e i s t i g k e i t d e r e i n z e l n e n M i t g l i e d e r l i e g t, a l s v i e l m e h r i m d i s z i p l i n i e r t e n G e h o r s a m, m i t d e m i h r e M i t g l i e d e r d e r g e i s t i g e n F ü h r u n g G e f o l g s c h a f t l e i s t e n. Das Entscheidende ist die Führung selbst. Wenn zwei Truppenkörper miteinander kämpfen, wird nicht derjenige siegen, bei dem jeder einzelne die höchste strategische Ausbildung erhielt, sondern derjenige, der die überlegenste Führung und zugleich die disziplinierteste, blindgehorsamste, bestgedrillte Truppe hat.

Das ist eine grundsätzliche Einsicht, die wir bei der Überprüfung der Möglichkeit, eine Weltanschauung in die Tat umzusetzen, uns stets vor Augen halten müssen.

Wenn wir also, um eine Weltanschauung zum Sieg zu führen, sie zu einer Kampfbewegung umzustellen haben, so muß logischerweise das Programm der Bewegung auf das Menschenmaterial Rücksicht nehmen, daß ihr zur Verfügung steht. So unverrückbar die Schlußziele und die leitenden Ideen sein müssen, so genial und psychologisch richtig muß das Werbeprogramm auf die Seele derjenigen eingestellt sein, ohne deren Hilfe die schönste Idee ewig nur Idee bleiben würde.

Wenn die völkische Idee aus dem unklaren Wollen von heute zu einem klaren Erfolg kommen will, dann muß sie aus ihrer weiten Gedankenwelt bestimmte Leitsätze herausgreifen, die ihrem Wesen und Inhalt nach geeignet sind, eine breitere Menschenmasse auf sich zu verpflichten, und zwar diejenige, d i e a l l e i n d e n w e l t a n s c h a u u n g s m ä ß i g e n K a m p f d i e s e r I d e e g e w ä h r l e i s t e t. D i e s i s t d i e d e u t s c h e A r b e i t e r s c h a f t.

Deshalb wurde das Programm der neuen Bewegung in wenigen, insgesamt fünfundzwanzig Leitsätzen zusammengefaßt. Sie sind bestimmt, in erster Linie dem Mann aus dem Volk ein grobes Bild des Wollens der Bewegung zu geben. Sie sind gewissermaßen ein p o l i t i s c h e s G l a u b e n s b e k e n n t n i s, das einerseits für die Bewegung wirbt und andererseits sich eignet, die Geworbenen zu verbinden und zusammenzuschweißen durch eine gemeinsam anerkannte Verpflichtung.

Dabei darf uns folgende Einsicht nie verlassen: Da das sogenannte Programm der Bewegung in seinen Schlußzielen wohl unbedingt richtig ist, in der Formulierung jedoch Rücksicht auf psychologische Momente nehmen mußte, kann im Laufe der Zeit sehr wohl die Überzeugung aufkommen, daß im einzelnen vielleicht bestimmte Leitsätze anders gefaßt werden, eine bessere Formulierung erhalten müßten. Jeder Versuch dazu wirkt sich aber meist verhängnisvoll aus. Denn damit wird etwas, das unerschütterlich fest sein sollte, der Diskussion anheimgegeben, die, sowie einmal ein einzelner Punkt der glaubensmäßig dogmatischen Festlegung entzogen ist, nicht ohne weiteres eine neue, bessere und vor allem einheitliche Festlegung ergibt, sondern viel eher zu endlosen Debatten und zu einer allgemeinen Wirrnis führen wird. Es bleibt in einem solchen Fall immer abzuwägen, was besser ist: eine neue, glücklichere Formulierung, die eine Auseinandersetzung innerhalb der Bewegung veranlaßt, oder eine im Augenblick vielleicht nicht allerbeste Form, die aber einen in sich geschlossenen, unerschütterlichen, innerlich ganz einheitlichen Organismus darstellt. Und jede Prüfung wird ergeben, daß letzteres vorzuziehen ist. Denn da es sich bei Abänderungen immer nur um die äußere Formgebung handelt, werden solche Korrekturen immer wieder als möglich oder wünschenswert erscheinen. Endlich besteht aber bei der Oberflächlichkeit der Menschen die große Gefahr, daß sie in dieser rein äußeren Formulierung eines Programms die wesentliche Aufgabe einer Bewegung sehen. Damit tritt dann der Wille und die Kraft zur Verfechtung der Idee selbst zurück, und die Aktivität, die sich nach außen wenden sollte, wird sich in inneren programmatischen Kämpfen aufreiben.

Bei einer in großen Zügen tatsächlich richtigen Lehre ist es weniger schädlich, eine Fassung, selbst wenn sie der Wirklichkeit nicht mehr ganz entsprechen sollte, beizubehalten, als durch eine Verbesserung derselben ein bisher als graniten geltendes Grundgesetz der Bewegung der allgemeinen Diskussion mit ihren übelsten Folgeerscheinungen auszuliefern. Unmöglich ist es vor allem so lange, als eine Bewegung selbst erst um den Sieg kämpft. Denn wie will man Menschen mit blindem Glauben an die Richtigkeit einer Lehre erfüllen, wenn man durch dauernde Veränderungen am äußeren Bau derselben selbst Unsicherheit und Zweifel verbreitet?

Das Wesentliche darf eben nie in der äußeren Fassung, sondern stets nur im inneren Sinn gesucht werden. Und dieser ist unveränderlich; und in seinem Interesse kann man zuletzt nur wünschen, daß sich die Bewegung durch Fernhalten aller zersplitternden und Unsicherheit erzeugenden Vorgänge die nötige Kraft zu seiner Verfechtung erhalte.

Auch hier hat man an der katholischen Kirche zu lernen. Obwohl ihr Lehrgebäude in manchen Punkten, und zum Teil ganz überflüssigerweise, mit der exakten Wissenschaft und der Forschung in Kollision gerät, ist sie dennoch nicht bereit, auch nur eine kleine Silbe von ihren Lehrsätzen zu opfern. Sie hat sehr richtig erkannt, daß ihre Widerstandskraft nicht in einer mehr oder minder großen Anpassung an die jeweiligen wissenschaftlichen Ergebnisse liegt, die in Wirklichkeit doch ewig schwanken, sondern vielmehr im starren Festhalten an einmal niedergelegten Dogmen, die dem Ganzen erst den Glaubenscharakter verleihen. So steht sie heute fester da als je. Man kann prophezeien, daß in eben dem Maße, in dem die Erscheinungen fliehen, sie selbst als ruhender Pol in der Erscheinungen Flucht immer mehr blinde Anhänglichkeit erringen wird.

Wer also den Sieg einer völkischen Weltanschauung wirklich und ernstlich wünscht, der muß nicht nur erkennen, daß zur Erringung eines solchen Erfolges erstens nur eine kampffähige Bewegung geeignet ist, sondern daß zweitens eine solche Bewegung selbst nur standhalten wird unter Zugrundelegung einer unerschütterlichen Sicherheit und Festigkeit ihres Programms. Sie darf sich nicht unterstehen, in der Formulierung desselben dem jeweiligen Zeitgeist Konzessionen zu machen, sondern muß eine einmal als günstig befundene Form für immer beibehalten, auf alle Fälle aber so lange, bis sie der Sieg gekrönt hat. Vorher zersplittert jeder Versuch, Auseinandersetzungen über die Zweckmäßigkeit des einen oder anderen Programmpunktes herbeizuführen, die Geschlossenheit und die Kampfkraft der Bewegung in dem Maße, in dem ihre Anhänger sich an einer solchen inneren Diskussion beteiligen. Damit ist nicht gesagt, daß eine heute durchgeführte „Verbesserung" nicht schon morgen erneut kritischen Prüfungen unterworfen werden könnte, um übermorgen abermals einen besseren Ersatz zu finden. Wer hier einmal Schranken einreißt, gibt eine Bahn frei, deren Anfang man kennt, deren Ende jedoch sich im Uferlosen verliert.

Diese wichtige Erkenntnis mußte in der jungen nationalsozialistischen Bewegung ihre Verwertung finden. Die Nationalsozialistische Deutsche Arbeiterpartei erhielt mit ihrem Programm der fünfundzwanzig Thesen eine Grundlage, die unerschütterlich sein muß. Die Aufgabe der heutigen und der kommenden Mitglieder unserer Bewegung darf nicht in einer kritischen Umarbeitung dieser Leitsätze, sondern vielmehr in ihrer Verpflichtung auf sie bestehen. Denn sonst könnte die nächste Generation mit demselben Recht ihrerseits wieder ihre Kraft für eine solche rein formale Arbeit innerhalb der Partei verschwenden, anstatt der Bewegung neue Anhänger und dadurch neue Kräfte zuzuführen. Für die große Zahl der Anhänger wird das Wesen unserer Bewegung weniger im Buchstaben unserer Leitsätze liegen als vielmehr in dem Sinne, den wir ihnen zu geben imstande sind.

Diesen Erkenntnissen verdankte die junge Bewegung einst ihren Namen, nach ihnen wurde später das Programm verfaßt, und in ihnen liegt weiter die Art ihrer Verbreitung begründet. Um den völkischen Ideen zum Siege zu verhelfen, mußte eine Volkspartei geschaffen werden, eine Partei, die nicht nur aus intellektuellen Führern, sondern auch aus Handarbeitern besteht!

Jeder Versuch, ohne eine solche schlagkräftige Organisation an die Verwirklichung völkischer Gedankengänge zu schreiten, würde genau so wie in der Vergangenheit, heute und auch in aller Zukunft erfolglos sein. Damit hat aber die Bewegung nicht nur das Recht, sondern die Pflicht, sich als Vorkämpferin und damit als Repräsentantin dieser Ideen zu fühlen. So sehr die Grundgedanken der nationalsozialistischen Bewegung völkische sind, so sehr sind zugleich die völkischen Gedanken nationalsozialistisch. Wenn aber der Nationalsozialismus siegen will, so muß er sich zu dieser Feststellung unbedingt und ausschließlich bekennen. Er hat hier ebenfalls nicht nur das Recht, sondern auch die Pflicht, die Tatsache schärfstens zu betonen, daß jeder Versuch, außerhalb des Rahmens der Nationalsozialistischen Deutschen Arbeiterpartei die völkische Idee zu vertreten, unmöglich ist, in den meisten Fällen aber geradezu auf Schwindel beruht.

Wenn jemand heute der Bewegung den Vorwurf macht, sie tue, als ob sie die völkische Idee „gepachtet" hätte, so gibt es darauf nur eine einzige Antwort:

Nicht nur gepachtet, sondern für die Praxis geschaffen.

Denn was bisher unter diesem Begriff vorhanden war, war nicht geeignet, das Schicksal unseres Volkes auch nur im geringsten zu beeinflussen, da allen diesen Ideen die klare einheitliche Formulierung gefehlt hat. Es handelte sich meistens nur um einzelne, zusammenhanglose Erkenntnisse von mehr oder minder großer Richtigkeit, die sich nicht selten gegenseitig widersprachen, auf keinen Fall aber eine innere Bindung untereinander hatten. Und selbst wenn diese vorhanden gewesen wäre, so würde sie doch in ihrer Schwäche niemals genügt haben, eine Bewegung darauf einzustellen und aufzubauen.

Allein die nationalsozialistische Bewegung vollbrachte dies.

X X X

Wenn heute alle möglichen Verbände und Verbändchen, Gruppen und Grüppchen und meinetwegen auch „große Parteien" das Wort „völkisch" für sich in Anspruch nehmen, so ist dies selbst schon eine Folge des Wirkens der nationalsozialistischen Bewegung. Ohne ihre Arbeit wäre es allen diesen Organisationen nie eingefallen, das Wort „völkisch" auch nur auszusprechen, sie hätten sich unter diesem Worte überhaupt nichts vorgestellt, und besonders ihre leitenden Köpfe würden in keinerlei Beziehung irgendwelcher Art zu diesem Begriffe gestanden sein. Erst die Arbeit der NSDAP. hat diesen Begriff zu einem inhaltschweren Wort gemacht, das nun von allen möglichen Leuten in den Mund genommen wird; vor allem hat sie in ihrer eigenen erfolgreichen Werbetätigkeit die Kraft dieser völkischen Gedanken gezeigt und bewiesen, so daß schon die eigene Gewinnsucht die anderen zwingt, wenigstens behauptungsweise Ähnliches zu wollen.

So wie sie bisher alles in den Dienst ihrer kleinlichen Wahlspekulation gestellt haben, so ist für diese Parteien der Begriff völkisch heute auch nur ein ganz äußerliches, hohles Schlagwort geblieben, mit dem sie versuchen, die werbende Kraft der nationalsozialistischen Bewegung bei ihren eigenen Mitgliedern auszugleichen. Denn nur die Sorge um ihren eigenen Bestand sowie die Angst vor dem Emporkommen unserer von einer neuen Weltanschauung getragenen Bewegung, deren universale Bedeutung sie ebenso ahnen wie ihre gefährliche Ausschließlichkeit, legt ihnen Worte in den Mund, die sie vor acht Jahren nicht kannten, vor sieben Jahren verlachten, vor sechs als Blödsinn bezeichneten, vor fünf bekämpften, vor vier haßten, vor drei verfolgten, um sie nun endlich vor zwei Jahren selbst zu annektieren und, vereint mit ihrem sonstigen Wortschatz, als Kriegsgeschrei im Kampf zu verwenden.

Und selbst heute muß man immer wieder darauf hinweisen, daß allen diesen Parteien jede Ahnung fehlt, was dem deutschen Volke nottut. Der schlagendste Beweis dafür ist die Oberflächlichkeit, mit der sie das Wort „völkisch" in ihre Mäuler nehmen!

Nicht minder gefährlich sind dabei alle diejenigen, die als Scheinvölkische sich herumtollen, phantastische Pläne schmieden, meist auf nichts weiter gestützt als auf irgendeine fixe Idee, die an sich richtig sein könnte, allein in ihrer Isoliertheit dennoch ohne jede Bedeutung für die Bildung einer großen einheitlichen Kampfgemeinschaft und auf keinen Fall geeignet sind, eine solche aufzubauen. Diese Leute, die teils aus eigenem Denken, teils aus Gelesenem ein Programm zusammenbrauen, sind häufig gefährlicher als die offenen Feinde der völkischen Idee. Sie sind im günstigsten Fall unfruchtbare Theoretiker, meistens aber verheerende Schwadroneure und glauben nicht selten, durch wallenden Vollbart und urgermanisches Getue die geistige und gedankliche Hohlheit ihres Handelns und Könnens maskieren zu können.

Im Gegensatz zu all diesen untauglichen Versuchen ist es deshalb gut, wenn man sich die Zeit in das Gedächtnis zurückruft, in der die junge nationalsozialistische Bewegung mit ihrem Kampf begann.

6. Kapitel

Der Kampf der ersten Zeit – Die Bedeutung der Rede

Die erste große Versammlung am 24. Februar 1920 im Hofbräuhausfestsaal war noch nicht in uns verklungen, als schon die Vorbereitungen für die nächste getroffen wurden. Während es bis dahin als bedenklich galt, in einer Stadt wie München alle Monate oder gar alle vierzehn Tage eine kleine Versammlung abhalten zu wollen, sollte nun alle acht Tage, also wöchentlich einmal, eine große Massenversammlung stattfinden. Ich brauche nicht zu versichern, daß uns dabei immer und immer nur eine einzige Angst quälte: Würden die Menschen kommen, und würden sie uns zuhören? – wenn ich auch persönlich schon damals die unerschütterliche Überzeugung hatte, daß, wenn sie erst einmal da sind, die Leute auch bleiben und der Rede folgen.

In dieser Zeit erhielt der Münchener Hofbräuhausfestsaal für uns Nationalsozialisten eine fast weihevolle Bedeutung. Jede Woche eine Versammlung, fast immer in diesem Raum, und jedesmal der Saal besser gefüllt und die Menschen andächtiger! Ausgehend von der „Schuld am Krieg", um die sich damals kein Mensch kümmerte, über die Friedensverträge hinweg, wurde fast alles behandelt, was irgendwie agitatorisch zweckmäßig oder ideenmäßig notwendig war. Besonders den Friedensverträgen selbst wurde größte Aufmerksamkeit geschenkt. Was hat die junge Bewegung damals den großen Menschenmassen immer und immer prophezeit, und wie ist fast alles davon bis jetzt eingetroffen! Heute kann man über diese Dinge leicht reden oder schreiben. Damals aber bedeutete eine öffentliche Massenversammlung, in der sich nicht bürgerliche Spießer, sondern verhetzte Proletarier befanden, mit dem Thema „Der Friedensvertrag von Versailles" einen Angriff gegen die Republik und ein Zeichen reaktionärer, wenn nicht monarchistischer Gesinnung. Schon beim ersten Satz, der eine Kritik von Versailles enthielt, konnte man den stereotypen Zwischenruf entgegengeschleudert erhalten: „Und Brest-Litowsk?" „Brest-Litowsk?" So brüllte die Masse immer wieder und wieder, so lange, bis sie allmählich heiser wurde oder der Referent schließlich den Versuch, zu überzeugen, aufgab. Man hätte seinen Kopf gegen die Wand stoßen mögen vor Verzweiflung über solch ein Volk! Es wollte nicht hören, nicht verstehen, daß Versailles eine Schande und Schmach sei, ja nicht einmal, daß dieses Diktat eine unerhörte Ausplünderung unseres Volkes bedeute. Die marxistische Zerstörungsarbeit und die feindliche Vergiftungspropaganda hatten diese Menschen außer jeder Vernunft gebracht. Und dabei durfte man nicht einmal klagen. Denn wie unermeßlich groß war die Schuld auf anderer Seite! Was hatte das Bürgertum getan, um dieser furchtbaren Zersetzung Einhalt zu gebieten, ihr entgegenzutreten und durch eine bessere und gründlichere Aufklärung der Wahrheit die Bahn freizumachen? Nichts und wieder nichts! Ich habe sie damals nirgends gesehen, alle die großen völkischen Apostel von heute. Vielleicht sprachen sie in Kränzchen, an Teetischen oder in Zirkeln Gleichgesinnter, aber da, wo sie hätten sein müssen, unter den Wölfen, dorthin wagten sie sich nicht; außer es fand sich eine Gelegenheit, mit ihnen heulen zu können.

Mir selbst war aber damals klar, daß für den kleinen Grundstock, der zunächst die Bewegung bildete, die Frage der Schuld am Kriege bereinigt werden mußte, und zwar bereinigt im Sinne der historischen Wahrheit. Daß unsere Bewegung breitesten Massen die Kenntnis des Friedensvertrags vermittelte, war eine Voraussetzung zu dem Erfolge der Bewegung in der Zukunft. Damals, als sie in diesem Frieden alle noch einen Erfolg der Demokratie sahen, mußte man dagegen Front machen und sich den Gehirnen der Menschen für immer als Feind dieses Vertrages eingraben, auf daß später, wenn einst die herbe Wirklichkeit dieses trügerische Flitterwerk ungeschminkt in seinem nackten Hasse enthüllen würde, die Erinnerung an unsere damalige Einstellung uns ihr Vertrauen erwürbe.

Schon in jener Zeit habe ich immer dafür Stellung genommen, in wichtigen prinzipiellen Fragen, in denen die gesamte öffentliche Meinung eine falsche Haltung einnahm, ohne Rücksicht auf Popularität, Haß oder Kampf gegen sie Front zu machen. Die NSDAP. durfte nicht ein Büttel der öffentlichen Meinung, sondern mußte ein Gebieter derselben werden. Nicht Knecht soll sie der Masse sein, sondern Herr!

Es besteht natürlich, und besonders für jede noch schwache Bewegung, die große Versuchung, in Augenblicken, in denen es einem übermächtigen Gegner gelungen ist, das Volk durch seine Verführungskünste zu einem wahnsinnigen Entschluß oder zu falscher Haltung zu treiben, auch mitzutun und mitzuschreien, zumal dann, wenn ein paar Gründe – und wäre es auch nur scheinbar – vom Gesichtspunkte der jungen Bewegung selbst angesehen, dafür sprechen könnten. Die menschliche Feigheit wird dabei so eifrig nach solchen Gründen suchen, daß sie fast stets irgend etwas findet, das einen Schein von Recht geben würde, auch vom „eigenen Gesichtspunkt" aus solch ein Verbrechen mitzumachen.

Ich habe einige Male solche Fälle erlebt, in denen höchste Energie notwendig war, um das Schiff der Bewegung nicht in den künstlich erregten allgemeinen Strom hineinschwimmen oder besser, mit ihm treiben zu lassen. Das letztemal, als es unserer infernalischen Presse, der ja die Existenz des deutschen Volkes Hekuba ist, gelang, die Südtiroler Frage zu einer Bedeutung emporzutreiben, die dem deutschen Volk verhängnisvoll werden mußte. Ohne zu bedenken, wessen Dienste sie damit besorgten, haben sich viele sogenannte „nationale" Männer und Parteien und Verbände lediglich aus Feigheit vor der von den Juden aufgeführten öffentlichen Meinung dem allgemeinen Geschrei angeschlossen und sinnlos mitgeholfen, den

Kampf gegen ein System zu unterstützen, das wir Deutsche gerade in dieser heutigen Lage als den einzigen Lichtblick in dieser verkommenen Welt empfinden müßten. Während uns der internationale Weltjude langsam, aber sicher die Gurgel abdrückt, brüllen unsere sogenannten Patrioten gegen den Mann und ein System, die es gewagt haben, sich wenigstens an einer Stelle der Erde der jüdisch-freimaurerischen Umklammerung zu entziehen und dieser internationalen Weltvergiftung einen nationalistischen Widerstand entgegenzusetzen. Es war aber zu verlockend für schwache Charaktere, einfach die Segel nach dem Wind zu stellen und vor dem Geschrei der öffentlichen Meinung zu kapitulieren. Und um eine Kapitulation hat es sich gehandelt! Mögen die Menschen in ihrer inneren Verlogenheit und Schlechtigkeit es auch nicht zugeben, vielleicht nicht einmal sich selbst gegenüber, so bleibt es doch Wahrheit, daß nur Feigheit und Angst vor der durch den Juden in Aufruhr gebrachten Volksabstimmung es war, die sie zum Mittun veranlaßte. Alle anderen Begründungen sind jämmerliche Ausflüchte des schuldbewußten kleinen Sünders.

Da war es notwendig, mit eiserner Faust die Bewegung herumzureißen, um sie vor dem Verderben durch diese Richtung zu bewahren. Eine solche Umstellung in dem Augenblick zu versuchen, da die öffentliche Meinung durch alle treibenden Kräfte angefacht wie eine große Flamme nur nach einer Richtung hin brennt, ist allerdings im Augenblick nicht sehr populär, ja für den Wagemutigen manches Mal fast todgefährlich. Aber nicht wenige Männer der Geschichte sind in solchen Augenblicken für ein Handeln gesteinigt worden, für das die Nachwelt später alle Veranlassung hatte, ihnen auf den Knien zu danken.

Damit aber muß eine Bewegung rechnen und nicht mit dem augenblicklichen Beifall der Gegenwart. Es mag dann schon so sein, daß in solchen Stunden dem einzelnen ängstlich zumute wird; allein er soll nie vergessen, daß nach jeder solchen Stunde einmal auch die Erlösung kommt, und daß eine Bewegung, die eine Welt erneuern will, nicht dem Augenblick, sondern der Zukunft zu dienen hat.

Man kann dabei feststellen, daß die größten und nachhaltigsten Erfolge in der Geschichte meistens die zu sein pflegen, die bei ihrem Beginne am wenigsten Verständnis fanden, weil sie zur allgemeinen öffentlichen Meinung, zu ihrer Einsicht und zu ihrem Willen im schärfsten Gegensatz standen.

Das konnten wir damals schon, am ersten Tage unseres öffentlichen Auftretens, erfahren. Wir haben wahrlich nicht um die „Gunst der Massen gebuhlt", sondern sind dem Wahnsinn dieses Volkes entgegengetreten, überall. Fast immer war es so, daß ich in diesen Jahren vor eine Versammlung von Menschen trat, die an das Gegenteilige von dem glaubten, was ich sagen wollte, und das Gegenteil von dem wollten, was ich glaubte. Dann war es die Aufgabe von zwei Stunden, zwei bis dreitausend Menschen aus ihrer bisherigen Überzeugung herauszuheben, Schlag um Schlag das Fundament ihrer bisherigen Einsichten zu zertrümmern und sie schließlich hinüberzuleiten auf den Boden unserer Überzeugung und unserer Weltanschauung.

Ich habe damals in kurzer Zeit etwas Wichtiges gelernt, nämlich dem Feinde die Waffe seiner Entgegnung gleich selber aus der Hand zu schlagen. Man merkte bald, daß unsere Gegner, besonders in Gestalt ihrer Diskussionsredner, mit einem ganz bestimmten „Repertoire" auftraten, in welchem immer wiederkehrende Einwände gegen unsere Behauptungen erhoben wurden, so daß die Gleichartigkeit dieses Vorgangs auf eine zielbewußte einheitliche Schulung hinwies. Und so war es ja auch. Wir konnten hier die unglaubliche Diszipliniertheit der Propaganda unserer Gegner kennenlernen, und es ist heute noch mein Stolz, das Mittel gefunden zu haben, diese Propaganda nicht nur unwirksam zu machen, sondern ihre Macher endlich selbst damit zu schlagen. Zwei Jahre später war ich Herr dieser Kunst.

Es war wichtig, sich in jeder einzelnen Rede vorher schon klar zu werden über den vermutlichen Inhalt und die Form der in der Diskussion zu erwartenden Gegeneinwände und diese dann in der eigenen Rede bereits restlos zu zerpflücken. Es war dabei zweckmäßig, die möglichen Einwände selbst immer sofort anzuführen und ihre Haltlosigkeit zu beweisen; so wurde der Zuhörer, der, wenn auch vollgepfropft mit den ihm angelernten Einwänden, aber sonst ehrlichen Herzens gekommen war, durch die vorweggenommene Erledigung der in seinem Gedächtnis eingeprägten Bedenken leichter gewonnen. Das ihm eingelernte Zeug wurde von selbst widerlegt und seine Aufmerksamkeit immer mehr vom Vortrag angezogen.

Das war der Grund, weshalb ich schon nach meinem ersten Vortrag über den „Friedensvertrag von Versailles", den ich noch als sogenannter „Bildungsmensch" vor der Truppe gehalten hatte, den Vortrag insofern änderte, als ich nunmehr über die „Friedensverträge von Brest-Litowsk und Versailles" sprach. Denn ich konnte schon nach kürzester Zeit, ja schon im Verlauf der Aussprache über diesen meinen ersten Vortrag, feststellen, daß die Leute über den Friedensvertrag von Brest-Litowsk in Wirklichkeit gar nichts wußten, daß es aber der geschickten Propaganda ihrer Parteien gelungen war, gerade diesen Vertrag als einen der schändlichsten Vergewaltigungsakte der Welt hinzustellen. Der Beharrlichkeit, mit welcher der breiten Masse diese Lüge immer wieder vorgetragen wurde, war es zuzuschreiben, daß Millionen von Deutschen im Friedensvertrag von Versailles nur mehr eine gerechte Vergeltung für das zu Brest-Litowsk von uns begangene Verbrechen sahen, somit jeden wirklichen Kampf gegen Versailles als Unrecht empfanden und in manches Mal ehrlichster, sittlicher Entrüstung verblieben. Und dies war auch mit die Ursache, weshalb sich das ebenso unverschämte wie ungeheuerliche Wort „Wiedergutmachung" in Deutschland einzubürgern vermochte. Diese verlogenste Heuchelei erschien Millionen unserer verhetzten Volksgenossen wirklich als Vollzug einer höheren Gerechtigkeit. Entsetzlich, aber es war so. Den besten Beweis dafür lieferte der Erfolg der nun von mir eingeleiteten Propaganda gegen den Friedensvertrag von Versailles, der ich eine Aufklärung über den Vertrag von Brest-Litowsk vorausschickte. Ich stellte die beiden Friedensverträge gegeneinander, verglich sie Punkt für Punkt, zeigte die in Wirklichkeit geradezu grenzenlose Humanität des einen Vertrages im Gegensatz zur unmenschlichen Grausamkeit des zweiten, und das Ergebnis war ein durchschlagendes. Ich habe über dieses Thema damals in Versammlungen von zweitausend Menschen gesprochen, in denen mich oft die Blicke aus dreitausendsechshundert feindlichen Augen trafen. Und drei Stunden später hatte ich vor mir eine wogende Masse voll heiligster Empörung und maßlosestem Grimm. Wieder war aus Herzen und Gehirnen einer nach Tausenden zählenden Menge eine große Lüge herausgerissen und dafür eine Wahrheit eingepflanzt worden.

Die beiden Vorträge, nämlich über „Die wahren Ursachen des Weltkrieges" und über „Die Friedensverträge von Brest-Litowsk und Versailles", hielt ich damals für die allerwichtigsten, so daß ich sie Dutzende Male in immer neuer Fassung wiederholte und wiederholte, bis wenigstens über diesen Punkt eine bestimmte, klare und einheitliche Auffassung unter den Menschen verbreitet war, aus denen sich die Bewegung ihre ersten Mitglieder holte.

Diese Versammlungen hatten für mich selbst noch das Gute, daß ich mich langsam zum Massenversammlungsredner umstellte, daß mir das Pathos geläufig wurde und die Geste, die der große, tausend Menschen fassende Raum erfordert.

Ich habe zu jener Zeit, außer, wie schon betont, in kleinen Zirkeln, keine Aufklärung in dieser Richtung von den Parteien gesehen, die heute den Mund voll nehmen und tun, als ob sie einen Wandel in der öffentlichen Meinung herbeigeführt hätten. Wenn aber ein sogenannter nationaler Politiker irgendwo einen Vortrag in dieser Richtung hielt, dann nur vor Kreisen, die selbst schon meist seiner Überzeugung waren, und bei denen das Vorgebrachte höchstens eine Bestärkung der eigenen Gesinnung darstellte. Darauf aber kam es damals nicht an, sondern ausschließlich darauf, diejenigen Menschen durch Aufklärung und Propaganda zu gewinnen, die bisher ihrer Erziehung und Einsicht nach auf gegnerischem Boden standen.

Auch das Flugblatt wurde von uns in den Dienst dieser Aufklärung gestellt. Schon in der Truppe hatte ich ein Flugblatt mit einer Gegenüberstellung der Friedensverträge von Brest-Litowsk und Versailles verfaßt, das in ganz großen Auflagen zur Verbreitung gelangte. Ich habe dann später für die Partei Bestände davon übernommen, und auch hier war die Wirkung wieder eine gute. Die ersten Versammlungen zeichneten sich überhaupt dadurch aus, daß die Tische bedeckt waren von allen möglichen Flugblättern, Zeitungen, Broschüren usw. Doch wurde das Hauptgewicht auf das gesprochene Wort gelegt. Und tatsächlich ist auch nur dieses allein in der Lage, wirklich große Umwälzungen herbeizuführen, und zwar aus allgemein psychologischen Gründen.

Ich habe schon im ersten Bande ausgeführt, daß alle gewaltigen, weltumwälzenden Ereignisse nicht durch Geschriebenes, sondern durch das gesprochene Wort herbeigeführt worden sind. Daran knüpfte sich in einem Teil der Presse eine längere Diskussion, in der natürlich besonders von unseren bürgerlichen Schlauköpfen sehr scharf gegen eine solche Behauptung Stellung genommen wurde. Allein schon der Grund, weshalb dies geschah, widerlegt die Zweifler. Denn die bürgerliche Intelligenz protestiert gegen eine solche Auffassung ja nur, weil ihr selbst die Kraft und Fähigkeit der Massenbeeinflussung durch das gesprochene Wort ersichtlich fehlt, da man sich immer mehr auf die rein schriftstellerische Tätigkeit geworfen hatte und auf die wirklich agitatorische der Rede verzichtete. Eine solche Gepflogenheit führt aber mit der Zeit zwangsläufig zu dem, was unser Bürgertum heute auszeichnet, nämlich zum Verlust des psychologischen Instinktes für Massenwirkung und Massenbeeinflussung.

Während der Redner aus der Menge heraus, vor welcher er spricht, eine dauernde Korrektur seines Vortrages erhält, insofern er unausgesetzt an den Gesichtern seiner Zuhörer ermessen kann, inwieweit sie seinen Ausführungen mit Verständnis zu folgen vermögen und ob der Eindruck und die Wirkung seiner Worte zum gewünschten Ziele führen, kennt der Schriftsteller seine Leser überhaupt nicht. Deshalb wird er schon von vornherein nicht auf eine bestimmte ihm vor Augen befindliche Menschenmenge abzielen, sondern seine Ausführungen ganz allgemein halten. Er verliert dadurch aber bis zu einem gewissen Grad an psychologischer Feinheit und in der Folge an Geschmeidigkeit. So wird im allgemeinen ein glänzender Redner immer noch besser zu schreiben vermögen, als ein glänzender Schriftsteller zu reden, außer er übt sich dauernd in dieser Kunst. Dazu kommt, daß die Masse der Menschen an sich faul ist, träge im Gleise alter Gewohnheiten bleibt und von sich selbst aus nur ungern zu etwas Geschriebenem greift, wenn es nicht dem entspricht, was man selber glaubt, und nicht das bringt, was man sich erhofft. Daher wird eine Schrift mit einer bestimmten Tendenz meistens nur von Menschen gelesen werden, die selbst dieser Richtung schon zuzurechnen sind. Höchstens ein Flugblatt oder ein Plakat können durch ihre Kürze damit rechnen, auch bei einem Andersdenkenden einen Augenblick lang Beachtung zu finden. Größere Aussicht besitzt schon das Bild in allen seinen Formen, bis hinauf zum Film. Hier braucht der Mensch noch weniger verstandesmäßig zu arbeiten; es genügt, zu schauen, höchstens noch ganz kurze Texte zu lesen, und so werden viele eher bereit sein, eine bildliche Darstellung aufzunehmen, als ein längeres Schriftstück zu lesen. Das Bild bringt in viel kürzerer Zeit, fast möchte ich sagen auf einen Schlag, dem Menschen eine Aufklärung, die er aus Geschriebenem erst durch langwieriges Lesen empfängt.

Das wesentlichste aber ist, daß ein Schriftstück nie weiß, in welche Hände es kommt, und doch seine bestimmte Fassung beibehalten muß. Die Wirkung wird im allgemeinen um so größer sein, je mehr diese Fassung dem geistigen Niveau und der Wesensart gerade derjenigen entspricht, die seine Leser sein werden. Ein Buch, das für breite Massen bestimmt ist, muß darum von vornherein versuchen, in Stil und Höhe anders zu wirken als ein für höhere intellektuelle Schichten bestimmtes Werk.

Nur in dieser Art der Anpassungsfähigkeit nähert das Geschriebene sich dem gesprochenen Wort. Der Redner kann meinetwegen das gleiche Thema behandeln wie das Buch, er wird doch, wenn er ein großer und genialer Volksredner ist, denselben Vorwurf und denselben Stoff kaum zweimal in gleicher Form wiederholen. Er wird sich von der breiten Masse immer so tragen lassen, daß ihm daraus gefühlsmäßig gerade die Worte flüssig werden, die er braucht, um seinen jeweiligen Zuhörern zu Herzen zu sprechen. Irrt er sich aber noch so leise, so hat er die lebendige Korrektur stets vor sich. Wie schon oben gesagt, vermag er dem Mienenspiel seiner Zuhörer abzulesen, ob sie erstens verstehen, was er spricht, ob sie zweitens dem Gesamten zu folgen vermögen, und inwieweit er sie drittens von der Richtigkeit des Vorgebrachten überzeugt hat. Sieht er – erstens –, daß sie ihn nicht verstehen, so wird er in seiner Erklärung so primitiv und deutlich werden, daß selbst der letzte ihn begreifen muß; fühlt er – zweitens –, daß sie ihm nicht zu folgen vermögen, so wird er so vorsichtig und langsam seine Gedanken aufbauen, bis selbst der Schwächste unter allen nicht mehr zurückbleibt, und er wird – drittens –, sowie er ahnt, daß sie von der Richtigkeit des Vorgebrachten nicht überzeugt zu sein scheinen, dieses so oft und in immer wieder neuen Beispielen wiederholen, ihre Einwände, die er unausgesprochen spürt, selbst vorbringen und so lange widerlegen und zersplittern, bis endlich die letzte Gruppe einer Opposition schon durch ihre Haltung und ihr Mienenspiel ihn die Kapitulation vor seiner Beweisführung erkennen läßt.

Dabei handelt es sich nicht selten bei den Menschen um die Überwindung von Voreingenommenheiten, die nicht in ihrem Verstand begründet, sondern meist unbewußt, nur durch das Gefühl gestützt sind. Diese Schranke instinktiver Abneigung, gefühlsmäßigen Hasses, voreingenommener Ablehnung zu überwinden, ist tausendmal schwieriger als die Richtigstellung einer fehlerhaften und irrigen wissenschaftlichen Meinung. Falsche Begriffe und schlechtes Wissen können durch Belehrung beseitigt werden, Widerstände des Gefühls niemals. Einzig ein Appell an diese geheimnisvollen Kräfte selbst kann hier wirken; und das kann kaum je der Schriftsteller, sondern fast einzig nur der Redner.

Den schlagendsten Beweis dafür liefert die Tatsache, daß trotz einer oft sehr geschickt aufgemachten bürgerlichen Presse, die in unerhörten Millionenauflagen unser Volk überschwemmt, diese Presse die breite Masse nicht hindern konnte, der schärfste Feind gerade dieser bürgerlichen Welt zu werden. Die ganze Zeitungsflut und alle Bücher, die vom Intellektualismus Jahr für Jahr produziert werden, gleiten an den Millionen der unteren Schichten ab wie Wasser vom geölten Leder. Dies kann nur zweierlei beweisen: entweder die Unrichtigkeit des Inhalts dieser gesamten Schreiberleistung unserer bürgerlichen Welt oder die Unmöglichkeit, nur durch Schrifttum an das Herz der breiten Masse zu gelangen. Allerdings besonders dann, wenn dieses Schrifttum selbst so wenig psychologisch eingestellt ist, wie dies hier der Fall ist.

Man erwidere nur nicht (wie dies eine große deutschnationale Zeitung in Berlin versuchte), daß doch der M a r x i s m u s selbst gerade durch sein Schrifttum, insbesondere durch die Wirkung des grundlegenden Werkes von Karl Marx, den Gegenbeweis für diese Behauptung liefere. Oberflächlicher hat man noch selten eine irrige Anschauung zu stützen versucht. Was dem M a r x i s m u s die staunenswerte Macht über die breiten Massen gegeben hat, ist keineswegs das formale, schriftlich niedergelegte Werk jüdischer Gedankenarbeit, als vielmehr die ungeheuerliche rednerische Propagandawelle, die im Laufe der Jahre sich der breiten Masse bemächtigte. Von hunderttausend deutschen Arbeitern kennen im Durchschnitt noch nicht hundert dieses Werk, das seit jeher von tausendmal mehr Intellektuellen und besonders Juden studiert wurde als von wirklichen Anhängern dieser Bewegung aus den großen unteren Schichten. Dieses Werk ist auch gar nicht für die breiten Massen geschrieben worden, sondern ausschließlich für die intellektuelle Führung jener jüdischen Welteroberungsmaschine; geheizt hat man sie dann mit ganz anderem Stoff: der Presse. Denn das ist es, was die marxistische Presse von unserer bürgerlichen unterscheidet. D i e   m a r x i s t i s c h e   P r e s s e   i s t   g e s c h r i e b e n   v o n   A g i t a t o r e n , und die bürgerliche m ö c h t e   g e r n   A g i t a t i o n   t r e i b e n   d u r c h   S c h r e i b e r. Der sozialdemokratische Winkelredakteur, der fast stets aus dem Versammlungslokal in die Redaktion kommt, kennt seine Pappenheimer wie kein zweiter. Der bürgerliche Skribent aber, der aus seiner Schreibstube heraus vor die breite Masse tritt, wird schon von ihren bloßen Dünsten krank und steht ihnen deshalb auch mit dem geschriebenen Wort hilflos gegenüber.

Was dem Marxismus die Millionen von Arbeitern gewonnen hat, das ist weniger die Schreibart marxistischer Kirchenväter als vielmehr die unermüdliche und wahrhaft gewaltige Propagandaarbeit von Zehntausenden unermüdlicher Agitatoren, angefangen vom großen Hetzapostel bis herunter zum kleinen Gewerkschaftsbeamten und zum Vertrauensmann und Diskussionsredner; das sind die Hunderttausende von Versammlungen, bei denen, in qualmender Wirtsstube auf dem Tische stehend, diese Volksredner auf die Massen einhämmerten und so eine fabelhafte Kenntnis dieses Menschenmaterials zu gewinnen wußten, was sie erst recht in die Lage versetzte, die richtigsten Angriffswaffen auf die Burg der öffentlichen Meinung zu wählen. Und das waren weiter die gigantischen Massendemonstrationen, diese Hunderttausend-Mann-Aufzüge, die dem kleinen armseligen Menschen die stolze Überzeugung einbrannten, als kleiner Wurm dennoch Glied eines großen Drachens zu sein, unter dessen glühendem Atem die verhaßte bürgerliche Welt dereinst in Feuer und Flammen aufgehen und die proletarische Diktatur den letzten Endsieg feiern werde.

Von solcher Propaganda her kamen dann die Menschen, die bereit und vorbereitet waren, eine sozialdemokratische Presse zu lesen, jedoch eine Presse, die selber wieder nicht geschrieben, sondern die geredet ist. Denn während im bürgerlichen Lager Professoren und Schriftgelehrte, Theoretiker und Schreiber aller Art zuweilen auch zu reden versuchen, versuchen im Marxismus die Redner manches Mal auch zu schreiben. Und gerade der Jude, der hier noch besonders in Betracht kommt, wird im allgemeinen, kraft seiner verlogenen dialektischen Gewandtheit und Geschmeidigkeit, auch noch als Schriftsteller mehr agitierender Redner als schreibender Gestalter sein.

Das ist der Grund, warum die bürgerliche Zeitungswelt (ganz abgesehen davon, daß sie selbst zum größten Teile verjudet ist und deshalb kein Interesse hat, die breite Masse wirklich zu belehren) nicht den geringsten Einfluß auf die Einstellung der breitesten Schichten unseres Volkes auszuüben vermag.

Wie schwer es ist, gefühlsmäßige Vorurteile, Stimmungen, Empfindungen usw. umzustoßen und durch andere zu ersetzen, von wie vielen kaum ermeßbaren Einflüssen und Bedingungen der Erfolg abhängt, das kann der feinfühlige Redner daran ermessen, daß selbst die Tageszeit, in welcher der Vortrag stattfindet, von ausschlaggebendem Einfluß auf dessen Wirkung sein kann. Der gleiche Vortrag, der gleiche Redner, das gleiche Thema wirken ganz verschieden um zehn Uhr vormittags, um drei Uhr nachmittags oder am Abend. Ich selbst hatte als Anfänger noch Versammlungen für den Vormittag angesetzt und erinnere mich im besonderen an eine Kundgebung, die wir als Protest „gegen die Unterdrückung deutscher Gebiete" im Münchner-Kindl-Keller abhielten. Dies war damals Münchens größter Saal, und das Wagnis schien sehr groß zu sein. Um den Anhängern der Bewegung und allen, die sonst kamen, den Besuch besonders zu erleichtern, setzte ich die Versammlung auf einen Sonntagvormittag, zehn Uhr, an. Das Ergebnis war niederdrückend, doch zugleich außerordentlich belehrend: der Saal voll, der Eindruck ein wahrhaft überwältigender, die Stimmung aber eisig kalt; niemand wurde warm, und ich selbst als Redner fühlte mich tief unglücklich, keine Verbindung, nicht den leisesten Kontakt mit meinen Zuhörern herstellen zu können. Ich glaubte nicht schlechter gesprochen zu haben als sonst; allein die Wirkung schien gleich Null zu sein. Völlig unbefriedigt, wenn auch um eine Erfahrung reicher geworden, verließ ich die Versammlung. Proben, die ich später in gleicher Art unternahm, führten zu demselben Ergebnis.

Dies darf einen nicht wundernehmen. Man gehe in eine Theatervorstellung und besehe sich ein Stück nachmittags drei Uhr und das gleiche Stück in gleicher Besetzung abends acht Uhr, und man wird erstaunt sein über die Verschiedenartigkeit der Wirkung und des Eindrucks. Ein Mensch mit feinem Gefühl und der Fähigkeit, sich selbst über diese Stimmung Klarheit zu verschaffen, wird ohne weiteres feststellen können, daß der Eindruck der Vorführung nachmittags kein so großer ist wie der abends. Selbst für ein Kinostück gilt die gleiche Feststellung. Wichtig ist dies deshalb, weil man beim Theater sagen könnte, daß vielleicht der Schauspieler nachmittags sich nicht so müht wie abends. Der Film jedoch ist nachmittags kein anderer als um neun Uhr abends. Nein, die Zeit selbst übt hier eine bestimmte Wirkung aus, genau so wie auf mich der Raum. Es gibt Räume, die auch kalt lassen aus Gründen, die man nur schwer erkennt, die jeder Erzeugung von Stimmung irgendwie heftigsten Widerstand entgegensetzen. Auch traditionelle Erinnerungen und Vorstellungen, die im Menschen vorhanden sind, vermögen einen Eindruck maßgebend zu bestimmen. So wird eine „Parsifal"-Aufführung in Bayreuth stets anders wirken als an irgendeiner anderen Stelle der Welt. Der geheimnisvolle Zauber des Hauses auf dem Festspielhügel der alten Markgrafenstadt kann nicht durch Äußeres ersetzt oder auch nur eingeholt werden.

In allen diesen Fällen handelt es sich um Beeinträchtigungen der Willensfreiheit des Menschen. Am meisten gilt dies natürlich für Versammlungen, in die an sich Menschen von gegenteiliger Willenseinstellung kommen, und die nunmehr einem neuen Wollen gewonnen werden müssen. Morgens und selbst tagsüber scheinen die willensmäßigen Kräfte der Menschen sich noch in höchster Energie gegen den Versuch der Aufzwingung eines fremden Willens und einer fremden Meinung zu sträuben. Abends dagegen unterliegen sie leichter der beherrschenden Kraft eines stärkeren Wollens. Denn wahrlich stellt jede solche Versammlung einen Ringkampf zweier entgegengesetzter Kräfte dar. Der überragenden Redekunst einer beherrschenden Apostelnatur wird es nun leichter gelingen, Menschen dem neuen Wollen zu gewinnen, die selbst bereits eine Schwächung ihrer Widerstandskraft in natürlichster Weise erfahren haben, als solche, die noch im Vollbesitz ihrer geistigen und willensmäßigen Spannkraft sind.

Dem gleichen Zweck dient ja auch der künstlich gemachte und doch geheimnisvolle Dämmerschein katholischer Kirchen, die brennenden Lichter, Weihrauch, Räucherpfannen usw.

In diesem Ringkampf des Redners mit den zu bekehrenden Gegnern wird dieser allmählich jene wundervolle Feinfühligkeit für die psychologischen Bedingungen der Propaganda bekommen, die dem Schreibenden fast stets fehlen. Daher wird das Geschriebene in seiner begrenzten Wirkung im allgemeinen mehr der Erhaltung, Festigung und Vertiefung einer bereits vorhandenen Gesinnung oder Ansicht dienen. Alle wirklich großen historischen Umwälzungen sind nicht durch das geschriebene Wort herbeigeführt, sondern höchstens von ihm begleitet worden.

Man glaube nicht, daß die Französische Revolution je durch philosophische Theorien zustande gekommen wäre, hätte sie nicht eine durch Demagogen größten Stils geführte Armee von Hetzern gefunden, die die Leidenschaften des an sich gequälten Volkes aufpeitschten, bis endlich jener furchtbare Vulkanausbruch erfolgte, der ganz Europa in Schrecken erstarren ließ. Und ebenso ist die größte revolutionäre Umwälzung der neuesten Zeit, die bolschewistische Revolution in Rußland, nicht durch das Schrifttum Lenins erfolgt, sondern durch die haßaufwühlende rednerische Betätigung zahlloser größter und kleinster Hetzapostel.

Das Volk der Analphabeten ist wirklich nicht durch die theoretische Lektüre eines Karl Marx zur kommunistischen Revolution begeistert worden, sondern nur durch den gleißenden Himmel, den Tausende von Agitatoren, allerdings alle im Dienste einer Idee, dem Volke vorredeten.

Und das war noch immer so und wird ewig so bleiben.

Es entspricht ganz der verbohrten Weltfremdheit unserer deutschen Intelligenz, zu glauben, daß zwangsläufig der Schriftsteller dem Redner an Geist überlegen sein müsse. Diese Auffassung wird in köstlichster Weise durch eine Kritik der schon einmal erwähnten nationalen Zeitung illustriert, in welcher festgestellt wird, daß man so oft enttäuscht sei, die Rede eines anerkannt großen Redners plötzlich im Druck zu sehen. Mich erinnert das an eine andere Kritik, die ich im Laufe des Krieges unter die Hände bekam; sie nahm die Reden Lloyd Georges, der damals noch Munitionsminister war, peinlichst unter die Lupe, um zur geistreichen Feststellung zu kommen, daß es sich bei diesen Reden um geistig und wissenschaftlich minderwertige, im übrigen banale und selbstverständliche Produkte handle. Ich bekam dann in Gestalt eines kleinen Bändleins einige dieser Reden selbst in die Hand und mußte hellauf darüber lachen, daß für diese psychologischen Meisterstücke seelischer Massenbeeinflussung ein normaler deutscher Tintenritter kein Verständnis besaß. Dieser Mann beurteilte diese Reden eben ausschließlich nach dem Eindruck, den sie auf seine eigene Blasiertheit hinterließen, während der große englische Demagoge sich einzig darauf eingestellt hatte, auf die Masse seiner Zuhörer und im weitesten Sinne auf das gesamte untere englische Volk eine möglichst große Wirkung auszuüben. Von diesem Standpunkt aus betrachtet, waren die Reden dieses Engländers aber wunderbarste Leistungen, da sie von einer geradezu staunenswerten Kenntnis der Seele der breiten Volksschichten zeugten. Ihre Wirkung ist denn auch eine wahrhaft durchschlagende gewesen.

Man vergleiche damit das hilflose Gestammel eines Bethmann Hollweg. Scheinbar waren diese Reden freilich geistreicher, in Wirklichkeit aber zeigten sie nur die Unfähigkeit dieses Mannes, zu seinem Volke zu sprechen, das er eben nicht kannte. Trotzdem bringt es das durchschnittliche Spatzenhirn einer deutschen, wissenschaftlich natürlich höchst gebildeten Schreiberseele fertig, die Geistigkeit des englischen Ministers nach dem Eindruck abzuschätzen, den eine auf Massenwirkung abzielende Rede auf sein vor lauter Wissenschaft verkalktes Innere hinterläßt und in Vergleich zu bringen zu der eines deutschen Staatsmannes, dessen geistreiches Geschwätz bei ihm natürlich auf einen empfänglicheren Boden trifft. Daß Lloyd George an Genialität einem Bethmann Hollweg nicht nur ebenbürtig, sondern tausendmal überlegen war, bewies er eben dadurch, daß er in seinen Reden jene Form und jenen Ausdruck fand, die ihm das Herz seines Volkes öffneten und dieses Volk endlich restlos seinem Willen dienen ließen. Gerade in der Primitivität dieser Sprache, der Ursprünglichkeit ihrer Ausdrucksformen und der Anwendung leicht verständlicher, einfachster Beispiele liegt der Beweis für die überragende politische Fähigkeit dieses Engländers. Denn die Rede eines Staatsmannes zu seinem Volk habe ich nicht zu messen nach dem Eindruck, den sie bei einem Universitätsprofessor hinterläßt, sonder an der Wirkung, die sie auf das Volk ausübt. Und dies allein gibt auch den Maßstab für die Genialität des Redners.

X X X

Die staunenswerte Entwicklung unserer Bewegung, die erst vor wenigen Jahren aus einem Nichts heraus gegründet wurde und heute schon für wert gehalten wird, von allen inneren und äußeren Feinden unseres Volkes auf das schärfste verfolgt zu werden, ist der steten Berücksichtigung und Anwendung dieser Erkenntnisse zuzuschreiben.

So wichtig auch das Schrifttum der Bewegung sein mag, so wird es doch in unserer heutigen Lage größere Bedeutung für die gleiche und einheitliche Erziehung der oberen und unteren Führer haben als für die Gewinnung gegnerisch eingestellter Massen. Nur in den seltensten Fällen wird ein überzeugter Sozialdemokrat oder ein fanatischer Kommunist sich herbeilassen, eine nationalsozialistische Broschüre oder gar ein Buch zu erwerben, dieses zu lesen und daraus einen Einblick in unsere Weltauffassung zu gewinnen oder die Kritik der seinen zu studieren. Selbst eine Zeitung wird nur ganz selten gelesen werden, wenn sie nicht von vornherein den Stempel der Parteizugehörigkeit trägt. Übrigens würde dies auch wenig nutzen, denn das Gesamtbild einer einzigen Zeitungsnummer ist ein so zerrissenes und in seiner Wirkung so zersplittertes, daß man von einmaliger Kenntnisnahme keinen Einfluß auf den Leser erwarten dürfte. Man darf und soll aber niemandem, für den schon Pfennige eine Rolle spielen, zumuten, daß er, nur aus dem Drang nach objektiver Aufklärung, dauernd eine gegnerische Zeitung abonniert. Es wird dies unter Zehntausenden kaum einer tun. Erst wer der Bewegung bereits gewonnen ist, wird das Organ der Partei, und zwar als laufenden Nachrichtendienst seiner Bewegung, dauernd lesen.

Ganz anders ist es schon mit dem „geredeten" Flugblatt! Das wird der eine oder andere, besonders wenn er es unentgeltlich bekommt, viel eher in die Hand nehmen, um so mehr, wenn schon in der Überschrift ein Thema, das augenblicklich in aller Leute Mund ist, plastisch behandelt ist. Nach mehr oder weniger gründlicher Durchsicht wird er vielleicht durch ein solches Flugblatt auf neue Gesichtspunkte und Einstellungen, ja auch auf eine neue Bewegung aufmerksam gemacht werden können. Allein auch dadurch wird, selbst im günstigsten Fall, nur ein leiser Anstoß gegeben, niemals jedoch eine vollendete Tatsache geschaffen. Denn auch das Flugblatt kann nur zu etwas anregen oder auf etwas hinweisen, und seine Wirkung wird nur eintreten in Verbindung mit einer nachfolgenden gründlichen Belehrung und Aufklärung seiner Leser. Diese ist und bleibt aber immer die Massenversammlung.

Die Massenversammlung ist auch schon deshalb notwendig, weil in ihr der einzelne, der sich zunächst als werdender Anhänger einer jungen Bewegung vereinsamt fühlt und leicht der Angst verfällt, allein zu sein, zum erstenmal das Bild einer größeren Gemeinschaft erhält, was bei den meisten Menschen kräftigend und ermutigend wirkt. Der gleiche Mann wird im Rahmen einer Kompanie oder eines Bataillons, umgeben von allen seinen Kameraden, leichteren Herzens zum Sturm antreten, als er dies, ganz auf sich allein angewiesen, täte. Im Rudel fühlt er sich immer noch etwas geborgen und wenn auch in der Wirklichkeit tausend Gründe dagegen sprächen.

Die Gemeinsamkeit der großen Kundgebung aber stärkt nicht nur den einzelnen, sondern sie verbindet auch und hilft mit, Korpsgeist zu erzeugen. Der Mann, der als erster Vertreter einer neuen Lehre in seinem Unternehmen oder in seiner Werkstätte schweren Bedrängnissen ausgesetzt ist, bedarf notwendig jener Stärkung, die in der Überzeugung liegt, ein Glied und Kämpfer einer großen umfassenden Körperschaft zu sein. Den Eindruck dieser Körperschaft erhält er jedoch erstmalig nur in der gemeinsamen Massenkundgebung. Wenn er aus seiner kleinen Arbeitsstätte oder aus dem großen Betrieb, in dem er sich recht klein fühlt, zum ersten Male in die Massenversammlung hineintritt und nun Tausende und Tausende von Menschen gleicher Gesinnung um sich hat, wenn er als Suchender in die gewaltige Wirkung des suggestiven Rausches und der Begeisterung von dreibis viertausend anderen mitgerissen wird, wenn der sichtbare Erfolg und die Zustimmung von Tausenden ihm die Richtigkeit der neuen Lehre bestätigen und zum erstenmal den Zweifel an der Wahrheit seiner bisherigen Überzeugung erwecken – dann unterliegt er selbst dem zauberhaften Einfluß dessen, was wir mit dem Wort Massensuggestion bezeichnen. Das Wollen, die Sehnsucht, aber auch die Kraft von Tausenden akkumuliert sich in jedem einzelnen. Der Mann, der zweifelnd und schwankend eine solche Versammlung betritt, verläßt sie innerlich gefestigt: er ist zum Glied einer Gemeinschaft geworden.

Die nationalsozialistische Bewegung darf das nie vergessen und sie darf sich insbesondere nie von jenen bürgerlichen Gimpeln beeinflussen lassen, die alles besser wissen, aber nichtsdestoweniger einen großen Staat samt ihrer eigenen Existenz und der Herrschaft ihrer Klasse verspielt haben. Ja, sie sind ungeheuer gescheit, können alles, verstehen jedes – nur eines allein haben sie nicht verstanden, nämlich zu verhindern, daß das deutsche Volk in die Arme des Marxismus falle. Da haben sie erbärmlichst und jämmerlichst versagt, so daß ihre jetzige Eingebildetheit nur Dünkel ist, der als Stolz bekanntlich immer neben der Dummheit an einem Holz gedeiht.

Wenn diese Menschen heute dem gesprochenen Wort keinen besonderen Wert zubilligen, tun sie dies übrigens nur, weil sie von der Wirkungslosigkeit ihrer eigenen Redereien sich, Gott sei Lob und Dank, schon selbst gründlichst überzeugt haben.

7. Kapitel

Das Ringen mit der roten Front

Ich habe 1919/20 und auch 1921 persönlich sogenannte bürgerliche Versammlungen besucht. Sie übten auf mich immer denselben Eindruck aus wie in meiner Jugend der befohlene Löffel Lebertran. Man soll ihn nehmen, und er soll sehr gut sein, aber er schmeckt scheußlich! Würde man das deutsche Volk mit Stricken zusammenbinden und es mit Gewalt in diese bürgerlichen „Kundgebungen" hineinziehen und bis nach Schluß jeder Vorstellung die Türen absperren und keinen herauslassen, so könnte das vielleicht in einigen Jahrhunderten auch zum Erfolge führen. Allerdings muß ich offen gestehen, daß mich dann wahrscheinlich das Leben nicht mehr freuen würde und ich dann lieber auch gar kein Deutscher mehr sein wollte. Nachdem man aber das, Gott sei Lob und Dank, nicht kann, soll man sich nur nicht wundern, wenn das gesunde unverdorbene Volk „bürgerliche Massenversammlungen" meidet wie der Teufel das Weihwasser.

Ich habe sie kennengelernt, diese Propheten einer bürgerlichen Weltanschauung, und wundere mich wirklich nicht, sondern verstehe, warum sie dem gesprochenen Wort keinerlei Bedeutung beimessen. Ich besuchte damals Versammlungen der Demokraten, der Deutschnationalen, der DeutschVolksparteiler und auch der Bayerischen Volksparteiler (bayer. Zentrum). Was einem dabei sofort auffiel, war die homogene Geschlossenheit der Zuhörer. Es waren fast immer nur Parteiangehörige, die an einer solchen Kundgebung teilnahmen. Das Ganze, ohne jede Disziplin, glich mehr einem gähnenden Kartenspielklub als einer Versammlung des Volkes, das soeben seine größte Revolution durchgemacht.

Um diese friedliche Stimmung zu erhalten, geschah denn auch von seiten der Referenten alles, was nur geschehen konnte. Sie redeten, oder besser, sie lasen meist Reden vor im Stil eines geistreichen Zeitungsartikels oder einer wissenschaftlichen Abhandlung, mieden alle Kraftwörter und brachten hie und da einen schwächlichen professoralen Witz dazwischen, bei dem der ehrenwerte Vorstandstisch pflichtgemäß zu lachen begann; wenn auch nicht laut, also aufreizend zu lachen, so doch vornehm gedämpft und zurückhaltend.

Und überhaupt schon dieser Vorstandstisch!

Ich sah einmal eine Versammlung im Wagnersaal zu München; es war eine Kundgebung anläßlich der Wiederkehr des Tages der Völkerschlacht bei Leipzig. Die Rede hielt oder las ein würdiger alter Herr, Professor an irgendeiner Universität. Auf dem Podium saß der Vorstand. Links ein Monokel, rechts ein Monokel und zwischendrin einer ohne Monokel. Alle drei im Gehrock, so daß man den Eindruck erhielt entweder eines Gerichtshofes, der soeben eine Hinrichtung vorhat, oder einer feierlichen Kindstaufe, jedenfalls also eines mehr religiösen Weiheaktes. Die sogenannte Rede, die sich gedruckt vielleicht ganz schön ausgenommen hätte, war in ihrer Wirkung einfach fürchterlich. Schon nach dreiviertel Stunden döste die ganze Versammlung in einem Trancezustand dahin, der nur unterbrochen wurde von dem Hinausgehen einzelner Männlein und Weiblein, dem Geklapper der Kellnerinnen und dem Gähnen immer zahlreicher Zuhörer. Drei Arbeiter, die, sei es aus Neugierde oder als beauftragte Posten, in der Versammlung anwesend waren, und hinter denen ich mich postierte, blickten sich von Zeit zu Zeit mit schlecht verhehltem Grinsen an und stießen sich endlich gegenseitig mit dem Ellbogen, worauf sie ganz leise den Saal verließen. Man sah es ihnen an, daß sie um keinen Preis stören wollten. Es war dies bei dieser Gesellschaft auch wirklich nicht notwendig. Endlich schien sich die Versammlung dem Ende zuzuneigen. Nachdem der Professor, dessen Stimme unterdessen immer leiser und leiser geworden war, seinen Vortrag beschlossen hatte, erhob sich der zwischen beiden Monokelträgern sitzende Versammlungsleiter und schmetterte die anwesenden „deutschen Schwestern" und „Brüder" an, wie groß sein Dankgefühl sei und ihre Empfindung in dieser Richtung sein müsse für den einzigartigen und herrlichen Vortrag, den ihnen Herr Professor X. in ebenso genußreicher wie gründlicher und tiefschürfender Art hier gegeben habe, und der im wahrsten Sinne des Wortes ein „inneres Erleben", ja eine „Tat" gewesen sei. Es würde eine Profanierung dieser weihevollen Stunde bedeuten, wollte man an diese lichten Ausführungen noch eine Diskussion anfügen, so daß er deshalb im Sinne aller Anwesenden von einer solchen Aussprache absehe und statt dessen alle ersuche, sich von den Sitzen zu erheben, um einzustimmen in den Ruf: „Wir sind ein einig Volk von Brüdern" usw. Endlich forderte er als Abschluß zum Gesange des Deutschlandliedes auf.

Und dann sangen sie, und mir kam es vor, als ob schon bei der zweiten Strophe die Stimmen etwas weniger würden und nur beim Refrain wieder mächtig anschwollen, und bei der dritten verstärkte sich diese Empfindung, so daß ich glaubte, daß nicht alle ganz sicher im Text gewesen sein mögen.

Allein was tut dies zur Sache, wenn ein solches Lied in voller Inbrunst aus dem Herzen einer deutschnationalen Seele zum Himmel tönt!

Daraufhin verlor sich die Versammlung, d.h. es eilte jeder, daß er schnell hinauskam, die einen zum Bier, die anderen in ein Café und wieder andere in die frische Luft.

Jawohl, hinaus in die frische Luft, nur hinaus! Das war auch meine einzige Empfindung. Und das soll zur Verherrlichung eines heldenmütigen Ringens von Hunderttausenden von Preußen und Deutschen dienen? Pfui Teufel und wieder Pfui Teufel!

So etwas mag die Regierung freilich lieben. Das ist natürlich eine „friedliche" Versammlung. Da braucht der Minister für Ruhe und Ordnung wirklich keine Angst zu haben, daß die Wogen der Begeisterung plötzlich das behördliche Maß bürgerlicher Anständigkeit sprengen könnten; daß plötzlich im Rausche der Begeisterung die Menschen aus dem Saale strömen, nicht um ins Cafè oder Wirtshaus zu eilen, sondern um in Viererreihen im gleichen Schritt und Tritt mit „Deutschland hoch in Ehren" durch die Straßen der Stadt zu marschieren und einer ruhebedürftigen Polizei dadurch Unannehmlichkeiten zu bereiten.

Nein, mit solchen Staatsbürgern kann man zufrieden sein.

<h1 style="text-align:center">X X X</h1>

Dagegen waren die nationalsozialistischen Versammlungen allerdings keine „friedlichen" Versammlungen. Da prallten ja die Wogen zweier Weltanschauungen gegeneinander, und sie schlossen nicht mit dem faden Herunterleiern irgendeines patriotischen Liedes, sondern mit dem fanatischen Ausbruch völkischer und nationaler Leidenschaft.

Es war gleich von Beginn an wichtig, in unseren Versammlungen blinde Disziplin einzuführen und die Autorität der Versammlungsleitung unbedingt sicherzustellen. Denn was wir redeten, war nicht das kraftlose Gewäsch eines bürgerlichen „Referenten", sondern war durch Inhalt und Form immer geeignet, den Gegner zur Entgegnung zu reizen! Und Gegner waren in unseren Versammlungen! Wie oft kamen sie herein in dicken Mengen, einzelne Hetzer zwischen ihnen und auf allen Gesichtern die Überzeugung widerspiegelnd: Heute machen wir Schluß mit euch!

Ja, wie oft sind sie damals buchstäblich in Kolonnen hereingeführt worden, unsere Freunde von der roten Farbe, mit der vorher genau eingetrichterten Aufgabe, heute abend den ganzen Kram auseinanderzuhauen und der Geschichte ein Ende zu machen! Und wie oft stand dann alles auf Spitz und Kopf, und nur die rücksichtslose Energie unserer Versammlungsleitung und das brutale Draufgängertum unseres Saalschutzes konnte immer wieder die gegnerische Absicht vereiteln.

Und sie hatten allen Grund, gereizt zu sein.

Schon die rote Farbe unserer Plakate zog sie in unsere Versammlungssäle. Das normale Bürgertum war ja ganz entsetzt darüber, daß auch wir zum Rot der Bolschewiken gegriffen hatten, und man sah darin eine sehr zweideutige Sache. die deutschnationalen Geister flüsterten sich im stillen immer wieder den Verdacht zu, daß wir im Grunde genommen auch nur eine Spielart des Marxismus wären, vielleicht überhaupt nur verkappte Marxisten oder besser Sozialisten. Denn den Unterschied zwischen Sozialismus und Marxismus haben diese Köpfe bis heute noch nicht begriffen. Besonders als man auch noch entdeckte, daß wir in unseren Versammlungen grundsätzlich keine „Damen und Herren", sondern nur „Volksgenossen und –genossinnen" begrüßten und unter uns nur von Parteigenossen sprachen, da schien das marxistische

Gespenst für viele unserer Gegner erwiesen. Wie oft haben wir uns geschüttelt vor Lachen über diese einfältigen bürgerlichen Angsthasen angesichts des geistvollen Rätselratens über unsere Herkunft, unsere Absichten und unser Ziel.

Wir haben die rote Farbe unserer Plakate nach genauem und gründlichem Überlegen gewählt, um dadurch die linke Seite zu reizen, zur Empörung zu bringen und sie zu verleiten, in unsere Versammlungen zu kommen, wenn auch nur, um sie zu sprengen, damit wir auf diese Weise überhaupt mit den Leuten reden konnten.

Es war nun köstlich, in diesen Jahren die Ratlosigkeit und auch Hilflosigkeit unserer Gegner an ihrer ewig schwankenden Taktik zu verfolgen. Erst forderten sie ihre Anhänger auf, von uns keine Notiz zu nehmen und unsere Versammlungen zu meiden.

Dies wurde auch im allgemeinen befolgt.

Da aber im Laufe der Zeit einzelne dennoch kamen und diese Zahl sich langsam, aber immer mehr vermehrte und der Eindruck unserer Lehre ersichtlich war, wurden die Führer allmählich nervös und unruhig und verbohrten sich in die Überzeugung, daß man dieser Entwicklung nicht ewig zusehen dürfe, sondern mit Terror ein Ende bereiten müsse.

Daraufhin kamen nun die Aufforderungen an die „klassenbewußten Proletarier", in Massen in unsere Versammlungen zu gehen, um die „monarchistische, reaktionäre Hetze" in ihren Vertretern mit den Fäusten des Proletariats zu treffen.

Da waren auf einmal unsere Versammlungen schon dreiviertel Stunden vor der Zeit gefüllt mit Arbeitern. Sie glichen einem Pulverfaß, daß jeden Augenblick in die Luft gehen konnte und an dem schon die brennende Lunte lag. Doch kam es immer anders. Die Menschen kamen herein als unsere Feinde und gingen hinaus, wenn schon nicht als unsere Anhänger, so doch als nachdenklich, ja kritisch gewordene Prüfer der Richtigkeit ihrer eigenen Lehre. Allmählich aber wurde es so, daß nach meinem dreistündigen Vortrag Anhänger und Gegner in eine einzige begeisterte Masse zusammenschmolzen. Da war dann jedes Signal zum Sprengen vergeblich. Und da bekamen es die Führer erst recht mit der Angst zu tun, und man wendete sich wieder denen zu, die gegen diese Taktik schon früher Stellung genommen hatten und die jetzt mit einem gewissen Schein von Recht auf ihre Ansicht hinwiesen, das allein Richtige sei es, dem Arbeiter grundsätzlich den Besuch unserer Versammlungen zu verbieten.

Da kamen sie nicht mehr oder doch weniger. Allein schon nach kurzer Zeit begann das ganze Spiel erneut von vorne.

Das Verbot wurde doch nicht gehalten, die Genossen kamen immer mehr, und endlich siegten wieder die Anhänger der radikalen Taktik. Wir sollten gesprengt werden.

Wenn sich dann nach zwei, drei, oft auch acht und zehn Versammlungen herausstellte, daß das Sprengen leichter gesagt als getan war und das Ergebnis jeder einzelnen Versammlung ein Abbröckeln der roten Kampftruppen bedeutete, dann kam plötzlich wieder die andere Parole: „Proletarier, Genossen und Genossinnen! Meidet die Versammlungen der nationalsozialistischen Hetzer!"

Die gleiche, ewig schwankende Taktik fand man übrigens auch in der roten Presse. Bald versuchte man uns totzuschweigen, um sich dann von der Zwecklosigkeit dieses Versuchs zu überzeugen und wieder zum Gegenteil zu greifen. Wir wurden jeden Tag irgendwie „erwähnt", und zwar meistens, um dem Arbeiter die unbedingte Lächerlichkeit unserer ganzen Existenz klarzumachen. Nach einiger Zeit mußten die Herren aber doch fühlen, daß uns das nicht nur nicht schadete, sondern im Gegenteil insofern nützte, als natürlich viele einzelne sich doch die Frage vorlegen mußten, warum man denn einer Erscheinung soviel Worte widme, wenn sie eine so lächerliche war. Die Leute wurden neugierig. Darauf schwenkte man plötzlich und begann, uns eine Zeitlang als wahre Generalverbrecher der Menschheit zu behandeln. Artikel über Artikel, in denen unser Verbrechertum erläutert und immer wieder aufs neue bewiesen wurde, Skandalgeschichten, wenn auch von A bis Z aus den Fingern gesogen, sollten dann noch ein übriges tun. Allein von der Wirkungslosigkeit auch dieser Angriffe schien man sich nach kurzer Zeit überzeugt zu haben; im Grunde genommen half dies alles ja nur mit, die allgemeine Aufmerksamkeit erst recht auf uns zu konzentrieren.

Ich habe damals den Standpunkt eingenommen: Ganz gleich, ob sie über uns lachen oder schimpfen, ob sie uns als Hanswurste oder als Verbrecher hinstellen; die Hauptsache ist, daß sie uns erwähnen, daß sie sich immer wieder mit uns beschäftigen, und daß wir allmählich in den Augen der Arbeiter selber wirklich als die Macht erscheinen, mit der zur Zeit allein noch eine Auseinandersetzung stattfindet. Was wir wirklich sind und was wir wirklich wollen, das werden wir eines schönen Tages der jüdischen Pressemeute schon zeigen.

Ein Grund, warum es damals meist nicht zu direkten Sprengungen unserer Versammlungen kam, war allerdings auch die ganz unglaubliche Feigheit der Führer unserer Gegner. In allen kritischen Fällen haben sie kleine Hänschen vorgeschickt, höchstens außerhalb der Säle auf das Resultat der Sprengung gewartet.

Wir waren über die Absichten der Herrschaften fast immer sehr gut unterrichtet. Nicht nur, weil wir aus Zweckmäßigkeitsgründen selbst viele Parteigenossen innerhalb der roten Formationen stecken ließen, sondern weil die roten Drahtzieher selbst von einer, in diesem Falle uns sehr nützlichen Geschwätzigkeit ergriffen waren, wie man sie in unserem deutschen Volke leider überhaupt sehr häufig findet. Sie konnten nicht dicht halten, wenn sie so etwas ausgebrütet hatten, und zwar pflegten sie meistens schon zu gackern, ehe noch das Ei gelegt war. So hatten wir oft und oft die umfassendsten Vorbereitungen getroffen, ohne daß die roten Sprengkommandos selbst auch nur eine Ahnung besaßen, wie nahe ihnen der Hinauswurf bevorstand.

Diese Zeit zwang uns, den Schutz unserer Versammlungen selbst in die Hand zu nehmen; auf den behördlichen Schutz kann man nie rechnen; im Gegenteil, er kommt erfahrungsgemäß immer nur den Störern zugute. Denn der einzige tatsächliche Erfolg eines behördlichen Eingreifens, und zwar durch Polizei, war höchstens die Auflösung der Versammlung, also ihre Schließung. Und das war ja auch einzig das Ziel und die Absicht der gegnerischen Störer.

Überhaupt hat sich hier bei der Polizei eine Praxis herausgebildet, die das Ungeheuerlichste an Rechtswidrigkeit darstellt, das man sich vorstellen kann. Wenn nämlich durch irgendwelche Drohungen der Behörde bekannt wird, daß die Gefahr einer Versammlungssprengung besteht, dann verhaftet diese nicht die Droher, sondern verbietet den anderen, Unschuldigen, die Versammlung, auf welche Weisheit sich ein normaler Polizeigeist noch kolossal viel einbildet. Sie nennen es eine „vorbeugende Maßnahme zur Verhinderung einer Gesetzwidrigkeit".

Der entschlossene Bandit hat es also jederzeit in der Hand, dem anständigen Menschen seine politische Tätigkeit und Betätigung unmöglich zu machen. Im Namen der Ruhe und Ordnung beugt sich die Staatsautorität vor dem Banditen und ersucht den anderen, diesen gefälligst nicht zu provozieren. Wenn also Nationalsozialisten an gewissen Stellen Versammlungen abhalten wollten und die Gewerkschaften erklärten, daß dies zu einem Widerstand seitens ihrer Mitglieder führen würde, dann setzte die Polizei beileibe nicht die erpresserischen Burschen hinter Schloß und Riegel, sondern verbot uns die Versammlung. Ja, diese Organe des Gesetzes besaßen sogar die unglaubliche Schamlosigkeit, uns dies unzählige Male schriftlich mitzuteilen.

Wollte man sich vor solchen Eventualitäten schützen, mußte man also dafür sorgen, daß jeder Versuch einer Störung schon im Keim unmöglich wurde.

Hierbei kam aber noch folgendes in Betracht: Jede Versammlung, die ihren Schutz ausschließlich durch die Polizei erhält, diskreditiert die Veranstalter in den Augen der breiten Masse. Versammlungen, deren Abhaltung nur durch die Abstellung eines großen Polizeiaufgebotes garantiert werden, wirken nicht werbend, insofern die Voraussetzung zum Gewinnen der unteren Schichten eines Volkes immer eine ersichtlich vorhandene Kraft ist.

So wie ein mutiger Mann Frauenherzen leichter erobern wird als ein Feigling, so gewinnt eine heldenhafte Bewegung auch eher das Herz eines Volkes als eine feige, die nur durch polizeilichen Schutz am Leben erhalten wird.

Besonders aus diesem letzteren Grunde mußte die junge Partei dafür sorgen, ihre Existenz selbst zu vertreten, sich selbst zu schützen und den gegnerischen Terror selbst zu brechen.

Der Versammlungsschutz wurde aufgebaut:

1. auf einer energischen und psychologisch richtigen Leitung der Versammlung;
2. auf einem organisierten Ordnertrupp.

Wenn wir Nationalsozialisten damals eine Versammlung abhielten, waren wir Herren derselben und nicht ein anderer. Und wir haben dieses Herrenrecht ununterbrochen in jeder Minute schärfstens betont. Unsere Gegner wußten ganz genau, daß, wer damals provozierte, unnachsichtlich hinausflog, und wären wir selbst nur ein Dutzend gewesen unter einem halben Tausend. In den damaligen Versammlungen, besonders außerhalb Münchens, trafen auf fünfzehn, sechzehn Nationalsozialisten fünf-, sechs-, siebenund achthundert Gegner. Allein wir hätten dennoch keine Provokation geduldet, und unsere Versammlungsbesucher wußten sehr gut, daß wir uns lieber hätten totschlagen lassen, als zu kapitulieren. Es war auf öfter als einmal, daß sich eine Handvoll Parteigenossen gegen eine brüllende und schlagende rote Übermacht heldenmütig durchgesetzt hat.

Sicherlich wären in solchen Fällen diese fünfzehn oder zwanzig Mann zum Schlusse überwältigt worden. Allein die anderen wußten, daß vorher mindestens der doppelten oder dreifachen Zahl von ihnen der Schädel eingeschlagen worden wäre, und das riskierten sie nicht gerne.

Wir haben hier aus dem Studium marxistischer und bürgerlicher Versammlungstechnik zu lernen versucht und haben auch gelernt.

Die Marxisten hatten von jeher eine blinde Disziplin, so daß der Gedanke der Sprengung einer marxistischen Versammlung wenigstens von bürgerlicher Seite gar nicht kommen konnte. Um so mehr beschäftigten sich immer die Roten selbst mit derlei Absichten. Sie hatten es allmählich nicht nur zu einer bestimmten Virtuosität auf diesem Gebiete gebracht, sondern gingen endlich so weit, in großen Gebieten des Reiches eine nichtmarxistische Versammlung an sich schon als Provokation des Proletariats zu bezeichnen; besonders dann, wenn die Drahtzieher witterten, daß bei der Versammlung ihr eigenes Sündenregister vielleicht aufgezählt werden könnte, um die Niedertracht ihrer volksbelügenden und volksbetrügerischen Tätigkeit zu enthüllen. Sowie dann auch eine solche Versammlung angekündigt wurde, erhob die gesamte rote Presse ein wütendes Geschrei, wobei sich diese prinzipiellen Gesetzesverächter nicht selten als erste an die Behörden wandten mit der ebenso dringenden als drohenden Bitte, diese „Provokation des Proletariats", „auf daß Ärgeres verhütet werde", sofort zu verhindern. Je nach der Größe des beamteten Kalbskopfes wählten sie ihre Sprache und erzielten ihren Erfolg. Befand sich aber auf einem solchen Posten ausnahmsweise wirklich ein deutscher Beamter, nicht eine beamtete Kreatur, und lehnte die unverschämte Zumutung ab, dann folgte die bekannte Aufforderung, eine solche „Provokation des Proletariats" nicht zu dulden, sondern sich am Soundsovielten in Massen in der Versammlung einzufinden, um „den bürgerlichen Kreaturen mit Hilfe der schwieligen Faust des Proletariats das schandvolle Handwerk zu legen".

Nun muß man so eine bürgerliche Versammlung gesehen, muß ihre Versammlungsleitung in ihrem ganzen Jammer und in ihrer Angst einmal miterlebt haben! Gar oft wurde ja auf solche Drohungen hin eine Versammlung glatt abgesagt. Immer war aber die Furcht so groß, daß man statt um acht Uhr selten vor drei Viertel neun Uhr oder neun Uhr zur Eröffnung kam. Der Vorsitzende bemühte sich dann durch neunundneunzig Komplimente, den anwesenden „Herren der Opposition" klarzumachen, wie sehr er und auch alle anderen Anwesenden sich innerlich freuten (glatte Lüge!) über den Besuch von Männern, die noch nicht auf ihrem Boden stünden, weil ja nur durch gegenseitige Aussprache (die er damit gleich von vornherein feierlichst zusagte) die Auffassungen einander nähergebracht, das gegenseitige Verständnis geweckt und eine Brücke geschlagen werden könnte. Wobei er nebenbei noch versicherte, daß es keineswegs die Absicht der Versammlung wäre, Leute ihrer bisherigen Auffassung etwa abspenstig zu machen. Beileibe nein, es solle nur jeder nach seiner Fasson selig werden, aber auch den anderen selig werden lassen, und darum bitte er, daß man den Referenten seine Ausführungen, die ohnedies nicht sehr lang sein würden, zu Ende führen lasse und der Welt nicht auch in dieser Versammlung das beschämende Schauspiel des inneren deutschen Bruderhaders biete… Brrr.

Das Brudervolk von links hatte dafür allerdings meist kein Verständnis; sondern ehe der Referent noch begonnen hatte, mußte er unter den wüstesten Beschimpfungen auch schon zusammenpacken, und man erhielt nicht selten den Eindruck, als ob er dem Schicksal noch dankbar wäre für die schnelle Abkürzung der martervollen Prozedur. Unter ungeheurem Spektakel verließen solche bürgerlichen Versammlungstoreadore die Arena, sofern sie nicht mit zerbeulten Köpfen die Treppen hinunterflogen, was sogar oft der Fall war.

So bedeutete es für die Marxisten allerdings etwas Neues, als wir Nationalsozialisten unsere ersten Versammlungen aufzogen, und besonders wie wir sie aufzogen. Sie kamen herein in der Überzeugung, das Spielchen, das sie so oft gespielt, selbstverständlich auch bei uns wiederholen zu können. „Heute machen wir Schluß!" Wie so mancher hat nicht diesen Satz beim Hereingehen in unsere Versammlung großmäulig einem anderen zugerufen, um blitzschnell, ehe er noch zum zweiten Zwischenruf kam, schon vor dem Saaleingang zu sitzen.

Erstens war schon die Leitung der Versammlung bei uns eine andere. Es wurde nicht darum gebettelt, unseren Vortrag gnädigst zu gestatten, auch nicht von vornherein jedem eine endlose Aussprache zugesichert, sondern kurzerhand festgestellt, daß die Herren der Versammlung wir seien, daß wir infolgedessen das Hausrecht besäßen, und daß jeder, der es wagen sollte, auch nur einen Zwischenruf zu machen, unbarmherzig dort hinausflöge, von wo er hereingekommen sei. Daß wir weiter jede Verantwortung für einen solchen Burschen ablehnen müßten; wenn Zeit bleibe und es uns paßte, so würden wir eine Diskussion stattfinden lassen, wenn nicht, dann keine, und der Herr Referent, Pg. Soundso, habe jetzt das Wort.

Schon darüber staunten sie.

Zweitens verfügten wir über einen straff organisierten Saalschutz. Bei den bürgerlichen Parteien pflegte dieser Saalschutz oder besser Ordnerdienst meistens aus Herren zu bestehen, die in der Würde ihres Alters ein gewisses Anrecht auf Autorität und Respekt zu besitzen glaubten. Da sich nun die marxistisch verhetzten Massen um Alter, Autorität und Respekt nicht im geringsten kümmerten, war die Existenz dieses bürgerlichen Saalschutzes praktisch sozusagen aufgehoben.

Ich habe gleich zu Beginn unserer großen Versammlungstätigkeit die Organisation eines Saalschutzes eingeleitet als einen Ordnerdienst, der grundsätzlich lauter junge Burschen umfaßte. Es waren zum Teil Kameraden, die ich vom Militärdienst her kannte, andere erst gewonnene junge Parteigenossen, die von allem Anbeginn darüber belehrt und daraufhin erzogen wurden, daß Terror nur durch Terror zu brechen sei, daß auf dieser Erde der Mutige und Entschlossene noch stets den Erfolg für sich gehabt habe; daß wir für eine gewaltige Idee fechten, so groß und erhaben, daß sie sehr wohl verdiene, mit dem letzten Tropfen Blut beschirmt und beschützt zu werden. Sie waren durchdrungen von der Lehre, daß, wenn einmal die Vernunft schweige und die Gewalt die letzte Entscheidung habe, die beste Waffe der Verteidigung im Angriff liege, und daß unserer Ordnertruppe der Ruf schon vorangehen müsse, kein Debattierklub, sondern eine zum äußersten entschlossene Kampfgemeinschaft zu sein.

Und wie hatte sich diese Jugend nicht nach einer solchen Parole gesehnt!

Wie ist diese Feldzugsgeneration enttäuscht und entrüstet gewesen, voll Ekel und Abscheu über die bürgerliche Schlappschwänzigkeit!

Da wurde es einem so recht klar, wie die Revolution wirklich nur dank der verheerenden bürgerlichen Führung unseres Volkes möglich war. Die Fäuste, das deutsche Volk zu beschützen, sie wären selbst damals noch dagewesen, nur die Schädel für den Einsatz hatten gefehlt. Wie haben mich die Augen meiner Jungens damals oft angeleuchtet, wenn ich ihnen die Notwendigkeit ihrer Mission auseinandersetzte, ihnen immer und immer wieder versicherte, daß alle Weisheit auf dieser Erde erfolglos bleibt, wenn nicht die Kraft in ihre Dienste tritt, sie beschirmt und schützt, daß die milde Göttin des Friedens nur an der Seite des Kriegsgottes wandeln kann, und daß jegliche große Tat dieses Friedens des Schutzes und der Hilfe der Kraft bedarf! Wie ist ihnen der Gedanke der Wehrpflicht nun in einer viel lebendigeren Form aufgegangen! Nicht in dem verkalkten Sinn alter, verknöcherter Beamtenseelen, im Dienste der toten Autorität eines toten Staates, sondern in der lebendigen Erkenntnis der Pflicht, durch Hingabe des Lebens des einzelnen für das Dasein seines Volkes im gesamten einzutreten, immer und jederzeit, an jeder Stelle und an jedem Orte.

Und wie sind diese Jungen dann eingetreten!

Gleich einem Schwarm von Hornissen flogen sie auf die Störer unserer Versammlungen los, ohne Rücksicht auf deren Übermacht, und mochte sie eine noch so große sein, ohne Rücksicht auf Wunden und blutige Opfer, ganz erfüllt von dem großen Gedanken, der heiligen Mission unserer Bewegung freie Bahn zu schaffen.

Schon im Hochsommer 1920 nahm die Organisation der Ordnertruppe allmählich bestimmte Formen an, um sich im Frühjahr 1921 nach und nach in Hundertschaften zu gliedern, die sich selbst wieder in Gruppen teilten.

Und dies war dringend notwendig, denn unterdessen war die Versammlungstätigkeit dauernd gestiegen. Wohl kamen wir auch jetzt noch oft im Münchener Hofbräuhausfestsaal zusammen, allein noch öfter in den größeren Sälen der Stadt. Der Bürgerbräufestsaal und der MünchnerKindl-Keller erlebten im Herbst und Winter 1920/21 immer gewaltigere Massenversammlungen, und das Bild war immer dasselbe: Kundgebungen der NSDAP. mußten schon damals meist vor Beginn wegen Überfüllung polizeilich gesperrt werden.

<h1 style="text-align:center">X X X</h1>

Die Organisation unserer Ordnertruppe brachte eine sehr wichtige Frage zur Klärung. Die Bewegung besaß bis dorthin kein Parteizeichen und auch keine Parteiflagge. Das Fehlen solcher Symbole hatte nicht nur augenblicklich Nachteile, sondern war für die Zukunft unerträglich. Die Nachteile bestanden vor allem darin, daß den Parteigenossen jedes äußere Kennzeichen ihrer Zusammengehörigkeit fehlte, während es für die Zukunft nicht zu ertragen war, eines Zeichens entbehren zu müssen, daß den Charakter eines Symbols der Bewegung besaß und als solches der Internationale entgegengesetzt werden konnte.

Welche Bedeutung aber einem solchen Symbol psychologisch zukommt, hatte ich schon in meiner Jugend öfter als einmal Gelegenheit zu erkennen und auch gefühlsmäßig zu verstehen. Nach dem Krieg erlebte ich dann in Berlin eine Massenkundgebung des Marxismus vor dem Kgl. Schloß und Lustgarten. Ein Meer von roten Fahnen, roten Binden und roten Blumen gab dieser Kundgebung, an der schätzungsweise hundertzwanzigtausend Personen teilnahmen, ein schon rein äußerlich gewaltiges Ansehen. Ich konnte selbst fühlen und verstehen, wie leicht der Mann aus dem Volke dem suggestiven Zauber eines solchen grandios wirkenden Schauspiels unterliegt.

Das Bürgertum, das parteipolitisch überhaupt keine Weltanschauung vorstellt oder vertritt, hatte darum auch keine eigene Fahne. Es bestand aus „Patrioten" und lief demnach in den Farben des Reiches herum. Wären diese selbst das Symbol einer bestimmten Weltanschauung gewesen, dann hätte man es verstehen können, daß die Inhaber des Staates in dessen Flagge auch die Repräsentantin ihrer Weltanschauung erblickten, da ja das Symbol ihrer Weltanschauung durch ihre eigene Tätigkeit Staatsund Reichsflagge geworden war.

So verhielten sich die Dinge aber nicht.

Das Reich war ohne Zutun des deutschen Bürgertums gezimmert und die Flagge selbst aus dem Schoße des Krieges geboren worden. Somit war sie aber wirklich nur eine Staatsflagge und besaß keinerlei Bedeutung im Sinne einer besonderen weltanschaulichen Mission.

Nur an einer Stelle des deutschen Sprachgebietes war so etwas wie eine bürgerliche Parteifahne vorhanden, in Deutschösterreich. Indem ein Teil des dortigen nationalen Bürgertums die Farben der achtundvierziger Jahre, Schwarz-Rot-Gold, zu seiner Parteifahne erkoren hatte, schuf es ein Symbol, das, wenn auch weltanschaulich ohne jede Bedeutung, staatspolitisch dennoch revolutionären Charakter trug. Die schärfsten Feinde dieser Fahne Schwarz-Rot-Gold waren damals – dies soll man heute nie vergessen – Sozialdemokraten und Christlich-Soziale bzw. Klerikale. Gerade sie haben damals diese Farben beschimpft und besudelt und beschmutzt, genau so wie sie später, 1918, Schwarz-Weiß-Rot in die Gosse zogen. Allerdings war das Schwarz-Rot-Gold der deutschen Parteien des alten Österreichs die Farbe des Jahres 48, also einer Zeit, die phantastisch gewesen sein mochte, allein im einzelnen die ehrlichsten deutschen Seelen als Vertreter besaß, wenn auch unsichtbar im Hintergrunde der Jude als Drahtzieher stand. Mithin haben erst der Vaterlandsverrat und die schamlose Verschacherung von deutschem Volke und deutschem Gute diese Fahne dem Marxismus und dem Zentrum so sympathisch gemacht, daß sie sie heute als höchstes Heiligtum verehren und eigene Banner zum Schutze der von ihnen einst bespienen Flagge gründen.

So stand bis zum Jahre 1920 tatsächlich dem Marxismus keine Fahne gegenüber, die weltanschaulich den polaren Gegensatz zu ihm verkörpert hätte. Denn wenn sich auch das deutsche Bürgertum in seinen besseren Parteien nach dem Jahre 1918 nicht mehr dazu bequemen wollte, die jetzt auf einmal entdeckte schwarzrotgoldene Reichsflagge als sein eigenes Symbol zu übernehmen, so hatte man selbst doch der neuen Entwicklung kein eigenes Programm für die Zukunft entgegenzusetzen, im besten Fall den Gedanken einer Rekonstruktion des vergangenen Reiches.

Und diesem Gedanken verdankt die schwarzweißrote Fahne des alten Reiches ihre Wiederauferstehung als Flagge unserer sogenannten nationalen bürgerlichen Parteien.

Daß nun das Symbol eines Zustandes, der vom Marxismus unter wenig rühmlichen Umständen und Begleiterscheinungen überwunden werden konnte, schlecht zum Zeichen taugt, unter welchem dieser gleiche Marxismus wieder vernichtet werden soll, liegt auf der Hand. So heilig und teuer diese alten einzigschönen Farben in ihrer jugendfrischen Zusammenstellung jedem anständigen Deutschen sein müssen, der unter ihnen gekämpft und das Opfer von so vielen gesehen hat, so wenig gilt diese Fahne als Symbol für einen Kampf der Zukunft.

Ich habe immer, zum Unterschied von bürgerlichen Politikern, in unserer Bewegung den Standpunkt vertreten, daß es für die deutsche Nation ein wahres Glück sei, die alte Fahne verloren zu haben. Was die Republik unter ihrer Flagge macht, kann uns gleichbleiben. Aus tiefstem Herzen aber sollten wir dem Schicksal danken, daß es gnädig genug die ruhmvollste Kriegsflagge aller Zeiten davor bewahrt hat, als Bettuch der schmachvollsten Prostitution verwendet zu werden. Das heutige Reich, das sich und seine Bürger verkauft, dürfte niemals die schwarzweißrote Ehrenund Heldenfahne führen.

Solange die Novemberschande währt, mag sie auch ihre äußere Hülle tragen und nicht auch diese noch einer redlicheren Vergangenheit zu stehlen versuchen. Unsere bürgerlichen Politiker sollten es sich in das Gewissen rufen, daß, wer für den Staat die schwarzweißrote Flagge wünscht, einen Diebstahl an unserer Vergangenheit begeht. Die einstige Flagge paßte wirklich auch nur für das einstige Reich, genau so wie, Gott sei Lob und Dank, die Republik sich die für sie passende wählte.

Das war auch der Grund, weshalb wir Nationalsozialisten im Aufziehen der alten Fahne kein ausdrucksvolles Symbol unserer eigenen Tätigkeit hätten erblicken können. Denn wir wollen ja nicht das alte, an seinen eigenen Fehlern zugrunde gegangene Reich wieder vom Tode erwecken, sondern einen neuen Staat erbauen.

Die Bewegung, die heute in diesem Sinne mit dem Marxismus kämpft, muß damit auch in ihrer Fahne schon das Symbol des neuen Staates tragen.

Die Frage der neuen Flagge, d.h. ihr Aussehen, beschäftigte uns damals sehr stark. Es kamen von allen Seiten Vorschläge, die allerdings meist besser gemeint als gut gelungen waren. Denn die neue Fahne mußte ebensosehr ein Symbol unseres eigenen Kampfes sein, wie sie andererseits auch von großer plakatmäßiger Wirkung sein sollte. Wer sich selbst viel mit der Masse zu beschäftigen hat, wird in all diesen scheinbaren Kleinigkeiten doch sehr wichtige Angelegenheiten erkennen. Ein wirkungsvolles Abzeichen kann in Hunderttausenden von Fällen den ersten Anstoß zum Interesse an einer Bewegung geben.

Aus diesem Grunde mußten wir alle Vorschläge zurückweisen, unsere Bewegung durch eine weiße Fahne, wie dies von vielen Seiten vorgeschlagen wurde, mit dem alten Staat oder, richtiger, mit jenen schwächlichen Parteien zu identifizieren, deren einziges politisches Ziel die Wiederherstellung vergangener Zustände ist. Außerdem ist Weiß keine mitreißende Farbe. Sie paßt für keusche Jungfrauenvereinigungen, aber nicht für umwälzende Bewegungen einer revolutionären Zeit.

Auch Schwarz kam in Vorschlag: An sich passend für die heutige Zeit, war in ihr aber keine irgendwie zu deutende Darstellung des Wollens unserer Bewegung gegeben. Endlich wirkt diese Farbe auch nicht mitreißend genug.

Weiß-Blau schied aus, trotz der ästhetisch wundervollen Wirkung, als Farbe eines deutschen Einzelstaates und einer leider nicht im besten Rufe stehenden politischen Einstellung auf partikularistische Engherzigkeit. Im übrigen hätte man auch hier nur sehr schwer einen Hinweis auf unsere Bewegung finden können. Das gleiche galt für Schwarz-Weiß.

Schwarz-Rot-Gold kam an sich nicht in Frage.

Auch Schwarz-Weiß-Rot nicht, aus bereits erwähnten Gründen, jedenfalls nicht in der bisherigen Fassung. In der Wirkung steht diese Farbenzusammenstellung allerdings hoch über allen anderen erhaben. Es ist der strahlendste Akkord, den es gibt.

Ich selbst trat immer für die Beibehaltung der alten Farben ein, nicht nur weil sie mir als Soldat das Heiligste sind, das ich kenne, sondern weil sie auch in ihrer ästhetischen Wirkung meinem Gefühl weitaus am meisten entsprechen. Dennoch mußte ich die zahllosen Entwürfe, die damals aus den Kreisen der jungen Bewegung einliefen, und die meistens das Hakenkreuz in die alte Fahne hineingezeichnet hatten, ausnahmslos ablehnen. Ich selbst – als Führer – wollte nicht sofort mit meinem eigenen Entwurf an die Öffentlichkeit treten, da es ja möglich war, daß ein anderer einen ebenso guten oder vielleicht auch besseren bringen würde. Tatsächlich hat ein Zahnarzt aus Starnberg auch einen gar nicht schlechten Entwurf geliefert, der übrigens dem meinen ziemlich nahekam, nur den einen Fehler hatte, daß das Hakenkreuz mit gebogenen Haken in eine weiße Scheibe hineinkomponiert war.

Ich selbst hatte unterdes nach unzähligen Versuchen eine endgültige Form niedergelegt; eine Fahne aus rotem Grundtuch mit einer weißen Scheibe und in deren Mitte ein schwarzes Hakenkreuz. Nach langen Versuchen fand ich auch ein bestimmtes Verhältnis zwischen der Größe der Fahne und der Größe der weißen Scheibe sowie der Form und Stärke des Hakenkreuzes.

Und dabei ist es dann geblieben.

In gleichem Sinne wurden nun sofort Armbinden für die Ordnungsmannschaften in Auftrag gegeben, und zwar eine rote Binde, auf der sich ebenfalls die weiße Scheibe mit schwarzem Hakenkreuz befindet.

Auch das Parteiabzeichen wurde nach gleichen Richtlinien entworfen: eine weiße Scheibe auf rotem Felde und in der Mitte das Hakenkreuz. Ein Münchner Goldschmied, Füß, lieferte den ersten verwendbaren und dann auch beibehaltenen Entwurf.

Im Hochsommer 1920 kam zum ersten Male die neue Flagge vor die Öffentlichkeit. Sie paßte vorzüglich zu unserer jungen Bewegung. So wie diese jung und neu war, war sie es auch. Kein Mensch hatte sie vorher je gesehen; sie wirkte damals wie eine Brandfackel. Wir selber empfanden alle eine fast kindliche Freude, als eine treue Parteigenossin den Entwurf zum ersten Male ausgeführt und die Fahne abgeliefert hatte. Schon einige Monate später besaßen wir in München ein halbes

Dutzend davon, und die immer mehr und mehr um sich greifende Ordnertruppe besonders trug dazu bei, das neue Symbol der Bewegung zu verbreiten.

Und ein Symbol ist dies wahrlich! Nicht nur, daß durch die einzigen, von uns allen heißgeliebten Farben, die einst dem deutschen Volke soviel Ehre errungen hatten, unsere Ehrfurcht vor der Vergangenheit bezeugt wird, sie war auch die beste Verkörperung des Wollens der Bewegung. Als nationale Sozialisten sehen wir in unserer Flagge unser Programm. Im Rot sehen wir den sozialen Gedanken der Bewegung, im Weiß den nationalistischen, im Hakenkreuz die Mission des Kampfes für den Sieg des arischen Menschen und zugleich mit ihm auch den Sieg des Gedankens der schaffenden Arbeit, die selbst ewig antisemitisch war und antisemitisch sein wird.

Zwei Jahre später, als aus der Ordnertruppe schon längst eine viel tausend Mann umfassende Sturmabteilung geworden war, schien es nötig, dieser Wehrorganisation der jungen Weltanschauung noch ein besonderes Symbol des Sieges zu geben: die Standarte. Auch sie habe ich selbst entworfen und dann einem alten, treuen Parteigenossen, dem Goldschmiedmeister Gahr, zur Ausführung übergeben. Seitdem gehört die Standarte zu den Wahrund Feldzeichen des nationalsozialistischen Kampfes.

X X X

Die Versammlungstätigkeit, die im Jahre 1920 sich immer mehr steigerte, führte endlich dazu, daß wir manche Woche sogar zwei Versammlungen abhielten. Vor unseren Plakaten stauten sich die Menschen, die größten Säle der Stadt waren immer gefüllt, und Zehntausende verführter Marxisten fanden den Weg zurück zu ihrer Volksgemeinschaft, um Kämpfer für ein kommendes, freies Deutsches Reich zu werden. Die Öffentlichkeit in München hatte uns kennengelernt. Man sprach von uns, und das Wort „Nationalsozialist" wurde vielen geläufig und bedeutete schon ein Programm. Auch die Schar der Anhänger, ja selbst der Mitglieder begann ununterbrochen zu wachsen, so daß wir im Winter 1920/21 schon als starke Partei in München auftreten konnten.

Es gab damals außer den marxistischen Parteien keine Partei, vor allem keine nationale, die auf solche Massenkundgebungen hätte hinweisen können wie wir. Der fünftausend Menschen fassende Münchner-Kindl-Keller war öfter als einmal zum Brechen voll gewesen, und nur einen einzigen Raum gab es, an den wir uns noch nicht herangewagt hatten, und dies war der Zirkus Krone.

Ende Januar 1921 stiegen für Deutschland wieder schwere Sorgen auf. Das Pariser Abkommen, auf Grund dessen sich Deutschland zur Zahlung der wahnwitzigen Summe von hundert Milliarden Goldmark verpflichtete, sollte in der Form des Londoner Diktats Wirklichkeit werden.

Eine in München seit langem bestehende Arbeitsgemeinschaft sogenannter völkischer Verbände wollte aus diesem Anlaß zu einem größeren gemeinsamen Protest einladen. Die Zeit drängte sehr, und ich selbst war angesichts des ewigen Zauderns und Zögerns, gefaßte Beschlüsse auch zur Durchführung zu bringen, nervös. Man redete zuerst von einer Kundgebung am Königsplatz, unterließ dies aber wieder, da man Angst davor hatte, von den Roten auseinandergehauen zu werden, und projektierte eine Protestkundgebung vor der Feldherrnhalle. Allein auch davon kam man wieder ab und schlug endlich eine gemeinsame Versammlung im Münchner-Kindl-Keller vor. Unterdes war Tag für Tag vergangen, die großen Parteien hatten von dem furchtbaren Ereignis überhaupt keine Notiz genommen, und die Arbeitsgemeinschaft selber konnte sich nicht entschließen, endlich einen festen Termin für die beabsichtigte Kundgebung zu bestimmen.

Dienstag, den 1. Februar 1921, forderte ich dringlichst einen endgültigen Entscheid. Ich wurde vertröstet auf Mittwoch. Mittwoch verlangte ich nun unbedingt klare Auskunft, ob und wann die Versammlung stattfinden sollte. Die Auskunft war wieder unbestimmt und ausweichend; es hieß, man „beabsichtige", die Arbeitsgemeinschaft für den Mittwoch in acht Tagen zu einer Kundgebung aufzubieten.

Damit war mir der Geduldsfaden gerissen, und ich beschloß, die Protestkundgebung nun allein durchzuführen. Mittwoch mittags diktierte ich in zehn Minuten das Plakat in die Schreibmaschine und ließ gleichzeitig den Zirkus Krone für den nächsten Tag, Donnerstag, den 3. Februar, mieten.

Damals war dies ein unendlich großes Wagnis. Nicht nur, daß es fraglich schien, den riesenhaften Raum füllen zu können, lief man auch Gefahr, gesprengt zu werden.

Unsere Ordnertruppe war für diesen kolossalen Raum noch lange nicht ausreichend. Ich hatte auch keine richtige Vorstellung über die Art des möglichen Vorgehens im Falle einer Sprengung. Ich hielt es damals für viel schwieriger im Zirkusgebäude als in einem normalen Saal. Doch war dies, wie es sich dann herausstellte, gerade umgekehrt. In dem Riesenraum konnte man tatsächlich leichter einer Sprengtruppe Herr werden als in enggepferchten Sälen.

Sicher war nur eines: jeder Mißerfolg konnte uns auf sehr lange Zeit zurückwerfen. Denn eine einzige erfolgreiche Sprengung hätte unseren Nimbus mit einem Schlage zerstört und die Gegner ermutigt, das einmal Gelungene immer wieder zu versuchen. Das hätte zu einer Sabotage unserer ganzen weiteren Versammlungstätigkeit führen können, was erst nach vielen Monaten und nach schwersten Kämpfen zu überwinden gewesen wäre.

Wir hatten nur einen Tag Zeit zu plakatieren, nämlich den Donnerstag selbst. Leider regnete es schon morgens, und die Befürchtung schien begründet, ob unter solchen Umständen nicht viele Leute lieber zu Hause bleiben würden, statt bei Regen und Schnee in eine Versammlung zu eilen, bei der es möglicherweise Mord und Totschlag geben konnte.

Überhaupt bekam ich Donnerstag vormittag auf einmal Angst, der Raum könnte doch nicht voll werden (ich wäre damit ja auch vor der Arbeitsgemeinschaft der Blamierte gewesen), so daß ich nun schleunigst einige Flugblätter diktierte und in Druck gab, um sie nachmittags verbreiten zu lassen. Die enthielten natürlich die Aufforderung zum Besuch der Versammlung.

Zwei Lastkraftwagen, die ich mieten ließ, wurden in möglichst viel Rot eingehüllt, darauf ein paar unserer Fahnen gepflanzt und jeder mit fünfzehn bis zwanzig Parteigenossen besetzt; sie erhielten den Befehl, fleißig durch die Straßen der Stadt zu fahren, Flugblätter abzuwerfen, kurz, Propaganda für die Massenkundgebung am Abend zu machen. Es war zum erstenmal, daß Lastkraftwagen mit Fahnen durch die Stadt fuhren, auf denen sich keine Marxisten befanden. Das Bürgertum starrte daher den rot dekorierten und mit flatternden Hakenkreuzfahnen geschmückten Wagen mit offenen Mäulern nach, während in den äußeren Vierteln sich auch zahllose geballte Fäuste erhoben, deren Besitzer ersichtlich wutentbrannt schienen über die neueste „Provokation des Proletariats". Denn Versammlungen abzuhalten, hatte nur der Marxismus das Recht, genau so wie auf Lastkraftwagen herumzufahren.

Um sieben Uhr abends war der Zirkus noch nicht gut besetzt. Ich wurde alle zehn Minuten telephonisch verständigt und war selbst ziemlich unruhig; denn um sieben Uhr oder ein Viertel nach sieben Uhr waren die anderen Säle meistens schon halb, ja oft schon fast voll gewesen. Allerdings klärte sich dies bald auf. Ich hatte nicht mit den riesigen Dimensionen des neuen Raumes gerechnet: tausend Personen ließen den Hofbräuhausfestsaal schon sehr schön besetzt erscheinen, während sie vom Zirkus Krone einfach verschluckt wurden. Man sah sie kaum. Kurze Zeit darauf kamen jedoch günstigere Meldungen, und um drei Viertel acht Uhr hieß es, daß der Raum zu drei Vierteln gefüllt sei und sehr große Massen vor den Kassenschaltern stünden. Daraufhin fuhr ich los.

Zwei Minuten nach acht Uhr kam ich vor dem Zirkus an. Es war noch immer eine Menschenmenge vor ihm zu sehen, zum Teil bloß Neugierige, auch viele Gegner darunter, die die Ereignisse außen abwarten wollten.

Als ich die mächtige Halle betrat, erfaßte mich die gleiche Freude wie ein Jahr vordem in der ersten Versammlung im Münchener Hofbräuhausfestsaal. Aber erst nachdem ich mich durch die Menschenmauern hindurchgedrückt und das hochgelegene Podium erreicht hatte, sah ich den Erfolg in seiner ganzen Größe. Wie eine Riesenmuschel lag dieser Saal vor mir, angefüllt mit Tausenden und Tausenden von Menschen. Selbst die Manege war schwarz besetzt. Über fünftausendsechshundert Karten waren ausgegeben worden, und rechnete man die gesamte Zahl der Arbeitslosen, der armen Studenten und unsere Ordnungsmannschaften mit ein, so dürften etwa sechseinhalbtausend Personen dagewesen sein.

„Zukunft oder Untergang" lautete das Thema, und mir jubelte das Herz auf angesichts der Überzeugung, daß die Zukunft da unten vor mir lag.

Ich begann zu sprechen und redete gegen zweieinhalb Stunden, und das Gefühl sagte mir schon nach der ersten halben Stunde, daß die Versammlung ein großer Erfolg werden würde. Die Verbindung zu all diesen tausend einzelnen war hergestellt. Schon nach der ersten Stunde begann der Beifall in immer größeren spontanen Ausbrüchen mich zu unterbrechen, um nach zwei Stunden wieder abzuebben und in jene weihevolle Stille überzugehen, die ich später in diesem Raume so oft und oft erlebt habe und die jedem einzelnen wohl unvergeßlich bleiben wird. Man hörte dann kaum mehr als den Atemzug dieser Riesenmenge, und erst als ich das letzte Wort gesprochen, brandete es plötzlich auf, um in dem in höchster Inbrunst gesungenen „Deutschland"-Lied seinen erlösenden Abschluß zu finden.

Ich verfolgte es noch, wie sich langsam der Riesenraum zu leeren begann und ein ungeheures Menschenmeer durch den gewaltigen mittleren Ausgang fast zwanzig Minuten lang hinausdrängte. Erst dann verließ ich selbst, überglücklich, meinen Platz, um mich nach Hause zu begeben.

Von dieser ersten Versammlung im Zirkus Krone zu München wurden Aufnahmen gemacht. Sie zeigen besser als Worte die Größe der Kundgebung. Bürgerliche Blätter brachten Abbildungen und Notizen, erwähnten jedoch nur, daß es sich um eine „nationale" Kundgebung gehandelt hätte, verschwiegen aber in üblich bescheidener Weise die Veranstalter.

Damit waren wir zum ersten Male aus dem Rahmen einer gewöhnlichen Tagespartei weit hinausgetreten. Man konnte jetzt nicht mehr an uns vorbeigehen. Um nun ja nicht den Eindruck aufkommen zu lassen, als handle es sich bei diesem Versammlungserfolg nur um eine Eintagsfliege, setzte ich augenblicklich für die kommende Woche zum zweiten Male eine Kundgebung im Zirkus an, und der Erfolg war derselbe. Wieder war der Riesenraum zum Brechen mit Menschenmassen gefüllt, so daß ich mich entschloß, in der kommenden Woche zum drittenmal eine Versammlung im gleichen Stil abzuhalten. Und zum drittenmal war der Riesenzirkus von unten bis oben gepreßt voll von Menschen.

Nach dieser Einleitung des Jahres 1921 steigerte ich die Versammlungstätigkeit in München noch mehr. Ich ging nun dazu über, nicht nur jede Woche eine, sondern manche Wochen zwei Massenversammlungen abzuhalten, ja, im Hochsommer und im Spätherbst wurden es manchmal drei. Wir versammelten uns nun immer im Zirkus und konnten zu unserer Genugtuung feststellen, daß alle unsere Abende den gleichen Erfolg brachten.

Das Ergebnis war eine immer steigende Anhängerzahl der Bewegung und eine große Zunahme der Mitglieder.

X X X

Solche Erfolge ließen natürlich auch unsere Gegner nicht ruhen. Nachdem sie in ihrer Taktik immer schwankend sich bald zum Terror und bald zum Totschweigen bekannten, konnten sie die Entwicklung der Bewegung, wie sie selbst erkennen mußten, weder mit dem einen noch mit dem anderen irgendwie hemmen. So entschlossen sie sich in einer letzten Anstrengung zu einem Terrorakt, um unserer weiterer Versammlungstätigkeit damit endgültig einen Riegel vorzuschieben.

Als äußeren Anlaß zu der Aktion benützte man ein höchst geheimnisvolles Attentat auf einen Landtagsabgeordneten namens Erhard Auer. Besagter Erhard Auer sollte abends von irgend jemand angeschossen worden sein. Das heißt, er war es nicht tatsächlich, aber es sei versucht worden, auf ihn zu schießen. Fabelhafte Geistesgegenwart sowie der sprichwörtliche Mut des sozialdemokratischen Parteiführers hätten aber den frevelhaften Angriff nicht nur vereitelt, sondern die verruchten Täter selbst in schmählichste Flucht geschlagen. Sie waren so eilig und so weit geflohen, daß die Polizei auch später von ihnen nicht mehr die leiseste Spur erwischen konnte. Dieser geheimnisvolle Vorgang wurde von dem Organ der sozialdemokratischen Partei in München nun benützt, um in maßlosester Weise gegen die Bewegung zu hetzen und darunter auch in altgewohnter Geschwätzigkeit anzudeuten, was demnächst kommen müsse. Es sei dafür gesorgt, daß unsere Bäume nicht in den Himmel wüchsen, sondern daß von proletarischen Fäusten nun rechtzeitig eingegriffen würde.

Und wenige Tage später war schon der Tag des Eingriffs da.

Eine Versammlung im Münchener Hofbräuhausfestsaal, in der ich selber sprechen sollte, war zur endgültigen Auseinandersetzung gewählt worden.

Am 4. November 1921 erhielt ich nachmittags zwischen sechs und sieben Uhr die ersten positiven Nachrichten, daß die Versammlung unbedingt gesprengt werden würde, und daß man zu diesem Zweck besonders aus einigen roten Betrieben große Arbeitermassen in die Versammlung zu schikken beabsichtige.

Einem unglücklichen Zufall war es zuzuschreiben, daß wir diese Verständigung nicht schon früher bekamen. Wir hatten am selben Tage unsere alte ehrwürdige Geschäftsstelle in der Sterneckergasse in München aufgegeben und waren in eine neue übersiedelt, das heißt, wir waren aus der alten fort, konnten aber in die neue nicht hinein, weil in ihr noch gearbeitet wurde. Da auch das Telephon in der einen abgerissen und in der zweiten noch nicht eingebaut war, sind an diesem Tage eine ganze Anzahl telephonischer Versuche, die beabsichtigte Sprengung uns mitzuteilen, vergeblich gewesen.

Dies hatte zur Folge, daß die Versammlung selbst nur durch sehr schwache Ordnertruppen geschützt war. Nur eine zahlenmäßig wenig starke Hundertschaft von sechsundvierzig Köpfen war anwesend, der Alarmapparat aber noch nicht so ausgebaut, um abends im Verlauf von einer Stunde eine ausgiebige Verstärkung herbeizuholen. Dazu kam noch, daß ja derartige alarmierende Gerüchte schon unzählige Male uns zu Ohren gekommen waren, ohne daß dann irgend etwas Besonderes geschehen war. Der alte Spruch, daß angekündigte Revolutionen meist ausbleiben, hatte sich auch bei uns bis dahin noch immer als richtig erwiesen.

So geschah auch aus diesem Grunde vielleicht nicht alles, was an dem Tage hätte geschehen können, um mit brutalster Entschlossenheit einer Sprengung entgegenzutreten.

Endlich hielten wir den Münchener Hofbräuhausfestsaal für eine Sprengung als denkbar ungeeignet. Wir hatten sie mehr für die größten Säle befürchtet, besonders für den Zirkus. Insofern hat uns dieser Tag eine wertvolle Lehre gegeben. Wir haben später die ganzen Fragen, ich darf schon sagen, mit wissenschaftlicher Methodik studiert und sind zu Resultaten gekommen, die zum Teil ebenso unglaublich wie interessant waren und in der Folgezeit für die organisatorische und taktische Leitung unserer Sturmabteilungen von grundlegender Bedeutung waren.

Als ich um drei Viertel acht Uhr in die Vorhalle des Hofbräuhauses kam, konnte allerdings ein Zweifel über die vorhandene Absicht nicht mehr bestehen. Der Saal war übervoll und deshalb polizeilich gesperrt worden. Die Gegner, die sehr früh erschienen waren, befanden sich im Saal und unsere Anhänger zum größten Teil draußen. Die kleine SA. erwartete mich in der Vorhalle. Ich ließ die Türen zum großen Saal schließen und hieß dann die fünfundvierzig oder sechsundvierzig Mann antreten. Ich habe den Jungen vorgestellt, daß sie wahrscheinlich heute der Bewegung zum ersten Male auf Biegen und Brechen die Treue halten müßten, und daß keiner von uns den Saal verlassen dürfe, außer sie trügen uns als Tote hinaus; ich würde selbst im Saale bleiben, glaubte nicht, daß mich auch nur einer von ihnen verlassen würde; erblickte ich aber selber einen, der sich als Feigling erweise, so würde ich ihm persönlich die Binde herunterreißen und das Abzeichen fortnehmen. Dann forderte ich sie auf, beim geringsten Versuch zur Sprengung augenblicklich vorzugehen und dessen eingedenk zu sein, daß man sich am besten verteidigt, indem man selbst angreift.

Ein dreifaches Heil, das dieses Mal rauher und heiserer klang als sonst, war die Antwort.

Dann ging ich in den Saal hinein und konnte nun mit eigenen Augen die Lage überblicken. Sie saßen dick herinnen und suchten mich schon mit Augen zu durchbohren. Zahllose Gesichter waren mit verbissenem Haß mir zugewandt, während andere wieder, unter höhnischen Grimassen, sehr eindeutige Zurufe losließen. Man würde heute „Schluß machen mit uns", wir sollten auf unsere Gedärme achtgeben, man würde uns das Maul endgültig verstopfen, und was es solcher schönen Redensarten sonst noch gab. Sie waren sich ihrer Übermacht bewußt und fühlten sich danach.

Dennoch konnte die Versammlung eröffnet werden, und ich begann zu sprechen. Ich stand im Hofbräuhausfestsaal immer an einer der Längsfronten des Saales, und mein Podium war ein Biertisch. Ich befand mich also eigentlich mitten unter den Leuten. Vielleicht trug dieser Umstand dazu bei, um gerade in diesem Saale immer eine Stimmung entstehen zu lassen, wie ich sie sonst an keiner Stelle ähnlich wieder gefunden habe.

Vor mir, besonders links vor mir, saßen und standen lauter Gegner. Es waren durchaus robuste Männer und Burschen, zu einem großen Teil aus der Maffei-Fabrik, von Kustermann, aus den Isariazählerwerken usw. Die linke Saalwand entlang hatten sie sich bereits ganz dicht bis an meinen Tisch vorgeschoben und begannen nun Maßkrüge zu sammeln, d.h. sie bestellten immer wieder Bier und stellten die ausgetrunkenen Krüge unter den Tisch. Ganze Batterien entstanden so, und es hätte mich wundergenommen, wenn die Sache heute wieder gut ausgegangen wäre.

Nach ungefähr eineinhalb Stunden – solange konnte ich trotz aller Zwischenrufe sprechen – war es fast so, als ob ich Herr der Lage würde. Die Führer der Sprengtrupps schienen dies selbst auch zu fühlen; denn sie wurden immer unruhiger, gingen öfters hinaus, kamen wieder herein und redeten sichtlich nervös auf ihre Leute ein.

Ein psychologischer kleiner Fehler, den ich in der Abwehr eines Zwischenrufes beging und der mir, kaum, daß ich das Wort aus dem Munde hatte, selbst zum Bewußtsein kam, gab das Signal zum Losschlagen.

Ein paar zornige Zwischenrufe, und ein Mann sprang plötzlich auf einen Stuhl und brüllte in den Saal hinein: „Freiheit!" Auf welches Signal hin die Freiheitskämpfer mit ihrer Arbeit begannen.

In wenigen Sekunden war der ganze Raum erfüllt von einer brüllenden und schreienden Menschenmenge, über die, Haubitzenschüssen ähnlich, unzählige Maßkrüge flogen; dazwischen das Krachen von Stuhlbeinen, das Zerplatzen der Krüge, Gröhlen und Johlen und Aufschreien.

Es war ein blödsinniger Spektakel.

Ich blieb auf meinem Platz stehen und konnte beobachten, wie restlos meine Jungen ihre Pflicht erfüllten. Da hätte ich eine bürgerliche Versammlung sehen mögen!

Der Tanz hatte noch nicht begonnen, als auch schon meine Sturmtruppler, denn so hießen sie von diesem Tage an, angriffen. Wie Wölfe stürzten sie in Rudeln von acht oder zehn immer wieder auf ihre Gegner los und begannen sie nach und nach tatsächlich aus dem Saale zu dreschen. Schon nach fünf Minuten sah ich kaum mehr einen von ihnen, der nicht schon blutüberströmt gewesen wäre. Wie viele habe ich damals erst so recht kennengelernt; an der Spitze meinen braven Maurice, meinen heutigen Privatsekretär Heß und viele andere, die, selbst schon schwer verletzt, immer wieder angriffen, solange sie sich nur auf den Beinen halten konnten. Zwanzig Minuten lang dauerte der Höllenlärm, dann aber waren die Gegner, die vielleicht siebenund achthundert Mann zählen mochten, von meinen nicht einmal fünfzig Mann zum größten Teil aus dem Saale geschlagen und die Treppen hinuntergejagt. Nur in der linken rückwärtigen Saalecke hielt sich noch ein großer Haufen und leistete erbittertsten Widerstand. Da vielen plötzlich vom Saaleingang zum Podium her zwei Pistolenschüsse, und nun ging eine wilde Knallerei los. Fast jubelte einem doch wieder das Herz angesichts solcher Auffrischung alter Kriegserlebnisse.

Wer schoß, ließ sich von da ab nicht mehr unterscheiden; nur das eine konnte man feststellen, daß von dem Augenblick an sich die Wut meiner blutenden Jungen noch mächtig gesteigert hatte und endlich die letzten Störer, überwältigt, aus dem Saal hinausgetrieben wurden.

Es waren ungefähr fünfundzwanzig Minuten vergangen; der Saal selbst sah aus, als ob eine Granate eingeschlagen hätte. Viele meiner Anhänger wurden gerade verbunden, andere mußten weggefahren werden, allein wir waren die Herren der Lage geblieben. Hermann Esser, der an diesem Abend die Versammlungsleitung übernommen hatte, erklärte: „Die Versammlung geht weiter. Das Wort hat der Referent", und ich sprach dann wieder.

Nachdem wir die Versammlung selbst schon geschlossen hatten, kam plötzlich ein aufgeregter Polizeileutnant hereingestürzt und krähte mit wildfuchtelnden Armen in den Saal hinein: „Die Versammlung ist aufgelöst."

Unwillkürlich mußte ich über diesen Nachzügler der Ereignisse lachen; echt polizeiliche Wichtigtuerei. Je kleiner sie sind, um so größer müssen sie wenigstens scheinen.

Wir hatten an dem Abend wirklich viel gelernt, und auch unsere Gegner haben die Lehre, die sie ihrerseits empfangen hatten, nicht mehr vergessen.

Bis zum Herbst 1923 hat uns seitdem die „Münchener Post" keine Fäuste des Proletariats mehr angekündigt.

8. Kapitel

Der Starke ist am mächtigsten allein

Ich habe im vorhergehenden das Bestehen einer Arbeitsgemeinschaft deutschvölkischer Verbände erwähnt und möchte an dieser Stelle das Problem dieser Arbeitsgemeinschaften kurz erörtern.

Im allgemeinen versteht man unter einer Arbeitsgemeinschaft eine Gruppe von Verbänden, die zur Erleichterung ihrer Arbeit in ein gewisses gegenseitiges Verhältnis treten, eine gemeinsame Führung von mehr oder minder großer Kompetenz wählen und nun gemeinsame Aktionen gemeinsam durchführen. Schon daraus geht hervor, daß es sich hierbei um Vereine, Verbände oder Parteien handeln muß, deren Ziele und Wege nicht zu weit auseinanderliegen. Es wird behauptet, dies sei auch immer der Fall. Es wirkt nun für den normalen Durchschnittsbürger ebenso erfreulich wie beruhigend, zu hören, daß solche Verbände endlich, indem sie sich in solcher „Arbeitsgemeinschaft" zusammenfinden, das „Gemeinsam-Verbindende" entdeckt haben und das „Trennende zurückstellen". Dabei herrscht die allgemeine Überzeugung, daß einer solchen Vereinigung dann eine enorme Kraftsteigerung zukomme, und daß die ansonst schwachen Grüppchen dadurch plötzlich zu einer Macht geworden seien.

Dies ist jedoch meistens falsch!

Es ist interessant und in meinen Augen zum besseren Verständnis dieser Frage wichtig, sich Klarheit darüber zu verschaffen, wieso es denn überhaupt zur Bildung von Verbänden, Vereinen oder dergleichen kommen kann, die alle behaupten, das gleiche Ziel verfolgen zu wollen. An und für sich wäre es doch logisch, daß ein Ziel auch nur von einem Verband verfochten wird und daß vernünftigerweise nicht mehrere Verbände das gleiche Ziel verfechten. Ohne Zweifel war jenes Ziel zuerst nur von einem Verband ins Auge gefaßt worden. Ein Mann verkündet an irgendeiner Stelle eine Wahrheit, ruft zur Lösung einer bestimmten Frage auf, setzt ein Ziel und bildet eine Bewegung, die der Verwirklichung seiner Absicht dienen soll.

Es wird somit ein Verein oder eine Partei gegründet, die, je nach ihrem Programm, entweder die Beseitigung bestehender Mißstände oder die Erreichung eines besonderen Zustandes in der Zukunft herbeiführen soll.

Sowie einmal eine solche Bewegung ins Leben getreten ist, besitzt sie damit praktisch ein gewisses Prioritätsrecht. Es wäre nun eigentlich selbstverständlich, daß alle Menschen, die das gleiche Ziel wie sie zu verfechten gedenken, sich in eine solche Bewegung einfügen und deren Kraft dadurch stärken, um so der gemeinsamen Arbeit besser dienen zu können. Besonders jeder geistig regsame Kopf müßte gerade in einer solchen Eingliederung die Voraussetzung zum wirklichen Erfolg gemeinsamen Ringens empfinden. Mithin müßte es vernünftigerweise und bei einer gewissen Redlichkeit (auf die kommt, wie ich später nachweisen will, sehr viel an) für ein Ziel auch nur eine Bewegung geben.

Daß dem nicht so ist, kann zwei Ursachen zugeschrieben werden. Die eine davon möchte ich fast als eine tragische bezeichnen, während die zweite erbärmlich und in der menschlichen Schwäche selbst zu suchen ist. Im tiefsten Grund sehe ich aber in beiden nur Tatsachen, die geeignet sind, das Wollen an sich, die Energie und Intensität desselben zu steigern und durch diese Höherzüchtung menschlicher Tatkraft die Lösung des in Frage stehenden Problems endlich zu ermöglichen.

Die tragische Ursache, warum es bei der Lösung einer bestimmten Aufgabe meist nicht bei einem einzigen Verbande bleibt, ist folgende: Jede Tat großen Stils auf dieser Erde wird im allgemeinen die Erfüllung eines in Millionen Menschen schon längst vorhanden gewesenen Wunsches, einer im stillen von vielen gehegten Sehnsucht sein. Ja, es kann vorkommen, daß Jahrhunderte sehnsuchtsvoll die Lösung einer bestimmten Frage herbeiwünschen, weil sie unter der Unerträglichkeit eines bestehenden Zustandes seufzen, ohne daß die Erfüllung dieses allgemeinen Sehnens in Erscheinung träte. Völker, die aus einer solchen Not überhaupt keine heroische Lösung mehr finden, kann man als impotent bezeichnen, während wir die Lebenskraft eines Volkes und die durch sie noch verbürgte Bestimmung zum Leben am schlagendsten dann bewiesen sehen, wenn ihm für die Befreiung aus einem großen Zwange oder zur Beseitigung einer bitteren Not oder zur Befriedigung seiner ruhelos, weil unsicher gewordenen Seele vom Schicksal eines Tages der dafür begnadete Mann geschenkt wird, der endlich die lang ersehnte Erfüllung bringt.

Es liegt nun ganz im Wesen sogenannter großer Zeitfragen, daß sich an ihrer Lösung Tausende betätigen, daß viele sich berufen glauben, ja, daß das Schicksal selbst verschiedene zur Wahl vorschlägt, um nun im freien Spiel der Kräfte dem Stärkeren, Tüchtigeren endgültig den Sieg zu geben und ihm die Lösung des Problems anzuvertrauen.

So mag es sein, daß Jahrhunderte, unzufrieden mit der Gestaltung ihres religiösen Lebens, sich nach einer Erneuerung sehnen, und daß aus diesem seelischen Drange heraus Dutzende und mehr Männer erstehen, die sich auf Grund ihrer Einsicht und ihres Wissens zur Lösung dieser religiösen Not berufen glauben, um als Propheten einer neuen Lehre oder wenigstens als Kämpfer gegen eine bestehende in Erscheinung zu treten.

Sicher wird auch hier, kraft natürlicher Ordnung, der Stärkste dazu bestimmt sein, die große Mission zu erfüllen; allein die Erkenntnis, daß eben dieser eine der ausschließlich Berufene sei, pflegt den anderen meistens erst sehr spät zu kommen. Sie sehen sich im Gegenteil alle als gleichberechtigt und berufen zur Lösung der Aufgabe an, und die Mitwelt vermag gewöhnlich am allerwenigsten zu unterscheiden, wer von ihnen – weil allein zum Höchsten befähigt – einzig ihre Unterstützung verdient.

So treten im Laufe von Jahrhunderten, ja oft innerhalb eines gleichen Zeitabschnittes verschiedene Männer auf, gründen Bewegungen, um Ziele zu verfechten, die, wenigstens behauptungsweise, die gleichen sind oder doch von der großen Masse als gleich empfunden werden. Das Volk selbst hegt wohl unbestimmte Wünsche und hat allgemeine Überzeugungen, ohne sich indes über das eigentliche Wesen des Zieles oder des eigenen Wunsches oder gar der Möglichkeit ihrer Erfüllung genau klar werden zu können.

Die Tragik liegt darin, daß jene Männer auf ganz verschiedenen Wegen einem gleichen Ziele zustreben, ohne sich zu kennen, und daher, im reinsten Glauben an ihre eigene Mission, sich für verpflichtet halten, ohne Rücksicht auf andere ihre eigenen Wege zu gehen.

Daß solche Bewegungen, Parteien, religiöse Gruppen vollkommen unabhängig voneinander, allein aus dem allgemeinen Zeitwollen heraus, entstehen, um sich nach einer gleichen Richtung zu betätigen, ist das, was wenigstens auf den ersten Blick als tragisch erscheint, weil man allzusehr zu der Meinung neigt, die auf verschiedene Wege zerstreute Kraft könnte, auf einen einzigen zusammengefaßt, schneller und sicherer zum Erfolge führen. Dies ist aber nicht der Fall. Sondern die Natur selbst trifft in ihrer unerbittlichen Logik den Entscheid, indem sie die verschiedenen Gruppen miteinander in den Wettbewerb treten und um die Siegespalme ringen läßt und die Bewegung ans Ziel führt, die den klarsten, nächsten und sichersten Weg gewählt hat.

Wie aber sollte die Richtigkeit oder Unrichtigkeit eines Weges von außen her bestimmt werden, wenn nicht dem Spiel der Kräfte freie Bahn gegeben, die letzte Bestimmung dem doktrinären Entscheid menschlicher Besserwisser entzogen und der untrügerischen Beweisführung des sichtbaren Erfolges überantwortet worden wäre, der schließlich der Richtigkeit einer Handlung immer die letzte Bestätigung geben wird!

Marschieren also verschiedene Gruppen auf getrennten Wegen dem gleichen Ziele zu, so werden sie, soweit sie von dem Vorhandensein ähnlicher Bestrebungen Kenntnis genommen haben, die Art ihres Weges gründlicher überprüfen, denselben womöglich abkürzen und unter Anspannung ihrer äußersten Energie versuchen, das Ziel schneller zu erreichen.

So ergibt sich aus diesem Wettkampf eine Höherzüchtung des einzelnen Kämpfers, und die Menschheit hat ihre Erfolge nicht selten mit den Lehren zu verdanken, die aus dem Mißgeschick gescheiterter früherer Versuche gezogen wurden.

So können wir in der auf den ersten Blick tragisch erscheinenden Tatsache anfänglicher, ohne bewußtes Verschulden einzelner entstandener Zersplitterung das Mittel erkennen, durch welches schließlich das beste Verfahren erzielt wurde.

Wir sehen in der Geschichte, daß nach Anschauung der meisten die beiden Wege, welche dereinst zur Lösung der deutschen Frage einzuschlagen möglich waren und deren hauptsächlichste Repräsentanten und Verfechter Österreich und Preußen, Habsburg und Hohenzollern gewesen sind, von vornherein hätten zusammengelegt werden müssen; man hätte sich nach ihrer Ansicht dem einen oder dem anderen Weg in vereinigter Kraft anvertrauen sollen. Dann aber würde damals der Weg des zuletzt bedeutenderen Vertreters beschritten worden sein; die österreichische Absicht hätte jedoch niemals zu einem Deutschen Reich geführt.

Und nun erstand das Reich stärkster deutscher Einigkeit gerade aus dem, was Millionen Deutsche blutenden Herzens als letztes und furchtbarstes Zeichen unseres Bruderzwistes empfanden: die deutsche Kaiserkrone wurde in Wahrheit auf dem Schlachtfelde von Königgrätz geholt und nicht in den Kämpfen vor Paris, wie man nachträglich meinte.

So war die Gründung des Deutschen Reiches an sich nicht das Ergebnis irgendeines gemeinsamen Wollens auf gemeinsamen Wegen, sondern vielmehr das Ergebnis bewußten, manchmal auch unbewußten Ringens nach der Hegemonie, aus welchem Ringen Preußen endlich als Sieger hervorging. Und wer nicht in parteipolitischer Verblendung der Wahrheit entsagt, der wird bestätigen müssen, daß die sogenannte Weisheit der Menschen niemals den gleichen weisen Entschluß gefaßt haben würde, wie ihn die Weisheit des Lebens, d.h. des freien Spiels der Kräfte, endlich Wirklichkeit hat werden lassen. Denn wer hätte in deutschen Landen vor zweihundert Jahren wohl ernstlich geglaubt, daß das Hohenzollernsche Preußen dereinst Keimzelle, Gründer und Lehrer des neuen Reiches sein würde und nicht Habsburg?! Wer wollte dagegen heute noch leugnen, daß das Schicksal so besser gehandelt hat; ja, wer könnte sich heute überhaupt noch ein Deutsches Reich vorstellen, getragen von den Grundsätzen einer faulingen und verkommenen Dynastie?

Nein, die natürliche Entwicklung hat, wenn auch nach jahrhundertelangem Kampf, endlich doch den Besten auf die Stelle gebracht, auf die er gehörte.

Das wird immer so sein, wird ewig so bleiben, wie es bisher immer so war.

Deshalb ist es nicht zu beklagen, wenn sich verschiedene Leute auf den Weg begeben, um ans gleiche Ziel zu gelangen: Der Kräftigste und Schnellste wird auf solche Weise erkannt und wird Sieger werden.

Es gibt nun noch eine zweite Ursache dafür, warum im Völkerleben häufig Bewegungen scheinbar gleicher Art das scheinbar gleiche Ziel dennoch auf verschiedenen Wegen zu erreichen suchen. Diese Ursache ist nicht nur nicht tragisch, sondern sogar recht erbärmlich. Sie liegt in der traurigen Mischung von Neid, Eifersucht, Ehrgeiz und diebischer Gesinnung, die man leider in einzelnen Subjekten der Menschheit manches Mal vereinigt findet.

Sowie nämlich ein Mann auftritt, der die Not seines Volkes tief erkennt und nun, nachdem er sich über das Wesen der Krankheit letzte Klarheit verschafft hat, ernstlich versucht, sie zu beheben, wenn er ein Ziel fixiert und den Weg gewählt hat, der zu diesem Ziele führen kann – dann werden sofort kleine und kleinste Geister aufmerksam und verfolgen nun eifrig das Tun dieses Mannes, der die Augen der Öffentlichkeit auf sich gezogen hat. Genau wie Sperlinge, die, scheinbar gänzlich uninteressiert, in Wirklichkeit aber dennoch aufs äußerste gespannt, einen glücklicheren Genossen, der ein Stückchen Brot gefunden hat, dauernd beobachten, um plötzlich in einem unbedachten Augenblick zu räubern, so auch diese Menschen. Es braucht einer nur sich auf einen neuen Weg zu begeben, so werden schon viele faule Herumlungerer stutzig und wittern irgendeinen lohnenden Bissen, der vielleicht am Ende dieses Weges liegen könnte. Sowie sie dann herausgebracht, wo er etwa zu finden ist, machen sie sich eifrig auf die Beine, um auf einem anderen, womöglich schnelleren Weg zum Ziele zu kommen.

Ist nun die neue Bewegung gegründet und hat sie ihr bestimmtes Programm empfangen, dann kommen jene Menschen und behaupten, dieses gleiche Ziel zu verfechten; doch beileibe nicht, indem sie sich redlich in die Reihen einer solchen

Bewegung stellen und so die Priorität derselben anerkennen, sondern sie bestehlen das Programm und gründen darauf eine eigene Partei. Sie sind dabei unverschämt genug, der gedankenlosen Mitwelt zu versichern, daß sie schon lange vorher genau dasselbe gewollt hätten wie der andere, und nicht selten gelingt es ihnen, sich damit in günstiges Licht zu setzen, anstatt berechtigterweise der allgemeinen Verachtung zu verfallen. Denn ist es nicht eine große Unverfrorenheit, vorzugeben, die Aufgabe, die ein anderer auf seine Fahne geschrieben hat, auf die eigene zu schreiben, dessen programmatische Richtpunkte zu entlehnen, dann aber, als hätte man selbst dies alles geschaffen, seine eigenen Wege zu gehen? Diese Unverfrorenheit zeigt sich aber besonders darin, daß dieselben Elemente, die zuerst durch ihre Neugründungen die Zersplitterung verursacht haben, erfahrungsgemäß am allermeisten von der Notwendigkeit der Einigkeit und Einheit reden, sobald sie zu bemerken glauben, daß der Vorsprung des Gegners doch nicht mehr eingeholt werden kann.

Solchem Vorgang ist die sogenannte „völkische Zersplitterung" zu verdanken.

Allerdings war die Bildung einer ganzen Reihe als völkisch bezeichneter Gruppen, Parteien usw. im Jahre 1918/19 von den Gründern gänzlich unverschuldet aus der natürlichen Entwicklung der Dinge heraus erfolgt. Aus ihnen allen hatte sich schon im Jahre 1920 die NSDAP. als Siegerin langsam herauskristallisiert. Die grundsätzliche Redlichkeit jener einzelnen Gründer konnte nun durch nichts glänzender bewiesen werden als durch den bei vielen wahrhaft bewundernswerten Entschluß, der stärkeren Bewegung die eigene, ersichtlich weniger erfolgreiche zum Opfer zu bringen, d.h. sie aufzulösen oder bedingungslos einzugliedern.

Dies gilt besonders für den Hauptkämpfer der damaligen Deutschsozialistischen Partei in Nürnberg, Julius Streicher. Die NSDAP. und die DSP. waren mit gleichen Schlußzielen, jedoch gänzlich unabhängig voneinander, entstanden. Hauptsächlichster Vorkämpfer der DSP. war, wie gesagt, der damalige Lehrer Julius Streicher in Nürnberg. Zunächst war auch er von der Mission und der Zukunft seiner Bewegung heilig überzeugt. Sowie er aber die größere Kraft und das stärkere Wachstum der NSDAP. klar und zweifelsfrei erkennen konnte, stellte er seine Tätigkeit für die DSP. und die Werkgemeinschaft ein und forderte seine Anhänger auf, sich der aus dem gegenseitigen Ringen siegreich hervorgegangenen NSDAP. einzuordnen und nun in ihren Reihen für das gemeinsame Ziel weiterzufechten. Ein persönlich ebenso schwerer als grundanständiger Entschluß.

Aus dieser ersten Zeit der Bewegung ist denn auch keinerlei Zersplitterung übriggeblieben, sondern fast durchwegs hat das ehrliche Wollen der damaligen Männer auch zum ehrlichen, geraden und richtigen Ende geführt. Das, was wir heute mit dem Wort „völkische Zersplitterung" belegen, verdankt seine Existenz, wie schon betont, ausnahmslos der zweiten der von mir angeführten Ursachen: Ehrgeizige Männer, die vordem nie eigene Gedanken, noch viel weniger eigene Ziele gehabt hatten, fühlten sich genau in dem Moment „berufen", in welchem sie den Erfolg der NSDAP. unleugbar reifen sahen.

Plötzlich entstanden Programme, die restlos von dem unseren abgeschrieben waren, Ideen wurden verfochten, die man von uns entlehnt, Ziele aufgestellt, für die wir schon seit Jahren gekämpft, Wege gewählt, welche die NSDAP. schon längst beschritten hatte. Man versuchte mit allen Mitteln zu begründen, warum man diese neuen Parteien, trotz der längst bestehenden NSDAP., zu bilden gezwungen gewesen sei; allein, je edlere Motive man unterschob, um so unwahrer waren jene Phrasen.

In Wahrheit war ein einziger Grund maßgebend gewesen: der persönliche Ehrgeiz der Begründer, eine Rolle spielen zu wollen, zu der die eigene zwergenhafte Erscheinung von sich aus wirklich nichts mitbrachte als eine große Kühnheit, fremde Gedanken zu übernehmen, eine Kühnheit, die man im sonstigen bürgerlichen Leben als diebisch zu bezeichnen pflegt.

Es gab damals nichts an Vorstellungen und Ideen anderer, was ein solcher politischer Kleptomane nicht in kürzester Zeit für sein neues Geschäft angesammelt hätte. Die solches taten, waren aber dieselben Leute, die dann später tränenden Auges die „völkische Zersplitterung" tief beklagten und unausgesetzt von der „Notwendigkeit der Einheit" redeten, in der stillen Hoffnung, die anderen endlich doch so weit übertölpeln zu können, daß sie, des ewigen anklagenden Geschreies müde, zu den bisher gestohlenen Ideen auch noch die für deren Durchführung geschaffenen Bewegungen den Dieben hinwerfen würden.

Gelang ihnen dies jedoch nicht und hielt die Rentabilität der neuen Unternehmungen, dank der geringen geistigen Ausmaße ihrer Besitzer, nicht das, was man sich von ihr versprochen hatte, dann pflegte man es allerdings billiger zu geben und war schon glücklich, wenn man in einer der sogenannten Arbeitsgemeinschaften landen konnte.

Alles, was damals nicht auf eigenen Beinen zu stehen vermochte, schloß sich zu solchen Arbeitsgemeinschaften zusammen; wohl von dem Glauben ausgehend, daß acht Lahme, ineinander eingehängt, sicherlich einen Gladiator ergeben.

Befand sich aber unter den Lahmen wirklich ein Gesunder, dann brauchte er schon seine ganze Kraft, nur um die anderen auf den Beinen zu halten, und wurde dadurch endlich selbst gelähmt.

Das Zusammengehen in sogenannten Arbeitsgemeinschaften haben wir immer als eine Frage der Taktik anzusehen; doch dürfen wir uns dabei von folgender grundsätzlichen Erkenntnis niemals trennen:

Durch die Bildung einer Arbeitsgemeinschaft werden schwache Verbände niemals in kräftige verwandelt, wohl aber kann und wird ein kräftiger Verband durch sie nicht selten eine Schwächung erleiden. Die Meinung, daß aus der Zusammenstellung schwacher Gruppen sich ein Kraftfaktor ergeben müsse, ist unrichtig, da die Majorität in jeglicher Form und unter allen Voraussetzungen erfahrungsgemäß die Repräsentantin der Dummheit und der Feigheit sein wird und mithin jede Vielheit von Verbänden, sowie sie durch eine selbstgewählte mehrköpfige Leitung dirigiert wird, der Feigheit und Schwäche ausgeliefert ist. Auch wird durch solchen Zusammenschluß das freie Spiel der Kräfte unterbunden, der Kampf zur Auslese der Besten abgestellt und somit der notwendige und endgültige Sieg des Gesünderen und Stärkeren für immer verhindert. Es sind also derartige Zusammenschlüsse Feinde der natürlichen Entwicklung, denn meist hindern sie die Lösung des Problems, für das gekämpft wird, weit mehr, als sie sie fördern.

Es kann vorkommen, daß aus rein taktischen Erwägungen heraus die oberste Leitung einer Bewegung, die in die Zukunft sieht, dennoch mit ähnlichen Verbänden über die Behandlung bestimmter Fragen auf ganz kurze Zeit eine Einigung eingeht und vielleicht auch gemeinsame Schritte unternimmt. Allein dies darf nie zur Verewigung solchen Zustandes führen, will nicht die Bewegung selbst damit auf ihre erlösende Mission Verzicht leisten. Denn hat sie sich erst endgültig in einer solchen Vereinigung verstrickt, verliert sie die Möglichkeit und auch das Recht, im Sinne einer natürlichen Entwicklung ihre eigene Kraft sich voll auswirken zu lassen, so die Rivalen zu überwinden und als Siegerin das gesteckte Ziel zu erreichen.

Man vergesse niemals, daß alles wirklich Große auf dieser Welt nicht erkämpft wurde von Koalitionen, sondern daß es stets der Erfolg eines einzelnen Siegers war. Koalitionserfolge tragen schon durch die Art ihrer Herkunft den Keim zu künftigem Abbröckeln, ja zum Verlust des schon Erreichten. Große, wahrhaft weltumwälzende Revolutionen geistiger Art sind überhaupt nur denkbar und zu verwirklichen als Titanenkämpfe von Einzelgebilden, niemals aber als Unternehmen von Koalitionen.

So wird auch vor allem der völkische Staat niemals geschaffen werden durch das kompromißhafte Wollen einer völkischen Arbeitsgemeinschaft, sondern nur durch den stahlharten Willen einer einzigen Bewegung, die sich durchgerungen hat gegen alle.

9. Kapitel

Grundgedanken über Sinn und Organisation der SA.

Die Stärke des alten Staates ruhte auf drei Säulen: der monarchischen Staatsform, dem Verwaltungskörper und dem Heer. Die Revolution des Jahres 1918 hat die Staatsform beseitigt, das Heer zersetzt und den Verwaltungskörper der Parteikorruption ausgeliefert. Damit sind aber die wesentlichsten Stützen einer sogenannten Staatsautorität zerschlagen worden. Diese beruht an sich fast immer auf drei Elementen, die grundsätzlich jeder Autorität zugrunde liegen.

Das erste Fundament zur Bildung von Autorität bietet stets die Popularität. Eine Autorität jedoch, die allein auf diesem Fundamente ruht, ist noch äußerlich schwach, unsicher und schwankend. Jeder Träger einer solchen rein auf Popularität fußenden Autorität muß deshalb trachten, die Grundlage dieser Autorität zu verbessern und zu sichern durch Bildung von Macht. In der Macht also, in der Gewalt, sehen wir die zweite Grundlage jeder Autorität. Sie ist bereits wesentlich stabiler, sicherer, durchaus aber nicht immer kraftvoller als die erste. Vereinen sich Popularität und Gewalt und vermögen sie gemeinsam eine gewisse Zeit zu überdauern, dann kann eine Autorität auf noch festerer Grundlage erstehen, die Autorität der Tradition. Wenn endlich Popularität, Kraft und Tradition sich verbinden, darf eine Autorität als unerschütterlich betrachtet werden.

Durch die Revolution ist dieser letzte Fall vollständig ausgeschaltet worden. Ja, es gab nicht einmal mehr eine Autorität der Tradition. Mit dem Zusammenbruch des alten Reiches, der Beseitigung der alten Staatsform, der Vernichtung der ehemaligen Hoheitszeichen und Reichssymbole ist die Tradition jäh abgerissen worden. Die Folge davon war die schwerste Erschütterung der Staatsautorität.

Selbst die zweite Säule der Staatsautorität, die Gewalt, war nicht mehr vorhanden. Um überhaupt die Revolution durchführen zu können, war man gezwungen gewesen, die Verkörperung der organisierten Kraft und Gewalt des Staates, nämlich das Heer, zu zersetzen; ja, man mußte die zerfressenen Teile der Armee selbst als revolutionäre Kampfelemente verwenden. Wenn auch die Frontarmeen dieser Zersetzung in nicht einheitlichem Maße anheimgefallen waren, so wurden sie doch, je mehr sie die ruhmvollen Stätten ihres viereinhalbjährigen heldenhaften Ringens hinter sich ließen, von der Säure der Desorganisation der Heimat angefressen und endeten, in den Demobilmachungsorganisationen angekommen, ebenfalls im Durcheinander des sogenannten freiwilligen Gehorsams der Soldatenratsepoche.

Auf diese meuternden, den Heeresdienst im Sinne einer achtstündigen Arbeitszeit auffassenden Soldatenhaufen konnte man allerdings keine Autorität mehr stützen. Damit war das zweite Element, dasjenige, das die Festigkeit der Autorität erst verbürgt, auch beseitigt, und die Revolution besaß eigentlich nur mehr das ursprünglichste, die Popularität, um ihre Autorität darauf aufzubauen. Gerade diese Grundlage war aber eine außerordentlich unsichere. Wohl gelang der Revolution mit einem einzigen gewaltigen Anhieb die Zerschmetterung des alten Staatsgebäudes, allein im tiefsten Grunde doch nur, weil das normale Gleichgewicht innerhalb der Struktur unseres Volkes durch den Krieg schon beseitigt worden war.

Jeder Volkskörper kann in drei große Klassen gegliedert werden: in ein Extrem des besten Menschentums auf der einen Seite, gut im Sinne aller Tugenden, besonders ausgezeichnet durch Mut und Opferfreudigkeit, andererseits ein Extrem des schlechtesten Menschenauswurfs, schlecht im Sinne des Vorhandenseins aller egoistischen Triebe und Laster. Zwischen beiden Extremen liegt als dritte Klasse die große, breite mittlere Schicht, in der sich weder strahlendes Heldentum noch gemeinste Verbrechergesinnung verkörpert.

Zeiten des Emporstiegs eines Volkskörpers zeichnen sich aus, ja existieren nur durch die absolute Führung des extrembesten Teiles.

Zeiten einer normalen, gleichmäßigen Entwicklung oder eines stabilen Zustandes zeichnen sich aus und bestehen durch das ersichtliche Dominieren der Elemente der Mitte, wobei die beiden Extreme sich gegenseitig die Waage halten, beziehungsweise sich aufheben.

Zeiten des Zusammenbruchs eines Volkskörpers werden bestimmt durch das vorherrschende Wirken der schlechtesten Elemente.

Bemerkenswert ist aber dabei, daß die breite Masse, als die Klasse der Mitte, wie ich sie bezeichnen will, nur dann fühlbar in Erscheinung tritt, wenn die beiden Extreme selbst sich in gegenseitigem Ringen binden, daß sie aber im Falle des Sieges eines der Extreme sich stets dem Sieger willfährig unterordnet. Im Falle des Dominierens der Besten wird die breite Masse diesem folgen, im Falle des Emporkommens der Schlechtesten wird sie ihnen mindestens keinen Widerstand entgegensetzen; denn kämpfen wird die Masse der Mitte selber niemals.

Der Krieg hat nun in seinem viereinhalbjährigen blutigen Geschehen das innere Gleichgewicht dieser drei Klassen insofern gestört, als man – bei Anerkennung aller Opfer der Mitte – dennoch feststellen muß, daß er zu einer fast vollständigen Ausblutung des Extrems des besten Menschentums führte. Denn was in diesen viereinhalb Jahren an unersetzlichem deutschen Heldenblut vergossen wurde, ist wirklich ungeheuer. Man summiere alle die Hunderttausende von Einzelfällen zusammen, in denen es immer wieder hieß: Freiwillige vor die Front, freiwillige Patrouillengänger, freiwillige Meldegänger, Freiwillige für Telephontrupps, Freiwillige für Brückenübergänge, Freiwillige für U-Boote, Freiwillige für Flugzeuge, Freiwillige für Sturmbataillone usw. – immer und immer wieder durch viereinhalb Jahre hindurch bei tausend Anlässen Freiwillige und wieder Freiwillige –, und man sieht stets das gleiche Ergebnis: Der bartlose Jüngling oder der reife Mann, beide von glühender Vaterlandsliebe, von großem persönlichem Mut oder höchstem Pflichtbewußtsein erfüllt, sie meldeten sich. Zehntausend, ja hunderttausend solcher Fälle kamen vor, und allmählich wurde dieses Menschentum immer dünner und dünner. Was nicht fiel, war entweder zu Krüppeln zerschossen oder verkrümelte sich allmählich infolge der Kleinheit der übriggebliebenen Zahl. Man bedenke aber vor allem, daß das Jahr 1914 ganze Armeen aus sogenannten Freiwilligen aufstellte, die, dank der verbrecherischen Gewissenlosigkeit unserer parlamentarischen Taugenichtse, keine gültige Friedensausbildung erhalten hatten und so nun als wehrloses Kanonenfutter dem Feinde preisgegeben waren. Die vierhunderttausend, die damals in den Kämpfen in Flandern fielen oder zu Krüppeln wurden, konnten nicht mehr ersetzt werden. Ihr Verlust war mehr als das Ausscheiden einer bloßen Zahl. Durch ihren Tod schnellte die Waage, auf der guten Seite zu wenig beschwert, in die Höhe, und schwerer wogen nun als früher die Elemente der Gemeinheit, der Niedertracht und der Feigheit, kurz die Masse des Extrems des Schlechten.

Denn noch eins kam dazu:

Nicht nur, daß auf den Schlachtfeldern das Extrem des Besten in der ungeheuerlichsten Weise durch die viereinhalb Jahre hindurch gelichtet worden war, das Extrem des Schlechten hatte sich in der wundervollsten Art unterdessen konserviert. Sicherlich traf auf jeden sich freiwillig meldenden Helden, der nach heiligem Opfertod dann die Stufen nach Walhall emporstieg, ein Drückeberger, der sehr vorsichtig dem Tode den Rücken kehrte, um sich statt dessen mehr oder weniger nützlich in der Heimat zu betätigen.

So ergibt das Ende des Krieges folgendes Bild: Die mittlere breite Schicht der Nation hat ihren Zoll an pflichtgemäßen Blutopfern gebracht; das Extrem der Besten hat sich in vorbildlichem Heldentum fast restlos aufgeopfert; das Extrem der Schlechten, unterstützt durch unsinnigste Gesetze einerseits und durch die Nichtanwendung der Kriegsartikel andererseits, ist leider ebenso restlos erhalten geblieben.

Dieser wohlkonservierte Abschaum unseres Volkskörpers hat dann die Revolution gemacht, und er konnte sie nur machen, weil das Extrem bester Elemente ihm nicht mehr gegenüberstand: – es war nicht mehr am Leben.

Damit aber war die deutsche Revolution von vornherein nur eine bedingt populäre Sache. Nicht das deutsche Volk an sich hat diese Kainstat verbrochen, sondern das lichtscheue Gesindel seiner Deserteure, Zuhälter usw.

Der Mann an der Front, er begrüßte das Ende des blutigen Ringens, war glücklich, die Heimat wieder betreten zu können, Weib und Kind wieder sehen zu dürfen. Allein mit der Revolution selbst hatte er innerlich nichts zu tun; er liebte sie nicht, und noch viel weniger liebte er ihre Erreger und Organisatoren. In den viereinhalb Jahren schwersten Kampfes hatte er die Parteihyänen vergessen, und ihr ganzer Hader war ihm fremd geworden.

Nur bei einem kleinen Teil des deutschen Volkes war die Revolution wirklich populär geworden: nämlich bei jener Klasse ihrer Helfer, die den Rucksack als Erkennungszeichen aller Ehrenbürger dieses neuen Staates gewählt hatten. Sie liebten Revolution nicht um ihrer selbst willen, wie so manche irrtümlich heute noch glauben, sondern wegen ihrer Folgen.

Allein auf die Popularität bei diesen marxistischen Freibeutern ließ sich wahrlich nur schwer eine Autorität dauernd stützen. Und doch brauchte gerade die junge Republik Autorität um jeden Preis, wollte sie nicht nach einem kurzen Chaos von einer sich aus den letzten Elementen der guten Seite unseres Volkes zusammenschließenden Vergeltungsmacht plötzlich wieder verschlungen werden.

Sie fürchteten damals nichts mehr, jene Träger des Umsturzes, als im Strudel ihrer eigenen Wirrnis selber jeden Boden zu verlieren und plötzlich von einer ehernen Faust, wie sie in solchen Zeitläuften öfter als einmal aus dem Leben der Völker herauswächst, gefaßt und auf einen anderen Boden gestellt zu werden. Die Republik mußte sich um jeden Preis konsolidieren.

So war sie fast augenblicklich gezwungen, neben der schwankenden Säule ihrer schwachen Popularität sich wieder eine Organisation der Gewalt zu schaffen, um auf ihr eine festere Autorität begründen zu können.

Als die Matadoren der Revolution in den Tagen des Dezember, Januar, Februar 1918/19 den Boden unter den Füßen wanken fühlten, hielten sie Umschau nach Menschen, die bereit sein würden, die schwache Position, die ihnen die Liebe ihres Volkes bot, durch die Gewalt der Waffe zu stärken. Die „antimilitaristische" Republik brauchte Soldaten. Da aber die erste und einzige Stütze ihrer Staatsautorität – nämlich ihre Popularität – nur in einer Gesellschaft von Zuhältern, Dieben, Einbrechern, Deserteuren, Drückebergern usw. wurzelte, also in jenem Teil des Volkes, den wir als das Extrem des Schlechten bezeichnen müssen, war alles Werben nach Menschen, die das eigene Leben im Dienste des neuen Ideals zu opfern bereit waren, in diesen Kreisen vergebliche Liebesmühe gewesen. Die tragende Schicht des revolutionären Gedankens und der Durchführung der Revolution war weder fähig noch bereit, die Soldaten zum Schutze derselben zu stellen. Denn diese Schicht wollte keineswegs die Organisation eines republikanischen Staatskörpers, sondern die Desorganisation des vorhandenen zur besseren Befriedigung ihrer Instinkte. Ihre Parole hieß nicht: Ordnung und Ausbau der deutschen Republik, als vielmehr: Ausplünderung derselben.

So mußte der Schrei nach Hilfe, den die Volksbeauftragten damals in tausend Ängsten ausstießen, in dieser Schicht ungehört verhallen, ja im Gegenteil Abwehr und Verbitterung auslösen. Denn man empfand in einem solchen Beginnen einen Bruch von Treu und Glauben, witterte man doch in der Bildung einer nicht mehr allein auf ihrer Popularität fußenden, sondern durch Macht gestützten Autorität den Beginn des Kampfes gegen das für diese Elemente allein Maßgebliche der Revolution: gegen das Recht auf Diebstahl und zuchtlose Herrschaft einer aus den Mauern der Zuchthäuser ausgebrochenen und von ihren Ketten befreiten Horde von Dieben und Plünderern, kurz schlechtem Gesindel.

Die Volksbeauftragten mochten rufen soviel sie wollten, es kam niemand aus ihren Reihen, und nur der Gegenruf „Verräter" gab ihnen die Auffassung jener Träger ihrer Popularität kund.

Damals fanden sich zum ersten Male zahlreiche junge Deutsche bereit, im Dienste der „Ruhe und Ordnung", wie sie meinten, noch einmal den Soldatenrock zuzuknöpfen, Karabiner und Gewehr über die Schulter zu nehmen, um mit angezogenem Stahlhelm den Destrukteuren der Heimat entgegenzutreten. Als freiwillige Soldaten schlossen sie sich in freie Korps zusammen und begannen, während sie die Revolution grimmig haßten, dieselbe Revolution zu beschützen und dadurch praktisch zu festigen.

Im besten Glauben handelten sie so.

Der wirkliche Organisator der Revolution und ihr tatsächlicher Drahtzieher, der internationale Jude, hatte damals die Situation richtig abgeschätzt. Das deutsche Volk war noch nicht reif, um in den bolschewistischen Blutsumpf hineingezerrt werden zu können, wie dies in Rußland gelang. Es lag dies zum großen Teil an der rassisch immer noch größeren Einheit zwischen deutscher Intelligenz und deutschem Handarbeiter. Weiter in der großen Durchdringung selbst breitester Volksschichten mit Bildungselementen, wie dies ähnlich nur in den andern westeuropäischen Staaten der Fall ist, in Rußland jedoch vollkommen fehlte. Dort war schon die Intelligenz selbst größtenteils nichtrussischer Nationalität oder wenigstens nichtslawischen Rassecharakters. Die dünne intellektuelle Oberschicht des damaligen Rußlands konnte jederzeit abgehoben werden infolge des vollkommenen Fehlens verbindender Zwischenbestandteile zur Masse des großen Volkes. Das geistige und auch das moralische Niveau dieser letzteren aber war dort entsetzlich tief.

Sowie es in Rußland gelang, den ungebildeten, nicht lesen- und nicht schreibenkönnenden Haufen in der breiten Masse gegen die mit ihm in keinerlei Beziehung und Verbindung stehende dünne intellektuelle Oberschicht zu hetzen, war das Schicksal dieses Landes entschieden, die Revolution gelungen; der russische Analphabet war damit zum wehrlosen Sklaven seiner jüdischen Diktatoren gemacht, die ihrerseits allerdings klug genug waren, diese Diktatur von der Phrase der „Volksdiktatur" tragen zu lassen.

In Deutschland kam noch folgendes dazu: So sicher die Revolution nur infolge der allmählichen Zersetzung des Heeres gelingen konnte, so sicher war der wirkliche Träger der Revolution und Zersetzer des Heeres nicht der Soldat der Front gewesen, sondern das mehr oder weniger lichtscheue Gesindel, das sich entweder in den Heimatgarnisonen herumtrieb oder als „unabkömmlich" irgendwo in der Wirtschaft Dienste verrichtete. Verstärkt wurde diese Armee noch durch Zehntausende von Deserteuren, die ohne besonderes Risiko der Front den Rücken kehren konnten. Der wirkliche Feigling scheut zu allen Zeiten natürlich nichts mehr als den Tod. Den Tod aber hatte er an der Front Tag für Tag in tausendfältigen Erscheinungen vor Augen. Will man schwache, schwankende oder gar feige Burschen nichtsdestoweniger zu ihrer Pflicht anhalten, dann gibt es von jeher nur eine Möglichkeit: Es muß der Deserteur wissen, daß seine Desertion gerade das mit sich bringt, was er fliehen will. An der Front kann man sterben, als Deserteur muß man sterben. Nur durch solch eine drakonische Bedrohung jedes Versuches zur Fahnenflucht kann eine abschreckende Wirkung nicht nur für den einzelnen, sondern auch für die Gesamtheit erzielt werden.

Und hier lagen Sinn und Zweck der Kriegsartikel.

Es war ein schöner Glaube, den großen Kampf um das Dasein eines Volkes durchfechten zu können, lediglich gestützt auf die aus der Erkenntnis der Notwendigkeit heraus geborene und erhaltene freiwillige Treue. Die freiwillige Pflichterfüllung hat immer die Besten in ihrem Handeln bestimmt, nicht aber den Durchschnitt. Darum sind derartige Gesetze notwendig, wie zum Beispiel die gegen Diebstahl, die ja nicht für die grundsätzlich Ehrlichen geschaffen wurden, sondern für die wankelmütigen, schwachen Elemente. Solche Gesetze sollen durch die Abschreckung der Schlechten verhindern, daß sich ein Zustand entwickle, in dem endlich der Ehrliche als der Dümmere betrachtet würde und mithin immer mehr zur Anschauung käme, daß es zweckmäßiger sei, sich ebenfalls am Diebstahl zu beteiligen, als mit leeren Händen zuzusehen oder gar sich bestehlen zu lassen.

So war es falsch, zu glauben, daß man in einem Kampf, der aller menschlichen Voraussicht nach jahrelang toben konnte, der Hilfsmittel würde entbehren können, die die Erfahrung vieler Jahrhunderte, ja Jahrtausende als diejenigen erscheinen ließ, die in ernsten Zeiten und Augenblicken schwerster Nervenbeanspruchung schwache und unsichere Menschen zur Erfüllung ihrer Pflicht zu zwingen vermögen.

Für den kriegsfreiwilligen Helden brauchte man selbstverständlich keinen Kriegsartikel, wohl aber für den feigen Egoisten, der in der Stunde der Not seines Volkes sein Leben höher schätzt als das der Gesamtheit. Solch ein charakterloser Schwächling aber kann nur durch Anwendung der härtesten Strafe abgehalten werden, seiner Feigheit nachzugeben. Wenn Männer dauernd mit dem Tode ringen und durch Wochen ruhelos in schlammgefüllten Trichtern, bei manches Mal schlechtester Verpflegung, auszuharren haben, kann der unsicher werdende Kantonist nicht durch Drohung mit Gefängnis oder selbst Zuchthaus bei der Stange gehalten werden, sondern allein durch rücksichtslose Anwendung der Todesstrafe. Denn er sieht erfahrungsgemäß in solcher Zeit das Gefängnis als einen immer noch tausendmal angenehmeren Ort an als das Schlachtfeld, sintemalen im Gefängnis doch wenigstens sein unschätzbares Leben nicht bedroht wird. Daß man im Kriege aber praktisch die Todesstrafe ausschaltete, die Kriegsartikel also in Wirklichkeit außer Kurs setzte, hat sich entsetzlich gerächt. Eine Armee von Deserteuren ergoß sich, besonders im Jahre 1918, in Etappe und Heimat und half mit, jene große, verbrecherische Organisation zu bilden, die wir dann als die Macherin der Revolution nach dem 7. November 1918 plötzlich vor uns sahen.

Die Front selbst hatte damit eigentlich nichts zu tun. Nur Sehnsucht nach Frieden haben ihre Angehörigen natürlich alle empfunden. Allein gerade in dieser Tatsache lag eine außerordentliche Gefahr für die Revolution. Denn als sich nach dem Waffenstillstand die deutschen Armeen der Heimat zu nähern begannen, da war die bange Frage der damaligen Revolutionäre immer nur die gleiche: Was werden die Fronttruppen machen? Werden die Feldgrauen das dulden?

In diesen Wochen mußte die Revolution in Deutschland wenigstens äußerlich gemäßigt erscheinen, wenn sie nicht Gefahr laufen wollte, von einigen deutschen Divisionen plötzlich blitzschnell zusammengehauen zu werden. Denn wenn damals auch nur ein einziger Divisionär den Entschluß gefaßt hätte, mit seiner ihm treu ergebenen Division die roten Fetzen herunterzuholen und die „Räte" an die Wand stellen zu lassen, etwaigen Widerstand aber mit Minenwerfern und Handgranaten zu brechen, so würde diese Division in noch nicht einmal vier Wochen zu einer Armee von sechzig Divisionen angeschwollen sein. Davor zitterten die jüdischen Drahtzieher mehr als vor irgend etwas anderem. Und gerade um dies zu verhindern, mußte man der Revolution eine gewisse Mäßigung auferlegen, sie durfte nicht in Bolschewismus ausarten, sondern mußte, wie die Dinge nun einmal lagen, „Ruhe und Ordnung" heucheln. Daher die zahlreichen großen Konzessionen, der Appell an den alten Beamtenkörper, an die alten Armeeführer. Man brauchte sie wenigstens noch eine gewisse Zeit, und erst als die Mohren ihre Schuldigkeit getan hatten, konnte man wagen, ihnen die gebührenden Fußtritte zu versetzen und die Republik aus den Händen der alten Staatsdiener zu nehmen und den Klauen der Revolutionsgeier auszuliefern.

Nur so durfte man hoffen, alte Generale und alte Staatsbeamte zu düpieren, um einen eventuellen Widerstand derselben durch die anscheinende Harmlosigkeit und Milde des neuen Zustandes von vornherein zu entwaffnen.

Wie sehr dies gelungen ist, hat die Praxis gezeigt.

Allein die Revolution war nicht gemacht worden von Elementen der Ruhe und Ordnung, als vielmehr von solchen des Aufruhrs, des Diebstahls und der Plünderung. Und diesen war weder die Entwicklung der Revolution dem eigenen Wollen entsprechend, noch konnte ihnen aus taktischen Gründen der Verlauf erläutert und mundgerecht gemacht werden.

Mit der allmählichen Zunahme der Sozialdemokratie hatte diese immer mehr den Charakter einer brutalen Revolutionspartei verloren. Nicht, als ob sie gedanklich je einem anderen Ziele als dem der Revolution gehuldigt, oder ihre

Führer je andere Absichten gehabt hätten; durchaus nicht. Allein, was endlich übrigblieb, war nur noch die Absicht und ein zur Ausführung derselben nicht mehr passender Körper. Mit einer Zehnmillionenpartei kann man keine Revolution mehr machen. In einer solchen Bewegung hat man nicht länger ein Extrem der Aktivität vor sich, sondern die breite Masse der Mitte, also die Trägheit.

In dieser Erkenntnis fand noch während des Krieges die berühmte Spaltung der Sozialdemokratie durch den Juden statt, d.h.: Während sich die sozialdemokratische Partei, entsprechend der Trägheit ihrer Masse, wie ein Bleigewicht an die nationale Verteidigung hing, zog man aus ihr die radikal-aktivistischen Elemente heraus und formierte sie zu besonders schlagkräftigen neuen Angriffskolonnen. Unabhängige Partei und Spartakusbund waren die Sturmbataillone des revolutionären Marxismus. Sie hatten die vollendete Tatsache zu schaffen, auf deren Boden dann die jahrzehntelang darauf vorbereitete Masse der sozialdemokratischen Partei treten konnte. Das feige Bürgertum wurde dabei vom Marxismus richtig eingeschätzt und einfach „en canaille" behandelt. Man nahm von ihm überhaupt keine Notiz, wissend, daß die hündische Unterwürfigkeit der politischen Gebilde einer alten ausgedienten Generation zu ernstlichem Widerstand niemals fähig sein würde.

Sowie die Revolution gelungen war und die Hauptstützen des alten Staates als gebrochen gelten konnten, die zurückmarschierende Frontarmee aber als unheimliche Sphinx aufzutauchen begann, mußte in der natürlichen Entwicklung der Revolution gebremst werden; das Gros der sozialdemokratischen Armee besetzte die eroberte Stellung, und die unabhängigen und spartakistischen Sturmbataillone wurden beiseitegeschoben.

Dies ging jedoch nicht ohne Kampf.

Nicht nur, daß sich die aktivistischen Angriffsformationen der Revolution, weil nicht befriedigt, nun betrogen fühlten und von sich aus weiterschlagen wollten, war ihr unbändiges Randalieren den Drahtziehern der Revolution selber nur erwünscht. Denn kaum, daß der Umsturz vorbei war, gab es in ihm selber bereits scheinbar zwei Lager, nämlich: die Partei der Ruhe und Ordnung und die Gruppe des blutigen Terrors. Was aber war nun natürlicher, als daß unser Bürgertum sofort mit fliegenden Fahnen in das Lager der Ruhe und Ordnung einrückte? Jetzt war auf einmal für diese erbärmlichsten politischen Organisationen die Möglichkeit einer Betätigung gegeben, bei der sie, ohne es sagen zu müssen, dennoch im stillen bereits wieder einen Boden unter den Füßen gefunden hatten und in eine gewisse Solidarität mit der Macht kamen, die sie haßten, aber noch inständiger fürchteten. Das politische deutsche Bürgertum hatte die hohe Ehre erhalten, sich mit den dreimal verfluchten Marxistenführern zur Bekämpfung der Bolschewisten an einen Tisch setzen zu dürfen.

So bildete sich bereits im Dezember 1918 und Januar 1919 folgender Zustand heraus:

Von einer Minderheit schlechtester Elemente ist eine Revolution gemacht worden, hinter die sofort die gesamten marxistischen Parteien traten. Die Revolution selbst hat ein scheinbar gemäßigtes Gepräge, was ihr die Feindschaft der fanatischen Extremisten zuzieht. Diese beginnen mit Handgranaten und Maschinengewehren herumzuknallen, Staatsbauten zu besetzen, kurz, die gemäßigte Revolution zu bedrohen. Um den Schrecken einer solchen weiteren Entwicklung zu bannen, wird ein Waffenstillstand geschlossen zwischen den Trägern des neuen Zustandes und den Anhängern des alten, um nun gemeinsam gegen die Extremisten den Kampf führen zu können. Das Ergebnis ist, daß die Feinde der Republik damit ihren Kampf gegen die Republik als solche eingestellt haben und mithelfen, diejenigen niederzuzwingen, die selbst, wenn auch aus ganz anderen Gesichtspunkten heraus, ebenfalls Feinde dieser Republik sind. Das weitere Ergebnis aber ist, daß dadurch endgültig die Gefahr eines Kampfes der Anhänger des alten Staates gegen die des neuen abgebogen erscheint.

Man kann sich diese Tatsache gar nicht oft und scharf genug vor Augen halten. Nur wer sie begreift, versteht, wie es möglich war, daß einem Volk, das zu neun Zehnteln eine Revolution nicht gemacht hat, zu sieben Zehnteln sie ablehnt, zu sechs Zehnteln sie haßt, endlich von einem Zehntel dennoch diese Revolution aufgezwungen werden konnte.

Allmählich verbluteten die spartakistischen Barrikadenkämpfer auf der einen Seite und die nationalistischen Fanatiker und Idealisten auf der anderen, und in eben dem Maße, in dem diese beiden Extreme sich gegenseitig aufrieben, siegte, wie immer, die Masse der Mitte. Bürgertum und Marxismus fanden sich auf dem Boden der gegebenen Tatsachen, und die Republik begann sich zu „konsolidieren". Was allerdings die bürgerlichen Parteien zunächst nicht hinderte, besonders vor den Wahlen, noch eine Zeitlang den monarchischen Gedanken zu zitieren, um mit den Geistern der vergangenen Welt die kleineren Geister ihrer Anhänger zu beschwören und erneut einfangen zu können.

Ehrlich war dies nicht. Sie hatten innerlich alle schon längst mit der Monarchie gebrochen, und die Unsauberkeit des neuen Zustandes begann ihre verführerischen Wirkungen auch im bürgerlichen Parteilager geltend zu machen. Der gewöhnliche bürgerliche Politiker fühlt sich heute wohler im Korruptionsschlamm der Republik als in der reinlichen Härte, die ihm vom vergangenen Staat her noch in Erinnerung ist.

X X X

Wie schon gesagt, war die Revolution nach der Zertrümmerung des alten Heeres gezwungen, sich zur Stärkung ihrer Staatsautorität einen neuen Machtfaktor zu schaffen. Wie die Dinge lagen, konnte sie diesen nur aus Anhängen einer ihr eigentlich entgegengesetzten Weltanschauung gewinnen. Aus ihnen allein konnte dann auch langsam ein neuer Heereskörper entstehen, der, äußerlich begrenzt durch die Friedensverträge, in seiner Gesinnung im Laufe der Zeit zu einem Instrument der neuen Staatsauffassung umgeformt werden mußte.

Legt man sich die Frage vor, wieso – abgesehen von allen wirklichen Fehlern des alten Staates, welche zur Ursache wurden – die Revolution als Aktion gelingen konnte, so kommt man zu dem Ergebnis:

1. infolge der Erstarrung unserer Begriffe von Pflichterfüllung und Gehorsam und
2. infolge der feigen Passivität unserer sogenannten staatserhaltenden Parteien.

Hierzu sei noch folgendes gesagt:

Die Erstarrung unserer Begriffe von Pflichterfüllung und Gehorsam hat ihren letzten Grund in unserer gänzlich anationalen und immer nur rein staatlichen Erziehung. Daraus resultiert auch hier die Verkennung von Mittel und Zweck. Pflichtbewußtsein, Pflichterfüllung und Gehorsam sind nicht Zwecke an sich, genau so wenig, wie der Staat ein Zweck an sich ist, sondern sie sollen alle die Mittel sein, einer Gemeinschaft seelisch und physisch gleichartiger Lebewesen die Existenz auf dieser Erde zu ermöglichen und zu sichern. In einer Stunde, da ein Volkskörper sichtlich zusammenbricht und allem Augenscheine nach der schwersten Bedrückung ausgeliefert wird, dank des Handelns einiger Lumpen, bedeuten Gehorsam und Pflichterfüllung diesen gegenüber doktrinären Formalismus, ja reinen Wahnwitz, wenn andererseits durch Verweigerung von Gehorsam und „Pflichterfüllung" die Errettung eines Volkes vor seinem Untergang ermöglicht würde. Nach unserer heutigen bürgerlichen Staatsauffassung hat der Divisionär, der seinerzeit von oben den Befehl erhielt, nicht zu schießen, pflichtgemäß und damit recht gehandelt, indem er nicht schoß, da der bürgerlichen Welt der gedankenlose formale Gehorsam wertvoller ist als das Leben des eigenen Volkes. Nach nationalsozialistischer Auffassung tritt aber in solchen Augenblicken nicht der Gehorsam gegenüber schwachen Vorgesetzten in Kraft, sondern der Gehorsam gegenüber der Volksgemeinschaft. Es tritt in einer solchen Stunde die Pflicht der persönlichen Verantwortung einer ganzen Nation gegenüber in Erscheinung.

Daß eine lebendige Auffassung dieser Begriffe in unserem Volk oder, besser, in unseren Regierungen verlorengegangen war, um dort einer rein doktrinären und formalen zu weichen, war die Ursache des Gelingens der Revolution.

Zum zweiten Punkt wäre folgendes zu bemerken:

Der tiefere Grund für die Feigheit der „staatserhaltenden" Parteien ist vor allem das Ausscheiden des aktivistischen, gut gesinnten Teiles unseres Volkes aus ihren Reihen, der im Felde verblutete. Davon abgesehen, waren unsere bürgerlichen Parteien, die wir als die einzigen politischen Gebilde bezeichnen können, die auf dem Boden des alten Staates standen, überzeugt, ihre Anschauungen ausschließlich auf geistigem Wege und mit geistigen Mitteln vertreten zu dürfen, da die Anwendung von physischen allein dem Staate zukäme. Nicht nur, daß man in einer solchen Auffassung das Zeichen einer allmählich sich herausbildenden dekadenten Schwäche zu erblicken hat, war sie auch unsinnig in einer Zeit, in der ein politischer Gegner diesen Standpunkt bereits längst verlassen hatte und statt dessen in aller Offenheit betonte, wenn möglich seine politischen Ziele auch durch Gewalt verfechten zu wollen. In dem Augenblick, in dem in der Welt der bürgerlichen Demokratie, als Folgeerscheinung derselben, der Marxismus auftauchte, war ihr Appell, den Kampf mit „geistigen Waffen" zu führen, ein Unsinn, der sich eines Tages furchtbar rächen mußte. Denn der Marxismus selbst vertrat von jeher die Auffassung, daß die Anwendung einer Waffe nur nach Zweckmäßigkeitsgesichtspunkten zu erfolgen hat und das Recht hierzu immer im Gelingen liegt.

Wie richtig diese Auffassung ist, wurde in den Tagen vom 7–11 November 1918 bewiesen. Damals kümmerte sich der Marxismus nicht im geringsten um Parlamentarismus und Demokratie, sondern gab beiden durch brüllende und schießende Verbrecherhaufen den Todesstoß. Daß die bürgerlichen Schwätzerorganisationen im selben Augenblick wehrlos waren, ist selbstverständlich.

Nach der Revolution, da die bürgerlichen Parteien, wenn auch unter Änderung ihrer Firmenschilder, plötzlich wieder auftauchten und ihre tapferen Führer aus der Verborgenheit finsterer Keller und luftiger Speicher hervorkrochen, da hatten sie, wie alle Vertreter derartiger alter Gebilde, ihre Fehler nicht vergessen und ebenso nichts hinzugelernt. Ihr politisches Programm lag in der Vergangenheit, sofern sie sich nicht mit dem neuen Zustand innerlich bereits ausgesöhnt hatten, ihr Ziel jedoch war, sich am neuen Zustand wenn möglich beteiligen zu dürfen, und ihre einzigen Waffen blieben nach wie vor ihre Worte.

Auch nach der Revolution haben die bürgerlichen Parteien in jämmerlicher Weise jederzeit vor der Straße kapituliert.

Als das Republikschutzgesetz zur Annahme kommen sollte, war eine Majorität dafür zunächst nicht vorhanden. Allein vor den zweihunderttausend demonstrierenden Marxisten packte die bürgerlichen „Staatsmänner" eine derartige Angst, daß sie gegen ihre Überzeugung das Gesetz annahmen, in der erbaulichen Furcht, andernfalls beim Verlassen des Reichstages von der wütenden Masse windelweich geprügelt zu werden. Was dann leider zufolge der Annahme ausblieb. –

So ging denn auch die Entwicklung des neuen Staates ihre Bahnen, als ob es eine nationale Opposition überhaupt nicht gegeben hätte.

Die einzigen Organisationen, die in dieser Zeit Mut und Kraft besessen hätten, dem Marxismus und seinen verhetzten Massen entgegenzutreten, waren zunächst die Freikorps, später die Selbstschutzorganisationen, Einwohnerwehren usw. und endlich die Traditionsverbände.

Warum aber auch ihr Dasein in der Entwicklung der deutschen Geschichte keinerlei nur irgendwie wahrnehmbare Umstellung herbeiführte, lag an folgendem:

So wie die sogenannten nationalen Parteien keinerlei Einfluß auszuüben vermochten, mangels irgendwelcher bedrohlichen Macht auf der Straße, so konnten hinwieder die sogenannten Wehrverbände keinerlei Einfluß ausüben mangels irgendwelcher politischer Idee und vor allem jedes wirklichen politischen Zieles.

Was dem Marxismus einst den Erfolg gegeben hatte, war das vollendete Zusammenspiel von politischem Wollen und aktivistischer Brutalität. Was das nationale Deutschland von jeder praktischen Gestaltung der deutschen Entwicklung ausschaltete, war das Fehlen einer geschlossenen Zusammenarbeit brutaler Macht mit genialem politischen Wollen.

Welcher Art das Wollen der „nationalen" Parteien auch sein mochte, sie hatten nicht die geringste Macht, dieses Wollen zu verfechten, am wenigsten auf der Straße.

Die Wehrverbände hatten alle Macht, waren die Herren der Straße und des Staates und besaßen keine politische Idee und kein politisches Ziel, für die ihre Macht zum Nutzen des nationalen Deutschlands eingesetzt worden wäre oder auch nur hätte eingesetzt werden können. In beiden Fällen war es die Schlauheit des Juden, die es fertigbrachte, durch kluges Zureden und Bestärken eine förmliche Verewigung, auf alle Fälle aber zunehmende Vertiefung dieses unseligen Verhängnisses herbeizuführen.

Der Jude war es, der durch seine Presse unendlich geschickt den Gedanken des „unpolitischen Charakters" der Wehrverbände zu lancieren verstand, wie er wiederum im politischen Leben ebenso schlau stets die „reine Geistigkeit" des Kampfes pries und forderte. Millionen deutscher Dummköpfe plapperten dann diesen Unsinn nach, ohne auch nur eine blasse Ahnung zu haben, wie sie sich selbst damit praktisch entwaffneten und dem Juden wehrlos auslieferten.

Aber auch hierfür gibt es freilich wieder eine natürliche Erklärung. Der Mangel einer großen neugestaltenden Idee bedeutet zu allen Zeiten eine Beschränkung der Kampfkraft.

Die Überzeugung vom Recht der Anwendung selbst brutalster Waffen ist stets gebunden an das Vorhandensein eines fanatischen Glaubens an die Notwendigkeit des Sieges einer umwälzenden neuen Ordnung dieser Erde.

Eine Bewegung, die nicht für solche höchste Ziele und Ideale ficht, wird daher nie zur letzten Waffe greifen.

Das Aufzeigen einer neuen großen Idee ist das Geheimnis des Erfolges der Französischen Revolution gewesen; der Idee verdankt die russische den Sieg, und der Faschismus hat nur durch die Idee die Kraft erhalten, ein Volk in segensreichster Weise einer umfassendsten Neugestaltung zu unterwerfen.

Bürgerliche Parteien sind hierzu nicht befähigt.

Allein nicht nur die bürgerlichen Parteien sahen ihr politisches Ziel in einer Restauration der Vergangenheit, sondern auch die Wehrverbände, soweit sie sich überhaupt mit politischen Zielen befaßten. Alte Kriegervereins und Kyffhäusertendenzen wurden in ihnen lebendig und halfen mit, die schärfste Waffe, die das nationale Deutschland damals hatte, politisch abzustumpfen und im Landsknechtsdienst der Republik verkommen zu lassen. Daß sie dabei selbst in bester Gesinnung, vor allem aber im besten Glauben handelten, ändert nicht das geringste am unseligen Wahnwitz dieser damaligen Vorgänge.

Allmählich erhielt der Marxismus in der sich konsolidierenden Reichswehr die erforderliche Machtstütze seiner Autorität und begann daraufhin konsequent und logisch, die gefährlich erscheinenden nationalen Wehrverbände, als nunmehr überflüssig, abzubauen. Einzelne besonders verwegene Führer, denen man mit Mißtrauen gegenüberstand, wurden vor die Schranken der Gericht zitiert und hinter schwedische Gardinen gesteckt. An allen aber hat sich das Los erfüllt, das sie selbst verschuldet hatten.

X X X

Mit der Gründung der NSDAP. war zum ersten Male eine Bewegung in Erscheinung getreten, deren Ziel nicht, ähnlich dem der bürgerlichen Parteien, in einer mechanischen Restauration der Vergangenheit lag, sondern in dem Bestreben, an Stelle des heutigen widersinnigen Staatsmechanismus einen organischen völkischen Staat zu errichten.

Die junge Bewegung stand dabei vom ersten Tage an auf dem Standpunkt, daß ihre Idee geistig zu vertreten ist, daß aber der Schutz dieser Vertretung, wenn notwendig, auch durch brachiale Mittel gesichert werden muß. Getreu ihrer Überzeugung von der ungeheuren Bedeutung der neuen Lehre erscheint es ihr selbstverständlich, daß für die Errichtung des Zieles kein Opfer zu groß sein darf.

Ich habe schon auf die Momente hingewiesen, die eine Bewegung, sofern sie das Herz eines Volkes gewinnen will, verpflichten, aus eigenen Reihen die Verteidigung gegen terroristische Versuche der Gegner zu übernehmen. Auch ist es eine ewige Erfahrung der Weltgeschichte, daß ein von einer Weltanschauung vertretener Terror nie durch eine formale Staatsgewalt gebrochen werden kann, sondern stets nur einer neuen, ebenso kühn und entschlossen vorgehenden anderen Weltanschauung zu unterliegen vermag. Dies wird dem Empfinden der beamteten Staatshüter zu allen Zeiten unangenehm sein, ohne daß aber dadurch die Tatsache aus der Welt geschafft wird. Die Staatsgewalt kann nur dann für Ruhe und Ordnung garantieren, wenn sich der Staat inhaltlich deckt mit der jeweils herrschenden Weltanschauung, so daß gewalttätige Elemente nur den Charakter einzelner verbrecherischer Naturen besitzen und nicht als Vertreter eines den staatlichen Anschauungen extrem gegenüberstehenden Gedankens angesehen werden. In einem solchen Falle kann der Staat jahrhundertelang die größten Gewaltmaßnahmen gegen einen ihn bedrohenden Terror anwenden, am Ende wird er dennoch nichts gegen ihn vermögen, sondern unterliegen.

Der deutsche Staat wird auf das schwerste berannt vom Marxismus. Er hat in seinem siebzigjährigen Kampf den Sieg dieser Weltanschauung nicht zu verhindern vermocht, sondern wurde trotz insgesamt Tausenden von Jahren an Zuchthausund Gefängnisstrafen und blutigster Maßnahmen, die er in zahllosen Fällen über die Kämpfer der ihn bedrohenden marxistischen Weltanschauung verhängte, dennoch zu einer fast vollständigen Kapitulation gezwungen. (Auch dies wird der normale bürgerliche Staatsleiter ableugnen wollen, selbstverständlich ohne daß er zu überzeugen vermag.)

Der Staat aber, der am 9. November 1918 vor dem Marxismus bedingungslos zu Kreuze kroch, wird nicht plötzlich morgen als dessen Bezwinger auferstehen, im Gegenteil: bürgerliche Schwachköpfe auf Ministerstühlen faseln heute bereits von der Notwendigkeit, nicht gegen die Arbeiter zu regieren, wobei ihnen unter dem Begriff „Arbeiter" der Marxismus vorschwebt. Indem sie aber den deutschen Arbeiter mit dem Marxismus identifizieren, begehen sie nicht nur eine ebenso feige wie verlogene Fälschung an der Wahrheit, sondern sie versuchen, durch ihre Motivierung ihr eigenes Zusammenbrechen vor der marxistischen Idee und Organisation zu verbergen.

Angesichts dieser Tatsache aber, nämlich der restlosen Unterwerfung des heutigen Staates unter den Marxismus, erwächst der nationalsozialistischen Bewegung erst recht die Pflicht, nicht nur geistig den Sieg ihrer Ideen vorzubereiten, sondern auch deren Verteidigung gegenüber dem Terror der siegestrunkenen Internationale selbst zu übernehmen.

Ich habe bereits geschildert, wie aus dem praktischen Leben heraus sich langsam in unserer jungen Bewegung ein Versammlungsschutz bildete, wie dieser allmählich den Charakter einer bestimmten Ordnertruppe annahm und nach einer organisatorischen Formung strebte.

So sehr das dann allmählich entstehende Gebilde äußerlich einem sogenannten Wehrverbande gleichen mochte, so wenig war es damit zu vergleichen.

Wie schon erwähnt, hatten die deutschen Wehrorganisationen keinen eigenen bestimmten politischen Gedanken. Sie waren wirklich nur Selbstschutzverbände von mehr oder minder zweckmäßiger Ausbildung und Organisation, so daß sie eigentlich eine illegale Ergänzung der jeweiligen legalen Machtmittel des Staates darstellten. Ihr freikorpsartiger Charakter war nur begründet durch die Art ihrer Bildung und durch den Zustand des damaligen Staates, keineswegs aber kommt ihnen ein solcher Titel etwa zu als freie Formationen des Kampfes für eine freie, eigene Überzeugung. Diese besaßen sie trotz aller oppositionellen Haltung einzelner Führer und ganzer Verbände gegen die Republik dennoch nicht. Denn es genügt nicht, von der Minderwertigkeit eines bestehenden Zustandes überzeugt zu sein, um von einer Überzeugung im höheren Sinne sprechen zu können, sondern diese wurzelt nur in dem Wissen von einem neuen Zustand und im inneren Erschauen eines Zustandes, den zu erreichen man als Notwendigkeit empfindet und für dessen Verwirklichung sich einzusetzen man als höchste Lebensaufgabe ansieht.

Das unterscheidet die Ordnertruppe der damaligen nationalsozialistischen Bewegung grundsätzlich von allen Wehrverbänden, daß sie nicht im geringsten eine Dienerin der durch die Revolution geschaffenen Zustände war oder sein wollte, sondern daß sie vielmehr ausschließlich für ein neues Deutschland rang.

Diese Ordnertruppe besaß allerdings anfangs nur den Charakter eines Saalschutzes. Ihre erste Aufgabe war eine beschränkte: sie bestand in der Ermöglichung der Abhaltung von Versammlungen, die ohne sie glatt vom Gegner verhindert worden wären. Sie war schon damals erzogen worden zum blindlings auzuführenden Angriff, aber nicht etwa, weil sie, wie man in dummen deutschvölkischen Kreisen daherredete, den Gummiknüppel als höchsten Geist verehrte, sondern weil sie begriff, daß der größte Geist ausgeschaltet werden kann, wenn sein Träger von einem Gummiknüppel erschlagen wird, wie tatsächlich in der Geschichte nicht selten die bedeutendsten Köpfe unter den Hieben kleinster Heloten endeten. Sie wollte nicht die Gewalt als das Ziel hinstellen, sondern die Verkünder des geistigen Ziels vor der Bedrängung durch Gewalt schützen. Und sie hat dabei begriffen, daß sie nicht verpflichtet ist, den Schutz eines Staates zu übernehmen, der der Nation keinen Schutz gewährt, sondern daß sie im Gegenteil den Schutz der Nation zu übernehmen hat gegen diejenigen, die Volk und Staat zu vernichten drohten.

Nach der Versammlungsschlacht im Münchener Hofbräuhaus erhielt die Ordnertruppe einmal für immer, zur dauernden Erinnerung an die heldenhaften Sturmangriffe der kleinen Zahl von damals, den Namen Sturmabteilung. Wie schon diese Bezeichnung sagt, stellt sie damit nur eine Abteilung der Bewegung dar. Sie ist ein Glied in ihr, genau so wie die Propaganda, die Presse, die wissenschaftlichen Institute und anderes lediglich Glieder der Partei bilden.

Wie notwendig ihr Ausbau war, konnten wir nicht nur in dieser denkwürdigen Versammlung sehen, sondern auch bei unserem Versuch, die Bewegung aus München allmählich in das übrige Deutschland hinauszutreiben. Sowie wir dem Marxismus gefährlich erschienen waren, ließ dieser keine Gelegenheit unbenutzt, um jeden Versuch einer nationalsozialistischen Versammlung schon im Keime zu ersticken, beziehungsweise deren Abhaltung durch Sprengung zu verhindern. Dabei war es ganz selbstverständlich, daß die Parteiorganisationen des Marxismus aller Schattierungen jede solche Absicht und jeden solchen Vorfall in den Vertretungskörpern blind deckten. Was sollte man aber zu bürgerlichen

Parteien sagen, die, selbst vom Marxismus niedergedroschen, es in vielen Orten gar nicht wagen durften, ihre Redner öffentlich auftreten zu lassen, und die trotzdem mit einer ganz unverständlichen, blöden Befriedigung für uns irgendwie ungünstig verlaufende Kämpfe gegen den Marxismus verfolgten. Sie waren glücklich, daß der, der von ihnen selbst nicht bezwungen werden konnte, der sie vielmehr selbst bezwang, auch von uns nicht zu brechen war. Was sollte man sagen zu Staatsbeamten, Polizeipräsidenten, ja selbst Ministern, die mit wirklich unanständiger Gesinnungslosigkeit sich nach außen als „nationale" Männer hinzustellen beliebten, bei allen Auseinandersetzungen aber, die wir Nationalsozialisten mit dem Marxismus hatten, diesem die schmählichsten Handlangerdienste leisteten! Was sollte man zu Menschen sagen, die in ihrer Selbsterniedrigung so weit gingen, daß sie für ein erbärmliches Lob jüdischer Zeitungen ohne weiteres die Männer verfolgten, deren heldenmütigem Einsatz des eigenen Lebens sie es zum Teil zu verdanken hatten, wenn sie nicht wenige Jahre vorher von der roten Meute als zerfetzte Kadaver an Laternenpfähle gehängt worden waren!

Es waren dies so traurige Erscheinungen, daß sie einmal den unvergeßlichen verstorbenen Präsidenten Pöhner, der in seiner harten Geradlinigkeit alle Kriecher haßte, wie nur ein Mensch mit ehrlichem Herzen zu hassen vermag, zu dem derben Ausspruch hinrissen: „Ich wollte in meinem ganzen Leben nichts anderes sein als erst ein Deutscher und dann ein Beamter, und ich möchte niemals mit jenen Kreaturen verwechselt werden, die sich als Beamtenhuren jedem prostituieren, der augenblicklich den Herrn zu spielen vermag." –

Es war dabei besonders traurig, daß diese Sorte von Menschen allmählich Zehntausende der ehrlichsten und bravsten deutschen Staatsdiener nicht nur unter ihre Gewalt bekam, sondern auch noch mit ihrer eigenen Gesinnungslosigkeit langsam ansteckte, die redlichen dagegen mit grimmigem Haß verfolgte und endlich aus Amt und Stellung hinausbiß, während sie dabei sich selbst immer noch in heuchlerischer Verlogenheit als „nationale" Männer präsentierte.

Von solchen Menschen durften wir irgendeine Unterstützung niemals erhoffen, und wir haben sie auch nur in ganz seltenen Fällen erhalten. Lediglich der Ausbau eigenen Schutzes konnte die Tätigkeit der Bewegung sicherstellen und ihr zugleich jene öffentliche Aufmerksamkeit und allgemeine Achtung erringen, die man dem zollt, der sich, wenn angegriffen, selber zur Wehr setzt.

Als Leitgedanke für die innere Ausbildung dieser Sturmabteilung war immer die Absicht vorherrschend, sie, neben aller körperlichen Ertüchtigung, zu einer unerschütterlich überzeugten Vertreterin der nationalsozialistischen Idee auszubilden und endlich ihre Disziplin im höchsten Ausmaß zu festigen. Sie sollte nichts zu tun haben mit einer Wehrorganisation bürgerlicher Auffassung, ebenso aber auch gar nichts mit einer Geheimorganisation.

Warum ich schon zu jener Zeit mich auf das schärfste dagegen verwahrte, die SA. der NSDAP. als sogenannten Wehrverband aufziehen zu lassen, hatte seinen Grund in folgender Erwägung:

Rein sachlich kann eine Wehrausbildung eines Volkes nicht durch private Verbände durchgeführt werden, außer unter Beihilfe ungeheuerster staatlicher Mittel. Jeder andere Glaube fußt auf großer Überschätzung des eigenen Könnens. Es ist nun einmal ausgeschlossen, daß man mit sogenannter „freiwilliger Disziplin" über einen bestimmten Umfang hinaus Organisationen aufbauen kann, die militärischen Wert besitzen. Es fehlt hier die wichtigste Stütze der Befehlsgewalt, nämlich die Strafgewalt. Wohl war es im Herbst oder besser noch im Frühjahr 1919 möglich, sogenannte „Freikorps" aufzustellen, allein nicht nur, daß sie damals zum größten Teil durch die Schule des alten Heeres gegangene Frontkämpfer besaßen, sondern die Art der Verpflichtung, die sie den einzelnen auferlegten, unterwarf diese wenigstens auf befristete Zeit ebenso unbedingt dem militärischen Gehorsam.

Dies fehlt einer freiwilligen „Wehrorganisation" von heute vollständig. Je größer ihr Verband wird, um so schwächer wird die Disziplin, um so geringer dürfen die Anforderungen sein, die man im einzelnen an die Leute stellt, und um so mehr wird das Ganze den Charakter der alten unpolitischen Krieger- und Veteranenvereine annehmen.

Eine freiwillige Erziehung zum Heeresdienst ohne sichergestellte unbedingte Befehlsgewalt wird in großen Massen $nie durchzuführen sein. Es werden immer nur wenige die Bereitwilligkeit besitzen, sich aus freien Stücken einem Zwang zum Gehorsam zu unterwerfen, wie er beim Heere als selbstverständlich und natürlich galt.

Weiter läßt sich eine wirkliche Ausbildung nicht durchführen infolge der lächerlich geringen Mittel, die für einen solchen Zweck einem sogenannten Wehrverbande zur Verfügung stehen. Die beste, zuverlässigste Ausbildung müßte aber gerade die Hauptaufgabe einer solchen Institution sein. Seit dem Kriege sind nun acht Jahre verflossen, und seit dieser Zeit ist kein Jahrgang unserer deutschen Jugend mehr planmäßig ausgebildet worden. Es kann aber doch nicht die Aufgabe eines Wehrverbandes sein, die bereits ausgebildeten Jahrgänge von einst zu erfassen, da man ihm sonst sofort mathematisch vorrechnen kann, wann das letzte Mitglied diese Korporation verlassen wird. Selbst der jüngste Soldat von 1918 wird in zwanzig Jahren kampfunfähig sein, und wir nähern uns in bedenklicher Schnelle diesem Zeitpunkte. Damit wird jeder sogenannte Wehrverband zwangsläufig immer mehr den Charakter einer alten Kriegervereinigung annehmen. Dies kann aber nicht der Sinn einer Einrichtung sein, sie sich eben nicht als K r i e g e r -, sondern als Wehrverein bezeichnet, und die schon durch ihren Namen auszudrücken bestrebt ist, daß sie nicht nur in der Erhaltung der Tradition und der Zusammengehörigkeit ehemaliger Soldaten ihre Mission erblickt, sondern in der Ausbildung des Wehrgedankens und in der praktischen Vertretung dieses Gedankens, also in der Schaffung eines wehrhaften Körpers.

Diese Aufgabe jedoch erfordert dann unbedingt die Ausbildung der bisher noch nicht militärisch gedrillten Elemente, und dies ist in der Praxis tatsächlich unmöglich. Mit einer wöchentlich ein- oder zweistündigen Ausbildung kann man wirklich keinen Soldaten schaffen. Bei den heutigen enorm gesteigerten Anforderungen, die der Kriegsdienst an den einzelnen Mann stellt, ist eine zweijährige Dienstzeit vielleicht gerade noch ausreichend, um den unausgebildeten jungen Mann in einen gelernten Soldaten zu verwandeln. Wir haben ja alle im Felde die fürchterlichen Folgen vor Augen gehabt, die sich für junge, im Kriegshandwerk nicht gründlich ausgebildete Soldaten ergaben. Freiwilligenformationen, die fünfzehn und zwanzig Wochen lang mit eiserner Entschlossenheit bei grenzenloser Hingabe gedrillt worden waren, stellten an der Front nichtsdestoweniger nur Kanonenfutter dar. Nur in die Reihen erfahrener alter Soldaten eingeteilt, konnten jüngere, vier bis sechs Monate lang ausgebildete Rekruten nützliche Glieder eines Regiments abgeben; sie wurden hierbei von den „Alten" geleitet und wuchsen sich dann allmählich in ihre Aufgaben hinein.

Wie aussichtslos aber wirkt demgegenüber der Versuch, ohne klare Befehlsgewalt und ohne umfassende Mittel durch eine wöchentlich einbis zweistündige sogenannte Ausbildung eine Truppe heranziehen zu wollen! Damit kann man vielleicht alte Soldaten wieder auffrischen, junge Menschen aber niemals zu Soldaten machen.

Wie gleichgültig und vollständig wertlos ein solches Vorgehen in seinen Ergebnissen sein würde, kann noch besonders belegt werden durch die Tatsache, daß in derselben Zeit, in der ein sogenannter freiwilliger Wehrverband mit Ach und Krach und Mühe und Nöten ein paar tausend an sich gutwillige Menschen (an andere kommt er überhaupt nicht heran) im Wehrgedanken ausbildet oder auszubilden versucht, der Staat selber durch die pazifistisch-demokratische Art seiner Erziehung Millionen und Millionen junger Leute konsequent ihrer natürlichen Instinkte beraubt, ihr logisches vaterländisches Denken vergiftet und sie so allmählich zu einer jeglichen Willkür gegenüber geduldigen Hammelherde verwandelt.

Wie lächerlich sind doch im Vergleich hierzu alle Anstrengungen der Wehrverbände, ihre Gedanken der deutschen Jugend vermitteln zu wollen!

Aber fast noch wichtiger ist folgender Gesichtspunkt, der mich schon immer gegen jeden Versuch einer sogenannten militärischen Wehrhaftmachung auf freiwilliger Verbandsgrundlage Stellung nehmen ließ:

Angenommen, es würde trotz der vorher erwähnten Schwierigkeiten dennoch einem Verbande gelingen, eine bestimmte Anzahl Deutscher Jahr für Jahr zu wehrhaften Männern auszubilden, und zwar sowohl im Hinblick auf ihre Gesinnung als auch auf ihre körperliche Tüchtigkeit und waffenmäßige Schulung, so müßte das Ergebnis dennoch gleich Null sein in einem Staat, der seiner ganzen Tendenz nach eine solche Wehrhaftmachung gar nicht wünscht, ja direkt haßt, da sie dem innersten Ziele seiner Leiter – der Verderber dieses Staates – vollständig widerspricht.

Auf alle Fälle aber würde ein solches Ergebnis wertlos sein unter Regierungen, die nicht nur durch die Tat bewiesen haben, daß ihnen an der militärischen Kraft der Nation nichts liegt, sondern die vor allem auch gar nie gewillt sein würden, einen Appell an diese Kraft zu erlassen, außer höchstens zur Stützung ihres eigenen verderblichen Daseins.

Und heute ist das doch so. Oder ist es nicht lächerlich, für ein Regiment einige zehntausend Mann im Zwielicht der Dämmerung militärisch ausbilden zu wollen, wenn der Staat wenige Jahre vorher achteinhalb Millionen bestausgebildeter Soldaten schmählich preisgab, nicht nur sich ihrer nicht mehr bediente, sondern als Dank für ihre Opfer sogar noch der allgemeinen Beschimpfung aussetzte! Man will also Soldaten heranbilden für ein Staatsregiment, das die ruhmvollsten Soldaten von einst beschmutzte und bespuckte, ihnen die Ehrenzeichen von der Brust reißen ließ, die Kokarden wegnahm, die Fahnen zertrat und ihre Leitungen herabwürdigte? Oder hat dieses heutige Staatsregiment jemals auch nur einen Schritt unternommen, die Ehre der alten Armee wiederherzustellen, ihre Zersetzer und Beschimpfer zur Verantwortung zu ziehen? Nicht das geringste. Im Gegenteil: wir können letztere in höchsten Staatsämtern thronen sehen. – Wie sagte man doch zu Leipzig: „Das Recht geht mit der Macht." Da jedoch heute in unserer Republik die Macht in den Händen der gleichen Männer liegt, die einst die Revolution anzettelten, diese Revolution aber den gemeinsten Landesverrat, ja, die erbärmlichste Schurkentat der deutschen Geschichte überhaupt darstellt, so läßt sich wirklich gar kein Grund dafür finden, daß die Macht gerade dieser Charaktere durch Bildung einer neuen jungen Armee erhöht werden sollte. Alle Gründe der Vernunft sprechen jedenfalls dagegen.

Was aber dieser Staat, auch nach der Revolution von 1918, der militärischen Stärkung seiner Position für einen Wert beimaß, ging noch einmal klar und eindeutig hervor aus seiner Stellungnahme zu den damals bestehenden großen Selbstschutzorganisationen. Solange sie zum Schutz persönlich feiger Revolutionskreaturen einzutreten hatten, waren sie nicht unwillkommen. Sowie aber, dank der allmählichen Verlumpung unseres Volkes, die Gefahr für diese beseitigt schien und der Bestand der Verbände nunmehr eine nationalpolitische Stärkung bedeutete, waren sie überflüssig, und man tat alles, um sie zu entwaffnen, ja, wenn möglich, auseinanderzujagen.

Die Geschichte weist Dankbarkeit von Fürsten nur in seltenen Beispielen nach. Aber gar auf Dankbarkeit revolutionärer Mordbrenner, Volksausplünderer und Nationalverräter zu rechnen, bringt nur ein neubürgerlicher Patriot fertig. Ich könnte mich jedenfalls bei einer Prüfung des Problems, ob freiwillige Wehrverbände zu schaffen seien, niemals der Frage enthalten: Für wen bilde ich die jungen Leute aus? Zu welchem Zweck werden sie verwendet, und wann sollen sie aufgerufen werden? Die Antwort darauf gibt zugleich die besten Richtlinien für das eigene Verhalten.

Wenn der heutige Staat auf ausgebildete Bestände dieser Art je zurückgreifen würde, dann geschähe dies niemals zu einer Vertretung nationaler Interessen nach außen, sondern immer nur zum Schutze der Vergewaltiger der Nation im Innern vor der vielleicht eines Tages aufflammenden allgemeinen Wut des betrogenen, verratenen und verkauften Volkes.

Die SA. der NSDAP. durfte schon aus diesem Grunde mit einer militärischen Organisation gar nichts zu tun haben. Sie war ein Schutzund Erziehungsmittel der nationalsozialistischen Bewegung, und ihre Aufgaben lagen auf einem ganz anderen Gebiet als auf dem sogenannter Wehrverbände.

Sie sollte aber auch keine Geheimorganisation darstellen. Der Zweck von Geheimorganisationen kann nur ein gesetzwidriger sein. Damit aber beschränkt sich der Umfang einer solchen Organisation von selbst. Es ist nicht möglich, besonders angesichts der Schwatzhaftigkeit des deutschen Volkes, eine Organisation von einiger Größe aufzubauen und sie gleichzeitig nach außen geheimzuhalten oder auch nur ihre Ziele zu verschleiern. Jede solche Absicht wird tausendfältig vereitelt werden. Nicht nur, daß unseren Polizeibehörden heute ein Stab von Zuhältern und ähnlichem Gesindel zur Verfügung steht, die für den Judaslohn von dreißig Silberlingen verraten, was sie finden können, und erfinden, was zu verraten wäre, sind die eigenen Anhänger selbst niemals zu einem in solchem Fall notwendigen Schweigen zu bringen. Nur ganz kleine Gruppen können durch jahrelanges Aussieben den Charakter wirklicher Geheimorganisationen annehmen. Doch schon die Kleinheit solcher Gebilde würde ihren Wert für die nationalsozialistische Bewegung aufheben. Was wir brauchten und brauchen, waren und sind nicht hundert oder zweihundert verwegene Verschwörer, sondern hunderttausend und aber hunderttausend fanatische Kämpfer für unsere Weltanschauung. Nicht in geheimen Konventikeln soll gearbeitet werden, sondern in gewaltigen Massenaufzügen, und nicht durch Dolch und Gift oder Pistole kann der Bewegung die Bahn freigemacht werden, sondern durch die Eroberung der Straße. Wir haben dem Marxismus beizubringen, daß der künftige Herr der Straße der Nationalsozialismus ist, genau so, wie er einst der Herr des Staates sein wird.

Die Gefahr von Geheimorganisationen liegt heute weiter noch darin, daß bei den Mitgliedern häufig die Größe der Aufgabe vollständig verkannt wird und sich statt dessen die Meinung bildet, es könnte das Schicksal eines Volkes wirklich durch eine einzelne Mordtat plötzlich im günstigen Sinne entschieden werden. Solch eine Meinung kann ihre geschichtliche Berechtigung haben, nämlich dann, wenn ein Volk unter der Tyrannei irgendeines genialen Unterdrükkers schmachtet, von dem man weiß, daß nur seine überragende Persönlichkeit allein die innere Festigkeit und Furchtbarkeit des feindlichen Druckes gewährleistet. In solch einem Fall mag aus einem Volk ein opferwilliger Mann plötzlich hervorspringen, um den Todesstahl in die Brust des verhaßten Einzigen zu stoßen. Und nur das republikanische Gemüt schuldbewußter kleiner Lumpen wird eine solche Tat als das Verabscheuungswürdigste ansehen, während der größte Freiheitssänger unseres Volkes sich unterstanden hat, in seinem „Tell" eine Verherrlichung solchen Handelns zu geben.

In den Jahren 1919 und 1920 bestand die Gefahr, daß der Angehörige von Geheimorganisationen, mitgerissen von großen Vorbildern der Geschichte und durchschauert vom grenzenlosen Unglück des Vaterlandes, versuchte, sich an den Verderbern der Heimat zu rächen, in dem Glauben, dadurch der Not seines Volkes ein Ende zu bereiten. Jeder solche Versuch war aber ein Unsinn, deshalb, weil der Marxismus ja gar nicht dank der überlegenen Genialität und persönlichen Bedeutung eines einzelnen gesiegt hatte, sondern vielmehr durch die grenzenlose Jämmerlichkeit, das feige Versagen der bürgerlichen Welt. Die grausamste Kritik, die man an unserem Bürgertum üben kann, ist die Feststellung, daß die Revolution selbst ja nicht einen einzigen Kopf von einiger Größe hervorgebracht und es sich ihr dennoch unterworfen hat. Es ist immer noch verständlich, vor einem Robespierre, einem Danton oder Marat zu kapitulieren, aber es ist vernichtend, vor dem dürren Scheidemann, dem feisten Herrn Erzberger und einem Friedrich Ebert und all den zahllosen anderen politischen Knirpsen zu Kreuz gekrochen zu sein. Es war ja wirklich auch nicht ein Kopf da, in dem man etwa den genialen Mann der Revolution und damit das Unglück des Vaterlandes hätte sehen können, sondern da waren lauter Revolutionswanzen, Rucksackspartakisten en gros und en détail. Irgendeinen davon aus dem Wege schaffen, war vollkommen belanglos und hatte höchstens den einen Erfolg, daß ein paar andere ebenso große und ebenso durstige Blutsauger um so eher an seine Stelle kamen.

Man konnte in jenen Jahren gar nicht scharf genug gegen eine Auffassung einschreiten, die in wirklich großen Erscheinungen der Geschichte ihre Ursache und Begründung hatte, aber nicht im geringsten auf das augenblickliche Zwergenzeitalter paßte.

Auch bei der Frage der Beseitigung sogenannter Landesverräter ist die gleiche Betrachtung anzustellen. Es ist lächerlich unlogisch, einen Burschen umzubringen, der eine Kanone verraten hat, während nebenan in höchsten Würdenstellen Kanaillen sitzen, die ein ganzes Reich verkauften, das vergebliche Opfer von zwei Millionen Toten auf dem Gewissen haben, Millionen Krüppel verantworten müssen, dabei aber seelenruhig ihre republikanischen Geschäfte machen. Kleine Landesverräter beseitigen ist sinnlos in einem Staat, dessen Regierung selbst die Landesverräter von jeder Strafe befreit. Denn so kann es passieren, daß eines Tages der redliche Idealist, der für sein Volk einen schuftigen Waffenverräter beseitigt, von kapitalen Landesverrätern zur Verantwortung gezogen wird. Und da ist es doch eine wichtige Frage: Soll man solche eine verräterische kleine Kreatur wieder durch eine Kreatur beseitigen lassen oder durch einen Idealisten? In einem Fall ist der Erfolg zweifelhaft und der Verrat für später fast sicher; im anderen Fall wird ein kleiner Schuft beseitigt und dabei das Leben eines vielleicht nicht zu ersetzenden Idealisten aufs Spiel gesetzt.

Im übrigen ist in dieser Frage meine Stellungnahme die, daß man nicht kleine Diebe hängen soll, um große laufen zu lassen, sondern daß einst ein deutscher Nationalgerichtshof etliche Zehntausend der organisierenden und damit verantwortlichen Verbrecher des Novemberverrats und alles dessen, was dazugehört, abzuurteilen und hinzurichten hat. Ein solches Exempel wird dann auch dem kleinsten Waffenverräter einmal für immer die notwendige Lehre sein.

Das alles sind Erwägungen, die mich veranlaßten, immer wieder die Teilnahme an Geheimorganisationen zu verbieten und die SA. selbst vor dem Charakter solcher Organisationen zu bewahren. Ich habe in jenen Jahren die nationalsozialistische Bewegung von Experimenten ferngehalten, deren Vollführer meistens herrliche idealistisch gesinnte junge Deutsche waren, deren Tat aber nur sie selbst zum Opfer werden ließ, indem sie das Schicksal des Vaterlandes nicht im geringsten zu bessern vermochten.

X X X

Wenn aber die SA. weder eine militärische Wehrorganisation noch ein Geheimverband sein durfte, dann mußten sich daraus folgende Konsequenzen ergeben:

1. Ihre Ausbildung hat nicht nach militärischen Gesichtspunkten, sondern nach parteizweckmäßigen zu erfolgen.

Soweit die Mitglieder dabei körperlich zu ertüchtigen sind, darf der Hauptwert nicht auf militärisches Exerzieren, sondern vielmehr auf sportliche Betätigung gelegt werden. Boxen und Jiu-Jitsu sind mir immer wichtiger erschienen als irgendeine schlechte, weil doch nur halbe Schießausbildung. Man gebe der deutschen Nation sechs Millionen sportlich tadellos trainierte Körper, alle von fanatischer Vaterlandsliebe durchglüht und zu höchstem Angriffsgeist erzogen, und ein nationaler Staat wird aus ihnen, wenn notwendig, in nicht einmal zwei Jahren, eine Armee geschaffen haben, wenigstens insofern ein gewisser Grundstock für sie vorhanden ist. Dieser kann aber, wie heute die Verhältnisse liegen, nur die Reichswehr sein und nicht ein in Halbheiten steckengebliebener Wehrverband. Die körperliche Ertüchtigung soll dem einzelnen die Überzeugung seiner Überlegenheit einimpfen und ihm jene Zuversicht geben, die ewig nur im Bewußtsein der eigenen Kraft liegt; zudem soll sie ihm jene sportlichen Fertigkeiten beibringen, die zur Verteidigung der Bewegung als Waffe dienen.

2. Um von vornherein jeden geheimen Charakter der SA. zu verhüten, muß, abgesehen von ihrer sofort jedermann kenntlichen Bekleidung, schon die Größe ihres Bestandes ihr selbst den Weg weisen, welcher der Bewegung nützt und aller Öffentlichkeit bekannt ist. Sie darf nicht im Verborgenen tagen, sondern soll unter freiem Himmel marschieren und damit eindeutig einer Betätigung zugeführt werden, die alle Legenden von „Geheimorganisation" endgültig zerstört. Um sie auch geistig von allen Versuchen, durch kleine Verschwörungen ihren Aktivismus zu befriedigen, abzuziehen, mußte sie, von allem Anfang an, in die große Idee der Bewegung vollständig eingeweiht und in der Aufgabe, diese Idee zu vertreten, so restlos ausgebildet werden, daß von vornherein der Horizont sich weitete und der einzelne Mann seine Mission nicht in der Beseitigung irgendeines kleineren oder größeren Gauners sah, sondern in dem Sicheinsetzen für die Errichtung eines neuen nationalsozialistischen völkischen Staates. Dadurch aber wurde der Kampf gegen den heutigen Staat aus der Atmosphäre kleiner Racheund Verschwörungsaktionen herausgehoben zur Größe eines weltanschaulichen Vernichtungskrieges gegen den Marxismus und sein Gebilde.

3. Die organisatorische Formung der SA. sowie ihre Bekleidung und Ausrüstung ist sinngemäß nicht nach den Vorbildern der alten Armee, sondern nach einer durch ihre Aufgabe bestimmten Zweckmäßigkeit vorzunehmen.

Diese Anschauungen, die mich im Jahre 1920 und 1921 leiteten, und die ich allmählich der jungen Organisation einzuimpfen versuchte, hatten den Erfolg, daß wir bis zum Hochsommer 1922 schon über eine stattliche Anzahl von Hundertschaften verfügten, die im Spätherbst 1922 nach und nach ihre besondere kennzeichnende Bekleidung erhielten. Unendlich wichtig für die weitere Ausgestaltung der SA. waren drei Ereignisse.

1. Die große allgemeine Demonstration aller vaterländischen Verbände gegen das Republikschutzgesetz im Spätsommer 1922 auf dem Königsplatz zu München.

Die vaterländischen Verbände Münchens hatten damals den Aufruf erlassen, der als Protest gegen die Einführung des Republikschutzgesetzes zu einer riesenhaften Kundgebung in München aufforderte. Auch die nationalsozialistische Bewegung sollte sich an ihr beteiligen. Der geschlossene Aufmarsch der Partei wurde eingeleitet durch sechs Münchener Hundertschaften, denen dann die Sektionen der politischen Partei folgten. Im Zuge selbst marschierten zwei Musikkapellen, und ungefähr fünfzehn Fahnen wurden mitgetragen. Das Eintreffen der Nationalsozialisten auf dem bereits zur Hälfte gefüllten großen Platz, der sonst fahnenleer war, erregte eine unermeßliche Begeisterung. Ich selbst hatte die Ehre, vor der nun sechzigtausend Köpfe zählenden Menschenmenge als einer der Redner sprechen zu dürfen.

Der Erfolg der Veranstaltung war überwältigend, besonders deshalb, weil, allen roten Drohungen zum Trotz, zum erstenmal bewiesen wurde, daß auch das nationale München auf der Straße marschieren konnte. Rote republikanische Schutzbündler, die gegen anmarschierende Kolonnen mit Terror vorzugehen versuchten, wurden binnen weniger Minuten von SA.-Hundertschaften mit blutigen Schädeln auseinandergetrieben. Die nationalsozialistische Bewegung hat damals zum ersten Male ihre Entschlossenheit gezeigt, künftighin auch für sich das Recht auf die Straße in Anspruch zu nehmen und damit dieses Monopol den internationalen Volksverrätern und Vaterlandsfeinden aus der Hand zu winden.

Das Ergebnis dieses Tages war der nicht mehr anzufechtende Beweis für die psychologische und auch organisatorische Richtigkeit unserer Auffassungen über den Ausbau der SA.

Sie wurde nun auf der so erfolgreich bewährten Grundlage energisch erweitert, so daß schon wenige Wochen später die doppelte Zahl an Hundertschaften in München aufgestellt war.

2. Der Zug nach Koburg im Oktober 1922.

„Völkische" Verbände beabsichtigten, in Koburg einen sogenannten „Deutschen Tag" abzuhalten. Ich selbst erhielt eine Einladung hierzu mit dem Vermerk, daß es erwünscht wäre, wenn ich noch einige Begleitung mitbrächte. Dieses Ersuchen, daß ich vormittags um elf Uhr in die Hand erhielt, kam mir sehr gelegen. Schon eine Stunde später waren die Anordnungen zu einem Besuch dieses „Deutschen Tages" hinausgegeben. Als „Begleitung" bestimmte ich achthundert Mann der SA., die in ungefähr vierzehn Hundertschaften von München aus durch Sonderzug nach dem bayerisch gewordenen Städtchen befördert werden sollten. Entsprechende Befehle gingen an nationalsozialistische SA.Gruppen, die unterdes an anderen Orten gebildet worden waren, hinaus.

Es war das erstemal, daß in Deutschland ein derartiger Sonderzug fuhr. An allen Orten, an denen neue SA.-Leute einstiegen, erregte der Transport größtes Aufsehen. Viele hatten unsere Fahnen noch nie vorher gesehen; der Eindruck derselben war ein sehr großer.

Als wir in Koburg auf dem Bahnhof eintrafen, empfing uns eine Deputation der Festleitung des „Deutschen Tages", die uns einen als „Vereinbarung" bezeichneten Befehl der dortigen Gewerkschaften beziehungsweise der Unabhängigen und Kommunistischen Partei übermittelte, des Inhalts, daß wir die Stadt nicht mit entrollten Fahnen, nicht mit Musik (wir hatten eine eigene zweiundvierzig Mann starke Kapelle mitgenommen) und nicht in geschlossenem Zuge betreten dürften.

Ich lehnte diese schmählichen Bedingungen sofort glatt ab, versäumte aber nicht, den anwesenden Herren der Leitung dieser Tagung mein Befremden darüber auszudrücken, daß mit diesen Menschen Verhandlungen gepflogen und Abkommen getroffen würden, und erklärte, daß die SA. augenblicklich in Hundertschaften antreten und mit klingender Musik und wehenden Fahnen in die Stadt marschieren werde.

So geschah es dann auch.

Schon auf dem Bahnhofsplatz empfing uns eine nach vielen Tausenden zählende, gröhlende und johlende Menschenmenge. „Mörder", „Banditen", „Räuber", „Verbrecher", waren die Kosenamen, mit denen uns die vorbildlichen Begründer der deutschen Republik liebreich überschütteten. Die junge SA. hielt mustergültige Ordnung, die Hundertschaften formierten sich auf dem Platz vor dem Bahnhof und nahmen zunächst von den Anpöbelungen keine Notiz. Durch ängstliche Polizeiorgane wurde der abmarschierende Zug in der für uns alle ganz fremden Stadt nicht, wie bestimmt, in unser Quartier, eine an der Peripherie Koburgs liegende Schützenhalle, sondern in den Hofbräuhauskeller, nahe dem Zentrum der Stadt, geleitet. Links und rechts vom Zuge nahm das Toben der begleitenden Volksmassen immer mehr zu. Kaum daß die letzte Hundertschaft in den Hof des Kellers eingebogen war, versuchten auch schon große Massen, unter ohrenbetäubendem Geschrei nachzurücken. Um dies zu verhüten, schloß die Polizei den Keller ab. Da dieser Zustand ein unerträglicher war, ließ ich nun die SA. noch einmal antreten, ermahnte sie kurz und forderte von der Polizei die augenblickliche Öffnung der Tore. Nach längerem Zögern kam sie dem auch nach.

Wir marschierten nun den Weg, den wir gekommen waren, wieder zurück, um zu unserem Quartier zu gelangen, und da mußte nun allerdings endlich Front gemacht werden. Nachdem man durch Schreien und beleidigende Zurufe die Hundertschaften nicht aus der Ruhe hatte bringen können, griffen die Vertreter des wahren Sozialismus, der Gleichheit und Brüderlichkeit, zu Steinen. Damit war unsere Geduld zu Ende, und so hagelte es zehn Minuten lang links und rechts vernichtend nieder, und eine Viertelstunde später war nichts Rotes mehr auf den Straßen zu sehen.

Nachts kam es noch zu schweren Zusammenstößen. Patrouillen der SA. hatten Nationalsozialisten, die einzeln überfallen worden waren, in gräßlichem Zustande aufgefunden. Daraufhin wurde mit den Gegnern kurzer Prozeß gemacht. Schon am nächsten Morgen war der rote Terror, unter dem Koburg schon seit Jahren gelitten hatte, niedergebrochen.

Mit echt marxistisch-jüdischer Verlogenheit versuchte man nun durch Handzettel die „Genossen und Genossinnen des internationalen Proletariats" noch einmal auf die Straße zu hetzen, indem man, unter vollständiger Verdrehung der Tatsachen, behauptete, daß unsere „Mordbanden" den „Ausrottungskrieg gegen friedliche Arbeiter" in Koburg begonnen hätten. Um halb zwei Uhr sollte die große „Volksdemonstration", zu der man Zehntausende von Arbeitern aus der ganzen Umgebung erhoffte, stattfinden. Ich ließ deshalb, fest entschlossen, den roten Terror endgültig zu erledigen, um zwölf Uhr die SA. antreten, die unterdes auf fast eineinhalbtausend Mann angeschwollen war, und setzte mich mit ihr in Marsch zur Feste Koburg, über den großen Platz, auf dem die rote Demonstration stattfinden sollte. Ich wollte sehen, ob sie es noch einmal wagen würden, uns zu belästigen. Als wir den Platz betraten, waren anstatt der angekündigten Zehntausend nur wenige Hundert anwesend, die bei unserem Nahen sich im allgemeinen still verhielten, teilweise ausrissen. Nur an einigen Stellen versuchten rote Trupps, die unterdessen von außen gekommen waren und uns noch nicht kannten, uns wieder anzustänkern; aber im Handumdrehen wurde ihnen gründlich die Lust dazu genommen. Und nun konnte man sehen, wie die bisher ängstlich eingeschüchterte Bevölkerung langsam aufwachte, Mut bekam, durch Zurufe uns zu begrüßen wagte und abends bei unserem Abzug an vielen Stellen in spontanen Jubel ausbrach.

Plötzlich erklärte uns am Bahnhof das Eisenbahnpersonal, daß es den Zug nicht fahren würde. Ich ließ darauf einigen Rädelsführern mitteilen, daß ich in diesem Falle zusammenzufangen gedächte, was mir an roten Bonzen in die Hände fiele, und daß wir dann eben selbst fahren würden, allerdings auf Lokomotive und Tender und in jedem Wagen ein paar Dutzend von Brüdern der internationalen Solidarität mitzunehmen vorhätten. Ich versäumte auch nicht, die Herren aufmerksam zu machen, daß die Fahrt mit unseren eigenen Kräften selbstverständlich ein unendlich riskantes Unternehmen sein würde und es nicht ausgeschlossen wäre, daß wir uns alle zusammen Genick und Knochen brächen. Freuen würde uns aber, dann wenigstens nicht allein, sondern in Gleichheit und Brüderlichkeit mit den roten Herrschaften ins Jenseits zu wandern.

Daraufhin fuhr der Zug sehr pünktlich ab, und wir kamen am nächsten Morgen wieder heil in München an.

In Koburg wurde damit zum ersten Male seit dem Jahre 1914 die Gleichheit der Staatsbürger vor dem Gesetz wiederhergestellt. Denn wenn heute irgendein gimpelhafter höherer Beamter sich zu der Behauptung versteigt, daß der Staat das Leben seiner Bürger beschütze, dann traf dies für damals jedenfalls nicht zu; denn die Bürger mußten sich in jener Zeit vor den Repräsentanten des heutigen Staates verteidigen.

Die Bedeutung dieses Tages konnte in ihren Folgen zunächst gar nicht voll eingeschätzt werden. Nicht nur, daß die sieghafte SA. in ihrem Selbstvertrauen und im Glauben an die Richtigkeit ihrer Führung außerordentlich gehoben wurde, begann auch die Umwelt, sich mit uns eingehender zu beschäftigen, und viele erkannten zum ersten Male in der nationalsozialistischen Bewegung die Institution, die aller Wahrscheinlichkeit nach dereinst berufen sein würde, dem marxistischen Wahnsinn ein entsprechendes Ende zu bereiten.

Nur die Demokratie stöhnte, daß man es wagen konnte, sich nicht friedlich den Schädel einschlagen zu lassen, sondern daß wir uns in einer demokratischen Republik unterstanden hatten, einem brutalen Angriff mit Fäusten und Stöcken statt mit pazifistischen Gesängen entgegenzutreten.

Die bürgerliche Presse im allgemeinen war teils jämmerlich, teils gemein, wie immer, und nur wenige aufrichtige Zeitungen begrüßten es, daß man wenigstens an einer Stelle den marxistischen Wegelagerern endlich das Handwerk gelegt hatte.

In Koburg selbst aber hat immerhin ein Teil der marxistischen Arbeiterschaft, der übrigens selbst nur als verführt angesehen werden mußte, durch die Fäuste nationalsozialistischer Arbeiter belehrt, einsehen gelernt, daß auch diese Arbeiter für Ideale kämpfen, da man sich erfahrungsgemäß nur für etwas, an das man glaubt und das man liebt, auch schlägt.

Den größten Nutzen hatte allerdings die SA. selbst. Sie wuchs nun sehr schnell an, so daß beim Parteitag am 27. Januar 1923 bereits gegen sechstausend Mann an der Fahnenweihe teilnehmen konnten und dabei die ersten Hundertschaften in ihrer neuen Tracht vollkommen eingekleidet waren.

Die Erfahrungen in Koburg hatten eben gezeigt, wie notwendig es ist, und zwar nicht nur um den Korpsgeist zu stärken, sondern auch, um Verwechslungen zu vermeiden und dem gegenseitigen Nichterkennen vorzubeugen, eine einheitliche Bekleidung der SA. einzuführen. Bis dahin trug sie nur die Armbinde, nun kamen die Windjacke und die bekannte Mütze dazu.

Die Erfahrungen von Koburg hatten aber noch weiter die Bedeutung, daß wir nun darangingen, planmäßig in allen Orten, in denen der rote Terror seit vielen Jahren jede Versammlung Andersdenkender verhindert hatte, diesen zu brechen und die Versammlungsfreiheit herzustellen. Ab jetzt wurden immer wieder nationalsozialistische Bataillone in solchen Orten zusammengezogen, und allmählich fiel in Bayern eine rote Hochburg nach der anderen der nationalsozialistischen Propaganda zum Opfer. Die SA. hatte sich immer mehr in ihre Aufgabe hineingewachsen, und sie war damit von dem Charakter einer sinnlosen und lebensunwichtigen Wehrbewegung immer weiter weggerückt und zu einer lebendigen Kampforganisation für die Errichtung eines neuen deutschen Staates emporgestiegen.

Bis zum März 1923 währte diese logische Entwicklung. Dann trat ein Ereignis ein, das mich zwang, die Bewegung aus ihrer bisherigen Bahn zu nehmen und einer Umgestaltung zuzuführen.

3. Die in den ersten Monaten des Jahres 1923 erfolgte Besetzung des Ruhrgebietes durch die Franzosen hatte in der Folgezeit eine große Bedeutung für die Entwicklung der SA.

Es ist auch heute noch nicht möglich und besonders aus nationalem Interesse nicht zweckmäßig, in aller Öffentlichkeit darüber zu reden oder zu schreiben. Ich kann mich nur so weit äußern, als in öffentlichen Verhandlungen dieses Thema schon berührt und der Öffentlichkeit dadurch zur Kenntnis gebracht ist.

Die Besetzung des Ruhrgebietes, die uns nicht überraschend kam, ließ die begründete Hoffnung erstehen, daß nunmehr endgültig mit der feigen Politik des Zurückweichens gebrochen und damit den Wehrverbänden eine ganz bestimmte Aufgabe zufallen würde. Auch die SA., die damals schon viele Tausende junger, kraftvoller Männer umfaßte, durfte dann diesem nationalen Dienst nicht entzogen werden. Im Frühjahr und im Hochsommer des Jahres 1923 erfolgte ihre Umstellung zu einer militärischen Kampforganisation. Ihr war zum großen Teil die spätere Entwicklung des Jahres 1923 zuzuschreiben, soweit sie unsere Bewegung betraf.

Da ich an anderer Stelle in großen Zügen die Entwicklung des Jahres 1923 behandle, will ich hier nur feststellen, daß die Umgestaltung der damaligen SA., wenn die Voraussetzungen, die zu ihrer Umgestaltung geführt hatten, also die Aufnahme des aktiven Widerstandes gegen Frankreich, nicht zutrafen, vom Gesichtspunkt der Bewegung aus eine schädliche war.

Der Abschluß des Jahres 1923 war, so entsetzlich er im ersten Augenblick erscheinen mag, von einer höheren Warte aus betrachtet, insofern ein nahezu notwendiger, als er die durch die Haltung der deutschen Reichsregierung gegenstandslos gemachte, für die Bewegung aber nun schädliche Umstellung der SA. mit einem Schlage beendete und damit die Möglichkeit schuf, eines Tages dort wieder aufzubauen, wo man einst den richtigen Weg verlassen mußte.

Die im Jahre 1925 neugegründete NSDAP. hat ihre SA. nun wieder nach den eingangs erwähnten Grundsätzen aufzustellen, auszubilden und zu organisieren. Sie muß damit wieder zurückkehren zu den ursprünglich gesunden Anschauungen und hat es nun wieder als ihre höchste Aufgabe anzusehen, in ihrer SA. ein Instrument zur Vertretung und Stärkung des Weltanschauungskampfes der Bewegung zu schaffen.

Sie darf weder dulden, daß die SA. zu einer Art Wehrverband noch zu einer Geheimorganisation herabsinkt; sie muß sich vielmehr bemühen, in ihr eine Hunderttausendmanngarde der nationalsozialistischen und damit zutiefst völkischen Idee heranzubilden.

10. Kapitel

Der Föderalismus als Maske

Im Winter des Jahres 1919 und noch mehr im Frühjahr und Sommer 1920 wurde die junge Partei gezwungen, zu einer Frage Stellung zu nehmen, die schon im Kriege zu außerordentlicher Bedeutung emporstieg. Ich habe im ersten Band in der kurzen Schilderung der mir persönlich sichtbar gewordenen Merkmale des drohenden deutschen Zusammenbruchs auf die besondere Art der Propaganda hingewiesen, die sowohl von seiten der Engländer als auch der Franzosen zur Aufreißung der alten Kluft zwischen Nord und Süd stattfand. Im Frühjahr 1915 erschienen die ersten systematischen Hetzblätter gegen Preußen, als den Alleinschuldigen am Kriege. Bis zum Jahre 1916 war dieses System zu einem vollständigen, ebenso geschickten wie niederträchtigen Ausbau gekommen. Die auf die niedersten Instinkte berechnete Verhetzung des Süddeutschen gegen den Norddeutschen begann auch schon nach kurzer Zeit Früchte zu tragen. Es ist ein Vorwurf, den man gegen die damaligen maßgebenden Stellen sowohl in der Regierung wie auch in der Heeresleitung – besser, in den bayerischen Kommandostellen – erheben muß, und den diese nicht von sich abschütteln können, daß sie in gottverblendeter Pflichtvergessenheit nicht mit der notwendigen Entschlossenheit dagegen eingeschritten sind. Man tat nichts! Im Gegenteil, an verschiedenen Stellen schien man es gar nicht so ungern zu sehen und war vielleicht borniert genug, zu denken, daß durch eine solche Propaganda nicht nur der Einheitsentwicklung des deutschen Volkes ein Riegel vorgeschoben werden würde, sondern daß damit auch automatisch eine Stärkung der föderativen Kräfte eintreten müßte. Kaum jemals in der Geschichte ist eine böswillige Unterlassung böser gerächt worden. Die Schwächung, die man Preußen zuzufügen glaubte, hat ganz Deutschland betroffen. Ihre Folge aber war die Beschleunigung des Zusammenbruchs, der jedoch nicht etwa nur Deutschland zertrümmerte, sondern in erster Linie gerade die Einzelstaaten selbst.

In der Stadt, in welcher der künstlich geschürte Haß gegen Preußen am heftigsten tobte, brach als erster die Revolution gegen das angestammte Königshaus aus.

Nun wäre es allerdings falsch, zu glauben, daß der feindlichen Kriegspropaganda allein die Fabrikation dieser antipreußischen Stimmung zuzuschreiben gewesen sei, und daß Entschuldigungsgründe für das von ihr ergriffene Volk nicht vorhanden gewesen wären. Die unglaubliche Art der Organisation unserer Kriegswirtschaft, die in einer geradezu wahnwitzigen Zentralisation das gesamte Reichsgebiet bevormundete und – ausgaunerte, war ein Hauptgrund für das Entstehen jener antipreußischen Gesinnung. Denn für den normalen kleinen Mann waren die Kriegsgesellschaften, die nun einmal ihre Zentrale in Berlin besaßen, identisch mit Berlin, und Berlin selbst gleichbedeutend mit Preußen. Daß die Organisatoren dieses Raubinstituts, Kriegsgesellschaften genannt, weder Berliner noch Preußen, ja überhaupt nicht Deutsche waren, kam dem Einzelnen damals kaum zum Bewußtsein. Er sah nur die grobe Fehlerhaftigkeit und die dauernden Übergriffe dieser verhaßten Einrichtung in der Reichshauptstadt und übertrug nun seinen ganzen Haß selbstverständlich auf diese Reichshauptstadt und Preußen zugleich, um so mehr, als von bestimmter Seite nicht nur nichts dagegen unternommen, sondern im stillen eine solche Deutung sogar schmunzelnd begrüßt wurde.

Der Jude war viel zu klug, um nicht schon damals zu verstehen, daß der infame Beutezug, den er unter dem Deckmantel der Kriegsgesellschaften gegen das deutsche Volk organisierte, Widerstand hervorrufen würde, ja mußte.

Solange dieser ihm selbst nicht an die Gurgel sprang, brauchte er ihn nicht zu fürchten. Um aber eine Explosion der zur Verzweiflung und Empörung getriebenen Massen nach dieser Richtung zu verhindern, konnte es gar kein besseres Rezept geben als das, ihre Wut anderweitig aufflammen zu lassen und so zu verbrauchen.

Mochte ruhig Bayern gegen Preußen und Preußen gegen Bayern streiten, je mehr, desto besser! Der heißeste Kampf der beiden bedeutete für den Juden den sichersten Frieden. Die allgemeine Aufmerksamkeit war damit vollständig abgelenkt von der internationalen Völkermade, man schien sie vergessen zu haben. Und wenn die Gefahr aufzutauchen schien, daß besonnene Elemente, die es auch in Bayern zahlreich gab, zur Einsicht und Einkehr und zur Zurückhaltung mahnten und dadurch der erbitterte Kampf abzuflauen drohte, so brauchte der Jude in Berlin nur eine neue Provokation in Szene zu setzen und den Erfolg abzuwarten. Augenblicklich stürzten sich alle Nutznießer des Streites zwischen Nord und Süd auf jeden solchen Vorfall und bliesen so lange, bis die Glut der Empörung wieder zu hellem Feuer emporgestiegen war.

Es war ein geschicktes, raffiniertes Spiel, das der Jude damals zur steten Beschäftigung und Ablenkung der einzelnen deutschen Stämme trieb, um sie unterdessen desto gründlicher ausplündern zu können.

Dann kam die Revolution.

Wenn nun bis zum Jahre 1918, oder, besser gesagt, bis zum November dieses Jahres der Durchschnittsmensch, besonders aber der wenig gebildete Spießer und Arbeiter, den wirklichen Hergang und die unausbleiblichen Folgen des Streites der deutschen Stämme untereinander, vor allem in Bayern, noch nicht richtig erkennen konnte, dann hätte es wenigstens der sich „national" nennende Teil am Tage des Ausbruchs der Revolution begreifen müssen. Denn kaum war die Aktion gelungen, als in Bayern auch schon der Führer und Organisator der Revolution zum Vertreter „bayerischer" Interessen wurde. Der internationale Jude Kurt Eisner begann Bayern gegen Preußen auszuspielen. Es war aber doch selbstverständlich, daß ausgerechnet dieser Orientale, der als Zeitungsjournaille sich unausgesetzt hier und dort im übrigen Deutschland herumtrieb, wohl als letzter berufen gewesen wäre, bayerische Interessen zu wahren, und daß gerade ihm Bayern das Gleichgültigste sein konnte, das es auf Gottes weiter Welt gab.

Indem Kurt Eisner der revolutionären Erhebung in Bayern eine ganz bewußte Spitze gegen das übrige Reich gab, handelte er nicht im geringsten aus bayerischen Gesichtspunkten heraus, sondern nur als Beauftragter des Judentums. Er benützte die vorhandenen Instinkte und Abneigungen des bayerischen Volkes, um mittels ihrer Deutschland leichter zerschlagen zu können. Das zertrümmerte Reich aber wäre spielend eine Beute des Bolschewismus geworden.

Die von ihm angewandte Taktik wurde auch nach seinem Tode zunächst fortgeführt. Der Marxismus, der gerade die Einzelstaaten und ihre Fürsten in Deutschland immer mit blutigstem Hohn übergossen hatte, appellierte als „Unabhängige Partei" nun plötzlich eben an diejenigen Gefühle und Instinkte, die in Fürstenhäusern und Einzelstaaten ihre stärkste Wurzel hatten.

Der Kampf der Räterepublik gegen die anrückenden Befreiungskontingente war in erster Linie als „Kampf bayerischer Arbeiter" gegen den „preußischen Militarismus" propagandistisch aufgezogen worden. Nur daraus kann man auch verstehen, warum in München, ganz zum Unterschied von anderen deutschen Gebieten, das Niederwerfen der Räterepublik nicht zur Besinnung der breiten Massen, sondern vielmehr zu einer noch größeren Verbitterung und Verbissenheit gegen Preußen führte.

Die Kunst, mit der die bolschewistischen Agitatoren die Beseitigung der Räterepublik als „preußisch-militaristischen" Sieg gegen das „antimilitaristisch" und „antipreußisch" gesinnte bayerische Volk hinzustellen verstanden, trug reiche Früchte. Während Kurt Eisner noch anläßlich der Wahlen in den gesetzgebenden Bayerischen Landtag in München keine zehntausend Anhänger aufbrachte, die Kommunistische Partei sogar unter dreitausend blieb, waren nach dem Zusammenbruch der Republik beide Parteien zusammen auf nahezu hunderttausend Wähler gestiegen.

Schon in dieser Zeit setzte mein persönlicher Kampf gegen die wahnwitzige Verhetzung der deutschen Stämme untereinander ein.

Ich glaube, ich habe in meinem Leben noch keine unpopulärere Sache begonnen als meinen damaligen Widerstand gegen die Preußenhetze. In München hatten schon während der Räteperublik die ersten Massenversammlungen stattgefunden, in denen der Haß gegen das übrige Deutschland, insbesondere aber gegen Preußen, zu solcher Siedehitze aufgepeitscht wurde, daß es nicht nur für einen Norddeutschen mit Todesgefahr verbunden war, einer solchen Versammlung beizuwohnen, sondern daß der Abschluß derartiger Kundgebungen meist ganz offen mit dem wahnsinnigen Geschrei endigte: „Los von Preußen!" – „Nieder mit Preußen!" – „Krieg gegen Preußen!", eine Stimmung, die ein besonders glänzender Vertreter bayerischer Hoheitsinteressen im Deutschen Reichstag in den Schlachtruf zusammenfaßte: „Lieber bayerisch sterben als preußisch verderben."

Man muß die damaligen Versammlungen miterlebt haben, um zu verstehen, was es für mich selbst bedeutete, als ich mich zum ersten Male, umringt von einer Handvoll Freunde, in einer Versammlung im Löwenbräukeller zu München gegen diesen Wahnsinn zur Wehr setzte. Es waren Kriegskameraden, die mir damals Beistand leisteten, und man kann sich vielleicht in unser Gefühl hineinversetzen, wenn eine vernunftlos gewordene Masse gegen uns brüllte und uns niederzuschlagen drohte, die während der Zeit, da wir das Vaterland verteidigt hatten, zum weitaus größten Teil als Deserteure und Drückeberger sich in Etappen oder in der Heimat herumgetrieben hatte. Für mich freilich hatten diese Auftritte das Glück, daß sich die Schar meiner Getreuen erst recht mit mir verbunden fühlte und bald auf Leben und Tod auf mich eingeschworen war.

Diese Kämpfe, die sich immer wiederholten und durch das ganze Jahr 1919 hinzogen, schienen sich gleich zu Beginn des Jahres 1920 noch zu verstärken. Es gab Versammlungen – ich erinnere mich besonders an eine im Wagnersaal an der Sonnenstraße in München –, in denen meine unterdes größer gewordene Gruppe schwerste Kämpfe zu bestehen hatte, die nicht selten damit endeten, daß man Dutzende meiner Anhänger mißhandelte, niederschlug, mit Füßen trat, um sie endlich, mehr Leichnamen als Lebenden gleich, aus den Sälen zu werfen.

Der Kampf, den ich erst als Einzelperson, nur unterstützt von meinen Kriegsgefährten, aufgenommen hatte, wurde nun als eine, ich möchte fast sagen, heilige Aufgabe von der jungen Bewegung weitergeführt.

Es ist noch heute mein Stolz, sagen zu können, daß wir damals – fast ausschließlich angewiesen auf unsere bayerischen Anhänger – dennoch dieser Mischung von Dummheit und Verrat langsam, aber sicher das Ende bereitet haben. Ich sage Dummheit und Verrat deshalb, weil ich, bei aller Überzeugung von der an sich wirklich gutmütigdummen Masse der Mitläufer, den Organisatoren und Anstiftern solche Einfalt nicht zugute rechnen kann. Ich hielt sie und halte sie auch heute noch für von Frankreich besoldete und bezahlte Verräter. In einem Falle, im Falle Dorten, hat ja unterdes die Geschichte bereits ihr Urteil gesprochen.

Was die Sache damals besonders gefährlich werden ließ, war die Geschicklichkeit, mit der man die wahren Tendenzen zu verhüllen verstand, indem man föderalistische Absichten als die einzige Veranlassung zu diesem Treiben in den Vordergrund schob. Daß die Schürung von Preußenhaß mit Föderalismus nichts zu tun hat, liegt allerdings auf der Hand. Merkwürdig berührt auch eine „föderative Tätigkeit", die es versucht, einen anderen Bundesstaat aufzulösen oder aufzuteilen. Denn ein ehrlicher Föderalist, bei dem die Zitierung des Bismarckschen Reichsgedankens keine verlogene Phrase darstellt, dürfte nicht im selben Atemzug dem von Bismarck geschaffenen oder doch vollendeten preußischen Staat Teile abzutrennen wünschen oder sogar solche Separationsbestrebungen öffentlich unterstützen. Wie würde man im München geschrien haben, wenn eine konservative preußische Partei die Loslösung Frankens von Bayern begünstigt oder gar in öffentlicher Aktion verlangt und gefördert hätte! Leid tun konnten einem bei all dem wirklich nur die ehrlich föderalistisch gesinnten Naturen, die dieses verruchte Gaunerspiel nicht durchschaut hatten; denn sie waren in erster Linie die Betrogenen. Indem der föderative Gedanke solcherart belastet wurde, schaufelten ihm seine eigenen Anhänger das Grab. Man kann keine föderalistische Gestaltung des Reiches propagieren, wenn man das wesentlichste Glied eines solchen Staatsbaues, nämlich Preußen, selbst heruntersetzt, beschimpft und beschmutzt, kurz als Bundesstaat, wenn möglich, unmöglich macht. Es war dies um so unglaublicher, als sich dabei der Kampf dieser sogenannten Föderalisten gerade gegen das Preußen wendete, das am wenigsten mit der Novemberdemokratie in Verbindung gebracht werden kann. Denn nicht gegen die Väter der Weimarer Verfassung, die übrigens selbst zum größten Teil Süddeutsche oder Juden waren, richteten sich Schmähungen und Angriffe dieser sogenannten „Föderalisten", sondern gegen die Vertreter des alten konservativen Preußens, also die Antipoden der Weimarer Verfassung. Daß man sich dabei besonders hütete, den Juden anzutasten, darf nicht wundernehmen, liefert aber vielleicht den Schlüssel zur Lösung des ganzen Rätsels.

So wie vor der Revolution der Jude die Aufmerksamkeit von seinen Kriegsgesellschaften oder, besser, von sich selbst, abzulenken verstand und die Masse, besonders des bayerischen Volkes, gegen Preußen umzustellen wußte, so mußte er nach der Revolution auch den neuen und nun zehnmal größeren Raubzug irgendwie decken. Und wieder gelang es ihm, in diesem Fall die sogenannten „nationalen Elemente" Deutschlands gegeneinander zu hetzen: konservativ eingestellte Bayern gegen ebenso konservativ denkende Preußen. Und wieder betrieb er es in gerissenster Weise, indem er, der allein die Geschicke des Reiches an seinen Fäden hielt, so grobe und taktlose Übergriffe provozierte, daß das Blut der jeweils Betroffenen dadurch immer aufs neue in Wallung geraten mußte. Nie aber gegen den Juden, sondern immer gegen den deutschen Bruder. Nicht das Berlin von vier Millionen emsig arbeitenden, fleißigen, schaffenden Menschen sah der Bayer, sondern das faule, zersetzte Berlin des übelsten Westens! Doch nicht gegen diesen Westen kehrte sich sein Haß, sondern gegen die „preußische" Stadt.

Es war wirklich oft zum Verzweifeln.

Diese Geschicklichkeit des Juden, die öffentliche Aufmerksamkeit von sich abzulenken und anderweitig zu beschäftigen, kann man auch heute wieder studieren.

Im Jahre 1918 konnte von einem planmäßigen Antisemitismus gar keine Rede sein. Noch erinnere ich mich der Schwierigkeiten, auf die man stieß, sowie man nur das Wort Jude in den Mund nahm. Man wurde entweder dumm angeglotzt, oder man erlebte heftigsten Widerstand. Unsere ersten Versuche, der Öffentlichkeit den wahren Feind zu zeigen, schienen damals fast aussichtslos zu sein, und nur ganz langsam begannen sich die Dinge zum Besseren zu wenden. So verfehlt der „Schutz- und Trutzbund" in seiner organisatorischen Anlage war, so groß war nichtsdestoweniger sein Verdienst, die Judenfrage als solche wieder aufgerollt zu haben. Jedenfalls begann im Winter 1918/19 so etwas wie Antisemitismus langsam Wurzel zu fassen. Später hat dann allerdings die nationalsozialistische Bewegung die Judenfrage ganz anders vorwärtsgetrieben. Sie hat es vor allem fertiggebracht, dieses Problem aus dem engbegrenzten Kreise oberer und kleinbürgerlicher Schichten herauszuheben und zum treibenden Motiv einer großen Volksbewegung umzuwandeln. Kaum aber, daß es gelungen war, dem deutschen Volk in dieser Frage den großen, einigenden Kampfgedanken zu schenken, als der Jude auch schon zur Gegenwehr schritt. Er griff zu seinem alten Mittel. Mit fabelhafter Schnelligkeit hat er in die völkische Bewegung selbst die Brandfackel des Zankes hineingeworfen und den Zwiespalt gesät. Am Aufwerfen der ultramontanen Frage und in der daraus erwachsenden gegenseitigen Bekämpfung von Katholizismus und Protestantismus stak, wie die Verhältnisse nun einmal lagen, die einzige Möglichkeit, die öffentliche Aufmerksamkeit mit anderen Problemen zu beschäftigen, um den konzentrierten Ansturm vom Judentum abzuhalten. Wie die Männer, die gerade diese Frage in unser Volk hineinschleuderten, sich an ihm versündigten, das können sie niemals wieder gutmachen. Der Jude hat jedenfalls das gewollte Ziel erreicht: Katholiken und Protestanten führen miteinander einen fröhlichen Krieg, und der Todfeind der arischen Menschheit und des gesamten Christentums lacht sich ins Fäustchen.

So wie man es einst verstanden hatte, Jahre hindurch die öffentliche Meinung mit dem Kampf zwischen Föderalismus und Unitarismus zu beschäftigen und sie darin aufzureiben, indes der Jude die Freiheit der Nation verschacherte und unser Vaterland der internationalen Hochfinanz verriet, so gelingt es ihm jetzt wieder, die zwei deutschen Konfessionen gegeneinander Sturm laufen zu lassen, während beider Grundlagen vom Gift des internationalen Weltjuden zerfressen und unterhöhlt werden.

Man halte sich die Verwüstungen vor Augen, welche die jüdische Bastardierung jeden Tag an unserem Volke anrichtet, und man bedenke, daß diese Blutvergiftung nur nach Jahrhunderten oder überhaupt nicht mehr aus unserem Volkskörper entfernt werden kann; man bedenke weiter, wie die rassische Zersetzung die letzten arischen Werte unseres deutschen Volkes herunterzieht, ja oft vernichtet, so daß unsere Kraft als kulturtragende Nation ersichtlich mehr und mehr im Rückzug begriffen ist, und wir der Gefahr anheimfallen, wenigstens in unseren Großstädten dorthin zu kommen, wo Süditalien heute bereits ist. Diese Verpestung unseres Blutes, an der Hunderttausende unseres Volkes wie blind vorübergehen, wird aber vom Juden heute planmäßig betrieben. Planmäßig schänden diese schwarzen Völkerparasiten unsere unerfahrenen, jungen blonden Mädchen und zerstören dadurch etwas, was auf dieser Welt nicht mehr ersetzt werden kann. Beide, jawohl, beide christliche Konfessionen sehen dieser Entweihung und Zerstörung eines durch Gottes Gnade der Erde gegebenen edlen und einzigartigen Lebewesens gleichgültig zu. Für die Zukunft der Erde liegt aber die Bedeutung nicht darin, ob die Protestanten die Katholiken oder die Katholiken die Protestanten besiegen, sondern darin, ob der arische Mensch ihr erhalten bleibt oder ausstirbt. Dennoch kämpfen die beiden Konfessionen heute nicht etwa gegen den Vernichter dieser Menschen, sondern suchen sich selbst gegenseitig zu vernichten. Gerade der völkisch Eingestellte hätte die heiligste Verpflichtung, jeder in seiner eigenen Konfession dafür zu sorgen, daß man n i c h t   n u r   i m m e r   ä u ß e r l i c h   v o n   G o t t e s   W i l l e n   redet, s o n d e r n   a u c h   t a t s ä c h l i c h   G o t t e s   W i l l e n   e r f ü l l e   u n d   G o t t e s   W e r k   n i c h t   s c h ä n d e n   l a s s e. Denn Gottes Wille gab den Menschen einst ihre Gestalt, ihr Wesen und ihre Fähigkeiten. Wer sein Werk zerstört, sagt damit der Schöpfung des Herrn, dem göttlichen Wollen, den Kampf an. Darum sei jeder tätig, und zwar jeder gefälligst in seiner Konfession, und jeder empfinde es als seine erste und heiligste Pflicht, Stellung gegen den zu nehmen, der in seinem Wirken durch Reden oder Handeln aus dem Rahmen seiner eigenen Glaubensgemeinschaft heraustritt und in die andere hineinzustänkern versucht. Denn das Bekämpfen von Wesenseigenheiten einer Konfession innerhalb unserer einmal vorhandenen religiösen Spaltung führt in Deutschland zwangsläufig zu einem Vernichtungskrieg zwischen beiden Konfessionen. Unsere Verhältnisse gestatten hier gar keinen Vergleich etwa mit Frankreich oder Spanien oder gar Italien. Man kann zum Beispiel in allen drei Ländern einen Kampf gegen den Klerikalismus oder Ultramontanismus propagieren, ohne Gefahr zu laufen, daß bei diesem Versuch das französische, spanische oder italienische Volk als solches auseinanderfalle. Man darf dies aber nicht in Deutschland, da sich hier sicher auch die Protestanten an einem solchen Beginnen beteiligen würden. Damit erhält jedoch die Abwehr, die anderswo nur von Katholiken gegen Übergriffe politischer Art ihrer eigenen Oberhirten stattfinden würde, sofort den Charakter eines Angriffs von Protestantismus gegen Katholizismus. Was von Angehörigen der eigenen Konfession, selbst wenn es ungerecht ist, immer noch ertragen wird, findet augenblicklich schärfste Ablehnung von vornherein, sowie der Bekämpfer einer anderen Glaubensgemeinschaft entstammt. Dies geht so weit, daß selbst Menschen, die an sich ohne weiteres bereit wären, einen ersichtlichen Mißstand innerhalb ihrer eigenen religiösen Glaubensgemeinschaft abzustellen, sofort davon abgehen und ihren Widerstand nach außen kehren, sowie von einer nicht zu ihrer Gemeinschaft gehörigen Stelle eine solche Korrektur empfohlen oder gar gefordert wird. Sie empfinden dies als einen ebenso unberechtigten wie unzulässigen, ja unanständigen Versuch, sich in Dinge einzumischen, die den Betreffenden nichts angehen. Derartige Versuche werden auch dann nicht entschuldigt, wenn sie mit dem höheren Recht der Interessen der nationalen Gemeinschaft begründet werden, da heute religiöse Gefühle immer noch tiefer sitzen als alle nationalen und politischen Zweckmäßigkeiten. Und dies wird auch gar nicht anders dadurch, daß man nun die beiden Konfessionen in einen gegenseitigen erbitterten Kampf hineintreibt, sondern vermöchte nur anders zu werden, indem man durch beiderseitige Verträglichkeit der Nation eine Zukunft schenkte, die in ihrer Größe allmählich auch auf diesem Gebiet versöhnend wirken würde.

Ich stehe nicht an, zu erklären, daß ich in den Männern, die heute die völkische Bewegung in die Krise religiöser Streitigkeiten hineinziehen, schlimmere Feinde meines Volkes sehe als im nächstbesten international eingestellten Kommunisten. Denn diesen zu bekehren, ist die nationalsozialistische Bewegung berufen. Wer aber diese aus ihren eigenen Reihen heraus von ihrer wirklichen Mission entfernt, handelt am verwerflichsten. Er ist, ob bewußt oder unbewußt spielt gar keine Rolle, ein Streiter für jüdische Interessen. Denn jüdisches Interesse ist es heute, die völkische Bewegung in dem Augenblick in einem religiösen Kampf verbluten zu lassen, in dem sie beginnt, für den Juden eine Gefahr zu werden. Und ich betone ausdrücklich das Wort verbluten lassen; denn nur ein geschichtlich ganz ungebildeter Mann kann sich vorstellen, mit dieser Bewegung heute eine Frage lösen zu können, an der Jahrhunderte und große Staatsmänner zerschellt sind.

Im übrigen sprechen die Tatsachen für sich. Die Herren, die im Jahre 1924 plötzlich entdeckten, daß die oberste Mission der völkischen Bewegung der Kampf gegen den „Ultramontanismus" sei, haben nicht den Ultramontanismus zerbrochen, aber die völkische Bewegung zerrissen. Ich muß mich auch dagegen verwahren, daß in den Reihen der völkischen Bewegung irgendein unreifer Kopf vermeint, das zu können, was selbst ein Bismarck nicht konnte. Es wird immer die oberste Pflicht der Leitung der nationalsozialistischen Bewegung sein, gegen jeden Versuch, die nationalsozialistische Bewegung in den Dienst solcher Kämpfe zu stellen, schärfstens Front zu machen und die Propandisten einer solchen Absicht augenblicklich aus den Reihen der Bewegung zu entfernen. Tatsächlich war es auch bis Herbst 1923 restlos gelungen. Es konnte in den Reihen unserer Bewegung der gläubigste Protestant neben dem gläubigsten Katholiken sitzen, ohne je in den geringsten Gewissenskonflikt mit seiner religiösen Überzeugung geraten zu müssen. Der gemeinsame gewaltige Kampf, den die beiden gegen den Zerstörer der arischen Menschheit führten, hat sie im Gegenteil gelehrt, sich gegenseitig zu achten und zu schätzen. Und dabei hat gerade in diesen Jahren die Bewegung den schärfsten Kampf gegen das Zentrum ausgefochten, allerdings nie aus religiösen, sondern ausschließlich aus national-, rasse- und wirtschaftspolitischen Gründen. Der Erfolg sprach damals genau so für uns, wie er heute gegen die Besserwisser zeugt.

Es ist in den letzten Jahren manchesmal so weit gekommen, daß völkische kreise in der gottverlassenen Blindheit ihrer konfessionellen Auseinandersetzungen den Wahnsinn ihres Handelns nicht einmal daraus erkannten, daß atheistische Marxistenzeitungen nach Bedarf plötzlich Anwälte religiöser Glaubensgemeinschaften wurden, um durch Hin- und Hertragen von manchmal wirklich zu dummen Äußerungen die eine oder die andere Seite zu belasten und das Feuer dadurch zum äußersten zu schüren.

Gerade bei einem Volk aber, das, wie das deutsche, in seiner Geschichte schon so oft bewiesen hat, daß es imstande ist, für Phantome Kriege bis zum Weißbluten zu führen, wird jeder solche Kampfruf todgefährlich sein. Immer wurde dadurch unser Volk von den wirklich realen Fragen seines Daseins abgelenkt. Während wir in religiösen Streitigkeiten uns verzehrten, wurde die andere Welt verteilt. Und während die völkische Bewegung überlegt, ob die ultramontane Gefahr größer ist als die jüdische oder umgekehrt, zerstört der Jude die rassischen Grundlagen unseres Daseins und vernichtet dadurch unser Volk für immer. Ich kann, was diese Art von „völkischen" Kämpfern betrifft, der nationalsozialistischen Bewegung und damit auch dem deutschen Volke aus aufrichtigstem Herzen nur wünschen: Herr, bewahre sie vor solchen Freunden, auch sie wird mit ihren Feinden dann schon fertig werden.

X X X

Der in den Jahren 1919/20/21 und weiterhin von den Juden in so schlauer Weise propagierte Kampf zwischen Föderalismus und Unitarismus zwang, bei aller Ablehnung desselben, doch auch die nationalsozialistische Bewegung, zu seinen wesentlichen Problemen Stellung zu nehmen. Soll Deutschland B u n d e s - o d e r E i n h e i t s s t a a t sein, und was hat man praktisch unter beiden zu verstehen? Mir scheint die wichtigere Frage die zweite zu sein, weil sie nicht nur zum Verständnis des ganzen Problems grundlegend ist, sondern auch weil sie klärend ist und versöhnenden Charakter besitzt.

Was ist ein Bundesstaat?

Unter Bundesstaat verstehen wir einen Verband von souveränen Staaten, die aus freiem Willen kraft ihrer Souveränität sich zusammenschließen und dabei jenen Teil der Hoheitsrechte im einzelnen an die Gesamtheit abtreten, der die Existenz des gemeinsamen Bundes ermöglicht und gewährleistet.

Diese theoretische Formulierung trifft in der Praxis bei keinem der heute auf Erden bestehenden Bundesstaaten restlos zu. Am wenigsten bei der amerikanischen Union, in welcher beim weitaus größten Teil der Einzelstaaten von irgendeiner ursprünglichen Souveränität überhaupt nicht geredet werden kann, sondern viele derselben erst im Laufe der Zeit gewissermaßen hineingezeichnet wurden in die Gesamtfläche des Bundes. Daher handelt es sich bei den Einzelstaaten der amerikanischen Union auch in den meisten Fällen mehr um kleinere und größere, aus verwaltungstechnischen Gründen gebildete, vielfach mit dem Lineal abgegrenzte Territorien, die vordem eigene staatliche Souveränität nicht besessen hatten und auch gar nicht besitzen konnten. Denn nicht diese Staaten hatten die Union gebildet, sondern die Union gestaltete erst einen großen Teil solcher sogenannter Staaten. Die dabei den einzelnen Territorien überlassenen, oder besser zugesprochenen, höchst umfangreichen Selbstrechte entsprechen nicht nur dem ganzen Wesen dieses Staatenbundes, sondern vor allem auch der Größe seiner Grundfläche, seinen räumlichen Dimensionen, die ja fast dem Ausmaß eines Kontinents gleichkommen. Man kann somit bei den Staaten der amerikanischen Union nicht von deren staatlicher Souveränität sprechen, sondern nur von deren verfassungsmäßig festgelegten und garantierten Rechten, besser vielleicht Befugnissen. Auch für Deutschland ist die obige Formulierung nicht voll und ganz zutreffend. Obwohl in Deutschland ohne Zweifel zuerst die Einzelstaaten, und zwar als Staaten, bestanden hatten und aus ihnen das Reich gebildet wurde. Allein schon die Bildung des Reiches ist nicht erfolgt auf Grund des freien Willens oder gleichen Zutuns der Einzelstaaten, sondern durch die Auswirkung der Hegemonie eines Staates unter ihnen, Preußens. Schon die rein territorial große Verschiedenheit der deutschen Staaten gestattet keinen Vergleich mit der Gestaltung zum Beispiel der amerikanischen Union. Der Größenunterschied zwischen den einstigen kleinsten deutschen Bundesstaaten und den größeren oder gar dem größten erweist die Nichtgleichartigkeit der Leistungen, aber auch das Ungleichmäßige des Anteils an der Begründung des Reiches, an der Formung des Bundesstaates. Tatsächlich konnte man aber auch bei den meisten dieser Staaten von einer wirklichen Souveränität nicht sprechen, außer das Wort Staatssouveränität hätte keine andere Bedeutung als die einer amtlichen Phrase. In Wirklichkeit hatte nicht nur die Vergangenheit, sondern auch die Gegenwart mit zahlreichen dieser sogenannten „souveränen Staaten" aufgeräumt und damit am klarsten die Schwäche dieser „souveränen" Gebilde bewiesen.

Es soll hier nicht festgestellt werden, wie im einzelnen diese Staaten sich geschichtlich bildeten, wohl aber, daß sie fast in keinem Falle sich mit stammesmäßigen Grenzen decken. Sie sind rein politische Erscheinungen und reichen mit ihren Wurzeln meist in die traurigste Zeit der Ohnmacht des Deutschen Reiches und der sie bedingenden, wie auch umgekehrt dadurch selbst wieder bedingten Zersplitterung unseres deutschen Vaterlandes.

Dem allem trug, wenigstens teilweise, die Verfassung des alten Reiches auch Rechnung, insofern sie im Bundesrat den einzelnen Staaten nicht die gleiche Vertretung einräumte, sondern entsprechend der Größe und tatsächlichen Bedeutung sowie der Leistung der Einzelstaaten bei der Bildung des Reiches Abstufungen vornahm.

Die von den Einzelstaaten zur Ermöglichung der Reichsbildung abgetretenen Hoheitsrechte wurden nur zum kleinsten Teil aus eigenem Willen aufgegeben, zum größten Teil waren sie praktisch entweder ohnehin nicht vorhanden, oder sie waren unter dem Druck der preußischen Übermacht einfach genommen worden. Allerdings ging Bismarck dabei nicht von dem Grundsatz aus, dem Reiche zu geben, was den einzelnen Staaten nur irgend genommen werden konnte, sondern von den Einzelstaaten nur abzuverlangen, was das Reich unbedingt brauchte. Ein ebenso gemäßigter wie weiser Grundsatz, der auf der einen Seite auf Gewohnheit und Tradition die höchste Rücksicht nahm und auf der anderen dadurch von vornherein dem neuen Reich ein großes Maß von Liebe und freudiger Mitarbeit sicherte. Es ist aber grundfalsch, diesen Entschluß Bismarcks etwa seiner Überzeugung zuzuschreiben, daß damit das Reich für alle Zeit genügend an Hoheitsrechten besäße. Diese Überzeugung hatte Bismarck keineswegs; im Gegenteil, er wollte nur der Zukunft überlassen, was im Augenblick schwer durchzuführen und zu ertragen gewesen wäre. Er hoffte auf die langsam ausgleichende Wirkung der Zeit und auf den Druck der Entwicklung an sich, der er auf die Dauer mehr Kraft zutraute als einem Versuch, die augenblicklichen Widerstände der einzelnen Staaten sofort zu brechen. Er hat damit die Größe seiner staatsmännischen Kunst gezeigt und am besten bewiesen. Denn in Wirklichkeit ist die Souveränität des Reiches dauernd auf Kosten der Souveränität der einzelnen Staaten gestiegen. Die Zeit hat erfüllt, was Bismarck sich von ihr erhoffte.

Mit dem deutschen Zusammenbruch und der Vernichtung der monarchischen Staatsform ist diese Entwicklung zwangsläufig beschleunigt worden. Denn da die einzelnen deutschen Staaten ihr Dasein weniger stammesmäßigen Unterlagen als rein politischen Ursachen zuzuschreiben hatten, mußte die Bedeutung dieser Einzelstaaten in dem Augenblick in ein Nichts zusammensinken, in dem die wesentlichste Verkörperung der politischen Entwicklung dieser Staaten, die monarchische Staatsform und ihre Dynastien, ausgeschaltet wurden. Eine ganze Anzahl dieser „Staatsgebilde" verlor dadurch so sehr jeglichen inneren Halt, daß sie damit von selbst auf ein weiteres Dasein Verzicht leisteten und sich aus reinen Zweckmäßigkeitsgründen mit anderen zusammenschlossen oder aus freiem Willen in größeren aufgingen; der schlagendste Beweis für die außerordentliche Schwäche der tatsächlichen Souveränität dieser kleinen Gebilde und der geringen Einschätzung, die sie selbst bei ihren eigenen Bürgern fanden.

Hat also die Beseitigung der monarchischen Staatsform und ihrer Träger dem bundesstaatlichen Charakter des Reiches schon einen starken Stoß versetzt, so noch mehr die Übernahme der aus dem „Friedens"-Vertrag resultierenden Verpflichtungen.

Daß die bisher bei den Ländern liegende Finanzhoheit an das Reich verlorenging, war im selben Augenblick natürlich und selbstverständlich, in welchem das Reich durch den verlorenen Krieg einer finanziellen Verpflichtung unterworfen wurde, die durch Einzelbeiträge der Länder niemals mehr ihre Deckung gefunden hätte. Auch die weiteren Schritte, die zur Übernahme von Post und Eisenbahn durch das Reich führten, waren zwangsläufige Auswirkungen der durch die Friedensverträge allmählich in die Wege geleiteten Versklavung unseres Volkes. Das Reich war gezwungen, sich in den geschlossenen Besitz immer neuer Werte zu setzen, um den Verpflichtungen, die infolge weiterer Auspressungen eintraten, genügen zu können.

So wahnwitzig häufig die Formen waren, unter denen sich die Verreichlichung vollzog, so logisch und selbstverständlich war der Vorgang an sich. Schuld daran trugen die Parteien und Männer, die einst nicht alles getan hatten, um den Krieg siegreich zu beenden. Schuld daran hatten, besonders in Bayern, die Parteien, die in Verfolgung egoistischer Selbstziele dem Reichsgedanken während des Krieges entzogen hatten, was sie nach dem Verlust desselben zehnfach ersetzen mußten. Rächende Geschichte! Nur kam die Strafe des Himmels selten so jäh nach der Versündigung als in diesem Falle. Dieselben Parteien, die noch wenige Jahre vordem die Interessen ihrer Einzelstaaten – und dies besonders in Bayern – über das Interesse des Reiches gestellt hatten, mußten es nun erleben, wie unter dem Druck der Geschehnisse das Interesse des Reiches die Existenz der Einzelstaaten abwürgte. Alles durch ihr eigenes Mitverschulden.

Es ist eine Heuchelei sondergleichen, den Wählermassen gegenüber (denn nur an diese richtet sich die Agitation unserer heutigen Parteien) über den Verlust von Hoheitsrechten der einzelnen Länder zu klagen, während sich alle diese Parteien ausnahmslos gegenseitig überboten haben in einer Erfüllungspolitik, die in ihren letzten Konsequenzen natürlich auch zu tiefgreifenden Veränderungen im inneren Deutschland führen mußte. Das Bismarcksche Reich war nach außen frei und ungebunden. Finanzielle Verpflichtungen so schwerwiegender und dabei völlig unproduktiver Art, wie sie das heutige Dawes-Deutschland zu tragen hat, besaß dieses Reich nicht. Allein auch im Innern war es in seiner Kompetenz auf wenige und unbedingt notwendige Belange beschränkt. Somit konnte es sehr wohl einer eigenen Finanzhoheit entbehren und von den Beiträgen der Länder leben; und es ist selbstverständlich, daß einerseits die Wahrung des Besitzes eigener Hoheitsrechte und andererseits verhältnismäßig geringe finanzielle Abgaben an das Reich der Reichsfreudigkeit der Länder sehr zustatten kamen.

Es ist aber unrichtig, ja unaufrichtig, heute mit der Behauptung Propaganda machen zu wollen, daß die derzeit mangelnde Reichsfreudigkeit bloß der finanziellen Hörigkeit der Länder dem Reiche gegenüber zuzuschreiben wäre. Nein, so liegen die Dinge wirklich nicht. Die mindere Freude am Reichsgedanken ist nicht dem Verluste von Hoheitsrechten seitens der Länder zuzuschreiben, sondern ist vielmehr das Resultat der jammervollen Repräsentation, die das deutsche Volk derzeit durch seinen Staat erfährt. Trotz aller Reichsbanner- und Verfassungsfeiern ist das heutige Reich dem Herzen des Volkes in allen Schichten fremd geblieben, und republikanische Schutzgesetze können wohl von einer Verletzung republikanischer Einrichtungen abschrecken, sich aber niemals die Liebe auch nur eines einzigen Deutschen erwerben. In der übergroßen Sorge, die Republik vor ihren eigenen Bürgern durch Paragraphen und Zuchthaus zu schützen, liegt die vernichtendste Kritik und Herabsetzung der gesamten Institution selbst.

Allein auch aus einem anderen Grunde ist die von gewissen Parteien heute aufgestellte Behauptung, daß das Schwinden der Reichsfreudigkeit den Übergriffen des Reiches auf bestimmte Hoheitsrechte der Länder zuzuschreiben wäre, unwahr. Angenommen, das Reich hätte die Erweiterung seiner Kompetenzen nicht vorgenommen, so glaube man doch ja nicht, daß dann die Liebe der einzelnen Länder zum Reich eine größere wäre, wenn nichtsdestoweniger die Gesamtausgaben dieselben sein müßten wie jetzt. Im Gegenteil: Würden die einzelnen Länder heute Abgaben in der Höhe zu tragen haben, wie sie das Reich zur Erfüllung der Versklavungsdiktate braucht, so würde die Reichsfeindlichkeit noch unendlich viel größer sein. Die Beiträge der Länder an das Reich wären nicht nur sehr schwer hereinzubringen, sondern müßten geradezu auf dem Wege der Zwangsexekution eingetrieben werden. Denn da die Republik nun einmal auf dem Boden der Friedensverträge steht und weder den Mut noch irgendwie die Absicht besitzt, sie zu brechen, muß sie mit ihren Verpflichtungen rechnen. Schuld daran sind jedoch wieder nur die Parteien, die ununterbrochen den geduldigen Wählermassen von der notwendigen Selbständigkeit der Länder vorreden, dabei aber eine Reichspolitik fördern und unterstützen, die ganz zwangsläufig zur Beseitigung auch der letzten dieser sogenannten „Hoheitsrechte" führen muß.

Ich sage zwangsläufig deshalb, weil dem heutigen Reich gar keine andere Möglichkeit bleibt, seinen durch eine verruchte Innen- und Außenpolitik aufgebürdeten Lasten gerecht zu werden. Auch hier treibt ein Keil den anderen, und jede neue Schuld, die das Reich durch seine verbrecherische Vertretung deutscher Interessen nach außen auf sich lädt, muß im Innern durch einen stärkeren Druck nach unten ausgeglichen werden, der seinerseits wieder die allmähliche Beseitigung sämtlicher Hoheitsrechte der einzelnen Staaten erfordert, um nicht in ihnen Keimzellen des Widerstandes erstehen oder auch nur bestehen zu lassen.

Überhaupt muß als charakteristischer Unterschied der heutigen Reichspolitik gegenüber der von einst festgestellt werden: Das alte Reich gab im Innern Freiheit und bewies nach außen Stärke, während die Republik nach außen Schwäche zeigt und im Innern die Bürger unterdrückt. In beiden Fällen bedingt das eine das andere: Der kraftvolle Nationalstaat braucht nach innen weniger Gesetze infolge der größeren Liebe und Anhänglichkeit seiner Bürger, der internationale Sklavenstaat kann nur durch Gewalt seine Untertanen zum Frondienst anhalten. Denn es ist eine der unverschämtesten Frechheiten des heutigen Regiments, von „freien Bürgern" zu reden. Solche besaß nur das alte Deutschland. Die Republik als Sklavenkolonie des Auslandes hat keine Bürger, sondern bestenfalls Untertanen. Sie besitzt deshalb auch keine Nationalflagge, sondern nur eine durch behördliche Verfügungen und gesetzliche Bestimmungen eingeführte und bewachte Musterschutzmarke. Dieses als Geßlerhut der deutschen Demokratie empfundene Symbol wird daher auch unserem Volke immer innerlich fremd bleiben. Die Republik, die seinerzeit ohne jedes Gefühl für Tradition und ohne jede Ehrfurcht vor der Größe der Vergangenheit deren Symbole in den Kot trat, wird einst staunen, wie oberflächlich die Untertanen an ihren eigenen Symbolen hängen. Sie hat sich selbst den Charakter eines Intermezzos der deutschen Geschichte gegeben.

So ist dieser Staat heute um seines eigenen Bestandes willen gezwungen, die Hoheitsrechte der einzelnen Länder mehr und mehr zu beschneiden, nicht nur aus allgemein materiellen Gesichtspunkten, sondern auch aus ideellen. Denn indem er seinen Bürgern das letzte Blut durch seine finanzielle Erpresserpolitik entzieht, muß er ihnen zwangsläufig auch die letzten Rechte nehmen, wenn er nicht will, daß die allgemeine Unzufriedenheit eines Tages zur hellen Rebellion ausschlägt.

In Umkehrung obenstehenden Satzes ergibt sich für uns Nationalsozialisten folgende grundlegende Regel: Ein kraftvolles nationales Reich, das die Interessen seiner Bürger nach außen im höchsten Umfange wahrnimmt und beschirmt, vermag nach innen Freiheit zu bieten, ohne für die Festigkeit des Staates bangen zu müssen. Andererseits kann aber eine kraftvolle nationale Regierung selbst große Eingriffe in die Freiheit des einzelnen sowohl als der Länder ohne Schaden für den Reichsgedanken vornehmen und verantworten, wenn der einzelne Bürger in solchen Maßnahmen ein Mittel zur Größe seines Volkstums erkennt.

Sicherlich gehen alle Staaten der Welt in ihrer inneren Organisation einer gewissen Vereinheitlichung entgegen. Auch Deutschland wird hierin keine Ausnahme machen. Es ist heute schon ein Unsinn, von einer „Staatssouveränität" einzelner Länder zu sprechen, die in Wirklichkeit schon durch die lächerliche Größe dieser Gebilde nicht gegeben ist. Sowohl auf verkehrs- als auch auf verwaltungstechnischem Gebiete wird die Bedeutung der Einzelstaaten immer mehr heruntergedrückt.

Der moderne Verkehr, die moderne Technik läßt Entfernung und Raum immer mehr zusammenschrumpfen. Ein Staat von einst stellt heute nur mehr eine Provinz dar, und Staaten der Gegenwart galten früher Kontinenten gleich. Die Schwierigkeit, rein technisch gemessen, einen Staat wie Deutschland zu verwalten, ist nicht größer als die Schwierigkeit der Leitung einer Provinz wie Brandenburg vor hundertzwanzig Jahren. Die Überwindung der Entfernung von München nach Berlin ist heute leichter als die von München nach Starnberg vor hundert Jahren. Und das ganze Reichsgebiet von heute ist im Verhältnis zur derzeitigen Verkehrstechnik kleiner als irgendein mittlerer deutscher Bundesstaat zur Zeit der Napoleonischen Kriege. Wer sich den aus einmal gegebenen Tatsachen resultierenden Folgen verschließt, bleibt eben in der Zeit zurück. Menschen, welche dies tun, gab es zu allen Zeiten und wird es auch in der Zukunft immer geben. Sie können jedoch das Rad der Geschichte kaum hemmen, niemals zum Stillstand bringen.

Wir Nationalsozialisten dürfen an den Konsequenzen dieser Wahrheiten nicht blind vorübergehen. Auch hier dürfen wir uns nicht einfangen lassen von den Phrasen unserer sogenannten nationalen bürgerlichen Parteien. Ich gebrauche die Bezeichnung Phrasen deshalb, weil diese Parteien selber gar nicht ernstlich an die Möglichkeit einer Durchführung ihrer Absichten glauben, und weil sie zweitens selber mitund hauptschuldig sind an der heutigen Entwicklung. Besonders in Bayern ist der Schrei nach dem Abbau der Zentralisation wirklich nur mehr eine Parteimache ohne jeden ernsten Hintergedanken. In allen Augenblicken, da diese Parteien aus ihren Phrasen wirklich Ernst hätten machen müssen, versagten sie ausnahmslos jämmerlich. Jeder sogenannte „Raub an Hoheitsrechten" des bayerischen Staates durch das Reich wurde, abgesehen von einem widerlichen Gekläff, praktisch widerstandslos hingenommen. Ja, wenn wirklich es einer wagte, gegen dieses irrsinnige System ernstlich Front zu machen, dann wurde der, „als nicht auf dem Boden des heutigen Staates stehend", von denselben Parteien verfemt und verdammt und so lange verfolgt, bis man ihn entweder durch das Gefängnis oder ein gesetzwidriges Redeverbot mundtot gemacht hatte. Gerade daraus müssen unsere Anhänger am meisten die innere Verlogenheit dieser sogenannten föderalistischen Kreise erkennen. So wie zum Teil die Religion ist ihnen auch der föderative Staatsgedanke nur ein Mittel für ihre oft schmutzigen Parteiinteressen.

XXX

So sehr also eine gewisse Vereinheitlichung besonders auf dem Gebiete des Verkehrswesens natürlich erscheint, so sehr kann doch für uns Nationalsozialisten die Verpflichtung bestehen, gegen eine solche Entwicklung im heutigen Staat schärfstens Stellung zu nehmen, nämlich dann, wenn die Maßnahmen nur den Zweck haben, eine verhängnisvolle Außenpolitik zu dekken und zu ermöglichen. Gerade weil das heutige Reich die sogenannte Verreichlichung von Eisenbahn, Post, Finanzen usw. nicht aus höheren nationalpolitischen Gesichtspunkten vorgenommen hat, sondern nur, um damit die Mittel und Pfänder in die Hand zu bekommen für eine uferlose Erfüllungspolitik, müssen wir Nationalsozialisten alles tun, was irgend geeignet erscheint, die Durchführung einer solchen Politik zu erschweren, womöglich zu verhindern. Dazu gehört aber der Kampf gegen die heutige Zentralisierung lebenswichtiger Einrichtungen unseres Volkes, die nur vorgenommen wird, um dadurch die Milliardenbeträge und Pfandobjekte für unsere Nachkriegspolitik dem Auslande gegenüber flüssig zu machen.

Aus diesem Grunde hat auch die nationalsozialistische Bewegung gegen solche Versuche Stellung genommen.

Der zweite Grund, der uns veranlassen kann, einer derartigen Zentralisierung Widerstand zu leisten, ist der, daß dadurch die Macht eines Regierungssystems im Innern gefestigt werden könnte, das in seinen gesamten Auswirkungen das schwerste Unglück über die deutsche Nation gebracht hat. Das heutige jüdisch-demokratische Reich, das für die deutsche Nation zum wahren Fluch geworden ist, sucht die Kritik der Einzelstaaten, die noch nicht sämtlich von diesem Zeitgeist erfüllt sind, unwirksam zu machen durch deren Herabdrücken zu vollständiger Bedeutungslosigkeit. Demgegenüber haben wir Nationalsozialisten allen Anlaß, zu versuchen, der Opposition dieser Einzelstaaten nicht nur die Grundlage einer erfolgverheißenden staatlichen Kraft zu geben, sondern ihren Kampf gegen die Zentralisation überhaupt zum Ausdruck eines höheren nationalen allgemeinen deutschen Interesses zu machen. Während also die Bayerische Volkspartei aus kleinherzig-partikularistischen Gesichtspunkten „Sonderrechte" für den bayerischen Staat zu erhalten bestrebt ist, haben wir diese Sonderstellung zu verwenden im Dienste eines gegen die heutige Novemberdemokratie stehenden höheren Nationalinteresses.

Der dritte Grund, der uns weiter bestimmen kann, gegen die derzeitige Zentralisation zu kämpfen, ist die Überzeugung, daß ein größer Teil der sogenannten Verreichlichung in Wirklichkeit keine Vereinheitlichung, auf keinen Fall aber eine Vereinfachung ist, sondern daß es sich in vielen Fällen nur darum handelt, den Hoheitsrechten der Länder Institutionen zu entziehen, um deren Tore dann den Interessen der Revolutionsparteien zu öffnen. Noch niemals wurde in der deutschen Geschichte schamlosere Günstlingswirtschaft getrieben als in der demokratischen Republik. Ein großer Teil der heutigen Zentralisierungswut fällt auf das Konto jener Parteien, die einst die Bahn dem Tüchtigen freizumachen versprachen, dabei aber bei Besetzung von Ämtern und Posten ausschließlich die Parteizugehörigkeit im Auge hatten. Insbesondere Juden ergossen sich seit Bestehen der Republik in unglaublichen

Mengen in die durch das Reich zusammengerafften Wirtschaftsbetriebe und Verwaltungsapparate, so daß beide heute zu einer Domäne jüdischer Betätigung geworden sind.

Vor allem diese dritte Erwägung muß uns aus taktischen Gründen verpflichten, jede weitere Maßnahme auf dem Wege der Zentralisation schärfstens zu überprüfen und, wenn notwendig, gegen sie Stellung zu nehmen. Immer aber haben unsere Gesichtspunkte dabei höhere nationalpolitische und niemals kleinliche partikularistische zu sein.

Diese letztere Bemerkung ist notwendig, um nicht bei unseren Anhängern die Meinung entstehen zu lassen, als ob wir Nationalsozialisten dem Reiche an sich nicht das Recht zusprechen würden, eine höhere Souveränität zu verkörpern als die der einzelnen Staaten. Über dieses Recht soll und kann es bei uns gar keinen Zweifel geben. Da für uns der Staat an sich nur eine Form ist, das Wesentliche jedoch sein Inhalt, die Nation, das Volk, ist es klar, daß ihren souveränen Interessen alles andere sich unterzuordnen hat. Insbesondere können wir keinem einzelnen Staat innerhalb der Nation und des diese vertretenden Reiches eine machtpolitische Souveränität und Staatshoheit zubilligen. Der Unfug einzelner Bundesstaaten, sogenannte Vertretungen im Ausland und untereinander zu unterhalten, muß aufhören und wird einmal aufhören. Solange derartiges möglich ist, dürfen wir uns nicht wundern, wenn das Ausland immer noch Zweifel in die Festigkeit unseres Reichsgefüges setzt und demgemäß sich benimmt. Der Unfug dieser Vertretungen ist um so größer, als ihnen neben den Schäden nicht der geringste Nutzen zugeschrieben werden kann. Interessen eines Deutschen im Auslande, die durch den Gesandten des Reiches nicht gewahrt werden können, vermögen noch viel weniger durch den Gesandten eines im Rahmen der heutigen Weltordnung lächerlich erscheinenden Kleinstaates wahrgenommen zu werden. In diesen kleinen Bundesstaaten kann man wirklich nur Angriffspunkte erblicken für besonders von einem Staat immer noch gern gesehene Auflösungsbestrebungen innerhalb und außerhalb des Deutschen Reiches. Auch dafür dürfen wir Nationalsozialisten kein Verständnis haben, daß irgendein altersschwach gewordener Adelsstamm seinem meist schon sehr dürr gewordenen Reis durch Bekleidung des Gesandtenpostens neuen Nährboden gibt. Unsere diplomatischen Vertretungen im Ausland waren schon zur Zeit des alten Reiches so jämmerlich, daß weitere Ergänzungen der damals gemachten Erfahrungen höchst überflüssig sind.

Die Bedeutung der einzelnen Länder wird in Zukunft unbedingt mehr auf kulturpolitisches Gebiet zu verlegen sein. Der Monarch, der für die Bedeutung Bayerns das meiste tat, war nicht irgendein störrischer, antideutsch eingestellter Partikularist, sondern vielmehr der ebenso großdeutsch gesonnene wie kunstsinnig empfindende Ludwig I. Indem er die Kräfte des Staates in erster Linie für den Ausbau der kulturellen Position Bayerns verwendete und nicht für die Stärkung der machtpolitischen, hat er Besseres und Dauerhafteres geleistet, als dies sonst je möglich gewesen wäre. Indem er München damals aus dem Rahmen einer wenig bedeutenden provinziellen Residenz in das Format einer großen deutschen Kunstmetropole hineinhob, schuf er einen geistigen Mittelpunkt, der selbst heute noch die wesensverschiedenen Franken an diesen Staat zu fesseln vermag. Angenommen, München wäre geblieben, was es einst war, so hätte sich in Bayern ein gleicher Vorgang wie in Sachsen wiederholt, nur mit dem Unterschied, daß das bayerische Leipzig, Nürnberg, keine bayerische, sondern eine fränkische Stadt geworden wäre. Nicht die „Nieder-mitPreußen"-Schreier haben München groß gemacht, sondern Bedeutung gab dieser Stadt der König, der in ihr der deutschen Nation ein Kunst-Kleinod schenken wollte, das gesehen und beachtet werden musste und gesehen und beachtet wurde. Und darin liegt auch für die Zukunft eine Lehre. Die Bedeutung der Einzelstaaten wird künftig überhaupt nicht mehr auf staatsund machtpolitischem Gebiet liegen; ich erblicke sie entweder auf stammesmäßigem oder auf kulturpolitischem Gebiete. Allein selbst hier wird die Zeit nivellierende wirken. Die Leichtigkeit des modernen Verkehrs schüttelt die Menschen derart durcheinander, daß langsam und stetig die Stammesgrenzen verwischt werden und so selbst das kulturelle Bild sich allmählich auszugleichen beginnt.

Das Heer ist ganz besonders scharf von allen einzelstaatlichen Einflüssen fernzuhalten. Der kommende nationalsozialistische Staat soll nicht in den Fehler der Vergangenheit verfallen und dem Heer eine Aufgabe unterschieben, die es nicht hat und gar nicht haben darf. Das deutsche Heer ist nicht dazu da, eine Schule für die Erhaltung von Stammeseigentümlichkeiten zu sein, sondern vielmehr eine Schule des gegenseitigen Verstehens und Anpassens aller Deutschen.

Was sonst immer im Leben der Nation trennend sein mag, soll durch das Heer zu einender Wirkung gebracht werden. Es soll weiter den einzelnen jungen Mann aus dem engen Horizont seines Ländchens herausheben und ihn hineinstellen in die deutsche Nation. Nicht die Grenzen seiner Heimat, sondern die seines Vaterlandes muß er sehen lernen; denn diese hat er einst auch zu beschützen. Es ist deshalb unsinnig, den jungen Deutschen in seiner Heimat zu belassen, sondern zweckmäßig ist, ihm in seiner Heereszeit Deutschland zu zeigen. Dies ist heute um so notwendiger, als der junge Deutsche nicht mehr so wie einst auf Wanderschaft geht und dadurch seinen Horizont erweitert. Ist es in dieser Erkenntnis nicht widersinnig, den jungen Bayern wenn möglich wieder in München zu belassen, den Franken in Nürnberg, den Badener in Karlsruhe, den Württemberger in Stuttgart usw., und ist es nicht vernünftiger, dem jungen Bayern einmal den Rhein und einmal die Nordsee zu zeigen, dem Hamburger die Alpen, dem Ostpreußen das deutsche Mittelgebirge und so fort? Der landsmannschaftliche Charakter soll in der Truppe bleiben, aber nicht in der Garnison. Jeder Versuch einer Zentralisation mag unsere Mißbilligung finden, die des Heeres aber niemals! Im Gegenteil, wollten wir keinen derartigen Versuch begrüßen, über diesen einen müßten wir uns freuen. Ganz abgesehen davon, daß bei der Größe des heutigen Reichsheeres die Aufrechterhaltung einzelstaatlicher Truppenteile absurd wäre, sehen wir in der erfolgten Vereinheitlichung des Reichsheeres einen Schritt, den wir auch in der Zukunft, bei der Wiedereinführung eines Volksheeres, niemals mehr aufgeben dürfen.

Im übrigen wird eine junge sieghafte Idee jede Fessel ablehnen müssen, die ihre Aktivität im Vorwärtstreiben ihrer Gedanken lähmen könnte. Der Nationalsozialismus muß grundsätzlich das Recht in Anspruch nehmen, der gesamten deutschen Nation ohne Rücksicht auf bisherige bundesstaatliche Grenzen seine Prinzipien aufzuzwingen und sie in seinen Ideen und Gedanken zu erziehen. So wie sich die Kirchen nicht gebunden und begrenzt fühlen durch politische Grenzen, ebensowenig die nationalsozialistische Idee durch einzelstaatliche Gebiete unseres Vaterlandes. Die nationalsozialistische Lehre ist nicht die Dienerin der politischen Interessen einzelner Bundesstaaten, sondern soll dereinst die Herrin der deutschen Nation werden. Sie hat das Leben eines Volkes zu bestimmen und neu zu ordnen und muß deshalb für sich gebieterisch das Recht in Anspruch nehmen, über Grenzen, die eine von uns abgelehnte Entwicklung zog, hinwegzugehen. Je vollständiger der Sieg ihrer Ideen wird, um so größer mag dann die Freiheit im einzelnen sein, die sie im Innern bietet.

11. Kapitel

Propaganda und Organisation

Das Jahr 1921 hatte in mehrfacher Hinsicht für mich und die Bewegung eine besondere Bedeutung erhalten.

Nach meinem Eintritt in die Deutsche Arbeiterpartei übernahm ich sofort die Leitung der Propaganda. Ich hielt dieses Fach für das augenblicklich weitaus wichtigste. Es galt ja zunächst weniger, sich den Kopf über organisatorische Fragen zu zerbrechen, als die Idee selbst einer größeren Zahl von Menschen zu vermitteln. Die Propaganda mußte der Organisation weit voraneilen und dieser erst das zu bearbeitende Menschenmaterial gewinnen. Auch bin ich ein Feind von zu schnellem und zu pedantischem Organisieren. Es kommt dabei meist nur ein toter Mechanismus heraus, aber selten eine lebendige Organisation. Denn Organisation ist etwas, das dem organischen Leben, der organischen Entwicklung sein Bestehen zu verdanken hat. Ideen, die eine bestimmte Anzahl von Menschen erfaßt haben, werden immer nach einer gewissen Ordnung streben, und diesem inneren Ausgestalten kommt sehr großer Wert zu. Man hat aber auch hier mit der Schwäche der Menschen zu rechnen, die den einzelnen verleitet, sich wenigstens anfangs instinktiv gegen einen überlegenen Kopf zu stemmen. Sowie eine Organisation von oben herab mechanisch aufgezogen wird, besteht die große Gefahr, daß ein einmal eingesetzter, selbst noch nicht genau erkannter und vielleicht wenig fähiger Kopf aus Eifersucht das Emporkommen tüchtigerer Elemente innerhalb der Bewegung zu hindern suchen wird. Der Schaden, der in einem solchen Falle entsteht, kann, besonders bei einer jungen Bewegung, von verhängnisvoller Bedeutung sein.

Aus diesem Grunde ist es zweckmäßiger, eine Idee erst eine Zeitlang von einer Zentrale aus propagandistisch zu verbreiten und das sich allmählich ansammelnde Menschenmaterial dann sorgfältig nach Führerköpfen durchzusuchen und zu prüfen. Es wird sich dabei manches Mal herausstellen, daß an sich unscheinbare Menschen nichtsdestoweniger als geborene Führer anzusehen sind.

Ganz falsch wäre es allerdings, im Reichtum an theoretischen Erkenntnissen charakteristische Beweise für Führereigenschaft und Führertüchtigkeit erblicken zu wollen.

Das Gegenteil trifft häufig zu.

Die großen Theoretiker sind nur in den seltensten Fällen auch große Organisatoren, da die Größe des Theoretikers und Programmatikers in erster Linie in der Erkenntnis und Festlegung abstrakt richtiger Gesetze liegt, während der Organisator in erster Linie Psychologe sein muß. Er hat den Menschen zu nehmen, wie er ist, und muß ihn deshalb kennen. Er darf ihn ebensowenig überschätzen wie in seiner Masse zu gering achten. Er muß im Gegenteil versuchen, der Schwäche und der Bestialität gleichermaßen Rechnung zu tragen, um unter Berücksichtigung aller Faktoren ein Gebilde zu schaffen, das als lebendiger Organismus von stärkster und stetiger Kraft erfüllt und so geeignet ist, eine Idee zu tragen und ihr den Weg zum Erfolg freizumachen.

Noch seltener aber ist ein großer Theoretiker ein großer Führer. Viel eher wird das der Agitator sein, was viele, die nur wissenschaftlich über eine Frage arbeiten, nicht gerne hören wollen; und doch ist das verständlich. Ein Agitator, der die Fähigkeit aufweist, eine Idee der breiten Masse zu vermitteln, muß immer Psychologe sein, sogar wenn er nur Demagoge wäre. Er wird dann immer noch besser zum Führer geeignet sein als der menschenfremde, weltferne Theoretiker. Denn Führen heißt: Massen bewegen können. Die Gabe, Ideen zu gestalten, hat mit Führerfähigkeit gar nichts zu schaffen.

Es ist dabei ganz müßig, darüber zu streiten, was von größerer Bedeutung ist, Menschheitsideale und Menschheitsziele aufzustellen oder sie zu verwirklichen. Es geht hier wie so oft im Leben: das eine wäre vollkommen sinnlos ohne das andere. Die schönste theoretische Einsicht bleibt ohne Zweck und Wert, wenn nicht der Führer die Massen zu ihr hin in Bewegung setzt. Und umgekehrt, was sollte alle Führergenialität und aller Führerschwung, wenn nicht der geistvolle Theoretiker die Ziele für das menschliche Ringen aufstellen würde? Die Vereinigung aber von Theoretiker, Organisator und Führer in einer Person ist das Seltenste, was man auf dieser Erde finden kann; diese Vereinigung schafft den großen Mann.

Ich habe mich in der ersten Zeit meiner Tätigkeit in der Bewegung, wie schon bemerkt, der Propaganda gewidmet. Ihr mußte es gelingen, allmählich einen kleinen Kern von Menschen mit der neuen Lehre zu erfüllen, um so das Material heranzubilden, das später die ersten Elemente einer Organisation abgeben konnte. Dabei ging das Ziel der Propaganda meist über das der Organisation hinaus.

Wenn eine Bewegung die Absicht hegt, eine Welt einzureißen und eine neue an ihrer Stelle zu erbauen, dann muß in den Reihen ihrer eigenen Führerschaft über folgende Grundsätze vollkommene Klarheit herrschen: Jede Bewegung wird das von ihr gewonnene Menschenmaterial zunächst in zwei große Gruppen zu sichten haben: in Anhänger und Mitglieder.

Aufgabe der Propaganda ist es, Anhänger zu werben, Aufgabe der Organisation, Mitglieder zu gewinnen.

Anhänger einer Bewegung ist, wer sich mit ihren Zielen einverstanden erklärt, Mitglied ist, wer für sie kämpft.

Der Anhänger wird einer Bewegung durch die Propaganda geneigt gemacht. Das Mitglied wird durch die Organisation veranlaßt, selbst mitzuwirken zur Werbung neuer Anhänger, aus denen sich dann wieder Mitglieder herausbilden können.

Da die Anhängerschaft nur eine passive Anerkennung einer Idee bedingt, während die Mitgliedschaft die aktive Vertretung und Verteidigung fordert, werden auf zehn Anhänger immer höchstens ein bis zwei Mitglieder treffen.

Die Anhängerschaft wurzelt nur in der Erkenntnis, die Mitgliedschaft in dem Mute, das Erkannte selbst zu vertreten und weiter zu verbreiten.

Die Erkenntnis in ihrer passiven Form entspricht der Majorität der Menschheit, die träge und feige ist. Die Mitgliedschaft bedingt aktivistische Gesinnung und entspricht damit nur der Minorität der Menschen.

Die Propaganda wird demgemäß unermüdlich dafür zu sorgen haben, daß eine Idee Anhänger gewinnt, während die Organisation schärfstens darauf bedacht sein muß, aus der Anhängerschaft selbst nur das Wertvollste zum Mitglied zu machen. Die Propaganda braucht sich deshalb nicht den Kopf zu zerbrechen über die Bedeutung jedes einzelnen der von ihr Belehrten, über Fähigkeit, Können und Verständnis oder den Charakter derselben, während die Organisation aus der Masse dieser Elemente sorgfältigst zu sammeln hat, was den Sieg der Bewegung wirklich ermöglicht.

X X X

Die Propaganda versucht eine Lehre dem ganzen Volke aufzuzwingen, die Organisation erfaßt in ihrem Rahmen nur diejenigen, die nicht aus psychologischen Gründen zum Hemmschuh für eine weitere Verbreitung der Idee zu werden drohen.

X X X

Die Propaganda bearbeitet die Gesamtheit im Sinne einer Idee und macht sie reif für die Zeit des Sieges dieser Idee, während die Organisation den Sieg erficht durch den dauernden, organischen und kampffähigen Zusammenschluß derjenigen Anhänger, die fähig und gewillt erscheinen, den Kampf für den Sieg zu führen.

X X X

Der Sieg einer Idee wird um so eher möglich sein, je umfassender die Propaganda die Menschen in ihrer Gesamtheit bearbeitet hat und je ausschließlicher, straffer und fester die Organisation ist, die den Kampf praktisch durchführt. Daraus ergibt sich, daß die Zahl der Anhänger nicht groß genug sein kann, die Zahl der Mitglieder aber leichter zu groß als zu klein sein wird.

X X X

Wenn die Propaganda ein ganzes Volk mit einer Idee erfüllt hat, kann die Organisation mit einer Handvoll Menschen die Konsequenzen ziehen. Propaganda und Organisation, also Anhänger und

Mitglieder, stehen damit in einem bestimmten gegenseitigen Verhältnis. Je besser die Propaganda gearbeitet hat, um so kleiner kann die Organisation sein, und je größer die Zahl der Anhänger ist, um so bescheidener kann die Zahl der Mitglieder sein und umgekehrt: Je schlechter die Propaganda ist, um so größer muß die Organisation sein, und je kleiner die Anhängerschar einer Bewegung bleibt, um so umfangreicher muß deren Mitgliederzahl sein, wenn sie überhaupt noch auf einen Erfolg rechnen will.

X X X

Die erste Aufgabe der Propaganda ist die Gewinnung von Menschen für die spätere Organisation; die erste Aufgabe der Organisation ist die Gewinnung von Menschen zur Fortführung der Propaganda. Die zweite Aufgabe der Propaganda ist die Zersetzung des bestehenden Zustandes und die Durchsetzung dieses Zustandes mit der neuen Lehre, während die zweite Aufgabe der Organisation der Kampf um die Macht sein muß, um durch sie den endgültigen Erfolg der Lehre zu erreichen.

X X X

Der durchschlagendste Erfolg einer weltanschaulichen Revolution wird immer dann erfochten werden, wenn die neue Weltanschauung möglichst allen Menschen gelehrt und, wenn notwendig, später aufgezwungen wird, während die Organisation der Idee, also die Bewegung, nur so viele erfassen soll, als zur Besetzung der Nervenzentren des in Frage kommenden Staates unbedingt erforderlich sind.

Das heißt mit anderen Worten folgendes:

In jeder wirklich großen weltumwälzenden Bewegung wird die Propaganda zunächst die Idee dieser Bewegung zu verbreiten haben. Sie wird also unermüdlich versuchen, die neuen Gedankengänge den andern klarzumachen, diese mithin auf ihren Boden herüberzuziehen oder doch in ihrer eigenen bisherigen Überzeugung unsicher zu machen. Da nun die Verbreitung einer Lehre, also die Propaganda, ein Rückgrat besitzen muß, so wird die Lehre sich eine feste Organisation geben müssen. Die Organisation erhält ihre Mitglieder aus der von der Propaganda gewonnenen allgemeinen Anhängerschaft. Diese wird um so schneller wachsen, je intensiver die Propaganda betrieben wird, und diese wieder vermag um so besser zu arbeiten, je stärker und kraftvoller die Organisation ist, die hinter ihr steht.

Höchste Aufgabe der Organisation ist es daher, dafür zu sorgen, daß nicht irgendwelche innere Uneinigkeiten innerhalb der Mitgliedschaft der Bewegung zu einer Spaltung und damit zur Schwächung der Arbeit in der Bewegung führen; weiter, daß der Geist des entschlossenen Angriffs nicht ausstirbt, sondern sich dauernd erneuert und festigt. Die Zahl der Mitglieder braucht damit nicht ins Uferlose zu wachsen, im Gegenteil; da nur ein Bruchteil der Menschheit energisch und kühn veranlagt ist, würde eine Bewegung, die ihre Organisation endlos vergrößert, dadurch zwangsläufig eines Tages geschwächt werden. Organisationen, also Mitgliederzahlen, die über eine gewisse Höhe hinauswachsen, verlieren allmählich ihre Kampfkraft und sind nicht mehr fähig, die Propaganda einer Idee entschlossen und angriffsweise zu unterstützen, beziehungsweise auszuwerten. Je größer und innerlich revolutionärer nun eine Idee ist, um so aktivistischer wird deren Mitgliederstand werden, da mit der umstürzenden Kraft der Lehre eine Gefahr für deren Träger verbunden ist, die geeignet erscheint, kleine, feige Spießer von ihr fernzuhalten. Sie werden sich im stillen als Anhänger fühlen, aber ablehnen, dies durch die Mitgliedschaft in aller Öffentlichkeit zu bekennen. Dadurch aber erhält die Organisation einer wirklich umwälzenden Idee nur die aktivsten der von der Propaganda gewonnenen Anhänger als Mitglieder. Gerade in dieser durch natürliche Auslese verbürgten Aktivität der Mitgliedschaft einer Bewegung liegt aber die Voraussetzung zu einer ebenso aktiven weiteren Propagierung derselben wie auch zum erfolgreichen Kampf um die Verwirklichung der Idee.

Die größte Gefahr, die einer Bewegung drohen kann, ist ein durch zu schnelle Erfolge abnorm angewachsener Mitgliederstand. Denn so sehr auch eine Bewegung, solange sie bitter zu kämpfen hat, von allen feigen und egoistisch veranlagten Menschen gemieden wird, so schnell pflegen diese die Mitgliedschaft zu erwerben, wenn durch die Entwicklung ein großer Erfolge der Partei wahrscheinlich geworden ist oder sich bereits eingestellt hat.

Dem ist es zuzuschreiben, warum viele siegreiche Bewegungen vor dem Erfolg oder besser vor der letzten Vollendung ihres Wollens aus unerklärlicher innerer Schwäche plötzlich zurückbleiben, den Kampf einstellen und endlich absterben. Infolge ihres ersten Sieges sind so viele schlechte, unwürdige, besonders aber feige Elemente in ihre Organisation gekommen, daß diese Minderwertigen über die Kampfkräftigen schließlich das Übergewicht erlangen und die Bewegung nun in den Dienst ihrer eigenen Interessen zwingen, sie auf das Niveau ihrer eigenen geringen Heldenhaftigkeit herunterdrücken und nichts tun, den Sieg der ursprünglichen Idee zu vollenden. Das fanatische Ziel ist damit verwischt, die Kampfkraft gelähmt worden oder, wie die bürgerliche Welt in solchem Falle sehr richtig zu sagen pflegt: „In den Wein ist nun auch Wasser gekommen." Und dann können allerdings die Bäume nicht mehr in den Himmel wachsen.

Es ist deshalb sehr notwendig, daß eine Bewegung aus reinem Selbsterhaltungstrieb heraus, sowie sich der Erfolg auf ihre Seite stellt, sofort die Mitgliederaufnahme sperrt und weiterhin nur mehr mit äußerster Vorsicht und nach gründlichster Prüfung eine Vergrößerung ihrer Organisation vornimmt. Sie wird nur dadurch den Kern der Bewegung unverfälscht frisch und gesund zu erhalten vermögen. Sie muß dafür sorgen, daß dann ausschließlich dieser Kern allein die Bewegung weiterleitet, d.h. die Propaganda bestimmt, die zu ihrer allgemeinen Anerkennung führen soll und als Inhaberin der Macht die Handlungen vornimmt, die zur praktischen Verwirklichung ihrer Ideen notwendig sind.

Aus dem Grundstamm der alten Bewegung hat sie nicht nur alle wichtigen Positionen des eroberten Gebildes zu besetzen, sondern auch die gesamte Leitung zu bilden. Und das so lange, bis die bisherigen Grundsätze und Lehren der Partei zum Fundament und Inhalt des neuen Staates geworden sind. Erst dann kann der aus ihrem Geiste geborenen besonderen Verfassung dieses Staates langsam der Zügel in die Hand gegeben werden. Das vollzieht sich meistens aber wieder nur in gegenseitigem Ringen, da es weniger eine Frage menschlicher Einsicht als des Spiels und Wirkens von Kräften ist, die im vornherein wohl erkannt, aber nicht für ewig gelenkt werden können.

Alle großen Bewegungen, mochten sie religiöser oder politischer Natur sein, haben ihre gewaltigen Erfolge nur der Erkenntnis und Anwendung dieser Grundsätze zuzuschreiben, besonders aber alle dauerhaften Erfolge sind ohne Berücksichtigung dieser Gesetze gar nicht denkbar.

Ich habe mich als Propagandaleiter der Partei sehr bemüht, nicht nur für die Größe der späteren Bewegung den Boden vorzubereiten, sondern durch eine sehr radikale Auffassung in dieser Arbeit auch dahin gewirkt, daß die Organisation nur bestes Material erhalte. Denn je radikaler und aufpeitschender meine Propaganda war, um so mehr schreckte dies Schwächlinge und zaghafte Naturen zurück und verhinderte deren Eindringen in den ersten Kern unserer Organisation. Sie sind vielleicht Anhänger geblieben, aber gewiß nicht mit lauter Betonung, sondern unter ängstlichem Verschweigen dieser Tatsache. Wieviel Tausende haben mir nicht damals versichert, daß sie ja an sich ganz einverstanden mit allem wären, aber nichtsdestoweniger unter keinen Umständen Mitglied sein könnten. Die Bewegung wäre so radikal, daß eine Mitgliedschaft bei ihr den einzelnen wohl schwersten Beanstandungen, ja Gefahren aussetze, so daß man es dem ehrsamen, friedlichen Bürger nicht verdenken dürfe, wenigstens zunächst beiseitezustehen, wenn er auch mit dem Herzen vollkommen zur Sache gehöre.

Und das war gut so.

Wenn diese Menschen, die mit der Revolution innerlich nicht einverstanden waren, damals alle in unsere Partei gekommen wären, und zwar als Mitglieder, so könnten wir uns heute als fromme Bruderschaft, aber nicht mehr als junge kampfesfreudige Bewegung betrachten.

Die lebendige und draufgängerische Form, die ich damals unserer Propaganda gab, hat die radikale Tendenz unserer Bewegung gefestigt und garantiert, da nunmehr wirklich nur radikale Menschen – von Ausnahmen abgesehen – zur Mitgliedschaft bereit waren.

Dabei hat diese Propaganda doch so gewirkt, daß uns schon nach kurzer Zeit Hunderttausende innerlich nicht nur recht gaben, sondern unseren Sieg wünschten, wenn sie auch persönlich zu feige waren, dafür Opfer zu bringen oder gar einzutreten.

Bis Mitte 1921 konnte diese bloß werbende Tätigkeit noch genügen und der Bewegung von Nutzen sein. Besondere Ereignisse im Hochsommer dieses Jahres ließen es aber angezeigt erscheinen, daß nun nach dem langsam sichtbaren Erfolg der Propaganda die Organisation dem angepaßt und gleichgestellt werde.

Der Versuch einer Gruppe völkischer Phantasten, unter fördernder Unterstützung des damaligen Vorsitzenden der Partei, sich die Leitung derselben zu verschaffen, führte zum Zusammenbruch dieser kleinen Intrige und übergab mir in einer Generalmitgliederversammlung einstimmig die gesamte Leitung der Bewegung. Zugleich erfolgte die Annahme einer neuen Satzung, die dem ersten Vorsitzenden der Bewegung die volle Verantwortung überträgt, Ausschußbeschlüsse grundsätzlich aufhebt und an Stelle dessen ein System von Arbeitsteilung einführt, das sich seitdem in der segensreichsten Weise bewährt hat.

Ich habe vom 1. August 1921 ab diese innere Reorganisation der Bewegung übernommen und dabei die Unterstützung einer Reihe ausgezeichneter Kräfte gefunden, die ich in einem besonderen Anhange noch zu nennen für nötig halte.

Bei dem Versuch, die Ergebnisse der Propaganda nun organisatorisch zu verwerten und damit festzulegen, mußte ich mit einer Reihe von bisherigen Gewohnheiten aufräumen und Grundsätze zur Einführung bringen, die keine der bestehenden Parteien besaß oder auch nur anerkannt hätte.

In den Jahren 1919 bis 1920 hatte die Bewegung zu ihrer Leitung einen Ausschuß, der durch Mitgliederversammlungen, die selber wieder durch das Gesetz vorgeschrieben wurden, gewählt war. Der Ausschuß bestand aus einem ersten und zweiten Kassierer, einem ersten und zweiten Schriftführer und als Kopf einem ersten und zweiten Vorsitzenden. Dazu kamen noch ein Mitgliederwart, der Chef der Propaganda und verschiedene Beisitzer.

Dieser Ausschuß verkörperte, so komisch es war, eigentlich das, was die Bewegung selbst am schärfsten bekämpfen wollte, nämlich den Parlamentarismus. Denn es war selbstverständlich, daß es sich dabei um ein Prinzip handelte, das von der kleinsten Ortsgruppe über die späteren Bezirke, Gaue, Länder hinweg bis zur Reichsleitung ganz dasselbe System verkörperte, unter dem wir alle litten und auch heute noch leiden.

Es war dringend notwendig, eines Tages hier Wandel zu schaffen, wenn nicht die Bewegung infolge der schlechten Grundlage ihrer inneren Organisation für dauernd verdorben und dadurch unfähig werden sollte, einst ihrer hohen Mission zu genügen.

Die Ausschußsitzungen, über die ein Protokoll geführt wurde und in denen mit Majorität abgestimmt und Entscheidungen getroffen worden waren, stellten in Wirklichkeit ein Parlament im kleinen dar. Auch hier fehlte jede persönliche Verantwortung und Verantwortlichkeit. Auch hier regierten der gleiche Widersinn und dieselbe Unvernunft wie in unseren großen staatlichen Vertretungskörpern. Man ernannte für diesen Ausschuß Schriftführer, Männer für das Kassenwesen, Männer für die Mitgliederschaft der Organisation, Männer für die Propaganda und für weiß Gott sonst noch was, ließ sie dann aber doch zu jeder einzelnen Frage alle gemeinsam Stellung nehmen und durch Abstimmung entscheiden. Also der Mann, der für Propaganda da war, stimmte ab über eine Angelegenheit, die den Mann der Finanzen betraf, und dieser wieder stimmte ab über eine Angelegenheit, die die Organisation anging, und dieser wieder über eine Sache, die nur die Schriftführer hätte bekümmern sollen usw.

Warum man dann aber erst einen besonderen Mann für Propaganda bestimmte, wenn Kassierer, Schriftwarte, Mitgliederwarte usw. über diese angehenden Fragen zu urteilen hatten, erscheint einem gesunden Gehirn genau so unverständlich, wie es unverständlich wäre, wenn in einem großen Fabrikunternehmen immer die Vorstände oder Konstrukteure anderer Abteilungen und anderer Zweige die Fragen entscheiden müßten, die mit ihren Angelegenheiten gar nichts zu tun haben.

Ich habe mich diesem Wahnsinn nicht gefügt, sondern bin schon nach ganz kurzer Zeit den Sitzungen ferngeblieben. Ich machte meine Propaganda und damit basta, und verbat es mir im übrigen, daß der nächstbeste Nichtskönner auf diesem Gebiet etwa versuchte, mir dreinzureden. Genau so wie ich umgekehrt auch den anderen nicht in den Kram hineinfuhr.

Als die Annahme der neuen Statuten und meine Berufung auf den Posten des ersten Vorsitzenden mir unterdes die notwendige Autorität und das entsprechende Recht gegeben hatten, fand dieser Unsinn auch sofort eine Ende. An Stelle von Ausschußbeschlüssen wurde das Prinzip der absoluten Verantwortlichkeit eingeführt.

Der erste Vorsitzende ist verantwortlich für die gesamte Leitung der Bewegung. Er teilt die unter ihm stehenden Kräfte des Ausschusses sowohl als die sonst noch notwendigen Mitarbeiter in die zu leistende Arbeit ein. Jeder dieser Herren ist damit für die ihm übertragenen Aufgaben restlos verantwortlich. Er untersteht nur dem ersten Vorsitzenden, der für das Zusammenwirken aller zu sorgen hat, beziehungsweise durch die Auswahl der Personen und die Ausgabe allgemeiner Richtlinien diese Zusammenarbeit selbst herbeiführen muß.

Dieses Gesetz der prinzipiellen Verantwortlichkeit ist allmählich zur Selbstverständlichkeit innerhalb der Bewegung geworden, wenigstens soweit dies die Parteileitung betrifft. In den kleinen Ortsgruppen und vielleicht auch noch in Gauen und Bezirken wird es jahrelang dauern, bis man diese Grundsätze durchdrücken wird, da natürlich Angsthasen und Nichtskönner sich immer dagegen wehren werden; ihnen wird die alleinige Verantwortlichkeit für ein Unternehmen stets unangenehm sein; sie fühlen sich freier und wohler, wenn sie bei jeder schweren Entscheidung die Rückendeckung durch die Majorität eines sogenannten Ausschusses haben. Es scheint mir aber notwendig, gegen solche Gesinnung mit äußerster Schärfe Stellung zu nehmen, der Feigheit vor der Verantwortlichkeit keine Konzession zu machen und dadurch, wenn auch erst nach langer Zeit, eine Auffassung von Führerpflicht und Führerkönnen zu erzielen, die ausschließlich diejenigen zur Führung bringen wird, die wirklich dazu berufen und auserwählt sind.

Jedenfalls muß aber eine Bewegung, die den parlamentarischen Wahnsinn bekämpfen will, selbst von ihm frei sein. Sie kann auch nur auf solcher Grundlage die Kraft zu ihrem Kampfe gewinnen.

Eine Bewegung, die in einer Zeit der Herrschaft der Majorität in allem und jedem sich selbst grundsätzlich auf das Prinzip des Führergedankens und der daraus bedingten Verantwortlichkeit einstellt, wird eines Tages mit mathematischer Sicherheit den bisherigen Zustand überwinden und als Siegerin hervorgehen.

Dieser Gedanke führte innerhalb der Bewegung zu einer vollständigen Neuorganisation derselben. Und in seiner logischen Auswirkung auch zu einer sehr scharfen Trennung der geschäftlichen Betriebe der Bewegung von der allgemein politischen Leitung. Grundsätzlich wurde der Gedanke der Verantwortlichkeit auch auf die gesamten Parteibetriebe ausgedehnt und führte nun zwangsläufig in eben dem Maße zu einer Gesundung derselben, in dem sie, von politischen Einflüssen befreit, auf rein wirtschaftliche Gesichtspunkte eingestellt wurden.

Als ich im Herbst 1919 zur damaligen Sechsmännerpartei kam, hatte diese weder eine Geschäftsstelle noch einen Angestellten, ja nicht einmal Formulare oder Stempel, nichts Gedrucktes war vorhanden. Ausschußlokal war erst ein Gasthof in der Herrnstraße und später ein Café am Gasteig. Das war ein unmöglicher Zustand. Ich setzte mich denn auch kurze Zeit danach in Bewegung und suchte eine ganze Anzahl Münchener Restaurants und Gastwirtschaften ab, in der Absicht, ein Extrazimmer oder einen sonstigen Raum für die Partei mieten zu können. Im ehemaligen Sterneckerbräu im Tal befand sich ein kleiner gewölbeartiger Raum, der früher einmal den Reichsräten von Bayern als eine Art Kneipzimmer gedient hatte. Er war finster und dunkel und paßte dadurch ebensogut für seine frühere Bestimmung, als er wenig der ihm zugedachten neuen Verwendung entsprach. Das Gäßchen, in das sein einziges Fenster mündete, war so schmal, daß selbst am hellsten Sommertage das Zimmer düster und finster blieb. Dies wurde unsere erste Geschäftsstelle. Da die Miete monatlich nur fünfzig Mark betrug (für uns damals eine Riesensumme!), konnten wir aber keine großen Anforderungen stellen und durften uns nicht einmal beklagen, als man vor unserem Einzug noch schnell die einst für die Reichsräte bestimmte Täfelung der Wände herausriß, so daß der Raum nun wirklich mehr den Eindruck einer Gruft als den eines Büros hinterließ.

Und doch war dies schon ein ungeheurer Fortschritt. Langsam erhielten wir elektrisches Licht, noch langsamer ein Telephon; ein Tisch mit einigen geliehenen Stühlen kam hinein, endlich eine offene Stellage, noch etwas später ein Schrank; zwei Kredenzen, die dem Wirt gehörten, sollten zur Aufbewahrung von Flugblättern, Plakaten usw. dienen.

Der bisherige Betrieb, das heißt die Leitung der Bewegung durch eine in der Woche einmal stattfindende Sitzung des Ausschusses, war auf die Dauer unhaltbar. Nur ein von der Bewegung besoldeter Beamte konnte einen laufenden Geschäftsbetrieb garantieren.

Das war damals sehr schwer. Die Bewegung hatte noch so wenig Mitglieder, daß es eine Kunst war, unter ihnen einen geeigneten Mann ausfindig zu machen, der bei geringsten Ansprüchen für seine eigene Person die vielfältigsten Ansprüche der Bewegung befriedigen konnte.

In einem Soldaten, einem ehemaligen Kameraden von mir, Schüßler, wurde nach langem Suchen der erste Geschäftsführer der Partei gefunden. Er kam erst täglich zwischen sechs und acht Uhr in unser neues Büro, später zwischen fünf und acht Uhr, endlich jeden Nachmittag, und kurze Zeit darauf wurde er voll übernommen und verrichtete nun vom Morgen bis in die späte Nacht hinein seinen Dienst. Er war ein ebenso fleißiger wie redlicher, grundehrlicher Mensch, der sich persönlich alle Mühe gab, und der besonders der Bewegung selbst treu anhing. Schüßler brachte eine kleine Adler-Schreibmaschine mit, die sein Eigentum war. Es war das erste derartige Instrument im Dienste unserer Bewegung. Sie wurde später durch Ratenzahlungen von der Partei erworben. Ein kleiner Kassenschrank schien notwendig zu sein, um die Kartothek und die Mitgliedsbücher vor Diebesfingern zu sichern. Die Anschaffung erfolgte also nicht, um die großen Gelder zu deponieren, die wir damals etwa besessen hätten. Im Gegenteil, es war alles unendlich ärmlich, und ich habe oft von meinen kleinen Ersparnissen zugesetzt.

Eineinhalb Jahre später war die Geschäftsstelle zu klein, und es erfolgte der Umzug in das neue Lokal an der Corneliusstraße. Wieder war es eine Wirtschaft, in die wir zogen, allein wir besaßen nun nicht mehr bloß einen Raum, sondern bereits drei Räume und einen großen Schalterraum dazu. Damals kam uns das schon als viel vor. Hier blieben wir bis zum November 1923.

Im Dezember 1920 erfolgte die Erwerbung des „Völkischen Beobachter". Dieser, der schon seinem Namen entsprechend im allgemeinen für völkische Belange eintrat, sollte nun zum Organ der NSDAP. umgestellt werden. Er erschien erst wöchentlich zweimal, wurde Anfang 1923 Tageszeitung und erhielt Ende August 1923 sein später bekanntes großes Format.

Ich habe damals als vollständiger Neuling auf dem Gebiete des Zeitungswesens auch manches schlimme Lehrgeld bezahlen müssen.

An sich mußte einem die Tatsache, daß gegenüber der ungeheuren jüdischen Presse kaum eine einzige wirklich bedeutende völkische Zeitung bestand, zu denken geben. Es lag dies, wie ich dann in der Praxis unzählige Male selber feststellen konnte, zu seinem sehr großen Teil an der wenig geschäftstüchtigen Aufmachung der sogenannten völkischen Unternehmungen überhaupt. Sie wurden viel zu sehr nach dem Gesichtspunkt geführt, daß Gesinnung vor die Leistung zu treten hätte. Ein ganz falscher Standpunkt, insofern die Gesinnung ja nichts Äußerliches sein darf, sondern geradezu ihren schönsten Ausdruck in der Leistung findet. Wer für sein Volk wirklich Wertvolles schafft, bekundet damit eine ebenso wertvolle Gesinnung, während ein anderer, der bloß Gesinnung heuchelt, ohne in Wirklichkeit seinem Volke nützliche Dienste zu verrichten, ein Schädling jeder wirklichen Gesinnung ist. Er belastet auch die Gemeinschaft mit seiner Gesinnung.

Auch der „Völkische Beobachter" war, wie schon der Name sagt, ein sogenanntes „völkisches" Organ mit all den Vorzügen und noch mehr Fehlern und Schwächen, die den völkischen Einrichtungen anhafteten. So ehrenhaft sein Inhalt war, so kaufmännisch unmöglich war die Verwaltung des Unternehmens. Auch bei ihm lag die Meinung zugrunde, daß völkische Zeitungen durch völkische Spenden erhalten werden müßten, anstatt der, daß sie sich im Konkurrenzkampf mit den anderen eben durchzusetzen haben, und daß es eine Unanständigkeit ist, die Nachlässigkeiten oder Fehler der geschäftlichen Führung des Unternehmens durch Spenden gutgesinnter Patrioten decken zu wollen.

Ich habe mich jedenfalls bemüht, diesen Zustand, den ich in seiner Bedenklichkeit bald erkannt hatte, zu beseitigen, und das Glück half mir dabei insofern, als es mich den Mann kennenlernen ließ, der seitdem nicht nur als geschäftlicher Leiter der Zeitung, sondern auch als Geschäftsführer der Partei für die Bewegung unendlich Verdienstvolles geleistet hat. Im Jahre 1914, also im Felde, lernte ich (damals noch als meinen Vorgesetzten) den heutigen Generalgeschäftsführer der Partei, Max Amann, kennen. In den vier Jahren Kriegszeit hatte ich Gelegenheit, fast dauernd die außerordentliche Fähigkeit, den Fleiß und die peinliche Gewissenhaftigkeit meines späteren Mitarbeiters zu beobachten.

Im Hochsommer 1921, als die Bewegung sich in einer schweren Krise befand und ich mit einer Anzahl von Angestellten nicht mehr zufrieden sein konnte, ja mit einem einzelnen die bitterste Erfahrung gemacht hatte, wandte ich mich an meinen einstigen Regimentskameraden, den mir der Zufall eines Tages zuführte, mit der Bitte, er möge nun der Geschäftsführer der

Bewegung werden. Nach langem Zögern – Amann befand sich in einer aussichtsreichen Stellung – willigte er endlich ein, allerdings unter der ausdrücklichen Bedingung, daß er niemals einen Büttel für irgendwelche nichtskönnende Ausschüsse abzugeben haben würde, sondern ausschließlich nur einen einzigen Herrn anerkenne.

Es ist das unauslöschliche Verdienst dieses kaufmännisch wirklich umfassend gebildeten ersten Geschäftsführers der Bewegung, in die Parteibetriebe Ordnung und Sauberkeit hineingebracht zu haben. Sie sind seitdem vorbildlich geblieben und konnten von keiner der Untergliederungen der Bewegung erreicht, geschweige denn übertroffen werden. Wie immer im Leben ist aber überragende Tüchtigkeit nicht selten der Anlaß zu Neid und Mißgunst. Das mußte man natürlich auch in diesem Falle erwarten und geduldig in Kauf nehmen.

Schon im Jahre 1922 waren im allgemeinen feste Richtlinien sowohl für den geschäftlichen als auch rein organisatorischen Ausbau der Bewegung vorhanden. Es bestand bereits eine vollständige Zentralkartothek, die sämtliche zur Bewegung gehörenden Mitglieder umfaßte. Ebenso war die Finanzierung der Bewegung in gesunde Bahnen gebracht worden. Laufende Ausgaben mußten durch laufende Einnahmen gedeckt werden, außerordentliche Einnahmen wurden nur für außerordentliche Ausgaben verwendet. Trotz der Schwere der Zeit blieb die Bewegung dadurch, abgesehen von kleineren laufenden Rechnungen, fast schuldenfrei, ja es gelang ihr sogar, eine dauernde Vermehrung ihrer Werte vorzunehmen. Es wurde gearbeitet wie in einem Privatbetrieb: das angestellte Personal hatte sich durch Leistung auszuzeichnen und konnte sich keineswegs nur auf die berühmte „Gesinnung" berufen. Die Gesinnung jedes Nationalsozialisten beweist sich zuerst in seiner Bereitwilligkeit, in seinem Fleiß und Können zur Leistung der ihm von der Volksgemeinschaft übertragenen Arbeit. Wer seine Pflicht hier nicht erfüllt, soll sich nicht einer Gesinnung rühmen, gegen die er selbst in Wahrheit sündigt. Von dem neuen Geschäftsführer der Partei wurde, entgegen allen möglichen Einflüssen, mit äußerster Energie der Standpunkt vertreten, daß Parteibetriebe keine Sinekure für wenig arbeitsfreudige Anhänger oder Mitglieder sein dürfen. Eine Bewegung, die in so scharfer Form gegen die parteimäßige Korruption unseres heutigen Verwaltungsapparates kämpft, muß ihren eigenen Apparat von solchen Lastern rein halten. Es kam der Fall vor, daß in die Verwaltung der Zeitung Angestellte aufgenommen wurden, die ihrer früheren Gesinnung nach zur Bayerischen Volkspartei gehörten, allein an ihren Leistungen gemessen, sich als ausgezeichnet qualifiziert erwiesen. Das Ergebnis dieses Versuches war im allgemeinen hervorragend. Gerade durch diese ehrliche und offene Anerkennung der wirklichen Leistung des einzelnen hat sich die Bewegung die Herzen dieser Angestellten schneller und gründlicher erobert, als dies sonst je der Fall gewesen wäre. Sie wurden später gute Nationalsozialisten und blieben dies, nicht nur dem Munde nach, sondern bezeugten es durch die gewissenhafte, ordentliche und redliche Arbeit, die sie im Dienste der neuen Bewegung vollbrachten. Es ist selbstverständlich, daß der gutqualifizierte Parteigenosse dem ebensogut angeschriebenen Nichtparteigenossen vorgezogen wurde. Allein niemand erhielt eine Anstellung auf Grund seiner Parteizugehörigkeit allein. Die Entschiedenheit, mit welcher der neue Geschäftsführer diese Grundsätze vertrat und allmählich, allen Widerständen zum Trotz, durchsetzte, war später für die Bewegung von größtem Nutzen. Nur dadurch war es möglich, daß in der schwierigen Inflationszeit, da Zehntausende von Unternehmen zugrunde gingen und Tausende von Zeitungen schließen mußten, die Geschäftsleitung der Bewegung nicht nur stehenblieb und ihren Aufgaben genügen konnte, sondern daß der „Völkische Beobachter" einen immer größeren Ausbau erfuhr. Er war damals in die Reihe der großen Zeitungen eingetreten.

Das Jahr 1921 hatte weiter die Bedeutung, daß es mir durch meine Stellung als Vorsitzender der Partei langsam gelang, auch die einzelnen Parteibetriebe der Kritik und dem Hineinreden von soundso viel Ausschußmitgliedern zu entziehen. Es war dies wichtig, weil man einen wirklich fähigen Kopf für eine Aufgabe nicht gewinnen konnte, wenn ihm dauernd Nichtskönner dazwischenschwätzten, die alles besser verstanden, um in Wirklichkeit einen heillosen Wirrwarr zurückzulassen. Worauf sich dann allerdings diese Alleskönner meistens ganz bescheiden zurückzogen, um ein anderes Feld für ihre kontrollierende und inspirierende Tätigkeit auszuspionieren. Es gab Menschen, die von einer förmlichen Krankheit besessen waren, hinter allem und jedem etwas zu finden, und die sich in einer Art Dauerschwangerschaft von ausgezeichneten Plänen, Gedanken, Projekten, Methoden befanden. Ihr idealstes und höchstes Ziel war dann meist die Bildung eines Ausschusses, der als Kontrollorgan die ordentliche Arbeit der anderen fachmännisch zu beschnüffeln hatte. Wie beleidigend und wie unnationalsozialistisch es aber ist, wenn Menschen, die eine Sache nicht verstehen, den wirklichen Fachleuten ununterbrochen dreinreden, kam manchem dieser Ausschüßler wohl nicht zum Bewußtsein. Ich habe es jedenfalls als meine Pflicht angesehen, in diesen Jahren alle ordentlich arbeitenden und mit Verantwortung belasteten Kräfte der Bewegung vor solchen Elementen in Schutz zu nehmen, ihnen die notwendige Rückendeckung und das freie Arbeitsfeld nach vorne zu verschaffen.

Das beste Mittel, solche Ausschüsse, die nichts taten oder nur praktisch undurchführbare Beschlüsse zusammenbrauten, unschädlich zu machen, war allerdings das, ihnen irgendeine wirkliche Arbeit zuzuweisen. Es war zum Lachen, wie lautlos sich dann solch ein Verein verflüchtigte und plötzlich ganz unauffindbar wurde. Ich gedachte dabei unserer größten derartigen Institution, des Reichstages. Wie würden da plötzlich alle verduften, wenn man ihnen nur statt des Geredes eine wirkliche Arbeit zuwiese, und zwar eine Arbeit, die jeder einzelne dieser Schwadroneure unter persönlichster Verantwortlichkeit zu leisten hätte.

Ich habe schon damals immer die Forderung gestellt, daß wie überall im privaten Leben auch in der Bewegung für die einzelnen Betriebe so lange gesucht werden müßte, bis der ersichtlich fähige und ehrliche Beamte, Verwalter oder Leiter sich gefunden hätte. Diesem war dann aber unbedingte Autorität und Handlungsfreiheit nach unten zu geben bei Aufbürdung restloser Verantwortlichkeit nach oben, wobei niemand Autorität Untergebenen gegenüber erhält, der nicht selbst Besserkönner der betreffenden Arbeit ist. Im Verlaufe von zwei Jahren habe ich mich mit meiner Ansicht immer mehr durchgesetzt, und heute ist sie in der Bewegung, wenigstens soweit die oberste Leitung in Frage kommt, bereits selbstverständlich.

Der sichtbare Erfolg dieser Handlung aber zeigte sich am 9. November 1923: Als ich vier Jahre vorher zur Bewegung kam, war nicht einmal ein Stempel vorhanden. Am 9. November 1923 fand die Auflösung der Partei, die Beschlagnahme ihres Vermögens statt. Dieses bezifferte sich einschließlich aller Wertobjekte und der Zeitung bereits auf über hundertsiebzigtausend Goldmark.

12. Kapitel

Die Gewerkschaftsfrage

Das schnelle Wachstum der Bewegung zwang uns, im Jahre 1922 zu einer Frage Stellung zu nehmen, die auch heute nicht restlos gelöst ist.

Bei unseren Versuchen, diejenigen Methoden zu studieren, die am ehesten und leichtesten der Bewegung den Weg zum Herzen der breiten Masse bahnen konnten, stießen wir immer auf den Einwand, daß der Arbeiter uns nie vollständig gehören könne, solange seine Interessenvertretung auf rein beruflichem und wirtschaftlichem Gebiet in den Händen Andersgesinnter und deren politischen Organisationen ruhe.

Dieser Einwand hatte natürlich viel für sich. Der Arbeiter, der in einem Betrieb tätig war, konnte der allgemeinen Überzeugung nach gar nicht existieren, wenn er nicht Mitglied einer Gewerkschaft wurde. Nicht nur, daß seine beruflichen Belange dadurch allein geschützt erschienen, war auch seine Stellung im Betriebe auf die Dauer lediglich als Gewerkschaftsangehöriger denkbar. Die Majorität der Arbeiter befand sich in gewerkschaftlichen Verbänden. Diese hatten im allgemeinen die Lohnkämpfe durchgefochten und die tariflichen Verträge abgeschlossen, die dem Arbeiter nun ein bestimmtes Einkommen sicherstellten. Ohne Zweifel kamen die Ergebnisse dieser Kämpfe allen Arbeitern des Betriebes zugute, und es mußten sich besonders für den anständigen Menschen Gewissenskonflikte ergeben, wenn er den von den Gewerkschaften erkämpften Lohn wohl einsteckte, aber sich selbst vom Kampf ausschloß.

Mit dem normalen bürgerlichen Unternehmer konnte man über diese Probleme schwer sprechen. Sie hatten weder Verständnis (oder wollten keines haben) für die materielle Seite der Frage noch für die moralische. Endlich sprechen ja ihre vermeintlichen eigenen wirtschaftlichen Interessen von vornherein gegen jede organisatorische Zusammenfassung der ihnen unterstellten Arbeitskräfte, so daß sich schon aus diesem Grunde bei den meisten ein unbefangenes Urteil schwer bilden kann. Es ist also hier, wie so oft, notwendig, daß man sich an die Außenstehenden wendet, die nicht der Versuchung unterliegen, vor lauter Bäumen den Wald nicht zu sehen. Diese werden dann bei gutem Willen viel leichter Verständnis für eine Angelegenheit bekommen, die so oder so zu den wichtigsten unseres heutigen und künftigen Lebens gehört.

Ich habe mich schon im ersten Band über Wesen und Zweck und über die Notwendigkeit von Gewerkschaften geäußert. Ich habe dort den Standpunkt eingenommen, daß, solange nicht entweder durch staatliche Maßnahmen (die jedoch meistens unfruchtbar sind) oder durch eine allgemeine neue Erziehung eine Änderung der Stellungnahme des Arbeitgebers zum Arbeitnehmer eintritt, diesem gar nichts anderes übrigbleibt, als unter Berufung auf sein Recht als gleichwertiger Kontrahent im Wirtschaftsleben seine Interessen selbst zu wahren. Ich betonte weiter, daß eine solche Wahrnehmung durchaus im Sinne einer ganzen Volksgemeinschaft läge, wenn durch sie soziale Ungerechtigkeiten, die in der Folge zu schweren Schädigungen des ganzen Gemeinschaftswesens eines Volkes führen müssen, verhindert werden können. Ich erklärte weiterhin, daß die Notwendigkeit so lange als gegeben erachtet werden muß, solange es unter den Unternehmern Menschen gibt, die von sich aus nicht nur kein Gefühl für soziale Pflichten, sondern nicht einmal für primitivste menschliche Rechte besitzen; und ich zog daraus den Schluß, daß, wenn eine solche Selbstwehr einmal als notwendig angesehen wird, ihre Form sinngemäß nur in einer Zusammenfassung der Arbeitnehmer auf gewerkschaftlicher Grundlage bestehen kann.

An dieser allgemeinen Auffassung hat sich bei mir auch im Jahre 1922 nichts geändert. Wohl aber mußte nun eine klare und bestimmte Formulierung für die Einstellung zu diesen Problemen gesucht werden. Es ging nicht an, sich weiterhin einfach mit Erkenntnissen zufrieden zu geben, sondern es war nötig, aus diesen praktische Folgerungen zu ziehen.

Es handelte sich um die Beantwortung folgender Fragen:

1. Sind Gewerkschaften notwendig?

2. Soll die NSDAP. selbst sich gewerkschaftlich betätigen oder ihre Mitglieder in irgendeiner Form einer solchen Betätigung zuführen?

3. Welcher Art muß eine nationalsozialistische Gewerkschaft sein? Was sind unsere Aufgaben und ihre Ziele?

4. Wie kommen wir zu solchen Gewerkschaften.

Ich glaube, die erste Frage eigentlich zur Genüge beantwortet zu haben. Wie die Dinge heute liegen, können meiner Überzeugung nach die Gewerkschaften gar nicht entbehrt werden. Im Gegenteil, sie gehören zu den wichtigsten Einrichtungen des wirtschaftlichen Lebens der Nation. Ihre Bedeutung liegt aber nicht nur auf sozialpolitischem Gebiet, sondern noch viel mehr auf einem allgemeinen nationalpolitischen. Denn ein Volk, dessen breite Masse durch eine richtige Gewerkschaftsbewegung die Befriedigung ihrer Lebensbedürfnisse, zugleich aber auch eine Erziehung erhält, wird dadurch eine außerordentliche Stärkung seiner gesamten Widerstandskraft im Daseinskampf erlangen.

Die Gewerkschaften sind vor allem notwendig als Bausteine des künftigen Wirtschaftsparlaments beziehungsweise der Ständekammern.

Die zweite Frage ist ebenfalls noch leicht zu beantworten. Wenn die Gewerkschaftsbewegung wichtig ist, dann ist es klar, daß der Nationalsozialismus nicht nur rein theoretisch, sondern auch praktisch zu ihr Stellung nehmen muß. Allerdings ist dann das Wie schon schwerer zu klären.

Die nationalsozialistische Bewegung, die als Ziel ihres Wirkens den nationalsozialistischen völkischen Staat vor Augen hat, darf nicht im Zweifel darüber sein, daß alle künftigen Institutionen dieses Staates von einst aus der Bewegung selbst herauswachsen müssen. Es ist der größte Fehler, zu glauben, daß man plötzlich aus dem Nichts, nur im Besitze der Macht, eine bestimmte Reorganisation vornehmen kann, ohne schon vorher einen gewissen Grundstock an Menschen, die vor allem gesinnungsmäßig vorgebildet sind, zu besitzen. Auch hier gilt der Grundsatz, daß wichtiger als die äußere Form, die mechanisch sehr schnell zu schaffen ist, immer der Geist bleibt, der eine solche Form erfüllt. Befehlsmäßig kann man zum Beispiel sehr wohl das Führerprinzip diktatorisch einem Staatsorganismus aufpropfen. Lebendig wird dieses aber nur dann sein, wenn es in eigener Entwicklung aus kleinstem heraus sich selbst allmählich gebildet hat und durch die dauernde Auswahl, die die harte Wirklichkeit des Lebens ununterbrochen vornimmt, im Laufe von vielen Jahren das für die Durchführung dieses Prinzips notwendige Führermaterial erhielt.

Man darf sich also nicht vorstellen, plötzlich aus einer Aktentasche die Entwürfe zu einer neuen Staatsverfassung ans Tageslicht ziehen und diese nun durch einen Machtspruch von oben „einführen" zu können. Versuchen kann man so etwas, allein das Ergebnis wird sicher nicht lebensfähig, meist schon ein totgeborenes Kind sein. Das erinnert mich ganz an die Entstehung der Weimarer Verfassung und an den Versuch, dem deutschen Volk mit einer neuen Verfassung auch eine neue Fahne zu spendieren, die in keinem inneren Zusammenhang mit dem Erleben unseres Volkes im letzten halben Jahrhundert stand.

Auch der nationalsozialistische Staat muß sich vor solchen Experimenten hüten. Er kann dereinst nur aus einer schon längst vorhandenen Organisation herauswachsen. Diese Organisation muß das nationalsozialistische Leben ursprünglich in sich besitzen, um endlich einen lebendigen nationalsozialistischen Staat zu schaffen.

Wie schon betont, werden die Keimzellen zu den Wirtschaftskammern in den verschiedenen Berufsvertretungen, also vor allem in den Gewerkschaften, zu liegen haben. Sollen aber diese spätere Ständevertretung und das zentrale Wirtschaftsparlament eine nationalsozialistische Institution darstellen, dann müssen auch diese wichtigen Keimzellen Träger einer nationalsozialistischen Gesinnung und Auffassung sein. Die Institutionen der Bewegung sind in den Staat überzuführen, aber der Staat kann nicht plötzlich entsprechende Einrichtungen aus dem Nichts hervorzaubern, wenn sie nicht vollkommen leblose Gebilde bleiben sollen.

Schon aus diesem höchsten Gesichtspunkte heraus muß die nationalsozialistische Bewegung die Notwendigkeit eigener gewerkschaftlicher Betätigung anerkennen.

Sie muß dies weiter noch deshalb, weil eine wirklich nationalsozialistische Erziehung sowohl der Arbeitgeber als auch der Arbeitnehmer im Sinne eines beiderseitigen Eingliederns in den gemeinsamen Rahmen der Volksgemeinschaft nicht erfolgt durch theoretische Belehrungen, Aufrufe oder Ermahnungen, sondern durch den Kampf des täglichen Lebens. An ihm und durch ihn hat die Bewegung die einzelnen großen wirtschaftlichen Gruppen zu erziehen und sie in den großen Gesichtspunkten einander näherzubringen. Ohne eine solche Vorarbeit bleibt jede Hoffnung auf das Erstehen einer einstigen wahrhaften Volksgemeinschaft blanke Illusion. Nur das große weltanschauliche Ideal, das die Bewegung verficht, kann langsam jenen allgemeinen Stil bilden, der dann einst die neue Zeit als eine wirklich innerlich festfundierte erscheinen läßt und nicht als eine nur äußerlich gemachte.

So muß sich die Bewegung nicht nur zu dem Gedanken der Gewerkschaft als solchem bejahend einstellen, sondern sie muß der Unsumme ihrer Mitglieder und Anhänger in der praktischen Betätigung die erforderliche Erziehung für den kommenden nationalsozialistischen Staat zuteil werden lassen.

Die Beantwortung der dritten Frage ergibt sich aus dem Vorhergesagten.

Die nationalsozialistische Gewerkschaft ist kein Organ des Klassenkampfes, sondern ein Organ der Berufsvertretung. Der nationalsozialistische Staat kennt keine „Klassen", sondern in politischer Hinsicht nur Bürger mit vollständig gleichen Rechten und demgemäß auch gleichen allgemeinen

Pflichten und daneben Staatsangehörige, die in staatspolitischer Hinsicht aber vollständig rechtlos sind.

Die Gewerkschaft im nationalsozialistischen Sinne hat nicht die Aufgabe, durch Zusammenfassung bestimmter Menschen innerhalb eines Volkskörpers diese allmählich in eine Klasse umzuwandeln, um mit ihr dann den Kampf gegen andere, ähnlich organisierte Gebilde innerhalb der Volksgemeinschaft aufzunehmen. Diese Aufgabe können wir der Gewerkschaft an sich überhaupt nicht zuschreiben, sondern sie wurde ihr erst verliehen in dem Augenblick, in dem sie zum Kampfinstrument des Marxismus wurde. Nicht die Gewerkschaft ist „klassenkämpferisch“, sondern der Marxismus hat aus ihr ein Instrument für seinen Klassenkampf gemacht. Er schuf die wirtschaftliche Waffe, die der internationale Weltjude anwendet zur Zertrümmerung der wirtschaftlichen Basis der freien, unabhängigen Nationalstaaten, zur Vernichtung ihrer nationalen Industrie und ihres nationalen Handels und damit zur Versklavung freier Völker im Dienste des überstaatlichen Weltfinanz-Judentums.

Die nationalsozialistische Gewerkschaft hat demgegenüber durch die organisatorische Zusammenfassung bestimmter Gruppen von Teilnehmern am nationalen Wirtschaftsprozeß die Sicherheit der nationalen Wirtschaft selbst zu erhöhen und deren Kraft zu stärken durch korrigierende Beseitigung all jener Mißstände, die in ihren letzten Folgeerscheinungen auf den nationalen Volkskörper destruktiv einwirken, die lebendige Kraft der Volksgemeinschaft, damit aber auch die des Staates schädigen und nicht zuletzt der Wirtschaft selbst zum Unheil und Verderben geraten.

Für die nationalsozialistische Gewerkschaft ist damit der Streik nicht ein Mittel der Zertrümmerung und Erschütterung der nationalen Produktion, sondern zu ihrer Steigerung und Flüssigmachung durch die Bekämpfung all jener Mißstände, die infolge ihres unsozialen Charakters die Leistungsfähigkeit der Wirtschaft und damit die Existenz der Gesamtheit behindern. Denn die Leistungsfähigkeit des einzelnen steht stets in ursächlichem Zusammenhange mit der allgemeinen rechtlichen und sozialen Stellung, die er im Wirtschaftsprozeß einnimmt und der nur daraus allein resultierenden Erkenntnis über die Notwendigkeit des Gedeihens dieses Prozesses zu seinem eigenen Vorteil.

Der nationalsozialistische Arbeitnehmer muß wissen, daß die Blüte der nationalen Wirtschaft sein eigenes materielles Glück bedeutet.

Der nationalsozialistische Arbeitgeber muß wissen, daß das Glück und die Zufriedenheit seiner Arbeitnehmer die Voraussetzung für die Existenz und Entwicklung seiner eigenen wirtschaftlichen Größe ist.

Nationalsozialistische Arbeitnehmer und nationalsozialistische Arbeitgeber sind beide Beauftragte und Sachwalter der gesamten Volksgemeinschaft. Das hohe Maß persönlicher Freiheit, das ihnen in ihrem Wirken dabei zugebilligt wird, ist durch die Tatsache zu erklären, daß erfahrungsgemäß die Leistungsfähigkeit des einzelnen durch weitgehende Freiheitsgewährung mehr gesteigert wird als durch Zwang von oben, und es weiter geeignet ist zu verhindern, daß der natürliche Ausleseprozeß, der den Tüchtigsten, Fähigsten und Fleißigsten befördern soll, etwa unterbunden wird.

Für die nationalsozialistische Gewerkschaft ist deshalb der Streik ein Mittel, das nur so lange angewendet werden darf und wohl auch muß, als nicht ein nationalsozialistischer völkischer Staat besteht. Dieser freilich soll an Stelle des Massenkampfes der beiden großen Gruppen – Arbeitgeberund Arbeitnehmertum – (der in seinen Folgen als Produktionsverminderung stets die Volksgemeinschaft insgesamt schädigt!) die Rechtssorge und den Rechtsschutz aller übernehmen. Den Wirtschaftskammern selbst wird die Verpflichtung zur Inbetriebhaltung der nationalen Wirtschaft und zur Beseitigung von den diese schädigenden Mängeln und Fehlern obliegen. Was heute durch die Kämpfe von Millionen ausgefochten wird, muß dereinst in Ständekammern und im zentralen Wirtschaftsparlament seine Erledigung finden. Damit toben nicht mehr Unternehmertum und Arbeiter im Lohnund Tarifkampf gegeneinander, die wirtschaftliche Existenz beider schädigend, sondern lösen diese Probleme gemeinsam an höherer Stelle, der über allem stets das Wohl der Volksgesamtheit und des Staates in leuchtenden Lettern vorschweben muß.

Auch hier hat, wie durchweg, der eherne Grundsatz zu gelten, daß erst das Vaterland und dann die Partei kommt. Die Aufgabe der nationalsozialistischen Gewerkschaft ist die Erziehung und Vorbereitung zu diesem Ziele selbst, das dann heißt: Gemeinsame Arbeit aller an der Erhaltung und Sicherung unseres Volkes und seines Staates, entsprechend der dem einzelnen angeborenen und durch die Volksgemeinschaft zur Ausbildung gebrachten Fähigkeiten und Kräfte.

Die vierte Frage: Wie kommen wir zu solchen Gewerkschaften? schien seinerzeit am weitaus schwersten zu beantworten.

Es ist im allgemeinen leichter, eine Gründung in einem Neuland vorzunehmen als auf altem Gebiet, das bereits eine ähnliche Gründung besitzt. In einem Ort, in dem noch kein Geschäft einer bestimmten Art am Platze ist, kann man leicht ein solches errichten. Schwerer ist es, wenn sich schon ein ähnliches Unternehmen vorfindet, und am schwersten, wenn dabei Bedingungen gegeben sind, unter denen nur eines allein zu gedeihen vermag. Denn hier stehen die Gründer vor der

Aufgabe, nicht nur ihr eigenes neues Geschäft einzuführen, sondern sie müssen, um bestehen zu können, das bisher am Orte befindliche vernichten.

Eine nationalsozialistische Gewerkschaft neben anderen Gewerkschaften ist sinnlos. Denn auch sie muß sich durchdrungen fühlen von ihrer weltanschaulichen Aufgabe und der aus dieser geborenen Verpflichtung zur Unduldsamkeit gegen andere ähnliche oder gar feindliche Gebilde und zur Betonung der ausschließlichen Notwendigkeit des eigenen Ich. Es gibt auch hier kein Sich-Verständigen und keinen Kompromiß mit verwandten Bestrebungen, sondern nur die Aufrechterhaltung des absoluten alleinigen Rechtes.

Es gab nun zwei Wege, zu einer solchen Entwicklung zu kommen:

1. Man konnte eine eigene Gewerkschaft gründen und dann allmählich den Kampf gegen die internationalen marxistischen Gewerkschaften aufnehmen, oder man konnte

2. in die marxistischen Gewerkschaften eindringen und diese selbst mit dem neuen Geiste zu erfüllen trachten, beziehungsweise zu Instrumenten der neuen Gedankenwelt umformen.

Gegen den ersten Weg sprachen folgende Bedenken: Unsere finanziellen Schwierigkeiten waren zu jener Zeit immer noch sehr erheblich, die Mittel, die uns zur Verfügung standen, ganz unbedeutend. Die allmählich immer mehr um sich greifende Inflation erschwerte die Lage noch dadurch, daß in diesen Jahren von einem greifbaren materiellen Nutzen der Gewerkschaft für das Mitglied kaum hätte gesprochen werden können. Der einzelne Arbeiter hatte, von solchem Gesichtspunkt aus betrachtet, damals gar keinen Grund, in die Gewerkschaft einzubezahlen. Selbst die schon bestehenden marxistischen waren fast am Zusammenbruch, bis ihnen durch die geniale Ruhraktion des Herrn Cuno die Millionen plötzlich in den Schoß fielen. Dieser sogenannte „nationale" Reichskanzler darf als der Retter der marxistischen Gewerkschaften bezeichnet werden.

Mit solchen finanziellen Möglichkeiten durften wir damals nicht rechnen; und es konnte niemanden verlocken, in eine neue Gewerkschaft einzutreten, die ihm infolge ihrer finanziellen Ohnmacht nicht das geringste zu bieten vermocht hätte. Andererseits muß ich mich unbedingt dagegen wehren, in einer solchen neuen Organisation nur ein Druckpöstchen für mehr oder minder große Geister zu schaffen.

Überhaupt spielte die Personenfrage mit die allergrößte Rolle. Ich hatte damals nicht einen einzigen Kopf, dem ich die Lösung dieser gewaltigen Aufgabe zugetraut hätte. Wer in jener Zeit die marxistischen Gewerkschaften wirklich zertrümmert hätte, um an Stelle dieser Institution des vernichtenden Klassenkampfes der nationalsozialistischen Gewerkschaftsidee zum Siege zu verhelfen, der gehörte mit zu den ganz großen Männern unseres Volkes, und seine Büste hätte dereinst in der Walhalla zu Regensburg der Nachwelt gewidmet werden müssen.

Ich habe aber keinen Schädel gekannt, der auf ein solches Postament gepaßt hätte.

Es ist ganz falsch, sich in dieser Ansicht durch die Tatsache beirren zu lassen, daß die internationalen Gewerkschaften selbst ja auch nur über lauter Durchschnittsköpfe verfügen. Dies besagt in Wirklichkeit gar nichts; denn als jene einst gegründet worden war, gab es sonst nichts. Heute muß die nationalsozialistische Bewegung gegen eine längst bestehende gigantische und bis ins kleinste ausgebaute Riesenorganisation ankämpfen. Der Eroberer muß aber stets genialer sein als der Verteidiger, will er diesen bezwingen. Die marxistische Gewerkschaftsburg kann heute wohl von gewöhnlichen Bonzen verwaltet werden, gestürmt wird sie aber nur von der wilden Energie und genialen Fähigkeit eines überragenden Großen auf der anderen Seite. Wenn sich ein solcher nicht findet, ist es zwecklos, mit dem Schicksal zu hadern, und noch viel unsinniger, mit unzulänglichem Ersatz die Sache zwingen zu wollen.

Hier gilt es, die Erkenntnis zu verwerten, daß es im Leben manches Mal besser ist, eine Sache zunächst liegen zu lassen, als sie mangels geeigneter Kräfte nur halb oder schlecht zu beginnen.

Eine andere Erwägung, die man ja nicht als demagogisch bezeichnen sollte, kam noch hinzu. Ich hatte damals und besitze auch heute noch die unverrückbare Überzeugung, daß es gefährlich ist, einen großen politisch-weltanschaulichen Kampf zu frühzeitig mit wirtschaftlichen Dingen zu verknüpfen. Besonders bei unserem deutschen Volk gilt dies. Denn hier wird in einem solchen Falle das wirtschaftliche Ringen sofort die Energie vom politischen Kampf abziehen. Sowie die Leute erst die Überzeugung gewonnen haben, daß sie durch Sparsamkeit auch zu einem Häuschen gelangen könnten, werden sie sich bloß dieser Aufgabe widmen und keine Zeit mehr erübrigen zum politischen Kampf gegen diejenigen, die ihnen so oder so eines Tages die ersparten Groschen wieder abzunehmen gedenken. Statt im politischen Kampf zu ringen für die gewonnene Einsicht und Überzeugung, gehen sie dann nur mehr in ihren „Siedlungs"-Gedanken auf und sitzen am Ende meistens zwischen allen Stühlen.

Die nationalsozialistische Bewegung steht heute am Beginn ihres Ringens. Zum großen Teil muß sie erst ihr weltanschauliches Bild formen und vollenden. Sie hat mit allen Fasern ihrer Energie für die Durchsetzung ihrer großen Ideale zu streiten, und ein Erfolg ist nur denkbar, wenn die gesamte Kraft restlos in den Dienst dieses Kampfes tritt.

Wie sehr aber die Beschäftigung mit nur wirtschaftlichen Problemen die aktive Kampfkraft lähmen kann, sehen wir gerade heute in einem klassischen Beispiel vor uns:

Die Revolution des November 1918 wurde nicht von Gewerkschaften gemacht, sondern setzte sich gegen diese durch. Und das deutsche Bürgertum führt um die deutsche Zukunft keinen politischen Kampf, weil es diese Zukunft in der aufbauenden Arbeit der Wirtschaft genügend gesichert vermeint.

Wir sollten aus solchen Erfahrungen lernen; denn auch bei uns würde es nicht anders gehen. Je mehr wir die gesamte Kraft unserer Bewegung zum politischen Kampf zusammenballen, um so eher werden wir auf Erfolg auf der ganzen Linie rechnen dürfen; je mehr wir uns aber vorzeitig mit Gewerkschafts-, Siedelungsund ähnlichen Problemen belasten, um so geringer wird der Nutzen für unsere Sache, als Ganzes genommen, sein. Denn so wichtig diese Belange sein mögen, ihre Erfüllung wird doch nur dann in großem Umfange eintreten, wenn wir bereits in der Lage sind, die öffentliche Macht in den Dienst dieser Gedanken zu stellen. Bis dahin würden diese Probleme die Bewegung um so mehr lähmen, je früher sie sich damit beschäftigen und je stärker dadurch ihr weltanschaulicher Wille beeinträchtigt würde. Es könnte dann leicht dahin kommen, daß gewerkschaftliche Momente die politische Bewegung lenkten, statt daß die Weltanschauung die Gewerkschaft in ihre Bahnen zwingt.

Wirklicher Nutzen für die Bewegung sowohl als für unser Volk überhaupt kann aber aus einer nationalsozialistischen Gewerkschaftsbewegung nur dann erwachsen, wenn diese weltanschaulich schon so stark von unseren nationalsozialistischen Ideen erfüllt ist, daß sie nicht mehr Gefahr läuft, in marxistische Spuren zu geraten. Denn eine nationalsozialistische Gewerkschaft, die ihre Mission nur in der Konkurrenz zu der marxistischen sieht, wäre schlimmer als keine. Sie hat ihren Kampf der marxistischen Gewerkschaft nicht nur als Organisation, sondern vor allem als Idee anzusagen. Sie muß in ihr die Verkünderin des Klassenkampfes und Klassengedankens treffen und soll an Stelle dessen zur Wahrerin der beruflichen Interessen deutscher Bürger werden.

Alle diese Gesichtspunkte sprachen damals und sprechen auch heute noch gegen die Gründung eigener Gewerkschaften, es wäre denn, daß plötzlich ein Kopf erschiene, der vom Schicksal ersichtlich zur Lösung gerade dieser Frage berufen ist.

Es gab also nur zwei andere Möglichkeiten: entweder den eigenen Parteigenossen zu empfehlen, aus den Gewerkschaften herauszugehen oder in den bisherigen zu bleiben, um dort möglichst destruktiv zu wirken.

Ich habe im allgemeinen diesen letzteren Weg empfohlen.

Besonders im Jahre 1922/23 konnte man dies ohne weiteres tun: denn der finanzielle Nutzen, den während der Inflationszeit die Gewerkschaft von den infolge der Jugend unserer Bewegung doch noch nicht sehr zahlreichen Mitgliedern aus ihren Reihen einstrich, war gleich Null. Der Schaden für sie aber war ein sehr großer, denn die nationalsozialistischen Anhänger waren ihre schärfsten Kritiker und dadurch ihre inneren Zersetzer.

Ganz abgelehnt habe ich damals alle Experimente, die schon von vornherein den Mißerfolg in sich trugen. Ich hätte es als ein Verbrechen angesehen, einem Arbeiter von seinem kärglichen Verdienst soundso viel abzunehmen für eine Institution, von deren Nutzen für ihre Mitglieder ich nicht die innere Überzeugung besaß.

Wenn eine neue politische Partei eines Tages wieder verschwindet, so ist dies kaum jemals ein Schaden, sondern fast immer ein Nutzen, und es hat niemand irgendein Recht, darüber zu jammern; denn was der einzelne einer politischen Bewegung gibt, gibt er à fonds perdu. Wer aber in eine Gewerkschaft einbezahlt, hat ein Recht auf Erfüllung der ihm zugesicherten Gegenleistungen. Wird diesem nicht Rechnung getragen, dann sind die Macher einer solchen Gewerkschaft Betrüger, zumindest aber leichtfertige Menschen, die zur Verantwortung gezogen werden müssen.

Nach dieser Anschauung wurde im Jahre 1922 denn auch von uns gehandelt. Andere verstanden es scheinbar besser und gründeten Gewerkschaften. Sie warfen uns den Mangel einer solchen als das sichtbarste Zeichen unserer fehlerhaften und beschränkten Einsicht vor. Allein es dauerte nicht lange, bis diese Gründungen selbst wieder verschwanden, so daß das Schlußergebnis dasselbe wie bei uns war. Nur mit dem einen Unterschied, daß wir weder uns selbst noch andere betrogen hatten.

13. Kapitel

Deutsche Bündnispolitik nach dem Kriege

Die Zerfahrenheit der außenpolitischen Leitung des Reiches in der Aufstellung grundsätzlicher Richtlinien für eine zweckmäßige Bündnispolitik setzte sich nach der Revolution nicht nur fort, sondern wurde noch übertroffen. Denn wenn vor dem Kriege in erster Linie allgemeine politische Begriffsverwirrungen als Ursache unserer verfehlten Staatsleitung nach außen gelten durften, dann war es nach dem Krieg ein Mangel an ehrlichem Wollen. Es war natürlich, daß die Kreise, die durch die Revolution endlich ihre destruktiven Ziele erreicht sahen, kein Interesse an einer Bündnispolitik besitzen konnten, deren Endergebnis die Wiederaufrichtung eines freien deutschen Staates sein mußte. Nicht nur, daß eine solche Entwicklung dem inneren Sinne des Novemberverbrechens widersprochen, nicht nur, daß sie die Internationalisierung der deutschen Wirtschaft und Arbeitskraft unterbrochen oder gar beendet hätte: es wäre auch die politische Auswirkung im Innern als Folgeerscheinung einer außenpolitischen Freiheitserkämpfung für die Träger der heutigen Reichsgewalten in der Zukunft verhängnisvoll gewesen. Man kann sich eben die Erhebung einer Nation nicht denken ohne eine vorhergegangene Nationalisierung derselben, so wie umgekehrt jeder gewaltige außenpolitische Erfolg zwangsläufig Rückwirkungen im gleichen Sinne ergibt. Jeder Freiheitskampf führt erfahrungsgemäß zu einer Steigerung des Nationalgefühls, des Selbstbewußtseins und damit aber auch zu einer schärferen Empfindlichkeit antinationalen Elementen und ebensolchen Bestrebungen gegenüber. Zustände und Personen, die in friedsamen Zeiten geduldet, ja oft nicht einmal beachtet werden, finden in Perioden aufwühlender nationaler Begeisterung nicht nur Ablehnung, sondern einen Widerstand, der ihnen nicht selten zum Verhängnis wird. Man erinnere sich nur z.B. an die allgemeine Spionenfurcht, die bei Ausbruch von Kriegen in der Siedehitze menschlicher Leidenschaften plötzlich hervorbricht und zu brutalsten, manchmal sogar ungerechten Verfolgungen führt, obwohl sich jeder sagen kann, daß die Spionengefahr in den langen Jahren einer Friedenszeit größer sein wird, auch wenn sie aus natürlichen Gründen die allgemeine Beachtung nicht im gleichen Umfang findet.

Der feine Instinkt der durch die Novemberereignisse an die Oberfläche gespülten Staatsparasiten ahnt schon aus diesem Grunde in einer durch kluge Bündnispolitik unterstützten Freiheitsbewegung unseres Volkes und der dadurch bedingten Entflammung nationaler Leidenschaften die mögliche Vernichtung des eigenen verbrecherischen Daseins.

So wird es verständlich, warum die seit dem Jahre 1918 maßgebenden Regierungsstellen in außenpolitischer Hinsicht versagten und die Leitung des Staates den wirklichen Interessen der deutschen Nation fast immer planmäßig entgegenarbeiteten. Denn was auf den ersten Blick als planlos erscheinen könnte, entlarvt sich bei näherem Hinsehen nur als die konsequente Weiterverfolgung des Weges, den die Novemberrevolution 1918 zum ersten Male in aller Öffentlichkeit beschritt.

Freilich muß man hier unterscheiden zwischen den verantwortlichen oder besser „verantwortlichseinsollenden" Führern unserer Staatsgeschäfte, dem Durchschnitt unserer parlamentarischen Politikaster und der großen stupiden Hammelherde unseres schafsgeduldigen Volkes.

Die einen wissen, was sie wollen. Die anderen machen mit, entweder weil sie es wissen oder doch zu feige sind, dem Erkannten als schädlich Empfundenen rücksichtslos entgegenzutreten. Die übrigen aber fügen sich aus Unverständnis und Dummheit.

Solange die Nationalsozialistische Deutsche Arbeiterpartei nur den Umfang eines kleinen und wenig bekannten Vereines besaß, konnten außenpolitische Probleme in den Augen mancher Anhänger untergeordnete Bedeutung besitzen. Dies besonders deshalb, weil ja gerade unsere Bewegung immer grundsätzlich die Auffassung vertrat und vertreten muß, daß die äußere Freiheit weder vom Himmel noch durch irdische Gewalten als Geschenk gegeben wird, sondern vielmehr nur die Frucht einer inneren Kraftentfaltung zu sein vermag. Nur die Beseitigung der Ursachen unseres Zusammenbruchs sowie die Vernichtung der Nutznießer desselben kann die Voraussetzung zum äußeren Freiheitskampf schaffen.

Man kann also schon verstehen, wenn aus solchen Gesichtspunkten heraus in der ersten Zeit der jungen Bewegung der Wert der außenpolitischen Fragen gegenüber der Bedeutung ihrer inneren reformatorischen Absichten zurückgesetzt wurde.

Soweit jedoch der Rahmen des kleinen, unbedeutenden Vereins geweitet und endlich gesprengt wurde und das junge Gebilde die Bedeutung eines großen Verbandes bekam, ergab sich auch bereits die Notwendigkeit, zu den Fragen der außenpolitischen Entwicklung Stellung zu nehmen. Es galt, Richtlinien festzulegen, die den fundamentalen Anschauungen unserer Weltauffassung nicht nur nicht widersprechen, sondern sogar einen Ausfluß dieser Betrachtungsweise darstellen.

Gerade aus dem Mangel an außenpolitischer Schulung unseres Volkes ergibt sich eine Verpflichtung für die junge Bewegung, den einzelnen Führern sowohl als der breiten Masse durch großzügige Richtlinien eine Form des außenpolitischen Denkens zu vermitteln, die die Voraussetzung ist für jede einst stattfindende praktische Durchführung der außenpolitischen Vorbereitungen zur Wiedergewinnungsarbeit der Freiheit unseres Volkes sowie einer wirklichen Souveränität des Reiches.

Der wesentlichste Grundund Leitsatz, der bei der Beurteilung dieser Frage uns immer vorschweben muß, ist der, daß auch die Außenpolitik nur ein Mittel zum Zweck, der Zweck aber ausschließlich die Förderung unseres eigenen Volkstums ist. Es kann keine außenpolitische Erwägung von einem anderen Gesichtspunkt aus geleitet werden als dem: Nützt es unserem Volk jetzt oder in der Zukunft, oder wird es ihm von Schaden sein?

Es ist dies die einzig vorgefaßte Meinung, die bei der Behandlung dieser Frage gelten darf. Parteipolitische, religiöse, humane, überhaupt alle übrigen Gesichtspunkte scheiden restlos aus.

X X X

War vor dem Kriege die Aufgabe einer deutschen Außenpolitik die Sicherstellung der Ernährung unseres Volkes und seiner Kinder auf diesem Erdball durch die Vorbereitung der Wege, die zu diesem Ziele führen konnten, sowie die Gewinnung der dabei benötigten Hilfskräfte in der Form zweckmäßiger Bundesgenossen, so ist sie heute die gleiche, nur mit dem Unterschiede: Vor dem Kriege galt es, der Erhaltung des deutschen Volkstums zu dienen unter Berücksichtigung der vorhandenen Kraft des unabhängigen Machtstaates, heute gilt es, dem Volke erst die Kraft in der Form des freien Machtstaates wiederzugeben, die die Voraussetzung für die spätere Durchführung einer praktischen Außenpolitik im Sinne der Erhaltung, Förderung und Ernährung unseres Volkes für die Zukunft ist.

Mit anderen Worten: Das Ziel einer deutschen Außenpolitik von heute hat die Vorbereitung zur Wiedererringung der Freiheit von morgen zu sein.

Dabei muß gleich ein fundamentaler Grundsatz immer im Auge behalten werden: Die Möglichkeit, für ein Volkstum die Unabhängigkeit wieder zu erringen, ist nicht absolut gebunden an die Geschlossenheit eines Staatsgebietes, sondern vielmehr an das Vorhandensein eines wenn auch noch so kleinen Restes dieses Volkes und Staates, der, im Besitz der nötigen Freiheit, nicht nur der Träger der geistigen Gemeinschaft des gesamten Volkstums, sondern auch der Vorbereiter des militärischen Freiheitskampfes zu sein vermag.

Wenn ein Volk von hundert Millionen Menschen, um die staatliche Geschlossenheit zu wahren, gemeinsam das Joch der Sklaverei erduldet, so ist dies schlimmer, als wenn ein solcher Staat und ein solches Volk zertrümmert worden wäre und nur ein Teil davon im Besitze der vollen Freiheit bliebe. Freilich unter der Voraussetzung, daß dieser Rest erfüllt wäre von der heiligen Mission, nicht nur die geistige und kulturelle Unzertrennbarkeit dauernd zu proklamieren, sondern auch die waffenmäßige Vorbereitung zu treffen für die endliche Befreiung und die Wiedervereinigung der unglücklichen unterdrückten Teile.

Weiter ist zu bedenken, daß die Frage der Wiedergewinnung verlorener Gebietsteile eines Volkes und Staates immer in erster Linie die Frage der Wiedergewinnung der politischen Macht und Unabhängigkeit des Mutterlandes ist, daß mithin in einem solchen Falle die Interessen verlorener Gebiete rücksichtslos zurückgestellt werden müssen gegenüber dem einzigen Interesse der Wiedergewinnung der Freiheit des Hauptgebietes. Denn die Befreiung unterdrückter, abgetrennter Splitter eines Volkstums oder von Provinzen eines Reiches findet nicht statt auf Grund eines Wunsches der Unterdrückten oder eines Protestes der Zurückgebliebenen, sondern durch die Machtmittel der mehr oder weniger souverän gebliebenen Reste des ehemaligen gemeinsamen Vaterlandes.

Mithin ist die Voraussetzung für die Gewinnung verlorener Gebiete die intensivste Förderung und Stärkung des übriggebliebenen Reststaates sowie der im Herzen schlummernde unerschütterliche Entschluß, die dadurch sich bildende neue Kraft in gegebener Stunde dem Dienste der Befreiung und Einigung des gesamten Volkstums zu weihen: also Zurückstellung der Interessen der abgetrennten Gebiete gegenüber dem einzigen Interesse, dem verbliebenen Rest jenes Maß an politischer Macht und Kraft zu erringen, das die Voraussetzung für eine Korrektur des Willens feindlicher Sieger ist. Denn unterdrückte Länder werden nicht durch flammende Proteste in den Schoß eines gemeinsamen Reiches zurückgeführt, sondern durch ein schlagkräftiges Schwert.

Dieses Schwert zu schmieden, ist die Aufgabe der innerpolitischen Leitung eines Volkes; die Schmiedearbeit zu sichern und Waffengenossen zu suchen, die Aufgabe der außenpolitischen.

X X X

Im ersten Band des Werkes habe ich mich mit der Halbheit unserer Bündnispolitik vor dem Kriege auseinandergesetzt. Von den vier Wegen für eine künftige Erhaltung unseres Volkstums und die Ernährung desselben hatte man den vierten und ungünstigsten gewählt. An Stelle einer gesunden europäischen Bodenpolitik griff man zur Kolonialund Handelspolitik. Dies war um so fehlerhafter, als man nun vermeinte, dadurch einer waffenmäßigen Auseinandersetzung entschlüpfen zu können. Das Ergebnis dieses Versuches, sich auf alle Stühle setzen zu wollen, war der bekannte Fall zwischen dieselben, und der Weltkrieg bildete nur die letzte dem Reiche vorgelegte Quittung über seine verfehlte Leitung nach außen.

Der richtige Weg wäre schon damals der dritte gewesen: Stärkung der Kontinentalmacht durch Gewinnung neuen Bodens in Europa, wobei gerade dadurch eine Ergänzung durch spätere koloniale Gebiete in den Bereich des natürlich Möglichen gerückt erschien. Diese Politik wäre allerdings nur durchführbar gewesen im Bunde mit England oder unter einer so abnormen Förderung der militärischen Machtmittel, daß auf vierzig oder fünfzig Jahre kulturelle Aufgaben vollständig in den Hintergrund gedrängt worden wären. Dies hätte sich sehr wohl verantworten lassen. Die kulturelle Bedeutung einer Nation ist fast immer gebunden an die politische Freiheit und Unabhängigkeit derselben, mithin ist diese die Voraussetzung für das Vorhandensein oder besser Entstehen der ersteren. Daher kann kein Opfer für die Sicherung der politischen Freiheit zu groß sein. Was den allgemeinen kulturellen Belangen durch eine übermäßige Förderung der militärischen Machtmittel des Staates entzogen wird, wird später auf das reichlichste wieder hereingebracht werden können. Ja, man darf sagen, daß nach einer solchen komprimierten Anstrengung nur in der Richtung der Erhaltung der staatlichen Unabhängigkeit eine gewisse Entspannung oder ein Ausgleich zu erfolgen pflegt durch ein oft geradezu überraschendes Aufblühen der bisher vernachlässigten kulturellen Kräfte eines Volkstums. Aus der Not der Perserkriege erwuchs die Blüte des perikleischen Zeitalters, und über den Sorgen der Punischen Kriege begann das römische Staatswesen sich dem Dienste einer höheren Kultur zu widmen.

Allerdings kann man eine solche restlose Unterordnung aller sonstigen Belange eines Volkstums unter die einzige Aufgabe der Vorbereitung eines kommenden Waffenganges zur späteren Sicherung des Staates nicht der Entschlußkraft einer Majorität von parlamentarischen Dummköpfen und Taugenichtsen anvertrauen. Den Waffengang unter Hintansetzung alles sonstigen vorzubereiten vermochte der Vater eines Friedrich des Großen, aber die Väter unseres demokratischen Parlamentunsinns jüdischer Prägung vermögen es nicht.

Schon aus diesem Grunde konnte also in der Vorkriegszeit die waffenmäßige Vorbereitung für eine Erwerbung von Grund und Boden in Europa nur eine mäßige sein, so daß der Unterstützung durch zweckmäßige Bundesgenossen nur schwer zu entraten war.

Da man aber überhaupt von einer planmäßigen Vorbereitung des Krieges nichts wissen wollte, verzichtete man auf Grunderwerb in Europa und opferte, indem man sich statt dessen der Kolonialund Handelspolitik zuwandte, das sonst mögliche Bündnis mit England, ohne aber nun logischerweise sich auf Rußland zu stützen, und stolperte endlich, von allen, außer dem habsburgischen Erbübel, verlassen, in den Weltkrieg hinein.

X X X

Zur Charakteristik unserer heutigen Außenpolitik muß gesagt werden, daß eine irgendwie sichtbare oder gar verständliche Richtlinie überhaupt nicht vorliegt. Wenn man vor dem Kriege in verfehlter Weise den vierten Weg betrat, um ihn allerdings ebenfalls nur halb und halb zu gehen, dann ist seit der Revolution überhaupt ein Weg auch dem schärfsten Auge nicht mehr erkennbar. Mehr noch als vor dem Kriege fehlt jede planmäßige Überlegung, es wäre denn die des Versuches, selbst die letzte Möglichkeit einer Wiedererhebung unseres Volkes zu zerschlagen.

Eine kühle Überprüfung der heutigen europäischen Machtverhältnisse führt zu folgendem Ergebnis:

Seit dreihundert Jahren wurde die Geschichte unseres Kontinents maßgebend bestimmt durch den Versuch Englands, über dem Umwege ausgeglichener, sich gegenseitig bindender Machtverhältnisse der europäischen Staaten sich die notwendige Rückendeckung für große, weltpolitische britische Ziele zu sichern.

Die traditionelle Tendenz der britischen Diplomatie, der in Deutschland nur die Überlieferung des preußischen Heeres gegenübergestellt zu werden vermag, lief seit dem Wirken der Königin Elisabeth planmäßig darauf hinaus, jedes Emporsteigen einer europäischen Großmacht über den Rahmen der allgemeinen Größenordnung hinaus mit allen Mitteln zu verhindern und, wenn nötig, durch militärische Eingriffe zu brechen. Die Machtmittel, die England in diesem Falle anzuwenden pflegte, waren verschiedene, je nach der vorhandenen Lage oder der gestellten Aufgabe; die Entschlossenheit und Willenskraft zu ihrem Einsatz jedoch immer die gleiche. Ja, je schwieriger im Laufe der Zeit Englands Lage wurde, um so nötiger schien der britischen Reichsleitung die Aufrechterhaltung des Zustandes einer, infolge gegenseitig rivalisierender Größe stattfindenden allgemeinen Lähmung der einzelstaatlichen Kräfte Europas. Die politische Loslösung des ehemaligen nordamerikanischen Kolonialgebietes führte in der Folgezeit erst recht zu den größten Anstrengungen der Erhaltung einer unbedingt europäischen Rückendeckung. So konzentrierte sich – nach der Vernichtung Spaniens und der Niederlande als großer Seemächte – die Kraft des englischen Staates so lange gegen das emporstrebende Frankreich, bis endlich mit dem Sturze Napoleons I. die Hegemonie-Gefahr dieser gefährlichsten Militärmacht für England als gebrochen angesehen werden konnte.

Die Umstellung der britischen Staatskunst gegen Deutschland wurde nur langsam vorgenommen, nicht nur, weil zunächst infolge des Mangels einer nationalen Einigung der deutschen Nation eine ersichtliche Gefahr für England nicht bestand, sondern auch weil die propagandistisch für einen bestimmten staatlichen Zweck aufgezogene öffentliche Meinung nur langsam neuen Zielen zu folgen vermag. Die nüchterne Erkenntnis des Staatsmannes erscheint hier in gefühlsmäßige Werte umgesetzt, die nicht nur tragfähiger sind in der jeweiligen Wirksamkeit, sondern auch stabiler in bezug auf ihre Dauer. Es mag mithin der Staatsmann nach dem Erreichen einer Absicht seine Gedankengänge ohne weiteres neuen Zielen zuwenden, die Masse jedoch wird nur in langsamer, propagandistischer Arbeit gefühlsmäßig zum Instrument der neuen Ansicht ihres Lebens umgeformt werden können.

Schon mit dem Jahre 1870/71 hatte England indes seine neue Stellung festgelegt. Schwankungen, die infolge der weltwirtschaftlichen Bedeutung Amerikas sowie der machtpolitischen Entwicklung Rußlands einige Male eintraten, wurden leider von Deutschland nicht benützt, so daß immer mehr eine Festigung der ursprünglichen Tendenz der britischen Staatskunst erfolgen mußte.

England sah in Deutschland die Macht, deren handelsund damit weltpolitische Bedeutung, nicht zuletzt infolge seiner enormen Industrialisierung, in so bedrohlichem Umfange zunahm, daß man bereits ein Abwägen der Stärke der beiden Staaten auf gleichen Gebieten vornehmen konnte. Die „wirtschaftsfriedliche" Eroberung der Welt, die unseren Staatslenkern als der letzten Weisheit höchster Schluß erschien, wurde für den englischen Politiker der Grund zur Organisation des Widerstandes dagegen. Daß sich dieser Widerstand in die Form eines umfassend organisierten Angriffs kleidete, entsprach dann vollständig dem Wesen einer Staatskunst, deren Ziele eben nicht in der Erhaltung eines fragwürdigen Weltfriedens lagen, sondern in der Festigung der britischen Weltherrschaft. Daß sich dabei England aller Staaten als Bundesgenossen bediente, die militärisch überhaupt in Frage kommen konnten, entsprach ebensosehr seiner traditionellen Vorsicht in der Abschätzung der Kraft des Gegners als der Einsicht in die augenblickliche eigene Schwäche. Mit „Skrupellosigkeit" kann man dies deshalb nicht bezeichnen, weil eine solche umfassende Organisation eines Krieges nicht zu beurteilen ist nach heroischen Gesichtspunkten, sondern nach zweckmäßigen. Eine Diplomatie hat dafür zu sorgen, daß ein Volk nicht heroisch zugrunde geht, sondern praktisch erhalten wird. Jeder Weg, der hierzu führt, ist dann zweckmäßig, und sein Nichtbegehen muß als pflichtvergessenes Verbrechen bezeichnet werden.

Mit der Revolutionierung Deutschlands fand die britische Sorge einer drohenden germanischen Welthegemonie ihre für die englische Staatskunst erlösende Beendigung. Ein Interesse an der vollständigen Auslöschung Deutschlands von der europäischen Landkarte liegt seitdem auch für England nicht mehr vor. Im Gegenteil, gerade der entsetzliche Niederbruch, der in den Novembertagen 1918 stattfand, stellte die britische Diplomatie vor eine neue, zunächst gar nicht für möglich gehaltene Lage:

Viereinhalb Jahre lang hatte das britische Weltreich gefochten, um das vermeintliche Übergewicht einer kontinentalen Macht zu brechen. Nun trat plötzlich ein Sturz ein, der diese Macht überhaupt von der Bildfläche zu entfernen schien. Es zeigte sich ein derartiger Mangel selbst an primitivstem Selbsterhaltungstrieb, daß das europäische Gleichgewicht durch eine Tat von kaum achtundvierzig Stunden aus den Angeln gehoben schien: Deutschland vernichtet, und Frankreich die erste kontinental-politische Macht Europas.

Die enorme Propaganda, die in diesem Kriege das britische Volk zum Durchhalten bei der Stange hielt, maßlos verhetzte, in allen Urinstinkten und Leidenschaften aufwühlte, mußte nun wie ein Bleigewicht auf den Entschlüssen der britischen Staatsmänner lasten. Mit der kolonial-, wirtschafts- und handelspolitischen Vernichtung Deutschlands war das britische Kriegsziel erreicht, was darüber hinausging, war eine Schmälerung englischer Interessen. Durch die Auslöschung eines deutschen Machtstaates im kontinentalen Europa konnten nur die Feinde Englands gewinnen. Dennoch war in den Novembertagen 1918 und bis zum Hochsommer 1919 hinein eine Umstellung der englischen Diplomatie, die ja in diesem langen Kriege mehr als je zuvor die gefühlsmäßigen Kräfte der breiten Masse gebraucht hatte, nicht mehr möglich. Sie war nicht möglich vom Gesichtspunkt der nun einmal gegebenen Einstellung des eigenen Volkes aus und war nicht möglich angesichts der Lagerung der militärischen Machtverhältnisse. Frankreich hatte das Gesetz des Handelns an sich gerissen und konnte den anderen diktieren. Die einzige Macht jedoch, die in diesen Monaten des Feilschens und Handelns eine Änderung hätte herbeiführen vermocht, Deutschland selber, lag in den Zuckungen des inneren Bürgerkrieges und verkündete durch den Mund seiner sogenannten Staatsmänner immer wieder die Bereitwilligkeit zur Annahme eines jeden Diktates.

Wenn nun im Völkerleben eine Nation, infolge des restlosen Mangels eines eigenen Selbsterhaltungstriebes, aufhört, ein möglicher „aktiver" Bundesgenosse zu sein, pflegt sie zum Sklavenvolk herunterzusinken und ihr Land dem Schicksal einer Kolonie zu verfallen.

Gerade um Frankreichs Macht nicht übergroß anwachsen zu lassen, war eine Beteiligung Englands an seinen Raubgelüsten die einzig mögliche Form des eigenen Handelns.

Tatsächlich hat England sein Kriegsziel nicht erreicht. Das Emporsteigen einer europäischen Macht über die Stärkeverhältnisse des kontinentalen Staatssystems Europas hinaus wurde nicht nur nicht verhindert, sondern in erhöhtem Maße begründet.

Deutschland als Militärstaat war im Jahre 1914 eingekeilt zwischen zwei Länder, von denen das eine über die gleiche Macht und das andere über eine größere verfügte. Dazu kam die überlegene Seegeltung Englands. Frankreich und Rußland allein boten jeder übermäßigen Entwicklung deutscher Größe Hindernisse und Widerstand. Die außerordentlich ungünstige militärgeographische Lage des Reiches konnte als weiterer Sicherheitskoeffizient gegen eine zu große Machtzunahme dieses Landes gelten. Besonders die Küstenfläche war, militärisch betrachtet, für einen Kampf mit England ungünstig, klein und beengt, die Landfront demgegenüber übermäßig weit und offen.

Anders die Stellung Frankreichs von heute: Militärisch die erste Macht, ohne einen ernstlichen Rivalen auf dem Kontinent; in seinen Grenzen nach dem Süden gegen Spanien und Italien so gut wie geschützt; gegen Deutschland gesichert durch die Ohnmacht unseres Vaterlandes; in seiner Küste in langer Front vor den Lebensnerven des britischen Reiches hingelagert. Nicht nur für Flugzeuge und Fernbatterien bilden die englischen Lebenszentren lohnende Ziele, sondern auch der Wirkung des U-Bootes gegenüber wären die Verkehrsstränge des britischen Handels bloßgelegt. Ein U-Boot-Krieg, gestützt auf die lange atlantische Küste sowohl als auf die nicht minder großen Strecken der französischen Randgebiete des Mittelländischen Meeres in Europa und Nord-Afrika, würde zu verheerenden Wirkungen führen.

So war die Frucht des Kampfes gegen die Machtentwicklung Deutschlands politisch die Herbeiführung der französischen Hegemonie auf dem Kontinent. Das militärische Ergebnis: die Festigung Frankreichs als erste Vormacht zu Lande und die Anerkennung der Union als gleichstarke Seemacht. Wirtschaftspolitisch: die Auslieferung größter britischer Interessengebiete an die ehemaligen Verbündeten.

So wie nun Englands traditionelle politische Ziele eine gewisse Balkanisierung

Europas wünschen und benötigen, genau so diejenigen Frankreichs eine Balkanisierung Deutschlands. Englands Wunsch ist und bleibt die Verhütung des übermäßigen Emporsteigens einer kontinentalen Macht zu weltpolitischer Bedeutung, d.h. also die Aufrechterhaltung einer bestimmten Ausgeglichenheit der Machtverhältnisse der europäischen Staaten untereinander; denn dies erscheint als Voraussetzung einer britischen Welthegemonie.

Frankreichs Wunsch ist und bleibt die Verhütung der Bildung einer geschlossenen Macht Deutschlands, die Aufrechterhaltung eines Systems deutscher, in ihren Kräfteverhältnissen ausgeglichener Kleinstaaten ohne einheitliche Führung unter Besetzung des linken Ufers des Rheins als Voraussetzung für die Schaffung und Sicherung seiner Hegemoniestellung in Europa.

Das letzte Ziel französischer Diplomatie wird ewig im Gegensatze stehen zur letzten Tendenz der britischen Staatskunst.

Wer von dem obigen Gesichtspunkt aus eine Prüfung der heutigen Bündnismöglichkeiten für Deutschland vornimmt, muß zu der Überzeugung gelangen, daß als letzte durchführbare Bindung nur eine Anlehnung an England übrigbleibt. So entsetzlich auch die Folgen der englischen Kriegspolitik für Deutschland waren und sind, so darf man sich doch nicht der Einsicht verschließen, daß ein zwangsläufiges Interesse Englands an einer Vernichtung Deutschlands heute nicht mehr besteht, ja, daß im Gegenteil Englands Politik von Jahr zu Jahr mehr auf eine Hemmung des maßlosen französischen Hegemonietriebes hinauslaufen muß. Nun wird aber Bündnispolitik nicht getrieben vom Gesichtspunkt rückblickender Verstimmungen aus, sondern vielmehr befruchtet von der Erkenntnis zurückblickender Erfahrungen. Die Erfahrung aber sollte uns nun belehrt haben, daß Bündnisse zur Durchführung negativer Ziele an innerer Schwäche kranken. Völkerschicksale werden fest aneinandergeschmiedet nur durch die Aussicht eines gemeinsamen Erfolges im Sinne gemeinsamer Erwerbungen, Eroberungen, kurz einer beiderseitigen Machterweiterung.

Wie wenig außenpolitisch denkend unser Volk ist, kann man am klarsten ersehen aus den laufenden Pressemeldungen über die mehr oder minder große „Deutschfreundlichkeit" des einen oder anderen fremden Staatsmannes, wobei dann in dieser vermuteten Einstellung solcher Persönlichkeiten zu unserem Volkstum eine besondere Garantie für eine hilfreiche Politik uns gegenüber erblickt wird. Es ist dies ein ganz unglaublicher Unsinn, eine Spekulation auf die beispiellose Einfalt des normalen politisierenden deutschen Spießbürgers. Es gibt weder einen englischen noch amerikanischen oder italienischen Staatsmann, der jemals „pro-deutsch" eingestellt wäre. Es wird jeder Engländer als Staatsmann natürlich erst recht Engländer sein, jeder Amerikaner Amerikaner, und es wird sich kein Italiener bereitfinden, eine andere Politik zu machen als eine pro-italienische. Wer also Bündnisse mit fremden Nationen aufbauen zu können glaubt auf einer pro-deutschen Gesinnung der dort leitenden Staatsmänner, ist entweder ein Esel oder ein unwahrer Mensch. Die Voraussetzung zur Aneinanderkettung von Völkerschicksalen liegt niemals in einer gegenseitigen Hochachtung oder gar Zuneigung begründet, sondern in der Voraussicht einer Zweckmäßigkeit für beide Kontrahenten. D.h. also: So sehr, sagen wir, ein englischer Staatsmann immer pro-englische Politik betreiben wird und niemals pro-deutsche, so sehr können aber ganz bestimmte Interessen dieser pro-englischen Politik aus den verschiedensten Gründen heraus pro-deutschen Interessen gleichen. Dies braucht natürlich nur bis zu einem gewissen Grad der Fall zu sein und kann eines Tages in das reine Gegenteil umschlagen; allein die Kunst eines leitenden Staatsmannes zeigt sich eben gerade darin, für die Durchführung eigener Notwendigkeiten in bestimmten Zeiträumen immer diejenigen Partner zu finden, die für die Vertretung ihrer Interessen den gleichen Weg gehen müssen.

Die praktische Nutzanwendung für die Gegenwart kann sich damit aber nur aus der Beantwortung folgender Fragen ergeben: Welche Staaten besitzen zur Zeit kein Lebensinteresse daran, daß durch eine vollständige Ausschaltung eines deutschen Mittel-Europas die französische Wirtschafts- und Militärmacht zur unbedingten, herrschenden Hegemonie-Stellung gelangt? Ja, welche Staaten werden auf Grund ihrer eigenen Daseinsbedingungen und ihrer bisherigen traditionellen politischen Leitung in einer solchen Entwicklung eine Bedrohung der eigenen Zukunft erblicken?

Denn darüber muß man sich endlich vollständig klar werden: Der unerbittliche Todfeind des deutschen Volkes ist und bleibt Frankreich. Ganz gleich, wer in Frankreich regierte oder regieren wird, ob Bourbonen oder Jakobiner, Napoleoniden oder bürgerliche Demokraten, klerikale Republikaner oder rote Bolschewisten: das Schlußziel ihrer außenpolitischen Tätigkeit wird immer der Versuch einer Besitzergreifung der Rheingrenze sein und einer Sicherung dieses Stromes für Frankreich durch ein aufgelöstes und zertrümmertes Deutschland.

England wünscht kein Deutschland als Weltmacht, Frankreich aber keine Macht, die Deutschland heißt: ein denn doch sehr wesentlicher Unterschied! Heute aber kämpfen wir nicht für eine Weltmachtstellung, sondern haben zu ringen um den Bestand unseres Vaterlandes, um die Einheit unserer Nation und um das tägliche Brot für unsere Kinder. Wenn wir von diesem Gesichtspunkte aus Ausschau halten wollen nach europäischen Bundesgenossen, so bleiben nur zwei Staaten übrig: England und Italien.

England wünscht nicht ein Frankreich, dessen militärische Faust, vom übrigen Europa ungehemmt, den Schutz einer Politik zu übernehmen vermag, die sich so oder so eines Tages mit englischen Interessen kreuzen muß. England kann niemals ein Frankreich wünschen, das, im Besitz der ungeheuren westeuropäischen Eisenund Kohlengruben, die Voraussetzungen zu einer gefahrdrohenden wirtschaftlichen Weltstellung erhält. Und England kann weiter niemals ein Frankreich wünschen, dessen kontinental-politische Lage dank der Zertrümmerung des übrigen Europas als so gesichert erscheint, daß die Wiederaufnahme der größeren Linie einer französischen Weltpolitik nicht nur ermöglicht, sondern geradezu erzwungen wird. Die Zeppelinbomben von einst könnten sich jede Nacht vertausendfachen; die militärische Übermacht Frankreichs drückt schwer auf das Herz des großbritannischen Weltreichs.

Aber auch Italien kann und wird eine weitere Festigung der französischen Vormachtstellung in Europa nicht wünschen. Italiens Zukunft wird immer durch eine Entwicklung bedingt sein, die gebietsmäßig sich um das Mittelländische Meerbecken gruppiert. Was Italien in den Krieg trieb, war wirklich nicht die Sucht, Frankreich zu vergrößern, sondern vielmehr die Absicht, dem verhaßten adriatischen Rivalen den Todesstoß zu geben. Jede weitere kontinentale Stärkung Frankreichs bedeutet jedoch für die Zukunft eine Hemmung Italiens, wobei man sich nie darüber täuschen soll, daß verwandtschaftliche Verhältnisse unter den Völkern in keinerlei Weise Rivalitäten auszuschalten vermögen.

Bei nüchternster und kältester Überlegung sind es heute in erster Linie diese beiden Staaten E n g l a n d und I t a l i e n, deren natürlichste eigene Interessen den Existenzvoraussetzungen der deutschen Nation wenigstens im allerwesentlichsten nicht entgegenstehen, ja in einem bestimmten Maße sich mit ihnen identifizieren.

X X X

Allerdings dürfen wir bei der Beurteilung einer solchen Bündnismöglichkeit drei Faktoren nicht übersehen. Der erste liegt bei uns, die beiden anderen bei den in Frage kommenden Staaten selber.

K a n n m a n s i c h m i t d e m h e u t i g e n D e u t s c h l a n d ü b e r h a u p t v e r b ü n d e n? Kann eine Macht, die in einem Bündnis eine Hilfe für die Durchführung eigener o f f e n s i v e r Ziele sehen will, sich mit einem Staate verbünden, dessen Leitungen seit Jahren ein Bild jämmerlichster Unfähigkeit, pazifistischer Feigheit bieten und dessen größerer Volksteil in demokratisch-marxistischer Verblendung die Interessen des eigenen Volkes und Landes in himmelschreiender Weise verrät? Kann irgendeine Macht heute denn hoffen, ein wertvolles Verhältnis zu einem Staate herstellen zu können, im Glauben, dereinst gemeinsame Interessen auch gemeinsam zu verfechten, wenn dieser Staat ersichtlich weder Mut noch Lust besitzt, auch nur einen Finger zur Verteidigung des eigenen nackten Lebens zu rühren? Wird irgendeine Macht, für die ein Bündnis mehr ist und mehr sein soll als ein Garantievertrag zur Aufrechterhaltung eines Zustandes langsamen Dahinfaulens, ähnlich dem Sinne des verheerenden alten Dreibundes, sich einem Staate auf Gedeih und Verderb verpflichten, dessen charakteristische Lebensäußerungen nur in kriechender Unterwürfigkeit nach außen und schandvoller Unterdrückung nationaler Tugenden nach innen bestehen; einem Staate, der keine Größe mehr besitzt, da er sie auf Grund seines ganzen Verhaltens nicht mehr verdient; mit Regierungen, die sich keinerlei Achtung seitens ihrer Staatsbürger zu rühmen vermögen, so daß das Ausland unmöglich größere Bewunderung für sie hegen kann?

Nein, eine Macht, die selbst auf Ansehen hält und die von Bündnissen sich mehr erhofft als Provisionen für beutehungrige Parlamentarier, wird sich mit dem derzeitigen Deutschland nicht verbünden, ja, sie kann es nicht. I n u n s e r e r h e u t i g e n B ü n d n i s u n f ä h i g k e i t liegt ja auch der tiefste und letzte Grund für die Solidarität der feindlichen Räuber. Da Deutschland sich niemals wehrt, außer durch ein paar flammende „Proteste" unserer parlamentarischen Auslese, die übrige Welt aber keinen Grund hat, zu unserem Schutze zu kämpfen, und der liebe Gott feige Völker prinzipiell nicht frei macht – entgegen dem dahin zielenden Geflenne unserer vaterländischen Verbände –, so bleibt selbst den Staaten, die kein d i r e k t e s Interesse an unserer vollständigen Vernichtung besitzen, gar nichts anderes übrig, als an den Raubzügen Frankreichs teilzunehmen, und wäre es nur aus dem Grunde, durch ein solches Mitgehen und Teilnehmen am Raube wenigstens die ausschließliche Stärkung Frankreichs allein zu verhindern.

Zum zweiten darf die Schwierigkeit nicht übersehen werden, in den uns bisher feindlichen Ländern eine Umstellung der durch Massenpropaganda in einer bestimmten Richtung beeinflußten großen Volksschichten vorzunehmen. Man kann eben nicht jahrelang ein Volkstum als „hunnisch", „räuberhaft", „vandalisch" usw. hinstellen, um plötzlich über Nacht das Gegenteil zu entdecken und den ehemaligen Feind als Bundesgenossen von morgen zu empfehlen.

Noch mehr Aufmerksamkeit muß jedoch einer dritten Tatsache zugewendet werden, die von wesentlicher Bedeutung für die Ausgestaltung der kommenden europäischen Bündnisverhältnisse sein wird:

So gering von britisch-staatlichen Gesichtspunkten aus gesehen das Interesse Englands an einer weiteren Vernichtung Deutschlands ist, so groß aber ist dasjenige des internationalen Börsenjudentums an einer solchen Entwicklung. Der Zwiespalt zwischen der offiziellen oder, besser gesagt, traditionellen britischen Staatskunst und den maßgebenden jüdischen Börsenkräften zeigt sich nirgends besser als in der verschiedenen Stellungnahme zu den Fragen der englischen Außenpolitik. D a s F i n a n z j u d e n t u m w ü n s c h t, entgegen den Interessen des britischen Staatswohls, nicht nur die r e s t l o s e w i r t s c h a f t l i c h e V e r n i c h t u n g D e u t s c h l a n d s, sondern auch die vollkommene politische V e r s k l a v u n g. Die Internationalisierung unserer deutschen Wirtschaft, d.h. die Übernahme der deutschen Arbeitskraft in den Besitz der jüdischen Weltfinanz, läßt sich restlos nur durchführen in einem politisch bolschewistischen Staat. Soll die marxistische Kampftruppe des internationalen jüdischen Börsenkapitals aber dem deutschen Nationalstaat endgültig das Rückgrat brechen, so kann dies nur geschehen unter freundlicher Nachhilfe von außen. Frankreichs Armeen müssen deshalb das deutsche Staatsgebilde so lange berennen, bis das innen mürbe gewordene Reich der bolschewistischen Kampftruppe des internationalen Weltfinanzjudentums erliegt.

So ist der Jude heute der große Hetzer zur restlosen Zerstörung Deutschlands. Wo immer wir in der Welt Angriffe gegen Deutschland lesen, sind Juden ihre Fabrikanten, gleichwie ja auch im Frieden und während des Krieges die jüdische Börsenund Marxistenpresse den Haß gegen Deutschland planmäßig schürte, so lange, bis Staat um Staat die Neutralität aufgab und unter Verzicht auf die wahren Interessen der Völker in den Dienst der Weltkriegskoalition eintrat.

Die Gedankengänge des Judentums dabei sind klar. Die Bolschewisierung Deutschlands, d.h. die Ausrottung der nationalen völkischen deutschen Intelligenz und die dadurch ermöglichte Auspressung der deutschen Arbeitskraft im Joche der jüdischen Weltfinanz, ist nur als Vorspiel gedacht für die Weiterverbreitung dieser jüdischen Welteroberungstendenz. Wie so oft in der Geschichte, ist in dem gewaltigen Ringen Deutschland der große Drehpunkt. Werden unser Volk und unser Staat das Opfer dieser blutund geldgierigen jüdischen Völkertyrannen, so sinkt die ganze Erde in die Umstrickung dieses Polypen; befreit sich Deutschland aus dieser Umklammerung, so darf diese größte Völkergefahr als für die gesamte Welt gebrochen gelten.

So sicher also das Judentum seine ganze Wühlarbeit einsetzen wird, um die Feindschaft der Nationen gegen Deutschland nicht nur aufrechtzuerhalten, sondern wenn möglich noch weiter zu steigern, so sicher deckt sich diese Tätigkeit nur zu einem Bruchteil mit den wirklichen Interessen der dadurch vergifteten Völker. Im allgemeinen wird nun das Judentum in den einzelnen Volkskörpern immer mit denjenigen Waffen kämpfen, die auf Grund der erkannten Mentalität dieser Nationen am wirksamsten erscheinen und den meisten Erfolg versprechen. In unserem blutsmäßig außerordentlich zerrissenen Volkskörper sind es deshalb die diesem entsprossenen, mehr oder minder „weltbürgerlichen", pazifistisch-ideologischen Gedanken, kurz die internationalen Tendenzen, deren es sich bei seinem Kampfe um die Macht bedient; in Frankreich arbeitet es mit dem erkannten und richtig eingeschätzten Chauvinismus, in England mit wirtschaftlichen und weltpolitischen Gesichtspunkten; kurz, es bedient sich immer der wesentlichsten Eigenschaften, die die Mentalität eines Volkes darstellen. Erst wenn es auf solchem Wege einen bestimmten überwuchernden Einfluß wirtschaftlicher und politischer Machtfülle errungen hat, streift es die Fesseln dieser übernommenen Waffen ab und kehrt nun in eben diesem Maße die wirklichen inneren Absichten seines Wollens und seines Kampfes hervor. Es zerstört nun immer rascher, bis es so einen Staat nach dem anderen in ein Trümmerfeld verwandelt, auf dem dann die Souveränität des ewigen Judenreiches aufgerichtet werden soll.

In England sowohl als in Italien ist der Zwiespalt in den Anschauungen der besseren bodenständigen Staatskunst und dem Wollen des jüdischen Weltbörsentums klar, ja manchmal kraß in die Augen springend.

Nur in Frankreich besteht heute mehr denn je eine innere Übereinstimmung zwischen den Absichten der Börse, der sie tragenden Juden und den Wünschen einer chauvinistisch eingestellten nationalen Staatskunst. Allein gerade in dieser Identität liegt eine immense Gefahr für Deutschland. Gerade aus diesem Grunde ist und bleibt Frankreich der weitaus furchtbarste Feind. Dieses an sich immer mehr der Vernegerung anheimfallende Volk bedeutet in seiner Bindung an die Ziele der jüdischen Weltbeherrschung eine lauernde Gefahr für den Bestand der weißen Rasse Europas. Denn die Verpestung durch Negerblut am Rhein im Herzen Europas entspricht ebensosehr der sadistisch-perversen Rachsucht dieses chauvinistischen Erbfeindes unseres Volkes wie der eisig kalten Überlegung des Juden, auf diesem Wege die Bastardierung des europäischen Kontinents im Mittelpunkte zu beginnen und der weißen Rasse durch die Infizierung mit niederem Menschentum die Grundlagen zu einer selbstherrlichen Existenz zu entziehen.

Was Frankreich, angespornt durch eigene Rachsucht, planmäßig geführt durch den Juden, heute in Europa betreibt, ist eine Sünde wider den Bestand der weißen Menschheit und wird auf dieses Volk dereinst alle Rachegeister eines Geschlechts hetzen, das in der Rassenschande die Erbsünde der Menschen erkannt hat.

Für Deutschland jedoch bedeutet die französische Gefahr die Verpflichtung, unter Zurückstellung aller Gefühlsmomente, dem die Hand zu reichen, der, ebenso bedroht wie wir, Frankreichs Herrschgelüste nicht erdulden und ertragen will.

In Europa wird es für Deutschland in absehbarer Zukunft nur zwei Verbündete geben können: England und Italien.

X X X

Wer sich die Mühe nimmt, heute rückblickend die außenpolitische Leitung Deutschlands seit der Revolution zu verfolgen, der wird nicht anders können, als sich angesichts des fortwährenden unfaßbaren Versagens unserer Regierungen an den Kopf zu greifen, um entweder einfach zu verzagen oder in flammender Empörung einem solchen Regiment den Kampf anzusagen. Mit Unverstand haben diese Handlungen nichts mehr zu tun: Denn was jedem denkenden Gehirn eben als undenkbar erschienen wäre, haben die geistigen Zyklopen unserer Novemberparteien fertiggebracht: sie buhlten um Frankreichs Gunst. Jawohl, in diesen ganzen Jahren hat man mit der rührenden Einfalt eines unverbesserlichen Phantasten immer wieder versucht, sich bei den Franzosen anzubiedern, scharwenzelte immer wieder vor der „großen Nation" und glaubte, in jedem gerissenen Trick des französischen Henkers sofort das erste Anzeichen einer sichtbaren Gesinnungsänderung erblicken zu dürfen. Die tatsächlichen Drahtzieher unserer Politik haben natürlich diesem irrsinnigen Glauben niemals gehuldigt. Für sie war das Anbiedern an Frankreich nur das selbstverständliche Mittel, auf solche Weise jede praktische Bündnispolitik zu sabotieren. Sie waren sich über Frankreichs und seiner Hintermänner Ziele nie im unklaren. Was sie zwang, so zu tun, als ob sie dennoch ehrlich an die Möglichkeit einer Änderung des deutschen Schicksals glaubten, war die nüchterne Erkenntnis, daß im anderen Fall ja wahrscheinlich unser Volk selbst einen anderen Weg gegangen wäre.

Es ist natürlich auch für uns schwer, in den Reihen der eigenen Bewegung England als möglichen Bundesgenossen für die Zukunft hinzustellen. Unsere jüdische Presse verstand es ja immer wieder, den Haß besonders auf England zu konzentrieren, wobei so mancher gute deutsche Gimpel dem Juden bereitwilligst auf die hingehaltene Leimrute flog, vom „Wiedererstarken" einer deutschen Seemacht schwätzte, gegen den Raub unserer Kolonien protestierte, ihre Wiedergewinnung empfahl und somit half, das Material zu liefern, das der jüdische Lump dann seinen Stammesgenossen in England zur praktischen propagandistischen Verwertung überweisen konnte. Denn daß wir heute nicht um „Seegeltung" usw. zu kämpfen haben, das sollte allmählich auch in den Köpfen unserer politisierenden bürgerlichen Einfaltspinsel aufdämmern. Die Einstellung der deutschen Nationalkraft auf diese Ziele, ohne die gründlichste vorherige Sicherung unserer Stellung in Europa, war schon vor dem Kriege ein Unsinn. Heute gehört eine solche Hoffnung zu jenen Dummheiten, die man im Reiche der Politik mit dem Wort Verbrechen belegt.

Es war wirklich manchmal zum Verzweifeln, wenn man zusehen mußte, wie die jüdischen Drahtzieher es fertigbrachten, unser Volk mit heute höchst nebensächlichen Dingen zu beschäftigen, zu Kundgebungen und Protesten aufzuputschen, während in denselben Stunden Frankreich sich Stück für Stück aus dem Leibe unseres Volkskörpers riß, und uns die Grundlagen unserer Unabhängigkeit planmäßig entzogen wurden.

Ich muß dabei eines besonderen Steckenpferdes gedenken, das in diesen Jahren der Jude mit außerordentlicher Geschicklichkeit ritt: Südtirol.

Jawohl, Südtirol. Wenn ich mich hier an dieser Stelle gerade mit dieser Frage beschäftige, dann nicht zum letzten, um eine Abrechnung zu halten mit jenem allerverlogensten Pack, das, auf die Vergeßlichkeit und Dummheit unserer breiteren Schichten bauend, sich hier anmaßt, eine nationale Empörung zu mimen, die besonders den parlamentarischen Betrügern ferner liegt als einer Elster redliche Eigentumsbegriffe.

Ich möchte betonen, daß ich persönlich zu den Leuten gehörte, die, als über das Schicksal Südtirols mitentschieden wurde – also angefangen vom August 1914 bis zum November 1918 – sich dorthin stellten, wo die praktische Verteidigung auch dieses Gebietes stattfand, nämlich in das Heer. Ich habe in diesen Jahren meinen Teil mitgekämpft, nicht damit Südtirol verlorengeht, sondern damit es genau so wie jedes andere deutsche Land dem Vaterland erhalten bleibt.

Wer damals nicht mitkämpfte, das waren die parlamentarischen Strauchdiebe, dieses gesamte politisierende Parteigesindel. Im Gegenteil, während wir in der Überzeugung kämpften, daß nur ein siegreicher Ausgang des Krieges allein auch dieses Südtirol dem deutschen Volkstum erhalten würde, haben die Mäuler dieser Ephialtesse gegen diesen Sieg so lange gehetzt und gewühlt, bis endlich der kämpfende Siegfried dem hinterhältigen Dolchstoß erlag. Denn die Erhaltung Südtirols in deutschem Besitz war natürlich nicht garantiert durch die verlogenen Brandreden schneidiger Parlamentarier am Wiener Rathausplatz oder vor der Münchener Feldherrnhalle, sondern nur durch die Bataillone der kämpfenden Front. Wer diese zerbrach, hat Südtirol verraten, genau so wie auch alle anderen deutschen Gebiete.

Wer aber heute glaubt, durch Proteste, Erklärungen, vereinsmeierliche Umzüge usw. die Südtiroler Frage lösen zu können, der ist entweder ein ganz besonderer Lump oder aber ein deutscher Spießbürger.

Darüber muß man sich doch wohl klar sein, daß die Wiedergewinnung der verlorenen Gebiete nicht durch feierliche Anrufungen des lieben Herrgotts erfolgt oder durch fromme Hoffnungen auf einen Völkerbund, sondern nur durch Waffengewalt.

Es fragt sich also nur, wer bereit ist, mit Waffengewalt die Wiedergewinnung dieser verlorenen Gebiete zu ertrotzen.

Was meine Person betrifft, könnte ich hier bei gutem Gewissen versichern, daß ich soviel Mut noch aufbrächte, um an der Spitze eines zu bildenden parlamentarischen Sturmbataillons, bestehend aus Parlamentsschwätzern und sonstigen Parteiführern sowie verschiedenen Hofräten, an der siegreichen Eroberung Südtirols teilzunehmen. Weiß der Teufel, es sollte mich freuen, wenn einmal über den Häuptern einer derartig „flammenden" Protestkundgebung plötzlich ein paar Schrapnelle auseinandergingen. Ich glaube, wenn ein Fuchs in einen Hühnerstall einbräche, könnte das Gegacker kaum ärger sein und das In-Sicherheit-Bringen des einzelnen Federviehs nicht beschleunigter erfolgen als das Ausreißen einer solchen prachtvollen „Protestvereinigung".

Aber das Niederträchtigste an der Sache ist ja, daß die Herren selber gar nicht glauben, auf diesem Wege irgend etwas erreichen zu können. Sie kennen die Unmöglichkeit und Harmlosigkeit ihres ganzen Getues persönlich am allerbesten. Allein, sie tun eben so, weil es natürlich heute etwas leichter ist, für die Wiedergewinnung Südtirols zu s c h w ä t z e n, als es einst war, für seine Erhaltung zu k ä m p f e n. Jeder leistet eben seinen Teil; damals opferten wir unser Blut, und heute wetzt diese Gesellschaft ihre Schnäbel.

Besonders köstlich ist es noch, dabei zu sehen, wie den Wiener Legitimistenkreisen bei ihrer heutigen Wiedereroberungsarbeit von Südtirol der Kamm förmlich anschwillt. Vor sieben Jahren hat ihr erhabenes und erlauchtes Herrscherhaus allerdings durch die Schurkentat eines meineidigen Verrates mitgeholfen, daß die Weltkoalition als Siegerin auch Südtirol zu gewinnen vermochte. Damals haben diese Kreise die Politik ihrer verräterischen Dynastie unterstützt und sich einen Pfifferling um Südtirol noch um sonst etwas gekümmert. Natürlich, heute ist es einfacher, den Kampf für diese Gebiete aufzunehmen, wird doch dieser jetzt nur mit „geistigen" Waffen ausgefochten, und es ist doch immerhin leichter, sich in einer „Protestversammlung" die Kehle heiser zu reden – aus innerer erhabener Entrüstung heraus – und in einem Zeitungsartikel die Finger wund zu schmieren, als etwa während der Besetzung des Ruhrgebietes, sagen wir, Brükken in die Luft zu jagen.

Der Grund, warum man in den letzten Jahren von ganz bestimmten Kreisen aus die Frage „Südtirol" zum Angelpunkt des deutsch-italienischen Verhältnisses machte, liegt ja klar auf der Hand. Juden und habsburgische Legitimisten haben das größte Interesse daran, eine Bündnispolitik Deutschlands zu verhindern, die eines Tages zur Wiederauferstehung eines deutschen freien Vaterlandes führen könnte. Nicht aus Liebe zu Südtirol macht man heute dieses Getue – denn dem wird dadurch nicht geholfen, sondern nur geschadet –, sondern aus Angst vor einer etwa möglichen deutschitalienischen Verständigung.

Es liegt dabei nur in der Linie der allgemeinen Verlogenheit und Verleumdungstendenz dieser Kreise, wenn sie mit eisig kalter und frecher Stirne versuchen, die Dinge so darzustellen, als ob etwa wir Südtirol „verraten" hätten.

Das muß diesen Herren mit aller Deutlichkeit gesagt werden: Südtirol hat „verraten" erstens jeder Deutsche, der in den Jahren 1914-1918 bei geraden Gliedern nicht irgendwo an der Front stand und seine Dienste seinem Vaterlande zur Verfügung stellte;

zweitens jeder, der in diesen Jahren nicht mitgeholfen hat, die Widerstandsfähigkeit unseres Volkskörpers für die Durchführung des Krieges zu stärken und die Ausdauer unseres Volkes zum Durchhalten dieses Kampfes zu festigen;

drittens Südtirol hat verraten jeder, der am Ausbruch der Novemberrevolution – sei es direkt durch die Tat oder indirekt durch die feige Duldung derselben – mitwirkte und dadurch die Waffe, die allein Südtirol hätte retten können, zerschlagen hat;

und viertens, Südtirol haben verraten alle die Parteien und ihre Anhänger, die ihre Unterschriften unter die Schandverträge von Versailles und St. Germain setzten.

Jawohl, so liegen die Dinge, meine tapferen Herren Wortprotestler!

Heute werde ich nur von der nüchternen Erkenntnis geleitet, daß man verlorene Gebiete nicht durch die Zungenfertigkeit geschliffener parlamentarischer Mäuler zurückgewinnt, sondern durch ein geschliffenes Schwert zu erobern hat, also durch einen blutigen Kampf.

Da allerdings stehe ich nicht an zu erklären, daß ich nun, da die Würfel gefallen sind, eine Wiedergewinnung Südtirols durch Krieg nicht nur für unmöglich halte, sondern auch persönlich in der Überzeugung ablehnen würde, daß für diese Frage nicht die flammende Nationalbegeisterung des gesamten deutschen Volkes in einem Maße zu erreichen wäre, die die Voraussetzung zu einem Siege böte. Ich glaube im Gegenteil, daß, wenn dieses Blut dereinst eingesetzt würde, es ein Verbrechen wäre, den Einsatz für zweihunderttausend Deutsche zu vollziehen, während nebenan über sieben Millionen unter der Fremdherrschaft schmachten und die Lebensader des deutschen Volkes den Tummelplatz afrikanischer Negerhorden durchläuft.

Wenn die deutsche Nation den Zustand ihrer drohenden Ausrottung in Europa beenden will, dann hat sie nicht in den Fehler der Vorkriegszeit zu verfallen und sich Gott und die Welt zum Feind zu machen, sondern dann wird sie den gefährlichsten Gegner erkennen müssen, um mit der gesamten konzentrierten Kraft auf ihn einzuschlagen. Und wenn dieser Sieg erfochten wird durch Opfer an anderer Stelle, dann werden die kommenden Geschlechter unseres Volkes uns dennoch nicht verurteilen. Sie werden die schwere Not und die tiefen Sorgen und den dadurch geborenen bitteren Entschluß um so mehr zu würdigen wissen, je strahlender der daraus entsprossene Erfolg sein wird.

Was uns heute leiten muß, ist immer wieder die grundlegende Einsicht, daß die Wiedergewinnung verlorener Gebiete eines Reiches in erster Linie die Frage der Wiedergewinnung der politischen Unabhängigkeit und Macht des Mutterlandes ist.

Diese durch eine kluge Bündnispolitik zu ermöglichen und zu sichern, ist die erste Aufgabe einer kraftvollen Leitung unseres Staatswesens nach außen.

Gerade wir Nationalsozialisten aber haben uns zu hüten, in das Schlepptau unserer vom Juden geführten bürgerlichen Wortpatrioten zu kommen. Wehe, wenn auch unsere Bewegung, statt das Fechten vorzubereiten, sich in Protesten üben würde!

An der phantastischen Auffassung des Nibelungenbündnisses mit dem habsburgischen Staatskadaver ist Deutschland mit zugrunde gegangen. Phantastische Sentimentalität in der Behandlung der außenpolitischen Möglichkeiten von heute ist das beste Mittel, unseren Wiederaufstieg für immer zu verhindern.

X X X

Es ist notwendig, daß ich mich hier auch noch ganz kurz mit jenen Einwänden beschäftige, die sich auf die vorhergehend bereits gestellten drei Fragen beziehen werden, nämlich auf die Fragen, ob man sich

erstens mit dem heutigen Deutschland in seiner vor aller Augen liegenden sichtbaren Schwäche überhaupt verbünden wird;

zweitens, ob die feindlichen Nationen zu einer solchen Umstellung fähig erscheinen und

drittens, ob nicht der nun einmal gegebene Einfluß des Judentums stärker als alle Erkenntnis und aller gute Wille ist und so sämtliche Pläne durchkreuzen und zunichte machen wird.

Die erste Frage denke ich zur einen Hälfte genügend erörtert zu haben. Selbstverständlich wird sich mit dem heutigen Deutschland niemand verbünden. Es wird keine Macht der Welt ihr Schicksal an einen Staat zu ketten wagen, dessen Regierungen jegliches Vertrauen zerstören müssen. Was aber nun den Versuch vieler unserer Volksgenossen betrifft, der Regierung für ihr Handeln die derzeitige jämmerliche Mentalität unseres Volkes zugute zu halten oder gar als Entschuldigung gelten zu lassen, so muß man hiergegen schärfstens Stellung nehmen.

Sicherlich ist die Charakterlosigkeit unseres Volkes seit sechs Jahren eine tieftraurige, die Gleichgültigkeit den wichtigsten Belangen des Volkstums gegenüber eine wahrhaft niederdrückende, die Feigheit aber manches Mal himmelschreiend. Allein man soll doch nie vergessen, daß es sich dabei dennoch um ein Volk handelt, das wenige Jahre vorher der Welt das bewunderungswürdigste Beispiel höchster menschlicher Tugenden geboten hat. Angefangen von den Augusttagen 1914 bis zum Ende des gewaltigen Völkerringens hat kein Volk der Erde mehr an männlichem Mut, zäher Ausdauer und geduldigem Ertragen offenbart als unser heute so armselig gewordenes deutsches Volk. Niemand wird behaupten wollen, daß die Schmach unserer jetzigen Zeit der charakteristische Wesensausdruck unseres Volkstums sei. Was wir heute um uns und in uns erleben müssen, ist nur der grauenvolle, sinn- und vernunftzerstörende Einfluß der Meineidstat des 9. November 1918. Mehr als je gilt hier das Dichterwort vom Bösen, das fortzeugend Böses muß gebären. Allein auch in dieser Zeit sind die guten Grundelemente unserem Volke nicht ganz verlorengegangen, sie schlummern nur unerweckt in der Tiefe, und manches Mal konnte man wie Wetterleuchten am schwarzbehangenen Firmament Tugenden aufstrahlen sehen, deren sich das spätere Deutschland als erste Anzeichen einer beginnenden Genesung einst erinnern wird. Öfter als einmal haben sich Tausende und Tausende junge Deutsche gefunden mit dem opferbereiten Entschluß, das jugendliche Leben so wie 1914 wieder freiwillig und freudig auf dem Altar des geliebten Vaterlandes zum Opfer zu bringen. Wieder schaffen Millionen von Menschen emsig und fleißig, als hätte es nie die Zerstörungen durch eine Revolution gegeben. Der Schmied steht wieder am Amboß, hinter dem Pfluge wandelt der Bauer, und in der Studierstube sitzt der Gelehrte, alle mit der gleichen Mühe und gleichen Ergebenheit gegenüber ihrer Pflicht.

Die Unterdrückungen von seiten unserer Feinde finden nicht mehr das rechtsprechende Lachen von einst, sondern verbitterte und vergrämte Gesichter. Ein großer Wechsel in der Gesinnung hat sich ohne Zweifel vollzogen.

Wenn sich dieses alles auch heute noch nicht in einer Wiedergeburt des politischen Machtgedankens und Selbsterhaltungstriebes unseres Volkes äußert, dann tragen die Schuld daran diejenigen, die weniger durch des Himmels als ihre eigene Berufung seit 1918 unser Volk zu Tode regieren.

Jawohl, wenn man heute unsere Nation beklagt, so darf man doch die Frage stellen: Was tat man, um sie zu bessern? Ist die geringe Unterstützung von Entschlüssen unserer Regierungen – die ja in Wirklichkeit kaum da waren – durch das Volk nur das Zeichen für die geringe Lebenskraft unseres Volkstums oder nicht noch mehr das Zeichen für das vollkommene Versagen der Behandlung dieses kostbaren Gutes? Was haben unsere Regierungen getan, um in dieses Volk wieder den Geist stolzer Selbstbehauptung, männlichen Trotzes und zornigen Hasses hineinzupflanzen?

Als im Jahre 1919 der Friedensvertrag dem deutschen Volk aufgebürdet wurde, da wäre man berechtigt gewesen, zu hoffen, daß gerade durch dieses Instrument maßloser Unterdrückung der Schrei nach deutscher Freiheit mächtig gefördert werden würde. Friedensverträge, deren Forderungen wie Geißelhiebe Völker treffen, schlagen nicht selten den ersten Trommelwirbel für die spätere Erhebung.

Was konnte man aus dem Friedensvertrag von Versailles machen!

Wie konnte dieses Instrument einer maßlosen Erpressung und schmachvollsten Erniedrigung in den Händen einer wollenden Regierung zum Mittel werden, die nationalen Leidenschaften bis zur Siedehitze aufzupeitschen! Wie konnte bei einer genialen propagandistischen Verwertung dieser sadistischen Grausamkeiten die Gleichgültigkeit eines Volkes zur Empörung und die Empörung zur hellsten Wut gesteigert werden!

Wie konnte man jeden einzelnen dieser Punkte dem Gehirn und der Empfindung dieses Volkes so lange einbrennen, bis endlich in sechzig Millionen Köpfen, bei Männern und Weibern, die gemeinsam empfundene Scham und der gemeinsame Haß zu jenem einzigen feurigen Flammenmeer geworden wäre, aus dessen Gluten dann stahlhart ein Wille emporsteigt und ein Schrei sich herauspreßt:

Wir wollen wieder Waffen!

Jawohl, dazu kann ein solcher Friedensvertrag dienen. In der Maßlosigkeit seiner Unterdrückung, in der Schamlosigkeit seiner Forderungen liegt die größte Propagandawaffe zur Wiederaufrüttelung der eingeschlafenen Lebensgeister einer Nation.

Dann muß allerdings, von der Fibel des Kindes angefangen bis zur letzten Zeitung, jedes Theater und jedes Kino, jede Plakatsäule und jede freie Bretterwand in den Dienst dieser einzigen großen Mission gestellt werden, bis daß das Angstgebet unserer heutigen Vereinspatrioten „Herr, mach uns frei!" sich in dem Gehirn des kleinsten Jungen verwandelt zur glühenden Bitte: *„Allmächtiger Gott, segne dereinst unsere Waffen; sei so gerecht, wie du es immer warst; urteile jetzt, ob wir die Freiheit nun verdienen; Herr, segne unseren Kampf!"*

Man hat alles versäumt und nichts getan.

Wer will sich nun wundern, wenn unser Volk nicht so ist, wie es sein sollte und sein könnte? Wenn die andere Welt in uns nur den Büttel sieht, den willfährigen Hund, der dankbar nach den Händen leckt, die ihn vorher geschlagen haben?

Sicherlich wird unsere Bündnisfähigkeit heute belastet durch unser Volk, am schwersten aber durch unsere Regierungen. Sie sind in ihrer Verderbtheit die Schuldigen, daß nach acht Jahren maßlosester Unterdrückung so wenig Wille zur Freiheit vorhanden ist.

So sehr also eine aktive Bündnispolitik gebunden ist an die nötige Werteinschätzung unseres Volkes, so sehr ist diese wieder bedingt durch das Bestehen einer Regierungsgewalt, die nicht Handlanger sein will für fremde Staaten, nicht Fronvogt über die eigene Kraft, sondern vielmehr Herold des nationalen Gewissens.

Besitzt unser Volk aber eine Staatsleitung, die darin ihre Mission sieht, so werden keine sechs Jahre vergehen und der kühnen außenpolitischen Leitung des Reiches wird ein ebenso kühner Wille eines freiheitsdurstigen Volkes zur Verfügung stehen.

X X X

Der zweite Einwand, die große Schwierigkeit der Umstellung der feindlichen Völker zu freundschaftlich Verbündeten, kann wohl so beantwortet werden:

Die in den übrigen Ländern durch die Kriegspropaganda herangezüchtete allgemeine antideutsche Psychose bleibt zwangsläufig so lange bestehen, als nicht durch die allen sichtbare Wiedererstehung eines deutschen Selbsterhaltungswillens das Deutsche Reich wieder die Charaktermerkmale eines Staates erhalten hat, der auf dem allgemeinen europäischen Schachbrett spielt und mit dem man spielen kann. Erst wenn in Regierung und Volk die unbedingte Sicherung für eine mögliche Bündnisfähigkeit gegeben erscheint, kann die eine oder andere Macht aus gleichlaufenden Interessen heraus daran denken, durch propagandistische Einwirkungen die öffentliche Meinung umzubilden. Auch dies erfordert naturgemäß Jahre andauernder geschickter Arbeit. Gerade in der Notwendigkeit dieser langen Zeitdauer für die Umstimmung eines Volkes liegt die Vorsicht bei ihrer Vornahme begründet, d.h. man wird nicht an eine solche Tätigkeit herantreten, wenn man nicht die unbedingte Überzeugung vom Werte einer solchen Arbeit und ihren Früchten in der Zukunft besitzt. Man wird nicht auf das leere Geflunker eines mehr oder weniger geistreichen Außenministers hin die seelische Einstellung einer Nation ändern wollen, ohne die Garantie für den realen Wert einer neuen greifbar zu besitzen. Es würde dies sonst zur vollkommenen Zersplitterung der öffentlichen Meinung führen. Die zuverlässigste Sicherheit für die Möglichkeit einer späteren Verbindung mit einem Staate liegt aber eben nicht begründet in schwulstigen Redensarten einzelner Regierungsmitglieder, sondern vielmehr in der ersichtlichen Stabilität einer bestimmten, zweckmäßig erscheinenden Regierungstendenz sowie in einer analog eingestellten öffentlichen Meinung. Der Glaube hieran wird um so fester sein, je größer die sichtbare Tätigkeit einer Regierungsgewalt auf dem Gebiet der propagandistischen Vorbereitung und Unterstützung ihrer Arbeit ist und je unzweideutiger umgekehrt der Wille der öffentlichen Meinung sich in der Regierungstendenz widerspiegelt.

Man wird also ein Volk – in unserer Lage – dann für bündnisfähig halten, wenn Regierung und öffentliche Meinung gleichmäßig fanatisch den Willen zum Freiheitskampf verkünden und vertreten. Dies ist die Voraussetzung einer dann erst in Angriff zu nehmenden Umstellung der öffentlichen Meinung anderer Staaten, die auf Grund ihrer Erkenntnis gewillt sind, zur Vertretung ihrer ureigensten Interessen einen Weg an der Seite des ihnen hierfür passend erscheinenden Partners zu gehen, also ein Bündnis abzuschließen.

Nun gehört dazu aber noch eines: Da die Umstellung einer bestimmten geistigen Verfassung eines Volkes an sich schwere Arbeit erfordert und von vielen zunächst nicht verstanden werden wird, ist es ein Verbrechen und eine Dummheit zugleich, durch eigene Fehler diesen anderswollenden Elementen Waffen für ihre Gegenarbeit zu liefern. Man muß begreifen, daß es notwendigerweise eine Zeitlang dauern wird, bis ein Volk restlos die inneren Absichten einer Regierung erfaßt hat, da Erklärungen über die letzten Schlußziele einer bestimmten politischen Vorarbeit nicht gegeben werden können, sondern nur entweder mit dem blinden Glauben der Masse oder der intuitiven Einsicht der geistig höherstehenden Führerschichten gerechnet werden kann. Da bei vielen Menschen jedoch dieses hellseherische politische Tastgefühl und Ahnungsvermögen nicht vorhanden ist, Erläuterungen aber aus politischen Gründen nicht gegeben werden können, wird sich immer ein Teil der intellektuellen Führerschicht gegen neue Tendenzen wenden, die infolge ihrer Undurchsehbarkeit leicht als bloße Experimente gedeutet werden können. So wird der Widerstand der besorgten konservativen Staatselemente wachgerufen.

Es ist jedoch aus diesem Grunde erst recht höchste Verpflichtung, dafür zu sorgen, daß solchen Störern einer Anbahnung von gegenseitigem Verstehen alle verwertbaren Waffen nach Möglichkeit aus der Hand gewunden werden, besonders dann, wenn es sich, wie in unseren Fällen, ohnehin nur um ganz unrealisierbare, rein phantastische Schwätzereien aufgeblasener Vereinspatrioten und spießbürgerlicher Kaffeehauspolitiker handelt. Denn daß das Schreien nach einer neuen Kriegsflotte, der Wiedergewinnung unserer Kolonien usw. wirklich bloß ein albernes Geschwätz ist, ohne auch nur einen Gedanken praktischer Ausführbarkeit zu besitzen, wird man bei ruhigem Überlegen wohl kaum zu bestreiten vermögen. Wie man aber in England diese unsinnigsten Ergüsse teils harmloser, teils verrückter, immer aber im stillen Dienste unserer Todfeinde stehender Protestkämpen, politisch ausnützt, kann nicht als günstig für Deutschland bezeichnet werden. So erschöpft man sich in schädlichen Demonstratiönchen gegen Gott und alle Welt und vergißt den ersten Grundsatz, der die Voraussetzung für jeden Erfolg ist, nämlich: Was du tust, tue ganz! Indem man gegen fünf oder zehn Staaten mault, unterläßt man die Konzentration der gesamten willensmäßigen und physischen Kräfte zum Stoß ins Herz unseres verruchtesten Gegners und opfert die Möglichkeit einer bündnismäßigen Stärkung für diese Auseinandersetzung.

Auch hier liegt eine Mission der nationalsozialistischen Bewegung. Sie muß unser Volk lehren, über Kleinigkeiten hinweg aufs Größte zu sehen, sich nicht in Nebensächlichkeiten zu zersplittern, sondern nie zu vergessen, daß das Ziel, für das wir heute zu fechten haben, die nackte Existenz unseres Volkes ist, und der einzige Feind, den wir treffen müssen, die Macht ist und bleibt, die diese Existenz uns raubt.

Es mag uns manches bitter schmerzen. Aber dies ist noch lange kein Grund, der Vernunft zu entsagen und in unsinnigem Geschrei mit aller Welt zu hadern, statt in konzentrierte Kraft sich gegen den tödlichsten Feind zu stellen.

Im übrigen hat das deutsche Volk so lange kein moralisches Recht, die andere Welt ob ihres Gebarens anzuklagen, solange es nicht die Verbrecher zur Rechenschaft gezogen hat, die das eigene Land verkauften und verrieten. Das ist kein heiliger Ernst, wenn man wohl gegen England, Italien usw. aus der Ferne schimpft und protestiert, aber die Lumpen unter sich wandeln läßt, die im Sold der feindlichen Kriegspropaganda uns die Waffen entwanden, das moralische Rückgrat zerbrachen und das gelähmte Reich um dreißig Silberlinge verjobberten.

Der Feind tut nur, was vorauszusehen war. Aus seinem Verhalten und Handeln sollten wir lernen.

Wer sich aber durchaus nicht zur Höhe einer solchen Auffassung bekennen will, der mag als letztes noch bedenken, daß dann eben nur Verzicht übrigbleibt, weil dann jede Bündnispolitik für alle Zukunft ausscheidet. Denn wenn wir mit England uns nicht zu verbünden vermögen, weil es uns die Kolonien raubte, mit Italien nicht, weil es Südtirol besitzt, mit Polen und der Tschechoslowakei an sich nicht, dann bliebe außer Frankreich – das uns nebenbei aber doch Elsaß-Lothringen stahl – in Europa niemand übrig.

Ob damit dem deutschen Volke gedient ist, kann kaum zweifelhaft sein. Zweifelhaft ist es nur immer, ob eine solche Meinung von einem einfältigen Tropf vertreten wird oder einem gerissenen Gauner.

Soweit es sich dabei um Führer handelt, glaube ich immer an das letztere.

So kann nach menschlichem Ermessen eine Umstellung der Psyche einzelner, bisher feindlicher Völker, deren wahre Interessen in der Zukunft ähnlich den unseren gelagert sind, sehr wohl erfolgen, wenn die innere Stärke unseres Staates sowie der ersichtliche Wille zur Wahrung unseres Daseins uns als Bundesgenossen wieder wert erscheinen lassen und weiter den

Gegnern einer solchen kommenden Verbindung mit vordem uns feindlichen Völkern nicht wieder durch eigene Ungeschicklichkeiten oder gar verbrecherische Handlungen der Nährstoff zu ihrem Treiben gegeben wird.

X X X

Am schwersten zu beantworten ist der dritte Einwand.

Ist es denkbar, daß die Vertreter der wirklichen Interessen der bündnismöglichen Nationen ihre Ansichten durchzusetzen vermögen gegenüber dem Wollen des jüdischen Todfeindes freier Volksund Nationalstaaten?

Können die Kräfte z.B. der traditionellen britischen Staatskunst den verheerenden jüdischen Einfluß noch brechen oder nicht?

Diese Frage ist, wie schon gesagt, sehr schwer zu beantworten. Sie hängt von zu vielen Faktoren ab, als daß ein bündiges Urteil gesprochen werden könnte. Sicher ist jedenfalls eines: In **einem** Staate kann die derzeitige Staatsgewalt als so fest stabilisiert angesehen werden und so unbedingt den Interessen des Landes dienend, daß von einer wirklich wirksamen Verhinderung politischer Notwendigkeiten durch internationale jüdische Kräfte nicht mehr gesprochen werden kann.

Der Kampf, den das **faschistische Italien** gegen die drei Hauptwaffen des Judentums, wenn auch vielleicht im tiefsten Grunde unbewußt (was ich persönlich nicht glaube) durchführt, ist das beste Anzeichen dafür, daß, wenn auch auf indirektem Wege, dieser überstaatlichen Macht die Giftzähne ausgebrochen werden. Das Verbot der freimaurerischen Geheimgesellschaften, die Verfolgung der übernationalen Presse sowie der dauernde Abbruch des internationalen Marxismus und umgekehrt die stete Festigung der faschistischen Staatsauffassung werden im Laufe der Jahre die italienische Regierung immer mehr den Interessen des italienischen Volkes dienen lassen können, ohne Rücksicht auf das Gezische der jüdischen Welthydra.

Schwieriger liegen die Dinge in England. In diesem Lande der „freiesten Demokratie" diktiert der Jude auf dem Umweg der öffentlichen Meinung heute noch fast unbeschränkt. Und dennoch findet auch dort ein ununterbrochenes Ringen statt zwischen den Vertretern britischer Staatsinteressen und den Verfechtern einer jüdischen Weltdiktatur.

Wie hart diese Gegensätze häufig aufeinanderprallen, konnte man nach dem Kriege zum ersten Male am klarsten erkennen in der verschiedenen Einstellung der britischen Staatsleitung einerseits und der Presse andererseits zum japanischen Problem.

Sofort nach Beendigung des Krieges begann die alte gegenseitige Gereiztheit zwischen Amerika und Japan wieder in Erscheinung zu treten. Natürlich konnten auch die großen europäischen Weltmächte dieser neuen drohenden Kriegsgefahr gegenüber nicht in Gleichgültigkeit verharren. Alle verwandtschaftlichen Bindungen vermögen in England dennoch nicht ein gewisses Gefühl neidischer Besorgtheit gegenüber dem Anwachsen der amerikanischen Union auf allen Gebieten internationaler Wirtschaftsund Machtpolitik zu verhindern. Aus dem einstigen Kolonialland, dem Kinde der großen Mutter, scheint eine neue Herrin der Welt zu erstehen. Man versteht, wenn England heute in sorgenvoller Unruhe seine alten Bündnisse überprüft und die britische Staatskunst mit Bangen einem Zeitpunkt entgegenstarrt, an dem es nicht mehr heißen wird:

„England über den Meeren!", sondern „Die Meere der Union".

Dem gigantischen amerikanischen Staatenkoloß mit seinen enormen Reichtümern einer jungfräulichen Erde ist schwerer beizukommen als einem eingezwängten Deutschen Reich. Wenn jemals auch hier die Würfel um die letzte Entscheidung rollen würden, wäre England, wenn auf sich allein gestellt, dem Verhängnis geweiht. So greift man begierig nach der gelben Faust und klammert sich an einen Bund, der, rassisch gedacht, vielleicht unverantwortlich, staatspolitisch jedoch die einzige Möglichkeit einer Stärkung der britischen Weltstellung gegenüber dem emporstrebenden amerikanischen Kontinent darstellt.

Während sich also die englische Staatsleitung trotz des gemeinsamen Kampfes auf den europäischen Schlachtfeldern nicht entschließen wollte, den Bund mit dem asiatischen Partner zu lockern, fiel die gesamte jüdische Presse diesem Bunde in den Rücken.

Wie ist es möglich, daß die jüdischen Organe, bis 1918 die getreuen Schildträger des britischen Kampfes gegen das Deutsche Reich, nun auf einmal Treubruch üben und eigene Wege gehen?

Die Vernichtung Deutschlands war nicht englisches, sondern in erster Linie jüdisches Interesse, genau so wie auch heute eine Vernichtung Japans weniger britisch-staatlichen Interessen dient, als den weit ausgreifenden Wünschen der Leiter des erhofften jüdischen Weltreichs. Während sich England um die Erhaltung seiner Stellung auf dieser Welt abmüht, organisiert der Jude seinen Angriff zur Eroberung derselben.

Er sieht die heutigen europäischen Staaten bereits als willenlose Werkzeuge in seiner Faust, sei es auf dem Umweg einer sogenannten westlichen Demokratie oder in der Form der direkten Beherrschung durch russischen Bolschewismus. Aber nicht nur die Alte Welt hält er so umgarnt, sondern auch der Neuen droht das gleiche Schicksal. Juden sind die Regenten der Börsenkräfte der amerikanischen Union. Jedes Jahr läßt sie mehr zum Kontrollherrn der Arbeitskraft eines Einhundertzwanzig-Millionen-Volkes aufsteigen; nur ganz wenige stehen auch heute noch, zu ihrem Zorne, ganz unabhängig da.

In gerissener Geschicklichkeit kneten sie die öffentliche Meinung und formen aus ihr das Instrument eines Kampfes für die eigene Zukunft.

Schon glauben die größten Köpfe der Judenheit die Erfüllung ihres testamentarischen Wahlspruches des großen Völkerfraßes herannahen zu sehen.

Innerhalb dieser großen Herde entnationalisierter Kolonialgebiete könnte ein einziger unabhängiger Staat das ganze Werk in letzter Stunde noch zu Fall bringen. Denn eine bolschewisierte Welt vermag nur zu bestehen, wenn sie alles umfaßt.

Bleibt auch nur ein Staat in seiner nationalen Kraft und Größe erhalten, wird und muß das jüdische Weltsatrapenreich, wie jede Tyrannei auf dieser Welt, der Kraft des nationalen Gedankens erliegen.

Nun weiß der Jude zu genau, daß er sin seiner tausendjährigen Anpassung wohl europäische Völker zu unterhöhlen und zu geschlechtslosen Bastarden zu erziehen vermag, allein einem asiatischen Nationalstaat von der Art Japans dieses Schicksal kaum zuzufügen in der Lage wäre. Er vermag heute den Deutschen und den Engländer, Amerikaner und Franzosen zu mimen, zum gelben Asiaten fehlen ihm die Brücken. So sucht er den japanischen Nationalstaat noch mit der Kraft ähnlicher Gebilde von heute zu brechen, um sich des gefährlichen Widersachers zu entledigen, ehe in seiner Faust die letzte staatliche Macht zu einer Despotie über wehrlose Wesen verwandelt wird.

Er scheut in seinem tausendjährigen Judenreich einen japanischen Nationalstaat und wünscht deshalb dessen Vernichtung noch vor Begründung seiner eigenen Diktatur.

So hetzt er heute die Völker gegen Japan wie einst gegen Deutschland, und so kann es kommen, daß, während die britische Staatskunst noch auf das Bündnis mit Japan zu bauen versucht, die britisch jüdische Presse bereits den Kampf gegen den Bundesgenossen fordert und unter der Proklamation der Demokratie und unter dem Schlachtruf: „Nieder mit dem japanischen Militarismus und Kaiserismus!" den Vernichtungskrieg vorbereitet.

So ist der Jude heute in England unbotmäßig geworden.

Der Kampf gegen die jüdische Weltgefahr wird damit auch dort beginnen.

Und wieder hat gerade die nationalsozialistische Bewegung ihre gewaltigste Aufgabe zu erfüllen:

Sie muß dem Volk die Augen öffnen über die fremden Nationen und muß den wahren Feind unserer heutigen Welt immer und immer wieder in Erinnerung bringen. An Stelle des Hasses gegen Arier, von denen uns fast alles trennen kann, mit denen uns jedoch gemeinsames Blut oder die große Linie einer zusammengehörigen Kultur verbindet, muß sie den bösen Feind der Menschheit, als den wirklichen Urheber allen Leides, dem allgemeinen Zorne weihen.

Sorgen aber muß sie dafür, daß wenigstens in unserem Lande der tödlichste Gegner erkannt und der Kampf gegen ihn als leuchtendes Zeichen einer lichteren Zeit auch den anderen Völkern den Weg weisen möge zum Heil einer ringenden arischen Menschheit.

Im übrigen mag dann die Vernunft unsere Leiterin sein, der Wille unsere Kraft. Die heilige Pflicht, so zu handeln, gebe uns Beharrlichkeit, und höchster Schirmherr bleibe unser Glaube.

14. Kapitel

Ostorientierung oder Ostpolitik

Es sind zwei Gründe, die mich veranlassen, das Verhältnis Deutschlands zu Rußland einer besonderen Prüfung zu unterziehen:

1. handelt es sich in diesem Falle um die vielleicht entscheidendste Angelegenheit der deutschen Außen-politik überhaupt und

2. ist diese Frage auch der Prüfstein für die politische Fähigkeit der jungen nationalsozialistischen Bewegung, klar zu denken und richtig zu handeln.

Ich muß gestehen, daß mich besonders der zweite Punkt manches Mal mit banger Sorge erfüllt. Da unsere junge Bewegung das Material ihrer Anhänger nicht aus dem Lager der Indifferenten holt, sondern aus meist sehr extremen Weltanschauungen, ist es nur zu natürlich, wenn diese Menschen auch auf dem Gebiete des außenpolitischen Verständnisses zunächst belastet sind mit den Voreingenommenheiten oder dem geringen Verständnis der Kreise, denen sie vorher politisch und weltanschaulich zugerechnet werden mußten. Dabei gilt dies keineswegs nur für den Mann, der von links zu uns kommt. Im Gegenteil. So schädlich dessen bisherige Belehrung über solche Probleme sein mochte, so wurde sie in nicht seltenen Fällen, wenigstens teilweise, wieder ausgeglichen durch einen vorhandenen Rest natürlichen und gesunden Instinktes. Es war dann nur notwendig, die frühere aufgedrungene Beeinflussung durch eine bessere Einstellung zu ersetzen, und man konnte sehr häufig als besten Verbündeten den noch vorhandenen an sich gesunden Instinkt und Selbsterhaltungstrieb erkennen.

Viel schwerer ist es dagegen, einen Menschen zum klaren politischen Denken zu bestimmen, dessen bisherige Erziehung auf dem Gebiete nicht minder bar jeder Vernunft und Logik war, der aber zu allem auch den letzten Rest natürlichen Instinktes auf dem Altar der Objektivität geopfert hatte. Gerade die Angehörigen unserer sogenannten Intelligenz sind am schwersten zu einer wirklich klaren und logischen Vertretung ihrer Interessen und der Interessen ihres Volkes nach außen zu bewegen. Sie sind nicht nur belastet mit einem förmlichen Bleigewicht unsinnigster Vorstellungen und Voreingenommenheiten, sondern haben zu allem Überfluß außerdem noch jeden gesunden Trieb zur Selbsterhaltung verloren und aufgegeben. Auch die nationalsozialistische Bewegung hat mit diesen Menschen schwere Kämpfe zu bestehen, schwer deshalb, weil sie leider trotz vollkommenen Unvermögens nicht selten von einer außerordentlichen Einbildung besessen sind, die sie auf andere, meistens sogar gesündere Menschen ohne jede innere Berechtigung von oben herabblicken läßt. Hochnäsig-arrogante Besserwisser ohne alle Fähigkeit kühlen Prüfens und Wägens, die aber als Voraussetzung jedes außenpolitischen Wollens und Tuns angesehen werden muß.

Da gerade diese Kreise heute beginnen, die Zielrichtung unserer Außenpolitik in der unseligsten Weise von einer wirklichen Vertretung völkischer Interessen unseres Volkes abzudrehen, um sie statt dessen in den Dienst ihrer phantastischen Ideologie zu stellen, fühle ich mich verpflichtet, vor meinen Anhängern die wichtigste außenpolitische Frage, nämlich das Verhältnis zu Rußland, besonders und so gründlich zu behandeln, als dies zum allgemeinen Verständnis nötig und im Rahmen eines solchen Werkes möglich ist.

Ich will dabei im allgemeinen noch folgendes vorausschicken:

Wenn wir unter Außenpolitik die Regelung des Verhältnisses eines Volkes zur übrigen Welt zu verstehen haben, so wird die Art der Regelung durch ganz bestimmte Tatsachen bedingt werden. Als Nationalsozialisten können wir weiter über das Wesen der Außenpolitik eines völkischen Staates folgenden Satz aufstellen:

Die Außenpolitik des völkischen Staates hat die Existenz der durch den Staat zusammengefaßten Rasse auf diesem Planeten sicherzustellen, indem sie zwischen der Zahl und dem Wachstum des Volkes einerseits und der Größe und Güte des Grund und Bodens andererseits ein gesundes, lebensfähiges, natürliches Verhältnis schafft.

Als gesundes Verhältnis darf dabei immer nur jener Zustand angesehen werden, der die Ernährung eines Volkes auf eigenem Grund und Boden sichert. Jeder andere Zustand, mag er auch Jahrhunderte, ja selbst Jahrtausende andauern, ist nichtsdestoweniger ein ungesunder und wird früher oder später zu einer Schädigung, wenn nicht zur Vernichtung des betreffenden Volkes führen.

Nur ein genügend großer Raum auf dieser Erde sichert einem Volke die Freiheit des Daseins.

Dabei kann man die notwendige Größe des Siedlungsgebietes nicht ausschließlich von den Erfordernissen der Gegenwart aus beurteilen, ja, nicht einmal von der Größe des Bodenertrages, umgerechnet auf die Zahl des Volkes. Denn, wie ich schon im ersten Band unter „Deutsche Bündnispolitik vor dem Kriege" ausführte, kommt der Grundfläche eines Staates außer ihrer Bedeutung als direkter Nährquelle eines Volkes auch noch eine andere, die militärpolitische, zu. Wenn ein Volk in der Größe seines Grund und Bodens seine Ernährung an sich gesichert hat, so ist es dennoch notwendig, auch noch die Sicherstellung des vorhandenen Bodens selbst zu bedenken. Sie liegt in der allgemeinen machtpolitischen Stärke des Staates, die wieder nicht wenig durch militärgeographische Gesichtspunkte bestimmt wird.

So wird das deutsche Volk seine Zukunft nur als Weltmacht vertreten können. Durch fast zweitausend Jahre war die Interessenvertretung unseres Volkes, wie wir unsere mehr oder minder glückliche außenpolitische Betätigung bezeichnen sollten, Weltgeschichte. Wir selbst sind Zeugen dessen gewesen: denn das gigantische Völkerringen der Jahre 1914 bis 1918 war nur das Ringen des deutschen Volkes um seine Existenz auf dem Erdball, die Art des Vorganges selbst bezeichnen wir aber als Weltkrieg.

In diesen Kampf schritt das deutsche Volk als vermeintliche Weltmacht. Ich sage hier vermeintliche, denn in Wirklichkeit war es keine. Würde das deutsche Volk im Jahre 1914 ein anderes Verhältnis zwischen Bodenfläche und Volkszahl gehabt haben, so wäre Deutschland wirklich Weltmacht gewesen, und der Krieg hätte, von allen anderen Faktoren abgesehen, günstig beendet werden können.

Es ist hier nicht meine Aufgabe oder auch nur meine Absicht, auf das „Wenn" hinzuweisen, falls das „Aber" nicht gewesen wäre. Wohl empfinde ich es jedoch als unbedingte Notwendigkeit, den bestehenden Zustand ungeschminkt und nüchtern darzulegen, auf seine beängstigenden Schwächen hinzuweisen, um wenigstens in den Reihen der nationalsozialistischen Bewegung die Einsicht in das Notwendige zu vertiefen.

Deutschland ist heute keine Weltmacht. Selbst wenn unsere augenblickliche militärische Ohnmacht überwunden würde, hätten wir doch auf diesen Titel keinerlei Anspruch mehr. Was bedeutet heute auf dem Planeten ein Gebilde, das in seinem Verhältnis von Volkszahl zur Grundfläche so jämmerlich beschaffen ist wie das derzeitige Deutsche Reich? In einem Zeitalter, in dem allmählich die Erde in den Besitz von Staaten aufgeteilt wird, von denen manche selbst nahezu Kontinente umspannen, kann man nicht von Weltmacht bei einem Gebilde reden, dessen politisches Mutterland auf die lächerliche Grundfläche von kaum fünfhunderttausend Quadratkilometer beschränkt ist.

Rein territorial angesehen, verschwindet der Flächeninhalt des Deutschen Reiches vollständig gegenüber dem der sogenannten Weltmächte. Man führe ja nicht England als Gegenbeweis an, denn das englische Mutterland ist wirklich nur die große Hauptstadt des britischen Weltreiches, das fast ein Viertel der ganzen Erdoberfläche sein eigen nennt. Weiter müssen wir als Riesenstaaten in erster Linie die amerikanische Union, sodann Rußland und China ansehen. Lauter Raumgebilde von zum Teil mehr als zehnfach größerer Fläche als das derzeitige Deutsche Reich. Und selbst Frankreich muß unter diese Staaten gerechnet werden. Nicht nur, daß es in immer größerem Umfang aus den farbigen Menschenbeständen seines Riesenreiches das Heer ergänzt, macht es auch rassisch in seiner Vernegerung so rapide Fortschritte, daß man tatsächlich von einer Entstehung eines afrikanischen Staates auf europäischem Boden reden kann. Die Kolonialpolitik des heutigen Frankreichs ist nicht zu vergleichen mit der des vergangenen Deutschlands. Würde sich die Entwicklung Frankreichs im heutigen Stile noch dreihundert Jahre fortsetzen, so wären die letzten fränkischen Blutsreste in dem sich bildenden europa-afrikanischen Mulattenstaat untergegangen. Ein gewaltiges, geschlossenes Siedlungsgebiet vom Rhein bis zum Kongo, erfüllt von einer aus dauernder Bastardierung langsam sich bildenden niederen Rasse.

Das unterscheidet die französische Kolonialpolitik von der alten deutschen.

Die einstige deutsche Kolonialpolitik war halb, wie alles, was wir taten. Sie hat weder das Siedlungsgebiet der deutschen Rasse vergrößert, noch hat sie den – wenn auch verbrecherischen – Versuch unternommen, durch den Einsatz von schwarzem Blut eine Machtstärkung des Reiches herbeizuführen. Die Askari in Deutsch-Ostafrika waren ein kleiner, zögernder Schritt auf diesem Wege. Tatsächlich dienten sie nur zur Verteidigung der Kolonie selbst. Der Gedanke, schwarze Truppen auf einen europäischen Kriegsschauplatz zu bringen, war, ganz abgesehen von der tatsächlichen Unmöglichkeit im Weltkrieg, auch als eine unter günstigeren Umständen zu verwirklichende Absicht nie vorhanden gewesen, während er, umgekehrt, bei den Franzosen von jeher als innere Begründung ihrer kolonialen Betätigung angesehen und empfunden wurde.

So sehen wir heute auf der Erde eine Anzahl von Machtstaaten, die nicht nur in ihrer Volkszahl zum Teil weit über die Stärke unseres deutschen Volkes hinausschießen, sondern die vor allem in ihrer Grundfläche die größte Stütze ihrer politischen Machtstellung besitzen. Noch nie war, an Grundfläche und Volkszahl gemessen, das Verhältnis des Deutschen Reiches zu anderen in die Erscheinung tretenden Weltstaaten so ungünstig wie zu Beginn unserer Geschichte vor zweitausend Jahren und dann wieder heute. Damals traten wir als junges Volk stürmend in eine Welt zerfallender großer Staatengebilde, deren letzten Riesen, Rom, wir selbst mithalfen, zur Strecke zu bringen. Heute befinden wir uns in einer Welt von sich bildenden großen Machtstaaten, in der unser eigenes Reich immer mehr zur Bedeutungslosigkeit herabsinkt. Es ist notwendig, daß wir uns diese bittere Wahrheit kühl und nüchtern vor Augen halten.

Es ist notwendig, daß wir das Deutsche Reich nach Volkszahl und Flächeninhalt in seinem Verhältnis zu anderen Staaten durch die Jahrhunderte hindurch verfolgen und vergleichen. Ich weiß, daß dann jeder mit Bestürzung zu dem Resultat kommen wird, welches ich eingangs dieser Betrachtung schon aussprach: Deutschland ist keine Weltmacht mehr, gleichgültig, ob es militärisch stark oder schwach dasteht.

Wir sind außer jedem Verhältnis zu den anderen großen Staaten der Erde geraten, und dies nur dank der geradezu verhängnisvollen außenpolitischen Leitung unseres Volkes, dank völligen Fehlens einer, ich möchte fast sagen testamentarischen Festlegung auf ein bestimmtes außenpolitisches Ziel und dank des Verlustes jedes gesunden Instinktes und Triebes zur Selbsterhaltung.

Wenn die nationalsozialistische Bewegung wirklich die Weihe einer großen Mission für unser Volk vor der Geschichte erhalten will, muß sie, durchdrungen von der Erkenntnis und erfüllt vom Schmerz über seine wirkliche Lage auf dieser Erde, kühn und zielbewußt den Kampf aufnehmen gegen die Ziellosigkeit und Unfähigkeit, die bisher unser deutsches Volk auf seinen außenpolitischen Wegen leiteten. Sie muß dann, ohne Rücksicht auf „Traditionen" und Vorurteile, den Mut finden, unser Volk und seine Kraft zu sammeln zum Vormarsch auf jener Straße, die aus der heutigen Beengtheit des Lebensraumes dieses Volk hinausführt zu neuem Grund und Boden und damit auch für immer von der Gefahr befreit, auf dieser Erde zu vergehen oder als Sklavenvolk die Dienste anderer besorgen zu müssen.

Die nationalsozialistische Bewegung muß versuchen, das Mißverhältnis zwischen unserer Volkszahl und unserer Bodenfläche – diese als Nährquelle sowohl wie auch als machtpolitischer Stützpunkt angesehen –, zwischen unserer historischen Vergangenheit und der Aussichtslosigkeit unserer Ohnmacht in der Gegenwart zu beseitigen. Sie muß sich dabei bewußt bleiben, daß wir als Wahrer höchsten Menschentums auf dieser Erde auch an eine höchste Verpflichtung gebunden sind, und sie wird um so mehr dieser Verpflichtung zu genügen vermögen, je mehr sie dafür sorgt, daß das deutsche Volk rassisch zur Besinnung gelangt und sich außer der Zucht von Hunden, Pferden und Katzen auch des eigenen Blutes erbarmt.

X X X

Wenn ich die bisherige deutsche Außenpolitik als ziellos und unfähig bezeichne, so liegt der Beweis für meine Behauptung im tatsächlichen Versagen dieser Politik. Wäre unser Volk geistig minderwertig oder feige gewesen, so könnten die Ergebnisse seines Ringens auf der Erde nicht schlimmer sein, als wir sie heute vor uns sehen. Auch die Entwicklung der letzten Jahrzehnte vor dem Kriege darf uns darüber nicht hinwegtäuschen; denn man kann nicht die Stärke eines Reiches an ihm selbst messen, sondern nur auf dem Wege des Vergleiches mit anderen Staaten. Gerade ein solcher Vergleich liefert aber den Beweis, daß die Stärkezunahme anderer Staaten nicht nur eine gleichmäßigere, sondern auch in der Endwirkung eine größere war; daß also der Weg Deutschlands, trotz allem scheinbaren Aufstieg, in Wahrheit sich von dem der anderen Staaten mehr und mehr entfernte und weit zurückblieb, kurz, der Größenunterschied zu unseren Ungunsten sich erweiterte. Ja, selbst der Volkszahl nach blieben wir, je länger, desto mehr, zurück. Da nun unser Volk an Heldenmut bestimmt von keinem anderen der Erde übertroffen wird, ja, alles in allem genommen, für die Erhaltung seines Daseins sicherlich den größten Bluteinsatz von allen Völkern der Erde gab, kann der Mißerfolg nur in der verfehlten Art des Einsatzes liegen.

Wenn wir in diesem Zusammenhang die politischen Erlebnisse unseres Volkes seit über tausend Jahren überprüfen, alle die zahllosen Kriege und Kämpfe vor unseren Augen vorüberziehen lassen, und das durch sie geschaffene, heute vor uns liegende Endresultat untersuchen, so werden wir gestehen müssen, daß aus diesem Blutmeer eigentlich nur drei Erscheinungen hervorgegangen sind, die wir als bleibende Früchte klar bestimmter außenpolitischer und überhaupt politischer Vorgänge ansprechen dürfen:

1. die hauptsächlich von Bajuwaren betätigte Kolonisation der Ostmark,
2. die Erwerbung und Durchdringung des Gebietes östlich der Elbe und
3. die von den Hohenzollern betätigte Organisation des brandenburgisch-preußischen Staates als Vorbild und Kristallisationskern eines neuen Reiches.

Eine lehrreiche Warnung für die Zukunft!

Jene beiden ersten großen Erfolge unserer Außenpolitik sind die dauerhaftesten geblieben. Ohne sie würde unser Volk heute überhaupt keine Rolle mehr spielen. Sie waren der erste, leider aber auch der einzige gelungene Versuch, die steigende Volkszahl in Einklang zu bringen mit der Größe von Grund und Boden. Und es muß als wahrhaft verhängnisvoll angesehen werden, daß unsere deutsche Geschichtsschreibung diese beiden weitaus gewaltigsten und für die Nachwelt bedeutungsvollsten Leistungen nie richtig zu würdigen verstand, demgegenüber aber alles mögliche verherrlicht, phantastisches Heldentum, zahllose abenteuerliche Kämpfe und Kriege bewundernd preist, anstatt endlich zu erkennen, wie bedeutungslos für die große Entwicklungslinie der Nation die meisten dieser Ereignisse gewesen sind.

Der dritte große Erfolg unserer politischen Tätigkeit liegt in der Bildung des preußischen Staates und der durch ihn herbeigeführten Züchtung eines besonderen Staatsgedankens sowie des der modernen Welt angepaßten, in organisierte Form gebrachten Selbsterhaltungsund Selbstverteidigungstriebes des deutschen Heeres. Die Umstellung des Wehrgedankens des einzelnen zur Wehrpflicht der Nation ist diesem Staatsgebilde und seiner neuen Staatsauffassung entsprossen. Die Bedeutung dieses Vorgangs kann gar nicht überschätzt werden. Gerade das durch seine blutsmäßige Zerrissenheit überindividualistisch zersetzte deutsche Volk erhielt auf dem Wege der Disziplinierung durch den preußischen Heeresorganismus wenigstens einen Teil der ihm längst abhanden gekommenen Organisationsfähigkeit zurück. Was bei den anderen Völkern im Trieb ihrer Herdengemeinschaft noch ursprünglich vorhanden ist, erhielten wir, wenigstens teilweise, durch den Prozeß der militärischen Ausbildung künstlich für unsere Volksgemeinschaft wieder zurück. Daher ist auch die Beseitigung der allgemeinen Wehrpflicht – die für Dutzende anderer Völker belanglos sein könnte – für uns von der folgenschwersten Bedeutung. Zehn deutsche Generationen ohne korrigierende und erziehende militärische Ausbildung, den üblen Wirkungen ihrer blutsmäßigen und dadurch weltanschaulichen Zerrissenheit überlassen – und unser Volk hätte wirklich den letzten Rest einer selbständigen Existenz auf diesem Planeten verloren. Der deutsche Geist könnte nur im Einzelmenschen im Schoße fremder Nationen seinen Beitrag zur Kultur leisten, ohne auch nur in seinem Ursprung erkannt zu werden. Kulturdünger so lange, bis der letzte Rest arisch-nordischen Blutes in uns verdorben oder ausgelöscht sein würde.

Es ist bemerkenswert, daß die Bedeutung dieser wirklichen politischen Erfolge, die unser Volk in seinen mehr als tausendjährigen Kämpfen davontrug, von unseren Gegnern weit besser begriffen und gewürdigt wird als von uns selbst. Wir schwärmen auch heute noch von einem Heroismus, der unserem Volke Millionen seiner edelsten Blutträger raubte, im Endergebnis jedoch vollkommen unfruchtbar blieb.

Die Auseinanderhaltung der wirklichen politischen Erfolge unseres Volkes und des für unfruchtbare Zwecke eingesetzten nationalen Blutes ist von höchster Bedeutung für unser Verhalten in der Gegenwart und in der Zukunft.

Wir Nationalsozialisten dürfen nie und nimmer in den üblichen Hurra-Patriotismus unserer heutigen bürgerlichen Welt einstimmen. Insbesondere ist es todgefährlich, die letzte Entwicklung vor dem Kriege als auch nur im geringsten bindend für unseren eigenen Weg anzusehen. Aus der ganzen geschichtlichen Periode des neunzehnten Jahrhunderts kann für uns nicht eine einzige Verpflichtung gefolgert werden, die in dieser Periode selbst begründet läge. Wir haben uns, im Gegensatz zum Verhalten der Repräsentanten dieser Zeit, wieder zur Vertretung des obersten Gesichtspunktes jeder Außenpolitik zu bekennen, nämlich: den B o d e n   i n   E i n k l a n g   z u bringen mit der Volkszahl. Ja, wir können aus der Vergangenheit nur lernen, daß wir die Zielsetzung für unser politisches Handeln in doppelter Richtung vorzunehmen haben: Grund und Boden als Ziel unserer Außenpolitik, und ein neues, weltanschaulich gefestigtes, einheitliches Fundament als Ziel politischen Handelns im Innern.

X X X

Ich will noch kurz Stellung nehmen zur Frage, inwiefern die Forderung nach Grund und Boden sittlich und moralisch berechtigt erscheint. Es ist dies notwendig, da leider selbst in den sogenannten völkischen Kreisen alle möglichen salbungsvollen Schwätzer auftreten, die sich bemühen, dem deutschen Volk als Ziel seines außenpolitischen Handelns die Wiedergutmachung des Unrechts von 1918 vorzuzeichnen, darüber hinaus jedoch die ganze Welt der völkischen Brüderlichkeit und Sympathie zu versichern für nötig halten.

Vorwegnehmen möchte ich dabei folgendes: Die Forderung nach Wiederherstellung der Grenzen des Jahres 1914 ist ein politischer Unsinn von Ausmaßen und Folgen, die ihn als Verbrechen erscheinen lassen. Ganz abgesehen davon, daß die Grenzen des Reiches im Jahre 1914 alles andere eher als logische waren. Denn sie waren in Wirklichkeit weder vollständig in bezug auf die Zusammenfassung der Menschen deutscher Nationalität noch vernünftig in Hinsicht auf ihre militärgeographische Zweckmäßigkeit. Sie waren nicht das Ergebnis eines überlegten politischen Handelns, sondern Augenblicksgrenzen eines in keinerlei Weise abgeschlossenen politischen Ringens, ja zum Teil Folgen eines Zufallsspieles. Man könnte mit demselben Recht und in vielen Fällen mit mehr Recht irgendein anderes Stichjahr der deutschen Geschichte herausgreifen, um in der Wiederherstellung der damaligen Verhältnisse das Ziel einer außenpolitischen Betätigung zu erklären. Obige Forderung entspricht aber ganz unserer bürgerlichen Welt, die auch hier nicht einen einzigen tragenden politischen Gedanken für die Zukunft besitzt, vielmehr nur in der Vergangenheit lebt, und zwar in der allernächsten; denn selbst der Blick nach rückwärts reicht nicht über ihre eigene Zeit hinaus. Das Gesetz der Trägheit bindet sie an einen gegebenen Zustand, läßt sie Widerstand leisten gegen jegliche Veränderung desselben, ohne jedoch die Aktivität dieser Gegenwehr jemals über das nackte Beharrungsvermögen zu steigern. So ist es selbstverständlich, daß der politische Horizont dieser Leute über die Grenze des Jahres 1914 nicht hinausreicht. Indem sie aber die Wiederherstellung jener Grenzen als das politische Ziel ihres Handelns proklamieren, verbinden sie stets aufs neue den zerfallenden Bund unserer Gegner. Nur so ist es erklärlich, daß acht Jahre nach einem Weltringen, an dem Staaten mit teilweise heterogensten Wünschen und Zielen teilnahmen, noch immer die Koalition der damaligen Sieger sich in mehr oder wenige geschlossener Form zu halten vermag.

Alle diese Staaten waren seinerzeit Nutznießer am deutschen Zusammenbruch. Die Furcht vor unserer Stärke ließ damals den Geiz und Neid der einzelnen Großen untereinander zurücktreten. Sie sahen in einer möglichst allgemein durchgeführten Beerbung unseres Reiches den besten Schutz gegen eine kommende Erhebung. Das schlechte Gewissen und die Angst vor der Kraft unseres Volkes ist der dauerhafteste Kitt, die einzelnen Glieder dieses Bundes auch heute noch zusammenzuhalten.

Und wir täuschen sie nicht. Indem unsere bürgerliche Welt die Wiederherstellung der Grenzen vom Jahre 1914 als politisches Programm für Deutschland aufstellt, scheucht sie jeden etwa aus dem Bunde unserer Feinde springen wollenden Partner wieder zurück, da dieser Angst haben muß, isoliert angegriffen zu werden und dadurch des Schutzes der einzelnen Mitverbündeten verlustig zu gehen. Jeder einzelne Staat fühlt sich durch jene Parole betroffen und bedroht. Dabei ist sie in zweifacher Hinsicht unsinnig:

1. weil die Machtmittel fehlen, um sie aus dem Dunst der Vereinsabende in die Wirklichkeit umzusetzen, und

2. weil, wenn sie sich auch verwirklichen ließe, das Ergebnis doch wieder so erbärmlich wäre, daß es sich, wahrhaftiger Gott, nicht lohnen würde, dafür erneut das Blut unseres Volkes einzusetzen.

Denn, daß auch die Wiederherstellung der Grenzen des Jahres 1914 nur mit Blut zu erreichen wäre, dürfte kaum für irgend jemand fraglich erscheinen. Nur kindlich-naive Geister mögen sich in dem Gedanken wiegen, auf Schleichund Bettelwegen eine Korrektur von Versailles herbeiführen zu können. Ganz abgesehen davon, daß ein solcher Versuch eine Talleyrand-Natur voraussetzen würde, die wir nicht besitzen. Die eine Hälfte unserer politischen Existenzen besteht aus sehr geriebenen, aber ebenso charakterlosen und überhaupt unserem Volke feindlich gesinnten Elementen, während die andere sich aus gutmütigen, harmlosen und willfährigen Schwachköpfen zusammensetzt. Zudem haben sich die Zeiten seit dem Wiener Kongresse geändert: Nicht Fürsten und fürstliche Mätressen schachern und feilschen um Staatsgrenzen, sondern der unerbittliche Weltjude kämpft für seine Herrschaft über die Völker. Kein Volk entfernt diese Faust anders von seiner Gurgel als durch das Schwert. Nur die gesammelte konzentrierte Stärke einer kraftvoll sich aufbäumenden nationalen Leidenschaft vermag der internationalen Völkerversklavung zu trotzen. Ein solcher Vorgang ist und bleibt aber ein blutiger.

Wenn man jedoch der Überzeugung huldigt, daß die deutsche Zukunft, so oder so, den höchsten Einsatz erfordert, muß man, ganz abgesehen von allen Erwägungen politischer Klugheit an sich, schon um dieses Einsatzes willen ein dessen würdiges Ziel aufstellen und verfechten.

Die Grenzen des Jahres 1914 bedeuten für die Zukunft der deutschen Nation gar nichts. In ihnen lag weder ein Schutz der Vergangenheit, noch läge in ihnen eine Stärke für die Zukunft. Das deutsche Volk wird durch sie weder seine innere Geschlossenheit erhalten, noch wird seine Ernährung durch sie sichergestellt, noch erscheinen diese Grenzen, vom militärischen Gesichtspunkt aus betrachtet, als zweckmäßig oder auch nur befriedigend, noch können sie endlich das Verhältnis bessern, in dem wir uns zur Zeit den anderen Weltmächten oder, besser gesagt, den wirklichen Weltmächten gegenüber befinden. Der Abstand von England wird nicht verkürzt, die Größe der Union nicht erreicht; ja, nicht einmal Frankreich würde eine wesentliche Schmälerung seiner weltpolitischen Bedeutung erfahren.

Nur eines wäre sicher: Selbst bei günstigem Erfolge würde ein solcher Versuch der Wiederherstellung der Grenzen von 1914 zu einer weiteren Ausblutung unseres Volkskörpers führen in einem Umfange, daß für die das Leben und die Zukunft der Nation wirklich sichernden Entschlüsse und Taten kein wertvoller Bluteinsatz mehr vorhanden wäre. Im Gegenteil, im Rausche eines solchen seichten Erfolges würde man auf jede weitere Zielsetzung um so lieber verzichten, als die „nationale Ehre" ja repariert und der kommerziellen Entwicklung, wenigstens bis auf weiteres, wieder einige Tore geöffnet wären.

Demgegenüber müssen wir Nationalsozialisten unverrückbar an unserem außenpolitischen Ziele festhalten, nämlich dem d e u t s c h e n   V o l k   d e n   i h m   g e b ü h r e n d e n   G r u n d   u n d   B o d e n   a u f   d i e s e r   E r d e   z u   s i c h e r n. Und diese Aktion ist die einzige, die vor Gott und unserer deutschen Nachwelt einen Bluteinsatz gerechtfertigt erscheinen läßt: Vor Gott, insofern wir auf diese Welt gesetzt sind mit der Bestimmung des ewigen Kampfes um das tägliche Brot, als Wesen, denen nichts geschenkt wird, und die ihre Stellung als Herren der Erde nur der Genialität und dem Mute verdanken, mit dem sie sich diese zu erkämpfen und zu wahren wissen; vor unserer deutschen Nachwelt aber, insofern wir keines Bürgers Blut vergossen, aus dem nicht tausend andere der Nachwelt geschenkt werden. Der Grund und Boden, auf dem dereinst deutsche Bauerngeschlechter kraftvolle Söhne zeugen können, wird die Billigung des Einsatzes der Söhne von heute zulassen, die verantwortlichen Staatsmänner aber, wennauch von der Gegenwart verfolgt, dereinst freisprechen von Blutschuld und Volksopferung.

Ich muß mich dabei schärfstens gegen jene völkischen Schreiberseelen wenden, die in einem solchen Bodenerwerb eine „Verletzung heiliger Menschenrechte" zu erblicken vorgeben und demgemäß ihr Geschreibsel dagegen ansetzen. Man weiß ja nie, wer hinter einem solchen Burschen steckt. Sicher ist nur, daß die Verwirrung, die sie anzurichten vermögen, den Feinden unseres Volkes erwünscht und gelegen kommt. Durch eine solche Haltung helfen sie frevelhaft mit, unserem Volke von innen heraus den Willen für die einzig richtige Art der Vertretung seiner Lebensnotwendigkeiten zu schwächen und zu beseitigen. Denn kein Volk besitzt auf dieser Erde auch nur einen Quadratmeter Grund und Boden auf höheren Wunsch und laut höherem Recht. So wie Deutschlands Grenzen Grenzen des Zufalls sind und Augenblicksgrenzen im jeweiligen politischen Ringen der Zeit, so auch die Grenzen der Lebensräume der anderen Völker. Und so, wie die Gestaltung unserer Erdoberfläche nur dem gedankenlosen Schwachkopf als graniten unveränderlich erscheinen mag, in Wahrheit aber nur für jede Zeit einen scheinbaren Ruhepunkt in einer laufenden Entwicklung darstellt, geschaffen in dauerndem Werden durch die gewaltigen Kräfte der Natur, um vielleicht schon morgen durch größere Kräfte Zerstörung oder Umbildung zu erfahren, so auch im Völkerleben die Grenzen der Lebensräume.

S t a a t s g r e n z e n   w e r d e n   d u r c h   M e n s c h e n   g e s c h a f f e n   u n d   d u r c h   M e n s c h e n   g e ä n d e r t.

Die Tatsache des Gelingens eines unmäßigen Bodenerwerbs durch ein Volk ist keine höhere Verpflichtung zur ewigen Anerkennung desselben. Sie beweist höchstens die Kraft der Eroberer und die Schwäche der Dulder. Und nur in dieser Kraft allein liegt dann das Recht. Wenn das deutsche Volk heute, auf unmöglicher Grundfläche zusammengepfercht, einer jämmerlichen Zukunft entgegengeht, so ist dies ebensowenig ein Gebot des Schicksals, wie ein Auflehnen dagegen eine Brüskierung desselben darstellt. Genau so wenig wie etwa eine höhere Macht einem anderen Volke mehr Grund und Boden als dem deutschen zugesprochen hat oder durch die Tatsache dieser ungerechten Bodenverteilung beleidigt wird. So wie unsere Vorfahren den Boden, auf dem wir heute leben, nicht vom Himmel geschenkt erhielten, sondern durch Lebenseinsatz erkämpfen mußten, so wird auch uns in Zukunft den Boden und damit das Leben für unser Volk keine göttliche Gnade zuweisen, sondern nur die Gewalt eines siegreichen Schwertes.

So sehr wir heute auch alle die Notwendigkeit einer Auseinandersetzung mit Frankreich erkennen, so wirkungslos bliebe sie in der großen Linie, wenn sich in ihr unser außenpolitisches Ziel erschöpfen würde. Sie kann und wird nur Sinn erhalten, wenn sie die Rückendeckung bietet für eine Vergrößerung des Lebensraumes unseres Volkes in Europa. Denn nicht in einer kolonialen Erwerbung haben wir die Lösung dieser Frage zu erblicken, sondern ausschließlich im Gewinn eines Siedlungsgebietes, das die Grundfläche des Mutterlandes selbst erhöht und dadurch nicht nur die neuen Siedler in innigster Gemeinschaft mit dem Stammland erhält, sondern der gesamten Raummenge jene Vorteile sichert, die in ihrer vereinten Größe liegen.

Die völkische Bewegung hat nicht der Anwalt anderer Völker, sondern der Vorkämpfer des eigenen Volkes zu sein. Andernfalls ist sie überflüssig und hat vor allem gar kein Recht, über die Vergangenheit zu maulen. Denn dann handelt sie wie diese. So wie die alte deutsche Politik zu Unrecht von dynastischen Gesichtspunkten bestimmt wurde, so wenig darf die künftige von völkischen Allerweltsgefühlsduseleien geleitet werden. Insbesondere aber sind wir nicht der Schutzpolizist der bekannten „armen, kleinen Völker", sondern Soldaten unseres eigenen.

Wir Nationalsozialisten haben jedoch noch weiter zu gehen: Das Recht auf Grund und Boden kann zur Pflicht werden, wenn ohne Bodenerweiterung ein großes Volk dem Untergang geweiht erscheint. Noch ganz besonders dann, wenn es sich dabei nicht um ein x-beliebiges Negervölkchen handelt, sondern um die germanische Mutter all des Lebens, das der heutigen Welt ihr kulturelles Bild gegeben hat. Deutschland wird entweder Weltmacht oder überhaupt nicht sein. Zur Weltmacht aber braucht es jene Größe, die ihm in der heutigen Zeit die notwendige Bedeutung und seinen Bürgern das Leben gibt.

X X X

Damit ziehen wir Nationalsozialisten bewußt einen Strich unter die außenpolitische Richtung unserer Vorkriegszeit. Wir setzen dort an, wo man vor sechs Jahrhunderten endete. Wir stoppen den ewigen Germanenzug nach dem Süden und Westen Europas und weisen den Blick nach dem Land im Osten. Wir schließen endlich ab die Kolonialund Handelspolitik der Vorkriegszeit und gehen über zur Bodenpolitik der Zukunft.

Wenn wir aber heute in Europa von neuem Grund und Boden reden, können wir in erster Linie nur an Rußland und die ihm untertanen Randstaaten denken.

Das Schicksal selbst scheint uns hier einen Fingerzeig geben zu wollen. Indem es Rußland dem Bolschewismus überantwortete, raubte es dem russischen Volke jene Intelligenz, die bisher dessen staatlichen Bestand herbeiführte und garantierte. Denn die Organisation eines russischen Staatsgebildes war nicht das Ergebnis der staatspolitischen Fähigkeiten des Slawentums in Rußland, sondern vielmehr nur ein wundervolles Beispiel für die staatenbildende Wirksamkeit des germanischen Elementes in einer minderwertigen Rasse. So sind zahlreiche mächtige Reiche der Erde geschaffen worden. Niedere Völker mit germanischen Organisatoren und Herren als Leiter derselben sind öfter als einmal zu gewaltigen Staatengebilden angeschwollen und blieben bestehen, solange der rassische Kern der bildenden Staatsrasse sich erhielt. Seit Jahrhunderten zehrte Rußland von diesem germanischen Kern seiner oberen leitenden Schichten. Er kann heute als fast restlos ausgerottet und ausgelöscht angesehen werden. An seine Stelle ist der Jude getreten. So unmöglich es dem Russen an sich ist, aus eigener Kraft das Joch der Juden abzuschütteln, so unmöglich ist es dem Juden, das mächtige Reich auf die Dauer zu erhalten. Er selbst ist kein Element der Organisation, sondern ein Ferment der Dekomposition. Das Riesenreich im Osten ist reif zum Zusammenbruch. Und das Ende der Judenherrschaft in Rußland wird auch das Ende Rußlands als Staat sein. Wir sind vom Schicksal ausersehen, Zeugen einer Katastrophe zu werden, die die gewaltigste Bestätigung für die Richtigkeit der völkischen Rassentheorie sein wird.

Unsere Aufgabe, die Mission der nationalsozialistischen Bewegung, aber ist, unser eigenes Volk zu jener politischen Einsicht zu bringen, daß es sein Zukunftsziel nicht im berauschenden Eindruck eines neuen Alexanderzuges erfüllt sieht, sondern vielmehr in der emsigen Arbeit des deutschen Pfluges, dem das Schwert nur den Boden zu geben hat.

X X X

Daß das Judentum einer solchen Politik gegenüber die schärfsten Widerstände ankündigt, ist selbstverständlich. Es fühlt besser als irgend jemand anders die Bedeutung dieses Handelns für seine eigene Zukunft. Gerade diese Tatsache sollte alle wirklich national gesinnten Männer über die Richtigkeit einer solchen Neuorientierung belehren. Leider aber ist das Gegenteil der Fall. Nicht nur in deutschnationalen, sondern sogar in „völkischen" Kreisen sagt man dem Gedanken solcher Ostpolitik heftigste Fehde an, wobei man sich, wie fast immer bei ähnlichen Gelegenheiten, auf einen Größeren beruft. Bismarcks Geist wird zitiert, um eine Politik zu decken, die ebenso unsinnig wie unmöglich und für das deutsche Volk in höchstem Grade schädlich ist. Bismarck habe einst selbst immer Wert auf gute Beziehungen zu Rußland gelegt. Das ist unbedingt richtig. Allein man vergißt dabei ganz, zu erwähnen, daß er ebenso großen Wert auf gute Beziehungen zum Beispiel zu Italien legte, ja, daß derselbe Herr von Bismarck sich einst mit Italien verband, um Österreich besser erledigen zu können. Warum setzt man denn nicht diese Politik ebenfalls fort? „Weil das Italien von heute nicht das Italien von damals ist", wird man sagen. Gut. Aber dann, verehrte Herrschaften, erlauben Sie den Einwand, daß das heutige Rußland auch nicht mehr das Rußland von damals ist. Es ist Bismarck niemals eingefallen, einen politischen Weg taktisch prinzipiell für immer festlegen zu wollen. Er war hier viel zu sehr der Meister des Augenblicks, als daß er sich selbst eine solche Bindung auferlegt hätte. Die Frage darf also nicht heißen: Was hat Bismarck damals getan?, sondern vielmehr: Was würde er heute tun? Und diese Frage ist leichter zu beantworten. Er würde sich bei seiner politischen Klugheit nie mit einem Staate verbinden, der dem Untergange geweiht ist.

Im übrigen hat Bismarck schon seinerzeit die deutsche Kolonialund Handelspolitik mit gemischten Gefühlen betrachtet, da ihm zunächst nur daran lag, die Konsolidierung und innere Festigung des von ihm geschaffenen Staatengebildes auf sicherstem Wege zu ermöglichen. Dies war auch der einzige Grund, weshalb er damals die russische Rückendeckung begrüßte, die ihm den Arm nach dem Westen freigab. Allein, was damals für Deutschland Nutzen brachte, würde heute Schaden bringen.

Schon in den Jahren 1920/21, als die junge nationalsozialistische Bewegung sich langsam vom politischen Horizont abzuheben begann und da und dort als Freiheitsbewegung der deutschen Nation angesprochen wurde, trat man von verschiedenen Seiten an die Partei mit dem Versuch heran, zwischen ihr und den Freiheitsbewegungen anderer Länder eine gewisse Verbindung herzustellen. Es lag dies auf der Linie des von vielen propagierten „Bundes der unterdrückten Nationen“. Hauptsächlich handelte es sich dabei um Vertreter einzelner Balkanstaaten, weiter um solche Ägyptens und Indiens, die auf mich im einzelnen immer den Eindruck schwatzhafter Wichtigtuer, bar jedes realen Hintergrundes, machten. Es gab aber nicht wenige Deutsche, besonders im nationalen Lager, die sich von solchen aufgeblasenen Orientalen blenden ließen und in irgendeinem hergelaufenen indischen oder ägyptischen Studenten nun ohne weiteres einen „Vertreter“ Indiens oder Ägyptens vor sich zu haben glaubten. Die Leute wurden sich gar nicht klar, daß es sich dabei meistens um Personen handelte, hinter denen überhaupt nichts stand, die vor allem von niemand autorisiert waren, irgendeinen Vertrag mit irgend jemandem abzuschließen, so daß das praktische Ergebnis jeder Beziehung zu solchen Elementen Null war, sofern man nicht die verlorene Zeit noch besonders als Verlust buchen wollte. Ich habe mich gegen solche Versuche immer gewehrt. Nicht nur, daß ich Besseres zu tun hatte, als in so unfruchtbaren „Besprechungen“ Wochen zu vertrödeln, hielt ich auch, selbst wenn es sich dabei um autorisierte Vertreter solcher Nationen gehandelt hätte, das Ganze für untauglich, ja schädlich.

Es war schon im Frieden schlimm genug, daß die deutsche Bündnispolitik infolge des Fehlens eigener aktiver Angriffsabsichten in einem Defensivverein alter, weltgeschichtlich pensionierter Staaten endete. Sowohl der Bund mit Österreich als auch der mit der Türkei hatte wenig Erfreuliches für sich. Während sich die größten Militärund Industriestaaten der Erde zu einem aktiven Angriffsverband zusammenschlossen, sammelte man ein paar alte, impotent gewordene Staatsgebilde und versuchte mit diesem dem Untergang bestimmten Gerümpel einer aktiven Weltkoalition die Stirne zu bieten. Deutschland hat die bittere Quittung für diesen außenpolitischen Irrtum erhalten. Allein diese Quittung scheint noch immer nicht bitter genug gewesen zu sein, um unsere ewigen Phantasten davor zu bewahren, flugs in den gleichen Fehler zu verfallen. Denn der Versuch, durch einen „Bund der unterdrückten Nationen“ die allgewaltigen Sieger entwaffnen zu können, ist nicht nur lächerlich, sondern auch unheilvoll. Er ist unheilvoll, weil dadurch immer wieder unser Volk von den realen Möglichkeiten abgelenkt wird, so daß es sich statt dessen phantasievollen, jedoch unfruchtbaren Hoffnungen und Illusionen hingibt. Der Deutsche von jetzt gleicht wirklich dem Ertrinkenden, der nach jedem Strohhalm greift. Dabei kann es sich um sonst sehr gebildete Menschen handeln. Sowie nur irgendwo das Irrlicht einer noch so unwirklichen Hoffnung sichtbar wird, setzen sich diese Menschen schleunigst in Trab und jagen dem Phantom nach. Mag dies ein Bund der unterdrückten Nationen, ein Völkerbund oder sonst eine neue phantastische Erfindung sein, sie wird nichtsdestoweniger Tausende gläubiger Seelen finden.

Ich erinnere mich noch der ebenso kindlichen wie unverständlichen Hoffnungen, die in den Jahren 1920/21 plötzlich in völkischen Kreisen auftauchten, England stände in Indien vor einem Zusammenbruch. Irgendwelche asiatische Gaukler, vielleicht meinetwegen auch wirkliche indische „Freiheitskämpfer“, die sich damals in Europa herumtrieben, hatten es fertiggebracht, selbst sonst ganz vernünftige Menschen mit der fixen Idee zu erfüllen, daß das britische Weltreich, das seinen Angelpunkt in Indien besitze, gerade dort vor dem Zusammenbruch stehe. Daß dabei auch in diesem Falle nur ihr eigener Wunsch der Vater aller Gedanken war, kam ihnen natürlich nicht zum Bewußtsein. Ebensowenig das Widersinnige ihrer eigenen Hoffnungen. Denn indem sie von einem Zusammenbruch der englischen Herrschaft in Indien das Ende des britischen Weltreichs und der englischen Macht erwarteten, geben sie doch selber zu, daß eben Indien für England von eminentester Bedeutung ist.

Diese lebenswichtigste Frage dürfte aber wahrscheinlich doch nicht nur einem deutschvölkischen Propheten als tiefstes Geheimnis bekannt sein, sondern vermutlich auch den Lenkern der englischen Geschichte selbst. Es ist schon wirklich kindlich, anzunehmen, daß man in England die Bedeutung des indischen Kaiserreiches für die britische Weltunion nicht richtig abzuschätzen wisse. Und es ist nur ein böses Zeichen für das unbedingte Nichtlernen aus dem Weltkrieg und für das vollständige Mißverstehen und Nichterkennen angelsächsischer Entschlossenheit, wenn man sich einbildet, daß England, ohne das Letzte einzusetzen, Indien fahren lassen würde. Es ist weiter der Beweis für die Ahnungslosigkeit, die der Deutsche von der ganzen Art der britischen Durchdringung und Verwaltung dieses Reiches besitzt. England wird Indien nur verlieren, wenn es entweder selbst in seiner Verwaltungsmaschinerie der rassischen Zersetzung anheimfällt (etwas, das augenblicklich in Indien vollkommen ausscheidet), oder wenn es durch das Schwert eines machtvollen Feindes bezwungen wird. Indischen Aufrührern wird dies aber nie gelingen. Wie schwer es ist, England zu bezwingen, haben wir Deutsche zur Genüge erfahren. Ganz abgesehen davon, daß ich als Germane Indien trotz allem immer noch lieber unter englische Herrschaft sehe als unter einer anderen.

Genau so kümmerlich sind die Hoffnungen auf den sagenhaften Aufstand im Ägypten. Der „Heilige Krieg“ kann unseren deutschen Schafkopfspielern das angenehme Gruseln beibringen, daß jetzt andere für uns zu verbluten bereit sind – denn diese feige Spekulation ist, ehrlich gesprochen, schon immer der stille Vater solcher Hoffnungen gewesen –, in der Wirklichkeit würde er unter dem Strichfeuer englischer Maschinengewehrkompanien und dem Hagenl von Brisanzbomben ein höllisches Ende nehmen.

Es ist eben eine Unmöglichkeit, einen machtvollen Staat, der entschlossen ist, für seine Existenz, wenn nötig, den letzten Blutstropfen einzusetzen, durch eine Koalition von Krüppeln zu berennen. Als völkischer Mann, der den Wert des Menschentums nach rassischen Grundlagen abschätzt, darf ich schon aus der Erkenntnis der rassischen Minderwertigkeit dieser sogenannten „unterdrückten Nationen" nicht das Schicksal des eigenen Volkes mit dem ihren verketten.

Ganz die gleiche Stellung aber haben wir heute auch Rußland gegenüber einzunehmen. Das derzeitige, seiner germanischen Oberschicht entkleidete Rußland ist, ganz abgesehen von den inneren Absichten seiner neuen Herren, kein Verbündeter für einen Freiheitskampf der deutschen Nation. Rein militärisch betrachtet, wären die Verhältnisse im Falle eines Krieges Deutschland-Rußland gegen den Westen Europas, wahrscheinlich aber gegen die ganze übrige Welt, geradezu katastrophal. Der Kampf würde sich nicht auf russischem, sondern auf deutschem Boden abspielen, ohne daß Deutschland von Rußland auch nur die geringste wirksame Unterstützung erfahren könnte. Die Machtmittel des heutigen Deutschen Reiches sind so jämmerlich und für einen Kampf nach außen so unmöglich, daß irgendein Grenzschutz gegen den Westen Europas, einschließlich Englands, nicht durchgeführt werden könnte und gerade das deutsche Industriegebiet den konzentrierten Angriffswaffen unserer Gegner wehrlos preisgegeben läge. Dazu kommt, daß zwischen Deutschland und Rußland der ganz in französischen Händen ruhende polnische Staat liegt. Im Falle eines Krieges Deutschland-Rußlands gegen den Westen Europas müßte Rußland erst Polen niederwerfen, um den ersten Soldaten an eine deutsche Front zu bringen. Dabei handelt es sich aber gar nicht so sehr um Soldaten als um die technische Rüstung. In dieser Hinsicht würde sich, nur noch viel entsetzlicher, der Zustand im Weltkrieg wiederholen. So wie damals die deutsche Industrie für unsere ruhmvollen Verbündeten angezapft wurde und Deutschland den technischen Krieg fast ganz allein bestreiten mußte, so würde in diesem Kampf Rußland als technischer Faktor überhaupt völlig ausscheiden. Der allgemeinen Motorisierung der Welt, die im nächsten Kriege schon in überwältigender Weise kampfbestimmend in Erscheinung treten wird, könnte von uns fast nichts entgegengestellt werden. Denn nicht nur, daß Deutschland selbst auf diesem wichtigsten Gebiete beschämend weit zurückgeblieben ist, müßte es von dem wenigen, daß es besitzt, noch Rußland erhalten, das selbst heute noch nicht eine einzige Fabrik sein eigen nennt, in der ein wirklich laufender Kraftwagen erzeugt werden kann. Damit aber würde solch ein Kampf nur den Charakter eines Abschlachtens erhalten. Deutschlands Jugend würde noch mehr verbluten als einst, denn wie immer läge die Last des Kampfes nur auf uns, und das Ergebnis wäre die unabwendbare Niederlage.

Aber selbst den Fall angenommen, daß ein Wunder geschähe und ein solcher Kampf nicht mit der restlosen Vernichtung Deutschlands endigte, wäre der letzte Erfolg doch nur der, daß das ausgeblutete deutsche Volk nach wie vor umgrenzt bliebe von großen Militärstaaten, seine wirkliche Lage mithin sich in keiner Weise geändert hätte.

Man wende nun nicht ein, bei einem Bund mit Rußland müsse nicht gleich an einen Krieg gedacht werden, oder wenn, könne man sich auf einen solchen gründlich vorbereiten. Nein. Ein Bündnis, dessen Ziel nicht die Absicht zu einem Kriege umfaßt, ist sinnund wertlos. Bündnisse schließt man nur zum Kampf. Und mag die Auseinandersetzung im Augenblick des Abschlusses eines Bündnisvertrages in noch so weiter Ferne liegen, die Aussicht auf eine kriegerische Verwicklung ist nichtsdestoweniger die innere Veranlassung zu ihm. Und man glaube ja nicht, daß etwa irgendeine Macht den Sinn solch eines Bundes anders auffassen würde. Entweder eine deutsch-russische Koalition bliebe auf dem Papier allein stehen, dann wäre sie für uns zweckund wertlos, oder sie würde aus den Buchstaben des Vertrages in die sichtbare Wirklichkeit umgesetzt – und die andere Welt wäre gewarnt. Wie naiv, zu denken, daß England und Frankreich in einem solchen Falle ein Jahrzehnt warten würden, bis der deutsch-russische Bund seine technischen Vorbereitungen zum Kampf beendet haben würde. Nein, das Unwetter bräche blitzschnell über Deutschland herein.

So liegt schon in der Tatsache des Abschlusses eines Bündnisses mit Rußland die Anweisung für den nächsten Krieg. Sein Ausgang wäre das Ende Deutschlands.

Dazu kommt aber noch folgendes:

1. Die heutigen Machthaber Rußlands denken gar nicht daran, in ehrlicher Weise einen Bund einzugehen oder ihn gar zu halten.

Man vergesse doch nie, daß die Regenten des heutigen Rußlands blutbefleckte gemeine Verbrecher sind, daß es sich hier um einen Abschaum der Menschheit handelt, der, begünstigt durch die Verhältnisse in einer tragischen Stunde, einen großen Staat überrannte, Millionen seiner führenden Intelligenz in wilder Blutgier abwürgte und ausrottete und nun seit bald zehn Jahren das grausamste Tyrannenregiment aller Zeiten ausübt. Man vergesse weiter nicht, daß diese Machthaber einem Volk angehören, daß in seltener Mischung bestialische Grausamkeit mit unfaßlicher Lügenkunst verbindet und sich heute mehr denn je berufen glaubt, seine blutige Unterdrückung der ganzen Welt aufbürden zu müssen. Man vergesse nicht, daß der internationale Jude, der Rußland heute restlos beherrscht, in Deutschland nicht einen Verbündeten, sondern einen zu gleichem Schicksal bestimmten Staat sieht. Man schließt aber keinen Vertrag mit einem Partner, dessen einziges Interesse die Vernichtung des anderen ist. Man schließt ihn vor allem nicht mit Subjekten, denen kein Vertrag heilig sein würde, da sie nicht als Vertreter von Ehre und Wahrhaftigkeit auf dieser Welt leben, sondern als Repräsentanten der Lüge, des Betruges, des Diebstahls, der Plünderung, des Raubes. Wenn der Mensch glaubt, mit Parasiten vertragliche Bindungen eingehen zu können, so ähnelt dies dem Versuche eines Baumes, zum eigenen Vorteil mit einer Mistel ein Abkommen zu schließen.

2. Die Gefahr, der Rußland einst unterlag, ist für Deutschland dauernd vorhanden. Nur der bürgerliche Einfaltspinsel ist fähig, sich einzubilden, daß der Bolschewismus gebannt ist. Er hat in seinem oberflächlichen Denken keine Ahnung davon, daß es sich hier um einen triebhaften Vorgang, d.h. den des Strebens nach der Weltherrschaft des jüdischen Volkes, handelt, um einen Vorgang, der genau so natürlich ist wie der Trieb des Angelsachsen, sich seinerseits in den Besitz der Herrschaft dieser Erde zu setzen. Und so, wie der Angelsachse diesen Weg auf seine Art verfolgt und den Kampf mit seinen Waffen kämpft, so eben auch der Jude. Er geht seinen Weg, den Weg des Einschleichens in die Völker und des inneren Aushöhlens derselben, und er kämpft mit seinen Waffen, mit Lüge und Verleumdung, Vergiftung und Zersetzung, den Kampf steigernd bis zur blutigen Ausrottung der ihm verhaßten Gegner. Im russischen Bolschewismus haben wir den im zwanzigsten Jahrhundert unternommenen Versuch des Judentums zu erblicken, sich die Weltherrschaft anzueignen, genau so, wie es in anderen Zeitperioden durch andere, wenn auch innerlich verwandte Vorgänge dem gleichen Ziele zuzustreben suchte. Sein Streben liegt zutiefst begründet in der Art seines Wesens. So wenig ein anderes Volk von sich aus darauf verzichtet, dem Triebe nach Ausbreitung seiner Art und Macht nachzugehen, sondern durch äußere Verhältnisse dazu gezwungen wird oder durch Alterserscheinungen der Impotenz verfällt, so wenig bricht auch der Jude seinen Weg zur Weltdiktatur aus selbstgewollter Entsagung ab oder weil er seinen ewigen Drang unterdrückt. Auch er wird entweder durch außerhalb seiner selbst liegende Kräfte in seiner Bahn zurückgeworfen, oder all sein Weltherrschaftsstreben wird durch das eigene Absterben erledigt. Die Impotenz der Völker, ihr eigener Alterstod, liegt aber begründet in der Aufgabe ihrer Blutsreinheit. Und diese wahrt der Jude besser als irgendein anderes Volk der Erde. Somit geht er seinen verhängnisvollen Weg weiter, so lange, bis ihm eine andere Kraft entgegentritt und in gewaltigem Ringen den Himmelsstürmer wieder zum Luzifer zurückwirft.

Deutschland ist heute das nächste große Kampfziel des Bolschewismus. Es bedarf aller Kraft einer jungen missionshaften Idee, um unser Volk noch einmal emporzureißen, aus der Umstrickung dieser internationalen Schlange zu lösen und der Verpestung unseres Blutes im Innern Einhalt zu tun, auf daß die damit frei werdenden Kräfte der Nation für eine Sicherung unseres Volkstums eingesetzt werden können, welche bis in fernste Zeiten eine Wiederholung der letzten Katastrophen zu verhindern vermag. Verfolgt man aber dieses Ziel, so ist es ein Wahnsinn, sich mit einer Macht zu verbünden, die den Todfeind unserer eigenen Zukunft zum Herrn hat. Wie will man unser eigenes Volk aus den Fesseln dieser giftigen Umarmung erlösen, wenn man sich selbst in sie begibt? Wie dem deutschen Arbeiter den Bolschewismus als fluchwürdiges Menschheitsverbrechen klarmachen, wenn man sich selbst mit den Organisationen dieser Ausgeburt der Hölle verbündet, sie also im großen anerkennt? Mit welchem Rechte verurteilt man dann den Angehörigen der breiten Masse ob seiner Sympathie für eine Weltanschauung, wenn die Führer des Staates selbst die Vertreter dieser Weltanschauung zum Verbündeten wählen?

Der Kampf gegen die jüdische Weltbolschewisierung erfordert eine klare Einstellung zu Sowjet-Rußland. Man kann nicht den Teufel mit Beelzebub austreiben.

Wenn selbst völkische Kreise heute von einem Bündnis mit Rußland schwärmen, dann sollen diese nur in Deutschland Umschau halten und sich zum Bewußtsein bringen, wessen Unterstützung sie bei ihrem Beginnen finden. Oder sehen neuerdings Völkische eine Handlung als segensreich für das deutsche Volk an, die von der internationalen Marxistenpresse empfohlen und gefördert wird? Seit wann kämpfen Völkische mit einer Rüstung, die uns der Jude als Schildknappe hinhält?

Man konnte dem alten Deutschen Reich einen Hauptvorwurf in bezug auf seine Bündnispolitik machen: daß es sein Verhältnis zu allen verdarb, infolge dauernden Hinundherpendelns, in der krankhaften Schwäche, den Weltfrieden um jeden Preis zu wahren. Allein, eines konnte man ihm nicht vorwerfen, daß es das gute Verhältnis zu Rußland nicht mehr aufrechterhielt.

Ich gestehe offen, daß ich schon in der Vorkriegszeit es für richtiger gehalten hätte, wenn sich Deutschland, unter Verzicht auf die unsinnige Kolonialpolitik und unter Verzicht auf Handelsund Kriegsflotte, mit England im Bunde gegen Rußland gestellt hätte und damit von der schwachen Allerweltspolitik zu einer entschlossenen europäischen Politik kontinentalen Bodenerwerbs übergegangen wäre.

Ich vergesse nicht die dauernde freche Bedrohung, die das damalige panslawistische Rußland Deutschland zu bieten wagte; ich vergesse nicht die dauernden Probemobilmachungen, deren einziger Sinn eine Brüskierung Deutschlands war; ich kann nicht vergessen die Stimmung der öffentlichen Meinung in Rußland, die schon vor dem Kriege sich an haßerfüllten Ausfällen gegen unser Volk und Reich überbot, kann nicht vergessen die große russische Presse, die immer mehr für Frankreich schwärmte als für uns.

Allein, trotz alledem hätte es vor dem Kriege auch noch den zweiten Weg gegeben, man hätte sich auf Rußland zu stützen vermocht, um sich gegen England zu wenden.

Heute liegen die Verhältnisse anders. Wenn man vor dem Kriege noch unter Hinabwürgen aller möglichen Gefühle mit Rußland hätte gehen können, so kann man dies heute nicht mehr. Der Zeiger der Weltuhr ist seitdem weiter vorgerückt, und in gewaltigen Schlägen kündigt sie uns jene Stunde an, in der unseres Volkes Schicksal so oder so entschieden sein muß. Die Konsolidierung, in der sich augenblicklich die großen Staaten der Erde befinden, ist für uns das letzte Warnungssignal,

Einkehr zu halten und unser Volk aus der Traumwelt wieder in die harte Wirklichkeit zurückzubringen und ihm den Weg in die Zukunft zu weisen, der allein das alte Reich zu neuer Blüte führt.

Wenn die nationalsozialistische Bewegung im Hinblick auf die große und wichtigste Aufgabe sich von allen Illusionen freimacht und die Vernunft als alleinige Führerin gelten läßt, kann dereinst die Katastrophe des Jahres 1918 noch von unendlichem Segen für die Zukunft unseres Volkes werden. Ais diesem Zusammenbruch heraus kann dann unser Volk zu einer vollständigen Neuorientierung seines außenpolitischen Handelns gelangen und weiter, gefestigt durch seine neue Weltanschauung im Innern, auch nach außen zu einer endgültigen Stabilisierung seiner Außenpolitik kommen. Es kann dann endlich das erhalten, was England besitzt und selbst Rußland besaß und was Frankreich immer wieder gleiche und für seine Interessen im letzten Grunde richtige Entschlüsse treffen ließ, nämlich: ein politisches Testament.

Das politische Testament der deutschen Nation für ihr Handeln nach außen aber soll und muß für immer sinngemäß lauten:

Duldet niemals das Entstehen zweiter Kontinentalmächte in Europa! Seht in jeglichem Versuch, an den deutschen Grenzen eine zweite Militärmacht zu organisieren, und sei es auch nur in Form der Bildung eines zur Militärmacht fähigen Staates, einen Angriff gegen Deutschland und erblickt darin nicht nur das Recht, sondern die Pflicht, mit allen Mitteln, bis zur Anwendung von Waffengewalt, die Entstehung eines solchen Staates zu verhindern, beziehungsweise einen solchen, wenn er schon entstanden, wieder zu zerschlagen! – Sorgt dafür, daß die Stärke unseres Volkes ihre Grundlagen nicht in Kolonien, sondern im Boden der Heimat in Europa erhält! Haltet das Reich nie für gesichert, wenn es nicht auf Jahrhunderte hinaus jedem Sprossen unseres Volkes sein eigenes Stück Grund und Boden zu geben vermag! Vergeßt nie, daß das heiheiligste Recht auf dieser Welt das Recht auf Erde ist, die man selbst bebauen will, und das heiligste Opfer das Blut, das man für diese Erde vergießt!

X X X

Ich möchte diese Betrachtungen nicht beenden, ohne nochmals auf die alleinige Bündnismöglichkeit hinzuweisen, die es für uns augenblicklich in Europa gibt. Ich habe schon im vorhergehenden Kapitel über das deutsche Bündnisproblem England und Italien als die beiden einzigen Staaten in Europa bezeichnet, mit denen in ein engeres Verhältnis zu gelangen für uns erstrebenswert und erfolgverheißend wäre. Ich will an dieser Stelle noch kurz die militärische Bedeutung eines solchen Bundes streifen.

Die militärischen Folgen des Abschlusses dieses Bündnisses würden in allem und jedem die entgegengesetzten wie die eines Bündnisses mit Rußland sein. Das wichtigste ist zunächst die Tatsache, daß eine Annäherung an England und Italien in keiner Weise eine Kriegsgefahr an sich heraufbeschwört. Die einzige Macht, die für eine Stellungnahme gegen den Bund in Betracht käme, Frankreich, wäre hierzu nicht in der Lage. Damit aber würde der Bund Deutschland die Möglichkeit geben, in aller Ruhe diejenigen Vorbereitungen zu treffen, die im Rahmen einer solchen Koalition für eine Abrechnung mit Frankreich so oder so getroffen werden müßten. Denn das Bedeutungsvolle eines derartigen Bundes liegt ja eben darin, daß Deutschland mit dem Abschluß nicht plötzlich einer feindlichen Invasion preisgegeben wird, sondern daß die gegnerische Allianz selbst zerbricht, die Entente, der wir so unendlich viel Unglück zu verdanken haben, sich selbst auflöst und damit der Todfeind unseres Volkes, Frankreich, der Isolierung anheimfällt. Auch wenn dieser Erfolg zunächst nur von moralischer Wirkung wäre, er würde genügen, Deutschland ein heute kaum zu ahnendes Maß von Bewegungsfreiheit zu geben. Denn das Gesetz des Handelns läge in der Hand des neuen europäischen anglo-deutschitalienischen Bundes und nicht mehr bei Frankreich.

Der weitere Erfolg wäre, daß mit einem Schlage Deutschland aus seiner ungünstigen strategischen Lage befreit würde. Der mächtigste Flankenschutz einerseits, die volle Sicherung unserer Versorgung mit Lebensmitteln und Rohstoffen andererseits wäre die segensreiche Wirkung der neuen Staatenordnung. Fast noch wichtiger aber würde die Tatsache sein, daß der neue Verband Staaten umschließt von einer sich in mancher Hinsicht fast ergänzenden technischen Leistungsfähigkeit. Zum ersten Male bekäme Deutschland Verbündete, die nicht als Blutegel an unserer eigenen Wirtschaft saugen, sondern sogar zur reichsten Vervollständigung unserer technischen Rüstung ihren Teil beitragen könnten und auch würden.

Nicht übersehen möge man noch die letzte Tatsache, daß es sich in beiden Fällen um Verbündete handeln würde, die man nicht mit der Türkei oder dem heutigen Rußland vergleichen kann. Die größte Weltmacht der Erde und ein jugendlicher Nationalstaat würden für einen Kampf in Europa andere Voraussetzungen bieten als die fauligen staatlichen Leichname, mit denen sich Deutschland im letzten Krieg verbunden hatte.

Sicherlich sind, wie ich schon im vorhergehenden Kapitel betonte, die Schwierigkeiten groß, die einem solchen Bunde entgegenstehen. Allein, war etwa die Bildung der Entente ein weniger schweres Werk? Was einem König Eduard VII. gelang, zum Teil fast wider natürliche Interessen gelang, muß und wird auch uns gelingen, wenn die Erkenntnis von der Notwendigkeit einer solchen Entwicklung uns so beseelt, daß wir unser eigenes

Handeln in kluger Selbstüberwindung demgemäß bestimmen. Und dies ist eben in dem Augenblick möglich, in welchem man, erfüllt von der mahnenden Not, statt der außenpolitischen Ziellosigkeit der letzten Jahrzehnte einen einzigen zielbewußten Weg beschreitet und auf diesem durchhält. Nicht West und nicht Ostorientierung darf das künftige Ziel unserer Außenpolitik sein, sondern Ostpolitik im Sinne der Erwerbung der notwendigen Scholle für unser deutsches Volk. Da man dazu Kraft benötigt, der Todfeind unseres Volkes aber, Frankreich, uns unerbittlich würgt und die Kraft raubt, haben wir jedes Opfer auf uns zu nehmen, das in seinen Folgen geeignet ist, zu einer Vernichtung der französischen Hegemoniebestrebung in Europa beizutragen. Jede Macht ist heute unser natürlicher Verbündeter, die gleich uns Frankreichs Herrschsucht auf dem Kontinent als unerträglich empfindet. Kein Gang zu einer solchen Macht darf uns zu schwer sein und kein Verzicht als unaussprechbar erscheinen, wenn das Endergebnis nur die Möglichkeit einer Niederwerfung unseres grimmigsten Hassers bietet. Überlassen wir dann ruhig die Heilung unserer kleineren Wunden den mildernden Wirkungen der Zeit, wenn wir die größte auszubrennen und zu schließen vermögen.

Natürlich verfallen wir heute dem haßerfüllten Gebell der Feinde unseres Volkes im Innern. Lassen wir Nationalsozialisten uns durch dieses aber nie beirren, das zu verkünden, was unserer innersten Überzeugung nach unbedingt notwendig ist. Wohl müssen wir uns heute gegen den Strom der in Ausnutzung deutscher Gedankenlosigkeit von jüdischer Hinterlist betörten öffentlichen Meinung stemmen, wohl branden manches Mal die Wogen arg und böse um uns, allein, wer im Strome schwimmt, wird leichter übersehen, als wer sich gegen die Gewässer stemmt. Heute sind wir eine Klippe; in wenigen Jahren schon kann das Schicksal uns zum Damm erheben, an dem der allgemeine Strom sich bricht, um in ein neues Bett zu fließen.

Es ist daher notwendig, daß gerade die nationalsozialistische Bewegung in den Augen der übrigen Welt als Trägerin einer bestimmten politischen Absicht erkannt und festgestellt wird. Was der Himmel auch mit uns vorhaben mag, schon am Visier soll man uns erkennen.

Sowie wir selbst die große Notwendigkeit erkennen, die unser außenpolitisches Handeln zu bestimmen hat, wird aus diesem Erkennen die Kraft der Beharrlichkeit strömen, die wir manches Mal nötig brauchen, wenn unter dem Trommelfeuer unserer gegnerischen Pressemeute dem einen oder anderen bänglich zumute wird und ihn die leise Neigung beschleicht, um nicht alles gegen sich zu haben, wenigstens auf diesem oder jenem Gebiet eine Konzession zu gewähren und mit den Wölfen zu heulen.

15. Kapitel

Notwehr als Recht

Mit der Waffenniederlegung im November 1918 wurde eine Politik eingeleitet, die nach menschlicher Voraussicht langsam zur vollständigen Unterwerfung führen mußte. Geschichtliche Beispiele ähnlicher Art zeigen, daß Völker, die erst ohne zwingende Gründe die Waffen strecken, in der Folgezeit lieber die größten Demütigungen und Erpressungen hinnehmen, als durch einen erneuten Appell an die Gewalt eine Änderung ihres Schicksals zu versuchen.

Dies ist menschlich erklärlich. Ein kluger Sieger wird seine Forderungen, wenn möglich, immer in Teilen dem Besiegten auferlegen. Er darf dann bei einem charakterlos gewordenen Volk – und dies ist ein jedes sich freiwillig unterwerfende – damit rechnen, daß es in jeder dieser Einzelunterdrückungen keinen genügenden Grund mehr empfindet, um noch einmal zur Waffe zu greifen. Je mehr Erpressungen aber auf solche Art willig angenommen werden, um so ungerechtigter erscheint es dann den Menschen, wegen einer neuen, scheinbar einzelnen, aber allerdings immer wiederkehrenden Bedrückung sich endlich doch zur Wehr zu setzen, besonders wenn man, alles zusammengerechnet, ohnehin schon so viel mehr und größeres Unglück schweigend und duldend ertrug.

Karthagos Untergang ist die schrecklichste Darstellung einer solchen langsamen selbstverschuldeten Hinrichtung eines Volkes.

In seinen „Drei Bekenntnissen" greift deshalb auch Clausewitz in unvergleichlicher Weise diesen Gedanken heraus und nagelt ihn fest für alle Zeiten, indem er spricht:

„daß der Schandfleck einer feigen Unterwerfung nie zu verwischen ist; daß dieser Gifttropfen in dem Blute eines Volkes in die Nachkommenschaft übergeht und die Kraft später Geschlechter lähmen und untergraben wird"; daß demgegenüber „selbst der Untergang dieser Freiheit nach einem blutigen und ehrenvollen Kampf die Wiedergeburt des Volkes sichert und der Kern des Lebens ist, aus dem einst ein neuer Baum die sichere Wurzel schlägt".

Natürlich wird sich eine ehrund charakterlos gewordene Nation um solche Lehre nicht kümmern. Denn wer sie beherzigt, kann ja gar nicht so tief sinken, sondern es bricht nur zusammen, wer sie vergißt oder nicht mehr wissen will. Daher darf man bei den Trägern einer charakterlosen Unterwerfung nicht erwarten, daß sie plötzlich in sich gehen, um auf Grund der Vernunft und aller menschlichen Erfahrung anders zu handeln als bisher. Im Gegenteil, gerade diese werden jede solche Lehre weit von sich weisen, so lange, bis entweder das Volk sein Sklavenjoch endgültig gewohnt ist oder bis bessere Kräfte an die Oberfläche drängen, um dem verruchten Verderber die Gewalt aus den Händen zu schlagen. Im ersten Fall pflegen sich diese Menschen gar nicht so schlecht zu fühlen, da sie von den klugen Siegern nicht selten das Amt der Sklavenaufseher übertragen erhalten, das diese charakterlosen Naturen dann über ihr eigenes Volk auch meist unbarmherziger ausüben als irgendeine vom Feinde selbst hineingesetzte fremde Bestie.

Die Entwicklung seit dem Jahre 1918 zeigt uns nun an, daß in Deutschland die Hoffnung, durch freiwillige Unterwerfung die Gnade der Sieger gewinnen zu können, leider in verhängnisvoller Weise die politische Einsicht und das Handeln der breiten Masse bestimmt. Ich möchte deshalb den Wert auf die Betonung der b r e i t e n Masse legen, weil ich mich nicht zur Überzeugung zu bekennen vermag, daß das Tun und Lassen der F ü h r e r unseres Volkes etwa dem gleichen verderblichen Irrwahn zuzuschreiben sei. Da die Leitung unserer Geschicke seit Kriegsende, nunmehr ganz unverhüllt, durch Juden besorgt wird, kann man wirklich nicht annehmen, daß nur fehlerhafte Erkenntnis die Ursache unseres Unglücks sei, sondern man muß im Gegenteil der Überzeugung sein, daß bewußte Absicht unser Volk zugrunde richtet. Und sowie man erst von diesem Gesichtspunkt aus den scheinbaren Wahnsinn der außenpolitischen Leitung unseres Volkes überprüft, enthüllt er sich als höchst raffinierte, eisig kalte Logik im Dienste des jüdischen Welteroberungsgedankens und -kampfes.

So erscheint es auch begreiflich, daß dieselbe Zeitspanne, die 1806 bis 1813 genügt hatte, um das gänzlich zusammengebrochene Preußen mit neuer Lebensenergie und Kampfentschlossenheit zu erfüllen, heute nicht nur ungenützt verstrichen ist, sondern im Gegenteil zu einer immer größeren Schwächung unseres Staates geführt hat.

Sieben Jahre nach dem November 1918 wurde der Vertrag von Locarno unterzeichnet!

Der Hergang war dabei der oben schon angedeutete: Sowie man einmal den schandbaren Waffenstillstand unterschrieben hatte, brachte man weder die Tatkraft noch den Mut auf, den sich später immer wiederholenden Unterdrükkungsmaßnahmen der Gegner nun plötzlich Widerstand entgegenzusetzen. Diese aber waren zu klug, auf einmal zuviel zu fordern. Sie beschränkten ihre Erpressungen stets auf jenen Umfang, der ihrer eigenen Meinung nach – und der unserer deutschen Führung – augenblicklich noch so weit erträglich sein würde, daß eine Explosion der Volksstimmung dadurch nicht befürchtet zu werden brauchte. Je mehr aber an solchen einzelnen Diktaten unterschrieben und hinuntergewürgt worden waren, um so weniger schien es gerechtfertigt, wegen einer einzelnen weiteren Erpressung oder verlangten Entwürdigung nun plötzlich das zu tun, was man wegen vieler anderer nicht tat: Widerstand zu leisten. Dies ist eben jener „Gifttropfen", von dem Clausewitz spricht: die zuerst begangene Charakterlosigkeit, die sich selbst immer weiter steigern muß und die allmählich als schlimmstes Erbe jeden künftigen Entschluß belastet. Sie kann zum furchtbaren Bleigewicht werden, das ein Volk dann kaum mehr abzuschütteln vermag, sondern von dem es endgültig hinuntergezogen wird in das Dasein einer Sklavenrasse.

So wechselten auch in Deutschland Entwaffnungsund Versklavungsedikte, politische Wehrlosmachung und wirtschaftliche Ausplünderung miteinander ab, um endlich moralisch jenen Geist zu erzeugen, der im Dawesgutachten ein Glück und im Vertrag von Locarno einen Erfolg zu sehen vermag. Man kann dann freilich, von einer höheren Warte aus betrachtet, von einem einzigen Glück in diesem Jammer reden, dem Glück, daß man wohl Menschen betören, den Himmel aber nicht bestechen konnte. Denn dessen Segen blieb aus: Not und Sorge sind seitdem die ständigen Begleiter unseres Volkes geworden, und unser einziger treuer Verbündeter ist das Elend. Das Schicksal hat auch in diesem Falle keine Ausnahme gemacht, sondern uns gegeben, was wir verdienten. Da wir die Ehre nicht mehr zu schätzen wissen, lehrt es uns wenigstens die Freiheit am Brote würdigen. Nach Brot haben die Menschen nun schon zu rufen gelernt, um Freiheit aber werden sie eines Tages noch beten.

So bitter und so ersichtlich der Zusammenbruch unseres Volkes in den Jahren nach 1918 auch war, so entschlossen hatte man gerade in dieser Zeit jeden auf das heftigste verfolgt, der sich unterstand, das, was später immer eingetroffen ist, schon damals zu prophezeien. So erbärmlich schlecht die Leitung unseres Volkes gewesen ist, ebenso eingebildet war sie auch, und besonders dann, wenn es sich um das Abtun unliebsamer, weil unangenehmer Warner handelte. Da konnte man es (und man kann es auch heute noch!) erleben, daß sich die größten parlamentarischen Strohköpfe, wirkliche Gevatter Sattlermeister und Handschuhmacher – nicht bloß dem Beruf nach, was gar nichts sagen würde – plötzlich auf das Piedestal des Staatsmannes emporhoben, um von dort herunter dann die kleinen Sterblichen abzukanzeln. Es tat und tut dabei gar nichts zur Sache, daß ein solcher „Staatsmann" zumeist schon im sechsten Monat seiner Kunst als der windigste Murkser, vom Spott und Hohn der ganzen übrigen Welt umhallt, entlarvt ist, weder ein noch aus weiß und den untrüglichen Beweis für seine vollständige Unfähigkeit schlagend erbracht hat! Nein, das tut gar nichts zur Sache, im Gegenteil: je mehr es den parlamentarischen Staatsmännern dieser Republik an wirklichen Leistungen gebricht, um so wütender verfolgen sie dafür diejenigen, die Leistungen von ihnen erwarten, die das Versagen ihrer bisherigen Tätigkeit festzustellen sich erfrechen und den Mißerfolg ihrer zukünftigen voraussagen. Nagelt man aber einen solchen parlamentarischen Ehrenmann einmal endgültig fest, und kann der Staatskünstler dann wirklich den Zusammenbruch seiner ganzen Tätigkeit und ihrer Ergebnisse nicht mehr wegleugnen, dann finden sie tausend und aber tausend Gründe der Entschuldigung für ihre Nichterfolge und wollen nur einen einzigen nicht zugeben, daß sie selbst der Hauptgrund alles Übels sind.

X X X

Spätestens im Winter 1922/23 hätte man allgemein verstehen müssen, daß sich Frankreich auch nach dem Friedensschluß mit eiserner Konsequenz bemühe, sein ihm ursprünglich vorschwebendes Kriegsziel doch noch zu erreichen. Denn niemand wird wohl glauben, daß Frankreich im entscheidendsten Ringen seiner Geschichte viereinhalb Jahre lang das an sich nicht zu reiche Blut seines Volkes einsetzte, nur um später die vorher angerichteten Schäden durch Reparationen wieder vergütet zu erhalten. Selbst ElsaßLothringen allein würde noch nicht die Energie der französischen Kriegsführung erklären, wenn es sich nicht dabei schon um einen Teil des wirklich großen politischen Zukunftsprogrammes der französischen Außenpolitik gehandelt hätte. Dieses Ziel aber heißt: Auflösung Deutschlands in ein Gemengsel von Kleinstaaten. Dafür hat das chauvinistische Frankreich gekämpft, wobei es allerdings sein Volk in Wahrheit als Landsknechte dem internationalen Weltjuden verkaufte.

Dieses französische Kriegsziel wäre schon durch den Krieg an sich zu erreichen gewesen, wenn, wie man anfangs zu Paris hoffte, der Kampf sich auf deutschem Boden abgespielt hätte. Man stelle sich vor, daß die blutigen Schlachten des Weltkrieges nicht an der Somme, in Flandern, im Artois, vor Warschau, Iwangorod, Kowno, Riga und wo sonst überall stattgefunden hätten, sondern in Deutschland, an der Ruhr und am Main, an der Elbe, vor Hannover, Leipzig, Nürnberg usw., und man wird wohl zustimmen müssen, daß die Möglichkeit einer Zertrümmerung Deutschlands gegeben gewesen wäre. Es ist sehr fraglich, ob unser junger föderativer Staat viereinhalb Jahre lang die gleiche Belastungsprobe ausgehalten hätte wie das seit Jahrhunderten stramm zentralisierte und nur nach dem unumstrittenen Mittelpunkt Paris sehende Frankreich. Daß dieses gewaltigste Völkerringen sich außerhalb der Grenzen unseres Vaterlandes abrollte, war nicht nur das unsterbliche Verdienst des einzigen alten Heeres, sondern auch das größte Glück für die deutsche Zukunft. Es ist meine felsenfeste, mich manches Mal fast beklemmende innere Überzeugung, daß es im anderen Falle heute schon längst kein Deutsches Reich, sondern nur mehr „deutsche Staaten" gäbe. Dies ist auch der einzige Grund, warum das Blut unserer gefallenen Freunde und Brüder wenigstens nicht ganz umsonst geflossen ist.

So kam alles anders! Wohl brach Deutschland im November 1918 blitzschnell zusammen. Allein, als die Katastrophe in der Heimat eintrat, standen die Armeen des Feldheeres noch tief in feindlichen Landen. Die erste Sorge Frankreichs war damals nicht Deutschlands Auflösung, sondern vielmehr die: Wie bringt man die deutschen Armeen möglichst schnell aus Frankreich und Belgien hinaus? Und so war für die Pariser Staatsleitung die erste Aufgabe zur Beendigung des Weltkrieges, die deutschen Armeen zu entwaffnen und, wenn möglich, zunächst nach Deutschland zurückzudrängen; und erst in zweiter Linie konnte man sich der Erfüllung des ursprünglichen und eigentlichen Kriegszieles widmen. Allerdings war Frankreich darin bereits gelähmt. In England war mit der Vernichtung Deutschlands als Kolonialund Handelsmacht und dessen Herunterdrückung in den Rang eines Staates zweiter Klasse der Krieg wirklich siegreich beendet. Ein Interesse an der restlosen Ausmerzung des deutschen Staates besaß man nicht nur nicht, sondern hatte sogar allen Grund, einen Rivalen gegen Frankreich in Europa für die Zukunft zu wünschen. So mußte die französische Politik erst in entschlossener Friedensarbeit fortsetzen, was der Krieg angebahnt hatte, und Clemenceaus Ausspruch, daß für ihn auch der Friede nur die Fortsetzung des Krieges sei, bekam erhöhte Bedeutung.

Dauernd, bei jedem möglichen Anlaß, mußte man das Reichsgefüge erschüttern. Durch die Auferlegung immer neuer Entwaffnungsnoten einerseits und durch die hierdurch ermöglichte wirtschaftliche Auspressung andererseits hoffte man in Paris, das Reichsgefüge langsam lockern zu können. Je mehr die nationale Ehre in Deutschland abstarb, um so eher konnten der wirtschaftliche Druck und die ewige Not zu politisch destruktiven Wirkungen führen. Eine solche Politik politischer Unterdrückung und wirtschaftlicher Ausplünderung, zehn und zwanzig Jahre durchgeführt, muß allmählich selbst den besten Staatskörper ruinieren und unter Umständen auflösen. Damit aber ist das französische Kriegsziel dann endgültig erreicht.

Dies mußte man im Winter 1922/23 doch schon längst als Frankreichs Absicht erkannt haben. Damit blieben aber nur zwei Möglichkeiten übrig: Man durfte hoffen, entweder den französischen Willen an der Zähigkeit des deutschen Volkskörpers allmählich stumpf zu machen oder einmal endlich zu tun, was doch nicht ausbleiben kann, nämlich bei irgendeinem besonders krassen Fall das Steuer des Reichsschiffes herumzureißen und die Ramme gegen den Feind zu kehren. Dies bedeutete dann allerdings einen Kampf auf Leben und Tod, und Aussicht zum Leben war nur vorhanden, wenn es vorher gelang, Frankreich so weit zu isolieren, daß dieser zweite Kampf nicht mehr ein Ringen Deutschlands gegen die Welt sein mußte, sondern eine Verteidigung Deutschlands gegen das die Welt und ihren Frieden dauernd störende Frankreich darstellte. Ich betone es und bin fest davon überzeugt, daß dieser zweite Fall einmal so oder so kommen muß und kommen wird.

Ich glaube niemals daran, daß sich Frankreichs Absichten uns gegenüber je ändern könnten, denn sie liegen im tiefsten Grunde nur im Sinne der Selbsterhaltung der französischen Nation. Wäre ich selbst Franzose und wäre mir somit Frankreichs Größe so lieb, wie mir die Deutschlands heilig ist, so könnte und wollte auch ich nicht anders handeln, als es am Ende ein Clemenceau tut. Das nicht nur in seiner Volkszahl, sondern besonders in seinen rassisch besten Elementen langsam absterbende Franzosentum kann sich seine Bedeutung in der Welt auf die Dauer nur erhalten bei Zertrümmerung Deutschlands. Die französische Politik mag tausend Umwege machen, irgendwo am Ende wird immer dieses Ziel als Erfüllung letzter Wünsche und tiefster Sehnsucht vorhanden sein. Es ist aber unrichtig, zu glauben, daß ein rein p a s s i v e r , nur sich selbst erhalten wollender Wille einem nicht minder kraftvollen, aber aktiv vorgehenden auf die Dauer Widerstand leisten könnte. Solange der ewige Konflikt zwischen Deutschland und Frankreich nur in der Form einer deutschen Abwehr gegenüber französischem Angriff ausgetragen wird, wird er niemals entschieden werden, wohl aber wird Deutschland von Jahrhundert zu Jahrhundert eine Position nach der anderen verlieren. Man verfolge das Wandern der deutschen Sprachgrenze vom zwölften Jahrhundert angefangen bis heute, und man wird wohl schwerlich mehr auf den Erfolg einer Einstellung und Entwicklung bauen, die uns bisher schon so viel Schaden gebracht hat.

Erst wenn dies in Deutschland vollständig begriffen sein wird, so daß man den Lebenswillen der deutschen Nation nicht mehr in bloß passiver Abwehr verkümmern läßt, sondern zu einer endgültigen aktiven Auseinandersetzung mit Frankreich zusammenrafft und in einen letzten Entscheidungskampf mit deutscherseits größten Schlußzielen hineinwirft: erst dann wird man imstande sein, das ewige und an sich so unfruchtbare Ringen zwischen uns und Frankreich zum Abschluß zu bringen; allerdings unter der Voraussetzung, daß Deutschland in der Vernichtung Frankreichs wirklich nur ein Mittel sieht, um danach unserem Volke endlich an anderer Stelle die mögliche Ausdehnung geben zu können. Heute zählen wir achtzig Millionen Deutsche in Europa! Erst dann aber wird jene Außenpolitik als richtig anerkannt werden, wenn nach kaum hundert Jahren zweihundertfünfzig Millionen Deutsche auf diesem Kontinent leben werden, und zwar nicht zusammengepreßt als Fabrikkulis der anderen Welt, sondern: als Bauern und Arbeiter, die sich durch ihr Schaffen gegenseitig das Leben gewähren.

Im Dezember 1922 schien die Situation zwischen Deutschland und Frankreich wieder zu bedrohlicher Schärfe zugespitzt. Frankreich hatte neue ungeheure Erpressungen im Auge und brauchte dazu Pfänder. Der wirtschaftlichen Ausplünderung mußte ein politischer Druck vorangehen, und nur ein gewaltsamer Griff in die Nervenzentrale unseres gesamten deutschen Lebens schien den Franzosen als genügend, um unser „widerspenstiges" Volk unter schärferes Joch nehmen zu können. Mit der Besetzung des Ruhrgebietes hoffte man in Frankreich nicht nur das moralische Rückgrat Deutschlands endgültig zu durchbrechen, sondern uns auch wirtschaftlich in eine Zwangslage zu versetzen, in der wir jede, auch die schwerste Verpflichtung wohl oder übel würden übernehmen müssen.

Es ging auf Biegen und Brechen. Und Deutschland bog sich gleich zu Beginn, um später dann beim vollständigen Bruch zu enden.

Mit der Besetzung des Ruhrgebietes hat das Schicksal noch einmal dem deutschen Volk die Hand zum Wiederaufstieg geboten. Denn was im ersten Augenblick als schweres Unglück erscheinen mußte, umschloß bei näherer Betrachtung die unendlich verheißende Möglichkeit zur Beendigung des deutschen Leidens überhaupt.

Außenpolitisch hat die Ruhrbesetzung Frankreich zum erstenmal England wirklich innerlich entfremdet, und zwar nicht nur den Kreisen der britischen Diplomatie, die das französische Bündnis an sich nur mit dem nüchternen Auge kalter Rechner geschlossen, angesehen und aufrechterhalten hatten, sondern auch weitesten Kreisen des englischen Volkes. Besonders die englische Wirtschaft empfand mit schlecht verhehltem Unbehagen diese weitere unglaubliche Stärkung der kontinentalen französischen Macht. Denn nicht nur, daß Frankreich, rein militärpolitisch betrachtet, nun eine Stellung in Europa einnahm, wie sie vordem selbst Deutschland nicht besessen hatte, erhielt es nun auch wirtschaftlich Unterlagen, die seine politische Konkurrenzfähigkeit wirtschaftlich fast mit einer Monopolstellung verbanden. Die größeren Eisengruben und Kohlenfelder Europas waren damit vereint in den Händen einer Nation, die ihre Lebensinteressen, sehr zum Unterschied von Deutschland, bisher ebenso entschlossen wie aktivistisch wahrgenommen hatte, und die ihre militärische Zuverlässigkeit in dem großen Krieg aller Welt in frische Erinnerung brachte. Mit der Besetzung der Ruhrkohlenfelder durch Frankreich wurde England sein ganzer Erfolg des Krieges wieder aus der Hand gewunden, und Sieger war nun nicht mehr die emsige und rührige britische Diplomatie, sondern Marschall Foch und sein durch ihn vertretenes Frankreich.

Auch in Italien schlug die Stimmung gegen Frankreich, die ohnehin seit Kriegsende nicht mehr gerade rosig war, nun in einen förmlichen Haß um. Es war der große geschichtliche Augenblick, in dem die Verbündeten von einst Feinde von morgen sein konnten. Wenn es doch anders kam und die Verbündeten nicht, wie im zweiten Balkankrieg, nun plötzlich untereinander in Fehde gerieten, dann war dies nur dem Umstand zuzuschreiben, daß Deutschland eben keinen Enver Pascha besaß, sondern einen Reichskanzler Cuno.

Allein nicht nur außenpolitisch, sondern auch innerpolitisch war für Deutschland der Ruhreinfall der Franzosen von größter Zukunftsmöglichkeit. Ein beträchtlicher Teil unseres Volkes, der, dank unausgesetzten Einflusses seiner lügenhaften Presse, Frankreich noch immer als den Kämpfer für Fortschritt und Liberalität ansah, wurde von diesem Irrwahn jäh geheilt. So wie das Jahr 1914 die Träume internationaler Völkersolidarität aus den Köpfen unserer deutschen Arbeiter verscheucht hatte und sie plötzlich zurückführte in die Welt des ewigen Ringens, da sich allüberall ein Wesen vom anderen nährt und der Tod des Schwächeren das Leben des Stärkeren bedeutet, so auch das Frühjahr 1923.

Als der Franzose seine Drohungen wahr machte und endlich im niederdeutschen Kohlengebiet, erst noch sehr vorsichtig und zaghaft, einzurücken begann, da hatte für Deutschland eine große, entscheidende Schicksalsstunde geschlagen. Wenn in diesem Augenblick unser Volk einen Wandel seiner Gesinnung verband mit einer Änderung der bisherigen Haltung, dann konnte das deutsche Ruhrgebiet für Frankreich zum napoleonischen Moskau werden. Es gab ja nur zwei Möglichkeiten: Entweder man ließ sich auch das noch gefallen und tat nichts, oder man schuf dem deutschen Volk, mit dem Blick auf das Gebiet der glühenden Essen und qualmenden Öfen, zugleich den glühenden

Willen, diese ewige Schande zu beenden und lieber den Schrecken des Augenblicks auf sich zu nehmen, als den endlosen Schrecken weiter zu ertragen.

Einen dritten Weg entdeckt zu haben, war das „unsterbliche Verdienst" des damaligen Reichskanzlers Cuno, und ihn bewundert und mitgemacht zu haben, das noch „ruhmvollere" unserer bürgerlichen Parteienwelt.

Ich will hier zuerst den zweiten Weg, so kurz als nur möglich, einer Betrachtung unterziehen:

Mit der Besetzung des Ruhrgebietes hatte Frankreich einen eklatanten Bruch des Versailler Vertrages vollzogen. Es hatte sich damit auch in Gegensatz gestellt zu einer Reihe von Garantiemächten, besonders aber zu England und Italien. Irgendwelche Unterstützung von diesen Staaten für seinen egoistischen eigenen Raubzug konnte Frankreich nicht mehr erhoffen. Das Abenteuer, und ein solches war es zunächst, mußte es also selbst zu irgendeinem glücklichen Ende bringen. Für eine nationale deutsche Regierung konnte es nur einen einzigen Weg geben, nämlich den, den die Ehre vorschrieb. Es war sicher, daß man zunächst nicht mit aktiver Waffengewalt Frankreich entgegentreten konnte; allein es war notwendig, sich klarzumachen, daß alles Verhandeln ohne Macht hinter sich lächerlich und unfruchtbar sein würde. Es war unsinnig, sich ohne Möglichkeit eines aktiven Widerstandes auf den Standpunkt zu stellen: „Wir gehen zu keiner Verhandlung"; aber es war noch viel unsinniger, dann endlich doch zur Verhandlung zu gehen, ohne sich unterdes eine Macht geschaffen zu haben.

Nicht als ob man die Ruhrbesetzung durch m i l i t ä r i s c h e Maßnahmen hätte verhindern können. Nur ein Wahnsinniger konnte zu einem solchen Entschlusse raten. Allein unter dem Eindrucke dieser Aktion Frankreichs und während der Zeit ihrer Ausführung konnte und mußte man darauf bedacht sein, ohne Rücksicht auf den von Frankreich selbst zerfetzten Vertrag von Versailles, sich derjenigen militärischen Hilfsmittel zu versichern, die man später den Unterhändlern auf ihren Weg mitgeben konnte. Denn das war von Anfang an klar, daß eines Tages über dieses von Frankreich besetzte Gebiet an irgendeinem Konferenztisch entschieden werden würde. Aber ebenso klar mußte man sich darüber sein, daß selbst die besten Unterhändler wenig Erfolge zu erringen vermögen, solange der Boden, auf dem sie stehen, und der Stuhl, auf dem sie sitzen, nicht der Schildarm ihres Volkes ist. Ein schwaches Schneiderlein kann nicht mit Athleten disputieren, und ein wehrloser Unterhändler mußte noch immer das Schwert des Brennus auf der feindlichen Waagschale dulden, wenn er nicht sein eigenes zum Ausgleich hineinzuwerfen hatte. Oder war es nicht wirklich ein Jammer, die Verhandlungskomödien ansehen zu müssen, die seit dem Jahre 1918 immer den jeweiligen Diktaten vorangegangen waren? Dieses entwürdigende Schauspiel, das man der ganzen Welt bot, indem man uns, wie zum Hohne, zuerst an den Konferenztisch lud, um uns dann längst fertige Entschlüsse und Programme vorzulegen, über die wohl geredet werden durfte, die aber von vornherein als unabänderlich angesehen werden mußten. Freilich, unsere Unterhändler standen kaum in einem einzigen Falle über dem bescheidensten Durchschnitt und rechtfertigten meist nur zu sehr die freche Äußerung Lloyd Georges, der angesichts des ehemaligen Reichsministers Simon höhnisch bemerkte, „daß die Deutschen nicht verstünden, sich Männer von Geist als Führer und Vertreter zu wählen". Allein selbst Genies hätten angesichts des entschlossenen Machtwillens des feindlichen und der jammervollen Wehrlosigkeit des eigenen Volkes in jeder Beziehung nur wenig erreichen können.

Wer aber im Frühjahr 1923 die Ruhrbesetzung Frankreichs zum Anlaß einer Wiederherstellung militärischer Machtmittel nehmen wollte, der mußte zunächst der Nation die geistigen Waffen geben, die Willenskraft stärken und die Zersetzer dieser wertvollsten nationalen Stärke vernichten.

So wie es sich im Jahre 1918 blutig gerächt hat, daß man 1914 und 1915 nicht dazu überging, der marxistischen Schlange einmal für immer den Kopf zu zertreten, so mußte es sich auch auf das unseligste rächen, wenn man im Frühjahr 1923 nicht den Anlaß wahrnahm, den marxistischen Landesverrätern und Volksmördern endgültig das Handwerk zu legen.

Jeder Gedanke eines wirklichen Widerstandes gegen Frankreich war blanker Unsinn, wenn man nicht denjenigen Kräften den Kampf ansagte, die fünf Jahre vorher den deutschen Widerstand auf den Schlachtfeldern von innen her gebrochen hatten. Nur bürgerliche Gemüter konnten sich zur unglaublichen Meinung durchringen, daß der Marxismus jetzt vielleicht ein anderer geworden wäre, und daß die kanaillösen Führerkreaturen des Jahres 1918, die damals zwei Millionen Tote eiskalt mit Füßen traten, um besser in die verschiedenen Regierungsstühle hineinklettern zu können, jetzt im Jahre 1923 plötzlich dem nationalen Gewissen ihren Tribut zu leisten bereit seien. Ein unglaublicher und wirklich sinnloser Gedanke, die Hoffnung, daß die Landesverräter von einst plötzlich zu Kämpfern für eine deutsche Freiheit werden würden! Sie d a c h t e n g a r n i c h t d a r a n! So wenig eine Hyäne vom Aase läßt, so wenig ein Marxist vom Vaterlandsverrat. Man bleibe mit dem dümmsten Einwand gefälligst weg, daß doch so viele Arbeiter einst auch für Deutschland geblutet hätten. Deutsche Arbeiter, jawohl, aber dann waren es eben keine internationalen Marxisten mehr. Hätte im Jahre 1914 die deutsche Arbeiterschaft ihrer inneren Einstellung nach noch aus Marxisten bestanden, so wäre der Krieg nach drei Wochen zu Ende gewesen. Deutschland wäre zusammengebrochen, ehe der erste Soldat seinen Fuß nur über die Grenze gesetzt hatte. Nein, daß damals das deutsche Volk noch kämpfte, bewies, daß der marxistische Irrwahn sich noch nicht bis zur letzten Tiefe einzufressen vermocht hatte. In eben dem Maße aber, in dem im Laufe des Krieges der deutsche Arbeiter und deutsche Soldat wieder in die Hand der marxistischen Führer zurückkehrte, in eben dem Maße ging er dem Vaterland verloren. Hätte man zu Kriegsbeginn und während des Krieges einmal zwölfoder fünfzehntausend dieser hebräischen Volksverderber so unter Giftgas gehalten, wie Hunderttausende unserer allerbesten deutschen Arbeiter aus allen Schichten und Berufen es im Felde erdulden mußten, dann wäre das Millionenopfer der Front nicht vergeblich gewesen. Im Gegenteil: Zwölftausend

Schurken zur rechten Zeit beseitigt, hätten vielleicht einer Million ordentlicher, für die Zukunft wertvoller Deutschen das Leben gerettet. Doch gehörte es eben auch zur bürgerlichen „Staatskunst", ohne mit der Wimper zu zucken, Millionen auf dem Schlachtfeld dem blutigen Ende auszuliefern, aber zehnoder zwölftausend Volksverräter, Schieber, Wucherer und Betrüger als kostbares nationales Heiligtum anzusehen und damit deren Unantastbarkeit offen zu proklamieren. Man weiß ja nicht, was in dieser bürgerlichen Welt größer ist, die Trottelhaftigkeit, die Schwäche und Feigheit oder die durch und durch verlumpte Gesinnung. Es ist wirklich eine vom Schicksal zum Untergang bestimmte Klasse, die nur leider ein ganzes Volk mit sich in den Abgrund reißt.

Vor der ganz gleichen Situation wie 1918 stand man aber im Jahre 1923. Ganz gleich zu welcher Art von Widerstand man sich entschloß, immer war die erste Voraussetzung die Ausscheidung des marxistischen Giftes aus unserem Volkskörper. Und es war, meiner Überzeugung nach, damals die allererste Aufgabe einer wirklich nationalen Regierung, die Kräfte zu suchen und zu finden, die entschlossen waren, dem Marxismus den Vernichtungskrieg anzusagen und diesen Kräften dann freie Bahn zu geben; es war ihre Pflicht, nicht den Blödsinn von „Ruhe und Ordnung" anzubeten in einem Augenblick, da der äußere Feind dem Vaterlande den vernichtendsten Hieb zufügte und im Innern der Verrat an jeder Straßenecke lauerte. Nein, eine wirklich nationale Regierung mußte damals die Unordnung und die Unruhe wünschen, wenn nur unter ihren Wirren endlich eine prinzipielle Abrechnung mit den marxistischen Todfeinden unseres Volkes möglich wurde und stattfand. Unterließ man dies, dann war jeder Gedanke an einen Widerstand, ganz gleich welcher Art, purer Wahnsinn.

Solch eine Abrechnung von wirklicher, weltgeschichtlicher Größe findet allerdings nicht statt nach dem Schema irgendeines Geheimrates oder einer alten, ausgetrockneten Ministerseele, sondern nach den ewigen Gesetzen des Lebens auf dieser Erde, die Kampf um dieses Leben sind und Kampf bleiben. Man mußte sich vergegenwärtigen, daß aus den blutigsten Bürgerkriegen häufig ein stahlharter, gesunder Volkskörper erwuchs, während aus künstlich gehegten Friedenszuständen öfter als einmal die Fäulnis zum Himmel emporstank. Völkerschicksale wendet man nicht mit Glacéhandschuhen. So mußte man im Jahre 1923 mit brutalstem Griffe zufassen, um der Nattern habhaft zu werden, die an unserem Volkskörper fraßen. Gelang dies, dann erst hatte die Vorbereitung eines aktiven Widerstandes Sinn.

Ich habe mir damals oft und oft die Kehle heiser geredet und habe versucht, wenigstens den sogenannten nationalen Kreisen klarzumachen, was dieses Mal auf dem Spiele stehe, und daß, bei gleichen Fehlern wie im Jahre 1914 und den folgenden Jahren, zwangsläufig auch wieder ein Ende kommen würde wie 1918. Ich habe sie immer wieder gebeten, dem Schicksal freien Lauf zu lassen und unserer Bewegung die Möglichkeit einer Auseinandersetzung mit dem Marxismus zu geben; aber ich predigte tauben Ohren. Sie verstanden es alle besser, einschließlich des Chefs der Wehrmacht, bis sie endlich vor der erbärmlichsten Kapitulation aller Zeiten standen. Damals wurde ich mir bis ins Innerste bewußt, daß das deutsche Bürgertum am Ende einer Mission steht und zu keiner weiteren Aufgabe mehr berufen ist.

Damals sah ich, wie alle diese Parteien nur mehr aus Konkurrenzneid sich mit dem Marxismus zankten, ohne ihn überhaupt noch ernstlich vernichten zu wollen; sie hatten sich innerlich alle mit der Zerstörung des Vaterlandes längst abgefunden, und was sie bewegte, war einzig die große Sorge, selbst am Leichenschmaus teilnehmen zu dürfen. Nur dafür „kämpften" sie noch.

In dieser Zeit – ich gestehe es offen – faßte ich die tiefste Bewunderung für den großen Mann südlich der Alpen, der in heißer Liebe zu seinem Volke mit den inneren Feinden Italiens nicht paktierte, sondern ihre Vernichtung auf allen Wegen und mit allen Mitteln erstrebte. Was Mussolini unter die Großen dieser Erde einreihen wird, ist die Entschlossenheit, Italien nicht mit dem Marxismus zu teilen, sondern, indem er den Internationalismus der Vernichtung preisgab, das Vaterland vor ihm zu retten.

Wie jämmerlich zwergenhaft erscheinen dagegen unsere deutschen Auch-Staatsmänner, und wie muß einen der Ekel würgen, wenn diese Nullen mit ungezogenster Eingebildetheit sich unterstehen, den tausendmal Größeren zu kritisieren; und wie schmerzhaft ist es, zu denken, daß dies in einem Lande geschieht, das vor kaum einem halben Jahrhundert noch einen Bismarck seinen Führer nennen durfte! –

Mit dieser Einstellung des Bürgertums und Schonung des Marxismus war aber 1923 das Schicksal jedes aktiven Ruhrwiderstandes von vornherein entschieden. Gegen Frankreich kämpfen zu wollen mit dem Todfeind in den eigenen Reihen, war heller Blödsinn. Was man dann noch machte, konnte höchstens Spiegelfechterei sein, aufgeführt, um das nationalistische Element in Deutschland etwas zu befriedigen, die „kochende Volksseele" zu beruhigen oder in Wirklichkeit zu düpieren. Hätten sie ernstlich an das geglaubt, was sie taten, so hätten sie doch erkennen müssen, daß die Stärke eines Volkes in erster Linie nicht in seinen Waffen, sondern in seinem Willen liegt, und daß, ehe man äußere Feinde besiegt, erst der Feind im eigenen Innern vernichtet werden muß; sonst wehe, wenn nicht der Sieg schon am ersten Tage den Kampf belohnt! Sowie auch nur der Schatten einer Niederlage über ein im Innern nicht von Feinden freies Volk streicht, wird dessen Widerstandskraft zerbrechen und der Gegner endgültig Sieger werden.

Das konnte man damals schon im Frühjahr 1923 voraussagen. Man rede durchaus nicht von der Fraglichkeit eines militärischen Erfolges gegen Frankreich! Denn wenn das Ergebnis des deutschen Handelns gegenüber dem Ruhreinfall der Franzosen nur die Vernichtung des Marxismus im Innern gewesen wäre, so würde schon damit der Erfolg auf unserer Seite gewesen sein. Ein Deutschland, von diesen Todfeinden seines Daseins und seiner Zukunft erlöst, besäße Kräfte, die keine Welt mehr abzuwürgen vermöchte. An dem Tage, da in Deutschland der Marxismus zerbrochen wird, brechen in Wahrheit für ewig unsere Fesseln. Denn niemals sind wir in unserer Geschichte durch die Kraft unserer Gegner besiegt worden, sondern immer nur durch unsere eigenen Laster und durch die Feinde in unserem eigenen Lager.

Da die deutsche Staatsleitung sich damals zu einer solchen heroischen Tat nicht aufzuraffen vermochte, hätte sie sinngemäß eigentlich nur mehr den ersten Weg gehen können, nämlich den, nun überhaupt nichts zu tun, sondern die Dinge laufen zu lassen, wie sie eben liefen.

Allein in großer Stunde hat der Himmel dem deutschen Volk auch einen großen Mann geschenkt, Herrn Cuno. Er war nicht eigentlich Staatsmann oder Politiker von Beruf und noch viel weniger natürlich von Geburt, sondern er stellte so eine Art politischen Zugeher dar, den man bloß für die Erledigung bestimmter Aufgaben brauchte; sonst war er eigentlich mehr in Geschäften bewandert. Ein Fluch für Deutschland deshalb, weil dieser politisierende Kaufmann nun auch die Politik als wirtschaftliches Unternehmen ansah und demgemäß sein Handeln einrichtete.

„Frankreich besetzt das Ruhrgebiet; was ist im Ruhrgebiet? Kohle. Also besetzt Frankreich das Ruhrgebiet wegen der Kohle?" Was war für Herrn Cuno da natürlicher als der Gedanke, nun zu streiken, damit die Franzosen keine Kohle bekommen, worauf sie dann, nach der Meinung des Herrn Cuno, sicher eines Tages das Ruhrgebiet infolge der Unrentabilität des Unternehmens wieder räumen würden. So ungefähr verlief der Gedankengang dieses „bedeutenden", „nationalen" „Staatsmannes", den man zu Stuttgart und an anderen Orten zu „seinem Volk" reden ließ und den dieses Volk ganz glückselig bestaunte.

Zum Streik brauchte man aber natürlich auch die Marxisten, denn in erster Linie mußten ja die Arbeiter streiken. Also war es notwendig, den Arbeiter (und der ist in dem Gehirn eines solchen bürgerlichen Staatsmannes immer gleichbedeutend mit dem Marxisten) in eine Einheitsfront mit all den anderen Deutschen zu bringen. Man muß damals wirklich das Leuchten dieser bürgerlichen parteipolitischen Schimmelkulturen angesichts einer solchen genialen Parole gesehen haben! National und genial zugleich – da hatten sie ja nun endlich das, was sie innerlich doch die ganze Zeit suchten! Die Brücke zum Marxismus war gefunden, und dem nationalen Schwindler war es jetzt ermöglicht, mit „teutscher" Miene und nationalen Phrasen dem internationalen Landesverräter die biedere Hand hinzustrecken. Und dieser schlug schleunigst ein. Denn so wie Cuno zu seiner „Einheitsfront" die marxistischen Führer brauchte, so notwendig brauchten aber die marxistischen Führer das Cunosche Geld. Damit war dann beiden Teilen geholfen. Cuno erhielt seine Einheitsfront, gebildet aus nationalen Schwätzern und antinationalen Gaunern, und die internationalen Betrüge konnten bei staatlicher Bezahlung ihrer erhabensten Kampfesmission dienen, d.h. die nationale Wirtschaft zerstören, und zwar dieses Mal sogar auf Staatskosten. Ein unsterblicher Gedanke, durch einen bezahlten Generalstreik eine Nation zu erretten, auf jeden Fall aber die Parole, in die selbst der gleichgültigste Taugenichts doch mit voller Begeisterung einstimmen kann.

Daß man ein Volk nicht durch Beten frei macht, weiß man im allgemeinen. Ob man es aber nicht doch vielleicht frei zu faulenzen vermag, das mußte erst noch geschichtlich erprobt werden. Hätte Herr Cuno damals, statt zum bezahlten Generalstreik aufzufordern und diesen damit als die Grundlage der „Einheitsfront" aufzustellen, von jedem Deutschen nur zwei Stunden mehr Arbeit verlangt, dann würde der Schwindel dieser „Einheitsfront" sich am dritten Tage von selbst erledigt haben. Völker befreit man nicht durch Nichtstun, sondern durch Opfer.

Allerdings ließ sich dieser sogenannte passive Widerstand an sich nicht lange halten. Denn nur ein vollkommen kriegsfremder Mensch konnte sich einbilden, okkupierende Armeen mit so lächerlichen Mitteln verscheuchen zu können. Das allein hätte aber doch der Sinn einer Aktion sein können, deren Kosten in die Milliarden gingen, und die wesentlich mithalf, die nationale Währung bis in den Grund hinein zu zerstören.

Natürlich konnten sich die Franzosen mit einer gewissen inneren Beruhigung in dem Augenblick im Ruhrgebiet häuslich einrichten, in dem sie den Widerstand sich solcher Mittel bedienen sahen. Sie hatten ja gerade durch uns selbst die besten Rezepte in der Hand, wie man eine störrische Zivilbevölkerung zur Raison bringt, wenn in ihrem Benehmen eine ernstliche Gefährdung der Okkupationsbehörden liegt. Wie blitzschnell hatten wir doch neun Jahre vorher die belgischen Franktireurbanden zu Paaren getrieben und der Zivilbevölkerung den Ernst der Lage klargemacht, als unter ihrer Tätigkeit die deutschen Armeen Gefahr liefen, ernstlich Schaden zu erleiden. Sowie der passive Ruhrwiderstand Frankreich wirklich gefährlich geworden wäre, hätte die Besatzungstruppe im Verlaufe von noch nicht einmal acht Tagen in spielender Leichtigkeit diesem ganzen kindlichen Unfug ein grausames Ende bereitet. Denn das ist immer die letzte Frage: Was will man tun, wenn einem Gegner der passive Widerstand zum Schluß wirklich auf die Nerven geht und er nun den Kampf dagegen mit blutiger Brachialgewalt aufnimmt? Ist man dann entschlossen, weiter Widerstand zu leisten? Wenn ja, muß man wohl oder übel die schwersten, blutigsten Verfolgungen auf sich nehmen. Damit aber seht man dort, wo man auch beim aktiven Widerstand steht – nämlich vor dem Kampf. Daher hat jeder sogenannte passive Widerstand nur dann einen inneren Sinn, wenn hinter ihm die Entschlossenheit wartet, nötigenfalls im offenen Kampf oder im verdeckten Kleinkrieg diesen Widerstand fortzusetzen. Im allgemeinen wird jedes solche Ringen an die Überzeugung eines möglichen Erfolges gebunden sein. Sobald eine belagerte Festung, die vom Feinde hart berannt wird, die letzte Hoffnung auf Entsatz aufzugeben gezwungen ist, gibt sie sich praktisch damit selbst auf, besonders dann, wenn in einem solchen Fall den Verteidiger statt des wahrscheinlichen Todes noch das sichere Leben lockt. Man raube der Besatzung einer umschlossenen Burg den Glauben an die mögliche Befreiung, und alle Kräfte der Verteidigung werden damit jäh zusammenbrechen.

Deshalb hatte auch ein passiver Widerstand an der Ruhr unter Hinblick auf die letzten Konsequenzen, die er mit sich bringen konnte und mußte, wenn er wirklich erfolgreich sein sollte, nur dann einen Sinn, wenn sich hinter ihm eine aktive Front aufbaute. Dann allerdings hätte man Unermeßliches aus unserem Volke zu holen vermocht. Würde jeder dieser Westfalen gewußt haben, daß die Heimat eine Armee von achtzig oder hundert Divisionen aufstellt, die Franzosen wären auf Dornen getreten. Für den Erfolg aber sind immer mehr mutige Männer bereit, sich zu opfern, als für eine ersichtliche Zwecklosigkeit.

Es war ein klassischer Fall, der uns Nationalsozialisten zwang, gegen eine sogenannte nationale Parole schärfstens Stellung zu nehmen. Und wir taten dies auch. Ich wurde in diesen Monaten nicht wenig angegriffen von Menschen, deren ganze nationale Gesinnung nur eine Mischung von Dummheit und äußerem Schein war, die alle nur mitschrien, weil sie dem angenehmen Kitzel erlagen, nun plötzlich ohne Gefahr auch national tun zu können. Ich habe diese jammervollste aller Einheitsfronten als eine der lächerlichsten Erscheinungen angesehen, und die Geschichte gab mir recht.

Sowie die Gewerkschaften ihre Kassen mit den Cunoschen Geldern annähernd aufgefüllt hatten, und der passive Widerstand vor die Entscheidung kam, aus faulenzender Abwehr zum aktiven Angriff überzugehen, brachen die roten Hyänen augenblicklich aus der nationalen Schafherde aus und wurden wieder zu dem, was sie immer waren. Sangund klanglos zog Herr Cuno zurück zu seinen Schiffen, Deutschland aber war um eine Erfahrung reicher und um eine große Hoffnung ärmer geworden.

Bis zum späten Hochsommer hatten viele Offiziere, und es waren sicher nicht die schlechtesten, innerlich an eine solch schmähliche Entwicklung nicht geglaubt. Sie alle hatten gehofft, daß, wenn auch nicht offen, so doch im stillen, die Vorbereitungen getroffen würden, um diesen frechsten Einfall Frankreichs zu einem Wendepunkt der deutschen Geschichte werden zu lassen. Auch in unseren Reihen gab es viele, die wenigstens auf das Reichsheer ihr Vertrauen setzten. Und diese Überzeugung war so lebendig, daß sie das Handeln und besonders aber die Ausbildung der zahllosen jungen Leute maßgebendst bestimmte.

Als aber der schmähliche Zusammenbruch eintrat und man nach Hinopferung von Milliarden an Vermögen und von vielen Tausenden von jungen Deutschen – die dumm genug gewesen waren, die Versprechungen der Führer des Reiches ernst zu nehmen – in so niederschmetternd schmachvoller Weise kapitulierte, da brannte die Empörung gegen eine solche Art des Verrates unseres unglücklichen Volkes lichterloh auf. In Millionen von Köpfen stand damals plötzlich hell und klar die Überzeugung, daß nur eine radikale Beseitigung des ganzen herrschenden Systems Deutschland würde retten können.

Nie war die Zeit reifer, ja schrie sie gebieterischer nach einer solchen Lösung als in dem Augenblick, da auf der einen Seite sich der nackte Vaterlandsverrat schamlos offenbarte, während auf der anderen ein Volk wirtschaftlich dem langsamen Hungertode ausgeliefert war. Da der Staat selbst alle Gesetze von Treu und Glauben mit den Füßen trat, die Rechte seiner Bürger verhöhnte, Millionen seiner treuesten Söhne um ihre Opfer betrog und Millionen andere um ihre letzten Groschen bestahl, hatte er kein Recht mehr, von seinen Angehörigen anderes als Haß zu erwarten. Und dieser Haß gegen die Verderber von Volk und Vaterland drängte so oder so zu einer Entladung. Ich kann an dieser Stelle nur hinweisen auf den Schlußsatz meiner letzten Rede im großen Prozeß im Frühjahr 1924:

„Die Richter dieses Staates mögen uns ruhig ob unseres damaligen Handelns verurteilen, die Geschichte als Göttin einer höheren Wahrheit und eines besseren Rechtes, sie wird dennoch dereinst dieses Urteil lächelnd zerreißen, um uns alle freizusprechen von Schuld und Fehle."

Sie wird aber dann auch diejenigen vor ihren Richterstuhl fordern, die heute, im Besitze der Macht, Recht und Gesetz mit Füßen treten, die unser Volk in Not und Verderben führten und die im Unglück des Vaterlandes ihr eigenes Ich höher schätzten als das Leben der Gesamtheit.

Ich will an dieser Stelle nicht eine Schilderung jener Ereignisse folgen lassen, die zum 8. November 1923 führten und die ihn beschlossen. Ich will es deshalb nicht, weil ich mir für die Zukunft nichts Nützliches davon verspreche, und weil es vor allem zwecklos ist, Wunden aufzureißen, die heute kaum vernarbt erscheinen; weil es überdies zwecklos ist, über Schuld zu reden bei Menschen, die vielleicht im tiefsten Grunde ihres Herzens doch alle mit gleicher Liebe an ihrem Volke hingen, und die nur den gemeinsamen Weg verfehlten oder sich nicht auf ihn verstanden.

Angesichts des großen gemeinsamen Unglücks unseres Vaterlandes möchte ich heute auch nicht mehr diejenigen kränken und dadurch vielleicht trennen, die eines Tages in der Zukunft doch die große Einheitsfront der im Herzen wirklich treuen Deutschen zu bilden haben werden gegenüber der gemeinsamen Front der Feinde unseres Volkes. Denn ich weiß, daß einst die Zeit kommen wird, da selbst die, die uns damals feindlich gegenüberstanden, in Ehrfurcht derer gedenken werden, die für ihr deutsches Volk den bitteren Weg des Todes gegangen sind.

Diese sechzehn Helden, denen ich den ersten Band meines Werkes geweiht habe, will ich am Ende des zweiten den Anhängern und Verfechtern unserer Lehre als jene Helden vor Augen führen, die in klarstem Bewußtsein sich für uns alle geopfert haben. Sie müssen den Wankelmütigwerdenden und den Schwachen immer wieder zur Erfüllung seiner Pflicht zurückrufen, zu einer Pflicht, der sie selbst im besten Glauben und bis zur letzten Konsequenz genügten. Und unter sie will ich auch jenen Mann rechnen, der als der Besten einer sein Leben dem Erwachen seines, unseres Volkes gewidmet hat im Dichten und im Denken und am Ende in der Tat:

Dietrich Eckart

SCHLUSSWORT

Am 9. November 1923, im vierten Jahre ihres Bestehens, wurde die Nationalsozialistische Deutsche Arbeiterpartei für das ganze Reichsgebiet aufgelöst und verboten. Heute, im November 1926, steht sie wieder im gesamten Reiche frei vor uns, stärker und innerlich fester als jemals zuvor.

Alle Verfolgungen der Bewegung und ihrer einzelnen Führer, alle Lästerungen und Verleumdungen vermochten ihr nichts anzuhaben. Die Richtigkeit ihrer Ideen, die Reinheit ihres Wollens, die Opferwilligkeit ihrer Anhänger haben sie bisher aus allen Unterdrückungen kräftiger denn je hervorgehen lassen.

Wenn sie in der Welt unserer heutigen parlamentarischen Korruption sich immer mehr auf das tiefste Wesen ihres Kampfes besinnt und als reine Verkörperung des Wertes von Rasse und Person sich fühlt und demgemäß ordnet, wird sie auf Grund einer fast mathematischen Gesetzmäßigkeit dereinst in ihrem Kampfe den Sieg davontragen. Genau so wie Deutschland notwendigerweise die ihm gebührende Stellung auf dieser Erde gewinnen muß, wenn es nach gleichen Grundsätzen geführt und organisiert wird.

Ein Staat, der im Zeitalter der Rassenvergiftung sich der Pflege seiner besten rassischen Elemente widmet, muß eines Tages zum Herrn der Erde werden.

Das mögen die Anhänger unserer Bewegung nie vergessen, wenn je die Größe der Opfer zum bangen Vergleich mit dem möglichen Erfolg verleiten sollte.

WWW.MIDGAARD.ORG

SAGA - SKREWDRIVER - NO REMORSE - STURMWEHR
RACE WAR - LANDSER - ENDLESS PRIDE - STORM
PLUTON SVEA - STEELCAPPED STRENGTH
BOUND FOR GLORY - STAHLGEWITTER

YOU NAME IT - WE GOT IT
FORBIDDEN IN GERMANY - AVAILABLE AT MIDGÅRD!

CLOTHES - GIRL CLOTHES - CDS - DVDS - PINS - PATCHES
GLASSES - BOOKS - FLAGS - POSTERS - MUCH MORE

WWW.MIDGAARD.ORG

www.ingramcontent.com/pod-product-compliance
Lightning Source LLC
Chambersburg PA
CBHW080820020726
47501CB00009B/2356